श्रीमन्मिश्रबलभद्रविरचितम्

होरारत्नम्

'इन्दुमती' हिन्दी व्याख्योपेतम्

द्वितीयो भागः

व्याख्याकार :

डॉ० मुरलीधर चतुर्वेदी

मोतीलाल बनारसीदास

दिल्ली :: वाराणसी :: पटना

प्रधान कार्यालय—बंगलो रोड, जवाहर नगर दिल्ली-७
शाखाएँ—(१) चौक, वाराणसी (उ० प्र०)
(२) अशोक राजपथ, पटना (बिहार)

प्रथम संस्करण : वाराणसी १९७९
पुनः मुद्रण : २०११

श्री नरेन्द्रप्रकाश जैन, मोतीलाल बनारसीदास, चौक, वाराणसी द्वारा प्रकाशित
तथा केशव मुद्रणालय, सुधाकर रोड खजुरी, वाराणसी द्वारा मुद्रित।

भूमिका

श्री हनुमते नमः

सर्वदा स्मरणीयो मे पिता सुद्बुद्धिदायकः।
कोविदाऽब्जकदम्बार्को देवाख्यः श्रीलकेशवः॥

मुझे आज परम हर्ष का अनुभव हो रहा है कि बाबा विश्वनाथ जी की अनुकम्पा से आचार्य पं० बलभद्रजी द्वारा संगृहीत होरारत्न का दूसरा भाग प्रथम बार हिन्दी अनुवाद के साथ फलित ज्योतिष विद्यानुरागियों के समक्ष प्रस्तुत हो रहा है।

उक्त ग्रन्थ व ग्रन्थकार एवं काल के विषय में इसके प्रथम भाग में वर्णन हो चुका है।

इसके अवशिष्ट ५ अध्याय प्रस्तुत द्वितीय भाग में हिन्दी व्याख्यान के साथ पाठकों के कर-कमलों में हैं, जो कि बड़े महत्वपूर्ण हैं। इस में मेरी दृष्टि में मुख्य कारण यही प्रतीत होता है कि इन दोनों भागों में आये हुए ग्रन्थ तथा ग्रन्थकारों के विषय में प्रायः जनता अनभिज्ञ सी मालूम होती है। क्योंकि प्रकाशन के अभाव में आये हुए ग्रन्थों की उपलब्धि इस समय नहीं हो रही हैं।

जैसे इसके प्रथम भाग में कश्यप, गर्ग, गर्गजातक, गर्गसंहिता, गार्गि, कश्यप, जयार्णव, जातक सर्वस्व, जातकोत्तम, जीवशर्मा, ज्ञानप्रकाश, दामोदर पद्धति, देवकीर्ति, पराशरजातक, पुलस्तिसिद्धान्त, बादरायण, भरद्वाज, भौम जातक, मणित्थ, मनुसंहिता, माण्डव्यजातक, वामन, वीरजातक, शुकजातक शौनक, श्रुतकीर्ति, समुद्रजातक, सिद्धसेन, सूर्यजातक, सोमजातक आदि ग्रन्थ व उक्त ग्रन्थकारों की रचनाओं का अभाव ही दृष्टिगोचर होता है।

इनमें से कुछ ग्रन्थ तो सम्पूर्णानन्द संस्कृत विश्वविद्यालय के सरस्वती भवन में उपस्थित हैं। अन्यों की जानकारी मुझ से साधारण मनुष्य को नहीं है।

दूसरे भाग में भी कश्यपजातक, चन्द्राभरणजातक, जन्मसरणिः, ज्ञानमुक्तावली, देवशालजातक, त्रैलोक्यप्रकाश, मरीचिजातक, यवनेश्वर, योगजातक, राजविजय आदि के नाम विशेष उल्लेखनीय हैं।

इस भाग में समागत अध्यायों की विशेष बातें या यों समझिये कि अन्य ग्रन्थों से विशेष फल एवं चमत्कृत योगों का सारांश निम्न प्रकार से है।

छठा अध्याय—इसमें नाभस योगों के अतिरिक्त सर्प, किंकर, कुश्यादि शयनी, जाङ्गलादि, नगर व होलादि, चतुश्चक्र व ध्वजोत्तमादि, गृद्ध पुच्छादि, सुख, दरिद्र, रोगोत्पत्ति, कुष्ठ, अङ्गच्छेद, पक्षाघात, व्रण दोष, मुख दुर्गन्ध तथा व्यापारिक फल विक्रय, वस्त्रविक्रय, अन्नविक्रय, पशुमणिविक्रय, कारुक, ऊर्णादिकर्म, शस्त्रवीणाकाष्ठादि-कर्म, चर्मबालकर्म-वस्त्ररञ्जन-घटकर्म-चित्रादिक-वाद्यवादन-भैषज्यसूतकादि कर्म तथा भिक्षुक योगों का वर्णन है।

सातवें अध्याय में—बारह भावों के फल का विवेचन है। इसमें विशेषता यह है कि बारह भावों में ग्रहों को १२ प्रकार की स्थिति वश अर्थात् उच्च नीचादि में ग्रह के रहने पर जो फल होता है, उसका विचार कश्यप मुनि के वचनों से उपलब्ध है।

आठवें अध्याय में—प्रथम १२ राशियों में चन्द्र का तथा चन्द्रमा से बारह भावों में ग्रहों का फल वर्णित है। पुनः सुनफादि योग व उनके फल-सूर्य से केन्द्रादि में चन्द्र-फल-वेशिवाशि-उभयचरी योग-प्रव्रज्या विचार सफल अष्टकवर्ग-सर्वतोभद्रचक्र-सूर्यकालानल व चन्द्रकालानलचक्र का फल के साथ विवेचन है।

नवें अध्याय में—पिण्डादि आयु चिन्ता-दशारिष्ट विचार-विशेषता के साथ ग्रहों की दशा का फल तथा महादशाफल एवं ग्रहों की प्राणान्त दशा का फल—लग्नादि १२ भावों में २, ३, ४, ५, ६, ७ ग्रहों की युति का फल उपलब्ध है।

दसवें अध्याय में—स्त्री जन्माऽङ्ग के शुभाशुभ योग-त्रिंशांशवश फल—सातवें भाव में स्वर्क्ष-स्वांश में स्थित सूर्यादि ग्रहों का फल—विविध जातकोक्त योगों का, सफल डिम्भचक्र-लग्नस्थ राशि फल, नक्षत्र फल, १२ भावों में सूर्यादि ग्रहों के फल और स्त्री कुण्डली में राजयोगों का वर्णन किया गया है।

मेरी दृष्टि में यह ग्रन्थ अत्युत्तम प्रतीत होता है। क्योंकि इसमें अनेक बातें ऐसी हैं जो कि अन्य ग्रन्थों में नहीं है विशेष क्या लिखूं। विज्ञ फलित ज्योतिष विद्यानुरागी इसको स्वयं ही जान सकते हैं।

मेरे इस कार्य में श्रद्धेय मनीषी पर्वतीय पं० जनार्दनजी शास्त्री ने समय-समय पर सहायता की है अतः मैं आपका चिरकृतज्ञ हूँ।

अन्त में फलित विद्या प्रेमियों से निवेदन है कि मेरे इस काम में जो भी त्रुटियाँ हों उन्हें समझ कर मुझे सूचित करने की कृपा करें।

विदुषामनुचरः

मथुरावास्तव्य श्रीमद्भागवताभिनवशुक

सं० २०३७ का० शु० ११ भौमवार

पं० केशवदेव चतुर्वेदात्मज

मुरलीधर चतुर्वेदः

सं० सं० वि० वि० अध्यापक ज्यो० वि०

विषय सूची

—:❀:—

❀ श्रीगणेशाय नमः ❀

अथ षष्ठोऽध्यायः

नाभसयोगानाह

नाभस योगों का कथन

[1]यवनाद्यैर्विस्तरतः कथिता योगास्तु नाभसा नाम्ना ।
अष्टादशशतगुणितास्तेषां द्वात्रिंशदिह वक्ष्ये ॥ १ ॥

यवनादि आचार्यों ने १८०० योगों का वर्णन नाभस नाम से विस्तारपूर्वक किया है। उन १८०० में से मैं ३२ नाभस योगों को कहता हूँ ॥ १ ॥

आश्रययोगानाह सत्याचार्यः—

अब आश्रय योगों का वर्णन सत्याचार्यजी के वाक्य से कहते हैं।

रज्जु, नल, मुशल योगज्ञान

[2]चरराशिगैरशेषै रज्जुः स्थिरगैस्तथा मुशलम् ।
द्विशरीरगतैर्योगो नलसंज्ञो मुनिभिरुद्दिष्टः ॥ २ ॥
एतद्‌योगत्रितयं चाश्रयसंज्ञं च विज्ञेयम् ।

अत्र चरादिराशिचतुष्के सर्वग्रहाऽवस्थित्या योगाः भवन्तीति कैश्चिदुक्तं तदसत् । यतो गर्गेण स्पष्टमुक्तम्—

[3]एको द्वौ वा त्रयः सर्वे सर्वैर्युक्ता यदा ग्रहैः ।
चरयोगस्तदा रज्जुर्दुःखिजन्मप्रदो भवेत् ॥ ३ ॥
स्थिराश्चेन्मुसलं नाम ज्ञानिनां कृतकर्मणाम् ।
द्विस्वभावा नलाख्यस्तु धनिनां परिकीर्त्तितः ॥ ४ ॥

आश्रमयोगेषु विशेषमाह-वराहः—

[4]आश्रयोक्तास्तु विफला भवत्यन्यैर्विमिश्रिताः ।
मिश्रास्तु तत्फलं दद्युरमिश्रा ह्यफलप्रदाः ॥ ५ ॥

यदि कुण्डली में समस्त ग्रह एक चर राशि में या दो या तीन या चारों चर राशियों में हों तो रज्जु नामक योग, इसी प्रकार १ या २ या ३ या ४ राशि में समस्त ग्रह हों तो मुशल और सब ग्रह एक या दो या तीन या चारों द्विस्वभाव राशि में हों तो नल नामक योग होता है ॥ २ ॥

---

१. सारा० २१ अ० १ श्लो० ।
२. बृ० जा० १२ अ० २ श्लो० भट्टो० ।
३. बृ० जा० १२ अ० २ श्लो० भट्टो० ।
४. बृ० जा० १२ अ० १२ श्लो० ।

यहाँ रज्जुमुशलादि योग कहने में किसी का पक्ष है कि चारों चर या स्थिर या द्विस्वभाव राशियों में समस्त ग्रह हों तो रज्जु, मुशल व नलयोग होते हैं। किन्तु यह मत ठीक नहीं है। क्योंकि आचार्य गर्ग ने स्पष्टतापूर्वक कहा है कि यदि एक या दो या तीन या चारों चर राशियों में सब ग्रह हों तो रज्जु नामक योग होता है। इसमें जन्म लेने वाला प्राय: दु:खी होता है ॥ ३ ॥

यदि स्थिर एक या दो या तीन या चारों राशियों में ग्रह हों तो मुशल नाम का योग होता है। इसमें जातक ज्ञानी और यज्ञकर्ता होता है।

इसी प्रकार द्विस्वभाव राशि या राशियों में ग्रह हों तो नल योग होता है। इस योग में पैदा होने वाला धनी होता है ॥ ४ ॥

बृ० पा० में कहा है—'सर्वैश्चरे स्थितै रज्जुः स्थिरस्थैर्मुसलः स्मृतः। नलाख्यो द्विस्वभावस्थैराश्रयाख्या इमे स्मृताः' ॥ २-४ ॥

विशेष—समस्त चर व स्थिर तथा द्विस्वभाव राशियों में सब ग्रहों के रहने पर रज्जु मुशलादि योग का वर्णन सत्याचार्य ने किया है।

यथा—'सर्वे चरेषु राशिषु यदा स्थिता योगमाह तं रज्जुम्। अनयप्रियस्य सततं विदेशवासार्थयुक्तस्य। सर्वे स्थिरेषु राशिषु यदा स्थिता मुशलमाह तं योगम्। जन्मनि कर्मकराणां युक्तानामार्थमानाभ्याम्। द्विशरीरेषु नल इति योगो हीनातिरिक्तदेहानाम्। निपुणानां पुरुषाणां धनसञ्चयभोगिनां भवति' (बृ० १२ अ० २ श्लोक भट्टोत्पली) ॥ ४ ॥

अब आश्रय योगों के विषय में वराहमिहिर ने जो विशेष बात बतलाई है उसी को आगे कहते हैं।

यदि आश्रय योग की प्राप्ति में यवादि योग की भी प्राप्ति हो तो आश्रय योग मिश्रित होने से फल रहित होता है। अर्थात् आश्रय योग का फल नहीं होता है। इसी प्रकार अन्य किसी योग से मिश्रित आश्रय योग कुण्डली में हो तो निष्फल होता है। तथा जिससे मिश्रित होता है उसी योग का फल जातक प्राप्त करता है।

निष्कर्ष—स्वतन्त्र आश्रय योग ही फल देने में समर्थ होता है ॥ ५ ॥

दलयोगद्वयमाह पराशरः—

अब आगे पराशर के वाक्य से दो दल योगों को बताते हैं।

सर्प व माला योगज्ञान

[1]केन्द्रत्रयगतैः पापैः सौम्यैर्वा दलसंज्ञितैः।
द्वौ योगौ सर्पमालाख्यावनिष्टेष्टफलप्रदौ ॥ ६ ॥

१. बृ० पा० ३६ अ० ८ श्लो०।

अत्र दलयोगे चन्द्रः क्रूरेषु सौम्येषु च न ग्राह्यः । यदाह गर्गः—

[1]त्रिकेन्द्रगैर्यमाराकैंः सर्पो दुःखी तदुद्भवः ।
भोगिजन्मप्रदा माला तद्वज्जीवसितेन्दुजैः ॥ ७ ॥

अत्र मिश्रग्रहैः कैन्द्रस्थैर्योगो भवतीत्याह बादरायणः —

[2]केन्द्रेषु पापेषु सितज्ञजीवैः केन्द्रत्रयस्थैः कथयन्ति मालाम् ।
सर्पस्तु सौम्येषु यमारसूर्यैर्योगाविमौ द्वौ कथितौ दलाख्यौ ॥ ८ ॥

इति ।

यदि जन्म के समय में तीन केन्द्रों में पापग्रह हों तो सर्प और तीन केन्द्रों में शुभ ग्रह हों तो माला नाम का योग होता है । ये दोनों दल योग शुभाशुभ फल अर्थात् माला शुभ व सर्प अशुभ फल प्रदान करता है ॥ ६ ॥

यहाँ दल योग में चन्द्रमा की गणना शुभ पाप में नहीं होती है जैसा कि गर्गाचार्य ने कहा है कि तीन शुभ केन्द्रों में व शनि, भौम व सूर्य हों तो सर्पयोग होता है इसमें उत्पन्न होने वाला जातक दुःखी होता है ॥ ७ ॥

यहाँ दल योग के कहने में बादरायण जी का मत है कि ये दोनों योग मिश्र ग्रहों से अर्थात् शुभ व पाप दोनों से होते हैं, अब उसी को कहते हैं ।

यदि जन्म के समय में तीन केन्द्रों में पापग्रह व शुक्र, गुरू, बुध हों तो माला तथा तीनों केन्द्रों में शुभ व शनि, भौम व सूर्य हों तो सर्प नामक योग होता है । इन दोनों की दल संज्ञा होती है ॥ ८ ॥

विशेष—यहाँ पर ६ श्लोक पराशर का है ऐसा ग्रन्थकार ने कहा है किन्तु बृ० पा० में—'केन्द्रत्रयगतैः सौम्यैः पापैर्वादलसंज्ञकौ । क्रमान्मालाभुजङ्गाख्यौ शुभाशुभफलप्रदौ' इस प्रकार से पद्य उपलब्ध है ।

यह छटा श्लोक बृ० जा० १२ अ० २ श्लोक की भट्टोत्पली में मणित्थ के नाम से प्राप्त होता है ।

८वें श्लोक का भी पाठान्तर भट्टोत्पली में—'केन्द्रेष्वपापेषु सितः' 'सर्पस्त्वसौम्यैश्च यमार' इस प्रकार से उपलब्ध होता है । मेरी दृष्टि में भी यही पाठान्तर उचित प्रतीत होता है ॥ ६-८ ॥

अथाकृतियोगाः । ज्ञानमुक्तावल्याम्—

ज्ञान मुक्तावली के वाक्यों से अब आगे आकृति योगों को बतलाते हैं ।

गदायोग का ज्ञान

लग्नाम्बुगैरम्बुनगस्थितैर्वा सप्ताम्बरैरम्बरलग्नसंस्थैः ।
एवं चतुर्धा कथितो गदाख्यः शुभाशुभैः खेचरकैस्तु सर्वैः ॥ ९ ॥

१. बृ० जा० १२ अ० २ श्लो० भट्टो० ।   २. बृ० जा० १२ अ० २ श्लो० भट्टो० ।

यदि जन्म के समय में लग्न व चौथे में या चतुर्थ व सप्तम में या सप्तम व दशम में अथवा दशम तथा लग्न में समस्त शुभाशुभ ग्रह हों तो चार स्थिति में गदा योग होता है ॥ ९ ॥

शकट, विहङ्ग व शृङ्गाटक योगज्ञान

लग्नास्तगैस्तु शकटं विहङ्गः सुखकर्मगैः।
लग्नपञ्चमनन्दस्थैः खगैः शृङ्गाटकं स्मृतम् ॥ १० ॥

यदि जन्म के समय में समस्त ग्रह लग्न व सप्तम भाव में हों तो शकट, यदि चौथे व दशम भाव में सब ग्रह हों तो विहङ्ग योग और लग्न पञ्चम तथा नवम में सम्पूर्ण ग्रह हों तो शृङ्गाटक नाम का योग होता है ॥ १० ॥

हलयोग ज्ञान

द्वितीयषष्ठकर्मस्थैस्त्रिसप्तायगतैः खगैः।
बन्धुनैधनरिष्फस्थैस्त्रिधा तु हलसंज्ञकः ॥ ११ ॥

यदि जन्म के समय में दूसरे, छटे, दशवें भाव में या तीसरे, ग्यारहवें, सातवें भाव में अथवा चौथे आठवें व बारहवें भाव में समस्त ग्रह हों तो तीन प्रकार से हल योग होता है ॥ ११ ॥

वज्र व यवयोग ज्ञान

विलग्नास्ते शुभाः सर्वे खबन्धौ पापखेचराः।
वज्रं नाम विजानीयात्तद्व्यस्तैर्यवसंज्ञकः ॥ १२ ॥

यदि जन्म के समय में लग्न व सप्तम में सब शुभग्रह और चौथे व दशवें में समस्त पापग्रह हों तो वज्र नामक योग होता है। इसके विपरीत में अर्थात् लग्न व सप्तम में सब पापग्रह एवं चतुर्थ व दशम में समस्त शुभग्रह हों तो यव नाम का योग होता है ॥ १२ ॥

वज्रादि योगेषु दूषणमाह वराहः—

अब आगे वज्रादि योगों में जो दोषारोपण वराहमिहिरजी ने किया है उसे बताते हैं।

बज्रादि योग में दोष का निरूपण

[1]पूर्वशास्त्रानुसारेण मया वज्रादयः कृताः।
चतुर्थभवने सूर्याज्ज्ञसितौ भवतः कथम् ॥ १३ ॥

अत्र वराहमिहिरेण सूर्याद्बुधशुक्रयोश्चतुर्थगत्वासंभवः स्वदेशाभिप्रायेणोक्तः। यतो द्वादशाङ्गुलाधिकपलभादेशे रवेश्चतुर्थे बुधशुक्रयोः संभवो भवति। अत्र धूलीकर्मणार्थज्ञानमात्मनो दूरो करोत्यायुष्मान्। उक्तञ्च चिन्तामणौ वराहमिहिराचार्यैः 'सूर्यपुष्टाक्षमे युतः। तत्संभवोस्त्यतः स्वीयदेशाभिप्रायतः स्मृतमिति।

---

१. बृ० जा० १२ अ० ६ श्लो०।

आचार्य वराहमिहिर का कथन है कि ये वज्रादि योग मय यवनाचार्यादि जी के कहने से मैंने भी इन योगों को कहा है। इन योगों के होने में प्रत्यक्ष यह दोष है कि परम शीघ्राङ्क व मन्दाङ्कों का योग आपस में सूर्य से इतना बड़ा अन्तर नहीं होता है। इसलिये सूर्य व बुध शुक्र में ४ राशि का अन्तर न होने से योग की सम्भावना ही नहीं होती है ॥ १३ ॥

यहाँ ग्रन्थकार का कहना है कि वराहमिहिर ने चौथी राशि में सूर्य से शुक्र बुध की सत्ता का खण्डन अपने देश के अभिप्राय से किया है। क्योंकि १२ अंगुल से अधिक पलभादेश में सूर्य से चतुर्थ राशि में बुध शुक्र की सम्भावना होती है।

ज्ञानमुक्तावल्याम्—

अब ज्ञान मुक्तावली में कथित अन्य योगों को कहते हैं।

कमल व वापीयोग ज्ञान

मिश्राः पापाः शुभाः सर्वे चतुः केन्द्रेऽथ पद्मकम्।
तैरेवापोक्लिमस्थैर्वा पणफरेऽपि च वापिका ॥ १४ ॥

यदि कुण्डली में चारों केन्द्रों में समस्त शुभ व पापग्रह मिश्रित होकर स्थित हों तो कमल योग होता है। यदि सब शुभ व पापग्रह पणफर तथा आपोक्लिम में हों तो वापी नाम का योग होता है ॥ १४ ॥

यूप, शर, शक्ति व दण्डयोग ज्ञान

एकद्वित्रिचतुर्थस्थैः सर्वखेटैस्तु यूपकम्।
तुर्यादिसप्तमान्तस्थैरेवं वाणः प्रजायते ॥ १५ ॥
सप्ताष्टनन्दकर्मस्थैः खगैः शक्तिरिति स्मृतः।
दशादिलग्नपर्यन्तैः सर्वैर्दण्डाभिधानकः ॥ १६ ॥

यदि कुण्डली में एक, दो, तीन और चौथे भाव में सब ग्रह हों तो यूपयोग और चार, पाँच, छै और सातवें भाव में सकल ग्रह हों तो शर नाम का योग होता है ॥ १५ ॥

यदि कुण्डली में सप्तम, अष्टम, नवम एवं दशम भाव में समस्त ग्रह हों तो शक्ति और दशम, एकादश, द्वादश तथा लग्न में समस्त ग्रह हों तो दण्ड योग होता है ॥ १६ ॥

नौ, कूट, छत्र, चापयोग ज्ञान

लग्नादिसप्तमान्तस्थैः सर्वखेटैस्तु नौरिति।
तुर्यादिदशमान्तस्थैः कूट इत्यभिधीयते ॥ १७ ॥
सप्तमादिविलग्नान्तैः छत्रः सकलखेचरैः।
एवं दशादितुर्यान्तैश्चाप इत्युच्यते बुधैः ॥ १८ ॥

यदि कुण्डली में लग्न से सप्तम पर्यन्त प्रत्येक भाव में एक-एक करके समस्त ग्रह हों तो नौ योग अर्थात् नौका योग और चतुर्थ से दशम भाव पर्यन्त समस्त ग्रह सब भावों में हों तो कूट नाम का योग होता है ॥ १७ ॥

यदि कुण्डली में सप्तम भाव से लग्न पर्यन्त समस्त ग्रह हों तो छत्रयोग और दशम भाव से चतुर्थ भाव तक समस्त ग्रह हों तो चाप नाम का योग होता है ॥१८॥

अर्धचन्द्र, चक्र व समुद्र योग ज्ञान

परस्परद्व्रयादष्टौ तृतीयान्नवमान्तिकम् ।
पञ्चमैकादशः षष्ठाद्द्वादशं त्वष्टधा शशी ॥ १९ ॥
लग्नत्रिपञ्चसप्तर्क्षनवमेकादशे स्थितैः ।
सर्वैश्चक्रं द्वितीयादावेवं योगः समुद्रकः ॥ २० ॥
इत्याकृतियोगाः ।

यदि कुण्डली में द्वितीय भाव से अष्टम भाव तक प्रत्येक भावों में सब ग्रह हों तो अर्धचन्द्र नामक योग होता है। यह योग आठ प्रकार से होता है। १—द्वितीय से अष्टम, २—तृतीय से नवम, ३—पञ्चम से एकादश, ४—षष्ठ से द्वादश तक, ५—आठ से द्वितीय तक, ६—नवम से तृतीय तक, ७—एकादश से पञ्चम भाव तक और बारहवें भाव से छटे भाव तक प्रत्येक भाव में सब ग्रह हों तो अर्धचन्द्र नामक योग होता है ॥ १९ ॥

यदि कुण्डली में लग्न, तृतीय, पञ्चम, सप्तम, नवम और एकादश भाव में सब ग्रह हों तो चक्र नाम का योग होता है।

यदि कुण्डली में २, ४, ६, ८, १०, १२ इन भावों में समस्त ग्रह हों तो समुद्र नाम का योग होता है ॥ २० ॥

इस प्रकार आकृति योग ज्ञान समाप्त हुआ।

अथ संख्यायोगानाह वराहः—

अब आगे वराहमिहिरोक्त संख्या योगों का वर्णन करते हैं।

संख्या योग ज्ञान

[1]संख्यायोगाः सप्तसप्तर्क्षसंस्थैरेकोपायाद्वल्लकीदामपाशाः ।
केदारः स्याच्छूलयोगे युगञ्च गोलश्चान्यान् पूर्वमुक्तान् विहाय ॥२१॥-

पूर्वोक्तानन्यान् विहाय संख्या योगाः स्युस्तदा फलप्रदाः स्युः। अन्य योगसंभवे संख्या योगाः सर्वे कार्या इत्यर्थः।

संख्या योग सात प्रकार का होता है। यदि कुण्डली में सात स्थानों में सात ग्रह हों तो वल्लकी नामक योग होता है। यदि ६ स्थानों में सात ग्रह हों तो दामिनी योग, पाँच स्थानों में सात ग्रह हों तो पाश योग, ४ स्थानों में सात ग्रह हों तो केदार

१. बृ० जा० १२ अ० १० श्लो०।

योग, ३ स्थानों में सात ग्रह हों तो शूल योग, २ स्थानों में सात ग्रह हों तो युग योग और सातों ग्रह एक स्थान में हों तो गोल योग होता है।

यदि पूर्वोक्त आश्रय योगादि का कुण्डली में अभाव हो तो जातक संख्या योग का फल प्राप्त करता है, अन्यथा आश्रय व संख्या योग दोनों की प्राप्ति कुण्डली में हो तो आश्रय योग का ही फल जातक को प्राप्त होता है ॥ २१ ॥

अथैतेषां फलानि क्रमेण सारावल्याम्[1]—

अब आगे पूर्वोक्त योगों के फल को सारावली के वाक्यों से कहते हैं।

पूर्वोक्त योगों का फल

अटनप्रियाः सुरूपाः परदेशस्वास्थ्यभागिनो मनुजाः।
क्रूराः खलस्वभावा रज्जुप्रभवाः सदा कथिताः ॥ २२ ॥

मानज्ञानयुताः कुस्त्रीयुक्ता नृपप्रियाः ख्याताः।
बहुपुत्राः स्थिरचित्ताः मुसलसमुत्थिता भवन्ति नराः ॥ २३ ॥

न्यूनातिरिक्तदेहा धनसञ्चयभागिनोऽतिनिपुणाश्च।
बन्धुहिताश्च सुरूपा नलयोगे संप्रसूयन्ते ॥ २४ ॥

नित्यं सुखप्रधाना वाहनवस्त्रान्नभोगसंपन्नाः।
कान्ताः सुबहुस्त्रीका मालायां संप्रसूताः स्युः ॥ २५ ॥

विषमाः क्रूरा निस्वा नित्यं दुःखार्दिताः सुदीनाश्च।
परपक्षपातनिरताः सर्पप्रभवा भवन्ति नराः ॥ २६ ॥

सततोद्युक्तास्तवशा यज्वानः शास्त्रगेयकुशलाश्च।
धनकनकरत्नसंपत्संप्रयुक्ता मानवा गदायान्तु ॥ २७ ॥

रोगार्ताः कुनखा मूर्खाः शकटानुजीविनो निःस्वाः।
मित्रस्वजनविहीना शकटे जाता भवन्ति नराः ॥ १८ ॥

भ्रमणरुचयो विकृष्टा दूताः सुरतानुजीविनो धृष्टाः।
कलहप्रियाश्च नित्यं विहगे योगे सदा जाताः ॥ २९ ॥

प्रियकलहाः समरसहाः सुखिनो नृपतेः प्रियाः शुभकलत्राः।
आढ्या युवतिद्वेष्या शृङ्गाटकसंभवा मनुजाः ॥ ३० ॥

बह्वाशनो दरिद्राः कृषीवला दुःखिताश्च सोद्वेगाः।
बन्धुसुहृद्भिस्त्यक्ताः प्रेष्या हलसंज्ञके सदा पुरुषाः ॥ ३१ ॥

आद्यन्तवयः सुखिनः शूराः सुभगा निरीहाश्च।
भाग्यविहीना वज्रे मध्ये जाता खला विरुद्धाश्च ॥ ३२ ॥

---

१. ये श्लोक २१ अध्याय में तथा बृ० पा० में ३५ अ० १८-५० श्लो०।

व्रतनियममङ्गलपरा वयसो मध्ये सुखार्थपुत्रयुताः ।
दातारः स्थिरचित्ता यवयोगभवाः सदा पुरुषाः ॥ ३३ ॥
स्फीतविभवाः पुण्याढ्याः स्थिरायुषो विपुलकीर्तयः शुद्धाः ।
शुभशतकाः पृथ्वीशाः कमलभवा मानवा नित्यम् ॥ ३४ ॥
निधिकरणे निपुणधियः स्थिरार्थसुखसंयुताः सुतप्ताश्च ।
नयनसुखसंप्रहृष्टा वापी योगे नरा जाताः ॥ ३५ ॥
आत्मविदिज्यानिरतस्त्र्यायुतः सत्वसंपन्नः ।
व्रतनियममन्त्रनिरतो यूपे जातो विशिष्टश्च ॥ ३६ ॥
इषुकरणदस्युबन्धनमृगयाधनसेवितोऽपि मांसादाः ।
हिंस्राः कुशिल्पकराः शरयोगे संप्रसूयन्ते ॥ ३७ ॥
धनरहितविकलदुःखितनीचालसाश्चिरायुषः पुरुषाः ।
संग्रामबुद्धिनिपुणाः शक्त्यां जाताः स्थिराः सुभगाः ॥ ३८ ॥
हतपुत्रदारनिस्वाः सर्वत्र निर्घृणाः स्वजनबाह्याः ।
दुःखितनीचाः प्रेष्या दण्डप्रभवा भवन्ति नराः ॥ ३९ ॥
सलिलोपजीविविभवा बह्वाशा ख्यातकीर्तयो दुष्टाः ।
कृपणा मलिनो लुब्धाः नौसंजाता खलाः पुरुषाः ॥ ४० ॥
आनृतिककितवबंधनपापा निष्किञ्चनाः शठाः क्रूराः ।
कूटसमुत्था नित्यं भवन्ति गिरिदुर्गवासिनो मनुजाः ॥ ४१ ॥
स्वजनाश्रयो दयावान् नानानृपवल्लभः प्रकृष्टगतिः ।
प्रथमेऽन्त्ये वयसि नरः सुखवान् दीर्घायुरातपत्रे स्यात् ॥ ४२ ॥
आनृतिकगुप्तपालाश्चौराः कितवाश्च कानने निरताः ।
कार्मुकयोगे जाता भाग्यविहीना वयो मध्ये ॥ ४३ ॥
सुभगाः सेनापतयः कान्तशरीरा नृपप्रिया बलिनः ।
मणिकनकभूषणयुता भवन्ति योगे चार्धचन्द्राख्ये ॥ ४४ ॥
प्रणताशेषनराधिपः किरीटरत्नप्रभास्फुरितपादः ।
भवति नरेन्द्रो मनुजश्चक्रे यो जायते योगे ॥ ४५ ॥
बहुरत्नधनसमृद्धा भोगैर्युक्ता जनप्रियाः सुसुताः ।
उदधिसमुत्थाः पुरुषाः स्थिरविभवाः साधुशीलाश्च ॥ ४६ ॥
प्रियगीतनृत्यवाद्यनिपुणाः सुखिनश्च धनवन्तः ।
नेतारो बहुभृत्या वीणायां कीर्त्तिताः पुरुषाः ॥ ४७ ॥
दामिन्यामुपकारी न पशुधनयुक्तो महेश्वरः ख्यातः ।
बहुसुतरत्नसमृद्धो धीरो जायेत विद्वांश्च ॥ ४८ ॥

पाशे बन्धनभाजः कार्ये दक्षाः प्रपञ्चकाराश्च ।
बहुभाषिणो विशीला बहुभृत्याः संप्रसूताश्च ॥ ४९ ॥
सुबहूनामुपयोज्याः कृषीवलाः सत्यवादिनः सुखिनः ।
केदारे संभूताश्चलस्वभावा धनैर्युक्ताः ॥ ५० ॥
तीक्ष्णालसधनहीना हिंस्राः सुबहिष्कृता महाशूराः ।
संग्रामे लब्धशब्दाः शूले योगे भवन्ति नराः ॥ ५१ ॥
पाखण्डभागिनो वा धनरहिता वा बहिष्कृता लोके ।
सुतमातृधर्मरहिता युगयोगे मानवा जाताः ॥ ५२ ॥
बलसंयुक्ता विधना बिद्याविज्ञानवर्जिता मलिनाः ।
नित्यं दुःखितदीना गोले योगे भवन्ति नराः ॥ ५३ ॥
एते च योगाः सर्वास्वपि दशासु फलदायिनः ।
सकलग्रहारब्धः स्यादित्याह गुणाकरः ॥ ५४ ॥
[1]सर्वास्वपि दशास्वेते भवेयुः फलदायिनः ।
प्राणिनामिति सत्याद्याः प्रवदन्ति मनीषिणः ॥ ५५ ॥

अब नाभस योगों में उत्पन्न होने वाले जातक के फल को या यों समझिये ३२ योगों के फल को अलग-अलग बताते हैं ।

रज्जु योग का फल

यदि कुण्डली में रज्जु योग हो तो जातक घूमने का प्रेमी, स्वरूपवान्, परदेश में स्वास्थ्य लाभ करने वाला; क्रूर और दुष्ट प्रकृति का होता है ॥ २२ ॥

विशेष—प्रकाशित सारावली में—'परदेशेष्वर्थभागिनो' यह पाठान्तर है ॥ २२ ॥

मुशल योग का फल

यदि कुण्डली में मुशल योग हो तो जातक सम्मानित, ज्ञानी, दूषित स्त्री से युक्त, राजा का प्रेमी, प्रसिद्ध; अधिक पुत्र वाला और स्थिर चित्त होता है ॥ २३ ॥

विशेष—प्रकाशित सारावली में—'मानधनज्ञानयुता कर्मोद्युक्ता' 'स्थिरचित्ता मुसलोत्था भवन्ति शूराः सदा पुरुषाः' तथा बृहत्पाराशर में—'मानज्ञाधनाद्यैर्युक्ता' यह पाठान्तर उपलब्ध है ॥ २३ ॥

नल योग का फल

यदि कुण्डली में नलयोग हो तो जातक न्यून व अधिक देहधारी, धन का संग्रही, अत्यन्त चतुर, बान्धवों का शुभी और स्वरूपवान् होता है ॥ २४ ॥

माला योग का फल

यदि कुण्डली में माला योग हो तो जातक प्रतिदिन प्रधान सुखी, वाहन (सवारी) वस्त्र, अन्न व भोग से समृद्ध, प्रिय और अधिक स्त्री वाला होता है ॥ २५ ॥

१. होरामकरन्द १५ अ० २५ श्लो० । 'फलदायका' यह पाठान्तर है ।

विशेष—प्रकाशित सारावली में 'वाहनवस्त्रार्थ भोग' यह पाठान्तर प्राप्त है। २१ अ० ४१ श्लो० ॥ २५ ॥

सर्प योग का फल

यदि कुण्डली में सर्प योग हो तो जातक विपरीत, क्रूर, निर्धन, नित्य दुःख से पीड़ित, दीन और दूसरे के भोजन व पानी में आसक्त होता है ॥ २६ ॥

विशेष—प्रकाशित सारावली में 'परभुक्ताः पानरताः सर्पे जाता भवन्ति नराः' 'यह पाठान्तर प्राप्त है। २१ अ० ४२ श्लो० ॥ २६ ॥

गदा योग का फल

यदि कुण्डली में गदा योग हो तो जातक निरन्तर उद्योगी, धन के वशीभूत, यज्ञ-कर्ता, शास्त्रीय गान में चतुर और धन, सुवर्ण, रत्नरूपी संपत्ति से युक्त होता है ॥२७॥

विशेष—प्रकाशित सारावली में 'सततं मानार्थपरा' यह पाठान्तर है २१ अ० ३२ श्लो० ॥ २७ ॥

शकट योग का फल

यदि कुण्डली शकट योग हो तो जातक रोग से दुःखी, कुत्सित नाखूनधारी, मूर्ख, गाड़ी से जीविका करने वाला, निर्धन और मित्र व अपने मनुष्यों से हीन होता है ॥२८॥

विशेष—प्रकाशित सारावली में 'रोगार्त्ताः कुकलत्राः' यह पाठान्तर प्राप्त है २१ अ० ३० श्लो० ॥ २८ ॥

विहग योग का फल

यदि जन्म के समय में, विहग योग हो तो जातक घूमने की इच्छा करने वाला, अच्छा दूत, सुरति (व्यभिचार) से जीविका करने वाला, ढीठ और प्रतिदिन कलह का प्रेमी होता है ॥ २९ ॥

शृङ्गाटक योग का फल

यदि कुण्डली में शृङ्गाटक योग हो तो जातक कलह का प्रेमी, युद्ध को सहन करने वाला, सुखी, राजा का प्रिय, शुभ स्त्री वाला, धनी और स्त्रियों का शत्रु होता है॥३०॥

विशेष—प्रकाशित सारावली में 'प्रियकलहसमरसाहससुखिनो' 'सुभगकान्ताः' यह पाठान्तर प्राप्त है। २१ अ० ३३ श्लो० ॥ ३० ॥

हल योग का फल

यदि कुण्डली में हल योग हो तो जातक अधिक खाने वाला, दरिद्री, खेती करने वाला, दुःखी, उद्वेगी, बान्धव व मित्रों से त्यक्त और सेवक होता है ॥ ३१ ॥

विशेष—प्रकाशित सारावली में 'बह्वाशिनो' 'बन्धुसुहृत्संत्यक्ताः' यह पाठान्तर है ॥ ३१ ॥

वज्र योग का फल

यदि कुण्डली में वज्र योग हो तो जातक आदि व अन्त अवस्था में सुखी, वीर, सुभग, निरीह, भाग्यहीन, दुष्ट और विपरीत होता है ॥ ३२ ॥

विशेष—प्रकाशित सारावली में 'वज्रे जाताः स्वजनैर्विरुद्धाश्च' यह पाठान्तर है। (२१ अ० २६ श्लो०) ॥ ३२ ॥

यव योग का फल

यदि कुण्डली में यव योग हो तो जातक व्रती, नियमी, उत्सव प्रेमी, अवस्था के बीच में सुख, धन और पुत्र से युक्त, दानी और सदा स्थिर चित्त होता है ॥ ३३ ॥

कमल योग का फल

यदि कुण्डली में कमल योग हो तो जातक विशाल वैभववाला, पुण्यात्मा, दीर्घायु, बड़ा कीर्तिमान्, पवित्र और शुभी राजा होता है ॥ ३४ ॥

विशेष—प्रकाशित सारावली में 'स्फीतयशसोगुणाढ्या' 'शुभयशसः' यह पाठान्तर प्राप्त है। (२१ अ० २८ श्लो०) ॥ ३४ ॥

वापी योग का फल

यदि कुण्डली में वापीयोग हो तो जातक सम्पत्ति एकत्रित करने में चतुर बुद्धिवाला, स्थिर धन व सुख से युक्त, पीडित और नेत्रसुख से प्रसन्न होता है ॥ ३५ ॥

यूप योग का फल

यदि कुण्डली में यूपयोग हो तो जातक आत्मज्ञानी, पूँजा में आसक्त, स्त्री से अयुक्त, बल से युक्त, व्रती, नियमी, मन्त्र में अनुरक्त और विशिष्ट होता है ॥ ३६ ॥

विशेष—प्रकाशित सारावली में 'आत्मनि रक्षानिरतस्त्यागयुते वित्तसौख्यसंपन्नः व्रतनियमसत्यनिरतो' यह पाठान्तर प्राप्त है। (२१ अ० २७ श्लो०) ॥ ३६ ॥

शरयोग का फल

यदि कुण्डली में शरयोग हो तो जातक धनुष बनाने वाला, चोर, बन्धन भोगी, शिकारी, धन से युक्त होने पर भी मांस खाने वाला, हिंसक और दूषित शिल्पी होता है ॥ ३७ ॥

विशेष—प्रकाशित सारावली में 'मृगयावनसेवनेति सोन्मादः' यह पाठान्तर प्राप्त है ॥ ३७ ॥

शक्ति योग का फल

यदि कुण्डली में शक्तियोग हो तो जातक निर्धन, अशान्त, दुःखी, नीच, आलसी, दीर्घायु और लड़ाई की बुद्धि में चतुर होता है ॥ ३८ ॥

दण्डयोग का फल

यदि कुण्डली में दण्डयोग हो तो जातक नष्ट पुत्र स्त्री वाला, निर्धन, सर्वत्र घृणा से हीन, अपने मनुष्यों से बहिर्भूत, दुःखी, नीच और सेवक होता है ॥ ३९ ॥

विशेष—प्रकाशित सारावली में 'सर्वजनैर्व्यक्तता:' यह पाठान्तर प्राप्त है ॥ ३९ ॥

नौका योग का फल

यदि कुण्डली में नौका योग हो तो जातक जल से जीविका पैदा करके ऐश्वर्यवान्, अधिक खाने वाला, प्रसिद्ध कीर्तिमान्, दुष्ट, लोभी, दूषित, लालची और नीच होता है ॥ ४० ॥

विशेष—प्रकाशित सारावली में 'बह्वायाख्यातकीर्तयो हृष्टाः। कृपणा बलिनो' 'संभूताश्चलाः पुरुषाः' यह पाठान्तर प्राप्त है। (२१ अ० २१ श्लो०) ॥ ४० ॥

कूट योग का फल

यदि कुण्डली में कूट योग हो तो जातक असत्यभाषी, कपटी, बन्धनभागी, पापी, निष्किञ्चन, धूर्त, क्रूर, पर्वत व किले का निवासी होता है ॥ ४१

विशेष—प्रकाशित सारावली में 'बन्धनपाला' यह पाठान्तर प्राप्त है ॥ ४१ ॥

छत्र योग का फल

यदि कुण्डली में छत्रयोग हो तो जातक अपने जनों का आश्रयी, दयालु, अनेक राजाओं का प्रेमी, अच्छा बुद्धिमान्, प्रथम तथा अन्त अवस्था में सुखी और दीर्घायु होता है ॥ ४२ ॥

कार्मुक योग का फल

यदि कुण्डली में कार्मुक योग हो तो जातक असत्यभाषी, गोपनीयता का रक्षक, चोर, कपटी, वन में आसक्त और मध्य अवस्था में भाग्यहीन होता है ॥ ४३ ॥

अर्धचन्द्र योग का फल

यदि कुण्डली में अर्धचन्द्र योग हो तो जातक अच्छा भाग्यवान्, सेनाध्यक्ष, सुन्दर शरीरधारी, राजा का प्रिय, बली, मणि-सुवर्ण और अलङ्कारों से युक्त होता है ॥४४॥

चक्र योग का फल

यदि कुण्डली में चक्र योग हो तो जातक नम्र समस्त राजाओं के मुकुट की प्रभा के समान शोभित पैर वाला राजा होता है ॥४५॥

समुद्र योग का गल

यदि कुण्डली में समुद्र योग हो तो जातक अधिक रत्न व धन से संपन्न भोगी, जनप्रिय, सुन्दर पुत्र वाला, स्थिर ऐश्वर्यवान् और सज्जन स्वभावी होता है ॥४६॥

वीणा योग का फल

यदि कुण्डली में वीणा योग हो तो जातक गाने व नाचने का प्रेमी, वादन (बजाने) में चतुर, सुखी, धनी, नेता और अधिक नौकर वाला होता है ॥४७॥

विशेष—प्रकाशित सारावली में 'मित्रान्विता सुवचसः शास्त्रपराः' 'सुखभाजो' यह पाठान्तर (२१ अ० ५२ श्लो०) प्राप्त है ॥४७॥

दामिनी योग का फल

यदि कुण्डलो में दामिनो योग हो तो जातक उपकारी, पशु व धन से अयुक्त, बड़ा समर्थवान्, प्रसिद्ध, अधिक पुत्र धन से संपन्न, धैर्यवान् और पंडित होता है ॥४८॥

विशेष—प्रकाशित सारावली में 'पशुगणयुक्तो धनेश्वरो मूढः' यह पाठान्तर है (२१ अ० ५१ श्लो०) ॥४८॥

पाश योग का फल

यदि कुण्डली में पाश योग हो तो जातक जेल भोगी, कार्य में चतुर, प्रपञ्ची अधिक बोलने वाला, शीलता से हीन और अधिक नौकरों से युक्त होता है ॥४९॥

विशेष—प्रकाशित सारावली में 'माजः कार्योद्युक्ता' यह पाठान्तर (२१ अ० ५० श्लो०) प्राप्त है ॥४९॥

केदार योग का फल

यदि कुण्डली में केदार योग हो तो जातक अधिक जनों का उपयोगी, किसान, सत्यभाषी, सुखी, अस्थिर प्रकृति और धन से युक्त होता है ॥५०॥

शूल योग का फल

यदि कुण्डली में शूल योग हो तो जातक तीखा, आलसी, धनहीन, हिंसक, बहिष्कृत बड़ा वीर और युद्ध में शब्द प्राप्त करने वाला होता है ॥५१॥

युग योग का फल

यदि कुण्डली में युग योग हो तो जातक पाखंडी वा निर्धन वा संसार में बहिष्कृत, पुत्र-माता और धर्म से रहित होता है ॥५२॥

गोल योग का फल

यदि कुण्डली में गोल योग हो तो जातक बली, निर्धन, विद्या व विज्ञान से रहित, दूषित, नित्य दुःखी और दीन होता है ॥५३॥

विशेष—प्रकाशित सारावली में 'दारिद्र्यालस्ययुता विद्याज्ञामानवर्जिता' यह पाठान्तर है (२१ अ० ४६ श्लो०) ॥५३॥

इन योगों का फल समस्त दशाओं में होता है, ऐसा गुणाकरने होरामकरन्द में कहा है ॥५४॥

ये समस्त नाभस योग समस्त दशाओं में प्राणियों को फल देते हैं, ऐसा सत्याचार्य आदि पंडितों का कथन है ॥५५॥

टिप्पणी – यहाँ पर जो नाभस योगों के फल को बताने वाले पद्यों को दिया गया है वे सारावली के हैं ऐसा भी कहा है किन्तु सारावली में इनके अनुरूप व क्रम से पद्य प्राप्त नहीं होते हैं। बृहत्पाराशर की ३५वीं अध्याय में १८-४९ श्लोक इसी क्रम से प्राप्त हैं ॥५५॥

अथ यवनजातकोक्ता विशेषयोगाः।

अब आगे यवन जातकोक्त विशेष योगों को कहते हैं।

सर्प, किङ्कर, कृश्य, श्रुत, विवृद्धि, कर्ण कूर्मादि योग ज्ञान—

पापैः कोणगतैश्च केन्द्रगशुभैः सर्पाब्धकोद्व्यायगैः
सर्वैः किङ्करकोऽष्टसप्त ८।७ निखिलैः कृश्यं सुताब्धेः श्रुतः।
सर्वैः स्वायगतैर्विवृद्धिरनुजां ३।४ बुस्थैः श्रुतिर्धर्म खे ९।१०
कर्णो रिष्फतनौ च कूर्म इति सोपि द्यूनषष्ठे महान् ॥५६॥

यदि कुण्डली में समस्त पापग्रह त्रिकोण में और केन्द्र में सब शुभग्रह हों तो सर्प, ४।२।११ में किंकर, ७।८ में कृश्य, ४।५ में श्रुत, २।११ में सब ग्रह हों तो विवृद्धि, ३।४ में श्रुति, ९।१० में कर्ण, १२।१ में कूर्म और समस्त ग्रह ६।७ में हों तो महाकूर्म योग होता है ।।५६।।

उक्त योगों के फल

सर्पे हिंस्रस्त्वधूर्तः स्याद्बंधनार्तोऽध्वगः सदा।
किङ्करो परसेवार्थः किङ्करोद्विग्नको भवेत् ।।५७।।
कार्श्यमृणयुतो नित्यं ग्लानियुक् परसेवकः।
श्रुते शास्त्रमतिर्दीक्षायुतोऽवश्यं च मित्रयुक् ।।५८।।
विवृद्धौ धनवृद्धिः स्यात्क्षीणार्थश्च क्षणे क्षणे।
कर्णे कीर्तियुतो भूयो बहुस्त्रीसुतबन्धुयुक् ।।५९।।
कूर्मे कार्येष्वधीरः स्याद् द्वयोर्मध्ये च मध्यमः।
महाकूर्मे लब्धसिद्धिर्नानास्त्रीभोगवान् सुधीः ।।६०।।

यदि कुण्डली में सर्प योग हो तो जातक हिंसक, अधूर्त अर्थात् धूर्तता से रहित, बन्धन (जेल) से पीडित और सदा घूमने वाला होता है।

यदि किङ्कर योग हो तो जातक दूसरे की सेवा करने वाला और उद्विग्न होता है ।।५६।।

यदि कुण्डली में कृश्य योग हो तो जातक ऋणी, ग्लानि करने वाला और दूसरे का नौकर तथा श्रुत योग में जन्म लेने वाला शास्त्रीय बुद्धि का, दीक्षा और मित्र से युक्त होता है ।।५८।।

यदि कुण्डली में विवृद्धि योग हो तो धन की वृद्धि और क्षण-क्षण में धनव्यय, कर्ण योग में कीर्तिमान्, अधिक स्त्री-पुत्र बान्धवों से युक्त, कूर्म में कार्य में अधैर्य, यदि दो योग हों तो मध्यम और महाकूर्म योग हो तो जातक सिद्धि प्राप्त करने वाला अधिक स्त्रियों का भोगी और पंडित होता है ।।५९-६०।।

सफल मुसल योग

लग्नात्त्रयोऽनन्तरितास्त्रिभेस्युः सर्वे ग्रहास्तन्मुशलं वदन्ति।
अस्मिन् प्रहारोपहते प्रसूते प्राज्ञैर्विरुद्धं सहजैरधन्यम् ।।६१।।

यदि कुण्डली में लग्न व तृतोय भाव में समस्त ग्रह हों तो मुशल योग होता है। इसमें जिसका जन्म होता है वह प्रहार से भग्न, भाईयों के विरुद्ध और अप्रशंसनोय होता है ।।६१।।

मुद्गर पाश व अंकुश योग का ज्ञान

तं मुद्गरं विद्धि जलात्प्रसूते वाग्दुःखशोकश्रमपीडितानाम्।
पाशाख्यसप्तात्तदुपद्रुतानां मेषूरणादंकुशमीश्वराणाम् ।।६२।।

यदि कुण्डली में चतुर्थ व षष्ठ में सब ग्रह हों तो मुद्गर योग होता है। इसमें जातक वाणी से दुःखी, शोक से युक्त और श्रम से पीडित होता है।

यदि कुण्डली में सप्तम व नवम में सब ग्रह हों तो पाश योग और दशम व द्वादश में सब ग्रह हों तो अंकुश योग होता है। इसमें जातक समर्थ होता है ॥६२॥

अथ शयनो।

सफल शयनी योग ज्ञान

निरन्तरं पञ्चगृहोपगेषु सर्वेषु योगः शयनी विलग्नात्।
स्ववंशकीर्तिप्रतिलब्धमानो जातो भवेदत्र सुखी च नित्यम् ॥६३॥

यदि कुण्डली में लग्न से लगातार पाँच भावों में सब ग्रह हों तो शयनी योग होता है इसमें जन्म लेने वाला अपने वंश की कीर्ति से सम्मान प्राप्त करने वाला और सदा सुखी होता है ॥६३॥

अथ जाङ्गलनिश्रयणीयोगौ।

जाङ्गलनिश्रयणी योग ज्ञान

तद्वच्चतुर्थादपि जाङ्गलाख्यो जन्मप्रदःस्यात्परकिङ्कराणाम्।
अस्ताश्रयान्निश्रयणीतिधूर्तदूतव्यथाऽध्वन्यजनं प्रसूते ॥६४॥

यदि कुण्डली में चतुर्थ भाव से क्रमबार पाँच भावों में सब ग्रह हों तो जांगल योग होता है इसमें जातक दूसरे का नौकर होता है।

यदि सप्तम भाव से लगातार पाँच भावों में समस्त ग्रह हों तो निश्रयणी योग, इसमें जातक धूर्त, दूत व निर्जन मार्ग में व्यथित होता है ॥६४॥

कुन्त योग ज्ञान

नभस्थलात्कुन्तमिति प्रचण्डप्रसूतिकृत्सूर्यकृते च पुंसाम्।
चण्डात्प्रवृत्तास्तु रणोत्कटानामन्यं प्रवृत्तोऽनलभूतसंज्ञम् ॥६५॥

यदि कुण्डली में दशम से पांच भावों में सब ग्रह हों तथा दशम सूर्य हो तो कुन्त योग होता है। सूर्य से योग प्रारम्भ होने पर जातक युद्ध में उत्कट और अन्य ग्रह से योगारम्भ हो तो जातक अग्नि के समान होता है ॥६५॥

अथ पंक्तियोगः।

सफल पंक्तियोग ज्ञान

अनन्तरं षट्सु गृहेष्वधिष्ठिताः सर्वे यदा तं प्रवदन्ति पंक्तिम्।
लग्नात्प्रवृत्तोऽत्र नृपं प्रसूते केन्द्रात्प्रवृत्तो नृपमन्त्रिमुख्यम् ॥ ६६ ॥

यदि कुण्डली में क्रम से ६ स्थानों में सब ग्रह हों तो पंक्ति योग होता है। यदि लग्न से ६ स्थानों में सब ग्रह हों तो जातक राजा और चतुर्थ या सप्तम या दशम भाव से योगारम्भ हो तो जातक राजा का मुख्य सचिव होता है ॥ ६६ ॥

अथ नगर योगः।

नगर योग का ज्ञान

सर्वे चतुर्लग्नगता यदि स्युरन्योन्यसंपर्कगता ग्रहेन्द्राः।
योगं तमाहुर्नगरं नृपाणां जन्मप्रदं दम्भकलिप्रियाणाम् ॥ ६७ ॥

यदि कुण्डली में क्रम बार चार स्थानों में परस्पर सम्बन्धित समस्त ग्रह हों तो नगर नाम का योग होता है। इसमें दम्भी या पाखण्डी और कलह का स्नेही जातक राजा होता है ॥ ६७ ॥

अथ पंक्तिपर्वतौ।

अब आगे पंक्ति योग के फल व सफल पर्वत योग को बताते हैं।

सफल पंक्ति योग

विहाय केन्द्रानितरः प्रवृत्तैः स्यात् पंक्तियोगैर्नृचतुष्पदाढ्यः।
यथाभिलाषं फलमुक्तमस्मिन् विद्यात्फलोपायमलक्ष्यरूपम् ॥ ६८ ॥

यदि कुण्डली में केन्द्र स्थानों को छोड़कर पंक्तियोग का प्रारम्भ हुआ हो तो जातक पशुओं से युत, इच्छित फल पाने वाला, विद्या को उपाय से फलवती करने वाला और लक्षित रूप से रहित होता है ॥६८॥

सफल पर्वत योग ज्ञान

लग्नास्तमेषूरणगाः प्रशस्ताः सर्वे ग्रहेन्द्रा इह चेदपापाः।
तं पर्वतं विद्धि बलाधिकानां महीपतीनां प्रसवाय योगे ॥६९॥

यदि कुण्डली में लग्न, सप्तम व दशम में समस्त शुभ ग्रह हों और पाप ग्रहों का अभाव हो तो पर्वत योग होता है। इसमें जातक बड़ा बली और राजा होता है ॥६९॥

विशेष—बृहत्पाराशर में इस योग का वर्णन निम्न रीति से है। यथा 'सप्तमे चाष्टमे शुद्धे शुभग्रहयुतेऽथवा। केन्द्रेषु शुभयुक्तेषु योगः पर्वतसंज्ञकः। भाग्यवान् पर्वतोत्पन्नः वाग्मी दाता च शास्त्रवित्। हास्यप्रियो यशस्वी च तेजस्वी पुरनायकः (३६ अ० ७८ श्लो०) ॥६९॥

अथ कलश योगः।

कलश योग का ज्ञान

तत्राम्बरस्थेषु विपर्ययेण योगो यदा तं कलशं वदन्ति।
प्रभूतधान्याकरसंचयानां तमाहुरुद्भूतिकरं सताञ्च ॥७०॥

यदि जन्म के समय में लग्न, सप्तम, दशम में शुभग्रहों से हीन पापग्रह हो तो कलश योग होता है। इसमें अधिक धान्य के खजाने का संग्रही और सज्जनों को उद्भूति करने वाला जातक होता है ॥७०॥

अथ दोलायोगः ।

सफल दोला योग का ज्ञान

चतुर्थषट्पंचतृतीयसंस्थैश्चतुर्भिरन्यैस्त्रिचतुष्टस्थैः ।
योगः स दोलोति सुखान्वितानामुत्पत्तिकृत् स्यादटनोत्सुकानाम् ॥७१॥

यदि कुण्डली में तीसरे, चौथे, पाँचबें, छटे स्थान में चार ग्रह व अन्य ग्रह अवशिष्ट तीन केन्द्रों में हों तो दोला योग होता है। इस में जातक घूंमने की उत्कण्ठा करने वाला और सुखी होता है ॥ ७१ ॥

अथ वेदीयोगः ।

सफल वेदी योग का ज्ञान

सव्यासव्ये भवने विलग्नादस्ताच्च वर्यामधिकृत्य सर्वे ।
कुर्वन्ति वेदीं परिकिङ्कराणां जन्मातुरप्रव्रजितादिकानाम् ॥७२॥

यदि कुण्डली में लग्न व सप्तम भाव से वाम दक्षिण भावों में समस्त शुभग्रह हों तो वेदी योग होता है। इसमें जातक दूसरों का नौकर और आतुर संन्यासी होता है ॥७२॥

अथ श्रेष्ठयोगः ।

सफल श्रेष्ठ योग का ज्ञान

यामित्रषष्ठाष्टमगा यदि स्युः सौम्या विलग्नादितरेष्वनिष्टाः ।
श्रेष्ठाधियोगो भवतीह राजा विमुक्तशस्त्रश्रमरोगदुःखः ॥७३॥

यदि कुण्डली में छटे, सातवें व आठवें भाव में लग्न से शुभग्रह हों और अन्य भावों में पापग्रह हों तो श्रेष्ठ योग होता है। इसमें जातक शस्त्र, श्रम, रोग व दुःख से रहित होता है ॥७३॥

आश्रय योग फल कथन में विशेष

योगा इमे आश्रयजा निरुक्ता लग्नेन्दुभाभ्यां यवनैः पुराणैः ।
तेषु प्रसूताः सुखिनः स्वभाग्यैः समृद्धिभाजः पुरुषा भवन्ति ॥७४॥

प्राचीन यवनाचार्य जी ने इन आश्रय योगों का लग्न से व चन्द्रमा से वर्णन किया है। इन योगों में जन्म लेने वाला जातक सुखी और अपने भाग्य से संपन्न होता है ॥७४॥

वृद्धयवनः—

अब आगे वृद्ध यवनोक्त नाभस योगों को कहते हैं।

सफल वज्रयोग ज्ञान

कलत्रलग्नोपगतैश्च सौम्यैः पापैर्नभः सौख्यगतैश्च सर्वैः ।
वज्राख्ययोगोऽत्र भवेन्मनुष्यो महीपतिः शत्रुकुलान्तकारी ॥७५॥

यदि कुण्डली में सप्तम व लग्न में समस्त शुभग्रह और दशम व चतुर्थ में सब पापग्रह हों तो वज्र योग होता है। इसमें जातक शत्रु कुल का नाशक राजा होता है ।।७५।।

फल के साथ पिपीलिका योग का ज्ञान

व्ययारिगैः सर्वखगैश्च सौम्यैः पापैस्तथा धर्मतृतीयसंस्थैः।
पिपीलिकाख्यः प्रभवेच्च योगो जातः श्रिया सौख्यविहीनितश्च ।।७६।।

यदि कुण्डली में बारहवें व छटे भाव में सब शुभग्रह और नवें व तीसरे में सब पापग्रह हों तो पिपीलिका योग होता है। इसमें जातक लक्ष्मी व धन से हीन होता है ।।७६।।

फल के साथ गर्त योग ज्ञान

व्ययारिगैः पापखगैश्च सर्वैर्दुश्चिक्यधर्मानुगतैश्च सौम्यैः।
गर्ताभिधानः प्रभवेच्च योगो जातोऽत्र निःस्वो परतर्कश्च ।।७७।।

यदि कुण्डली में बारहवें व छटे भाव में सब पापग्रह और नवम व तृतीय में समस्त शुभग्रह हों तो गर्त योग होता है। इसमें जातक निर्धन तथा दूसरे की चिन्ता करने वाला होता है ।।७७।।

फल के साथ नदी योग का ज्ञान

लाभात्मजस्थैः सकलैश्च सौम्यैः पापैस्तथा मृत्युधनाश्रयस्थैः।
नदीति योगः प्रवरः प्रदिष्टो जातोऽत्र मर्त्यः सुभगः क्षितीशः ।।७८।।

यदि कुण्डली में ग्यारहवें व पाँचवें भाव में समस्त शुभग्रह और दूसरे व अष्टम-भाव में सकल पापग्रह हों तो नदी योग होता है। इसमें जातक सुन्दर नक्षत्र में गमन करने वाला राजा होता है ।।७८।।

फल के साथ नद योग का ज्ञान

सुतायगैः पापखगैः समस्तैः षष्ठाष्टमस्थैः शुभसंज्ञितैश्च।
योगो नदाख्यः प्रभवेन्मनुष्यो जातोऽत्र धीमान् सुतसौख्ययुक्तः ।।७९।।

यदि कुण्डली में पञ्चम व लाभ में समस्त पापग्रह और छटे आठवें भाव में समस्त शुभग्रह हों तो नद योग होता है। इसमें जातक बुद्धिमान् और पुत्र सुख से युक्त होता है ।।७९।।

इति नाभसयोगाः।

अथापरेऽपि योगाः सोमजातके—

अब आगे सोमजातकोक्त अन्य योगों को बताते हैं।

सिंहासन योग का ज्ञान

एषः सिंहासनो योगः कन्यालौ वृषके झषे।
चापे नरे हरौ कुम्भे ग्रहैश्चैव परो मतः ।।८०।।

यदि कुण्डली में कन्या, वृश्चिक, वृष, मीन, धनु, सिंह और कुम्भ राशि में समस्त ग्रह हों तो सिंहासन योग होता है ॥८०॥

सिंहासन योग का फल

दन्तीतुरङ्गयुक्तो नौकावेष्टी गुणी कान्तः।
नृपसचिवो भवति नृपो योगे सिंहासने जातः ॥८१॥

यदि कुण्डली में सिंहासन योग हो तो जातक हाथी घोड़ाओं से युक्त, नाव में बैठने वाला, गुणी, प्रिय, राजा का मन्त्री या राजा होता है ॥८१॥

इति सिंहासनयोगः।

चतुश्चक्रयोग ज्ञान

हरौ स्त्रियामलौ वापि घटे मीने वृषे नरे।
ग्रहैर्लग्ने च योगोऽयं चतुश्चक्रो विधीयते ॥८२॥

यदि कुण्डली में सिंह, कन्या, वृश्चिक में अथवा कुम्भ मीन वृष राशि में समस्त ग्रह हों तो चतुश्चक्र योग होता है ॥८२॥

चतुश्चक्र योग का फल

चक्रवर्ती महावीर्यः सर्वज्ञः सर्वजीवनः।
आज्ञामयो महातेजो पराक्रमी नृपो भवेत् ॥ ८३ ॥

यदि कुण्डली में चतुश्चक्र योग हो तो जातक बड़ा बली, सर्वज्ञ, सबों का जीवन, आज्ञा का रूप, बड़ा तेजस्वी, पराक्रमी और चक्रवर्ती राजा होता है ॥ ८३ ॥

इति चतुश्चक्रयोगः।

कनकदण्डयोग का ज्ञान

मीने मेषे वृषे चैव तुलायाञ्च स्थिते ग्रहे।
योगः कनकदण्डाख्यो देवासुरसुदुर्लभः ॥ ८४ ॥

यदि कुण्डली में मीन, मेष, वृष और तुला राशि में सब ग्रह हों तो कनक दण्डयोग होता है। यह योग देवता व राक्षसों को दुर्लभ होता है ॥ ८४ ॥

इति कनकदण्डयोगः।

डमरुक योग का ज्ञान

वृषे च मिथुने चापे कीटे डमरुको मतः।
अपरो युवतीसिंहे घटे मीने उदाहृतः ॥ ८५ ॥

यदि कुण्डली में वृष मिथुन, धनु, वृश्चिक राशि में या कन्या सिंह कुम्भ मीन राशि में समस्त ग्रह हों तो डमरुक योग होता है ॥ ८५ ॥

डमरुक योग का फल

जाते डमरुके योगे विद्याविख्यातकीर्तिमान्।
परोपकारी दाता च नारीहृदयवल्लभः ॥ ८६ ॥

यदि कुण्डली में डमरुक योग हो तो जातक विद्वान्, प्रसिद्ध, कीर्तिमान्, परोपकारी, दानी और स्त्री के हृदय का प्रेमी होता है ॥ ८६ ॥

इति डमरुकयोगः।

ध्वजोत्तम योग का ज्ञान

मेषे वृषे झषे वापि स्थितः स्थाने ग्रहो यदि।
दोलाछत्रप्रदो योगो राजयोगध्वजोत्तमः ॥ ८७ ॥

यदि कुण्डली में मेष, वृष, मीन में या अपनी राशि में ग्रह हों तो दोला व छत्रप्रद ध्वजोत्तम नाम का राजयोग होता है ॥ ८७ ॥

ध्वज योग का फल

यो जातो ध्वजयोगे स भवति नीचोऽपि दोलया युक्तः।
अन्यो भवति हि सचिवो नृपजो भवति नृपो न संदेहः ॥८८॥

यदि कुण्डली में ध्वज योग हो तो जातक नीच भी पालकी से युक्त, मन्त्री और राजवंश में जन्म होने पर निःसंदेह राजा होता है ॥ ८८ ॥

इति ध्वजयोगः।

एकावली योग का ज्ञान

एकैकग्रहयोगेन भवेदेकावली शुभा।
लग्नं विना शुभैर्वापि समता कस्यचिन्मते ॥ ८९ ॥

यदि कुण्डली में एक-एक ग्रह क्रमवार लग्न व शुभग्रह को छोड़कर अन्य भाव से प्रारम्भ हों तो एकावली योग होता है। किसी के मत में लग्न से व शुभ से भी योग का प्रारम्भ होता है ॥ ८९ ॥

एकावली योग का फल

दाता भोक्ता प्रचुरयुवतीनां निधीनां निधान-
मेकावल्यां भवति सचिवः सर्वराज्यं पृथिव्याम्।

यदि कुण्डली में एकावली योग हो तो जातक दानी, भोगी, अधिक स्त्रियों का व कोष (खजाने) का स्वामी और भूमि में मन्त्री होकर शासक होता है।

इत्येकावलीयोगः।

राजहंस योग ज्ञान

घटे मेषे नरे चापे तुलायां सिंहगे ग्रहे।
राजहंसो भवेद्योगो राज्यस्य ससुखप्रदः ॥ ९० ॥

यदि कुण्डली में कुम्भ, मेष, धनु, तुला, सिंह में ग्रह हों तो राजहंस योग होता है। यह योग सुखप्रद राज्य को देता है ॥ ९० ॥

इति राजहंसयोगः।

सफल चतुः सागर योग का ज्ञान

तुलामकरमेषेषु कर्कटे वा स्थिते ग्रहे।
चतुः सागरयोगोऽयं राज्यदो धनदो मतः ॥ ९१ ॥

नैकवाणिज्यकुशलः शास्त्रज्ञः स्नानतत्परः ।
भूपतिर्नृपतुल्यो वा चतुः सागरयोगजः ॥ ९२ ॥

यदि कुण्डली में तुला, मकर, मेष में या कर्क में ग्रह हों तो धन व राज्य को देने वाला चतुः सागर योग होता है ॥ ९१ ॥

यदि कुण्डली में चतुः सागर योग हो तो जातक एक व्यापार में अचतुर, शास्त्र का ज्ञाता, स्नान में आसक्त, राजा या राजा के समान होता है ॥ ९२ ॥

अथ गृद्ध्रपुच्छ योग ज्ञान

मृगे कीटे भवेत्पुच्छः कन्यालौ वृषभे झषे ।
गृद्ध्रपुच्छो भवेद्योगः चतुःसागरतः शुभः ॥ ९३ ॥
इति गृद्ध्रपुच्छयोगः ।

यदि कुण्डली में मकर या कीट, कन्या या वृश्चिक या वृष या मीन में केतु हो तो गृद्ध्रपुच्छ योग होता है । यह चारो ओर समुद्र से वेष्टित भूमि में शुभफल देने वाला होता है ॥ ९३ ॥

चिन्हपुच्छ योग का ज्ञान

मृगे कर्किणि सिंहे च चापे वा मिथुने घटे ।
योगानामुत्तमो योगो चिह्नपुच्छो महाबलः ॥ ९४ ॥
इति चिह्नपुच्छयोगः ।

यदि कुण्डली में मकर, कर्क, सिंह, धनु या मिथुन या कुम्भ राशि में केतु हो तो योगों में उत्तम चिह्नपुच्छ नामक योग होता है इसमें जातक अधिक बली होता है ॥ ९४ ॥

अथ विशेषयोगाः । तत्रादौ धनिकयोगाः ।

आगे अब विशेष योगों को कहने के तारतम्य में प्रथम धनिक योगों को कहते हैं ।

धनिक योग ज्ञान

धनस्थाने सुरगुरुच्चवर्ती विशेषतः ।
स्वकीयभवने वा हि धनाढयो मनुजोत्तमः ॥ १ ॥
धनसौख्यगतः सोम्यौ धनस्वामी च लाभगः ।
धनाढयो विपुलो लोके द्रव्यगर्वितमानवः ॥ २ ॥
धननाथे गते लाभे लाभस्वामी धनस्थितः ।
तत्रैव शुभखेटाश्च गतास्ते धनधान्यदाः ॥ ३ ॥
धनस्वामी धने भावे लग्ननाथो हि लाभगः ।
लाभस्वामी धनगतो द्रव्याढ्यः कुलदीपकः ॥ ४ ॥
यदि स्वोच्चगतः सौम्यः द्रव्यभावगतं तमः ।
लग्नाधीशो हि लग्नस्थो धनवान् मानगर्वितः ॥ ५ ॥

शुक्रजीवबुधाश्चैव सवीर्या दृश्यमूर्तयः।
लग्ननाथो हि बलवान् जायते धनवान् पुमान् ॥ ६ ॥
बुधशुक्रौ हि लग्नस्थौ धनस्थाने गुरुस्थितः।
धनवान् मानवो लोके विविधस्वर्णराशिभाक् ॥ ७ ॥
सौम्यभार्गवजीवानां यद्येकोऽपि च द्रव्यगः।
लग्नाधीशो हि सबलो द्रव्यनाथो भवेन्नरः ॥ ८ ॥
व्ययलग्नधनस्थाने जीवशुक्रबुधा ग्रहाः।
स्थिताश्च सबलाश्चैव विविधस्वर्णराशिभाक् ॥ ९ ॥
धनस्थानगताः सौम्याः सवीर्या दृश्यमूर्तयः।
लग्नलाभधनानां हि स्वामिनो यदि हेमभाक् ॥ १० ॥
द्रव्यभावं धनस्वामी द्रव्यभावं च लाभपः।
तनुस्वामी तनुं चैव पश्यन्ति धनभाग्भवेत् ॥ ११ ॥
धननाथो यदा धर्मे दशमे लग्नगे सुखे।
विक्रूरे सबलै सौम्यैर्धनवान् धनभाग्भवेत् ॥ १२ ॥
सिंहे धनुषि च नीचे च मेषवृश्चिककर्कटे।
रविणा सहितो भौमो नरं कुर्याद्धनेश्वरम् ॥ १३ ॥
लग्नस्य दक्षिणे चन्द्रो वामे स्यादुष्णदीधितिः।
शुभदृष्टौ धनी जातस्तद्धनैर्धनिनो जनाः ॥ १४ ॥
यत्र कुत्र स्थितो भौमो गुरुयुक्तो भवेद्यदि।
तदा स्याद्विपुला लक्ष्मीः शुभदृष्टौ विशेषतः ॥ १५ ॥
चन्द्रेण मङ्गलो युक्तो जन्मकाले यदा भवेत्।
तस्य जातस्य गेहं तु लक्ष्मी नैव विमुञ्चति ॥ १६ ॥
कन्यकायां यदा राहुः शुक्रभौमशनैश्चराः।
तस्य जातस्य जायन्ते कुबेरादधिकं धनम् ॥ १७ ॥
स्वक्षेत्रोच्चस्थिते राहौ केन्द्रछिद्रत्रिकोणगैः।
दाता शूरो धनाढ्यश्च क्षपितारिर्धनान्वितः ॥ १८ ॥

यदि जन्मपत्री में दूसरे भाव में विशेषकर उच्च राशि में वा अपनी राशि में गुरू हो तो जातक उत्तम धनी होता है ॥ १ ॥

यदि जन्मपत्री में दूसरे या चौथे बुध या दूसरे व चौथे भाव में शुभग्रह हो तथा धनेश ग्यारहवें भाव में हो तो जातक संसार में बड़ा धनी और धन से गर्वीला अर्थात् अहङ्कार करने वाला होता है ॥ २ ॥

यदि जन्मपत्री में धनेश लाभ में और लाभेश धन स्थान में हो और दोनों शुभग्रहों से युक्त हों तो जातक को धनधान्य देने वाले होते हैं ॥ ३ ॥

यदि जन्मपत्री में धनेश धन स्थान में, लग्नेश लाभ में और लाभेश धन स्थान में हो तो जातक धन से युक्त कुलदीपक होता है ॥ ४ ॥

जन्मपत्री में उच्च राशि में बुध, दूसरे भाव में राहु और लग्नाधीश लग्न में हो तो जातक धनी और सम्मान से गर्वीला होता है ॥ ५ ॥

यदि जन्मपत्री में बली शुक्र गुरू व बुध हों एवं अस्त न हों और लग्नेश बलवान् हो तो जातक धनवान् होता है ॥ ६ ॥

यदि जन्मपत्री में बुध शुक्र लग्न में और दूसरे भाव में गुरू हो तो जातक संसार में धनी और अनेक सुवर्ण समूह का भागी होता है ॥ ७ ॥

यदि जन्मपत्री में बुध शुक्र गुरू में से एक भी धन स्थान में हो और लग्नेश बली हो तो जातक धन स्वामी होता है ॥ ८ ॥

यदि जन्मपत्री में बारहवें, लग्न और धन स्थान में गुरू, शुक्र व बुध बलवान् स्थित हों तो जातक अनेक सुवर्ण समूह का भागी होता है ॥ ९ ॥

यदि जन्मपत्री में बली शुभग्रह दूसरे भाव में हो और लग्नेश लाभेश व धनेश अस्त न हों तो जातक धनवान् होता है ॥ १० ॥

यदि जन्मपत्री में धनभाव, धनेश व लाभेश से और लग्न लग्नेश से दृष्ट हो तो जातक धनिक होता है ॥ ११ ॥

यदि जन्मपत्री में धनेश नवम वा दशम वा लग्न वा चौथे भाव में क्रूर ग्रह से रहित हो और शुभग्रह बली हों तो जातक धनी व धनभागी होता है ॥ १२ ॥

यदि जन्मपत्री में सिंह या धनु या नीच राशि या मेष या वृश्चिक या कर्क में सूर्य से युक्त भौम हो तो जातक धनिक होता है ॥ १३ ॥

यदि जन्मपत्री में लग्न के दक्षिण भाग में चन्द्रमा और वाम भाग में सूर्य हो और ये दोनों शुभ ग्रह से दृष्ट हों तो जातक धनी व इसके धन से अन्य भी धनी होते हैं ॥ १४ ॥

यदि जन्मपत्री में जिस किसी भाव में भौम, गुरू से युक्त तथा शुभग्रह से दृष्ट हो तो जातक बड़ा धनिक होता है ॥ १५ ॥

यदि जन्मपत्री में चन्द्रमा से युक्त भौम हो तो उस जातक के घर का लक्ष्मी त्याग नहीं करती हैं अर्थात् धनिक सदा रहता है ॥ १६ ॥

यदि जन्मपत्री में कन्या राशि में राहु, शुक्र, भौम व शनि हों तो जातक कुबेर से भी अधिक धनी होता है ॥ १७ ॥

यदि जन्मपत्री में अपनी राशि में वा उच्च राशि में राहु केन्द्र वा अष्टम वा त्रिकोण में हो तो जातक दानी, वीर, धनाढच, नष्ट शत्रु वाला और धनिक होता है ॥ १८ ॥

इति धनिकयोगाः ।

इस प्रकार सुख योगों का वर्णन समाप्त हुआ ॥ १-१८ ॥

अथ सुखयोगाः ।

अब आगे धनिक योगों को बताया जाता है ।

सुख योग का ज्ञान

चतुर्थे दशमे चैव पश्यतौ हि परस्परम् ।
सौम्यौ हि सबलौ खेटौ मनुजः सुखसंयुतः ॥ १९ ॥
पाताले हि गतः सौम्यः सबलः सौम्यदृग्युतः ।
लग्नभावगते सौम्ये मनुजः सुखभाग्भवेत् ॥ २० ॥
सौख्यस्वामी सौख्यभावे लग्नपेन विलोकिते ।
सुखी भवति लोकेषु पुमान् पण्डितपूजितः ॥ २१ ॥
लग्नसौख्याधिपावुच्चे कर्मगेन विलोकितौ ।
लाभगौ यदि धर्मस्थौ प्राप्नोति मनुजः सुखम् ॥ २२ ॥
बुधशुक्रयुतं सौख्यं लग्नं गुरुयुतं तथा ।
अतुलं मनुजो लोके सौख्यं च लभते सदा ॥ २३ ॥
चन्द्रसौम्यगुरुभार्गवैर्युतं सौख्यभं हि मनुजो दिवानिशम् ।
अव्ययं गुणविवर्जितं परं प्राप्तं वै सुखसमूहमध्यगः ॥ २४ ॥
द्रव्यापत्यकलत्राणां न सुखं नित्यतां गतम् ।
सुखमेव परं ब्रह्म अक्षरं गुणवर्जितम् ॥ २५ ॥
पातालगौ चन्द्रबुधौ धर्मगौ जीवभार्गवौ ।
सुखमेव लभन्ते च योगे वै मनुजोत्तमाः ॥ २६ ॥
सुखभावं धर्मनाथः कर्मनाथो हि धमभम् ।
लग्ननाथो यदा सौख्यं पश्यते ते शुभं गताः ॥ २७ ॥
बुधभार्गवजीवानामेकोऽपि सुखगो ग्रहः ।
लग्ने वा सुखगो वापि यदि सौम्यः सुखी नरः ॥ २८ ॥
लग्ननाथो यदा सौख्यं कार्यनाथो विशेषतः ।
पश्यतौ तौ युतौ वापि सुखी भवति मानवः ॥ २९ ॥
चन्द्राध्यासितराशेर्नाथो लग्नाधिपोऽपि वा यस्य ।
केन्द्रे सुरपतिमन्त्री वयसो मध्ये सुखं तस्य ॥ ३० ॥
सौख्यधर्मसुतकर्मगाः शुभाः सौख्यभावमपि लग्नपो यदा ।
ईक्षते सकलसौख्यभागिनो जायते त्रिगुणवर्जितो नरः ॥ ३१ ॥

इति सुखयोगाः ।

यदि जन्मपत्री में बली शुभग्रह चतुर्थ व दशम में पारस्परिक दृष्ट हों तो जातक सुख से युक्त होता है ॥ १९ ॥

यदि जन्मपत्री में चतुर्थ में बली शुभग्रह, शुभग्रह से दृष्ट हो और लग्न में शुभग्रह हो तो जातक सुख भोगी होता है ॥ २० ॥

यदि जन्मपत्री में चतुर्थेश चतुर्थ में लग्नेश से दृष्ट हो तो जातक संसार में विद्वानों से पूजित और सुखी होता है ॥ २१ ॥

यदि जन्मपत्री में लग्नेश व चतुर्थेश उच्च राशि में लाभ में या नवम भाव में दशमेश से दृष्ट हों तो जातक सुखी होता है ॥ २१ ॥

यदि जन्मपत्री में बुध शुक्र चतुर्थ में और गुरू लग्न में हो तो जातक अपार सुख प्राप्त करता है ॥ २३ ॥

यदि जन्मपात्री में चन्द्रमा, बुध, गुरू और शुक्र एकत्रित होकर सुख भाव में हों तो जातक दिन रात व्यय से हीन, अधिक सुख प्राप्त करके गुणों से रहित, धन-पुत्र व स्त्री के सुख से वर्जित और नहीं नष्ट होने वाला सुख ही परम ईश्वर है ऐसा मानने वाला होता है ॥ २४-२५ ॥

यदि जन्मपत्री में चौथे भाव में चन्द्रमा व बुध तथा नवम भाव में गुरू व शुक्र हों तो जातक उत्तम सुखी होता है ॥ २६ ॥

यदि जन्मपत्री में चौथे भाव में नवमेश हो व दशमेश नवम में हो और चौथा भाव लग्नेश से दृष्ट हो तो जातक सुखी होता है ॥ २७ ॥

यदि जन्मपत्री में बुध, शुक्र गुरु में से एक भी चौथे भाव में वा लग्न में हों तो जातक सुखी होता है ॥ २८ ॥

यदि जन्मपत्री में लग्नेश और विशेष कर दशमेश चतुर्थ भाव को देखते हों वा दोनों युक्त हों तो जातक सुखी होता है ॥ २९ ॥

यदि जन्मपत्री में चन्द्रराशीश वा लग्नेश केन्द्र में हो और गुरू भी केन्द्र में हो तो जातक मध्य अवस्था में सुखी होता है ॥ ३० ॥

यदि जन्मपत्री में चतुर्थ, नवम, पञ्चम और दशम में शुभ ग्रह हों और लग्नेश भी चतुर्थ को देखता हो तो जातक तीन गुणों से हीन समस्त सुख भागी होता है ॥३१॥

इस प्रकार सुख योगों का वर्णन समाप्त हुआ ॥ १९-३१ ॥

अथ दारिद्र्ययोगाः ।

लग्नाधीशो व्ययस्थो वै सक्रूरो वा विशेषतः ।
निर्बलाऽस्तङ्गताः सौम्या निर्द्रव्यो जायते नरः ॥ ३२ ॥

सकलकेन्द्रगताः खलखेचरा रिपुपराक्रमलाभगताः शुभाः ।
सकलवीर्यपराक्रमवर्जिताः सखलयोर्मनुजो खलु निर्धनः ॥ ३३ ॥

लग्नाधिनाथोऽथ सुखाधिनाथः कर्माधिनाथोऽथ धनाधिपश्च ।
व्यये रिपौ कालमदे गृहे च गता विवीर्याः खलु निर्धनो जनः ॥ ३४ ॥

मदपतिर्यदि शत्रुगतो नरः सकलसौख्यविनाशनसंयुतः।
तनुपतिर्यदि सूर्यसमायुतस्तनयगोऽथ खलग्रहसंयुतः ॥ ३५ ॥
लग्नाधिपे मृत्युगते विशेषमस्तंगतो कर्मपतिश्च षष्ठः।
धनाधिपो द्वादशभावसंस्थः स एव जातो धनवर्जितश्च ॥ ३६ ॥
तनुपतिर्मदपश्च रिपुस्थितः सुतगताश्च खला सबलाः खलु।
गुरुभृगू यदि चास्तमुपागतौ जगति सौख्यविवर्जितमानवः ॥ ३७ ॥
धनाधिपो मृत्युगतोऽत्र संस्थः क्रूरग्रहेणाथ विलोकितश्च।
लग्नाधिपः षष्ठगतोऽविवीर्यः जातः पृथिव्यां खलु निर्धनश्च ॥ ३८ ॥
लग्नस्वामी हीनवीर्यो द्रव्यनाथोऽस्तगो यदा।
केन्द्रगाः सबलाः क्रूराः दरिद्रो मानवो भवेत् ॥ ३९ ॥
सक्रूरं धनभं चैव क्रूरेणैव निरीक्षितम्।
धनपो रविसंयुक्तो दरिद्रोपहतो नरः ॥ ४० ॥
सक्रूरो धनपश्चैव धनभं सौम्यसंयुतम्।
धनस्वामी चास्तगतो मानवो द्रव्यवर्जितः ॥ ४१ ॥
धनाधिपो यदा षष्ठे मृत्यभेऽप्यथवा व्यये।
सक्रूरं धनभं चैव निर्धनो खलु मानवः ॥ ४२ ॥
चतुष्टयं शुभरहितं सक्रूरं कुजवर्जितम्।
दशमं भवति तदा नरो दरिद्रैणैव पीडितः ॥ ४३ ॥
लाभषष्ठविगताः खलु सौम्याः द्रव्यनाथखचरोऽस्तगतश्चेत्।
अस्तगौ गुरुसितौ तु लग्नपो द्वादशे यदि नरो हि निर्धनः ॥ ४४ ॥
लग्नाधीशो द्रव्यनाथश्च षष्ठे कर्माधीशः संयुतः पापखेटैः।
सक्रूरं वै द्रव्यभं क्रूरदृष्टं दारिद्रो वै मानवो योगदृष्टे ॥ ४५ ॥
धनभं क्रूरसंयुक्तं क्रूरदृष्टं तथा पुनः।
धनस्वामी तृतीये वै दरिद्रो नाम जायते ॥ ४६ ॥
पापश्चतुर्षु केन्द्रेषु तथा पापो धने स्थितः।
दारिद्रयोगं जानीयात्स्ववंशस्य क्षयङ्करः ॥ ४७ ॥
रविणा सहितो मन्दः शुक्रेण च युतो भवेत्।
तदा दारिद्रयोगोऽयं सद्रव्यमपि शोषयेत् ॥ ४८ ॥
सिंहे मेषे यदा भानुः सितमन्दयुतो भवेत्।
गुरुसौम्यशुभालोकी स धनी भवति ध्रुवम् ॥ ४९ ॥

यदि जन्मपत्री में लग्नेश बारहवें स्थान में विशेष कर क्रूर ग्रह से युक्त व निर्बल हो और शुभग्रह अस्त हों तो जातक धन हीन अर्थात् निर्धन होता है ॥ ३२ ॥

तस्य भङ्गोऽयम् ।

यदि जन्मपत्री में समस्त केन्द्रों में पापग्रह और समस्त बल से हीन शुभग्रह छटे, तीसरे ग्यारहवें भाव में पाप युक्त हों तो जातक धन हीन अर्थात् निर्धन होता है ॥ ३३ ॥

यदि जन्मपत्री में लग्नेश, चतुर्थेश, दशमेश व धनेश, बारहवें, छटे, आठवें और सातवें भाव में निर्बली हों तो जातक निर्धन होता है ॥ ३४ ॥

यदि जन्मपत्री में सप्तमेश छटे भाव में तथा लग्नेश सूर्य से युक्त हो और पाप ग्रह लग्न में हो तो जातक समस्त सुख से हीन अर्थात् निर्धन होता है ॥ ३५ ॥

यदि जन्मपत्री में लग्नेश अष्टम में वह दशमेश विशेष कर अस्त होकर छटे भाव में और धनेश बारहवें भाव में हो तो जातक निर्धन होता है ॥३६॥

यदि जन्मपत्री में लग्नेश व सप्तमेश छटे भाव में एवं पाँचवें भाव में बली पापग्रह हो और गुरू व शुक्र अस्त हों तो जातक सुख से हीन अर्थात् निर्धन होता है ॥३७॥

यदि जन्मपत्री में धनेश आठवें भाव में क्रूरग्रह से दृष्ट हो तथा निर्बल लग्नेश हो तो जातक निर्धन होता है ॥३८॥

यदि जन्मपत्री में निर्बल लग्नेश हो और धनेश सप्तम में तथा केन्द्र में बली पापग्रह हों तो जातक दरिद्री होता है ॥३९॥

यदि जन्मपत्री में धनभाव में पापग्रह, पापग्रह से ही दृष्ट हो और धनेश सूर्य से युक्त हो तो जातक दरिद्री (निर्धन) होता है ॥४०॥

यदि जन्मपत्री में धनेश क्रूरग्रह से युक्त हो और द्वितीय भाव शुभ ग्रह से युक्त तथा धनेश सप्तम में हो तो जातक धन से हीन होता है ॥४१॥

यदि जन्मपत्री में धनेश छटे भाव में वा आठवें वा बारहवें भाव में हो तथा द्वितीय भाव में क्रूरग्रह हों तो जातक निर्धन होता है ॥४२॥

यदि जन्मपत्री में केन्द्र में शुभग्रहों का अभाव हो तथा दशम भाव में भौमवर्जित पापग्रह हो तो जातक दरिद्रता से पीडित अर्थात् निर्धन होता है ॥४३॥

यदि जन्मपत्री में ग्यारहवें, छटे भाव में शुभग्रह हों और धनेश सप्तम में हो तथा गुरु शुक्र भी अस्त हों व लग्नेश बारहवें भाव में हो तो जातक निर्धन होता है ॥४४॥

यदि जन्मपत्री में लग्नेश व धनेश छटे भाव में व दशमेश पापग्रह से युक्त हो और दूसरे भाव में पापग्रह से दृष्ट हो तो जातक निर्धन होता है ॥४५॥

यदि जन्मपत्री में द्वितीय भाव, क्रूरग्रह से युक्त व दृष्ट हो और धनेश तीसरे भाव में हो तो जातक दरिद्री होता है ॥४६॥

यदि जन्मपत्री में पापग्रह चारों केन्द्रों में व धन स्थान में हों तो जात वंश को नष्ट करने वाला निर्धन होता है ॥४७॥

यदि जन्मपत्री में सूर्य शुक्र शनि एक राशि में हों तो जातक दरिद्री होता है तथा पूर्व धन का भी शोषण करता है ॥४८॥

अब इस अन्तिम वाले योग का परिहार बताते हैं। यदि जन्मपत्री में सिंह या मेष राशि में सूर्य, शुक्र, शनि की युति गुरु व बुध से दृष्ट हो तो जातक निश्चय ही धनी होता है ॥४९॥

इस प्रकार दरिद्रयोगों का वर्णन समाप्त हुआ ॥३२-४९॥

अथ रोगोत्पत्तियोगाः।

अब आगे रोग कारक विविध योगों को बतलाते हैं।

रोग कारक योग का ज्ञान

तनुभं चन्द्रसंयुक्तं चन्द्रोऽपि क्षीणतां गतः।
रोगातुरो नरश्चैव कथितो गणकोत्तमैः॥ ५० ॥
लग्नाधिपो मृत्युभावे मृत्युपो यदि लग्नगः।
लग्नभं क्रूरसंयुक्तं क्रूरदृष्टं स रोगिणः॥ ५१ ॥
लग्ननाथो रिपुगतो लग्नभं चन्द्रसंयुतम्।
क्रूरग्रहेण संदृष्टं नरो रोगी विशेषतः॥ ५२ ॥
लग्नाधीशे ह्यष्टमस्थे क्रूराश्चैव तु पञ्चमे।
लग्ननाथः क्रूरयुतो रोगवान् पुरुषः किल॥ ५३ ॥
अस्तङ्गतौ गुरुसितौ लग्ननाथो विशेषतः।
षष्ठाष्टमे यदा चन्द्रो रोगाढ्यः पुरुषः सदा॥ ५४ ॥
दिनपतिर्यदि लग्नमुपागतः शशधरः किल षष्ठगतस्तदा।
तनुपतिर्यदि पञ्चमभावगः खलयुतो बहुरोगनिपीडितः॥ ५५ ॥
अरिपतिस्तनुपोऽथ परस्परं सकलदृष्टिभिरेव विलोकितः।
बहुविधां लभते रिपुजां व्यथां विविधरोगनिपीडितसर्वदा॥ ५६ ॥
तनुगताः शशिभास्करपंगवो विविधरोगकराश्च भवन्ति हि।
प्रबलवातविशोषशिरोव्यथां खलु तदा लभते भुवि मानवः॥५७॥
वातरोगी विलग्नस्थे गुरौ द्यूनगते शनौ।
सोन्मादो लग्नगे जीवे द्यूनस्थे भूसुते भवेत्॥ ५८ ॥
अन्योन्यक्षेत्रगौ स्यातामथवा तत्र चन्द्रगौ।
चन्द्रार्कौ चेत्तदा जातः क्षयरोगी भवेन्नरः॥ ५९ ॥
पापयोर्मध्यगे चन्द्रे रवौ मकरराशिगे।
श्वासगुल्मक्षयप्लीहै राधिव्याधिप्रपीडितः ॥ ६० ॥
वित्ते चन्द्रः स्निग्धदृशा शनिभे लाभकृद्भवेत्।
भूमिभावे यदि शनिस्तदा दद्रूः प्रजायते॥ ६१ ॥

षष्ठाधिपो गुरुः शुक्रः क्रूरग्रहनिरीक्षितः।
लग्नसंस्थो मुखे शोफं प्रकरोति न संशयः ॥ ६२ ॥
क्रूरयुक्ते क्रूरदृष्टे चन्द्रे खर्जूः प्रजायते।
द्वादशस्थो यदा जीवो गुप्तरोगी तदा भवेत् ॥ ६३ ॥
शनिभौमौ रिष्फसंस्थौ षष्ठस्थौ वा तदा व्रणी।
जन्मकाले यदा यस्य स्मरे भवति भास्करः ॥ ६४ ॥
राहुदृष्टः प्रकुरुते मूत्रकृच्छ्रादिकं रुजम्।
व्ययविलग्नधनेषु गताः खला गुरुनिशाकरभार्गवनन्दनाः।
रिपुमदाष्टमग्रहेषु गतास्तदा विविधरोगयुतो मनुजो भवेत् ॥ ६५ ॥
तनुपतिर्यदि नीचपदानुगो रिपुसुताष्टमगोऽथ निशाकरः।
विकलतां तनुतां लभते जनो यदि कुजेन विलोकितवाक्पतिः ॥ ६६ ॥
जननलग्नपतिः शशिसंयुतो रिपुपतिर्यदि लाभगतो बली।
तनुगतोऽष्टमभावपतिर्नरो विकलतां लभते तु विकारजाम् ॥ ६७ ॥
अष्टमे च यदा सौरिर्जन्मस्थाने च चन्द्रमाः।
मन्दाग्न्युदररोगी च गात्रहीनश्च जायते ॥ ६८ ॥
भार्गवेण युतश्चन्द्रो यदि षष्ठाष्टमे भवेत्।
क्रूरदृष्टस्तदा बालो मन्दाग्निर्हीनगात्रकः ॥ ६९ ॥

यदि कुण्डली में लग्न चन्द्रमा से युक्त हो और चन्द्रमा भी क्षीणकाय हो तो जातक रोग से पीडित होता है, ऐसा उत्तमज्योतिषी कहते हैं ॥ ५० ॥

यदि कुण्डली में लग्नेश अष्टम में और अष्टमेश लग्न में हो व लग्न में पापग्रह, पापग्रह से दृष्ट हो तो जातक रोगी होता है ॥ ५१ ॥

यदि कुण्डली में लग्नेश छटे भाव में और लग्नस्थ चन्द्रमा पापग्रह से दृष्ट हो तो जातक विशेष रोगी होता है ॥ ५२ ॥

यदि कुण्डली में लग्नेश अष्टमभाव में और क्रूरग्रह पञ्चम भाव में एवं लग्नेश क्रूर-ग्रह के साथ हो तो जातक रोगी होता है ॥ ५३ ॥

यदि कुण्डली में गुरू व शुक्र अस्त हों और विशेष कर लग्नेश अस्त हो एवं छटे या आठवें भाव में चन्द्रमा हो तो जातक रोगी है ॥ ५४ ॥

यदि कुण्डली में सूर्य लग्न में व चन्द्रमा छटे भाव में, लग्नेश पञ्चम में पापग्रह से युक्त हो तो जातक अधिक रोग से पीडित होता है ॥ ५५ ॥

यदि कुण्डली में षष्ठेश व लग्नेश आपस में पूर्ण दृष्टि सम्बन्ध रखते हों तो जातक शत्रु जनित व्यथा से युक्त और अनेक रोगों का रोगी होता है ॥ ५६ ॥

यदि कुण्डली में लग्न में चन्द्रमा, सूर्य व राहु हों तो जातक अनेक प्रकार वायु, सूखा, मस्तक पीड़ा आदि का रोगी होता है ॥ ५७ ॥

यदि कुण्डली में लग्न में गुरू और सप्तम में शनि हो तो जातक वायु का रोगी होता है।

यदि लग्न में गुरु और सप्तम में भौम हों तो जातक पागल होता है ॥ ५८ ॥

यदि कुण्डली में सूर्य, चन्द्रमा की राशि में व चन्द्रमा, सूर्य की राशि में अथवा चन्द्रमा की राशि में सूर्य चन्द्रमा हों तो जातक टो० बी० का रोगी होता है ॥ ५९ ॥

यदि कुण्डली में दो पापग्रहों के बीच में चन्द्रमा हो और मकर राशि में सूर्य हो तो जातक श्वास, कब्ज व हृदय के वायीं ओर मांस पिण्ड विशेष का रोगी होता है ॥ ६० ॥

यदि कुण्डली में शनि की राशि में द्वितीय भाव में शुद्ध चन्द्रमा हो और चतुर्थ भाव में शनि हो तो जातक दाद का रोगी होता है ॥ ६१ ॥

यदि कुण्डली में षष्ठेश गुरु हो और लग्नस्थ शुक्र पापग्रह से दृष्ट हो तो जातक मुख में सूजन का रोगी होता है, इस में संदेह नहीं है ॥ ६२ ॥

यदि कुण्डली में चन्द्रमा पापग्रह से दृष्ट व युक्त हो तो जातक खुजली का रोगी होता है। यदि गुरू बारहवें भाव में हो तो जातक गुप्त रोगी होता है ॥ ६३ ॥

यदि कुण्डली में शनि व भौम बारहवें भाव में या छटे भाव में हो तो फोड़ा फुन्सी का रोगी होता है। यदि कुण्डली में सप्तम भाव में शनि, राहु से दृष्ट हो तो जातक मूत्र कृच्छ्र का रोगी होता है ॥६४॥

यदि कुण्डली में बारहवें, लग्न धन में पापग्रह और गुरू, चन्द्रमा, शुक्र छटे, सातवें, आठवें भाव में हों तो जातक अनेक प्रकार का रोगी होता है ॥६५॥

यदि कुण्डली में लग्नेश नीच राशि में हो व पाँचवें या छटे या आठवें भाव में चन्द्रमा हो और गुरू भौम से दृष्ट हो तो जातक रोगों से विकल होता है ॥६६॥

यदि कुण्डली में लग्नेश चन्द्रमा से युक्त हो व बली षष्ठेश ग्यारहवें भाव में और अष्टमेश लग्न में हो तो जातक का शरोर रोग से विकृत होता है ॥६७॥

यदि कुण्डली में लग्न में चन्द्रमा व अष्टम में शनि हो तो जातक मन्दाग्नि व पेट जन्य रोग से हीन शरीरधारी होता है ॥६८॥

यदि कुण्डली में शुक्र से युक्त व पापग्रह से दृष्ट चन्द्रमा छटे या आठवें भाव में हो तो जातक मन्दाग्नि व हीन देहधारी होता है ॥६९॥

अथाण्डवृद्धि योगाः —

अष्टगः खलखगस्तु सवीर्यो लग्नगश्च पुरुषस्य विशेषम्।
अण्डवृद्धिबहुला बहुमूत्राऽज्जायते बहुविधा खलु पीडा ॥ ७० ॥

सारे सितेऽष्टमगतेऽनिलजातमण्डः
कौप्ये कुजान्वितसिते क्षितिभागमण्डः।
भौमर्क्षगौ बुधसितौ शनिजीवदृष्टि-
हीनौ यदा रुधिरकोपजमण्डमुक्तम् ॥ ७१ ॥

लग्नगः खलखगस्तु लग्नपः क्रूरखेटसहितो निरीक्षितः ।
मृत्युगौ गुरुसितौ तथास्तगाविन्दुपापसहितो व्ययेऽश्मरी ॥ ७२ ॥
मदनपस्तनुपश्च यदाष्टमे मदगताश्च कुजाहिशनैश्चराः ।
उदयगोऽष्टमभावपतिस्तदा शशधरो खलखेटनिरीक्षितः ॥ ७३ ॥
योगादि दुष्टे लभते हि रोगानर्शो प्रमेहं च भगन्दरञ्च ।
वाल्मीकिशोफं किल दद्रुरोगं पाण्डोश्च भावं खलु गुह्यपीडाम् ॥ ७४ ॥
पञ्चमेशः स्थितः षष्ठे निर्बलो वीर्यवर्जितः ।
क्रूराश्च पञ्चमाश्चैव गुल्मदाश्च प्रपीडनम् ॥ ७५ ॥
सुतगतो यदि दुष्टगतिर्ग्रहः सुखपतिः खलखेटयुतो रिपौ ।
तनुपतिर्भवने किल वैरिणो ह्युदररोगविशेषनिपीडितः ॥ ७६ ॥
वक्रगो निजगृहे तनुनाथो लग्नगो रिपुपतिस्तनुराशौ ।
उच्चगोऽर्कतनयो यदि पश्येत्तौ खगावुदररुक् त्विह साध्यः ॥ ७७ ॥
षष्ठराशौ यदा क्रूरः षष्ठपः क्रूरसंयुतः ।
सप्तमे चोदरव्याधिं भवेद्भावानुसारतः ॥ ७८ ॥
मेदिनीपुत्रमन्देज्याश्चतुर्थे यदि संस्थिताः ।
हृद्रोगस्य विकारेण व्रणो भवति देहिनाम् ॥ ७९ ॥
दृष्टे क्रूरखगैः शुभैर्न च विधो षष्ठेश्वरे प्लीहकृत्
षष्ठे सप्तमसालये खलखगे स्यात् प्लीहरोगी पुमान् ।
चेज्जन्मान्हिविनष्टदग्धगशनिः सूर्यो प्लीहकृत्-
लग्नस्वामिनि चोग्रपीडितशनौ प्लीहार्शसाङ्ग स्थिते ॥ ८० ॥
सुखगताश्च कुजाहिशनैश्चरारथ गताः सुतभावगतास्तथा ।
हृदि विदग्धमलं किल लोहजमुदरदाहमथोदरशोफकम् ॥ ८१ ॥
पुत्रस्थाः शनिराहुभौमरत्रयो लग्नाधिनाथो रिपौ
चन्द्रः क्षीणतनुः किलाष्टमगतः शत्रोर्गृहेऽथवा स्थितः ।
जीवो दुष्टयुतो भवेच्च बहुलं शोफं तदाडम्बरं
श्वासः पाण्डुमिवार्षशूलकवलं हिक्काहि जालन्धरम् ॥ ८२ ॥
द्वादशभावगता रविराहुशनैश्चराश्च वल्मीकम् ।
पादकृष्णं सप्तपुटं पादे घातं सशस्त्रजम् ॥ ८३ ॥
यो भावः स्मरगाः खलास्तु विगता नाथाश्च तेषां स्थिताः
मूर्तौ वा रिपुभावगो भृगुसुतो नीचोऽथवास्तङ्गतः ।
चन्द्रः क्षीणतनुस्तथा खलयुतो दृष्टस्तदा नीचगो
ते भावाः प्रभवन्ति यान्ति बहुलं नाशे व्ययं रोगताम् ॥ ८४ ॥

इति रोगोत्पत्तियोगाः ।

अथाङ्गविकारयोगाः।

शनिभौमौ बुधश्चैव गुरुणा सह जायते।
शुक्रो यदि चतुर्थस्थो हस्ते पादेस्त्विहापदः॥ ८५॥
जीवतस्य च पुण्याख्यं सद्मनश्च पतिर्यदा।
पापाच्चतुष्टयस्थौ च जङ्घावैकल्यगौ मतौ॥ ८६॥
पूर्णिमाचन्द्रभं दृष्टं चन्द्रो मेलनमेति चेत्।
जङ्घार्तिः षष्ठगे भौमे स्वहृद्दास्थे तथैव च॥ ८७॥
वक्रखेटगृहे चैवं विधौ लग्नेऽङ्घ्रिहीनतः।
वक्रभे लग्नपे रिष्फे जङ्घाविघ्नं खलेक्षिते॥ ८८॥
रात्रि जन्मनि षष्ठे च मन्दे रुक्षत्व चापदः।
मन्दः कुजस्त्वगुयुतो रिपुभावगोऽर्को
जङ्घाविकल्पमथ षष्ठशनौ व्ययेऽथ।
उग्रेक्षितेंगमितजङ्घ इहार्कचन्द्र-
मन्दाः षडष्टसु करे चरणे त्विहापत्॥ ८९।

अथाङ्गच्छेदयोगः—

चन्द्रभौमौ यदा लग्ने वाङ्गच्छेदः प्रकीर्तितः।
लग्नगेन्दौ कलत्रस्थे भौमेऽङ्गच्छेद ईरितः॥ ९०॥

यदि कुण्डली में बली पापग्रह अष्टम में हो और लग्न में भी पापग्रह हो तो जातक के अधिक पेशाब करने से अण्डकोश की अधिक वृद्धि व नाना प्रकार की पीड़ा होती है ॥७०॥

यदि कुण्डली में अष्टम भाव में भौम व शनि हों तो वायु जन्य विकार से, भौम शुक्र अष्टम भाव में हों तो भूमि जन्य से और भौम की राशि में बुध शुक्र हों व शनि गुरु से अदृष्ट हों तो रक्त जनित विकार से जातक के अण्डकोश की वृद्धि होती है ॥७१॥

यदि कुण्डली में लग्न में पाप ग्रह व लग्नेश पापग्रह से दृष्ट या युक्त हो एवं अष्टम भाव में गुरु व शुक्र हों तथा अस्त हों और बारहवें भाव में चन्द्रमा पापग्रह से युक्त हो तो जातक मिर्गी रोग का रोगी होता है ॥७२॥

यदि कुण्डली में सप्तमेश व लग्नेश अष्टम भाव और सप्तम में भौम, राहु, शनि हों एवं लग्न में अष्टमेश व चन्द्रमा पापग्रह से दृष्ट हो तो दुष्ट योग होता है। इसमें जातक बवासीर, प्रमेह, भगन्दर, सूजन, सूखा, दाद, पाण्डु (पीलिया) रोग और गुप्ताङ्ग में पीड़ा प्राप्त करता है ॥७३–७४॥

यदि कुण्डली में पञ्चमेश छटे में निर्बल स्थित हो व पञ्चम में पापग्रह हों तो जातक गुल्म (हृदय) रोग का रोगी होता है ॥७५॥

यदि कुण्डली में पञ्चम भाव में वक्री ग्रह हो व चतुर्थेश पापग्रह से युक्त होकर छटे भाव में और लग्नेश शत्रु ग्रह की राशि में हो तो जातक उदर का रोगी होता है ।।७६।।

यदि कुण्डली में लग्नेश वक्री होकर अपनी राशि में हो व षष्ठेश लग्न में और उच्चस्थ शनि लग्नेश व षष्ठेश से दृष्ट हो तो जातक उदर का रोगी होता है ।।७७।।

यदि कुण्डली में छटे भाव में पापग्रह हो व षष्ठेश पापग्रह के साथ सप्तम भाव में हो तो जातक उदर का रोगी होता हैं ।।७८।।

यदि कुण्डली में भौम, शनि गुरू चतुर्थ भाव में हों तो हृदय रोग के विकार से जातक व्रणी (घाव से युक्त) होता है ।।७९।।

यदि कुण्डली में षष्ठेश व चन्द्रमा या षष्ठेश चन्द्रमा पापग्रह से दृष्ट व शुभग्रह से अदृष्ट हो तो प्लीहा (हृदय) रोग, छटे व सातवें भाव में पापग्रह हों तो प्लीहा रोग, यदि शनि सूर्य अष्टम में हों तो प्लीहा रोग और लग्नेश व शनि पापग्रह से पीडित हों तो जातक प्लीहा व अर्श का रोगी होता है ।।८०।।

यदि कुण्डली में चतुर्थ भाव में या पञ्चम भाव में भौम, राहु शनि हों तो जातक का हृदय जलता है, लोहे से उदर दाह या पेट में सूजन या पेट शुष्क होता है ।। ८१ ।।

यदि कुण्डली में पञ्चम भाव में शनि राहु, भौम व सूर्य हों तथा लग्नेश छटे भाव में हो व क्षीण चन्द्रमा अष्टम में और शत्रु की राशि में या छटे भाव में गुरू पापग्रह से युक्त हो तो जातक अधिक शोफ, (सूजन) से युक्त, सूखी खाँसी वाला, पाण्डु, बवासीर, दर्द, हिचकी वा जलन्धर का रोगी होता है ।।८२।।

यदि कुण्डली में बारहवें भाव में सूर्य राहु व शनैश्चर हों तो सूजन, सात पुर्त वाले अर्थात् पैर सात स्थान पर काला और शस्त्र से पैर में चोट लगने वाला होता है ।। ८३ ।।

कुण्डली में जिस भाव का विचार करना हो उस से सप्तम में पाप ग्रह और भावेश लग्न या छटे भाव में व शुक्र नीच राशि में या अस्त हो तथा क्षीण चन्द्रमा नीच राशि में पापग्रह से दृष्ट या युत हो तो उस भाव के फल का नाश होता है, एवं अधिक व्ययी व रोगी जातक होता है ।। ८४ ।।

इस प्रकार रोग कारक योगों का वर्णन समाप्त हुआ ।

अब आगे अङ्ग विकार योगों को या यों समझिये किस प्रकार के योग में शरीर के किस अङ्ग में विकृति होगी इसे कहते हैं ।

यदि कुण्डली में शनि, भौम, बुध व गुरू एक राशि में हों तथा शुक्र चौथे भाव में हो तो जातक के हाथ पैर में विपत्ति आती है ।। ८५ ।।

यदि कुण्डली में गुरू व नवमेश, पापग्रह से केन्द्र में हो तो जातक की जङ्घा में विकार होता है ।। ८६ ।।

यदि कुण्डली में चन्द्रमा, पूर्णिमा के चन्द्रमा के समान होने वाला हो अर्थात् शीघ्र ही जन्म के बाद पूर्णिमा आने वाली हो और भौम षष्ठ भाव में या अपनी हद्दा में हो तो जांघ में विकार होता है ॥ ८७ ॥

यदि कुण्डली में भौम की राशि में चन्द्रमा लग्न में हो तो जातक लंगड़ा होता है। यदि भौम की राशि में पापग्रह से दृष्ट लग्नेश बारहवें भाव में हो तो जांघ में विकृति होती है ॥ ८८ ॥

यदि रात्रि में जन्म हो व शनि छटे भाव में हो तो जातक की खाल में शुष्क होने की आपत्ति होती है।

यदि कुण्डली में शनि, भौम राहु एक राशि में व छटे भाव में सूर्य हो तो जातक की जांघ में विकार होता है।

यदि छटे या बारहवें भाव में शनि पापग्रह से दृष्ट हो तो जातक की जांघ में विकार होता है। यदि सूर्य, चन्द्रमा, शनि, छटे व आठवें भाव में हो तो हाथ या पैर में विकार होता ॥ ८९ ॥

यदि कुण्डली में चन्द्रमा व भौम लग्न में हो तो या लग्न में चन्द्रमा और सप्तम में भौम हो तो जातक का अङ्गच्छेद होता है ॥ ९० ॥

अथ चौरयोगाः

अब आगे किस प्रकार की ग्रह परिस्थिति में जातक चोर होता है, इसे कहते हैं।

मूर्तौ क्रूरास्तृतीये च लाभे चापि विशेषतः।
नीचग्रहेण संदृष्टाः जायते चौरमानवः ॥ १ ॥
दुश्चिक्याधिपतिर्नीचे नीचग्रहसमायुतः।
लग्नपो यदि नीचस्थश्चौरो भवति मानवः ॥ २ ॥
तृतीयं यदि नीचस्थं शनिश्चैव विशेषतः।
नीचग्रहेण संदृष्टः जायते चौरमानवः ॥ ३ ॥
तृतीयेऽपि यदा नीचाः कुजराहुशनैश्चराः।
भावाधीशश्च नीचस्थो जायते चौरमानवः ॥ ४ ॥
व्यये क्रूरो धने क्रूरो दुश्चिक्ये वा विशेषतः।
भावानां स्वामिनो नीचाश्चौरो जातो भविष्यति ॥ ५ ॥
सहजेशः स्थितो लाभे यदि नीचपदानुगः।
लग्ननाथो व्यये भावे वातिनीचश्च चोरजः ॥ ६ ॥
लग्नाधिपो हि सक्रूरो लग्नं नीचग्रहानुगम्।
सहजाधिपतिर्हीनो व्ययभावे हि चौरकः ॥ ७ ॥
लग्नलाभपतिर्नीचो क्रूरग्रहसमायुतः।
लाभस्वामी तृतीयस्थो नीचे चौराधिपो नरः ॥ ८ ॥

सप्तमे मन्दभौमज्ञा वा चतुर्थगता इमे।
पूर्णदृष्ट्या चन्द्रदृष्टा उच्चचौरो भवेन्नरः ॥ ९ ॥
शुभदृष्टा ज्ञारचन्द्राः केन्द्रस्थाश्चौरमानवः।
षष्ठस्थाने बुधारौ चेत् तदा भवति तस्करः ॥१०॥
स्वकर्मणः प्रभावेण करपादौ विनश्यति।

यदि जन्मपत्री में लग्न तृतीय और विशेषकर ग्यारहवें भाव में क्रूरग्रह, नीचग्रह से दृष्ट हों तो जातक चोर होता है ॥ १ ॥

यदि जन्मपत्री में तृतीयेश नीच राशि में नीच अर्थात् पापग्रह से युक्त हो व लग्नेश अपनी नीच राशि में हो तो जातक चोर होता है ॥ २ ॥

यदि जन्मपत्री में तृतीय भाव में विशेषकर शनि नीच राशि में नीच ग्रह से दृष्ट हो तो जातक चोर होता है ॥ ३ ॥

यदि जन्मपत्री में भौम राहु शनि अपनी-अपनी नीच राशियों में हों और तृतीय में भी कोई ग्रह नीच राशि में हो तथा भावेश भी नीच राशि में हो तो जातक चोर होता है ॥ ४ ॥

यदि जन्मपत्री में बारहवें, दूसरे और विशेषकर तीसरे भाव में क्रूर ग्रह हों तथा इन भावों के स्वामी भी नीच राशि में हों तो जातक चोर होता है ॥ ५ ॥

यदि जन्मपत्री में तृतीयेश ग्यारहवें भाव में नीच राशि में हो और लग्नेश बारहवें भाव में वा परम नीच में हो तो जातक चोर होता है ॥ ६ ॥

यदि जन्मपत्री में लग्नेश क्रूर ग्रह से युक्त हो व लग्न में नीचस्थ ग्रह हो तथा निर्बल तृतीयेश व्यय भाव में हो तो जातक चोर होता है ॥ ७ ॥

यदि जन्मपत्री में लग्नेश व लाभेश नीच राशि में पापग्रह से युक्त और लाभेश तीसरे भाव में नीच राशि में हो तो जातक चोर होता है ॥ ८ ॥

यदि जन्मपत्री में सप्तम भाव में अथवा चतुर्थ भाव में शनि, भौम, बुध हों और चन्द्रमा की पूर्ण दृष्टि से दृष्ट हों तो जातक बड़ा चोर होता है ॥ ९ ॥

यदि जन्मपत्री में केन्द्रस्थ बुध, भौम, चन्द्रमा ये शुभग्रह से दृष्ट हों तो जातक चोर यदि छठे भाव में बुध व भौम हों तो जातक चोर होता है। इस चोरी के कार्य से कालान्तर में हाथ पैर नष्ट हो जाते हैं ॥ १० ॥

इस प्रकार चोर योगों का वर्णन समाप्त हुआ ॥ १-१० ॥

अथ पापयोगाः।

अब आगे किस ग्रह परिस्थिति में जातक पापात्मा होता है इसे कहते हैं।

पापयोगों का ज्ञान

पातकी लग्नगे जीवे द्यूनस्थे स्याच्छनैश्चरे।
शत्रुनीचगतैः खेटैः पञ्चाद्यैरधमो भवेत् ॥ १ ॥

पापगेहस्थितो रिष्फे पापः पापविलोकितः।
महापातकिनं जातं प्रकरोति न संशयः ॥ २ ॥
वित्ते मन्दे व्यये राहौ लग्नसंस्थे बृहस्पतौ।
महापापी भवेज्जातो द्विजवंशसमुद्भवः ॥ ३ ॥
छिद्रेऽर्कचन्द्रौ शुक्रेऽस्ते वित्ते राहुकुजेज्यकाः।
विप्रवंशसमुद्भूतो महापातककृद्भवेत् ॥ ४ ॥
लग्नभं क्रूरसंयुक्तं धर्मभावं विशेषतः।
लग्नपे हि विशेषेण पापी भवति मानवः ॥ ५ ॥
लग्ननाथः क्रूरयुतो लग्नं वा क्रूरसंयुतम्।
कर्माधिपो यदा नीचः पापात्मा स भवेन्नरः ॥ ६ ॥
तनुपतिर्यदि नीचपदानुगः कुजशनैश्चरसद्युतलग्नभम्।
दशमभं खलखेटयुतेक्षितं विविधपापकरो भुवि मानवः ॥ ७ ॥
लग्नसंस्थौ रविशनी उच्चनीचपदानुगौ।
पाताले खलखेटा वै पापात्मा तु न संशयः ॥ ८ ॥
चतुष्टयन्तु सक्रूरं सौम्यग्रहविवर्जितम्।
लग्नेशो यदि नीचस्थः पापो भवति मानवः ॥ ९ ॥
परस्त्रीपरनिन्दा च भूतदुःखप्रदापनम्।
चौर्यं गर्वमनस्त्यागं पापनाम्नेति लक्षणम् ॥ १० ॥

यदि कुण्डली में लग्न में गुरु व सप्तम में शनि और पाँच या छे ग्रह नीच एवं शत्रु राशि में हों तो जातक पातकी होता है ॥ १ ॥

यदि कुण्डली में पापग्रह की राशि में बारहवें भाव में पापग्रह, पापग्रह से दृष्ट हो तो जातक बड़ा पातकी होता है, इसमें संदेह नहीं है ॥ २ ॥

यदि कुण्डली में धन भाव में शनि, बारहवें में राहु और लग्न में गुरु हो तो ब्राह्मण कुल में उत्पन्न जातक बड़ा पापी होता है ॥ ३ ॥

यदि कुण्डली में अष्टम भाव में सूर्य चन्द्रमा, सप्तम में शुक्र और दूसरे भाव में राहु, भौम, गुरु हों तो ब्राह्मण कुलोत्पन्न जातक बड़ा पापी होता है ॥ ४ ॥

यदि कुण्डली में लग्न में क्रूर ग्रह और नवम में पापग्रह एवं लग्नेश भी पापग्रह हो तो जातक बड़ा पापी होता है ॥ ५ ॥

यदि कुण्डली में लग्नेश क्रूरग्रह से युक्त हो वा लग्न में क्रूरग्रह हो और दशमेश नीच राशि में हो तो जातक पापात्मा होता है ॥ ६ ॥

यदि कुण्डली में लग्नेश नीच राशि में हो व भौम शनि शुभग्रह से युक्त होकर लग्न में हों और दशमभाव पापग्रह से दृष्ट या युत हो तो जातक अनेक प्रकार के पाप करने वाला होता है ॥ ७ ॥

यदि कुण्डली में लग्न में सूर्य व शनि और चतुर्थ भाव में पापग्रह उच्च या नीच में हो तो जातक पापात्मा होता है, इसमें सन्देह की जरूरत नहीं है ॥ ८ ॥

यदि कुण्डली में केन्द्र में पापग्रह हों और शुभग्रहों का अभाव हो तथा लग्नेश नीच राशि में हो तो जातक पापात्मा होता है ॥ ९ ॥

अब पाप किसे कहते हैं अर्थात् पापका क्या लक्षण होता इसे बताते हैं।

पर स्त्री गमन, दूसरे की निन्दा करना, प्राणिमात्र को दुःख देना, चोरी करना और अभिमान करना व त्याग की भावना से हीन रहना पाप होता है ॥ १० ॥

अथ जातिभ्रंशम्लेच्छादियोगाः—

अब आगे कैसी ग्रह परिस्थिति में जातक जाति से च्युत व म्लेच्छ होता है, इसे कहते हैं।

जातिभ्रंशम्लेच्छादि योग ज्ञान—

द्विस्वभावन्तु लग्नं वै शनियुक्तं तु लग्नपः।
शनेर्गृहे स्थितश्चैव जातिभ्रष्टो भवेन्नरः॥ १ ॥
लग्नगो नीचसंस्थो वै खलखेटस्तु निर्बलः।
व्ययस्थो शनिराहू च मदिरां पिबते नरः॥ २ ॥
लग्ने क्रूरो व्यये क्रूरो धनगो क्रूर एव च।
लग्नपः क्रूरसंयुक्तो म्लेच्छो भवति सर्वथा॥ ३ ॥
धनस्थाने यदा सौरिसैंहिकेयौ धरात्मजः।
स्थितश्च पञ्चमे स्थाने त्वष्टमे शशिभास्करौ॥ ४ ॥
द्विजपुत्रो यदा जातो मद्यवेश्यारतः सदा।
वर्षे विंशतिमे चैव म्लेच्छो भवति नान्यथा॥ ५ ॥
सकलाः पापवर्गेषु हीनवीर्याः शुभा ग्रहाः।
क्रूराः केन्द्रगता वापि म्लेच्छयोगाः प्रकीर्त्तिताः॥ ६ ॥
तृतीये दशमे सौरिः त्रिकोणस्थो बृहस्पतिः।
चतुर्थे चाष्टमे भौमः शेषाः सप्तमसंस्थिताः॥ ७ ॥
विलग्नादष्टमे स्थाने यदि राहुः प्रजायते।
त्रिभिर्मासैस्त्रिभिः वर्षैर्म्लेच्छो भवति नान्यथा॥ ८ ॥
धनस्थाने यदा सौरिश्चाष्टमे यदि चन्द्रमाः।
ब्रह्मपुत्रो यदा जातो म्लेच्छो भवति नान्यथा॥ ९ ॥
लग्नस्थो वाष्टमे सौरिः सुखस्थे चाष्टमे कुजे।
भावी जात्यन्तरे प्राहुर्मुनयो बहुपातकान्॥ १० ॥

धनस्थानेऽर्कत्रिंशांशे सैंहिकेयधरात्मजौ।
समसप्तमगः शुक्रश्चाष्टमे शनिभास्करौ॥
ब्रह्मपुत्रो यदा जातो म्लेच्छो भवति नान्यथा॥ ११॥
लग्नेऽर्कजे भूमिसुते सुखस्थे नभस्थले भूमिसुते प्रसूतः।
म्लेच्छो भवेद् वेदविदां कुलेऽपि केन्द्रे न यातौ यदि भार्गवेज्यौ॥ १२॥
क्रूरान्तरस्थो नलिनीपतिः स्याच्चन्द्रो नभस्थो रविराहुमन्दात्।
चतुष्टयस्थानगता यदा खला गवामिषं भुक् द्विजवंशजोऽपि॥ १३॥
लग्ननाथे व्यये जातः शनियुक्तं तु लग्नभम्।
तमो युक्ते नरो लोके जातिभ्रंशमवाप्नुयात्॥ १४॥
तनुपस्तनुगश्चैव क्रूरग्रहसमायुतेः।
व्ययनाथो धने नीचो जातिभ्रंशमवाप्नुयात्॥ १५॥
भृगुजीवबुधाश्चैव सक्रूरा वा स्वनीचगाः।
मद्यं मांसञ्च भङ्गञ्च सेवते तु नरः सदा॥ १६॥
सर्वे क्रूराश्च लग्नस्था लग्नेशोऽस्तं गतो नरः।
जातिभ्रंशमवाप्नोति वर्णान्यत्वं लभेत्तु सः॥ १७॥
यदि विलग्नगतो रविनन्दनस्तनुपतिर्यदि पापसमन्वितः।
सुरगुरुस्तमसा यदि संयुतः खलु नरो मदिरां पिबते हि सः॥१८॥
जीवसौम्यसितचन्द्रवक्रगाः क्रूरखेटसहिता अथ दृष्टाः।
लग्नपोऽथ विबलोऽथवास्तगो मद्यमांसरसिको नरो भवेत्॥१९॥
द्विस्वभावतनवो हि संयुता राहुमन्दजगतीसुतैस्तथा।
लग्नभं तु तनुपो न पश्यति जातिनाशमतुलं नरो भवेत्॥२०॥
सक्रूरं तु विलग्नभं तनुपतिः क्रूरेण युक्तोऽथवा
दृष्टो वा खलु नीचगो व्ययगतो वर्णं तु नीचं लभेत्।
मांसं मद्यनिषेवणं तु विविधं भङ्गं तथैवानिशं
वेश्याद्यूतरसञ्च यावनगतिं प्राप्नोति जन्तुः स्फुटम्॥ २१॥
लग्नस्थो क्रूरखेटो वै सप्तमेऽपि व्ययेऽपि च।
लग्नस्वामी च सक्रूरः शनियुक्तो विशेषतः॥ २२॥
जीवशुक्रौ तु सक्रूरौ चन्द्रो नीचं समागतः।
कर्मभावाधिपो नीचे जातिभ्रष्टो भवेन्नरः॥ २३॥
युग्मम्
गुरुपत्नीं राजपत्नीं भगिनीं गोत्रिणीं तथा।
मातृष्वसृश्च श्वश्रूञ्च भ्रातृजायां तथैव च॥ २४॥
विधवां ब्राह्मणीं चैव अगम्यागमनं तथा।
मैथुनं पुंसिजं हेयं मद्यमांसनिषेवणम्॥ २५॥

भृङ्गीरसं ब्रह्मनिन्दां ब्रह्मघातं तथैव च।
वर्णो वै नीचवर्णश्च म्लेच्छतां याति वै नरः॥ २६॥
अन्यानि दुष्टकर्माणि जातिभ्रष्टस्य लक्षणम्।
वर्णसङ्करधर्मस्य विष्ठावनसमायुतम्॥ २७॥

इति जातिभ्रंशलक्षणम्।

यदि जन्मपत्री में द्विस्वभाव लग्न में शनि और लग्नेश शनि की राशि में हो तो जातक जाति के आचार से च्युत होता है॥ १॥

यदि जन्मपत्री में निर्बल पाप ग्रह नीचस्थ होकर लग्न में हो तथा बारहवें भाव में शनि राहु हों तो जातक शराब पीता है॥ २॥

यदि जन्मपत्री में लग्न में बारहवें व दूसरे भाव में पापग्रह हो और लग्नेश पापग्रह से युक्त हो तो जातक जाति से भ्रष्ट होता है॥ ३॥

यदि जन्मपत्री में दूसरे भाव में शनि, राहु व भौम पञ्चम में और अष्टम में सूर्य चन्द्रमा हों तो ब्राह्मण कुलोत्पन्न जातक मदिरापान व वेश्या स्त्री में अनुरक्त और बीसवें वर्ष में म्लेच्छ होता है॥ ४–५॥

यदि जन्मपत्री में निर्बल समस्त शुभग्रह पापग्रहों के वर्ग में हों वा समस्त पापग्रह केन्द्र में हों तो जातक म्लेच्छ होता है॥ ६॥

यदि जन्मपत्री में तीसरे या दशम भाव में शनि व त्रिकोण में गुरु और चौथे या आठवें भाव में भौम हो तथा अवशिष्टग्रह सप्तम भाव में हों तथा अष्टम भाव में राहु हो तो जातक तीन वर्ष या तीन मास में म्लेच्छ होता है॥ ७–८॥

यदि जन्मपत्री में दूसरे भाव में शनि और अष्टम में चन्द्रमा हो तो ब्राह्मण कुलोत्पन्न जातक म्लेच्छ होता है॥ ९॥

यदि जन्मपत्री में लग्न या अष्टम में शनि हो तथा चौथे या अष्टम में भौम हो तो जातक बड़े पाप अगले जन्म में जात्यन्तर में करता है॥ १०॥

यदि जन्मपत्री में दूसरे भाव में राहु व भौम, सूर्य के त्रिशांश में हों तथा सम राशि में सप्तम भाव में शुक्र और अष्टम में शनि सूर्य हों तो ब्राह्मण कुलोत्पन्न जातक म्लेच्छ होता है इस में सन्देह नहीं है॥ ११॥

यदि जन्मपत्री में लग्न में शनि, चौथे या दशम भाव में भौम और केन्द्र में गुरु व शुक्र न हों तो वेद वेत्ताओं के कुल में भी जातक म्लेच्छ होता है॥ १२॥

यदि जन्मपत्री में सूर्य, क्रूर ग्रह के मध्य में हो व चन्द्रमा दशम में और सूर्य, राहु, शनि ये पाप ग्रह केन्द्र में हों तो ब्राह्मण कुलोत्पन्न जातक भी म्लेच्छ होता है॥ १३॥

यदि जन्मपत्री में राहु से युक्त लग्नेश बारहवें भाव में व लग्न में शनि हो तो जातक जाति के धर्म से भ्रष्ट होता है॥ १४॥

यदि जन्मपत्री में लग्नेश लग्न में क्रूरग्रह से युक्त हो और व्ययेश धन स्थान में नीच राशि में हो तो जातक जाति से भ्रष्ट होता है ॥ १५ ॥

यदि जन्मपत्री में शुक्र, बुध, गुरु पापग्रह से युक्त हों वा नीच राशि में हों तो जातक मांस, शराब और भाँग का सेवन करने वाला होता है ॥ १६ ॥

यदि जन्मपत्री में समस्त पापग्रह लग्न में हों और लग्नेश सप्तम में या अस्त हो तो जातक अपनी जाति से भ्रष्ट होकर दूसरी जाति में मिल जाता है ॥ १७ ॥

यदि जन्मपत्री में लग्न में शनि हो और लग्नेश पापग्रह से युक्त हो तथा गुरु, राहु से युक्त हो तो जातक शराब पीने वाला होता है ॥ १८ ॥

यदि जन्मपत्री में भौम की राशि में गुरु, बुध, शुक्र, चन्द्रमा, पापग्रह से दृष्ट या युत हों तथा लग्नेश निर्बल हो या अस्त हो तो जातक शराब व मांस का प्रेमी होता है ॥ १९ ॥

यदि जन्मपत्री में द्विस्वभाव राशि में राहु, शनि व भौम हों और लग्न, लग्नेश से अदृष्ट हो तो जातक जाति से भ्रष्ट होता है ॥ २० ॥

यदि जन्मपत्री में लग्न में पापग्रह व लग्नेश पापग्रह से युक्त अथवा दृष्ट वा बारहवें भाव में नीच राशि में हो तो जातक नीच वर्ण प्राप्त करके मांस, शराब व प्रतिदिन अनेक प्रकार से भांग का सेवन करने वाला वेश्या गामी, जुआ खेलने वाला और मुसलमान की गति प्राप्त करता है ॥ २१ ॥

यदि जन्मपत्री में लग्न में, बारहवें, सप्तम भाव में भी पापग्रह हों व लग्नेश पापग्रह से युक्त या विशेषकर शनि से युक्त हो तथा गुरु शुक्र पापग्रह से युक्त हों और चन्द्रमा व दशमेश नीच राशि में हों तो जातक जाति से भ्रष्ट होता है ॥ २२–२३ ॥

अब आगे मनुष्य किस आचरण से जाति भ्रष्ट होता है या यों समझिये जातिभ्रंश का क्या लक्षण होता है, इसे कहते हैं।

गुरुपत्नी राजपत्नी, बहिन, अपने गोत्र में उत्पन्न स्त्री, मौसी, सास, भाई की पत्नी, विधवा ब्राह्मणी और अगम्या स्त्री के साथ मैथुन करने वाला व शराब पीने वाला, मांस खाने वाला, ब्राह्मणों का निंदक, विप्र घाती, जातक अपने वर्ण का त्याग करके नीच वर्ण में म्लेच्छ होता है। ये दुष्ट कर्म तथा अन्य दुष्ट करने वाला विष्ठा के जङ्गल से युक्त वर्ण संकर व जाति भ्रष्ट होता है ॥ २४–२७ ॥

इस प्रकार लक्षण के साथ जातिभ्रष्ट योग समाप्त हुआ ॥ १–२७ ॥

अथ काणान्धनेत्रचिन्हादियोगाः।

अब आगे किस प्रकार के योग में जातक काना, अन्धा और आँखों में चिन्हादि से युक्त होता है, इसे कहते हैं।

काणान्धनेत्र चिन्हादि योग का ज्ञान —

द्व्यङ्ग्ये तु कालस्य पुरुषस्य तु लोचने।
ग्रहभावप्रकारेण अन्धं काणं सबुद्बुदम् ॥ १ ॥

वामं तु दक्षिणं चैव क्रूरयुक्तं तु लोचनम्।
तत्स्वामिना न दृष्टं चेत्तद्विनष्टं बुधैः स्मृतम् ॥ २ ॥
धनभं दक्षिणं नेत्रं व्ययभं वामनेत्रकम्।
यत्र तत्र स्थितः क्रूरः प्रहारं पीडनं स्मृतम् ॥ ३ ॥
धनगता रविराहुशनैश्चरा धनपतिर्यदि चास्तमुपागतः।
खलयुतोऽथ न पश्यति तत्पदं भवति चात्र नरो भुवि काणकः ॥ ४ ॥
व्ययगृहं रविराहुसमायुतं व्ययपतिर्यदि चास्तमुपागतः।
अथ युतं शनिनाथकुजेन वा भवति चात्र नरो भुवि काणकः ॥ ५ ॥
षष्ठाधीशे वक्रितर्क्षेऽक्षिरोगो लग्ने चास्मिन् चन्द्रयुक्ते कफात्मा।
भौमे जीवे भार्गवे ज्ञे सचन्द्रे पातालस्थे कामतो शाश्वतोऽन्धः ॥६॥
लग्नादित्येऽब्जत्रये क्रूरमध्ये लग्नेशेऽर्के क्रूरिते चोदयस्थे।
षष्ठे क्रूरे लग्नगे चैव भौमे क्षीणेऽर्केन्द्वोः पृष्ठतश्तद्गतोऽन्धः ॥ ७ ॥
चन्द्रादित्यौ विक्रमे केन्द्रगौ वा भौमे केन्द्रे चेदसौम्यर्क्षगे वा।
क्रूरैर्दृष्टारभ्रषष्ठान्त्यगाः स्युः सौम्याः सूर्येऽस्ते समर्क्षे तदान्धः ॥ ८ ॥
नेत्रद्वयन्तु सक्रूरं तत्पती सबलौ यदा।
क्रूराक्रान्तौ तु योगेऽस्मिन् भवेद्बुद्बुद्दृष्टिकः ॥ ९ ॥
नेत्रद्वयस्थौ शनिभास्करौ च हीनौ विनष्टौ खलु तत्पती नरः।
संदीप्तदेहौ परिपूर्णवीर्यौ चिपोटनेत्रो विबुधैः स्मृतो नरः ॥ १० ॥
नेत्रद्वये क्रूरखगाश्च दृष्टाः संदीप्तदेहाः परिपूर्णवीर्याः।
नेत्रद्वयेशौ परिपूर्णवीर्यौ सक्रूरदेहौ किल नेत्रवक्रः ॥ ११ ॥
नेत्रद्वयेशौ सक्रूरौ नेत्रे तु सबले मते।
न पश्यति तदा भावं नेत्रेशः काणमेव च ॥ १२ ॥
नेत्रद्वयं क्रूरसमागतं च विनष्टनाथस्तु तयोर्विवीर्यः।
क्रूरग्रहाक्रान्तिसमागतानां पश्यन्ति सौम्याः पद्मेवान्धः ॥ १३ ॥
सूर्ये गृहस्थे लग्नस्थे भवेन्नयनवर्जितः।
षष्ठगेन्दावदृश्येऽर्धे चाक्ष्णोर्विघ्नं समादिशेत् ॥ १४ ॥
क्रूरे तनौ तनुपतावशुभस्थिते च क्रूरद्वयान्तरगतौ यदि चन्द्रसूर्यौ।
जातस्तदान्ध इनरात्रिपयोर्द्युनेऽसृक् चन्द्रात्तु षष्ठ उदितस्तु भवेत्तदान्धः ॥१५॥
षड्भागाद्दशभाग उक्षिणनवमे तिथ्यंशके कर्कटे
सिंहे धृत्युडुपिण्डके १८।२७।२८ ऽथ कुनगाष्टांशे धृतौ भाद्द्वये।
गोऽब्जांशेऽष्टमभे तथोत्कृतिलवाद्धेदांशकेष्वेणभे
कुम्भे दृक्धृतिभूतविंशलवके बाधाक्षियोगांशकाः ॥ १६ ॥

एतेषां चैव भागानां मध्ये चन्द्रदिवाकरौ।
लग्नस्थौ यदि जायेतां नेत्रनाशस्तदा मतः॥ १७॥
लग्ने षष्ठपभूमिजौ गुरुसितौ नो पश्यतः काणदृक
विच्छायोऽथ रवेरधोऽह्नि च कुजो ज्ञोऽन्होऽपि चिह्नं दृशोः।
लग्ने षष्ठपभार्गवे यदिखलैर्दृष्टेऽश्रुपातो क्षितौ
प्येकांशे कुजशीतगू यदि तदाऽक्ष्णोश्चिह्नमुक्तं बुधैः॥ १८॥
नेत्रद्वये सूर्यकुजाहिमन्दाः संप्रस्थिता नेत्रपतिर्विनष्टः।
अरिष्टभावेऽप्यथवा न नेत्रं निरीक्षितं स्वं पदमेवमन्धः॥ १९॥
यस्मिन्नेत्रे तु पापो वै स्थितो हीनबली यदा।
सबलो दीप्त ईक्षेत नेत्रभं मन्ददृङ्नरः॥ २०॥
न चान्धो नैव काणो वै नैव बुद्बुददृष्टिकः।
किञ्चिन्नेत्रप्रहारं तु काष्ठपाषाणजं भवेत्॥ २१॥
इति युग्मम्॥

काल पुरुष स्वरूप कुण्डली में दूसरा व बारहवाँ भाव उस पुरुष के दोनों नेत्र होते हैं। तात्पर्य यह है कि जन्माऽङ्ग में दूसरे व बारहवें भाव से ग्रहों की स्थिति वश अन्धत्व, काणत्व और पुनः पुनः आँखों का खुलना व बन्द होना इन सब का ज्ञान करना चाहिए॥ १॥

यदि दूसरे या बारहवें भाव में पाप ग्रह हो और वह अपने स्वामी से अदृष्ट हो तो जातक की वह आँख नष्ट हो जाती है॥ २॥

कुण्डली में दूसरा भाव दाहिनी आँख और बारहवां भाव बायीं आँख होती है। इन दोनों भावों में से जिस भाव में पापग्रह हो उस आँख में चोट लगती है या पीडा होती है॥ ३॥

यदि जन्मपत्री में द्वितीय भाव में सूर्य राहु शनैश्चर हों और द्वितीयेश सप्तम में पापग्रह से युक्त होकर द्वितीय भाव को न देखता हो तो जातक काना होता है॥ ४॥

यदि जन्मपत्री में बारहवें भाव में सूर्य राहु हों और व्ययेश अस्त हो या सप्तम हो या शनि या भौम से युक्त हो तो जातक काना होता है॥ ५॥

यदि जन्मपत्री में षष्ठेश भौम की राशि में लग्न में हो तो जातक आँख का रोगी, उक्त योग में यदि चन्द्र का भी योग हो तो कफात्मा अर्थात् कफ जन्य आँख का रोगी होता है।

यदि चौथे भाव में भौम, गुरु, शुक्र, बुध और चन्द्रमा हों तो जातक काम से निरन्तर अन्धा होता है॥ ६॥

यदि जन्मपत्री में लग्न सूर्य व चन्द्रमा ये तीनों क्रूर ग्रहों के बीच में और लग्नेश सूर्य क्रूरग्रह के साथ में लग्न में हो या छटे भाव में पापग्रह, लग्न में क्षीण चन्द्रमा, सूर्य व भौम हों तो जातक कालान्तर में अन्धा होता है॥ ७॥

यदि जन्मपत्री में सूर्य चन्द्रमा तीसरे भाव में वा केन्द्र में अथवा पापग्रह की राशि में भौम केन्द्र में हो व दशम, षष्ठ, बारहवें भाव में शुभ ग्रह क्रूरग्रहों से दृष्ट हों और समराशि में सप्तम भाव में सूर्य हो तो जातक अन्धा होता है ॥ ८ ॥

यदि जन्मपत्री में द्वितीय व बारहवें भाव में पापग्रह हों और द्वितीयेश व द्वादशेश बली हो तो क्रूरग्रहों से व्याप्त इस योग में जातक बुद्बुद् अर्थात् पुनः पुनः खुलने व बन्द होने वाले नेत्रों से युक्त होता है ॥ ९ ॥

यदि जन्मपत्री में दूसरे व बारहवें भाव में निर्बल सूर्य शनि हों व भावेश निर्बल हों तो जातक की आँख नष्ट होती है। यदि द्वितीयेश व व्ययेश चमकदार, पूर्ण बली हों तो जातक के चिपोट नेत्र होते हैं ॥ १० ॥

यदि जन्मपत्री में दूसरे व बारहवें भाव में उज्ज्वल देहधारी, पूर्णबली पापग्रह हों या पापग्रहों से दृष्ट दोनों भाव हों और व्ययेश व द्वितीयेश पूर्णबली पापग्रहों से युक्त हों तो जातक के टेढ़े नेत्र होते है ॥ ११ ॥

यदि जन्मपत्रो में द्वितीयेश व व्ययेश क्रूर ग्रहों के साथ हों तो नेत्र सुख होता है। यदि उक्त योग में भावेशों की दृष्टि न हो तो जातक काना होता है ॥ १२ ॥
यदि जन्मपत्री में द्वितीय व बारहवें भाव में पापग्रह हों और धनेश व व्ययेश निर्बल हों या अस्त हों तथा क्रूरग्रह राशिस्थ शुभग्रह से दूसरा व बारहवां भाव दृष्ट हो तो जातक अन्धा होता है ॥ १३ ॥

यदि जन्मपत्री में लग्न में सूर्य हो तो जातक नेत्रों से हीन होता है। यदि छटे भाव में अदृश्यचक्रार्ध में चन्द्रमा हो तो जातक की आँखों में रोग होता है ॥ १४ ॥

यदि जन्मपत्री में लग्न में पापग्रह और लग्नेश पापग्रहों की राशि में हो तथा पाप ग्रहों के बीच में सूर्य चन्द्रमा हों तो जातक अन्धा होता है। यदि चन्द्रमा सूर्य एक राशि में व सप्तम में भौम हो या चन्द्रमा से भौम छटे भाव में हो तो जातक अन्धा होता है ॥ १५ ॥

विशेष—पुस्तक में 'जातस्तद्वान्ध इति रात्रि पतौ तु द्युनेऽसृक् चन्द्रात्तु पृष्ठउदितश्च भवेत्तद्वान्धः' यह पाठ है ॥ १५ ॥

यदि जन्मपत्री में मेष में ६ उक्षण (वृष) राशि के ६ से १० अंश में, कर्क के ९, १५ अंश में, सिंह के १८, २७, वृश्चिक में २८, २७, ८, १, ७, १८, १९ अंश में, मकर के २६, २७, २८, २९ अंश में और कुम्भ राशि के २, १८, २५, २० अंश में चन्द्रमा व सूर्य हों तो नेत्र में पीड़ा होती है ॥ १६ ॥

यदि उक्त राशि अंश में सूर्य चन्द्रमा लग्न में हों तो जातक की आँख नष्ट होती है ॥ १७ ॥

यदि जन्मपत्री में षष्ठेश व भौम लग्न में गुरू शुक्र से अदृष्ट हों तो जातक काना, यदि चेष्टाहीन चन्द्रमा सूर्य से पीछे हो भौम, बुधवार हो तो भी नेत्र में चिह्न होता है।

यदि षष्ठेश व शुक्र लग्न में पाप ग्रहों से दृष्ट हों तो आँखों से आँसू गिरते हैं। यदि लग्न में एक ही अंश में भौम चन्द्रमा हों तो आँखों में चिह्न होता है ॥ १८ ॥

यदि जन्मपत्री में द्वितीय व बारहवें भाव में सूर्य, भौम, राहु, शनि हों तथा द्वितीयेश निर्बल या अस्त हो या अष्टम भाव में हों तथा अपने भावों को न देखते हों तो जातक अंधा होता है ॥ १९ ॥

जिस नेत्र भाव में निर्बल पापग्रह बली दीप्त ग्रह से दृष्ट हो तो जातक की उस आँख में अल्पता होती है। इसमें जातक न तो अंधा, न काना, न बुद्बुद् लोचन होता है किन्तु कुछ काठ या पत्थर से आँख में चोट लगती है ॥ २०–२१

अथ कुष्ठयोगाः।

अब आगे किन-किन ग्रह परिस्थितियों में जातक कोढी होता है, इसे बताते हैं।

कुष्ठ (कोढी) योग ज्ञान—

अथ वाच्यं शरीरे तु पुरुषस्य तु विस्तरात्।
कुष्ठं चैवं रक्तकुष्ठं चिन्हान्यन्यानि खेचरैः॥ १ ॥

मृत्युस्थिताश्चन्द्रजजीवभास्कराः षष्ठे स्थिता वा पुरुषस्य देहे।
लग्नाधिपः क्रूरखगस्तु लग्नं निरीक्षिते क्रूरखगस्तु कुष्ठी ॥ २ ॥

जीवभौमौ तु मृत्युस्थौ शनिसौम्यौ रिपुस्थितौ।
पश्यन्ति लग्नं क्रूराश्च रक्तकुष्ठी तु मानवः ॥ ३ ॥

यदि विलग्नपतिः खलु नष्टतां परिगतोऽष्टमभावपतिर्बली।
सकलसौम्यखगा रिपुमृत्युगाः सबलपापखगा यदि लग्नगाः ॥ ४ ॥

अस्मिन् योगे नरः कुष्ठी रक्तकुष्ठी विशेषतः।
अन्ये चैव महारोगाः कुष्ठयोगे विशेषतः ॥ ५ ॥

अन्ये चैव महाकुष्ठगलत्कुष्ठमुखास्तथा।
लग्नं पश्यति पापश्च मृत्युभं नष्टसंयुतम् ॥ ६ ॥

सौम्या विवीर्या नष्टाश्च षष्ठमृत्युगतास्तथा।
दद्रुमण्डलविस्फोटमपस्मारविकंपनम्।
अन्ये ये वै महारोगा योगे वै प्रभवन्तु ते ॥ ७ ॥

चन्द्रो मेषवृषस्थः शनिभौमाभ्यां युतस्तदा सगदकुष्ठी।
मीनालिकर्कटसंस्थाः शनिशुक्रकुजेन्दवो रुधिरकुष्ठी ॥
क्रूराः कुलीरझषवृश्चिकराशिसंस्था लूतादिकं समभवत् खलु तत्र कुष्ठम् ॥८॥

क्रूरयुक्तेक्षितं लग्नं लग्नात्पञ्चमगेऽथवा।
गोकर्कालिमृगाख्यश्चेद्राशिः स्यात् सितकुष्ठवान् ॥ ९ ॥

सक्रूरौ चन्द्रशुक्रौ च कर्कवृश्चिकमीनगौ।
श्वेतकुष्ठी खलाढ्येन्दौ खर्जूः सुखविवर्जितः ॥ १० ॥

कर्मप्रकाशे
कुष्ठोऽर्कनिर्गतविधौ च शनीत्थशाले
मेषेस्थितेऽथ शनिभौमयुतौ च शोफः।
चन्द्रारमन्दसितसेवितवारिभेषु
क्रूरार्दितेषु पुनरस्ति सलूतकुष्ठम् ॥ ११ ॥

अस्यार्थः। चन्द्रे सूर्यान्निःसृत्य सूर्येण संमिलित्वा शनिना सह इत्थशालं करोति शनिश्चाधिकारहीनः शुभदृग् रहित इत्यपि ज्ञेयं तदा कुष्ठी। चन्द्रभौम-शनि-शुक्रयुतेषु क्रूरार्दितेषु च तदा लूतासहितं कुष्ठी भवति। अत्र चन्द्र एव क्रूरैर्युक्तस्तदा खार्जूरकुष्ठं स्यादित्यपि ज्ञेयम्।

सितशनि युजि वारिभे च पाण्डुकुष्टं समशुभैरपि तत्र खर्जूरघ्ने।
अजमृगजलभार्कियुग्व्ययस्थे वपुषि सहमे भवतीह दद्रुकुष्ठम् ॥ १२॥

अस्यार्थः। चन्द्रे वारिभे कर्कवृश्चिकमीनस्थे शुक्रशनियुते पाण्डुकुष्ठं भवति। तत्रैव वारिराशौ अशुभेन सहिते चन्द्रे सति खार्जूरः कुष्ठं भवति। मेषमकरजलभकर्कटवृश्चिकश्च मीने शनियुक्ते द्वादशस्थे वपुषि सहमे सति दद्रुकुष्ठो भवति।

शुक्रे वेज्ये षष्ठपे पापदृष्टे शोफं वक्त्रेऽन्त्येऽर्कजे गुप्तकुष्ठम्।
षष्ठेऽन्त्ये वा भूमिपुत्रार्कयोगे सौम्यादृष्टे गण्डमालाव्रणाढ्या॥ १३॥

शुक्रो गुरुर्वा षष्ठाधीशस्तदा मुखे शोफी स्यात्। शनौ पापदृष्टे गुप्तं प्रच्छिन्नं कुष्ठं भवति।

पुरुष की जन्मपत्री के भाव स्थित ग्रह योगों के आधार पर शरीर में कुष्ठ, रक्त कुष्ठ और चिन्हों को आगे विस्तार से वर्णित के अनुसार जान कर कहना चाहिए ॥ १ ॥

यदि जन्मपत्री में बुध, गुरू, सूर्य अष्टम भाव में या छटे भाव में हों व लग्नेश क्रूर ग्रह हो और पाप ग्रह से दृष्ट लग्न हो तो जातक कोढी होता है ॥ २ ॥

यदि जन्मपत्री में गुरू व भौम अष्टम में, शनि व बुध छटे भाव में हों और पाप ग्रहों से दृष्ट लग्न हो तो जातक रक्त कुष्ठी होता है ॥ ३ ॥

यदि जन्मपत्री में लग्नेश अष्टम में या अस्त हो व अष्टमेश बली हो तथा समस्त शुभ ग्रह छटे आठवें भाव में हों और बली पाप ग्रह लग्न में हों तो इस योग में उत्पन्न जातक कुष्ठी, विशेष कर रक्त कुष्ठी होता है ॥ ४-५ ॥

यदि जन्मपत्री में पाप ग्रह से दृष्ट लग्न हो व अष्टम में पाप ग्रह हों तो जातक बड़ा कोढ़ी व गलित कोढ़ी होता है ॥ ६ ॥

यदि जन्मपत्री में शुभग्रह बल हीन हों और पाप ग्रह छटे आठवें भाव में हों तो जातक दाद, विस्फोट, मिर्गी, कंपन आदि बड़े-बड़े रोगों से पीडित होता है ॥ ७ ॥

यदि जन्मपत्री में मेष या वृष राशि में चन्द्रमा, शनि व भौम से युक्त हो तो जातक कोढ़ का रोगी होता है।

यदि मीन, वृश्चिक, कर्क, राशि में शनि, शुक्र, कुज, चन्द्रमा हों तो जातक रक्त कुष्ठी होता है।

यदि जन्मपत्री में कर्क, मीन, वृश्चिक राशि में पापग्रह हों तो जातक खुजली के साथ कुष्ठी होता है॥ ८॥

यदि जन्मपत्री में लग्न पापग्रह से युक्त दृष्ट हो अथवा लग्न से पञ्चम भाव में वृष, कर्क, वृश्चिक या मकर राशि हो तो जातक सफेद कोढ़ से युक्त होता है॥ ९॥

यदि जन्मपत्री में चन्द्रमा व शुक्र पापग्रहों से युक्त होकर कर्क या वृश्चिक या मीन राशि में हो तो जातक सफेद कोढ़ से युक्त, यदि चन्द्रमा पापग्रह से युक्त हो तो जातक खुजली के कारण सुख से हीन होता है॥ १०॥

अब आगे कर्म प्रकाशग्रन्थ के आधार पर योगों को कहते हैं।

यदि जन्मपत्री में सुर्य चन्द्रमा का योग होने के बाद चन्द्रमा सूर्य की राशि का त्याग करके यदि मेष राशि में शनि से इत्थशाल योग करता हो तथा शनि अधिकार हीन शुभग्रहों से अदृष्ट हो तो जातक कोढ़ी, यदि चन्द्रमा, शनि व भौम से युक्त हो तो सूजन रोग से पीडित होता है।

यदि चन्द्रमा, भौम, शनि, शुक्र पापग्रहों से पीडित हों अथवा छटे भाव में हों तो जातक मकड़ी के साथ कोढ़ी होता है॥ ११॥

यदि जन्मपत्री में छटे भाव में कर्क या वृश्चिक या मीन राशि में चन्द्रमा शुक्र शनि से युक्त हो तो पाण्डु कोढ़ी, यदि शत्रु भाव में चन्द्रमा पापग्रहों से युक्त हो तो खुजली के साथ कोढ़ी होता है।

यदि मेष मकर, जलचर राशि कर्क वृश्चिक या मीन राशि में चन्द्रमा बारहवें भाव में शनि से युक्त हो व वपुष्मान् सहम हो तो जातक दाद के साथ कोढ़ी होता है॥ १२॥

यदि जन्मपत्री में शुक्र वा गुरू षष्ठेश हो व पाप से दृष्ट हो तो जातक के मुख में सूजन होती है। यदि बारहवें भाव में शनि पापग्रह से दृष्ट हो तो गुप्त कोढ़, छटे या बारहवें भाव में भौम, सूर्य शुभ ग्रहों से अदृष्ट हों तो जातक गण्डमाला के घाव से युक्त होता है॥ १३॥

अथ कर्णदोषाः

अब आगे कान में रोग या दोष करने वाले योगों को कहते हैं।

कान रोग ज्ञान

सौम्ये रिपौ कुजगृहे शनिना तुरीयदृष्टे रिपौ समदृशा बधिरत्वयोगः।
चापस्थवक्रशनिहृद्गवाक्पतौ ज्ञे शुक्रान्विते रिपुयुतेन्दुजपूर्णदृष्टे॥ १॥

नक्तं बुधे रिपुगृहे सिते च व्योम्नि संस्थिते।
उच्चैः स्वरेण शृणुते श्रवणे दक्षिणोत्तरे ॥ २ ॥

अस्यार्थः। बुधः षष्ठपतिश्चतुर्थे शनिना चतुर्थदृष्ट्या बधिरो भवति। अथवा बुधो रिपौ यदि शनिना समदृष्ट्या दृष्टे बधिरः। अथवा धनुस्थो वक्री शनिस्तस्य हृद्दायां वाक्पतिर्भवति। ज्ञे शुक्रान्विते रिपुगते षष्ठगते भौमेन पूर्णदृष्ट्या दृष्टे बधिरः स्यात्। अथवा रात्रि जन्मनि बुधे षष्ठे शुक्रे दशमस्थे उच्चैः शब्देन वामकर्णे शृणोति।

त्रिकोणायतृतीयस्थाः पापाः सौम्यैरवीक्षिताः।
कर्णोपघातं कुर्वन्ति जातकस्य न संशयः ॥ ३ ॥
नवमे पञ्चमे राशौ पापग्रहवीक्षितौ स्याताम्।
श्रोत्रोपघातमतुलं कुर्यातां जातमात्रस्य ॥ ४ ॥
एकादशे तृतीये होरायां पापसंयुते शनिना।
कर्णविकारः पुंसां पापग्रहवीक्षिते सद्यः ॥ ५ ॥
नवमे दक्षिणकर्णं वामं वा पञ्चमे हन्यात्।
अत्रैव सौम्ययोगे शुभदृष्टे वा शुभं वाच्यम् ॥ ६ ॥

यदि जन्म के समय में भौम की राशि में छटे भाव में बुध, शनि की पाद दृष्टि से दृष्ट हो तो जातक बहिरा होता है। अथवा छटे भाव में बुध, शनि की सप्तम दृष्टि से दृष्ट हो तो बधिर या धनु राशिस्थ वक्री शनि की हद्दा में यदि गुरू हो तो बहिरा, यदि छटे भाव में बुध से युत शुक्र, भौम से दृष्ट हो तो बहिरा, वा रात्रि में जन्म समय हो और बुध छटे भाव में तथा शुक्र दशम में हो तो जातक जोर से वायें कान में बोलने पर सुनता है ॥ १ ॥

विशेष—इसके अर्थ में 'षष्ठपतिः, चतुर्थे' यह अंश मूल में अप्राप्त है ॥ १ ॥

यदि जन्म के समय में ५, ९, ११, ३ भाव में शुभग्रहों से अदृष्ट पापग्रह हों तो जातक कान से पीडित होता है इसमें सन्देह नहीं है ॥ २ ॥

यदि जन्म के समय में नवम व पञ्चम भाव पापग्रहों से पीडित हों तो जातक के दोनों कानों में अधिक उपघात होता है ॥ ३ ॥

यदि जन्म के समय में ग्यारहवें, तीसरे, लग्न में शनि से युक्त पापग्रह हो और पापग्रह की दृष्टि हो तो शीघ्र ही जातक के कान में रोग उत्पन्न होता है ॥ ५ ॥

यदि जन्म के समय में नवम भाव में पापग्रह, पाप से दृष्ट हो तो दाहिना कान, यदि पञ्चम भाव पापाक्रान्त व पाप दृष्ट हो तो बाँया कान जातक का नष्ट होता है। यदि इन भावों में शुभ योग व दृष्टि हो तो कानों में किसी भी प्रकार का रोग नहीं होता है ॥ ६ ॥

अथ जिह्वादोषः।

अब आगे जीभ में होने वाले रोगों के योग को कहते हैं। प्रथम जातकालङ्कार के वाक्य से योग बतलाते हैं।

जातकालङ्कारे—

वाक्स्थानेशो गुरुर्वा व्ययरिपुविलयस्थानगो वाग्विहीन—
श्चैवं पित्रादिभानां पतय इह युता मूकता स्याच्च ताभ्याम् ॥१॥
[1]ज्ञे कर्कटालिझषगे तरणेरधः स्थे चन्द्रेक्षिते रिपुपताविह पापदृष्टे।
वर्धिष्णुचन्द्रमसि पापयुते तनुस्थे मूकस्वरोऽरिपबुधे रसनाविनाशः॥२॥

अस्यार्थः। एषु राशिषु बुधे सूर्यादधः स्थे सूर्यादग्रस्थे चन्द्रेण दृष्टे तदा मूकयोगः। बुधः एषु राशिषु गतस्तदा रसना नाशकरः। षष्ठस्वामी क्रूरैः पूर्णदृष्ट्या दृष्टस्तदा मूकः। वर्धमानचन्द्रे भौमयुते लग्नगते तदापि मूकस्वरः। बुधः षष्ठस्वामी लग्नगतः शब्दरहितो भवति।

[2]सोमात्मजे शनिगृहे धृतगद्गदोक्तिः
मार्गस्थितेऽप्यथ सिते दिवि लल्लरोक्तिः।
ज्ञक्रोडयोः समदृशा कफवाक्तथैक-
भागस्थयोः खलदृशा रसनाविनाशः॥ ३॥

अस्यार्थः। बुधः शनिगृहगतस्तदा गद्गदकण्ठः स्यात्। अथ मार्गस्थिते नवमगते बुधे शुक्रे च दशमस्थे तदा लल्लरोक्तिः स्खलद्गीर्भवति। ज्ञक्रोडयोर्बुधशनी सकलदृष्टया परस्परं पश्यतस्तदा कफवाग्भवति। तथा एकभागगतयोर्बुधशन्योः क्रूरदृष्टयोः रसनाविनाशः जिह्वानाश इति मूकः स्यात्।

अथ वर्णोच्चारशीतयोगौ।

स्वद्यूनदृष्ट्या च कुजो बुधं च कुजं बुधद्यूनदृशा प्रपश्येत्।
उच्चारयोगो दशमे च मन्देऽसृजि प्रपश्यन्ति बुधं च शीतयुक्॥१॥

यदि जन्मपत्री में पञ्चमेश या गुरु बारहवें या छटे या आठवें भाव में हो तो जातक वाणी से रहित होता है अर्थात् मूक होता है। इसी प्रकार पिता संज्ञक या मातादि संज्ञक भाव से पञ्चमेश या गुरु छटे, आठवें या बारहवें भाव में हो तो जातक के पिता मातादि का भी मूकत्व जानकर कहना चाहिए॥ १॥

यदि जन्मपत्री में कर्क या वृश्चिक या मीन राशि में बुध, सूर्य से आगे की राशि में स्थित चन्द्रमा से दृष्ट हो तो जातक मूक, यदि उक्त राशियों में बुध हो तो वाणी का नाश होता है।

---

१. मनु० जा० १२ अ० १६ श्लोक।

२. मनु० जा० १२ अ० १७ श्लोक।

यदि जन्मपत्री में षष्ठेश क्रूर ग्रहों की पूर्ण दृष्टि से दृष्ट हो तो जातक गूंगा, यदि वर्धमान चन्द्रमा, भौम के साथ लग्न में हो तो भी गूंगा होता है।

यदि जन्मपत्री में बुध षष्ठेश लग्न में हो तो जातक गूंगा होता है ॥ २ ॥

विशेष—प्रकाशित मनुष्य जातक में 'गुंगस्वरो' यह पाठान्तर प्राप्त है ॥ २ ॥

यदि जन्मपत्री में बुध, शनि की राशि में हो तो जातक गद्गद वाणी का, यदि नवम भाव में बुध और दशम भाव में शुक्र हो तो जातक अस्पष्ट वाणी का या यों समझिये तोतला, यदि बुध व शनि परस्पर में पूर्ण दृष्टि सम्बन्ध रखते हों तो जातक की वाणी कफयुक्त, यदि बुध व शनि एक ही अंश में क्रूर ग्रहों से दृष्ट हों तो जातक गूंगा होता है ॥ ३ ॥

अब बोलने में शीतलता के योग को कहते हैं।

यदि जन्मपत्री में भौम सप्तम दृष्टि से बुध को देखता हो और बुध सप्तम दृष्टि से भौम को देखता हो और दशम में शनि व भौम, बुध को देखते हों तो जातक की वाणी में शीतलता होती है ॥ १ ॥

अथ पङ्गुकुब्जादियोगाः

अब आगे किस योग में जातक लँगड़ा और किन-किन योगों में कुबड़ा, अङ्गहीन होगा इसे कहते हैं।

लँगड़ा, कुबड़ादि योग

[1]आद्येऽन्तिमेऽथ रविजे शशिनः प्रयाते क्रूरेक्षितेऽथ सहजे स्थितवत्यमुत्र।
भूस्थाऽर्कजोपरिगतेऽथ विलग्ननाथे वक्राल्पभागयुजि भूतनये च कुब्जः ॥१॥

व्याख्या। शशिनश्चन्द्राद्रविजे शनौ आद्येऽन्तिमे चन्द्रेण सह एकभागे स्थिते अन्तिमे त्रिंशत्तमे भागे वा स्थिते क्रूरेक्षिते सहजस्थिते तृतीयस्थे सति कुब्जः स्यात्। भूस्थार्कजोपरि चतुर्थस्थानशनैश्चरोपरिगते लग्नाधीशे भूतनये वक्रमध्ये अल्पांशे सति कुब्जः।

रिपुभावगताः सौम्याः सप्ताष्टमगताः खलाः।
विवीर्याश्चास्ततां याता भावपाः कुब्जको नरः ॥२॥
षष्ठसप्ताष्टनाथाश्च विवीर्या नष्टतां गताः।
षष्ठे सौम्या मदे क्रूरा मृतौ क्रूरा हि कुब्जकः ॥३॥

षष्ठस्थिताश्चन्द्रजजीवशुक्रनिशाकरा वास्तगताश्च सर्वे।
सप्ताष्टसंस्थाः शनिभौमयाता नीचस्थिताः कुब्जक एव जन्तुः ॥४॥

वृक्षाणां त्रितयं बुधैर्निगदितं रामैर्गुणैरन्वितं
तन्मूले किल संस्थिता हि कहरौ सूर्यश्च सृष्टेस्ततः।
तन्नाथाः परिभूमिगां विकलतां प्राप्ताश्च पापैः क्रमं
तत्रस्थाः खलपक्षिणो रिपुयशः श्येनस्वरूपा इव ॥५॥

---

१. मनु० जा० १२ अ० १८ श्लो०।

एतत्पादपसंज्ञिके खलखगैः संसेविते वा परं
दृष्टे वै खलु मानवोपरिगतो जातोऽथवा पङ्गुकः।
ह्रस्वो वा विकलोऽथ लम्बचरणो कुब्छोऽथ वाल्मीकवत्
खण्डो ह्यङ्गुलवर्जितो भवति वा वक्रोऽतिपादोऽथवा ॥६॥

यदि जन्मपत्री में चन्द्रमा के साथ शनि प्रथम अंश में या तीसवें अंश में पापग्रह से दृष्ट हो अथवा पापग्रहों से दृष्ट तीसरे भाव में हो वा चौथे भाव में स्थित शनि पापग्रह से दृष्ट हो अथवा लग्नेश वक्री भौम अल्प अंश में हो तो जातक कुबड़ा होता है ॥१॥

विशेष—प्रकाशित मनुष्य जातक में 'आद्येऽन्तिमेऽथ रविजे शशनि प्रयाते' 'वक्राल्प-राशियुजि' यह पाठान्तर होने से इसका अर्थ—यदि जन्मपत्री में चन्द्रमा अल्प अंश में हो और उससे दूसरी राशि में प्रथम अंश में शनि पापग्रह से दृष्ट हो तो जातक कुबड़ा होता है।

यदि जन्मपत्री में तीसरे भाव में अल्प अंश में चन्द्रमा और चौथे भाव में शनि पापग्रह से दृष्ट हो अथवा मीन या मेष राशि में भौम के साथ लग्नेश हो तो जातक कुबड़ा होता है ॥१॥

यदि जन्मपत्री में छटे भाव में शुभ ग्रह और सातवें व आटवें भाव में पापग्रह हों तथा निर्बल या अस्त षष्ठेश, सप्तमेश और अष्टमेश हों तो जातक कुबड़ा होता है ॥२॥

दूसरे श्लोक के समान ही तीसरे का अर्थ है ॥३॥

यदि जन्मपत्री में छठे भाव में बुध, गुरू, शुक्र, चन्द्रमा हों या ये समस्त अस्त हों और सातवें व आठवे भाव में नीच राशि में शनि व भौम हों तो जातक कुबड़ा होता है ॥४॥

पण्डितों ने पालन रक्षण और संहार इन तीन गुणों से युक्त तीन वृक्षों की कल्पना करके कुब्जादि योग का वर्णन किया है। ये तीन वृक्ष ६, ७, ८ भाव होते हैं। इनमें जो पाप ग्रह स्थित होते हैं वे शत्रु के यश स्वरूप वाज पक्षी हैं।

यदि इन तीनों के स्वामी पीडित हों और इनमें पापग्रह हों या पापग्रह से दृष्ट हों तो ऐसी ग्रह स्थिति में उत्पन्न होने वाला जातक लँगड़ा या नाटा वा विकल (अशान्त) या लम्बे पैर वाला या पतला या टीले के समान या खण्डित या अँगुलियों से हीन या टेढा या अधिक पैर वाला होता है ॥५-६॥

अथ सवीर्यनिर्वीर्यपरस्त्रीरतपरस्त्रीविमुखवाचत्वयोगाः।

अब आगे बली, निर्बल, परस्त्री में आसक्तादि योगों को कहते हैं।

बलवान्, निर्बलादि योग ज्ञान—

वीर्यं तु सप्तमे ज्ञेयं ग्रहभावप्रकाशतः।
सप्तमं सौम्यसंयुक्तं बीर्यवान् जायते नरः ॥ १ ॥

सप्तमं शनिचन्द्राभ्यां दृष्टं युक्तं विशेषतः ।
कामातुरो नरो ज्ञेयः परस्त्रीनिरतः सदा ॥ २ ॥
सप्तमेशः स्थितो लाभे सप्तमे बुधसंयुते ।
कामातुरो नरो नित्यं परस्त्रीनिरतः सदा ॥ ३ ॥
चन्द्रचन्द्रजशुक्रार्किंयुतं दृष्टं तु सप्तमम् ।
नरः कामाधिकश्चैव परस्त्रीरुचिलम्पटः ॥ ४ ॥
रविजीवकुजैर्युक्तं दृष्टे तु मदनं यदा ।
नरः कामाधिकश्चैव परस्त्रीविमुखः सदा ॥ ५ ॥
जीवदृष्टन्तु मदनं कुजदृष्टन्तु लग्नभम् ।
कामाधिको नरश्चैव परस्त्रीषु पराङ्मुखः ॥ ६ ॥
सप्तमेशो यदा तुङ्गे स्वांशे वा सबलो यदा ।
क्रूरदृग्रहितं द्यूनं मानुषो नहि लम्पटः ॥ ७ ॥
गुरुर्लग्ने तथा शुक्रः समसप्तमगो बुधः ।
चन्द्रश्चैकादशे चैव समर्थः पुरुषो भवेत् ॥ ८ ॥

मदनाधिपतिर्नीचे युतो नीचग्रहेण च ।
सप्तमं क्रूरसंयुक्तं क्रूरदृष्टं च लम्पटः ॥ ९ ॥
सप्तमे चरभं चैव चरांशे चन्द्रमा भवेत् ।
चरराशौ सप्तमेशे मानवोऽत्यन्तचञ्चलः ॥ १० ॥
सप्तमे चरभं चैव मानवश्चञ्चलः स्मृतः ।
स्थिरभे साधुतां याति द्विस्वभावे च मिश्रकम् ॥ ११ ॥
मदनपस्तनुगोऽथ विलग्नपो मदनगः शशिना च विलोकितः ।
भवति चात्र जनः खलु चञ्चलो बहुविधासुरतो वनितासु च ॥१२॥
बहुक्रूरस्थिताश्चैव सप्तमे सौख्यवर्जिताः ।
सप्ताधीशो निर्बलो हि निर्वीर्यो जायते नरः ॥ १३ ॥
लग्नाधीशो हीनबलः सप्तमेशस्तथैव च ।
द्यूने क्रूरग्रहश्चैव निर्वीर्यो मनुजः स्मृतः ॥ १४ ॥
सप्तमे तु यदा चन्द्रो नष्टतेजश्च निर्बलः ।
क्रूराक्रान्तो विशेषेण स्वक्षेत्रे वाहि निर्बलः ॥ १५ ॥

जन्मपत्री में सप्तम भावस्थ ग्रह से बल का ज्ञान करना चाहिए। यदि सप्तम भाव में शुभग्रह हों या शुभ दृष्ट या शुभ राशि से युक्त सप्तम भाव हो तो जातक बलवान् होता है ॥ १ ॥

यदि जन्मपत्री में सप्तम भाव शनि व चन्द्रमा से दृष्ट या युक्त हो तो जातक बड़ा कामी और दूसरे की स्त्री में आसक्त होता है ॥ २ ॥

यदि जन्मपत्री में सप्तमेश ग्याहरवें भाव में और सप्तम में बुध हो तो जातक काम से पीडित और दूसरे की स्त्री में अनुरक्त होता है ॥ ३ ॥

यदि जन्मपत्री में चन्द्र, बुध, शुक्र, शनि सप्तम भाव में हों या इनकी दृष्टि सप्तम भाव पर हो तो जातक बड़ा कामी और दूसरे की स्त्री में प्रीति करने वाला होता है ॥ ४ ॥

यदि जन्मपत्री में सूर्य, गुरु, भौम सप्तम में हों या इनकी दृष्टि हो तो जातक बड़ा कामी किन्तु दूसरे की स्त्री से विमुख होता है ॥ ५ ॥

यदि जन्मपत्री में सप्तम भाव गुरू से दृष्ट हो और लग्न भौम से दृष्ट हो तो जातक बड़ा कामी और दूसरे की स्त्री से पृथक् रहता है ॥ ६ ॥

यदि जन्मपत्री में सप्तमेश उच्च राशि में वा अपने नवांश में बली हो और सप्तम में क्रूर ग्रह दृष्टि का अभाव हो तो जातक लम्पट नहीं होता है ॥ ७ ॥

यदि जन्मपत्री में लग्न में गुरू और समराशि में सप्तम भाव में बुध शुक्र हों तथा ग्याहरवें भाव में चन्द्रमा हो तो जातक शक्तिशाली होता है ॥ ८ ॥

यदि जन्मपत्री में सप्तमेश नीच राशि में पापग्रह से युक्त हो और सप्तमभाव क्रूर-युक्त वा दृष्ट हो तो जातक लम्पट होता है ॥ ९ ॥

यदि जन्मपत्री में सप्तमभाव में चर राशि व चर राशि के नवांश में चन्द्रमा हो और सप्तमेश चर राशि में हो तो जातक अत्यन्त चञ्चल होता है ॥ १० ॥

यदि जन्मपत्री में सप्तमभाव में चर राशि हो तो जातक चञ्चल, यदि स्थिर राशि हो तो सज्जन और द्विस्वभाव राशि सप्तमभाव में हो तो मध्यम होता है ॥ ११ ॥

यदि जन्मपत्री में सप्तमेश लग्न में, लग्नेश सप्तम में चन्द्रमा से दृष्ट हो तो जातक चञ्चल और स्त्रियों में अनेक प्रकार काम क्रीडा करने वाला होता ॥ १२ ॥

यदि जन्मपत्री में सप्तमभाव में अधिक क्रूरग्रह हों तो जातक सुख से हीन और सप्तमेश निर्बल हो तो जातक बलहीन होता है ॥ १३ ॥

यदि जन्मपत्री में लग्नेश व सप्तमेश निर्बल हों और सप्तमभाव में पापग्रह हों तो जातक बल से रहित होता है ॥ १४ ॥

यदि जन्मपत्री में सप्तमभाव में निर्बल व हत तेज वा अपनी राशि में क्रूर ग्रह के साथ चन्द्रमा हो तो जातक बल हीन होता है ॥ १५ ॥

अथ षण्ढयोगाः ।

अब आगे कैसी ग्रह परिस्थिति में जातक नपुंसक होता है, इसे कहते हैं।

नपुंसक योग ज्ञान—

शुक्रे शनिना[1] युक्ते दशमे रन्ध्रेऽथ शुभदृशा विहीने ।
मन्दे षष्ठान्त्यगते जलराशौ षण्ढता भवति ॥ १ ॥
सिताढ्यमन्दे[2] दशमे नपुंसकः षष्ठे व्यये वार्कसुतेऽम्बुराशौ ।
नपुंसकं वै खलु शुक्रतः स्यात् प्रकीर्तितं ताजिकरोमकाद्यैः ॥ २ ॥

१. मनु० जा० १२ अ० ३५ श्लो० । २. जा०सा० दी० १४ अ० ५० श्लो० ।

सप्ताधिनाथः खलखेटयुक्तो नीचे स्थितो चास्तमुपागतश्च ।
षष्ठाष्टमे वा विकलग्रहेण वा युक्तं च द्यूनं भवतीह षण्ढः ॥ ३ ॥
क्रूरो वाप्यथवा सौम्यो निर्वीर्यः सप्तमे स्थितः ।
नष्टं गते हि मदपे परांशे वा तु षण्ढकः ॥ ४ ॥
लग्नाधिनाथः परिहीनवीर्यो नीचं गतो नीचविलोकितश्च ।
अस्तङ्गतः सप्तमपो हि षष्ठे तदा नरः संभवतीह षण्ढः ॥ ५ ॥
सप्ताधीशो विनष्टो वा षष्ठे वाष्टमगोऽपि वा ।
विनष्टक्षेत्रसंस्थो वै विनष्टपुरुषार्थकः ॥ ६ ॥
एकद्वित्रिचतुर्थाश्च क्रूराः सौम्याश्च खेचराः ।
द्यूने द्यूनाधिनाथे वै विनष्टे षण्ढमानवः ॥ ७ ॥

यदि कुण्डली में शुभग्रह की दृष्टि से हीन शनि के साथ शुक्र दशम या अष्टमभाव में हो वा जलचर राशिस्थ शनि छटे या बारहवें भाव में शुभग्रह से अदृष्ट हो तो जातक नपुंसक होता है ॥ १ ॥

यदि कुण्डली में शुक्र से युक्त शनि दशम में या शुक्र से षष्ठ या व्यय भाव में जलचर राशिस्थ शनि हो तो ताजिक वेत्ता व रोमकाचार्य का कहना है कि जातक नपुंसक होता है ॥ २ ॥

यदि कुण्डली में सप्तमेश पापग्रहों के साथ नीच राशि में हो या अस्त हो या छटे या आठवें भाव में हो वा पापग्रह से युक्त सप्तमभाव हो तो जातक नपुंसक होता है ॥ ३ ॥

यदि कुण्डली में सप्तम भाव में निर्बल क्रूरग्रह या शुभग्रह हो तथा सप्तमेश अष्टम में या दूसरे ग्रह के नवांश में हो तो जातक नपुंसक होता है ॥ ४ ॥

यदि कुण्डली में निर्बल लग्नेश नीच राशि में नीच राशिस्थ ग्रह से दृष्ट हो व सप्तमेश छटे भाव में अस्त हो तो जातक नपुंसक होता है ॥ ५ ॥

यदि कुण्डली में सप्तमेश पाप से युक्त हो वा छटे वा आठवें भाव में पापग्रहों की राशि में हो तो जातक पुरुषार्थ से हीन होता है ॥ ६ ॥

यदि कुण्डली में १।२।३।४ भावों में शुभग्रह व पापग्रह हों और सप्तमेश सप्तम में पापग्रह के साथ हो तो जातक नपुंसक होता है ॥ ७ ॥

अथ बुद्धिभ्रमयोगाः ।

अब आगे जिन योगों में मनुष्य भ्रमित बुद्धि वाला होता है, उनको बताते हैं ।

बुद्धिभ्रम योग ज्ञान —

तनुपतिर्विकलो विकलांशगो विकलखेटविलोकनसंयुतः ।
विकलपञ्चमपस्य गृहं गतः खलु तदा मनुजो विकलो भवेत् ॥ १ ॥

जननलग्नपतिः खलसंयुतः परिगतास्तगतिः सुखभावगः।
सुतपतिर्यदि वास्तमुपागतो रिपुगतो मनुजो विकलो भवेत् ॥ २ ॥
लग्नेशो यदि पुत्रभावविगतः क्रूरेण वा संयुतो
नीचो वा परिहीनअंशविभवो नष्टो हि नष्टांशके।
नष्टो नष्टबलः षडष्टविगतो वास्तंगतो बुद्धिपः
क्रूरेणैव विलोकितो हि मनुजो बुद्धिभ्रमो मानवः ॥ ३ ॥
पञ्चमेशः स्थितः षष्ठे चास्तगो तनुपोऽथवा।
क्रूराक्रान्तः क्रूरबुद्धिर्विकलो मानवो भवेत् ॥ ४ ॥
तनयगाः खलखेटसमायुता बुधबृहस्पतिभार्गवनन्दनाः।
रिपुगृहेष्वथ नीचगतास्तथा तनयपोऽपि तथैव नरो भ्रमी ॥ ५ ॥
नष्टांशके हि लग्नेशे बुद्धिपे च तथैव च।
व्ययषष्ठगतौ चैव मनुजो विकलो भवेत् ॥ ६ ॥
लग्नेशो बुद्धिपश्चैव क्रूरग्रहसमायुतौ।
विनष्टौ रिपुभावस्थौ अष्टमे मनुजो भ्रमी ॥ ७ ॥

यदि कुण्डली में पापग्रह लग्नेश पापग्रह के नवांश में पापग्रह से दृष्ट या युत होकर पापी पञ्चमेश की राशि में हो तो जातक अशान्त होता है ॥ १ ॥

यदि कुण्डली में पापग्रह के साथ लग्नेश अस्त होकर चतुर्थ भाव में हो तथा पञ्चमेश छटे भाव में या अस्त हो तो जातक अशान्त होता है ॥ २ ॥

यदि कुण्डली में लग्नेश पञ्चम में क्रूर ग्रह से युक्त या नीच राशि में अल्प अंशों में या पापग्रह हो तो पापग्रह के नवांश में हो और पञ्चमेश निर्बल पापग्रह छटे या आठवें भाव में या अस्त हो तथा पापग्रह से ही दृष्ट हो तो जातक की बुद्धि भ्रमयुक्त होती है ॥ ३ ॥

यदि कुण्डली में पञ्चमेश छटे भाव में और लग्नेश अस्त या क्रूर ग्रह से युक्त हो तो जातक क्रूर बुद्धि का अशान्त होता है ॥ ४ ॥

यदि कुण्डली में लग्न में पापग्रह हों तथा बुध, गुरु, शुक्र शत्रु राशि में या नीच राशि में हों और पञ्चमेश भी शत्रु या नीच राशि में हो तो जातक की बुद्धि भ्रम से युक्त होती है ॥ ५ ॥

यदि कुण्डली में लग्नेश व पञ्चमेश पापग्रह के नवांश में बारहवें व छटे भाव में हो तो जातक अशान्त होता है ॥ ६ ॥

यदि कुण्डली में लग्नेश व पञ्चमेश पापग्रह के साथ छटे भाव में या आठवें भाव में हो तो जातक की बुद्धि भ्रम से युक्त होती है ॥ ७ ॥

अथ बुद्धिहीनाधिकयोगाः।

अब आगे किस प्रकार की ग्रह परिस्थिति में जातक बुद्धि हीन व अधिक बुद्धिमान् होता है, इसे बतलाते हैं।

बुद्धिहीन व अधिक बुद्धिमान् योग ज्ञान—

बुद्धिभावगताः क्रूराः शत्रुग्रहसमाश्रिताः ।
नीचराशिगताश्चैव मूर्खो वै मनुजो भवेत् ॥ १ ॥
क्रूरो वाऽप्यथवा सौम्यो नीचे वा सुतभावगः ।
विनष्टबलतेजो वै महामूर्खो नरो भवेत् ॥ २ ॥
बुद्धिभावं परित्यज्य रिपुक्षेत्रेऽस्तगो यदा ।
पञ्चमेशो नष्टबली बुद्धिहीनो नरो भवेत् ॥ ३ ॥
रविचन्द्राहिमन्दानां स्थितोऽप्येको हि पञ्चमे ।
पञ्चमेशो विनष्टो वै महामूर्खो भवेन्नरः ॥ ४ ॥
बुद्धिस्वामी विनष्टो वै रविराहुशनश्चरैः ।
दृष्टो युक्तो विशेषेण महामूर्खो भवेन्नरः ॥ ५ ॥
बुद्धिनाथो यदा षष्ठे अष्टमे चास्तगो यदा ।
क्रूरदृष्टं क्रूरयुक्तं पञ्चमं बुद्धिवर्जितः ॥ ६ ॥
तनयपस्तनुपोऽथ षडष्टगो खलखगैर्वियुतो त्वथवास्तगः ।
तनयगो यदि नीचखगो भवेद् विकलतां तनुते जनितस्य तु ॥ ७ ॥
[1]लग्नगौ शनिबुधौ द्यूनदृष्ट्यासृक् प्रपश्यति यदा मतिहीनः ।
चन्द्रभानुविवरे यदि भौमो मिलतीह खलु बुद्धिविहीनः ॥ ८ ॥
[2]लग्नेश्वरे शशिनि भौमनिपीडिते च बुद्ध्या विहीन उदये सबुधेऽपि तद्वत् ।
एकर्क्षगैकलवगौ रिपुगौ शनीनौ दृष्टौ खलैर्गतमतिः शुभदृष्टिहीनौ ॥९॥
[3]लग्नगे हिमरुचौ दशमस्थे साधिकाररविजे द्युनदृष्ट्या ।
ज्ञेक्षिते मतिवियुक्बुधपूर्णे वीक्षिते विमतिरङ्गकुजेन्दू ॥१०॥
पूर्णेन्दौ रविनन्दनान्मुसरिफे भौमाच्च सूर्येऽस्तगे
क्रूरे लग्नतदीशदर्शनशुभा दृष्ट्या च यः स्यात्तनौ ।
अन्ह्यर्को निशि चन्द्रमान्तदधिपस्यांशेशदृष्ट्या द्वयोः
शुक्रे चापझषस्थमिन्दुमवनीपुत्रे च पश्यत्यधीः ॥११॥
बुधभार्गवजीवानां स्थितोऽप्येको निरीक्ष्यते ।
पञ्चमेशस्तु सबलो बुद्धिमान् शास्त्रचिन्तकः ॥१२॥
बुद्धिभावगताः सौम्याः स्वोच्चगाः सबलास्तथा ।
पञ्चमेशस्तथा यातो बुद्धिमान् पुरुषोत्तमः ॥१३॥
लग्ने सौम्यो धने सौम्यो बुद्धिभावे तथैव च ।
बुद्धिमान् काव्यकर्ता च पुरुषो दीप्तकान्तिकः ॥१४॥

---

१. जा० सा० दी० ७४ अ० १३ श्लो० ।
२. जा० सा० दी० ७४ अ० १५ श्लो० ।
३. जा० सा० दी० ७४ अ० १४ श्लो० ।

एकः शुभग्रहो वापि सबलो वीर्यसंयुतः।
बुद्धिभावगतो वापि शास्त्रकर्ता च मानवः ॥१५॥
इति बुद्धिहीनाधिकयोगाः।

यदि कुण्डली में शत्रु ग्रहों के साथ पापग्रह पञ्चम भाव में नीचराशि में हो तो जातक मूर्ख होता है ॥ १ ॥

यदि कुण्डली में पञ्चम भाव में नीच राशि में शुभग्रह वा पापग्रह नीच राशि में निर्बल व निस्तेज हो तो जातक बड़ा मूर्ख होता है ॥ २ ॥

यदि कुण्डली में निर्बल पञ्चमेश पञ्चम भाव का त्याग करके छटे या सातवें भाव में हो तो जातक मूर्ख होता है ॥ ३ ॥

यदि कुण्डली में सूर्य, चन्द्रमा, राहु, शनि में से एक भी पञ्चम भावे में हो और पञ्चमेश विनष्ट हो अर्थात् अस्त या पापाक्रान्त हो तो जातक बड़ा मूर्ख होता है ॥४॥

यदि कुण्डली में पञ्चमेश सूर्य, राहु, शनि से दृष्ट या युक्त हो तो जातक विशेष बड़ा मूर्ख होता है ॥ ५ ॥

यदि कुण्डली में पञ्चमेश छटे या सातवें में हो और पञ्चम भाव पाप ग्रह से दृष्ट या युक्त हो तो जातक मूर्ख होता है ॥ ६ ॥

यदि कुण्डली में पञ्चमेश व लग्नेश छटे आठवें भाव में पाप ग्रह से पृथक् हों या अस्त हों और पञ्चम भाव में पाप ग्रह हो तो जातक अशान्त होता है ॥ ७ ॥

यदि कुण्डली में लग्नस्थ शनि बुध को सप्तम दृष्टि से भौम देखता हो तो जातक बुद्धि हीन अर्थात् मूर्ख, यदि सूर्य चन्द्रमा के मध्य में भौम हो तो जातक मूर्ख होता है ॥८॥

यदि कुण्डली में लग्नेश वा चन्द्रमा भौम से निपीड़ित हो या लग्न में बुध, भौम से दृष्ट हो तो जातक मूर्ख होता है।

यदि एक राशि के एक ही अंश में शनि, सूर्य छटे भाव में पाप ग्रहों से दृष्ट और शुभ ग्रहों से अदृष्ट हों तो जातक मूर्ख होता है ॥ ९ ॥

यदि कुण्डली में लग्न में या दशम में चन्द्रमा, बुध की सप्तम दृष्टि से दृष्ट हो तो जातक मूर्ख या दशम में शनि, बुध की सप्तम दृष्टि से दृष्ट हो या लग्नस्थ भौम चन्द्रमा, बुध से पूर्ण दृष्ट हों तो जातक मूर्ख होता है ॥ १० ॥

यदि कुण्डली में पूर्ण चन्द्रमा शनि के साथ मुसरिफ योग करता हो व भौम से सप्तम में सूर्य हो तथा लग्नस्थ क्रूर ग्रह लग्नेश से दृष्ट हो, यदि दिन में जन्म हो तो सूर्य, रात्रि में जन्म हो तो चन्द्रमा जिस राशि के नवांश में हो उसके स्वामी से दृष्ट हो और धनु मीन राशिस्थ चन्द्रमा व भौम शुक्र से दृष्ट हों तो जातक मूर्ख होता है ॥ ११ ॥

यदि कुण्डली में बुध शुक्र, गुरू में से एक भी पञ्चम हो वा पञ्चम को देखता हो तथा पञ्चमेश बली हो तो जातक शास्त्रों का विचारक व बुद्धिमान् होता है ॥ १२ ॥

यदि कुण्डली में पञ्चम भाव में उच्च राशि में शुभ ग्रह बली हों और पञ्चमेश उच्च राशि में बली हो तो जातक उत्तम पुरुष, बुद्धिमान् होता है ।। १३ ।।

यदि कुण्डली में लग्न, द्वितीय और पञ्चम भाव में शुभग्रह हों तो जातक तेजस्वी, काव्य कर्ता और बुद्धिमान् होता है ।। १४ ।।

यदि कुण्डली में एक शुभग्रह बली हो या शुभग्रह पञ्चम भाव में हों तो जातक शास्त्र की रचना करने वाला बुद्धिमान् होता है ।। १५ ।।

अथ विकृतदन्तयोगः ।

दन्त विकार योग ज्ञान—

सप्तमे क्रूरसंदृष्टाः क्रूरा दन्तविकारदाः ।
[1]पापैर्दृष्टे गोऽजचापलग्ने विकृतदन्तवान् ।। १ ।।

यदि कुण्डली में सप्तम भाव में क्रूर ग्रह, पापग्रहों से दृष्ट अथवा मेष, वृष, धनु लग्नस्थ क्रूरग्रह, क्रूरग्रहों से दृष्ट हो तो जातक के दांतो में विकार होता है ।। १ ।।

अथ बन्धनयोगः ।

बन्धन योग ज्ञान —

[2]व्ययपुत्रार्थधर्मस्थैः पापैर्बन्धनभाग्भवेत् ।
धनुर्वृषाजलग्ने तु बन्धनं तच्च रज्जुजम् ।। १ ।।
युग्मकन्यातुलाकुम्भे लग्नस्थे निगडोद्भवम् ।

यदि कुण्डली में बारहवें, पांचवें, दूसरे और नवें भाव में पाप ग्रह हों तो जातक का बन्धन होता है । यदि उक्त स्थिति में धनु, वृष, मेष लग्न हो तो रस्सी से और मिथुन कन्या, तुला, कुम्भ, लग्न हो तो शृङ्खला से बन्धन होता है ।। १ ।।

अथ क्रोधभृतकयोगौ ।

क्रोधी व सेवक योग ज्ञान—

कर्कसिंहे वृषे मीने क्रोधी स्याद्भूगृहेऽलिनि ।
[3]मन्दारार्कैः शुभैर्दृष्टैः कर्मस्थैर्भृतको भवेत् ।। १ ।।
ग्रहेणैकेन सुश्रेष्ठो द्वाभ्यां मध्योऽधमस्त्रिभिः ।

यदि कुण्डली में चौथे भाव में कर्क या सिंह, या वृष या मीन या वृश्चिक राशि हो तो जातक क्रोधी होता है ।

यदि दशम भाव में शनि, भौम, सूर्य शुभग्रहों से दृष्ट हों तो जातक सेवक, यदि एक ग्रह हो तो श्रेष्ठ, दो ग्रह हों तो मध्यम और तीनों हों तो अधम नौकर होता है ।। १ ।।

---

१. जा० सा० दी० ७२ अ० २६ श्लो० । २. जा० सा० दी० ७२ अ० २७ श्लो० ।
३. जा० सा० दी० ७२ अ० ३० श्लो० । ४. मनुष्य जा० १२ अ० २६ श्लो० ।

अथ पक्षाघातयोगः ।

पक्षाघात योग का ज्ञान—

[४]शनीसराफे शशिनि प्रकम्पाच्छूलाच्च कुज्योतिषि मांसगुल्मात् ।
घातोऽर्कदग्धार्किदृशा कफाच्च पापैररीशे रहितेज्यदृष्टौ ॥ १ ॥
चन्द्रोऽधिदृष्ट्या रविजं प्रपश्येत् सूर्येण दग्धो रविजःकफोत्थाः ।
नेज्येक्षितेऽरीश इहोग्रदग्धः षष्ठे खला वातजपक्षघातः ॥ २ ॥

यदि जन्मपत्री में शनि व चन्द्रमा में ईसराफ योग हो तो कम्पन व दर्द से या क्षीण चन्द्रमा व शनि में ईसराफ हो तो भी कम्पन से या अस्त चन्द्रमा शनि से दृष्ट हो तो कफ से या छटे भाव में पापग्रह हो व षष्ठेश पापग्रहों से पीडित और गुरु से अष्टम हो तो जातक लकवा से पीडित होता है ॥ १ ॥

विशेष—पुस्तक में 'कुज्योतिविमांसगुल्मात्' 'वायोररीशेरिहते च वीज्ये' यह पाठान्तर है ॥ १ ॥

यदि जन्मपत्री में सूर्य से आक्रान्त शनि चन्द्रमा से दृष्ट हो तो कफ से या पापग्रहों से दृष्ट युत या अस्त षष्ठेश गुरू से अष्टम हो तथा छठे भाव में पापग्रह हों तो वायु से लकवा लगता है ॥ २ ॥

अथाङ्गशूलदोषमाह—

शरीर पीडा कारक योग—

[१]जीवो भौमनिपीडितोऽपि च कुजाद् द्यूने स दृग्युत्तदा ।
क्रोडे रुक् रिपुपः खलैश्च सहितः सौम्यैर्गदक्रोडजः ।
षष्ठेऽसृग् दिनजन्म चेदुदररुक् चाथो रविर्वृश्चिके ।
चेज्जन्मन्युदरार्तिसम्प्रजनितं शूलं भवेत् प्राणिनाम् ॥ १ ॥
[२]रात्रिजन्मनि विधावशुभाढ्ये सूर्यपुत्रगृहगे खलु रोगी ।
उदरशीतगुणयुक् ज्वरकासैः संयुतो भवति दुर्बलदेही ॥ २ ॥
[३]षडन्त्यगार्किभौमयोर्बुधोऽशुभार्दिते रवौ ।
विधौ च भानुभस्थिते सशूलमङ्गजा रुजः ॥ ३ ॥
[४]चन्द्र दग्धे शनिमुसरिफे केन्द्रसंस्थेन दृष्टे-
ऽहन्यारेणाङ्गजदरजगरुजः क्रूरमध्ये च केन्द्रे ।
मातण्डेन्द्वोरपि पतितयोः सन्धिशूलश्च शुक्रे
मन्दाक्रान्ते जघने धातुपाषाणिका रुक् ॥ ४ ॥
[५]षष्ठस्थषष्ठाधिपतेश्च धातोस्तद्दृष्टखेटस्य बलानुसारात् ।
स्निग्धोष्णशीतादिभवा भवन्ति सन्धौ रुजोऽङ्गस्य यदंशगोऽसन् ॥५॥

---

१. जा० सा० दी० ७४ अ० ३८ श्लो० ।
२. जा० सा० दी० ७४ अ० ३९ श्लो० ।
३. मनु० जा० १२ अ० २७ श्लो० ।
४. मनु० जा० १२ अ० २८ श्लो० ।
५. मनु० जा० १२ अ० २९ श्लो० ।

यदि जन्मपत्री में भौम से सातवे भाव में पीडित गुरु ही या भौम से दृष्ट हो तो भी अथवा षष्ठेश शुभग्रह से दृष्ट पापग्रह से युक्त हो या छटे भाव में भौम व दिन में जन्म हो या सूर्य वृश्चिक राशि में लग्न में हो तो भी जातक पेट की बीमारी से त्रस्त होता है ॥१॥

विशेष—पुस्तक में 'नष्टोरुग' 'उदरदृक्' 'न्युतरात्रिसन्धिमिनं' यह प्राप्त है। यहाँ 'जातक सारदीप' से दिया है ॥ १ ॥

यदि जन्मपत्री में रात्रि का जन्म हो व चन्द्रमा शनि की राशि में पापग्रहों से युक्त हो तो जातक पेट में शीत से युक्त होकर ज्वर और खाँसी का रोगी बनकर दुर्बल देहधारी होता है ॥ २ ॥

विशेष—पुस्तक में 'विधावदृश्यगे' यह पाठ प्राप्त है ॥ २ ॥

यदि जन्मपत्री में छटे या बारहवें भाव में शनि भौम हों या पापग्रह से पीडित सूर्य हो या सूर्य की राशि में चन्द्रमा पापग्रह से पीडित हो तो शरीर में शूल का रोग होता है ॥ ३ ॥

विशेष—पुस्तक में 'बुधः शुभार्दित रवौ' 'विधौ च भानुसंयुते' यह पाठान्तर है ॥ ३ ॥

यदि जन्मपत्री में दग्ध चन्द्रमा व शनि में ईसराफ योग हो या रात्रि में जन्म हो व दग्ध चन्द्रमा केन्द्रस्थ शनि से दृष्ट हो या दिन में जन्म और दग्ध चन्द्रमा भौम से दृष्ट हो या क्रूरग्रहों के बीच में केन्द्रस्थ चन्द्रमा हो या छटे बारहवें में सूर्य चन्द्रमा हो तो जातक के शरीर की सन्धियों दर्द होता है। यदि लग्नस्थ शुक्र, शनि से दृष्ट हो तो जातक पथरी या धातु सम्बन्धी रोग से युक्त होता है ॥ ४ ॥

विशेष—पुस्तक में 'केन्द्रयातेन' 'क्रूरमध्ये च चन्द्रे' 'जघनापानभाषाणिका रुक्' यह पाठान्तर प्राप्त है ॥ ४ ॥

जन्मपत्री में षष्ठस्थ और षष्ठेश के नवांश स्वामियों में जो बली ग्रह हो उसके धातु के तुल्य शीतोष्ण रोग से जातक पीडित होता है। योग कर्ता ग्रह काल पुरुष के जिस शरीर के अवयव में हो उस अङ्ग से पीडित कहना चाहिये। यहाँ पर दृश्यादृश्य चक्रार्ध के अधार पर वाम व दक्षिण अङ्ग का ज्ञान करके उस भाग में पीड़ा कहना चाहिये ॥ ५ ॥

विशेष—पुस्तक में 'षष्ठस्य' 'घातोनदृष्टखेटस्य' 'शीतादिनवा' यह पाठान्तर है ॥ ५ ॥

अथ हृदयोदरदोषः।

षष्ठेश्वरार्के सखले शुभाढ्ये हृद्रोगवांश्चाथ चतुर्थगः शनिः।
गुरुर्भवेद्वापि खलैः प्रपीडितः स्याद्रक्तपित्ती हृदये सकम्पनः ॥ १ ॥

[1]क्रूरिते रिपुपतौ दिननाथे हृद्यथोरुपतितेषु शुभेषु।
मन्दभौमगुरुभिर्भुवि पापैः कृष्णपित्तविकृतेर्व्रणमह्नि ॥ २ ॥
[2]कुजसकलदृशार्दिते सुरेज्ये दिनजनने च धरात्मजे विनष्टे।
अशुभयुजि रिपौ प्रभौ शुभार्तावलिगरवौ हृदि चोदरे च शूलम् ॥ ३ ॥
[3]षष्ठेश्वरे शशिनि पापहते बिभौमे
लग्नेश्वरे द्युनगतेऽप्यथवार्कपुत्रे।
दग्धेऽवनौ च पतिते इति लग्नपे वा
प्लीह्योष्णशीतजरुजो बहुले निशायाम् ॥ ४ ॥
[4]सपापभूभागगतेऽथ भूस्थिते
यमादितेऽर्के कफरुक्कफाद्विधौ ।
सितेऽरिपेऽग्नौ सशनौ च पित्ततः
समस्ततुर्येक्षणतोऽस्य वा भवेत् ॥ ५ ॥
[5]लग्नेऽरीशे वक्रस्थे च लग्नाधीशे वक्रर्क्षे द्वयोर्मन्ददृष्ट्या।
रन्ध्रे शुक्रक्रोडयोः क्रूरितेऽरौ तन्नाथे च द्यूनगे तुन्दरोगः ॥ ६ ॥

यदि जन्मपत्री में षष्ठेश सूर्य पापग्रह व शुभग्रह से युक्त हो तो हृदय रोग या चौथे भाव में शनि और गुरू पापग्रहों से पीड़ित हों तो पित्त रोग या छाती में कम्पन होता है ॥ १ ॥

यदि जन्मपत्री में षष्ठेश सूर्य पाप ग्रह से युक्त हो तथा शुभ ग्रह दूषित (६।८।१२) स्थान में हो या दिन में जन्म व शनि, भौम, गुरू चौथे भाव में नीच या शत्रु राशि में हों तो जातक कृमि (कीड़ा) या पित्त के विकार से घाव युक्त होता है ॥ २ ॥

यदि जन्मपत्री में गुरू ४।७।१० में भौम से दृष्ट हो या दिन में जन्म व पीड़ित गुरू नष्ट भौम से दृष्ट हो अथवा षष्ठेश पाप ग्रहों से युक्त हो और शुभ ग्रह पीड़ित हो या वृश्चिक राशि में सूर्य हो तो जातक हृदय व पेट का रोगी होता है ॥ ३ ॥

यदि जन्मपत्री में षष्ठेश चन्द्रमा भौम को छोड़कर पाप ग्रह से पीड़ित व शुभ ग्रह से अदृष्ट हो या लग्नेश सप्तम में पाप ग्रह से दृष्ट व शुभ ग्रह से अदृष्ट हो या दिन में जन्म तथा दग्ध शनि चौथे भाव में हो या कृष्ण पक्ष की रात्रि में जन्म हो और दग्ध लग्नेश दूषित स्थान में हो तो जातक प्लीहा, शीत गर्म का रोगी होता है ॥ ४ ॥

विशेष – पुस्तक में 'षष्ठेश्वरेण शनिपापहतेर्विसौम्यैर्' 'वनौ च पतितेन्दुविलग्नपे वा' यह पाठान्तर है ॥ ४ ॥

---

१. मनु. जा. १२ अ. ३० श्लो०। २. मनु. जा. १२ अ. ३१ श्लो०।
३. मनु० जा० १२ अ० ३२ श्लो०। ४. मनु० जा० १२ अ० ३३ श्लो०।
५. मनु० जा० १२ अ० ३४ श्लो०।

यदि जन्मपत्री में पाप ग्रह के साथ सूर्य चतुर्थ भाव के नवांश में हो तो प्लीहा रोग, यदि शनि से पीड़ित सूर्य चौथे भाव में हो तो कफ जन्य रोग या पाप ग्रह से युक्त चन्द्रमा चौथे भाव के नवांश में हो या चतुर्थस्थ चन्द्रमा शनि से पीड़ित हो या षष्ठेश शुक्र मेष या सिंह या धनु राशि में शनि से युक्त हो या षष्ठेश शुक्र मेष या सिंह या धनु राशि में शनि की सप्तम या चतुर्थ दृष्टि से दृष्ट हो तो जातक कफ जन्य व्याधि से पीड़ित होता है ॥ ५ ॥

यदि जन्मपत्री में विषम राशि लग्न में षष्ठेश हो व लग्नेश विषम राशि में हो और दोनों शनि से दृष्ट हों या शनि शुक्र अष्टम भाव में हों या छटे भाव में पाप ग्रह और षष्ठेश सप्तम भाव में हो तो सूजन की बीमारी से युक्त जातक होता है ॥ ६ ॥

अथ लिङ्गपदे च दोषः।

गुह्यस्थल में रोग का ज्ञान—

[1]बुधसितदृशा भूमौ सूर्ये रवेर्ग्रहणे शनेर्भृगुज-
शशिनोरूर्ध्वारोहे कुजेऽब्जसितेक्षिते ।
रविशनिसितज्ञैकस्थित्या हरिभे रवौ दिवा
वपुषि च सिते शिश्नच्छेदोऽथवाल्परतिर्भवेत् ॥ १ ॥
[2]स्त्रीपुंग्रहौ स्त्रियौ भागे सूर्याग्रेऽस्तांशगः पुमान्।
तयोरूर्ध्वं निजांशश्चेत्क्षिपेत्तच्छिन्नमेढ्रकः ॥ २ ॥

यदि जन्मपत्री में सूर्य ग्रहण में जन्म हो व शनि से चौथे भाव में सूर्य, बुध शुक्र से दृष्ट हो तो जातक के लिङ्ग में आघात होता है वा जातक अल्प रतिमान् होता है।

यदि चन्द्रमा व शुक्र एकादश द्वादश भाव में हों और भौम, शुक्र व चन्द्रमा से दृष्ट हों तो जातक के अण्डकोश में लोहे से आघात या सूर्य, बुध, शनि, शुक्र एक राशि में गुरू से अदृष्ट हों तो भी या सिंह राशि में सूर्य व लग्न में शुक्र और दिन में जन्म हो तो गुह्य स्थान में आघात होता है ॥ १ ॥

यदि जन्मपत्री में सूर्य से दूसरे भाव में स्त्री ग्रह के नवांश में स्त्री व पुरुष ग्रह हों और अस्त पुरुष ग्रह से दृष्ट हों तो लिङ्ग में आघात होता है। यदि शुभ पुरुष ग्रह बली हो तो आघात नहीं होता है ॥ २ ॥

अथ वृषणनाशयोगः।

अण्डकोश नाशक योग ज्ञान—

[3]शुक्राच्चन्द्रात्परे मन्दश्चरति क्षितिजं यदा।
पश्यतश्चन्द्रशुक्रौ तु वृषणं छेति लोहतः ॥ १ ॥

---

१. मनु० जा० १२ अ० ३६ श्लो०। २. मनु० जा० १२ अ० ३७ श्लो०।

३. जा० सा० दी० २६-२७ श्लो०।

शनौ सार्के भूमिजकेन्द्रे सूर्यस्य ग्रहणं यदि।
पश्यतो बुधशुक्रौ तु वृषणच्छेद ईरितः ॥ २ ॥

यदि जन्मपत्री में शुक्र वा चन्द्रमा से आगे अर्थात् द्वितीय भाव में शनि भौम हों और चन्द्र वा शुक्र से दृष्ट हों तो जातक के अण्डकोशों का आपरेशन होता है ॥ १ ॥

यदि जन्मपत्री में भौम से केन्द्र में सूर्य शनि हों या ग्रस्त सूर्य, बुध शुक्र से दृष्ट हो तो जातक के अण्डकोशों का आपरेशन होता है ॥ २ ॥

अथ कामातुर अल्पमैथुनयोगः।

अब आगे किस योग में कामातुर और किन-किन योगों में जातक अल्परति वाला होता है, इसे कहते हैं।

[1]शुक्रे प्रसूतिगमनान्मिथुनापरार्धे स्वांशे हरिप्रथमकार्धगते कुगेहे।
कामातुरं जनयते झषगे तथास्मिन् षष्ठेश्वरे कुजहते च मृताल्पसूतिम् ॥१॥
[2]वक्रग्रहर्क्षगसिते पुरुषोऽङ्गनानां नो मैथुनस्य समये खलु तोषदाता।
द्यूने सिते तनुगलग्नप ईक्षते चेत्स्त्रीणां तथा नृभवनेऽस्य नरस्य तोषः ॥२॥
चन्द्रमाश्च शनिना सह वक्रात्खे चतुर्थ इनजो न च तोषः।
भार्गवो यदि शनैश्चरहद्दा मैथुनान्न युवतिप्रिय एषः ॥ ३ ॥
द्वन्द्वे वृषांशगसिते बहुकाल उक्तः सिंहादिभार्द्धगसिते च विरूपकारी।
भौमेन संयुतसितो यदि षष्ठपोऽयं कामाधिकं युवतिलम्पटमाहुरार्याः ॥ ४ ॥
[3]वक्रर्क्षगे भृगुसुतेऽथ मदस्थितेऽत्र लग्नस्थलग्नपदृशा च शनीन्दुयोगे।
भुव्यार्किहद्दगभृगौ च रतेषु नार्या द्वेष्याः सितर्क्षगविधौ दयितोऽपरेषाम् ॥ ५ ॥

यदि जन्मपत्री में मिथुन राशि के उत्तरार्ध में वृष या तुला राशि के नवांश में शुक्र हो अथवा सिंह राशि के पूर्वार्ध में छटे या आठवें या बारहवें भाव में शुक्र हो तो जातक विषय में आसक्त या षष्ठेश शुक्र मीन राशि में भौम से दृष्ट हो तो जातक कामी, मृत सन्तान और अल्प सन्तान वाला होता है ॥ १ ॥

यदि जन्मपत्री में वक्री ग्रह की राशि में शुक्र हो या पुरुष राशि में सप्तम भाव में शुक्र लग्नस्थ लग्नेश से दृष्ट हो अथवा भौम से दशम राशि में शनि से युक्त चन्द्रमा हो या चौथे भाव में शनि हो या शुक्र शनि की हद्दा में हो या शनि, शुक्र की हद्दा में हो तो जातक मैथुन से स्त्री को प्रसन्न नहीं करने वाला होता है ॥ २-३ ॥

यदि जन्मपत्री में द्विस्वभाव राशि में वृष के नवांश में शुक्र हो तो जातक अधिक काल तक मैथुन करने वाला या सिंह राशि के पूर्वार्ध में शुक्र हो तो पशु की तरह विकृत मैथुन करने वाला या भौम से युक्त शुक्र षष्ठेश हो तो जातक स्त्री में आसक्त होता है ॥ ४ ॥

---

१. मनु० जा० १२ अ० ३९ श्लो०। २. जा० सा० दी० ७४ अ० ३१-३३ श्लो०।
३. मनु० जा० १२ अ० ३८ श्लो०।

यदि जन्मपत्री में शुक्र विषम राशि में हो या सप्तम भाव में शुक्र, लग्नस्थ लग्नेश से दृष्ट हो या चौथे भाव में शनि चन्द्रमा हों या शनि की हद्दा में शुक्र हो तो अल्प मैथुन वाला व स्त्री में आसक्त या शुक्र की राशि में चन्द्रमा हो तो दूसरों का प्रिय व स्त्री का द्वेषी होता है ॥ ५ ॥

अथार्शो दोषः।

बवासीर योग ज्ञान—

[1]भूमीपुत्रे शशिरवियुते दर्शपूर्णेष्टकाले
मन्देऽन्त्यस्थे कुजतनुभुजोर्योगतोऽस्तदृशा वा।
भौमे चालौ गुरुसितदृशा वर्जितेऽतीव लग्ने
मूर्तौ मन्दे कुजयुजि मदे सम्यगर्शोविकारः ॥ १ ॥
क्रूरे विनाशनाथे मदगे शुभदृष्टिवर्जितेऽर्शो रुक्।
अन्ह्यस्तगृहे मन्दे चालौ पुण्ये सभूमिसुते ॥ २ ॥

यदि जन्मपत्री में भौम, सूर्य से या चन्द्रमा से युक्त हो तथा अमा या पूर्णिमा का जन्म हो अथवा द्वादशस्थ शनि, पापग्रह से दृष्ट हो वा लग्नेश भौम से युक्त हो या लग्नेश भौम की सप्तम दृष्टि से दृष्ट हो या वृश्चिक लग्न में भौम, गुरू व शुक्र से अदृष्ट हो या लग्न में शनि और सप्तम में भौम हो या अष्टमेश पापग्रह सप्तम भाव में शुभ दृष्टि से रहित हो या दिन में जन्म व सप्तम में शनि हो अथवा पुण्य सहम से युक्त भौम वृश्चिक राशि में हो तो जातक बवासीर की बिमारी से दुःखी होता है ॥ १-२ ॥

विशेष—पुस्तक में 'भूम्याः पुत्रे' 'तनुभुजेयोर्गतोऽस्ते दृशाब्दाः' 'जिते जीवलग्ने' 'अन्हास्तगृहे' यह पाठान्तर है ॥ १-२ ॥

अथ व्रणदोषः—

[2]भूपुत्रे गुरुसितदृष्टिवर्जितेऽलौ
जायन्ते व्रणपिटकास्तनौ विशेषात्।
भुन्यस्मिन्नथ च तदंशके सपुच्छे
मन्दे चास्तयुजि तथा द्वयोर्व्ययेऽरौ ॥ १ ॥

यदि जन्मपत्री में वृश्चिक लग्न में भौम, शुक्र गुरू से अदृष्ट हो या चौथे भाव में वृश्चिक राशि में वा वृश्चिक राशि के नवांश में भौम हो या केतु से युक्त शनि सप्तम भाव में हो यद्वा छटे बारहवें भाव में शनि भौम हों तो जातक के शरीर में घाव फोड़ादि होते हैं ॥ १ ॥

विशेष—पुस्तक में 'द्वयोर्व्यंरागे' यह पाठान्तर है ॥ १ ॥

अथाण्डदोष-वृषणविकारयोगाः।

अब आगे किस योग में जातक के अण्डकोश की वृद्धि और किन-किन योगों में पोथे में दाद, खुजली आदि विकार होता है, इसे बतलाते हैं।

---

१. मनु० जा० १२ अ० ४०-४१ श्लो०। २. मनु० जा० १२ अ० ४२ श्लो०।

[१]स्निग्धभे धनगते रजनीशे भूमिभागगतभास्करियुक्ते ।
दद्रुणो भवति भौमसिजाऽब्जैरण्डवृद्धिरलिगे मृतिभागे ॥ १ ॥
[२]जीवास्फुजिद्भ्यामलिगो न दृष्टः कुजस्तनुस्थोऽन्हि निजे सितश्च ।
शिश्ने व्रणश्चाथ कुजे सकेतौ सुखे हि जातो वृषणे व्रणादिः ॥ २ ॥
मन्दः कुजो रिपुगतो व्ययगोऽथ रक्ताद्
विस्फोटका वृषणगाः प्रभवन्ति घर्मात् ।
केत्वन्वितो रविसुतो द्युनसंस्थितश्चेत्
वातादिनाङ्गविकृतिर्वृषणप्रदेशे ॥ ३ ॥

यदि जन्मपत्री में स्निग्ध राशियों में अर्थात् कर्क-वृश्चिक मीन राशि में दूसरे भाव में पृथ्वी तत्व के नवांश में चन्द्रमा, शनि से युक्त हो तो जातक पोतों में दाद से दुःखी या चन्द्रमा-शुक्र व भौम वृश्चिक राशि में या वृश्चिक राशि के नवांश में हों तो जातक के अण्डकोश बड़े होते हैं ॥ १ ॥

विशेष—पुस्तक में 'दक्षिणे भवति भौम ···' यह पाठान्तर है ॥ १ ॥

यदि जन्मपत्री में दिन में जन्म हो और वृश्चिक लग्नस्थ भौम, गुरू व शुक्र से अदृष्ट हो या वृष या तुला लग्न में शुक्र हो तो जातक के लिङ्ग में घाव या केतु से युक्त भौम दूसरे भाव में हो तो पसीना से अण्डकोश में व्रणादि होते हैं ॥ २ ॥

यदि जन्मपत्री में शनि या भौम छटे बारहवें भाव में हो तो रक्तदोष से या पित्त दोष से अथवा केतु से युक्त शनि सप्तम भाव में हो तो वायुजन्य व्याधि से पोतों में विकार होता है ॥ ३ ॥

विशेष—पुस्तक में 'प्रभवन्ति धर्मात्' 'किंत्वन्वितो' यह पाठान्तर है ॥ २ ॥

अथ खल्वाटयोगः ।

[३]हरिधनुरलिकन्यकासु लग्ने सपलितशिराः कुजदृग्विधौ कुलीरे ।
सुकृतसहमपे च कर्कसिंहालिमृगगते शुभदृष्टिमन्तरेण ॥ १ ॥

यदि जन्मपत्री में सिंह या धनु या वृश्चिक या कन्या लग्न हो अथवा कर्क राशिस्थ चन्द्रमा, भौम से दृष्ट हो यद्वा पुण्य सहमेश कर्क, सिंह, वृश्चिक या मकर राशि में शुभ ग्रहों से अदृष्ट हो तो जातक खल्वाट होता है ॥ १ ॥

अथ खर्वयोगः ।

[४]मन्दतुर्यदृशि राश्यपरान्ते पूर्वभागधुरि वामृतधाम्नि ।
खर्वता शुभदृशा रहिते स्याल्लग्नपेऽल्पतरराशिगते च ॥ १ ॥

यदि जन्मपत्री में अल्प राशि के अन्त भाग में या पूर्व भाग में चन्द्रमा, शनि की चतुर्थ दृष्टि से दृष्ट हो या अल्पतर राशि में लग्नेश शुभ ग्रह से अदृष्ट हो तो जातक नाटे कद का होता है ॥ १ ॥

---

१. मनु० जा० १२ अ० ४३ श्लो० । २. जा० सा० दी० ७४ अ, ३४-३५ श्लो० ।
३. मनु० जा० १२ अ० ४५ श्लो० । ४. मनु० जा० १२ अ० ४४ श्लो० ।

अथ मुखदुर्गन्धयोगः ।

[1]शनिगृहे शनिहृद्दगतोऽपि वा भवति चन्द्रगृहेऽप्यथ भार्गवे ।
अजगते वपुषीन्दुगते बुधे रिपुपतौ च मुखस्य विगन्धता ॥ १ ॥

यदि जन्मपत्री में शनि की राशि में या शनि की हद्दा में शुक्र हो अथवा कर्क राशि में शुक्र हो वा चन्द्रमा के साथ शुक्र मेष लग्न में हो अथवा षष्ठेश बुध हो तो जातक के मुख में दुर्गन्ध होती है ॥ १ ॥

विशेष—जातक सारदीप में इस प्रकार से योग है 'दुर्गन्धः शनिभे क्रिये भृगुसुतेऽथो षष्ठपो विन्मृगे, वातोत्थो भृगुजे चतुष्टयगते दुर्गन्धयुक स्यादथ । हद्दायां हि शनेः सितो भवति दुर्गन्धस्त्वथो लग्नगे, चन्द्रे लग्नगते सदा भवति दुर्गन्धो मुखे निश्चितम्' अर्थ-यदि मेष, मकर कुम्भ में शुक्र हो वा षष्ठेश बुध मकर राशि में हो या शुक्र केन्द्र में हो या शनि के त्रिशांश में शुक लग्न में हो या चन्द्रमा लग्न में हो तो जातक के मुख से दुर्गन्ध अवश्य निकलती है ॥ १ ॥

अथ शरीरकार्श्ययोगः ।

[2]यदि पृष्ठोदयराशिगं विधुं रविजो वेश्मगतः प्रपश्यति ।
लघुकायोदयपेऽल्पभागगे प्रवदन्त्यत्र जनुर्लघीयसः ॥१॥
[3]दुग्धश्चन्द्रो ज्योतिषोनः खलेन मेलापी निर्वीर्ययुक्तो बलीयुक् ।
निष्प्राणोऽर्कोऽथाष्टरिष्फे च लग्ने सेन्दौ केन्द्रेऽसृग्बलीसंयुतः स्यात् ॥२॥
चन्द्रं विरूपदृष्ट्या यदि पश्येच्छनैश्चरः ।
निष्प्राणश्च तदा जन्तुः सदा जीवन् भवेदयम् ॥३॥
क्षीणे विधौ विबलता ह्यशुभेसराफे
चार्के तदास्ततनुगे शनिदुष्टदृष्टे ।
मेषेऽब्जमन्दयुजि वाऽनृजुभाजि लग्ने
लग्नान्तिमेंऽशुमति केन्द्रवियुक्तभौमे ॥ ४ ॥

यदि जन्मपत्री में मेष या वृष या कर्क या मकर या धनु राशि में चन्द्रमा चतुर्थस्थ शनि से दृष्ट हो या मेष या वृष कुम्भ या मीन राशि लग्न हो और लग्नेश लघुराशि के नवांश में हो तो जातक लघु काय या नाटे कद का होता है ॥ १ ॥

यदि जन्मपत्री में पापग्रह से पीडित, किरणों से रहित निर्बल चन्द्रमा पापग्रह की नवम वा पञ्चम दृष्टि से दृष्ट हो या निर्बल सूर्य बारहवें या आठवें भाव में हो और लग्न में चन्द्रमा व केन्द्र में भौम हो तो जातक बली होता है ॥ २ ॥

यदि जन्मपत्री में चन्द्रमा विरुद्ध अर्थात् क्षुत शनि की दृष्टि से दृष्ट हो तो जातक सदा निर्बल होता है ॥ ३ ॥

---

१. मनु० जा० १२ अ० ४६ श्लो० ।   २. जा० सा० दी० ७४ अ० ५३ श्लो० ।
३. जा० सा० दी० ७४ अ० ५७-५८ श्लो० ।

यदि जन्मपत्री में क्षीण चन्द्रमा पापग्रह से ईसराफ योग करता हो तो या सप्तमस्थ सूर्य शनि की शत्रु दृष्टि से दृष्ट हो या शनि चन्द्रमा मेष राशि में हो या विषम राशिस्थ लग्न हो या बारहवें भाव में सूर्य और केन्द्र में भौम न हो तो जातक दुबला होता है ।। ४ ।।

विशेष—पुस्तक में 'लघुकोदययेल्पमाजभे' 'मेलापी नौ कार्ययुक्तो' निःप्राणः को मृत्युरिष्फोजलग्नस्थेन्दौ' 'चन्द्रं विना रूपदृष्ट्या' 'वार्के तदा तनुगते' यह पाठान्तर है ।। २–४ ।।

अथ खञ्जयोगाः ।

[1]मेषालिकर्कमृगमीनगतौ शनीन्दू
क्रूरान्वितौ भवति तत्र नरस्तु खञ्जः ।
कर्कालिमीनमृगमेषविलग्नसंस्थे
गुर्वाख्यसद्मनि भवं भवतीह खञ्जः ।। १ ।।

यदि जन्मपत्री में मेष, वृश्चिक, कर्क, मकर या मीन राशि में शनि या चन्द्रमा पापग्रह से युक्त हो तो जातक लँगड़ा होता है ।। १ ।।

विशेष—यहाँ तृतीय पाद का वास्तविक में कोई अर्थ नहीं प्रतीत होता है। प्रकाशित जातक सारदीप नामक ग्रन्थ में 'होरेश्वरोपचयभेषु विलग्नसंस्थ-गुर्वाख्यसद्मनि तदा भवतीह खञ्जः' यह उचित पाठान्तर है। इसका अर्थ—लग्नेश से उपचय (३।६।१०।११) राशि में गुरु की राशि हो तो जातक लँगड़ा होता है ।। १ ।।

अथाङ्गदोषः ।

अब आगे शरीर के किस अवयव में विकार होगा ऐसे योगों को कहते हैं।

[2]चन्द्रेऽन्त्यगेऽङ्गसहमे च समग्रदृष्ट्या भौमेक्षिते भवति शूलरुजोऽङ्गभङ्गः ।
चन्द्रेश्वरे त्रुटति भादिति कीर्तितेऽङ्गे चन्द्रेऽङ्गगेऽसृजि मदे द्वितये तनौ वा ।।१।।
कुजबुधगुरुसौरिभिः समेतैरुशनसि तुर्यगतेऽङ्घ्रिपाणिहीनः ।
व्ययरिपुगे शनौ च पापदृष्टे शनिकुजयोस्तमसो मुखे गुरौ वा ।। २ ।।
पुण्येशजीवपतयो मृगकुम्भमीने जङ्घाक्षतिः शशिनि पूर्णतिथेश्च षष्ठे ।
भौमान्विते शनिकुजेन्दुगते व्यये च यष्ट्या चलत्यशुभदृक् तनुपाश्रिते च ।।३।।
षष्ठे स्वदृहगे भौमे जङ्घादोषोऽतिवक्रभे ।
शनाविति महाबाधा रात्रौ जन्म भृशं भवेत् ।। ४ ।।
अङ्गेषु मेषादिषु येषु पापाः कुर्वन्ति दोषं किल तेषु दोषः ।
व्योम्नोऽपि पश्येदिति देहभागं पुरैव दुर्वीथसवाक्यमेतत् ।। ५ ।।
केषाञ्चिदेतन्मतमामयार्थे चक्रस्य पक्षद्वयमङ्गभागाः ।
ये भूमिभागाः खलु दक्षिणाङ्गान्याकाशभागा अपि वामकानि ।।६।।

१. जा० सा० दी० ७४ अ० १२ श्लो० । २. मनु० जा० १२ अ० ४८ श्लो० ।

यदि जन्मपत्री में अङ्ग सहम के साथ चन्द्रमा बारहवें भाव में भौम से दृष्ट हो तो जातक का शूल से शरीर भंग, या चन्द्रराशीश बारहवें भाव में भौम से दृष्ट हो तो भी या भौम के साथ चन्द्रमा लग्न में शीर्ष ग्रीवा इत्यादि गणना से जिस अङ्ग में हो तो जातक का वह शरीर अवयव भग्न होता है ।। १ ।।

विशेष—पुस्तक में 'भादितिकृत्यजेऽङ्गे' यह पाठान्तर है ।। १ ।।

यदि जन्मपत्री में भौम, बुध, शनि व गुरू एक राशि में हों व दिन में जन्म तथा चौथे भाव में शुक्र हो या छटे या बारहवें भाव में शनि पापग्रह से दृष्ट हो या शनि भौम या गुरु, राहु के मुख में हो तो जातक के हाथ व पैरों में विकार होता है ।। २ ।।

विशेष—प्रकाशित मनुष्य जातक में 'स्तमसो मुखे खगेऽरौ' यह पाठान्तर है ।। २ ।।

यदि जन्मपत्री में नवमेश व गुरु राशि स्वामी मकर, कुम्भ, मीन में हो या गत.पर्वान्तलग्न से छटे भाव में चन्द्रमा भौम से युत हो तो जातक की जाँघों में विकार होता है । यदि शनि चन्द्रमा व भौम बारहवें भाव में हों या लग्नेश बारहवें भाव में पाप ग्रह से दृष्ट या युक्त हो तो जातक लकड़ी के सहारे चलता है ।। ३ ।।

विशेष—पुस्तक में 'जीवितपयो' यह पाठ है ।। ३ ।।

यदि जन्मपत्री में अपनो हद्दा में भौम मीन या मेष राशि में छठे भाव में हो तो जांघ में विकार, यदि अपनी हद्दा में शनि छटे भाव में हो व रात का जन्म हो तो जातक लँगड़ा होता है ।। ४ ।।

जन्मपत्री में शीर्ष ग्रीवादि गणना से जिस अङ्ग में पाप ग्रह हों उसमें विकार समझना चाहिए । दुर्वीथस का कहना है कि दशम भाव से शीर्ष ग्रीवादि गणना करके अवयव में आघात जानना चाहिए । किसी आचार्य का कथन है कि रोग ज्ञान के लिए १२ भावों के २ भाग करके अर्थात् लग्न से सप्तम भुक्तांश तक शरीर का दक्षिण भाग व सप्तम के भोग्यांश से लग्न के भुक्तांश तक वामभाग समझकर शरीर के अवयवों का शुभाशुभ कहना चाहिए ।। ५–६ ।।

अथ दोषोत्पत्तिसमयः ।

अब आगे शरीर के अवयवों में किस समय विकार होगा, इसे कहते हैं ।

[1]यैर्यैः क्रूरितमङ्ग सादसहमं तैर्लग्नखान्तः स्थितै—
बाल्त्वे च नभस्मरान्तरगतैर्दोषोद्भवो यौवने ।
वार्धक्येन तु तुर्यमध्यपतितैरस्ते च तुर्यान्तरे
संप्राप्तेर्विपदोऽवसानसमये पूर्वोक्तभागाश्रयः ।। १ ।।

जन्मपत्री में जिस पापग्रह से पुण्य सहम पीडित हो वह ग्रह यदि लग्न और दशम के मध्य में हो तो बाल्यकाल में विकार, यदि दशम और सप्तम भाव के बीच में हो तो जवानी में, यदि लग्न चतुर्थ के मध्य में हो तो बुढापे में और सप्तम चतुर्थ के बीच में ग्रह हो तो जातक पूर्वोक्त विपत्तियों से अन्तिम समय में पीडित होता है ।। १ ।।

---

१. मनु० जा० १२ अ० ५४ श्लो० ।

अथ कपटमधुरभाषित्वयोगौ।

[1]खे भूमिजे तु कपटः कटुकश्च हिंस्रः शुक्रेऽर्यदृग्युजि घृणी मधुरत्वभाषी।
अन्येक्षिते तदनुगं फलमिश्रभावे तद्धातुगं फलमिहार्हति यो बलाढ्यः॥ १॥

यदि जन्मपत्री में दशवें भाव में भौम हो तो जातक कडुवा बोलने वाला, कपटी और हिंसक, यदि सूर्य, शुक्र व गुरु से दृष्ट या युक्त हो तो मीठा बोलने वाला, अन्य ग्रहों से दृष्ट या युक्त हो तो उस ग्रह की प्रकृति के समान, यदि अधिक ग्रहों से दृष्ट या युक्त हो तो प्रथम बली ग्रह के आधार पर या भिन्न-भिन्न अंशों में दृष्टि हो तो उस उस समय तत्तत् फल समझना चाहिए॥ १॥

अथ शूरकातरत्वयोगौ।

अब आगे किस योग में वीर तथा किन-किन योगों में जातक कातर होता है, इसे कहते हैं।

सूर्ये सुखस्थे रविजेऽष्टमस्थे स्ववर्गसंस्थे शशिजे तनुस्थे।
शूरो भवेत् कान्तियुतो मनुष्यः कलस्वनः सत्यरतो सुवक्षः॥ १॥

[2]लग्नं न पश्यति परर्क्षकुजः स्वनीचे स्यात्कातरोऽथ खशनौ निशि तद्वदेव।
लग्ने कुजेऽतिकलही द्युनगोऽधिकारहीनः कुजोऽतिमहदायुधि तीक्ष्णबुद्धिः॥२॥

[3]लग्ने खेऽथ कुजेऽधिकारिणि दृढे रात्रौ रणग्रामणीः
शूरो ऽहङ्कृतिमान् दिवातिकुपितो रौद्राननः पातकी।
जीवे चेति बलाधिके नरपतिश्छत्राङ्कितः कीर्तिमा—
श्चन्द्रे चेऽर्यसितेक्षिते युधि दृढः सर्वं स्वहर्षे सुखी॥ ३॥

मेषे रवौ चावनिजे दृकाणे पुरःसरः संयति लब्धकीर्तिः।
महत्त्वसादे कुजभस्थितेऽस्य हृद्स्थकेन्द्रेऽधिकमीज्यदृष्टे॥ ४॥

भौमे परर्क्षपतिते स्वगते च नीचे लग्नाद्दृशा भवति सङ्गरकातरः स्यात्।
नक्तं शनौ व्योम्नि च शौर्यसादे सूर्यांशुगेऽग्रे पतिते च सार्क्ये॥५॥

यदि जन्मपत्री में भौम चौथे भाव में, शनि आठवें भाव में और लग्नस्थ बुध अपने वर्ग में हो तो जातक सुन्दर शब्द वाला, सत्य में अनुरक्त, विशाल दर्शनीय वक्षस्थल वाला, तेजस्वी और वीर पुरुष होता है॥१॥

यदि जन्मपत्री में शत्रु राशिगत या स्वनीचस्थ कुज से लग्न अदृष्ट हो या रात्रि का जन्म और दशम शनि हो तो कातर अर्थात् डरपोक होता है। यदि लग्न में भौम हो तो अधिक कलह करने वाला और अपने अधिकार से हीन भौम यदि सप्तम भाव में हो तो जातक अधिक बड़े युद्ध में तीखा बुद्धिमान् होता है॥२॥

यदि जन्मपत्री में बली भौम लग्न या दशम में हो तो जातक युद्ध में श्रेष्ठ, यदि दिन में जन्म और अपने अधिकारों से युक्त भौम लग्न या दशम भाव में हो तो जातक

---

१. मनु० जा० १३ अ० ५ श्लो०।

२. जा० सा० दो० ७४ अ० १९ श्लो०।

३. मनु० जा० १३–१४ श्लो०।

क्रुद्धमुख अर्थात् अहङ्कारी, यदि बली अपने अधिकारों से युक्त लग्न या दशम में गुरू हो तो राजा या राजकीय शासक, यदि पूर्वोक्त रीति से अपने हर्षबल से युक्त चन्द्रमा, गुरु शुक्र से दृष्ट हो तो युद्ध में दृढ वीर और समस्त ग्रह यदि अपने हर्ष बल से युक्त हों तो जातक सुखी होता है ॥३॥

यदि जन्मपत्री में मेष राशि में सूर्य, भौम के द्रेष्काण में हो तो जातक सङ्ग्राम में प्रथम कीर्ति प्राप्त करने वाला, यदि पराक्रम सहम भौम की राशि में या हृद्दा में या केन्द्र में गुरू से पूर्ण दृष्ट हो तो शूर वीर पुरुष होता है ॥४॥

यदि जन्मपत्री में शत्रु या नीच राशिस्थ भौम से लग्न अदृष्ट हो या दशम में शनि और रात्रि में जन्म हो या पराक्रम सहम अस्त हो व सूर्य दूसरे भाव में शनि से युत हो तो जातक युद्ध में डरपोक होता है ॥५॥

विशेष—इस अर्ध पद्य का आशय द्वितीय से समता रखता है ॥५॥

अथ मुखरयोगाः ।

अब आगे किन किन योगों में जातक अप्रिय बोलने वाला होता है, इसे बताते हैं ।

[1]क्षीयमाणविधुरत्र भौमयुक् चाशुभे तु मुखरः प्रजायते ।
लग्न आस्फुजिदिति सप्तमदृष्ट्या ज्ञं प्रपश्यति तदा मुखरः स्यात् ॥१॥
[2]चन्द्रज्ञयोर्भौमसमग्रदृष्ट्या क्षीणे विधौ चारयुते कुगेहे ।
लग्ने ज्ञभृग्वौ द्युनगारदृष्ट्या ज्ञाता नरः स्यान्मुखरो विलज्जः ॥२॥

यदि जन्मपत्री में भौम से युक्त कृष्णपक्षीय चन्द्रमा पापग्रह की राशि में हो या लग्न गत शुक्र की समग्रदृष्टि से दृष्ट बुध हो तो जातक अप्रिय बोलने वाला होता है ॥१॥

यदि जन्मपत्री में चन्द्रमा बुध, भौम की सप्तम दृष्टि से दृष्ट हों या क्षीण चन्द्रमा, भौम से युक्त होकर पाप ग्रह की राशि में या छटे या आठवें या बारहवें भाव में हो या लग्नस्थ बुध, शुक्र, सप्तमस्थ भौम से दृष्ट हों तो जातक अप्रिय बोलने वाला होता है ॥ २ ॥

अथ कण्टकव (क ?) त्वयोगाः ।

अब आगे किस प्रकार की ग्रह स्थिति में जातक कलह करने वाला या यों समझिये झगड़ालू होता है, इसे कहते हैं ।

[3]लग्ने द्युने निरधिकारिणि भूमिपुत्रे
मन्देक्षिते सुहृदि वाभ्युदिते बुधे च ।
सूर्येऽथ चन्द्रमसि भूसुतधाम्नि शुक्लेऽ-
न्यत्रारगान्मुथशिले च कलिप्रियः स्यात् ॥ १ ॥

१. जा० सा० दी० ७४ अ० २१ श्लो० । २. मनु० जा० १३ अ० १३ श्लो० ।
३. मनु० जा० १३ अ० ९-११ श्लो० ।

रन्ध्रे सहमसादेशे विलग्नेशेऽथ संस्थिते।
क्रूरदृग्योगते सौम्ये भवेज्झकटकर्मकृत्॥ २॥
शत्रुभे नीचभे भौमे वृषलग्नेऽथ संस्थिते।
क्रूरदृग्योगते लग्ने सौम्ये च झकटप्रियः॥ ३॥

यदि जन्मपत्री में अपने अधिकारों से हीन अर्थात् निर्बल भौम लग्न या सप्तम भाव में शनि से दृष्ट हो या सूर्य से निःसृत चन्द्रमा वा बुध चौथे भाव में शनि से दृष्ट हो या शुक्ल पक्षीय चन्द्रमा कर्क में भौम से युक्त होकर इत्थशाल योग करता हो या कृष्ण पक्षीय चन्द्रमा मेष या वृश्चिक राशि में भौम के साथ रह कर इत्थशाल करता हो तो जातक कलह का प्रेमी अर्थात् झगड़ालू होता है॥ १॥

यदि जन्मपत्री में पुण्य सहमेश लग्नेश हो या अष्टम भाव में पाप ग्रह से दृष्ट या युक्त और शुभ ग्रहों के दृग्योग से रहित हो तो जातक झगड़ालू होता है॥ २॥

यदि जन्मपत्री में भौम शत्रु राशि में हो या नीच राशि में या वृष राशि में लग्न में पाप ग्रह से दृष्ट या युक्त हो तो जातक झंझट करने वाला होता है॥ ३॥

अथ क्षमायोगः।

अब आगे किस योग में जातक क्षमावान् होगा इसे कहते हैं।

[1]निःशब्दभेऽर्के कुजदृष्टियोगे खेचारसूर्यार्किषु चन्द्रदृक्षु।
विलग्नपुत्राम्बरलाभसादे सूर्येन्दुदृष्टे द्युनिशं क्षमावान्॥ १॥

यदि जन्मपत्री में कर्क या वृश्चिक या मीन राशि में सूर्य, भौम से दृष्ट हो या शनि, भौम, सूर्य उपरिगत चन्द्रमा को देखते हों या लग्न या पञ्चम या दशम या एकादश में पुण्यसहम सूर्य व चन्द्रमा से दृष्ट हो तो जातक सदा क्षमावान् होता है॥ १॥

अथ लज्जायोगः।

[2]लग्ने गुरावधनिजेज्यदृशीह चन्द्रे
सव्ये त्रिभागदृशि चास्य भवेच्च लज्जा।
हद्दादृकाणयुजि शीतरुचौ च सौरे
लग्नेशभूमितनये द्युनगेज्यदृष्ट्या॥ १॥

यदि जन्मपत्री में लग्नगत गुरू, भौम से दृष्ट हो या लग्नस्थ चन्द्रमा, गुरु की सव्य त्रिभाग दृष्टि से दृष्ट हो या चन्द्रमा शनि की हद्दा या द्रेष्काण में हो या लग्न में गुरु से दृष्ट या भौम से युक्त चन्द्रमा सप्तम भाव में गुरू से दृष्ट हो तो जातक लज्जा से युक्त होता है॥ १॥

---

१. मनु० जा० १३ अ० १२ श्लो०।

२. मनु० जा० १३ अ० १४ श्लो०।

[अथ वाक्पटुसुभगकृपालुयोगाः]

अब आगे किस योग में जातक बोलने में चतुर, प्रसिद्ध, सज्जन, हसमुख और दयालु होता है, इसे बताते हैं।

[1]खस्थे विधौ शनितुरीयदृशाऽथ मन्दे
वित्तस्थिते शनिगृहे तरणौ च वाग्मी।
ज्ञे सूर्यचन्द्रगृहगे प्रथितः सुहृच्च
चन्द्रार्कयोर्झषगयोः सुभगः कृपालुः ॥ १ ॥

यदि जन्मपत्री में दशम में चन्द्रमा, शनि की चतुर्थ दृष्टि से दृष्ट हो या दूसरे भाव में शनि व सूर्य मकर या कुम्भ में हो तो बोलने में चतुर, यदि दिन में जन्म और बुध सिंह राशि में हो या रात्रि में जन्म और कर्क राशि में बुध हो तो प्रसिद्ध एवं सज्जन, यदि सूर्य चन्द्रमा मीन राशि में हों तो जातक सदा हसमुख और दयालु होता है ॥ १ ॥

अथ कपटलेखवितथयोगौ।

अब आगे किस योग में जातक कपट लेखक या यों जानिये कपटी और झूठ बोलने वाला होता है, इसे बतलाते हैं।

[2]सज्ञे कुजे कपटकृच्च बुधे बलाढ्ये
क्रूरान्वितेऽध्वयुजि भूमिसुते तृतीये।
भूकेन्द्रपेऽथ नवमाधिपतौ च षष्ठे
मेषे बुधे कपटलेखकरो नरः स्यात् ॥ १ ॥
अपररात्रकृताभ्युदये विधावबनिजाद्व्रजति ज्ञमसत्यवाक्।
ज्ञकुजयोर्दरजैकगकेन्द्रयोर्वितथवागपरं जयते जन्म ॥ २ ॥

यदि जन्मपत्री में बुध के साथ भौम हो या बली बुध पाप ग्रह से युक्त नवम में हो या तीसरे भाव में भौम शुभ ग्रहों से अदृष्ट हो या चौथे भाव का स्वामी छठे भाव में हो या नवमेश छठे भाव में हो या मेष राशि में बुध हो तो जातक कपटी होता है ॥ १ ॥

यदि जन्मपत्री में कृष्ण पक्ष की अष्टमी से चौदश तक का जन्म हो और चन्द्रमा भौम से युक्त होकर आगे बुध से योग करता हो या भौम बुध एक ही अंश में केन्द्र में हों तो जातक झूठ बोलने वाला होता है ॥ २ ॥

अथ लोकविस्मययोगः।

अब आगे जिन योगों में जातक संसार को हँसाने वाला या हास्य या द्रोह से धनोपार्जन करने वाला तथा चोरी करने वाला होता है, उन्हें कहते हैं।

[3]सज्ञे हास्यपरः कुजेऽथ सबलेनार्कीक्षितौ वित्कुजौ
ज्ञातीनां खलु हासयेत्परजनान् तद्वच्छ्नेर्भेऽपि तौ।

---

१. मनु० जा० १३ अ० १५ श्लो०। २. मनु० जा० १३ अ० १६-१७ श्लो०।

३. जा० सा० दी० ७४ अ० २२ श्लो०।

षष्ठाष्टान्त्यविधुश्च पश्यति सितं चेल्लोकविस्मापिता
वाक्स्फूर्तिर्मिथ आरसौम्यशशिनश्चावीर्यवाग्दृग्युतः ॥ १ ॥
[1]युत्यार्किभे ज्ञकुजयोर्जनहास्यकारी
वैहासिकोऽमरपतौ नृपभेऽर्कदृष्टया ।
विस्मापयत्यरिदृशा पतितेन्दुभृग्वो-
र्भौमज्ञयोर्मुथशिले खलु मण्डिताभिः ॥ २ ॥
[2]खस्थे बुधे तुर्यगते च चन्द्रे हास्यात्परद्रव्यमुपाददीत ।
कुजे तृतीयेऽथ बुधे सचन्द्रे रिपौ विलग्नाधिपतौ बुधे वा ॥ ३ ॥
[3]चन्द्रज्ञारैः शुभदृग्भृते केन्द्रगैस्तस्करः स्याद्
द्यूने मन्दे शशिकुजबुधैर्वीक्षिते तु प्रसिद्धः ।
भौमे केन्द्रे गुरुसितदृशा वर्जितेऽस्ते ज्ञभौम-
क्रोडैरिन्दोरपि रिपुदृशा ज्ञारचन्द्रार्कियुक्त्या ॥ ४ ॥

यदि जन्मपत्री में बुध से युक्त भौम हो या बली सूर्य शनि से दृष्ट, बुध युक्त भौम हो तो अधिक हँसाने वाला या शुक्र, षष्ठस्थ या अष्टमस्थ या बारहवें भाव में स्थित चन्द्रमा से दृष्ट हो तो जातक संसार को हँसाने वाला और शीघ्र स्पष्ट शब्द बोलने वाला, यदि बुध, भौम चन्द्रमा परस्पर में दृष्टि सम्बन्ध रखते हों तो जातक निर्बल वाणी का या मन्द वाणी का होता है ॥ १ ॥

विशेष—पुस्तक में 'सबले भेर्केक्षितौ' 'जातीनां' यह पाठान्तर है ॥ १ ॥

यदि जन्मपत्री में शनि की राशि में (१०।११) भौम व बुध की युति हो या मेष, सिंह या धनु राशि में गुरु, सूर्य से दृष्ट हो या चन्द्रमा और शुक्र परस्पर में शत्रु दृष्टि सम्बन्ध रखते हों या बुध भौम में इत्थशाल योग हो तो जातक मनुष्यों को हँसाने वाला होता है ॥ २ ॥

विशेष—पुस्तक में 'युक्यार्किभे' 'वौहारिको नरपतेर्नृपभेऽर्कदृष्टया' 'पतितेन्दुभृग्वौ' यह पाठान्तर है ॥ २ ॥

यदि जन्मपत्री में दशम भाव में बुध, चौथे में चन्द्रमा हो तो जातक द्रोह (विरोधी। की भावना करके दूसरे के धन का हरण करने वाला या चन्द्रमा से युक्त भौम तीसरे भाव में हो अथवा चन्द्रमा के साथ बुध छठे भाव में हो या लग्नेश बुध छठे भाव में हो तो भी जातक पूर्व फल से युक्त होता है ॥ ३ ॥

विशेष—पुस्तक में 'हास्यात्परं द्रव्य' यह पाठान्तर है ॥ ३ ॥

यदि जन्मपत्री में चन्द्रमा, बुध और भौम एक राशि में केन्द्र में शुभ ग्रहों से अदृष्ट हों या सप्तम भाव में शनि, चन्द्रमा बुध भौम से दृष्ट हो या केन्द्रस्थ भौम, गुरु व शुक्र से अदृष्ट हो या सप्तमस्थ शनि, बुध, भौम से लग्नस्थ चन्द्रमा दृष्ट हो या शनि, बुध, चन्द्रमा और भौम एक राशि में हों तो जातक चोर होता है ॥ ४ ॥

---

१. मनु० जा० १३ अ० १८ श्लो० ।

२. मनु० जा० १३ अ० १९ श्लो० ।

३. मनु० जा० १३ अ० २० श्लो० ।

अथ पररतिविमुखत्वयोगाः ॥

अब आगे किन-किन योगों में जातक पराई स्त्री में आसक्त होकर उसका भोग करने वाला व सदाचारी होता है, उन्हें बताते हैं।

[1]शुक्रज्ञौ द्युनगौ तथा दशमगौ स्यात्पुंश्चलोऽसृग्सितौ
खेऽस्ते वा परदारगः कुजसितौ तुर्ये च खे पुंश्चलः।
मन्देनेन्दुत आस्फुजित्सुखगतः खस्थेऽपि वा पुंश्चलः
खे चाद्ये ज्ञसितार्कजारथ दिने स्वर्क्षे सितः पुंश्चलः ॥ १ ॥

[2]द्यूनेऽथ खे सितबुधार्किषु चारभृग्वो—
स्तुर्येऽथ खे भृगुसुते शशिसौरिदृष्टे।
क्रोडारयोररिगयोर्निजवर्गभौमे
दृष्ट्या कवेः सकलया परदारगामी ॥ २ ॥

गुरोर्गृहे दैत्यगुरावथानयोः खलग्नभाजोरथ वेस्थशालयोः।
विनारदृष्ट्याऽन्यवधूपराङ्मुखस्तनौ च जीवे दशमे त्रिगे भृगौ ॥ ३ ॥

यदि जन्मपत्री में बुध व शुक्र एक राशि में सप्तम भाव में या दशम भाव में हों या बुध शुक्र में से एक ग्रह सप्तम या चतुर्थ में हो और दूसरा दशम भाव में हों या चन्द्रमा से चौथे भाव में या दशम भाव में शनि से युक्त शुक्र हो या बुध, शुक्र, शनि, लग्न या दशम में हों या दिन का जन्म समय हो और शुक्र अपनी राशि में हो तो जातक व्यभिचारी होता है ॥ १ ॥

विशेष—पुस्तक में 'श्चलासृक्सितौ खस्थे वा' 'तुर्ये रवौ' 'मंदेंद्वीक्षितः' 'खेचास्तेः ज्ञसि' यह पाठान्तर प्राप्त है ॥ १ ॥

यदि जन्मपत्री में शनि, बुध, शुक्र सप्तम भाव में या दशम भाव में हों अथवा भौम शुक्र चौथे भाव में हों या दशमभाव में शुक्र, शनि व चन्द्रमा से दृष्ट हो या शनि भौम छठे भाव में हों या अपने-अपने षड्वर्ग में स्थित भौम व शुक्र आपस में सप्तम दृष्टि से दृष्ट हों तो जातक परस्त्री गामी होता है ॥ २ ॥

यदि जन्मपत्री में धनु या मीन राशि में शुक्र, भौम से अदृष्ट हो या गुरु व शुक्र लग्न में या दशम भाव में भौम से अदृष्ट हों या गुरु शुक्र परस्पर में इत्थशाल योग करते हों या लग्न में गुरू और तीसरे या दशवें भाव में शुक्र हो तो जातक दूसरों की स्त्रियों में अनासक्त होता है ॥ ३ ॥

अथ वृथाऽव्ययी, ईर्ष्यालुयोगाः।

अब आगे किस योग में जातक फिजूल खर्च करने वाला तथा ईर्ष्यालु होता है, इसे बताते हैं।

---

१. जा. सा. दी. ७४ अ० श्लो.।
२. मनु. जा. १३ अ० २१ श्लो.।
३. मनु. जा. १३ अ. २४ श्लो०।

[१]शुक्रार्कयोर्दशमगेन्दुदृशा तदानीं तुर्येक्षणात्क्षितिसुतस्य वृथा व्ययी स्यात् ।
लग्नेशभौमसहमेशयुतौ च वित्ते षष्ठे शनौ तनुपवित्तपपापदृष्ट्या ॥१॥
सूर्याद्द्वितीयेऽह्नि नक्तमार्कैः कृतेसराफे तरणीत्थशाले ।
बुधेऽथ लग्नेऽत्र विनेज्यदृष्टिमीर्ष्यालुरारोशन इत्थशाले ॥ २ ॥
[२]एवं नरप्रकृतिमम्बरचारियोगाञ्ज्ञात्वा पुरैवमथ सत्त्वरजस्तमांसि ।
पुंसः शुभं तदनुरूपमथाऽशुभञ्च निश्चित्य जातकफलं सुमतिर्विदध्यात् ॥३॥

यदि जन्मपत्री में सूर्य व शुक्र से दशमस्थ चन्द्रमा दृष्ट हो या सूर्य शुक्र, भौम की चतुर्थ दृष्टि से दृष्ट हों अथवा लग्नेश, भौम तथा धन सहमेश दूसरे भाव में हों या छठे भाव में शनि हो या लग्नेश और धनेश पापग्रहों से दृष्ट हों तो जातक फिजूल खर्च करने वाला होता है ॥ १ ॥

विशेष—पुस्तक में 'भौम सहमेषु युतोऽथ' यह पाठान्तर प्राप्त है ॥ १ ॥

यदि जन्मपत्री में दिन का जन्म हो व सूर्य से दूसरे भाव में बुध हो या रात्रि का जन्म हो और शनि से दूसरे भाव में बुध हो या रात्रि का जन्म हो तथा शनि बुध में ईसराफ योग हो या दिन में जन्म और सूर्य बुध में इत्थशाल हो या लग्न में बुध हो एवं भौम शुक्र में इत्थशाल गुरू से अदृष्ट हो तो जातक ईष्यालु होता है ॥ २ ॥

विशेष—पुस्तक में 'विषेज्यदृष्टिमीर्ष्यात्तु रात्रौ शनि इत्थ' यह पाठान्तर है ॥ २ ॥

इस प्रकार दशम भाव में जो जो ग्रह जिसके द्रेष्काण में हों और जिस द्रेष्काणेश को देखते हों उन में जो बली ग्रह हो उसके सत्त्वादि के तुल्य जातक के शुभाशुभ का निर्णय करके ज्योतिषी को कहना चाहिये ॥ ३ ॥

अथ स्वल्पकेशकूर्चयोगः ।

अब आगे किस योग में जातक स्वल्प केश से युक्त भौंहों के मध्य भाग वाला होता है, इसे कहते हैं ।

[३]पुण्यसद्मनि च मेषकर्कटौ वृश्चिकोऽथ शफरो मृगस्तथा ।
स्वल्पकेशयुतकूर्चकं नरं कीर्तयन्ति खलु ताजिका ध्रुवम् ॥ १ ॥

यदि जन्मपत्री में नवम भाव में मेष या कर्क या वृश्चिक या मीन या मकर राशि हो तो ताजिक शास्त्र वेत्ताओं का कहना है कि जातक अल्पकेश से युत भौंह के मध्य भाग वाला होता है ॥ १ ॥

अथ नृपामात्य-लेखकयोगौ ।

अब आगे किस योग में जातक राजा का मन्त्री व किसमें लिपिक होता है इसे बतलाते हैं ।

[४]चन्द्रेत्थशालिनि रवौ स्वगृहोच्चहद्दे व्योमस्थकर्मपदृशा नृपतेरमात्यः ।
भौमेक्षिते सबलकर्मकरो ज्ञगुर्वोर्दृष्ट्या नृपस्य लिपिकृत्सुकृतप्रधानम् ॥१॥

---

१. मनु. जा. १३ अ. २५-२६ श्लो. । २. मनु. जा. १३ अ. २७ श्लो. ।
३. जा. सा. दी. ७४ अ. ६० श्लो. । ४. मनु. जा. १५ अ. ३ श्लो. ।

यदि जन्मपत्री में अपनी हद्दा में या उच्चराशि की हद्दा में सूर्य हो और चन्द्रमा से इत्थशाल योग करता हो तथा दशमस्थ दशमेश से दृष्ट हो तो जातक राजा का सचिव, उक्त योग यदि भौम से दृष्ट हो तो सबल कार्य करने वाला, यदि बुध से दृष्ट हो तो राजा का लिपिक और सूर्य चन्द्रमा का इत्थशाल यदि गुरू से दृष्ट हो तो अच्छा पुण्य का कार्य कर्त्ता होता है ॥ १ ॥

अथ सङ्गीतविद्यावादनयोगौ ।

अब आगे किस योग में जातक सङ्गीत का ज्ञाता व वाद्ययन्त्रों को बजाने वाला होता है, इसे कहते है ।

[1]एवं शनौ गुरुदृशि क्षितिकर्मकारी शुक्रेक्षिते गगनलग्नगते नरर्क्षे ।
सङ्गीतविद्बुधनिरीक्षणतो द्वयस्य वीणादि वादयति भौमदृशा कुनृत्यः ॥ १ ॥

यदि जन्मपत्री में शनि, भौम से दृष्ट हो तो जातक भूमि, खेत, घर का कार्य जानने वाला, यदि शुक्र से युक्त शनि लग्न या दशम भाव में पुरुष राशि में हो या शुक्र से दृष्ट शनि हो तो सङ्गीत शास्त्र का ज्ञाता, यदि शनि शुक्र, बुध से दृष्ट हों तो वीणा, मृदङ्गादि का बजाने वाला, यदि शुक्र शनि, भौम से दृष्ट हों तो दूषित नाचने वाला होता है ॥ १ ॥

अथ धर्मशास्त्रादिज्ञानयोगः ।

अब आगे किस योग में जातक धर्मशास्त्रादि का जानने वाला होता है, इसे बताते हैं ॥

[2]एवं गुरौ खलु घृणीक्षति धर्मशास्त्रं सार्की कुतर्ककृदसौख्यविषादवांश्च ।
एवं बुधे लिपिकरो गुरुभेऽब्जयोगादध्यापको रविदृशा लिपिकृत्प्रधानम् ॥१॥

यदि जन्मपत्री में गुरू के साथ सूर्य हो तो जातक धर्मशास्त्र का जानकर यदि शनि युक्त गुरू हो तो कुतर्ककर्त्ता, सुख से हीन और विषादी, यदि बुध चन्द्र में इत्थशाल हो तो लिपिक, यदि गुरू की राशि में चन्द्रमा व बुध हो तो अध्यापक यदि गुरू की राशि में चन्द्रमा सूर्य से दृष्ट हो तो प्रधान लिपिक या लेखक होता है ॥ १ ॥

अथोपलादिकर्मयोगः ।

अब आगे जिस योग में जातक पत्थर आदि का काम करने वाला होता है, उसे बतलाते हैं ।

[3]कर्माधिकारिणि विधौ शनिनेत्थशाले भूमौ करोत्युपलकर्म निरीक्षिताभम् ।
भौमेन चाग्निभवनेऽग्निविधिं तदाभंजीवेन जीवभवनेऽहृति धर्मशास्त्रम् ॥१॥

यदि जन्मपत्री में दशमेश चन्द्रमा भूमि राशि में अर्थात् वृष, कन्या, मकर में स्थित होकर यदि शनि से इत्थशाल योग करता हो तो जातक पत्थर का कारीगर, यदि उक्त योग सूर्य से दृष्ट हो तो बड़े-बड़े पत्थरों का घर बनाने वाला, शुक्र से युक्त सूर्य,

---

१. मनु. जा. १५ अ. ४ श्लो० । २. मनु. जा. १५ अ. ५ श्लो० ।
३. मनु. जा. १५ अ. ७ श्लो० ।

दशमेश चन्द्रमा को देखता हो तो तृण काठादि का कार्य करने वाला, यदि दशमेश चन्द्रमा अग्नि राशि में अर्थात् मेष, सिंह या धनु में स्थित होकर भौम से इत्थशाल योग करता हो तो अग्नि संबन्धि काम करने वाला, यदि कर्मेश चन्द्र, गुरू से दृष्ट हो तो कासे आदि का, शनि से दृष्ट हो तो लोहे का, शुक्र से दृष्ट हो तो सुवर्ण का, बुध से दृष्ट हो तो रसायन का काम करने वाला, यदि धनु या मीन राशि में स्थित चन्द्रमा गुरू से इत्थशाल योग करता हो तो धर्मशास्त्र का ज्ञाता होता है ॥ १ ॥

अथ बहुकर्मकारित्वयोगः ।

अब आगे जिस योग में अधिक कार्य करने वाला जातक होता है, उसे बताते हैं ।

[1]बह्वीक्षिते कर्मदलीलखेटे ध्रुवं नरः स्याद्बहुकर्मकारी ।
तेषां त्वमुं पीडयते भृशं यस्तद्धातुकर्मप्रवणो विशेषात् ॥ १ ॥

यदि जन्मपत्री में दशमभाव या दशमेश अधिक ग्रहों से दृष्ट हो तो जातक अधिक कार्य करने वाला, उनमें जो बली ग्रह हो उसकी धातु के कार्य का विशेष जानकार होता है ॥ १ ॥

अथ सुगन्धवस्तुविक्रययोगाः ।

अब आगे जिन-जिन योगों में जातक सुगन्ध वस्तुओं को बेचने वाला होता है उन्हें बताते हैं ।

[2]लग्ने सिते रूक्षगते स्वहर्षे सौगन्धिकः कर्मधटेऽत्र सौरिः ।
मृगस्थमन्दस्य दृशा स्वयं वा मृगस्थितेऽस्मिन्मृगनाभिकारः ॥१॥
शुक्रे वृषस्थे शनिनेक्ष्यमाणे सौगन्धितैलादिवणिग्दलीले ।
मनुष्यभेऽस्मिश्च भृगेशपङ्गौ सौगन्धिको मुस्तकवस्तुनः स्यात् ॥२॥
लग्ने कुजर्क्षभुजि भुव्यसुरेज्यपङ्ग्वोः स्याद् गान्धिको व्यवहरत्यदीनि लोके ।
सद्गन्धवस्तुबलदे भृगुजेऽर्कमन्दे भौमे तु गोयुवतिभार्किदृशा च रक्तम् ॥३॥

यदि जन्मपत्री में दशमेश शुक्र लग्न में रूक्ष राशि में अपने हर्ष स्थान में हो तो जातक सुगन्धित वस्तु का व्यवसायी, यदि तुलास्थ शनि दशमेश शुक्र को देखता हो, अथवा दशम में मकर राशिस्थ शुक्र, तुलास्थ शनि से दृष्ट हो तो कस्तूरी को बेचने वाला होता है ॥१॥

विशेष—पुस्तक में 'स्वहर्षे सौगंधिकः कर्मबलेधटेऽत्र' यह पाठान्तर है ॥१॥

यदि जन्मपत्री में कर्मेश शुक्र वृष राशि में शनि से दृष्ट हो तो सुगन्धित तेल का व्यापारी, यदि शनि से युक्त दशमेश मनुष्य राशि में हो तो मोथा आदि या मस्तक आदि के सुगन्धित पदार्थ का व्यवसायी होता है ॥२॥

विशेष—पुस्तक में 'मृगे सपङ्गौ सौगंधनं मस्तक वस्तुनः' यह पाठान्तर है ॥२॥

---

१. मनु. जा. १५ अ. ८ श्लो० । २. मनु० जा० १५ अ० १०-१२ श्लो० ।

यदि जन्मपत्री में दशमेश शुक्र मेष या वृष राशि में लग्न में गुरू शनि से दृष्ट हो या बली शुक्र, शनि से दृष्ट हो या दशमेश भौम कन्या राशिस्थ शनि से दृष्ट हो तो जातक सुगन्धित वस्तुओं का व्यापारी होता है ॥३॥

अथ फलविक्रययोगः ।

अब आगे जिस योग में जातक फल का व्यापारी होता है उसे कहते हैं ।

[1]मकरयुजि शनैश्चरे कुलीरेऽनिमिषगतेज्यदृशा हि दाडिमाद्यम् ।
व्यवहरति फलोत्कटं किलैवं वृषगगुरौ लघुकर्कगारदृष्ट्या ॥१॥
भृगे शनौ कुलीराब्जदृष्टे वल्कलमर्थयेत् ।
ज्ञे जलर्क्षे च तद्दृष्टे कर्कटीचारुवल्कलम् ॥२॥

यदि जन्मपत्री में मकरस्थ शनि, गुरू से दृष्ट हो वा कर्कस्थ शनि, मकरस्थ गुरू से दृष्ट हो तो जातक नारङ्गी आदि का, यदि मकरस्थ शनि, मीन राशिस्थ गुरु से दृष्ट हो तो बड़े फलों को बेचने वाला, यदि वृष राशिस्थ गुरु लघु राशिस्थ या कर्कस्थ भौम से दृष्ट हो तो छोटे फलों का व्यापारी होता है ॥१॥

विशेष—पुस्तक में 'कुलीरानिमिष' 'फलोत्करं किलैकं' 'लघुकर्मगा' यह पाठान्तर है ॥१॥

यदि जन्मपत्री में मकर राशिस्थ शनि, कर्क राशिगत चन्द्रमा से दृष्ट हो तो जातक छालों का व्यवसायी, यदि दशमेश बुध जल राशि में हो वा बुध, चन्द्रमा से दृष्ट हो तो ककड़ी गाजर आदि को बेचने वाला होता है ॥२॥

अथ वस्त्रविक्रययोगः ।

लग्ने खेऽथ सिते स्थिरर्क्षयुजि भूराशिस्थसौम्येक्षिते
विक्रीणातिपटं पटार्धमनिलस्थे वा तथैकत्र च ।
मन्दे कुम्भमृगस्थिते घटयुवत्यर्क्षस्थिते ज्ञेक्षिते
श्रेष्ठं कोमलवृक्षगेऽत्र युवतौ ज्ञप्रेक्षिते स्थूलकम् ॥१॥
ज्ञेज्यान्विते मृगगतेऽप्यणुजीर्णमार्कौ गोस्थे स्त्रियां गुरुदृशातिपटं जरञ्च ।
पट्टांशुकं घटगतेज्यदृशि ज्ञभस्थे भौमेक्षिते व्यवहरत्यरुणञ्च वासः ॥२॥
[2]जीवे चतुष्पदगते च चतुष्पदस्थरन्ध्रेशदर्शिनि नरोऽर्थककम्बलानि ।
दृष्टुः स्वरूपसदृशानि गुरूण्यणूनि वर्णात्मकानि पशुजाबिभवौष्ट्रकाकनि॥३॥

अब आगे जिस योग में जातक वस्त्र बेचने वाला होता है, उसे कहते हैं ।

यदि जन्मपत्री में स्थिर राशि में शुक्र लग्न या दशम भाव में भूमि राशिस्थ (२।६।१०) बुध से दृष्ट हो या स्थिर राशिस्थ लग्न या दशम में शुक्र वायु राशिस्थ (३।७।११) बुध से दृष्ट हो या वायु राशिस्थ शुक्र लग्न या दशम में स्थिर राशिस्थ

---

१. मनु० जा० १५ अ० १३–१४ श्लो० । २. मनु० जा० १५ अ० १६–१८ श्लो० ।

बुध से दृष्ट हो या बुध शुक्र वायु राशि में लग्न वा दशम में हो तो वस्त्रों या वस्त्र के टुकड़ों या यों जानिये रँगने का व्यवसायी, यदि कुम्भ या मकर राशि में शनि कन्या तुला राशिस्थ बुध से दृष्ट हो तो श्रेष्ठ कोमल या यों समझिये रेशमी वस्त्रों का, यदि कन्या राशिस्थ शुक्र, बुध से दृष्ट हो तो जातक मोटे वस्त्रों का व्यापारी होता है ॥१॥

यदि जन्मपत्री में बुध गुरू से युक्त शनि मकर राशि में हो तो जातक थोड़े फटे अर्थात् कटपीस का व्यापारी, यदि मकरस्थ शनि वृष राशिस्थ गुरू से दृष्ट हो तो पट्टांशुक का, यदि दशमेश शनि बुध की राशि में भौम से दृष्ट हो तो लाल वस्त्रों को बेचने वाला जातक होता है ॥२॥

विशेष—पुस्तक में 'मृगगतेप्यंडजोर्णनार्कौ' 'गौस्थेस्त्रियो गुरुदृशातिपटच्चरं च' यह पाठान्तर है ॥१॥

यदि जन्मपत्री में चतुष्पद राशि में गुरु चतुष्पद राशिस्थ अष्टमेश से दृष्ट हो तो जातक कम्बल का व्यापारी होता है। यहाँ देखने वाले ग्रह के स्वरूप तुल्य पशु भेड, ऊँटादि के ऊन का ज्ञान करके उत्तम मध्यमादि कम्बलों का व्यवायी कहना चाहिये ॥३॥

विशेष—पुस्तक में 'नरोप्यतिकम्बलानि' 'गुरून्यगूनि' यह पाठान्तर है ॥३॥

अथान्नविक्रययोगाः।

अब आगे किस योग में जातक जौ, गेहूं, मसूर आदि अन्नों का व्यापारी होता है, इसे कहते हैं।

[1]बुधे कर्मस्वामिन्यनिलयुजि तत्स्थार्कजदृशा
मृगे चैवं मन्दे वृषगशशिदृश्यर्थति यवान्।
सगोधूमान् स्त्रीस्थे शशिनि तु मसूरादिवृषगे
शनौ खेटादृष्टे धिषणसहिते मिश्रितकणान् ॥ १ ॥
तिलान् कन्यायुक्तामरगुरुदृशारार्कं सहिते
कनिष्ठान्नं तिक्तं शशियुजि रसस्निग्धविषयम्।
विधौ चैवं कन्यायुजि शनिदृशा तन्दुलतिलान्
मृगस्थार्कार्किभ्यां यवयवजधान्येऽर्थति नरः ॥ २ ॥

यदि जन्मपत्री में दशमेश बुध अग्नि राशि (१।५।९) में अग्नि राशिस्थ शनि से दृष्ट हो या मकरस्थ शनि वृष राशिस्थ चन्द्रमा से दृष्ट हो तो जातक जौ का, यदि मकरस्थ शनि कन्या राशि स्थित चन्द्रमा से दृष्ट हो तो गेहूँ मसूड़ आदि का, यदि वृष राशि में गुरू के साथ शनि हो और ग्रहों से अदृष्ट हो तो मिश्रित अन्नों का अर्थात् विविध अन्नों का व्यवसायी होता है ॥ १ ॥

यदि जन्मपत्री में वृष में शनि कन्या राशिस्थ गुरू से दृष्ट हो तो तिल का, यदि वृष राशि में भौम के साथ शनि हो तो अल्प व तीते अन्न का, यदि

---

१. मनु० ज० १५ अ० १९-२० श्लो०।

सूर्य के साथ शनि हो या वृषस्थ शनि कन्या राशिस्थ सूर्य से दृष्ट हो तो गेहूं का, यदि चन्द्रमा के साथ शनि वृष राशि में हो तो स्निग्ध पदार्थों का, यदि कन्या राशिस्थ चन्द्रमा, शनि से दृष्ट हो तो चावल व तिल का, यदि मकर राशिस्थ सूर्य व शनि, चन्द्रमा से दृष्ट हो तो जातक जौ तथा जौ से उत्पन्न वस्तुओं का व्यापारी होता है ॥ २ ॥

अथ चतुष्पदविक्रययोगः।

अब आगे जिस योग में जातक पशु का व्यवसायी होता है, उसे बताते हैं।

[1]जीवे कर्मबले चतुष्पदगतेऽरीशेक्षिते तत्पदा-
न्युष्ट्रान्पारयरिपे सितेक्षितपदे ज्ञे गर्दभान् शीतगौ।
ज्ञस्थाने सुरभी रवौ शशिपदे चाश्वान् शनौ तत्पदे
छागान् षष्ठगतेऽस्तपे च नवमस्त्रीशे स्ववित्ते च गाः ॥ १ ॥

यदि जन्मपत्री में दशमेश गुरू चतुष्पद राशि में चतुष्पद राशिस्थ षष्ठेश से दृष्ट हो तो राशि समान पशुओं का, यदि दशमेश गुरु चतुष्पद राशिस्थ षष्ठेश से दृष्ट हो तो ऊँटों का, बुध से दृष्ट हो तो गधाओं का, यदि दशमेश गुरु चतुष्पद राशिस्थ बुध के षड्वर्ग में स्थित चन्द्रमा से दृष्ट हो तो गायों का, यदि गुरु चतुष्पद राशिस्थ सूर्य की शत्रु दृष्टि से दृष्ट हो तो घोड़ों का, यदि सूर्य राशिस्थ गुरु चतुष्पद राशिस्थ शनि की शत्रु दृष्टि से दृष्ट हो तो बकरियों का, यदि सप्तमेश चतुष्पद राशि में छठे भाव में हो और सप्तमेश से दशमेश गुरू दृष्ट हो तो बकरों का, यदि दशमेश गुरू द्वितीय भावस्थ चतुष्पद राशिस्थ नवमेश से दृष्ट हो तो दूध का और उक्त स्थिति में तृतीयेश से दृष्ट हो तो गायों का व्यवसायी होता है ॥१॥

विशेष—पुस्तक में 'छागान् षष्ठगते तथैव च वसन्नीशे स्ववित्तेशगाः' यह पाठान्तर है ॥१॥

अथ मणिविक्रययोगाः।

अब आगे जिन योगों में जातक मणियों का विक्रेता होता है, उन्हें बतलाते हैं।

[2]शुक्रे कर्मदलीलदे सतरणौ क्रीणाति जात्यान्मणी
नारस्थेऽनलसंस्थभूसुतदृशा मुक्ताः सयुग्मेऽत्र च।
सार्कौ मध्यमिका शनाविति जले शुक्रेक्षिते साधमा
शिप्राश्चन्द्रदृशा विना परदृशं चामूः कपर्दीनि च ॥

यदि जन्मपत्री में दशमेश शुक्र, सूर्य से युक्त हो तो उत्तम मणियों का, यदि दशमेश शुक्र जल राशि में अग्नि राशिस्थ भौम से दृष्ट हो तो मोतियों का, यदि दशमेश शुक्र मिथुन राशि में शनि से युक्त हो तो मध्यम रत्नों का, यदि जल राशिस्थ शनि, शुक्र से

१. मनु० जा० १५ अ० २२ श्लो०। २ मनु० जा० १५ अ० २३ श्लो०।

दृष्ट हो तो अधम मणियों का, यदि जल राशिस्थ शनि चन्द्रमा से दृष्ट हो तो सीपों का और जलराशिस्थ शनि यदि समस्त ग्रहों से अदृष्ट हो तो जातक कौड़ियों का व्यवसायी होता है ॥१॥

विशेष—पुस्तक में 'सार्कमध्यविनासनावति जले शुक्रेक्षिते चाधमाः ब्रह्माश्चन्द्र' 'चामृकपर्दीदि च' यह पाठान्तर है ॥१॥

अथ सुवर्णादिव्यापारयोगः।

अब आगे जिन योगों में जातक सुवर्णादि का व्यापारी होता है, उन्हें बताते हैं।

[1]सूर्येऽधिकारिणि शिखिस्थधनेशदृष्टे
सौवर्णिकोऽर्कतनये च शशाङ्कदृष्टे।
चापस्थभास्करदृशाऽजगवित्तपार्क्यो-
स्तारक्रयी हरिधनुःस्थदृशास्य शोद्धा ॥१॥

यदि जन्मपत्री में दशमेश सूर्य अग्नि राशिस्थ धनेश से दृष्ट हो तो सुवर्ण का, यदि दशमेश शनि चन्द्रमा से दृष्ट हो तो सोने चांदी का, यदि मेषस्थ शनि धनेश से युक्त हो और धनु राशिस्थ सूर्य से दृष्ट हो तो निर्मल मोतियों का, यदि धनु राशिस्थ शनि सिंहस्थ सूर्य से दृष्ट हो तो जातक धातुओं का शोधन करने वाला होता है ॥१॥

अथ कारुकयोगः।

अब आगे जिन योगों में जातक शिल्पी (कारीगर) होता है, उन्हें बताते हैं।

[2]नीचे वक्रे बुधे कर्मदलीले दृष्टिमानतः।
कुविन्दस्येश्वरो मन्दे मिथुनस्थेऽप्यहर्निशम् ॥२॥

यदि जन्मपत्री में दशमेश बुध नीचस्थ हो या वक्री हो तथा पूर्णापूर्ण दृष्ट हो तो दृष्टि के समान पूर्णापूर्ण जुलाहों का स्वामी होता है। यदि दशमेश शनि मिथुन राशि में हो तो जातक सदा जुलाहों का स्वामी होता है ॥१॥

अथोर्णादिकर्मयोगः।

अब आगे जिस योग में जातक ऊनादि का व्यवसायी होता है उसे कहते हैं।

[3]ज्ञे चतुर्थे च पूर्वोक्ते सूचिको दृष्टिमानतः।
अन्यैरदृष्टे चौर्णाकृद्बहुदृष्टे विचित्रकृत् ॥ १ ॥

यदि जन्मपत्री में दशमेश बुध चौथे भाव में नीचस्थ या वक्री हो तो जातक द्रष्टा ग्रह के आधार पर दर्जी, यदि अन्य ग्रहों से अदृष्ट हो तो ऊन बनाने वाला, यदि अधिक ग्रहों से दृष्ट हो तो विचित्र कार्य करने वाला होता है ॥ १ ॥

विशेष—पुस्तक में 'अनन्यदृष्टे चौर्णाकृदगुरुयुक्ते' यह पाठान्तर है ॥ १ ॥

१, मनु० जा० १५ अ० २४ श्लो०। २, मनु० जा० १५ अ० २५ श्लो०।
३, मनु० जा० १५ अ० २६ श्लो०।

अथ शस्त्रवीणाकाष्ठादिकर्मयोगाः ।

आगे अब जिस योग में जातक शस्त्र बनाने वाला व वीणादि का ज्ञाता एवं काठ आदि का कार्य करने वाला होता है उसे कहते हैं ।

[1]कर्मस्थाने कुजदृशि बुधे स्यान्नृराशावयस्कृ-
त्पूष्णा दृष्टे नृपसमुचितास्त्रादिकृद्भार्गवेण ।
वीणादिज्ञो भवननिपुणः सौरिणेज्येन देव-
स्थानाभिज्ञो हरिधनुरजेष्वेककः काष्ठकर्मा ॥ १ ॥

यदि जन्मपत्री में दशमस्थ बुध, पुरुषराशिस्थ भौम से दृष्ट हो तो जातक शस्त्र बनाने वाला, यदि पूर्वोक्त बुध, सूर्य से दृष्ट हो तो राजा के उपयोगी अस्त्र शस्त्रादि का निर्माता, यदि बुध, शुक्र से दृष्ट हो तो वीणा का ज्ञाता, यदि शनि से दृष्ट हो तो मकान बनाने में चतुर, यदि पूर्वोक्त बुध, गुरू से दृष्ट हो तो देव मन्दिरों का बनाने वाला और सिंह या धनु या मेष में बुध दशम में हो तो जातक काठ का काम करने वाला होता है ॥ १ ॥

अथ चर्म-वालकर्मयोगौ ।

अब आगे जिस योग में जातक चमड़ा व केश का काम करने वाला होता है, उसे कहते हैं ।

[2]केन्द्रे कुजे गुरुदृशीज्यमहीजयोर्वा
मेषे हरावथ नरः खलु चर्मकारः ।
इन्दौ ज्ञहृद्युजि तद्दृशि चाग्निराशौ
वालस्य कृद्भवति वीक्षकखेटमानात् ॥ १ ॥

यदि जन्मपत्री में केन्द्रस्थ (दशमस्थ) भौम, गुरू से दृष्ट हो या भौम व गुरू मेष सिंह राशि में हों तो जातक चमड़े का काम करने वाला, यदि बुध की हृद्दा में चन्द्रमा अग्नि राशिस्थ बुध से दृष्ट हो तो जातक दृष्टि के आधार पर वालों का उत्तमादि कार्य करने वाला होता है ॥ १ ॥

विशेष—पुस्तक में 'गुरुशशीज्यमहीज्ययोर्वा' खलुकर्मकारः' यह पाठ है ॥ १ ॥

अथ वस्त्ररञ्जनयोगः ।

अब आगे जिस योग में जातक वस्त्रों को रंगने वाला होता है, उसे कहते हैं ।

शुक्रारयोः कर्मकृतोरथैत्संपश्यतो वैरिदृशोत्थशालान् ।
वस्त्रस्य रक्ता मरुदम्बुसंस्थदृष्ट्या च तद्वर्णसवर्णकस्य ॥ १ ॥

यदि जन्मपत्री में दशमेश शुक्र, भौम शत्रु ग्रह से दृष्ट हों या इत्थशाल योग करते हों या दशम में चतुर्थस्थ से दृष्ट हो तो द्रष्टा ग्रह के वर्ण तुल्य रङ्ग से वस्त्रों को रँगने वाला होता है ॥ १ ॥

---

१. मनु० जा० १५ अ० २७ श्लो० । २. मनु० जा० १५ अ० २८ श्लो० ।

अब जिस योग में जातक गर्त्तादि को खोदने वाला और नौकादि कार्य करने वाला होता है, उसे कहते हैं।

[1]भौमे कर्मदलीलदेऽस्थिखनको भूस्थेऽर्कदृष्टे मणि-
स्वर्णादेः परिखाकरो गुरुदृशा चार्केः सुरङ्गादिकृत्।
नौकर्मप्रवणश्च खे ज्ञयमयोस्तत्स्वामिदृग्युक्तयोः
सूर्यादीक्षकधातुरुन्निभबलाच्छ्रेष्ठोऽथ मध्योऽधमः ॥ १ ॥

यदि जन्मपत्री में दशमेश भौम भूमि राशियों (२।६।१०) में हो तो लोहे के गर्त को खोदने वाला, यदि दशमेश भौम, सूर्य से दृष्ट हो तो सुवर्ण व चाँदी की खानों में कार्य करने वाला, यदि गुरू से दृष्ट हो तो खाई खोदने वाला, यदि शनि से दृष्ट भौम हो तो सुरङ्ग कार्य-कर्त्ता होता है।

यदि जन्मपत्री में दशमेश बुध शनि से युक्त हो और दशमस्थ दशमेश से दृष्ट या युक्त हो तो जातक नौका के कार्य में निपुण होता है। यदि बुध शनि, सूर्य से दृष्ट हों तो राजा के उपयोग में आने वाली नौका का, यदि गुरू से दृष्ट हो तो जहाज आदि का निर्माता, यदि शनि से दृष्ट हो तो चोरों के उपयोग में आने वाली नौका का निर्माण करने वाला जातक होता है। यहाँ द्रष्टा ग्रह के आधार पर उत्तम मध्यम नौकादि का ज्ञान समझना चाहिये ॥१॥

विशेष - पुस्तक में 'खे ज्ञपदयोः' 'सन्निभबलः' यह पाठान्तर है ॥१॥

अथ घटकर्मचित्रादिकयोगाः।

अब आगे जिस योग में जातक विचित्र लोहकार होता है, उसे कहते हैं।

[2]खेऽग्नावथार्किकुजयोर्घटयत्ययो हि दृष्ट्या रवेः प्रहरणं धिषणस्य चित्रम्।
इन्दौ जले किल खनित्रिकमिन्दुराशौ पेटी सितेन्दुसितभे ज्ञदृशा कुवस्तु ॥१॥

यदि जन्मपत्री में दशमभाव में अग्नि राशि में शनि भौम हों तो जातक लोहे का कार्य करने वाला अर्थात् लोहकार, यदि शनि भौम दशम में अग्नि राशिस्थ सूर्य से दृष्ट हों तो शस्त्र बनाने वाला, यदि शनि भौम दशम में अग्नि राशिस्थ गुरू से दृष्ट हों या शनि भौम, जल राशिस्थ चन्द्रमा से दृष्ट हों तो विचित्र शस्त्र बनाने वाला, यदि शनि भौम, शुक्रराशिस्थ चन्द्रमा से दृष्ट हों या शनि भौम, चन्द्रराशिस्थ शुक्र से दृष्ट हों या शनि भौम, बुधराशिस्थ शुक्र से दृष्ट हों तो पेटी बनाने वाला और शनि भौम यदि शुक्र-राशिस्थ बुध से दृष्ट हों तो जातक विचित्र लोहे की दूषित वस्तु का निर्माण करने वाला होता है ॥१॥

विशेष—पुस्तक में 'कुजयोर्घटकर्मकोहि' 'इन्दोर्जले' 'घेटाश्रितेस्य सितभज्ञदशा सुवस्तु' यह पाठान्तर है ॥१॥

---

१. मनु० जा० १५ अ० ३० श्लो०। २. मनु० जा० १५ अ० ३१ श्लो०।

अथ वाद्यवादनयोगः।

अब आगे जिस योग में जातक बाजे बजाने वाला व नाचने वाला होता है, उसे बतलाते हैं।

[1]केन्द्रे ज्ञेन्दुकुजेषु भार्गवदृशा वीणादि केन्द्रं विना
जानीते पणवादि सौम्यसितयोर्हद्दे स्वके वा मिथः।
नृत्यज्ञोऽस्ति मृगस्थभौमधरणीसंस्थज्ञयोश्च स्वभे
शुक्रे ज्ञारयुगीक्षितेन मधुरो वर्गस्थितौ वा मिथः॥१॥

यदि जन्मपत्री में चन्द्र, भौम, बुध केन्द्र में शुक्र से दृष्ट हों तो बीणा बजाने वाला, यदि चन्द्र भौम बुध केन्द्र से भिन्न स्थान में शुक्र से दृष्ट हों तो जातक ढोल बजाने वाला, यदि बुध व शुक्र अपनी हद्दा में हों तो जातक नाचने वाला, यदि मकर राशि में चौथे भाव में बुध भौम हों तो नाचने वाला, यदि स्वराशिस्थ शुक्र, बुध भौम से दृष्ट हों तो मीठे स्वर से गान करने वाला और बुध भौम अपने वर्ग में या बुध, भौम के वर्ग में तथा भौम बुध के षड्वर्ग में हो तो नाचने वाला जातक होता है ॥१॥

विशेष—पुस्तक में 'शुक्रे चास्य युतीक्षणेन' यह पाठान्तर है ॥१॥

अथ भैषज्यसूतिकादिकर्मयोगः।

अब आगे जिस योग में जातक वैद्य व सूतिकादि कार्य करने वाला होता है, उसे कहते हैं।

[2]केन्द्रच्युतारसितयोर्भिषगिन्दुदृष्ट्या
जीवार्कभेऽवनिसुते च शशीत्थशाले।
भौमज्ञयोस्तु सितभे किल सूतिकाज्ञो
दृष्ट्यन्तरेण कुरुते शिखिशास्त्रकर्म ॥ १ ॥
दृष्ट्या सितार्कसुतयोर्वृषणार्शजार्तिहर्ता
रवेर्नयनरोगहरो विधुश्च।
तद्धातुरोगहरणो गगनस्थकर्म
खेटैः परस्परदृशा मृदितास्थिसन्धिः ॥ २ ॥

यदि जन्मपत्री में केन्द्र में भौम व शुक्र, चन्द्रमा से दृष्ट हों या पाठान्तर से द्विस्वभाव राशि में छठे भाव में पापग्रह चन्द्रमा से दृष्ट हो या दशमेश भौम, गुरु या सूर्य की राशि में चन्द्रमा से इत्थशाल योग करता हो तो जातक वैद्य होता है। यदि भौम या बुध दशमेश होकर शुक्र की राशि में चन्द्रमा से दृष्ट हो तो सूतिका कार्य का ज्ञाता वैद्य, या उक्त योग अन्य ग्रह से दृष्ट हो तो जातक रसायन बनाने वाला होता है ॥ १ ॥

विशेष—पुस्तक में 'पापः षष्ठे द्वितनुभे भिषगि'।

यदि जन्मपत्री में शनि, शुक्र से पूर्ण दृष्ट हो या शुक्र, शनि की सप्तम दृष्टि से दृष्ट हो तो जातक अण्डकोश व अर्श की बिमारी को नष्ट करने वाला वैद्य, या शुक्र, सूर्य से

१. मनु० जा० १५ अ० ३२ श्लो०। २. मनु० जा० १५ अ० ३३–३४ श्लो०।

दृष्ट हो या चन्द्रमा से दृष्ट हो तो आँखों के रोग को दूर करने वाला या दशमस्थ ग्रह से दृष्ट हो तो जातक मृदुल अस्थि (हड्डी) सन्धियों से युक्त होता है ॥ २ ॥

विशेष—पुस्तक में 'वृषणा शिशोस्तु हन्तारिभेनयनरोगहरो विधेश्च । तद्वाहरोगहरणो' मृदितास्थिसंघः' यह पाठान्तर है ॥ २ ॥

अथ भिक्षुकयोगाः ।

अब आगे जिन योगों में जातक भीख माँगने वाला होता है, उन्हें कहते हैं ।

[1]क्रूरैः केन्द्रे केन्द्रहीनैश्च सौम्यैरस्तासन्नैर्दुर्गतः स्याच्च भिक्षुः ।
पुण्येन्दुभ्यां क्रूरिताभ्यां कुजार्क्योरिन्दोर्युक्त्या खे विना सौम्यदृष्टिः ॥१॥

भौमे रिष्फगते विधौ च शनिना युक्ते कुजावेक्षिते
हीने सौम्यदृशा व्यये तु सहमेनाब्जेक्षिते क्रूरिते ।
राकादर्शपयोर्व्ययारिगतयोः पापैश्च केन्द्रस्थितै-
रिन्दोः क्रूरखगान्तरे रिपुदृशा क्रूरस्य भिक्षाटनम् ॥ २ ॥

अत्रोपयुक्तमित्थशालसहमादिकं मत्कृतहायनरत्नतो ज्ञेयम् ।

इति विशेषयोगाध्यायः ॥ ६ ॥

यदि जन्मपत्री में केन्द्र में पापग्रह हों या केन्द्र में ग्रहों का अभाव हो तो जातक दरिद्री, यदि शुभग्रह अस्तासन्न हों तो दुष्ट गति वाला भिखारी या पुण्य सहम व चन्द्रमा पापग्रह से पीडित हों या चन्द्रमा से दशम में भौम, शनि से दृष्ट हो या चन्द्रमा से दशम में शनि, भौम से दृष्ट और शुभग्रहों से अदृष्ट हो तो जातक भिखारी होता है ॥ १ ॥

यदि जन्मपत्री में बारहवें भाव में भौम पापग्रह से दृष्ट हो या चन्द्रमा शनि से युक्त तथा भौम से दृष्ट हो या बारहवें भाव में पुण्य सहमेश चन्द्रमा से व शुभग्रह से अदृष्ट हो या पूर्णिमा, अमावस्या का स्वामी छठे या बारहवें हो और केन्द्र में पापग्रह हों या चन्द्रमा पापग्रहों के मध्य में क्रूर ग्रह की शत्रु दृष्टि से दृष्ट हो तो जातक भीख माँगने वाला होता है ॥ २ ॥

विशेष—पुस्तक में 'विधौ च शशिना' 'एकादृश्यपयो' यह पाठान्तर है ॥ २ ॥

पूर्वोक्त योगों में इत्थशाल व सहमादि का ज्ञान मेरे द्वारा रचित हायनरत्न नामक ग्रन्थ से करना चाहिये ।

इस प्रकार विशेष योगों का वर्णन समाप्त हुआ ।

इति श्रीमद्दैवज्ञवर्यपण्डितदामोदरात्मजबलभद्रविरचिते होरारत्ने
नाभसयोग-विशेषयोगाध्यायः षष्ठः ॥ ६ ॥

इस प्रकार श्रीमान् दैवज्ञश्रेष्ठ पं० दामोदर जी के पुत्र पं० बलभद्र द्वारा रचित होरारत्न ग्रन्थ का नाभस व विशेष योग संज्ञक छटा अध्याय समाप्त हुआ ।

इति श्रीमथुरावास्तव्यश्रीमद्भागवताभिनवशुक पं० केशवदेवचतुर्वेदात्मजमुरलीधरचतुर्वेदकृता षष्ठाध्यायस्येन्दुमती हिन्दी व्याख्या पूर्णतां समधिगता ॥ ६ ॥

---

१. मनु० जा० १६ अ० ३–४ श्लो० ।

अथ सप्तमोऽध्यायः

अथ द्वादशभावविचारः

तत्रादौ द्वादशभावबलचक्रं लेख्यम्। तत्र सामान्यतो यो भावः स्वस्वामिना शुभैश्च युतो दृष्टो वा भवति तस्मिन् यद्विचार्यमुक्तं तस्य वृद्धिर्भवति।

यस्तु पापैर्युतदृष्टो भवति तस्य हानिर्भवति इति तदुक्तं पृथुयशसा—

यो यो भावः स्वामिदृष्टो युतो वा सौम्यैर्वा स्यात्तस्य तस्यास्तिवृद्धिः।
पापैरेवं तस्य भावस्य हानिर्दिष्टाऽया पृच्छतां जन्मतो वा॥ १॥ इति।

अत्र पूर्वोपन्यस्तभावबलेन भावस्य वृद्धिर्हानिर्वाच्या। अत्र विशेषो

गर्गजातके—

नीचस्थो रिपुगेहस्थो ग्रहो भावनिशाकृत्।
उदासीनगृहे मध्यो मित्रस्वर्क्षे त्रिकोणगः॥ २॥
स्वोच्चगश्च ग्रहोऽवश्य भाववृद्धिकरः स्मृतः।

व्ययाष्टषष्ठभावेषु वैपरीत्यमाह सत्याचार्यः—

सौम्याः पुष्टिं पापा विपर्ययं संश्रिता ग्रहाः कुर्युः।
मृत्यादिषु निधनान्त्यारिषु भावेषूत्क्रमात्फलं दद्युः॥ ३॥ इति

अब सातवें अध्याय में बारह भावों का विचार अर्थात् किस किस भाव से किन किन वस्तुओं का विचार किस रीति से होता है इसको कहते हैं।

प्रथम बारह भावों के बल चक्र को लिखना चाहिए।

प्रत्येक भाव के विचार में सामान्य नियय यह है कि जन्मपत्री में जो भाव अपने भावेश से दृष्ट या युत अथवा शुभ ग्रहों से दृष्ट या युत होता है। उस भाव से जिन-जिन पदार्थों का ज्ञान किया जाता है उनकी वृद्धि होती है और जो भाव पापग्रहों से दृष्ट या युक्त होता है उससे जिन वस्तुओं का ज्ञान होता है उनका विनाश होता है। ऐसा षट्पञ्चाशिका नामक ग्रन्थ में पृथुयश आचार्य ने कहा है उसे प्रथम कहते हैं।

जन्माङ्ग में जो-जो भाव अपने स्वामी ग्रह से दृष्ट या युक्त अथवा शुभग्रह से दृष्ट या युक्त होता है उसके फल की वृद्धि होती है और जो भाव पापग्रह से दृष्ट या युक्त होता है उस भाव के फल का नाश होता है अर्थात् फल की प्राप्ति नहीं होती है॥ १॥

इस भाव फल कथन में गर्ग जातक में जो विशेष बात बतलाई अब उसे कहते हैं।

गर्ग जातक में कहा है कि नीच राशि में व शत्रुग्रह की राशि में भावस्थ ग्रह होने पर उस भाव के फल का विनाश करता है व समग्रह की राशि में मध्यम फल प्रदान करता है और मित्र, अपनी, मूलत्रिकोण एवं उच्च राशि में स्थित ग्रह भाव फल की वृद्धि करता है॥ २॥

श्रीसत्याचार्य जी ने बारहवें, छठे, आठवें भाव में ग्रह का विपरीत फल होता है, ऐसा कहा है अब उसे बतलाते हैं।

श्रीसत्याचार्य जी का कथन है कि भावस्थ शुभग्रह भाव फल की वृद्धि और पापग्रह भाव फल का विनाश करते हैं किन्तु आठवें, बारहवें और छठे भाव में स्थित ग्रह उत्क्रम से फल देते हैं अर्थात् त्रिकस्थ शुभग्रह भाव जन्य फल की अवृष्टि और त्रिकस्थ पापग्रह भाव जन्य फल की वृद्धि करते हैं ॥ ३ ॥

अत्रादौ तनुभावविचारः। तत्र भावे किं विचारणीयमित्युक्तं

जातकाभरणे—

रूपं तथा वर्णविनिर्णयश्च चिह्नानि जातिर्वयसः प्रमाणम्।
सुखानि दुःखान्यपि साहसञ्च लग्ने विलोक्यं खलु सर्वमेतत् ॥ ४ ॥

सारावल्याम्—

[1]पश्यन् ग्रहः स्वलग्नं सर्वं विदधाति सौख्यमर्थञ्च।
प्रायो नृपप्रियत्वं पापः पापं शुभोऽपि शुभम् ॥ ५ ॥
एकेनापि शुभेन न च पापैरिष्यते बहुभिः।
[2]स्त्रीणां वश्यः सुभगो दाक्षिण्यमहोदधिः प्रचुरमित्रश्च ॥ ६ ॥
चन्द्रेक्षिते विलग्ने मार्दवजलपण्यभाग्भवेज्जातः।
गुरुबुधशुक्रैर्लग्ने निरीक्षिते भवति सज्जनः पुरुषः ॥ ७ ॥
आर्यो विज्ञस्त्यागी नृपप्रसादेन लब्धसुखनिचयः।
[3]साहससङ्ग्रामरुचिश्चण्डः स्फुटवाक् न चातिधर्मरतः ॥ ८ ॥
उदये कुजसंदृष्टे भवति नरः स्थूललिङ्गश्च।
[4]भाराध्वरोगतप्ताः कुत्सितरमणीयुता विशुभाः ॥ ९ ॥
मन्देक्षिते विलग्ने मलिना मूर्खाश्च जायन्ते।
स्वर्भानुना च दृष्टे लग्ने पुरुषो भवेत्क्रूरः ॥ १० ॥
वातव्याधिसमेतो नेत्रगदैः पीडितश्चैव।
[5]सर्वैर्गगनभ्रमणैर्दृष्टे लग्ने भवेन्महीपालः ॥ १० ॥
बलिभिः समस्तसौख्यो विगतभयो दीर्घजीवी च।
[6]लग्ने त्रयोऽपि गदशोकविवर्जितानां
कुर्वन्ति जन्मशुभदाः पृथिवीपतीनाम्।
पापास्तु रोगभयशोकपरिप्लुतानां
जन्मप्रदाः सकललोकतिरस्कृतानाम् ॥ १२ ॥

---

१. सारा० ३४ अ० ८ श्लो०। २. सार ० ३४ अ० २ श्लो०।
३. सारा० ३४ अ० ३ श्लो०। ४. सारा० ३४ अ० ७ श्लो०।
५. सारा० ३४ अ० ११ श्लो०। ६. सारा० ३४ अ० १२ श्लो०।

[1]लग्नात्षष्ठमथाष्टमं यदि शुभाः पापैश्च युक्तेक्षिता
मन्त्री दण्डपतिश्च भूपतिरपि स्त्रीणां बहूनां पतिः।
दीर्घायुर्गदवर्जितो गतभयो लग्नाधिपो वा भवेत्
सच्छीलो यवनाधिराज कथितो जातः पुमान् सौख्यभाक् ॥१२॥
स्वगृहोच्चसौम्यवर्गे ग्रहः फलं पुष्टमेव विदधाति।
नीचार्करिपुगृहस्थो विगतफलः कीर्तितो मुनिभिः ॥१४॥

अथ शरीराकारादि ज्ञानम्। तत्र वराहः[2]—

लग्ननवांशपतुल्यतनुः स्याद् वीर्ययुतग्रहतुल्यतनुर्वा।
चन्द्रसमेतनवांशपवर्णः कादि विलग्नविभक्तभगात्रः ॥१५॥

अस्यार्थः। जन्मकाले यद्राशिनवांशो भवति तस्य यो ग्रहः स्वामी तस्य ग्रहयोनिभेदेध्याये यादृशं स्वरूपं निरूपितं तत्स्वरूपो जातो भवति।

अथवा सर्वापेक्षया यो ग्रहः सबलस्तदाकारो भवति। अयञ्च पक्षो नवांशराशेर्निर्बलत्वे। चन्द्रसमेति। चन्द्रो यद्राशिनवांशे भवति तत्स्वामिनो यो वर्णस्तादृशो वर्णः जातस्य भवति। अयञ्च जातिकुलदेशान् बुध्वा वक्तव्म्। यथा काश्मीरे बहुधा गौराः हवसदेशे श्यामा एव भवन्ति तदुक्तं सूक्ष्मजातके—

'बलिनः सदृशी मूर्तिर्बुध्वा वा जातिकुलदेशान्'

कादीति। कादिषु शीर्षमुखाद्यङ्गेषु विलग्नाद्विभक्तानि भानि यस्मिन् तादृशं गात्रं यस्येति। तद्यथा। लग्नं शिरः लग्नाद् द्वितीयो राशिर्वक्त्रं, तृतीयो बाहुरित्यादिकालपुरुषाङ्गक्रमेणैव लग्नादीनां पुरुषाङ्गे विभागो बोध्यः। प्रयोजनञ्च यत्राङ्गे अल्पप्रमाणराशावल्पराश्यधिपो ग्रहो भवति स तदाङ्गान्यल्पत्वकृद्भवति। दीर्घराशौ दीर्घराश्यधिपो ग्रहो भवति तदङ्गस्य दीर्घत्वं भवति। दीर्घराश्यधिपोऽल्पराशिव्यवस्थितो यदि तदा तदङ्गस्य मध्यत्वकृत्। अल्पराश्यधिपो यदि दीर्घराशौ व्यवस्थितस्तदापि तदङ्गमध्यत्वकृत्। यदि च तत्र बहवो ग्रहास्तदा बलवद्ग्रहवशान्निर्णयः। यदि च न कोऽपि ग्रहस्तदा राशिप्रमाणमेवाङ्गं वाच्यमिति।

अब आगे प्रथम भाव के विचार को कहते हैं। पूर्व में जातकाभरण के आधार पर लग्न भाव से किन किन वस्तुओं का विचार होता है इसे बताते हैं।

जातकाभरण नामक ग्रन्थ में कहा है कि लग्न से मनुष्य के रूप, वर्ण (रङ्ग) चिन्ह, जाति, अवस्था, सुख, दुःख और साहस का विचार करना चाहिये ॥ ४ ॥

सारावली में कहा है कि यदि जन्म के समय में कोई भी ग्रहलग्नस्थ अपनी राशि को देखता हो तो जातक समस्त सुखों को प्राप्त करने वाला, धनी और प्रायः राजा

१. सारा० ३४ अ० १३ श्लो०। २. बृ० जा० ५ अ० २३ श्लो०।

का प्रिय होता है। यदि लग्न शुभग्रह से दृष्ट हो तो शुभ फल और पापग्रह से दृष्ट हो तो अशुभ फल होता है ॥ ५ ॥

यदि एक भी शुभ ग्रह से दृष्ट लग्न हो तो शुभ फल अर्थात् अभीष्ट की सिद्धि होती है और अधिक पाप ग्रहों से दृष्ट लग्न अशुभ फलदायी या यों समझिये इष्ट फलदायक नहीं होता है।

यदि जन्म लग्न, चन्द्रमा से दृष्ट हो तो जातक स्त्रियों के वशीभूत सुन्दर भाग्यवान्, चतुरता का समुद्र अर्थात् परम चतुर, अधिक मित्रों से युक्त, सरल स्वभाव का और जल का व्यवसायी होता है ॥६–६½ ॥

विशेष—प्रकाशित सारावली में 'प्रचुरकोशः' 'पण्यवान्' यह पठान्तर है ॥६–६½॥

यदि जन्म के समय में लग्न, गुरू शुक्र, बुध से दृष्ट हो तो जातक सज्जन, श्रेष्ठ, विद्वान्, त्यागी, राजा की कृपा से सुखों को प्राप्त करने वाला होता है ॥ ६½–७½ ॥

यदि जन्म के समय में लग्न, भौम से दृष्ट हो तो जातक साहसी, युद्ध में इच्छा रखने वाला, उग्र, स्पष्ट वक्ता, अधिक धर्म में अनासक्त और स्थूल लिङ्गधारी होता है ॥७½-८½॥

विशेष—प्रकाशित सारावली में 'स्फुटबान्धवोऽतिधर्मरतः' 'स्थूलशोफश्च' यह पाठान्तर प्राप्त है। तथा बुध, गुरू, शुक्र की दृष्टि के फल भी पृथक् पृथक् उपलब्ध होते हैं ॥७½–८½॥

यदि जन्म के समय लग्न, शनि से दृष्ट हो तो जातक वजन व मिर्गी रोग से पीडित, दूषित स्त्री से युक्त, अशुभी, मलिन व मूर्ख होता है ॥८½–९½॥

विशेष—प्रकाशित सारावली में 'क्रुद्धवृद्धस्त्रिया युता विसुखाः' यह पठान्तर प्राप्त है ॥८½–९½॥

यदि जन्म के समय में लग्न, राहु से दृष्ट हो तो जातक क्रूर, वायुरोग से युक्त और आंख की बीमारी से पीडित होता है।

यदि जन्म के समय में बली समस्त ग्रहों से लग्न दृष्ट हो तो जातक समस्त सुखों से युक्त, निर्भीक, दीर्घायु राजा होता है ॥९½–११॥

अब आगे लग्नस्थ तीन शुभ व पापग्रह के फल को बताते हैं।

यदि जन्म के समय में तीन शुभ ग्रह लग्न में हों तो जातक रोग व शोक से हीन राजा होता है। यदि तीन पापग्रह लग्न में हों तो जातक रोग, शोक, भय से व्याप्त और समस्त जनों से तिरस्कृत होता है ॥१२॥

विशेष—प्रकाशित सारावली में 'त्रयो विगतशोकविवर्द्धितानां' 'बह्वाशिनां सकल' यह पठान्तर प्राप्त है ॥१२॥

अब आगे लग्न से ६,८ में स्थित शुभग्रह, पापग्रह से दृष्ट व युक्त होने पर जो फल होता है, उसे कहते हैं।

यदि जन्म के समय में छठे, सातवें, आठवें भाव में शुभ ग्रह या लग्नेश पापग्रह से दृष्ट या युक्त हो तो जातक सचिव, न्यायाधीश, राजा, अधिक स्त्रियों का पति, दीर्घायु,

रोग से रहित, निर्भीक, सुशील और सुखी होता है। ऐसा यवनाधिराज का कथन है ॥१३॥

विशेष—प्रकाशित सारावली में 'लग्नात्षष्ठमदाष्टमे' 'पापैर्न युक्तेक्षिता:' 'क्षितेरधिपति:' 'लग्नाधियोगे भवेत्' यह पठान्तर प्राप्त है ॥१३॥

अब आगे लग्नस्थ ग्रह के फल कथन में विशेष ध्यान देने योग्य बात को बताते हैं।

यदि जन्म के समय में लग्नस्थ ग्रह अपनी राशि में या उच्च राशि में या शुभ ग्रह के वर्ग में हो तो पूर्ण फल प्रदान करता है।

यदि लग्नस्थ ग्रह नीच राशि में या अस्त या शत्रु की राशि में हो तो फल देने में असमर्थ होता है ॥ १४ ॥

विशेष—प्रकाशित सारावली में—'नीचर्क्षरिपुगृह' यह पाठान्तर प्राप्त है ॥ १४ ॥

अब आगे जातक के शरीर का आकारादि कैसा होना चाहिये, इसे वराहमिहिरोक्त बृहज्जातक के वाक्य से कहते हैं।

जन्मकाल के समय जिस राशि का नवांश लग्न में हो उस राशि के स्वामी ग्रह के समान ग्रह योनि भेदाध्याय में कथित उसके स्वरूप के समान जातक का स्वरूप होता है।

अथवा जन्माऽङ्ग में जो सबसे बली ग्रह हो उसके समान जातक का स्वरूप होता है। यह पक्ष उसी समय ग्रहण करना चाहिये जब कि नवांश राशि निर्बल हो।

वर्ण—जन्म के समय में चन्द्रमा जिस राशि के नवांश में हो उस राशि का जो स्वामी ग्रह हो उसके वर्ण के समान जातक का रङ्ग होता है। वर्ण का ज्ञान जाति व कुल देश को जानकर करना चाहिये। जैसे काश्मीर देश में अक्सर गौर (सफेद) रङ्ग के और हवस देश में प्राय: काले रङ्ग के मनुष्य ही होते हैं।

आचार्य वराह ने लघु जातक में कहा है कि जन्म के समय में जाति, कुल व देश को जानकर बलवान् ग्रह के तुल्य जातक का वर्ण कहना चाहिये।

आगे वर्णित श्लोक के अनुसार मस्तकादि अङ्गों में लग्नादि राशियों द्वारा विभाजित जातक के अवयवों को जानकर उन अङ्गों का फल कहना चाहिये। इस अङ्ग विभाग का यह मतलब है कि शीर्षादि स्थान में जिस स्थान में अल्प प्रमाण राशि हों या अल्प प्रमाण राशि का स्वामी ग्रह हो वह जातक का अवयव छोटा होता है। यदि दीर्घ राशि में दीर्घ राशि का स्वामी ग्रह जिस अवयव में स्थित हो वह अवयव जातक का बड़ा होता है।

यदि दीर्घ राशि का स्वामी ग्रह अल्प राशि में स्थित हो या अल्प राशि का स्वामी ग्रह दीर्घ राशि में हो तो वह मध्यम होता है अर्थात् न छोटा न बड़ा होता है। यदि एक राशि में अधिक ग्रह हों तो उनमें जो बली हो उसके आधार पर अङ्ग का ज्ञान करके कहना चाहिये। यदि किसी राशि में कोई ग्रह न हो तो राशि के प्रमाणवश ही उस अवयव को जानना चाहिये ॥ १५ ॥

अथ व्रणचिह्नज्ञानम् ।

तत्र वराहः—

कं दृक्छ्रोत्रनसाकपोलहनवो वक्त्रञ्च होरादय-
स्ते कण्ठांसकबाहुपार्श्वहृदयक्रोडानि नाभिस्ततः ।
वस्तिः शिश्नगुदे ततश्च वृषणावूरू ततो जानुनी
जङ्घाङ्घ्रीत्युभयत्र वाममुदितं द्रेष्काणभागैस्त्रिधा ॥ १६ ॥
तस्मिन् पापयुते व्रणः शुभयुते दृष्टे च लक्ष्मादिशेत्
स्वर्क्षांशस्थिरसंयुते तु सहजः स्यादन्यथागन्तुकः ।
मन्देऽश्मानिलजोऽग्निशस्त्रविषजो भौमे बुधे भूभुवः
[1]सूर्ये काष्ठचतुष्पदेन हिमगौ शृङ्ग्यब्जजोऽन्यैः शुभम् ॥ १७ ॥

अत्रेदं तात्पर्यं त्रिंशदंशात्मकस्य लग्नस्य हि त्रयो द्रेष्काणाः । तत्र प्रथमद्रेष्काणे उदयति लग्नादिद्वादशभावक्रमेण मस्तकाद्यङ्गविभागः ।

तद्यथा—लग्नराशिः कं शिरः, लग्नाद्द्वितीयद्वादशे दृशौ नेत्रे, तृतीयैकादशे श्रोत्रे, चतुर्थदशमे नासिके, पञ्चमनवमे कपोलौ, षष्ठाष्टमौ हनू , सप्तमो वक्त्रम् । एवं द्वितीये द्रेष्काणे उदयति कण्ठाद्यङ्गविभागः । तद्यथा—

लग्नं कण्ठं, द्वितीयद्वादशौ स्कन्धौ, तृतीयैकादशे बाहू, चतुर्थदशमौ पार्श्वे, पञ्चमनवमौ हृदयं, षष्ठाष्टमौ उदरभागौ, सप्तमो नाभिरिति ।

अथ तृतीयद्रेष्काणे उदयति वस्त्याद्यङ्गविभागः । तद्यथा—

लग्नं वस्तिर्नाभ्यधोभागः, द्वितीयद्वादशौ शिश्नगुदौ शिश्नगुदयोर्दक्षिणभागो द्वितीयः, द्वादशो वाम इति, तृतीयैकादशौ वृषणौ, चतुर्थदशमावूरू, पञ्चमनवमौ जानुनी, षष्ठाष्टमौ जङ्घे, सप्तमः पादद्वयम् ।

वामदक्षिणाङ्गज्ञानार्थमाह—वाममुदितैरिति । सप्तमभावस्यानुदितांशमारभ्य लग्नोदितभोग्यं यावद्वामाङ्गविभागः, अर्थादेवापरार्धे दक्षिणोऽङ्गविभागः । तद्यथा—पूर्वं द्वितीयद्वादशभावौ दृशौ तत्र द्वितीयदक्षिणाङ्गविभागे सत्त्वात् । द्वितीयो दक्षिणा दृक् द्वादशस्य वामाङ्गविभागे सत्त्वाद् द्वादशो वामदृगेवमग्रे श्रोत्रादीनां वामदक्षिणाङ्गविभागो ज्ञेयः ।

एतस्याङ्गविभागस्य प्रयोजनमाह—तस्मिन् पापयुत इत्यादि । आगन्तुको व्रणस्तु यद्ग्रहकृतो भवति तादृशो व्रणस्तद्ग्रहदशायां वाच्य इति ज्ञेयम् ।

---

१. बृ० जा० ५ अ० २४–२५ श्लो० ।

अथ व्रणज्ञानम्—

[1]समनुपतिता यस्मिन् भागे त्रयः स बुधा ग्रहा
भवति नियमात्तस्यावाप्तिः शुभेष्वशुभेषु वा।
व्रणकृदशुभः षष्ठो देहे तनोर्भसमाश्रिते
तिलकमशकृद् दृष्टः सौम्यैर्युतश्च सलक्ष्मवान् ॥ १८ ॥

अथान्यद्व्रणचिह्नज्ञानं जातकमुक्तावल्याम्—

लग्नात्सप्तमगो भौमः शुक्रो वापि बृहस्पतिः।
चिन्हं मूर्ध्नि स्थितं ज्ञेयं जातकस्य न संशयः ॥ १९ ॥
यदा शुक्रोऽथवा भौमो लग्नस्थोऽपि निशाकरः।
द्वादशाब्दे भवेत्तस्य मस्तके वह्निदर्शनम् ॥ २० ॥
अष्टमेऽपि यदा राहौ शुक्रो वापि तनुस्थितः।
वामकर्णे भवेत्तस्य चिन्हं लग्नाद्विनिश्चितम् ॥ २१ ॥
जायास्थाने यदा राहुर्मन्त्री वापि तनुस्थितः।
वामे भुजे भवेच्चिन्हं लग्नाच्चैव यथाक्रमम् ॥ २२ ॥
द्वादशाष्टमगः शुक्रो मन्त्री च तनुसंस्थितः।
बाह्वोश्चिन्हं विजानीयाज्जन्मलग्नाद्विचक्षणः ॥ २३ ॥
त्रिषडायगते भौमे शुक्रो वापि व्यवस्थितः।
वामपार्श्वे भवेच्चिन्हं भुजदेशसमीपतः ॥ २४ ॥
बुधे मन्दे भवेल्लग्ने कर्मगे वा दिवाकरे।
दक्षिणे पार्श्वके तस्य चिन्हं ज्ञेयं परिस्फुटम् ॥ २५ ॥
कुजे सौम्येऽथवा लग्ने राहुः षष्ठत्रिकोणगः।
लिङ्गे गुदे भवेच्चिन्हं तिलमाषादिकं स्फुटम् ॥ २६ ॥
त्रिकोणेऽपि भवेच्छुक्रो जीवे सौम्ये मृतिस्थिते।
पाताले हिबुके मन्दे कुक्षौ चिन्हं समादिशेत् ॥ २७ ॥
धनस्थाने यदा शुक्रे त्वष्टमेऽपि दिवाकरे।
कर्मगौ राहुमन्दौ चेन्नाभौ चिन्हं समादिशेत् ॥ २८ ॥
कर्मगोऽपि यदा मन्त्री द्वितीयेऽपि निशाकरः।
सहजे शुक्रराहुभ्यां कट्यां चिन्हं समादिशेत् ॥ २९ ॥
व्ययस्थाने यदा मन्त्री बुधोऽपि त्रिषडायगः।
धर्मस्थाने निशानाथे गुदे गोलकमादिशेत् ॥ ३० ॥
पाताले शुक्रराहुभ्यां कुजे मन्दे तनुस्थिते।
गुल्फयोः पादबाहुभ्यां मत्स्यचिन्हं समादिशेत् ॥ ३१ ॥

---

१. बृ० जा० ५ अ० २६ श्लो०।

यवनः—

पापो यदा नीचगतो विलग्ने स्वभावसंस्थः शुभवर्जितश्च।
स्याच्छ्याभदन्तःपुरुषोऽत्र जातः क्रियाविहीनः पिशुनस्वभावः॥३२॥
धनस्थिते भूतनये सुखस्थे सौरे व्ययस्थेऽरिनवांशसंस्थे।
उन्मत्तरूपोऽत्र भवेन्मनुष्यो सर्वत्र निन्द्यः कृतविस्मृतिश्च ॥३३॥
सूर्यस्त्रिकोणे यदि भूमिपुत्राच्छनैश्चरे सौम्यगृहाश्रिते च।
तदा मनुष्यस्तु सुदीर्घजानुर्विरूपदेहः प्रियसाहसश्च ॥३४॥
व्रणार्चिताङ्गः सततं विरूपः प्रजावियुक्तः पिशुनस्वभावः।
शनैश्चरे मृत्युगते व्ययस्थे भौमे भवेत्पापरतो मनुष्यः ॥३५॥
सौम्ये विलग्ने शुभनेत्रवक्त्रः शुभांसवक्षाः शुभजे नवांशे।
चन्द्रस्य होरा शुभबाहुधात्री त्रिंशांशकः सौम्यभवः सुशीलः॥ ३६ ॥
सूर्यांशके सौम्यसमुद्भवे च नरो भवेच्छोभनजानुपार्श्वः।
लग्नं शुभालोकितमिश्रवीर्यमोजो विधत्ते सततं नराणाम्॥ ३७ ॥

अब आगे जातक के शरीर के किस अङ्ग में व्रण (घाव) तिल मसकादि हैं। इसका ज्ञान करने के लिये शरीर के तीन प्रकार से विभाग करके उनकी स्थिति वश तिल, व्रणादि को जानना चाहिए। प्रथम वराहमिहिरोक्त बृहज्जातक के वाक्य से द्रेष्काण वश शरीर के अवयवों को बतलाते हैं।

एक राशि में तीस अंश होते हैं और दश दश अंश का एक द्रेष्काण होता है। इसलिये यदि कुण्डली में लग्न में प्रथम द्रेष्काण हो तो जातक के मस्तक का विचार लग्न से, दूसरे से दाहिनी आँख व बारहवें से बाँयी आँख का, तीसरे ग्यारहवें भाव से कानों का, चौथे दशवें भाव से नासिका पुटों का, पाँचवें नवें भाव से गालों का, छठे आठवें भाव से हनु अर्थात् ठोड़ी का और सातवें भाव से मुख का विचार करना चाहिए या यों समझिये लग्न में प्रथम द्रेष्काण होने पर जातक के शरीर के विभाग ये होते हैं।

यदि लग्न में दूसरा द्रेष्काण हो तो लग्न से कण्ठ में, दूसरे बारहवें से कन्धाओं में, तीसरे ग्यारहवें से हाथों में, चौथे व दशवें से बगल में, पाँचवें व नवें से हृदय में, छठे व आठवें से घुटनाओं में और सप्तम भाव से पैर में चिह्न का ज्ञान करना चाहिये।

यदि लग्न में तीसरा द्रेष्काण हो तो लग्न राशि वस्ति (नाभि व लिङ्ग का मध्य भाग), २,१२, लिङ्ग गुदा, ३,११, पोता, ४,१०, ऊरू, ५,९ जानु, ६,८ जङ्घा और सप्तम दोनों पैर समझ कर तिलादि का निर्णय करना चाहिये। इस प्रकार तीनों द्रेष्काण वश अवयवों की शुभाशुभता का विचार करके आदेश करना चाहिये। इसमें सप्तम भाव के भोग्यांश से लग्न के भुक्तांश तक बाम और लग्न के भोग्यांश से सप्तम के भुक्तांश तक शरीर का दक्षिण भाग समझना चाहिये॥ १६ ॥

इस शरीर के विभागों का क्या मतलब होता है, इसे बताते हैं।

द्रेष्काण विभाग वश जिस अङ्ग में पापग्रह हों उसमें चोट या घाव होता है। यदि पापग्रह शुभग्रह से दृष्ट या युक्त हो तो तिल मसादि होता है। यदि वह तिल मसादि करने वाला ग्रह अपनी राशि अपने अंश में हो अथवा स्थिर राशि में या स्थिर राशि के नवांश में हो तो उस अङ्ग में तिल मसा आदि चिह्न जन्म से ही होता है। यदि ऐसा न होकर इसके विपरीत हो तो भविष्य में अर्थात् पीछे चिह्न होगा। ऐसा सझमना चाहिये। यदि व्रण करने वाला शनि ग्रह हो तो पत्थर से या वायु जन्य रोग से, यदि भौम व्रण करने वाला हो तो अग्नि से या शस्त्र से या विष से चिह्न होगा। यदि बुध हो तो भूमि में गिरने से या मिट्टी मारने से, सूर्य हो तो काष्ठ से या पशु से, चन्द्रमा हो तो सींग वाले या जल जन्तु से व्रणादि होते हैं। गुरू शुक्र शुभ होते हैं व्रण कारक नहीं होते हैं ॥ १७ ॥

अब आगे घाव के ज्ञान को बतलाते हैं।

यदि कुण्डली में वाम वा दक्षिण जिस विभाग में बुध के साथ तीन ग्रह हों उस अङ्ग में अवश्य चिह्न होता है। उन ग्रहों में भी जो विशेष बली अर्थात् सबसे बलवान् हो उसकी दशा में व्रणादि चिन्ह कहना चाहिये।

यदि छठे भाव में कोई पाप ग्रह हो तो पूर्वोक्त काल पुरुष के शरीर विभाग के आधार पर उस भाव में जो अवयव हो उस शरीरावयव में चिह्न समझना चाहिए। यहाँ भी षष्ठस्थ पापग्रह यदि स्थिर राशि व स्थिर राशि नवांश में या अपनी राशि या अपने नवांश में हो तो जन्म से अन्यथा पीछे व्रणादि का चिह्न होता है। यदि पापग्रह शुभग्रह से दृष्ट हो तो तिल या मसा और पापग्रह शुभग्रह से युक्त हो तो लहसन होता है ॥ १८ ॥

अब आगे व्रण चिह्नों का ज्ञान जातक मुक्तावली नामक ग्रन्थ के आधार पर कहते हैं।

यदि कुण्डली में लग्न से सप्तम भाव में भौम वा शुक्र वा गुरू हो तो जातक के मस्तक में अवश्य चिन्ह होता है ॥ १९ ॥

यदि कुण्डली में लग्न में शुक्र वा भौम वा चन्द्रमा हो तो जातक के मस्तक में बारहवें वर्ष में अग्नि से चिह्न होता है ॥ २० ॥

यदि कुण्डली में लग्न से अष्टम भाव में राहु और लग्न में शुक्र हो तो जातक के बायें कान में अवश्य चिह्न होता है ॥ २१ ॥

यदि कुण्डली में लग्न से सप्तम में राहु और लग्न में गुरू हो तो जातक के बायें हाथ में चिह्न होता है ॥ २२ ॥

यदि कुण्डली में लग्न से बारहवें या आठवें भाव में शुक्र और लग्न में गुरू हो तो जातक के हाथों में चिह्न होता है ॥ २३ ॥

यदि कुण्डली में तीसरे या छठे या ग्यारहवें भौम हो और भौम के साथ शुक्र हो तो जातक की बायीं बगल में हाथ के समीप चिह्न होता है ॥ २४ ॥

यदि कुण्डली में बुध शनि लग्न में हो या सूर्य दशम में हो तो दाहिनी बगल में जातक के चिन्ह होता है ॥२५॥

यदि कुण्डली में लग्न में भौम या बुध हो और राहु छठे या पांचवें या नवें हो तो जातक के लिङ्ग या गुदा में तिल मसादि का चिन्ह होता है ॥२६॥

यदि कुण्डली में पाँचवें या नवें भाव में शुक्र और गुरू व बुध अष्टम में तथा सप्तम या चौथे भाव में शनि हो तो जातक के पेट में चिन्ह होता है ॥२७॥

यदि कुण्डली में दूसरे भाव में शुक्र व अष्टम में सूर्य और दशम भाव में राहु शनि हों तो जातक की नाभि में चिन्ह होता है ॥२८॥

यदि कुण्डली में दशम भाव में गुरू व दूसरे में चन्द्रमा और तीसरे भाव में शुक्र व राहु हों तो जातक की कमर में चिन्ह होता है ॥२९॥

यदि कुण्डली में बारहवें भाव में गुरू व तीसरे छठे ग्यारहवें भाव में बुध और नवम भाव में चन्द्रमा हो तो जातक की गुदा में चिन्ह होता है ॥३०॥

यदि कुण्डली में चतुर्थ भाव में शुक्र राहु व लग्न में भौम शनि हों तो जातक के टकुना में या पैर वा हाथों में मछली का चिन्ह होता है ॥३१॥

अब आगे यवनाचार्य जी द्वारा कथित चिन्ह योगों को बताते हैं।

यदि कुण्डली में लग्नस्थ पापग्रह नीच राशि में शुभ ग्रह से रहित हो तो जातक काले दांत वाला, कर्त्तव्यहीन और चुगलखोर होता है ॥३२॥

यदि कुण्डली में दूसरे भाव में भौम व चौथे में शनि, या बारहवें में शत्रु के नवांश में हो तो जातक पागल, सब जगह निन्दनीय और स्मरण शक्ति से हीन होता है ॥३३॥

यदि कुण्डली में भौम से पाँचवें या नवें भाव में सूर्य हो और शनि, बुध की राशि में हो तो जातक लम्बी जानु वाला, स्वरूपहीन और साहस प्रेमी होता है ॥३४॥

यदि कुण्डली में अष्टम भाव में शनि और बारहवें भाव में भौम हो तो जातक घाव युक्त, निरन्तर स्वरूपहीन, सन्तान से रहित, चुगलखोर और पाप में अनुरक्त होता है ॥३५॥

यदि कुण्डली में शुभग्रह के नवांश में बुध लग्न में हो तो जातक की आँख, मुख, कन्धा और छाती सुन्दर होती हैं।

यदि लग्न में चन्द्रमा की राशि हो तो हाथ व घाय शुभ तथा बुध का त्रिशांश हो तो जातक सुशील होता है ॥३६॥

यदि कुण्डली में बुध के द्वादशांश में लग्न हो तो जातक की जानु व पसुली सुन्दर होती है। यदि शुभग्रह से दृष्ट लग्न हो तो जातक अभीष्ट पराक्रमी व ओजस्वी होता है ॥३७॥

गर्गः—

प्रचण्डरूपो विकलेक्षणश्च भवेन्निशान्धः किल बुद्बुदाक्षः।
कण्ठे ग्रहः स्यान्मदरक्तनेत्रो रवौ तनुस्थे रुधिरेक्षणः स्यात् ॥३८॥

पूर्णे शीतकरे लग्ने सुरूपो धनवान्मृदुः।
असंपूर्णे तु मलिनो मन्दवीर्यो भवेत्सदा ।।३९।।
गोमेषकर्कटे लग्ने चन्द्रस्थे रूपवान् धनी।
जडता व्याधिदारिद्र्यं शेषर्क्षे कुरुते शशी ।।४०।।
गुदरोगी बृहन्नाभिः कुब्जं कुष्ठादिसंयुतः।
मध्यदेशे भवेद्व्यङ्गः स वाच्यो लग्नगे कुजे ।।४१।।
सुमूर्तिर्निपुणः शान्तो मेधावी च प्रियंवदः।
विद्वान् दयालुरत्यर्थं विना क्रूरे बुधे तनौ ।।४२।।
कविः सुगीतः प्रियदर्शनः शुचिर्दाताथ भोक्ता नृपपूजितश्च।
सुखी च देवार्चनतत्परश्च धनी भवेद्देवगुरौ तनुस्थे ।।४३।।
वाचालः सत्यशीलाढ्यो विनीतो गीततत्परः।
काव्यशास्त्रविनोदी च धार्मिको लग्नगे भृगौ ॥ ४४ ॥
कण्डूतिदुर्नामकफप्रवृत्तिर्लग्ने शनौ स्यात्सततं नराणाम्।
हीनाधिकाङ्गत्वमथ प्रदेशे कालान्तरे वातगदः सदैव ॥ ४५ ॥
सर्वाङ्गरोगी विकलः कुमूर्तिः कुचैलधारी कुनखी कुकर्मा।
अधार्मिकः साहसकर्मदक्षो रक्तेक्षणश्चन्द्ररिपौ तनुस्थे ॥ ४६ ॥
राहौ लग्नगते जातः सक्षयो यत्र कुत्रचित्।
सिंहकर्किणि मेषे च स्वर्णलाभाय मङ्गलः ॥ ४७ ॥
यस्य लग्नोपगः केतुस्तस्य भार्या विनश्यति।
बहुरोगस्तथा व्याधिर्मिथ्यावादी च जायते ॥ ४८ ॥
तुलाकोदण्डमीनानां लग्नसंस्थः शनैश्चरः।
करोति भूपतिं जातमन्यराशौ गतायुषम् ॥ ४९ ॥

इति चिह्नज्ञानम्।

अब आगे गर्गोक्त वाक्यों से लग्नस्थ ग्रहों के फल को बताते हैं।

सूर्य—यदि जन्म के समय में लग्न में सूर्य हो तो जातक प्रचण्ड स्वरूप, अशान्त आँख वाला, रात्रि में अन्धा, बुदबुद (पुनः पुनः खुलने व मूँदने वाले) नेत्र वाला, कण्ठ में पीड़ा वाला, नशे से लाल आँख वाला और क्रोध भरी लाल आँखों से युक्त होता है ।। ३८ ।।

चन्द्रमा—यदि जन्म के समय में लग्न में परिपूर्ण चन्द्रमा हो तो जातक स्वरूपवान्, धनी, सरल और अपूर्ण चन्द्रमा लग्नस्थ हो तो जातक दूषित और अल्प पराक्रमी होता है ।। ३९ ।।

यदि लग्नस्थ चन्द्रमा मेष या वृष या कर्क राशि में हो तो जातक रूपवान् और धनी शेष राशियों में चन्द्रमा हो तो जातक मूर्ख, रोगी और दरिद्री होता है ॥ ४० ॥

भौम—यदि जन्म के समय में लग्न में भौम हो तो जातक गुदा का रोगी, बड़ी नाभि वाला, कुबड़ा, कोढ़ से युक्त और कमर में भग्नता से युक्त होता है ॥ ४१ ॥

बुध—यदि जन्म के समय में लग्न में बुध हो तो जातक सुन्दर स्वरूप वाला, चतुर, शान्त, बुद्धिमान्, मीठा बोलने वाला, विद्वान् और बड़ा दयालु होता है। यह फल क्रूर ग्रह से अयुक्त होने पर होता है ॥ ४२ ॥

गुरू—यदि जन्म के समय में लग्न में गुरू हो तो जातक कवि, सुन्दर गायक, प्रियदर्शन अर्थात् खूबसूरत, पवित्र, दानी, भोगी, राजा से पूजित, सुखी, देवता के पूजन में अनुरक्त और धनी होता है ॥ ४३ ॥

शुक्र—यदि जन्म के समय में लग्न में शुक्र हो तो जातक वाचाल, सत्य व शीलता से युक्त, विनम्र, गाने में आसक्त, काव्य व शास्त्र का प्रेमी और धर्मात्मा होता है ॥ ४४ ॥

शनि—यदि जन्म के समय में लग्न में शनि हो तो जातक बुरे नाम वाले खुजली के रोग से युक्त, सदा कफ प्रकृति, अधिक या हीनता से युक्त शरीर सन्धि वाला और कालान्त में वायु रोग से युक्त होता है ॥ ४५ ॥

राहु—यदि जन्म के समय में लग्न में राहु हो तो जातक समस्त शरीर के अवयवों का रोगी, अशान्त, कुरूप, गन्दे वस्त्र धारण करने वाला, दूषित नखधारी, कुकर्मी, अधार्मिक, साहस के कार्यों में चतुर और लाल दृष्टि वाला होता है ॥ ४६ ॥

अब आगे लग्नस्थ ग्रहों के फल में विशेष बात बताते हैं।

यदि जन्म के समय लग्न में राहु हो तो जातक जहाँ कहीं भी संग्रही होता है ॥ ४७ ॥

यदि सिंह या कर्क या मेष में भौम लग्न में हो तो जातक सुवर्ण का लाभी होता है।

यदि लग्न में केतु हो तो जातक की स्त्री नष्ट होती है और बड़ा रोगी तथा झूठ बोलने वाला होता है ॥ ४८ ॥

यदि जन्म के समय में लग्नस्थ शनि तुला या धनु या मीन राशि में हो तो जातक राजा और अन्य राशियों में गतायु होता है ॥ ४९ ॥

अथ लग्नादिभावेषु यवनोदितानि विशेष भावफलानि। तत्रादौ लग्न भावे विशेषफलं कश्यपजातके—

स्वोच्चे १ स्वोच्चनवांशे च २ शुभवर्गेऽथ ३ नीचगे ४।
नीचांशे ५ क्रूरषड्वर्गे ६ मित्रगे ७ सुहृदंशके ८ ॥ ५० ॥
९ वर्गोत्तमेऽरिभे १० यंशे ११ स्वर्क्षे १२ द्वादशधा क्रमात्।
फलञ्च तनुभावोत्थं कथ्यते यवनोदितम् ॥ ५१ ॥
सकलं विकलं तच्च भावेशस्य बलाबलात्।
क्रूरेण युज्यमानस्य विशेषाद् विफलं भवेत् ॥ ५२ ॥

एवं शुभफलस्योक्तो निर्णयो भावनार्थतः ।
अशुभस्य क्षयस्तस्मिन् सबले विबले चयः ॥ ५३ ॥
तीव्रो १ दृढाङ्गो २ बह्वाशी ३ रोगी ४ लावण्यवर्जितः ५ ।
अन्धो ६ दीर्घोऽ७थ जटिलोऽ८धिकाङ्गो ९ हीनकाङ्क्षकः १० ॥ ५४ ॥
दीनः ११ स्याज्जीतिरहितः १२ सूर्ये तनुगते क्रमात् ।
पूर्णो १ मनोहरः २ स्वच्छः ३ क्षीणो ४ रात्र्यन्धतान्वितः ५ ॥ ५५ ॥
तिमिरांशोऽ६तिसुभगः ७ सुमुखो ८ रम्यकेशकः ९ ।
स्थूलास्यो १० दीर्घयुङ्नासः ११ शुभेष्टोऽ१२ब्जे तनुस्थिते ॥ ५६ ॥
रक्तनेत्रो १ चिपिटदृक् २ कर्कशाक्षाऽऽन्धतायुतः ४ ।
नक्तान्ध५स्तिमिरोपेतो ६ क्रूरदृक् ७ स्थूललोचनः ८ ॥ ५७ ॥
नेत्ररोगी ९ दूरदर्शी १० कुदृष्टिः ११ सविधेक्षणः १२ ।
जन्मनाद्दृक् फलं भौमे तनुभावस्थिते क्रमात् ॥ ५८ ॥
सवक्रनासिकायुक्तः १ सुलम्बोष्ठस्तु २ कान्तिमान् ३ ।
दुर्गन्धाऽस्यो ४ दीर्घजिह्वो ५ दीर्घकर्णोऽ६र्धासतालकः ७ ॥ ५९ ॥
शुभ्रकण्ठोऽ८तिसुभगः ९ करालः १० चपलः ११ तथा ।
मेदोवृद्धयतिपुष्टाङ्गो १२ बुधे स्यात्तनुभावगे ॥ ६० ॥
सुन्दरः १ सुन्दरकरः २ सुकूर्चो ३ रोगवर्जितः ४ ।
सुज्ञः ५ सुभूषः ५ सद्वस्त्रः ७ सुनाभिर्कटिसंयुतः ८ ॥ ६१ ॥
शुभोरुः ९ क्रोडरोगी च १० पाण्डुरोग ११ समान्वितः ।
सुलिङ्गनातिसौभाग्यसंयुतः १२ तनुगे गुरौ ॥ ६२ ॥
स्वास्यजानुः १ सुकरपा २ द्विभक्ताङ्गोऽ३ल्पकेशकः ४ ।
खल्वाटो ९ बहुरोगाढ्यो ६ कान्तिसौभाग्यसंयुतः ७ ॥ ६३ ॥
सुमुखश्च - सुरूपश्च ९ कुब्जोऽ१०पि गतगन्धवान् ११ ।
नेत्राभिरामो १२ भृगुजे क्रमेण तनुभावगे ॥ ६४ ॥
श्यामवर्णो १ भिन्नवर्णो २ भिन्नाङ्गो ३ भ्रमकाशवान् ४ ।
कफानिलाढ्यः ५ पित्ताढ्यो ६ गौरः ७ सततरोऽस्थिवान् ८ ॥ ६५ ॥
पीवरः ९ स्थूलनखता सूक्ष्मताभ्यां समन्वितः १० ।
स्थूलदन्तो ११ दीर्घजानुः १२ शनौ स्यात्तनुभावगे ॥ ६६ ॥

अब आगे यवनोक्त लग्नादि भावों के विशेष फल को कहते हैं। प्रथम लग्नस्थ विशेष फल को कश्यप जातक के वाक्यों से बतलाते हैं।

लग्नस्थ कोई भी ग्रह १ अपनी उच्च राशि, २ उच्च राशि नवांश, ३ शुभग्रह के वर्ग में ४ नीचराशि में, ५ नीचराशि के नवांश में, ६ पापग्रह के वर्ग में, ७ मित्र राशि में, ८ मित्र राशि के नवांश में, ९ वर्गोत्तम में, १० शत्रु की राशि में, ११ शत्रु

राशि के नवांश में १२ और अपनी राशि में इस प्रकार बारह परिस्थितियों में लग्नभाव जन्य यवनाचार्यजी द्वारा कथित लग्नेश की बलता या निर्बलता के आधार पर पूर्णापूर्ण फल शुभग्रह का होता है। यदि शुभग्रह पापग्रह से युक्त हो तो फल देने में असमर्थ होता है।

यदि लग्नस्थ पापग्रह बली हो तो फल का क्षय और निर्बल हो तो फल की वृद्धि होती है ॥ ५०-५३ ॥

सूर्य—यदि लग्नस्थ सूर्य अपनी उच्चराशि में तो जातक १ तोखा, यदि उच्च राशि नवांश में हो तो २ मजबूत शरीरवाला, यदि शुभग्रह के वर्ग में हो तो ३ अधिक खाने वाला, यदि नीच राशि में हो तो ४ रोगग्रस्त यदि नीच राशि के नवांश में हो तो ४ सुन्दरता से हीन, यदि पापग्रह के वर्ग में हो तो ६ अन्धा, यदि मित्र की राशि में हो तो ७ लम्बा, यदि मित्र राशि के नवांश में हो तो ८ जटिल, यदि वर्गोत्तम राशि में हो तो ९ किसी शरीर के अवयव की अधिकता से युक्त, यदि शत्रु राशि में हो तो १० किसी शरीर के अवयव से हीन, यदि शत्रु राशि के नवांश में हो तो ११ दीन और यदि अपनी राशि में सूर्य लग्न में हो तो जातक १२ नीति से रहित होता है ॥५४-५४½ ॥

चन्द्र—यदि लग्न में उच्च राशि में चन्द्रमा हो तो जातक १ मन की इच्छाओं से समस्त रीति से परिपूर्ण, यदि उच्च राशि के नवांश में हो तो ३ सुन्दर, यदि शुभ वर्ग में हो तो ३ स्वच्छ (पवित्र), यदि नीच राशि में हो तो ४ क्षीण (ह्रासोन्मुख), यदि नीच राशि के नवांश में हो तो ५ रात्रि में अन्धा होने वाला या यों समझिये रतोंदी वाला, यदि पापग्रह के वर्ग में हो तो ६ अन्धकार से युक्त, यदि मित्र की राशि में हो तो ७ अत्यन्त भाग्यशाली, यदि मित्र राशि के नवांश में हो तो ८ सुन्दर मुखवाला, यदि वर्गोत्तम राशि में हो तो ९ सुन्दर बार वाला, यदि शत्रु राशि में हो तो १० स्थूल मुख, यदि शत्रु राशि के नवांश में हो तो ११ लम्बी नाक वाला और लग्नस्थ चन्द्रमा यदि अपनी राशि में १२ हो तो जातक शुभ इच्छा करने वाला होता है ॥ ५४½-५६ ॥

भौम—यदि लग्नस्थ भौम उच्च राशि में हो तो जातक १ लाल आँख वाला, यदि उच्च राशि के नवांश में हो तो २ चिपिटी आँख वाला, यदि शुभ राशि वर्ग में हो तो ३ कठोर दृष्टि वाला, यदि नीच राशि में हो तो ४ अन्धा, यदि नीच राशि के नवांश में हो तो ५ रतोंदी वाला यदि पापग्रह के वर्ग में हो तो ६ अन्धकार से युक्त, यदि मित्र की राशि में हो तो ७ कठोर दृष्टि वाला, यदि मित्र राशि के नवांश में हो तो ८ स्थूल नेत्र वाला, यदि वर्गोत्तम राशि में हो तो ९ आँखों का रोगी, यदि शत्रु की राशि में हो तो १० दूरदर्शी (विद्वान्), यदि शत्रु राशि के नवांश में हो तो ११ दूषित दृष्टि वाला और लग्नस्थ भौम यदि अपनी राशि में हो तो जातक पास से देखने वाला या यों समझिये पास (नजदीक) की दृष्टि वाला होता है । ५७-५८ ॥

बुध-यदि लग्नस्थ बुध उच्च राशि में हो तो १ टेढ़ी नाक वाला, यदि उच्च राशि के नवांश में हो तो २ सुन्दर लम्बे ओष्ठ वाला, यदि शुभग्रह के वर्ग में हो तो ३

तेजस्वी या शोभा से युक्त, यदि नीच राशि में हो तो ४ मुख में दुर्गन्ध वाला, यदि नीच राशि के नवांश में हो तो ५ लम्बी जीभ वाला, यदि पापग्रह के षड्वर्ग में हो तो ६ लम्बे कान वाला, यदि मित्र की राशि में हो तो ७ तलवार के समान लम्बे तलवे वाला, यदि मित्र राशि के नवांश में हो तो ८ उद्दोह्र गले वाला, यदि वर्गोत्तम में हो तो ९ अधिक भाग्यवान्, यदि शत्रु की राशि में हो तो १० बड़े दाँत वाला या भयङ्कर, यदि शत्रु राशि के नवांश में हो तो ११ चपल और लग्नस्थ बुध यदि अपनी राशि में हो तो जातक मांस की अधिकता से पुष्ट (स्थूल) शरीरधारी होता है ।। ५९-६० ।।

गुरू—यदि लग्नस्थ गुरू उच्च राशि में हो तो जातक १ सुन्दर, यदि उच्च राशि के नवांश में हो तो २ सुन्दर कार्य करने वाला या सुन्दर हाथ वाला, यदि शुभ राशि के वर्ग में हो तो ३ सुन्दर भौंह के मध्य भाग से युक्त, यदि नीच राशि में हो तो ४ रोग से रहित, यदि नीच राशि के नवांश में हो तो ५ सुन्दर ज्ञाता, यदि पापग्रह के षड्वर्ग में हो तो ६ सुन्दर वेषधारी, यदि मित्र राशि में हो तो ७ अच्छे वस्त्र पहनने वाला, यदि मित्र राशि के नवांश में हो तो ८ सुन्दर नाभि और कमर से युक्त, यदि वर्गोत्तम राशि में हो तो ९ शुभ वक्षस्थल वाला, यदि शत्रु की राशि में हो तो १० पेट का रोगी, यदि शत्रु राशि के नवांश में हो तो ११ पाण्डु (पीलिया) रोग से युक्त और लग्नस्थ गुरू यदि अपनी राशि में हो तो १२ जातक सुन्दर लिङ्ग वाला और अत्यन्त सौभाग्य से युक्त होता है ।। ६१-६२ ।।

शुक्र—यदि लग्नस्थ शुक्र उच्च राशि में हो तो १ जातक सुन्दर मुख व जानु वाला, यदि उच्च राशि के नवांश में हो तो २ सुन्दर हाथ व पैर वाला, यदि शुभग्रह के वर्ग में हो तो ३ विभक्त शरीर वाला, यदि नीच राशि में हो तो ४ छोटे-छोटे बाल वाला, यदि नीच राशि के नवांश में हो तो ५ खल्वाट, यदि पापग्रह के षड्वर्ग में हो तो ६ अधिक रोगों से युक्त, यदि मित्र की राशि में हो तो ७ कान्तिमान् और सौभाग्यवान्, यदि मित्र राशि के नवांश में हो तो ८ सुन्दर मुख वाला, यदि वर्गोत्तम राशि में हो तो ९ स्वरूपवान्, यदि शत्रु की राशि में हो ता १० कुबड़ा, यदि शत्रु राशि के नवांश में हो तो ११ गन्ध से रहित और लग्नस्थ शुक्र यदि अपनी राशि में हो तो १२ जातक नेत्रों को सुख देने वाला या यों समझिये परम दर्शनीय होता है ।। ६३-६४ ।।

शनि—यदि कुण्डली में लग्नस्थ शनि अपनी उच्च राशि में हो तो १ जातक काले रङ्ग का, यदि उच्च राशि के नवांश में हो ता २ भिन्न वर्ण, यदि शुभ राशि के वर्ग में हो तो ३ भिन्न (फटा हुआ) शरीरधारी, यदि नीच में भ्रम व खासी से युक्त, ४ यदि नीच राशि के नवांश में हो तो ५ कफ और वायु से युक्त, यदि क्रूर ग्रह षड्वर्ग में ६ हो तो पित्त से युक्त, यदि मित्र राशि में हो तो ७ सफेद, यदि मित्र राशि के नवांश में हो तो ८ हड्डियों से युक्त, यदि वर्गोत्तम राशि में हो तो ९ मोटा, यदि शत्रु की राशि में हो तो १० मोटे व छोटे नखों से युक्त, यदि शत्रु राशि के नवांश में हो तो

११ मोटे दाँत वाला और लग्नस्थ शनि यदि अपनी राशि में हो तो १२ जातक लम्बे घुटना वाला होता है ॥ ६५-६६ ॥

अथ तनुभावराशिफलम् ।

वृद्धयवनः—

मेषोदये रक्ततनुर्मनुष्यः सदाल्पबुद्धिः परनिर्जितश्च ।
पित्ताधिकः सर्वजनोपसेव्यः सर्वाशनो बुद्धिविचक्षणश्च ॥ १ ॥
वृषोदये श्वेततनुर्मनुष्यः श्लेष्माधिकः क्रोधपरः कृतघ्नः ।
सुमन्दबुद्धिः स्थिरता समेतः पराजितः स्त्रीभृतकैः सदैव ॥ २ ॥
तृतीयलग्ने पुरुषोऽतिगौरः स्त्रीरक्तचित्तो नृपपीडिताऽङ्गः ।
हृतः प्रसन्नः प्रियवाग् विनीतः सुमूर्धजो गीतविचक्षणश्च ॥ ३ ॥
कर्कोदये गौरवपुर्मनुष्यः पित्ताधिकः कल्यतनुः प्रगल्भः ।
जलावगाहानुरतोऽतिबुद्धिः शुचिः क्षमी धर्मरुचिः सुसेव्यः ॥ ४ ॥
सिंहोदये पाण्डतनुर्मनुष्यः पित्तानिलाभ्यां परिपीडिताऽङ्गः ।
प्रियाऽमिषोऽरण्यचरः सुतीक्ष्णः शूरःप्रगल्भः सुतरां निरीहः ॥ ५ ॥
कन्या विलग्ने कफपित्तयुक्तो भवेन्मनुष्यः सुतकान्तिभाजः ।
श्लेष्मो प्रज्ञः स्त्रीविजितोऽतिभीरुः मायाधिकः कामुकरर्थिताऽङ्गः ॥६॥
तुलाविलग्ने च भवेन्मनुष्यो श्लेष्मायुतः सत्यरतः सदैव ।
पण्यप्रियः पार्थिवमानयुक्तः सुरार्चने तत्पर एव भक्तः ॥ ७ ॥
लग्नेऽष्टमे कोपपरो न सत्त्वो भवेन्मनुष्यो नृपपूजिताऽङ्गः ।
गुणान्वितः शास्त्रकथानुरक्तः प्रमर्दकः शत्रुगणस्य नित्यम् ॥ ८ ॥
धनोदये राजयुतो मनुष्यः कार्ये प्रधृष्यो द्विजदेवभक्तः ।
तुरङ्गयुक्तो सुहृदैः प्रयुक्तस्तुरङ्गजङ्घश्च भवेत्सदैव ॥ ९ ॥
मृगोदये तोषरतः सुतीव्रो भीरुः सदा पुण्यनिषेवकश्च ।
श्लोष्मानिलाभ्यां परिपीडिताऽङ्गःसुदीर्घगात्रः परवञ्चकश्च ॥ १० ॥
घटोदये सुस्थिरतासमेतो वाताधिकस्तोषनिषेवणोक्तः ।
सुहृत्सुगात्रः प्रमदास्वभीष्टः शिष्टानुरक्तो जनवल्लभश्च ॥ ११ ॥
मीनोदये तोयरतो मनुष्यः भवेद्विनीतः सुरतानुकूलः ।
सुपण्डितः स्त्रीदयितः प्रचण्डः पित्ताधिकः कीर्तिसमान्वितश्च ॥१२॥

अब आगे वृद्धयवनोक्त लग्नस्थ बारह राशियों के फल को कहते हैं ।

लग्नस्थ मेष राशि का फल—

यदि जन्म के समय में लग्न में मेष राशि हो तो जातक लाल शरीरधारी, सदा अल्प (लघु) बुद्धि वाला, दूसरे से पराजित, अधिक पित्त वाला, समस्त जनों का सेवनीय, समस्त वस्तु खाने वाला और बुद्धि से विद्वान् होता है ॥ १ ॥

लग्नस्थ वृष राशि का फल—

यदि जन्म के समय में लग्न में वृष राशि हो तो जातक शुभ्र (सफेद) शरीरधारी, अधिक कफ से युक्त, परम क्रोधी, कृतघ्न, अल्प बुद्धि वाला, स्थिर और स्त्री व नौकरों से पराजित होता है ॥ २ ॥

लग्नस्थ मिथुन राशि का फल—

यदि जन्म के समय में लग्नस्थ मिथुन राशि हो तो जातक अधिक गोरा, स्त्री में आसक्त चित्त वाला, राजा से पीड़ित शरीरधारी, प्रसन्न चित्त, मीठी वाणी वाला, विनयी, सुन्दर केश वाला और गाने का विद्वान् होता है ॥ ३ ॥

लग्नस्थ कर्क राशि का फल—

यदि जन्म के समय में लग्न में कर्क राशि हो तो जातक गोरे शरीर का, अधिक पित्त से युक्त, नीरोग देहधारी, प्रतिभाशाली, जल में स्नान करने के लिये आसक्त, बड़ा बुद्धिमान्, पवित्र, क्षमावान्, धर्म में अभिरुचि वाला और सुन्दर सेवनीय होता है ॥४॥

लग्नस्थ सिंह राशि का फल—

यदि जन्म के समय में लग्न में सिंह राशि हो तो जातक पीत शरीरधारी, पित्त व वायु से पीड़ित देहधारी, मांस का प्रेमी, वन में घूमने वाला, सुन्दर तीखा, वीर, प्रतिभाशाली और अधिक निरीह (कठोर) होता है ॥ ५ ॥

लग्नस्थ कन्या राशि का फल—

यदि जन्म के समय में लग्न में कन्या राशि हो तो जातक कफ व पित्त से युक्त, पुत्रवान्, कान्तिमान्, कफ प्रकृति की सन्तान वाला, स्त्री से पराजित, अधिक डरपोक, बड़ा मायावी, कामुक और स्वार्थी होता है ॥ ६ ॥

लग्नस्थ तुला राशि का फल—

यदि जन्म के समय में लग्न में तुला राशि हो तो जातक कफ से युक्त, सदा ही सत्य में अनुरक्त, विक्रय या बाजार का प्रेमी, राजा के सम्मान से युक्त और देवताओं के पूजन में अनुरक्त व भक्त भी होता है ॥ ७ ॥

लग्नस्थ वृश्चिक राशि का फल—

यदि जन्म के समय में लग्न में वृश्चिक राशि हो तो जातक परम क्रोधी, निर्बल, राजा से पूजित, गुणी, शास्त्र व कथाओं में आसक्त और प्रति दिन शत्रु समूह का नाशक होता है ॥ ८ ॥

लग्नस्थ धनु राशि का फल—

यदि जन्म के समय में लग्न में धनु राशि हो तो जातक राज्य से युक्त, कार्यों में दबाने के योग्य, ब्राह्मण और देवताओं का भक्त, घोड़ाओं से युक्त, अधिक मित्रों से युत और सदा ही बलिष्ठ जाँघ वाला होता है ॥ ९ ॥

लग्नस्थ मकर राशि का फल—

यदि जन्म के समय में लग्न में मकर राशि हो तो जातक सन्तोषी, सुन्दर तीखा, डरपोक, सदा पुण्यवान्, कफ व वायु से पीड़ित शरीरधारी, लम्बा कद और दूसरों को ठगने वाला होता है ॥ १० ॥

लग्नस्थ कुम्भ राशि का फल—

यदि जन्म के समय में लग्न में कुम्भ राशि हो तो जातक स्थिरता से युक्त, अधिक वात से युक्त, सन्तोषी, सुन्दर देह व जङ्घा वाला, स्त्रियों का प्रेमी, शिष्टों में आसक्त और जनप्रिय होता है ॥ ११ ॥

लग्नस्थ मीन राशि का फल—

यदि जन्म के समय में लग्न में मीन राशि हो तो जातक जल में आसक्त, विनयी, सुन्दर अनुरागी, अनुकूल, अच्छा विद्वान्, स्त्री का प्रिय, प्रचण्ड, अधिक पित्त वाला और कीर्ति से युक्त होता है ॥ १२ ॥

अथ तनुस्वामिनो द्वादशभावफलम् ।

वृद्धयवनः—

लग्नाधिपतिर्लग्ने नीरोगं दीर्घजीविनं कुरुते ।
अतिबलमवनिपतिं वा भूत्या समन्वितं जातम् ॥ १ ॥
लग्नपतिर्धनभवने धनवन्तं विपुलजीवितं स्थूलम् ।
स्थानप्रधानमनीशं सत्कर्मरतं नरं कुरुते ॥ २ ॥
सहजगतो लग्नपतिः सद्बन्धुं प्रवरमित्रवरकलितम् ।
धर्मरतं दातारं शूरं सबलं करोति नरम् ॥ ३ ॥
लग्नेशस्तुर्यगतो नृपप्रियं प्रचुरजीवितं पुरुषम् ।
सल्लब्धियुतं पित्रोर्भक्तं बहुभोजनं कुरुते ॥ ४ ॥
पञ्चमगो लग्नपतिः ससुतं सत्यागमीश्वरं विदितम् ।
बहुजीवितं सुशीलं सुकर्मनिरतं नरं तनुते ॥ ५ ॥
रिपुभावे लग्नेशो नीरोगं भूमिलाभिनं सबलम् ।
कृपणं धनिनमरिघ्नं सुकर्मपक्षान्वितं कुरुते ॥ ६ ॥
लग्नपतौ सप्तमगे तेजस्वी शीलवान् भवेत्पुरुषः ।
तद्भार्याऽपि सुशीला तेजःकलिता सुरूपा च ॥ ७ ॥
लग्नपतावष्टमगे कृपणो धनसूचकः सुदीर्घायुः ।
क्रूरखचरे कटुजल्पकश्च वपुषा भवेत्पीतः ॥ ८ ॥
मूर्तिपतिर्यदि नवमस्तदा भवेत्प्रवरबान्धवः सुकृती ।
समसत्त्वश्च सुशीलः सुकृतः ख्यातः सुतेजस्वी ॥ ९ ॥
प्रथमेशे दशमस्थे नृपलाभः पण्डितः सुशीलश्च ।
गुरुमातृपूजनमतिर्नृपः समृद्धः पुमान् भवति ॥ १० ॥
एकादशगस्तनुपः सुजीवितं सुतसमन्वितं विदितम् ।
तेजस्कलितं कुरुते पुरुषं बलिनं न सीदति चेत् ॥ ११ ॥

द्वादशगे मूर्तिपतौ पटुवाग्वादं करोति मतिमान्।
सह गोत्रकैर्मिलनमेति विदेशगो दत्तभुक्तनरः ॥ १२ ॥

इति तनुभावविचारः।

अब आगे बारह भावों में स्वामियों के फल को या यों समझिये द्वादश भावस्थ लग्नेश के फल को वृद्ध यवनाचाय जी के वाक्यों से बताते हैं।

लग्नस्थ लग्नेश का फल—

यदि जन्मपत्री में लग्नेश लग्न में हो तो जातक रोग से रहित, दीर्घजीवी, अत्यन्त बलवान् और राजा अथवा विभूति से युक्त होता है ॥ १ ॥

द्वितीयभावस्थ लग्नेश का फल—

यदि जन्मपत्री में लग्नेश दूसरे भाव में हो तो जातक धनी, दीर्घजीवी, मोटा, स्थान में प्रधान, ईशता से रहित और अच्छे कार्यों में अनुरक्त होता है ॥ २ ॥

तृतीयभावस्थ लग्नेश का फल—

यदि जन्मपत्री में लग्नेश तीसरे भाव में हो तो जातक अच्छे बान्धवों से युक्त, श्रेष्ठ मित्र वाला, वरदान से युक्त, धर्म में आसक्त, दानी, वीर और बली होता है ॥ ३ ॥

चतुर्थभावस्थ लग्नेश का फल—

यदि जन्मपत्री में लग्नेश चौथे भाव में हो तो जातक राजा का प्रिय, दीर्घजीवी, अच्छे लाभ से युक्त, पिता का भक्त और अधिक भोजनी होता है ॥ ४ ॥

पञ्चमभावस्थ लग्नेश का फल—

यदि जन्मपत्री में लग्नेश पञ्चम भाव में हो तो जातक पुत्रवान्, अच्छा, त्यागी, स्वामी, दीर्घजीवी, सुशील और अच्छे कर्म में आसक्त होता है ॥ ५ ॥

शत्रुभावस्थ लग्नेश का फल—

यदि जन्मपत्री में लग्नेश छठे भाव में हो तो जातक रोगहीन, भूमि प्राप्त करने वाला, बली, लोभी, धनी, शत्रु को नाश करने वाला और अच्छे कार्यों से युक्त होता है ॥ ६ ॥

सप्तमभावस्थ लग्नेश का फल—

यदि जन्मपत्री में लग्नेश सातवें भाव में हो तो जातक तेजस्वी, सुशील और सुशीला तेजस्विनी तथा स्वरूपा स्त्री से भी युक्त होता है ॥ ७ ॥

अष्टमभावस्थ लग्नेश का फल—

यदि जन्मपत्री में लग्नेश अष्टम भाव में हो तो जातक लोभी, बड़ा धनी, दीर्घजीवी यदि पापग्रह हो तो कड़वा बोलने वाला और पीले देह का होता है ॥ ८ ॥

नवमभावस्थ लग्नेश का फल—

यदि जन्मपत्री में लग्नेश नवम भाव में हो तो जातक श्रेष्ठ बान्धवों से युक्त, पुण्यवान्, समान् बली, सुशील, अच्छा कार्यकर्ता, प्रसिद्ध और तेजस्वी होता है ॥ ९ ॥

दशमभावस्थ लग्नेश का फल—

यदि जन्मपत्री में लग्नेश दशम भाव में हो तो जातक राजा से लाभ करने वाला, विद्वान्, सुशील, गुरू व माता की पूजा में बुद्धि रखने वाला, राजा और सम्पत्ति-शाली होता है ॥ १० ॥

एकादशस्थ लग्नेश का फल—

यदि जन्मपत्री में लग्नेश ग्यारहवें भाव में हो तो जातक सुन्दर जीवन व्यतीत करने वाला, पुत्रवान्, प्रसिद्ध तेजस्वी, बली व सुखी होता है ॥ ११ ॥

द्वादशस्थ लग्नेश का फल—

यदि जन्मपत्री में लग्नेश बारहवें भाव में हो तो जातक चातुर्यता से बोलने वाला, बुद्धिमान्, अपने गोत्र वालों से प्रेम करने वाला, विदेशवासी, दानी व भोगी होता है ॥ १२ ॥

इस प्रकार लग्न भाव का विचार समाप्त हुआ ॥ १-१२ ॥

अथ धनभावचिन्ता । तत्र धनभावे किं चिन्त्यमित्युक्तं

जातकाभरणे—

स्वर्णादिधातुक्रयविक्रयाश्च रत्नादि कोशोऽपि सङ्ग्रहाश्च ।
एतत्समस्तं परिचिन्तनीयं धनाभिधाने भवने सुधीभिः ॥ १ ॥

अब आगे द्वितीय भाव का विचार कहते हैं । प्रथम जातकाभरणोक्त वाक्य से यह बतलाते हैं कि धन भाव से किन-किन वस्तुओं का विचार करना चाहिये ।

जातकाभरण में कहा है कि सुवर्णादि धातुओं का बेचना व खरीदना, रत्नादि कोश का ज्ञान व सङ्ग्रह का विचार विद्वानों को दूसरे भाव से करना चाहिये ॥ १ ॥

जातकसारे—

धनभं स्वामिसत्खेटैर्युगदृष्टं धनवृद्धिदम् ।
क्षीणेन्दुपापयुग्दृष्टं विना स्वर्क्षं धनापहम् ॥ २ ॥

सारावल्याम्—

[1]रवितनयभौमरवयः कुटुम्बसंस्थाद्विलोकनाच्चापि ।
कुर्वन्ति धनविनाशं क्षीणेन्दुनिरीक्षिता विशेषेण ॥ ३ ॥
[2]भौमेन्दू धनसंस्थौ त्वग्दोषदरिद्रताकरौ कथितौ ।
मन्दस्तु धनस्थाने महार्थयुक्तं बुधेक्षितः कुरुते ॥ ४ ॥
[3]रविरपि विधनं जनयति यमेक्षितः शस्यतेऽन्यदृष्टश्च ।
सौम्या कुटुम्बराशौ बहुप्रकारं धनं दद्युः ॥ ५ ॥
[4]बुधदृष्टस्त्रिदशगुरुः कुटुम्बराशौ च निःस्वतां कुरुते ।
सोमतनयो शशिना निरीक्षितो हन्ति सर्वधनम् ॥ ६ ॥

---

१. सारा० ३४ अ० १५ श्लो० ।
२. सारा० ३४ अ० १६ श्लो० ।
३. सारा० ३४ अ० १७ श्लो० ।
४. सारा० ३४ अ० १८ श्लो० ।

[1]चन्द्रोऽपि धनस्थाने क्षीणो बुधवीक्षितः सदा कुरुते ।
पूर्वार्जितार्थनाशं निरोधमपि चान्यवित्तस्य ॥ ७ ॥
[2]शुक्रः कुटुम्बराशौ सूर्येन्दुनिरीक्षितो न धनदाता ।
सौम्यगृहे शुभदृष्टः स एव धनदः सदा ज्ञेयः ॥ ८ ॥

ग्रन्थान्तरे—

धनस्थानगते जीवे धनी भवति बालकः ।
बुधस्तत्रैव भोगी स्याच्छुक्रे भूमिपतिर्भवेत् ॥ ९ ॥
धनस्थाने यदा चन्द्रः पञ्चमस्थो यदा रविः ।
तदा धनक्षयं विद्याद्दशवर्षाणि पञ्च च ॥ १० ॥

गर्गः—

धनभावगते सूर्ये धननाशमहर्निशम् ।
करोति निर्धनं चाथ ताम्रवित्तं ददाति च ॥ ११ ॥
वैद्यः काञ्चनयुक्तश्च मणिरत्नधनो भवेत् ।
कर्पूरचन्दनामोदी धनी कुमुदबान्धवे ॥ १२ ॥
कृषिको विक्रयी भोगी प्रवासी ऋणवित्तवान् ।
धातुवादे मतिर्नित्यं द्यूतकारः कुजे धने ॥ १३ ॥
धनं ददाति बहुधा नाशयेच्चन्द्रवीक्षिते ।
त्वग्दोषं कुरुते नित्यं सोमपुत्रः कुटुम्बकः (गः) ॥ १४ ॥
लक्ष्मीवान् नित्यमुत्साही धनस्थे देवतागुरौ ।
बुधदृष्टे तु निःस्वः स्यादिति सत्यं प्रभाषते ॥ १५ ॥
विद्यार्जितधनो नित्यं स्त्रीधनैरथवा धनी ।
शुभदृष्टः शुभक्षेत्रे बुधदृष्टे भृगौ धनी । १६ ॥
काष्ठाङ्गारलोहधनं कुत्सितधनसञ्चयः ।
नीचविद्यानुरक्तश्च दीनो वा मन्दगे धने ॥ १७ ॥
शुभा धनस्थिताः कुर्युर्वाग्मिनं प्रियभोजनम् ।
क्रूराः प्रोक्ताः विशेषेण कदन्नं बहुभाषणम् ॥ १८ ॥
मत्स्यमांसधनो नित्यं नखचर्मास्थिविक्रयी ।
जीविका चौरवृत्त्या च राहौ धनगते नरः ॥ १९ ॥
द्वितीये भवने केतुर्धनहानिः प्रजायते ।
नीचसङ्गी च दुष्टात्मा सुखसौभाग्यवर्जितः ॥ २० ॥

अब आगे जातकसार के वाक्य से धनभाव का विचार बताते हैं ।

---

१. सारा० ३४ अ० १९ श्लो० । २. सारा० ३४ अ० २० श्लो० ।

यदि कुण्डली में धनभाव अपने स्वामी ग्रह से या शुभ ग्रह से दृष्ट या युक्त हो तो जातक के धन की वृद्धि और क्षीण चन्द्रमा या पाप ग्रह से दृष्ट या युक्त धन भाव हो तो धन का विनाश होता है किन्तु अपनी राशि में क्षीण चन्द्रमा व पाप ग्रह हो तो धन का नाश नहीं होता है ॥ २ ॥

अब आगे सारावली के वाक्यों से धनभाव का फल बतलाते हैं।

यदि कुण्डली में शनि, भौम, सूर्य धन भाव में हों वा इनकी दृष्टि हो तो धन का विनाश और यदि क्षीण चन्द्रमा से दृष्ट धन भाव हो तो विशेषता से धन का नाश होता है ॥ ३ ॥

विशेष—प्रकाशित सारावली में—'रविरविजभूमितनयाः' यह पाठान्तर है ॥ ३ ॥

यदि कुण्डली में भौम व चन्द्रमा धन भाव में हों तो जातक चर्मरोगी व दरिद्री होता है। यदि दूसरे भाव में शनि, बुध से दृष्ट हो तो जातक बड़ा धनवान् होता है ॥ ४ ॥

विशेष—प्रकाशित सारावली में—'रविभौमौ धनसंस्थौ' यह पाठान्तर है ॥ ४ ॥

यदि कुण्डली में धनस्थ सूर्य, शनि से दृष्ट हो तो निर्धन और अन्य ग्रह से दृष्ट हो तो धनदायक होता है। यहाँ धनस्थ सूर्य शनि से दृष्ट होने पर विधन जातक होता है किन्तु इसके विपरीत बृहद्यवन जातक में अधिक धनी होना कहा गया है। यथा—'धने दिनेशेऽतिधनानि नूनं करोति मन्देन च वीक्षितो वा' (२ अ० पृ० सं० २६)। इसलिये 'विशेषेण धनमिति' यह अर्थ मान कर एक वाक्यता समझना चाहिये।

यदि शुभग्रह दूसरे भाव में हो तो जातक अनेक प्रकार के धन से युक्त होता है ॥ ५ ॥

यदि कुण्डली में दूसरे भाव में बुध, गुरू से दृष्ट हो तो जातक निर्धन होता है।

यदि दूसरे भाव में बुध, चन्द्रमा से दृष्ट हो तो जातक के समस्त धन का नाश होता है ॥ ६ ॥

यदि कुण्डली में दूसरे भाव में क्षीण चन्द्रमा, बुध से दृष्ट हो तो जातक पूर्व (पहिले) में अर्जित (पैदा) किये हुए धन का सदा नाशक और दूसरे से मिलने वाले धन में रुकावट करने वाला होता है ॥ ७ ॥

यदि कुण्डली में दूसरे भाव में शुक्र, सूर्य व चन्द्रमा से दृष्ट हो तो जातक को धन देने वाला नहीं होता है। यदि शुभग्रह की राशि में शुक्र, शुभग्रह से दृष्ट हो तो वही धन देने वाला होता है ॥ ८ ॥

अब आगे ग्रन्थान्तर के वाक्य से धन भाव का फल कहते हैं।

यदि कुण्डली में दूसरे भाव में गुरू हो तो जातक धनवान्, यदि वहीं पर बुध हो तो भोगी और शुक्र हो तो जातक राजा होता है ॥ ९ ॥

यदि कुण्डली में दूसरे भाव में चन्द्रमा और पाँचवें में रवि हो तो जातक का पन्द्रहवें या १०–५ वर्ष में धन नाश होता है ॥ १० ॥

अब आगे गर्गाचार्यजी के वाक्यों से दूसरे भाव में स्थित सूर्यादि ग्रह फल को बतलाते हैं।

सूर्य—यदि कुण्डली में दूसरे भाव में सूर्य हो तो जातक का हर समय धन नष्ट होकर निर्धन और ताँबे से धनागम होता है ॥ ११ ॥

चन्द्रमा—यदि कुण्डली में दूसरे भाव में चन्द्रमा हो तो जातक वैद्य, सुवर्ण से युक्त, मणि व रत्नों से धनी, कपूर व चन्दन से प्रसन्न और धनवान् होता है ॥ १२ ॥

भौम—यदि कुण्डली में दूसरे भाव में मङ्गल हो तो जातक खेती करने वाला, बेचने वाला, भोगी, प्रवासी, ऋण से धनी, धातु निर्णय में बुद्धि वाला और जुआ खेलने वाला होता है ॥ १३ ॥

बुध—यदि कुण्डली में दूसरे भाव में बुध हो तो जातक अनेक प्रकार से धनी और यदि चन्द्रमा से दृष्ट हो तो धन नाशक और चर्मरोगी होता है ॥ १४ ॥

गुरू—यदि कुण्डली में दूसरे भाव में गुरू हो तो जातक धनवान्, उत्साही और बुध से दृष्ट हो तो निर्धन होता है ॥ १५ ॥

शुक्र—यदि कुण्डली में दूसरे भाव में शुक्र हो तो जातक विद्या से धन पैदा करने वाला अथवा स्त्री धन से धनी होता है। यदि शुभ ग्रह की राशि में शुभ ग्रह से दृष्ट द्वितीयस्थ शुक्र अथवा बुध से दृष्ट हो तो जातक धनवान् होता है ॥ १६ ॥

शनि—यदि कुण्डली में दूसरे भाव में शनि हो तो जातक काठ, कोयला, लोहा से धनी, दूषित कार्य से धन एकत्रित करने वाला, नीच विद्या में आसक्त अथवा दीन होता है ॥ १७ ॥

यदि कुण्डली में धनभाव में शुभग्रह हों तो जातक युक्तियुक्त बोलने वाला व भोजन प्रिय होता है। यदि दूसरे भाव में पापग्रह हों तो जातक दूषित अन्न खाने वाला और अधिक बोलने वाला होता है ॥ १८ ॥

राहु—यदि कुण्डली में दूसरे भाव में राहु हो तो जातक मछली व मांस के व्यापार से धनवान्, नाखून, चमड़ा व हड्डियों को बेचने वाला और चोरी से जीविका करने वाला होता है ॥ १९ ॥

केतु—यदि कुण्डली में धनभाव में केतु हो तो जातक के धन का विनाश, दुष्टों का साथ, कलुषित हृदय का और सुख सौभाग्य से रहित होता है ॥ २० ॥

अथ धनभावे विशेषफलम्—

कश्यप:—

स्वोच्चे १ स्वोच्चनवांशे २ च शुभवर्गेऽथ ३ नीचगे ४।
नीचांशे ५ क्रूरषड्वर्गे ६ मित्रभे ७ सुहृदंशके ८॥ २१ ॥
वर्गोत्तमे९रिभे१०ऽंशे ११ स्वर्क्षे १२ द्वादशधा क्रमात्।
फलञ्च धनभावोत्थं कथ्यते यवनोदितम् ॥ २२ ॥

वित्तं नृपतिमानोत्थं १ नृपसेवासमुद्भवम् २ ।
सुलोकदक्षं ३ पापोत्थं ४ स्थूलजं ५ चौर्यसंभवम् ६ ॥ २३ ॥
कामा ७ ल्लोभा ८ त्परस्त्रीतः ९ स्वल्पं १० चाधम ११ सेवनात् ।
भृत्यजं १२ धनभावस्थे भास्करे लभते नरः ॥ २४ ॥
रक्तमुक्ते १ हेमरूप्ये २ स्वर्णं ३ धर्मेतरव्ययम् ४ ।
व्ययहीनं ५ पापभवं ६ सूतजं ७ कृषिसंभवम् ८ ॥ २४ ॥
सुहृद्दुर्जनजं ९ चौर्यं १० संभवे हीनकर्मजम् ११ ।
पूर्वजोपार्जितं १२ चन्द्रे धनभावगते धनम् ॥ २६ ॥
युद्धजं १ कोष्ठजं २ कृष्यं ३ सुजनोत्थं ४ धनोर्जितम् ५ ।
ऋणं ६ त्याजितदेशणं ७ मित्रवञ्चन ८ संभवम् ॥ २७ ॥
सुहृद्वञ्चनसंभूतं ९ गुरुदेवादिमोक्षजम् १० ।
नैस्वं ११ स्वजनविद्वेषाद् १२ वित्तं भौमे धने स्थिते ॥ २८ ॥
भूधनं १ सस्यपशुजं २ बहुपापसमुद्भवम् ३ ।
निष्कृष्टता समुद्भूतं ४ दैन्यार्जितरिपूद्भवम् ५ ॥ २९ ॥
वञ्चनोत्थं ६ वाजिभवं ७ कृषिजं ८ कृषिसंभवम् ९ ।
शत्रुसेवाभवं १० स्वल्पं ११ श्रेष्ठलोकाद् १२ बुधे स्वगे ॥ ३० ॥
वित्तं न्यायार्जितं १ विप्रसाधुदत्तं २ क्षितीशजम् ३ ।
परदारसमुद्भूत ४ मन्त्यजोत्थञ्च ५ काष्ठजम् ६ ॥ ३१ ॥
गजाश्ववस्त्रसंभूतं ७ कृषिजं ८ स्वजनार्पितम् ९ ।
रिपुदास्याद् १० दरिद्राप्तं ११ निधिजं १२ धनगे गुरौ ॥ ३२ ॥
वित्तमक्षीणबहुलं १ पूर्वजातं २ क्षितांशजम् ३ ।
कार्पण्यजं ४ द्यूतलब्धं ५ परदेशातिसङ्गजम् ६ ॥ ३३ ॥
नृपजं ७ नृपपुत्रोत्थं ८ राजजं ९ वरकर्मजम् १० ।
दैन्यजं ११ पुत्रजनितं १२ शुक्रे धनगते क्रमात् ॥ ३४ ॥
वित्तं कुकर्मजाताल्पं १ कष्टजं २ व्यसनोद्भवम् ३ ।
दुःखनिर्घृणताक्लेश ४ मन्त्यजोत्थञ्च ५ पापजम् ६ ॥ ३५ ॥
अस्थिरवं ७ मृन्मयं ८ चैव जलजं ९ पापमेव च १० ।
दास्यजं ११ परमोषोत्थं १२ शनौ धनगते भवेत् ॥ ३६ ॥
सहस्रमुच्चगः सूर्यो लक्षमिन्दुः शतं कुजः ।
बुधः कोटिं गुरुः खर्वं शुक्रः शङ्कुं शनिः शतम् ॥ ३७ ॥
दद्युरत्युच्चगाः खेटास्ततो न्यूनं क्रमाद् धनम् ।
निजस्थानानुरूपञ्च स्वदशासु यथोदितम् ॥ ३८ ॥

यवनजातकेऽपि—

सहस्रनाथो दिनपः प्रदिष्टो लक्षाधिपो रात्रिकरः सदैव।
शताधिपो भूतनयः सदैव कोटीश्वरो सोमसुतः सदैव ॥ ३९ ॥
खर्वाधिनाथः सुरराजमन्त्री शुक्रोऽथशङ्कुः शनिरल्पतुल्यः।
स्वतुङ्गगाः स्युर्यदि सर्व एते त्वथान्तराले त्वनुपाततः स्यात् ॥४०॥

अत्रानुपातः स्थानबलोक्तः स्वोच्चे रूपं १ बलं, पादोनञ्च ४५ बलं त्रिकोणगृहगे, स्वर्क्षे दलं ३० च त्रयो वस्वंशा २२।३० ह्यधिमित्रभे च, चरणौ १५ मित्रे, समर्क्षेऽष्टमः ७।३०, अधिशत्रुभे षोडशांशो १।५२।३० नीचे ख मति।

अब आगे धन भाव के विशेष फल को कश्यप ऋषि के वाक्यों से कहते हैं।

सूर्य—यदि कुण्डली में धन भावस्थ सूर्य उच्च राशि में हो तो जातक १ राजा के सम्मान से, उच्च के नवांश में हो तो २ राजा की सेवा से, यदि शुभ वर्ग में हो तो ३ सुन्दर लोक (स्वर्गलोक) में निपुणता से, यदि नीच राशि में हो तो ४ पाप से, यदि नीच राशि के नवांश में हो तो ५ स्थूलता से, यदि पापग्रह के षड्वर्ग में हो तो ६ चोरी से, यदि मित्र की राशि में हो तो ७ विषय वासना से, यदि मित्र राशि के नवांश में हो तो ८ लोभ से, यदि वर्गोत्तम नवांश में हो तो ९ दूसरे की स्त्री से, यदि शत्रु राशि में हो तो १० स्वल्प, यदि शत्रु राशि के नवांश में हो तो ११ नीचों की सेवा से और दूसरे भाव में सूर्य अपनी राशि में हो तो १२ नौकरी से धन प्राप्त करता है ॥ २१–२४ ॥

चन्द्रमा—यदि कुण्डली में दूसरे भाव में चन्द्रमा उच्च राशि में हो तो जातक १ लालमणि व मोती के रत्नों से युक्त, यदि उच्च राशि के नवांश में हो तो २ सोना चाँदी से, यदि शुभ वर्ग में हो तो ३ सुवर्ण से, यदि नीच राशि में हो तो ४ मिन्न धर्म में खर्च करने से, यदि नीच राशि के नवांश में हो तो ५ खर्च से रहित, यदि पापग्रह के षड्वर्ग में हो तो ६ पाप से, यदि मित्र की राशि में हो तो सूत से, यदि मित्र राशि के नवांश में हो तो ८ खेती से, यदि वर्गोत्तम में हो तो ९ मित्र व दुष्ट से, यदि शत्रु राशि में हो तो १० चोरी से, यदि शत्रु राशि के नवांश में हो तो ११ दुष्कर्म से और धन भावस्थ चन्द्रमा यदि अपनी राशि में हो तो जातक को १२ पूर्वजों का पैदा किया हुआ धन होता है ॥ २५–२६ ॥

भौम—यदि कुण्डली में दूसरे भाव में मङ्गल उच्च राशि में हो तो जातक १ युद्ध से, यदि उच्च राशि के नवांश में हो तो २ कुठिला (अन्न भण्डार) से, यदि शुभ राशि वर्ग में हो तो ३ खेती से, यदि नीच राशि में हो तो ४ सज्जन पुरुष से, यदि नीच राशि के नवांश में हो तो ५ अधिक धन से, यदि क्रूर राशि के षड्वर्ग में हो तो ऋण से, यदि मित्र राशि में हो तो ७ त्याग किये हुए देश का ऋणी, यदि मित्र राशि के नवांश में हो तो ८ मित्र को ठगने से धनी, यदि वर्गोत्तम में हो तो ९ मित्रों को ठगने से, यदि

शत्रु की राशि में हो तो १० गुरु, देवता व मुक्ति से धनी, यदि शत्रु राशि के नवांश में हो तो ११ धनाभाव और दूसरे भाव में भौम यदि अपनी राशि में हो तो १२ जातक अपने मनुष्यों से विरोध करके धन पैदा करने वाला होता है ॥ २७-२८ ॥

बुध—यदि कुण्डली में दूसरे भाव में बुध उच्च राशि में हो तो १ जातक भूमि से अर्थात् मकान या कृषि से धनी, यदि उच्चराशि के नवांश में २ हो तो घासादि या पशु से, यदि शुभ राशि के वर्ग में हो तो ३ अधिक पापों से, यदि नीच राशि में हो तो ४ दूषित कार्य से, यदि नीच राशि के नवांश में हो तो ५ दीनता या शत्रु से, यदि पापग्रह राशि वर्ग में हो तो ६ ठगई से, यदि मित्र राशि में हो तो ७ घोड़ाओं से, यदि मित्र राशि के नवांश में हो तो ८ खेती से, यदि वर्गोत्तम राशि में हो तो ९ खेती से, यदि शत्रु राशि में हो तो १० शत्रु की सेवा से, यदि शत्रु राशि के नवांश में हो तो ११ थोड़ा धन और धनभावस्थ बुध यदि अपनी राशि में हो तो जातक अच्छे देश या व्यक्ति से धन प्राप्त करता है ॥ २९-३० ॥

गुरू—यदि कुण्डली में दूसरे भाव में गुरू उच्च राशि में हो तो १ जातक न्याय से धन पैदा करने वाला, यदि उच्च राशि के नवांश में हो तो २ ब्राह्मण व साधु से अर्थात् अच्छे मनुष्य से धन प्राप्त करने वाला, यदि शुभ राशि वर्ग में हो तो ३ राजा से, यदि नीच राशि में हो तो ४ दूसरे की स्त्री से, यदि नीच राशि के नवांश में हो तो ५ अन्त्यज (श्वपच) से, यदि पाप राशि वर्ग में हो तो ६ काठ या लकड़ी के व्यवसाय से, यदि मित्र राशि में हो तो ७ हाथी, घोड़ा व वस्त्र से, यदि मित्र राशि के नवांश में हो तो ८ खेती से, यदि वर्गोत्तम में हो तो ९ अपने मनुष्यों से, यदि शत्रु राशि में हो तो १० शत्रु की सेवा से, यदि शत्रु राशि के नवांश में हो तो ११ दरिद्रता से और धनभावस्थ गुरू यदि अपनी राशि में हो तो १२ जातक खजाने से धन प्राप्त करता है ॥ ३१-३२ ॥

शुक्र—यदि कुण्डली में शुक्र उच्च राशि में हो तो १ जातक खर्च से रहित अधिक धन वाला, यदि उच्च राशि के नवांश में हो तो २ पहिले का धनी, यदि शुभराशि वर्ग में हो तो ३ भूमि से, यदि नीच राशि में हो तो ४ लोभ से, यदि नीच राशि के नवांश में हो तो ५ जुआ से, यदि पापग्रह की राशि में हो तो ६ परदेश की अधिक सङ्गति से अर्थात् प्रवास से, यदि मित्र राशि में हो तो ७ राजा से, यदि मित्र राशि के नवांश में हो तो ८ राजा के पुत्र से, यदि वर्गोत्तम में हो तो ९ राज्य से, यदि शत्रु राशि में हो तो १० अच्छे कार्य से, यदि शत्रु राशि के नवांश में हो तो ११ दीनता से और धनभावस्थ शुक्र यदि अपनी राशि में हो तो १२ जातक पुत्र के द्वारा धनी होता है ॥ ३३-३४ ॥

शनि—यदि कुण्डली में दूसरे भाव में शनि उच्च राशि में हो तो १ जातक बुरे कार्यों से थोड़ा धनी, यदि उच्च राशि के नवांश में हो तो २ कष्ट से, यदि शुभ राशि वर्ग में हो तो ३ व्यसनों से, यदि नीच राशि में हो तो ४ दु:ख, निर्घृणता व क्लेश से, यदि नीचराशि के नवांश में हो तो ५ पतित जाति से, यदि पाप राशि वर्ग में हो तो ६ पाप से, यदि मित्र राशि में हो तो ७ हड्डियों से, यदि मित्र राशि के नवांश में हो

तो ८ मिट्टी से, यदि वर्गोत्तम में हो तो ९ जल से, यदि शत्रु राशि में हो तो १० पाप से, यदि शत्रु राशि के नवांश में हो तो ११ सेवा (नौकरी) कार्य से और धनभावस्थ शनि यदि अपनी राशि में हो तो १२ जातक दूसरे की चोरी करने से धन प्राप्त करता है ॥३५–३६॥

यदि कुण्डली में धन भावस्थ सूर्य अपने परम उच्चांश में हो तो जातक हजार पति अर्थात् एक हजार की सम्पत्ति वाला, यदि चन्द्रमा परम उच्चांश में हो तो लखपति, भौम हो तो सैंकड़ें का पति, बुध हो तो करोड़पति, गुरू हो तो खर्वपति, शुक्र शङ्कुपति और शनि परम उच्चांश में हो तो सेंकड़े का स्वामी होता है। परमोच्चांश से भिन्न अंशो में फल की अल्पता व अधिकता देखकर ही कहना चाहिये। ग्रह अपने स्थान के अनुरूप ही दशा में फल कारक होता है ॥ ३७-३८ ॥

अब आगे यवन जातकोक्त धन भावस्थ उच्चस्थ ग्रहों के फल को कहते हैं।

यदि कुण्डली में दूसरे भाव में उच्च राशि में सूर्य हो तो जातक एक हजार की सम्पत्ति वाला, चन्द्रमा हो तो लखपति, भौम से सेंकड़े का मालिक, बुध से करोड़पति, गुरू से खर्वपति, शुक्र से शङ्कुपति और शनि से अल्प धनी होता है। मध्य में अनुपात से फल समझना चाहिये। यहाँ अनुपात स्थानबल से करना चाहिये। जैसे उच्च में ६० पूर्ण, मूल त्रिकोण राशि में ४५ = $\frac{3}{4}$। अपनी राशि में ३० = $\frac{1}{2}$ आधा, अधिमित्र की राशि में २२।३०, मित्र राशि में १५, समराशि में ७।३० अधिशत्रु में षोडशांश = १।५२।३० और नीच राशि में फल का अभाव होता है ॥ ३९-४० ॥

अथ धनभावगराशिफलम्।

यवनः—

मेषे धनस्थे कुरुते मनुष्यो धनं सुपुण्यैर्विविधं प्रभूतम्।
चतुष्पदाढ्यो बहुबान्धवाढ्यो प्रयच्छति प्रीतिपरः सदैव ॥ १ ॥
वृषे धनस्थे लभते मनुष्यः कृषिप्रयत्नेन धनं सदैव।
अत्राभिधानं च चतुष्पदाढ्यं सुवर्णरौप्यं मणिमौक्तिकोऽलम् ॥ २ ॥
तृतीयलग्ने धनगे मनुष्यो धनं भवेत् स्त्रीजनतश्च नित्यम्।
रौप्यं तथा काञ्चनजं प्रभूतं हयाधिकं सुष्ठुभिरेव सख्यम् ॥ ३ ॥
चतुर्थराशौ धनगे मनुष्यो धनं भवेद्वृक्षजमेव नित्यम्।
जलोद्भवं यद्यदनिष्टभोज्य नयार्जितं प्रीतिकरं सुतानाम् ॥ ४ ॥
सिंहे धनस्थे लभते मनुष्यो धनं सदारण्यजनोत्थमाप्तम्।
सर्वोपकारप्रवणं प्रभूतं स्वविक्रमोपार्जितमेव नित्यम् ॥ ५ ॥
कन्योदये वित्तगते मनुष्यो धनं लभेद्भूमिपतेः सकाशात्।
हिरण्यमुक्तामणिरत्नजातं गजाश्वनानाविधवित्तजञ्च ॥ ६ ॥
तुले धनस्थे बहुपण्यजातं धनं भवेत्पुत्रजनैरुपेतम्।
वित्ताहवं वा प्रातिभं प्रधानं स्वन्यायलब्धं गुरुलब्धशेषम् ॥ ७ ॥

अलौ धनस्थे बहुपुण्यजातं धनं मनुष्यो लभते प्रभूतम्।
पाषाणजं मृण्मयजं तथापि सस्योद्भवं कर्मजमेव नित्यम् ॥८॥
धनुर्धरे वित्तगते मनुष्यो धनं लभेत् स्थैर्यविधानजातम्।
चतुष्पदाढ्यं विविधं सशस्यं रसोद्भवं धर्मविधानलब्धम् ॥९॥
मृगे धनस्थे लभते मनुष्यो धनं प्रपञ्चैर्विविधैरुपायैः।
सेवासमुत्थञ्च सदा नृपाणां कृषिक्रियाभिश्च विशेषसङ्गात् ॥१०॥
घटे धनस्थे लभते मनुष्यो धनं प्रभूतं फलपुष्पजातम्।
जनोद्भवं साधुजनस्य भोज्यं महाजनोत्थञ्च परोपकारैः ॥११॥
मत्स्ये धनस्थे लभते मनुष्यो धनं प्रभूतंर्नियमोपवासैः।
विद्याप्रभावान्निधिसङ्गमाच्च मातापितृभ्यां समुपार्जितञ्च ॥१२॥

अब आगे दूसरे भाव में बारह राशियों के फल को यवनाचार्यजी के वाक्यों से बतलाते हैं।

धनभावस्थ मेष राशि का फल—

यदि जन्मपत्री में दूसरे भाव में मेष राशि हो तो जातक सुन्दर पुण्य कार्यों से, नाना प्रकार से धनी, पशुओं से युक्त, अधिक बान्धवों वाला और दूसरे से सदा ही प्रेम करने वाला होता है ॥ १ ॥

धनभावस्थ वृष राशि का फल—

यदि जन्मपत्री में दूसरे भाव में वृष राशि हो तो जातक सदा ही खेती के कार्य से धनी, पशुओं से युक्त, सुवर्ण, चाँदी, मणि और मोतियों से सुशोभित होता है ॥ २ ॥

धनभावस्थ मिथुन राशि का फल—

यदि जन्मपत्री में दूसरे भाव में मिथुन राशि हो तो जातक स्त्री समुदाय से नित्य धनवान्, अधिक सोना चाँदी वाला, अधिक घोड़ाओं से युक्त और अच्छे लोगों से ही मित्रता करने वाला होता है ॥ ३ ॥

धनभावस्थ कर्क राशि का फल—

यदि जन्मपत्री में दूसरे भाव में कर्क राशि हो तो जातक वृक्षों के व्यवसाय से, जल से धनो, दूषित खाने वाला, न्याय से पैदा करने वाला और पुत्रों को प्रसन्न करने वाला होता है ॥ ४ ॥

धनभावस्थ सिंह राशि का फल—

यदि जन्मपत्री में दूसरे भाव में सिंह राशि हो तो जातक बन वासियों से धन प्राप्त करने वाला, समस्त लोगों के उपकार करने में श्रेष्ठ और पुरुषार्थ से अधिक धन प्राप्त करने वाला होता है ॥ ५ ॥

धनभावस्थ कन्या राशि का फल—

यदि जन्मपत्री में दूसरे भाव में कन्या राशि हो तो जातक राजा से धन प्राप्त करने वाला, सुवर्ण, मोती, मणि, रत्न, हाथी, घोड़ा तथा अनेक प्रकार की सम्पत्ति से युक्त होता है ॥ ६ ॥

धनभावस्थ तुला राशि का फल—

यदि जन्मपत्री में दूसरे भाव में तुला राशि हो तो जातक अधिक पुण्य से धनी, पुत्रों से युक्त, युद्ध से धन प्राप्त करने वाला वा प्रतिभाशाली, प्रधान, अपने न्याय से और गुरू द्वारा प्राप्त धन के शेष धन को प्राप्त करने वाला होता है ॥ ७ ॥

धनभावस्थ वृश्चिक राशि का फल—

यदि जन्मपत्री में दूसरे भाव में वृश्चिक राशि हो तो जातक अधिक पुण्य से ज्यादा धन प्राप्त करने वाला, पत्थर से या मिट्टी से या फल के कार्य से नित्य धनागम कर्त्ता होता है ॥ ८ ॥

धनभावस्थ धनु राशि का फल—

यदि जन्मपत्री में दूसरे भाव में धनु राशि हो तो जातक स्थिर कार्य से धनवान्, पशुओं से युक्त, अनेक फलों के रस से और धार्मिक विधान से धन प्राप्त करने वाला होता है ॥ ९ ॥

धनभावस्थ मकर राशि का फल —

यदि जन्मपत्री में दूसरे भाव में मकर राशि हो तो जातक प्रपञ्चों से, अनेक उपायों से, राजाओं की दासता से और विशेष सङ्गति के कारण खेती से धन पैदा करने वाला होता है ॥ १० ॥

धनभावस्थ कुम्भ राशि का फल—

यदि जन्मपत्री में दूसरे भाव में कुम्भ राशि हो तो जातक जल व पुष्प से अधिक धन प्राप्त करने वाला, मनुष्यों से, सज्जन पुरुष के भोज्य से और बड़े आदमियों के उपकार से धन प्राप्त करता है ॥ ११ ॥

धनभावस्थ मीन राशि का फल—

यदि जन्मपत्री में दूसरे भाव में मीन राशि हो तो जातक अधिक नियम व उपवासों से या विद्या के प्रभाव से या खजाने से या माता पिता द्वारा अर्जित धन प्राप्त करता है ॥ १२ ॥

अथ धनस्वामिद्वादशभावफलम् ।

वृद्धयवनः—

द्रव्यपतिर्लग्नगतः कृपणं व्यवसायिनं सुकर्माणम् ।
धनिनं श्रीपतिविदितं करोति नरमतुलभोगभुजम् ॥ १ ॥
धनपो धनभवनस्थो धनवन्तं धर्मकर्मनिरतञ्च ।
लाभाधिकं सुलोभं कुरुते पुरुषं सदा दक्षम् ॥ २ ॥
सहजगते द्रव्येशे व्यवसायी कलिकरः कलाहीनः ।
चौरश्चञ्चलचित्तो भवति नरो विनयनयरहितः ॥ ३ ॥
तुर्यगते द्रविणपतौ पितृलाभपरः सहोदयः पुरुषः ।
दीर्घायुः क्रूरखगे पुनरम्बा मरणकं विनिर्देश्यम् ॥ ४ ॥

कमलविमलासितनयं कर्मणि कष्टे नरं प्रसिद्धञ्च।
कृपणं दुःखनिधानं तनयगतो धनपतिः कुरुते ॥ ५ ॥
षष्ठगते द्रविणपतौ धनसङ्ग्रहतत्परं रिपुघ्नञ्च।
भूस्वामिनञ्च खचरे पापे धनवर्जित पुरुषम् ॥ ६ ॥
धनपे सप्तमगृहगे श्रेष्ठकचिन्ताविलासभोगवती।
धनसङ्ग्रहणी भार्या क्रूरे खचरे भवति बन्ध्याम् ॥ ७ ॥
धनपे चाष्टमभवने स्वल्पफलश्चात्मघातकः पुरुषः।
उत्पन्नभुग्विलासी परहिंसी भवति दैवपरः ॥ ८ ॥
धनपे धर्मगृहगे सौम्ये दानप्रसिद्धभाग्भवति।
क्रूरे दरिद्रभिक्षुकविडम्बवृत्तिस्तथा मनुजः ॥ ९ ॥
दशमगृहस्थे धनपे नरेन्द्रमान्यो भवेन्नृपाल्लक्ष्मीवान्।
सौम्ये ग्रहे च मातुः पितुश्च परिपालकः पुरुषः ॥ १० ॥
एकादशगे स्वपतौ व्यवहारपरः श्रियः पतिः ख्यातः।
लोकाढ्यं प्रतिपालननिरतं कुरुते नरं जातम् ॥ ११ ॥
द्वादशगे द्रव्यपतावष्टकपाली विदेश स्थाढ्यश्च।
दुष्कर्मा भिक्षुकश्च क्रूरे सौम्ये च सङ्ग्रामी ॥ १२ ॥

इति धनभावविचारः

अब आगे बारह भावों में स्थित धनेश के फल को वृद्ध यवनाचार्य जी के वाक्यों से कहते हैं।

लग्नस्थ धनेश का फल—यदि कुण्डली में धनेश लग्न में हो तो जातक लोभी, व्यवसायी, सुन्दर कार्य करने वाला, धनी, प्रसिद्ध लक्ष्मीवान् और अधिक भोग भोगने वाला होता है ॥ १ ॥

धनस्थ धनेश का फल—यदि कुण्डली में धनेश धन स्थान में हो तो जातक धनवान्, धार्मिक कार्यों में अनुरक्त, अधिक लाभ से युक्त, अच्छा लोभी और सर्वदा चतुर होता है ॥ २ ॥

तृतीय भावस्थ धनेश का फल—यदि कुण्डली में धनेश तीसरे भाव में हो तो जातक व्यापारी, कलह करने वाला, कलाओं से रहित, चोर, चञ्चल चित्त वाला, नम्रता और न्याय से रहित होता है ॥ ३ ॥

सुखस्थ धनेश का फल—यदि कुण्डली में चौथे भाव में धनेश हो तो जातक पिता से परम लाभ करने वाला, सदा उदयी, यदि पापग्रह हो तो दीर्घायु और माता का नाशक होना है ॥ ४ ॥

पञ्चमभावस्थ धनेश का फल—यदि कुण्डली में पाँचवें भाव में धनेश हो तो जातक कमल के समान निर्मल न्याय वाला, कार्य में कष्ट से हीन, विख्यात, लोभी, दुःखी और धनी होता है ॥ ५ ॥

षष्ठस्थ धनेश का फल—यदि कुण्डली में छठे भाव में धनेश हो तो जातक धन सङ्ग्रह करने में अनुरक्त, शत्रुओं का नाश करने वाला, यदि पापग्रह हो तो भूमि का स्वामी और धन से रहित होता है ॥ ६ ॥

सप्तमस्थ धनेश का फल—यदि कुण्डली में सातवें भाव में धनेश हो तो जातक अच्छी चिन्ता करने वाला, भोग व विलास से युक्त और धन सङ्ग्रह करने वाली पत्नी से युक्त होता है। यदि पापग्रह धनेश होकर सप्तम भाव में हो तो वन्ध्या स्त्री का स्वामी होता है ॥ ७ ॥

अष्टमभावस्थ धनेश का फल—यदि कुण्डली में आठवें भाव में धनेश हो तो जातक अल्पफली भूत होने वाला, आत्मघाती, प्राप्त वस्तु का भोगी, विलासी, दूसरे की हिंसा करने वाला, और परम भाग्यवान् होता है ॥ ८ ॥

नवमभावस्थ धनेश का फल—यदि कुण्डली में नवें भाव में शुभग्रह धनेश हो तो जातक दानी और प्रसिद्ध भाग्यशाली, यदि क्रूरग्रह हो तो जातक दरिद्री, भिक्षुक और धूर्तता की आजीविका वाला होता है ॥ ९ ॥

दशमभावस्थ धनेश का फल—यदि कुण्डली में दशवें भाव में धनेश हो तो जातक राजा से सम्मानित, राजा से लक्ष्मीवान्, यदि शुभग्रह हो तो माता व पिता का पालन करने वाला होता है ॥ १० ॥

लाभस्थ धनेश का फल—यदि कुण्डली में ग्यारहवें भाव में धनेश हो तो जातक परम व्यवहारी, प्रसिद्ध लक्ष्मीवान्, संसार में धनी और प्रतिपालन में अनुरक्त होता है ॥ ११ ॥

द्वादशस्थ धनेश का फल—यदि कुण्डली में बारहवें भाव में धनेश हो तो जातक शाठ कपाल वाला, विदेश से धनवान्, दुष्कर्म करने वाला, भिक्षुक और शुभग्रह हो तो सङ्ग्राम करने वाला होता है ॥ १२ ॥

अथ सहजभावविचारः।

अब आगे तीसरे भाव के विचार को बताते हैं।

तत्र सहजभावे किं किं चिन्त्यमित्युक्तं

जातकाभरणे—

सहोदराणामथ किङ्कराणां पराक्रमाणामुपजीविनाञ्च।
विचारणा जातकशास्त्रविद्भिस्तृतीयभावे नियमेन वाच्या ॥ १ ॥

यवनः—

सहजे सर्वपापाढये पापर्क्षे भ्रातरो नहि।
सौम्यर्क्षे सौम्यखेटाढये बहवः स्युः सहोदराः ॥ २ ॥
कुजदृष्टः सहजगो मन्दो भ्रातृविनाशकृत्।
बुधः सहजगो भौमवीक्षितः सहजार्तिदः ॥ ३ ॥

गुरुदृष्टः सहजगो भृगुः सहजसौख्यदः।
यावन्तो नवभागाः स्युः सहजेऽब्जकुजेक्षिताः ॥ ४ ॥
तत्सङ्ख्या सहजा ज्ञेया दृष्टा अन्यैस्तु योषितः।
स्वगृहोच्चगतैः खेटैर्द्वित्रिगुण्यं विनिर्दिशेत् ॥ ५ ॥
सहजस्थो यदा राहुर्धनस्थाने बृहस्पतिः।
बुधेन च समायुक्तस्तस्य बन्धुत्रयं वदेत् ॥ ६ ॥

सहज भाव से किन किन बातों को जानना चाहिये, इसे जातकाभरण नामक ग्रन्थ के वाक्य से कहते हैं।

जातकाभरण में कहा है कि भाईयों का, नौंकरों का, पुरुषार्थ का और पालित जन्तुओं का विचार तीसरे भाव से करना चाहिये ॥ १ ॥

अब यवनाचार्यजी के वाक्यों से तीसरे भाव का विचार बतलाते हैं।

यदि कुण्डली में तीसरे भाव में पापग्रह की राशि में सब पापग्रह हों तो जातक भाईयों से रहित और शुभग्रह की राशि में शुभग्रह हो तो अधिक भाई होते हैं ॥ २ ॥

यदि जन्मपत्री में तीसरे भाव में शनि, भौम से दृष्ट हो तो भाइयों का नाशक और तीसरे भाव में बुध यदि भौम से दृष्ट हो तो जातक के भाइयों को पीड़ा होती है ॥ ३ ॥

यदि जन्मपत्री में तीसरे भाव में शुक्र, गुरू से दृष्ट हो तो भाईयों का सुख देने वाला होता है।

जन्मपत्री में तीसरे भाव में जितनी संख्या का नवांश, चन्द्रमा व भौम से दृष्ट हो तो उतने भाई और अन्य ग्रह से दृष्ट हो तो उतनी बहिन होती हैं। यहाँ दृष्टा ग्रह यदि अपनी राशि में हो तो दो से गुना करके, यदि उच्च राशि में हो तो तीन से गुना करके संख्या समझना चाहिये ॥ ४–५ ॥

यदि जन्मपत्री में तीसरे भाव में राहु तथा दूसरे में गुरू, बुध से युक्त हो तो जातक तीन भाईयों से युक्त होता है ॥ ६ ॥

गर्गः—

सहजस्थानगो हेलिर्नाशयेत्सहजं ध्रुवम्।
हन्त्यरिष्टं च कुरुते धनभार्यान्वितं नरम् ॥ ७ ॥
स्वसारं हन्ति शीतांशुः पापः पापगृहे स्थितः।
पूर्णः शुभर्क्षगो दत्ते भगिनीं रूपसंयुताम् ॥ ८ ॥
सहजं प्रतिबध्नाति सहजस्थानगः कुजः।
भूमिं राजास्पदं पुत्रं दीर्घमायुश्च यच्छति ॥ ९ ॥
अस्तः पापयुतस्त्रिस्थः स्वसारं हन्ति चन्द्रजः।
अन्यथा विमलं कुर्यात्स एव शुभवीक्षितः ॥ १० ॥

धनवान्निर्धनाकारः कृपणो भ्रातृसंयुतः।
कुटुम्बी नृपपूज्यश्च सहजे देवतागुरौ ॥ ११ ॥
सहजस्थानगो दत्ते गौराङ्गीं भगिनीं भृगुः।
ततो जडं च क्रूरञ्च मन्दश्च कुरुते नरम् ॥ १२ ॥
भ्रातृगो मंदगः कुर्यात् भातृस्वसृविनाशनम्।
नृपतुल्यं च सुखिनं सततं कुरुते नरम् ॥ १३ ॥
हन्ति वा व्यङ्गमथवा भ्रातरं कुरुते तमः।
लक्षेश्वरं रिष्टहीनं वीरं च तनुते नरम् ॥ १४ ॥
नवमे च यदा सूर्यः स्वगेहे यदि वर्तते।
तस्य नो जीवति भ्राता एकोऽपि नृपतिः समः ॥ १५ ॥
सहजाच्चन्द्रराश्यन्तगतैः खेटैस्तु सङ्ख्यकाः।
तृतीयाङ्का दृष्टिवशान्मृताः पापग्रहैस्तु ते ॥ १६ ॥
अग्रजातं रविर्हन्ति पृष्ठे जातं शनैश्चरः।
जातं जातं कुजो हन्ति राहुः केतुश्च नाशनम् ॥ १७ ॥
धनस्थाने यदा भौमः शनैश्चरसमन्वितः।
सहजे च भवेद्राहुः भ्राता तस्य न जीवति ॥ १८ ॥
सहजस्थो यदा केतुः सौख्यं सौभाग्यमेव च।
पुत्रलाभो भवेत्तस्य जायते च महाधनी ॥ १९ ॥

अब आगे तीसरे भाव में स्थित सूर्यादि ग्रह फल और तद्भाव जन्य विचार को गर्गाचार्यजी के वाक्यों से कहते हैं।

सूर्य—यदि कुण्डली में तीसरे भाव में सूर्य हो तो जातक के अवश्य भाइयों का नाश, अरिष्ट का विलय, धनवान् और स्त्री से युक्त होता है ॥ ७ ॥

चन्द्रमा—यदि कुण्डली में तीसरे भाव में अशुभ चन्द्रमा पापग्रह की राशि में हो तो जातक बहिन का नाशक और यदि परिपूर्ण शुभ राशि में हो तो स्वरूपवती बहिन से युक्त होता है ॥ ८ ॥

भौम—यदि कुण्डली में तीसरे भाव में भौम हो तो जातक भाइयों का नाशक और राजा की भूमि या पद से युत पुत्र तथा दीर्घायु देने वाला होता है ॥ ९ ॥

बुध - यदि कुण्डली में तीसरे भाव में अस्त या पापग्रह के साथ बुध हो तो जातक बहिन का विनाश करने वाला होता है। इसके विपरीत में शुभग्रह से दृष्ट होने पर बहिन का सुख कारक होता है ॥ १० ॥

गुरू—यदि कुण्डली में तीसरे भाव में गुरू हो तो जातक धनवान् होकर भी लोभ के कारण निर्धनी, भाइयों से युक्त, परिवार वाला और राजा से सम्मानित होता है ॥ ११ ॥

शुक्र—यदि कुण्डली में तीसरे भाव में शुक्र हो तो जातक सफेद रङ्ग की अर्थात् गौर वर्ण की बहिन से युक्त, मूर्ख और क्रूर होता है ॥ १२ ॥

शनि—यदि कुण्डली में तीसरे भाव में शनि हो तो जातक बहिन व भाई का नाश करने वाला और राजा के समान सुखी होता है ॥ १३ ॥

राहु—यदि कुण्डली में तीसरे भाव में राहु हो तो जातक भाइयों का नाशक अथवा भाइयों को अङ्गहीन करने वाला, लखपति, अरिष्टों से हीन और वीर होता है ॥ १४ ॥

यदि कुण्डली में अपनी राशि में नवम भाव में सूर्य हो तो जातक का भ्राता नहीं जीता है और इकेला भी राजा के समान होता है ॥ १५ ॥

यदि कुण्डली में तृतीय भाव से चन्द्रमा की राशि के अन्त तक जितनी संख्या में ग्रह हों उतने भाई बहिन और तृतीयाङ्क जितने पापग्रहों से दृष्ट हो उतने बहिन व भाइयों का नाश होता है ॥ १६ ॥

यदि कुण्डली में तीसरे भाव में सूर्य हो तो जातक पूर्व जात बहिन भाई का, यदि शनि हो तो बाद में उत्पन्न होने वाले का और भौम हो तो प्रत्येक का नाशक तथा राहु केतु हों तो भी भाई बहिन के सुख से जातक रहित होता है ॥ १७ ॥

यदि कुण्डली में दूसरे भाव में भौम, शनि से युक्त हो और तीसरे भाव में राहु हो तो जातक का भाई नहीं जीता है ॥ १८ ॥

यदि कुण्डली में तीसरे भाव में केतु हो तो जातक सुख-सौभाग्य व पुत्र से युक्त बड़ा धनी होता है ॥ १९ ॥

अथ सहजभावे विशेषफलम् ।

कश्यपः—

स्वोच्चे १ स्वोच्चनवांशे २ वा शुभवर्गेऽथ ३ नीचगे ४ ।
नीचांशे ५ क्रूरषड्वर्गे ६ मित्रभे ७ सुहृदंशके ८ ॥ २० ॥
वर्गोत्तमे ऽ९रिभे ऽ १० यंशे ११ स्वर्क्षे १२ द्वादशधा क्रमात् ।
फलं सहजभावोत्थं कथ्यते यवनोदितम् ॥ २१ ॥
राजा १ राजसुतः २ सार्वभौमो ३ नीचस्तथैव ४ च ।
भिक्षुकोऽ५ग्रविरोधश्च ६ चारणो ७ ब्राह्मणः ८ तथा ॥ २२ ॥
कुलीनः ९ शास्त्रविद् १० वैरिक्षताऽङ्गो ११ निर्गुणः समः १२ ।
रवौ सहजभावस्थे क्रमादेतद्वदेत्सुधीः ॥ २३ ॥
मित्रः कदर्यः स्वपतिः १ निरङ्कः २ परदार्यवान ३ ।
अन्तको ४ नर्तको ५ भेदुः ६ परवञ्चक ७ एव च ॥ २४ ॥
बहुदोषी ८ निर्घृणश्च ९ मित्राधमतमोऽपि १० च ।
मायावी ११ परदारैकरति १२ श्चन्द्रे तृतीयगे ॥ २५ ॥
वरराजा १ प्रधानश्च २ राजमान्योऽथ ३ शास्त्रवित् ४ ।
भृतको ५ व्यसनी चैव ६ सुखी वाथ ७ कुमारकः ८ ॥ २६ ॥

बह्वन्नपानसंयुक्तः ९ सहजाश्रित १० एव च।
समृद्धो ११ दण्डनाथश्च १२ भौमे सहजगे तथा ॥ २७॥
खण्डोऽथ १ कम्बुकी चैव २ कृतघ्नः ३ पापतत्परः ४।
गोपालो ५ गतसौहार्दो ६ बहुकामार्थनापितः ७॥ २८॥
कुम्भकारोऽ८थ निन्द्यश्च ९ लोकदिष्ट १० चरित्रवान् ११।
चौरो १२ बुधे भवेन्नित्यं जन्मलग्नात्तृतीयगे॥ २९॥
अवनीतो १ दुष्टचित्तो २ नृशंस्याल्पप्रजस्तथा ३।
दरिद्रो ४ द्यूतनिरतो ५ विबन्धुरतिकाइर्यवान् ६॥ ३०॥
पण्यैक ७ तत्परो द्यूत ८ कारः क्लीबोऽथ ९ शिल्पवान् १०।
निकृष्टः ११ पतितो १२ जीवे क्रमात् सहजभावगे॥ ३१॥
पतितः क्ष्मेशजीवी च १ ततः कलहवल्लभः २।
वञ्चको ३ नीचकुलजो ४ नृशंसो ५ भण्ड ६ एव च॥ ३२॥
दुश्चारणोऽथ ७ सबलः ८ कृतघ्नो ९ क्रीडनस्तथा १०।
शिल्पज्ञः ११ स्वजनत्यक्तः १२ शुक्रे सहजगे सखा॥ ३३॥
वरराजाऽथ १ धनवान् २ शास्त्रज्ञो ३ मलिनात्मवान् ४।
वञ्चको ५ निघृणो ६ मन्त्री न्यायज्ञो ७ गुणवित्तवान् ८॥ ३४॥
मानी ९ पानरतो १० दीनो ११ जितारिः १२ सहजे शनौ।
चन्द्रशुक्रेज्यसौम्यार्किभौमार्कैस्तेऽधिकाः क्रमात्॥ ३५॥

यवनः—

असङ्ख्यमित्रः सविता प्रदिष्टः देशाधिपः शीतकरस्तु नित्यम्।
सहस्रमित्रः क्षितिजो बुधश्च शताधिपो देवपुरोहितश्च॥३६॥
अशीतिनाथो भृगुनन्दनश्च सारस्तु भौमेन समः प्रदिष्टः।
स्वतुङ्गराशौ यदि वर्त्तमानाः सर्वेऽनुपातस्य वशाद्वदन्ति॥ ३७॥

अब आगे तीसरे भाव के विशेष फल को या यों समझिये तीसरे भाव में बारह परिस्थितियों में स्थित सूर्यादिग्रह के फल को कश्यप ऋषि के वाक्य से कहते हैं।

सूर्य—यदि जन्मपत्री में तीसरे भाव में सूर्य उच्च राशि में हो तो १ जातक राजा, यदि उच्च राशि के नवांश में हो तो २ राजकुमार, यदि शुभ राशि के वर्ग में हो तो ३ सार्वभौम, नीच राशि में ४ दुष्ट, नीच राशि के नवांश में ५ भीख मांगने वाला, पापग्रह की राशियों के षड् वर्ग में ६ सामने या पूर्व में विरोध करने वाला, मित्र की राशि में ७ गाने (कत्थक) वाला, मित्र राशि के नवांश में ८ ब्राह्मण वृत्ति करने वाला, वर्गोत्तम में ९ अच्छे कुल में उत्पन्न होने वाला, शत्रु की राशि में १० शास्त्रों का ज्ञाता; शत्रु राशि के नवांश में ११ शत्रु से भग्नदेहधारी और यदि

तीसरे भाव में सूर्य अपनी राशि में हो तो जातक गुणों से हीन निर्विकार होता है ।। २०–२३ ।।

चन्द्रमा—यदि जन्मपत्री में तीसरे भाव में चन्द्रमा अपनी उच्च राशि में हो तो जातक १ दूषित मित्र वाला व धनी, उच्चराशि के नवांश में २ अङ्क से हीन, शुभ राशि के षड्वर्ग में ३ दूसरे की स्त्री से युक्त, नीच राशि में ४ यमराज स्वरूप, नीच राशि के नवांश में ५ नाचने वाला, क्रूर राशि के षड् वर्ग में ६ भेद बताने वाला, मित्र राशि में ७ दूसरे को ठगने वाला, मित्र राशि के नवांश में ८ अधिक दोषों से युक्त, वर्गोत्तम में ९ घृणा से हीन, शत्रु की राशि में १० निकृष्ट मैत्री वाला, शत्रु राशि के नवांश में ११ मायावी और तीसरे भाव में चन्द्रमा यदि अपनी राशि में हो तो १२ जातक दूसरे की स्त्री में एकमात्र अनुरक्त होता है ।। २४–२५ ।।

भौम—यदि जन्मपत्री में तीसरे भाव में भौम उच्च राशि में हो तो जातक १ श्रेष्ठ राजा, उच्च राशि के नवांश में २ प्रधान, शुभराशि के षड् वर्ग में ३ राजा से सम्मानित, नीच राशि में ४ शास्त्रों का ज्ञाता, नीच राशि के नवांश में ५ नौकर, क्रूर राशि के षड्वर्ग में ६ व्यसनी, मित्र राशि में ७ सुखी, मित्र राशि के नवांश में ८ सेतु के समान, वर्गोत्तम में ९ अधिक अन्न पान से युक्त, शत्रु की राशि में १० भाई के आश्रित, शत्रु राशि के नवांश में सम्पन्न और तीसरे भाव में भौम यदि अपनी राशि में हो तो जातक न्यायाधीश होता है ।। २६–२७ ।।

बुध—यदि जन्मपत्री में तीसरे भाव में उच्च राशि में बुध हो तो जातक १ खण्ड अर्थात् टुकड़े वा हिस्सा वाला या अन्तिम समय में अशक्त, उच्च राशि के नवांश में २ पराक्रम वाला, शुभ राशि के षड्वर्ग में ३ कृतघ्न, नीच राशि में ४ पापात्मा, नीच राशि के नवांश में ५ गायों को पालने वाला, पाप राशि के षड् वर्ग में ६ मित्रता से हीन, मित्र राशि में ७ अधिक कामनाओं से युक्त, मित्र राशि के नवांश में ८ घड़ा बनाने वाला, वर्गोत्तम में ९ निन्दनीय, शत्रु राशि में १० संसार द्वेषी, शत्रु राशि के के नवांश में ११ चरित्रवान् और तीसरे भाव में बुध यदि अपनी राशि में हो तो जातक चोर होता है ।। २८–२९ ।।

गुरू—यदि जन्मपत्री में तीसरे भाव में उच्च राशि में गुरु हो तो जातक १ विनम्र, उच्च राशि के नवांश में २ दूषित चित्त वाला, शुभ राशि के षड्वर्ग में ३ क्रूर तथा अल्प सन्तानवाला, नीच राशि में ४ दरिद्री, नीच राशि के नवांश में ५ जुआ में अनुरक्त, पाप राशि के षड्वर्ग में ६ बान्धवों से हीन और दुबला-पतला, मित्र की राशि में ७ बेचने में तत्पर या दूकानदार, मित्र राशि के नवांश में ८ जुआ खेलने वाला, वर्गोत्तम में ९ नपुंसक, शत्रु राशि में चित्रकारी का ज्ञाता, शत्रु राशि के नवांश में ११ निकृष्ट वा घृणित और तीसरे भाव में गुरू यदि अपनी राशि में हो तो जातक पतित होता है ।। ३०–३१ ।।

शुक्र—यदि जन्मपत्री में तीसरे भाव में शुक्र उच्च राशि में हो तो जातक १ पतित, भूमि के मालिकपन से आजीविका वाला, उच्च राशि के नवांश में हो तो २ कलहप्रिय,

शुभ राशि के षड्वर्ग में हो तो ३ ठगने वाला, नीच राशि में नीच कुलोत्पन्न, नीच राशि के नवांश में ५ निन्दनीय, क्रूर राशि के षड् वर्ग में ६ भांड, मित्र राशि में ७ दूषित आचरण करने वाला, मित्र राशि के नवांश में ८ बलवान्, वर्गोत्तम में ९ कृतघ्न, शत्रु राशि में १० खिलाड़ी; शत्रु राशि के नवांश में ११ चित्रकारी का ज्ञाता और तीसरे भाव में शुक्र यदि अपनी राशि में हो तो जातक अपने मनुष्यों से त्यक्त और मित्र होता है ॥ ३२-३३ ॥

शनि—यदि जन्मपत्री में तीसरे भाव में उच्च राशि में शनि हो तो जातक १ श्रेष्ठ राजा उच्च राशि के नवांश में २ धनी, शुभ राशि के षड्वर्ग में ३ शास्त्र का ज्ञाता, नीच राशि में ४ दूषित आत्मा वाला, नीच राशि के नवांश में ५ ठगने वाला, क्रूर राशि के षड्वर्ग में ६ घृणा से रहित, मित्र राशि में ७ सचिव या न्यायवेत्ता, मित्र राशि के नवांश में ८ गुणी व धनवान्, वर्गोत्तम में ९ अभिमानी, शत्रु की राशि में १० शराब पीने में अनुरक्त, शत्रु राशि के नवांश में ११ दीन और तीसरे भाव में शनि यदि अपनी राशि में हो तो जातक १२ शत्रुओं को पराजित करने वाला होता है।

यहाँ चन्द्रमा से शुक्र, शुक्र से गुरू, गुरू से बुध, बुध से शनि, शनि से भौम, भौम से सूर्य अधिक होता है ॥ ३४-३५ ॥

अब आगे यवनाचार्यजी के वाक्यों से विशेष फल को बताते हैं।

यदि जन्मपत्री में तीसरे भाव में सूर्य अपनी उच्च राशि में हो या यों जानिये परमोच्चांश में हो तो जातक अगणित मित्र वाला, यदि चन्द्रमा हो तो किसी देश का मालिक, भौम बुध हों तो एक हजार मित्र वाला, गुरू हो तो सैंकड़ों का स्वामी, शुक्र हो तो अस्सी का मालिक और शनि हो तो १ हजार मित्र वाला होता है ॥ ३६-३७ ॥

अथ तृतीयभावराशिफलम्।

वृद्धयवनः—

तृतीयसंस्थे प्रथमे च राशौ मित्रं द्विजातिं लभते मनुष्यः।
परोपकारं प्रणवं शुचिं च प्रभूतविद्यं नृपपूजिताङ्गम् ॥ १ ॥
वृषे तृतीये लभते मनुष्यो मित्रं नरेन्द्रं प्रचुरप्रतापम्।
सुवित्तदं भूरियशो निधानं शूरं कविं ब्राह्मणरक्तचित्तम् ॥ २ ॥
तृतीयराशौ सहजप्रयाते मित्रं लभेद्वैश्यगुरुप्रसेवम्।
कृषीबलं धर्मकथानुरक्तं सदा सुशीलं सुतसम्मतञ्च ॥ ३ ॥
चतुर्थराशौ च तृतीयसंस्थे मित्रं भवेद्विप्रजनैः सदैव।
शान्तैः सुधर्मैः स्वनघैः कृतज्ञैर्देवद्विजाराधनतत्परैश्च ॥ ४ ॥
सिंहे तृतीये लभते मनुष्यः क्षुद्रं च मित्रं परवित्तलुब्धम्।
वधात्मकं पापकथानुरक्तं प्रचण्डवाक्यं जनगर्हितञ्च ॥ ५ ॥

तृतीयसंस्थे प्रमदाभिधाने मैत्री भवेच्चैव वराङ्गनानाम् ।
विशेषतो चारुविलासिनीभिः सुपुण्यरक्तं गुरुभक्तकञ्च ॥ ६ ॥
तृतीयसंस्थे तु तुलाभिधाने मत्री भवेत्पापपरैर्मनुष्यैः ।
लौल्यात्मकैलौल्यकथानुरक्तैः सार्धं मनुष्यस्य सुतार्थयुक्तैः ॥ ७ ॥
अलौ तृतीये भवने मनुष्यैर्मैत्री सदा पापजनैर्दरिद्रैः ।
कृतघ्नताद्यैः कलहानुरक्तैः व्यपेतलज्जैर्जनताविरुद्धैः ॥ ८ ॥
चापे तृतीये लभते मनुष्यो मैत्री सुशूरैर्नृपसेवकैश्च ।
वित्तेश्वरैर्धर्मपरैः प्रसन्नैः कृपानुरक्तै रणकोविदैश्च ॥ ९ ॥
मृगस्तृतीये च नरस्य यस्य करोति सौख्यं सततं सुखाढ्यम् ।
नित्यं सुहृद्देवगुरुप्रसक्तं महाधनं पण्डितमप्रमेयम् ॥ १० ॥
कुम्भे तृतीये लभते मनुष्यो मैत्रीं व्रतज्ञैर्बहुकीर्तियुक्तैः ।
क्षमाधिकैः सत्यपरैः सुशीलैर्गुणाधिकैः साधुकथानुरक्तैः ॥ ११ ॥
मीने तृतीये लभते मनुष्यो मैत्री सदा हास्यपरैः समुग्धैः ।
कुशीलनैः क्रीडनकैः कुशीलैर्गीतप्रियैर्गेयपरैः खलैश्च ॥ १२ ॥

अब आगे तीसरे भाव में बारह राशियों के फल को वृद्ध यवनाचार्य जी के वाक्यों से कहते हैं ।

तीसरे भाव में मेष राशि का फल—यदि कुण्डली में तीसरे भाव में मेष राशि हो तो जातक ब्राह्मणों से मित्रता करने वाला, परोपकारी, श्रेष्ठ, पवित्र, अधिक विद्वान् और राजा से सम्मानित होता है ॥१॥

तीसरे भाव में वृष राशि का फल—यदि कुण्डली में तीसरे भाव में वृष राशि हो तो जातक राजा, मित्रता से युक्त, बड़ा प्रतापी, सुन्दर धनवान्, अधिक यशस्वी, वीर, कवि और ब्राह्मणों में अनुरक्त चित्त वाला होता है ॥२॥

तीसरे भाव में मिथुन राशि का फल—यदि कुण्डली में तीसरे भाव में मिथुन राशि हो तो जातक बनिया व गुरू की सेवा करने से उनका मित्र, खेती करने वाला, धार्मिक कथाओं में आसक्त, सदा सुशील और पुत्र से सम्मत होता है ॥३॥

तीसरे भाव में कर्क राशि का फल—यदि कुण्डली में तीसरे भाव में कर्क राशि हो तो जातक सदा ही ब्राह्मणों से मित्रता करने वाला तथा शान्त, सुन्दर धार्मिक, कृतज्ञ और देव व ब्राह्मणों की पूजा में तत्पर मनुष्यों से मैत्री करने वाला होता है ॥४॥

तीसरे भाव में सिंह राशि का फल—यदि कुण्डली में तीसरे भाव में सिंह राशि हो तो जातक क्षुद्र मित्र वाला, दूसरे के धन का लोभी, हिंसक, पाप की बातों में आसक्त, उग्र बोलने वाला और मनुष्यों से निन्दनीय होता है ॥५॥

तीसरे भाव में कन्या राशि का फल—यदि कुण्डली में तीसरे भाव में कन्या राशि हो तो जातक वेश्याओं से मित्रता करने वाला, विशेष सुन्दर विलास करने वाली स्त्रियों से मैत्री वाला, सुन्दर पुण्यवान् और गुरु का भक्त होता है ॥६॥

तीसरे भाव में तुला राशि का फल—यदि कुण्डली में तीसरे भाव में तुला राशि हो तो जातक पापियों से मित्रता करने वाला, चञ्चल आत्मा वालों से चञ्चलता की वार्ता में आसक्त और पुत्र व धन से युक्त मनुष्यों से मैत्री वाला होता है ॥ ७ ॥

तीसरे भाव में वृश्चिक राशि का फल—यदि कुण्डली में तीसरे भाव में वृश्चिक राशि हो तो जातक सदा पापी-दरिद्री-कृतघ्न-कलही-निर्लज्ज और जनसमूह के विपरीत आचरण करने वाले से मित्रता करने वाला होता है ॥८॥

तीसरे भाव में धनु राशि का फल—यदि कुण्डली में तीसरे भाव में धनु राशि हो तो जातक वीर-राजा के नौकर-धनो-धर्मात्मा-प्रसन्न-कृपालु और युद्ध के जानने वालों से मैत्री वाला होता है ॥९॥

तीसरे भाव में मकर राशि का फल—यदि कुण्डली में तीसरे भाव में मकर राशि हो तो जातक निरन्तर सुख से युक्त, सदा मित्र-देवता व गुरू का भक्त, बड़ा धनवान् और अप्रमेय विद्वान् होता है ॥१०॥

विशेष—पुस्तक में यह श्लोक नहीं है यहाँ बृहद्यवनजातक से दिया है क्योंकि राशिस्थ फलों की समता प्राय: इसी ग्रन्थ से मिलती है ॥१०॥

तीसरे भाव में कुम्भ राशि का फल—यदि कुण्डली में तीसरे भाव में कुम्भ राशि हो तो जातक व्रत के जानकार—अधिक कीर्तिमान्, अधिक क्षमावान्—परम सत्यात्मा-सुशील-बड़े गुणवान् और अच्छी बातों में आसक्त मनुष्यों से मित्रता करने वाला होता है ॥११॥

तीसरे भाव में मीन राशि का फल—यदि कुण्डली में तीसरे भाव में मीन राशि हो तो जातक हँसने वालों से मोहित-कुशील-खिलाड़ी-दूषित चिन्तक-गान प्रेमी-गायक और दुष्टों से मैत्री वाला होता है ॥१२॥

अथ सहजेशद्वादशभावफलम्—

वृद्धयवनः—

सहजपतौ लग्नगते वाग्वादी लम्पटः स्वजनभेदी ।
सेवापरः कुमित्रः क्रूरो वा भवति पुरुषश्च ॥१॥
धनगृहगे सहजेशे भिक्षुर्विधनोऽल्पजीवितः पुरुषः ।
बन्धुविरोधी क्रूरे सौम्ये पुनरीश्वरे खचरे ॥ ३ ॥
सहजगतः सहजपतिः समत्वं ससुहृदं शुभं स्वजनम् ।
देवगुरुपूजनरतं नृपलाभपरं नरं कुरुते ॥ ३ ॥
भ्रातृपतौ तुर्यगते पितृसोदरसुखकृदुदयकृत्तेषाम् ।
मात्रा सह वैरकरः पितृवित्तभक्षकः पुरुषः ॥ ४ ॥
दुश्चिक्यपतौ सुतगते सुबान्धवः सुतसहोदरैः पाल्यः ।
दीर्घायुर्भवति नरः परोपकारैकनिरतमतिः ॥ ५ ॥

षष्ठगते सहजपतौ बन्धुविरोधी च नयनरोगी च।
मूलाभी भवति भृशं कदाचिदपि रोगसंकलितः॥ ६॥
सहजपतौ सप्तमगे नरस्य भार्या भवेत्प्रवररूपा।
सौभाग्यवती युवती क्रूरे देवरगृहमायाति॥ ७॥
भ्रातुः पतिरष्टमगः सहजमृतसोदरं नरं कुरुते।
क्रूरे बहुपुरुषं जीवति यद्यष्टवर्षाणि॥ ८॥
धर्मगते सहजपतौ क्रूरे बन्धूज्झितस्तथा सौम्ये।
सद्बान्धवश्च सुकृती सोदरभक्तो भवति मनुजः। ९॥
दुश्चिक्येशे दशमे नृपपूज्यो मातृबन्धुपरिभक्तः।
उत्तमबन्धुषु सेवा विनिश्चितो जायते मनुजः॥ १०॥
लाभस्थः सहजेशः सुबान्धवं राजलाभिनं कुरुते।
पुरुषं बन्धुषु सेवा विधायिनं भोगनिरतञ्च॥ ११॥
व्ययगे दुश्चिक्येशे मित्रविरोधी स्वबन्धुसंतापी।
दूरे वासितबन्धुर्विदेशगामी नरो भवति॥ १२॥

इति सहजभावविचारः।

अब आगे बारह भावों में स्थित तृतीयेश के फल को वृद्ध यवनाचार्य जी के वाक्यों से बतलाते हैं।

लग्न में तृतीयेश का फल—यदि जन्म के समय में तीसरे भाव का स्वामी लग्न में हो तो जातक वाणी से विवादी, लम्पट, अपने मनुष्यों का भेदी, परम सेवक, दुष्ट मित्र वाला अथवा क्रूर होता है॥ १॥

धन में तृतीयेश का फल—यदि जन्म के समय में तीसरे भाव का मालिक धन भाव में हो तो जातक भीख माँगने वाला, निर्धन, अल्पायु, क्रूर ग्रह हो तो बान्धवों का विरोधी, शुभ ग्रह होने पर अधिपति या समर्थवान् होता है॥ २॥

सहज में तृतीयेश का फल यदि जन्म के समय में तीसरे भाव का स्वामी तीसरे भाव में हो तो जातक समान भावना का, मित्रों से युक्त, अपने मनुष्यों का अच्छा करने वाला, देवता व गुरू की पूजा में आसक्त और राजा से अधिक लाभ करने वाला होता है॥ ३॥

सुख में तृतीयेश का फल—यदि जन्म के समय में तीसरे भाव का स्वामी चौथे भाव में हो तो जातक पिता व भाई को सुख देने वाला व उदय करने वाला, माता का विरोधी और पिता के धन का भोगी होता है॥ ४॥

सुत में तृतीयेश का फल--यदि जन्म के समय में तीसरे भाव का स्वामी पाँचवें भाव में हो तो जातक अच्छे बान्धवों वाला, पुत्र और भाईयों से पालने योग्य दीर्घायु और दूसरे के उपकार करने में आसक्त होता है॥ ५॥

शत्रु में तृतीयेश का फल—यदि जन्म के समय में तीसरे भाव का स्वामो छठे भाव में हो तो जातक बान्धवों का विरोध करने वाला, आँख का रोगी, भूमि से लाभ करने वाला और किसी भी समय में अधिक रोगों से युक्त होता है ॥ ६ ॥

जाया में तृतीयेश का फल–यदि जन्म के समय में तीसरे भाव का स्वामी सातवें भाव में हो तो जातक की स्त्री श्रेष्ठ रूप वाली और सौभाग्य से युक्ता यदि पापग्रह हो तो देवर के घर जाती है ॥ ७ ॥

मृत्यु में तृतीयेश का फल—यदि जन्म के समय में तोसरे भाव का स्वामी आठवें भाव में हो तो जातक बान्धव और भाईयों का नाशक, यदि क्रूर ग्रह हो तो अधिक पुरुषों के साथ आठ वर्ष तक जोवन प्राप्त करता है ॥ ८ ॥

भाग्य में तृतीयेश का फल—यदि जन्म के समय में नवें भाव में तीसरे भाव का स्वामी क्रूर ग्रह हो तो जातक बान्धवों से त्यक्त, शुभग्रह होने पर श्रेष्ठ बान्धवों से युक्त, पुण्यवान् और भाईयों का भक्त होता है ॥ ९ ॥

कर्म में तृतीयेश का फल—यदि जन्म के समय में तीसरे भाव का स्वामी दशम भाव में हो तो जातक राजा से पूजित, माता व बान्धवों का भक्त और श्रेष्ठ बान्धवों का निश्चय ही सेवक होता है ॥ १० ॥

लाभ में तृतीयेश का फल—यदि जन्म के समय में तीसरे भाव का स्वामी ग्यारहवें भाव में हो तो जातक सुन्दर बन्धु वाला, राजा से लाभ करने वाला, बन्धुओं का सेवक और भोग में आसक्त होता है ॥ ११ ॥

व्यय में तृतीयेश का फल—यदि जन्म के समय में तीसरे भाव का स्वामी बारहवें भाव में हो तो जातक मित्रों का विरोध करने वाला, अपने 'बान्धवों का संतापी, दूर-वासी बान्धवों वाला और विदेश जाने वाला होता है ॥ १२ ॥

इस प्रकार तीसरे भाव का विचार समाप्त हुआ।

अथ सुहृद्भावविचारस्तत्र किं चिन्त्यमित्युक्तं

जातकाभरणे—

सुहृद्गृहग्रामचतुष्पदानां क्षेत्राद्यमालोकनकं चतुर्थे।
दृष्टे शुभानां शुभयोगतो वा भवेत्प्रवृद्धि नियमेन तेषाम् ॥१॥ इति।

यवनः—

स्वस्वामिशुभयुग्दृष्टं चतुर्थं मित्रसौख्यदम्।
बुधो भौमेन संदृष्टो कुरुतेऽत्र सुहृत्क्षयम् ॥ २ ॥

चन्द्राद् विलग्नाच्च रविश्चतुर्थे कुर्यात् पितृव्यस्य गृहास्पदञ्च।
शुक्रस्तु दाराश्रयसौख्यवृत्तं स्रग्वस्त्रसौभाग्यगृहं प्रदद्यात् ॥ ३ ॥
बुधस्तु यत्नाहितबन्धुसौख्यं बन्धौ परावासकृताधिवासम्।
सुदुःखितज्ञोऽन्यगृहाटनानां कुजोऽर्कजो दासगृहाशयानाम् ॥ ४ ॥

पापश्चतुर्थे परवेश्मसंस्थं तद्वीक्षितोऽन्यैः शुभदैरदृष्टः।
परोत्थसंस्थानपरोपतापं प्रायश्च बन्धूद्भवजं सुदुःखम् ॥ ५ ॥

गर्गः—

जीवेक्षिते शुभं शुक्रे ज्ञारदृष्टे सुहृत्क्षयः।
सुखे क्रूरयुते मातुः क्लेशकृत्सशुभे सुखम् ॥ १ ॥
बन्धुं निहन्ति सविता बन्धुस्थानगतो नृणाम्।
सततं कारयेत्तापं छत्रवाहनमेव च ॥ २ ॥
जनयेद्बहुसौख्यानि सङ्ग्रामेऽप्यपलायनम्।
कृशं च बहुभार्यं च मानिनं कुरुते रविः ॥ ३ ॥
भार्याबान्धवभृत्यौ च हर्म्यं वाहनसम्पदः।
बन्धौ कुमुदबन्धौ च भवन्ति सततं नृणाम् ॥ ४ ॥
बन्धुहीनः कुजे बन्धौ भूम्या जीवी नरः सदा।
प्रवासी पङ्किले देशे भवने वासकर्दमे ॥ ५ ॥
बहुमित्रो बहुधनो बन्धौ पापं विना बुधः।
नानारसविलासी च सपापे त्वन्यथा फलम् ॥ ६ ॥
भवन्ति बालमित्राणि यस्य मित्रगतो गुरुः।
दिव्यमालाम्बरक्रीडा नानावाहनयोग्यता ॥ ७ ॥
परदयितविचित्रावासवासी विलासी
बहुविधसुखभोगी राजपूज्यश्चिरायुः।
वरपरिकरभार्यो भार्गवे बन्धुसंस्थे
भवति मनुजवर्यः सर्वदा विक्रमी च ॥ ८ ॥
भग्नासनगृहो नित्यं विकलो दुःखपीडितः।
स्वस्थानभ्रंशमाप्नोति सौरे बन्धुगते नरः ॥ ९ ॥
नीचमित्रगृहावासी ग्रामोपान्तनिकेतनः।
कुचैलः कुसुमावीशे राहौ मित्रगते नरः ॥ १० ॥
बन्धुस्थानगते राहौ बन्धुपीडकरो भवेत्।
गवि कर्किणि मेषे च स च बन्धुप्रदो भवेत ॥ ११ ॥
चतुर्थे च भवेत्केतुः मातृपित्रोश्च कष्टकृत्।
अतिचिन्ता महाकष्टं सुहृदं सुखवर्जितम् ॥ १२ ॥

अब आगे चौथे भाव के विचार को कहते हैं। प्रथम चौथे भाव से किन-किन वस्तुओं का विचार करना चाहिये, इसे जातकाभरण के वाक्य से कहते हैं।

जातकाभरण नामक ग्रन्थ में कहा है कि चौथे भाव से मित्र-घर-गाँव-पशु और

खेत आदि का विचार करना चाहिये। यदि चतुर्थ भाव शुभग्रह से दृष्ट या युत हो तो उक्त वस्तुओं की नियम से वृद्धि होती है ॥ १ ॥

अब आगे यवनाचार्य जी के वाक्यों से चतुर्थ भाव के फल को कहते हैं।

यदि जन्मपत्री में चौथा भाव अपने स्वामी से या शुभग्रह से युक्त या दृष्ट हो तो जातक मित्र को सुख देने वाला या मित्र सुख से युक्त होता है।

यदि चौथे भाव में बुध भौम से दृष्ट हो तो जातक के मित्रों का क्षय होता है अर्थात् मित्रों से हीन होता है ॥ २ ॥

यदि जन्मपत्री में चन्द्रमा से या लग्न से चौथे स्थान में सूर्य हो तो जातक चाचा का घर प्राप्त करने वाला, यदि शुक्र हो तो स्त्री के आश्रय से सुखी, माला, वस्त्र, सुन्दर भाग्य और घर से युक्त होता है ॥ ३ ॥

यदि जन्मपत्री में चौथे भाव में बुध हो तो जातक यत्न से शत्रु व बान्धवों से सुखी और दूसरे के घर में रहने वाला होता है।

यदि जन्मपत्री में चौथे भाव में भौम हो तो जातक अच्छी रीति से दुखों को जानने वाला, दूसरे के घरों में घूमने वाला, यदि शनि हो तो नौंकरों के घर में रहने वाला होता है ॥ ४ ॥

यदि जन्मपत्री में चौथे भाव में पापग्रह अन्य पापग्रह की राशि में अन्य पापग्रह से दृष्ट और शुभग्रहों से अदृष्ट हो तो जातक दूसरे के उत्थान को देखकर जलने वाला और प्रायः कर बान्धवों से दुःखी होता है ॥ ५ ॥

अब आगे गर्गाचार्य जी के वाक्यों से चौथे भाव में स्थित ग्रहों के फल को कहते हैं।

यदि जन्मपत्री में चौथे भाव में शुक्र, गुरू से दृष्ट हो तो मित्रों का सुख, यदि बुध भौम से दृष्ट हो तो मित्रों का क्षय, यदि चौथे भाव में पापग्रह हो तो माता को क्लेशकारी, यदि शुभग्रह हो तो माता का सुखकारी होता है ॥ १ ॥

सूर्य—यदि जन्मपत्री में चौथे भाव में सूर्य हो तो जातक बान्धवों का नाशक, निरन्तर पश्चात्ताप करने वाला, आतपत्र व सवारी से युक्त, अधिक सुखी, युद्ध में नहीं भागने वाला, दुबला, अधिक स्त्रियों से युक्त और अभिमानी होता है ॥ २-३ ॥

चन्द्रमा—यदि जन्मपत्री में चौथे भाव से चन्द्रमा हो तो जातक स्त्री, बान्धव व नौंकरों से युक्त, घर व सवारी की सम्पत्ति से सदा युक्त होता है ॥ ४॥

भौम—यदि जन्मपत्री में चौथे भाव में भौम हो तो जातक बान्धवों से हीन, भूमि से आजीविका करने वाला, कीचड़ वाले देश का प्रवासी अथवा कीचड़ में बने हुए घर में रहने वाला होता है ॥ ५ ॥

बुध—यदि जन्मपत्री में चौथे भाव में बुध हो तो जातक अधिक मित्रों से युक्त, बड़ा धनवान्, अनेक रसों का भोगी, यदि पापग्रह के साथ हो तो इसके विपरीत फल होता है ॥ ६ ॥

गुरू—यदि जन्मपत्री में चौथे भाव में गुरू हो तो जातक बालकों से मित्रता करने वाला, सुन्दर माला व वस्त्रों से खेलने वाला अधिक सवारी के साधनों से सम्पन्न होता है ॥ ७ ॥

शुक्र—यदि जन्मपत्री में चौथे भाव में शुक्र हो तो जातक दूसरे का प्रिय, विचित्र आवास में रहने वाला, विलासी, अनेक प्रकार से सुख का भोगी, राजा से पूजित, दीर्घायु, श्रेष्ठ समुदाय व स्त्री वाला, मनुष्यों में श्रेष्ठ और सर्वदा पराक्रमी होता है ॥ ८ ॥

शनि—यदि जन्मपत्री में चौथे भाव में शनि हो तो जातक भग्न (फूटे) घर में रहने वाला, सदा अशान्त, दुःख से पीड़ित और अपने स्थान से च्युत होने वाला होता है ॥ ९ ॥

राहु—यदि जन्मपत्री में चौथे भाव में राहु हो तो जातक दुष्ट मित्र के घर में रहने वाला, गाँव के अन्त में घर वाला और मैले वस्त्र वाला तथा बान्धवों को पीड़ित करने वाला होता है। यदि मेष या वृष या कर्क में हो तो बान्धवों से युक्त होता है ॥ १०-११ ॥

केतु—यदि जन्मपत्री में चौथे भाव में केतु हो तो जातक माता-पिता को कष्ट देने वाला, अधिक चिन्तित, बड़े कष्ट से युक्त और मित्र सुख से रहित होता है ॥ १२ ॥

अथ चतुर्थभावे विशेषफलम्।

कश्यपः—

स्वोच्चे १ स्वोच्चनवांशे च २ शुभवर्गेऽथ ३ नीचभे ४।
नीचांशे ५ क्रूरषड्वर्गे ६ मित्रभे ७ सुहृदंशके ८॥ १३ ॥
वर्गोत्तमेऽ९रिभेऽ १० यंशे ११ स्वर्क्षे १२ द्वादशधा क्रमात्।
फलञ्च सुखभावोत्थं कथ्यते यवनोदितम् ॥ १४ ॥
कष्टजं १ स्वल्पवित्तं च २ परदारभवं ३ नवम् ४।
दुःखाढ्य ५ मृणदुःखाढ्य ६ सपापं ७ चौर्यसंभवम् ८॥ १५ ॥
नित्यक्षयं ९ युद्धभवं १० पर सेवाभवं ११ तथा।
बधबन्ध १२ भवं सूर्ये सुखं स्यात् सुखभावगे ॥ १६ ॥
गजाश्वजं १ हेमभवं २ नित्यमेकविधं ३ तथा।
द्यूतजं ४ भूरिकृषिजं ५ पापजं ६ बहुपुत्रजम् ७ ॥१७॥
पितृजं ८ विनयोद्भूत ९ मनीतिजनितं १० तथा।
कपटोत्थं ११ खलोद्भूतं १२ सुखं चन्द्रे सुखस्थिते ॥१८॥
परसूदनसंभूतं १ परवञ्चनसंभवम् २ ।
वञ्चनोत्थं ३ नैव परं ४ सोषजं ५ बधबन्धजम् ६ ॥१९॥
परशोकोत्थ ७ मन्यायात् ८ परस्वविलयोद्भवम् ९।
पौंश्चल्या १० परयेत्युत्थं ११ सुखं मोहात् १२ कुजे सुखे ॥२०॥
महाजनोत्थं १ राजोत्थ २ मक्षयं क्लेशजं ४ ततः।
परसेवासमुद्भूत ५ मथ चान्त्यजसङ्गजम् ६ ॥२१॥

सुपुत्रजं ७ कलत्रोत्थं ८ कन्योऽत्थं ९ क्रयविक्रयात् १० ।
पशुपाल्यात् ११ स्वबन्धुभ्यः १२ सुखं सौम्ये सुखे स्थिते ॥ २२ ॥
नित्यपूर्णो १ सुखार्द्धं च २ धर्मजं ३ नीचसङ्गजम् ।
मिश्रभावसमुद्भूतं ५ मोषणोत्थं ६ तथाङ्गजम् ७ ॥ २३ ॥
भृत्यजं ८ भगिनीजातं ९ नीचसेवासमुद्भवम् १० ।
नीचसेवाभवं ११ भूपसङ्गजं १२ सुखगे गुरौ ॥ २४ ॥
मित्रजातं १ खरोष्ट्रोत्थं २ गजवाजिसमुद्भवम् ३ ।
परदार्यात् ४ विनाशोत्थं ५ गुरुपत्नीसमुद्भवम् ६ ॥ २५ ॥
गोधनोत्थ ७ मजाव्युत्थं ८ महिषीजं ९ कुसेवया १० ।
परदेशभवं ११ देवद्विजसङ्गात् १२ सुखे स्थिते ॥ २६ ॥
पक्षिणो बन्धनाद्युत्थं १ मांसाहारेण २ कर्षणात् ३ ।
अमानुष्याल् ४ लोकबन्धात् ५ पररन्ध्रातिसङ्गजम् ६ ॥ २७ ॥
स्वस्त्रीत्यागभवं ७ स्वीययोष्यहानेः ८ परार्दनात् ९ ।
परवञ्चनजं मर्त्यविक्रयाद् ११ रसविक्रयात् १२ ॥ २८ ॥
सुखं शनौ सुखस्थे स्यादथ श्रेष्ठं क्रमाच्च तत् ।
शनिभौमर्कशुक्रज्ञचन्द्रजीवैः सुखस्थितैः ॥ २९ ॥

यवनः—

अनन्तसौख्यः सुरराजमन्त्री राजाधिपः सोमसुतः सितश्च ।
सहस्रकः शीतमयूखमाली षष्ठाधिपाः सूर्यशनैश्चरारा: ॥ ३० ॥
स्वतुङ्गसंस्थास्त्वनुपाततश्च सौख्यानि यच्छन्ति सदा ग्रहेन्द्राः ।
नीचाश्रिता नीचसुखा भवन्ति षड्वर्गशुद्धाश्च यथा स्वतुङ्गैः ॥ ३१ ॥

अब आगे चौथे भाव के विशेष फल को कश्यप ऋषि के वाक्यों से कहते हैं ।

चौथे भाव में सूर्य का विशेष फल – यदि कुण्डली में चौथे भाव में सूर्य उच्चराशि में हो तो जातक १ कष्ट से, उच्च राशि के नवांश में २ अलपधन से, शुभ राशि षड्वर्ग में ३ दूसरे की स्त्री से, नीच राशि में ४ नवीनता से, नीचराशि के नवांश में ५ दुःख से, क्रूर राशि के षड्वर्ग में ६ ऋण के दुःख से, मित्र की राशि में ७ पाप से, मित्रराशि के नवांश में ८ चोरी से, वर्गोत्तम में ९ नित्यक्षीणता से, शत्रु की राशि में १० युद्ध से, शत्रुराशि के नवांश में ११ दूसरे की सेवा से और चौथे भाव में यदि सूर्य अपनी राशि में हो तो जातक हिंसा व बन्धन से सुखी होता है ॥१३–१६॥

चौथे भाव में चन्द्रमा का विशेष फल—यदि कुण्डली में चौथे भाव में चन्द्रमा उच्च राशि में हो तो जातक १ हाथी व घोड़ाओं से, उच्च राशि के नवांश में हो तो २ सुवर्ण से, शुभ षड्वर्ग में ३ प्रतिदिन एकसा, नीच राशि में ४ जुआ से, नीचराशि के नवांश में ५ अधिक खेती से, क्रूर राशि के षड्वर्ग में ६ पाप से मित्र राशि में ७ अधिक पुत्रों से, मित्र राशि के नवांश में ८ पिता से, वर्गोत्तम में ९ विनम्रता से, शत्रु राशि

में १० अनीति से, शत्रुराशि के नवांश में ११ कपट से और चौथे भाव में चन्द्रमा अपनी राशि में हो तो जातक दुष्टों १२ से सुख प्राप्त करता है ॥१७-१८॥

चौथे भाव में भौम का विशेष फल—यदि कुण्डली में चौथे भाव में भौम उच्चराशि में हो तो १ जातक दूसरे को दुःख देने से, उच्च राशि के नवांश में २ दूसरे को ठगने से, शुभ षड्वर्ग में ३ ठगने से, नीच राशि में ४ मध्यम, नीच राशि के नवांश में ५ चोरी से, पाप षड्वर्ग में ६ हिंसा व बन्धन से, मित्र की राशि में ७ दूसरे के शोक से, मित्र राशि के नवांश में ८ अन्याय से, वर्गोत्तम में ९ दूसरे के धन के विलय से, नीच-राशि में १० व्यभिचारिणी स्त्री से, नीच राशि के नवांश में ११ दूसरे की स्त्री से और चौथे भाव में भौम अपनी राशि में हो तो जातक मोह से १२ सुख प्राप्त करता है ॥१९-२०॥

चौथे भाव में बुध का विशेष फल—यदि कुण्डली में चौथे भाव में बुध उच्चराशि में हो तो १ जातक अधिकजनों से, उच्च राशि के नवांश में २ राजा से, शुभ षड्वर्ग में ३ अक्षीणता से नीच राशि में ४ क्लेश से, नीचराशि के नवांश में ५ दूसरे की सेवा से, क्रूर राशि के षड्वर्ग में ६ अन्त्यजों की सङ्गति से, मित्र राशि में ७ अच्छे पुत्र से, मित्र राशि के नवांश में ८ स्त्री से, वर्गोत्तम में ९ कन्या से, शत्रु राशि में १० खरीदने व बेचने से, शत्रुराशि के नवांश में ११ पशुपालन से और चौथे भाव में यदि अपनी राशि में १२ बुध हो तो जातक अपने बान्धवों से सुखी होता है ॥ २१-२२ ॥

चौथे भाव में गुरु का विशेष फल—यदि कुण्डली में चौथे भाव में गुरु उच्च राशि में हो तो जातक १ नित्य पूर्णता से, उच्च राशि के नवांश में २ आधा, शुभ षड्वर्ग में ३ धर्म से, नीचराशि में ४ दुष्टों की सङ्गति से, नीच राशि के नवांश में ५ मिश्रित भावना से, क्रूर राशि के षड्वर्ग में ६ चोरी से, मित्र राशि में ७ शरीर से, मित्र राशि के नवांश में ८ नौकर से, वर्गोत्तम में ९ बहिन से, शत्रु की राशि में १० दुष्टों की सेवा से, शत्रुराशि के नवांश में ११ दुष्टों की सेवा से और चौथे भाव में गुरु यदि अपनी राशि में हो तो जातक १२ राजा की सङ्गति से सुख प्राप्त करता है ॥२३-२४॥

चौथे भाव में शुक्र का विशेष फल—यदि कुण्डली में चौथे भाव में शुक्र उच्च राशि में हो तो जातक १ मित्र से, उच्च राशि के नवांश में २ गधा और ऊँट से, शुभ राशि के षड्वर्ग में ३ हाथी और घोड़ाओं से, नीच राशि में ४ दूसरे के स्त्री से, नीच राशि नवांश में ५ विनाश से, क्रूर राशि के षड्वर्ग में ६ गुरु पत्नी से, मित्र की राशि में ७ गायों से, मित्र राशि के नवांश ८ में भेड़ बकरी से, वर्गोत्तम में ९ स्त्री से, शत्रु राशि में १० दूषित सेवा से, शत्रु राशि के नवांश में ११ दूसरे देश से और चौथे भाव में शुक्र यदि अपनी राशि में हो तो १२ जातक देवता व ब्राह्मणों की सङ्गति से सुख प्राप्त करता है ॥ २५-२६ ॥

चौथे भाव में शनि का विशेष फल—यदि कुण्डली में चौथे भाव में शनि उच्च राशि में हो तो १ पक्षियों के बन्धन से, उच्च राशि के नवांश में २ मांस खाने से, शुभ राशि के षड्वर्ग में ३ कर्षण से (खेती), नीच राशि में ४ मनुष्येतर से, नीच राशि के

नवांश में ५ संसार बन्धन से, क्रूर राशि के षड्वर्ग में ६ दूसरे के दोषों से अधिक सङ्गति होने पर, मित्र राशि में ७ अपनी स्त्री के त्यागने से, मित्र राशि के नवांश में ८ अपनी स्त्री की हानि से, वर्गोत्तम में ९ दूसरे की पीड़ा से, शत्रु राशि में १० दूसरे को ठगने से, शत्रु राशि के नवांश में ११ बेचने से और चौथे भाव में शनि यदि अपनी राशि में हो तो जातक रसों के बेचने से सुखी होता है।

यदि चौथे भाव में शनि, भौम, सूर्य, शुक्र, बुध, चन्द्र, और शुक्र हों तो क्रम से श्रेष्ठादि फल देने वाले होते है ॥ २७-२९ ॥

अब आगे यवनाचार्यजी के वचनों से इससे भिन्न फल को बताते हैं।

यदि कुण्डली में चौथे भाव में उच्च राशि में गुरु हो तो अगणित सुखी, बुध या शुक्र हो तो राजाओं का राजा, चन्द्रमा हो तो हजार प्रकार से सुखी जातक होता है।

यदि सूर्य व शनि या भौम षष्ठेश होकर उच्च राशि में हो तो जातक सदा सुखी न्यून में या अधिक अंशों में या अन्य राशियों में अनुपात द्वारा फल का न्यूनाधिक्य जानना चाहिये। यदि ग्रह सुख में नीच राशि में हो तो दूषित सुख और षड्वर्ग से शुद्ध ग्रह चौथे भाव में हो तो जातक उच्चवत् फल प्राप्त करता है ॥ ३०-३१ ॥

अथ चतुर्थभावराशिफलम्।

वृद्धयवनः—

मेषे सुखस्थे लभते मनुष्यश्चतुष्पदेभ्योऽथ विलासिनीभ्यः।
भोगैर्विचित्रैः प्रचुरान्नपानैः पराक्रमोपार्जितसद्धनैश्च ॥ १ ॥
वृषे सुखस्थे लभते सुखानि नरोऽतिमान्यैर्विविधैश्च मानैः।
शौर्येण भूपालनिषेवणेन विप्रोपचारैर्नियमैर्व्रतैश्च ॥ २ ॥
तृतीयराशौ सुखगे सुखानि लभेन्मनुष्यः प्रमदाकृतानि।
जलावगाहैर्वनसेवया च प्रभूतपुष्पाम्बरसेवनेन ॥ ३ ॥
कुलीरराशौ च यदा सुखस्थे नरं सुरूपं सुभगं सुशीलम्।
स्त्रीसङ्गतं सर्वगुणैः समेतं विद्याविनीतं जनवल्लभञ्च ॥ ४ ॥
सिंहे सुखस्थे तु सुखं मनुष्यं प्राप्नोति जातु प्रचुरं प्रकोपात्।
दरिद्रतः शीलविपर्ययाच्च कुमित्रसङ्गाद्धनसंश्रयाच्च ॥ ५ ॥
कन्यागृहं बन्धुगृहे मनुष्यः प्राप्नोति सौख्यं प्रमदाभियोगात्।
बह्वन्नपानान्नृपसेवनाद्वा महोद्यमाद्धर्मनिषेवणाच्च ॥ ६ ॥
तुले सुखस्थे लभते मनुष्यः पैशुन्ययोगाच्च सदा सुखानि।
परोत्थछिद्रेक्षणकीर्तनेन चौर्येण युद्धेन च मोहनेन ॥ ७ ॥
अलौ चतुर्थे च सदा नितान्तं नरं सुतीक्ष्णं परभीतचित्तम्।
प्रभूतसेवं गतवीर्यदर्पं परैः सुदक्षं मतिधैर्यहीनम् ॥ ८ ॥
चापे सुखस्थे सुखभाग्मनुष्यः सुखं सदा सङ्गरसेवनेन।
सत्कीर्तितेनैव हयैर्विचित्रैः सेवासुखस्थैरनिबन्धनेन ॥ ९ ॥

मृगे सुखस्थे सुखभाग्मनुष्यः सदा भवेत्तोयनिषेवणेन।
उद्यानवापीतटसङ्गमेन मित्रप्रचारैः सुरतप्रधानैः॥ १०॥
घटे सुखस्थे प्रमदाभिधानात्प्राप्नोति सौख्यं विविधं मनुष्यम्।
मिष्टान्नपानैः फलशाकपत्रैर्विदग्धवाक्यैः कुहकानुकारैः॥ ११॥
मीने सुखस्थे तु सुखं मनुष्यः प्राप्नोति सौख्यं जलसंश्रयेण।
शमैः सदा देवसमुद्भवैश्च स्थानैः सुवस्त्रैः सुधनैर्विचित्रैः॥ १२॥

अब आगे चौथे भाव में बारह राशियों के फल को वृद्ध यवनाचार्यजी के वचन से कहते हैं।

सुख भाव में मेष राशि का फल—यदि जन्माऽङ्ग में चौथे भाव में मेष राशि हो तो जातक पशुओं से, विलासिनी स्त्रियों से, विचित्र भोगों से, अनेक प्रकार अन्न व पान से और पराक्रम से पैदा किये हुए धन से सुखी होता है॥ १॥

सुख भाव में वृष राशि का फल—यदि जन्माऽङ्ग में चौथे भाव में वृष राशि हो तो जातक अधिक मान्यता व सम्मान से, पराक्रम से, राजा के सेवन से, ब्राह्मणों की पूजा से और नियम तथा व्रतों से सुखी होता है॥ २॥

सुख भाव में मिथुन राशि का फल—यदि जन्माऽङ्ग में चौथे भाव में मिथुन राशि हो तो जातक स्त्रियों से, जल में स्नान से, वन की सेवा से, अधिक पुष्प और वस्त्रों के सेवन से सुखी होता है॥ ३॥

सुख भाव में कर्क राशि का फल—यदि जन्माऽङ्ग में चौथे भाव में कर्क राशि हो तो जातक स्वरूपवान्, सुन्दर भाग्यशाली, सुशील, स्त्री से सङ्गति करने वाला, समस्त गुणों से युक्त, विद्या से विनयी और जन प्रिय होता है॥ ४॥

सुख भाव में सिंह राशि का फल—यदि जन्माऽङ्ग में चौथे भाव में सिंह राशि हो तो जातक कदाचित् क्रोध से, अधिक दरिद्रता से, अशीलता से, दुष्ट मित्रों के सङ्ग से और धन के संग्रह से सुखी होता है॥ ५॥

सुख भाव में कन्या राशि का फल—यदि जन्माऽङ्ग में चौथे भाव में कन्या राशि हो तो जातक स्त्रियों के संयोग से, अधिक अन्न पान से, राजा की सेवा से अथवा बड़े उद्यम से और धर्म के सेवन से सुखी होता है॥ ४॥

सुख भाव में तुला राशि का फल—यदि जन्माऽङ्ग में चौथे भाव में तुला राशि हो तो जातक चुगलखोरी से, दूसरे के दोषों को देखने से व कहने से, चोरी से, युद्ध से और मोह से सुखी होता है॥ ७॥

सुख भाव में वृश्चिक राशि का फल—यदि जन्माऽङ्ग में चौथे भाव में वृश्चिक राशि हो तो जातक सदा अत्यन्त तीखा, दूसरे से भयभीत चित्त वाला, अधिक सेवा, पराक्रम व गर्व से रहित, दूसरे से चतुर, बुद्धि व धीरता से रहित होता है॥ ८॥

सुख भाव में धनु राशि का फल—यदि जन्माऽङ्ग में चौथे भाव में धनु राशि हो तो जातक युद्ध में रहने से, अच्छा बोलने से, विचित्र घोड़ाओं की सेवा से और विना बन्धन से सुखी होता है॥ ९॥

सुख भाव में मकर राशि का फल—यदि जन्माऽङ्ग में चौथे भाव में मकर राशि हो तो जातक जल सेवन से, बाग, बगीचा, कुआ, बावरी के संयोग से, मित्रों के प्रचार से और श्रेष्ठ संयोग से सुखी होता है ॥ १० ॥

सुख भाव में कुम्भ राशि का फल—यदि जन्माऽङ्ग में चौथे भाव में कुम्भ राशि हो तो जातक स्त्री के नाम से अनेक प्रकार से, मधुर भोजन व पान से, फल, साग, पत्ताओं से, विद्वानों के वचन से और ठगी से सुखी होता है ॥ ११ ॥

सुख भाव में मीन राशि का फल—यदि जन्माऽङ्ग में चौथे भाव में मीन राशि हो तो जातक जल सेवन से, सदा शान्ति से, देवस्थानों से, सुन्दर वस्त्रों से और विचित्र धनों से सुखी होता है ॥ १२ ॥

अथ चतुर्थेशद्वादशभावफलम्

तुर्यपतौ लग्नगते पितृपुत्रौ स्नेहलौ मिथः कुरुते ।
पितृपक्षवैरिकलितं पितृनाम्ना सुप्रसिद्धञ्च ॥ १ ॥
पातालपे धनस्थे क्रूरखगे पितृविरोधकृच्च शुभे ।
पितृपालकः प्रसिद्धः पिता हि भुङ्क्ते च तल्लक्ष्मीम् ॥ २ ॥
तुर्यशे सहजगते पितृमातृछेदकं विदितपितरम् ।
पित्रा सह कलहकरं पितृबान्धवपालकं पुरुषम् ॥ ३ ॥
तुर्यगते तुर्यपतौ पितरीक्षितयाधिनाथमानकरः ।
विदितः पितृलाभपरो भवति सुधर्मा सुखी निधिपः ॥ ४ ॥
सुतगे तुर्यगृहेशे पिता स लाभोऽङ्गजश्च दीर्घायुः ।
भवति क्षितिप्रसिद्धः ससुतः सुतपालकः सोऽपि ॥ ५ ॥
हिबुकपतौ रिपुसंस्थे पितुरर्थविनाशकः पितरि वैरी ।
पितृदोषकरः क्रूरः सौम्ये धनसञ्चकस्तनयः ॥ ६ ॥
अम्बुपतौ सप्तमगे क्रूरे स्नुषां न पालयति ।
सौम्ये पालयति पुनः कुलटां तां कुजकवी कुरुतः ॥ ७ ॥
छिद्रगतस्तुर्यपतिः क्रूरो रोगान्वितं दरिद्रञ्च ।
दुष्कर्मरतं मृत्युप्रियमथ मानवं कुरुते ॥ ८ ॥
सुकृतगते तुर्यपतौ पितर्यसंगीतसमस्तविद्यावान् ।
पितृसंग्रहधर्मपरः पितृनिरपेक्षो भवेन्मनुजः ॥ ९ ॥
पातालपेऽम्बरगते पापे सुतमातरं त्यजेज्जनकः ।
श्रयते त्वन्यां दयितां सौम्ये पुनरन्यसेवावान् ॥ १० ॥
एकादशगे तुर्याधिपतौ पितृपालकः सुकर्मा च ।
पितृभक्तो भवति सुतः प्रचुरायुर्व्याधिविकलश्च ॥ ११ ॥

द्वादशगे तुर्यपतौ मृतः पिता विदेशगो वाच्यः।
पुत्रस्य पापखचरे त्वन्यपितुर्जन्म निर्देश्यः॥ १२॥

इति चतुर्थभावः।

अब आगे बारह भावों में स्थित चतुर्थेश के फल को कहते हैं।

लग्नस्थ चतुर्थेश का फल—यदि जन्म के समय में चतुर्थेश लग्न में हो तो जातक पिता व पुत्र से स्नेह करने वाला, पिता का पक्ष शत्रुओं से युक्त और पिता के नाम से विख्यात होने वाला होता है ॥१॥

धनस्थ चतुर्थेश का फल—यदि जन्म के समय में पापग्रह चतुर्थेश दूसरे भाव में हो तो जातक पिता से विरोध करने वाला, यदि शुभ ग्रह हो तो पिता की सेवा करने से विख्यात होने वाला और पिता उसकी लक्ष्मी का सुख भोगता है ॥२॥

पराक्रमस्थ चतुर्थेश का फल—यदि जन्म के समय में चतुर्थेश तीसरे भाव में हो तो जातक पिता माता को भेदित करने वाला, प्रसिद्ध पिता वाला, पिता के साथ कलह करने वाला और पिता के बान्धवों का पालन करने वाला होता है ॥३॥

सुखस्थ चतुर्थेश का फल—यदि जन्म के समय में चतुर्थेश चौथे भाव में हो तो जातक पिता की दृष्टि से प्रभुत्व पाने वाला, अभिमानी, प्रसिद्ध पिता से लाभ करने वाला, अच्छा धर्मात्मा, सुखी और खजाने का मालिक होता है ॥४॥

पुत्रस्थ चतुर्थेश का फल—यदि जन्म के समय में चतुर्थेश पांचवें भाव में हो तो जातक पिता व पुत्र के लिये लाभ करने वाला, दीर्घायु, भूमि में विख्यात, पुत्रवान् और पुत्र का पालन करने वाला होता है ॥५॥

शत्रुस्थ चतुर्थेश का फल—यदि जन्म के समय में चतुर्थेश छठे भाव में हो तो जातक पिता के धन का विनाशक, पिता का शत्रु, यदि पापग्रह हो तो पिता के लिये दोषी यदि शुभ हो तो धन का संग्रह करने वाला व पुत्रवान् होता है ॥६॥

जायास्थ चतुर्थेश का फल—यदि जन्म के समय में चतुर्थेश पापग्रह सप्तम भाव में हो तो जातक स्त्री का पालन करने वाला, शुभ ग्रह हो तो स्त्री का पालक, यदि भौम या शुक्र हो तो व्यभिचारिणी स्त्री से युक्त होता है ॥७॥

मृत्युस्थ चतुर्थेश का फल—यदि जन्म के समय में चतुर्थेश पापग्रह आठवें भाव में हो तो जातक रोगी, दरिद्री, बुरे कार्यों में अनुरक्त और मृत्यु प्रेमी होता है ॥ ८ ॥

धर्मस्थ चतुर्थेश का फल—यदि जन्म के समय में चतुर्थेश नवें भाव में हो तो जातक का पिता संगीत को छोड़कर समस्त विद्याओं का जानकार, पिता के धर्म पर चलने वाला और पिता से उपेक्षित होता है ॥ ९ ॥

कर्मस्थ चतुर्थेश का फल—यदि जन्म के समय में चतुर्थेश दशम भाव में हो तो जातक माता के साथ पिता से संत्यक्त और पिता दूसरी का आश्रयी, शुभग्रह हो तो दूसरों की सेवा करने वाला होता है ॥ १० ॥

लाभस्थ चतुर्थेश का फल—यदि जन्म के समय में चतुर्थेश ग्यारहवें भाव में हो तो जातक पिता का पालक, अच्छा कार्य करने वाला, पिता का भक्त, दीर्घायु और रोग से अशान्त होता है ॥ ११ ॥

व्ययस्थ चतुर्थेश का फल—यदि जन्म के समय में चतुर्थेश बारहवें भाव में हो तो जातक के पिता की परदेश में मृत्यु, पापग्रह हो तो दूसरे से उत्पन्न जातक को समझना चाहिये ॥ १२ ॥

इस प्रकार चौथे भाव का फल समाप्त हुआ ॥ १-१२ ॥

अथ सुतभवनचिन्ता। तत्र सुतभावे किं चिन्त्यमित्युक्तं जातकाभरणे—

बुद्धिः प्रबन्धात्मजमन्त्रविद्याविनेयगर्भस्थितिनीतिसंस्था।
सुताभिधाने भवने नराणां होरागमज्ञैः परिचिन्तनीयम् ॥ १ ॥

[1]सारावल्याम्—

सुतभवनमशुभयुतं शुभदृष्टं वा सुतर्क्षमिह येषाम्।
तेषां प्रसवः पुंसां भवत्यवश्यं न विपरीते ॥ २ ॥
एकतमे गुरुवर्गे सुतराशौ चौरसो भवेत्पुत्रः।
लग्नाच्चन्द्रादथवा बलयोगाद् वीक्षितेऽपि वा सौम्यैः ॥ ३ ॥
सङ्ख्या नवांशतुल्या सौम्यांशे तावती सदा दृष्टा।
शुभदृष्टे तद्द्विगुणा क्लिष्टा पापांशकेऽथवा दृष्टे ॥ ४ ॥

ग्रन्थान्तरे—

यावत्सङ्ख्या ग्रहाणां सुतभवनगता पूर्णदृष्टिर्गता वा
तावत्सङ्ख्याप्रसूतिर्भवति बलयुताः पुंग्रहाः पुत्र जन्म।
पुत्री शुक्रस्तु चन्द्रो हिमसुतरविजो गर्भहानिं करोति
केचिच्चन्द्राद्विचार्यं मुनिवरकथितं तद्विचिन्त्यं नवांशे ॥ ५ ॥
पञ्चमभवनस्वामी यत्सङ्ख्येंऽशे भवति तावती सङ्ख्या।
शुक्रनवांशे तस्मिन् बहून्यपत्यानि शुक्रसंदृष्टे ॥ ६ ॥
पञ्चमाधीश्वरस्यांशो यावद्भिः पापखेचरैः।
वीक्ष्यते तन्मिता गर्भाः व्यलीयन्ते शुभैः शुभम् ॥ ७ ॥

[2]सारावल्याम्—

सौरर्क्षे सौरगणे बुधदृष्टे गुरुकुजार्किदृग्हीने।
क्षेत्रजपुत्रं जनयति बौधेऽपि गणे रविजदृष्टे ॥ ८ ॥
मान्दं सुतर्क्षमिन्दुर्निरीक्षिते यदि शनैश्चरेण युतम्।
दत्तकपुत्रोत्पत्तिः क्रीतस्य बुधेन चैवं स्यात् ॥ ९ ॥

---

१. ३४ अ० २५-२७ श्लो०। २. ३४ अ० २८-४२ श्लो०।

सप्तमभावो कौजे सौरयुते पञ्चमे सदा भवने।
कृत्रिमपुत्रं विन्द्याच्छेषग्रहदर्शनान्मुक्ते ॥ १० ॥
वर्गे पञ्चमराशौ सौरे सूर्येण वात्र संयुक्ते।
लोहितदृष्टे वाच्यो जातस्य सुतोऽधमप्रसवः ॥ ११ ॥
चन्द्रे भौमांशगते धीस्थे मन्दावलोकिते भवति।
गूढोत्पन्नः पुत्रः शेषग्रहदर्शनाज्जाते ॥ १२ ॥
शनिवर्गस्थे चन्द्रे शनियुक्ते पञ्चमे सदा भवने।
शुक्ररविभ्यां दृष्टे पुत्रः पौनर्भवो भवति ॥ १३ ॥
तस्मिन्नेव च भौमे शशिवर्गस्थे निरीक्षिते रविणा।
पुरुषस्य भवति पुत्रो परविद्धश्चेति मुनिवचनात् ॥ १४ ॥
वर्गे रविचन्द्रमसोः सुतगेहे चन्द्रसूर्यसंयुक्ते।
शुक्रेण दृष्टिमात्रे पुत्रः कथितः सहोढश्च ॥ १५ ॥
पापैर्बलिभिर्युक्ते पापर्क्षे पञ्चमे सदा राशौ।
जातोऽपुत्रः पुरुषः सौम्यैर्गृहदर्शनातीते ॥ १६ ॥
शुक्रनवांशे तस्मिञ्छुक्रेण निरीक्षिते त्वपत्यानि।
दासी प्रभवानि वदेच्चन्द्रादपि केचिदाचार्याः ॥ १७ ॥
सितशशिवर्गे धीस्थे ताभ्यां दृष्टेऽथवापि संयुक्ते।
प्रायेण कन्यकाः स्युः समराशिगणेऽपि चान्यथा पुत्राः ॥ १८ ॥
लग्नाद् दशमे चन्द्रे सप्तमसंस्थे भृगोः पुत्रे।
पापैः पातालस्थैर्वंशच्छेत्ता भवेज्जातः ॥ १९ ॥
भौमः पञ्चमभवने जातं जातं विनाशयति पुत्रम्।
दृष्टे गुरुणा प्रथमं सितेन न च सर्वसंदृष्टः ॥ २० ॥
सुतपतिरस्तंगतो वा पापयुतः पापवीक्षितो वापि।
सन्ततिबाधां कुरुते केन्द्रे कोणे द्विलाभगे चन्द्रे ॥ २१ ॥
चन्द्रो यदार्कसक्तः कलत्रसंस्थस्तथैव पञ्चमे गेहे।
रविदृष्टोऽप्यथ सहितः कानीनः संभवेत्पुत्रः ॥ २२ ॥

धनजनसुखहीनः पञ्चमस्थैश्च पापैर्भवति विकृत एव क्ष्मासुते तत्र जातः।
दिवसकरसुते च व्याधिभिस्तप्तदेहः सुरगुरुबुधशुक्रैः सौख्यसंपद् धनाढ्यः ॥२३॥

अब आगे पञ्चम भाव से होरा शास्त्र के जानने वालों को विचारने योग्य बातों को जातकाभरण नामक ग्रन्थ के आधार पर कहते हैं।

जातकाभरण में कहा है कि बुद्धि-प्रबन्ध-सन्तान-मन्त्र-विद्या-विनय-गर्भ स्थिति और नीति का विचार पञ्चम भाव से करना चाहिये ॥ १ ॥

अब आगे सारावली के वाक्यों से पञ्चम भाव के फल को बतलाते हैं।

यदि कुण्डली में पञ्चम भाव में पाप ग्रह शुभ ग्रह से दृष्ट हो या शुभ ग्रह की राशि, शुभ ग्रह से दृष्ट हो तो जातक सन्तान से युक्त होता है। इसके विपरीत में अर्थात् पाप ग्रह या पाप ग्रह की राशि पाप ग्रह से दृष्ट हो तो सन्तान का अभाव होता है ॥ २ ॥

विशेष—प्रकाशित सारावली में 'सुतभवनं शुभयुक्तं' यह पाठान्तर है ॥ २ ॥

यदि कुण्डली में लग्न वा चन्द्रमा से पञ्चम राशि में अर्थात् भाव में शुभ ग्रह की राशि में एक ही गुरु का वर्ग हो अथवा बली शुभ ग्रह से दृष्ट पञ्चमस्थ शुभ राशि हो तो जातक को अपनी स्त्री में स्वयं के गर्भाधान से पुत्र होता है ॥ ३ ॥

सन्तान संख्या का ज्ञान—यदि कुण्डली में पञ्चम भाव में शुभ ग्रह का नवांश हो तो जातक को नवांश संख्या तुल्य सन्तानोत्पत्ति होती है। यदि उक्त नवांश शुभ ग्रह से दृष्ट हो तो दूनी सन्तान संख्या समझना चाहिये। यदि पाप ग्रह के नवांश में पञ्चमस्थ राशि शुभ ग्रह से दृष्ट हो तो कठिनाई से सन्तान होती है ॥ ४ ॥

अब आगे ग्रन्थान्तर के वाक्य से सन्तान ज्ञान को बताते हैं।

जन्म के समय में पञ्चम भाव जितने बली ग्रहों से दृष्ट हो उतनी सन्तानों से युक्त जातक होता है। इसमें जितने पुरुष ग्रहों से दृष्ट हो उतने पुत्र समझने चाहिये, तथा शुक्र व चन्द्रमा से दृष्ट होने पर कन्या सन्तान से युक्त जातक होता है। यदि बुध या शनि से दृष्ट पञ्चम भाव हो तो गर्भ स्राव होता है। किसी आचार्य का कहना है कि चन्द्रमा से पञ्चम भाव में इसका विचार करना चाहिये किन्तु चन्द्रमा से पञ्चम भाव में नवांश के आधार पर सन्तान का ज्ञान करना चाहिये। ५ ॥

जन्माऽङ्ग में पञ्चमेश जितनी संख्या के नवांश में हो उतनी सन्तान, यदि पञ्चमेश शुक्र के नवांश में शुक्र से दृष्ट हो तो अधिक सन्तान उत्पन्न होती हैं ॥ ६ ॥

जन्म के समय पञ्चमेश जिस नवांश में हो वह जितने पापग्रहों से दृष्ट हो उतने गर्भ नष्ट होते हैं, तथा शुभग्रह से दृष्ट होने पर गर्भ नहीं होता है ॥ ७ ॥

अब आगे सारावली के वाक्यों से क्षेत्रजादि पुत्र योगों को बताते हैं।

क्षेत्रज पुत्र प्राप्ति योग ज्ञान—यदि कुण्डली में पञ्चम में शनि की राशि या शनि वर्ग बुध से दृष्ट और गुरु, भौम व शनि से अदृष्ट हो या पञ्चम भाव में बुध की राशि का वर्ग शनि से दृष्ट हो तो जातक क्षेत्रज पुत्र से युक्त होता है ॥ ८ ॥

विशेष--क्षेत्रज पुत्र का लक्षण—'यस्तल्पजः प्रमीतस्य क्लीबस्य व्याधितस्य वा। स्वधर्मेण नियुक्तायां सपुत्रः क्षेत्रजः स्मृतः' मनुस्मृ० ९ अ० १६७ श्लो०। प्रकाशित सारावली में 'गुरुकुजार्कदृग्हीनः' यह पाठान्तर प्राप्त है। वृद्धयवन जातक में केवल सूर्य भौम का ही वर्णन प्राप्त होता है ॥ ८ ॥

दत्तक व क्रीत पुत्र प्राप्ति योग—यदि कुण्डली में पञ्चमभाव में शनि अपनी राशि में चन्द्रमा से दृष्ट हो तो जातक दत्तक पुत्र से युक्त होता है।

यदि बुध की राशि में बुध चन्द्रमा से दृष्ट हो तो जातक को क्रीत पुत्र होता है ॥ ९ ॥

विशेष—दत्तक पुत्र लक्षण—माता पिता वा दद्यातां यमद्भिः पुत्रमापदि । सदृशं प्रीतिसंयुक्तं सज्ञेयो दत्त्रिमः सुतः' (मनुस्मृ० ९ अ० १६८ श्लो०) ।

क्रीत पुत्र लक्षण—'क्रीणीयाद्यस्त्वपत्यर्थं मातापित्रोर्यमन्तिकात् । सक्रीतकः सुतस्तस्य सदृशोऽसदृशोऽपि वा' (मनुस्मृ० ९ अ० १७४ श्लो०) ॥ ९ ॥

कृत्रिम पुत्र योग ज्ञान—यदि कुण्डली में पञ्चमभाव में भौम का सप्तमांश शनि से युक्त तथा अन्य ग्रहों से अदृष्ट हो तो जातक कृत्रिम पुत्र से युक्त होता है ॥ १० ॥

विशेष—कृत्रिम पुत्र का लक्षण—'सदृशन्तु प्रकुर्याद्यं गुणदोषविचक्षणम् । पुत्रं पुत्रगुणैर्युक्तं सविज्ञेयश्च कृत्रिमः' (मनुस्मृ० ९ अ० १६९ श्लो०) ॥ १० ॥

अधम पुत्र योग—यदि कुण्डली में पञ्चमभाव में शनि का वर्ग हो वा सूर्य सुतभाव में भौम से दृष्ट हो तो जातक अधम पुत्र से युक्त होता है ॥ ११ ॥

गूढ़ पुत्र योग—यदि कुण्डली में भौम के नवांश में चन्द्रमा, शनि से दृष्ट व अन्य ग्रहों से अदृष्ट हो तो जातक गूढ़ पुत्र से युक्त होता है ॥ १२ ॥

विशेष—गूढ पुत्र का लक्षण—'उत्पद्यते गृहे यस्य न च ज्ञायेत कस्य सः । सगृहे गूढ उत्पन्नस्तस्य स्याद्यस्य तल्पजः' (मनुस्मृ० ९ अ० १७० श्लो०) ॥ १२ ॥

पुनर्भू पुत्र योग—यदि कुण्डली में पञ्चमभाव में शनि के वर्ग में चन्द्रमा शुक्र सूर्य से दृष्ट हो तो जातक पुनर्भू पुत्र से युक्त होता है ॥ १३ ॥

विशेष—पुनर्भू पुत्र का लक्षण—'या पत्या वा परित्यक्ता विधवा वा स्वयेच्छया । उत्पादयेत्पुनर्भूत्वा स पौनर्भव उच्यते' (मनुस्मृ० ९ अ० १७५ श्लो०) ॥ १३ ॥

परविद्ध पुत्र योग—यदि कुण्डली में पञ्चम भाव में चन्द्रमा के वर्ग में भौम, सूर्य से दृष्ट हो तो जातक परविद्ध पुत्र से युक्त होता है ऐसा मुनियों का कथन है ॥१४॥

विशेष—प्रकाशित सारावली में 'शनि वर्गस्थे' 'पुत्रोऽपविद्ध इति करुणमुनि' यह पाठान्तर प्राप्त है ॥ १४ ॥

सहोढ पुत्र योग—यदि कुण्डली में पञ्चम भाव में सूर्य, चन्द्रमा के वर्ग में सूर्य चन्द्रमा, शुक्र से दृष्ट हों तो जातक सहोढ पुत्र से युक्त होना है ॥ १५ ॥

विशेष—सहोढ पुत्र का लक्षण—'या गर्भिणी संस्क्रियते ज्ञाताज्ञाताऽपि वा सती । वोढुः सगर्भो भवति सहोढ इति चोच्यते' (मनुस्मृ० ९ अ० १७३ श्लो०) ॥ १५ ॥

अपुत्र योग—यदि कुण्डली में पापग्रह की राशि पञ्चम भाव में व बली पापग्रह शुभ-ग्रहों से अदृष्ट हो तो जातक पुत्र से हीन होता है ॥ १६ ॥

दासी पुत्र योग—यदि कुण्डली में पञ्चम भाव में शुक्र का नवांश शुक्र से दृष्ट हो तो जातक दासी (नौकरानी) के पुत्र से युक्त होता है। किसी आचार्य का मत है कि चन्द्रमा से पञ्चम भाव में उक्त स्थिति का विचार करना चाहिये ॥ १७ ॥

कन्या सन्तति योग—यदि कुण्डली में पञ्चम भाव में शुक्र चन्द्रमा का षड्वर्ग हो तथा शुक्र चन्द्र से दृष्ट या युत पञ्चम भाव हो तो जातक कन्या सन्तति से युक्त होता है। या पञ्चम भाव में सम राशियों का षड्वर्ग शुक्र चन्द्रमा से दृष्ट या युक्त हो तो भी प्रायः कन्या सन्तान से युक्त होता है। इसके विपरीत स्थिति में पुत्रवान् होता है ॥ १८ ॥

सन्तान हीन योग—यदि कुण्डली में लग्न से दशम भाव में चन्द्रमा तथा सप्तम में शुक्र और पापग्रह चौथे भाव में हो तो जातक सन्तान हीन होता है ॥ १९ ॥

यदि कुण्डली में पाँचवे भाव में भौम हो तो सन्तान (पुत्र) हो होकर नष्ट हो जाते हैं। यदि पञ्चमस्थ भौम, गुरु या शुक्र से दृष्ट हो तो प्रथम सन्तान का नाश नहीं होता है। यदि सब ग्रहों से दृष्ट भौम हो तो सन्तान का अभाव होता है ॥ २० ॥

यदि कुण्डली में पञ्चमेश अस्त हो या पापग्रह से युक्त या दृष्ट हो तथा चन्द्रमा केन्द्र (१।४।७।१०) में या त्रिकोण में या दूसरे या ग्यारहवें भाव में हो तो सन्तति उत्पन्न होने में बाधा होती है ॥ २१ ॥

विशेष—यह पद्य प्रकाशित सारावली में अनुपलब्ध है ॥ २१ ॥

कानीन पुत्र योग

यदि कुण्डली में सातवें या पाँचवें भाव में चन्द्रमा, सूर्य हों या इनसे दृष्ट या युक्त उक्त भाव हों तो जातक कुमारी से उत्पन्न पुत्र से युक्त होता है ॥ २२ ॥

विशेष—कानीन पुत्र का लक्षण 'पितृवेश्मनि कन्या तु यं पुत्रं जनयेद्रहः। तं कानीनं वदेन्नाम्ना वोढुः कन्या समुद्भवः' (मनुस्मृ० ९ अ० १७२ श्लो०) ॥ २२ ॥

पञ्चमस्थ शुभ पापग्रह फल—

यदि कुण्डली में पञ्चम भाव में पापग्रह हों तो जातक धन-जन और सुख से रहित, यदि भौम हो तो विकार से युक्त या अशान्त, शनि हो तो रोगों से पीडित देहधारी, यदि बुध, गुरु, शुक्र हों तो सुख, संपत्ति व धन से युक्त होता है ॥ २३ ॥

वन्ध्यायोगाः जातकप्रदीपे—

नो सूते तनुगेऽर्कजे द्युनसितेऽथो मन्दसूर्यौ द्युने
कर्मे पूर्णगुरुः प्रपश्यति यदा नो गर्भिणी जायते।
दृश्येऽर्धे सितसूर्यजौ द्विषि विधुर्द्यूनेऽपि चोग्रेक्षिते
नो सूतेऽथ रिपौ शशिक्षितिसुतौ तोयर्क्षगौ नोद्भवः ॥ १ ॥
पञ्चमराशौ पापो जातं जातं शिशुं विनाशयति।
सप्तमराशौ पापा द्वे भार्ये बादरायणेनोक्ते ॥ २ ॥
भौमे राहुणा वापि युक्तः स्यात्पञ्चमेश्वरः।
राहुभौमान्तरस्थो वा पुत्रनाशकरो भवेत् ॥ ३ ॥
अस्तंगते पञ्चमेशे पापाक्रान्ते च दुर्बले।
नापत्यं जायते दैवाज्जायते म्रियते शिशुः ॥ ४ ॥

लग्नात्तृतीयभवने यदि सोमसुतो भवेत्।
द्वौ पुत्रौ कन्यकास्तिस्रो जायन्ते नाऽत्रसंशयः ॥ ५ ॥
लग्ने पापो व्यये पापो धने सौम्योऽपि संस्थितः।
पञ्चमे भवने पापः परिवारक्षयङ्करः ॥ ६ ॥
धनस्थाने यदा क्रूरः क्रूरग्रहनिरीक्षितः।
न नश्यति निजं क्षेत्रमल्पपुत्रस्तदा भवेत् ॥ ७ ॥
यवनः—
सूर्यार्किभौमैकतराश्रिते भे तद्वीक्षिते तद्ग्रहभागयोगे।
एषां गृहस्थे च कुजेऽल्पवीर्यें समुद्भवः कीर्तित अप्रजानाम् ॥ ८ ॥
नीचारिभांशोपगते जिते स्यात्काव्ये कुजे जन्ममृतप्रजानाम्।
शुक्रेन्दुखस्थे च सुता प्रजानां शेषांशकस्थे तु सुतप्रजानाम् ॥ ९ ॥
सौम्यदृष्टिविहीने च पापैर्बलिभिरन्वितैः।
पापभे पञ्चमे तत्र ह्यनपत्यो भवेन्नरः ॥ १० ॥
पापः पञ्चमसंस्थः पुत्रविनाशं करोति बलहीनः।
सौम्यः शुभं विधत्ते बलसहितश्चाष्टमाधिपं हित्वा ॥ ११ ॥
इन्दोर्वेश्मनि धीस्थे सौरे बहुपुत्रभाग्यसंयुक्तः।
सूर्ये स्थिते तृतीये पुत्रं जनयेदसन्मिश्रे ॥ १२ ॥
भौमे शशिवेश्मस्थे द्वितीयपाणिगृहे सुतं विन्द्यात्।
तत्रस्थेऽपि शशाङ्के स्वल्पापत्यो बहुस्त्रीकः ॥ १३ ॥
इन्दोर्वेश्मनि जीवे पुत्रस्थे दारिका बहुत्वं स्यात्।
सौम्येऽल्पसुतत्वं स्याच्छुक्रे बहुपुत्रभाक्तृतीयभार्यायाम् ॥ १४ ॥
अशुभशुभैः संमिश्रे चन्द्रगृहे पुत्रभागबलाधिक्यात्।
विपरीतं फलं ब्रूयात् पापानां जन्मकालेऽपि ॥ १५ ॥
चन्द्रे सुतभं याते रविगेहे दारिकाबहुत्वं स्यात्।
कन्यायां हिमरश्मौ तथैव वाच्यं तु हिबुके वा ॥ १६ ॥
पापद्वयेन युक्ते पञ्चमभवने बहुप्रजालाभः।
पञ्चमे नवमस्थाने चतुर्थे च यदा ग्रहाः।
अग्रे जाता विनश्यन्ति पश्चाज्जीवन्ति वै सुताः ॥ १७ ॥
विवाहितायामन्यायामेकपुत्रो भवेत्तदा ॥
विख्यातो भुवने त्यागी सदीर्घायुर्महीपतिः ॥ १८ ॥
एकादशे यदा क्रूरः पञ्चमे शुक्रशीतगू।
प्रथमं कन्यका जन्म माता तस्य सकष्टका: ॥ १९ ॥

सौम्ये स्वक्षेत्रगते पञ्चमे पुत्रशोकभाग्भवति।
सिंहस्थितेऽपि चैवं नवमे वा तृतीयभार्यायाम्॥ २०॥
जीवे मकरं याते पञ्चमभे आत्मजं मृतं विन्द्यात्।
मीनस्थितेऽपि सुतस्थे भार्या नाशोऽथवाल्पपुत्रो वा।
पापखगे वक्तव्यं सौम्ये खेटे तु विपरीतम्॥ २२॥
कन्यालिवृषभसिंहाः पञ्चमगा यस्य सूतिसमये स्युः।
तस्याल्पसुतत्वं स्याद्ग्रहरहिते पुत्रशोकभाग्भवति॥ २३॥
जीवस्थितस्य राशेः पञ्चमभे पापसंयुक्ते।
पुत्रविनाशं विन्द्यात्सौम्यक्षेत्रं तु शुभदं स्यात्॥ २४॥
चन्द्रे सुतभं याते पुरुषांशे चोजराशिके भवति।
सूर्येण दृश्यमाने बहुपुत्रक्लेशभाक्प्रसूतिश्च॥ २५॥
चन्द्रे पञ्चमभवने दत्ताप्तिर्हीनवीर्यके।
तद्वद्बलोपपन्ने सुपुत्रवान् विगतशोकश्च॥ २६॥
पुत्रगृहे पुत्रेशे तत्स्थे खेटेऽथवा बलोपेते।
सत्पुत्रवान् सुबुद्धिः पुण्याचारो भवेत्पुरुषः॥ २७॥
पापयुते विपरीतं मिश्रैर्मिश्रं बलाधिकाद् वाच्यम्।
राहौ पञ्चमभवने विसुतः पुण्येन परिहीनः॥ २८॥

हरिवंशे—

सिद्धया चेद्रविणा शशी त्रिपुरता भौमे च रुद्री क्रिया
सौम्ये संपुटकांस्यपात्रविधिवज्जीवे च पैत्र्यातिथिः।
शुक्रे गोप्रतिपालनं च कथितं मन्दे च मृत्युञ्जयः
कन्यादानभुजङ्गकेतुकपिलासन्तानसौख्यप्रदा॥ २९॥
यावत्सङ्ख्यो भवेद्राशिस्तावद्वारं विनिर्दिशेत्।
शिवस्य स्थापना वा स्यात्सपादलक्षप्रयोगो वा॥ ३०॥
भौमयुते सुतमरणं दृष्टे स्त्रीराशिके बहुस्त्रीकः।
मित्राद्यंशे भानुः पुत्रकृत्स्त्रीप्रदो युवतिराशौ॥ ३१॥
लग्ने सुरेज्यशशिनौ सप्तमसंस्थे कुजे ससौम्ये च।
पापैः पातालस्थैर्वंशच्छेत्ता भवति जातः॥ ३२॥
लग्नसुतरन्ध्ररिष्फेषु शुभाः कुर्वन्ति वंशविच्छेदम्।
लग्नाद्व्ययनिधनस्थैः पापैरसुतो सुते चन्द्रे॥ ३३॥
बुधभार्गवयोरस्ते सुखगे पापे गुरौ सुतस्थेऽपि।
यवनेश्वरेण गदितो वंशच्छेत्ता भवेज्जातः॥ ३४॥

लग्नेश्वरे सुतस्थे लग्ने पापग्रहे सुखे शशिनि।
सुतभेशे बलहीने जातो वंशक्षयं नरो याति॥ ३५॥
दशमे भवने चन्द्रः सप्तमे भवने सितः।
पापैः पातालरन्ध्रस्थैश्च वंशक्षयकरो नरः॥ ३६॥
रविराहुकुजाः सौरिर्लग्ने वा पञ्चमेऽपि वा।
आत्मानं पितरं हन्ति भ्रातरं जननीं तथा॥ ३७॥
लग्ने शशिनि विनष्टे सूर्यप्राप्ते गुरौ शशिक्षेत्रे।
पापैस्त्रिकोणसंस्थैः पुत्रसुखात्पूर्वमेव निधनं स्यात्॥ ३८॥
पञ्चमराशौ सौम्ये पापयुते बन्धुभे विलग्ने वा।
पापैर्नवात्मजस्थैः पुत्रमुखं दृश्यते न तु प्राप्तिः॥ ३९॥
भौमे विलग्नयाते चाष्टमराशिस्थिते दिनेशसुते।
सूर्ये वाल्पसुतर्क्षे पुत्रः कालान्तरे भवति॥ ४०॥
यदि तु बहुग्रहसहिते लग्ने लाभस्थिते निशानाथे।
गुरुसितसंस्थैः पापैः पुत्रः कालान्तरे भवति॥ ४१॥
लग्ने दिनकृत्तनये अष्टमसंस्थे गुरौ च यदि भौमे।
पञ्चमगेऽल्पसुतर्क्षे पुत्रः कालान्तरे भवति॥ ४२॥
सुतलग्नेशदारेशलग्नेशानां दशा यदा।
पुत्रलाभस्तदा प्रोक्तो यवनेश्वरसम्मते॥ ४३॥
लग्नपुत्रकलत्रेशयोगे यदि दशा भवेत्।
सुतयुक्तेक्षितेशानां पुत्रसिद्धिस्तदा भवेत्॥ ४४॥
सुतपतिगुर्वोरथवा तद्युतराश्यंशपानां वा।
बलसहितस्य दशायाः परिपाके वा भवेत्सुतप्राप्तिः॥ ४५॥
लग्ने वित्ते तृतीये वा लग्ने सापत्यमग्रिमम्।
तुर्ये जन्म द्वितीयस्य पुरः पुत्र्यादि जन्म च॥ ४६॥

अब आगे जातक प्रदीप नामक ग्रन्थ के वाक्यों से जातक को वन्ध्या स्त्री की प्राप्ति होगी इसको बतलाते हैं।

यदि कुण्डली में लग्न में शनि व सप्तम में शुक्र हो अथवा सूर्य शनि सप्तम में दशमस्थ गुरु से दृष्ट हों यद्वा चक्रार्ध में शुक्र शनि तथा छठे भाव में चन्द्रमा और सप्तम पाप ग्रह से दृष्ट हो वा छठे भाव में जलचर राशि में शनि भौम हों तो जातक वन्ध्या स्त्री से युक्त होता है॥ १॥

यदि कुण्डली में पञ्चम भाव में पाप ग्रह हो तो उत्पन्न हो होकर सन्तान का नाश और सप्तम भाव में पापग्रह हों तो बादरायणजी का कहना है कि जातक दो पत्नी से युक्त होता है॥ २॥

अब आगे पुत्रनाशक योगों को बतलाते हैं।

यदि कुण्डली में पञ्चमेश राहु या भौम से युक्त अथवा राहु भौम के मध्य में हो तो जातक पुत्र से हीन होता है ॥ ३ ॥

यदि कुण्डली में निर्बल पञ्चमेश अस्त होकर पाप ग्रह से युक्त हो तो जातक पुत्र हीन होता है यदि दैवसंयोगशवश उत्पन्न हो तो भी नष्ट होता है ॥ ४ ॥

अब आगे दो पुत्र तीन कन्या जन्म योग को कहते हैं।

यदि कुण्डली में लग्न से तीसरे भाव में बुध हो तो जातक दो पुत्र, तीन कन्याओं से युक्त होता है इसमें सन्देह नहीं करना चाहिए ॥ ५ ॥

पुनः पुत्रनाशक योग

यदि कुण्डली में लग्न में पापग्रह व बारहवें में पापग्रह, दूसरे में शुभ या बुध और पञ्चम में भी पापग्रह हो तो जातक पुत्र से रहित होता है ॥ ६ ॥

यदि कुण्डली में दूसरे भाव में पापग्रह, पापग्रह से दृष्ट हो तो जातक का वंश नष्ट न होकर अल्प पुत्र से युक्त होता है ॥ ७ ॥

अब आगे यवनाचार्य जी के वाक्यों से संतान नाशक योगों को कहते हैं।

यदि कुण्डली में पञ्चम भाव में अल्पबली भौम, सूर्य या शनि या भौम की राशि में या इन से दृष्ट या उक्त ग्रहों के नवांश में या राशियों में हो तो जातक पुत्र हीन होता है ॥ ८ ॥

यदि कुण्डली में नीच या शत्रु राशि के नवांश में पराजित शुक्र या भौम हो तो जातक मृत सन्तान वाला या इनकी राशि का नवांश हो तो कन्या सन्तान वाला और अन्य राशि के नवांश में भौम या शुक्र हो तो पुत्र से युक्त होता है ॥ ९ ॥

यदि कुण्डली में पञ्चम भाव में पापग्रह की राशि में बली पापग्रह शुभ ग्रह से अदृष्ट हो तो जातक पुत्र हीन होता है ॥ १० ॥

यदि कुण्डली में बल हीन पापग्रह पञ्चम भाव में हो तो पुत्र का नाश, यदि अष्टमेश को छोड़कर बली शुभ ग्रह पञ्चम भाव में हो तो जातक पुत्र सुख से युक्त होता है ॥ ११ ॥

यदि कुण्डली में कर्क राशि में पञ्चम भाव में शनि हो तो अधिक पुत्रों से युक्त भाग्यवान् यदि पापग्रहों के साथ तीसरे भाव में सूर्य हो तो जातक पुत्र को पैदा करने वाला होता है ॥ १२ ॥

यदि कुण्डली में कर्क राशि में पञ्चम भाव में शनि हो तो जातक दूसरी पत्नी से पुत्रवान् और वहीं कर्क राशि में चन्द्रमा हो तो अधिक स्त्री होने पर अल्प पुत्रों से युक्त होता है ॥ १३ ॥

यदि कुण्डली में पञ्चम भाव में कर्क राशि में गुरु हो तो जातक अधिक कन्या सन्तान वाला, यदि बुध हो तो अल्प पुत्र वाला और यदि शुक्र हो तो तीसरी स्त्री से अधिक पुत्रवान् होता है ॥ १४ ॥

यदि कुण्डली में पञ्चम भाव में कर्क राशि में पाप शुभ दोनों हों तो बली शुभ होने पर पुत्रवान् व निर्बल होने से पुत्र हीन जातक होता है ॥ १५ ॥

यदि कुण्डली में पञ्चम भाव में सूर्य की राशि में चन्द्रमा हो तो अधिक कन्याओं से युक्त यद्वा चौथे भाव में कन्या राशि में चन्द्रमा हो तो भी अधिक पुत्रियों से युक्त जातक होता है ॥ १६ ॥

यदि कुण्डली में पञ्चम भाव में दो ग्रह हों तो जातक अधिक सन्तान वाला, यदि पञ्चम, नवम, चतुर्थ में ग्रह हों तो प्रथम उत्पन्न का नाश, बाद में जायमान जीता है। विवाहित द्वितीय पत्नी से एक पुत्र होता है वह संसार में प्रसिद्ध, त्यागी, दीर्घायु और राजा होता है ॥ १७-१८ ॥

यदि कुण्डली में ग्यारहवें भाव में क्रूरग्रह, पाँचवें में शुक्र व चन्द्रमा हो तो प्रथम गर्भ से कन्या का जन्म व माता कष्ट से युक्त होती है ॥ १९ ॥

यदि कुण्डली में पञ्चम भाव में बुध की राशि में बुध हो तो जातक पुत्र के शोक से युक्त अथवा नवम भाव में सिंह राशि में बुध हो तो तीसरी भार्या में उत्पन्न पुत्र के शोक से युक्त होता है ॥ २० ॥

यदि कुण्डली में पञ्चम भाव में मकर या मीन राशि में गुरु हो तो जातक नष्ट पुत्रवान् यदि शुभ राशि में नवम में गुरु हो तो अल्पायु से युक्त पुत्र वाला होता है ॥ २१ ॥

यदि कुण्डली में पापग्रह सप्तमेश पञ्चम भाव में हो तो स्त्री का नाश अथवा जातक अल्प पुत्रवान् होता है। यदि शुभग्रह हो तो स्त्री पुत्र से युत होता है ॥ २२ ॥

यदि कुण्डली में पञ्चम भाव में कन्या या वृश्चिक या वृष या सिंह राशि में ग्रह हो तो जातक अल्प पुत्रवान् यदि ग्रहों का अभाव हो तो पुत्र शोक से युक्त होता है ॥ २३ ॥

यदि कुण्डली में गुरु की राशि से पञ्चम राशि में पापग्रह हो तो पुत्र का नाश यदि शुभग्रह की राशि हो तो पुत्र सुख से युक्त जातक होता है ॥ २४ ॥

यदि कुण्डली में पाँचवें भाव में पुरुष राशि के नवांश में विषम राशि में चन्द्रमा, सूर्य से दृष्ट हो तो जातक अधिक पुत्रों के क्लेश का भागी होता है ॥ २५ ॥

यदि कुण्डली में पाँचवें भाव में निर्बल चन्द्रमा व बुध हों तो जातक दत्तक पुत्र से युक्त यदि बली हों तो सुन्दर पुत्रवान् व शोकहीन होता है ॥ २६ ॥

यदि कुण्डली में पञ्चमेश पाँचवें भाव में अथवा पञ्चमस्थ शुभग्रह बली हो तो जातक सुन्दर पुत्र व बुद्धि से युक्त और पुण्यवान् होता है ॥ २७ ॥

यदि कुण्डली में पञ्चमस्थ शुभग्रह निर्बल हो तो पुत्रहीन यदि शुभ पाप दोनों हों तो बली ग्रह के आधार पर पुत्र सुखासुख का विचार करना चाहिये। यदि राहु पञ्चम भाव में हो तो जातक पुत्र व पुण्य से हीन होता है ॥ २८ ॥

हरिवंश में कहा है कि यदि कुण्डली में सूर्य, चन्द्रमा सन्तति नाशक हों तो त्रिपुरता की सिद्धि से, भौम हो तो रुद्राभिषेक से, बुध हो तो दो कांसे के पात्रों की विधि से, गुरु हो तो पैतृक श्राद्ध से अर्थात् गया श्राद्ध से, शुक्र हो तो गाय का पालन करने से, शनि हो तो मृत्युञ्जय के जप से, राहु हो तो कन्यादान से और यदि केतु हो तो कपिला गाय का दान करने से सन्तान सुख होता है। पञ्चम भाव में जिस संख्या की राशि हो उतने बार पूर्वोक्त विधि करने पर या शिवालय का निर्माण कराने से अथवा सवा लाख का प्रयोग करवाने से सन्तान सुख होता है ॥ २९-३० ॥

यदि कुण्डली में पञ्चम भाव भौम से युक्त हो तो पुत्र का मरण, यदि कन्या राशिस्थ भौम से दृष्ट हो तो अधिक कन्या उत्पन्न होती हैं। यदि मित्र के नवांश में सूर्य पञ्चम में हो तो जातक पुत्रवान्, स्त्री राशि में हो तो कन्याओं से युक्त जातक होता है ॥ ३१ ॥

यदि कुण्डली में लग्न में गुरु व चन्द्रमा, सप्तम भाव में बुध के साथ भौम और चौथे भाव में पापग्रह हों तो जातक पुत्रहीन या वंशहीन होता है ॥ ३२ ॥

यदि कुण्डली में लग्न, पञ्चम, अष्टम और बारहवें भाव में शुभग्रह हों तो जातक पुत्रहीन, यदि लग्न से बारहवें व आठवें भाव में पापग्रह और पाँचवें भाव में चन्द्रमा हो तो पुत्रहीन होता है ॥ ३३ ॥

यदि कुण्डली में सप्तम में बुध, शुक्र, चौथे पापग्रह और गुरु भी पाँचवें भाव में हो तो जातक वंशहीन होता है, ऐसा यवनाचार्यजी ने कहा है ॥ ३४ ॥

यदि कुण्डली में लग्नेश पाँचवें भाव में, लग्न में पापग्रह, चौथे भाव में चन्द्रमा और पञ्चमेश निर्बल हो तो जातक पुत्रहीन होता है ॥ ३५ ॥

यदि कुण्डली में दशम भाव में चन्द्रमा, सप्तम में शुक्र और चौथे भाव में पापग्रह हों तो जातक पुत्रहीन होता है ॥ ३६ ॥

यदि कुण्डली में सूर्य, राहु, भौम और शनि लग्न में वा पाँचवें भाव में हों तो जातक अपना या माता का या पिता का नाशक होता है ॥ ३७ ॥

यदि कुण्डली में लग्न में सूर्य के साथ चन्द्रमा अस्त हो तथा चन्द्रमा की राशि में गुरु और पापग्रह नवम, पञ्चम में हों तो जातक का पुत्र सुख से पूर्व ही मरण होता है ॥ ३८ ॥

यदि कुण्डली में पञ्चम भाव में बुध, लग्न या चौथे में पापग्रह और पाँचवें व नवें में पापग्रह हों तो जातक पुत्रहीन होता है ॥ ३९ ॥

अब आगे कालान्तर में पुत्र प्राप्ति योगों को कहते हैं।

यदि कुण्डली में लग्न में भौम, अष्टम भाव में शनि अथवा अल्प राशिस्थ सूर्य पाँचवें भाव में हो तो जातक कालान्तर में पुत्र से युक्त होता है ॥ ४० ॥

यदि कुण्डली में लग्नस्थ अधिक ग्रह हों व ग्यारहवें भाव में चन्द्रमा और पापग्रह गुरु व शुक्र की राशि में हों तो जातक कुछ समय बीतने पर पुत्र से युक्त होता है ॥ ४१ ॥

यदि कुण्डली में लग्न में शनि व अष्टम में गुरु और भौम अल्प राशि में पाँचवें भाव में हो तो जातक कालान्तर में पुत्र से युक्त होता है ॥ ४२ ॥

कुण्डली में जब पञ्चमेश, लग्नेश और सप्तमेश की दशा होती है तब पुत्र प्राप्ति होती है, ऐसा यवनेश्वरजी का कहना है ॥ ४३ ॥

यदि कुण्डली में लग्नेश पञ्चमेश व सप्तमेश की युति दशा में या सुतस्थ या पञ्चम को देखने वाले ग्रह की दशा में पुत्र की प्राप्ति होती है ॥ ४४ ॥

कुण्डली में पञ्चमेश या गुरु की दशा में अथवा पञ्चमेश या गुरु से युक्त ग्रह जिस ग्रह के नवांश में हो उसकी दशा में अथवा बलवान् ग्रह की दशा में जातक पुत्र से युक्त होता है ॥ ४५ ॥

यदि कुण्डली में पञ्चमेश लग्न में या दूसरे में या तीसरे में हो तो जातक प्रथम पुत्र वाला, यदि पञ्चमेश चौथे भाव में हो तो पहिले कन्या का जन्म होता है। पद्य में दो स्थानों में लग्न का प्रयोग हुआ है ॥ ४६ ॥

वैष्णवे—

सन्तानभावाङ्कसमानसङ्ख्या स्यात्सन्ततेः सत्खचरे सुतस्थे।
नीचोच्चमित्रारिगृहस्थितानां दृष्ट्या शुभं चाशुभमर्भकाणाम् ॥ १ ॥
स्वर्क्षस्थितौ रन्ध्रगतौ यमार्कौ प्रष्टुःस्त्रियं संदिशतश्च वन्ध्याम्।
छिद्रस्थितौ चन्द्रबुधौ सदोषां वा काकवन्ध्यां वदतोऽङ्गनां वै ॥ २ ॥
मृतप्रजाः छिद्रगयोः सितेज्ययोर्गर्भश्रवा भूमिसुतेऽष्टमस्थे।
छिद्रेश्वरे छिद्रगते बलान्विते पुष्पं न विन्दत्यबलासु गर्भदम् ॥ ३ ॥
द्विदेहसंस्था भृगुभौमचन्द्राः सन्तानमादौ जनयन्ति नूनम्।
एते पुनर्धन्विगता न कुर्युः पश्चात्तथान्ते कथितं महद्भिः ॥ ४ ॥

बादरायणसंहितायाम्—

पुत्रं लभेत बाल्ये होरासंस्थः शुभश्च यस्येह।
दशमे शुभस्तु कुर्याद्यौवनकाले नृणां पुत्रम् ॥ १ ॥
जायाया यौवनान्ते पुत्रं कुर्याच्छुभस्तु यदा तुर्ये।
अशुभो भवति यदा वार्द्धक्ये पुत्रसंभवं कुर्यात् ॥ २ ॥
स्थिरराशिगतो होरा तनयस्थानेऽपि वा स्थितो यस्य।
स भवत्यल्पापत्यो बहुतनयः सौम्यसंदृष्टः ॥ ३ ॥
वृश्चिकझषकर्कटका येषां स्युरपत्यभागमापन्नाः।
बहुलापत्या ज्ञेयाः कन्यापूर्वप्रजाश्चापि ॥ ४ ॥
सिंहोऽपि वाथ तुरगो मेषो वापत्यभागमापन्नः।
कुर्यादात्मापत्यान्पुरुषान्प्रसवे नरः पूर्वान् ॥ ५ ॥

कन्या वृषो मृगो वा येषां सुतभागमागतो नृणां कुर्युः ।
कन्यानामुत्पत्तिं पुत्रग्रहवीक्षिताः पुत्रान् ।। ६ ।।
घटभून्मिथुनः प्रसवे सुतभागे यस्य योगमुपयातः ।
जनयति तस्य च सुबहून्पुत्रान् स्वल्पायुषो नीचान् ।। ७ ।।
यस्य तुलाधरराशिस्तनयस्थाने कथञ्चिदुद्गच्छेत् ।
एकः श्रेष्ठः पुत्रो यद्यपि बहवः प्रसूयन्ते ।। ८ ।।

गर्गः—

पुत्रभावोपयुक्तांशतुल्या सङ्ख्या शुभांशके ।
द्विघ्ना शुभेक्षिते क्लिष्टाः पापांशे पापवीक्षिते ।। १ ।।
पापर्क्षे पञ्चमे राशौ पापैर्बलिभिरन्विते ।
सौम्यग्रहैरसंदृष्टे पुत्राभावो भवेन्नृणाम् ।। २ ।।
पुत्रभावे कुजः पुत्रं जातं जातं विनाशयेत् ।
गुरुशुक्रेक्षितश्चापि न च सर्वग्रहेक्षितैः ।। ३ ।।
गुवर्कवर्गे पुत्रर्क्षे शुभर्क्षे वा शुभेक्षिते
लग्नाधिपो वा सबलो नृणां पुत्रास्तु औरसाः ।। ४ ।।
सौम्यासौम्यैर्युतो दृष्टः सोम्यः पुत्रं प्रयच्छति ।
हन्यादितरथा सोऽपि सुतान् प्रभजयेदपि ।। ५ ।।
पञ्चमं स्वगृहं चेत्स्याद्रविः प्रथमपुत्रहा ।
न हन्ति चरमान् पुत्रानन्यर्क्षे गर्भघातकः ।। ६ ।।
पञ्चमो रजनीनाथः कन्यापुत्रप्रपौत्रदः ।
क्षीणः पापयुतो वापि जनयेच्चपलां सुताम् ।। ७ ।।
रिपुदृष्टो रिपुक्षेत्रे नीचे वा पञ्चमे स्थितः ।
भूमिजो पुत्रशोकार्तं करोति नियतं नरम् ।। ८ ।।
पञ्चमस्थश्चन्द्रपुत्रः सन्तानं प्रकरोति हि ।
अस्तङ्गतः शत्रुदृष्टश्चोत्पन्नस्य विनाशदः ।। ९ ।।
पञ्चमर्क्षं यदा नीचं रविभौमविलोकितम् ।
तनुजं प्रतिबध्नाति पुत्रार्थे शोककर्शितः ।। १० ।।
समृद्धो बहुपुत्रश्च दाता भोक्ता गुणान्वितः ।
धनी मानी च सततं सुतस्थे देवतागुरौ ।। ११ ।।
सुतसुखमित्रोपचितं परधनमतिखण्डितं शुक्रः ।
कुरुते पञ्चमराशौ मन्त्रिणमथ दण्डनेतारम् ।। १२ ।।

सुतभवनगतोऽरिमन्दिरस्थः सकलसुतान् विनिन्दति मन्दगामी।
समुदितकिरणः स्वतुङ्गसंस्थः कथमपि जनयेत्सुतीक्ष्णमेकपुत्रम् ॥ १३ ॥

तनयं दीनं मलिनं सुतर्क्षे रचयेत्तमः।
यदि चन्द्रगृहं तत्स्यात्तदा नि सन्ततिः पुमान् ॥ १४ ॥
सुतस्थाने द्विपापेषु त्रिषु वा संस्थितेषु च।
उभौ स्त्रीपुरुषौ वन्ध्यौ विज्ञेयौ शत्रुवीक्षिते ॥ १५ ॥
सुतारिरिष्फगः पापः सन्तानाधिपतिर्यदा।
पुत्राभावो भवेत्तस्य यदि जीवो न पश्यति ॥ १६ ॥
सुतस्वामी यदा पापो यद्गेहमनुवर्तते।
तद्गेहं त्रिगुणं कार्यं दशभिर्भागमाहरेत् ॥ १७ ॥
शेषाङ्कतः सुतानाञ्च सङ्ख्यास्याद्वनितात्मजः।
सिंहकुलीरसंस्थो राहुः पुत्रेऽथ पुत्रिणं कुरुते ॥
अन्यस्मिन्नपि राशौ पुत्रविहीनो भवेन्मनुजः ॥ १८ ॥
केतौ सुते प्रजाहानिर्विद्याज्ञानविवर्जितः।
भयत्रासं सदा दुःखी विदेशगमने रतिः ॥ १९ ॥

सूर्यजातके--

पञ्चमेऽर्के स्थिरा बुद्धिश्चन्द्रेण चञ्चलचित्तता।
उग्रबुद्धिर्भूमिपुत्रे बुधे जीवे शुभामतिः ॥ २० ॥
मृदुबुद्धिर्भृगोः पुत्रे कुटिला राहुमन्दयोः।
सुदेवसेवा सौम्ये च बहुदेवार्चा च पापके ॥ २१ ॥
शुभग्रहे साधुधर्मा प्रपञ्ची चाशुभग्रहैः।
युतदृष्टिवशाद्वापि पञ्चमे फलमादिशेत् ॥ २२ ॥

अब आगे वैष्णव ग्रन्थ में वर्णित सन्तान सुखादि योगों को बताते हैं।

यदि जन्मपत्री में पाँचवें भाव में शुभग्रह हो तो पञ्चमभावस्थ राशि संख्या तुल्य सन्तान सुख होता है। यदि पञ्चम भाव नीचस्थ वा शत्रुस्थ ग्रह से युत या दृष्ट हो तो सन्तति नाश और उच्चस्थ या मित्रस्थ ग्रह से दृष्ट हो तो उतने पुत्रों के सुख से युक्त होता है ॥ १ ॥

यदि जन्मपत्री में या प्रश्न कुण्डली में शनि, सूर्य आठवें भाव में अपनी राशि में हों तो वन्ध्या स्त्री की प्राप्ति होती है। यदि आठवें भाव में चन्द्रमा बुध हों तो दोष से युक्त अथवा काकवन्ध्या स्त्री की प्राप्ति होती है ॥ २ ॥

यदि जन्मपत्री में आठवें भाव में शुक्र, गुरु हों तो जातक नष्ट सन्तान वाला और आठवें भाव में भौम हो तो जातक की स्त्री के गर्भ का पात होता है। यदि बली अष्टमेश

अष्टम भाव में हो तो जातक की स्त्री का रज (मासिक) गर्भ धारण करने में असमर्थ होता है ॥ ३ ॥

यदि कुण्डली में शुक्र, भौम, चन्द्रमा द्विस्वभाव राशि में हों तो जातक के सन्तान शीघ्र और धनु राशि में हों तो सन्तान आदि का अन्त अवस्था में अभाव होता है ॥ ४ ॥

अब आगे बादरायणसंहिता के वाक्यों से पाँचवें भाव के फल को बताते हैं।

यदि जन्मपत्री में लग्न में शुभग्रह हो तो जातक बाल्यकाल में और यदि दशम भाव में शुभग्रह हो तो जवानी में पुत्र से युक्त होता है ॥ १ ॥

यदि जन्मपत्री में चौथे भाव में शुभग्रह हो तो स्त्री की जवानी के अन्त में और चौथे भाव में पापग्रह हो तो वृद्धावस्था में पुत्र उत्पन्न होने की आशा होती है ॥ २ ॥

यदि जन्मपत्री में स्थिर राशिस्थ पापग्रह लग्न या पञ्चम भाव में हो तो जातक अल्प पुत्र वाला यदि शुभग्रहों से दृष्ट हो तो अधिक सन्तान वाला होता है ॥ ३ ॥

यदि जन्मपत्री में वृश्चिक या मीन या कर्क राशि पाँचवें भाव में हो तो जातक अधिक पुत्रों से युक्त तथा प्रथम कन्या सन्तति से युक्त होता है ॥ ४ ॥

यदि जन्मपत्री में सिंह या धनु या मेष राशि पञ्चम भाव में हो तो जातक प्रथम औरस पुत्र से युक्त होता है ॥ ५ ॥

यदि जन्मपत्री में कन्या या वृष या मकर राशि पञ्चम भाव में हो तो जातक कन्या सन्तान को पैदा करने वाला और पुरुष ग्रहों से दृष्ट हो तो पुत्र सन्तान वाला होता है ॥ ६ ॥

यदि जन्मपत्री में पञ्चम भाव में कुम्भ या मिथुन राशि हो तो जातक नीच व अल्पायु पुत्रों से युक्त होता है ॥ ७ ॥

यदि जन्मपत्री में पञ्चम भाव में कदाचित् तुला राशि हो तो जातक यद्यपि अधिक पुत्रों से युक्त होता है तथापि एक पुत्र उत्तम होता है ॥ ८ ॥

अब आगे गर्गाचार्यजी के वाक्यों से पञ्चम भाव के फल को कहते हैं।

यदि कुण्डली में पञ्चम भाव में शुभ राशि का नवांश हो तो उस नवांश सङ्ख्या के समान सन्तान, यदि शुभग्रह से दृष्ट हो तो नवांश सङ्ख्या को द्विगुणित करके सन्तान समझना, यदि पापग्रह का नवांश पापग्रह से दृष्ट हो तो क्लेश से सन्तानोत्पत्ति होती है ॥ १ ॥

यदि कुण्डली में पापग्रह की राशि में पापग्रह पञ्चम भाव में शुभग्रहों से अदृष्ट हो तो जातक पुत्रहीन होता है ॥ २ ॥

यदि कुण्डली में पञ्चम भाव में भौम, शुक्र गुरु से दृष्ट हो तो उत्पन्न होने वाले प्रत्येक सन्तान का विनाश, यदि समस्त ग्रहों से दृष्ट हो तो विनाश नहीं होता है ॥ ३ ॥

यदि कुण्डली में पञ्चम भाव में गुरु व सूर्य का वर्ग हो वा शुभग्रह से दृष्ट हो अथवा लग्नेश बली हो तो औरस पुत्रों से युक्त जातक होता है ॥ ४ ॥

यदि कुण्डली में शुभ पाप से युत या दृष्ट बुध पञ्चम भाव में हो तो पुत्रदायक, इसके विपरीत परिस्थिति में हो तो पुत्र नाशक होता है ॥ ५ ॥

सूर्य—यदि कुण्डली में सिंहस्थ सूर्य पञ्चम में भाव में हो तो जातक के प्रथम पुत्र का नाश तथा अन्तिम अविनाशी, यदि अन्य राशिस्थ हो तो गर्भ का विनाशक होता है ॥ ६ ॥

चन्द्र—यदि कुण्डली में पञ्चम भाव में चन्द्रमा हो तो जातक कन्या, पुत्र, प्रपौत्र से युक्त, यदि क्षीण भी चन्द्रमा हो तो चपल कन्या से युक्त होता है ॥ ७ ॥

भौम—यदि कुण्डली में पञ्चम भाव में भौम शत्रु की राशि में शत्रु ग्रह से दृष्ट वा नीच राशि में हो तो जातक पुत्र के शोक से अवश्य ही दुःखी होता है ॥ ८ ॥

बुध—यदि कुण्डली में पञ्चम भाव में बुध हो तो जातक सन्तान से युक्त और यदि अस्त या शत्रु ग्रह से दृष्ट हो तो सन्तान नाशक होता है ॥ ९ ॥

यदि कुण्डली में पञ्चम भाव में नीच राशि भौम व सूर्य से दृष्ट हो तो जातक सन्तान से हीन होकर पुत्र के लिये शोक से दुर्बल होता है ॥ १० ॥

गुरु—यदि कुण्डली में पञ्चम भाव में गुरु हो तो जातक अधिक पुत्रों से युक्त, दानी, संपन्न, भोगी, गुणी, धनी और सदा सम्मानित होता है ॥ ११ ॥

शुक्र—यदि कुण्डली में पञ्चम भाव में शुक्र हो तो जातक पुत्रवान्, सुखी, मित्रों से युक्त, दूसरे के धन को खण्डित करने वाला, सचिव या न्यायाधीश होता है ॥ १२ ॥

शनि—यदि कुण्डली में पञ्चम भाव में शत्रु की राशि में शनि हो तो समस्त पुत्रों को दूषित बनाने वाला, यदि अपनी किरणों से युक्त उच्च राशि में हो तो एक तीखे पुत्र से युक्त जातक होता है ॥ १३ ॥

राहु—यदि कुण्डली में पञ्चम भाव में राहु हो तो जातक दीन, दूषित, पुत्र से युक्त, यदि कर्क राशि में हो तो सन्तान हीन होता है ॥ १४ ॥

यदि कुण्डली में पञ्चम भाव में दो या तीन पापग्रह, शत्रुग्रह से दृष्ट हों तो जातक नपुंसक और स्त्री वन्ध्या होती है ॥ १५ ॥

यदि कुण्डली में पञ्चमेश पञ्चम या षष्ठ या बारहवें भाव में गुरु से अदृष्ट हो तो जातक सन्तान हीन होता है ॥ १६ ॥

यदि कुण्डली में पञ्चमेश पापग्रह हो तो वह जिस राशि में स्थित हो उसकी संख्या को तीन से गुना करके दश से भाग देने पर जो शेष हो उसके समान पुत्र कन्या उत्पन्न होते हैं ॥ १७ ॥

राहु—यदि कुण्डली में पञ्चम भाव में सिंह या कर्क राशि में राहु हो तो जातक पुत्र से युक्त और अन्य राशि में हो तो पुत्रहीन होता है ॥ १८ ॥

केतु—यदि कुण्डली में पञ्चम भाव में केतु हो तो जातक सन्तान हीन, विद्या व ज्ञान से रहित, भय से त्रस्त, सदा दुःखी और विदेश जाने में आसक्त होता है ॥ १९ ॥

अब आगे सूर्य जातक के वाक्यों से पञ्चम भाव के फल को कहते हैं।

यदि कुण्डली में पञ्चम भाव में सूर्य हो तो जातक स्थिर बुद्धि का, चन्द्रमा हो तो अस्थिर चित्त वाला, भौम हो तो उग्र बुद्धि का, बुध व गुरु हों तो सुन्दर बुद्धि का, शुक्र हो तो सरल बुद्धि और शनि या राहु पञ्चम भाव में हो तो टेढ़ी बुद्धि वाला, यदि शुभ ग्रह हों तो सुन्दर देवताओं का सेवक और पापग्रह हो तो अधिक देवों की पूजा करने वाला होता है ॥ २०-२१ ॥

यदि कुण्डली में पञ्चम भाव में शुभग्रह हो या शुभ से दृष्ट हो तो जातक अच्छे आचरण वाला और पापग्रह से युत दृष्ट पञ्चम भाव हो तो प्रपञ्ची होता है ॥ २२ ॥

अथ पञ्चमभावविशेषफलम्।

कश्यपः—

स्वोच्चे १ स्वोच्चनावांशे २ च शुभवर्गेऽथ ३ नीचगे ४।
नीचांशे ५ क्रूरषड्वर्गे ६ मित्रभे ७ सुहृदंशके ८॥ १॥
वर्गोत्तमेऽ९ रिभेंऽ१० यंशे ११ स्वर्क्षे १२ द्वादशधा क्रमात्।
फलं पञ्चमभावोत्थं कथ्यते यवनोदितम्॥ २॥
हिंस्रा १ श्चाल्पायुषो २ दैन्यरोगाढ्या ३ जातिनष्टकाः।
विकलाङ्गा ५ गर्भनष्टा ६ स्तैक्ष्णसौभाग्यसंयुताः॥ ३॥
कुशीलवृत्ता ८ व्यसनसंयुता ९ परदारजाः १०।
परस्त्रीजश्च ११ विगुणाश्चौराः १२ स्युः पञ्चमे सुताः॥ ४॥
सुलोचना १ रम्यरूपा २ रूपसौभाग्यसंयुताः ३।
पापाः ४ पापैकनिरताः ५ पररक्ताः ६ सुशीलकाः ७॥ ५॥
शौचदैन्ययुताः ७ भर्तृपरा ९ हीनस्वभावकाः १०।
व्यङ्गाः ११ प्रगल्भसुभगाः १२ कन्याश्चन्द्रे सुतस्थिते॥ ६॥
शौर्याल्पजीविनो १ रोगयुक्ताः २ पापार्द्रदेहिनः ३।
परदारयुता ४ अल्पायुषः ५ पापा ६ सितं यवाः ७॥ ७॥
विरुद्धविधिसंयुक्ता ८ बन्धुहीनाश्च ९ सव्रणाः १०।
कुचैलाः ११ परतर्किकाः १२ स्युः कुजे तनयगे सुताः॥ ८॥
सुभगाः १ स्युर्विनयिनो २ वीर्यवन्तोऽ३तिदुःखिताः ४।
पुत्राः सुविकृताः कन्या ५ नृशंसा श्चाथवात्मजाः ६॥ ९॥
निरुजाः ७ शौचनिपुणा ८ नीतिज्ञा ९ हतबान्धवाः १०।
पिशुना ११ गुरुदेवातिभक्ताः १२ स्युः पञ्चमे बुधे॥ १०॥
बहुवीर्याश्च १ सुभगाः २ प्रियालोकाश्च ३ दुःखिता ४।
पापिनो ५ गतसौहार्दा ६ नानाविधधनान्विताः ७॥ ११॥

सुशीलाः ८ सुप्रभाश्चैव ९ वैराग्यपतितास्तथा १०।
द्यूतप्रिया ११ अद्भुताद्या १२ पुत्राः स्युः पुत्रगे गुरौ ॥ १२ ॥
रूपसौभाग्यशालिन्यो १ बहुपुत्राः २ सुरूपकाः ३।
विधिघ्नास्तु कुरूपाढ्याः ४ पररक्ता ५ मितं यवाः ६ ॥ १३ ॥
पतिव्रताः ७ सत्यपराः ८ सुप्रभाः ९ पानतत्पराः १०।
कृतघ्नाः ११ दुःखसंयुक्ताः १२ कन्या शुक्रे हतारयः ॥ १४ ॥
बहुद्विषो १ रोगयुक्ताः २ कृतघ्नाः ३ वाल्पनष्टकाः ४।
अजातयौवना ५ रोगयुक्ताः ६ कृषिपरायणाः ७ ॥ १५ ॥
पशुपाः ८ बहुलक्लेशाः ९ पुत्राः स्युः पुंस्त्वहीनकाः।
अपुत्रत्वं १० पानरतं ११ पुत्रत्वं १२ सुतगे शनौ ॥ १६ ॥
सुतभावः समः स्त्रीणां नृणामोजः प्रसूतिदः।
स्त्रीपुंक्लीबग्रहैर्दृष्टः प्रायस्तत्तत्प्रसूतिदः ॥ १७ ॥

अब आगे कश्यप ऋषि के वाक्यों से पञ्चम भावस्थ ग्रहों के विशेष फल को बताते हैं।

पञ्चभाव में सूर्य का विशेष फल—यदि कुण्डली में पञ्चम भाव में सूर्य उच्च राशि में हो तो जातक का पुत्र १ हिंसक, उच्च राशि के नवांश में २ अल्पायु, शुभ राशि के वर्ग में ३ दीनता रोगादि से युक्त, नीच राशि में ४ जाति को नष्ट करने वाला, नीच राशि के नवांश में ५ अशान्त देहधारी, क्रूर राशि के षड्वर्ग में ६ गर्भ का नाशक, मित्र राशि में ७ तीखे भाग्य से युक्त, मित्र राशि के नवांश में ८ दूषित शीलता व आचार से युक्त, वर्गोत्तम में ९ व्यसनी, शत्रु राशि में १० दूसरे की स्त्री से उत्पन्न, शत्रु राशि के नवांश में ११ दूसरे की स्त्री से उत्पन्न और अपनी राशि में पञ्चम भाव में सूर्य हो तो जातक १२ गुणहीन व चोर पुत्रों से युक्त होता है ॥ १-४ ॥

पञ्चम भाव में चन्द्रमा का विशेष फल—यदि कुण्डली में चन्द्रमा उच्चराशि में हो तो १ जातक की पुत्री सुन्दर नेत्रवाली, उच्च राशि के नवांश में २ सुन्दर स्वरूपवती, शुभराशि के षड्वर्ग में ३ स्वरूप व सौभाग्य से युक्त, नीच राशि में ४ पापिन, नीच राशि के नवांश में ५ केवल पाप में अनुरक्त, क्रूर राशि के षड्वर्ग में ६ दूसरे में आसक्त, मित्र राशि में ७ सुन्दर शीलवाली, मित्रराशि के नवांश में ८ पवित्रता व दीनता से युक्त, वर्गोत्तम में ९ पति भक्ता, शत्रु राशि में हीन १० स्वभाव वाली, शत्रुराशि के नवांश में ११ अङ्गहीन और पञ्चम भाव में चन्द्रमा यदि अपनी राशि में हो तो प्रतिभाशालिनी व सुन्दर भाग्यवाली कन्या होती है ॥ ५-६ ॥

पञ्चम भाव में भौम का विशेष फल—यदि कुण्डली में पञ्चमभाव में उच्चराशि में भौम हो तो १ जातक पराक्रमी व अल्पायु, उच्चराशि के नवांश में २ रोगी, शुभ राशि के षड्वर्ग में ३ पापात्मा, नीच राशि में ४ दूसरे की स्त्री में आसक्त, नीच राशि के नवांश में ५ अल्पायु, क्रूरराशि के षड्वर्ग में ६ पापी, नीच राशि में ७ सीमित गति

वाला नीच राशि के नवांश में ८ विपरीत प्रक्रिया वाला, वर्गोत्तम में ९ बान्धवों से हीन, मित्र राशि में १० घाव से युक्त, मित्र राशि के नवांश में ११ दूषित वस्त्रधारी और पाँचवें भाव में भौम यदि अपनी राशि में हो तो जातक का पुत्र १२ दूसरे की चिन्ता करने वाला होता है ॥ ७-८ ॥

पञ्चमभाव में बुध का विशेष फल—यदि कुण्डली में पञ्चम भाव में बुध उच्च राशि में हो तो जातक का पुत्र १ सुन्दर भाग्यशाली, उच्च राशि के नवांश में २ विनयी, शुभ राशि के षड्वर्ग में ३ बलवान्, नीच राशि में ४ अधिकदुःखी, नीच राशि के नवांश में ५ विकार से युक्त, क्रूरराशि के षड्वर्ग में ६ निन्दनीया कन्या से युक्त, मित्र राशि में ७ रोगहीन, मित्र राशि के नवांश में ८ पवित्रता में चतुर, वर्गोत्तम में ९ नीति का जानने वाला, मित्र राशि में १० नष्ट बान्धवों वाला, मित्र राशि के नवांश में ११ चुगलखोर और पाँचवें भाव में बुध यदि अपनी राशि में १२ हो तो जातक का पुत्र गुरु व देवता का भक्त होता है ॥ ९-१० ॥

पञ्चम भाव में गुरु का विशेष फल—यदि कुण्डली में पञ्चम भाव में गुरु उच्च राशि में हो तो जातक का पुत्र १ बड़ा पराक्रमी, उच्च राशि के नवांश में २ सुन्दर भाग्यवान्, शुभ राशि के षड्वर्ग में ३ प्रकाश का प्रेमी, नीच राशि में ४ दुःखी, नीच राशि के नवांश में ५ पापी, क्रूर राशि के षड्वर्ग में ६ मित्रता से हीन, मित्र राशि में ७ अनेक प्रकार के धनों से युक्त, मित्र राशि के नवांश में ८ सुशील, वर्गोत्तम में ९ तेजस्वी, शत्रु राशि में १० वैराग्य से भ्रष्ट, शत्रु राशि के नवांश में ११ जुआ का प्रेमी और पाचवें भाव में अपनी राशि १२ में यदि गुरु हो तो जातक के प्रथम अद्भुत पुत्र उत्पन्न होता है ॥ ११-१२ ॥

पञ्चम भाव में शुक्र का विशेष फल---यदि कुण्डली में पञ्चम भाव में शुक्र उच्च राशि में हो तो जातक की १ कन्या रूप व सौभाग्य से युक्त, उच्चराशि के नवांश में २ अधिक पुत्रों से युक्त, शुभ राशि के षड्वर्ग में ३ सुन्दर स्वरूपवाली, नीच राशि में ४ नष्ट भाग्य वाली व दूषित रूपवाली, नीचराशि के नवांश में ५ दूसरे में आसक्त, क्रूर राशि के षड्वर्ग में ६ सीमित गतिवाली, मित्र राशि में ७ पतिव्रता, मित्र राशि के नवांश में ८ सत्य परायण, वर्गोत्तम में ९ तेजस्विनी, नीच राशि में १० पान में तत्परा, नीच राशि के नवांश में ११ कृतघ्ना और पाँचवें भाव में शुक्र यदि अपनी राशि में हो तो १२ जातक की कन्या नष्ट शत्रुवाली तथा दुःखी होती है ॥ १३-१४ ॥

पञ्चम भाव में शनि का विशेष फल---यदि कुण्डली में पञ्चम भाव में शनि उच्च राशि में हो तो जातक का पुत्र १ अधिक शत्रुता करने वाला, उच्च राशि के नवांश में २ रोगी, शुभ राशि के षड्वर्ग में ३ कृतघ्न, नीच राशि में ४ अल्पायु, नीच राशि के नवांश में ५ जवानी से हीन, क्रूर राशि के षड्वर्ग में ६ रोगी, मित्र राशि में ७ खेती करने वाला, मित्र राशि के नवांश में ८ पशुओं का पालक, वर्गोत्तम में ९ नपुंसक, अधिक क्लेश से युक्त, नीच राशि में १० पुत्र से हीन, नीच राशि के नवांश में ११

पान में आसक्त और अपनी राशि में १२ यदि शनि पञ्चम भाव में हो तो जातक पुत्र से सम्पन्न होता है ॥ १५–१६ ॥

जन्म कुण्डली में पञ्चम भाव में सम राशि हो तो स्त्री अर्थात् कन्या विषम राशि हो तो पुत्र का जन्म तथा पुरुष ग्रह से दृष्ट पञ्चम भाव हो तो पुत्र, स्त्री ग्रह से दृष्ट हो तो कन्या और नपुंसक ग्रह से दृष्ट हो तो नपुंसक सन्तान का जन्म होता है ॥ १७ ॥

अथ पञ्चमभावराशिफलम् ।

यवनः—

मेषे सुतस्थे लभते मनुष्यो प्रायेण पुत्रान् विविधांस्तथा च ।
क्रूरान् सुखोनान्विकृतानपत्यान् मायानुरक्तान् कुचरित्रयुक्तान् ॥ १ ॥
वृषे सुतस्थे लभते मनुष्यः प्रायेण कन्याः सुभगाः सुरूपाः ।
अपत्यहीना बहुकान्तियुक्ताः सदानुरक्ता निजकृत्यधर्मे ॥ २ ॥
तृतीयराशौ सुतगे मनुष्यः प्राप्नोत्यपत्यानि मनोहराणि ।
सुशीलयुक्तानि गुणाधिकानि प्रभासमेतानि बलाधिकानि ॥ ३ ॥
कर्के सुतस्थे जनयेन्मनुष्यः पुत्रान् प्रसिद्धान् सुतलालसांश्च ।
विस्तीर्णकीर्तींश्च महानुभावान् धनेन युक्तान् विनयेन युक्तान् ॥ ४ ॥
सिंहे सुतस्थे जनयेन्मनुष्यः क्रूरस्वभावान् नयनेन कान्तान् ।
मांसप्रियान् स्त्रीजनकान् सुतीव्रान् विदेशभाजान् क्षुधया समेतान् ॥५॥
कन्या यदा पञ्चमगा तदा स्युः कन्या नराणां तनयैर्विहीनाः ।
पतिप्रियाः पुण्यपराः प्रगल्भाः प्रशान्तपापाः प्रियभूषणाश्च ॥ ६ ॥
तुला यदा पञ्चमगा नराणां तदा सुशीलानि मनोहराणि ।
भवन्त्यपत्यानि सुरूपकाणि क्रियासमेतानि सुशिक्षितानि ॥ ७ ॥
कीटे सुतस्थे जनयेद्द्वियोनौ पुत्रान्मनुष्यान् सुभगान् सुशीलान् ।
अज्ञातदोषान् प्रणयेन युक्तान्सदानुरक्तान् निजगोत्रधर्मे ॥ ८ ॥
चापे सुतस्थे जनयेन्मनुष्यः सुतान् विचित्रान् हयमार्गदक्षान् ।
धनुष्कचर्यान् क्षतशत्रुपक्षान् सेवाप्रियान् पार्थिवमानपुष्टान् ॥ ९ ॥
मृगे सुतस्थे जनयेन्मनुष्यः पुत्रान्मृगे पापमतीन् कुरूपान् ।
क्लीबस्वभावान् विगतप्रभावान् सुनिष्ठुरान् क्षिप्रविवर्जितांश्च ॥१०॥
कुम्भे सुतस्थे स्थिरतासमेतान् गम्भीरचेष्टान् मतिसत्ययुक्तान् ।
पुत्रान्मनुष्यो जनयेत्प्रसिद्धान्नष्टात्मजान् कष्टमयान् प्रसूतान् ॥ ११ ॥
मीने सुतस्थे सलिलानुरक्तान् पुत्रान्मनुष्यो लभतेऽल्पवीर्यान् ।
रोगातुरान् पापयुतानुरूपान् सुहास्यतां स्त्रीवशगान् सदैव ॥ १२ ॥

अब आगे पञ्चम भावस्थ १२ राशियों के फल को वृद्ध यवनाचार्यजी के वाक्यों से कहते हैं।

पञ्चम भाव में मेष राशि का फल—यदि कुण्डली में पञ्चम भाव में मेष राशि हो तो जातक अनेक क्रूर, सुख से हीन, विकारी, मायावी और दूषित चरित्र वाले पुत्रों से युक्त होता है ॥ १ ॥

पञ्चम भाव में वृष राशि का फल—यदि कुण्डली में पञ्चम भाव में वृष राशि हो तो जातक भाग्यशालिनी, रूपवती, पुत्र से हीन, अधिक तेज वाली, अपने कार्य और धर्म में आसक्त, कन्या से प्रायः युक्त होता है ॥ २ ॥

पञ्चम भाव में मिथुन राशि का फल—यदि कुण्डली में पञ्चम भाव में मिथुन राशि हो तो जातक सुन्दर, सुशील, अधिक गुणी, तेजस्वी और बलिष्ठ पुत्रों से युक्त होता है ॥ ३ ॥

पञ्चम भाव में कर्क राशि का फल—यदि कुण्डली में पञ्चम भाव में कर्क राशि हो तो जातक पुत्र की इच्छा करने वाले, प्रसिद्ध, विशाल कीर्तिमान्, महानुभाव, धन और नम्रता से युक्त पुत्रों से युक्त होता है ॥ ४ ॥

पञ्चम भाव में सिंह राशि का फल—यदि कुण्डली में पञ्चम भाव में सिंह राशि हो तो जातक कठिन स्वभावी, सुन्दर नेत्र वाले, मांस के प्रेमी, कन्या को पैदा करने वाले, तीखे, विदेश भोगी और भूख से युक्त पुत्रों वाला होता है ॥ ५ ॥

पञ्चम भाव में कन्या राशि का फल—यदि कुण्डली में पञ्चम भाव में कन्या राशि हो तो जातक पुत्र से हीन, पति की स्नेह भाजना, पुण्य करने वाली, प्रतिभाशालिनी, पाप से हीना और अलङ्कार प्रिय कन्या से युक्त होता है ॥ ६ ॥

पञ्चम भाव में तुला राशि का फल—यदि कुण्डली में पञ्चम भाव में तुला राशि हो तो जातक सुशील, सुन्दर, स्वरूपवान्, कार्यकर्ता और सुन्दर शिक्षित पुत्रों से युक्त होता है ॥ ७ ॥

पञ्चम भाव में वृश्चिक राशि का फल—यदि कुण्डली में पञ्चम भाव में वृश्चिक राशि हो तो जातक भाग्यवान्, सुशील, अज्ञातदोषी, विनयी और अपने कुलधर्म में सदा आसक्त पुत्रों से युक्त होता है ॥ ८ ॥

पञ्चम भाव में धनु राशि का फल—यदि कुण्डली में पञ्चम भाव में धनु राशि हो तो जातक विचित्र, घोड़ा के मार्ग में अर्थात् चलाने में चतुर, धनुष विद्या में निपुण, नष्ट शत्रु से युत, सेवा का प्रेमी और राजा के सम्मान से पुष्ट पुत्र वाला होता है ॥ ९ ॥

पञ्चम भाव में मकर राशि का फल—यदि कुण्डली में पञ्चम भाव में मकर राशि हो तो जातक पाप बुद्धि, रूपहीन, नपुंसक स्वभावी, निस्तेज, निठुर और शीघ्रता से रहित पुत्र से युक्त होता है ॥ १० ॥

पञ्चम भाव में कुम्भ राशि का फल—यदि कुण्डली में पञ्चम भाव में कुम्भ राशि हो तो जातक स्थिर, गम्भीर इच्छा वाले, बुद्धिमान्, सत्यात्मा, विशयता, नष्ट पुत्रवन् और कष्ट से युक्त पुत्रों से युक्त होता है ॥ ११ ॥

पञ्चम भाव में मीन राशि का फल—यदि कुण्डली में पञ्चम भाव में मीन राशि हो तो जातक जल में आसक्ति वाले, अल्प पराक्रमी, रोगी, पापी, सुन्दर हंसने वाले और सदा ही स्त्री के वशीभूत पुत्रों से युक्त होता है ॥ १२ ॥

अथ पञ्चमेशभावफलम् ।

वृद्धयवनः—

लग्नगतः पञ्चमपः प्रसिद्धमस्तोकतनुकलितम् ।
शास्त्रविदं गीतविदं सुकर्मणि परं नरं कुरुते ॥ १ ॥
पञ्चमपतिर्धनस्थः क्रूरः खचरो धनोज्झितं कुरुते ।
गीतादिकाव्यकलितं कष्टभुजं स्थानकप्रवरम् ॥ २ ॥
तनयपतिः सहजगतः सुमधुरवाक् सुबन्धुजनविदितम् ।
कुरुते सुतांस्तदीयान् तनयाः परिपालयन्ति तद्बन्धून् ॥ ३ ॥
पातालगतस्तनयेशो निरतः पितृकर्मणि पालितः पितॄन् ।
जननी भक्तं कुरुते क्रूरस्तु विशोधितं पितरि ॥ ४ ॥
तनयगतस्तनयपतिर्मतिमन्तं मानिनं वचनकुशलम् ।
सुतकलितं प्रवरजनख्यातं वै मानवं कुरुते ॥ ५ ॥
पञ्चमपतिश्च षष्ठे शत्रुप्रतिममात्मसंभवं हीनम् ।
रोगधनं धनरहितं क्रूरः खचरः करोति नरम् ॥ ६ ॥
तनयपतौ सप्तमगे ससुता सुभगार्थदेवगुरुभक्ता ।
प्रियवादिनी सुशीला नरस्य जायते दयिता ॥ ७ ॥
सुतपे निधनगृहस्थे कुत्सितवाङ्नियमस्त्रियो भण्डाः ।
नष्टव्यङ्गाः सहजास्तनया अपि संभवन्ति तथा ॥ ८ ॥
सुकृतिगतस्तनयपतिः सुबोधविद्यं कविं सुगीतज्ञम् ।
नृपपूजितं सुरूपं नाटकरसिकं नरं कुरुते ॥ ९ ॥
सुतपतिरम्बरयातो नृपकर्माणं नृपात्कलितविभवम् ।
सत्कर्मरतं प्रवरं जननीकृतसुखशतं कुरुते ॥ १० ॥
सुतनाथे लाभस्थे शूरः सुतवान् सुकृत्यकृद्भोगी ।
गीतादिकलाकलितो नृपलाभी जायते जातः ॥ ११ ॥
पञ्चमपे द्वादशगे क्रूरे सुतविहितः शुभे ससुतः ।
सुतसन्तापपरः स्याद्विदेशगमनोद्यतो मनुजः ॥ १२ ॥

इति सुतभावविचारः

अब आगे बारह भावों में स्थित पञ्चमेश के फल को वृद्ध यवनाचार्यजी के वाक्यों से कहते हैं।

लग्नस्थ पञ्चमेश का फल—यदि जन्मपत्री में पञ्चमेश लग्न में हो तो जातक विख्यात, विशाल देहधारी, शास्त्र ज्ञाता, गीत का जानकार और अच्छे कार्यों में तत्पर होता है ।। १ ।।

द्वितीयस्थ पञ्चमेश का फल—यदि जन्मपत्री में क्रूर पञ्चमेश दूसरे भाव में हो तो जातक धन से हीन, गीतादि व काव्य का जानकार, कष्टभोगी और स्थान में श्रेष्ठ होता है ।। २ ।।

तृतीयस्थ पञ्चमेश का फल—यदि जन्मपत्री में पञ्चमेश तीसरे भाव में हो तो जातक सुन्दर मीठी वाणी बोलने वाला, अच्छे बान्धवों से विख्यात और उसके पुत्रों का पालन उसके बन्धुओं के पुत्र करते हैं ।। ३ ।।

चतुर्थस्थ पञ्चमेश का फल—यदि जन्मपत्री में पञ्चमेश चौथे भाव में हो तो जातक पिता के कार्यों में अनुरक्त, माता का भक्त, यदि क्रूर ग्रह हो तो पिता के विरुद्ध आचरण वाला होता है ।। ४ ।।

पञ्चमस्थ पञ्चमेश का फल—यदि जन्मपत्री में पञ्चमेश पञ्चम भाव में हो तो जातक बुद्धिमान्, अभिमानी, बोलने में चतुर, पुत्र से युक्त और श्रेष्ठ मनुष्यों में प्रसिद्ध होता है ।। ५ ।।

षष्ठस्थ पञ्चमेश का फल—यदि जन्मपत्री में पञ्चमेश छठे भाव में हो तो जातक शत्रु स्वरूप, आत्मचिन्तन से हीन अर्थात् ज्ञान शून्य, यदि क्रूर ग्रह हो तो रोगी, धन-हीन होता है ।। ६ ।।

सप्तमस्थ पञ्चमेश का फल—यदि जन्मपत्री में पञ्चमेश सातवें भाव में हो तो जातक की स्त्री कन्या के साथ या यों समझिये दोनों सुन्दर भाग्य व धन से युक्त, गुरु व देवता की भक्ता, मधुर भाषिणी और सुशीला होती है ।। ७ ।।

अष्टमस्थ पञ्चमेश का फल—यदि जन्मपत्री में पञ्चमेश आठवें भाव में हो तो जातक दूषित वाणी बोलने वाला, नियम से स्त्री का भन्ड (भाँड) या अङ्गहीन देह वाला और पुत्र भी भाई हो सकते हैं ।। ८ ।।

नवमस्थ पञ्चमेश का फल—यदि जन्मपत्री में पञ्चमेश नवें भाव में हो तो जातक सुन्दर प्रौढ़ विद्वान्, कवि, गीत का ज्ञाता, राजा से सम्मानित, स्वरूपवान् और नाटक का स्नेही होता है ।। ९ ।।

दशमस्थ पञ्चमेश का फल—यदि जन्मपत्री में पञ्चमेश दसवें भाव में हो तो जातक राजा का कार्य करने वाला; राजा से ऐश्वर्य प्राप्त करने वाला, अच्छे कार्यों में अनुरक्त, श्रेष्ठ और माता के लिये सौ प्रकार से सुख करने वाला होता है ।। १० ।।

लाभस्थ पञ्चमेश का फल—यदि जन्मपत्री में पञ्चमेश ग्यारहवें भाव में हो तो जातक वीर, पुत्रवान्, पुण्य करने वाला, भोगी, गीतादि कला से युक्त और राजा से लाभ करने वाला होता है ।। ११ ।।

द्वादस्थ पञ्चमेश का फल—यदि जन्मपत्री में पापग्रह पञ्चमेश बारहवें भाव में हो तो जातक पुत्र से हीन, शुभग्रह हो तो पुत्र से युक्त, पुत्र के सन्ताप से युक्त और विदेश जाने के लिये उद्यत होता है ॥ १२ ॥

इस प्रकार पञ्चम भाव का फल विचार समाप्त हुआ ॥ १-१२ ॥

अथारिभावः । तत्र रिपुभावे किं चिन्त्यमित्युक्तं जातकाभरणे—

वैरिव्रातक्रूरकर्मामयानां चिन्ताशङ्कामातुलानां विचारः ।
होरापारावारपारं प्रयातैरेतत्सर्वं शत्रुभावे विचिन्त्यम् ॥ १ ॥

यवनः—

षष्ठाश्रितोऽर्को विषशस्त्रदाहक्षुद्रोषशत्रुव्यसनोपतप्तम् ।
काष्ठाश्मघाताद्धि विशीर्णदेहं सुते दवींदंष्ट्रिनखक्षताङ्गम् ॥ २ ॥
जलोदरेणामयजैर्विकारैश्चन्द्रोऽम्बुजैर्वाप्युपतप्तदेहम् ।
स एव शोकक्षयमृत्युकृत्स्यादत्रैव सूर्येण विमिश्रमूर्तिः ॥ ३ ॥
मीनांशके मेषगृहांशके वा चन्द्रः स्थितोऽत्रव हि पापदृष्टः ।
विलासकुष्ठादिविनष्टदेहमिष्टेक्षितः कण्डुविकारिणञ्च ॥ ४ ॥
षष्ठे स चेद्वृश्चिककर्कटांशे कुजेक्षिते गुह्यरुगर्दिताङ्गम् ।
सौरेक्षितो मारुतशोणितार्तं हृद्रोगिणं सूर्यगृहांशकस्थः ॥ ५ ॥
शास्त्रप्रहारा निरुगग्निदाहप्रतप्तमिन्दुः क्षितिसूनुयुक्तः ।
सौरेण षष्ठे तु विमिश्रमूर्तिर्निहन्ति वाताश्मचतुष्पदाद्यैः ॥ ६ ॥
कुजोऽसृजः शस्त्रपरिक्षताङ्गं दृग् याचने वानयदर्शनञ्च ।
सौरः शिरोऽश्माऽवनिवातपातद्विभुज्ययातोपहतञ्च कुर्यात् ॥ ७ ॥
बुधेक्षितः सञ्चलितः प्रयातः लोष्ठाहताङ्गं जितविद्विषञ्च ।
ख्यातं रिपुद्वेषभवप्रसक्तमस्वस्थदेहं भृगुसूनुजीवौ ॥ ८ ॥
त्रिकोणकेन्द्रोपगतैस्तु सौम्यैः पापा यथोक्तं विनिवर्तयन्ति ।
पापेक्षितास्ते त्वशुभां सुसंस्थां कुर्वन्ति मृत्युं विकलाङ्गतां वा ॥९॥

सारावल्याम्—

[1]रिपुभावे क्षितिसूनुर्मन्देन निरीक्षितो दिशति शत्रून् ।
शुभयुक्तः शुभदृष्टः शत्रुभयञ्चैव नात्यन्तम् ॥ १० ॥
क्षेत्रगृहेशतुल्यां संख्यां तेषां विनिर्दिशेत्प्राज्ञः ।
भावाध्याये विहितं विस्तरतश्चिन्तयेच्छेषम् ॥ ११ ॥

होराप्रकाशे—

षष्ठे पापाक्रान्ते शत्रुभयं भवति नियमेन ।
सौम्याक्रान्ते षष्ठे क्षितितनये भवति शत्रुमित्रत्वम् ॥ १२ ॥

१. सारा. ३४ अ० ४३–४४ श्लो० ।

गर्गः—

रिपुं हन्ति सहस्रांशुः शत्रौ चोपचयो यदि।
शत्रुभिर्युतदृष्टो वा बहून् शत्रून् प्रयच्छति ॥ १३ ॥
निधनं कुरुते चन्द्रः पापर्क्षे पापसंयुते।
पूर्णः षष्ठोऽरिघाती स्याद्गुरुगेहगतो यदा ॥ १४ ॥
षष्ठो नीचारिभवने सङ्ग्रामं कारयेद्बुधः।
वर्धयत्यन्यथा शत्रून् पुंसां धरणिनन्दनः ॥ १५ ॥
रिपून् विजयते सौम्यः सौम्यैर्दृष्टोऽथवा पुनः।
नीचः पापश्च वक्रश्च षष्ठर्क्षे रिपुरिष्टकृत् ॥ १६ ॥
स्वगेहे शुभगेहे वा षष्ठो गुरुरमित्रहा।
शत्रुगे अरिणा दृष्टः शत्रुपीड़ां ददाति सः ॥ १७ ॥
नीचोऽस्तगामी रिपुमन्दिरस्थः करोति वैरं कलहागमञ्च।
अन्यत्र शुक्रो रिपुदर्पहारी स्वर्क्षेऽत्र षष्ठे तु ददाति सिद्धिम् ॥१८॥
षष्ठे नीचगतः सौरो जनयेन्नीचवैरिणम्।
अन्यथा वैरिणं हन्ति निर्वैरः स्वगृहं गतः ॥ १९ ॥
राहुः शत्रुगृहे कुर्याच्छत्रून् सङ्ग्राममूर्धनि।
हन्ति सर्वाण्यरिष्टानि सर्वग्रहनिरीक्षितः ॥ २० ॥
सौम्यद्वितयसंयुक्ते षष्ठे द्विशुभवीक्षिते।
विजयो नाम योगः स्यात्किं रणे वाहनायुधैः ॥ २१ ॥
षष्ठे क्रूरा नरं कुर्युः शत्रुपक्षक्षयङ्करम्।
सौम्याः कष्टं महारोगं षष्ठे चन्द्रस्त्वरिष्टदः ॥ २२ ॥

अब आगे छठे भाव के फल को कहने के लिये प्रथम छठे भाव से किन-किन बातों का विचार करना चाहिये इसे जातकाभरण नामक ग्रन्थ के वाक्य से बताते हैं।

होराशास्त्र के मर्मज्ञ विद्वान् को शत्रु समूह, कठिन कार्य, रोगों की चिन्ता, शङ्का और मामा का विचार छठे भाव से करना चाहिए ॥ १ ॥

विशेष—यह श्लोक बृहद्यवन जातक में भी इसी प्रकार से उपलब्ध है ॥ १ ॥

यवनाचार्य का कहना है कि यदि छठे भाव में सूर्य हो तो जातक जहर, शस्त्र, अग्नि, भूख, क्रोध, शत्रु व व्यसन से संतप्त और काठ या पत्थर से भग्न शरीरधारी तथा पुत्र अग्नि या कुत्ते के नखों से भग्न देहवाला होता है ॥ २ ॥

चन्द्रमा—यदि छठे भाव में चन्द्र हो तो जातक जलोदर रोग के विकार से या जल जन्य शीत व्याधि से संतप्त शरीर वाला, वही चन्द्रमा यदि सूर्य से युक्त हो तो शोक से क्षीण होकर मृत्यु करने वाला होता है ॥ ३ ॥

यदि छठे भाव में मीन या मेष राशि के नवांश में चन्द्रमा पापग्रहों से दृष्ट हो तो

जातक विलासी, कोढ़ आदि रोग से नष्ट देहधारी, यदि शुभग्रह से दृष्ट हो तो खुजली रोग से पीड़ित होता है ॥ ४ ॥

यदि कुण्डली में छठे भाव में वृश्चिक या कर्क का नवांश भौम से दृष्ट हो तो जातक गुह्यस्थल के रोग से पीडित देहधारी, यदि शनि से दृष्ट हो तो वायु या रक्तजन्य व्याधि से दुःखी, यदि सूर्य के नवांश में स्थित हो और शनि देखता हो तो हृदय के रोग से पीड़ित होता है ॥ ५ ॥

यदि कुण्डली में छठे भाव में भौम से युक्त चन्द्रमा हो तो जातक शस्त्र प्रहार से, रोग से, अग्नि की दाह से संतप्त और यदि शनि से युक्त हो तो वायु से, पत्थर से या पशुओं से नष्ट होने वाला होता है ॥ ६ ॥

यदि कुण्डली में छठे भाव में भौम व शनि हो तो जातक शस्त्र से भग्न देहधारी, अन्याय या मांगने में दृष्टि रखने वाला, शिर में पत्थर पर गिरने से चोट खाने वाला या भुनाली से भग्न होने वाला होता है ॥ ७ ॥

यदि कुण्डली में छठा भाव बुध से दृष्ट हो तो जातक चलने में या यात्रा में लोहे से भग्न देहधारी और शत्रुओं से पराजित, यदि शुक्र गुरु हों तो प्रसिद्ध, शत्रु से शत्रुता करने में अनुरक्त और अस्वस्थ देहवाला होता है ॥ ८ ॥

यदि कुण्डली में त्रिकोण व केन्द्र में पापग्रहों से हीन शुभग्रह हों तो जातक शत्रुहीन, नीरोग, यदि पापग्रहों से दृष्ट हों तो जातक किसी अङ्ग से हीन अथवा मरण प्राप्त करता है ॥ ९ ॥

अब आगे सारावली के वाक्य से फल को कहते हैं।

यदि कुण्डली में छठे भाव में भौम, शनि से दृष्ट हो तो जातक शत्रुओं से युक्त यदि शुभग्रह से युत तथा दृष्ट भौम हो तो जातक को शत्रु का भय अत्यधिक नहीं होता है ॥१०॥

कुण्डली में षष्ठेश जिस राशि सङ्ख्या में हो उसके तुल्य शत्रुओं से जातक युक्त होता है। अवशिष्ट फल—भावाध्याय में विस्तार से वर्णित है उसको वहाँ से जानकर कहना चाहिये ॥ ११ ॥

अब होरा प्रकाश में कथित छठे भाव के फल को कहते हैं।

यदि कुण्डली में छठे भाव में पापग्रह हो तो जातक नियमपूर्वक शत्रु से भयभीत, यदि शुभग्रह से युक्त भौम हो तो जातक के शत्रु मित्र बन जाते हैं ॥ १२ ॥

अब आगे गर्गाचार्य जी के वाक्यों से छठे भाव में ग्रहों के फल को कहते हैं।

सूर्य—यदि कुण्डली में छठे भाव में सूर्य हो तो जातक सम्पन्न शत्रु का नाशक, यदि शत्रुग्रहों से दृष्ट हो तो अधिक शत्रुओं से युक्त होता है ॥ १३ ॥

चन्द्रमा—यदि कुण्डली में छठे भाव में पापग्रह की राशि में पापग्रह से युक्त चन्द्रमा हो तो जातक का निधन, यदि गुरु की राशि में पूर्ण चन्द्रमा हो तो शत्रुओं को मारने वाला होता है ॥ १४ ॥

भौम—यदि कुण्डली में छठे भाव में नीच या शत्रु राशि में भौम हो तो जातक लड़ाई लड़ने वाला इसके विपरीत स्थिति में हो तो शत्रुओं की वृद्धि करनेवाला होता है ॥१५॥

बुध—यदि कुण्डली में छठे भाव में शुभ ग्रहों से दृष्ट बुध हो तो जातक शत्रुओं को जीतने वाला, यदि छठे भाव में वक्री पापग्रह हो तो शत्रुओं का नाशक होता है ॥ १६ ॥

गुरु—यदि कुण्डली में छठे भाव में अपनी राशि अथवा शुभग्रह की राशि में गुरु हो तो जातक शत्रुओं को मारने वाला, यदि शत्रु ग्रह राशि में शत्रु ग्रह से दृष्ट हो तो शत्रु से पीड़ित होता है ॥ १७ ॥

शुक्र—यदि कुण्डली में छठे भाव में नीच राशि या अस्तोन्मुख राशि या शत्रु ग्रहों की राशि में शुक्र हो तो जातक शत्रुता व कलह से युक्त, इसके विपरीत स्थिति में शत्रु के गर्व को दूर करने वाला और अपनी राशि में यदि छठे भाव में शुक्र हो तो जातक सिद्धि प्राप्त करने वाला होता है ॥ १८ ॥

शनि—यदि कुण्डली में छठे भाव में नीच राशि में शनि हो तो जातक दुष्ट शत्रुओं से युक्त इसके विपरीत स्थिति में शत्रुओं को मारने वाला और छठे भाव में यदि शनि अपनी राशि में हो तो जातक शत्रुता या शत्रु से हीन होता है ॥ १९ ॥

राहु—यदि कुण्डली में छठे भाव में शत्रु की राशि में राहु हो तो जातक शत्रुओं के मस्तकों को युद्ध में ध्वंस करने वाला, यदि समस्त ग्रहों से दृष्ट हो तो समस्त अरिष्टों से हीन होता है ॥ २० ॥

विशेष—यदि कुण्डली में छठे भाव में दो शुभ ग्रह शुभ ग्रहों से दृष्ट हों तो विजय नाम का योग होता है इसमें युद्ध में सवारी व शस्त्रों का कोई उपयोग नहीं होता है अर्थात् उक्त परिस्थिति में जातक सदा विजयी होता है ॥ २१ ॥

यदि कुण्डली में छठे भाव में पापग्रह हों तो जातक शत्रु पक्ष को नष्ट करने वाला, यदि शुभ ग्रह हों तो कष्ट से युक्त, बड़ा रोगी और यदि छठे भाव में चन्द्रमा हो तो जातक अरिष्ट से युक्त होता है ॥ २२ ॥

अथ षष्ठभावविशेषफलम् ।

कश्यपः—

स्वोच्चे १ स्वोच्चनवांशे च २ शुभवर्गेऽथ ३ नीचभे ४ ।
नीचांशे ५ क्रूरषड्वर्गे ६ मित्रभे ७ सुहृदंशके ८ ॥ २३ ॥
वर्गोत्तमेऽ९ रिभेऽ १० यंशे ११ स्वर्क्षे १२ द्वादशधा क्रमात् ।
फलञ्च शत्रुभावोत्थं कथ्यते यवनोदितम् ॥ २४ ॥
उच्चो १ विप्रो २ नरपतिः ३ कुमतिः ४ स्त्र्यनुरागवान् ५ ।
परतर्कसंज्ञश्च ६ वाजिजात्यनुरागवान् ७ ॥ २५ ॥
गोपाल ८ स्त्वल्पशिल्पी ९ च कामिनी १० कुलटासुतः ११ ।
विलासिनी १२ भवेदर्के शत्रुभावगते क्रमात् ॥ २६ ॥
शास्त्रज्ञः १ परदारैकरतो २ भूमिपति ३ स्तथा ।
बहुप्रकारो ४ वैरज्ञः ५ स्ववर्गो ६ भूमिपालकः ७ ॥ २७ ॥

राजपुत्रो ८ नृशंसश्च ९ विक्रान्तो १० वाहिनीपतिः ११।
गुरुवत्सल १२ इन्दौ स्याच्छत्रुवै शत्रुभावगे ॥ २८॥
नीचः १ नीचकुलोत्पन्नः २ परदेशस्थित ३ स्ततः।
अन्त्यजः ४ कृषिकर्त्ता च ५ धनधान्यविवर्जितः ६॥ २९॥
पुत्रो ७ बन्धु ८ मातुलश्च ९ कितवो १० गुणजातभृत् ११।
प्रियसाहस १२ आरे स्याच्छत्रुः शात्रवभावगे॥ ३०॥
दुःस्वभावो १ विरूपाढ्योऽ२ नुकूलो ३ विकलेक्षणः ४।
विपादकरकर्णश्च ५ द्वन्द्वहीनश्च ६ मन्त्र्यपि ७॥ ३१॥
मन्त्रिपुत्रः ८ परवधूरतः ९ परधनापहः १०।
नृशंसचौरो ११ व्यसनी १२ शत्रुज्ञे शत्रुभावगे॥ ३२॥
बहुशो १ मन्त्रिहीनश्च २ स्त्र्यनुकूलोऽ३ न्यसैन्यकः ४।
पाननिष्ठो ५ विगुणश्च ६ प्रसिद्धः ७ प्रथितस्तु ८ सः॥ ३३॥
स्वराढ्यो ९ मङ्गलो हीनो १० बान्धवो विनयोज्झितः ११।
बहुपुत्रसुखो १२ जीवो शत्रुः स्याच्छत्रुभावग॥ ३४॥
जितारि १ र्विजितारातिः २ र्बन्धूकः ३ प्रणताहितः ४।
बहुकन्यो ५ गजपतिः ६ पापवान् ७ नृपबान्धवम् ८॥ ३५॥
कलत्रवर्गोऽथ शुभो ९ नृशंसो १० रोमवर्जितः ११।
धनहीनो १२ भृगुसुते शत्रुः स्याच्छत्रुभावगे॥ ३६॥
नवाल्पारि १ र्जितरिपु २ र्नतः ३ खल ४ नृशंसकः ५।
कृषिकृच्चैव ६ अम्बश्च ७ वणिकः ८ बहुधर्मकृत् ९॥ ३७॥
गतार्थः पापकृद्द्वेषी १० पुत्रदारुण ११ नर्त्तकः १२।
भूयोऽरिदो रविः स्वोच्च मन्दारौ तनुशत्रुदौ॥ २८॥

यवनः—

दशाधिपस्तीक्ष्णकरः प्रदिष्टः सहस्रनाथो रजनीकरश्च।
वक्रार्कजौ हीनपरौ सदैव दोषाणि चन्द्रेण समाः स्वतुङ्गाः॥ ३९॥

अब आगे छठे भाव में स्थित सूर्यादिग्रहों के विशेष फल को कश्यप ऋषि के वाक्यों से कहते हैं।

छठे भाव में सूर्य का विशेष फल—यदि जन्मपत्री में छठे भाव में सूर्य उच्च राशि में हो तो जातक १ उच्च (श्रेष्ठ), उच्चराशि के नवांश में २ ब्राह्मण, शुभ राशि के षड्वर्ग में ३ राजा, नीच राशि में ४ दूषित बुद्धिवाला, नीच राशि के नवांश में ५ स्त्रियों में अनुरक्त, पाप राशि के षड्वर्ग में ६ दूसरे की चिन्ता करने वाला, मित्र राशि में ७ घोड़ाओं में आसक्त मित्र राशि के नवांश में ८ गायों का पालन करने वाला, वर्गोत्तम राशि में ९ छोटा कारीगर, शत्रु राशि में १० कामिनी का पुत्र, शत्रु राशि के

नवांश में ११ व्यभिचारिणी का पुत्र और छठे भाव में अपनी राशि में यदि सूर्य हो तो १२ विलासिनी स्त्री से युक्त होता है ।। २३-२६ ।।

छठे भाव में चन्द्रमा का विशेष फल—यदि जन्मपत्री में छठे भाव में चन्द्रमा उच्च राशि में हो तो जातक १ शास्त्रों का जानने वाला, उच्च राशि के नवांश में २ एक मात्र दूसरे की स्त्री में आसक्त, शुभ राशि के षड्वर्ग में ३ राजा, नीच राशि में ३ अधिक विधि से युक्त, नीच राशि के नवांश में ५ शत्रुता का ज्ञाता, क्रूर राशि के षड्वर्ग में अपने वर्ग से युत, मित्र राशि में ७ भूमि का रक्षक अर्थात् राजा, मित्र राशि के नवांश में ८ राजा का पुत्र, वर्गोत्तम राशि में ९ निन्दनीय, हत्या करने वाला, शत्रु राशि में १० पराक्रमी, शत्रु राशि के नवांश में ११ सेनापति और छठे भाव में चन्द्रमा यदि अपनी राशि में हो तो १२ जातक गुरु का कृपा पात्र होता है ।। २७-२८ ।।

छठे भाव में बुध का विशेष फल—यदि जन्मपत्री छठे भाव में भौम उच्च राशि में हो तो जातक १ नीच, उच्च राशि के नवांश में २ नीच (दुष्ट) वंश में उत्पन्न, शुभ राशि के षड्वर्ग में ३ परदेश वासी, नीच राशि में ४ अन्त्यज, नीच राशि के नवांश में ५ खेती करने वाला, क्रूर राशि के षड्वर्ग में ६ धनधान्य से हीन, मित्र राशि में ७ पुत्रवान्, मित्र राशि के नवांश में ८ बान्धवों से युक्त, वर्गोत्तम में ९ मामा से युक्त, शत्रु की राशि में १० धूर्त, शत्रु राशि के नवांश में ११ धनुषधारी और छठे भाव में भौम यदि अपनी राशि में हो तो जातक १२ साहस प्रेमी होता है ।। २९-३०।।

छठे भाव में बुध का विशेष फल—यदि जन्मपत्री में छठे भाव में बुध उच्च राशि में हो तो जातक १ दूषित प्रकृति, उच्च राशि के नवांश में २ रूपहीन, शुभराशि के षड्वर्ग में ३ अनुकूल, नीच राशि में ४ अशान्त नेत्र वाला, नीच राशि के नवांश में ५ पैर, हाथ और कानों से हीन, क्रूर राशि के षड्वर्ग में ६ युद्ध से रहित, मित्र राशि में ७ सचिव, मित्र राशि के नवांश में ८ सचिव का पुत्र, वर्गोत्तम में ९ दूसरे की स्त्री में आसक्त, शत्रु राशि में १० दूसरे के धन को चुराने वाला, शत्रु राशि के नवांश में ११ क्रूर चोर और छठे भाव में बुध यदि अपनी राशि में १२ हो तो जातक व्यसनी होता है ।। ३१ ३२ ।।

छठे भाव में गुरु का विशेष फल - यदि जन्मपत्री में छठे भाव में गुरु उच्च राशि में हो तो जातक १ अधिक शत्रु वाला, उच्च राशि के नवांश में २ सचिव से हीन, शुभ राशि के षड्वर्ग में ३ स्त्री के अनुकूल, नीच राशि में ४ दूसरे का सिपाही, शत्रु राशि के नवांश में ५ पान में आसक्त, क्रूर राशि के षड्वर्ग में ६ गुण से हीन, मित्र राशि में ७ विख्यात, मित्र राशि के नवांश में ८ प्रसिद्ध, वर्गोत्तम में ९ शब्दवान् अर्थात् उच्च वाणी वाला, शत्रु राशि में १० शुभ कार्य से रहित, शत्रु राशि के नवांश में ११ अविनयी बान्धववान् और छठे भाव में अपनी राशि में यदि गुरु हो तो १२ जातक अधिक पुत्र सुख से संपन्न होता है ।। ३३-३४ ।।

छठे भाव में शुक्र का विशेष फल—यदि जन्मपत्री में छठे भाव में शुक्र उच्च राशि में हो तो जातक १ शत्रुओं को जीतने वाला, उच्च राशि के नवांश में २ शत्रुओं को

परास्त करने वाला, शुभ राशि के षड्वर्ग में ३ रक्तवर्ण, नीच राशि में ४ विनम्रों का शत्रु, नीच राशि के नवांश में ५ अधिक कन्या वाला, क्रूर राशि के षड्वर्ग में ६ हाथियों का स्वामी, मित्र राशि में ७ पापी, मित्र राशि के नवांश में ८ राजा का बान्धव, वर्गोत्तम में ९ अच्छे स्त्री वर्ग से युक्त, नीच राशि में १० क्रूर, नीच राशि के नवांश में ११ रोम से हीन और छठे भाव में अपनी राशि में यदि शुक्र हो तो जातक १२ धन हीन शत्रु वाला होता है ॥ ३५–३६ ॥

छठे भाव में शनि का विशेष फल—यदि जन्मपत्री में छठे भाव में शनि उच्च राशि में हो तो जातक १ अधिक शत्रुओं से युक्त, उच्च राशि के नवांश में २ शत्रु को जीतने वाला, शुभ राशि के षड्वर्ग में ३ विनयी, नीच राशि में ४ दुष्ट नीच राशि के नवांश में ५ क्रूर, पाप राशि के षड्वर्ग में ६ खेती करने वाला, मित्र राशि में ६ सङ्कर, मित्र राशि के नवांश में ८ व्यापारी, वर्गोत्तम में ९ अधिक धर्म करने वाला, शत्रु राशि में १० धन हीन, पाप कर्त्ता व द्रोह करने वाला, शत्रु राशि के नवांश में ११ कठोर पुत्र से युक्त और छठे भाव में अपनी राशि में यदि शनि हो तो जातक १२ नाचने वाला होता है। यदि सूर्य छठे भाव में उच्च राशि में हो तो बार बार शत्रु देने वाला तथा शनि या मङ्गल लग्न में शत्रु दायक होते हैं ॥ ३७–३८ ॥

अब आगे यवनाचार्यजी के वचन से फल को कहते हैं।

यदि जन्मपत्री में छठे भाव में सूर्य हो तो दश का स्वामी, चन्द्रमा हो तो हजार का स्वामी, शनि भौम हों तो सदा शत्रु से रहित और चन्द्रमा उच्च राशि में हो तो दूसरे वर्ष में जातक दोष से युक्त होता है ॥ ३९ ॥

अथ रिपुभावराशिफलम्।

वृद्धयवनः—

मेषे रिपुस्थे प्रभवन्ति पुंसां चतुष्पदा मूर्खतराः सरौद्राः।
प्रसन्नका म्लेच्छसमुद्भवाश्च कार्यं विना चव नरस्य लोके ॥ १ ॥
चतुष्पदार्थे प्रभवेच्च वैरं सदा नराणां वृषभे रिपुस्थे।
असत्यमार्गेण यथाङ्गनानां सङ्गान्नितान्तं निजबन्धुवर्गः ॥ २ ॥
तृतीयराशौ रिपुगे नराणां वैरं भवेत्स्त्रीजनितं सदैव।
तथा नराणां सहितश्च पापैर्वणिग्जनैर्नीचजनानुरक्तैः ॥ ३ ॥
कर्के रिपुस्थे ग्रहसंभवञ्च भवेन्मनुष्यस्य सदातुरस्य।
समं द्विजेन्द्रैश्च नराधिपैश्च महाजनेनैव पुरानुरोधात्। ४ ॥
सिंहे रिपुस्थे प्रभवेच्च वैरं पुत्रैः समं बन्धुजनेन नित्यम्।
धनोत्थमार्तस्य विनिर्जितस्य यद्वा मनुष्यस्य वराङ्गनाभिः ॥ ५ ॥
कन्यास्थितः शत्रुगृहे स्ववैरं समं सुताभिः प्रभवेन्नराणाम्।
दुश्चारिणीभिश्च सुनिर्णयाभिः वेश्याभिरेव श्रियवर्जिताभिः ॥ ६ ॥

तुलाधरे शत्रुगृहे नरस्य निधिस्थितस्य प्रभवेच्च वैरम्।
कार्यं सुधर्मस्य नरस्य साधोः स्वबन्धुवर्गाच्च निजालयस्य ॥ ७ ॥
कौर्प्ये रिपुस्थे च भवेच्च वैरं सार्द्धं द्विजिह्वैश्च सरीसृपैश्च।
व्यालैर्मृगैश्चौरगणैर्नराणां सर्वैस्तथान्यैश्च विलाश्रयैश्च ॥ ८ ॥
चापे रिपुस्थे च भवेद्धि वैरं शरैः समेतं च सरावकैश्च।
सदा मनुष्यस्य हयैश्च हस्तिभिः पुनस्तथान्यैः परवञ्चनैश्च ॥ ९ ॥
मृगे रिपुस्थे प्रभवेच्च वैरं सदा नराणां धनसंभवञ्च।
मित्रैः समं साधु महाजनेन प्रभूतकालं गृहसंभवञ्च ॥ १० ॥
कुम्भे रिपुस्थे च तथार्थहेतोर्नराधिपेनैव जलाश्रयैश्च।
वापीतडागादिभिरेव नित्यं क्षेत्रादितोऽन्यैः पुरुषैः कुचैलैः ॥ ११ ॥
मीने रिपुस्थे च भवेन्नराणां वैरं च नित्यं सुतवस्त्रजातम्।
स्त्रीहेतुकं स्वीयभयापराणामपि प्रियाणामितरेतरञ्च ॥ १२ ॥

अब आगे वृद्ध यवनाचार्यजी के वाक्यों से छठे भाव में स्थित बारह राशियों के फल को कहते हैं।

छठे भाव में मेष राशि का फल—यदि जन्म के समय में छठे भाव में मेष राशि हो तो जातक पशुओं से युक्त, अधिक मूर्ख, भयानक, म्लेच्छों से प्रसन्न और कार्य हीन होता है ॥ १ ॥

छठे भाव में वृष राशि का फल यदि जन्म के समय में छठे भाव में वृष राशि हो तो जातक पशुओं से शत्रुता करने वाला और उसका बान्धव, समुदाय व स्त्रियों के संग से असत्यमार्ग को अपनाने वाला होता है ॥ २ ॥

छठे भाव में मिथुन राशि का फल—यदि जन्म के समय में छठे भाव मिथुन राशि हो तो जातक सदा ही स्त्री जन्म व शत्रुता से युक्त, यदि पापग्रहों से युक्त मिथुन राशि हो तो व्यवसायी और दुष्टों में आसक्त पुरुषों से शत्रुता करने वाला होता है ॥ ३ ॥

छठे भाव में कर्क राशि का फल—यदि जन्म के समय में छठे भाव में कर्क राशि हो तो जातक रोगी, प्रतिष्ठित, महान् मनुष्यों के आग्रह से ब्राह्मण व राजा के तुल्य होता है ॥ ४ ॥

छठे भाव में सिंह राशि का फल—यदि जन्म के समय में छठे भाव में सिंह राशि हो तो जातक पुत्र व बान्धवों से वैर करने वाला, आर्त होकर धन के निमित्त शत्रुता करने वाला, यद्वा श्रेष्ठ स्त्रियों से शत्रुता करने वाला होता है ॥ ५ ॥

छठे भाव में कन्या राशि का फल—यदि जन्म के समय में छठे भाव में कन्या राशि हो तो जातक कन्याओं से, व्यभिचारिणी स्त्रियों से, सुन्दर निर्णय करने वाली वेश्याओं से और धन हीन स्त्रियों से शत्रुता करता है ॥ ६ ॥

छठे भाव में तुला राशि का फल—यदि जन्म के समय में छठे भाव में तुला राशि

हो तो जातक खजाञ्ची से शत्रुता करने वाला, सज्जन, धार्मिक कार्य कर्ता और अपने घर में रहने वाले बान्धव से वैर करता है ।। ७ ।।

छठे भाव में वृश्चिक राशि का फल—यदि जन्म के समय में छठे भाव में वृश्चिक राशि हो तो जातक चुगल खोरी से, सर्प से, बिच्छू से, हिंसक जन से, चोर समुदाय से और अन्य बिल वासी जन्तुओं से शत्रुता करने वाला होता है ।। ८ ।।

छठे भाव में धनु राशि का फल—यदि जन्म के समय में छठे भाव में धनु राशि हो तो जातक शब्द युक्त बाणों से युक्त, मनुष्यों से, हाथी व घोड़ा से तथा दूसरे को ठगने वाले से शत्रुता करता है ।। ९ ।।

छठे भाव में मकर राशि का फल—यदि जन्म के समय में छठे भाव में मकर राशि हो तो जातक धन के निमित्त मनुष्यों से, मित्र, साधु, प्रतिष्ठित और घर वालों से शत्रुता करने वाला होता है ।। १० ।।

छठे भाव में कुम्भ राशि का फल—यदि जन्म के समय में छठे भाव में कुम्भ राशि हो तो जातक धन के निमित्त राजा से ही नित्य खेतादि के कारण वापी तालावादि जलाश्रयों से और दूषित वस्त्र धारियों से शत्रुता करता है ।। ११ ।।

छठे भाव में मीन राशि का फल—यदि जन्म के समय में छठे भाव में मीन राशि हो तो जातक जन्म से पुत्र व वस्त्र की शत्रुता से युक्त, स्त्री के कारण अपने जनों के भय से युक्त और परस्पर में प्रीति करने वाले मनुष्यों से वैर करता है ।। १२ ।।

अथ षष्ठेशफलम् ।

वृद्धयवनः—

षष्ठेशे लग्नगते निरुत्सवो कुटुम्बकष्टकरः ।
बहुपक्षो रिपुहन्ता भवति नरः स्वैरवचनधनः ।। १ ।।
षष्ठपतौ धनसंस्थे दुष्टश्चतुरो हि सङ्ग्रहपरोपदिष्टः ।
स्थानप्रवरो विदितः सव्याधिरतनुजहृतचित्तः ।। २ ।।
षष्ठपतिः सहजस्थः क्रूरः कुरुते स्वलोककष्टकरम् ।
जनकरमारमणरतिस्त्वतिकष्टं ग्रामतस्तस्य ।। ३ ।।
षष्ठाधिपतिस्तुर्यें पितृतनयौ वैरिणौ मिथः कुरुते ।
सङ्कटजः सुतः पितृतो लक्ष्मीं लभते नरः शुचितराम् ।। ४ ।।
रिपुभवनपतौ सुतगे पितृसुतयोर्वैरता मृतिं सुततः ।
क्रूरे शुभे च पदवीं दुष्टश्च तत्कलति ।। ५ ।।
रिपुभवनपेऽरिस्थे नीरुग्वैरी सुखी कृपणरूपः ।
नहि जन्मतोऽपि सीदति स्थानकवासी भवति नरः ।। ६ ।।
अहितपतौ सप्तमगे क्रूरे भार्या विरोधिनी चण्डः ।
तापकारी त्वथ सौम्ये वन्ध्या वा गर्भगलनपरा ।। ७ ।।

शनौ ग्रहणिका रुजो शशधराद्धरानन्दनात्
बुधाच्च विषदोषतः सपदि मृत्युभीतो रणे।
रवेर्भृगुपतेर्नृपाच्च रिपुरष्टमास्त्वष्टमाद्-
गुरोरुपरि निःस्वसी नयनदोषवान् शुक्रतः ॥८॥
शत्रुपतिर्यदि नवमः क्रूरः खचरस्तथा भवेत् खञ्जः।
विविधविरोधी शास्त्रं न मन्यते याचकं च गुरुः ॥९॥
अरिगृहपे दशमस्थे क्रूरे मातरि रिपुस्तदा दुष्टः।
धर्मसुतपालकमतिर्मातुर्द्वेषी भवेद्वैरी ॥१०॥
वैरिपतौ लाभगते क्रूरे मरणं विपक्षतो भवति।
तस्करकृतहानिः स्याच्चतुष्पदाल्लाभवान्मनुजः ॥११॥
षष्ठपतौ द्वादशगे चतुष्पदद्रव्यधान्यनाशकरः।
गमनागमनं लक्ष्म्याल्हादपरो वा नरो भवति ॥१२॥

इति रिपुभवनचिन्ता ॥६॥

अब आगे बारह भावों में स्थित षष्ठेश के फल को वृद्धयवनाचार्य जी के वाक्यों से कहते हैं।

पहिले भाव में षष्ठेश का फल—यदि जन्मपत्री में प्रथम भाव में षष्ठेश हो तो जातक उत्सव अर्थात् मङ्गल कार्यों से हीन, कुटुम्बियों को दुःख देने वाला, अधिक जन समुदाय वाला, शत्रुघाती, स्वतन्त्र और कहे हुए वचनों का पालक होता है ॥ १ ॥

दूसरे भाव में षष्ठेश का फल—यदि जन्मपत्री में षष्ठेश दूसरे भाव में हो तो जातक दुष्ट, निपुण, परमसङ्ग्रही, उपदिष्ट, स्थान में श्रेष्ठ, प्रसिद्ध, रोगी और सन्तान चित्त से रहित होती है ॥ २ ॥

तीसरे भाव में षष्ठेश का फल – यदि जन्मपत्री में पापग्रह षष्ठेश तीसरे भाव में हो तो जातक अपने मनुष्यों को कष्ट देने वाला, स्त्रियों के रमण में आसक्त, ग्राम से अधिक कष्ट प्राप्त करने वाला होता है ॥ ३ ॥

चौथे भाव में षष्ठेश का फल—यदि जन्मपत्री में षष्ठेश चौथे भाव में हा तो जातक पिता से शत्रुता करने वाला, सङ्कट से पुत्रवान् और पिता से पवित्र लक्ष्मी प्राप्त करने वाला होता हे ॥ ४ ॥

पाचवें भाव में षष्ठेश का फल—यदि जन्मपत्री में पापग्रह षष्ठेश पाँचवें भाव में हो तो जातक पिता से शत्रुता व पुत्र से मृत्यु, यदि शुभ ग्रह हो तो उसके स्थान को दुष्ट लोग ले लेते हैं ॥ ५ ॥

छठे भाव में षष्ठेश का फल - यदि जन्मपत्री में षष्ठेश छठे भाव में हो तो जातक रोग हीन, शत्रुता करने वाला, सुखी, लोभी, जन्म से भी दुःख रहित और स्थानवासी होता है ॥ ६ ॥

सातवें भाव में षष्ठेश का फल—यदि जन्मपत्री में पापी षष्ठेश सातवें भाव में हो तो जातक की स्त्री विरोध करने वाली, उग्र स्वरूपा और संताप करने वाली, यदि शुभ ग्रह हो तो वन्ध्या वा गर्भस्राव वाली होती है ॥ ७ ॥

आठवें भाव में षष्ठेश का फल—यदि जन्मपत्री में शनि षष्ठेश आठवें भाव में हो तो जातक सङ्ग्रहिणी रोग से युक्त, यदि चन्द्रमा या भौम या बुध हो तो जहर से शीघ्र या भय से युद्ध में मरण, सूर्य हो तो सिंह या राजा से, गुरु हो तो अधिक सांस से और शुक्र हो तो जातक आँख के दोष से युक्त होता है ॥ ८ ॥

नवें भाव में षष्ठेश का फल—यदि जन्मपत्री में पापी षष्ठेश नवें भाव में हो तो जातक लँगड़ा, अनेकों का विरोधी, शास्त्र को न मानने वाला और गुरु हो तो भिक्षुक होता है ॥ ९ ॥

दशवें भाव में षष्ठेश का फल—यदि जन्मपत्री में पापी षष्ठेश दशम भाव में हो तो जातक माता का शत्रु, दुष्ट, धर्मात्मा, पुत्र पालन में बुद्धि वाला, माता से द्रोह करने वाला और जगत का विरोधी होता है ॥ १० ॥

ग्यारहवें भाव में षष्ठेश का फल—यदि जन्मपत्री में पापी षष्ठेश ग्यारहवें भाव में हो तो जातक का शत्रु से मरण, चोर जन्य हानि और पशुओं से लाभ होता है ॥११॥

बारहवें भाव में षष्ठेश का फल—यदि जन्मपत्री में षष्ठेश बारहवें भाव में हो तो जातक के पशु, धन, धान्य का विनाश, गमनागमन अथवा परम लक्ष्मी से प्रसन्न होता है ॥ १२ ॥

इस प्रकार छठे भाव का विचार समाप्त हुआ ॥ १-१२ ॥

अथ सप्तमभावविचारः । तत्र सप्तमभावे किं चिन्त्यमित्युक्तं

जातकाभरणे—

रणाङ्गणो वापि वणिक् क्रिया च जाया विचारागमनं प्रयाणम् ।
शास्त्रप्रवीणैर्हि विचारणीयं कलत्रभावे किल सर्वमेतत् ॥१॥

[1]कल्याणवर्मा—

शुक्रेन्दुजीवशशिजैः सकलैस्त्रिभिश्च द्वाभ्यां कलत्रभवने च तथैककेन ।
एषां गृहेऽपि च गणेऽपि विलोकिते वा सन्ति स्त्रियो भवनवर्गखगस्वभावाः॥२॥

भवनवर्गः सप्तमभवनराशिस्तस्य स्वामी यः खगस्तत्स्वभावास्तेषां ग्रहयोनिभेदाध्याये यादृशं स्वरूपमभिहितं तत्स्वभावाः स्त्रियो भवन्तीत्यर्थः ।

एवं क्रूरैर्नाशो लग्नाच्चन्द्राद्वदेच्च बलयोगात् ।
शशिरविजयोः कलत्रे भार्या पुंसां पुनर्भूः स्यात् ॥३॥
भवनाधिपांशतुल्या भवन्ति नार्यो निरीक्षणाद्वापि ।
एकैकरविकुजांशे गुरुबुधयोश्चापि यामित्रे ॥४॥

---

१. सा० ४४ अ० ४५-४८ श्लो० ।

प्रायेण चन्द्रसितयोर्वर्गे युक्तेऽथवापि यामित्रे ।
दृष्टे वा बहुपत्न्यो भवन्ति शुक्रे विशेषेण ॥५॥

होरासारे--

द्यूनेशो यतमेंऽशे स्याद्यावन्तो वा द्युनेक्षिकाः ।
तावन्त्यः स्युः स्त्रियो नृणां एकैवार्ककुजांशके ॥६॥
जायाधिपे लग्नशत्रुधर्मव्ययगते क्रमात् ।
त्रिचतुर्द्विचतुर्नार्यो भवन्ति नियतं नृणाम् ॥७॥
शनैश्चरे विलग्नस्थे भसन्धिस्थे सिते स्मरे ।
पुत्रभावे शुभायुक्ते जातो वन्ध्यापतिर्भवेत् ॥ ८ ॥
पापर्क्षे पापसंदृष्टे कलत्रे पापसंयुते ।
त्रिभार्यो मृतदारो वा शुक्रेन्द्वीज्यबुधैः शुभम् ॥ ९ ॥
लग्नान्त्यमदगैः पापैः क्षीणे धीस्थ निशाकरे ।
पुत्रजायाविहीनस्य जायते जन्म निश्चितम् ॥ १० ॥
कर्मस्थाने यदा सूर्यो रिपुस्थाने च चन्द्रमाः ।
भार्यास्तस्य न तिष्ठन्ति शक्रतुल्यो यदा भवेत् ॥ ११ ॥
पत्नीस्थाने यदा राहुः पापयुग्मेन वीक्षितः ।
पत्नीयोगस्तदा न स्याद्भूतापि म्रियतेऽचिरात् ॥ १२ ॥
षष्ठे च भवने भौमः सप्तमे राहुसंभवः ।
अष्टमे च यदा सौरिस्तस्य भार्या न जीवति ॥ १३ ॥
शनौ सप्तमगे भौमे राहौ सूर्ये सुधाकरे ।
क्षीणे पत्नीसुखैर्हीनो दुःखी भार्या विवर्जितः ॥ १४ ॥
गुरुशुक्रांशगे जायापतौ स्त्री स्वोत्तमा भवेत् ।
शनिभूमिजसूर्यांशे न्यूना जातेस्तु भामिनी ॥
शेषांशे सप्तमाधीशे मध्यजातिभवाङ्गना ॥ १५ ॥

सारावल्याम्—

[1]गुरुशुक्रयोः स्ववर्णा रविकुजशशिभानुजैर्भवन्त्यूनाः ।
शुक्रे वेश्या प्रायाश्चन्द्रेऽपि वदन्ति केतुमालाख्याः ॥ १६ ॥
[2]भौमे कलत्रसंस्थे नित्यं वियुतो भवेत्तदा पुरुषः ।
मारयति मन्ददृष्टे योषिदवश्यं न दृष्टेऽन्यैः ॥ १७ ॥
[3]द्यूने कुजभार्गवयोर्जातः पुरुषो भवेद्विकलदारः ।
धीधर्मस्थितयोर्वा परिकल्प्यं पण्डितैरेवम् ॥ १८ ॥

---

१. सारा० ३४ अ० ४९ श्लो० । २. सारा० ३४ अ० ५० श्लो० ।
३. सारा० ३४ अ० ५१ श्लो० ।

अत्र विकलदारे व्यङ्गदारो वा भवेदिति।

लग्नाद्व्ययरिपुगतयोः शशाङ्कभान्वोर्वदन्ति पुरुषस्य।[1]
प्रभवं समस्तमुनयः क्रमेण पत्न्या सहैकनयनस्य ॥१९॥
शनिचन्द्रौ सप्तमगौ भार्या पौनर्भवा भवति।
भास्करिकुजयोर्वर्गे द्यूनस्थे तदवलोकिते शुक्रे ॥ २० ॥[2]

अत्र विशेषो मनुष्यजातके[3]

शुक्रे स्मरे सौरिमहीजवर्गे शन्यारदृष्टेऽन्यकलत्रगामी।
तद्वत्सचन्द्रो यदि भूमिजार्की तदा नृनार्यौ व्यभिचारिणौ स्तः॥ २१ ॥

भार्गवबुधयोरस्ते स्त्रीहीनो जायते विपुत्रश्च।[4]
दृष्टे शुभैश्च वाच्या परिणतवयसः सदा प्रमदाः ॥ २२ ॥
भार्गववाक्पतिसौम्यैः प्रमदाभवने शशाङ्कयुक्ते च।
एकैकेनैतेषां पुरुषस्य विभूतयो बहुलाः ॥ २३ ॥

ग्रन्थान्तरे--

लग्ने व्यये च पाताले यामित्रे चाष्टमे कुजे।
कन्या हरति भर्तारं भर्ता भार्यां हनिष्यति ॥ २४ ॥

यवनजातके--

विधिवद्भोमदानञ्च पत्नीदानं विशेषतः।
दासी दानं ततो दद्यात्सौख्यदं गोसहस्रकम् ॥ २५ ॥

जातकरत्ने--

लग्नाच्चन्द्राच्च वीर्याढ्या कलत्रं सप्तमं यदि।
स्वेशसौम्येक्षितं युक्तं स्त्रीप्राप्त्यैचान्यथा नहि ॥ २६ ॥
लग्नेश्वरो लग्नगतः स्मरेशो जायास्थितो द्वावथ लग्नसंस्थौ।
यामित्रगौ द्वावथ भ्रातृबन्ध्वोः प्रेमातिरेकं कुरुतः प्रकर्षात् ॥ २७ ॥
शत्रुदृष्ट्या च १।४।७।१०। दंपत्योर्नित्यं झकटको भवेत्।
लग्नेशास्तपयोः सप्तमदृष्ट्या प्रीतिरुल्बणा ॥ २८ ॥
तुलावृषभकर्केषु शुक्रेन्दुपतिदृष्टयः।
राशिसङ्ख्या समाना हि स्त्रीणां प्राप्तिर्निगद्यते ॥ २९ ॥

शुक्रात्सुखाष्टगखलेर्झषमेषकन्यालग्नार्कयोर्युवतिमृत्युरिहाग्निजातः।
पापद्वयान्तरसितेऽग्निनिपातमृत्युर्नो तद्युतेक्षितभृगाविह योगजातः॥३०॥

---

१. सारा० ३४ अ० ५२ श्लो०। २. सारा० ३४ अ० ५५ श्लो०।
३. १४ अ० ४ श्लो०। ४. सारा० ३४ अ० ५६-५७ श्लो०।

यवनः—

कन्यांशके सौम्यदृशा विहीने विलग्नसंस्थे पुरुषोऽत्र जातः।
कन्यारतिर्वाञ्छति पापयुक्तः स्त्रीलम्पटः स्यात्सततं विलज्जः॥ ३१॥
शनैश्चरे सप्तमगे विलग्ने यदा नवांशो धरणीसुतस्य।
वृद्धाङ्गनासन्निरतो मनुष्यः सदा भवेत्काममनिपीडितात्मा॥ ३२॥
यदा विलग्ने सधनुः शशाङ्को नवांशकः स्याद्रविनन्दनस्य।
वेश्यानुरक्तं कुरुते मनुष्यं सदातुरं पापरतं नृशंसम्॥ ३३॥
सिंहांशके सूर्यसुतो विलग्ने वा भौमदृष्टे रविजेऽस्तसंस्थे।
नरो भवेद्वक्रभगात्रयोगे विपर्ययाद्वक्त्रगतानुरक्ताः॥ ३४॥

अब आगे सप्तम भाव के फल कहने के लिए प्रथम सप्तम भाव से किन-किन वस्तुओं का विचार करना चाहिये, इसे जातकाभरण के वाक्य से कहते हैं।

जातकाभरण में कहा है कि ज्योतिष शास्त्र वेत्ताओं को रणभूमि, व्यवसाय, स्त्री, आगमन और गमन (यात्रा) का विचार सप्तम भाव से करना चाहिये॥ १॥

अब आगे कल्याण वर्मा द्वारा कथित सप्तम भाव के फल को बतलाते हैं।

यदि जन्मपत्री में सप्तमभाव में शुक्र, चन्द्रमा, गुरु, बुध हों या इनमें से तीन या दो या एक ग्रह हो या इन ग्रहों की राशियाँ या षड्वर्ग इन उक्त ग्रहों से दृष्ट हों तो सप्तमेश ग्रह का ग्रह योनि भेदाध्याय में जो स्वरूप वर्णन किया है उसके सदृश स्वभाव व रूप वाली स्त्री जातक प्राप्त करता है॥ २॥

यदि जन्मपत्री में लग्न या चन्द्रमा में जो बली हो उस से सप्तम भाव में पापग्रह हो तो जातक की स्त्री का नाश होता है। यदि सप्तम भाव में चन्द्रमा व शनि हो तो जातक को विधवा पत्नी प्राप्त होती है॥ ३॥

जन्मपत्री में सप्तमेश जितनी सङ्ख्या में हो अथवा सप्तमेश जितने ग्रहों से दृष्ट हो उतनी स्त्रियाँ जातक प्राप्त करता है। यदि सप्तम भाव में सूर्य या भौम या बुध या शुक्र का नवांश हो तो एक स्त्री की प्राप्ति होती है॥ ४॥

यदि जन्मपत्री में सप्तम भाव में चन्द्रमा व शुक्र का वर्ग हो वा शुक्र चन्द्रमा हों वा इनकी दृष्टि हो, विशेष कर शुक्र से दृष्ट सप्तम भाव हो तो जातक अधिक स्त्रियों से युक्त होता है॥ ५॥

अब आगे होरासार के वचनों से सप्तम भाव के फल को बताते हैं।

जन्मपत्री में सप्तमेश जितनी सङ्ख्या के नवांश में हो वा सप्तम भाव जितने ग्रहों से दृष्ट हो उतनी स्त्रियाँ जातक प्राप्त करता है। यदि सप्तमेश सूर्य या भौम के नवांश में हो तो एक ही स्त्री का लाभ होता है॥ ६॥

यदि जन्मपत्री में सप्तमेश लग्न में हो तो तीन, छठे भाव में चार, नवें में दो और सप्तमेश बारहवें भाव में हो तो निश्चय ही चार स्त्रियों से युक्त होता है॥ ७॥

यदि जन्मपत्री में लग्न में शनि, राशि सन्धि में सप्तम में शुक्र और पाँचवें भाव में पापग्रह हो तो जातक वन्ध्या स्त्री का पति होता है ।। ८ ।।

यदि जन्मपत्री में सप्तम भाव में पापग्रह की राशि में पापग्रह, पापग्रह से दृष्ट हो तो जातक स्त्री से रहित या नष्ट स्त्री वाला होता है। यदि शुक्र, चन्द्रमा, गुरु और बुध की राशि या इनसे युत वा दृष्ट सप्तम भाव हो तो स्त्री सुख होता है ।। ९ ।।

यदि जन्मपत्री में लग्न, बारहवें, सप्तम भाव में पापग्रह और क्षीण चन्द्रमा पाँचवें भाव में हो तो जातक पुत्र व स्त्री से निश्चय ही विहीन होता है ।। १० ।।

यदि जन्मपत्री में दशवें भाव में सूर्य और छठे भाव में चन्द्रमा हो तो जातक की स्त्री जीवन से रहित होती है चाहे वह इन्द्र के समान क्यों न हो ।। ११ ।।

यदि जन्मपत्री में सातवें भाव में राहु दो पापग्रहों से दृष्ट हो तो स्त्री की प्राप्ति नहीं होती है। यदि होती भी है तो उसका शीघ्र मरण होता है ।। १२ ।।

यदि जन्मपत्री में छठे भाव में भौम और सप्तम में राहु तथा अष्टम भाव में शनि हो तो जातक स्त्री से हीन होता है ।। १३ ।।

यदि जन्मपत्री में सप्तम भाव में शनि या राहु या सूर्य या क्षीण चन्द्रमा हो तो जातक स्त्री सुख से हीन, दुःखी और पत्नी से रहित होता है ।। १४ ।।

यदि जन्मपत्री में सप्तमेश गुरु या शुक्र के नवांश में हो तो जातक अपने से उत्तम जाति की स्त्री से युक्त, शनि या भौम या सूर्य के नवांश में हीन जाति की स्त्री से और शेष ग्रहों के नवांश में सप्तमेश हो तो मध्यम जाति की स्त्री से युक्त होता है ।। १५ ।।

अब आगे सारावली के वचनों से फल को बतलाते हैं।

यदि कुण्डली में सप्तम भाव में गुरु या शुक्र हो तो सजातीय, सूर्य, भौम, चन्द्रमा या शनि हो तो हीन वर्ण की और शुक्र वा चन्द्रमा हो तो जातक को प्रायः वेश्या स्त्री की प्राप्ति होती है ।। १६ ।।

यदि कुण्डली में सप्तम भाव में भौम हो तो सदा जातक स्त्री से हीन और शनि से दृष्ट सप्तम भाव हो तो स्त्री का अवश्य मरण होता है ।। १७ ।।

यदि जन्मपत्री में सप्तम भाव में या पञ्चम भाव में भौम शुक्र हों तो जातक अशान्त अथवा अङ्गहीन स्त्री से युक्त होता है ।। १८ ।।

यदि जन्मपत्री में लग्न से बारहवें या छठे भाव में सूर्य चन्द्रमा हों तो जातक स्त्री के सहित एक आँख वाला होता है ।। १९ ।।

यदि जन्मपत्री में सप्तम भाव में शनि व चन्द्रमा हों तो विधवा स्त्री की प्राप्ति, यदि सप्तम भाव में शनि व भौम का षड्वर्ग शुक्र से दृष्ट हो तो जातक स्त्री के साथ व्यभिचारी होता है अर्थात् दोनों स्वच्छन्द होते हैं ।। २० ।।

अब आगे मनुष्य जातक में वर्णित विशेष बात को बताते हैं।

यदि जन्मपत्री में सप्तम भाव में शनि व भौम का वर्ग, शनि भौम से दृष्ट हो तो जातक परस्त्रीगामी, यदि चन्द्रमा के साथ में भौम या शनि सप्तम भाव में हो तो स्त्री व पुरुष दोनों व्यभिचारी होते हैं ।। २१ ।।

विशेष—पुस्तक में 'सौरिमहीजवेश्या' तथा प्रकाशित मनुष्य जातक में 'तद्वत्सचन्द्रो यदि भूमिजश्च' यह पाठान्तर है ।। २१ ।।

यदि जन्मपत्री में शुक्र, बुध सप्तम भाव में हों तो जातक स्त्री व पुत्र से रहित, यदि शुभग्रह से दृष्ट हो तो अधिक अवस्था में पत्नी लाभ होता है ।। २२ ।।

यदि जन्मपत्री में सप्तम भाव में गुरु या शुक्र या बुध, चन्द्रमा से युक्त हो तो जातक अधिक विभूतियों से युक्त होता है ।। २३ ।।

अब आगे ग्रन्थान्तर के वाक्य से फल को कहते हैं।

यदि जन्मपत्री में लग्न या बारहवें या चौथे या सातवें या आठवें भाव में भौम हो तो जातक स्त्री का नाशक और स्त्री पति का विनाश करती है ।। २४ ।।

यवन जातक में कहा है कि भौम दोष निवृत्ति के लिये भौम का या स्त्री का या नौकरानी का या एक हजार गायों का दान करने से पत्नी व पति के लिये शुभकारी होता है ।। २५-।।

अब आगे जातक रत्न के आधार पर सप्तम भाव के फल को बतलाते हैं।

जन्मपत्री में लग्न या चन्द्रमा में जो बली हो उससे सप्तम भाव यदि अपने स्वामी या शुभग्रह से दृष्ट हो तो जातक पराक्रम से युक्त स्त्री को प्राप्त करता है अन्यथा नहीं ।। २६ ।।

यदि जन्मपत्री में लग्नेश लग्न में और सप्तमेश सप्तम भाव में या दोनों लग्न में अथवा सप्तम में हों तो जातक के उत्कर्ष से भाई बान्धव अधिक प्रेम करते है ।। २७ ।।

यदि जन्मपत्री में लग्नेश व सप्तमेश शत्रु दृष्टि से १।४।७।१० परस्पर दृष्ट हों तो स्त्री पुरुष में झगड़ा होता है। यदि सप्तम दृष्टि से दृष्ट हों तो अधिक प्रीति दोनों में होती है ।। २८ ।।

यदि जन्मपत्री में सप्तम भाव में तुला या वृष या कर्क राशि में शुक्र या चन्द्रमा से दृष्ट हो तो राशि सङ्ख्या तुल्य स्त्री प्राप्ति होती है ।। २९ ।।

यदि जन्मपत्री में शुक्र से चौथे व आठवें भाव में पापग्रह हो और मीन, मेष, कन्या राशि में लग्न व सूर्य हों तो जातक को स्त्री का अग्नि से मरण होता है।

यदि दो पापग्रहों के मध्य में शुक्र हो तो अग्नि में गिरने से मरण, यदि पापग्रहों से युत दृष्ट शुक्र हो तो मरण कारक नहीं होता है ।। ३० ।।

अब आगे यवनाचार्य जी के वाक्यों से सप्तम भाव के फल को बताते हैं।

यदि जन्मपत्री में शुभग्रह से अदृष्ट लग्न में कन्या राशि का नवांश हो तो जातक कुमारी के साथ संभोग की इच्छा करने वाला, पापी, स्त्री लम्पट और सदा लज्जा से हीन होता है ।। ३१ ।।

यदि जन्मपत्री में सप्तम भाव में शनि और लग्न में भौम का नवांश हो तो जातक बूढी स्त्रियों में आसक्त और सदा विषय (काम) से दु.खी अन्तरात्मा होता है ।। ३२ ।।

यदि जन्मपत्री में मकर या कुम्भ के नवांश में धनु राशि लग्न में चन्द्रमा हो तो जातक वेश्याओं में आसक्त आतुर, पापात्मा और क्रूर होता है। ३३॥

यदि जन्मपत्री में सिंह राशि के नवांश में शनि लग्न में अथवा सप्तम भाव में शनि भौम से दृष्ट हो तो जातक टेढी देह वाली इसके विपरीत में मुख के समान और अनुरक्ता स्त्री से युक्त होता है ॥३४॥

गर्गः—

प्रथमोढ़ां वधूं कुर्याद् दुर्भगां सप्तमो रविः।
पापर्क्षे नीचगो हन्यात्पापदृष्टयुतोऽपि वा ॥ १ ॥
कृशाङ्गीं विकलां कुर्यात् क्षीणश्चेद्विधुरस्तगः।
पूर्णः शुभैर्युतो दृष्टः कान्तः कान्ताशतप्रदः ॥ २ ॥
जायास्थाने यदा सौम्यः सौम्यैर्वा यदि वीक्षितः।
जायेशो वा सलग्नेशस्तदा जायाशतं मतम् ॥ ३ ॥
द्वितीयामबलां हन्यान्नीचस्थः शत्रुगेहगः।
स्वर्क्षे तुङ्गे शुभैर्दृष्टः कुजो दत्ते शुभां स्त्रियम् ॥ ४ ॥

सतीं सुशीलां कुलजां विधत्ते नानाभिधां स्त्रीं स्फुटरश्मिजालैः।
पापः स्वभोच्चे स्मरगोऽस्तनीचः करोति भार्यां चपलां विशीलाम् ॥ ५ ॥
गौरीं स्वरूपां स्फुटपङ्कजाक्षीं सितः शुभर्क्षे शुभदृष्टियुक्तः।
चिरायुषं भाग्ययुतं नरं च कुर्याद्गुरुर्दर्पकवासवासी ॥ ६ ॥
जायास्थो भार्गवः कुर्याद्बहुरत्नसुताबला।
नरं सदा सुशीलञ्च सुन्दरं कुलभूषणम् ॥ ७ ॥
सर्वाः स्मरस्थो विनिहन्ति नारीः पापर्क्षगामी खलमन्दगामी।
पुनर्भवां वाप्यथवा विरूपां शुभेक्षितस्तुङ्गसुहृद्गृहस्थः ॥ ८ ॥
पापैर्दृष्टो युतो वापि रविचन्द्राविलोकितः।
बालां निहन्ति स्वर्भानुरन्यथा रिष्टदः पुरे ॥ ९ ॥
द्यूने द्यूनेश्वरे क्रूरे युक्ते जाया विनश्यति।
यामित्रवर्गे सौम्यश्चेच्चन्द्रः शुक्रेण वीक्षितः ॥ १० ॥
अक्रूरदृष्टियुक्तश्चेत्तदा जाया शतं मतम्।
सप्तमे गुरुसौम्यौ चेत्तदेका वल्लभा भवेत् ॥ ११ ॥
यामित्रे चन्द्रशुक्रौ च बहुपत्नी प्रदायकौ।
यामित्रे चन्द्रसितयोवर्गाः शुक्रेण वीक्षिताः ॥ १२ ॥
बहुपत्न्योऽथवा शुक्रवर्गश्चेद्बहुवल्लभा।
जायाधिपौ सूर्यभौमौ तदेका वल्लभा भवेत् ॥ १३ ॥

वेश्या प्रिया भवेत्पुंसां बुधांशे सप्तमाधिपे।
क्रूरदृष्टियुतः केतुर्हन्ति नारीं सदैव हि॥ १४॥
अन्यथा गतवित्तश्च पापिनं कुरुते नरम्।
जायेशौ गुरुशुक्रांशे सवर्णबहुवल्लभा॥ १५॥
रविभौशनींद्वंशे जायाः स्युर्न्यूनजातिजाः।
लग्ने लग्नेशजायेशौ एतौ वा सप्तमे स्थितौ॥ १६॥
स्वस्वक्षेत्रस्थितावेतौ व्यस्तौ वा प्रमदाद्वयम्।
लग्नेशे सप्तमस्थे वा भार्यादेशकरः पतिः॥ १७॥

लग्नस्थे सप्तमे केतुर्भर्तुरादेशकृद्वधूः।

मदगता यदि पापखगास्तदा दयितया सह नैव सुखं लभेत्।
शुभखगा दयिता सुखकारकाः शशिमुखी बहुरूपगुणालयाः॥ १८॥
गुरुसितावपि मन्दयुतेक्षितौ मदगतौ चतुरा वनिता तदा।
स्मितमुखी नववस्त्रविभूषणा बहुसुता धनधान्यवती तथा॥ १९॥
शनिकुजौ मदगौ मदनाधिपो निधनगोऽथ रिपून्ययगोऽथवा।
मरणमेति तदा स्वकलत्रतस्त्वथ रविर्विषदा वनिता भवेत्॥ २१॥
मदगृहे रविपुत्रयुतेक्षिते भवतिगुल्मगुदामयमेहकृत्।
रविकुजात्रपि तद्गृहवर्गवद्बहुगदामयलाञ्छनकारकाः॥ २२॥

अब आगे गर्गाचार्यजी के वाक्यों से सप्तम भावस्थ ग्रहों के फल को कहते हैं।

सूर्य—यदि कुण्डली में सप्तम भाव में पापग्रह की राशि में या नीच में या पापग्रह से युक्त वा दृष्ट सूर्य हो तो जातक को प्रथम विवाहिता स्त्री भाग्य से हीन होती है॥ १॥

चन्द्रमा—यदि कुण्डली में क्षीण चन्द्रमा सातवें भाव में हो तो जातक की स्त्री दुबली और अशान्त चित्त वाली होती है। यदि पूर्ण चन्द्रमा शुभग्रह से दृष्ट या युक्त हो तो सुन्दर सैकड़ों स्त्री को देने वाला होता है॥ २॥

बुध—यदि कुण्डली में सप्तम भाव में बुध हो वा शुभग्रह से दृष्ट हो या सप्तमेश व लग्नेश एक राशि में हो तो जातक की सैकड़ों स्त्रियाँ होती हैं॥ ३॥

भौम—यदि कुण्डली में सातवें भाव में भौम नीच राशि या शत्रु राशि में हो तो जातक दूसरी स्त्री का नाश करने वाला या अपनी राशि में या तुङ्ग राशि में भौम शुभग्रह से दृष्ट हो तो जातक शुभ कार्य करने वाली स्त्री को प्राप्त करता है।

यदि सातवें भाव में स्पष्ट किरणों से युत पापग्रह अपनी राशि में या उच्च राशि में हो तो जातक अच्छे चरित्र वाली, सुशीला, कुलीना और अनेक अभिधा वाली स्त्री

को प्राप्त करने वाला, यदि सातवें भाव में पापग्रह अस्त या नीच राशि में हो तो शीलता (सरलता) से हीन चपल स्त्री का पति होता है ॥ ४-५ ॥

गुरु – यदि कुण्डली में शुक्र की राशि में गुरु सातवें भाव में शुभग्रह से दृष्ट या युक्त हो तो जातक सफेद रङ्ग वाली स्वरूपवती कमल के समान नेत्र वाली स्त्री से युक्त होकर दीर्घायु व भाग्यवान् तथा कामदेव के निवास में रहने वाला होता है ॥ ६ ॥

शुक्र – यदि कुण्डली में सातवें भाव में शुक्र हो तो जातक अधिक रत्न व पुत्र से युक्त स्त्री का पति और स्वयं सुन्दर, सुशील तथा कुलभूषण होता है ॥ ७ ॥

शनि – यदि कुण्डली में पापग्रह की राशि में सातवें भाव में शनि हो तो जातक की सब स्त्रियों का मरण होता है। यदि सातवें भाव में उच्च राशि या मित्र की राशि में शनि शुभग्रह से दृष्ट हो तो विधवा या रूपहीन स्त्री का पति होता है ॥ ८ ॥

राहु – यदि कुण्डली में सातवें भाव में पापग्रह से दृष्ट या युक्त या सूर्य चन्द्रमा से दृष्ट राहु हो तो जातक की स्त्री का मरण इसके विपरीत राहु हो तो स्त्री कष्टकारक होता है ॥ ९ ॥

यदि कुण्डली में सप्तमेश सप्तम में पापग्रह से युक्त हो या पापग्रह के षड्वर्ग में हो तथा शुभ चन्द्रमा, शुक्र से दृष्ट हो तो जातक की स्त्री का मरण होता है। १० ॥

यदि सातवाँ भाव शुभग्रह से दृष्ट या युक्त हो तो जातक की सैकड़ों स्त्रियाँ होती हैं। यदि बुध गुरु सातवें भाव में हो तो एक स्त्री से युक्त जातक होता है ॥११॥

यदि जन्मपत्री में सातवें भाव में चन्द्रमा शुक्र हों तो जातक अधिक स्त्री वाला, या सप्तम में चन्द्रमा शुक्र का षड्वर्ग शुक्र से दृष्ट हो या शुक्र का वर्ग हो तो अधिक पत्नी वाला, यदि सप्तमेश सूर्य या भौम हो तो एक पत्नी वाला जातक होता है ॥ १२-१३ ॥

यदि जन्मपत्री में सप्तमेश बुध के नवांश में हो तो जातक वेश्या प्रेमी, यदि सातवें भाव में केतु पापग्रह से दृष्ट या युक्त हो तो स्त्री का नाश करने वाला होता है ॥ १४ ॥

यदि सप्तम भावस्थ केतु पापग्रह से अदृष्ट व पृथक् हो तो जातक निर्धन और पापी होता है। यदि सप्तमेश गुरु या शुक्र के नवांश में हो तो अपनी जाति की अधिक स्त्रियों से युक्त होता है ॥ १५ ॥

यदि कुण्डली में सप्तमेश सूर्य या भौम या चन्द्रमा या शनि के नवांश में हो तो हीन जाति की स्त्री से युक्त होता है।

यदि कुण्डली में लग्नेश व सप्तमेश लग्न में हों या सातवें भाव में हों अथवा अपने-अपने भाव में हों अथवा लग्नेश सप्तम में और सप्तमेश लग्न में हो तो जातक दो स्त्री वाला या लग्नेश सप्तम में हो तो स्त्री को आज्ञा देने वाला, यदि लग्न या सप्तम में केतु हो तो आदेश देने वाली स्त्री से युक्त जातक होता है ॥ १६-१७ ॥

विशेष––यहाँ अन्तिम में केतु का वर्णन उचित प्रतीत नहीं होता है। मेरी दृष्टि में 'लग्नस्थे सप्तमेशस्तु भर्तु····' यह पाठ होना अधिक अच्छा है ॥ १६-१७ ॥

यदि कुण्डली में सप्तम भाव में पापग्रह हों तो जातक स्त्री सुख से रहित और यदि शुभग्रह हों तो जातक अधिक स्वरूप व गुणों से युक्त चन्द्र के समान बदन वाली स्त्री के सुख से युक्त होता है ॥ १८ ॥

यदि कुण्डली में सातवें भाव में गुरु, शुक्र, शनि से दृष्ट या युक्त हों तो जातक निपुण, हसमुख, नवीन वस्त्र व अलंकार से युक्त, अधिक पुत्र जन्म वाली धनधान्य से युक्त स्त्री का सुख भोगी होता है ॥ १९ ॥

यदि जन्मपत्री में सप्तम भाव में पापग्रह राशि, पापग्रह से दृष्ट या युक्त हो और दो पापग्रहों के बीच सप्तम भाव हो तो जातक चपला स्त्री वाला व उसकी चपलता के कारण परस्त्रीगामी होता है ॥ २० ॥

यदि कुण्डली में शनि व भौम सातवें भाव में और सप्तमेश छठे या आठवें या बारहवें भाव में हो तो जातक की स्त्री का मरण, यदि रवि हो तो जहर देने वाली स्त्री से युक्त होता है ॥ २१ ॥

यदि कुण्डली में सातवाँ भाव शनि से युक्त या दृष्ट हो तो जातक प्लीहा, गुदा रोग और प्रमेह का रोगी, यदि सूर्य भौम से दृष्ट या युक्त या सप्तम में इन्हीं का षड्वर्ग हो तो जातक अधिक रोगों से पीडित होकर चिह्नित होता है अर्थात् आपरेशन होता है ॥ २२ ॥

अथ सप्तमभावविशेषफलम् ।

कश्यपः—

१ स्वोच्चे २ स्वोच्चनवांशे वा ३ शुभवर्गेऽथ नीचभे ४।
नीचांशे ५ क्रूरषड्वर्गे ६ मित्रभे ७ सुहृदंशके ८ ॥ १ ॥
वर्गोत्तमेऽ ९ रिभेऽ १० यंशे ११ स्वर्क्षे १२ द्वादशधा क्रमात् ।
फलं सप्तमभावोत्थं कथ्यते यवनोदितम् ॥ २ ॥
भार्या कलिप्रिया १ नित्यं परधर्मैकतत्परा २।
दरिद्रा ३ बन्धकी ४ रोगी ५ विशीला ६ घाततत्परा ७ ॥ ३ ॥
हीनवित्ता ८ प्रियरति ९ व्यसना १० स्वस्वकृत्यभुक् ११।
साहसैकप्रिया १२ सूर्ये भार्या स्याद् द्यूनभावगे ॥ ४ ॥
रूपसौभाग्यसंयुक्ता १ प्रियवाक्या २ स्वरूपभाक् ३।
रोगिणी ४ गुह्यरोगाढ्या ५ पतिद्रोहपरायणा ६ ॥ ५ ॥
प्रियवाक्या ७ विनीता च ८ धर्मिष्ठा ९ दुष्टचेष्टिता १०।
गुप्तप्रभावा ११ बहुलकृत्यदक्षास्तगे १२ विधौ ॥ ६ ॥
धनरूपोज्झिता १ वातरूपा २ ख्यातप्रभावका ३।
पुंश्चला ४ कामभूत्रो ५ ऽरिः ६ स्ववर्गपरिवर्जिता ७ ॥ ७ ॥

लग्ननेत्रस्वल्पकेशा ८ प्रभुत्वपरिवर्जिता ९ ।
क्रूरभ वा १० हतसुहृद् ११ बंधकी १२ द्यूनगे कुजे ॥ ८ ॥
सुरूपा १ रोगनिर्मुक्ता २ मण्डनैकपरायणा ३ ।
कुपुरुषेष्वनुरक्ता ४ च व्यसनाढया ५ गुणोज्झिता ६ ॥ ९ ॥
बहुपुत्राऽ ७ थ बह्वङ्ग्यानासक्ता ८ च सुप्रभा ९ ।
अर्थहीना १० जनेष्टा च ११ ज्ञेऽस्तगे स्यात्सदा वधूः ॥ १० ॥
प्रियालोका १ सौख्ययुता २ सुकुलोत्था ३ कुवंशजा ४ ।
मानिनी ५ पिशुना क्रूरा ६ बहुमित्रैश्च ७ संयुता ॥ ११ ॥
मणिमौक्तिकसंयुक्ता ८ शुचिश्च ९ चञ्चला १० तथा ।
कठोरवाक्याऽ ११ तिगुणा १२ गुरौ जायाद्युनस्थिते ॥ १२ ॥
बहुमित्रान्विता १ देवद्विजभक्ता २ पतिव्रता ३ ।
अप्रसन्ना ४ कुनेत्रा च ५ निर्घृणा ६ सुभगा ७ तथा ॥ १३ ॥
शुद्धचित्ता ८ जनेष्टा ९ च सुतरागविवर्जिता १० ।
दुष्टस्वभावा ११ विनता १२ शुक्रे भार्या द्युनस्थिते ॥ १४ ॥
स्थूला १ कृष्णा २ शुद्धभावा ३ करालाङ्गी ४ च धर्मयुक् ५ ।
पररक्ता ५ कोपना ७ च निर्गुणा ८ पिशुना ९ तथा ॥ १५ ॥
पापा १० निन्द्याऽ ११ थ विधना १२ शनौ भार्या द्युनस्थिते ।
पापेन्दुज्ञेज्यशुक्रास्ताः कुद्वित्र्यब्धीषु सङ्ख्यकाः ॥ १६ ॥

अब आगे कश्यप ऋषि के वाक्यों से सप्तम भाव के विशेष फल को बतलाते हैं।

सप्तम भाव में सूर्य का विशेष फल—यदि कुण्डली में सप्तम में १ उच्च राशि में सूर्य हो तो जातक की स्त्री प्रतिदिन कलह करने वाली २ उच्च राशि के नवांश में सूर्य हो तो दूसरे के धर्म में आसक्त, ३ शुभ षड्वर्ग में निर्धना, ४ नीच राशि में व्यभिचारिणी, ५ नीच राशि के नवांश में रोग से युक्त, ६ क्रूर षड्वर्ग में शीलता (नम्रतादि) से रहित, ७ मित्र राशि में हिंसा में आसक्त, ८ मित्र राशि के नवांश में धन से हीन, ९ वर्गोत्तम में भोग की इच्छा से युक्त, १० शत्रु राशि में व्यसनों से युक्त, ११ शत्रु राशि के नवांश में अपने कृत्यों को भोगने वाली और यदि सप्तम भाव में सूर्य १२ अपनी राशि में हो तो जातक की स्त्री साहस से युक्त होती है ॥ १–४ ॥

सप्तम भाव में चन्द्रमा का विशेष फल—यदि कुण्डली में सप्तम भाव में १ उच्च राशि में चन्द्रमा हो तो जातक की पत्नी रूप व सौभाग्य से युक्त, २ उच्च राशि के नवांश में मीठा बोलने वाली, ३ शुभ षड्वर्ग में स्वरूपवती, ४ नीच राशि में रोगिणी, ५ नीच राशि के नवांश के गुप्त रोगवाली, ६ क्रूर (अशुभ) षड्वर्ग में पति से

द्रोह करने वाली, ७ मित्र राशि में मधुर भाषिणी, ८ मित्र राशि के नवांश में विनया अर्थात् सीधी, ९ वर्गोत्तम में धर्म करने वाली, १० शत्रु राशि में दूषित इच्छाओं से युक्त, ११ शत्रु राशि के नवांश में छिपे हुए प्रभाव वाली और सप्तम भाव में यदि चन्द्रमा १२ अपनी राशि में हो तो अधिक कार्यों में निपुण स्त्री से जातक युक्त होता है ॥ ५-६ ॥

सप्तम भाव में भौम का विशेष फल—यदि कुण्डली में सप्तम भाव में १ उच्च राशि में भौम हो तो जातक की स्त्री धन से हीन एवं कुरूप, २ उच्च राशि के नवांश में वायु स्वरूप, ३ शुभ षड्वर्ग में प्रसिद्ध प्रभाव वाली, ४ नीच राशि में व्यभिचारिणी, ५ नीच राशि के नवांश में अधिक विषय भोग करने वाली, ६ अशुभ षड्वर्ग में शत्रु स्वरूपा, ७ मित्र राशि में अपने जनों से रहित, ८ मित्र राशि के नवांश में नीची आँख वाली व छोटे केश वाली, ९ वर्गोत्तम में सामर्थ्य से हीन, १० शत्रु की राशि में कठिन स्वभाव वाली, ११ शत्रु राशि के नवांश में नष्ट सहेलियों वाली और सप्तम भाव में यदि भौम १२ अपनी राशि में हो तो जातक की स्त्री व्यभिचारिणी होती है ॥ ७-८ ॥

सप्तम भाव में बुध का विशेष फल—यदि कुण्डली में सप्तम भाव में १ उच्च राशि में बुध हो तो जातक की स्त्री रूपवती, २ उच्च राशि के नवांश में रोगरहित, ३ शुभ षड्वर्ग में केवल शौक में दत्तचित्त, ४ नीच राशि में दूषित पुरुषों में आसक्त, ५ नीच राशि के नवांश में व्यसनों से युक्त, ६ क्रूर षड्वर्ग में गुणों से हीन, ७ मित्र की राशि में अधिक पुत्र वाली, ८ मित्र राशि के नवांश में अधिक खाने पीने वाली, ९ वर्गोत्तम में सुन्दरी, १० शत्रु की राशि में निर्धना और ११ शत्रु राशि के नवांश में मनुष्यों की प्रिय पत्नी होती है।

यहाँ बारहवीं अवस्था का फल नहीं है। मेरी दृष्टि में १० व ११ का फल एक प्रतीत होता है। यह ११वाँ बारहवीं अवस्था का फल होना चाहिये ॥ ९-१० ॥

सप्तम भाव में गुरु का विशेष फल—यदि कुण्डली में सप्तम भाव में १ उच्चराशि में गुरु हो तो जातक की स्त्री प्रकाश प्रिय, २ उच्चराशि के नवांश में सुख से युत, ३ शुभ षड्वर्ग में सुन्दर कुल में उत्पन्न, ४ नीच राशि में दूषित वंश में उत्पन्न, ५ नीच राशि के नवांश में अभिमान से युक्त, ६ क्रूर राशि के षड्वर्ग में चुगली करने वाली, ७ मित्र राशि में अधिक सहेलियों से युक्त, ८ मित्र राशि के नवांश में मणि व मोतियों से युक्त, ९ वर्गोत्तम में पवित्र आचरण वाली, १० शत्रु की राशि में चञ्चल स्वभाव वाली, ११ शत्रु राशि के नवांश में कटुभाषिणी और सप्तम भाव में गुरु यदि १२ अपनी राशि में हो तो जातक की स्त्री अधिक गुणवती होती है ॥ ११-१२ ॥

सप्तम भाव में शुक्र का विशेष फल—यदि कुण्डली में सप्तम भाव में १ उच्च राशि में शुक्र हो तो जातक की पत्नी अधिक सहेलियों से युक्त, २ उच्च राशि के नवांश में देवता व ब्राह्मणों में भक्ति रखने वाली, ३ शुभ षड्वर्ग में पतिव्रता, ४ नीच राशि

में अप्रसन्ना, ५ नीच राशि के नवांश में दूषित नेत्र वाली, ६ क्रूर षड्वर्ग में घृणा से रहित, ७ मित्र राशि में सुन्दर सौभाग्यवाली, ८ मित्र राशि के नवांश में सुत के स्नेह से रहित, ११ शत्रु राशि के नवांश में दुष्ट स्वभाव वाली और सप्तम भाव में शुक्र यदि १२ अपनी राशि में हो तो जातक की स्त्री नम्रता से हीन होती है ॥ १३-१४ ॥

सप्तम भाव में शनि का विशेष फल यदि कुण्डली में सप्तम भाव में १ उच्चराशि में शनि हो तो जातक की स्त्री मोटी देहवाली, २ उच्च राशि के नवांश में काले रङ्ग की, ३ शुभ षड्वर्ग में शुद्ध (पवित्र) स्वभाव वाली, ४ नीच राशि में कठोर देह वाली, ५ नीच राशि के नवांश में धर्मात्मा, ६ क्रूर षड्वर्ग में दूसरे पुरुष में आसक्त, ७ मित्र राशि में क्रोध करने वाली, ८ मित्र राशि के नवांश में गुणों से शून्या, ९ वर्गोत्तम में चुगली करने वाली, १० शत्रु राशि में पापिन, ११ शत्रु राशि के नवांश में घृणित और सप्तम भाव में यदि शनि १२ अपनी राशि में हो तो जातक की स्त्री दरिद्रा होती है। यदि सातवें भाव में पापग्रह, चन्द्रमा, बुध, गुरु, शुक्र हों तो १।२।३।४।५। पत्नी होती हैं ॥ १५-१६ ॥

अथ वर्षज्ञानमुक्तं श्रीगुरुचरणैः—

शुक्राच्चन्द्रात्सप्तमे यद्ग्रहं तत्सङ्ख्यातुल्यैर्वत्सरेकैर्युते वा।
स्याद्रुद्वाहो वत्सरे तद्दशान्ते वंशोरूपं तत्पतेश्चिन्तनीयम् ॥१॥ इति।

अथ स्त्रीपुंसोर्मध्ये प्रथमं कस्य मरणं भविष्यतीति ज्ञानमुक्तं तैरेव।

नाम्नो रेखा कृतगुणा ४ द्विगुणाक्षर संयुता।
तष्टा त्रिभिर्द्विशेषे स्त्री म्रियते खैकयोः पुमान् ॥ १ ॥ इति।

आगे अब जातक का विवाह किस वर्ष में होगा, इसे अपने गुरूजी के बताये हुए मार्ग से कहते हैं।

जन्मपत्री में शुक्र या चन्द्रमा में जो बली हो उससे सातवें भाव में जो ग्रह हो उसके वर्ष समान वर्ष में वा उस ग्रह की दशा के अन्त में जातक का विवाह होता है ॥ १ ॥

अब आगे स्त्री पुरुष में किसका निधन पूर्व होगा, इसे भी गुरूजी के मत से ग्रन्थकार बतलाते हैं।

स्त्री पुरुष के नामों की मात्रा संख्या को चार से गुना करके द्विगुणित नामाक्षर संख्या को जोड़कर तीन से भाग देने पर यदि दो शेष बचे तो प्रथम स्त्री का, शून्य और एक शेष अवशिष्ट रहे तो पहिले पुरुष का निधन होता है ॥ १ ॥

अथ सप्तमभावराशिफलम्।

वृद्धयवनः—

मेषेऽस्तसंस्थे च भवेत्कलत्रं क्रूरं नराणां चपलस्वभावम्।
पापानुरक्तं कठिनं नृशंसं वित्तप्रियं साध्यपरं सदैव ॥ १ ॥

वृषेऽस्तसंस्थे च सुरूपदन्तं भवेत्कलत्रं प्रणतं प्रशान्तम् ।
पतिव्रताचारगुणेन युक्तं लज्जाधिकं ब्राह्मणदेवभक्तम् ॥ २ ॥
तृतीयराशौ च भवेत्कलत्रे कलत्रयुक्तं सुधनं सुवृत्तम् ।
रूपान्वितं सर्वगुणोपपन्नं नवीनवेषं गुणवर्जितञ्च ॥ ३ ॥
कर्केऽस्तसंस्थे च मनोहराणि सौभाग्ययुक्तानि गुणान्वितानि ।
भवन्ति सौम्यानि कलत्रकाणि कलङ्कहीनानि सुसंयुतानि ॥४॥
सिंहेऽस्तसंस्थे च भवेत्कलत्रं तीव्रस्वभावं चपलं सुदुष्टम् ।
विहीनवेषं परसङ्गरक्तं बह्वाशनं स्वल्पसुतं कृशश्च ॥ ५ ॥
कन्येऽस्तसंस्थे च भवन्ति दाराः सुरूपदेहास्तनयैर्विहीनाः ।
सौभाग्यभोगार्थनयेनयुक्ताः प्रियंवदाः सत्यधनाः प्रगल्भा ॥६॥
तुलेऽस्तसंस्थे गुणगर्विताङ्ग्यो भवन्ति नार्यो विविधप्रकाराः ।
पण्यप्रिया धर्मरताः सुदान्ताः प्रभूतपुत्राः प्रथिता विनीताः ॥ ७ ॥
कीटेऽस्तसंस्थे च कलासमेता भवन्ति भार्याः कृपणा नराणाम् ।
सुकुत्सिताङ्ग्यः प्रणयेन हीना दौर्भाग्यदोषैर्विविधैः समेताः ॥८॥
चापेऽस्तसंस्थे च भवेत्कलत्रं सदा नराणां पुरुषाकृतिञ्च ।
सुनिष्ठुरं भक्तिनयेन हीनं प्रशान्तसौख्यं मतिवर्जितञ्च ॥ ९ ॥
मृगेऽस्तसंस्थे च भवेत्कलत्रं नृणां सुदुष्टं विगतस्वभावम् ।
विस्रस्तलज्जं परलोकरक्तं युद्धप्रियं दम्भसमन्वितञ्च ॥ १० ॥
घटेऽस्तसंस्थे च भवेत्कलत्रं स्थिरस्वभावं पतिकर्मदक्षम् ।
देवद्विजानां सततं सुहृष्टं धर्मध्वजं संशयतः समेतम् ॥ ११ ॥
मीनेऽस्तसस्थे च विकारयुक्तं भवेत्कलत्रं कुमतिं कुपुत्रम् ।
अधर्मशीलं प्रणयेन हीनं सदा नराणां कलहप्रियञ्च ॥ १२ ॥

अब आगे सप्तम भावस्थ बारह राशियों के फल को वृद्ध यवनाचार्य जी के वाक्य से कहते हैं।

सप्तम भाव में मेष राशि का फल—यदि कुण्डली में सप्तम भाव में मेष राशि हो तो जातक की स्त्री कठोर, चञ्चल स्वभाव वाली, पाप में आसक्त, कर्कशा, निन्दनीय, अर्थ लोलुप और सदा ही अधिक साध्य होती है ॥ १ ॥

सप्तम भाव में वृष राशि का फल—यदि कुण्डली में सप्तम भाव में वृष राशि हो तो जातक की पत्नी सुन्दर दाँत वाली, विनम्र, शान्त स्वभाव वाली, पतिव्रता, आचार व गुण से युक्त, अधिक लज्जा वाली और ब्राह्मण व देवता की भक्त होती है ॥ २ ॥

सप्तम भाव में मिथुन राशि का फल—यदि कुण्डली में सप्तम भाव में मिथुन राशि

हो तो जातक की स्त्री धन व आचारण से युक्त, रूपवती, समस्त गुणों से युक्त, नवीन वेष धारण करने वाली और पराक्रम से रहित होती है ॥ ३ ॥

सप्तम भाव में कर्क राशि का फल—यदि कुण्डली में सप्तम भाव में कर्क राशि हो तो जातक की स्त्री सुन्दरी, सौभाग्य शालिनी, गुणों से युक्त, सरल स्वभाव वाली, कलङ्क से रहित और सुन्दर मिलाप वाली होती है ॥ ४ ॥

सप्तम भाव में सिंह राशि का फल—यदि कुण्डली में सप्तम भाव में सिंह राशि हो तो जातक की स्त्री तीखे स्वभाव वाली, चपला, दुष्टा, वेष भूषा से रहित, दूसरे के घर में आसक्ति वाली, अधिक खाने वाली, अल्प पुत्रों से युक्त और दुबली होती है ॥ ५ ॥

सप्तम भाव में कन्या राशि का फल—यदि कुण्डली में सप्तम भाव में कन्या राशि हो तो जातक की स्त्री सुन्दर देह वाली, पुत्र से रहित, सौभाग्य, भोग, धन व न्याय से युक्त, मधुर भाषिणी, सत्यात्मा और प्रतिभा शालिनी होती है ॥ ६ ॥

सप्तम भाव में तुला राशि का फल—यदि कुण्डली में सप्तम भाव में तुला राशि हो तो जातक की स्त्री गुण व अहङ्कार से युक्त, अधिक यत्न वाली, बेचने में आसक्त, धर्मात्मा, सुन्दर रीति से तपश्चर्या में क्लेश सहने वाली, अधिक पुत्र वाली, प्रसिद्ध और विनम्र होती है ॥ ७ ॥

सप्तम भाव में वृश्चिक राशि का फल—यदि कुण्ड़ली में सप्तम भाव में वृश्चिक राशि हो तो जातक की पत्नी कलाओं से युक्त, लोभिन, दूषित देहवाली, नम्रता से हीन, दुर्भाग्य और अनेक दोषों से युक्त होती है ॥ ८ ॥

सप्तम भाव में धनु राशि का फल—यदि कुण्डलो में सप्तम भाव में धनु राशि हो तो जातक की स्त्री मनुष्य की आकृति वाली, निठुर, भक्ति भाव व न्याय से हीन, शान्ति स्वभाव वाली, सुखी और बुद्धि से हीन होती है ॥ ९ ॥

सप्तम भाव में मकर राशि का फल—यदि कुण्डली में सप्तम भाव में मकर राशि हो तो जातक की पत्नी दुष्टा, स्वभाव से रहित, विशाल (अधिक) लज्जावती, स्वर्ग-लोक में आसक्ति वाली, झगड़ालू और अभिमान से युक्त होती है ॥ १० ॥

सप्तम में कुम्भ राशि का फल—यदि कुण्डली में सप्तम भाव में कुम्भ राशि हो तो जातक की स्त्री स्थिर स्वभाव वालो, पति के कार्यों में चतुर, देवता व ब्राह्मण की भक्त, धर्म की ध्वजा और सन्देह से युक्त होती है ॥ ११ ॥

सप्तम भाव में मीन राशि का फल—यदि कुण्डली में सप्तम भाव में मीन राशि हो तो जातक की स्त्रो विकार से युक्त, दूषित बुद्धि व पुत्रों से युक्त, अधार्मिक आचरण वाली, नम्रता से रहित और कला हीन होती है ॥ १२ ॥

अथ सप्तमेशभावफलम् ।

वृद्धयवनः—

दयितेशो लग्नगतः शोकं निःस्नेहमन्यतरभार्यम् ।
भोगभुजं रूपयुतं जनयति दयिता ललितचित्तञ्च ॥ १ ॥

जायापतौ धनस्थे दुष्टा दयिता सुतोज्झिता भवति।
चित्तञ्च कलत्रकरं सततं दयिता विसङ्गञ्च ॥ २ ॥
सप्तेशे सहजगते चात्मबलो बन्धुवत्सलो दुःखी।
देवररता सुरूपा गृहिणी क्रूरे तु तद्गृहगा ॥ ३ ॥
जायेशे तुर्यस्थे लोलः पितृवैरसाधकः स्नेही।
अस्य पिता दुर्वाक्यस्तद्भार्यां पालयेच्च पिता ॥ ४ ॥
सप्तमपतौ सुतस्थे सौभाग्ययुतः सुतान्वितः पुरुषः।
प्रियया सह दुष्टमतिस्तत्तनयः पालयेद्दयिताम् ॥ ५ ॥
रिपुगृहगः कान्तेशः प्रियया सह वैरिणं सरुग्भार्याम्।
वनितासङ्गक्षपितं क्रूरः क्रियते च मृत्युपदम् ॥ ६ ॥
सप्तमगे सप्तमपे परमायुः प्रीतिवत्सलः पुरुषः।
निर्मलशीलसमेतस्तेजस्वी जायते सततम् ॥ ७ ॥
रमणीशे निधनगते गणिकासु रतः परगृहे विरतः।
वेद द्वितयासक्तो न स्त्रीसेवाकरः पुरुषः ॥ ८ ॥
सुकृतगते सप्तमपे तेजोवान् शीलवान् प्रियाप्येवम्।
क्रूरे तु खण्डरूपा लग्नेशावीक्षिते तपः प्रबलः। ९ ॥
गृहिणीपे दशमस्थे नृपदोषी लम्पटोऽथवा क्रूरः।
क्रूरे दुष्टः श्वसुरः ख्यातः श्वश्रूवशे तु वधूः ॥ १० ॥
लाभस्थे जायेशे भक्ता रूपान्विता सुशीला च।
दयिता परिणीता स्यान् म्रियते सा च प्रसवसमये ॥ ११ ॥
सप्तमपे द्वादशगे गृहबन्धो नास्ति या भवेद्भार्या।
सा लोला दुष्टा पुन्रुच्चलितस्य पुरुषस्य ॥ १२ ॥

इति जायाभाव विचारः।

अब आगे द्वादश भावस्थ सप्तमेश के फल को वृद्ध यवनाचार्य जी के वाक्यों से कहते हैं।

लग्न में सप्तमेश का फल—यदि जन्मपत्री में सप्तमेश लग्न में हो तो जातक शोकी, स्नेह (प्रीति) से रहित, भोगवती, रूपवती और सुन्दर चित्तवाली एक पत्नी वाला होता है ॥ १ ॥

धन में सप्तमेश का फल—यदि जन्पमत्री में सप्तमेश धन में हो तो जातक की पत्नी दुष्टा, पुत्रों से हीन, कलह करने वाली और सङ्गति से रहित होती है ॥ २ ॥

पराक्रम में सप्तमेश का फल—यदि जन्मपत्री में सप्तमेश पराक्रम में हो तो जातक आत्म बली, बान्धव प्रिय, दुःखी, यदि पापग्रह सप्तमेश हो तो उसकी स्त्री रूपवती, देवर में आसक्त और उसके घर में जाने वाली होती है ॥ ३ ॥

सुख में सप्तमेश का फल---यदि जन्मपत्री में सप्तमेश चौथे भाव में हो तो जातक चञ्चल, पिता से शत्रुता मानने वाला, स्नेही; दूषित भाषी पिता से युक्त और जातक की स्त्री का पालक पिता होता है ॥ ४ ॥

पुत्रभाव में सप्तमेश का फल---यदि जन्मपत्री में सप्तमेश पुत्र भाव में हो तो जातक भाग्यशाली, पुत्रों से युक्त, स्त्री से दुष्टता करने वाला और पुत्र का पालक होता है ॥५॥

शत्रुभाव में सप्तमेश का फल---यदि जन्मपत्री में सप्तमेश छठे भाव में हो तो जातक स्त्री से शत्रुता करने वाला, रोगिणी स्त्री से युक्त, यदि पापग्रह हो तो स्त्री सङ्गति से मरण प्राप्त करने वाला होता है ॥६॥

स्त्री भाव में सप्तमेश का फल---यदि जन्मपत्री में सप्तमेश सप्तम भाव में हो तो जातक दीर्घायु, स्नेही, प्रेमी, निर्मल (विमल) शान्त स्वभावी और निरन्तर तेजस्वी होता है ॥७॥

आयु भाव में सप्तमेश का फल--यदि जन्मपत्री में सप्तमेश आठवें भाव में हो तो जातक वेश्याओं में आसक्त, दूसरे के घर व स्त्री में अनुरक्त और अपनी स्त्री की सहायता नहीं करने वाला होता है ॥८॥

नवम भाव में सप्तमेश का फल---यदि जन्मपत्री में सप्तमेश नवम भाव में हो तो जातक तेजस्वी, शीलवान्, स्त्री भी इसी प्रकार की, यदि पापग्रह हो तो पूर्वोक्त मध्यम फल वाली तथा लग्नेश से अदृष्ट हो तो बड़ी तपस्विनी होती है ॥९॥

दशम भाव में सप्तमेश का फल-- यदि जन्मपत्री में सप्तमेश दशम भाव में हो तो जातक राजा का दोषी, लम्पट अथवा कठोर, यदि पापग्रह हो तो दुष्ट, प्रसिद्ध ससुर वाला और जातक की स्त्री अपनी सास के वश में होती है ॥१०॥

लाभ भाव में सप्तमेश का फल---यदि जन्मपत्री में ग्यारहवें भाव में सप्तमेश हो तो जातक की स्त्री भक्ता, रूपवती, सुशीला, विवाहिता और प्रसव के समय निधन प्राप्त करने वाली होती है ॥११॥

व्यय भाव में सप्तमेश का फल---यदि जन्मपत्री में सप्तमेश बारहवें भाव में हो तो जातक की स्त्री घर के बन्धनों से मुक्त, चञ्चला व दुष्टा होती है ॥१२॥

इस प्रकार सप्तमभाव का विचार समाप्त हुआ ॥१-१२॥

अथ मृत्युभावचिन्ता ।

तत्र किं चिन्त्यमित्युक्तं जातकाभरणे---

नद्युत्तारात्यन्तवैषम्यदुर्गं शस्त्रं चायुः सङ्कटञ्चेति सर्वम् ।
रन्ध्रस्थाने सर्वदा कल्पनीयं प्राचीनानामाज्ञया जातकज्ञैः ॥१॥

गुणाकरः---

वीर्यान्वितः पश्यति मृत्युभं यस्तद्धातुकोपान्मृतिमामनन्ति ।
तद्युक्तकालाख्यनरस्य गात्रं तस्मिन् प्रदेशे बहुभिर्बहूनाम् ॥२॥

सूर्यादिभिर्निधनगैर्निधनं हुताशतोयायुधज्वरजमामयजं क्रमेण।
तृट्क्षुत्कृतञ्च चरभेः परदेशगस्य तत्स्यात्स्थिरे स्वविषये पथि च द्विमूर्तौ ॥३॥

अथ यवनजातके—

तनौ रविसुते भौम अष्टमस्थः शनैश्चरः।
नवमे चन्द्रमा यस्य लोभान्मृत्युर्न संशयः ॥१॥
दशमेऽङ्गारको जीवः सूर्यो यदि च सप्तमः।
योगेऽस्मिन् जायते मृत्युस्तुरङ्गान्मानुषस्य तु ॥२॥
तनौ शनि रिपौ सूर्य अस्ते ज्ञो दशमे शशी।
नवमे भूसुतो नूनं मृत्युर्वर्मण चाग्निना ॥३॥
षष्ठ वा दशमे भौमो धने चन्द्रोऽष्टमे शनिः।
भगन्दरेण कष्टेन मृत्युरेव न सशयः ॥४॥
तनौ रविसुतो भौमः सूर्यः सप्तमगो भवेत्।
योगेऽस्मिन् जायते मृत्युः स्ववर्गेणैव निश्चितम् ॥५॥
रविरङ्गारकश्चैव चतुर्थे भवने स्थितौ।
दशमे रविसूनुश्च गजान्मृत्युर्न संशयः ॥६॥
यदि क्रूरग्रहाक्रान्तौ स्थानावष्टमपञ्चमौ।
तस्य बन्धवशान्मृत्युर्निर्दिष्टो मुनिपुङ्गवैः ॥७॥
हिबुके भास्करो यस्य द्वितीयस्थो निशाकरः।
शूलिकायां भवेत्तस्य मृत्युरेव न संशयः ॥८॥
यस्य जन्मनि जायास्थाश्चन्द्रभौमशनैश्चराः।
जायते परदारार्थं विनाशस्तस्य निश्चितम् ॥९॥
धर्मस्थानगते चन्द्रे कर्कमध्ये धने शनौ।
जलोदरेण रोगेण मृत्युरेव न संशयः ॥१०॥
मूर्तौ गतौ तु मन्दार्कौ भौमे चन्द्रे च सप्तमे।
द्वितीये यदि शुक्रस्तु मृत्युः स्त्रीकारणेन तु ॥११॥
षष्ठे क्रूरग्रहो यत्र नवमे चाष्टमे यदा।
शत्रुमध्येन संदेहो मृत्युरेव न संशयः ॥१२॥
पातालगो यदा क्रूरो दशमस्थस्तथैव च।
तथा तलप्रहारेण मृत्युस्तस्य प्रजायते ॥१३॥
सुहृत्स्थानस्थो भवेद्भौमो दशमस्थः प्रजायते।
दृषदादिप्रहारेण मृत्युस्तस्य प्रजायते ॥१४॥
हिबुकस्थो यदा क्रूरः सप्तमस्तु प्रजायते।
वायुशूलात्प्रजायेत मृत्युस्तस्य न संशयः ॥१५॥

चतुर्थगः शनिर्यस्य दशमस्थो धरात्मजः।
अपमृत्युर्भवेत्तस्य नात्र कार्या विचारणा ॥१६॥
नवमे रजनीनाथो कर्कसंस्थो धने शनिः।
जलोदरेण मृत्युः स्यात्तस्य जातस्य निश्चितम् ॥१७॥

अत्र यस्योक्तयोगानां वक्ष्यमाणयोगानां चान्यतमो योगो न भवति न चाष्टमस्थानं ग्रहयुतवीक्षितं भवति तस्य द्वाविंशद्द्रेष्काणाधिपाष्टमराश्यधिपयोर्यो बलवान् तदुक्तदोषेण वातपित्तकफादिना प्रागुक्तहुताशतोयायुधादिना मृत्युर्वाच्यः।

अब आगे अष्टमभाव विचार करने के लिये अष्टमभाव से किन-किन वस्तुओं का विचार करना चाहिये इसे जातकाभरण के वाक्य से कहते हैं।

जातकाभरण में कहा है कि अष्टम भाव से नदी का पार होना, विषम स्थान, दुर्ग, शस्त्र, आयु और आने वाले सङ्कट का विचार जातक शास्त्र के वेत्ताओं को प्राचीनाचार्यों का आदेश होने से करना चाहिए ॥१॥

अब आगे गुणाकर के वाक्य से अष्टम भाव के विचार को बताते हैं।

जन्मपत्री में जिस बली ग्रह से अष्टमभाव दृष्ट या युत हो तो उस ग्रह के धातु कोप से शरीर के जिस अवयव में ग्रह स्थित हो वहाँ रोग होकर जातक का मरण होता है ॥२॥

यदि जन्मपत्री में अष्टम भाव में सूर्य हो तो अग्नि से, चन्द्रमा हो तो जल से, भौम हो तो शस्त्र से, बुध हो तो ज्वर से, गुरु हो तो आँव रोग से, शुक्र हो तो प्यास (तृषा) से और अष्टम भाव में शनि हो या इनसे दृष्ट अष्टम भाव हो तो जातक का भूख से मरण होता है। यहाँ पर ग्रह किस चरादि राशि में है प्रथम इसे जानकर परदेशादि में अर्थात् चरराशि में ग्रह हो तो परदेश में, स्थिर राशि में अपने घर में या देश में और द्विस्वभाव राशि में ग्रह हो तो मार्ग में जातक का मरण होता है ॥३॥

अब आगे यवनजातक में कथित अष्टमभाव के विचार को बताते हैं।

लोभ से मृत्यु ज्ञान

यदि जन्मपत्री में लग्न में शनि व भौम या अष्टम में या भौम लग्न में और आठवें भाव में शनि हो एवं नवम भाव में चन्द्रमा हो तो जातक की मृत्यु लोभ के कारण होती है इसमें सन्देह नहीं करना चाहिये ॥१॥

घोड़े से मरण ज्ञान

यदि जन्मपत्री में दशवें भाव में भौम व गुरु हो तथा सप्तम सूर्य हो तो जातक का मरण घोड़े से होता है ॥२॥

अग्नि या कवच से मरण ज्ञान

यदि जन्मपत्री में लग्न में शनि, छठे भाव में सूर्य, सातवें में बुध, दशवें भाव में चन्द्रमा और नवें भाव में भौम हो तो जातक का अवश्य ही कवच या अग्नि से मरण होता है ॥३॥

स्पष्टार्थ चक्र

श०
चं०
बु०
मं०
सू०

स्पष्टार्थ चक्र

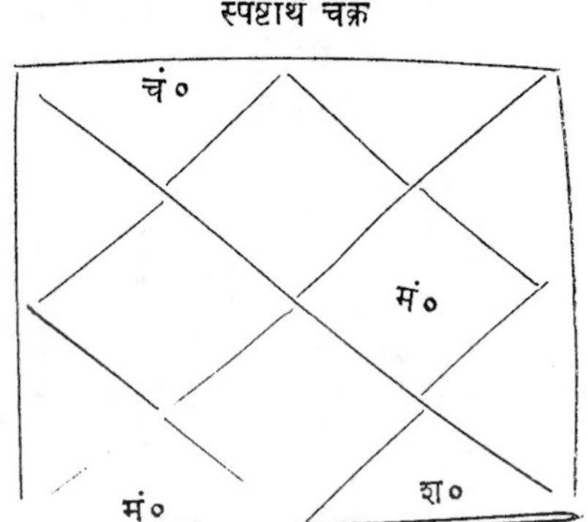

भगन्दर रोग से मृत्यु ज्ञान

यदि जन्मपत्री में छठे या दशम भाव में भौम और दूसरे भाव में चन्द्रमा तथा अष्टम भाव में शनि हो तो जातक का नि:सन्देह भगन्दर रोग से निधन होता है ॥ ४ ॥

स्ववर्ग से मरण ज्ञान

यदि जन्मपत्री में लग्न में शनि भौम और सूर्य सप्तम भाव में हो तो जातक का अपने वर्ग से ही निश्चित मरण होता है ॥५॥

स्पष्टार्थ चक्र

स्पष्टार्थ चक्र

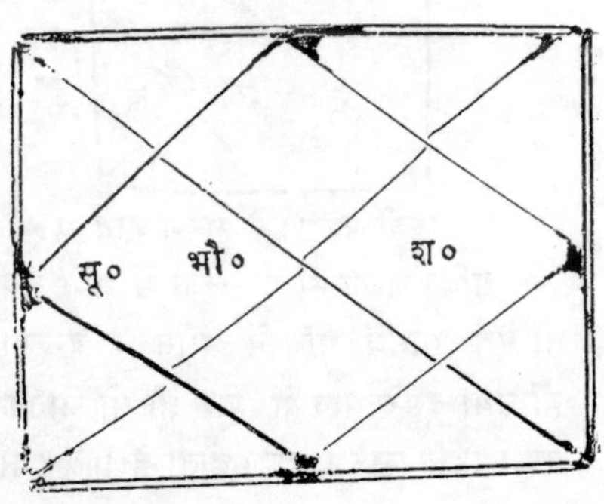

हाथी से मृत्यु ज्ञान

यदि जन्मपत्री में सूर्य व भौम चौथे भाव में हो और दशवें भाव में शनि हो तो जातक का निश्चय ही हाथी से मरण होता है ॥६॥

बन्धन से मरण ज्ञान

यदि जन्मपत्री में आठवें व पाँचवें भाव में क्रूर ग्रह हों तो श्रेष्ठ ऋषियों का कहना है कि जातक का बन्धन से निधन होता है ॥७॥

शूल से मृत्यु ज्ञान

यदि जन्मपत्री में चौथे भाव में सूर्य और दूसरे भाव में चन्द्रमा हो तो जातक का निश्चय ही शूल रोग से मरण होता है ॥८॥

स्पष्टार्थ चक्र

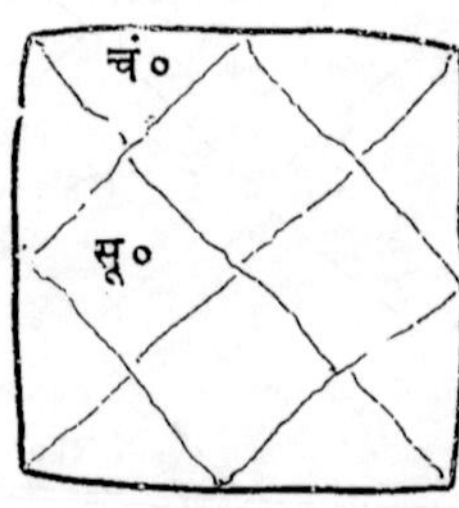

स्पष्टार्थ चक्र

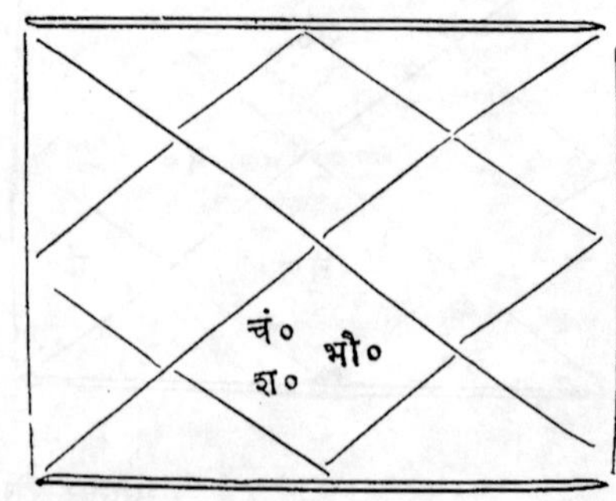

परस्त्री के कारण मरण ज्ञान

यदि जन्मपत्री में सातवें भाव में चन्द्रमा, भौम, शनि हो तो जातक का परायी स्त्री के कारण मरण होता है ॥९॥

स्पष्टार्थ चक्र

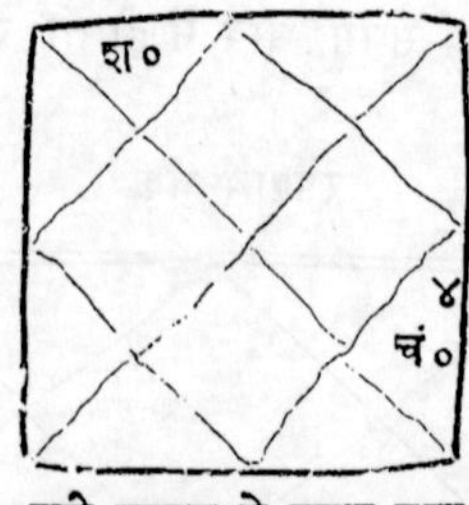

जलोदर रोग से मरण ज्ञान

यदि जन्मपत्री में नवम भाव में चन्द्रमा और कर्क राशि में दूसरे भाव में शनि हो तो जातक की निश्चय ही जलोदर रोग से मृत्यु होती है ॥१०॥

स्त्री कारण से मरण ज्ञान

यदि जन्मपत्री में लग्न में शनि सूर्य हों एवं सातवें भाव में भौम व चन्द्रमा हों तथा दूसरे भाव में शुक्र हो तो जातक का स्त्री के कारण मरण होता है ॥ ११ ॥

स्पष्टार्थ चक्र

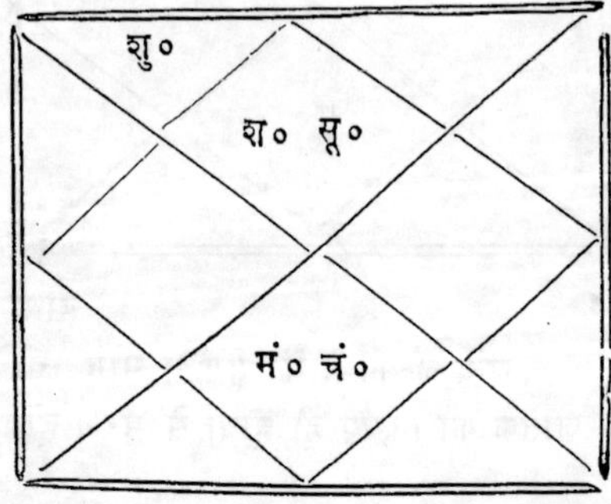

शत्रु मध्यस्थता से मरण ज्ञान

यदि जन्मपत्री में छठे, आठवें, नवें भाव में पापग्रह हों तो जातक का शत्रु मध्यस्थता के कारण निधन होता है ॥१२॥

पीछे के प्रहार से मरण ज्ञान

यदि जन्मपत्री में चौथे व दशवें भाव में पापग्रह हो तो जातक का पीछे (पीठ) के प्रहार से निधन होता है ॥ १३ ॥

पत्थरादि के प्रहार से मरण ज्ञान

यदि जन्मपत्री में मित्र की राशि में दशवें भाव में भौम हो तो जातक का पत्थरादि के प्रहार से मरण होता है ॥ १४ ॥

वायु शूल से मरण ज्ञान

यदि जन्मपत्री में चौथे व सातवें भाव में पापग्रह हो तो जातक का निःसन्देह वायु शूल से निधन होता है ॥ १५ ॥

अपमृत्युयोग ज्ञान

यदि जन्मपत्री में चौथे भाव में शनि और दशवें भाव में भौम हो तो जातक की निश्चय ही अपमृत्यु होती है ॥ १६ ॥

जलोदर रोग से मृत्यु ज्ञान

यदि जन्मपत्री में नवम में चन्द्रमा व कर्क राशि दूसरे भाव में शनि हो तो जातक का निश्चय ही जलोदर रोग से निधन होता है ॥ १७ ॥

विशेष—जातकसारदीप में भी इसी प्रकार से योग है 'मृत्युर्जलोदरान्मन्दे कुलीरे मकरे विधौ' (४६ अ० ९ श्लो०) किन्तु यह वाक्य सारावली का है ॥ १७ ॥

जिसकी जन्मपत्री में यहाँ पर कथित योग व आगे प्रतिपादित योगों में से कोई एक भी योग न हो तथा अष्टम भाव किसी ग्रह से दृष्ट या युक्त न हो तो द्वाविंशति द्रेष्काणेश व अष्टमेश में जो बली ग्रह हो उस ग्रह के पूर्वोक्त हुताशनादि कोप से जातक का निधन समझना चाहिये ॥ १७ ॥

अथ द्रेष्काणैर्मृत्युज्ञानमुक्तं सारावल्यां, प्रतिद्रेष्काणानां मृत्योः कारणान्यभिहितानि । यथा—

मेषाद्ये द्रेष्काणे क्रूरग्रहवीक्षिते न शुभदृष्टे ।
अल्पाहिविषेण कृतं मरणं नृणां समादेश्यम् ॥ १ ॥
विन्द्याद्द्वितीयभागे मरणं जलकृतमिहारण्ये ।
एवं तृतीयभागे तडागकूपप्रपाताद् वा ॥ २ ॥
करभाश्वखरोष्ट्रैः स्यान्मृत्युर्ज्ञेयो वृषस्याद्ये ।
पित्ताग्निदाहचौराद् द्वितीयभागे वृषस्यैव ॥ ३ ॥
वृषभतृतीयभागे यानाशनवाजिपातकृतम् ।
पुंसां भवति हि मरणं रणे शिरसि महाशस्त्रकृतमेव ॥ ४ ॥
आद्ये मिथुनत्र्यंशे कासश्वासाज्जलोत्थितं भवति ।
मृत्युर्विषवृकमहिषाद् द्वितीयभागेऽथ सन्निपाताद् वा ॥ ५ ॥

वनवासिचतुश्चरणात्पर्वतपतनाद् गजात्तथारण्यात् ।
भवति हि मृत्युर्पुंसामन्ते भागे तु जितुमस्य ॥ ६ ॥
जितुमं मिथुनम् ।
मृद्गोसयमद्यानां कण्टकदोषेण वा स्वभावात् ।
भवति हि कर्कटकाद्ये मृत्युर्नृणां तृतीये तु ॥ ७ ॥
अभिघाताद् विषयानान्मध्ये त्र्यंशे तु मरणमादिष्टम् ।
प्लीहप्रमेहगुल्मात्तन्द्रीदोषेण च तथान्त्ये ॥ ८ ॥
सलिलविषयाद् रोगात् सिंहाद्ये त्र्यंशके भवेन्मृत्युः ।
मध्ये तृतीयभागे जलभयकृतोऽथ विज्ञेयः ॥ ९ ॥
विषशस्त्रयोगदोषैरपानदोषैस्तथामयचयाद् वा ।
अन्त्ये सिंहे त्र्यंशे भवति हि मृत्युर्न सन्देहः ॥ १० ॥
आद्ये कन्याभागे मस्तकरोगात्तथानिलान्मृत्युः ।
व्यालगिरिदुर्गवाजिषु मध्ये भूयातमजादथ वा ॥ ११ ॥
करभवरशस्त्रतोयादर्थवशात् स्त्रीकृतान्नपानाद् वा ।
अन्त्ये कन्या त्र्यंशे नृणां मृत्युः समादिष्टः ॥ १२ ॥
आद्ये वणिक् त्रिभागे युवतिचतुष्पदान्निपातदोषेण ।
मध्ये तु जठररोगैरन्ते तु व्यालाम्बुपातेभ्यः ॥ १३ ॥
आद्येऽलिनस्त्रिभागे विषशस्त्रस्त्रीकृतान्नपानकृतः ।
मध्ये कथितो भागे भारश्रमरणकृतो मृत्युः ॥ १४ ॥
अन्त्ये तृतीयभागे लोष्टकपाषाणघातेन ।
भवति हि नृणामथवा मृत्युर्हिंसास्थितभङ्गकृतः ॥ १५ ॥
चापरूपाद्ये त्र्यंशे शकृदनिलसमुद्भवैर्विविधरोगैः ।
मध्ये विषमददोषरनिलकृतैर्वा भवेन्मृत्युः ॥ १६ ॥
अन्त्ये तृतीयभागे जलमध्ये तत्समुत्थितैर्वापि ।
मृत्युर्नृणां दृष्टो जठरामयरोगसंभवतः ॥ १७ ॥
मकराद्ये द्रेष्काणे नृपसिंहव्यालसूकरान् मृत्युः ।
मध्ये मकरत्र्यंशे जलधरसचिवैश्च सर्पघाताद् वा ॥ १८ ॥
दहनास्त्रतस्करेभ्यो गजरदमानुषविभेदनाद्वापि ।
अन्त्ये मकरत्र्यंशे नृणां मृत्युः समादिष्टः ॥ १९ ॥
कुम्भे प्रथमत्र्यंशे स्त्रीसुततोयाज्जठरदोषैः ।
ज्ञेयो मृत्युर्नृणां पर्वतपतनाद् विषादथवा ॥ २० ॥
मध्ये स्त्रीकृतदोषैर्गुह्यजरोगैर्भवेन्मृत्युः ।
अन्त्ये यानचतुष्पदमुखरोगकृतैस्तदा पुंसाम् ॥ २१ ॥

ञ्यंशे मीनयुगाद्ये गुल्मग्रहणीप्रमेहयुवतिभ्यः।
जङ्गाजलजैर्दोषैर्व्याजग्राहकृतैः समादिशेन्मृत्युः ॥ २२ ॥
नौभेदाज्जलमध्ये झषमध्यद्रेष्काणजातानाम्।
अन्त्ये भवति हि मरणं कुत्सितरोगैर्न सन्देहः ॥ २३ ॥

अब आगे सारावली में कथित बारह राशियों के द्रेष्काणवश से जातक के मरण कारण को बतलाते हैं।

मेषस्थ प्रथम द्रेष्काण का फल—यदि कुण्डली में २२वाँ द्रेष्काण मेष राशि का प्रथम द्रेष्काण हो या यों समझिये आठवें भाव में मेष राशि का प्रथम द्रेष्काण हो तथा पापग्रह से दृष्ट और शुभग्रह से अदृष्ट हो तो जातक का अल्प सर्प के अर्थात् छोटे सर्प के विष (जहर) से निधन होता है ॥ १ ॥

विशेष—प्रकाशित सारावली में—'वीक्षिते च संयुक्ते । अम्बरहिविषपित्तकृतं' यह पाठान्तर है ॥ १ ॥

मेषस्थ दूसरे व तीसरे द्रेष्काण का फल—यदि कुण्डली में २२वाँ द्रेष्काण मेष राशि का दूसरा हो तो वन में जल से मरण, यदि मेष का तीसरा हो तो तालाब या कुएँ में गिरकर जातक का मरण होता है ॥ २ ॥

विशेष—प्रकाशित सारावली में 'जलकृमिहिमारण्यैः' यह पाठान्तर है। किन्तु जातकाभरण में 'मेषे द्वितीये जलजो वनान्ते तृतीयके कूप तडागजातः' होने से होरारत्न के वाक्य से समता होती है ॥ २ ॥

वृषस्थ पहिले व दूसरे द्रेष्काण का फल—यदि कुण्डली में २२वाँ द्रेष्काण वृष राशि का पहिला द्रेष्काण हो तो जातक की ऊँट या ऊँट के बच्चे से या घोड़े या गधा से मृत्यु होती है।

यदि २२वाँ द्रेष्काण वृष राशि का दूसरा हो तो जातक का पित्त या अग्नि से जलने पर या चोर से निधन होता है ॥ ३ ॥

विशेष—प्रकाशित सारावली में 'करभाश्वखरोष्ट्रेभ्यो मृत्यु····' यह पाठान्तर है ॥ ३ ॥

वृषस्थ तीसरे द्रेष्काण का फल—यदि कुण्डली में २२वाँ द्रेष्काण वृष राशि का तीसरा द्रेष्काण हो तो जातक का सवारी से या भोजन से या घोड़े से गिरकर या युद्ध में मस्तक पर बड़े शस्त्र के प्रहार से मरण होता है ॥ ४ ॥

विशेष—प्रकाशित सारावली में 'विद्यात्तृतीयभागे यानासनवा' यह पाठान्तर है ॥ ४ ॥

मिथुन राशिस्थ प्रथम व द्वितीय द्रेष्काण का फल—यदि कुण्डली में २२वाँ द्रेष्काण मिथुन राशि का पहिला हो तो जातक का खांसी के रोग से या श्वास की बीमारी से या जल से, यदि दूसरा द्रेष्काण हो तो जहर या भेड़िया या भैंसा या संनिपात रोग से मरण होता है ॥ ५ ॥

विशेष--प्रकाशित सारावली में 'कासश्वासोद्भवो भवति। मृत्युर्महिषविषाद्याद्' यह पाठ है ।। ५ ।।

मिथुन राशिस्थ तीसरे द्रेष्काण का फल--यदि कुण्डली में २२वाँ द्रेष्काण मिथुन का तीसरा द्रेष्काण हो तो जातक का वन में रहने वाले पशुओं से या पहाड़ से गिरने पर या जंगली हाथी से निधन होता है ।। ६ ।।

कर्क राशिस्थ प्रथम द्रेष्काण का फल--यदि कुण्डली में २२वाँ द्रेष्काण कर्क राशि का पहिला द्रेष्काण हो तो जातक का मिट्टी या गोबर या शराब पीने से या काँटे के दोष से या स्वभाव से मरण होता है ।। ७ ।।

विशेष--प्रकाशित सारावली में 'ग्राहेण मद्यपानात्कण्टकदोषेण वा तथा स्वप्नात्। नृणां तृतीये तु' यह पाठान्तर है ।। ७ ।।

कर्क राशिस्थ दूसरे व तीसरे द्रेष्काण का फल--यदि कुण्डली में २२वाँ द्रेष्काण कर्क राशि का दूसरा द्रेष्काण हो तो जातक का अभिघात से या विष पान से, यदि २२ वाँ द्रेष्काण कर्क राशि का तीसरा हो तो हृदय की बाँयी ओर मांसपिण्ड के रोग से या शकर की बीमारी से या कब्ज से या अधिक श्रम से मरण होता है ।। ८ ।।

विशेष--प्रकाशित सारावली में 'विहगप्रमेहगुल्मासृक्तन्द्रीदोषेण च' यह पाठान्तर है ।। ८ ।।

सिंह राशिस्थ पहिले व दूसरे द्रेष्काण का फल--यदि कुण्डली में २२वाँ द्रेष्काण सिंह राशि का पहिला द्रेष्काण हो तो जातक की पानी में या जहर से या पैर रोग से, यदि दूसरा द्रेष्काण हो तो जल से या भय से मृत्यु होती है ।। ९ ।।

सिंह राशिस्थ तीसरे द्रेष्काण का फल--यदि कुण्डली में २२वाँ द्रेष्काण सिंह राशि का तीसरा द्रेष्काण हो तो जातक का विष या शस्त्र या योगाभ्यास के दोष से या अधिक रोग से निश्चय ही मरण होता है ।। १० ।।

विशेष--प्रकाशित सारावली में 'दोषैरभिशापाद्वा तथा च पाताद्वा' यह पाठान्तर है ।। ११ ।।

कन्या राशिस्थ पहिले व दूसरे द्रेष्काण का फल--यदि कुण्डली में २२वाँ द्रेष्काण कन्या राशि का पहिला द्रेष्काण हो तो जातक का माथे के रोग से या वायु रोग से, यदि दूसरा द्रेष्काण हो तो सर्प या पर्वत व किले से गिरकर या राजपुत्र से मरण होता है ।। ११ ।।

विशेष--प्रकाशित सारावली में 'दुर्गवनजो' यह पाठान्तर है ।। ११ ।।

कन्या राशिस्थ तीसरे द्रेष्काण का फल-यदि कुण्डली में २२वाँ द्रेष्काण कन्या राशि का तीसरा द्रेष्काण हो तो जातक का ऊँट के बच्चे से या शस्त्र वा जल या धन के निमित्त से या स्त्री द्वारा या खान-पान से मरण होता है ।। १२ ।।

तुला राशिस्थ तीनों द्रेष्काणों के फल--यदि कुण्डली में २२वाँ द्रेष्काण तुला राशि का पहिला द्रेष्काण हो तो जातक का स्त्री या पशु या गिरने से, यदि दूसरा

द्रेष्काण हो तो पेट के रोग से, यदि तीसरा द्रेष्काण हो तो सर्प या जल में डूबने से मरण होता है ।। १३ ।।

विशेष—प्रकाशित सारावली में 'व्यालाम्बुजातेभ्यः' यह पाठान्तर है ।। १३ ।।

वृश्चिक राशिस्थ पहिले व दूसरे द्रेष्काण का फल—यदि कुण्डली में २२वाँ द्रेष्काण वृश्चिक राशि का पहिला द्रेष्काण हो तो जातक का जहर या शस्त्र या स्त्री द्वारा भोजन पानी से, यदि दूसरा द्रेष्काण हो तो अधिक वजन उठाने से निधन होता है ।। १४ ।।

विशेष—प्रकाशित सारावली में 'कृतान्नपानभवः। मध्ये तु वस्त्रभारस्रंसनरोगैर्भवति मृत्युः' यह पाठान्तर है ।। १४ ।।

वृश्चिक राशिस्थ तीसरे द्रेष्काण का फल—यदि कुण्डली में २२वाँ द्रेष्काण वृश्चिक राशि का तीसरा द्रेष्काण हो तो जातक का लोहे या पत्थर के प्रहार से या हिंसा (कतल) से हड्डी टूटने पर मरण होता है ।। १५ ।।

विशेष—प्रकाशित सारावली में 'पाषाणजनितवेदनया' 'नृणां जङ्घास्थिभङ्गकृत' यह पाठान्तर है ।। १५ ।।

धनु राशिस्थ पहिले व दूसरे द्रेष्काण का फल—यदि कुण्डली में २२वाँ द्रेष्काण धनु राशि का पहिला द्रेष्काण हो तो जातक का पेचिस या वायुजन्य अनेक रोगों से, यदि दूसरा द्रेष्काण हो तो जहर या नशा से वा वायु रोग से मरण होता है ।। १६ ।।

विशेष—प्रकाशित सारावली में 'गुदानिलसमुः' 'विषगुरुदोषैः' यह पाठान्तर है ।। १६ ।।

धनु राशिस्थ तीसरे द्रेष्काण का फल—यदि कुण्डली में २२वाँ द्रेष्काण धनु राशि का तीसरा द्रेष्काण हो तो जातक का जल में डूबने से या जल जन्य व्याधि से या पेट में आँव के रोग से मरण होता है ।। १७ ।।

मकर राशिस्थ पहिले व दूसरे द्रेष्काण का फल—यदि कुण्डली में २२वाँ द्रेष्काण मकर राशि का पहिला द्रेष्काण हो तो जातक का राजा या सिंह या सर्प या सूकर से, यदि दूसरा द्रेष्काण हो तो जातक का मेघ या मन्त्री (सलाहकार) से या सर्प के काटने से निधन होता है ।। १८ ।।

विशेष—प्रकाशित सारावली में 'नृपहिंसाव्याघ्रकारणान्मृत्युः' 'ऊरुविनाशादथवा जलचरसत्वाद्विषैकशफसर्पात्' यह पाठान्तर है ।। १८ ।।

मकर राशिस्थ तीसरे द्रेष्काण का फल—यदि कुण्डली में २२वाँ द्रेष्काण मकर राशि का तीसरा द्रेष्काण हो तो जातक का जलने से या शस्त्र या चोर या हाथी के दाँत या मनुष्यों के काटने से निधन होता है ।। १९ ।।

विशेष—प्रकाशित सारावली में 'ज्वरादमानुषविभेदनान्मध्ये' यह पाठान्तर है ।। १९ ।।

कुम्भ राशिस्थ पहिले द्रेष्काण का फल—यदि कुण्डली में २२वाँ द्रेष्काण कुम्भ राशि का पहिला द्रेष्काण हो तो जातक का स्त्री या पुत्र या जल या पेट के रोग से या पहाड़ से गिरने पर या जहर से मरण होता है ।। २० ।।

विशेष--प्रकाशित सारावली में 'स्त्रीभ्यस्तोयैस्तथा' 'पर्वतगहनाद्विषादेर्वा' यह पाठान्तर है ।। २० ।।

कुम्भ राशिस्थ दूसरे व तीसरे द्रेष्काण का फल--यदि कुण्डली में २२वाँ द्रेष्काण कुम्भ राशि का दूसरा द्रेष्काण हो तो जातक का स्त्री के किये हुए दोषों से या गुदा या उपस्थ जन्य व्याधि से, यदि तीसरा द्रेष्काण हो तो वाहन या पशु या मुखरोग से निधन होता है ।। २१ ।।

विशेष--प्रकाशित सारावली में 'स्त्रीकृतदु:खैः' 'मिथुनचतु····' यह पाठ है ।।२१।।

मीन राशिस्थ पहिले द्रेष्काण का फल--यदि कुण्डली में २२वाँ द्रेष्काण मीन राशि का पहिला द्रेष्काण हो तो जातक का गुल्म या पेचिस या सुगर के रोग से या स्त्री के किये हुए कार्य से या जाँघ में चोट से या जलजन्य दोष से या बहाने से या घड़ियाल से मरण होता है ।। २२ ।।

विशेष--प्रकाशित सारावली में 'जङ्घाजठरजरोगैर्गजग्रह' यह पाठ है ।

मीन राशिस्थ दूसरे व तीसरे द्रेष्काण का फल--यदि कुण्डली में २२वाँ द्रेष्काण मीन राशि का दूसरा द्रेष्काण हो तो जातक का जल में नाव डूबने से, यदि तीसरा द्रेष्काण हो तो निश्चय ही दूषित रोगों से मरण होता है ।। २३ ।।

होरासारे--

प्रजातानाञ्च जन्तूनां मरणं येन केनचित् ।
तन्निमित्तपरिज्ञानं वक्ष्ये निर्याणलक्षणम् ।। १ ।।
लग्नादष्टमराशेः स्वभावदोषोद्भवं विजानीयात् ।
निधनेशस्य नवांशस्थितराशिनिमित्तदोषजनितम् ।। २ ।।
मेषांशे मेषे वा ज्वरविषजठराग्निपित्तसंभूतम् ।
येन ग्रहेण युक्ते दृष्टे वा तत्समानदोषेण ।। ३ ।।
वृषभे वृषभांशे त्रिदोषसाङ्कर्यशस्त्रदाहाद्यैः ।
ग्रहरहिते प्राप्तफलं ग्रहयुक्ते तत्समानदोषेण ।। ४ ।।
मिथुने मिथुनांशे वा कासश्वासोद्भवश्च शूलाद्वा ।
चन्द्रग्रहे चन्द्रांशे मान्द्यादरोचकाद्वापि ।। ५ ।।
स्फोटकशस्त्रविषाद्यैर्ज्वरैश्च सिंहे तदंशे वा ।
जठराग्निगुह्यकलहप्रपातनाद्यैश्च कन्यायाम् ।। ६ ।।
जूके तदंशके वा स्वबुद्धिदोषेण हन्यते पुरुषः ।
ज्वरसन्निपातदोषैर्मरणं ब्रूयाद्दशाफलैर्युक्तैर्वा ।। ७ ।।
वृश्चिकराशौ चांशे पाण्डुग्रहणीग्रहादिरोगहतः ।
विषशस्त्रजलकाष्ठैश्चापांशे चापसंयुते मर्त्यः ।। ८ ।।

मकरे मकरांशे वा स्थूलानारुचिबुद्धिसम्भवान्मृत्युः ।
पापयुते व्याघ्राद्यैःसर्पैर्वा न सन्देहः ॥ ९ ॥
कुम्भे कुम्भांशे वा पापव्याघ्रशस्त्रभुजगाशैः ।
श्वासज्वरपक्षिकृतैर्ब्रूयान्मरणं समादिष्टम् ॥ १० ॥
मीने मीनांशे वा सर्पेण हतोऽवान्तस्तत्रैव ।
नाब्जैर्वा जलमध्ये जलधरशब्देन पीडितो मृत्युः ॥ ११ ॥
पूर्वोक्तमृत्युभागे शशिनि विलग्ने व्यये वा निधनम् ।
जलयन्त्रकरणैर्वा निधनं नृणां समुद्दिष्टम् ॥ १२ ॥
अर्केन्दूलग्नगतौ द्विदेहलग्नेषु पापयुग्दृष्टौ ।
कुरुतः प्राणवियोगं जलमध्ये निश्चयं ब्रूयात् ॥ १३ ॥
द्विकोदयदशमस्थैः सौम्येन्दुबुधरविसुतैः क्रमान्नियतम् ।
वृक्षक्षते कूपे वा मरणं नृणां समुद्दिष्टम् ॥ १४ ॥
भौमार्कजभवनेऽब्जे पापद्वयमध्यगेन सौम्ययुते ।
कन्यायां हिमगो वा ज्वराग्निसंपातशस्त्रदोषैर्वा ॥ १५ ॥
सौरे हिमगौ व्ययगे रिपुरन्ध्रगते सुखे वापि ।
नियतं वारिनिधौ स्यान्निधनेशे पापमध्यरन्ध्रगते ॥ १६ ॥
चन्द्रात्त्रिकोणसंस्थैः पापैर्लग्नात्त्रिकोणसंस्थैर्वा ।
उद्बन्धबन्धनाद्यैर्निधने भौमेन संयुक्ते ॥ १७ ॥
राहुयुतर्क्षकलग्ने यामित्रे रन्ध्रसंस्थिते शुक्रे ।
पापग्रहोदयकश्चेच्चन्द्रे रिपुसंस्थितेऽथवा निधने ॥ १८ ॥
व्ययसंस्थैः पापैर्वा विषेण शस्त्रेणाऽथवा मृत्युः ।
चतुरस्त्रव्ययसंस्थे राहौ निधनेश्वरेण संदृष्टे ॥ १९ ॥
पापयुते दृष्टे वा निधनं शस्त्रविषवह्निदोषेण ।
राहुध्वजान्वितेऽर्के यामित्रे रन्ध्रसंस्थिते शुक्रे ॥ २० ॥
पापग्रहोदयश्चेदुद्बन्धनेनोपहन्यते पुरुषः ।
यः कश्चिन्निधनगतो निधनं स्वात्मकोपजनितं वा ॥ २१ ॥
अर्कोदयेऽर्कपुत्रे सुतगे रन्ध्रे कुजे विधौ भाग्ये ।
वृक्षाशनिकुड्यपातैर्योगैर्जनितस्य निर्दिशेन्मरणम् ॥ २२ ॥
क्षीणेन्दौ निधनस्थे सुखगेऽहिशनौ च यामित्रे ।
भौमे कुटुम्बसंस्थे योगे जातस्य काष्ठघातेन ॥ २३ ॥
क्षीणेन्दौ दशमं याते कुजर्क्षे भास्करे स्थिते ।
चन्द्रे मन्दं गृहे याते विण्मध्ये मरणं भवेत् ॥ २४ ॥

भौमे सुखेऽस्तगे मन्दे दशमेऽष्टमे ग्रहः कश्चित् ।
क्षितिपालकोपजनितं निधनं ब्रूयाच्च शस्त्रदोषाद्वा ॥ २५ ॥
यस्य सौरो धनस्थश्च सुखस्थे दुःखमध्यगः ।
भौमस्तत्स्वजनादन्तो कृमिजा वा मृतिर्भवेत् ॥ २६ ॥
सुखदशमस्थैः पापैः क्षीणेन्दौ रन्ध्रषष्ठरिष्फे वा ।
यात्राकाले मरणं प्रपातनाच्छस्त्रदोषाद्वा ॥ २७ ॥
अर्ककुजौ व्ययसंस्थौ राहुः शशी सप्तमे गुरुः केन्द्रे ।
जातस्य मृतिं विन्द्यात्प्रवासभूमौ सुरालयोद्याने ॥ २८ ॥
रन्ध्रेशे जलसंस्थे शत्रुरिष्फभवने वा ।
व्यालमृगोरगहेतोर्मृत्युः कूपेऽथवा गृहे भवति ॥ २९ ॥
शिखिसहितेऽष्टमराशौ निधनेशे केन्द्रगे व्यये पापे ।
लग्नेशे हीनबले मरणं दुर्भागे रोगजनितं स्यात् ॥ ३० ॥
विषघटिकायां जातो निधनं क्रूरैर्विषाग्निशस्त्रैर्वा ।
निधनेश्वरे विषांशे क्रूरयुते तन्निमित्तदोषेण ॥ ३१ ॥
भौमार्कजौ यदि परस्परभागसंस्थौ क्षेत्रेऽथवा निधनभेंऽशयुते च केन्द्रे ।
तस्यावसानसमये क्षितिपालकोपाच्छूलादिनायुधशतैर्निधनं समेति ॥३२॥
लग्ने शशी दिनकरे विबलेऽष्टमस्थे लग्नाद्व्यये सुखगतेऽपि च पापखेटे ।
जातस्य हस्तनयनच्युतदेशमृत्युः शस्त्रेण वा निशि निषादकृतेन वा स्यात् ॥३३॥
निधने कुजे बुधे वा लग्नेशे सौम्यभे तदंशे वा ।
महिषीसरीसृपाद्यैर्मरणं ब्रूयात् समुद्दिष्टम् ॥ ३४ ।
यदि बहुग्रहयुक्ते रन्ध्रेशे रन्ध्रभेऽत्र संयुक्ते ।
बहुजनमरणे काले निधनं जातस्य निश्चयं ब्रूयात् ॥ ३५ ॥
लग्नसुतरन्ध्रभावयोगः स्याद्यत्र तत्र राशौ ।
सार्द्धं सुतेन मरणं तथैव दारेशसंयुते तद्वत् ॥ ३६ ॥
प्रकृतदशास्ववसाने सामान्येनादिशेन्मरणम् ।
दारुणदशान्तराले निधनारिष्टेन निर्दिशेन्मरणम् ॥ ३७ ॥
निधनेश्वरांशराशौ लग्ने मरणं तदादिशेद्दिवसे ।
ग्रहरहिते प्रोक्तफलं ग्रहयुक्ते तत्फलं समादेश्यम् ॥३८॥
अनुदितनवांशकाले मोहो द्विगुणः शुभग्रहो लग्ने ।
क्षेत्रोच्चांशकयुक्ते त्रिगुणं निधनेन पापसंयुक्ते ॥३९॥
लग्नेशे जलभांशे जलराशौ चन्द्रशुक्रयोर्दृष्टे ।
व्ययनिधने वा पापे शवदहनं नास्य जातस्य ॥४०॥

लग्नेशे निधनांशे मूढे वा पृष्ठगेऽथवा भवति।
बन्धुजनरहिते देशे मरणं ब्रुवतेऽथवा काले ॥४१॥
होरेश्वरराशिनाथो लग्ने लग्नेश्वरेण दृष्टयुतः।
जन्मेश्वरांशनाथोऽप्येवं देशान्तरे मृतिर्भवति ॥४२॥
जीवक्षेत्रोदये लग्ने सुरलोकं गमिष्यति।
सूर्यभौमोदये क्षेत्रे मर्त्यलोकं गमिष्यति ॥४३॥
सौम्यपापयुते लग्ने मर्त्यलोकेषु जायते।
बुधोदये तथा क्षेत्रे तिर्यग्जातिषु संविशेत् ॥४४॥
मन्दराश्युदये क्षेत्रे जीवलोकं गमिष्यति ॥

अब आगे उत्पन्न हुए जीवों का जिस किसी प्रकार से मरण होता है उन सब कारणों को होरासार के वाक्यों से बतलाते हैं ॥१॥

जन्मपत्री में लग्न से अष्टम भाव में जो राशि होती है उसके स्वभाव के दोषों से या अष्टमेश जिस राशि के नवांश में हो उस राशि के दोष से जातक का निधन होता है ॥२॥

यदि जन्मपत्री में अष्टम भाव में मेष राशि हो या अष्टमेश मेष राशि के नवांश में हो तो जातक का ज्वर या जहर या जठराग्नि या पित्त जन्य रोग से या जिस ग्रह से दृष्ट या युक्त अष्टम भाव हो उसके दोष से मरण होता है ॥३॥

यदि जन्मपत्री में लग्न से अष्टम में वृष राशि हो या अष्टमेश वृष राशि के नवांश में हो तो जातक का त्रिदोष या अधिक रोग या शस्त्र या अग्नि से मरण होता है। यह फल ग्रहहीन होने पर होता है। यदि अष्टमेश वा अष्टमभाव ग्रह युक्त हो तो तज्जन्य दोष से निधन होता है ॥४॥

यदि जन्मपत्री में लग्न से अष्टमभाव में मिथुन राशि हो या अष्टमेश मिथुन राशि के नवांश में हो तो जातक का खाँसी या दमा या शूल रोग से, यदि कर्क राशि या कर्क राशि का नवांश हो तो मन्दाग्नि या अरुचि से मरण होता है ॥५॥

यदि जन्मपत्री में लग्न से अष्टम भाव में सिंह राशि हो या अष्टमेश सिंह राशि के नवांश में हो तो जातक का विस्फोट या शस्त्र या जहर या ज्वर से, यदि कन्या राशि या कन्या राशि का नवांश हो तो जठर (पेट) या अग्नि या गुह्यस्थल के रोग या कलह या गिरने से मरण होता है ॥६॥

यदि जन्मपत्री में लग्न से अष्टमभाव में तुला राशि हो या अष्टमेश तुला राशि के नवांश में हो तो जातक का अपनी बुद्धि के दोष या ज्वर या सन्निपात के रोग से या इनसे युक्त ग्रह को दशा में निधन होता है ॥७॥

यदि जन्मपत्री में लग्न से अष्टमभाव में वृश्चिक राशि हो या अष्टमेश वृश्चिक राशि के नवांश में हो तो जातक का पीलिया या सङ्ग्रहणो रोग से, यदि धनु राशि या धनु राशि का नवांश हो तो जहर या शस्त्र या जल या काठ से मरण होता है ॥८॥

यदि जन्मपत्री में लग्न से अष्टम भाव में मकर राशि हो या अष्टमेश मकर

राशि के नवांश में हो तो जातक का स्थूलता से या अरुचि बुद्धि से, यदि उक्त राशि पापग्रह से युक्त हो तो सिंह या सर्पादि से मरण होता है ।।९।।

यदि जन्मपत्री में लग्न से अष्टम भाव में कुम्भ राशि हो या अष्टमेश कुम्भ राशि के नवांश में हो तो जातक का पाप या सिंह या शस्त्र या सर्प या खांसी या ज्वर या पक्षिकृत दोष से मरण होता है ।।१०।।

यदि जन्मपत्री में लग्न से अष्टमभाव में मीन राशि या अष्टमेश मीन राशि के नवांश में हो तो जातक का अन्धकार में सर्प से या कमलहीन जल में या मेघों के शब्द से मरण होता है ।।११।।

यदि जन्मपत्री में पूर्वोक्त नवांश में अष्टमेश चन्द्रमा लग्न में हो तो पीड़ा या मरण या जलादि की मशीन से मरण होता है ।।१२।।

यदि जन्मपत्री में द्विस्वभाव राशि में सूर्य व चन्द्रमा लग्न में पापग्रह से दृष्ट या युक्त हों तो जातक का जल के बीच में निधन होता है ।।१३।।

यदि जन्मपत्री में द्विस्वभाव राशि में दशम भाव में या दूसरे, लग्न व दशम में शुभग्रह चन्द्रमा बुध व शनि हों तो जातक का वृक्ष गिरने या कुए में गिरने से निधन होता है ।।१४।।

यदि जन्मपत्री में भौम या शनि की राशि में चन्द्रमा दो पापग्रहों के बीच में बुध से युक्त हो या कन्या राशि में पापग्रहों के मध्य में हो तो जातक का ज्वर या अग्नि गिरने या शस्त्र से मरण होता है ।।१५।।

यदि जन्मपत्री में शनि, चन्द्रमा बारहवें, छठे, आठवें या चौथे भाव में हों और अष्टमेश दो पापग्रहों के बीच में आठवें भाव में हो तो जातक का समुद्र में मरण होता है ।।१६।।

यदि जन्मपत्री में चन्द्रमा या लग्न से नवम व पञ्चम में पापग्रह हो और आठवें भाव में भौम हो तो जातक का जेल से मरण होता है ।।१७।।

यदि जन्मपत्री में राहु से युक्त सप्तमभाव हो और आठवें भाव में शुक्र हो या पापग्रह की राशि में चन्द्रमा छठे या आठवें भाव में हो या पापग्रह बारहवें भाव में हों तो जातक का जहर या शस्त्र से मरण होता है ।।१८।।

यदि जन्मपत्री में चौथे या आठवें या बारहवें भाव में राहु अष्टमेश से दृष्ट हो या पापग्रह से युक्त या दृष्ट हो तो जातक का शस्त्र या जहर या अग्नि के दोष से निधन होता है ।।१९।।

यदि जन्मपत्री में राहु केतु से युक्त सूर्य सातवें भाव में हो और आठवें भाव में शुक्र तथा लग्न में पापग्रह से युक्त या दृष्ट हो तो जातक का जेल से मरण होता है ।।२०।।

यदि जन्मपत्री में लग्नेश केन्द्र में दो पापग्रहों के बीच में हो तथा कोई एक ग्रह आठवें भाव में हो तो जातक का अपने क्रोध से मरण होता है ।।२१।।

यदि जन्मपत्री में सूर्य की राशि में शनि पाँचवें भाव में व आठवें में भौम और नवें

भाव में चन्द्रमा हो तो जातक का वृक्ष से गिरने पर या बिलली पड़ने पर या भीत (भित्ति) के गिरने पर मरण होता है ।।२२।।

यदि जन्मपत्री में क्षीण चन्द्रमा आठवें व चौथे में राहु एवं सातवें में शनि और दूसरे भाव में भौम हो तो जातक का काठ से चोट लगने पर निधन होता है ।।२३।।

यदि जन्मपत्री में क्षीण चन्द्रमा दशम में व भौम की राशि में सूर्य हो और चन्द्रमा शनि की राशि में हो तो जातक का अशौच अवस्था में मरण होता है । ।। २४ ।।

विशेष---जातक सार दीप में 'सौरर्क्षे शीतकिरणे कुजे जूके शनौ क्रिये । विण्मध्ये' इस प्रकार से योग है ।। २४ ।।

यदि जन्मपत्री में चौथे भाव में भौम सातवें में शनि और दशम व आठवें में कोई ग्रह हो तो जातक का राजा के क्रोध से वा शस्त्र के दोष से मरण होता है ।। २५ ।।

यदि जन्मपत्री में दूसरे भाव में शनि और पापग्रहों के बीच में चौथे भाव में भौम हो तो जातक का अपने मनुष्यों से या कीड़ा के रोग से मरण होता है ।। २६ ।।

यदि जन्मपत्री में चौथे व दशम भाव में पापग्रह हों और क्षीण चन्द्रमा आठवें या छठे या बारहवें भाव में हो तो जातक का यात्रा के समय गिरने से या शस्त्र के दोष से निधन होता है ।। २७ ।।

यदि जन्मपत्री में सूर्य व भौम बारहवें भाव में व राहु चन्द्रमा सातवें भाव में और गुरु केन्द्र में हो तो जातक का प्रवासीय देव मन्दिर या बगीचे में मरण होता है ।। २८ ।।

यदि जन्मपत्री में अष्टमेश जलचर राशि में छठे या बारहवें भाव में हो तो जातक का सर्प या हरिण या सर्प के निमित्त से या घर के कुए में मरण होता है ।। २९ ।।

यदि जन्मपत्री में केतु आठवें भाव में व अष्टमेश केन्द्र में तथा पापग्रह बारहवें भाव में और पापग्रह के नवांश में लग्नेश निर्बल हो तो जातक का रोग से निधन होता है ।। ३० ।।

यदि जन्मपत्री में विष घटी का जन्म हो तो जातक का जहर या अग्नि या शस्त्र से या अष्टमेश विषघटी के नवांश में पापग्रह से युक्त हो तो ग्रह के दोष से निधन होता है ।। ३१ ।।

यदि जन्मपत्री में भौम व शनि परस्पर नवांश में या राशि में हों अर्थात् भौम, शनि के नवांश में या राशि में हो और शनि, भौम के नवांश या राशि में हो या अष्ट-मस्थ अंश से युक्त केन्द्र में हो तो जातक का राजा के क्रोध से या शूलादि रोग से या अनेक शस्त्रों के प्रहार से निधन होता है ।। ३२ ।।

यदि जन्मपत्री में लग्न में चन्द्रमा व निर्बल सूर्य आठवें भाव में और लग्न से बार-हवें व चौथे भाव में पापग्रह हों तो जातक का शस्त्र से हाथ व आँख हीन होने पर देश में या रात्रि में निषादों से मरण होता है ।। ३३ ।।

यदि आठवें भाव में भौम या बुध हो व लग्नेश बुध की राशि या नवांश में हो तो जातक का सर्प, बिच्छू, भैंस आदि से मरण होता है ।। ३४ ।।

यदि जन्मपत्री में अधिक ग्रहों से युक्त अष्टमेश आठवें भाव में हो तो जातक का अधिक मनुष्यों के मरण समय में निश्चय ही मरण होता है ।। ३५ ।।

यदि जन्मपत्री में लग्नेश, पञ्चमेश व अष्टमेश एक राशि में हों तो जातक का पुत्र के साथ, यदि लग्नेश सप्तमेश, अष्टमेश एक राशि में हों तो जातक का स्त्री के साथ मरण होता है ।। ३६ ।।

यदि जन्मपत्री में सामान्य रीति से जातक का लग्नेश या सप्तमेश या अष्टमेश की दशा में या पापग्रहों की दशा में पीड़ा से मरण होता है ।। ३७ ।।

यदि जन्मपत्री में अष्टमेशस्थ नवांश राशि का लग्न, ग्रह रहित हो तो जातक का दिन में मरण, यदि लग्न में शुभग्रह हो तो भोग्य नवांश द्वारा अनुपात से मोह घटी का ज्ञान करके उसे दूना करके या अष्टम में पापग्रह अपनी राशि में वा उच्च या नवांश में हो तो मोह घटी को तीन से गुना करके अन्तिम समय में जातक उक्त काल तक मोह में रहकर मरण प्राप्त करता है । ३८-३९ ।।

यदि जन्मपत्री में लग्नेश जलचर राशि में या जलचर राशि के नवांश में चन्द्रमा व शुक्र से दृष्ट हो वा आठवें व बारहवें में पापग्रह हो तो जातक का मरने के बाद दाह संस्कार नहीं होता है ।। ४० ।।

यदि जन्मपत्री में लग्नेश, अष्टम के नवांश में हो वा अस्त हो या पीछे हो तो जातक का बान्धवों से रहित देश में मरण होता है ।। ४१ ।।

यदि जन्मपत्री में लग्नेश जिस राशि में हो और उस राशि का स्वामी लग्न में लग्नेश से दृष्ट या युक्त हो या जन्मराशीश उक्त अवस्था में हो तो जातक का देशान्तर में मरण होता है ।। ४२ ।।

यदि जन्मपत्री में गुरु की राशि लग्न में हो तो जातक मरने के बाद स्वर्गलोक में गमन, यदि सूर्य या भौम की राशि लग्न में हो तो मनुष्य लोक में गमन, यदि शुभ पापग्रह से युक्त लग्न हो तो भी मनुष्य लोक में गमन, यदि लग्न मे बुध या बुध की राशि हो तो पक्षी लोक में गमन और यदि शनि की राशि लग्न में हो तो जातक मनुष्य लोक में मरणानन्तर गमन करता है ।। ४३-४४ ।।

गर्गः—

तुङ्गर्क्षे ह्यष्टमे सूर्ये सुखं मृत्युं प्रयच्छति ।
अन्यत्र दुःखमरणं दत्ते कष्टञ्च यातनाम् ।। १ ।।
विक्रमस्थेन पापेन क्रूरेण मृत्युगो रविः ।
युक्तो दृष्टः स्थूलभूरि यमदूतो विनाशयेत् ।। २ ।।

चन्द्रोऽष्टमे मृत्युकरो नराणां क्षीणो मृतिर्यच्छति वाल्प एव ।
काले त्रिदोषज्वरदाहदाता नयत्यधः क्षीणतनुर्धरित्र्याः ॥ ३ ॥

मृत्युं गतो मृत्युकरो महीजः शस्त्रारिभूपाहिभिरग्नितो वा ।
कुष्ठव्रणार्शो ग्रहणीप्रपीडा नयत्यधो नाशकमानयेच्च ॥ ४ ॥

करोति मृत्युर्निधनस्थितो बुधः सुखेन तीर्थे सुखदे निराकुले ।
शूलास्थजङ्घोदररोगपीडा पापो बुधो पापकरो नराणाम् ॥ ५ ॥

जीवे मृत्युगते ज्ञानात्सुतीर्थे मरणं भवेत् ।
शुभर्क्षेऽथ ग्रहे चैतत्तदन्यत्र तु सङ्कटे ॥ ६ ॥

आनृण्यं पितुराधत्ते तीर्थे मरणमेव च ।
नयेत्पितृकुलं पुण्यं रन्धगो भृगुनन्दनः ॥ ७ ॥

विदेशतो नीचसमीपतो वा सौरो मृतिं रन्ध्रगतो विधत्ते ।
हृच्छोककासामयवद्विषूचीनानाविधं रोगगणं विधाय ॥ ८ ॥

दंष्ट्रिचौर्यापवादेन करोति निधनं तमः ।
बहुकिल्विषमाधाय दत्ते कष्टं सघातनम् ॥ ९ ॥

अष्टमाधिपतिरेव पुण्यगो जीवशुक्रबुधचन्द्रवीक्षितः ।
द्वारिकां प्रति मृतिं करोत्यसौ तस्य शुद्धमतिसंयुतस्य च ॥ १० ॥

नैधनस्थो यदा सौम्यो ग्रहो भवति यस्य तु ।
सौम्यैर्दृष्टं च निधनं तदा तीर्थं समश्नुते ॥ ११ ॥

जीवे प्रयागमरणं विधुना च काश्यां
द्वारावतीं बुधसितौ यदि धर्मभावे ।
द्रेष्काणपेऽप्यथ कुजे परदेशमृत्युर्जीवे
स्वभूमिमरणं प्रवदन्ति सन्तः ॥ १२ ॥

धर्मस्थितः कुजो मृत्युं मार्गं कुर्याच्च चन्द्रजः ।
शिवालये मृतिं दत्ते तीर्थे धर्मेश्वरे तनौ ॥ १३ ॥

चन्द्रो नवमभावपतिर्मृतिस्थसन्मृत्युरेव हरितीर्थसमागमे स्यात् ।
एवं भृगुर्भवति मुक्तिपुरीस्थितस्य जीवे स्वगेहमरणं विधिना शुभेन ॥१४॥

पुण्यभावपतिरेव मृत्युगो यस्य जन्मनि भवेच्छुभग्रहः ।
सौम्यखेटसहितः खलु दृष्टस्तस्य मृत्युरुदिता खलु काश्याम् ॥ १५ ॥

त्रयो ग्रहा यदैकत्र लग्नराशिविवर्जिताः ।
हित्वा पापसहस्राणि म्रियते जाह्नवीजले ॥ १६ ॥

धर्माधिपो पश्यति धर्मभावं लग्नाधिपः पश्यति चेद्विलग्नम् ।
मृत्युं यदा पश्यति मृत्युनाथस्तदा सुतीर्थे नियतश्च मृत्युः ॥ १७ ॥

मृतिपतिः खलु कण्टकगो यदा भवति जन्मनि यस्य शुभग्रहः।
स च सुतीर्थगतिं लभते पुमान् भवति मुक्तिमिदं हरिनामतः॥ १८॥
खलखेटो जन्मकाले द्यूनगो निधनेश्वरः।
यदा तदा भवेन्मार्गे मृत्युस्तस्य न संशयः॥ १९॥
मृतिपतिस्तु खलो यदि लग्नगो तनुपतिश्च विलोक्यते यदा।
मृतिकरः सहसा स्वगृहे भवन्निजजनै रहितः खलु दुष्टदः। २०॥
शनिः कर्कटके तिष्ठेन्मकरे भूमिनन्दनः।
स चौरत्वमिह प्राप्य छेदमाप्नोति वै करे॥ २१॥
कुंभे धनुषि मीने च मिथुने चैव नित्यशः।
यदि पापग्रहाः सर्वे वज्रपातेन नश्यति॥ २२॥
मृत्युं करोति दुरक्ष मृत्युस्थानगतोऽब्जजः।
वृथाशत्रु महोग्रं वा मरणं कल्मषान्वितम्॥ २३॥
मृत्युभावे शुभैर्युक्ते स्वामिदृष्टे युतेक्षिते।
सुतीर्थे स्वजनपदे स्थिरांशे मृत्युरादिशेत्॥ २४॥

अब आगे गर्गाचार्यजी के वचनों से अष्टम भाव के फल को बताते हैं।

यदि कुण्डली में अष्टम भाव में सूर्य उच्च राशि में हो तो जातक का सुखपूर्वक, यदि अष्टम से भिन्न भाव में तृतीयस्थ पाप से दृष्ट हो तो कष्ट व दुःखपूर्वक या अष्टमस्थ सूर्य पापग्रह से दृष्ट या युक्त हो तो जातक का विनाश यमदूत करता है॥ १-२॥

यदि कुण्डली में क्षीण चन्द्रमा अष्टम भाव में हो तो जातक का त्रिदोष, ज्वर, अग्नि से शरीर क्षीण होकर अल्प अवस्था में मरण होता है॥ ३॥

यदि कुण्डली में अष्टम भाव में भौम हो तो जातक का शत्रु या शस्त्र या अग्नि से मरण अथवा कोढ़, व्रण, बवासीर या संग्रहणी के रोग से मरण होता है॥ ४॥

यदि कुण्डली में अष्टम भाव में बुध हो तो जातक का शान्त व सुखदायी तीर्थ में मरण, यदि पापी बुध हो तो शूल से या मुख या जाँघ या उदर जन्य रोग से पीड़ित और पापात्मा होकर होता है॥ ५॥

यदि कुण्डली में अष्टम भाव में गुरु शुभग्रह की राशि में हो तो जातक का ज्ञान से सुन्दर तीर्थ में मरण, यदि अन्य राशि में हो तो सङ्कट में मरण होता है॥ ६॥

यदि कुण्डली में अष्टम भाव में शुक्र हो तो जातक पिता के ऋण से हीन, पुण्यवान् पिता के वंश में जन्म लेकर तीर्थ में मरण प्राप्त करता है॥ ७॥

यदि कुण्डली में अष्टम भाव में शनि हो तो जातक का विदेश गमन या दुष्ट सहवास से वा हृदय, शोक, खाँसी या विषूची (पेचिस) इत्यादि अनेक रोगों से मरण होता है॥ ८॥

यदि कुण्डली में अष्टम भाव में राहु हो तो जातक का कुत्ते की चोरी के विवाद से या अधिक पापों से मरण होता है ॥ ९ ॥

यदि कुण्डली में अष्टमेश नवम भाव में गुरु, शुक्र, बुध, चन्द्रमा से दृष्ट हो तो जातक का तीर्थ में मरण होता है ॥ ११ ॥

यदि कुण्डली में अष्टम भाव में गुरु हो तो प्रयाग में, चन्द्रमा हो तो काशी में, बुध शुक्र हो तो द्वारवती में, यदि नवम भाव का द्रेष्काणेश भौम हो तो परदेश में, यदि गुरु हो तो अपने घर में जातक का मरण होता है ॥ १२ ॥

यदि कुण्डली में नवम भाव में भौम हो तो जातक का मार्ग में, यदि बुध हो तो शिवालय में, यदि नवमेश लग्न में हो तो तीर्थ में मरण होता है ॥ १३ ॥

यदि कुण्डली में नवमेश चन्द्रमा आठवें भाव में हो तो जातक का विष्णु भगवान् की तीर्थयात्रा में, यदि शुक्र हो तो मुक्तिपुरी (काशी) में, यदि नवमेश गुरु हो तो अच्छी रीति से अपने घर में मरण होता है ॥ १४ ॥

यदि कुण्डली में शुभग्रह नवमेश आठवें भाव में शुभग्रह से दृष्ट या युक्त हो तो जातक का काशी में निधन होता है ॥ १५ ॥

यदि कुण्डली में लग्न भाव का त्याग करके तीन ग्रह किसी भाव में हों तो जातक के हजारों पापों को छोड़कर अर्थात् पापी का भी गङ्गाजी के तट पर मरण होता है ॥ १६ ॥

यदि कुण्डली में नवमेश से नवम, लग्नेश से लग्न, अष्टमेश से अष्टम भाव दृष्ट हो तो निश्चय ही सुन्दर तीर्थ में जातक का मरण होता है ॥ १७ ॥

यदि कुण्डली में अष्टमेश शुभग्रह केन्द्र में हो तो जातक की भगवान् का नाम लेकर सुन्दर तीथं में मुक्ति होती है ॥ १८ ॥

यदि कुण्डली में लग्न में पापग्रह व अष्टमेश सप्तम भाव में हो तो जातक का निःसन्देह मार्ग में निधन होता है ॥ १९ ॥

यदि कुण्डली में अष्टमेश पापग्रह लग्न में लग्नेश से दृष्ट हो तो जातक का अनायास ही मरण, यदि अष्टमेश अपनी राशि में हो तो अपने जनों से रहित देश में कष्ट से मरण होता है ॥ २० ॥

यदि कुण्डली में कर्क राशि में शनि और मकर राशि में भौम हो तो जातक के चोरी करने से हाथ कटते हैं ॥ २१ ॥

यदि कुण्डली में कुम्भ, धनु, मीन व मिथुन राशि में समस्त पापग्रह हों तो जातक का बिजली गिरने से मरण होता है ॥ २२ ॥

यदि कुण्डली में आठवें भाव में बुध हो तो जातक का दूर देश में, पाप से युक्त होकर विना शत्रु उग्रता वश मरण होता है ॥ २३ ॥

यदि कुण्डली में अष्टम भाव में स्थिर नवांश में शुभग्रह अष्टमेश से दृष्ट या युक्त हो तो अपने जन्म स्थलीय सुन्दर तीर्थ में मरण होता है ॥ २४ ॥

अथाष्टमभावे विशेषफलम्

कश्यपः—

स्वोच्चे १ स्वोच्चनवांशे २ च शुभवर्गेऽथ ३ नीचभे ४।
नीचांशे ५ क्रूरषड्वर्गे ६ मित्रभे ७ सुहृदंशके ८॥ १॥
वर्गोत्तमेऽ ९ रिभेऽ १० यंशे ११ स्वर्क्षे द्वादशधा क्रमात्।
फलमष्टमभावोत्थं कथ्यते यवनोदितम्॥ २॥
भक्तिजाग्निप्रवेशेन १ जनह्रीतः २ प्रमादतः ३।
दावाग्नितो ४ दम्भकृत्यो ५ द्दीपनेन ६ विषादनात् ७॥ ३॥
बन्धनाच्चैव ८ लोहाच्च ९ रक्तकोपात्तथैव च १०।
क्षयकासात् ११ स्त्र्यपराधान् १२ मृत्युर्मृत्युगते रवौ॥ ४॥
जलप्रवेशा १ द्धस्तिभिर्घाता २ दशनिपाततः ३।
स्त्रीहस्ता ४ त्पित्तकफतो ५ दोषत्रयभवामयात् ६॥ ५॥
जठराद् ७ गुदरोगाच्च ८ पशुपादाभिघाततः ९।
गुदरोगा १० च्छृङ्गघातात् ११ क्षयात् १२ चन्द्रेऽष्टमे मृतिः॥ ६॥
सङ्ग्रामाद् १ गोग्रहणतः २ स्वहस्ता ३ न्निजशस्त्रतः ४।
द्विजपार्श्वा ५ दश्मघातात् ६ काष्ठा ७ त्कूपप्रपाततः॥ ७॥
भृगुपाताद् ९ गुप्तरोधा(गा)द् १० विषभक्षणतस्तथा ११।
चौरप्रहरणाद् १२ भौमे मृत्युः स्यान्मृत्युभावगे॥ ८॥
ज्वरात् १ कफविकारेभ्यो २ वातरोगाद् ३ व्रणेन च ४।
महाभयात् ५ प्रियजनवियोगाद् ६ वदनामयात् ७॥ ९॥
नेत्ररोगात् ८ पायुरोगाद् ९ बन्धनेनो १० दरामयात् ११।
पादव्रणाद् १२ बुधे मृत्युर्मृत्युस्थानगते क्रमात्॥ १०॥
नानारोगैः १ स्थूलरोगैः २ कर्णरोगात्तथैव ३ च।
स्वजनाद् ४ विषूचिकातोऽ५तिसाराच्च ६ निजभृत्यतः ७॥ ११॥
रक्तकोपात् ८ करभतः ९ स्वकेशा १० दूर्ध्वकोपतः ११।
बहुभक्षणतो १२ मृत्युर्जीवे स्यान्मृत्युभावगे॥ १२॥
तृष्णया १ मुखरोगाच्च २ दन्तदोषात् ३ त्रिदोषतः ४।
विषूच्या ५ वनसत्त्वेन ६ भुजङ्गाद् ७ विषभक्षणात् ८॥ १३॥
लूतया ९ विषकण्ठेन १० सुरतोत्थप्रकोपतः ११।
वहुदुःखाद् १२ भवेन्मृत्युः मृत्युभावगते भृगौ॥ १४॥
बुभुक्षया १ लङ्घनेन २ तथा प्रायोपवेशनात् ३।
बन्धुवर्गा ४ दरिकरात् ५ क्षयेण ६ पृथुदद्रुतः ७॥ १५॥
बटुकैः ८ व्रणकोपेन ९ हयपादाभिघाततः १०।
हस्तितः ११ खरतो १२ मृत्युर्मन्दे स्यान्मृत्युभावगे॥ १६॥

अब आगे कश्यप जी के वाक्यों से अष्टम भावस्थ सूर्यादि ग्रहों के विशेष फल को बतलाते हैं।

अष्टम भाव में सूर्य का विशेष फल—यदि कुण्डली में अष्टम भाव में सूर्य उच्च राशि १ में हो तो जातक का भक्ति से अग्नि में प्रवेश करने पर, उच्च राशि के नवांश में २ मनुष्यों की लज्जा से, शुभषड्वर्ग में ३ प्रमाद से, नीच में ४ दावाग्नि से, नीच राशि के नवांश में ५ पाखण्ड पूर्ण कार्यों से, पापग्रह के षड्वर्ग में ६ उद्दीपन से, मित्रराशि में ७ जहर खाने से, मित्र राशि के नवांश में ८ जेल से, वर्गोत्तम में ९ लोहे से, शत्रु राशि में १० खून जन्य रोग से, शत्रु राशि के नवांश में ११ राजयक्ष्मा या खाँसी से और आठवें भाव में सूर्य यदि अपनी राशि में १२ हो तो स्त्री के अपराध से जातक का मरण होता है ।। १-४ ।।

विशेष—ये कश्यपोक्त श्लोक जातक सारदीप ग्रन्थ में जातकोत्तम ग्रन्थोक्त नाम से दिये हुए हैं। उसमें जो पाठान्तर है वह भी यहाँ पर अर्थ की दृष्टि से जहाँ तहाँ मूल में रक्खा गया है तथा कहीं पर विशेष में दिया गया है। यथा जातक सारदीप में 'क्रूरभे क्रूरषड्वर्गे' 'निर्याणं ग्रहयोगाद्यैः कथ्यते....' 'राजभीतः' 'वाताग्निभ्यां' 'दीपनेन विषादिना' यह पाठान्तर है ।। १-४ ।।

अष्टम भाव में चन्द्रमा का विशेष फल—यदि कुण्डली में अष्टम भाव में चन्द्रमा उच्च राशि में १ हो तो जातक का जल में प्रवेश होने पर, उच्च राशि के नवांश में २ हाथी से चोट लगने पर, शुभ राशि के षड्वर्ग ३ में बिजली पड़ने पर, नीच राशि में ४ स्त्री के हाथ से, नीच राशि के नवांश ५ में पित्त या कफ जन्य रोग से, क्रूर राशि के षड्वर्ग में ६ त्रिदोष नामक रोग से, मित्र राशि में ७ पेट के रोग से, मित्र राशि के नवांश में ८ गुदा के रोग से, वर्गोत्तम में ९ पशु के पैर पड़ने के आघात से, शत्रु राशि में १० गुदा के रोग से, शत्रु राशि के नवांश में ११ सींग के आघात से और आठवें भाव में चन्द्रमा यदि अपनी राशि में १२ हो तो क्षय रोग से निधन होता है ।। ५-६ ।।

विशेष—जातक सारदीप में 'जल प्रवेशाद्धस्ताभिघाततोऽशनि' यह पाठान्तर है तथा अन्य पद्य अपूर्ण प्राप्त हैं ।। ५-६ ।।

अष्टम भाव में भौम का विशेष फल—यदि कुण्डली में अष्टम भाव में भौम उच्च राशि १ में हो तो जातक का युद्ध से, उच्च राशि के नवांश में २ गाय के ग्रहण से, शुभ राशि के षड्वर्ग ३ में अपने हाथ से, नीच राशि में ४ अपने शस्त्र से, नीच राशि के नवांश में ५ ब्राह्मणादि के सान्निध्य से, पापग्रह के षड्वर्ग ६ में पत्थर के आघात से, मित्र राशि ७ में काठ से, मित्र राशि के नवांश ८ में कुए में गिरने से, वर्गोत्तम ९ में पहाड़ से गिरने पर, शत्रु राशि में १० गुह्य रोग से, शत्रु राशि के नवांश ११ में जहर खाने से और आठवें भाव में यदि भौम अपनी राशि (१।८) में १२ हो तो चोर के आघात से मरण होता है ।। ७-८ ।।

अष्टम भाव में बुध का विशेष फल—यदि कुण्डली में आठवें भाव में बुध उच्च राशि १ में हो तो जातक का ज्वर से, उच्च राशि के नवांश २ में कफ जन्य व्याधि से, शुभ षड्वर्ग में ३ वायु रोग से, नीच राशि में ४ घाव होने पर, नीच राशि के नवांश ५ में अधिक डर से, पाप राशि के षड्वर्ग ६ में प्रेमी मनुष्य के वियोग में, मित्र की राशि ७ में मुख के रोग से, मित्र राशि के नवांश ८ में आँख के रोग से, वर्गोत्तम ९ में गुदा के रोग से, शत्रु राशि १० में जेल से, शत्रु राशि के नवांश ११ में पेट की बीमारी से और आठवें भाव में १२ बुध यदि अपनी (३।६) राशि में हो तो पैर में घाव होने पर मरण होता है ॥ ९-१० ॥

विशेष—जातक सारदीप में 'व्रणरोगाद् ३' 'पादजण (घाता) यह पाठान्तर है ॥ ९-१० ॥

अष्टम भाव में गुरु का विशेष फल—यदि कुण्डली में आठवें भाव में गुरु उच्च राशि १ में हो तो जातक का अनेक रोगों से, उच्च राशि के नवांश २ में बड़े रोग से, शुभ राशि के षड्वर्ग ३ में कान के रोग से, नीच राशि ४ में अपने मनुष्य से, नीचराशि के नवांश ५ में पेचिस से, पाप षड्वर्ग में ६ अतिसार रोग से, मित्र की राशि ७ में अपने नौकर से, मित्र राशि के नवांश ८ में खून जन्य रोग से, वर्गोत्तम ९ में ऊँट के बच्चे से, शत्रु राशि १० में अपने बालों से, शत्रु राशि के नवांश ११ में अधिक क्रोध से और आठवें भाव में गुरु यदि अपनी राशि (९।१२) में १२ हो तो अधिक खाने से मरण होता है ॥ ११-१२ ॥

विशेष जातक सारदीप में 'शूलरोगैः २' 'निजमृत्युतः ७' पाठ है एवं पुस्तक में 'रक्तकोपात्तुरमते ९ निजेशान्मूर्द्ध कोषतः' 'बहुलक्षणतो' यह पाठान्तर है ॥ ११-१२ ॥

अष्टम भाव में शुक्र का विशेष फल—यदि कुण्डली में आठवें भाव में शुक्र उच्च राशि में १ हो तो जातक का तृष्णा से, उच्च राशि के नवांश में २ मुख के रोग से, शुभ राशि के षड्वर्ग में ३ दाँत के रोग से, नीच राशि में ४ त्रिदोष से, नीच राशि के नवांश में ५ पेचिस से, पाप राशि के षड्वर्ग में ६ जङ्गली जीव से, मित्र राशि में ७ सर्प से, मित्रराशि के नवांश में ८ जहर खाने से, वर्गोत्तम में ९ मकरी (मखड़ी) से, शत्रु राशि में १० नीलकंठ से, शत्रु राशि के नवांश में ११ सुरत से उत्पन्न क्रोध से और आठवें भाव में शुक्र यदि अपनी १२ राशि में (२।७) में हो तो बड़े दुःख के साथ मरण होता है ॥ १३-१४ ॥

आठवें भाव में शनि का विशेष फल—यदि कुण्डली में आठवें भाव में शनि उच्च राशि में १ हो तो जातक भूख से, उच्च राशि के नवांश २ में लाँघने से या लङ्घन से, शुभ राशि षड्वर्ग में ३ प्रायः बैठने से, नीच राशि में ४ बान्धव वर्ग से, नीच राशि के नवांश में ५ शत्रु के हाथ से, पाप राशि के षड्वर्ग में ६ क्षय रोग से, मित्र राशि में ७ अधिक दाद से, मित्र राशि के नवांश में बालक ८ से, वर्गोत्तम में ९ घाव के रोग से, शत्रु राशि में १० घोड़े के पैर पड़ने पर, शत्रु राशि के नवांश में ११ हाथी से और

आठवें भाव में यदि शनि अपनी १२ राशि (१०।११) में हो तो गधा के द्वारा मरण होता है ।। १५-१६ ।।

अथाष्टमभावराशिफलम् ।

वृद्धयवनः—

मेषेऽष्टमस्थे निधनं नराणां भवेद्विदेशे भजनाश्रितानाम् ।
कथां (च) स्मृत्वाथ विपूजितानां महाधनानामपि दुःखितानाम् ।। १ ।।
वृषेऽष्टमस्थे च भवेन्नराणां मृत्युर्गृहे श्लेष्मकृताद्विकारात् ।
हासप्रमादाच्च चतुष्पदाद्वा रात्रौ तथा दुष्टजनाश्रितानाम् ।। २ ।।
तृतीयराशौ च भवेन्नराणां मृत्युस्थिते मृत्युरनिष्टसङ्गात् ।
स्नेहोद्भवो वा रससंभवो वा गुदप्रकोपादथवा प्रमेहात् ।। ३ ।।
कर्केऽष्टमस्थे च जलोपसर्गात् कीटात्तथा चैव विभीषणाद्वा ।
भवेद्विनाशो परहस्ततो वा विदेशसंस्थस्य नरस्य चैवम् ।। ४ ।।
सिंहेऽष्टमस्थे च सरीसृपाच्च भवेद्विनाशो मनुजस्य सम्यक् ।
व्यालोद्भवो वापि वनाश्रितः स्याच्चौरोद्भवो वाथ चतुष्पदोत्थम् ।।५।।
कन्या यदा चाष्टमगा विलग्नात्तदा स्वचित्तान्मनुजस्य विन्द्यात् ।
स्त्रीणां हि हिंस्राद्विषमासनस्थात् स्त्रीणां कृते वा स्वगृहाश्रितस्य ।।६।।
तुलाधरे चाष्टमगे च मृत्युर्भवेन्नराणां द्विपदोत्थ एव ।
निशागमे संस्थकृतोपवासाद्बिलम्बिकोत्थोऽप्यथवा प्रपातात् ।। ७ ।।
स्थानेऽष्टमस्थेऽष्टराशिसंज्ञे नृणां विनाशो वदनोद्भवेन ।
रोगेण वा कीटसमुद्भवैश्च स्थानस्य संस्थस्य विषोद्भवतो वा ।। ८ ।।
चापेऽष्टमस्थे च भवेन्नराणां मृत्युः स्वसंस्थे शरताडितानाम् ।
गुह्योद्भवेनापि मदेन वापि चतुष्पदोत्थस्य विसंस्थलस्य ।। ९ ।।
मृगेऽष्टमस्थे च नरस्य यस्य विद्यान्वितो मानगुणैरुपेतः ।
कामी च शूरोऽथ विशालवक्षाः शास्त्रार्थवित् सर्वकलासु दक्षः ।। १० ।।
घटेऽष्टमस्थस्य भवेद्विनाशो वैश्वानरात्सद्मगतस्य जन्तोः ।
नानाव्रणैर्वा द्रवजैर्विकारैः श्रमात्तथा चापरसंश्रयाद्वा ।। ११ ।।
मीनेऽष्टमस्थे प्रभवेच्च मृत्युर्नृणामतीसारकृतं सुकष्टात् ।
पित्तज्वराद्वा सलिलाश्रयाद्वा रक्तप्रकोपादथवा च शस्त्रात् ।। १२ ।।

अब आगे अष्टम भावस्थ बारहराशियों के फल को वृद्धयवनोक्त वाक्यों से बताते हैं ।

आठवें भाव में मेष राशि का फल—यदि जन्माङ्ग में आठवें भाव में मेष राशि हो तो जातक का भजन के समय दुष्टों की कथा का स्मरण करने पर या अधिक धनी होने पर भी दुःखी होकर परदेश में निधन होता है ।। १ ।।

आठवें भाव में वृष राशि का फल—यदि जन्माऽङ्ग में आठवें भाव में वृष राशि

हो तो जातक का कफ जन्य रोग से, हास्य के प्रमाद से वा रात्रि में पशु से या प्रसन्न मनुष्यों के आश्रय से घर में मरण होता है ।। २ ।।

आठवें भाव में मिथुन राशि का फल—यदि जन्माऽङ्ग में आठवें भाव में मिथुन राशि हो तो जातक का नीच मनुष्य सङ्गति से वा स्नेह से या रसोत्पत्ति से या गुदा के के रोग से अथवा प्रमेह (सुगर) की बीमारी से निधन होता है ।। ३ ।।

आठवें भाव में कर्क राशि का फल—यदि जन्माऽङ्ग में आठवें भाव में कर्क राशि हो तो जातक का जल के उत्पात से, कीटाणु (क्रीड़ा) से, वा मय से या दूसरे के हाथ से परदेश में मरण होता है ।। ४ ।।

आठवें भाव में सिंह राशि का फल—यदि जन्माऽङ्ग में आठवें भाव में सिंह राशि हो तो जातक का बिच्छू आदि से वा सर्प से वा वन में चोर से या पशु से मरण होता है ।। ५ ।।

आठवें भाव में कन्या राशि का फल—यदि जन्माऽङ्ग में आठवें भाव में कन्या राशि हो तो जातक का अपने मन में स्त्रियों की हिंसा से, दूषित आसन (स्थान) से वा स्त्री के निमित्त अपने घर में मरण होता है ।। ६ ।।

आठवें भाव में तुला राशि का फल यदि जन्माऽङ्ग में आठवें भाव में तुला राशि हो तो जातक का मनुष्य से यदि रात्रि में जन्म हो तो उपवास से वा गिरने पर बिलम्ब से निधन होता है ।। ७ ।।

आठवें भाव में वृश्चिक राशि का फल—यदि जन्माऽङ्ग में आठवें भाव में वृश्चिक राशि हो तो जातक का मुख जन्य रोग से वा कीड़ा के रोग से वा अपने स्थान में जहर से मरण होता है ।। ८ ।।

आठवें भाव में धनु राशि का फल—यदि जन्माऽङ्ग में आठवें भाव में धनु राशि हो तो जातक का धनुष के आघात से या गुह्य रोग से या नशा से अथवा दूषित स्थानस्थ पशु से निधन होता है ।। ९ ।।

आठवें भाव में मकर राशि का फल—यदि जन्माऽङ्ग में आठवें भाव में मकर राशि हो तो जातक विद्वान्, सम्मान व गुण से युक्त, कामी, वीर, विशाल छाती वाला, शास्त्रार्थ का जानकार और समस्त कलाओं में चतुर होता है ।। १० ।।

आठवें भाव में कुम्भ राशि का फल—यदि जन्माऽङ्ग में आठवें भाव में कुम्भ राशि हो तो जातक का घर में अग्नि से वा अनेक ऋणों से या प्रमेहादि रोग से अथवा दूसरे की सेवा के परिश्रम से निधन होता है ।। ११ ।।

आठवें भाव में मीन राशि का फल—यदि जन्माऽङ्ग में आठवें भाव में मीन राशि हो तो जातक का अतिसार रोग से, सुन्दर कष्ट से वा पित्तज्वर से या जल के आश्रय से या खून की बीमारी से या शस्त्र से मरण होता है ।। १२ ।।

[1]होरानवांशकपयुक्तसमानभूमो योगेक्षणादिभिरतः परिकल्प्यमन्यत् ।
मोहस्तु मृत्युसमयेऽनुदितांशतुल्यः स्वेशेक्षिते द्विगुणितस्त्रिगुणः शुभैश्च ।।१।।

---

१. बृ. जा. २५ अ. १२ श्लो. ।

अयमर्थः। जन्मलग्ने यस्य राशेर्नवांशस्तद्भूमौ मृत्युः। यथा मेषे अज भूमौ, वृषे बलीवर्दभूमावित्यादि।

अथवा होरानवांशपेन साकं यो ग्रहो युनक्ति वा तं पश्यति तस्य ग्रह-योनिभेदाध्याये या भूमिरुक्ता तस्यां भूमौ वा मृत्युर्भवति। यत्र च बहुभूमि-संभवस्तत्र बलाधिक्येन भूमिसंभवो द्रष्टव्यः।

अथ मोहज्ञानम्। लग्ने यावन्तो भागा अनुदिता अवशिष्टास्तेषां याव-त्कालः पलात्मकस्तावत्कालपर्यन्तं मोहः। लग्नराशिर्यदा स्वामिदृष्टस्तदा द्विगुणः शुभदृष्टस्त्रिगुणरर्थादेवं शुभस्वामिसौम्यदृष्टे षड्गुणः॥

अब आगे जातक की मृत्यु किस प्रकार की भूमि में व मरने के समय मोह कितना होगा इसे वराह मिहिरोक्त बृहज्जातक के वाक्य से बतलाते हैं।

जन्म लग्न में जिस राशि का नवांश हो उसका स्वामी ग्रह जिस राशि में हो उसके समान भूमि में जातक का मरण होता है। जैसे यदि नवांशेश मेष राशि में हो तो बकरी व भेड़ की भूमि में, वृष हो तो बैल के रहने वाला या घूमने वाली में, यदि मिथुन राशि हो तो घर में, कर्क राशि में यदि नवांशेश हो तो कुए में इत्यादि आगे भी जानकर कहना चाहिए।

अथवा जन्मलग्नस्थ नवांशेश जिस ग्रह से दृष्ट हो वा युक्त हो तो उस ग्रह की योनि-भेदाध्याय में कथितभूमि, उसमें मरण होता है। यदि अधिक भूमि में मरने की संभावना हो तो उसमें जो बली ग्रह हो उसकी भूमि में मरण कहना चाहिये।

जन्मलग्न के जितने भोग्यांश हों उन अंशों के तुल्य काल तक मरने के समय जातक को मोह होता है। यदि लग्न अपने स्वामी से दृष्ट हो तो उस समय को दुगुना करके, यदि शुभग्रह से दृष्ट हो तो तिगुना और जन्म लग्न यदि शुभ व स्वामी दोनों से दृष्ट हो तो भोग्यांश के काल को ६ से गुना करके मोह समय समझना चाहिए॥१॥

अथ शवपरिणामज्ञानम्।

तत्र वराहः[१]—

दहनजलविमिश्रैर्भस्मसंक्लेददो (शो) षै-
निधनभवनसंस्थैर्व्यालवर्गैर्विड (म्बः) न्तः।
इति शवपरिणामश्चिन्तनीयो यथोक्तः
पृथुविरचितशास्त्राद्गत्यनूकादिचिन्त्यम् ॥ २॥

अयमर्थः। मृत्युभवने यदि दहनद्रेष्काणः पापग्रहद्रेष्काणस्तदा शवस्या-ग्निसंस्कारो भवति। यदा जलद्रेष्काणः सौम्यग्रहद्रेष्काणस्तदा जले प्रक्षेपो भवति। यदा च मिश्रद्रेष्काणः पापयुक्तः सौम्यद्रेष्काणः सौम्ययुतः

१. बृ. जा. २५ अ. १३ श्लो०।

पापद्रेष्काणो वा मृत्युभवने भवति तदा शवस्य नाग्निसंस्कारो न वा जलसंस्कारः किन्तु क्रमेण शुष्यति। यदाष्टमे राशौ सर्पद्रेष्काणो भवति तदा विडन्तो विष्टारूपः परिणामः श्वशृगालादिभिर्भक्ष्यत इत्यर्थः। कर्कस्य प्रथमद्वितीयौ, वृश्चिकस्यौ प्रथमद्वितीयौ, मीनस्यान्त्यश्चैते पञ्च सर्पद्रेष्काणाः।

अब आगे जातक के मरने के बाद उसके शव का क्या परिणाम होगा अर्थात् शव जलाया जायगा या जल में प्रवाह होगा, इसे वराह मिहिरोक्त बृहज्जातक के वाक्य से कहते हैं।

यदि जन्मपत्री में आठवें भाव में अग्नि द्रेष्काण या यों समझिये पापग्रह का द्रेष्काण हो तो मृतक का शव अग्नि में जलाया जाता है। यदि जल द्रेष्काण हो अर्थात् शुभग्रह का द्रेष्काण आठवें भाव में हो तो शव का जल में प्रवाह होता है।

यदि मिश्र द्रेष्काण हो अर्थात् शुभग्रह का द्रेष्काण पापग्रह से युक्त हो या पापग्रह का द्रेष्काण शुभग्रह से युत हो तो मृत शरीर न तो जलाया जाता है और न जल में प्रवाह होता है किन्तु सूखता है। यदि अष्टमभाव में सर्प का द्रेष्काण हो तो शव को कुत्ते व श्यार खाते हैं।

इस प्रकार शव का परिणाम विचार कर समझना चाहिये। एवं मरने के बाद की गति और पूर्व जन्म के वृत्तान्त व किस लोक से जीव आया है इत्यादि का विचार पृथु-रचित शास्त्र से अर्थात् बड़े ग्रन्थों से समझना चाहिए ॥२॥

विशेष—यहाँ ग्रन्थकार ने कर्क राशि का पहिला व दूसरा, वृश्चिक राशि का प्रथम व द्वितीय और मीन राशि का तीसरा द्रेष्काण सर्प द्रेष्काण होता है इसमें क्या प्रमाण है यह नहीं बताया गया है। मैंने पाठकों को जिज्ञासा पूर्ति के लिये वाक्य का भी सङ्ग्रह कर दिया है। यथा—'शशिगृहपूर्वापरगः कीटस्य च मीनपश्चिमोपगतः। निधने यस्य भवन्ति द्रेष्काणास्तस्य च मृतस्य। भुञ्जन्ति वायसाद्याः प्राणिसमूहा न चास्ति संदेहः' बृ० जा० २५ अ० १३ श्लो० भट्टो० ॥२॥

अथ गत्यनूकादिज्ञानम्।

वराहः—

'गुरुरुडुपतिशुक्रौ सूर्यभौमौ यमज्ञौ
विबुधपितृतिरश्चो नारकीयांश्च कुर्युः।
दिनकरशशिवीर्याधिष्ठितात् त्र्यंशनाथात्
प्रवरसमनिकृष्टास्तुङ्गह्रासादनूके ॥ ३ ॥
गतिरथ रिपुरन्ध्रे त्र्यंशपोऽस्तस्थितो वा
गुरुरथ रिपुरन्ध्रच्छिद्रगः स्वोच्चसंस्थः।

१. बृ. जा. २५ अ. १४–१५ श्लो०।

उदयति भवनेऽन्त्ये सौम्यभावे तु मोक्षो
भवति यदि बलेन प्रोज्झितास्तत्र शेषाः ॥ ४ ॥

अयमर्थः। जन्मनि सूर्यचन्द्रयोर्मध्ये यो बली स यस्मिन् द्रेष्काणे भवति तदीशस्य यो लोकस्तस्माल्लोकादागत इति वक्तव्यम्। यथा यदि द्रेष्काणेशो गुरुस्तदा देवलोकादागतः। यदा चन्द्रशुक्रयोरन्यतरस्तदा पितृलोकादागतः। यदा रविभौमयोरन्यतरस्तदा तिर्यग्लोकादागत इति वक्तव्यः। यदि च शनिज्ञयोरन्यतरस्तदा नरकादागत इति वक्तव्यम्। स च द्रेष्काणो यदि उच्चे तत्राप्युत्तमलोकादागतः। नीचे चेत्तदाऽधमलोकादन्तरेण समादिशति। एतदनूके प्राग्जन्मनि ज्ञेयम्।

गतिरिति अस्तस्थितो वेत्यत्र वाकारः षष्ठाष्टमयोरपि समुच्चायकः। तथा च षष्ठाष्टसप्तमाष्टमस्थानानामन्यतमस्थाने कश्चिद्ग्रहो भवति तदा तल्लोकगमनम्। यदि च तानि स्थानानि भवन्ति तदा षष्ठाष्टमस्थाने यो द्रेष्काणो भवति तयोर्यौ स्वामिनौ तयोर्यो बलवांस्तदीयलोकगमनम्।

अथ मोक्षयोगः। गुरुरथेति जन्मनि गुरुर्यद्युच्चस्थः स च लग्नात् षष्ठकेन्द्राष्टमान्यतरस्थाने भवति तदा मोक्षो भवति। अन्ये च सर्वे ग्रहा निर्बला भवन्ति तदा मोक्षो भवति। इति द्वितीयो योगः।

अथ मोक्षयोगो जन्ममरणलग्नाद्वा ज्ञेयः। तथा च लघुजातके[1]—

षष्ठाष्टमकण्टकगो गुरुरुच्चे वावसानलग्ने वा।
शेषैर्जन्मनि मरणे वा मोक्षगतिमाहुः ॥ ५ ॥

इति। अत्रायं विशेषविचारः। लग्नाद्यो द्वाविंशो द्रेष्काणो मरणतया निर्दिष्टस्तदीशो बली यदि रिपुरन्ध्रकेन्द्रस्थो भवति तदा तीर्थे मरणम्। संहितास्कन्धे ग्रहभक्तिप्रकरणे ये दि . दे) शा निरूपितास्तेषु यानि तीर्थानि तेषु मृत्युरिति वक्तव्यम्। तदुक्तं होराचिन्तामणौ—

न स्युर्नैर्याणिका योगाः प्रोक्ता मृत्युदृकाणजाः।
बलिनः केन्द्रषष्ठाष्टद्यूने स्युर्मोक्षहेतवः ॥ ६ ॥
रविर्मोक्षदृकाणेशो रेखापूर्वे तदा मृतिः।
शोणस्य यमुनायाश्च कूले दक्षिणके तथा ॥ ७ ॥
चन्द्रो मोक्षद्रेकाणेशस्तदा शोणोत्तरे तटे।
अयोध्यायां सरस्वत्यां वेत्रवत्यामथापि वा ॥ ८ ॥
भौमेऽप्येवं कृष्णवेण्यां गोदावर्यां च नर्मदे।
तीर्थे मृत्युर्भवेत्फल्गुतीर्थे मन्दाकिनीतटे ॥ ९ ॥

---

१. लघु. जा. १५ अ. ४ श्लो०।

बुधे मोक्षदृकाणेशे प्राप्य गङ्गां च कौशिकीम् ।
गम्भीरां चापि वासिष्ठीं सिन्धौ वा लोहिते मृतिः ॥ १० ॥
जीवे मोक्षदृकाणेशे सिन्धुं वा मथुरां पुरीम् ।
विपाशां प्राप्य मरणं निश्चितं याति मानवः ॥ ११ ॥
काशीं द्वारवतीं कान्तीं गङ्गां रामपुरीं तथा ।
गुरुः केन्द्रगतः स्वोच्चे प्राप्य मृत्युं प्रयच्छति ॥ १२ ॥
शुक्रशतद्रुं प्रापयति चन्द्रभागामिरावतीम् ।
वितस्तां देविकां वापि मृत्युं यच्छति तुङ्गगः ॥ १३ ॥
शनौ प्रभासे मृत्युः स्यात् कुरुक्षेत्रे वटेश्वरे ।
सरस्वत्यां दृषद्वत्यामित्याहुः पूर्वसूरयः ॥ १४ ॥

अब आगे जातक किस लोक से आया है और पूर्व जन्म में किस प्रकार का था और मरने के बाद कहाँ जायगा इसे बृहज्जातक के वाक्य से बतलाते हैं।

जन्म समय में सूर्य चन्द्रमा में से जो बली ग्रह हो वह जिस राशि के द्रेष्काण में हो उस राशि के स्वामो ग्रह के लोक से आया है ऐसा जानना चाहिये। जैसे यदि उस राशि का स्वामी ग्रह गुरु हो या यों समझिये द्रेष्काणेश गुरु हो तो जातक देवलोक से, या चन्द्र या शुक्र द्रेष्काणेश हो तो पितृ लोक से या सूर्य या मङ्गल हो तो मर्त्यलोक से और यदि द्रेष्काण का स्वामी शनि या बुध हो तो जातक नरक से आया है ऐसा कहना चाहिए।

यदि उक्त द्रेष्काणपति उच्च में हो तो उक्त लोक में उत्तम श्रेणि का यदि उच्च नीच के बीच में हो तो मध्यम श्रेणी का और नीचासन्न द्रेष्काण स्वामी हो तो अधम श्रेणि का उस लोक में था ऐसा कहना चाहिए ।।३।।

आगे अब मरने के बाद जातक किस लोक में जायगा इसे बताते हैं।

जन्म कुण्डली में जन्म लग्न से छठे, सातवें, आठवें भाव में जो ग्रह सब से बली हो उस ग्रह के पूर्व कथित लोक में मरने के बाद जातक का गमन होता है ऐसा समझना चाहिए।

यदि ६।७।८ भाव में कोई ग्रह न हो तो षष्ठ भावगत व अष्टमस्थ द्रेष्काणेशों में जो बली हो उसके लोक में मरने के बाद जायगा ऐसा जानना चाहिये।

आगे अब जातक का जिस योग में मरने के बाद मोक्ष होता है ऐसे योग को कहते हैं।

यदि जन्मपत्री में कर्क राशि में गुरु छठे भाव में या केन्द्र में (१।४।७।१०) या आठवें भाव में हो अथवा मीन लग्न में शुभ ग्रह का नवांश हो और गुरु को छोड़कर शेष ग्रह बलहीन हों तो भी जातक का मोक्ष होता है ऐसा कहना चाहिये ॥ ४ ॥

मोक्ष योग का ज्ञान जन्म लग्न व मरण लग्न से भी होता है ऐसा लघु जातक में कहा है अब उसे बतलाते हैं।

यदि जन्मपत्री में जन्म लग्न से या मरण लग्न से छठे या आठवें या केन्द्र में गुरु उच्च राशि में हो या मीन लग्न में गुरु हो तथा अन्य ग्रह निर्बल हों तो जातक का मरने के बाद मोक्ष होगा ऐसा समझना चाहिये ॥ ५ ॥

यहाँ पर यह विशेष विचार करना चाहिये कि लग्न से जो बाईसवाँ द्रेष्काण मरण द्रेष्काण वर्णित है उस २२वें द्रेष्काण का स्वामी बली यदि छठे, आठवें या केन्द्र में हो तो तीर्थ में मरण होता है यह विशेष बात का ध्यान करके मरण स्थान का निर्णय करना चाहिये।

बृहत्संहिता में ग्रह भक्ति प्रकरण में जिन देशों का वर्णन किया है उनमें जो तीर्थ स्थान हैं उनमें मृत्यु होगी ऐसा होरा चिन्तामणि नामक ग्रन्थ में है अब उसे कहते हैं।

होराचिन्तामणि में कहा है कि उक्त मृत्यु द्रेष्काणज योग नैर्याणिक योग नहीं होते हैं किन्तु केन्द्र ६, ७, ८ में जो बली ग्रह हो वह मोक्ष का कारण होता है ॥ ६ ॥

यदि जन्मपत्री में सूर्य मोक्ष द्रेष्काणेश हो तो जातक का रेखा देश से पूर्व देश में, सोनभद्र या यमुना जी के दक्षिण किनारे पर मरण कहना चाहिये ॥ ७ ॥

यदि जन्मपत्री में चन्द्रमा मोक्ष द्रेष्काणेश हो तो जातक का सोनभद्र के उत्तर तट पर या अयोध्या में या सरस्वती या वेत्रवती के किनारे पर मरण होता है ॥ ८ ॥

यदि जन्मपत्री में मोक्ष द्रेष्काणेश भौम हो तो कृष्णवेणी या गोदावरी या नर्मदा के तट पर तीर्थ में या फल्गुतीर्थ में अथवा मन्दाकिनी के किनारे तीर्थ में जातक का मरण कहना चाहिये ॥ ९ ॥

यदि जन्मपत्री में मोक्ष द्रेष्काणेश बुध हो तो गङ्गा या कौशिकी या रामगङ्गा या वासिष्ठी या समुद्र वा लोहित नदी के तट पर मरण होता है ॥ १० ॥

यदि जन्मपत्री में मोक्ष द्रेष्काणेश गुरु हो तो समुद्र के तट पर या मथुरापुरी या विपाशा नदी के तट पर निश्चित मरण होता है ॥ ११ ॥

यदि केन्द्र गत गुरु उच्चस्थ मोक्ष द्रेष्काणेश हो तो काशी या द्वारावती या कान्ती या गङ्गा या अयोध्या में जातक का मरण होता है ॥ १२ ॥

यदि जन्मपत्री में मोक्ष द्रेष्काणेश शुक्र उच्च में हो तो जातक का शतद्रु या चन्द्रभागा या इरावती या वितस्ता या देविका के किनारे पर मरण होता है ॥ १३ ॥

यदि जन्मपत्री में मोक्ष द्रेष्काणेश शनि हो तो जातक का प्रभास क्षेत्र में या कुरुक्षेत्र में या वटेश्वर में या सरस्वती या दृषद्वती नदी के तट पर मरण होता है ऐसा पूर्वाचार्यों का कहना है ॥ १४ ॥

अथाष्टमेशभावफलम्।

वृद्धयवनः—

अब आगे बारह भावों में स्थित अष्टमेश के फल को वृद्ध यवनाचार्य जी के वचनों से बतलाते हैं।

> अष्टमपे लग्नगते बहुविघ्नो दीर्घरोगी मृतस्तेन।
> नेष्टानुवादनिरतो लक्ष्मीं लभते नृपतिवचसा॥ १ ॥

निधनपतौ धनलीनेऽल्पजीवी वैरिवान्नरश्चौरः।
क्रूरे सौम्ये तु शुभं किन्तु क्षितिपालतो मरणम् ॥ २ ॥
अष्टमपतौ तृतीये बन्धुविरोधी सुहृद्विरोधी च।
व्ययगो दुर्वाक्लोलः सहोदररहितो भवत्यथवा ॥ ३ ॥
निधनेशे तुर्यगते पितृतो नयेल्लक्ष्मीम्।
पितृपुत्रयोश्च युद्धं पिता च रोगान्वितो भवति ॥ ४ ॥
छिद्रपतौ तनयस्थे क्रूरे सुतविरहितः शुभे ससुतः।
जातोऽपि नैव जीवत्यथ कितवधर्मकर्मरतः ॥ ५ ॥
छिद्रेशे रिपुसङ्गते दिनकरे भूभृद्विरोधी गुरु-
स्तुङ्गे सीदति दृष्टिरोगकलितः शुक्रे सरोगो विधौ।
भौमेर्ष्यासहितो बुधेऽहिभयभृत्तुन्दार्तिभूतः शनौ
कष्टं राहुविधौ हि तत्र शशभृत्सौम्येक्षिते नैव किम् ॥ ६ ॥
मृत्युपतौ सप्तमगे दुष्टः कुस्त्रीप्रियो गुदव्याधिः।
क्रूरे भार्याद्वेषी कलत्रदोषान् मृतिं लभते ॥ ७ ॥
निधनपतौ निधनगते व्यवसायी व्याधिवर्जितो नीरुक्।
कितवकलाकलितवपुः कितवकुले जायते मनुजः ॥ ८ ॥
मृतिनाथे नवमस्थे निःसङ्गी जीवघातकः पापी।
निर्बन्धुर्निस्नेही पूज्ये विमुखो मुखे व्यङ्गः ॥ ९ ॥
कर्मगते निधनेशे नृपकर्मा नीचकर्मनिरतश्च।
अलसः क्रूरोऽन्यभवस्तनये वा न जीवति माता ॥ १० ॥
लाभस्थे चाष्टमपे बाल्ये दुःखी भवति पश्चात्।
दीर्घायुः सौम्यखगे पापेऽल्पायुर्नरो भवति ॥ ११ ॥
व्ययसंस्थितेऽष्टमेशे क्रूरे वा तस्करो शठो निकृष्टश्च।
आत्मगतिर्व्यङ्गवपुर्मृतस्तु काकादिभिर्भक्ष्यः ॥ १२ ॥

इति मृत्युभावविचारः ॥

लग्न में अष्टमेश का फल—यदि जन्माङ्ग में अष्टमेश लग्न में हो तो जातक अधिक विघ्न बाधाओं से युक्त, लम्बी बीमारी से मृत्यु प्राप्त करने वाला, दूषित अनुवाद में आसक्त और राजा की वाणी से धन प्राप्त करने वाला होता है ॥ १ ॥

धन भाव में अष्टमेश का फल—यदि जन्माङ्ग में अष्टमेश पापग्रह धन भाव में हो तो जातक अल्पायु, शत्रुता करने वाला, चोर, यदि शुभग्रह हो तो शुभ और राजा से मृत्यु प्राप्त करने वाला होता है ॥ २ ॥

तीसरे भाव में अष्टमेश का फल—यदि जन्माऽङ्ग में अष्टमेश तीसरे भाव में हो तो जातक बान्धव तथा मित्रों का विरोध करने वाला, व्ययी, दूषित वाणी का चञ्चल अथवा भाईयों से रहित होता है ॥ ३ ॥

चौथे भाव में अष्टमेश का फल—यदि जन्माऽङ्ग में अष्टमेश चौथे भाव में हो तो जातक पिता से धन प्राप्त करने वाला, पिता से लड़ाई लड़ने वाला और रोगी पिता से युक्त होता है ॥ ४ ॥

पांचवें भाव में अष्टमेश का फल—यदि जन्माऽङ्ग में अष्टमेश पापग्रह पाँचवें भाव में हो तो जातक पुत्र से हीन और अष्टमेश शुभ ग्रह पाँचवें भाव में हो तो पुत्र उत्पन्न होकर नष्ट होता है तथा स्वयं धूर्तता के धर्म कर्म में आसक्त होता है ॥ ५ ॥

छठे भाव में अष्टमेश का फल—यदि जन्माऽङ्ग में अष्टमेश सूर्य छठे भाव में हो तो जातक राजा का विरोधी, यदि उच्चस्थ गुरु हो तो दुःखो, यदि शुक्र हो तो आँख का रोगी, चन्द्रमा हो तो दुःखी, भौम हो तो ईर्ष्यालु, बुध हो तो सर्प से भयभीत, शनि हो तो मोटाई (स्थूलता) से दुःखी, चन्द्र राहु हो तो कष्ट से युक्त और यदि चन्द्रमा शुभग्रह से दृष्ट हो तो कष्ट से रहित होता है ॥ ६ ॥

सातवें भाव में अष्टमेश का फल—यदि जन्माऽङ्ग में अष्टमेश सातवें भाव में हो तो जातक दुष्ट, दूषित स्त्रियों का प्रेमी, गुदा रोग से युक्त, यदि क्रूर ग्रह हो तो स्त्री का द्वेषी और स्त्री दोष से मृत्यु प्राप्त करने वाला होता है ॥ ७ ॥

आठवें भाव में अष्टमेश का फल—यदि जन्माऽङ्ग में अष्टमेश आठवें भाव में हो तो जातक व्यापारी, रोग से रहित, स्वस्थ, धूर्तता की कला से युक्त शरीरधारी और धूर्त वंश में उत्पन्न होने वाला होता है ॥ ८ ॥

नवम भाव में अष्टमेश का फल—यदि जन्माऽङ्ग में अष्टमेश नवें भाव में हो तो जातक सङ्गति से हीन, जीवों का घाती, पापी, बान्धवों से रहित, स्नेहहीन, पूजनीय व्यक्तियों से पृथक् और मुख का रोगी होता है ॥ ९ ॥

दशवें भाव में अष्टमेश का फल—यदि जन्माऽङ्ग में अष्टमेश दशवें भाव में हो तो जातक राजकीय कार्यकर्ता, दुष्ट कार्यों में आसक्त, आलसी, क्रूर, दूसरे से उत्पन्न पुत्र वाला अथवा माता का मरण करने वाला होता है ॥ १० ॥

ग्यारहवें भाव में अष्टमेश का फल—यदि जन्माऽङ्ग में अष्टमेश शुभग्रह ग्यारहवें भाव में हो तो जातक बाल्यकाल में दुःखी और पीछे दीर्घायु तथा पापग्रह हो तो अल्पायु होता है ॥ ११ ॥

बारहवें भाव में अष्टमेश का फल—यदि जन्माऽङ्ग में अष्टमेश पापग्रह बारहवें भाव में हो तो जातक चोर या धूर्त, निकृष्ट अन्तःकरण वाला, अङ्गहीन शरीरधारी और मरने पर उसके शव को कौआ आदि भक्षण करते हैं ॥ १२ ॥

इस प्रकार आठवें भाव का विचार समाप्त हुआ ॥

अथ नवमभावविचारः। तत्र भाग्यभावे किं विचारणीयमित्युक्तं जातकाभरणे--

[1]धर्मक्रियायां मनसः प्रवृत्तिर्भाग्योपपत्तिर्विमलञ्च शीलम्।
तीर्थप्रयाणं प्रणयः पुराणैः पुण्यालये सर्वमिदं प्रदिष्टम्॥ १॥

कल्याणवर्मा—

[2]सर्वमपहाय चिन्त्यं भाग्यर्क्षं प्राणिनां विशेषेण।
भाग्यं विना न जन्तुर्यस्मात्तद्यत्नतो वक्ष्ये॥ १॥
[3]लग्नाच्छशाकराद् वा यन्नवमगृहं तद्भवेद्भाग्यम्।
अनयोर्यो बलयुक्तो भाग्यगृहं चिन्तयेत्तस्मात्॥ २॥
[4]भाग्यर्क्षपतिः कस्मिन् को वा भाग्याश्रितो विहगः।
बलवान् मन्दबलो वा तस्याधिपतिस्तु कारको ज्ञेयः॥ ३॥
[5]स्वस्वामिदृष्टयुक्तं स्वदेशफलदायकं मुनिभिरुक्तम्।
अन्येन सहितदृष्टं परदेशफलप्रदं [भवति] भाग्यम्॥ ४॥
[6]दुश्चिक्यगतो भाग्यं पञ्चमनवमस्थितो ग्रहः प्रपश्येत्।
होरागतश्च बलवान् येषां ते मानवाः श्रेष्ठाः॥ ५॥

होरासारे—

भाग्ये खलाः स्वगृहगाः शुभदृष्टियुता यदि।
सौभाग्यसौख्ययुक्तस्य जन्म विद्याच्च भूपतेः॥ ६॥
क्रूरा नीचारिभांशस्था भाग्ये न शुभवीक्षिताः।
सर्वदा भाग्यहीनस्य जन्मविन्द्यान्न संशयः॥ ७॥
लग्नपेऽल्पतरे राशौ जन्मकाले गते सति।
भाग्यपे च विशेषेण महाभाग्यो भवेन्नरः॥ ८॥
एकेन मध्यभाग्यः स्यादभावे हीनभाग्यकः।
विलग्नात्सप्तमं यावद्राशे येऽभ्यन्तराः स्मृताः॥ ९॥

गर्गः—

हन्ति पुण्यञ्च भाग्यञ्च सूर्यः पुण्यगतो नृणाम्।
तुङ्गस्वर्क्षगृहं यातः पुष्कलं धर्ममादिशेत्॥ १॥
भाग्यभागी भवेद्धन्यः पितृयज्ञपरायणः।
धर्मपूर्णो निशानाथः क्षीणः सर्वं विनाशयेत्॥ २॥

---

१. जा० भ० न० भा० १ श्लो०। २. सा० व० ३२ अ० १ श्लो०।
३. सा० व० ३२ अ० २ श्लो०। ४. सा० व० ३२ अ० ३ श्लो०।
५. सा० व० ३२ अ० ४ श्लो०। ६. सा० व० ३२ अ० ५ श्लो०।

कुजे रक्तपटानन्दी भवेत्पाशुपतो व्रती ।
भाग्यहीनश्च सततं नरः पुण्यगृहं गते ॥ ३ ॥
मन्दभाग्यो बुधे पापे नरो बौद्धमतानुगः ।
भाग्यवान् धार्मिकश्चापि शुभे सौम्यं तु धर्मगे ॥ ४ ॥

भवति भाग्यनिधिर्नृपवल्लभः सुरगुरुर्द्विजभक्तिपरायणः ।
विविधतीर्थकरः सकलेवरः सुरगुरौ नवमे सुखवाग्गुणी ॥ ५ ॥

निजभुजार्जितभाग्यमहोत्सवो भवति धर्मगते भृगुनन्दने ।
त्रिदशयज्ञपरः परमार्थवित् प्रचुरकीर्तिकरः कुलवर्धनः ॥ ६ ॥

दम्भप्रधानसुकृतः पितृदैवतवञ्चकः ।
क्षीणभाग्यः सुधर्मी च भावे स्यान्नवमे शनौ ॥ ७ ॥
स्वर्क्षोच्चगे शनौ भाग्ये वैकुण्ठादागतो नरः ।
राज्यं कृत्वा सुधर्मेण पुनर्वैकुण्ठमेष्यति ॥ ८ ॥
नीचधर्मानुगतः स्यात् सत्यशौचविवर्जितः ।
भाग्यहीनश्च मन्दश्च धर्मगे सिंहिकासुते ॥ ९ ॥
नवमस्थानगः केतुर्बालत्वे पितृकष्टकृत् ।
भाग्यहीनो विधर्मश्च म्लेच्छाद्भाग्योदयो भवेत् ॥ १० ॥

भाग्यं यदा स्वामियुतेक्षितश्च भाग्योदयः स्यान्निजदेशमध्ये ।
अन्यैर्ग्रहैः पापशुभैर्युतश्च भाग्योदयस्तत्परदेशभूमौ ॥ ११ ॥
भाग्याधिपश्चेद् यदि केन्द्रसंस्थश्चाद्ये वयस्यैव सुखोदयं वा ।
त्रिकोणगः स्वोच्चगतोऽथवा चेन्मध्यं वयस्तस्य फलप्रदं स्यात् ॥ १२ ॥
भाग्याधिनाथे स्वगृहेऽथ मित्रे गृहेऽथवा स्याद् वयसोऽन्त्यभागे ।
भाग्योदयं तस्य वदन्ति तज्ज्ञाः शुभग्रहेन्द्रैश्च युतेक्षिते च ॥ १३ ॥
नीचस्थो वा शत्रुगेहे गतश्चेद्भाग्यस्वामीरिष्फरन्ध्रारिगो वा ।
पापैः खेटैः संयुतो वाऽथ दृष्टो भाग्यैर्हीनः स्याद्दरिद्री सदैव ॥ १४ ॥
नवमभावपतिर्यदि केन्द्रगो नवमपञ्चमगश्च यदा भवेत् ।
प्रसवलग्नपतिर्यदि तुङ्गगः सुखसमृद्धियुतो मरणान्तिकम् ॥ १५ ॥
नवमभावगतः स्वगृहे शनिर्भवति चेत्समहाशिवयज्ञकृत् ।
अतिशिवं कुरुते जयसंयुतं नृपतिवाहनचिन्हसमन्विम् ॥ १६ ॥

नवमभावपती रिपुमध्यगो नवमभं रिपुदृष्टियुतं तथा ।
यदि तथा परधर्मरतो नरः शुभखगैरथ धर्मरतः स्वके ॥ १७ ॥
क्रूरा धर्मे धर्महीनं कर्कशं चपलं तथा ।
सौम्याः कुर्वन्ति धर्माढ्यं दयालुं प्रियभाषिणम् ॥ १८ ॥

गुरुर्भाग्ये भवेन्मन्त्री महाभाग्येऽखिलेश्वरः।
प्रबलेऽपि शुभे खेटे भाग्यस्थे धार्मिकोत्तमः ॥ १९ ॥

अब आगे नवम भाव का विचार करने के तारतम्य में प्रथम नवम भाव से किन-किन बातों का विचार करना चाहिये, इसे जातकाभरण के वाक्य से बतलाते हैं।

जातकाभरण में प्राचीन आचार्यों ने कहा है कि जातक की धार्मिक प्रवृत्ति का अर्थात् धार्मिकता व अधार्मिकता का, भाग्योदय, सुन्दर स्वभाव, तीर्थाटन और नम्रता का नवम भाव से विचार करना चाहिये।

विशेष—प्रकाशित जातकाभरण में 'धर्मक्रियाया हि भवेत्प्रवृत्तिः' यह पाठान्तर है ॥ १ ॥

अब आगे कल्याण वर्मा द्वारा रचित सारावली के वाक्य से भाग्य भाव की विशेषता व फल को कहते हैं।

आचार्य कल्याण वर्मा ने अपने सारावली ग्रन्थ में कहा है कि विशेषकर प्राणियों के समस्त भावों का त्याग करके भाग्य भाव का विचार करना चाहिये। क्योंकि भाग्य के विना प्राणियों का शुभ फल ज्ञात नहीं होता है इसलिए मैं यत्न से भाग्य भाव के विचार को कहता हूं ॥ १ ॥

जातकाभरण में भी कहा है 'विहाय सर्वं गणकैर्विचिन्त्यं भाग्यालयं केवलमत्र यत्नात्। आयुश्च माता च पिता च वंशो भाग्यान्वितेनैव भवन्ति धन्याः' ॥ १ ॥

जन्म कुण्डली में लग्न व चन्द्रमा से जो नवम राशि (भाव) होता है उसे भाग्य-भाव कहते हैं। इन दोनों (लग्न, चन्द्र) में जो बलवान् हो उसके नवम घर से भाग्य का विचार करना चाहिये ॥ २ ॥

भाग्य भाव का स्वामी किस भाव में किस स्थिति में है उससे तथा भाग्य भाव में जो ग्रह बली वा निर्बल हो उससे तथा उसके स्वामी को कारक ग्रह जानना चाहिये ॥४॥

विशेष—प्रकाशित सारावली में 'कस्मिन्नेको भाग्यमाश्रितो विहगः' 'तस्याधिपतेस्तु' यह पाठान्तर है ॥ ३ ॥

यदि कुण्डली में भाग्य (नवम) भाव अपने स्वामी से दृष्ट या युक्त हो तो अपने देश में ही भाग्योदय होता है। यदि भाग्येश से दृष्ट व युक्त न होकर अन्य ग्रह से दृष्ट या युक्त हो तो जातक का भाग्योदय परदेश में फलीभूत होता है। ऐसा ऋषियों का कहना है ॥ ४ ॥

यदि कुण्डली में तृतीय भावस्थ बली ग्रह से भाग्य भाव दृष्ट हो या बली लग्नस्थ या पञ्चमस्थ ग्रह से दृष्ट हो तो जातक उत्तम भाग्यवान् होता है ॥ ५ ॥

अब आगे होरासार नामक ग्रन्थ के वाक्यों से नवम भाव के विचार को कहते हैं।

होरासार में कहा है कि यदि नवम भाव में स्वगृही पाप ग्रह, शुभ ग्रह से दृष्ट या युक्त हो तो जातक अच्छे भाग्य व उत्तम सुख से युक्त राजा होता है ॥ ६ ॥

यदि कुण्डली में पाप ग्रह नवम भाव में नीच या शत्रु राशि में या इनके नवांश में शुभ ग्रह से दृष्ट व युक्त न हों तो जातक सदा भाग्यहीन होता है ॥ ७ ॥

यदि कुण्डली में लग्नेश व विशेषकर नवमेश अल्प राशि में हो तो जातक बड़ा भाग्यशाली, यदि दोनों में से एक अल्प राशि में हो तो मध्यम भाग्यवान् और दोनों ही अल्प राशि में न हों तो भाग्यहीन जातक होता है। यह फल लग्न से सप्तम पर्यन्त राशियों में होने से होता है ॥ ८-९ ॥

अब आगे गर्गाचार्य जी के वाक्यों से नवमस्थ समस्त ग्रहों के फल को कहते हैं।

नवम भाव में सूर्य का फल—यदि कुण्डली में नवम भाव में सूर्य हो तो जातक का भाग्य व पुण्य नष्ट होता है अर्थात् अधार्मिक व भाग्यहीन होता है। यदि सूर्य उच्च राशि या अपनी राशि में हो तो जातक बड़ा धार्मिक होता है ॥ १ ॥

नवम भाव में चन्द्रमा का फल—यदि कुण्डली में नवम भाव में पूर्ण चन्द्रमा हो तो जातक भाग्यशाली, प्रशंसनीय, पितृ यज्ञ में निरत और बड़ा धर्मात्मा यदि क्षीण चन्द्रमा हो तो इन सबका विनाश होता है ॥ २ ॥

नवम भाव में भौम का फल—यदि कुण्डली में नवम भाव में भौम हो तो जातक लाल वस्त्रों से प्रसन्न होने वाला, शिव जी का व्रती और निरन्तर भाग्यहीन होता है ॥ ३ ॥

नवम भाव में बुध का फल—यदि कुण्डली में नवम भाव में पापी बुध हो तो जातक अल्प भाग्यवान् और बौद्धमतानुयायी, यदि शुभ बुध हो तो भाग्यवान् तथा धार्मिक होता है ॥ ४ ॥

नवम भाव में गुरु का फल—यदि कुण्डली में नवम भाव में गुरु हो तो जातक बड़ा भाग्यशाली, राज्यप्रिय, देवता व ब्राह्मणों का भक्त, अनेक तीर्थों में घूमने वाला, सुखी या सुन्दर वचन बोलने वाला और गुणी होता है ॥ ५ ॥

नवम भाव में शुक्र का फल—यदि कुण्डली में नवम भाव में शुक्र हो तो जातक अपनी भुजाओं से अर्जित भाग्य के महोत्सवों को करने वाला, देव यज्ञ परायण, परमार्थ वेत्ता, बड़ा कीर्तिमान् और वंश की वृद्धि करने वाला होता है ॥ ६ ॥

नवभ भाव में शनि का फल—यदि कुण्डली में नवम भाव में शनि हो तो जातक आडम्बर से युक्त पुण्यवान्, पिता व देवताओं को ठगने वाला, अल्प भाग्यशाली और सुन्दर धार्मिक होता है ॥ ७ ॥

यदि नवम भाव में शनि अपनी राशि या उच्च राशि में हो तो जातक विष्णुलोक से आया है और सुन्दर धर्म से राज्य करके विष्णुलोक में जायगा ऐसा कहना चाहिये ॥ ८ ॥

नवम भाव में राहु का फल—यदि कुण्डली में नवम भाव में राहु हो तो जातक नीच (निम्न) धर्मानुयायी, सत्य तथा पवित्रता से हीन, भाग्य से वञ्चित और अल्प बिचारधारा वाला होता है ॥ ९ ॥

नवम भाव में केतु का फल—यदि कुण्डली में नवम भाव में केतु हो तो जातक बाल्यकाल में पिता को कष्ट देने वाला, भाग्यरहित, अधार्मिक और म्लेच्छ जन से भाग्योदय वाला होता है ॥ १० ॥

अब आगे भाग्य भाव के विशेष फल को बतलाते हैं।

यदि कुण्डली में नवम भाव अपने स्वामी ग्रह से युत या दृष्ट हो तो जातक का भाग्योदय अपने देश में होता है। यदि अन्य पाप शुभ ग्रहों से दृष्ट या युक्त नवम भाव हो तो दूसरे देश की भूमि में भाग्योदय होता है ॥ ११ ॥

यदि कुण्डली में नवमेश केन्द्र (१, ४, ९, १०) में हो तो जातक का आदि अवस्था में ही सुख का उदय होता है। यदि भाग्येश त्रिकोण (५, ९) में हो या उच्च राशि में हो तो मध्य अवस्था में भाग्योदय होता है ॥ १२ ॥

यदि कुण्डली में भाग्येश अपनी राशि या मित्र की राशि में शुभ ग्रहों से दृष्ट युत हो तो जातक का अवस्था के अन्त में भाग्योदय होता है ॥ १३ ॥

यदि कुण्डली में नवमेश नीच राशि या शत्रु राशि में या छठे या आठवें या बारहवें भाव में पाप ग्रह से दृष्ट युत हो तो जातक सदा ही भाग्य रहित और दरिद्री होता है ॥ १४ ॥

यदि कुण्डली में नवमेश केन्द्र (१, ४, ७, १०) या ५ या ९ में हो और लग्नेश उच्च राशि में हो तो जातक मरने तक सुखी और समृद्धिवान् होता है ॥ १५ ॥

यदि कुण्डली में अपनी राशि (१०, ११) में शनि नवम भाव में हो तो जातक बड़ा रुद्र याग करने वाला, अधिक कल्याणदायक, जप करने वाला और राजकीय सवारी से युक्त होता है ॥ १६ ॥

यदि कुण्डली में नवमेश छठे भाव में और नवम भाव शत्रु ग्रह से युत दृष्ट हो तो जातक दूसरे धर्म में आसक्त, यदि शुभ ग्रह से दृष्ट युत हो तो अपने धर्म में आरूढ होता है ॥ १७ ॥

यदि कुण्डली में नवम भाव में पाप ग्रह हो तो जातक धर्म से रहित, क्रूर और अप्रिय बोलने वाला, यदि शुभग्रह नवम भाव में हो तो धार्मिक दयालु और मीठी सुन्दर वाणी वाला होता है ॥ १८ ॥

यदि कुण्डली में गुरु नवम भाव में हो तो जातक बड़ा भाग्यशाली सचिव यदि बली भी शुभग्रह नवम भाव में हो तो जातक उत्तम धर्मात्मा होता है ॥ १९ ॥

अथ भाग्यभस्थे गुरौ रव्यादिदृष्टिफलम्।

होराप्रदीपे--

अर्कदृष्टे गुरौ भाग्ये मन्त्री नृपसमोऽथवा।
कान्ताभोगी शशाङ्केन भौमेन धनभाग् भवेत्॥ १ ॥
धर्मे बुधेन शुक्रेण गोवाहनधनान्वितः।
दृष्टः सौरेण महिषखरस्थावरसंयुतः॥ २ ॥
समृद्धः पार्थिवो जातस्तेजो रूपगुणान्वितः।
स्यात्समस्तैर्ग्रहैर्दृष्टैर्भाग्यस्थे सुरमन्त्रिणि॥ ३ ॥

सर्वे राज्यप्रदा ज्ञेया भाग्यर्क्षस्थाः शुभा ग्रहाः।
धनस्थावरधान्यायुर्धर्मसौभाग्यवृद्धिदाः ॥ ४ ॥
मलिनं दुःखितं निस्वं ख्यातिहीनञ्च मानवम्।
भाग्ये नीचारिपापास्ते कुर्वन्त्यन्यैर्न वीक्षिताः ॥ ५ ॥
स्वग्वराशिस्थिताः पापा ग्रहभाग्यर्क्षसंस्थिताः।
शुभैर्दृष्टा नरं कुर्युः प्रभूतगुणमुत्तमम् ॥ ६ ॥
स्वोच्चगः खचरो भाग्ये करोति त्रिभवान्वितम्।
स चेच्छुभेक्षितो भूपं करोति विजितद्विषम् ॥ ७ ॥

सारावल्याम्—

[1]पूर्णेन्दुयुतो भाग्येऽति विभवान्वितम्।
सचेद् वक्रार्कौ त्वप्रधानवीर्ये च।
व्यस्तौ चाथ समस्तौ प्रधाननृपसंभवो ज्ञेयः ॥ १ ॥
[2]सकलगगनचाराः स्वोच्चगा भाग्यराशौ
कनकधनसमृद्धं श्रेष्ठमुत्पादयन्ति।
अथ शुभविहगेन्द्रैस्तत्र दृष्टा नरेन्द्रं
विहतरिपुसमूहं दिव्यकायं सुकान्तिम् ॥ २ ॥
[3]त्रिचतुःपञ्चखगेन्द्रास्तथा च षट्सप्तसंस्थिता भाग्ये।
प्रत्ययिनं धनवन्तं कुर्युर्नृपतिं च बुधरहिताः ॥ ३ ॥

[4]जनयन्ति भाग्यसंस्था गुरुभौमविवर्जिताः पुरुषम्।
व्याधिप्रायमकान्तं धनहीनं बन्धनार्तमतिहीनम् ॥ ४ ॥

अब आगे भाग्य (नवम) भाव में स्थित गुरु पर सूर्यादि ग्रहों की दृष्टि के फल को होरा प्रदीप नामक ग्रन्थ के वाक्यों से कहते हैं।

होरा प्रदीप में कहा है कि यदि कुण्डली में नवमस्थ गुरु, सूर्य से दृष्ट हो तो जातक (राजकीय) सचिव अथवा राजा के समान, चन्द्र से दृष्ट हो तो स्त्री भोगी अर्थात् कामी या यों समझिये विषयी, यदि भौम से दृष्ट हो तो धनभागी, यदि बुध या शुक्र से दृष्ट हो तो गाय, सवारी और धन से युक्त, यदि शनि से दृष्ट गुरु नवम भाव में हो तो जातक स्थायी भैंसा, गधा से युक्त होता है ॥ १–२ ॥

सारावली में कहा है— देवगुरौ भाग्यस्थे मन्त्री रविवीक्षिते नृपतितुल्यः। भोगी कान्तः शशिना काञ्चनभाग् भवति भौमेन ॥ सौम्येन धनी ज्ञेयः सितेन गोवाहनार्थसंयुक्तः। सौरेण स्थावरभाक् दृष्टे खरमहिषसंयुक्तः' (३२ अ० ६-७ श्लो०) ॥ १-२ ॥

---

१. सा० व० ३२ अ० २८ श्लो०। २. सा० व० ३२ अ० २९ श्लो०।
३. सा० व० ३२ अ० ११३ श्लो०। ४. सा० व० ३२ अ० ११४ श्लो०।

यदि कुण्डली में नवमस्थ गुरु समस्त ग्रहों से दृष्ट हो तो जातक सम्पत्ति से युक्त राजा, तेजस्वी, स्वरूपवान् और गुणी होता है ।। ३ ।।

सारावली में कहा है—'उत्तमरूपो गुणवान् तेजस्वी पार्थिवो महाविभवः। देवगुरौ भाग्यस्थे सर्वग्रहवीक्षिते भवति' ।। (३२ अ० २४ श्लो०) ।। ३ ।।

यदि कुण्डली में नवम भाव में शुभ ग्रह कोई भी हो या समस्त शुभ ग्रह हों तो जातक राजा, स्थिर धनधान्य व आयु वाला, बड़ा धार्मिक और सौभाग्यवान् होता है ।। ४ ।।

सारावली में कहा है—'भाग्ये शुभगगनसदो बलिनो राज्यप्रदास्तु विज्ञेयाः। स्थावरधनधान्यकराधर्मायुर्वर्धनाश्चैव' ।। (३२ अ० २५ श्लो०) ।। ४ ।।

यदि कुण्डली में नवम भाव में पापग्रह नीच राशि या शत्रु राशि में अन्य ग्रहों से अदृष्ट हो तो जातक दूषित, दुःखी, निर्धन और अप्रसिद्ध होता है ।। ५ ।।

सारावली में कहा है—'नीचारिराशिसंस्थाः पापा भाग्ये न सौम्यसंदृष्टाः। दुर्बलमधनं कुर्युर्विगतख्यातिं नरं मलिनम्' ।। (३२अ० २६ श्लो०) ।। ५ ।।

यदि कुण्डली में नवम भाव में अपनी अपनी राशियों में पापग्रह शुभग्रह से दृष्ट हों तो जातक अधिक गुणी तथा श्रेष्ठ होता है ।। ६ ।।

सारावली में कहा है—'स्वे स्वे भवने पुंसां क्रूरा भाग्यर्क्षसंस्थिता ये स्युः। ज्ञेयास्ते उत्तमशुभा बहुतरगुणसंयुताः शुभैर्दृष्टाः' ।। (३२ अ० २७ श्लो०) ।। ६ ।।

अब आगे सारावली के वाक्यों से नवम भाव के फल को कहते हैं।

यदि कुण्डली में नवम भाव में पूर्ण चन्द्रमा हो तथा भौम शनि प्रधान बली हों या एक बली हो तो जातक प्रधान राजा होता है ।। १ ।।

विशेष—प्रकाशित सारावली में—'पूर्णेन्दुयुते भाग्ये वक्रार्किबुधाः प्रधानवीर्याश्च। व्यस्ता वाथ समस्ताः प्रधाननृपसंभवो ज्ञेयः' (३२ अ० २८ श्लो०) ।। १ ।।

यदि कुण्डली में समस्त ग्रह अपनी उच्च राशि में नवम भाव में हों तो जातक धन सुवर्ण से सम्पन्न उत्तम, यदि शुभग्रहों से दृष्ट नवम भाव हो तो शत्रु (समूह) का विनाशक, राजा, दिव्य शरीरधारी एवं तेजस्वी होता है ।। २ ।।

विशेष—यहाँ भावस्थ समस्त ग्रह उच्च राशि में नहीं हो सकते किन्तु कोई एक ही उच्च राशि में हो सकता है। प्रकाशित सारावली में 'गगनखेटाः' 'तत्र दृष्टे' विनिहतरिपुपक्षं दिव्यकान्ति सुकीर्तिम्' यह पाठान्तर है ।। ३ ।।

यदि कुण्डली में नवम भाव में बुध से हीन तीन या चार या पाँच या छः या सात ग्रह हों तो जातक विश्वासी, धनी और राजा होता है ।। ३ ।।

विशेष—प्रकाशित सारावली में 'प्रात्ययिकं' 'बुध सहिताः' यह पाठ है ।। ३ ।।

यदि कुण्डली में नवम भाव में गुरु भौम को छोड़कर अन्य ग्रह हों तो जातक प्रायः रोगी, सुन्दरता से रहित, निर्धन, बन्धन से पीड़ित और अधिक दीन होता है ।। ४ ।।

विशेष प्रकाशित सारावली में 'गुरुसौम्यविवर्जिताः ग्रहाः पुरुषं' 'जनहीनं' यह पाठान्तर है ॥ ४ ॥

अथ धर्मभावविशेषफलम् ।

कश्यपः —

स्वोच्चे १ स्वोच्चनवांशे २ च शुभवर्गेऽथ ३ नीचभे ४ ।
नीचांशे ५ क्रूरषड्वर्गे ६ मित्रभे ७ सुहृदंशके ८ ॥ १ ॥
वर्गोत्तमेऽ९ रिभेऽ१० र्यंशे ११ स्वर्क्षे १२ द्वादशधा क्रमात् ।
फलञ्च धर्मभावोत्थं कथ्यते यवनोदितम् ॥ २ ॥
तामसो १ दम्भजो २ हीनो ३ नैव दृष्टः ४ पराश्रितः ५ ।
पिशुनाश्रयसञ्जातः ६ पापजः ७ तिलभुक्तथा ८ ॥ ३ ॥
कृतघ्न ९ भाषितश्चौरः सश्रितः १० पिशुनाश्रितः ११ ।
धर्मो १२ नवमगे सूर्ये जन्मिनां परिशील्यते ॥ ४ ॥
नृपसंज्ञाद् १ बन्धुजनाद् २ विश्वासात् ३ पितृतर्पणात् ।
अत्यल्पफलदानाद्वा ४ भ्रमेण ५ परवञ्चनात् ६ ॥ ५ ॥
अन्यदैवतसंज्ञेन ७ लोकसञ्ज्ञान् ८ मदेन च ९ ।
अन्यसञ्ज्ञात् १० शत्रु सेवाद् ११ भवेद्दाना १२ त्तपे विधौ ॥ ६ ॥
रणजः १ परसेवास्थो २ गुरुपाषाणसंभवः ३ ।
वधबन्धनसंभूतः ४ परस्त्रीलोकसंभवः ५ ॥ ७ ॥
जनानुरोधाद् ६ गर्हाद्यो ७ भयजो ८ नैव ९ चाल्पकः १० ।
परदर्शनजो ११ भौमे स्त्र्यजितो १२ धर्मभावगे ॥ ८ ॥
सात्त्विको १ देवतास्थानात् २ पूजाद् ३ दानसमुद्भवः ४ ।
व्रतपूतः ५ कपटजः ६ कुहकोत्थ ७ श्लोद्भवः ॥ ९ ॥
गार्हस्थ्यकृज्जपाद् ९ वस्त्रदानाद १० प्रियतोद्भवः ११ ।
गुरुभौमात् साध्वसाच्च १२ धर्मः सौम्ये तपः स्थिते ॥ १० ॥
प्रचरो १ गुरुसेवोत्थो २ त्यद्सुतः ३ कृतकस्तथा ४ ।
ततो गुरुविरोधोत्थः ५ तीर्थजो ६ धर्मकर्मजः ७ ॥ ११ ॥
स्त्रीमतेन ८ ततः पुत्रानुषङ्गात् ९ न्यायवर्जितः १० ।
गुरुमेषेण ११ घृणया १२ धर्मो जीवे तपः स्थिते ॥ १२ ॥
परदानेन १ वस्त्रान्नदानेन २ पितृतर्पणात् ३ ।
अत्यल्पफलदो ४ बुद्धिभ्रमेण ५ परवञ्चनात् ६ ॥ १३ ॥
अन्यदैवतसंज्ञेन ७ लोकसञ्ज्ञात् ८ सुखप्रजात् ९ ।
अन्यसञ्ज्ञात् १० शत्रुसेवात् ११ कृष्या १२ धर्मः सिते शुभे ॥१४॥

तृतीयवयसञ्जातः १ स्वल्पो २ भुक्तिविवर्जितः ३ ।
नैवान्यजः ४ कपटजः ५ सगर्हः ६ भीतिसंभवः ७ ॥ १५ ॥
सेवासमुद्भवो ऽ७ त्यल्पः ९ परदर्शनसंभवः ११ ।
गुरुलब्धभत्रो ११ मन्दे धर्मे धर्मो १२ विधीयते ॥ १६ ॥

अब आगे नवम भाव के विशेष फल को ग्रहों की बारह परिस्थितियों वश कश्यप मुनि के वाक्यों से बतलाते हैं ।

नवम भाव में सूर्य का विशेष फल—यदि जन्म के समय में नवम भाव में सूर्य उच्च राशि में १ हो तो जातक क्रोध से, उच्च राशि के नवांश में २ पाखण्ड से, शुभ राशि के षड्वर्ग में ३ हीनता से, नीच राशि में ४ धर्महीन, नीच राशि के नवांश में ५ आधीनतावश, क्रूर राशि के षड्वर्ग में ६ चुगलखोरों की सङ्गति से, मित्र राशि में ७ पाप से, मित्र राशि के नवांश में ८ तिल खाने से, वर्गोत्तम राशि में ९ कृतघ्नता से, शत्रु राशि में १० माषण से, शत्रु राशि के नवांश में ११ चोरों की सङ्गति से, और यदि सूर्य नवम भाव में अपनी राशि में हो तो जातक चुगलखोरों की सङ्गति से धर्मकर्ता होता है ॥ १-४ ॥

नवम भाव में चन्द्रमा का विशेष फल—यदि जन्म के समय में चन्द्रमा उच्च राशि में १ नवम भाव में हो तो जातक का भाग्योदय राजकीय सङ्गति से, उच्च राशि के नवांश में २ हो तो बान्धव जन से, शुभ षड्वर्ग में ३ पितृतर्पण के विश्वास से, नीच राशि में ४ अति लघु फलदान से, नीच राशि के नवांश में ५ भ्रमण से, क्रूर राशि के षड्वर्ग में ६ दूसरे को ठगने से, मित्र राशि में ७ अन्य देवता से, मित्र राशि के नवांश में ८ संसार की सङ्गति से, वर्गोत्तम में ९ अभिमान से या नशा करने से, शत्रु राशि में १० दूसरे के सङ्ग से, शत्रु राशि के नवांश में ११ शत्रु की सेवा से और नवम भाव में यदि चन्द्रमा अपनी राशि में १२ हो तो जातक का भाग्योदय दान से होता है ॥ ५-६ ॥

नवम भाव में भौम का विशेष फल—यदि जन्म के समय में भौम उच्च राशि में १ हो तो जातक का युद्ध से, उच्च राशि के नवांश में २ दूसरे की सेवा से, शुभ षड्वर्ग में ३ वजनी पत्थर से, नीच राशि में ४ हत्या व बन्धन से, नीच राशि के नवांश में ५ दूसरे स्त्री समुदाय से, क्रूर षड्वर्ग में ६ मनुष्यों के अनुरोध से, मित्र राशि में ७ निन्दित कार्य से, मित्र राशि के नवांश में ८ भय से, वर्गोत्तम में ९ भाग्य से रहित, शत्रु राशि में १० अल्प, शत्रु राशि के नवांश में ११ दूसरे को देखने में और नवम भाव में यदि भौम अपनी राशि में १२ हो तो जातक का स्त्री को न जीतने पर भाग्योदय होता है ॥ ७-८ ॥

नवम भाव में बुध का विशेष फल—यदि जन्म के समय में बुध नवम भाव में उच्च राशि में १ हो तो जातक का सात्त्विकता से, उच्च राशि के नवांश में २ देवस्थान के सम्पर्क से, शुभ षड्वर्ग में ३ पूजा से, नीच राशि में ४ दान से, नीच राशि

के नवांश में ५ व्रत की पवित्रता से, क्रूर राशि के षड्वर्ग में ६ कपट से, मित्र राशि में ७ माया से, मित्र राशि के नवांश में ८ चञ्चलता से, वर्गोत्तम में ९ गृहस्थी की सेवा से, शत्रु राशि में १० वस्त्रों के दान से, शत्रु राशि के नवांश में ११ अप्रियता से और नवम भाव में यदि बुध अपनी राशि में हो तो जातक का भय से भाग्योदय होता है ।। ९-१० ।।

नवम भाव में गुरु का विशेष फल—यदि जन्म के समय में गुरु नवम भाव में अपनी उच्च राशि में १ हो तो जातक का अधिक घूमने से, उच्च राशि के नवांश में २ गुरु की सेवा से, शुभ षड्वर्ग में ३ अद्भुतता से, नीच राशि में ४ पर्याप्तता से, नीच राशि के नवांश में ५ गुरु के विरोध से, क्रूर राशि के षड्वर्ग में ६ तीर्थाटन से, मित्र राशि में ७ धार्मिक कार्य से, मित्र राशि के नवांश में ८ स्त्री के पक्ष से, वर्गोत्तम में ९ पुत्र की सङ्गति से, शत्रु राशि में १० अन्याय से, शत्रु राशि के नवांश में ११ बड़े बकरे से और गुरु नवम भाव में यदि अपनी राशि में १२ हो तो जातक घृणा से धर्म करने वाला होता है ।। ११-१२ ।।

नवम भाव में शुक्र का विशेष फल—यदि जन्म के समय में शुक्र नवम भाव में उच्च राशि में १ हो तो जातक दूसरे के दान से, उच्च राशि के नवांश में २ वस्त्र तथा अन्न के दान से, शुभ राशि के षड्वर्ग में ३ पितरों के तर्पण से, नीच राशि में ४ अत्यल्प फल देने वाला, नीच राशि के नवांश में ५ बुद्धि भ्रम से, क्रूर राशि के षड्वर्ग में ६ दूसरे को ठगने से, मित्र राशि में ७ अपर देवता से, मित्र राशि के नवांश में ८ संसार की सङ्गति से, वर्गोत्तम राशि में ९ सुखी सन्तान से, नीच राशि में १० दूसरे के संसर्ग से, नीच राशि के नवांश में ११ शत्रु की सेवा से और नवम भाव में यदि शुक्र अपनी राशि में हो तो जातक खेती से धर्म करने वाला होता है ।। १३-१४ ।।

नवम भाव में शनि का विशेष फल—यदि जन्म के समय में शनि नवम भाव में अपनी उच्च राशि में १ हो तो जातक तीसरी अवस्था में, उच्च राशि के नवांश में २ अल्प, शुभ राशि के षड्वर्ग में ३ भोग से रहित, नीच राशि में ४ अन्य से अजन्य, नीच राशि के नवांश में ५ कपट से, क्रूर राशि के षड्वर्ग में ६ बुराई से, मित्र राशि में ७ भय से, मित्र राशि के नवांश में ८ सेवा से, वर्गोत्तम राशि में ९ अत्यल्पता से, शत्रु राशि में १० दूसरे को देखने से, शत्रु राशि के नवांश में ११ गुरु की प्राप्ति से और नवम भाव में यदि शनि अपनी राशि में शनि १२ हो तो जातक धर्म करने वाला होता है ।। १५-१६ ।।

अथ धर्मभावराशिफलम् ।

वृद्धयवनः—

धर्मस्थितेऽत्रैव हि मेषराशौ चतुष्पदोत्थं प्रकरोति धर्मम् ।
तेषां प्रदानेन च पोषणेन दयाविवेकेन सुपालकेन ।। १ ।।

वृषे च धर्मे प्रगते मनुष्यो धर्मं करोत्येव धनप्रसूतम् ।
विचित्रदानैर्बहुगोप्रदानैर्विभूषणाच्छादनभोजनैश्च ॥ २ ॥
तृतीयराशौ प्रकरोति धर्मं धर्मोकृतं सौम्यकृतं सदैव ।
अभ्यागतोत्थं द्विजभोजनाद्वा दीनानुकम्पाश्रयमानसेन ॥ ३ ॥
व्रतोपवासैर्विषमैर्विचित्रैर्धर्मं नरः संकुरुते सदैव ।
धर्माश्रिते चैव चतुर्थराशौ तीर्थाश्रयाद्वा धनसेवया च ॥ ४ ॥
धर्मस्थिते वाथ हि सिंहराशौ धर्मं परेषां प्रकरोति मर्त्यः ।
स्वधर्महीनारिक्रियाभिरेव सुतीर्थरूपं विनयेन हीनम् ॥ ५ ॥
धर्माश्रिते स्याद् यदि षष्ठराशौ स्त्रीधर्मसेवां कुरुते मनुष्यः ।
विहीनभक्तिर्बहुजन्मना च पाखण्डमाश्रित्य तथान्यपक्षम् ॥ ६ ॥
तुलाधरे धर्मगते मनुष्यो धर्मं करोत्येव सदा प्रसिद्धम् ।
देवद्विजानां परितोषणेन जनानुरागेण तथाद्भुतानाम् ॥ ७ ॥
धर्माश्रिते चाष्टमगे च राशौ पाखण्डधर्मं कुरुते मनुष्यः ।
पीडाकरं चैव तथा जनानां भक्त्या विहीनं परिपोषणेन ॥ ८ ॥
चापे तथा धर्मगते मनुष्यः करोति धर्मं द्विजतर्पणोत्थम् ।
शास्त्रान्वितं शास्त्रविनिर्मितञ्च प्रभूततोयं प्रथितं च लोके ॥ ९ ॥
धर्माश्रिते वै मकरे मनुष्यो चापोत्थधर्मं कुरुते प्रतापम् ।
पश्चाद्विरन्त्येव विडङ्गनाभिः कौल्यं समाश्रित्य सदा च पक्षम् ॥१०॥
कुम्भे च धर्मं प्रगते च धर्मं पुंसां विधत्ते सुरसङ्गजातम् ।
वृक्षाश्रयोत्थं च तथा सिरं च आरामवापीप्रजयं सदैव ॥ ११ ॥
धर्माश्रिते चैव हि मीनराशौ करोति धर्मं विविधं नृलोके ।
सत्रप्रपारामतडागजातं तीर्थार्जनेनाथ मखैर्विचित्रैः ॥ १२ ॥

अब आगे नवम भावस्थ बारह राशियों के फल को वृद्ध यवनाचार्यजी के वाक्यों से कहते हैं ।

नवम भाव में मेष राशि का फल—यदि जन्माऽङ्ग में नवम भाव में मेष राशि हो तो जातक चार पैर वालों (पशु) से उत्पन्न धर्म को करने वाला होता है । यथा पशुओं का पोषण, पालन, उन पर विवेकपूर्ण दया और उनका दान करने वाला होता है ॥ १ ॥

नवम भाव में वृष राशि का फल—यदि जन्माऽङ्ग में नवम भाव में वृष राशि हो तो जातक धन से उत्पन्न धर्म करने वाला अर्थात् विचित्र जैसे गाय, भूषण, वस्त्र और भोजन करने की सामग्री या भोजन कराने से धार्मिक होता है ॥ २ ॥

नवम भाव में मिथुन राशि का फल—यदि जन्माऽङ्ग में नवम भाव में मिथुन राशि हो तो जातक धर्म स्वरूप, सदा ही सरल स्वभाव का, अभ्यागतों का स्वागत

करने वाला, ब्राह्मणों को भोजन कराने वाला और दीनों पर दया करने वाला होता है ॥ ३ ॥

नवम भाव में कर्क राशि का फल—यदि जन्माऽङ्ग में नवम भाव में कर्क राशि हो तो जातक विचित्र व विषम व्रत तथा उपवास रूपी सदा ही धर्म करने वाला अथवा तीर्थों के आश्रय से धन की सेवा से धर्म करने वाला होता है ॥ ४ ॥

नवम भाव में सिंह राशि का फल—यदि जन्माऽङ्ग में नवम भाव में सिंह राशि हो तो जातक दूसरे के धर्म को करने वाला, अपने धर्म व शत्रु के कार्यों से भी रहित, तीर्थ स्वरूप और विनय या नम्रता से हीन होता है ॥ ५ ॥

नवम भाव में कन्या राशि का फल—यदि जन्माऽङ्ग में नवम भाव में कन्या राशि हो तो जातक स्त्री धर्म का सेवी, अधिक जन्मान्तर से भक्तिहीन दूसरे के मत को अङ्गीकार करके पाखण्डी बनने वाला होता है ॥ ६ ॥

नवम भाव में तुला राशि का फल—यदि जन्माऽङ्ग में नवम भाव में तुला राशि हो तो जातक सदा देवता व ब्राह्मण के संतोष से तथा अद्भुतजनों के अनुराग से प्रसिद्ध होने वाला होता है ॥ ७ ॥

नवम भाव में वृश्चिक राशि का फल—यदि जन्माऽङ्ग में नवम भाव में वृश्चिक राशि हो तो जातक धूर्तता से धर्म करने वाला, मनुष्यों को दुःखदायी और दूसरों के पोषण करने से भक्तिहीन होता है ॥ ८ ॥

नवम भाव में धनु राशि का फल— यदि जन्माऽङ्ग में नवम भाव में धनु राशि हो तो जातक ब्राह्मणों के तर्पण से उत्पन्न धर्मकर्ता, शास्त्र से युक्त तथा शास्त्र रचना करने वाला, अधिक पानीदार और संसार में प्रसिद्ध होता है ॥ ९ ॥

नवम भाव में मकर राशि का फल—यदि जन्माऽङ्ग में नवम भाव में मकर राशि हो तो जातक धनुष से उत्पन्न धर्म करने वाला, प्रतापी, पीछे दो कामी स्त्रियों के सम्पर्क से कौल मत का अङ्गीकार करने वाला होता है ॥ १० ॥

नवम भाव में कुम्भ राशि का फल— यदि जन्माऽङ्ग में नवम भाव में कुम्भ राशि हो तो जातक देव समुदाय से उत्पन्न धर्म करने वाला वृक्षों के आश्रय से उत्पन्न, जल से युक्त बगीचा व बावरी बनवाने वाला होता है ॥ ११ ॥

नवम भाव में मीन राशि का फल—यदि जन्माऽङ्ग में नवम भाव में मीन राशि हो तो जातक संसार में अनेक प्रकार के धर्म करने वाला जैसे यज्ञ, प्याऊ, बगीचा व तालाब बनाने वाला और तीर्थों के भ्रमण से विचित्र यज्ञ करने वाला होता है ॥ १२ ॥

अथ भाग्येशभावफलम् ।

वृद्धयवनः—

लग्नगते नवमपतौ देवगुरून् मन्यते शूरः ।
कृपणः क्षितिपतिकर्मा स्वल्पग्रामी भवति धीमान् ॥ १ ॥
नवमाधिपतौ धनगे वृषलो विदितः सुशीलवान् स्वल्पः ।
सुकृती वदनव्यङ्गश्चतुष्पदोत्पन्नपीडिताङ्गः ॥ २ ॥

सहजगते सुकृतपतौ रूपस्त्रीबन्धुवत्सलः पुरुषः।
बन्धुस्त्रीरक्षणकृद् यदि जीवितं बन्धुभिः सहितः ॥ ३ ॥
सुकृतेशे हिबुकस्थे पितृभक्तः पितृकृतासु यात्रासु।
विदितः सुकृतीमित्रकर्मरतिर्भवति भूमिस्पृक् ॥ ४ ॥
सुकृतगृहेशे सुतगे सुकृती गुरुदेवपूजने निरतः।
वपुषा सुन्दरमूर्तिः सुकृतसमेतो भवति सुतः ॥ ५ ॥
शत्रु प्रणातपरायणधर्मकलितं कलाविकलदेहम्।
दर्शननिद्रानिरतं सुकृतपतिः षष्ठगः कुरुते ॥ ६ ॥
नवमपतौ सप्तमगे सत्यवती सुवचना सुरूपा च।
शीलश्रीयुतदयिता सुकृतयुता जायते नित्यम् ॥ ७ ॥
दुष्टो जन्तुविघाती गृहबन्धुविवर्जितः सुकृतरहितः।
नवमेशे मृत्युगते क्रूरे षण्ढस्तु विज्ञेयः ॥ ८ ॥
सुकृतपतिः सुकृतगतः सुबन्धुभिः प्रीतिमतुलितं सत्यम्।
दातारं देवगुरुस्वजनकलत्रादिषु भक्तम् ॥ ९ ॥
नृपकार्यं नृपलाभं सुकर्मनिरतं मातुरविघ्नम्।
धर्मख्यातं कुरुते सुकृतपतिर्दशमगृहलीनः ॥ १० ॥
दीर्घायुर्धर्मपरो धनेश्वरः स्नेहलो नृपतिधनलोभी।
सुकृतख्यातः सततं सुकृतपतौ लाभभवनस्थे ॥ ११ ॥
द्वादशगे सुकृतेशे मानी देशान्तरी सुरूपश्च।
विद्याचारः शुभखेटे क्रूरे च नृपातधूर्तः ॥ १२ ॥

इति भाग्यविचारः।

अब आगे बारह भावों में स्थित नवमेश के फल को वृद्ध यवनाचार्य जी के वाक्यों से कहते हैं।

लग्न में नवमेश का फल - यदि पैदाइश के समय में नवमेश लग्न में हो तो जातक देवता व गुरुजनों में श्रद्धा रखने वाला, वीर, लोभी, राजा के तुल्य कार्य करने वाला, छोटे ग्राम में निवास करने वाला और बुद्धिमान् होता है ॥ १ ॥

दूसरे भाव में नवमेश का फल—यदि पैदाइश के समय में नवमेश धन स्थान में हो तो जातक शूद्र, प्रसिद्ध, सुशील, क्षुद्र, पुण्यवान्, विकृत मुख वाला और पशुओं से पीड़ित देहवाला होता है ॥ २ ॥

तीसरे भाव में नवमेश का फल—यदि पैदाइश के समय में नवमेश तीसरे भाव में हो तो जातक स्वरूपवती स्त्री वाला, बान्धव प्रेमी, बान्धव स्त्री का रक्षक और जीवन पर्यन्त बान्धवों के साथ रहने वाला होता है ॥ ३ ॥

चौथे भाव में नवमेश का फल—यदि पैदाइश के समय में नवमेश चौथे भाव में हो

तो जातक पिता की यात्राओं में पिता का भक्त, प्रसिद्ध, पुण्यवान् और मित्र के कार्यों में आसक्त होता है ॥ ४ ॥

पाँचवें भाव में नवमेशका फल—यदि पैदाइश के समय में नवमेश पाँचवें भाव में हो तो जातक पुण्यकर्ता, गुरु तथा देवपूजन में आसक्त, सुन्दर शरीरधारी और पुण्यवान् पुत्र से युक्त होता है ॥ ५ ॥

छठे भाव में नवमेंश का फल—यदि पैदाइश के समय में नवमेश छठे भाव में हो तो जातक शत्रु की विनय में आसक्त, धर्मात्मा, कला से अशान्त देहधारी, देखने में तथा निद्रा में लीन होता है ॥ ६ ॥

सातवें भाव में नवमेश का फल—यदि पैदाइश के समय में नवमेश सातवें भाव में हो तो जातक की स्त्री सत्य बोलने वाली, रूपवती, अच्छी वाणी वाली, सुशीला, लक्ष्मी तथा पुण्य से युक्त होती है ॥ ७ ॥

आठवें भाव में नवमेश का फल—यदि पैदाइश के समय में नवमेश पापी आठवें भाव में हो तो जातक दुष्ट, जीवों का हिंसक, घर-बान्धव एवं पुण्य से हीन होता है ॥ ८ ॥

नवम भाव में नवमेश का फल—यदि पैदाइश के समय में नवमेश नवम भाव में हो तो जातक सुन्दर बान्धवों से अधिक प्रेम करने वाला, सत्यवक्ता, दानी, देवता, गुरु, अपने जन और स्त्री आदि का भक्त होता है ॥ ९ ॥

दशम भाव में नवमेश का फल—यदि पैदाइश के समय में नवमेश दशम भाव में हो तो जातक राजा के कार्य करने वाला, राजा से लाभ करने वाला, अच्छे कार्य में आसक्त, माता का अविघ्नकारी और प्रसिद्ध धार्मिक होता है ॥ १० ॥

ग्यारहवें भाव में नवमेश का फल—यदि पैदाइश के समय में नवमेश ग्यारहवें भाव में हो तो जातक दीर्घायु, धर्मात्मा, धन का स्वामी या यों समझिये कोषाध्यक्ष, स्नेही, राजकीय धन का लोभी और सदा प्रसिद्ध पुण्यवान् होता है ॥ ११ ॥

बारहवें भाव में नवमेश का फल यदि पैदाइश के समय में नवमेश शुभ, बारहवें भाव में हो तो जातक अभिमानी, देशान्तरवासी, स्वरूपवान्, विद्यावान्, यदि पापग्रह हो तो धूर्त राजा होता है ॥ १२ ॥

इस प्रकार नवम भाव का फल समाप्त हुआ ॥ १-१२ ॥

अथ कर्मभावविचारः। तत्र कर्मभावे किं चिन्त्यमित्युक्तं जातकाभरणे—

> व्यापारमुद्रान्नृपमानराज्यं प्रयोजनञ्चापि पितुस्तथैव।
> महत्पदाप्तिः खलु सर्वमेतद् राज्याभिधाने भवने विचार्यम् ॥ १ ॥

कल्याणवर्मा—

[१]लग्नाद् दशमे राशौ कर्म नृणां यत्प्रकीर्तितं मुनिभिः।
राशिग्रहस्वभावैर्ग्रहदृष्ट्या तत्प्रवक्ष्यामि ॥ २॥
[२]होरेन्द्वोर्बलयोगाद्यो दशमस्तत्स्वभावजं कर्म।
तस्याधिपपरिवृद्ध्या वृद्धिर्ज्ञेयाऽन्यथा हानिः ॥ ३॥
[३]जाङ्गलमथ वा रूपं तथोभयं वा गृहं निरीक्षिते।
ग्राम्यमरण्यं वा सौम्यर्क्षं पापभवनं वा ॥ ४॥
[४]द्विपदचतुष्पदरूपं सरीसृपं वा तथोभयञ्चैव।
यद्रूपं तद्भवनं यादृक्कं तत्स्वभावं वा ॥ ५॥
[५]प्रवदेत्तत्समदेशे कर्मप्राप्ति नरस्य तत्सदृशीम्।
तस्माद्दशमं भवनं प्रसवे बुध्येत यत्नेन ॥ ६॥
[६]दशमे नक्षत्रपतिर्लग्नात्पुरुषस्य यस्य संभवति।
सर्वारम्भैर्वृत्तिर्विनिर्दिशेत्तस्य जातस्य ॥ ७॥

जातकसारेऽपि—

[७]लग्नाद्विधोर्बलयुतो दशमं च कर्म
स्वेशेन दृष्टमथवा शुभयुक्तदृष्टम्।
तत्सौख्यवृत्तिकृदथो खलखेटयुक्त-
दृष्टं प्रयासभववृत्तिकरं वदन्ति ॥ १॥
[८]खस्थे खपेऽङ्गविधुतः स्वनवांशपे वा
स्वोच्चांशके स्वभवने सुखवृत्तयः स्युः।
नीचारिभागगृहगेऽल्पसुखोऽल्पपुण्यं
दासोपचारभृतकानुचराश्च दासाः ॥ २॥

गर्गः—

कर्मस्थानं ग्रहैर्युक्तं यदि वा दृष्टिवर्जितम्।
तदा दरिद्रदोषेण परिभ्रमति मेदिनीम् ॥ १॥
यद्यप्यनेकानि वदन्ति तज्ज्ञा नानाविधस्थानफलानि कोष्ठ्याम्।
तथापि संसारसमुद्रमध्ये भुक्ते नरः कर्मफलानि चैव ॥ २॥
क्षीणकर्माध्यानयुतस्तेजस्वी रणरोगवान्।
भुङ्क्ते पितृधनं नित्यं भास्करे दशमस्थिते ॥ ३॥

---

१. सा० व० ३२ अ० १२ श्लो०। २. सा० व० ३२ अ० २ श्लो०।
३. सा० व० ३२ अ० ३ श्लो०। ४. सा० व० ३२ अ० ४ श्लो०।
५. सा० व० ३२ अ० ५ श्लो०। ६. सा० व० ३२ अ० ६ श्लो०।
७. जा० सा० दी० ४८ अ० १ श्लो०। ८. जा० सा० दी० ४८ अ० २ श्लो०।

स्वगृहस्य सदा भुङ्क्ते सौख्यं सौभाग्यसंयुतम् ।
मातृद्रव्ययुतं शान्तं कुरुते दशमे विधुः ॥ ४ ॥
धनी स्वकर्मरहित आज्ञायुक्तो विपक्षयुक् ।
विकारः शत्रुतो भौमे दशमस्थे भवेद्ध्रुवम् ॥ ५ ॥
यशस्वी नृपसन्मानी पुत्रवित्तैश्च संयुतः ।
बुधः सर्वार्थदो नित्यं वैपरीत्येन निष्फलम् ॥ ६ ॥
धर्मकर्मानुरक्तः स्याच्छ्रीमांस्तौर्यत्रिकप्रियः ।
स्थैर्यवांस्तारसौन्दर्यं धनी कर्मगते गुरौ ॥ ७ ॥
वनस्थोऽपि सदा भुङ्क्ते नानासौख्यानि मानवः ।
स्त्रीधनी नेत्ररोगी च पूज्यः स्यात्कर्मगे भृगौ ॥ ८ ॥
सेवार्जितधनः क्रूरः कृपणः पक्षिघातकः ।
जङ्घारोगी नीचशत्रुः राशिस्थे कर्मगे शनौ ॥ ९ ॥
भवेद्वृन्दपुरग्रामपतिर्वा दण्डनायकः ।
राहौ कर्मस्थिते प्राज्ञः शूरो मन्त्री धनान्वितः ॥ १० ॥
गुदामयी म्लेच्छवृत्तिर्म्लेच्छकर्मा च मानवः ।
परदाररतो नित्यं केतौ दशमगे गृहे ॥ ११ ॥
कर्मभावे शुभक्षेत्रे शुभदृष्टे सुकर्मकृत् ।
पापेक्षिते पापकर्मा स्वामिदृष्टे तु मध्यमः ॥ १२ ॥

अब आगे दशम भाव के विचार को बतलाने के सिलसिले में प्रथम दशम भाव से किन-किन बातों का विचार होता है इसे जातकाभरण के वाक्य से कहते हैं।

जातकाभरण में कहा है कि व्यवसाय, मुद्रा, राजा से सम्मान, राज्य, पिता के सुखादि का भी और बड़े स्थान (पद) की प्राप्ति का विचार दशम भाव से करना चाहिये ॥ १ ॥

अब आगे कल्याण वर्मा रचित सारावली के वचनों से दशम भाव के विवेक को प्रस्तुत करते हैं।

कल्याण वर्मा का कहना है कि महर्षियों ने लग्न से दशम राशि को जो कर्म का फल कहा है उसको मैं भी दशमस्थ राशि व ग्रह एवं ग्रह दृष्टि के स्वभाव से फल को कहता हूँ ॥ १ ॥

जन्म के समय में प्रथम चन्द्र और लग्न के बलाबल का निर्णय करके जो बली हो उससे दशम में विद्यमान राशि, ग्रह, दृष्टि के जो स्वभाव वर्णित हों उसी के अनुकूल जातक के फल जानकर कहना चाहिये। इस में विशेष बात यह है कि दशमेश अच्छी अवस्था में हो तो उक्त फल की वृद्धि और निम्न अवस्था में फल का ह्रास होता है ॥ २-३ ॥

यदि दशम भाव में जाङ्गल राशि (सिंह) या मीन राशि या ग्रह दृष्टि वश जो स्वरूप व प्रकृति तत्तुल्य, या ग्राम्य या अरण्य या शुभग्रह राशि या पापग्रह राशि या द्विपद या चतुष्पद या सरीसृप या उभय जैसे मकर राशि या इनके स्वरूप आकृति स्वभाव तुल्य देश में कर्म फल की प्राप्ति होती है। इस कारण से जन्म के समय यत्न पूर्वक दशम राशि का विचार करके आदेश करना चाहिये ॥ ४-६ ॥

जिसके जन्म के समय में लग्न से दशम स्थान में चन्द्रमा हो तो जातक की वृत्ति जिस कार्य को वह करता है उसी से चलती है ॥ ७ ॥

विशेष—प्रकाशित सारावली में 'दशमे नक्षत्रपतेर्लग्नात्पुरुषस्य कर्म संभवति। सर्वारम्भे वृतिर्विनि⋯' यह पाठान्तर है ॥ ७ ॥

अब आगे जातक सार में भी जो वर्णित दशम भाव का फल है उसे बतलाते हैं।

जातक सार में भी कहा है कि लग्न व चन्द्रमा इन दोनों में जो बली हो उससे दशम भाव यदि अपने स्वामी से दृष्ट या शुभग्रह से दृष्ट युक्त हो तो जातक को सुख मय वृत्ति प्राप्ति होती है अर्थात् सुखमय जीवन यापन होता है।

यदि पापग्रह से दृष्ट युक्त हो तो प्रयास अर्थात् परिश्रम से आजीविका प्राप्ति होती है ॥ १ ॥

यदि जन्म के समय लग्न या चन्द्रमा से दशमेश या नवांशेश दशम स्थान में हो या अपने नवांश में या उच्च राशि के नवांश में या अपनी राशि में हो तो जातक का सुखमय जीवन व्यतीत होता है।

यदि नीच या शत्रु राशि या इनके नवांश में हो तो अल्प सुखी जीवन जातक का होता है।

अथवा लग्न या चन्द्रमा से दशम भाव में सूर्य हो तो अल्प सुखी, चन्द्रमा से अल्प पुण्यवान्, भौम से विना वेतन का नौकर, बुध से वेतन भोगी सेवक, गुरु से प्रधान वेतन भोगी, शुक्र से भी वेतन पाने वाला नौकर और यदि शनि दशम में शत्रु या नीच राशि या नवांश में हो तो जातक दास या यों समझिये बिना पैसे का सेवक होता है ॥ २ ॥

अब आगे गर्गाचार्य जी के वचनों से दशमस्थ ग्रहों के फल को बताते हैं।

यदि कुण्डली में दशम स्थान ग्रहों से युक्त हो अथवा ग्रह दृष्टि से शून्य हो तो जातक दरिद्री बनकर इस भूमण्डल पर भ्रमण करता है ॥ १ ॥

यद्यपि विद्वान् मुनियों ने भावों के फल को अनेक प्रकार से वर्णन किया है तथापि इस भव सागर में जातक कर्म के फल का ही प्राप्त करता है। ऐसा मनीषी गण का कहना है ॥ २ ॥

गर्गोक्त दशम में सूर्य का फल—यदि कुण्डली में दशम भाव में सूर्य हो तो जातक क्षीण कार्यों का ध्यान करने वाला, तेजस्वी, योद्धा, रोगी और प्रतिदिन पिता के धन को भोगने वाला होता है ॥ ३ ॥

गर्गोक्त दशम में चन्द्रमा का फल—यदि कुण्डली में दशम भाव में चन्द्रमा हो तो

जातक अपने घर का सदा सुख भोगने वाला, सौभाग्य वान्, माता के धन से युक्त और शान्त प्रकृति का होता है ॥ ४ ॥

गर्गोक्त दशम में भौम का फल—यदि कुण्डली में दशम भाव में भौम हो तो जातक धनी, अपने कर्तव्य से हीन, आज्ञाकारी, शत्रु से युक्त और शत्रु से विकारी अवश्य होता है ॥ ५ ॥

गर्गोक्त दशम में बुध का फल—यदि कुण्डली में दशम भाव में बुध हो तो जातक यशस्वी, राजा से आदर पाने वाला, धन व पुत्र से युक्त, समस्त का विनाशी और विपरीतता से निष्फल होने वाला होता है ॥ ६ ॥

गर्गोक्त दशम में गुरु का फल—यदि कुण्डली में दशम भाव में गुरु हो तो जातक धर्म के कार्यों में आसक्त, लक्ष्मोवान्, नाच-गान व वाद्य का प्रेमी, स्थिर भावना का, मोती के तुल्य सुन्दर और धनी होता है ॥ ७ ॥

गर्गोक्त दशम में शुक्र का फल—यदि कुण्डली में दशम भाव में शुक्र हो तो जातक वन में रहने पर भी अनेक प्रकार के सुख भोगने वाला, स्त्री से धनी, आँखों का रोगी और सत्कार करने योग्य होता है ॥ ८ ॥

गर्गोक्त दशम में शनि का फल—यदि कुण्डली में दशम भाव में शनि हो तो जातक नौकरी से धन पैदा करने वाला, क्रूर, लोभी, पक्षियों का हिंसक, जांघ का रोगी और दुष्ट शत्रु वाला होता है ॥ ९ ॥

गर्गोक्त दशम में राहु का फल—यदि कुण्डली में दशम भाव में राहु हो तो जातक समुदाय या नगर या ग्राम का स्वामी अथवा न्यायाधीश, विद्वान्, वीर, सचिव और धन से युक्त होता है ॥ १० ॥

गर्गोक्त दशम में केतु का फल—यदि कुण्डली में दशम भाव में केतु हो तो जातक गुदा का रोगी, म्लेच्छ आजीविका वाला, नीच कार्य कर्ता और दूसरे की स्त्री में आसक्त होता है ॥ ११ ॥

यदि कुण्डली में दशम भाव में शुभ ग्रह की राशि या शुभग्रह से दृष्ट दशम हो तो अच्छे कार्य करने वाला, यदि पापग्रह की राशि या पापग्रह से दृष्ट हो तो दुष्कर्म करने वाला, यदि पापी स्वामी से दृष्ट हो तो मध्यम फल होता है ॥ १२ ॥

अथ दशमभावविशेषफलम् ।

कश्यपः—

स्वोच्चे १ स्वोच्चनवांशे च २ शुभवर्गेऽथ ३ नीचभे ४ ।
नीचांशे ५ क्रूरषड्वर्गे ६ मित्रभे ७ सुहृदंशके ८ ॥ १ ॥
वर्गोत्तमेऽ ९ रिभेऽ १० यंशे ११ स्वर्क्षे १२ द्वादशधा क्रमात् ।
फलं दशमभावोत्थं कथ्यते यवनोदितम् ॥ २ ॥
धर्मव्रतमयं १ बन्धवधसंज्ञं २ कलङ्कितम् ३ ।
बहुदासक्रियारूपं ४ कुभूपभजनात्मकम् ५ ॥ ३ ॥

वधबन्धमयं ६ हिंस्रं ७ वाणिज्यं ८ वणिजोचितम् ९।
अशुभं १० गर्हितं ११ वान्यसेवाकर्म १२ खगे रवौ॥४॥
ख्यातं १ देवद्विजभवं २ शुभं ३ लज्जासमन्वितम् ४।
क्रयविक्रयरूपं च ५ व्यसनाख्यः ६ शुभात्मकम् ७॥५॥
शस्त्रजं ८ नखजं ९ हिंस्रं १० स्त्रीजं ११ नृपतिदैन्यजम् १२।
कर्मभावगते चन्द्रे क्रियते कर्मजन्तुना॥६॥
युद्धाख्यं १ दूतजं २ नीचं ३ पारदार्याधिपं ४ ततः।
गणितोत्थं ५ पारिदार्याद् ६ गणितप्रभवं ७ ततः॥७॥
अक्षजं ८ भारते प्रीतिविहीनं ९ दैन्यसंभवम् १०।
भिक्षाख्यं ११ चाष्टकोष्ठोत्थं १२ कर्मस्थानस्थिते कुजे॥८॥
धनधान्यसमुद्भूतं १ चतुष्पदसमुद्भवम् २।
शुभं ३ वाजिक्रिया ४ द्यूतं ५ परदेशसमुद्भवम् ६॥९॥
खलजं ७ खरजं ८ तज्जं होममन्त्रपरात्मकम् ९।
कष्टजं १० निर्गुणं ११ कीर्तिप्रदं १२ कर्मखगे बुधे॥१०॥
बहुदानं १ द्विजाचार्याख्यं २ द्विजदेवार्चनादिकम् ३।
हीनसेवात्मकं ४ चौर्यं ५ धनहीनं ६ शुभात्मकम् ७॥११॥
भूपजं ८ गोमहिष्युत्थं ९ कृतघ्नं १० परवञ्चकम् ११।
राजप्रियं १२ गुरौ कर्म क्रियते कर्मभावगे॥१२॥
जनेष्टं १ मणिमुकुरोत्थं २ हेमजं ३ स्त्रीजनाश्रितम् ४।
अन्यसौख्यं ५ कष्टयुतं ६ प्रभूताद्यं ७ स्वबन्धुजम् ८॥१३॥
गोधनाश्वान्वितं९हिंस्रं१०चिन्ताढ्यं ११वाजिसंभवम् १२।
कर्मभावगते शुक्रे क्रियते कर्म जन्तुना॥१४॥
मार्दवस्थैर्यजनितं १ शिल्पस्थं २ प्रियसाध्वसम् ३।
द्विजगेहभवं ४ चान्यसेवारूपं ५ नृशंसकम् ६॥१५॥
प्रभूतं ७ हीनधर्मं च ८ सेवाढ्यं ९ मृगयाभिधम् १०।
पैशून्यसंज्ञं ११ भैषज्यं १२ कर्म कर्मगते शनौ॥१६॥

अब आगे दशम भाव के विशेष फल को कश्यप ऋषि के वाक्यों से कहते हैं।

दशम भाव में सूर्य का विशेष फल—यदि कुण्डली में दशम भाव में सूर्य उच्च राशि में १ हो तो जातक धर्म व व्रत स्वरूप अर्थात् व्रत करने वाला धार्मिक, उच्च राशि के नवांश में २ बन्धन में फँसने वाला, हिंसक, शुभ राशि के षड्वर्ग में ३ कलङ्क से युक्त, नीच राशि में ४ दासता जीवन व्यतीत करने वाला या यों समझिये विना पैसे का नौकर, नीच जाति के नवांश में ५ दुष्ट राजा का आश्रय करने वाला, क्रूर

राशि के षड्वर्ग में ६ हिंसक और जेल भोगी, मित्र राशि में ७ हिंसा करने वाला, मित्र राशि के नवांश में ८ व्यापारी, वर्गोत्तम में ९ उचित व्यापारी, शत्रु राशि में १० अशुम, शत्रु राशि के नवांश में ११ निन्दित और अपनी राशि में १२ सूर्य यदि दशम भाव में हो तो दूसरे की सेवा रूपी कार्य करने वाला होता है ।। १–४ ।।

दशम भाव में चन्द्रमा का विशेष फल—यदि कुण्डली में दशम भाव में चन्द्रमा उच्च राशि में १ हो तो जातक प्रसिद्ध, उच्च राशि के नवांश में२ देवता तथा ब्राह्मण-जन्य, शुभराशि के षड्वर्ग में अच्छा, नीच राशि में ४ लज्जा से युक्त, नीचराशि के षड्वर्ग में ६ व्यसनात्मक, मित्र राशि में ७ सुन्दर, मित्र राशि के नवांश में ८ शस्त्र से, वर्गोत्तम में ९ नख से उत्पन्न, शत्रु राशि में १० हिंसात्मक, शत्रु राशि के नवांश में ११ स्त्री से जायमान और अपनी राशि में १२ चन्द्रमा यदि दशम भाव में हो तो जातक राजकीय दीनता से उत्पन्न कार्य करने वाला होता है ।।५–६।।

दशमभाव में भौम का विशेष फल—यदि कुण्डली में दशम भाव में भौम उच्च राशि में १ हो तो जातक युद्ध जन्य अर्थात् लड़ाई का, उच्च राशि के नवांश में २ दूत का, शुभ राशि के षड्वर्ग में ३ दूषित, नीच राशि में ४ परस्त्री पति बनने का, नीच राशि के नवांश में ५ गणित से उत्पन्न, क्रूर राशि के षड्वर्ग में ६ दूसरे की स्त्री से, मित्र राशि में ७ गणित क्रिया से जायमान, मित्र राशि के नवांश में ८ दृष्टि-जन्य, वर्गोत्तम में ९ भारत में प्रेम से रहित, शत्रु राशि में १० दीनता से उत्पन्न, शत्रुराशि के नवांश में ११ भीख माँगने का और अपनी राशि में १२ भौम यदि दशम भाव में हो तो जातक अष्टविधि से कार्य करने वाला होता है ।।७–८।।

दशमभाव में बुध का विशेष फल—यदि कुण्डली में दशम भाव में बुध उच्च राशि १ में हो तो जातक धन-धान्य से उत्पन्न, उच्च राशि के नवांश में २ पशुजन्य, शुभ राशि के षड्वर्ग में ३ सुन्दर, नीचराशि में ४ घोड़ाओं की परिचर्या, नीचराशि के नवांश में ५ जुआ खेलने का, अशुभ राशि के षड्वर्ग में ६ परदेश में जायमान, मित्र-राशि में ७ पाप जन्य, मित्र राशि के नवांश में ८ गधे से उत्पन्न, वर्गोत्तम में ९ होमात्मक तथा मन्त्रात्मक, शत्रु राशि में १० कष्ट से उत्पन्न, शत्रुराशि के नवांश में ११ निर्गुण और बुध अपनी राशि में यदि दशम भाव में १२ हो तो जातक कीर्ति को देने वाले कार्य को करने वाला होता है ।।९–१०।।

दशमभाव में गुरु का विशेष फल—यदि कुण्डली में दशम भाव में गुरु उच्च राशि में १ हो तो जातक अधिक दान का, उच्च राशि के नवांश में २ ब्राह्मणों की पूजा का शुभराशि वर्ग में ३ ब्राह्मण और देवताओं की पूजा का, नीच राशि में ४ क्षीण सेवा का, उच्च राशि के नवांश में ५ चोरी का, अशुभ राशि के नवांश में ८ राजा से उत्पन्न, वर्गोत्तम में ९ गाय तथा भैंसों से उत्पन्न, शत्रु राशि में १० दूषित, शत्रु राशि के नवांश में ११ दूसरों को ठगने का और गुरु अपनी राशि में यदि दशम भाव में १२ हो तो जातक राजा की प्रसन्नता के लिये कार्य करने वाला होता है ।। ११–१२ ।।

दशमभाव में शुक्र का विशेष फल—यदि कुण्डली में दशम भाव में शुक्र उच्च राशि में हो तो जातक मनुष्यों के अनुकूल, उच्चराशि के नवांश में २ मणि व दर्पण से उत्पन्न, शुभराशि के षड्वर्ग में ३ सुवर्ण से जायमान, नीचराशि में ४ स्त्रियों के आधीन, नीचराशि के नवांश में ५ दूसरे के सुख हेतु, क्रूरराशि के षड्वर्ग में ६ कष्ट से युक्त, मित्र राशि में ७ अधिक पापमय, मित्रराशि के नवांश में ८ अपने बान्धवों से उत्पन्न, वर्गोत्तम में ९ गाय व घोड़ों का, शत्रुराशि में १० घातक, शत्रुराशि के नवांश में ११ चिन्ता से युक्त और शुक्र अपनी राशि में यदि दशम भाव में शुक्र १२ हो तो जातक घोड़ों से उत्पन्न कार्य करने वाला होता है ।।१३–१४।।

दशम भाव में शनि का विशेष फल यदि कुण्डली में दशम भाव में शनि उच्च राशि में १ हो तो जातक सरल तथा स्थिर, उच्च राशि के नवांश में २ कारीगरी के, शुभ राशि के षड्वर्ग में ३ भय प्रधान, नीच राशि में ४ ब्राह्मण के घर से उत्पन्न, नीच राशि के नवांश में ५ दूसरे की सेवा का, क्रूर राशि के षड्वर्ग में ६ घृणित, मित्र राशि में ७ अधिक, मित्र राशि के नवांश में ८ नीच धर्म के, वर्गोत्तम में ९ नौकरी का, शत्रु राशि में १० शिकार का, शत्रु राशि के नवांश में ११ चुगलखोरी का और शनि अपनी राशि में यदि दशम भाव में १२ हो तो जातक वैद्यकी का कार्य करने वाला होता है ।। १५–१६ ।।

अथ कर्मभावराशिफलम्

वृद्धयवनः—

कर्माश्रिते मुख्यतमे च राशौ करोति कर्म प्रवरं सुदुष्टम् ।
पैशून्यरूपं विनयातिरिक्तं सुनिन्दितं साधुजनस्य लोके ।।१।।
वृषेऽम्बरस्थे प्रकरोति कर्म व्ययात्मकं साधुजनानुरूपम् ।
द्विजेन्द्रदेवातिथिभिर्विधिज्ञं कार्यात्मकं प्रीतिकरं सताञ्च ।।२।।
युग्मेऽम्बरस्थे प्रकरोति मर्त्यः कर्म प्रधानं गुरुभिः प्रदिष्टम् ।
कीर्त्यान्वितं प्रीतिकरं द्विजानां प्रभासमेतं कृषिजं सदैव ।।३।।
कर्केऽम्बरस्थे प्रकरोति मर्त्यः कर्म प्रपारामतडागजातम् ।
विचित्रवापीतटवप्रजं च कूपारिनित्यं तमकल्पकञ्च ।।४।।
सिंहेऽम्बरस्थे कुरुते मनुष्यो रौद्रं सपापं विकृतञ्च कर्म ।
स पौरुषं प्रापणमेव नित्यं वधात्मकं निन्दितमेव पुंसाम् ।।५।।
नभस्थलस्थे त्वथ षष्ठराशौ करोति कर्म त्वमितं मनुष्यः ।
स्त्रीराजभाजो जनताविरुद्धं कामात्मकं निन्द्यतमं नृलोके ।।६।।
तुलाधरे व्योमगते मनुष्यो वाणिज्यकर्म प्रचुरं करोति ।
धर्मात्मकं चापि नयेन युक्तं सतामभीष्टं परसम्मतञ्च ।।७।।
कीटेऽम्बरस्थे प्रकरोति कर्म पुमान् सुदुष्टं जननिन्दितं च ।
व्ययाकरं देवगुरुद्विजानां सुनिर्दयं नीतिविवर्जितं च ।।८।।

चापेऽम्बरस्थे च करोति कर्म सेवात्मकं चौर्ययुतं मनुष्यः।
परोपकारात्मकमोजसाढ्यं नृपात्मकं भूरियशः समेतम् ॥९॥
मृगेऽम्बरस्थे च परोपतापी कर्म प्रधानं कुरुते मनुष्यः।
सनिर्दयं बन्धुवधैः समेतं धर्मेण हीनं खलसम्मतं च ॥१०॥
घटेऽम्बरस्थे च करोति मर्त्यं कुलोचितं कर्म गुरुप्रदिष्टम्।
कीर्त्यात्मकं सुस्थिरमादरेण नानाद्विजाराधनसंस्थितं च ॥११॥
मीनेऽम्बरस्थे प्रकरोति कर्म प्रायेण मर्त्यः परवञ्चनोत्थम्।
पाखण्डधर्मान्वितमिष्टलोभाद्विश्वासहीनं जनिताविरुद्धम् ॥१२॥

अब आगे दशमभाव में बारह राशियों के फल को वृद्ध यवनाचार्य जी के वाक्यों से बताते हैं।

दशमस्थ मेष राशि का फल—यदि उत्पत्ति के समय दशम भाव में मेष राशि हो तो जातक श्रेष्ठ कार्य कर्ता, दुष्ट स्वभावी, चुगल खोर, नम्रता से अतिरिक्त अर्थात् उद्दंड और सज्जनों के समुदाय में निन्दित होता है ॥ १ ॥

बृहद्यवन जातक में कहा है—'मेषाभिधः कर्मगृहे यदि स्यात् करोति कर्म प्रवरं सुदुष्टम्। पैशून्यरूपं च नृपानुरक्तं सुनिन्दितं साधुजनस्य लोके' ॥ १ ॥

दशमस्थ वृष राशि का फल—यदि उत्पत्ति के समय दशम भाव में वृष राशि हो तो जातक खर्च के कार्य करने वाला, सज्जनों के अनुकूल, ब्राह्मण-देवता-अतिथियों की विधि (सेवा) को जानने वाला और सज्जनों को प्रसन्न करने वाला होता है ॥ २ ॥

बृहद्यवन जातक में भी कहा है—'वृषेऽम्बरस्थे प्रकरोति कर्म व्ययात्मकं साधुजनानुकम्प्यम्। द्विजेन्द्रदेवातिथिपूजकं च ज्ञानात्मकं प्रीतिकरं सतां च' ॥ २ ॥

दशमस्थ मिथुन राशि का फल—यदि उत्पत्ति के समय दशम भाव में मिथुन राशि हो तो जातक गुरुजनों की आज्ञानुसार प्रधान कार्य करने वाला, कीर्तिमान्, ब्राह्मणों का प्रेमी, तेजस्वी और सदा ही खेती करने वाला है ॥ ३ ॥

बृहद्यवन जातक में भी इसी प्रकार से पाठ है ॥ ३ ॥

दशमस्थ कर्क राशि का फल—यदि उत्पत्ति के समय दशम भाव में कर्क राशि हो तो जातक प्याऊ बगीचा व तालाब सम्बन्धी विचित्र बावरी, तट व घाटजन्य, दया से शून्य और क्रोधयुक्त काम करने वाला होता है ॥ ४ ॥

बृहद्यवन जातक में भी कहा है—'कर्केऽम्बरस्थे प्रकरोति मर्त्यः कर्म प्रपारामतडागजातम्। विचित्रवापीतरुवृन्दजं च कूपादिधर्मैकपरं सदैव' ॥ ४ ॥

दशमस्थ सिंह का फल—यदि उत्पत्ति के समय दशमभाव में सिंह राशि हो तो जातक भयानक, पाप से युक्त, मग्न, परिश्रम से धनी, हिंसक और निन्दा से युक्त होता है ॥ ५ ॥

बृहद्यवन जातक में भी इसी के अनुकूल ही है ॥ ५ ॥

दशमस्थ कन्या राशि का फल—यदि उत्पत्ति के समय दशम भाव में कन्या राशि हो तो जातक अपरमित कार्य करने वाला, स्त्रीराज का भोगी, मनुष्यों के विरुद्ध श्लीलात्मक प्रधान घृणित कार्य कर्ता होता है ॥ ६ ॥

बृहद्यवन जातक में भी कहा है—'नभः स्थलस्थस्त्वथ षष्ठराशिः करोति कर्मंज्ञमितोमनुष्यम् । स्त्रीराजभारो जववान् निरुक् च सुरूपयोषिन्नितरां धनी च' ॥ ६ ॥

दशमस्थ तुला राशि का फल—यदि उत्पत्ति के समय दशम भाव में तुला राशि हो तो जातक अधिक व्यवसाय का धर्म का न्याय से युक्त, सज्जनों का प्रिय और दूसरे की सम्मति से कार्य करने वाला होता है ॥ ७ ॥

बृहद्यवन जातक में भी इसी के तुल्य है किन्तु चौथे चरण में 'सतामभीष्टं परमं पदं च' यह पाठान्तर है ॥ ७ ॥

दशमस्थ वृश्चिक राशि का फल—यदि उत्पत्ति के समय दशम भाव में वृश्चिक राशि हो तो जातक नीच मनुष्यों से निन्दनीय, देवता गुरु ब्राह्मणों को पीड़ादायक दया से रहित और न्याय से हीन कार्य करने वाला होता है ॥ ८ ॥

बृहद्यवन जातक में 'कीटेऽम्बरस्थे प्रकरोति कर्म पुमान् सुदृष्टैः पुरुषैः समानम् । पीडाकरं देवगुरुद्विजानां सुनिर्दयं नीतिविवर्जितं च' ॥ ८ ॥

दशमस्थ धनु राशि का फल—यदि उत्पत्ति के समय दशम भाव में धनु राशि हो तो जातक परिचर्यात्मक, चोरी का, दूसरे के उपकार के लिये, परिश्रम से युक्त, राजा के समान और अधिक यश से संपन्न कार्य करने वाला होता है ॥ ९ ॥

बृहद्यवन जातक में भी इसी प्रकार से है ॥ ९ ॥

दशमस्थ मकर राशि का फल—यदि उत्पत्ति के समय दशमभाव में मकर राशि हो तो जातक दूसरे को दुःख देने वाला, प्रधान, दया से रहित, बान्धवों के घातक धर्म से हीन और दुष्टों का प्रिय कार्य करने वाला होता है ॥ १० ॥

बृहद्यवन जातक में—'परोपतापी' के स्थान पर 'प्रचुरप्रतापं' यह पाठ है ॥ १० ॥

दशमस्थ कुम्भ राशि का फल—यदि उत्पत्ति के समय दशम भाव में कुम्भ राशि हो तो जातक वंश परम्परागत, गुरु जनों से आदिष्ट, कीर्ति से युक्त, आदर पूर्वक, सुन्दर स्थिर और अनेक ब्राह्मणों की पूजा से युक्त कार्य करने वाला होता है ॥ ११ ॥

बृहद्यवन जातक में—घटेऽम्बरस्थे च करोति कर्म प्रयाणसक्तं परवञ्चनार्थम् । पाखण्डधर्मान्वितमिष्टलोभादविश्वासहीनं जनताविरुद्धम्, यह पाठ प्राप्त है ॥ ११ ॥

दशमस्थ मीन राशि का फल—यदि उत्पत्ति के समय दशमभाव में मीन राशि हो तो जातक प्राय दूसरे को ठगने का कार्य, पाखण्डता से युत, अभीष्ट लोभ से युक्त, अविश्वास से और जन समुदाय के विरुद्ध कार्य करने वाला होता है ॥ १२ ॥

बृहद्यवन जातक में भी कहा है—मीनेऽम्बरस्थे च करोति मर्त्यः कुलोचितं कर्म गुरुप्रदिष्टम् । कीर्त्यान्वितं सुस्थिरमादरेण नानाद्विजाराधनसंस्थितञ्च, यह पाठान्तर है ॥१२॥

अथ चन्द्रात्कर्मचिन्ता।

होराप्रदीपे—

[1]चन्द्रात् कर्मस्थिते सूर्ये सिद्धारम्भो धनान्वितः।
सात्त्विको नृपतुल्यो वा भवेद्दुष्टजनाश्रयः॥ १॥
प्रत्यन्तवासी विषयो लुब्धः क्रुरोऽतिसाहसी।
निषादचरितश्चन्द्राद्भौमे कर्मणि संस्थिते॥ २॥
बहुपुत्रो धर्मयुक्तः शिल्पविद्दण्डनायकः।
प्राज्ञः ख्याती भवेच्चन्द्राच्चन्द्रजे कर्मणि स्थिते॥ ३॥
शुभाचारो विशुद्धार्थः समृद्धो धार्मिको भवेत्।
शशाङ्कात् कर्मणे भूपो मन्त्री वा सुरमन्त्रिणि॥ ४॥
सिद्धारम्भः सुललितः सुभगो नृपपूजितः।
वित्तवान् क्षीयते चन्द्राद्भार्गवे कर्म संस्थिते॥ ५॥
व्याधिभिर्दुःखितो निस्वो नित्योद्विग्नश्च कामतः।
प्रज्ञाहीनो नरश्चन्द्रात् कर्मभावस्थिते शनौ॥ ६॥
सूर्याच्चन्द्रादयो व्योम्नि क्षुद्रो हिंस्रः कुकर्मकृत्।
कामरुक् शोकबहुलो भद्ररक्षणकर्मकृत्॥ ७॥
[2]अलङ्करणवस्त्राभिर्दूष्यवाणिज्यको नरः।
जलजीवी भवेच्चान्द्रात्कर्मण्यादित्यसौम्ययोः॥ ८॥
वीरः शूरः पुमाञ्जातो बहुमान्यश्च जायते।
सिद्धारम्भो विधोर्व्योम्नि संस्थिते रविजीवयोः॥ ९॥
स्त्रीसंशयसमृद्धः स्यात् सुभगो नृपवल्लभः।
सशुक्रे भास्करे चन्द्रात् कर्मणि स्वजनाश्रितः॥ १०॥
भृतकः कृपणो दीनो वधबन्धनभाग् भवेत्।
प्रवासी चोरमुख्यश्च चन्द्राद् व्योम्न्यर्कमन्दयोः॥११॥
भूभृतो निर्महाशूरः शशाङ्काद्भौमसौम्ययोः।
भयेच्च स कुले दक्षः सजीवी कर्मसंस्थयोः॥१२॥
मित्रेभ्यो लब्धविभवो स्यात्तदाश्रयजीवितः।
बले नेता भवेच्चन्द्राद्व्योम्नि भूसुतशुक्रयोः॥१३॥
विदेशगो वणिग्वृत्त्या हेममुक्तादिभिर्नरः।
जीवति स्त्र्याश्रयाच्चेन्दोर्व्योम्नि भूसुतशुक्रयोः॥१४॥
साहसी जायते पुंसः कर्मयुक्तो नृपोज्झितः।
चन्द्रात्कर्मस्थयोर्भौममन्दयोर्जायते नरः॥१५॥

---

१. जा० सा० ही० ४८ अ० २८-३३ श्लो०। २. जा० सा० ही० ३४-४८ श्लो०।

धर्मिष्ठो नायकः ख्यातो नृपपूज्यो धनान्वितः ।
लिपिविच्छास्त्रसूत्रज्ञश्चन्द्राद् व्योम्नि बुधेज्ययोः ॥१६॥
मित्रार्थवनितासौख्यभाक् सुधीः सचिवो भवेत् ।
देशाधीशोऽथवा चन्द्रात् खमध्ये बुधशुक्रयोः ॥१७॥
मृद्भाण्डकृन्नरो लेख्यः लिपिकृच्च प्रजायते ।
विद्याचार्योऽत्र विख्यातश्चन्द्राद्व्योम्नि ज्ञमन्दयोः ॥१८॥
नृपभृत्यो द्विजपतिः समर्थः शोकवर्जितः ।
विद्याचार्यो भवेच्चन्द्राद् व्योम्नि देवेज्यशुक्रयोः ॥१९॥
परोपतापकृन्नीचः सिद्धारम्भः प्रजायते ।
प्रसिद्धश्चेष्टितश्चन्द्राद्दशमे जीवमन्दयोः ॥२०॥
तैली सुवर्णकारश्च नाटयशिचत्रकरो भवेत् ।
गन्धोपजीवकश्चन्द्राद्दशमे शुक्रमन्दयोः ॥२१॥

अथ त्रिग्रहफलं संक्षेपेण सारावल्याम्[1]—

एवं द्व्यादिषु वाच्यं जन्मनि पुंसां च कर्मोत्थम् ।
त्र्यादिग्रहसंयोगे योऽत्र विशेषस्तमपि वक्ष्ये ॥१॥
शुक्रबृहस्पतिसौरा दशमे हिमगोस्तु चैकराशिस्थाः ।
विविधं कष्टं कुयुर्व्याधिं चाप्यन्यगृहसंस्थाः ॥२॥
वक्रशनैश्चरसूर्या दशमयुक्ता विचक्षणान् धन्यान् ।
अतिकर्मकरान् कुर्युर्नानाचारान धनसंयुतांश्च ॥३॥
धार्मिकं विगतशेषं जनयत्यपराभूतं सौभाग्यपरिच्छदसमृद्धम् ।
रविबुधशनयोर्दशमे क्रूरं चपलं नरं विशीलञ्च ॥४॥

अब आगे चन्द्रमा से दशम स्थान के फल कथन में प्रथम चन्द्रमा से दशमस्थ ग्रहों के फल तथा सूर्य से दशम में ग्रहों के फल को व चन्द्रमा से दशम स्थान में दो ग्रहों की युति के फल होरा प्रदीप नामक ग्रन्थ के वाक्यों से और तीन ग्रहों के योग फल को सारावली ग्रन्थ के आधार पर बतलाते हैं ।

चन्द्रमा से दशम में सूर्य का फल—यदि जन्माङ्ग में चन्द्रमा से दशम स्थान में सूर्य हो तो जातक सफल काम का आरम्भकर्ता या धन युक्त सात्विक, राजा के सदृश अथवा दुष्ट मनुष्यों के आश्रय से कार्य करने वाला होता है ॥१॥

चन्द्रमा से दशम में भौम का फल-यदि जन्माऽङ्ग में चन्द्रमा से दशम स्थान में भौम हो तो जातक नीचों के पास निवास करने वाला, विषयी, लोभी, क्रूर, अधिक साहसी और निषाद के समान आचरण वाला होता है ॥२॥

---

१. ३३ अ० ४९ श्लो० ।

चन्द्रमा से दशम में बुध का फल—यदि जन्माऽङ्ग में चन्द्रमा से दशम स्थान में बुध हो तो जातक अधिक पुत्र वाला, धार्मिक, चित्रकार या कारीगर, न्यायाधीश, विद्वान् और प्रसिद्ध होता है ॥३॥

चन्द्रमा से दशम में गुरु का फल—यदि जन्माऽङ्ग में चद्रन्मा से दशम में गुरु हो तो जातक अच्छा कार्य करने वाला, शुद्धार्थी, सम्पन्न, धर्मात्मा, राजा या सचिव होता है ॥४॥

चन्द्रमा से दशम में शुक्र का फल—यदि जन्माऽङ्ग में चन्द्रमा से दशम में शुक्र हो तो जातक सफलारम्भी, सुन्दर, भाग्यशाली, राजा से सत्कृत और धनी होता है ॥५॥

चन्द्रमा से दशम में शनि का फल—यदि जन्माऽङ्ग में चन्द्रमा से दशम में शनि हो तो जातक रोगों से पीडित, निर्धन, कार्यों से अशान्त प्रतिदिन और बुद्धि से शून्य होता है ॥६॥

सूर्य से दशम में ग्रहों का फल—यदि जन्माऽङ्ग में सूर्य से दशम में चन्द्रमा हो तो जातक क्षुद्र (अल्प विचार का), भौम से हिंसक, बुध से कुकर्मी, गुरु से काम का रोगी, शुक्र से अधिक शोक से युक्त और यदि सूर्य से दशम में शनि हो तो जातक सज्जनों की रक्षा करने वाला होता है ॥७॥

चन्द्रमा से दशमस्थ सूर्यबुध युति का फल—यदि जन्माऽङ्ग में चन्द्रमा से दशमस्थ सूर्य बुध हों तो जातक वस्त्र तथा अलङ्कारों का दूषित व्यवसायी और जल से आजीविका प्राप्त करने वाला होता है ॥८॥

चन्द्रमा से दशमस्थ सूर्यगुरु युति का फल—यदि जन्माऽङ्ग में चन्द्रमा से दशम में सूर्य गुरु हों तो जातक पराक्रमी, योद्धा, अधिक सत्कृत और सिद्धारम्भी होता है ॥९॥

चन्द्रमा से दशमस्थ सूर्यशुक्र युति का फल—यदि जन्माऽङ्ग में चन्द्रमा से दशम में सूर्य शुक्र हों तो जातक स्त्री के सन्देह से सम्पन्न, भाग्यशाली, राजा का प्रिय और अपने मनुष्यों के आश्रित होता है ॥१०॥

चन्द्रमा से दशमस्थ सूर्यशनि युति का फल—यदि जन्माऽङ्ग में चन्द्रमा से दशम में सूर्य शनि हों तो जातक नौकर, लोभी, दीन, हिंसा से जेल का भोगी, प्रवासी और प्रसिद्ध चोर होता है ॥११॥

चन्द्रमा से दशमस्थ भौमबुध युति का फल—यदि जन्माऽङ्ग में चन्द्रमा से दशम में भौम बुध हों तो जातक राजा, पराक्रम से हीन और अपने वंश में चतुरता से जीवन यापन करने वाला होता है ॥१२॥

चन्द्रमा से दशमस्थ भौमगुरु युति का फल—यदि जन्माऽङ्ग में चन्द्रमा से दशम में भौम गुरु हों तो जातक मित्रों से ऐश्वर्य प्राप्त करने वाला तथा उन्हीं के आश्रय में जीवन व्यतीत करने वाला और बल में प्रधान होता है ॥ १३ ॥

चन्द्रमा से दशमस्थ भौमशुक्र युति का फल—यदि जन्माऽङ्ग में चन्द्रमा से दशम में भौम शुक्र हों तो जातक व्यापार हेतु विदेश जाने वाला और सोना मोती से युक्त स्त्री के आधीन जीवन व्यतीत करने वाला होता है ॥ १४ ॥

चन्द्रमा से दशमस्थ भौमशनि युति का फल—यदि जन्माऽङ्ग में चन्द्रमा से दशम में भौम शनि हों तो जातक साहसी, कार्यकर्ता व राजा से त्यक्त होता है ॥ १५ ॥

चन्द्रमा से दशमस्थ बुधगुरु युति का फल—यदि जन्माऽङ्ग में चन्द्रमा से दशम में बुध गुरु हों तो जातक धर्मात्मा, प्रधान, प्रसिद्ध, राजा से पूजित, धनी, लिपियों का जानकार, शास्त्र और सूत्रों का ज्ञाता होता है ॥ १६ ॥

चन्द्रमा से दशमस्थ बुधशुक्र युति का फल—यदि जन्माऽङ्ग में चन्द्रमा से दशम में बुध शुक्र हों तो जातक मित्र-धन-स्त्री का सुख पाने वाला, बुद्धिमान्, मन्त्री, अथवा किसी देश का स्वामी होता है ॥ १७ ॥

चन्द्रमा से दशमस्थ बुधशनि युति का फल—यदि जन्माऽङ्ग में चन्द्रमा से दशम में बुध शनि हों तो जातक मिट्टी के बर्तन बनाने वाला, लेखक, लिपिकर्ता, विद्या में आचार्य और प्रसिद्ध होता है ॥ १८ ॥

चन्द्रमा से दशमस्थ गुरुशुक्र युति का फल—यदि जन्माऽङ्ग में चन्द्रमा से दशम में गुरु शुक्र हों तो जातक राजा का नौकर, ब्राह्मणों का स्वामी, समर्थ, शोक से हीन और विद्या में आचार्य होता है ॥ १९ ॥

चन्द्रमा से दशमस्थ गुरुशनि युति का फल—यदि जन्माऽङ्ग में चन्द्रमा से दशम में गुरु शनि हों तो जातक दूसरे को दुःख देने वाला, दुष्ट, सिद्धारम्भी, विख्यात और इच्छाओं से युक्त होता है ॥ २० ॥

चन्द्रमा से दशमस्थ शुक्रशनि युति का फल—यदि जन्माऽङ्ग में चन्द्रमा से दशम में शुक्र शनि हों तो जातक तेल बेचने वाला, सुनार, नाचने वाला, चित्र बनाने वाला और सुगन्धित द्रव्यों से जीविकार्जन करने वाला होता है ॥ २१ ॥

टिप्पणी—यहाँ दो ग्रहों के योग फल कहने में सूर्य भौम की युति का फल प्राप्त नहीं है। इसलिये अन्य ग्रन्थ के आधार उक्त योग का फल पाठकों की जिज्ञासा पूर्ति के लिये देना अनुपयुक्त नहीं होगा अतः सारावली के वाक्य के साथ फल प्रस्तुत है। 'भानुर्भौमसमेतः कर्मकरान् कासशोषगदबहुलान्। ज्योतिर्विदः प्रकुर्याल्लाक्षणिकांस्ताकिकांश्चापि' यदि जन्माऽङ्ग में चन्द्रमा से दशम स्थान में सूर्य भौम हों तो जातक कार्यकर्ता (मजदूर) खांसी, सूखा आदि रोगों से युक्त, ज्योतिषी, लक्षण ग्रन्थों का ज्ञाता और न्यायवेत्ता होता है। ये पूर्वोक्त श्लोक कुछ पाठान्तर के साथ सारावली के तैंतीसवें अध्याय में तथा जातक सारदीप ग्रन्थ के ४८वें में प्रायः सदृश हो हैं ॥ १-२० ॥

अब आगे तीन ग्रहों की युति के फल को सारावली के वाक्यों से संक्षेप में कहते हैं।

सारावली में कहा है—

इस प्रकार जन्म के समय मनुष्यों के दशम राशिस्थ एक, दो, तीन ग्रहों का फल कहना चाहिये। इन तीनादि ग्रहों के संयोग से जो विशेष होता है। उसे भी कहते हैं ॥ १ ॥

यदि जन्माऽङ्ग में चन्द्रमा से दशम में एक राशि में गुरु, शुक्र, शनि हों तो जातक अधिक कष्ट पाने वाला पृथक् राशियों रहकर एक भाव में हों तो रोगी होता है ॥२॥

विशेष—प्रकाशित सारावली में 'जन्मनि पुंसां फलं हि कर्मोत्थम्' 'आदि ग्रह संयोगे' यह पाठान्तर तथा 'विद्वांसं धर्मरतं दयान्वितं च। भानुजगुरुभृगुपुत्रा दशम-स्थानोपगा नरं कुर्युः'। यह है ॥ १-२ ॥

यदि जन्माऽङ्ग में चन्द्रमा से दशम में सूर्य भौम, शनि हों तो जातक विद्वान्, प्रशंसनीय, अधिक काम करने वाला, अनेक आचरणकर्ता और धन से युक्त होता है ॥३॥

विशेष—प्रकाशित सारावली में 'भानुजरविभूपुत्रा दशमस्थाः क्रूरकर्मनिरतं तु। उत्पादयन्ति मनुजं मूढं पापं दुराचारणम्' यह पाठ है ॥ ३ ॥

यदि जन्माऽङ्ग में चन्द्रमा से दशम स्थान में सूर्य बुध शनि हों तो जातक धर्मात्मा, शेष से हीन, अपराजित और सुन्दर भाग्य होने से समृद्ध, कठिन, चञ्चल तथा शालीनता से हीन होता है ॥ ४ ॥

विशेष—प्रकाशित सारावली में 'परदाररतं पापं प्रवासशीलं च निपुणमतिधृष्टम्। आनृतिकमदैव परं रविबुधसौरा नरं भाग्ये' यह पाठ है। किन्तु जातक सारदीप में 'रविबुधशनयो दशमे क्रूरं चपलं नरं विशीलं च उत्पादयन्ति नियतं शस्त्राग्नि-परिक्षताङ्गञ्च' यह पाठ प्राप्त (४८ अ० ५५ श्लो०) है ॥ ४ ॥

चतुर्ग्रहयोगफलं होराप्रदीपे—

[1]'विकृताङ्गो नरः क्रूरो दाता सफलकर्मकृत्।
रविभौमज्ञदेवेज्यैश्चन्द्राद्दशमगैर्भवेत् ॥ १ ॥
मालाकारो भवेल्लेख्यरतः कर्मकरस्तथा।
चन्द्राद्दशमगैः सूर्यभौमचन्द्रजभार्गवैः ॥ २ ॥
चन्द्राद्दशमगैः सूर्यभौमचन्द्रात्मजार्किभिः।
जायते पुरुषो नीचरतो धनसमन्वितः ॥ ३ ॥
कृषिकृद्धर्मशीलश्च बहुधान्यधनान्वितः।
सदोद्यमी भवेच्चन्द्रात्सूर्यारेज्यसितैः खगैः ॥ ४ ॥
परस्वहरणे शक्तः क्रूरकर्मरतो भवेत्।
अर्कारजीवशनिभिश्चन्द्राद्दशमसंस्थितैः ॥ ५ ॥
सत्त्वाकारो प्रकाश्यश्च जायते निपुणो नरः।
चन्द्राद्दशमगैः सूर्यभौमास्फुजिदिनात्मजैः ॥ ६ ॥

१. जा० सा० दी० ४८ अ० ६९-८३ श्लो०।

जायते पुरुषो नीचरतो धनसमन्वितः।
कृषिकृद्धर्मको मल्लवृत्तकर्षणकृन्नरः ॥ ७ ॥
चन्द्राद्दशमगैः सूर्यबुधेज्यभृगुजैर्भवेत्।
परेषां वञ्चनासक्तो मेधावी क्रूरचेष्टितः॥ ८ ॥
रविसौम्येज्यरविजैः चन्द्राद्दशमसंस्थितैः।
कर्षणानुरतं दक्षं वाग्मिनं कठिनं नरम् ॥ ९ ॥
चन्द्राद्दशमगैः सूर्यबुधभार्गवभानुजैः।
रविजीवास्फुजिन्मन्दैश्चन्द्रान्मेषूरणस्थितैः ॥
प्रवाससक्तो मनुजो भवेद्विविधचेष्टितः॥ १० ॥
प्रधृष्यः समरे शूरः पण्डितो निपुणो भवेत्।
चन्द्रात्कर्मस्थितैर्भौमबुधवाक्पतिभार्गवैः ॥ ११ ॥
वैरिहा कठिनः शूरः सदोद्युक्तश्च जायते।
भूमिपुत्रज्ञदेवेज्यशनिभिश्चन्द्रकर्मगैः ॥ १२ ॥
सुविद्वान् बहुलः शूरो विशालाङ्गो नरो भवेत्।
चन्द्राद्दशमगैर्भौमजीव (बुध) शुक्रशनैश्चरैः॥ १३ ॥
धीरो धनसमृद्धश्च पुमान् बहुकुटुम्बभाक्।
चन्द्राद्दशमस्थितैर्भौमजीवशुक्रशनैश्चरैः ॥ १४ ॥
मेधावी लोकदयितः शान्तात्मा पुरुषो भवेत्।
कर्मसंस्थैर्विधोः सौम्यजीवभार्गवभानुजैः॥ १५ ॥
[1]इमे योगाः प्रशस्यन्ते सौम्यग्रहनिरीक्षिताः।
अभद्राः प्रायशः प्रोक्ताः पापग्रहनिरीक्षणात्॥ १६ ॥
वैद्याः पुरोहिताः शास्त्रगणका वञ्चका नराः।
जायते कर्मगैः पापैः सौम्यग्रहनिरीक्षितैः॥ १७ ॥

अब आगे चन्द्रमा से दशम स्थान में चार ग्रहों के योग फल को होरा प्रदीप के वाक्यों से बतलाते हैं।

चन्द्रमा से दशम स्थान में सूर्य, भौम, बुध, गुरु योग का फल—यदि जन्मपत्री में चन्द्रमा से दशम स्थान में सूर्य कुज सौम्य गुरु हों तो जातक विकार से युक्त देहधारी, क्रूर, दानी और सफल कार्य का करने वाला होता है॥१॥

चन्द्रमा से दशम स्थान में सूर्य भौम बुध शुक्र योग का फल—यदि जन्मपत्री में चन्द्रमा से दशम स्थान में सूर्य, भौम, बुध, शुक्र योग हो तो जातक माली, लिखने में आसक्त और पुष्पादि व लेखन का कार्य-कर्ता होता है ॥२॥

---

१. जा० सा० दी० ४८ अ० ६९–८४ श्लो०।

चन्द्रमा से दशम स्थान में सूर्य भौम बुध शनि योग का फल--यदि जन्मपत्री में चन्द्रमा से दशम स्थान में सूर्य, भौम, बुध, शनि का योग हो तो जातक दुष्टों में अनुरक्त और धन से युक्त होता है ।।३।।

चन्द्रमा से दशम स्थान में सूर्य, भौम, गुरु, शुक्र योग का फल—यदि जन्मपत्री में चन्द्रमा से दशम स्थान में सूर्य, भौम, गुरु, शुक्र योग हो तो जातक खेती करने वाला, धर्मात्मा, अधिक धन-धान्य से युक्त और सदा उद्योग करने वाला होता है ।।४।।

चन्द्रमा से दशम स्थान में सूर्य, भौम, गुरु, शनि योग का फल—यदि जन्मपत्री में चन्द्रमा से दशम स्थान में सूर्य, भौम, गुरु, शनि योग हो तो जातक दूसरे के धन को चुराने में आसक्त और क्रूर (कठिन) कार्यकर्ता होता है ।।५।।

चन्द्रमा से दशम स्थान में सूर्य, भौम, शुक्र, शनि योग का फल---यदि जन्मपत्री में चन्द्रमा से दशम स्थान में सूर्य, भौम, शुक्र, शनि योग हो तो जातक सात्विक, दीप्तिमान् और चतुर होता है ।।६।।

चन्द्रमा से दशम स्थान में सूर्य, बुध, गुरु, शुक्र योग का फल---यदि जन्मपत्री में चन्द्रमा से दशम स्थान में सूर्य बुध, गुरु, शुक्र योग हो तो जातक दुष्टों में आसक्त, धन से युक्त, खेती करने वाला, धार्मिक और कुश्ती के आचरण से आकृष्ट करने वाला होता है ।।७–७½।।

चन्द्रमा से दशम स्थान में सूर्य, बुध, गुरु, शनि योग का फल---यदि जन्मपत्री में चन्द्रमा से दशम स्थान में सूर्य, बुध, गुरु, शनि योग हो तो जातक दूसरों को ठगने में आसक्त, बुद्धिमान् और कठिन इच्छा करने वाला होता है ।।७½–८½।।

चन्द्रमा से दशम स्थान में सूर्य, बुध, शुक्र, शनि योग का फल---यदि जन्मपत्री में चन्द्रमा से दशम स्थान में सूर्य, बुध, शुक्र, शनि योग हो तो जातक खेती में आसक्त, चतुर, वाग्मी और क्रूर होता है ।।८½–१०।।

चन्द्रमा से दशम स्थान में भौम, बुध, गुरु शुक्र योग का फल--यदि जन्मपत्री में चन्द्रमा से दशम स्थान में भौम, बुध, गुरु, शुक्र योग हो तो जातक युद्ध में अधिक धर्षण करने योग्य, वीर, विद्वान् और चतुर होता है ।।११।।

चन्द्रमा से दशम स्थान में भौम, बुध, गुरु शनि योग का फल---यदि जन्मपत्री में चन्द्रमा से दशम स्थान में भौम, बुध, गुरु, शनि योग हो तो जातक शत्रुओं का नाशक, क्रूर, वीर और सदा उद्योगी होता है ।।१२।।

चन्द्रमा से दशम स्थान में भौम, बुध, शुक्र, शनि योग का फल---यदि जन्मपत्री में चन्द्रमा से दशम स्थान में भौम, बुध, शुक्र, शनि योग हो तो जातक सुन्दर पंडित, बड़ा वीर और विशाल देहधारी होता है ।।१३।।

चन्द्रमा से दशम स्थान में भौम, गुरु, शुक्र शनि योग का फल—यदि जन्मपत्री में चन्द्रमा से दशम स्थान में भौम, गुरु, शुक्र, शनि, योग हो तो जातक धैर्यवान्, धन से संपन्न और अधिक कुटुम्ब वाला होता है ।। १४ ।।

चन्द्रमा से दशम स्थान में बुध, गुरु, शुक्र, शनि योग का फल—यदि जन्मपत्री में चन्द्रमा से दशम स्थान में बुध, गुरु, शुक्र, शनि योग हो तो जातक बुद्धिमान्, जनप्रिय और शान्तात्मा होता है ॥ १५ ॥

पूर्वोक्त चारों ग्रह की युति यदि शुभ ग्रह से दृष्ट हो तो पूर्ण फल की प्राप्ति होती है। यदि पापग्रह की दृष्टि हो तो युति दूषित फल दायिका होती है ॥ १६ ॥

यदि चन्द्रमा से दशम भाव में पाप ग्रह शुभ ग्रह से दृष्ट हो तो जातक वैद्य, पुरोहित, ज्योतिर्विद या दूसरे को ठगने वाला होता है ॥ १७ ॥

अथ जीविकाविचारः।

अत्र वराहः—

अर्थाप्तिः पितृपितृपत्नि शत्रुमित्रभ्रातृस्त्रीभृतकजनाद्दिवाकराद्यैः।
होरेन्द्वोर्दशमगतैर्विकल्पनीया भेन्द्वर्कास्पदपतिगांशनाथवृत्त्या ॥ १ ॥

अयमर्थः। लग्नाच्चन्द्राद्वा यदि सूर्यादयो दशमस्थाः स्युस्तदा क्रमेण पितृमात्रादितो लाभकरः। यदि लग्नचन्द्रोभयस्माद्दशमस्थाः ग्रहाः स्वस्यान्तर्दशायां सर्वे पितृभ्यस्तेभ्यो लाभदा भवेयुरिति।

लग्नचन्द्रोभयस्मादपि यदि न कोऽपि ग्रहस्तदाह-भेन्द्वर्केति। भं लग्नं, इन्दुश्चन्द्रः, अर्कः सूर्यः, एतेभ्यो यदास्पदं भवनं दशमभवनं तस्य यः स्वामी तेनाधिष्ठितो यो नवांशस्तस्य योऽधिपतिस्तस्य या वक्ष्यमाणा वृत्तिस्तया वृत्त्या धनप्राप्तिर्भवति।

अथ तामेव वृत्तिमाह—

अर्कांशे तृणकनकोर्णभेषजाद्यैश्चन्द्रांशे कृषिजलजाङ्गनाश्रयैश्च।
धात्वग्निप्रहरणसाहसैः कुजांशे सौम्यांशे लिपिगणितादिकाव्यशिल्पैः ॥२॥
जीवांशे द्विजविबुधाकरादिधर्मैः काव्यांशे मणिरजतादिगोमहिष्यैः।
सौरांशे श्रमवधभारनीचशिल्पैः कर्मेशाध्युषितनवांशकर्मसिद्धिः ॥३॥
मित्रारिस्वगृहगतैस्ततस्ततोऽर्थास्तुङ्गस्थे बलिनि च भास्करे स्ववीर्यात्।
आयस्थैरुदयधनाश्रितैश्च सौम्यैः संचिन्त्यं बलसहितैरनेकधा स्वम् ॥४॥

अब आगे जातक की जीविका किस प्रकार से होगी या यों समझिये कि किस कार्य से धनोपार्जन करेगा। इसे वराहमिहिरोक्त बृहज्जातक के वचनों से बतलाते हैं।

बृहज्जातक में कहा है कि यदि जन्म के समय लग्न व चन्द्रमा से दशम स्थान में सूर्य हो तो पिता से, चन्द्रमा हो तो माता से, भौम हो तो शत्रु से, बुध हो तो मित्र से, शुक्र हो तो स्त्री से और दशम में शनि हो तो नौकरों द्वारा जातक को धन लाभ होता है।

यदि लग्न या चन्द्रमा से दशम में कोई ग्रह न हो तो लग्न, चन्द्रमा और सूर्य इन तीनों से दशमभाव के स्वामी जिस ग्रह के नवांश में हों उस ग्रह के आगे कथित व्यापार से जातक धन पैदा करता है ॥ १ ॥

अब उन ग्रहों की वृत्ति को ही बताते हैं।

पूर्व कथित लग्न, चन्द्र वा सूर्य से दशमभाव का स्वामी यदि सूर्य के नवांश में हो तो जातक तृण घासादि, सोना, ऊन, औषधि आदि से जातक धन प्राप्त करता है।

यदि दशमेश चन्द्रमा के नवांश में हो तो खेती, जल से उत्पन्न वस्तु (शङ्ख मोती आदि) के व्यापार से और स्त्रियों के आश्रय से धनोपार्जन करने वाला होता है।

यदि दशमेश भौम के नवांश में हो तो जातक धातु (तांबा, पीतल, सुवर्ण आदि) से अग्निकर्म, प्रहरण (अस्त्र, बाण खड्ग आदि का प्रहार) से और साहस द्वारा धन कमाता है।

यदि दशमेश बुध के नवांश में हो तो जातक लेख, गणना, कविता और चित्रकारी के कार्य से धन पैदा करता है ॥ २ ॥

यदि दशमेश गुरु के नवांश में हो तो जातक ब्राह्मण देवता वा पण्डितों के द्वारा तथा आकर (सुवर्ण, लवण, कोयला वगैरह वस्तु) आदि शब्द से घोड़े हाथी जहाँ उत्पन्न हों वहां से और यज्ञादि धर्म कार्य से धन लाभ करने वाला होता है।

यदि दशमेश शुक्र के नवांश में हो तो जातक मणि (मरकत, पद्मरागादि रत्न) चांदी आदि द्रव्य और गाय भैंस से धन लाभ करता है।

यदि दशमेश शनि के नवांश में हो तो जातक को परिश्रम हिंसा कर्म, भार ढोने, नीच कर्म, अपने कुल से निन्दित कर्म के द्वारा धन लाभ होता है। ऊपर कथित तीनों से दशमेश जिस ग्रह के नवांश में हो उस कर्म में विशेष कर सिद्धि होती है ॥ ३ ॥

पूर्वोक्त लग्न, चन्द्र और सूर्य से दशम भाव का स्वामी यदि मित्र के घर में हो तो मित्र से, शत्रु के घर में हो तो शत्रु से, अपने घर में हो तो अपने ही द्वारा जातक लाभ करता है।

यदि बली सूर्य उच्च राशि में हो तो अपने बाहुबल से धन पैदा करता है।

यदि बलवान् शुभग्रह एकादश, लग्न या धन भाव में हो तो अनेकों प्रकार से धन लाभ होता है ॥ ४ ॥

जातकसार दीप में कहा है—'स्वर्णौषधौर्णिकतृणादिभिरर्कभागे स्त्रीकृष्यरण्यजलजैश्च हिमांशुभागे। शस्त्राग्निधातुसमरैः क्षितिजांशके च शिल्पादिकाव्यगणितैर्लिपितो बुधांशे। धर्मद्विजागमसुरादिभिरीज्यजेंऽशे रौप्यादिगोमहिषरत्नधनैश्च शौक्रे। भारश्रमाध्ववधनीचकशिल्पकार्यैर्मान्दे लवे भवति वृत्तिरिहास्पदेशात्' (४८ अ० ८५-८६ श्लो०) तथा भगवान् गार्गि ने मित्रादि राशियो में फल निम्न प्रकार से कहा है।

यथा 'धनदा जन्मसमये मित्रारिस्वगृहोपगाः। यस्य तस्य धनं दद्युर्मित्रारिस्वगृहोद्भवम्। धनदो भास्करो मस्य तुङ्गे बलसमन्वितः। भवेज्जन्मनि यस्य स्यादवित्तमात्मोद्-

र्जितम्। लाभार्थलग्नगैः सौम्यैर्येन येनैव कर्मणा। धनार्जनं प्रार्थयते तेनायत्नात् समश्नुते' (बृ० जा० १० अ० ४ श्लो० भट्टो०)॥ १-४॥

अथ लग्नाच्चन्द्राद्दशमस्थमेषादिराशिवर्गफलं सारावल्याम्—

होरामृगलाञ्छनयोर्बलवांस्तस्य कर्मगाद्राशेः।
यो बलयुक्तो वर्गस्तदधिपतौ वा तदादिशेद्वृत्तिम्॥ १॥
आरामबुद्धिसेवाकृषिरसबणिगक्षद्यूतकार्येण।
जीवन्ति नरा नित्यं मेषगणे दशमराशिगते॥ २॥
वृषभगणे दशमस्थे शकटचतुष्पदविहङ्गमृगजीवः।
धान्यादि सङ्ग्रहेण वा जाङ्गलदेशे फलं प्रायः॥ ३॥
जलवणिजसुसमृद्ध्या मुक्ताशङ्खप्रवालभाण्डैश्च।
लिपिगणितलेख्यजीवी नृमिथुनवर्गे दशमस्थे॥ ४॥
शस्त्राग्नियोनिपोषणयुक्ताः शङ्खोपजीविनश्चैव।
आखेटकवृत्त्या वा कर्किणि वर्गे च दशमस्थे॥ ५॥
सन्नाहकाष्ठकाननपाषाणसुवर्णरूप्यकूटाश्च।
कर्षणनिरता जीवा गोजीवा धान्यवाणिजकः॥ ६॥
शाकटिका मणिकारा हैरण्यकगन्धविक्रये निपुणाः।
गान्धर्वशिल्पलेख्यैः कन्यावर्गे सदा विभवः॥ ७॥
प्रायोज्याद्युपदेशाद्धिरण्यपरिवर्तनाच्च (मित्राय)।
जायन्ते च मनुष्या नानाव्यवहारभागिनः सततम्॥ ८॥
वाणिज्यविपणिविभवो गोजीवी महिषजीवी च।
नानापण्यसमृद्धाः सलिलासवपण्यवृत्तयः ख्याताः॥ ९॥
धनधान्यमूलवणिजः फलमूलकृषीवलाश्चैव।
जायन्ते घटवर्गे दशमस्थानस्थिते कलाविदुषः॥ १०॥
स्त्रीसंसर्गविभवा जायन्ते कर्षणानुनिरताश्च।
नित्योद्युक्ताश्चौराः पृथिवीपतिसेवकाः पापाः॥ ११॥
देहविचिकित्सानिरताः चिरजीविनोऽलिसंज्ञस्थाः।
वर्गे नभस्थलगते धान्यानां जीविनो नित्यम्॥ १२॥
नृपसचिवदुर्गपालाः गोवाजिखरैस्तथा कुनिकाद्यैः।
यन्त्रोपस्करविपिनैर्जीवन्ति नराश्चिकित्सया धनुषः॥ १३॥
दशमे कुरङ्गवर्गे जलजन्यधनो भवेन्महाविभवः।
इह दारामी पाणिको रसायने वर्तते जातः॥ १४॥
शस्त्रदहनप्रभेदैश्चौर्येण वर्तते खननवृत्त्या।
दशमे घटधरवर्गे भारवहश्च स्वबाहुबलात्॥ १५॥

शास्त्रात् सलिलाद्योनिप्रपोषणाद्द्वित्रापाषाणादि विक्रयाच्चैव ।
वर्गे मीनप्रभवे दशमस्थे जायते वृत्तिः ॥ १६ ॥

अब आगे लग्न तथा चन्द्रमा से दशमस्थ मेषादि वर्ग के फल को सारावली ग्रन्थ के वचनों से कहते हैं ।

लग्न चन्द्रमा इन दोनों में जो बली हो उस से दशमस्थ राशि में जो बलवान् वर्ग हो अर्थात् जिस राशि का बली वर्ग हो उस से आगे कथित वृत्ति के अनुकुल जातक की जीविका कहना चाहिये ॥ १ ॥

विशेष—प्रकाशित सारावली में 'होराशशिनोर्बलवान् यस्तस्मात्कर्मभेन वा कथयेत् । तदधिपतेर्वाऽदिशेद्वृत्तिम्' यह पाठ है ॥ (३३ अ० ६६ श्लो०) ॥ १ ॥

दशमस्थ मेष राशि वर्ग का फल—यदि जन्मपत्री में बली लग्न या चन्द्रमा से दशम में मेष राशि का वर्ग हो तो जातक बगीचा से या बुद्धि से या सेवा नौकरी, खेती, रस के व्यापार से और जुआ (पासा फेंक कर) से धन लाभ करने वाला होता है ॥ २ ॥

विशेष—प्रकाशित सारावली में 'आरामपुत्रसेवाकृषिरसवणिगर्कदूतकार्येण । दशम राशिगते' यह पाठान्तर है । (३३ अ० ६६ श्लो०) ॥ २ ॥

दशमस्थ वृष राशि वर्ग का फल—यदि जन्म पत्री में लग्न या चन्द्रमा से दशम में वृषराशि का वर्ग हो तो जातक गाड़ी, पशु, पक्षी, हिरन तथा अन्नादि संग्रह से धन प्राप्त करने वाला होता है एव जङ्गली देशों में प्रायः यह जीविका फलप्रद होती है ॥ ३ ॥

दशमस्थ मिथुन राशि वर्ग का फल—यदि जन्म पत्री में चन्द्रमा या लग्न से दशम में मिथुन राशि का वर्ग हो तो जातक जल के व्यापार से, व्याज से, मोती, शङ्ख, मूंगा व वर्तन के व्यापार से, लिपि व गणित कार्य से तथा लेख लिखने से धन अर्जित करता है ॥ ४ ॥

दशमस्थ कर्क राशि वर्ग का फल—यदि जन्मपत्री में लग्न या चन्द्रमा से दशम में कर्क राशि का वर्ग हो तो जातक शस्त्र, अग्नि, योनि पोषण (चकला घर) से, शङ्ख से अथवा शिकार से धन पैदा करता है ॥ ५ ॥

विशेष - प्रकाशित सारावली में 'योनिपोषणमुक्तासंख्योपजीवनं चैव' यह पाठ है । तथा जातक सारदीप में 'योनिपरितोषणशङ्खमुक्ता विद्यादिको हि कृतिः खलु काछवर्गे' (४८ अ० ९० श्लो०) ॥ ५ ॥

दशमस्थ सिंह राशि वर्ग का फल—यदि जन्मपत्री में लग्न या चन्द्रमा से दशम में सिंह राशि का वर्ग हो तो जातक मणि गूंथने से, लकड़ी वन पाषाण (पत्थर), सोना और चांदी के संग्रह से, खेती में आसक्ति से, गाय बैलों से अन्न के व्यापार से धनोपार्जन करने वाला होता है ॥ ५ ॥

विशेष—प्रकाशित सारावली में 'सन्नाहका मणीनां' 'कर्मणनिरतालेये' यह पाठ है। (३३ अ० ७० श्लो०)। तथा जातक सारदीप में 'अन्नाहिकष्टविपिनोद्रिसुवर्ण-रौप्यकुट्यैद्रवत् कृषिकधन्यमयैश्च सिंहे'।। यह पाठान्तर है (४८ अ० ९१ श्लो०) ।।६।।

दशमस्थ कन्या राशि वर्ग का फल--यदि जन्मपत्री में लग्न या चन्द्रमा से दशम में कन्या राशि हो तो जातक गाड़ी बनाकर, जौहरी बनकर, सुनारी के कार्य से, चतुराई से इत्रादि के बेचने से, गान, चित्रकारी और लेख लिखने से धन अर्जित कर्ता होता है ।। ७ ।।

दशमस्थ तुला राशि वर्ग का फल—यदि जन्मपत्री में लग्न या चन्द्रमा से दशम में तुला राशि का वर्ग हो तो जातक प्रयोजक के उपदेश से, मित्र के लिये सुवर्ण के परिवर्तन से, निरन्तर अनेक व्यापार से, दूकान के व्यापार से, गाय, भैंस से अनेक दूकानों के व्यापार से, जल (गुलाब जल) आसव (दवाई) के प्रमुख व्यापार से, धन, अन्न, कन्दमूलादि से, फल मूल से, खेती से और कलाओं की विद्वत्ता से धन पैदा करने वाला होता है ।। ८-१० ।।

विशेष—प्रकाशित सारावली में 'प्रायोज्यानुपदे' 'विपणिजीवा' 'सलिलोद्मवपण्यवृत्तय:' 'कलावृत्ता:' यह पाठ है (३३ अ० ७२-७४) ।। तथा जातक सारदीप में 'हैरण्यगोमहिषधान्यवनाम्बुजातैर्मूलैः कृषेर्नृपतितो धटजेऽम्बरस्थे' (४८ अ० ९२ श्लो०) ।। ८-१० ।।

दशमस्थ वृश्चिक राशि वर्ग का फल—यदि जन्मपत्री में लग्न या चन्द्रमा से दशम में वृश्चिक राशि का वर्ग हो तो जातक स्त्री संसर्ग से ऐश्वर्यवान्, खेती में अनुराग से, प्रतिदिन चोरी के उद्योग से, राजा की सेवा से, पाप से, देह (शरीर) की चिकित्सा में अनुरक्ति से, अधिक जीने से लोहारी के कार्य से और अन्न के व्यापार से धन अर्जित करने वाला होता है ।। ११-१२ ।।

विशेष—प्रकाशित सारावली में 'स्त्रीसंपर्कजविभवा' 'लोहंकरा जीविनोऽलिसंज्ञर्क्षे' एवं जातकसार दीप में 'स्त्रीसङ्गमाप्तविभवैः कृषिकाल चोद्यै किित्सिकानृपनृतो दशमालिवर्गे' (४८ अ० ९२ श्लो०) ।। ११-१२ ।।

दशमस्थ धनु राशि वर्ग का फल—यदि जन्मपत्री में लग्न या चन्द्रमा से दशम में धनु राशि का वर्ग हो तो जातक राजकीय सचिव बनकर, किले की रक्षा से, गाय, घोड़ा, गधे के व्यापार से, यन्त्रों के उपकरण से, वनों से और चिकित्सा कार्य सेधन पैदा करता है ।। १ ।।

विशेष—प्रकाशित सारावली में 'दुर्गपालनगोजीवनकाष्ठशकुनैश्च । यन्त्रोपस्करगणितैः' यह पाठ है। (३३ अ० ७७ श्लो०) ।।

तथा जातक सारदीप में भी 'भैषज्यगोऽश्वरसकाष्ठजयन्त्रविद्या भूषादिमं विगरिदुर्गभृतश्च पापे' कहा है' (४८ अ० ९३ श्लो०) ।। १३ ।।

दशमस्थ मकर राशि वर्ग का फल—यदि जन्मपत्री में लग्न या चन्द्रमा से दशम में मकर राशि वर्ग हो तो जातक जल से उत्पन्न वस्तुओं से, अधिक धन से आगे आशय अस्पष्ट है ।

विशेष—प्रकाशित सारावली में 'खट्वारामारोपणरसायनैर्वर्तते जातः' यह पाठ है ॥ १४ ॥

दशमस्थ कुम्भ राशि वर्ग का फल—यदि जन्मपत्री में लग्न या चन्द्रमा से दशम में कुम्भ राशि का वर्ग हो तो जातक शस्त्र जलाने के भेदों से, चोरी से, खोदने से, वजन ढुलाई से और खोदने के कार्य से जीविका वाला होता है ॥ १५ ॥

दशमस्थ मीन राशि वर्ग का फल—यदि जन्मपत्री में लग्न या चन्द्रमा से दशम में मीन राशि का वर्ग हो तो जातक शास्त्र से, पानी से, चकला घर से, दो तीन पत्थर बेचने से धन पैदा करता है ॥ १६ ॥

विशेष—प्रकाशित सारावली में 'शस्त्रात्' पोषणादश्वविक्रयाद्वाऽपि' यह पाठ है । तथा जातकसारदीप में भी 'योनिप्रपोषणजलायुधतो नभस्थे जीवेन्नरस्तिमिगणे हयविक्रयेण' कहा है (४८ अ० ९४ श्लो०) ॥ १६ ॥

अथ दशमेशभावफलम् ।

वृद्धयवनः—

दशमपतौ लग्नगते मातरि वैरी पितरि भवति भक्तिः ।
दुःखीगतः पिता बाल्ये परपुरुषरता भवति माता ॥ १ ॥
वित्तस्थे गगनपतौ मात्रा पालितसुतो भवति लोभी ।
मातरि भवति दुष्टः स्वल्पग्रामः सुतनुकर्मा (च) ॥ २ ॥
स्वजनविरोधी सेवाभिरतो न कर्मणि समर्थः ।
मातुलकुलपालितः स्याद्दशमपतौ सहजभवनगते ॥ ३ ॥
दशमपेऽम्बुगते निरतः सुखे पितरिमातरि पोषणपूजने ।
सकललोदकशाममृतायते नृपति संभवलाभविभूषितः ॥ ४ ॥
शुभकर्मको विडम्बी नृपलाभी गीतवाद्यनिरतः स्यात् ।
गगनपतौ तनयगते पालयति तत्सुतं माता ॥ ५ ॥
अम्बरपे रिपुसंस्थे क्रूरे बालोऽतिकष्टभाक् भवति ।
पुरुषः पश्चादीशः परपुरुषरतनिरता तथा माता ॥ ६ ॥
सुतवती शुभरूपसमन्विता रमणमातरि पालनलालसा ।
भवति तस्य नरस्य निरन्तरं प्रियतमां वरयेद्दयितागते ॥ ७ ॥
पुष्करपतिरष्टमगः क्रूरश्चौरं मृषान्वितं दुष्टम् ।
मातरि संतापकरं जनयति तनुजीवितं कितवम् ॥ ८ ॥
शुभशीलः सबुधः सन् मित्रो दशमपे नवमलीने ।
तन्माताऽपि सुशीला सुकृतवती सत्यवचनरता ॥ ९ ॥
गगनपतिर्गगनगतो जनयति जननी सुखप्रदः पुरुषम् ।
जननीकुलविपुलसुखं प्रकटितघटनापटीयांसम् ॥ १० ॥

मातोज्झति भर्तारं तथा च सुतरक्षणी भवेत्सुखिनी।
दीर्घायुर्मातृसुखपुरुषो लाभाश्रितेऽम्बरपे ॥ ११ ॥
मात्रेत्रितो निजबलशुभकर्मा नृपतिकर्मरतिचेताः।
व्योमपतौ व्ययसंस्थे विदेशानुरतो पापखगे ॥ १२ ॥

इति कर्मभावविचारः

अब आगे बारह भावों में दशमेश के फल को वृद्धयवनाचार्य जी के वचनों से से बतलाते हैं।

लग्न में दशमेश का फल—यदि कुण्डली में दशमेश लग्न में हो तो जातक माता का शत्रु, पिता का भक्त, बाल्य काल में पितृकष्ट तथा दूसरे पुरुष में आसक्त माता होती है ॥ १ ॥

धन में दशमेश का फल—यदि कुण्डली में दशमेश धन में हो तो जातक माता से पालित, कृपण, माता में दुष्ट भावना वाला, अल्प गांव का निवासी और सुन्दर शरीर क्रिया का ज्ञाता होता है ॥ २ ॥

सहज में दशमेश का फल—यदि कुण्डली में दशमेश तीसरे भाव में हो तो जातक अपने आदमियों का विरोध करने वाला, सेवा में आसक्त, कार्य में असमर्थ और माता के कुल पालने वाला होता है ॥ ३ ॥

सुख में दशमेश का फल—यदि कुण्डली में दशमेश चौथे भाव में हो तो जातक पिता के सुख में आसक्त, माता की पुष्टि व पूजा में अनुरक्त, समस्त संसार का अमृत स्वरूपी और राजा से संभव होने पर लाभ से अलंकृत होता है ॥ ४ ॥

सुत में दशमेश का फल - यदि कुण्डली में दशमेश पाँचवें भाव में हो तो जातक अच्छा काम करने वाला, धूर्त, राजा से लाभ करने वाला, गान व बजाने में आसक्त और उसके पुत्र का माता पालन करती है ॥ ५ ॥

शत्रु में दशमेश का फल—यदि कुण्डली में दशमेश पापग्रह छठे भाव में हो तो जातक बाल्य अवस्था में दुःख से युक्त, पीछे स्वामी और दूसरे पुरुष में आसक्त उसकी माता होती है ॥ ६ ॥

जाया में दशमेश का फल—यदि कुण्डली में दशमेश पापग्रह सातवें भाव में हो तो जातक पुत्र व रूप से युक्त, रमण कराने वाली माता के पालन में इच्छा वाली स्त्री से युक्त होता है ॥ ७ ॥

आयु में दशमेश का फल—यदि कुण्डली में दशमेश आठवें भाव में हो तो जातक कठिन, चोर, असत्यभाषी, नीच, माता को दुःख देने वाला और ठग होता है ॥ ८ ॥

भाग्य में दशमेश का फल—यदि कुण्डली में दशमेश नवें भाव में हो तो जातक सुन्दर शीलवान्, पण्डित, मित्र और उसकी माता भी सुशील, पुण्य करने वाली एवं सच बोलने वाली होती है ॥ ९ ॥

राज्य में दशमेश का फल—यदि कुण्डली में दशमेश दशम में हो तो जातक माता को सुख देने वाला, अधिक माता के वंश से सुखी और प्रत्यक्ष घटनाओं में चतुर होता है ॥ १० ॥

लाभ में दशमेश का फल—यदि कुण्डली में दशमेश ग्यारहवें भाव में हो तो जातक माता व स्वामी से त्यक्त, पुत्र की रक्षा करने वाली स्त्री से युक्त, दीर्घायु और माता के सुख से युक्त होता है ॥ ११ ॥

व्यय में दशमेश का फल—यदि कुण्डली में दशमेश बारहवें भाव में हो तो जातक अपने पुरुषार्थ से अच्छा काम करने वाला, राजा के कार्य में दत्त चित्त और पापग्रह हो तो विदेश में अनुरक्त होता है ॥ १२ ॥

इस प्रकार दशमभाव का विचार समाप्त हुआ ॥ १-१२ ॥

अथायभावविचारः । तत्रायभावे किंचिन्त्यमित्युक्तं

जातकाभरणे—

गजाश्वहेमाम्बररत्नजातमान्दोलिकामङ्गलमण्डलानि ।
लाभः किलैषामखिलं विचार्यमेतत्तु लाभस्य गृहे ग्रहज्ञैः ॥ १ ॥

होराप्रदीपे—

स्वस्वामिसद्ग्रहयुतेक्षित आयगेहे सद्वर्गके भवति यस्तु विशेषलाभः ।
क्रूरैश्च दृष्टिसहितेन च तत्र लाभस्तद्वर्गकेऽप्यथ च मिश्रफलं च मिश्रे ॥२॥
लाभे रवीक्षितयुते रविवर्गयुक्ते चौर्याच्चतुष्पदमुखैर्नृपलब्धवित्तम् ।
तद्वद्विधोर्युवतितोयगजादिवित्तं क्षीणे क्षयो भवति पूर्णविधौ विवृद्धिः ॥३॥
आये कुजेक्षितयुतेऽस्य गणे च कष्टैर्वित्तं सुवर्णमणिपावकशास्त्रजातम् ।
ज्ञाढ्येक्षिते ज्ञगणआयगृहे धनं स्याच्छिल्पादिकाव्यलिखनैस्तुरगैः सकांस्यैः ॥४॥
जीवेक्षिताढ्य गुरुवर्गयुतायगेहे यज्ञादिहेमहयनागयवादिमुख्यैः ।
शुक्रेक्षिताढ्यस्तुतवर्गयुतायभे स्त्री वेश्याङ्गनागमजरत्नसरोजवित्तम् ॥५॥
मन्देक्षिताय शनिवर्गयुते महिष्यौ लोहादिकृष्यबलकार्यभवं पुरोधैः ।
नीचारिभार्कगखगोऽत्र फलं न दद्याद्भूरिग्रहोद्भवफले बलिनस्तु वाच्यम् ॥६॥

उदयाद्पक्रमं यावज्जन्मपत्र्यां शुभग्रहाः ।
वयसि प्रथमे सौख्यं प्रष्टुर्वाच्यं नवं नवम् ॥ ७ ॥
नवमात्प्रथमं यावत् सर्वभावे शुभग्रहैः ।
वृद्धत्वेऽपि हि संप्राप्ते सर्वसौख्यं प्रवर्तते ॥ ८ ॥
पञ्चमान्नवमं यावत्तत्र संस्थैः शुभग्रहैः ।
जन्ममध्ये च वयसि सौख्यं भवति निश्चितम् ॥ ९ ॥
यस्मिन् वयसि तुङ्गाश्चेन्मुदिताः सौम्यसंयुताः ।
तत्र राज्यं सुखं लक्ष्मीस्तेजो भवति निश्चितम् ॥ १० ॥

यस्मिन् वयसि मन्दाश्च क्रूरदृष्टा विरश्मिकाः।
तत्र हानी रुजातङ्कः पदभ्रंशः खलागमः ॥ ११ ॥

गर्गः—

धनधान्यहिरण्याढ्यः रूपवांश्च कलान्वितः।
लाभगेऽहस्पतौ ज्ञानी विनीतो गीतकोविदः ॥ १ ॥
विख्यातो गुणवान् प्राज्ञो भोगलक्ष्मीसमन्वितः।
लाभस्थानगते चन्द्रे गौरो मानववत्सलः ॥ २ ॥
प्रभूतधनवान् मानी सत्यवादी दृढव्रतः।
अश्वाढ्यो गीतसंयुक्तः लाभस्थे भूमिनन्दने ॥ ३ ॥
विधेयप्रियवाक शूरो धनधान्यसुतान्वितः।
लाभे कुजे स्मृतश्चान्यैर्हृतवित्तोऽग्नितस्करैः ॥ ४ ॥
स्त्रीवल्लभोऽतिगुणवान् मतिमान् स्वजनप्रियः।
लाभगे सोमतनये मन्दाग्निः समपद्यते ॥ ५ ॥
नीरोगी दृढकार्यश्च मन्त्रवित् परमार्थवित्।
नातिविद्योऽल्पतनयः साधुरेकादशे गुरौ ॥ ६ ॥
स्त्रीशस्त्रवररत्नाढ्यः स्वस्थः शोकविवर्जितः।
संपन्नधनभृत्यश्च भवेल्लाभगते सिते ॥ ७ ॥
स्थिरसंपत्प्रसूतो यः शूरः शिल्पान्वितं सुखी।
निर्लाभगशनौ कश्चित् स्मृतः प्रथमजीवकः ॥ ८ ॥
यस्य लाभगतो राहुर्लाभो भवति निश्चयात्।
म्लेच्छाधिपतितो नूनं गजवाजिरथादिकम् ॥ ९ ॥
स्वामियुक्ते शुभैर्दृष्टे बह्वायो लाभसप्तभिः।
विख्यातो जायते लोके विपरीते विपर्ययः ॥ १० ॥

अब आगे लाभ भाव के विचार में प्रथम ग्यारहवें भाव से किन-किन बातों का विचार होता है इसको जातकाभरण के वाक्य से कहते हैं।

जातकाभरण में कहा है कि ग्यारहवें भाव से हाथी, घोड़ा, सोना, वस्त्र, रत्न, पालकी और सुन्दर अलङ्कार इन सब का विचार करना चाहिये ॥ १ ॥

अब आगे होरा प्रदीप के वाक्यों से लाभ के फल को बतलाते हैं।

यदि जन्मपत्री में ग्यारहवाँ भाव अपने स्वामी या शुभग्रह से युक्त दृष्ट हो या शुभग्रह के वर्ग से युक्त हो तो जातक को विशेष लाभ, क्रूर ग्रह से युक्त या दृष्ट या पाप ग्रह के वर्ग से युक्त हो तो नीचों से लाभ या शुभ पाप से दृष्ट या युत या शुभ पाप ग्रह वर्ग से युक्त हो तो अच्छे बुरे सभी लोगों से लाभ होता है ॥ २ ॥

यदि जन्मपत्री में ग्यारहवाँ भाव सूर्य से दृष्ट या युत या सूर्य के वर्ग से सम्पन्न हो तो जातक चोरी, पशु व राजा से धन प्राप्त करता है।

यदि चन्द्र से युत या दृष्ट हो या चन्द्रमा के वर्ग से युक्त हो तो जातक स्त्री, पानी और हाथ आदि से धन वृद्धि प्राप्त करता है। यहाँ विशेष बात यह है कि चन्द्रमा के पूर्ण होने पर वृद्धि और क्षीण हो तो इनसे हानि होती है ॥ ३ ॥

यदि जन्मपत्री में ग्यारहवां भाव भौम से युत या दृष्ट या इसके वर्ग से युक्त हो तो जातक सोना, मणि, अग्नि, शास्त्र से परिश्रम द्वारा धन पैदा करता है।

यदि बुध के वर्ग से युक्त या बुध से युक्त दृष्ट हो तो जातक चित्रकारी, कविता रचना लेखन, कांसे से धन पैदा करता है ॥ ४ ॥

यदि जन्मपत्री में गुरु से युत या दृष्ट ग्यारहवां भाव हो या गुरु के वर्ग से युत हो तो जातक यज्ञ आदि से धार्मिक कार्य, सुवर्ण, सर्प, घोड़ा और जौ आदि धन लाभ करने वाला होता है।

यदि शुक्र से युत दृष्ट या शुक्र के वर्ग से युत हो तो जातक स्त्री, वेश्या स्त्री, शास्त्र, रत्न और कमल से धन कमाता है ॥ ५ ॥

यदि शनि से युत दृष्ट या शनि के वर्ग से युक्त हो तो जातक स्त्रियों से, लोहादि से, खेती तथा साहसपूर्ण कार्य से और पौरोहित्य कार्य से धन पैदा करने वाला होता है। यदि नीच, शत्रु, सूर्य की राशि में हो तो फलाभाव होता है। यदि अधिक ग्रहजन्य फल की प्राप्ति हो तो बली ग्रह का फल कहना चाहिये ॥ ६ ॥

यदि लग्न से पञ्चम भाव तक सब शुभग्रह हों तो जातक प्रथम अवस्था में नवीन सुख प्राप्त करने वाला होता है ॥ ७ ॥

यदि जन्मपत्री में नवम भाव से प्रथम भाव तक सब शुभ ग्रह हों तो जातक बुढ़ापे में भी समस्त सुख पानेवाला होता है ॥ ८ ॥

यदि जन्मपत्री में पञ्चम भाव से नवम भाव तक समस्त शुभ ग्रह हों तो जातक मध्य अवस्था में निश्चय सुखी होता है ॥ ९ ॥

यदि पूर्वोक्त अवस्थाओं में ग्रह उच्च राशि में मुदित, परस्पर युक्त हों तो निश्चय राज्य का सुख, लक्ष्मी और तेज से युक्त जातक होता है ॥ १० ॥

जिस अवस्था में ग्रह मन्द (अल्प) पाप ग्रह से दृष्ट, रश्मिहीन हों तो उस अवस्था में हानि, रोगों की बौछार, स्थान से च्युति और दुष्टों का समागम होता है ॥ ११ ॥

अब आगे गर्गाचार्यजी के वचनों से लाभस्थ ग्रहों के फल को बतलाते हैं।

गर्गोक्त लाभस्थ सूर्य का फल—यदि जन्म समय में ग्यारहवें भाव में सूर्य हो तो जातक धन, अन्न व सुवर्ण से सम्पन्न, स्वरूपवान्, कलावान्, ज्ञानी, विनयी और गाने का विद्वान् होता है ॥ १ ॥

गर्गोक्त लाभस्थ चन्द्र का फल—यदि जन्म समय में ग्यारहवें भाव में चन्द्रमा हो तो जातक प्रसिद्ध, गुणी, पण्डित, भोगी, धनी, सफेद रङ्ग और मनुष्यों का प्रिय होता है ॥ २ ॥

गर्गोक्त लाभस्थ भौम का फल—यदि जन्म समय में ग्यारहवें भाव में भौम हो तो जातक बड़ा धनी, सम्मान प्राप्त करने वाला, सत्यभाषी, दृढ़ प्रतिज्ञ, घोड़ा से युक्त और

गान विद्या का ज्ञाता, आज्ञाकारी, मधुर वाणी, वीर, धन पुत्र व अन्न से युक्त, अन्यों से स्मरण करने योग्य और अग्नि या चोरों से नष्ट धन वाला होता है ।। ३–४ ।।

गर्गोक्त लाभस्थ बुध का फल—यदि जन्म समय में ग्यारहवें भाव में बुध हो तो जातक स्त्रियों का प्रेमी, अधिक गुणी, बुद्धिमान्, अपने मनुष्यों का स्नेही और मन्दाग्नि होता है ।। ५ ।।

गर्गोक्त लाभस्थ गुरु का फल—यदि जन्म समय में ग्यारहवें भाव में गुरु हो तो जातक रोग रहित, स्थिर कार्यकर्ता, मन्त्र व परोपकार का जानकार, अल्प विद्या व पुत्र वाला और सज्जन होता है ।। ६ ।।

गर्गोक्त लाभस्थ शुक्र का फल—यदि जन्म समय में ग्यारहवें भाव में शुक्र हो तो जातक स्त्री, शस्त्र, श्रेष्ठ रत्न से युक्त, स्वस्थ, शोकहीन, सम्पन्न, धनी और नौकर होता है ।। ७ ।।

गर्गोक्त लाभस्थ शनि का फल—यदि जन्म समय में ग्यारहवें भाव में शनि हो तो जातक स्थिर सम्पत्ति वाला, वीर, चित्रकारी का ज्ञाता, सुखी और कोई-कोई प्रथम जीवन में लाभ से हीन होता है ।। ८ ।।

गर्गोक्त लाभस्थ राहु का फल - यदि जन्म समय में ग्यारहवें भाव में राहु हो तो जातक को निश्चय लाभ और अवश्य नीच राजा से घोड़ा, हाथी, रथादि की प्राप्ति होती है ।। ९ ।।

यदि जन्म समय में ग्यारहवाँ भाव अपने स्वामी से युक्त और शुभग्रह से दृष्ट हो तो जातक सात प्रकार से अधिक लाभ करने वाला और संसार में प्रसिद्ध होने वाला होता है । यदि इसके विपरीत हो तो हानि करने वाला होता है ।। १० ।।

अथ लाभभावे विशेषफलम् ।

कश्यपः—

स्वोच्चे १ स्वोच्चनवांशे च २ शुभवर्गेऽथ ३ नीचभे ४ ।
नीचांशे ५ क्रूरषड्वर्गे ६ मित्रभे ७ सुहृदंशके ८ ।। १ ।।
वर्गोत्तमे ९ रिभे १० यंशे ११ स्वर्क्षे १२ द्वादशधा क्रमात् ।
फलं च लाभभावोत्थं कथ्यते यवनोदितम् ।। २ ।।
गजाश्वोष्ट्रलतापादैः १ शुनकोत्थः २ कपर्दितः ३ ।
कुधान्यस्य ४ परस्त्रीणां ५ सुहृदां ६ कुलयोषिताम् ७ ।। ३ ।।
आर्याणां ८ खलसंयुक्तः ९ कम्बलानां १० ततः परम् ।
खलानां ११ गुणिनां १२ सूर्ये लाभःस्याल्लाभभावगे ।।४।।
मुक्तामणीनां १ सद्द्रव्यं २ सदन्नस्य च ३ सन्नृणाम् ४ ।
कुभार्याणां ५ कुभृत्यानां ६ बहुवैरिविधायिनाम् ।।५।।
वृक्षाणां ८ भवने लाभं ९ चन्द्रः स्याल्लाभभावगे ।
चतुष्पदानां १० खाद्यानां ११ तण्डुलानां १२ ततः परम् ।।६।।

स्तेयस्य १ वचनाढयानात् ३ नृपलोकात् ४ महाजनात् ४।
महाजन ६ महीपालात् ७ लोकाभ्यां ८ वञ्चकस्य च ९ ॥७॥
परतर्कस्य १० सत्त्वस्य ११ भूषणानां १२ कुजे भवेत्।
शास्त्रज्ञो १ विविधोपायः २ सर्वविद्यासमुद्भवः ३ ॥८॥
नीचसङ्गाद् ४ धूर्तसङ्गाद ५न्त्यजात् ६ मित्रसङ्गतः ७।
विव्ययात् ८ सुव्यवहृतेः ९ कृपाचारेण १० दम्भतः ११ ॥९॥
क्रयविक्रयतो १२ लाभो बुधे स्याल्लाभभावगे।
राजतो १ राजभृत्याच्च २ प्रभावात् ३ स्वजनस्य च ४ ॥१०॥
अनृताधर्मतः ५ कष्टात् ६ दूततोत्थश्च ७ धातुजः ८।
सुजनोत्थ ९ मधर्मस्याब्धिजस्य १० विगुणस्य च ११ ॥११॥
आयुधानां १२ गुरौ लाभो लाभभावगते क्रमात्।
सुतबन्धुभवो १ राजकन्योत्थः २ तद्वयोद्भवः ३ ॥१२॥
पापानां ४ हीनबुद्धीनां ५ निजनिन्द्यव्रतस्य ६ च।
वाहनस्य ७ च कान्तायाः ८ प्रियस्य ९ हतबन्धुजः १० ॥१३॥
गतप्रेम्णां ११ सुखवतां १२ लाभो लाभगते सिते।
सुनृणां १ धनधान्यस्य २ पूजितस्य ३ नरास्तथा ४ ॥१४॥
गर्हिताना ५ मबुद्धीनां ६ मित्रजो ७ न्नतिसंभवः ८।
शुभक्रियोत्थो ९ मित्रोत्थः १० कृतघ्नात् ११ स्थिरकर्मजः १२ ॥१५॥
शनौ लाभगते लाभो जन्मलग्नान्नृणां भवेत्।

अब आगे लाभस्थ बारह परिस्थितियों में ग्रहों के विशेष फल को कश्यप ऋषि के वचनों से बतलाते हैं।

ग्यारहवें भाव में सूर्य का विशेष फल--यदि जन्मकाल में ग्यारहवें भाव में सूर्य उच्च राशि में १ हो तो जातक हाथी, घोड़ा, ऊँट, लता और अपने पैरों से, उच्चराशि के नवांश में २ कुत्ते से, शुभ राशि के षड्वर्ग में ३ शिवजी की कृपा से, नीचराशि में ४ दूषित अन्न से, नीच राशि के नवांश में ५ दूसरे की स्त्री से, पापग्रह के षड्वर्ग में ६ मित्रों से, मित्र राशि में ७ कुटुम्ब की स्त्री से, मित्र राशि के नवांश में ८ श्रेष्ठ जनों से, वर्गोत्तम में ९ दुष्ट सङ्गति से, शत्रु राशि में १० कम्बलों से, शत्रु राशि के नवांश में ११ दुष्टों से और ग्यारहवें भाव में सूर्य यदि सिंह राशि में १२ हो तो गुणी लोगों से लाभ करने वाला होता है ॥ १–४ ॥

ग्यारहवें भाव में चन्द्रमा का विशेष फल--यदि जन्मकाल में ग्यारहवें भाव में चन्द्रमा उच्च राशि १ में हो तो जातक मोती व मणियों का, उच्च राशि के नवांश में २ अच्छी कमाई करने वाला, शुभ राशि के षड्वर्ग में ३ अच्छे अन्न का, नीच राशि में ४ सज्जन जनों का, नीच राशि के नवांश ५ में दूषित स्त्रियों का, पाप ग्रह के षड्वर्ग में ६

गन्दे नौकरों का, मित्र राशि में ७ अधिक शत्रुओं का, मित्र राशि के नवांश में ८ वृक्षों का, वर्गोत्तम में ९ घर में, शत्रु राशि में १० पशुओं का, शत्रु राशि के नवांश में ११ खाद्य पदार्थों का और ग्यारहवें भाव में चन्द्रमा यदि अपनी राशि में १२ हो तो चावलों का लाभ करने वाला होता है ॥ ५–६ ॥

ग्यारहवें भाव में भौम का विशेष फल—यदि जन्मकाल में ग्यारहवें भाव में भौम उच्च राशि (१०) में १ हो तो जातक चोर से, उच्च राशि के नवांश में २ वाणी से, शुभराशि के षड्वर्ग ३ में धन से, नीच राशि में ४ राजकीयकोष से, नीच राशि के नवांश में ५ बड़े लोगों से, क्रूर राशि के षड्वर्ग में ६ धनिकों से, मित्र राशि में ७ राज्य से, मित्र राशि के नवांश में ८ दो लोकों से, वर्गोत्तम में ९ ठगों से, शत्रु राशि में १० दूसरे की चिन्ता से, शत्रु राशि के नवांश में ११ बल से और ग्यारहवें भाव में चन्द्रमा अपनी राशि में हो तो जातक अलङ्कारों से लाभ करने वाला होता है ॥७-८॥

ग्यारहवें भाव में बुध का विशेष फल—यदि जन्मकाल में ग्यारहवें भाव में बुध उच्च राशि में १ हो तो जातक शास्त्रीय ज्ञान से, उच्च राशि के नवांश २ में अनेक उपायों से, शुभ राशि के षड्वर्ग में समस्त विद्याओं से, नीच राशि में ४ नीच सङ्गति से, नीच राशि के नवांश में ५ धूर्तों के सङ्गम से, क्रूर राशि के षड्वर्ग में ६ श्वपचों से, मित्र राशि में ७ मित्रो की सङ्गति से, मित्र राशि के नवांश में ८ विशेष खर्च से, वर्गोत्तम में ९ सुन्दर व्यवहार से, शत्रु राशि में १० कुआ बनवाने से, शत्रु राशि के नवांश में ११ पाखण्ड से और ग्यारहवें भाव में बुध अपनी राशि में हो तो जातक खरीदने व बेचने से लाभ करने वाला होता है ॥ ९–९½ ॥

ग्यारहवें भाव में गुरु का विशेष फल—यदि जन्मकाल में ग्यारहवें भाव में गुरु उच्च राशि १ में हो तो जातक राजा से, उच्च राशि के नवांश में २ राजकीय नौकर से, शुभ राशि षड्वर्ग से ३ प्रभाव से, नीच राशि में अपने मनुष्यों का, नीच राशि के नवांश में ५ असत्य व्यवहार से, क्रूर राशि के षड्वर्ग में ६ कष्ट से, मित्र राशि में ७ द्रुत कार्य से, मित्र राशि के नवांश में ८ धातुओं से, वर्गोत्तम मे ९ अच्छे प्राणियों से, शत्रु राशि में १० अधर्म से, शत्रु राशि के नवांश ११ में गुणहीनता से और ग्यारहवें भाव में गुरु अपनी राशि में हो तो जातक शस्त्रों से लाभ करने वाला होता है ॥ ९½-११½ ॥

ग्यारहवें भाव में शुक्र का विशेष फल—यदि जन्मकाल में ग्यारहवें भाव में शुक्र उच्च राशि में हो तो १ जातक पुत्र व बान्धवों से, उच्चराशि के नवांश में २ राजकीय कन्या से, शुभ राशि के षड्वर्ग में ३ उक्त दोनों से, नीच राशि में ४ पापियों का, नीच राशि के नवांश में ५ बुद्धि से रहितों का, पापग्रह के षड्वर्ग में ६ ब्राह्मण व निन्दित व्रत से, मित्र राशि में ७सवारियों से, मित्र राशि के नवांश में ८ स्त्रियों का, वर्गोत्तम में ९ स्नेही का, शत्रु राशि में १० नष्टबान्धव से उत्पन्न, शत्रु राशि के नवांश में ११ प्रेम हीनों का और ग्यारहवें भाव में शुक्र अपनी राशि में १२ हो तो जातक सुखी जनों का लाभ करने वाला होता है ॥ ११½-१३½ ॥

ग्यारहवें भाव में शनि का विशेष फल—यदि जन्मकाल में ग्यारहवें भाव में शनि उच्च राशि में १ हो तो जातक सुन्दर मनुष्यों का, उच्च राशि के नवांश में २ धन व अन्न का, शुभ राशि के षड्वर्ग में ३ सम्मानित का, नीच राशि में ४ मनुष्य का, नीच राशि के नवांश में ५ निन्दितों का, पापग्रह के षड्वर्ग में ६ बुद्धिशून्य का, मित्र राशि में ७ मित्र जन्य, मित्र राशि के नवांश में ८ उन्नति से उत्पन्न, वर्गोत्तम में ९ शुभ कार्य से, शत्रु राशि में १० मित्र से उत्पन्न, शत्रु राशि के नवांश में ११ कृतघ्नता से और ग्यारहवें भाव में शनि अपनी राशि में १२ हो तो जातक स्थिर कार्यों से उत्पन्न लाभ करने वाला होता है ॥ १३½-१५½ ॥

अथ लाभभावराशिफलम् ।

वृद्धयवनः—

लाभाश्रिते मुख्यतमे च राशौ चतुष्पदोत्थं प्रकरोति लाभम् ।
तथा नराणां नृपसेवया च देशान्तराराधनतः प्रभूतम् ॥१॥
आयस्थिते वै वृषभे प्रलाभो भवेन्मनुष्यस्य विशिष्टजातः ।
स्त्रीणां सकाशात्त्वथ सज्जनानां कृषीद्विजो धर्मकृतस्तथैव ॥२॥
तृतीयराशिः कुरुतेऽतिलाभं लाभाश्रितः स्त्रीदयितं सदैव ।
वस्त्रार्थपुष्पासनपानजातं सदा नराणां विविधप्रसिद्धम् ॥३॥
लाभं भवेल्लाभगते च राशौ सदा चतुर्थे वरभाजनानाम् ।
सेवाकृषिभ्यां जनितः प्रभूतः शास्त्रेण वा साधुजनस्य पार्श्वात् ॥४॥
लाभाश्रिते पञ्चमभे च लाभो भवेन्मनुष्यस्य निगर्हणाभिः ।
नानाजनानां वधबन्धनैश्च व्यायामदेशान्तरसंश्रयाच्च ॥५॥
कन्यात्मके लाभगते मनुष्यो प्राप्नोति लाभं विविधैरुपायैः ।
शास्त्रागमाभ्यां विनयेन साधुनीत्या विवेकेन तथाद्भुतेन ॥६॥
तुलाधरे लाभगते मनुष्यः प्राप्नोति लाभं वणिजैर्विचित्रैः ।
सुसाधुसेवाविनयेन नित्यं सुसंस्तुतं मुख्यतमं प्रभूतम् ॥७॥
लाभाश्रिते चाष्टमगे च राशौ प्राप्नोति लाभं मनुजोऽतिनित्यम् ।
छलेन पापेन सुपोषणेन परस्य पैशुन्यकृतैर्विकारैः ॥८॥
लाभाश्रिते चैव धनुर्धरे च नृपार्थलाभं भजते मनुष्यः ।
सुसेवया वा निजपौरुषेण पुष्पाम्बराराधनवांश्चयोत्थम् ॥९॥
लाभाश्रिते चेन्मकरोऽर्थलाभो भवेन्नराणां जलयानयोगात् ।
विदेशवासान्नृपसेवनाद्वा व्ययात्मकं भूरितरं सदैव ॥१०॥
आयस्थिते कुम्भधरे च लाभो भवेन्मनुष्यस्य च कर्मजातम् ।
न्यायेन धर्मेण पराक्रमेण विद्याप्रभावात्सुतमागमेन ॥११॥
लाभाश्रिते चान्त्यभगे च राशौ प्राप्नोति लाभं विविधं मनुष्यः ।
मित्रोद्भवं पार्थिवमानजातं विचित्रवाक्यं प्रणयेन नित्यम् ॥१२॥

अब आगे ग्यारहवें भाव में बारह राशियों के फल को वृद्ध यवनाचार्यजी के वाक्यों से बतलाते हैं।

ग्यारहवें भाव में मेष राशि का फल--यदि जन्मपत्री में ग्यारहवें भाव में मेष राशि हो तो जातक पशुओं से, मनुष्यों से, राजा की सेवा से और देशान्तर के निवास से अधिक लाभ करने वाला होता है ॥ १ ॥

वृद्धयवन जातक में--'लाभाश्रिते सत्यथ मेषराशौ चतुष्पदोत्थं प्रकरोति लाभम्। तथा नराणां नृपसेवया च देशान्तराराधितसत्प्रभुत्वम्' ।। भी कहा है ॥ १ ॥

ग्यारहवें भाव में वृष राशि का फल--यदि जन्मपत्री में ग्यारहवें भाव में मेष राशि हो तो जातक स्त्रियों से, सज्जनों से, खेती-ब्राह्मण और धार्मिक कार्यों से विशिष्ट लाभ करने वाला होता है ॥ २ ॥

वृद्धयवन जातक में--'स्त्रीणां सकाशादथ सज्जनानां कुसीदतोऽग्र्यात्क्षितितस्तथैव' यह पाठान्तर है ॥ २ ॥

ग्यारहवें भाव में मिथुन राशि का फल--यदि जन्मपत्री में ग्यारहवें भाव में मिथुन राशि हो तो जातक अधिक लाभ करने वाला, सदा ही स्त्रियों का प्रिय, वस्त्र व्याज, पुष्प, आसन और पीने की वस्तुओं से धन प्राप्त करने वाला तथा अनेक प्रकार से प्रसिद्ध होता है ॥ ३ ॥

ग्यारहवें भाव में कर्क राशि का फल--यदि जन्मपत्री में ग्यारहवें भाव में कर्क राशि हो तो जातक श्रेष्ठ वर्तनों से, सेवा व खेती से, शास्त्र से अथवा सज्जनों की सङ्गति से लाभ करने वाला होता है ॥ ४ ॥

वृद्धयवन जातक में--'लाभो भवेल्लाभगते च राशौ नृणां चतुर्थे च वराङ्गनानाम्। सेवाकृषिभ्यां जनितः प्रभूतशास्त्रेण वा साधुजनोपकारात्' यह है ॥ ४ ॥

ग्यारहवें भाव में सिंह राशि का फल--यदि जन्मपत्री में ग्यारहवें भाव में सिंह राशि हो तो जातक निन्दित कार्यों से, अनेक मनुष्यों की हिंसा व बन्धन से, व्यायाम (कुश्ती) से और देशान्तर के निवास से लाभ करने वाला होता है ॥ ५ ॥

ग्यारहवें भाव में कन्या राशि का फल--यदि जन्मपत्री में ग्यारहवें भाव में कन्या राशि हो तो जातक अनेक उपायों से, शास्त्र व आगम के ज्ञान से, विनय से, अच्छी नीति और सुन्दर विवेक से लाभ करने वाला होता है ॥ ६ ॥

वृद्धयवन जातक में--'छलेन पापेन सुभाषणेन परस्परैः शून्यकृतैर्विकारैः' यह पाठ है ॥ ६ ॥

ग्यारहवें भाव में तुला राशि का फल--यदि जन्मपत्री में ग्यारहवें भाव में तुला राशि हो तो जातक विचित्र व्यापारों से, सज्जन सेवा और विनय से प्रशंसनीय श्रेष्ठ अधिक लाभ करने वाला होता है ॥ ७ ॥

वृद्धयवन जातक में--'प्राप्नोति लाभं वनिजैर्विचित्रैः' 'सुसंस्तुतं मुख्यतया प्रभुत्वम्' यह पाठान्तर है ॥ ७ ॥

ग्यारहवें भाव में वृश्चिक राशि का फल——यदि जन्मपत्री में ग्यारहवें भाव में वृश्चिक राशि हो तो जातक अत्यन्त कपट, पाप, सुन्दर पोषण, दूसरे की शिकायत और राजा से लाभ करने वाला होता है ॥ ८ ॥

वृह्द्यवन जातक में 'शास्त्रागमाभ्यां विनयेन पुंसां नित्यं विवेकेन तथाऽद्भुतेन' यह पाठान्तर है ॥ ८ ॥

ग्यारहवें भाव में धनु राशि का फल——यदि जन्जपत्री में ग्यारहवें भाव में धनु राशि हो तो जातक राजा से, सुन्दर सेवा अथवा अपने पुरुषार्थ से, पुष्प-वस्त्र की आराधना अर्थात् व्यवसाय से लाभ करने वाला होता है ॥ ९ ॥

वृह्द्यवन जातक में 'लाभाश्रिते चैव धनुर्धरे च नृपाद्धि मानं भजते मनुष्यः। सुसेवया वा निजपौरुषेण मनुष्यकाराधनतोऽश्वतोऽपि' यह पाठ है ॥ ९ ॥

ग्यारहवें भाव में मकर राशि का फल——यदि जन्मपत्री में ग्यारहवें भाव में मकर राशि हो तो जातक जल की सवारी अर्थात् नौका जहाज इत्यादि से, विदेश निवास, राजा की सेवा से लाभ करने वाला और सदा ही अधिक व्यय करने वाला होता है ॥ १० ॥

ग्यारहवें भाव में कुम्भ राशि का फल——यदि जन्मपत्री में ग्यारहवें भाव में कुम्भ राशि हो तो जातक कर्तव्य, न्याय, धर्म, पराक्रम, विद्या के प्रभाव और सज्जनों के समागम से लाभ करने वाला होता है ॥ ११ ॥

ग्यारहवें भाव में मीन राशि का फल——यदि जन्मपत्री में ग्यारहवें भाव में मीन राशि हो तो जातक अनेक, मित्र, राजा के सम्मान, विचित्रवाणी और विनय से लाभ करने वाला होता है ॥१२॥

अथ लाभभावफलम्।

वृद्धयवनः—

अल्पायुर्बलकलितः शूरो दानी जनप्रियः सुभगः।
लाभपतौ लग्नगते तृष्णादोषान्मृतिं लभते ॥१॥
वित्तगते लाभपतौ उत्पन्नभुगल्पभोजनोऽल्पायुः।
अष्टकपाली चौरः क्रूरे सौम्ये च धनरहितः ॥२॥
बन्धुस्त्रीपालनकः सुबान्धवो बन्धुवत्सलस्तु शुभे।
लाभेशे सहजगते बन्धूनां शस्त्रविच्छेत्ता ॥३॥
तुर्यस्थे लाभेशे दीर्घायुः पितरि भक्तिभाग्भवति।
समवायिकारणतः सुकर्मतो लाभवान्मनुजः ॥४॥
तनयगतो लाभपतिः पितृपुत्रौ स्नेहलौ मिथः कुरुते।
तुल्यगुणौ च परस्परं तृष्णाजीवी च भवति सुतः ॥५॥
लाभाधिपे षष्ठगते सुवैरं सुदीर्घरोगं च तुरङ्गसङ्ग्रहम्।
मृतिं समाप्नोति च चौरहस्तात् क्रूरे च देशान्तरसंमितो नरः ॥६॥

सप्तमगे लाभेशे तेजस्वी संपदः पदवी।
दीर्घायुर्भवति नरस्तथैव दयितापतिर्नियतम् ॥७॥
एकादशपेऽष्टमगे क्रूरेऽल्पायुः सुदीर्घरोगी च।
जीवन्मृतश्च रोगी दुःखी न च सौम्यगगनचरैः ॥८॥
एकादशेशे सुकृताश्रयस्थे बहुश्रुतो मुख्यविशारदः स्यात्।
धर्मप्रसिद्धो गुरुदेवभक्तः क्रूरे च बद्धो व्रतवर्जितश्च ॥९॥
मातरि भक्तः सुकृती पितरि द्वेषी सुदीर्घनरजीवेत्।
धनवान् जननीपालनरतो लाभाधिपे खगते ॥१०॥
लाभाधिपो लाभगतः करोति दीर्घायुषं पुष्कलपुत्रयुक्तम्।
सकर्मकं रूपयुतं सुशीलं जनप्रमादप्रवणं पुमांसम् ॥११॥
द्वादशगे लाभेशे उत्पन्नमुगस्थिरो भवति भोगी।
उत्पातरतो मानी दाता दुःखी सदा पुरुषः ॥१२॥

अब आगे बारह भावों में लाभेश के फल को वृद्ध यवनाचार्य जी के वाक्यों से कहते हैं।

लग्न में लाभेश का फल—यदि कुण्डली में लाभेश लग्न में हो तो जातक अल्पायु, बलवान्, वीर, दानी, जनप्रिय, भाग्यशाली और तृष्णा के दोष से मृत्यु प्राप्त करनेवाला होता है ॥ १ ॥

धन में लाभेश का फल—यदि कुण्डली में पापग्रह लाभेश धन में हो तो जातक प्राप्त वस्तुओं का भोगी, अल्प खाने वाला अल्पायु, अष्टकपाली, चोर यदि शुभ ग्रह ग्यारहवें भाव का स्वामी हो तो धन हीन होता है ॥ २ ॥

सहज में लाभेश का फल—यदि कुण्डली में लाभेश तीसरे स्थान में हो तो जातक बान्धवों को शस्त्र से प्रहार करने वाला, बान्धवों की स्त्रियों का पालक, अच्छे बन्धुओं से युक्त और बान्धव प्रिय होता है ॥ ३ ॥

सुख में लाभेश का फल—यदि कुण्डली में लाभेश चौथे भाव में हो तो जातक दीर्घायु, पिता का भक्त, समवायि कारण से और अच्छे कार्यों से लाभ करने वाला होता है ॥ ४ ॥

सुत में लाभेश का फल—यदि कुण्डली में लाभेश पाँचवें भाव में हो तो जातक पिता से स्नेह करने वाला व पिता भी पुत्र का प्रेमी और दोनों समान गुण वाले तथा पुत्र तृष्णा से जीवन व्यतीत करने वाला होता है ॥ ५ ॥

रिपु में लाभेश का फल—यदि कुण्डली में लाभेश छठे भाव में हो तो जातक शत्रुता करने वाला, अधिक काल तक रोगी, घोड़ाओं का संग्रही, चोर के हाथ से मरण प्राप्त करने वाला और पापग्रह हो तो देशान्तर से सम्मत होता है ॥ ६ ॥

सप्तम में लाभेश का फल—यदि कुण्डली में लाभेश सातवें भाव में हो तो जातक तेजस्वी, सम्पत्तियों का घर, दीर्घायु और अगश्य स्त्री का पति होता है ॥ ७ ॥

आयु में लाभेश का फल—यदि कुण्डली में पापग्रह लाभेश आठवें भाव में हो तो जातक अल्पायु, लम्बा रोगी, जन्म से मरने तक रोगी, दुःखी यदि शुभग्रह हो तो उक्त फल का अभाव होता है ॥ ८ ॥

भाग्य में लाभेश का फल—यदि कुण्डली में लाभेश नवें भाव में हो तो जातक बहुश्रुत, प्रधान चतुर, धर्म में विख्यात, गुरु देवता का भक्त, यदि पापग्रह हो तो बद्ध और व्रत से हीन होता है ॥ ९ ॥

राज्य में लाभेश का फल—यदि कुण्डली में लाभेश दशवें भाव में हो तो जातक माता का भक्त, पुण्यवान्, पिता का शत्रु, अधिक जीने वाला, धनी और माता के पालन में आसक्त होता है ॥ १० ॥

बारहवें भाव में लाभेश का फल—यदि कुण्डली में लाभेश ग्यारहवें भाव में हो तो जातक दीर्घायु, अधिक पुत्रों से युक्त, कार्यकर्ता, स्वरूपवान्, सुशील और मनुष्यों से प्रमाद करने में श्रेष्ठ होता है ॥ ११ ॥

ग्यारहवें भाव में लाभेश का फल—यदि कुण्डली में बारहवें भाव में लाभेश हो तो जातक प्राप्त वस्तु का भोगी, स्थिर, उत्पात में आसक्त, मानी, दानी और दुःखी होता है ॥ १२ ॥

अथ व्ययभावविचारः। तत्र भावे किंचिन्त्यमित्युक्तं

जातकाभरणे—

हानिर्दानं व्ययश्चापि दण्डो निर्बन्ध एव च।
सर्वमेतद्व्ययस्थाने चिन्तनीयं प्रयत्नतः ॥१॥

सारावल्याम्—

भानौ क्षीणे चेन्दौ व्ययभवने सूर्यतिहरति वित्तम्।
भौमे बुधसंदृष्टे बहुप्रकारो भवेन्नाशः ॥१॥
त्रिदशगुरुशुक्रचन्द्रा व्ययभवने वित्तपोषणं कुर्युः।
भूमिसुतेन तु दृष्टा भावाध्यायोक्तमन्यच्च ॥२॥

गर्गः—

क्षीणेऽब्जे वा रवौ रिष्फे धनं पुंसां नृपो हरेत्।
बहुधार्थक्षयो भौमे ज्ञदृष्टेऽन्येषु सद्व्ययः ॥१॥
व्ययस्थानगते सूर्ये व्ययशीलो भवेन्नरः।
दूरस्त्रीव्यसनाढ्यश्च कुरुते व्ययमद्भुतम् ॥२॥
व्यये शशिनि कार्पण्यमविश्वासः पदे पदे।
कृष्णपक्षे विशेषेण कार्पण्यमपि वर्धते ॥३॥
कोपनो बहुकामाढ्यो व्यङ्गो धर्मस्य दूषकः।
भूमिजे द्वादशस्थे तु प्रद्वेषी मित्रबन्धुषु ॥४॥

नृपपीडनसंतप्तं परवादेन पीडितम् ।
नृशंसं पुरुषं चान्द्रिः कुरुते व्ययराशिगः ।५।।
उच्छ्रितव्ययकारी च रिष्फगे देवतागुरौ ।
सेवाभिज्ञो महाक्रोधी सालसो लोकविग्रही ।।६।।
श्रद्धाहीनो घृणाहीनो परदाररतः सदा ।
व्ययस्थानगते शुक्रे रोगार्तः स्थूलदेहकः ।।७।।
नीचकर्माश्रितः पापो हीनाङ्गो भोगलालसः ।
व्ययस्थानगते मन्दे क्रूरेषु कुरुते रुचिम् ।।८।।
व्ययस्थानगते राहौ नीचकर्मरतः सदा ।
असद्व्ययी पापबुद्धिः कपटी कुलदूषकः ।.९।।
व्ययभावे स्वामियुक्ते शुभदृष्टे च सद्व्ययी ।
कीर्तिमाञ्जायते मर्त्यो विपरीते विपर्ययः ।।१०।।

अब आगे बारहवें भाव के विचार करने के लिये प्रथम बारहवें भाव से किन-किन वस्तुओं का विचार होता है । इसे जातकाभरण के वाक्य से बतलाते हैं ।

जातकाभरण में कहा है कि हानि, दान, खर्च, दण्ड और बन्धन का विचार प्रयत्न पूर्वक बारहवें भाव से करना चाहिये ।। १ ।।

अब आगे सारावली के वाक्यों से फल को कहते हैं ।

यदि जन्मपत्री में बारहवें भाव में सूर्य या क्षीण चन्द्रमा या गुरु हो तो जातक के धन का अधिक हरण, यदि बुध से दृष्ट भौम हो तो अधिक प्रकार से धन का नाश होता है ।। १ ।।

यदि जन्मपत्री में १२ भाव में गुरु या चन्द्रमा या शुक्र हो तो जातक के धन का पोषण होता है । यदि भौम से दृष्ट उक्त ग्रह हों तो भावाध्यायोक्त अन्य फल भी होता है ।।

अब आगे गर्गाचार्य जी के बचनों से बारहवें भाव में ग्रहों के फल को कहते हैं ।

बारहवें भाव में ग्रहों का फल—यदि जन्मपत्री में बारहवें भाव में सूर्य या क्षीण चन्द्रमा हो तो जातक के धन का राजा हरण करता है । यदि बुध से दृष्ट भौम हो तो अधिकतर धन का क्षय यदि अन्य से दृष्ट हो तो सुन्दर खर्च होता है ।। १ ।।

बारहवें भाव में सूर्य का फल - यदि जन्मपत्री में बारहवें भाव में सूर्य हो तो जातक अधिक खर्च करने वाला, दूर की स्त्री के व्यसन से युक्त और अद्भुत खर्चीला होता है ।। २ ।।

बारहवें भाव में चन्द्रमा का फल—यदि जन्मपत्री में बारहवें भाव में चन्द्रमा हो तो जातक लोभी, पद (स्थान) पर अविश्वासी यदि कृष्ण पक्ष का चन्द्रमा हो तो लोभ प्रतिदिन जातक का बढ़ता है ।। ३ ।।

बारहवें भाव में भौम का फल—यदि जन्मपत्री में बारहवें भाव में भौम हो तो जातक क्रोधी, बड़ा विषयी, भग्नशरीर, धर्म का दूषक और मित्र व बान्धवों का शत्रु होता है ।। ४ ।।

बारहवें भाव में बुध का फल—यदि जन्मपत्री में बारहवें भाव में बुध हो तो जातक राजकीय पीड़ा से दुःखी, दूसरे की शिकायत से संतप्त और निन्दनीय होता है ॥ ५ ॥

बारहवें भाव में गुरु का फल—यदि कुण्डली में बारहवें भाव में गुरु हो तो जातक ऊँचा खर्च करने वाला, सेवा का जानकार, बड़ा क्रोधी, आलसी और संसार का दुश्मन होता है ॥ ६ ॥

बारहवें भाव में शुक्र का फल—यदि कुण्डली में बारहवें भाव में शुक्र हो तो जातक श्रद्धा से शून्य, घृणा से रहित, सदा दूसरे की स्त्री में आसक्त, रोग से पीड़ित और मोटी देह वाला होता है ॥ ७ ॥

बारहवें भाव में शनि का फल—यदि कुण्डली में बारहवें भाव में शनि हो तो जातक दूषित कार्यों के आश्रित, पापी, हीन शरीरी, भोग का लालची और दुष्टों में प्रीति रखने वाला होता है ॥ ८ ॥

बारहवें भाव में राहु का फल—यदि जन्मपत्री में बारहवें भाव में राहु हो तो जातक दुष्ट कार्यों में आसक्त, असद्व्ययी, पाप बुद्धि, कपटी और कुल का दोषी होता है ॥ ९ ॥

बारहवें भाव का विशेष फल—यदि जन्मपत्री में बारहवाँ भाव अपने स्वामी से युक्त और शुभग्रह से दृष्ट हो तो जातक शुभ कार्य में खर्च करने वाला व कीर्तिमान् होता है। इसके विपरीत हो तो फल विपर्यय होता है ॥ १० ॥

अथ द्वादशभावविशेषफलम् ।

कश्यपः—

स्वोच्चे १ स्वोच्चनवांशे च २ शुभवर्गेऽथ ३ नीचभे ४ ।
नीचांशे ५ क्रूरषड्वर्गे ६ मित्रभे ७ सुहृदंशके ८ ॥१॥
वर्गोत्तमेऽ९ रिभेऽ१०र्यंशे ११ स्वर्क्षे १२ द्वादशधा क्रमात् ।
फलं च व्ययभावोत्थं कथ्यते यवनोदितम् ॥२॥
व्ययः स्याद्गुरुलोकेषु १ गुरुसेवा समुद्भवः २ ।
द्विजदैवतकार्येषु ३ कुजनात् ४ कुकलत्रतः ५ ॥३॥
अन्त्यजार्थे ६ मित्रकार्ये ७ अनुरोधात् ८ नृपाश्रयात् ९ ।
वेश्यासु १० कुलटास्नेहाद् ११ भयतोऽ १२ र्के व्ययस्थिते ॥४॥
द्यूतात् १ कृष्यक्रियाद्येन २ द्विजसेवासमुद्भवः ३ ।
परस्त्रीसङ्गजातोऽ ४ न्यलोकसङ्गाच्च ५ पापतः ६ ॥५॥
सुहृद्भवो ७ बन्धुमाना ८ च्छुभकार्येण ९ युध्यतः १० ।
परवञ्चनतो ११ युद्धकृत्येन्दौ १२ व्ययस्थिते ॥६॥
नृपसङ्गा १ न्नीचमैत्रसङ्गाद् २ बान्धवदोषतः ३ ।
अन्त्यजाद् ४ व्यसनैः ५ नीचसङ्गाद ६ नृतसंभवः ७ ॥७॥

पितृक्रियाभिः ८ सौहार्दात् ९ निरोधेन १० चतुष्पदैः ।
बन्धुवर्गैर्वादितः १२ स्याद्व्ययो भौमे व्यवस्थिते ॥८॥
गीतवाद्यैः १ गुणिकृतः २ प्रसङ्गैरपि ३ निग्रहात् ४ ।
नीचसङ्गात् ५ नीचलोके तृप्तिलोके ६ सखाश्रयात् ७ ॥९॥
बान्धवेषु ८ व्रताद्येषु ९ सुतजोऽ १० न्यवधूभवः ११ ।
भोगजः १२ स्याद् बुधे रिष्फे भावसंस्थे व्यये नृणाम् ॥१०॥
गुरुभ्यो १ गुरुभृत्येभ्यो २ बन्धुभ्यो ३ व्यसनेन ४ च ।
मतिभ्रमेण ५ पुत्रेभ्यो ६ व्ययः स्याद् व्ययगे गुरौ ॥११॥
व्रतजः १ शास्त्र जनितः २ प्रियसंगात् ३ नृपाश्रयात् ४ ।
पददेशाद् ५ शुभतो ६ बहुभक्षणसंयुतः ॥१२॥
पानाद् ८ भूमेऽ ९ रुणाच्चैव १० वजनविप्लावनेन च ११ ।
वितथा चोपचारैश्च १२ व्ययः स्याद् व्ययगे सिते ॥१३॥
नृपसङ्गात् १ नीचमित्रसङ्गाद् २ बान्धवदोषतः ३ ।
अन्त्यजाद ४ रितो ५ दुःखं जनबन्धनसंभवः ६ ॥१४॥
मित्रवैरात् ७ पुत्रदासदोषात् ८ दुःखात् ९ कृपावशात १० ।
लोकदोषात् ११ प्रियसङ्गात् १२ शनौ व्ययगते व्ययः ॥१५॥

अब आगे बारहवें भाव में ग्रहों की बारह परिस्थिति वश फल को कश्यप मुनि के वचनों से बताते हैं।

बारहवें भाव में सूर्य का विशेष फल—यदि जन्मपत्री में बारहवें भाव में सूर्य उच्च राशि में १ हो तो जातक बड़ों के मध्य में, उच्च राशि के नवांश में २ गुरु की सेवा से उत्पन्न, शुभ राशि के षड्वर्ग में ३ ब्राह्मण व देवता के कार्यों में, नीच राशि में ४ दुष्ट मनुष्य के सहयोग से, नीच राशि के नवांश ५ में दुष्टा स्त्री की सङ्गति से, क्रूर ग्रह के षड्वर्ग में ६ शूद्रों (श्वपच) के लिए, मित्र राशि में ७ मित्र के काम में, मित्र राशि के नवांश में ८ आग्रह से, वर्गोत्तम में ९ राजा की अधीनता से, शत्रु राशि में १० वेश्याओं में, शत्रु राशि के नवांश में ११ वेश्या स्त्री के प्रेम से और बारहवें भाव में यदि सूर्य अपनी राशि (५) में हो तो जातक भय के कारण व्यय करने वाला होता है ॥ १–४ ॥

बारहवें भाव में चन्द्रमा का विशेष फल - यदि जन्मपत्री में बारहवें भाव में चन्द्रमा उच्च राशि में १ हो तो जातक जुआ में, उच्च राशि के नवांश में २ खेती आदि कार्य में, शुभ राशि के षड्वर्ग में ३ ब्राह्मण की सेवा में, नीच राशि में ४ दूसरे की स्त्री के सहयोग में, नीच राशि के नवांश में ५ विदेश के सम्पर्क में, पाप ग्रह राशि के षड्वर्ग में ६ पाप में, मित्र राशि में ७ मित्रों से उत्पन्न, मित्र राशि के नवांश में ८ बान्धवों के सम्मान में, वर्गोत्तम में ९ शुभ कार्य में, शत्रु राशि में १० युद्ध में, शत्रु राशि के नवांश ११ में दूसरे को ठगने में और बारहवें भाव में चन्द्रमा यदि अपनी राशि (४) में १२ हो तो ज ातकलड़ाई के कार्यों में व्यय करने वाला होता है ॥ ५–६ ॥

बारहवें भाव में भौम का विशेष फल—यदि जन्मपत्री में बारहवें भाव में भौम उच्च राशि में १ हो तो जातक राजा की सङ्गति से, उच्च राशि के नवांश में २ दुष्ट मित्र के सहयोग से, शुभ राशि के षड्वर्ग में ३ बान्धवों के दोष से, नीच राशि में ४ अन्त्यज से, नीच राशि के नवांश में ५ व्यसनों से, क्रूर राशि के षड्वर्ग में ६ दुष्टों की सङ्गति से, मित्र राशि में ७ झूठ से, मित्र राशि के नवांश में ८ पिता के कार्यवश, वर्गोत्तम में ९ प्रेम से, शत्रु राशि में १० निरोध से, शत्रु राशि के नवांश ११ में पशु कारण से और बारहवें भाव में यदि भौम अपनी राशि (१।८) में हो तो जातक प्रारम्भ से बान्धव वर्ग से व्ययी होता है ॥ ७–८ ॥

बारहवें भाव में बुध का विशेष फल—यदि जन्मपत्री में बारहवें भाव में बुध उच्च राशि में १ हो तो जातक गाने-बजाने में, उच्च राशि के नवांश में २ गुणियों से, शुभ राशि के षड्वर्ग में ३ प्रसङ्ग से, नीच राशि में ४ बुराई से, नीच राशि के नवांश में ५ दुष्ट सहयोग से, क्रूर ग्रह राशि के षड्वर्ग में ६ नीच देश में, तृप्त संसार में, मित्र राशि में ७ मित्रों की सङ्गति से, मित्र राशि के नवांश में ८बन्धु वर्ग में, वर्गोत्तम में ९ व्रतादि में, शत्रु राशि में १० पुत्र से उत्पन्न, शत्रु राशि के नवांश में ११ दूसरे की स्त्री से उत्पन्न और बारहवें भाव में बुध यदि अपनी (३।६) राशि में हो तो जातक भोग जन्य खर्च करने वाला होता है ॥ ९–१० ॥

बारहवें भाव में गुरु का विशेष फल—यदि जन्मपत्री में बारहवें भाव में गुरु उच्च राशि में १ हो तो जातक गुरुजनों से, उच्च राशि के नवांश में २ गुरु के नौकरों से, शुभ राशि के षड्वर्ग में ३ बान्धवों से, नीच राशि में ४ व्यसनों से, नीच राशि के नवांश में ५ बुद्धि भ्रम से, क्रूर ग्रह राशि के षड्वर्ग ६में मित्रों से व्ययी होता है ॥११॥

बारहवें भाव में शुक्र का विशेष फल—यदि जन्मपत्री में बारहवें भाव में शुक्र उच्च राशि में १ हो तो जातक व्रत से उत्पन्न, उच्च राशि के नवांश में २ शास्त्र जन्य, शुभ ग्रह राशि के षड्वर्ग में ३ प्रेमी जन के सहयोग से, नीच राशि में ४ राजा के आश्रित होने से, नीच राशि के नवांश में ५ व्यवसाय से, क्रूर ग्रह राशि के षड्वर्ग में ६ अशुभता से, मित्र राशि में ७ अधिक खाने से, मित्र राशि के नवांश में ८ विष या शराब पीने से, वर्गोत्तम में ९ भूमि से, शत्रु राशि में १० लालिमा से (कुष्ठ) शत्रु राशि के नवांश में ११ भार के विप्लावन से और बारहवें भाव में यदि शुक्र अपनी राशि (२।७) में हो तो जातक असत्य व्यवहार से व्ययी होता है ॥ १२-१३ ॥

बारहवें भाव में शनि का विशेष फल—यदि जन्मपत्री में बारहवें भाव में शनि उच्च राशि में १ हो तो जातक राजा की सङ्गति से, उच्च राशि के नवांश में २ दुष्ट मित्र के सहयोग से, शुभ ग्रह राशि के षड्वर्ग में ३ बन्धुओं के दोष से, नीच राशि में ४ अन्त्यज से, नीच राशि के नवांश में ५ शत्रु के दुःख से, पाप ग्रह राशि के षड्वर्ग में ६ मनुष्य बन्धन जन्य, मित्र राशि में ७ मित्र की शत्रुता से, मित्र राशि के नवांश में ८ पुत्र या नौकर के दोष से, वर्गोत्तम में ९ दुःख से, शत्रु राशि में १० दया के कारण, शत्रु राशि के नवांश में ११ सांसारिक दोष से और बारहवें भाव में यदि शनि अपनी (१०।११) राशि में हो तो जातक प्रेमी के संयोग से व्ययी होता है ॥ १४–१५ ॥

अथ व्ययभावराशिफलम्।

वृद्धयवनः—

मेषे व्ययस्थे प्रभवेन्नराणां व्ययः सदाच्छादनभोजनैश्च।
चतुष्पदानेकविवर्द्धनेन लाभेन नानाविधपौरुषेण ॥ १ ॥
वृषे व्ययस्थेऽव्यथ देवपुंसां भवेद्विचित्राम्बरयोषितानाम्।
लाभं नरेण न च कृत्रिमेण सधातुवादैर्विविधैरतीव ॥ २ ॥
तृतीयराशौ व्ययगे नराणां व्ययो भवेत्स्त्रीव्यसनात्मकैश्च।
भूतोद्भवं वा सततं प्रभूतं कुशीलगः पापजनांजनश्च ॥ ३ ॥
कर्के व्ययस्थे द्विजदेवतानां व्ययो भवेद्यज्ञसमुद्भवैश्च।
धर्मक्रियाभिर्विविधाभिरेवं सशंसितः साधुजनेन लोके ॥ ४ ॥
सिंहे व्ययस्थे तु भवेन्नराणां महद्व्ययो भूरितरः सदैव।
कुगात्रजातं च कुकर्मणा च निन्द्यः सतां पार्थिवचौरतो वा ॥ ५ ॥
कन्यात्मके चान्त्यगते व्ययश्च भवेन्मनुष्यस्य हि चाङ्गनोत्थः।
विवाहमाङ्गल्यसखैर्विचित्रैः सूत्रैः प्रभाभिर्बहुसाधुसङ्गात् ॥ ६ ॥
तुले व्ययस्थे सुरविप्रबन्धुश्रुतिस्मृतिभ्यश्च कृतो व्ययश्च।
भवेन्नराणां नियमैर्यमैश्च सुतीर्थसेवाजनितः प्रसिद्धः ॥ ७ ॥
अलौ व्ययस्थे प्रभवेद्व्ययस्तु पुंसां प्रसादेन विडम्बनाभिः।
कुमित्रसेवाजनितः स्वनिन्द्यः कुबुद्धितश्चौरकृताद्विकारात् ॥ ८ ॥
चापे व्ययस्थे परवञ्चनाभिर्व्ययो भवेत्पापजनप्रसंगात्।
सेवाकृतो वित्तधिया च पुंसां कृषिप्रसंगात्परवञ्चनाद् वा ॥ ९ ॥
मृगे व्ययस्थे च भवेन्नराणां व्ययस्तु पानासवसस्यजातः।
स्ववर्गपूजाजनितस्तथाल्पः कृषीविहीनश्च घटे व्ययस्थे ॥ १० ॥
देवालये च सुरसिद्धविप्रतपस्विनो वंदिभवो व्ययश्च।
पुंसां तु पुत्राशनयानजातस्तथा विवादेन निरर्गलेन ॥ ११ ॥
ये स्थानचिन्तासु पुरा प्रदिष्टा योगा मया तत्परिहृत्य चैते।
योगा विचिन्त्या सुधिया ततस्तु वाच्या नराणां तु शुभाशुभास्तैः ॥ १२ ॥

अब आगे बारहवें भाव में बारह राशियों के फल को वृद्ध यवनाचार्य के वचन से बताते हैं।

बारहवें भाव में मेष राशि का फल—यदि कुण्डली में बारहवें भाव में मेष राशि हो तो जातक भोजन वस्त्रादि में, अनेक पशुओं के संग्रह में खर्च करने वाला तथा अनेक पुरुषार्थों से प्राप्त धन का व्ययी होता है ॥ १ ॥

बारहवें भाव में वृष राशि का फल—यदि कुण्डली में बारहवें भाव में वृष राशि हो तो जातक देव पुरुष, विचित्र वस्त्र व स्त्री तथा अनेक धातुओं के विवाद से उत्तम अधिक लाभ करने वाला होता है ॥ २ ॥

बारहवें भाव में मिथुन राशि का फल—यदि कुण्डली में बारहवें भाव में मिथुन राशि हो तो जातक स्त्री के व्यसनों से, प्राणियों से उत्पन्न वा प्रतिदिन अधिक दुःशालीता से और पापियों के सहयोग से व्ययी होता है ॥ ३ ॥

बारहवें भाव में कर्क राशि का फल—यदि कुण्डली में बारहवें भाव में कर्क राशि हो तो जातक ब्राह्मण व देवताओं के कार्य में, यज्ञादि जन्य अनेक धार्मिक कार्यों में और सज्जन पुरुष से शङ्कायुक्त खर्च करने वाला होता है ॥ ४ ॥

बारहवें भाव में सिंह राशि का फल—यदि कुण्डली में बारहवें भाव में सिंह राशि हो तो जातक सदा ही अधिक, दुष्ट पुत्र से उत्पन्न, दूषित कार्य से, सज्जनों की निन्दा से अथवा राजा की चोरी से खर्च करने वाला होता है ॥ ५ ॥

बारहवें भाव में कन्या राशि का फल—यदि कुण्डली में बारहवें भाव में कन्या राशि हो तो जातक स्त्रियों से उत्पन्न, विवाहादि माङ्गलिक विचित्रयज्ञों में, प्रभाव शाली उपदेश से और सत्पुरुष की सङ्गति से खर्च करने वाला होता है ॥ ६ ॥

बारहवें भाव में तुला राशि का फल—यदि कुण्डली में बारहवें भाव में तुला राशि हो तो जातक देवता, ब्राह्मण, बान्धव, वेद और स्मृतियों से उत्पन्न खर्च करने वाला और संयम नियम पूर्वक अच्छे तीर्थों के निवास से विख्यात होता है ॥ ७ ॥

बारहवें भाव में वृश्चिक राशि का फल—यदि कुण्डली में बारहवें भाव में वृश्चिक राशि हो तो जातक पुरुषों की प्रसन्नता से, धूर्तता से, दुष्ट मित्रों की सेवा जन्य, अपने जनों की निन्दा से, दुर्बुद्धि से और तस्करों के विकार से खर्च करने वाला होता है ॥८॥

बारहवें भाव में धनु राशि का फल—यदि कुण्डली में बारहवें भाव में धनु राशि हो तो जातक दूसरों को ठगने में, पापियों की सङ्गति से, नोकरी में, आर्थिक बुद्धि से और खेती के कार्यों में खर्च करने वाला होता है ॥ ९ ॥

विशेष—इस पद्य में दो स्थान पर परवञ्चना शब्द आया है ॥ ९ ॥

बारहवें भाव में मकर राशि का फल—यदि कुण्डली में बारहवें भाव में मकर राशि हो तो जातक शराब या वनस्पतियों में, अपने वर्ग की पूजा में अल्प व्ययी और खेती से रहित होता है ॥ १० ॥

बारहवें भाव में कुम्भ राशि का फल—यदि कुण्डली में बारहवें भाव में कुम्भ राशि हो तो जातक देव मन्दिर में, देव, सिद्ध, ब्राह्मण व तपश्चर्या में और बन्धन जन्य व्ययी, सज्जन पुरुषों के अनुरोध से शास्त्रीय उपदेश देकर अधिक प्रसिद्ध होने वाला होता है ॥ ११ ॥

बारहवें भाव में मीन राशि का फल—यदि कुण्डली में बारहवें भाव में मीन राशि हो तो जातक जल, सवारी वा दुष्ट सङ्गति से, पुत्र के भोजन व सवारी जन्य और अप्रयोजन विवाह से खर्च करने वाला होता है ॥ १२ ॥

मैंने स्थान चिन्ता में प्रथम जिन योगों का वर्णन किया है उनका त्याग करके व जातक का शुभाशुभ फल इनसे कहना चाहिये ॥ १३ ॥

अथ व्ययेशभावफलम् ।

वृद्धयवनः—

व्ययनाथे लग्नगते विदेशगतः सुरूपश्च ।
अपसंगवादरोषी भवति कुमारोऽथवा खञ्जः ॥ १ ॥
द्वादशपे वित्तगते कृपणः कटुवाग्मी नष्टलाभभवः ।
भौमे तु गच्छति धनं नृपतस्करवह्निभवभयश्च ॥ २ ॥
सहजगते द्वादशपे क्रूरे गतबान्धवः शुभे च ।
धनी सुतनुषु सुकृपणो बन्धुदूरे सदा भवति ॥ ३ ॥
तुर्यगते व्ययनाथे कृपणो रोगाञ्झितः सुकर्मा च ।
मृतिमाप्नोति सतनुः सततं मनुजो महादुःखी ॥ ४ ॥
द्वादशपतौ सुतस्थे सुतवर्जिते सुतयुक् ।
जितकर्कमलाभिलाषी समथता विरहितः पुरुषः ॥ ५ ॥
षष्ठगते व्ययनाथे क्रूरे कृपणोऽक्षिदूषणः पुरुषः ।
लभते मृतिं नितान्तं भृगुतनये नेत्ररहितः स्यात् ॥ ६ ॥
द्वादशपे सप्तमगे दुष्टो दुश्चारकृतकपटवचनः ।
क्रूरे न स्त्री तस्य सौम्यैः क्षपयति गणिकातः ॥ ७ ॥
व्ययनाथे निधनगते अष्टकपालकायसा धनरहितः ।
रुद्रोऽहमतिः सौम्यखगे धनसङ्ग्रहतत्परो भवति ॥ ८ ॥
व्ययनाथे सुकृतगते तीर्थालोकी ततो व्ययितः वृत्तिः ।
क्रूरे च खगे पापान्निरर्थकं याति तद्द्रव्यम् ॥ ९ ॥
व्ययपे गगनगृहस्थे पररमणीपराङ्मुखः पवित्राङ्गः ।
सुतधन सङ्ग्रहनिरतो दुर्वचनपरा भवति माता ॥ १० ॥
द्वादशपे लाभस्थे सुकुमारो दीर्घजीवितो भवति ।
स्थानप्रवरो दाता विख्यातः सुतवचनपरः ॥ ११ ॥
विभूतिमान् ग्रामनिवासचित्तः सुकर्मबुद्धिः पशुसङ्ग्रही च ।
चेज्जीवति ग्रासयुतः सदा स्याद् व्ययाधिनाथे व्ययभावलीने ॥ १२ ॥

अब आगे बारह भावों में स्थित द्वादशेश के फल को वृद्ध यवनाचार्य जी के वाक्यों से कहते हैं ।

लग्न में द्वादशेश का फल—यदि जन्मकाल में द्वादशेश लग्न में हो तो जातक विदेश जाने वाला, स्वरूपवान्, दुष्ट संग के विवाद का दोषी अथवा धूर्त होता है ॥१॥

धन में द्वादशेश का फल—यदि जन्मकाल में द्वादशेश धन भाव में हो तो जातक लोभी, कडुवा बोलने वाला, नष्ट लाभ से उत्पन्न यदि भौम हो तो राजा, चोर, अग्नि जन्य भय से युक्त होता है ॥ २ ॥

सहज में द्वादशेश का फल—यदि कुण्डली में पापग्रह द्वादशेश तीसरे भाव में हो तो जातक बान्धवों से हीन यदि शुभग्रह हो तो धनी, सुन्दर शरीरधारी, लोभी और बान्धवों से दूर रहने वाला होता है ॥ ३ ॥

सुख में द्वादशेश का फल—यदि कुण्डली में चौथे भाव में द्वादशेश हो तो जातक लोभी, रोग हीन, सुन्दर कार्य करने वाला, विना रोग से मरण प्राप्त करने वाला और सदा बड़ा दुःखी होता है ॥ ४ ॥

सुत में द्वादशेश का फल—यदि कुण्डली में पाँचवें भाव में द्वादशेश हो तो जातक सुत से हीन या पुत्र से युक्त, लक्ष्मी की इच्छा करने वाला और सामर्थ्यता से हीन होता है ॥ ५ ॥

रिपु में द्वादशेश का फल—यदि कुण्डली में पापग्रह द्वादशेश छठे भाव में हो तो जातक लोभी, आँख का रोगी व उसी के कारण मृत्यु पाने वाला यदि शुक्र द्वादशेश हो तो आँखों से हीन होता है ॥ ६ ॥

जाया में द्वादशेश का फल—यदि कुण्डली में पापग्रह द्वादशेश सातवें भाव में हो तो जातक दुष्ट, चरित्र हीन, कपटी वाणी वाला व स्त्री से हीन, यदि शुभ ग्रह हो तो वेश्या की सङ्गति में रहने वाला होता है ॥ ७ ॥

आयु में द्वादशेश का फल—यदि कुण्डली में पापग्रह द्वादशेश आठवें भाव में हो तो जातक अष्टकपाली, धन से हीन, क्रोधी, अहङ्कारी, यदि शुभ ग्रह हो तो धन एकत्रित करने में आसक्त होता है ॥ ८ ॥

धर्म में द्वादशेश का फल—यदि कुण्डली में द्वादशेश नवें भाव में हो तो जातक तीर्थ में रहने वाला, खर्चीला स्वभाव, यदि पापग्रह हो तो पाप से अप्रयोजन में खर्च करने वाला होता है ॥ ९ ॥

कर्म में द्वादशेश का फल—यदि कुण्डली में द्वादशेश दशम भाव में हो तो जातक दूसरे की स्त्री में अनासक्त, पवित्र शरीरधारी, पुत्र व धन के संग्रह में आसक्त और उसकी माता बुरा बोलने वाली होती है ॥ १० ॥

लाभ में द्वादशेश का फल—यदि कुण्डली में द्वादशेश लाभ में हो तो जातक सुन्दर, दीर्घायु, स्थान (पद) में श्रेष्ठ, दानी, प्रसिद्ध और पुत्र की बात मानने वाला होता है ॥ ११ ॥

व्यय में व्ययेश का फल—यदि कुण्डली में द्वादशेश बारहवें भाव में हो तो जातक ऐश्वर्यवान्, गाव में निवास की भावना वाला, सत्कार्य बुद्धि, पशुओं का संग्रह करने वाला व जीवन पर्यन्त पशुओं को आहार देने वाला होता है ॥ १२ ॥

अथ लग्नायुर्दायः ।

मेषराशौ जातः यशस्वी क्रोधी भोगी पुत्रदारसुखवान् एतेषु । ४ । ११ । १६ । ४४ । ५८ । वर्षे महत्कष्टं परमायुर्वर्षाणि १०० कार्तिककृष्णे पञ्चम्यां हस्तर्क्षे प्रथमप्रहरे निर्याणम् ॥ १ ॥

वृषे जातः परदारकस्तेजस्वी एषु ३३।४४।६१ वर्षेषु महत्कष्टं चेत्कृच्छ्रान्मुक्तस्तदा वर्ष ९० जीवति। माघशुक्लसप्तम्यां भृगुदिने चित्रर्क्षे प्रथमप्रहरे निर्याणम् ॥ २ ॥

मिथुने जातः यशस्वी विद्यावान् एषु ४।१०।१४।२८।५८ वर्षेषु महत्कष्टं परमायुः वर्ष ८६ श्रावणशुक्लैकादश्यां ११ गुरौ आर्द्रायां प्रथमप्रहरे निर्याणम् ॥ ३ ॥

कर्के जातः धनी धर्मिष्ठ एषु ५।२५।४०।४८।६२ वर्षेषु महत्कष्टं परमायुर्वर्षाणि १०० श्रावणशुक्लसप्तम्यां रवौ पुनर्वसौ मध्यान्हे निर्याणम् ॥ ४ ॥

सिंहे जातः मिष्टान्नभोगी परद्रव्यभोक्ता सुबुद्धिः सुलक्षण एषु ५।१३। २८ ३६।४८ वर्षेषु महत्कष्टं परमायुर्वर्षाणि ६७ चैत्रशुक्लैकादश्यां ११ बुधे उत्तरायां प्रथमाह्ने निर्याणम् ॥ ५ ॥

कन्यायां जातः ज्ञानी धर्मिष्ठ अल्पाहार एषु वर्षेषु ४।१६।२३।३६।५५ महत्कष्टं परमायुर्वर्षाणि १०० वैशाखशुक्लपञ्चम्यां ५ भृगौ स्वातौ प्रथमाह्ने निर्याणम् ॥ ६ ॥

तुलायां जातः अल्पभोगी विश्वासी मिष्टान्नाशी एषु १५।३१।३५।६२।६४ वर्षेषु महत्कष्टं परमायुर्वर्षाणि ७५ ज्येष्ठ शुक्लपञ्चम्यां भौमे आर्द्रायां प्रथमान्हे निर्याणम् ॥ ७ ॥

वृश्चिके जातः क्षुधाशीलः मिष्टान्नाशी एषु ११।२८।३८।५२।६२ वर्षेषु महती पीडा परमायुर्वर्षाणि १०० आषाढशुक्लदशम्यां १० गुरौ मूले प्रथमान्हे निर्याणम् ॥ ८ ॥

धनुषि जातः सुलक्षणः ज्ञानी धनी एषु २।१०।१३।१८ ३८।४२।६७ वर्षेषु महत्कष्ट परमायुर्वर्षाणि ८१ वैशाखशुक्लचतुर्दश्यां रवौ स्वातौ प्रथमान्हे निर्याणम् ॥ ९ ॥

मृगे जातः यशस्वी धनी एषु ५।१३।२७।३६।५७।६२ वर्षेषु महत्कष्टं परमायुर्वर्षाणि ९५ भाद्रपदकृष्णसप्तम्यां ७ शनौ शततारायां प्रथमान्हे निर्याणम् ॥ १० ॥

कुम्भे जातः सुलक्षणः एषु २।२८।३३।४८।६४ वर्षेषु महत्कष्टं परमायुः ९ माघशुक्ल अष्टम्यां ८ गुरौ रोहिण्यां प्रथमान्हे निर्याणम् ॥ ११ ॥

मीने जातः देवगुरुपूजकः धनी एषु ८।१३।३६।४८ वर्षेषु महत्कष्टं परमायुः ८३ माघशुक्लैकादशीभौमे पुनर्वसौ मध्यान्हे निर्याणम् ॥ १२ ॥

इति श्रीमद्दैवज्ञवर्यपण्डित दामोदरात्मज बलभद्रविरचिते

भावविचाराध्यायः सप्तमः ॥ ७ ॥

आगे अब लग्नायुर्दाय को या यों समझिये लग्न राशि वश जातक की आयु और अरिष्ट वर्षों को बतलाते हैं।

मेष राशि लग्नायु व फल––यदि जन्मपत्री में मिथुन लग्न हो तो जातक यशस्वी, क्रोधी, भोगी, पुत्र व स्त्री के सुख से युक्त, ४।११।१६।४४।५८ वर्षों में दुःख भोगने वाला १०० वर्ष की आयु प्राप्त करके कार्तिक मास कृष्ण पक्ष पञ्चमी तिथि हस्त नक्षत्र में दिन के प्रथम प्रहर में मरण प्राप्त करने वाला होता है ॥ १ ॥

वृष राशि लग्नायु व फल—यदि जन्मपत्री में वृष लग्न हो तो जातक परस्त्री गामी, तेजस्वी, ३३।४४।६१ वर्षों में बड़ा कष्ट पाने वाला और यदि कष्ट से छुटकारा हुआ तो ९० वर्ष जीवन प्राप्त करके माघ शुक्ल सप्तमी शुक्रवार चित्रा नक्षत्र और प्रथम प्रहर में मृत्यु प्राप्त करने वाला होता है ॥ २ ॥

मिथुन राशि लग्नायु व फल––यदि जन्मपत्री में मिथुन लग्न हो तो जातक यशस्वी, विद्यावान् ४।१०।१४।३८।५८ वर्षों में बड़ा कष्ट भोगी और ८६ वें वर्ष में श्रावण शुक्ल एकादशी गुरुवार आर्द्रा नक्षत्र और दिन के प्रथम प्रहर में मृत्यु प्राप्त करने वाला होता है ॥ ३ ॥

कर्क राशि लग्नायु व फल—यदि जन्मपत्री में कर्क राशि लग्न हो तो जातक धनी, धर्मात्मा, ५।२५।४०।४८।६२ वर्षों में बड़ा कष्ट पाने वाला और १०० वें वर्ष में श्रावण शुक्ल सप्तमी रविवार पुनर्वसु नक्षत्र तथा मध्याह्न में मरने वाला होता है ॥ ४ ॥

सिंह राशि लग्नायु व फल—यदि जन्मपत्री में सिंह राशि लग्न हो तो जातक मिष्ठान्न खाने वाला, दूसरे के धन का भोगकर्ता, सुन्दर बुद्धिमान् और अच्छे लक्षणों से युक्त ५।१३।२८।३६।४८ वर्षों में कष्ट भोग कर ६७ वें वर्ष में चैत्र शुक्ल एकादशी बुधवार उत्तरा नक्षत्र दिन के प्रथम प्रहर में मरण प्राप्त करने वाला होता है ॥ ५ ॥

कन्या राशि लग्नायु व फल—यदि जन्मपत्री में कन्या राशि लग्न हो तो जातक ज्ञानी, धर्मात्मा, अल्पभोजनी ४।१६।२३।३६।५५ वर्षों में बड़ा कष्ट पाकर १०० वें वर्ष में वैशाख शुक्ल पञ्चमी शुक्रवार स्वाती नक्षत्र दिन के प्रथम प्रहर में मृत्यु प्राप्त करने वाला होता है ॥ ६ ॥

तुला राशि लग्नायु व फल—यदि जन्मपत्री में तुला राशि लग्न हो तो जातक अल्प (थोड़ा) भोग करने वाला, विश्वासी, मीठा खाने वाला, १५।३१।३५।६२।६४ वर्षों में बड़ा कष्ट पाने वाला, ७५ वें वर्ष में ज्येष्ठ शुक्ल पञ्चमी भौमवार आर्द्रा नक्षत्र और दिन के प्रथम भाग में मृत्यु पाने वाला होता है ॥ ७ ॥

वृश्चिक राशि लग्नायु व फल—यदि जन्मपत्री में वृश्चिक राशि लग्न हो तो जातक अधिक भूखा, मीठा खाने वाला, ११।२८।३८।५२।६२ वर्षों में अधिक तकलीफ पाकर १०० वें वर्ष में आषाढ़ शुक्ल दशमी गुरुवार मूल नक्षत्र और दिन के प्रथम प्रहर में मृत्यु पाने वाला होता है ॥ ८ ॥

धनु राशि लग्नायु व फल—यदि जन्मपत्री में धनु राशि लग्न हो तो जातक अच्छे लक्षणों से युक्त, ज्ञानी, धनी २।१०।१३।१८।३८।४२।६७ वर्षों में अधिक कष्ट पाकर ८१ वें वर्ष में वैशाख शुक्ल चौदश रविवार स्वाती नक्षत्र और दिन के प्रथम भाग में मृत्यु पाने वाला होता है ॥ ९ ॥

मकर राशि लग्नायु व फल—यदि जन्मपत्री में मकर राशि लग्न हो तो जातक यशस्वी, धनी, ५।१३।२७।३६।५७।६२ वर्षों में अधिक कष्ट भोगकर ९५ वें वर्ष में भाद्रपद मास कृष्ण पक्ष सप्तमी तिथि शनिवार शतभिषा नक्षत्र और दिन के प्रथम भाग में मृत्यु प्राप्त करता है ॥ १० ॥

कुम्भ राशि लग्नायु व फल—यदि जन्मपत्री में कुम्भ राशि लग्न हो तो जातक अच्छे लक्षणों से युक्त २।२८।३३।४८।६४ वर्षों में बड़ा दुःखी होकर ९० वें वर्ष में माघ शुक्ल अष्टमी गुरुवार रोहिणी नक्षत्र और दिन के पूर्व भाग में मरण प्राप्त करता है ॥ ११ ॥

मीन राशि लग्नायु व फल—यदि जन्मपत्री में मीन राशि लग्न हो तो जातक देवता व गुरुजनों की पूजा करने वाला, धनी ८।१३।३६।४८ वर्षों में अधिक कष्ट पाकर ८३ वें वर्ष में माघ शुक्ल एकादशी भौमवार पुनर्वसु नक्षत्र और मध्यान्ह में मृत्यु पाने वाला होता है ॥ १२ ॥

इस प्रकार ज्योतिषियों में श्रेष्ठ पं० दामोदर जी के पुत्र पं० बलभद्र द्वारा रचित होरारत्न नामक ग्रन्थ का भावों के विचार का सातवाँ अध्याय समाप्त हुआ ॥ ७ ॥

इति श्रीमथुरावास्तव्य श्रीमद्भागवताभिनवशुक पं० केशवदेव चतुर्वेदात्मज मुरलीधर चतुर्वेदिकृता होरारत्न सप्तमाध्यायस्येन्दुमती व्याख्या पूर्णा ॥ ७ ॥

अथ अष्टमोऽध्यायः

अथ चन्द्रफलविचाराऽध्यायः । तत्रादौ चन्द्रकुण्डली लेख्या ।

उक्तञ्च—

लग्नमात्मा मनश्चन्द्रस्तदात्मा योगजीवितम् ।
तस्माल्लग्नाच्च चन्द्राच्च ज्ञातव्यं च शुभाशुभम् ॥१॥

अथ मेषराशिफलम्—

अथचन्द्रराशिविशेषफलानि । यवनः—

[1]पित्ताधिको रक्तगौरो गुर्वारे वन्हिकार्यकृत् ।
रक्तपीतश्च तद्वस्तु क्रयलाभश्च हास्यकृत् ॥२॥
सगोश्वमहिषश्चात्मकार्यालस्यः परोद्यमी ।
कन्यामिथुनपुंभिर्न मैत्री च क्लिष्ट उद्यमी ॥३॥
आषाढफाल्गुनोर्जेषु न सौख्यं नृपमानयुक् ।
विकफो मस्तके पीडा व्याधिर्विंशतिवत्सरे ॥४॥
षडविंशेऽब्दे पुनः स्त्र्याप्तिस्त्रिंशेऽब्दे ज्वरशस्त्रभीः ।
पञ्चाब्ध्यब्दे ४५ खपञ्चाऽ५०ब्देऽल्पमृत्युः पञ्चपञ्चके ॥५॥

---

१. जा० सा० दी० १८ अ० १–४ श्लो० ।

अथ रोमकमतम् —

[१]विश्वैकसप्तमे वर्षे १३।१।७। ज्वरी त्र्यर्के ३।१२ ष्वमी नृपे १६।
रदेत्यष्टा ३२।१७ वल्पमृत्युस्तत्त्वेऽ २५ पत्यविनाशनम् ॥१॥
शिरो व्रणी वातरोगी कुनखी मेषजो भवेत्।

जन्मप्रदीपे—

[२]चतुर्थं द्व्यष्टमेऽब्दे वा मासे ४।२।८ वाह्नि पीडितः।
कृम्यग्निशस्त्रतोयैश्च द्विः २ नृपे लोष्ठपीडितः ॥१॥
त्र्यर्कसिद्धे ३।१२।१४ विषावृत्यैः कर्णशूलैर्व्रणैस्तथा।
अल्पमुक्ताभनेत्रश्च करमत्स्ये तिली क्रिये ॥२॥

(इति) मेषः ॥

अथ वृषराशिफलम् ॥

[३]स्थूलश्च दीर्घबाहुश्च विस्फोटाः सर्वसन्धिषु।
वातश्लेष्माधिकः शूली वित्सितार्कान्हि कार्यकृत् ॥१॥
रवौ न सन् म्लेच्छलाभो व्यवसायश्च मध्यमैः।
गुल्मार्षश्वासकासाद्यैरामरोगैः प्रपीडितः ॥२॥
औषधं कटुतीक्ष्णंसभ्रगौल्प [तीक्ष्णं सन्न गव्यं मधुरं] तथा।
आरामकृषिवाणिज्य उच्चपासः परैर्मुदः ॥३॥
जान्वोर्घातो मध्यमानः श्रृङ्गारी नेत्ररुक्तथा।
कण्ठोदरव्रणी गन्धलाभो मिष्टान्नभुक्तथा ॥४॥
द्व्यब्धिपञ्चनगैः २।४।५।७ वर्षैर्धृत्यब्दे पीडितो भवेत्।
दन्तैर्वेदाब्धिभिश्च चत्वारिंशता ३२।४४।४० हानि रोगवान् ॥५॥
स्त्रीप्रियः कर्मकौशल्य उष्णभुच्छीततो गदः।
याम्योत्तरं गृहद्वारं पुराणे च वृषे विधौ ॥६॥

रोमकमतम्—

[४]स्तेनः सोऽहः सविघ्नः स्यात् कंठे रुक् त्र्यब्दकेऽग्निभीः।
वामेऽङ्घ्रौ हस्तके तत्त्वे २५ रदेति ३२ धृति १८ मृत्युयुक् ॥१॥
द्विभार्यः श्लेष्मलः शान्तो वृषेन्दौ स्वल्पसोदरः।
माघशुक्लसिताहेर्भरोहिणनवमीमृतिः ॥२॥

---

१. जा० सा० दी० १८ अ० ५-६ श्लो०। २. जा० सा० दी० १८ अ० ७-८ श्लो०।
३. जा० सा० दी० १८ अ० ९-१४ श्लो०। ४. जा० सा० दी० १८ अ० १५-१६ श्लो०।

यवनः—

[1]वृषे द्विपञ्चनन्दे ऽ २।५।९ इमकाष्ठैर्वामाक्षिगुह्यभीः।
तिथ्यङ्कैः १५।६। जलशृङ्गिणिविषाद्रिभूतऋक्षभीः ॥१॥

जन्मप्रदीपे—

दिक् १० तत्त्वे २५ पञ्चचत्वारि ता (चा) ग्निभीर्गुदपाशभीः।
दीप्ताग्निकुशलः क्लेशी दाता लक्ष्मीयुतो वृषे ॥१॥ (२)

इति वृषः।

आगे अब आठवें अध्याय में प्रथम चन्द्रमा के बारह राशियों में रहने पर जातक जो फल प्राप्त करता है, उसे बतलाते हैं।

प्रथम चन्द्र कुण्डली लिखना चाहिये क्योंकि शास्त्रों में कहा है कि जातक की आत्मा तो लग्न होती है और चन्द्रमा मन होता है। इन्हीं दोनों के योगवश जीवन की रूपरेखा तैयार होती है। इसलिये लग्न तथा चन्द्रमा की कुण्डली से जातक का शुभाशुभ जानकर कहना चाहिये ॥ १ ॥

अब आगे मेष राशि में चन्द्रमा के रहने पर जो यवनाचार्यजी ने विशेष फल बताया है, उसे कहते हैं।

यदि पैदाइश के समय चन्द्रमा मेष राशि में हो तो जातक अधिक पित्त वाला, सफेद व लालवर्ण वाला, गुरु व भौमवार में अग्नि सम्बन्धी काम करने वाला और लाल तथा पीली वस्तुओं के खरीदने बेचने में लाभ करने वाला और हँसने वाला, गाय, घोड़ा, भैंसा से युक्त, अपने काम में आलस्य करने वाला तथा दूसरों के कार्य का उद्योग करने वाला, कन्या, मिथुन राशियों से मित्रता न मानने वाला, कठिन उद्योगी, आषाढ़, फाल्गुन, कार्तिक मास में सुख से रहित, राजकीय पुरस्कार पाने वाला, कफ से शून्य, माथे में पीड़ा से युक्त, बीसवें वर्ष में रोगी, छब्बीसवें वर्ष में पत्नी प्राप्त करने वाला, तीसरे वर्ष में ज्वर या शस्त्र से भयभीत, ४५ या ५० या ५५वें वर्ष में मृत्यु पाने वाला होता है ॥ २-५ ॥

विशेष—जातकसारदीप में 'गुर्वरिद्व (न्द्व) हि कार्यकृत्' उत्तरार्ध अप्राप्त है। 'बह्विष्ट उद्यमी' 'हानिर्विंशति वत्सरे' यह पाठान्तर है ॥ २-५ ॥

अब आगे रोमक मतानुसार फल कहते हैं।

मेष राशि में जन्म लेने वाला तेरहवें, पहिले, तीसरे, पाँचवें, सातवें, बारहवें वर्ष में ज्वर से पीड़ित होने वाला, सिर में घाव से युक्त, वायु का रोगी, बुरे नाखून वाला और १६ या १७ या ३२वें वर्ष अल्प अवस्था में मृत्यु प्राप्त कर्ता होता है ॥ १ ॥

---

१. जा० सा० दी० १८ अ० १८ श्लो०।

अब आगे जन्म प्रदीप नामक ग्रन्थ में जो बात इस विषय में बतलायी है उसे कहते हैं।

जिसकी मेष राशि में पैदाइश होती है वह चौथे, दूसरे, आठवें वर्ष या मास या दिन में कोड़ा, अग्नि, शस्त्र या जल से पीड़ा प्राप्त करने वाला या दूसरे आठवें में लोहे से चोट खाने वाला, तीसरे, बारहवें, चौबीसवें मास या वर्ष या दिन में जहर पान से या कान के दर्द से या घावों से दुःखी होने वाला, अल्प भोजनी, नीली आँख वाला, हाथ में मछली या तिल के चिह्न से युक्त होता है ।। १-२ ।।

विशेष—प्रकाशित जातक सारदीप में—'ज्वरी त्र्यर्केषुभिर्नृपे' 'चतुर्थाद्याष्टमेऽब्दे' 'विषाम्बूत्थैः' 'करमत्स्यतिली' यह पाठान्तर है तथा पहिले श्लोक का उत्तरार्ध अप्राप्त है ।। १-२ ।।

इस प्रकार मेष राशि का फल समाप्त हुआ ।। १ ।।

अब आगे वृष राशि में चन्द्रमा के रहने पर जो फल होता है उसे बताते हैं।

यदि पैदाइश के समय वृष राशि में चन्द्रमा हो तो जातक मोटा, लम्बे हाथ वाला, सब शरीर सन्धि में घाव से युक्त, वायु तथा कफ से युत, शूली, बुध, शुक्र व सूर्य वा शनिवार में काम करने वाला, सूर्यवार में कार्य करने पर अशुभता पाने वाला, नीचों से लाभ करने वाला, मध्यम रीति से विशेषता पूर्वक कार्यों का निर्णायक, गुल्म, बवासीर, साँस, खाँसी व आँव के रोग से पीड़ित, कड़वी दवाई से लाभी, दूध मात्र ही मधुर लगने वाला, बगीचा, खेती, व्यापार से युत, ऊँचे चढ़कर गिरने वाला, दूसरों से प्रसन्न, जानुभाग में चोट खाने वाला, मध्यम शरीराकृति का, सजावटी, आँख के रोग से युक्त, गले व पेट में घाव से युक्त, सुगन्धित पदार्थों का लाभ करने वाला, मधुर भोजी, दूसरे, चौथे, पाँचवें, सातवें, अठारहवें वर्ष में पीड़ा पाने वाला, बत्तीस, चालीस, चौवालीस वर्ष में धनधान्य की हानि सहन करने वाला, रोगी, स्त्री प्रेमी, कार्यों में निपुण, गरम भोजन करने वाला, ठण्ड से रोगी, दक्षिण उत्तर घर के दरवाजे वाला होता है ।। १-६ ।।

विशेष—प्रकाशित जातकसारदीप में—'वितिसितार्क्यह्नि' 'पुराणाढ्यो' यह पाठान्तर है ।। १-६ ।।

अब आगे रोमक मत से फल को कहते हैं।

वृष में चन्द्रमा हो तो जातक दिन-रात चोरी करने वाला या शत्रु से स्तन वा ठोड़ी में आघात सहन करने वाला, गले का रोगी, तीसरे वर्ष में बायें पैर तथा हाथ में अग्नि से भय पाने वाला, दो पत्नी वाला, कफ का रोगी, शान्त, अल्प भाई वाला, १८ या २५ या ३२वें वर्ष माघ शुक्ल नवमी शुक्रवार को अल्प अवस्था में मृत्यु पाने वाला होता है ।। १-२ ।।

आगे अब जन्मप्रदीप के वाक्य से कुछ विशेष बात बताते हैं।

वृष राशि वाला जातक २।५।९ वें वर्ष में पत्थर या काठ से बायीं आँख व गुह्य स्थान में आघात से युक्त ६।१५वें वर्ष में जल, सींग वाले पशु, जहर, पर्वत, भूत राक्षस से भयभीत होने वाला, १०।२५।४५ वें वर्ष में अग्नि से डर, गुह्य स्थान में रोग से युक्त, प्रज्वलित अग्नि वाला, चतुर, क्लेशी, दानी और लक्ष्मीवान् होता है ॥ १-२ ॥

इस प्रकार वृष राशिस्थ चन्द्रमा का फल समाप्त हुआ ॥ १-२ ॥

अथ मिथुनराशिचन्द्रफलम् ।

[1]वातपित्ताधिकः पित्तकोपी शूली सुरूपवान् ।
वित्सिताक्यह्निकार्याप्तिर्लेख्यवान् नृपपूजितः ॥ १ ॥
उच्चे बुधेऽल्पचक्षुश्चौषधं स्यात् कटुतीक्ष्णकम् ।
कृष्णलाभः श्वेतहानिः श्रृङ्गारी हयवित्तवान् ॥ २ ॥
शीघ्रकोपः परस्वामी बहुस्त्रीस्वल्पवित्तवान् ।
गर्भवानुदरो ग्रन्थिः पश्वार्काष्टिभपीडितः ॥ ३ ॥
पञ्चाशत्वत्सरे स्वल्पमृत्युः षष्टिं च जीवति ।

रोमकमतम्—

[1]वयस्याद्ये सुखी मध्ये मध्यो सू (भू) पेऽम्बुभीर्धृतौ ।
कर्णरुक् पञ्चमे काष्ठभीतिः स्यात् त्रिकृतौ तथा ॥१॥
साष्टत्रिंशत्स्वल्पमृत्युर्द्वन्द्वेऽशीतिः प्रजीवति ।
वैशाखद्वादशीहस्तशुक्रज्ञाति (हि) मृतिर्भवेत् ॥२॥

यवनः—

[2]रामाशाङ्के त्रिदोषाग्निभूतशो लवणोत्थभीः ।
नखेऽर्केऽश्वाहिदन्त्यद्रिशस्त्रतोयैर्विपीडितः ॥१॥
धृत्यङ्कत्रिंशत् १८।९।३० व्रणैर्ज्वरग्रहनिपीडितः ।
हास्ययुक् सधनः क्षामो हृदि कटयङ्कितस्त्रिभे ॥१॥

इतिमिथुनः ॥३॥

अथ कर्कराशिचन्द्रफलम् ।

[3]श्रेष्ठं रविकुजेंद्वह्नि बुधे कार्यं न शोभनम् ।
कफवातगदी गौरस्त्रिवारं स्वल्पमृत्युभाक् ॥१॥
व्यष्टैकविंशदब्दे तु एकोनत्रिंशतासरुक् ।
वक्रनिर्बलपादस्तु द्विभार्यश्च जलोदरी ॥२॥

१. जा० सा० दी० १८ अ० १९-२१ श्लो० । २. जा० सा० दी० १८ अ० २२-२३ श्लो० ।
३. जा० सा० दी० १८ अ० २५-२६ श्लो० । ४. जा० सा० दी० १८ अ० २७-३१ श्लो० ।

कटिमस्तकपादेषु व्रणग्रन्थिप्रपीडितः ।
दृष्टियुग्वाक्यनिष्ठुरो नीचैः प्रीतिः सिते शुभम् ॥३॥
कृष्णे दुःखं श्वेतरक्तवस्तूनां लाभमादिशेत् ।
कर्कलग्नं विधुः पश्येत् सङ्क्रान्त्यग्नि हि च गृह्यते ॥४॥
यद्वस्तु द्विगुणो लाभो वातकष्टं च हानिमान् ।
पूर्वोत्तरं गृहद्वारं गोऽब्ध्यब्दे खगजे मृतिः ॥५॥

रोमकमतम्—

[1]दरिद्राद्य सुखी मध्ये त्रिसप्तज्वरपीडितः ।
वर्षपेन्दौ जलाद्भीतिः गन्धलाभो हि वर्षके ॥१॥
त्र्यब्दे वामेऽग्निभीः शिश्नतिलको मूर्ध्नि रुक् सुखी ।
रदेऽल्पमृतिरेकोनत्रिंशता सर्पभीस्तथा ॥२॥
माघशुक्लेऽर्कभे शुक्रे नवम्यां निधनार्दिते ॥

यवनः—

[2]तुर्याष्टार्के शिरश्रोत्राक्षिरुक् स्फोटत्रिदोषभीः ।
सिद्धभूपेऽम्बु काष्ठाश्मभूतादिगुदमेहभीः ॥१॥
षट्त्रिंशे विषचौराम्बुलोष्ठभीश्चारुनेत्रकः ।
स्त्रीवश्युद्यानकृत्कृष्ये कुशलो भीरुरिन्दुभे ॥२॥

इति कर्कः ॥४॥

अब आगे मिथुन राशि में चन्द्रमा के रहने पर जो फल होता है, उसे कहते हैं।

यदि पैदाइश के समय चन्द्रमा मिथुन राशि में हो तो जातक वायु व पित्त के विकार से अधिक युत, सहसा क्रोधी, शूली (दर्द वाला) स्वरूपवान्, बुध, शुक्र, शनिवार में काम करके लाभ करने वाला, लेखक, राजा से पूजित होने वाला, उन्नत देहधारी, ज्ञानी, अल्प आँख वाला, कड़वी व तीखी दवा से लाभी, काली वस्तु से लाभ करने वाला और सफेद से नुकसान उठाने वाला, श्रृङ्गार करने वाला, घोड़ाओं से धनी, जल्दी गुसा होने वाला, दूसरे का मालिक, अधिक स्त्रीवाला, छोटा धनी, बड़े पेटवाला, पाँचवें, बारहवें, सोलहवें व सत्ताइसवें वर्ष में गठिया रोग से दुःखी और पचासवें या साठवें वर्ष में अल्प अवस्था में मरण प्राप्त करने वाला होता है ॥ १–३ ॥

विशेष—प्रकाशित जा० सा० दी में—'उच्चैर्बुधोऽल्पचक्षुः स्यात्' 'परस्वाप्ति' 'बहुस्त्रीकोऽल्पगर्भवान्' 'उदरग्रन्थियुग्वर्षे' 'षष्टयल्पजीवितः' यह पाठान्तर है ॥ १–३ ॥

अब आगे रोमक मत से फल को बतलाते हैं।

मिथुन राशि का जातक पहिली अवस्था में पूर्ण सुखी, मध्य अवस्था में मध्यम सुखी, १६ । ४ । वें वर्ष में कान में रोग से युक्त, पाचवें वर्ष में काठ से भय और २४

१. जा० सा० दी० १८ अ० ३२-३५ श्लो० ।

२. जा० सा० दी० १८ अ० ३६-३७ श्लो० ।

या ३८ वें वर्ष में अल्प अवस्था में मरण न हुआ तो ८० वर्ष की आयु तक जातक जीवन प्राप्त करके वैशाख द्वादशी हस्त नक्षत्र शुक्र या बुधवार दिन में मृत्यु प्राप्त करता है ॥ १–२ ॥

विशेष—प्रकाशित जातक सार दीप में—साष्टांविशम्' यह पाठान्तर है ॥ १–२ ॥

अब यवनाचार्य जी के वाक्य से फल को बताते हैं।

यदि जातक की जन्म राशि मिथुन हो तो ३ । १० । ६ वर्ष में त्रिदोष या अग्नि या भूत (राक्षस) या नमक से उत्पन्न भय प्राप्त करने वाला, १२ । २० वें वर्ष में घोड़ा या सर्प या हाथी या पहाड़ या शस्त्र या जल से पीड़ित होने वाला, ९।१८।३० वें वर्ष में घाव ज्वर से दुःखी होने वाला, हँसने वाला, धनी, दुबला और छाती या कमर में तिलादि से युक्त होता है ॥ १–२ ॥

इस प्रकार मिथुन राशि में चन्द्रमा का फल समाप्त हुआ ॥ १–२ ॥

अब आगे कर्क राशि में चन्द्रमा के रहने पर जातक जो फल प्राप्त करता है, उसे बताते हैं।

यदि पैदाइश के समय चन्द्रमा कर्क राशि में हो तो जातक सूर्य, भौम चन्द्र वार के दिन उत्तम कार्य कर्ता और बुधवार के दिन सुन्दरता से हीन कार्य करने वाला, कफ तथा वायु का रोगी, सफेद रङ्ग का, तीन वार अल्पमृत्यु प्राप्त करने वाला, २।८।२१।२९ वें वर्ष में रोग से युक्त, टेढ़े और दुबले पैर वाला, दो स्त्रियों से युक्त, जलोदर रोग वाला, कमर, माथा और पैरों में घाव या गठिया रोग से दुःखी, नेत्रों से युक्त, वाणी का कठोर, दुष्टों से प्रेम करने वाला, शुक्ल पक्ष में सुखी और कृष्ण पक्ष में दुःखी, सफेद, लाल वस्तुओं के व्यवसाय से लाभ करने वाला या उक्त वस्तुओं को प्राप्त करने वाला, गोचर में जब कर्क लग्न को चन्द्रमा देखता हो उस समय या सूर्य की संक्रान्ति के समय जो वस्तु जातक बेचता है उस में दूना लाभ करने वाला, ४८ वें वर्ष में वायु के रोग से हानि सहन करने वाला, पूर्व या उत्तर मुंह घरके दरवाजे से युक्त होने वाला और ८० वर्ष की परमायु वाला होता है ॥ १–५ ॥

विशेष—यहाँ 'कर्क लग्नं विधुः' यह श्लोकार्ध रोमक मत में दिया था किन्तु 'यद् वस्तु द्विगुणों' इस श्लोकार्ध की सङ्गति के लिये ही दिया है। तथा जातक सार दीप में इसी प्रकार से उपलब्ध है ॥ १-५ ॥

अब आगे रोमक मत से कर्क राशि वाले जातक का फल कहते हैं कर्क राशि में चन्द्रमा के रहने पर जातक प्रारम्भिक अवस्था में दुःखी और मध्य में सुखी, ३।७ में ज्वर से पीडित, जिस वर्ष का स्वामी अर्थात् वर्षेश चन्द्रमा हो उस वर्ष में जल से भय, ८वें वर्ष में सुगन्धित वस्तुओं से धनागम, तीसरे वर्ष में वाम भाग में अग्नि का भय, उपस्थ में तिल से युक्त, मुख का रोगी, सुखी, ३२वें वर्ष में मृत्यु प्राप्त करने वाला, उन्नीसवें में सर्प से भय प्राप्त कर्ता और माघ शुक्ल नवमी शुक्रवार हस्त नक्षत्र में दुःखी होकर मृत्यु प्राप्त करने वाला होता है ॥ १-२ ॥

अब आगे यवनाचार्यजी के वाक्य से कहते हैं।

कर्क राशि वाला जातक ४।८।१२ वें वर्ष में मस्तक, कान, आँख में रोग प्राप्त करने वाला, घाव व त्रिदोष से भयभीत होने वाला, २४।१६वें वर्ष में काठ, पत्थर, भूतादिगुह्यस्थल व शुगर आदि रोग से दुःखी होने वाला, ३६वें वर्ष में जहर, चोर, जल, लोहा से भय प्राप्त करने वाला, सुन्दर नेत्रों से युक्त, स्त्री के वशीभूत, बगीचा लगाने वाला और खेती के कार्य में डरपोक होता है ॥ १-२ ॥

इस प्रकार कर्क राशि का फल समाप्त हुआ ॥ १-२ ॥

अथ सिंहराशिचन्द्रफलम् ।

[1]कुजेन्द्वर्कोऽह्नि सिद्धिः स्याल्लघुकेशश्च पित्तकः ।
नृपाद्वासङ्गमा(रा)ल्लाभो द्विभार्यो वन्ध्यकैकिका ॥१॥
कटिपृष्ठोदरे शूलं हृत्कण्डूं मूर्ध्नि घातयुक् ।
उच्चेऽर्के वस्तुलाभः स्यान्नीचे हानिर्मृतिः स्त्रियः ॥२॥
जले हानिः स्थले लाभोऽष्टवेदैर्ज्वरपीडितः ।
अष्टाविंशे नृपे शूलमेकपञ्चाशदब्दके ॥३॥
त्रिंशत्कष्टं रवौ वर्षेश्वरे जीवितसंशयः ।
पूर्वोत्तरगृहद्वारं नृप याम्या च दिक् सदा ॥४॥

रोमकः—

[2]प्रथमे पिङ्गला बाधा हस्ताङ्घ्रयोर्गोऽग्निभीः शरे ।
विश्वे विशूचिका दन्तेऽल्पमृत्युः सप्तमे ज्वरी ॥१॥
विंशतौ सर्पभीरेकविंशे व्याधी रणप्रियः ।
परवादापवादोऽष्टविंशतौ गुह्यपीडितः ॥२॥
फाल्गुने शुक्लपञ्चम्यां सोमेऽश्विभे मृतिर्हरौ ।

यवनः—

[3]पञ्चदिक्तिथिभिः शस्त्राग्न्याम्बुवातार्तिहृद्व्यथा [वाताक्षि] हृद्व्यथा ।
पशुव्रणनखैर्दंष्ट्रिशूलिभिस्त्रिंशता नखैः ॥१॥
सर्पाच्चत्वारिंशता च शाकिनी ज्वरपीडितः ।
शूरः सत्ययुतस्तीक्ष्णः स्त्रीद्वेष्यल्पात्मजो हरौ ॥२॥

इति सिंहराशेर्गुणाः ।

अथ कन्याराशिचन्द्रफलम् ।

[4]सुनेत्रो दीर्घकेशश्च वातपित्ताधिकस्तथा ।
पीतगौरः परालस्यः स्वात्मकार्यो जगत्प्रियः ॥ १ ॥

---

१. जा० सा० दी० १८ अ० ३८-४१ श्लो० । २. जा० सा० दी० १८ अ० ४२-४३ श्लो० ।
३. जा० सा० दी० १८ अ० ४५-४६ श्लो० । ४. जा० सा० दी० १८ अ० ४७-५१ श्लो० ।

लिखनात् पठनात् कृष्यान् नृपसेवाद् धनी शुचिः ।
सिद्धिर्नैन्द्वह्नि वै तुङ्गपातो वातभयान्वितैः ॥ २ ॥

सुपत्नी प्रथमा वेदगोऽब्दमासेऽह्नि नेत्ररुक् ।
पञ्चाशद्धृतिकस्त्रिशत्त्र्यूनपञ्चाशदब्दके ॥ ३ ॥

कष्टं च पञ्चषष्ट्यब्दे क्षित्यश्वमहिषीधनम् ।
उच्चे बुधे मित्रलाभो ह्यपांसिर्त्रिशदब्दके ॥ ४ ॥

याम्यां पश्चाद्गृहद्वारं वर्षेशे ज्ञे क्षयो मृतिः ।
कुटुम्बमानोऽङ्घ्रिभयं षष्ट्यब्दायुः स्त्रियां विधौ ॥ ५ ॥

रोमकमतम्—

[1]शरे वामाक्षिरुक् त्र्यब्देऽग्निभीतिर्नवमे ज्वरी ।
तरुभित्तिभयं चैकविंशे शिश्ने गले तिलः ॥ १ ॥

विश्वे विषूचिकं पञ्चदशे सर्पभयं तथा ।
त्रिंशदब्दे वनात् सर्पाच्छस्त्राद्वाऽल्पमृतिर्भवेत् ॥ २ ॥

चैत्रकृष्णत्रयोदश्यां रवौ मृत्युः स्त्रियां विधौ ।
शूलाश्मकाष्ठशस्त्राग्निबधो धृत्यर्कषट्सु च ॥ ३ ॥

पाशचौराग्निवातेभ्यो ज्वराद्वी मेहनेत्रभीः ।
षट्त्रिंशता सिद्धवर्षे स्वाङ्कायुर्धार्मिको गुणी ॥ ४ ॥
स्वक्षो वक्रमुखः श्यामः परस्वोऽटनयुक् स्त्रियाम् ।

इति कन्याराशिगुणाः ।

अब आगे सिंह राशि में चन्द्रमा के रहने पर जिस प्रकार के फल की प्राप्ति होती है उसे बतलाते हैं ।

यदि पैदाइश के समय चन्द्रमा सिंह राशि में हो तो जातक भौम, चन्द्र और रविवार के दिन कार्य सिद्ध करने वाला, छोटे बाल वाला, पित्त रोग से युक्त, राजा या सङ्गम मिलाप से या युद्ध से लाभ करने वाला, दो स्त्री वाला, जिसमें एक वन्ध्या से युक्त, कमर व पीठ में पीड़ा वाला, छाती में खुजली से युक्त, माथे पर चोट सहन करने वाला, यदि सूर्य उच्च में हो तो वस्तुओं को प्राप्त करने वाला, यदि नीच में सूर्य हो तो हानि उठाने वाला व स्त्री का मरण सहने वाला, जल में हानि प्राप्त करने वाला और भूमि में लाभ करने वाला ४।८ मास या वर्ष में ज्वर से युक्त होने वाला, २८।१६।२१ वें में दर्द से दुःखी होने वाला, ३० वें वर्ष में तकलीफ भोगने वाला, जिस वर्ष सूर्य वर्षेश हो उस वर्ष में जीने के संशय से युक्त, पूर्व या उत्तर घर के दरवाजे वाला यदि राजा हो तो दक्षिण दिशा मुख घर द्वार होता है ॥ १-४ ॥

१. जा० सा० दी० १८ अ० ५२-५६ श्लो० ।

विशेष—प्रकाशित जातक सार दीप में 'सङ्गराल्लाभो' 'वध्यकैकिका' यह पाठ है ।। १-४ ।।

अब आगे रोमक मतानुसारी फल को बतलाते है ।

यदि जातक की सिंह राशि हो तो प्रथम वर्ष में दक्षिण दिशा की हथिनी से पीड़ित होनेवाला ३।५।९ वें वर्ष में ज्वर से युक्त, ३२ वें में मरण प्राप्त करने वाला, २० वें सर्प से भय, २१ वें में रोगी व लड़ाई की इच्छा करने वाला, दूसरे से विवाद व अपवाद से युक्त, २८ वें वर्ष में गुह्य स्थान में पीड़ा से युक्त और फागुन मास शुक्ल पञ्चमी सोमवार अश्विनी नक्षत्र में मृत्यु पाने वाला होता है ।। १-२ ।।

अब आगे यवन मतानुसार फल कहते हैं ।।

सिंह राशि वाला जातक ५।१०।१५ वें वर्ष में शस्त्र, अग्नि, जल, वायु से छाती या आँख में पीड़ा से युक्त, तीसवें बर्ष में पशु, घाव, नाखून, कुत्ता से पीड़ित होने वाला, २० वें में सर्प, ४० वें में शाकिनी व ज्वर से दुःखी, वीर, सत्य से युक्त, तीखा, स्त्रियों का द्रोही और अल्प पुत्र वाला होता है ।।

इस प्रकार शिंह राशि का फल समाप्त हुआ ।। ५ ।।

अब आगे कन्या में चन्द्रमा के रहने पर जिस प्रकार के फल की प्राप्ति होती है, उसे बतलाते हैं ।

यदि पैदाइश के समय चन्द्रमा कन्या राशि में हो तो जातक सुन्दर आँख वाला, लम्बे केशों से युक्त, वायु व पित्त से अधिक युत, पीला सफेद वर्ण, दूसरे के कार्य में सन्नद्ध, संसार प्रेमी, लिखने, पढ़ने, खेती और राजा की सेवा से धनवान्, पवित्र, सोमवार के दिन असिद्ध, ऊँचे से गिरने वाला, वायु के डर से युक्त, पहिले अच्छी स्त्री वाला, ४।९ वर्ष या मास या दिन में आँख में पीड़ा से युक्त, ५०।१८।३०।४७ में वर्ष कष्ट से युक्त ६५ वें में भूमि, घोड़ा व स्त्री से धनवान्, यदि चन्द्रमा के साथ बुध हो तो मित्रों का लाभ, तीसवें वर्ष में दक्षिण या पश्चिम घर के दरवाजे से युत, जिस वर्ष वर्षेश बुध हो उस में हानि और मरने का भय, परिवार से सत्कार पाने वाला, भय युक्त पेरों से युक्त तथा ६० वर्ष की परमायु वाला होता है ।

विशेष—यहाँ ६५ में कष्ट कहकर ६० वर्ष की आयु कहना अनुचित प्रतीत होता है ।। १-५ ।।

अब आगे रोमक मत से फल को कहते हैं ।

कन्या राशि वाला जातक ५वें वर्ष में बायीं आँख में रोग से युक्त, ३ में अग्नि से भयभीत, ९वें ज्वर से युक्त, २१वें में वृक्ष व भीत (परदा) से भय पाने वाला, लिङ्ग और गले में तिल वाला, १३वें में पेचिस से युक्त, १५वें में सर्प से डर प्राप्त करने वाला, ३०वें वर्ष में वन सर्प व शस्त्र से अल्प मृत्यु पाने वाला, चैत्र कृष्ण तेरस रविवार को मृत्यु से युक्त, १८।१२।६ वर्ष में दर्द, पत्थर, काठ, शस्त्र व अग्नि से मरण भय, २४।३६ वें बन्धन, अग्नि, वायु से और ज्वर से भय शुगर की शिकायत या आँखों में

भय से युक्त, ९० वर्ष की आयु वाला, सुन्दर आँखों से युक्त, टेढ़े मुख वाला, काले रंग का, दूसरे के धन से संयुत और घुमक्कड़ होता है ॥ १-४ ॥

इस प्रकार कन्या में चन्द्रमा का फल समाप्त हुआ ॥ १-४ ॥

अथ तुलाराशिचन्द्रफलम् ।

सुनेत्रः सुमुखो भिन्नवर्णो गौरः सुकूर्चकः ।
नृपमित्रजनैः प्रीतिः सितज्ञार्क्यन्हि कार्यकृत् ॥ १ ॥
नरो वै श्लेष्मवाताढ्यः क्रयणं स्वल्पलाभदम् ।
घातो मूर्धास्ययोरुक् च पातोऽष्टाऽब्देन भीः शुचिः ॥ २ ॥
माया वियुग्गुप्तपापी द्विभार्यस्तीर्थकृद्भवेत् ।
स्वकार्यालस्यः युक्तान्यकार्यं पृष्ठे कटौ व्यथा ॥ ३ ॥
धननाशो भवेद्द्रोही शृङ्गारी बहुसन्ततिः ।
मतियुक् निरपेक्षी च शीघ्रं पलितकेशकः ॥ ४ ॥
उच्चे शुक्रे गन्धलाभः शीघ्रकोपी स्वविग्रहः ।
नदीतडागप्राकारप्रासादपर्वताश्रयः ॥ ५ ॥
व्यष्टेन्द्वोत्कृतिसिद्धाऽब्दे व्यूनपञ्चाशदब्दके ।
पञ्चपञ्चाशदब्दे च त्रिषष्टौ श्वासरुग्व्यथा ॥ ६ ॥
श्लेष्मानिलग्रन्थिभयं चतुराशीतिको धटे ।
त्रिंशदब्दे द्विभार्योऽर्के वारिभीरष्टमेऽग्निभीः ॥ ७ ॥
वृक्षाद्वा तुरगात् स्वल्पमृत्युः स्यादेकविंशतौ ।
विंशतौ सपभीतिश्च स वाणिज्यः कृशो धनी ॥ ८ ॥
सितेऽष्टम्यां तु वैशाखे सर्पर्क्षे भूसुते मृतिः ।
व्यालशृंग्यभिचारैश्च मेषशूलवृषज्वरैः ॥ ९ ॥
सप्तेन्द्रविंशदब्देऽथ कृमिरज्जुत्रिदोषभीः ।
अष्टाविंशद्द्विचत्वारिंशता यो गजलोष्ठभीः ॥ १० ॥
कराङ्घ्र्योश्च त्रिषष्टाब्दे पीडितो नृपपूजितः ।
नेत्रोन्नतो विशालास्यो वणिक्त्यागयुतो धटे ॥ ११ ॥

इति तुलाराशिगुणाः ।

अथ वृश्चिकराशिचन्द्रफलम् ।

पित्ताधिको रक्तगौरो गव्यं मधुरभोजनम् ।
गुर्वाररविचन्द्रेऽन्हि सिद्धिर्नो सिद्धिरिन्दुजे ॥ १ ॥
कटुक्षारं च न शुभं रात्रौ स्वप्नं च न स्मरेत् ।
दुर्बलः पशुवित्तश्च परदेशधनी शुभः ॥ २ ॥

मातृवर्गं मुदा राजा गौरवः सङ्करे धनी।
प्रतिभूकं न सद्गन्धं फलल।भोऽम्बुतो भयम् ॥ ३ ॥
नीचेऽथ मिथुनेऽर्कं चोत्तरायणमशोभनम्।
कृतं चेद् रोगहीनोऽस्तो रुष्टं शीघ्रं प्रतुष्यति ॥ ४ ॥
कृतोपकारी स रिपुः सप्तेशेन्द्राष्टविंशके।
श्वासकष्टं चतुःपञ्चाशता छेदो बुधेऽब्दपे ॥ ५ ॥
धनायुः संक्षयो रक्तपीतलाभो नवे विधौ।
स्त्रीसुखं सद्गृहद्वारं सौम्यग्रामो शराद्रिकः ॥ ६ ॥
पञ्चादिमे पञ्चदशे ज्वरी तत्त्वेऽल्पमृत्युयुक्।
अब्देऽग्निभीश्च पञ्चाशत्सुतीर्थो बह्वपत्ययुक् ॥ ७ ॥
कलही भार्यया हीनो मित्रद्रोही नृपाश्रितः।
ज्येष्ठशुक्लदशम्यां ज्ञे हस्ते मृत्युस्त्वनन्यथा ॥ ८ ॥
नृपचौरादिशस्त्राग्निविषभूतज्वरार्दितः।
गजाष्टिसिद्धैरभ्राब्धिमिते वर्षे रदे मृतिः ॥ ९ ॥
शृङ्खलास्त्रव्रणैर्कीटैर्द्विसप्तत्या ज्वराऽम्बुजैः।
क्रूरचेष्टो नृपार्चाढयो वृत्तवक्षोऽपि पैतृकः ॥ १० ॥

इति वृश्चिकराशिगुणाः।

अब आगे तुला राशि में चन्द्रमा के रहने पर जो फल होता हैं, उसे कहते हैं। यदि पैदाइश के समय तुला राशि में चन्द्रमा हो तो जातक सुन्दर नेत्र धारी, अच्छा मुख वाला, भिन्न वर्ण का सफेद, सुन्दर भौंह के मध्यभाग से युक्त, राजा तथा मित्र से स्नेह करने वाला, शुक्र, बुध, शनिवार में कार्य करने वाला, कफ व वायु से युक्त, खरीदने में अल्प लाभ प्राप्त करने वाला, माथा एवं मुख में आघात या रोग से युक्त होने वाला, ऊपर से गिरने वाला, ८वें वर्ष में भय से युक्त, पवित्र, धूर्तता से हीन, छिप कर पाप करने वाला, दो स्त्रियों से युक्त, तीर्थ में घूमने वाला, अपने काम में आलसी, दूसरे का कार्यकर्ता, पीठ व कमर में पीड़ा से युक्त, धन का नाशक, विरोधी, शृङ्गार करने वाला, अधिक सन्तान वाला, बुद्धिमान्, अपेक्षा से हीन, जल्दी ही सफेद केशों से युक्त होने वाला, यदि उच्च में शुक्र हो तो सुगन्धित वस्तुओं का लाभ करने वाला, जल्दी क्रोधी होने वाला, अपने मनुष्यों से लड़ाई लड़ने वाला, नदी, तालाब काटा या बाँस के घेरा, महल या पहाड़ों के आश्रित में रहने वाला, ३।८।१४।२६।२४। ४७।५५।६३वें वर्ष में श्वास, कफ, वायु, गठिया आदि रोग से पीड़ित होने वाला, ८४ वर्ष की आयु वाला, तीसवें वर्ष में दूसरी स्त्री पाने वाला, १२वें में जल से ८वें में अग्नि से भयभीत होने वाला, २१वें वृक्ष वा घोड़ा से अल्प मृत्यु प्राप्त करने वाला, २०वें में सर्प से डरने वाला, छोटा व्यापारी व धनवान्, वैशाख शुक्ल अष्टमी आश्लेषा नक्षत्र

भौमवार के दिन मृत्यु पाने वाला, ७।१४।२०वें वर्ष में सर्प, कुत्ता, अभिचार, बकरा, दर्द, बैल और ज्वर से पीड़ित होने वाला और २८।४०वें में कीड़ा, बन्धन तथा त्रिदोष, हाथी और लोहे से भय करने वाला, ६३वें वर्ष में हाथ पैर में पीड़ा प्राप्त करने वाला, राजा से सम्मानित, ऊँचे नेत्र वाला, विस्तृत मुख वाला, व्यवसायी और त्यागी होता है ॥ १–११ ॥

इस प्रकार तुला राशि में चन्द्रमा का फल समाप्त हुआ ॥ १-११ ॥

अब आगे वृश्चिक राशि में चन्द्रमा के रहने पर जो फल होता है उसे बताते हैं।

यदि पैदाइश के समय वृश्चिक राशि में चन्द्रमा हो तो जातक अधिक पित्त से युक्त, लालिमा के साथ सफेद रङ्ग, घृत, मक्खन, चीनी या मिश्री में मिलाकर खाने वाला, बृहस्पति, मङ्गल, रवि, चन्द्र के दिन असिद्ध होने वाला, बुध के दिन कार्य सिद्ध करने वाला, कड़वा व लवण को अशुभ मानने वाला, रात में स्वप्नों से हीन, दुबला, पशुओं से धनी, परदेश से धनागम करने वाला, अच्छा, मामा आदि में प्रसन्न, राजा, लड़ाई में गरिमा प्राप्त करने वाला, जमानत देने वाला वा मध्यस्थ, अशुभ गन्ध वाला, फल लाभी, जल से भयभीत, नीच में या मिथुन में सूर्य हो तो उत्तरायन का काल अशुभता से व्यतीत करने वाला, रोग से रहित, अस्त, गुसा होने पर शीघ्र प्रसन्न होने वाला, परोपकारी, शत्रुओं से युक्त, ७।१४।११।८।२०वें वर्ष में श्वास के रोग से कष्ट पाने वाला, ५४वें में आघात से युक्त, जिस वर्ष वर्षेश बुध हो उसमें धन और आयु का क्षय, ९वें में लाल व पीली वस्तुओं का लाभी, स्त्री के सुख से युक्त, सुन्दर घर के दरवाजे वाला, सरलता का घर, ७५ वर्ष की आयु वाला, ५।१।१५ में ज्वर रोग से व्याप्त, २५वें वर्ष में अल्पमृत्यु से युक्त, कलेसी, ३२ में अग्नि से डर प्राप्त करने वाला, ५०वें में तीर्थ करने वाला, अधिक पुत्रों से युक्त, स्त्री से रहित, मित्रों का विरोधी, राजा के आधीन, जेठ शुक्ल दशमी, बुधवार, हस्त नक्षत्र में मरण पाने वाला, राजा, चोर, शस्त्र, अग्नि, जहर, भूत तथा ज्वर से ८।१६।२४।४० वर्ष में पीड़ित होने वाला, ३२ वें में मरण भय से युक्त, ७२ वें वर्ष में सांकर, अस्त्र, घाव, कीड़ा, ज्वर और पानी से उत्पन्न वस्तु से दुःखी, कठिन इच्छा करने वाला, राजकीय सन्मान से युक्त, गोल छाती वाला और पिता का अनुयायी होता है ॥ १–१० ॥

इस प्रकार वृश्चिक राशि में चन्द्रमा का फल समाप्त हुआ ॥ १–१० ॥

[अथ धनुराशिचन्द्रफलम्]

पित्ताधिकः पित्तगौरः पिङ्गकेशः सुनेत्रकः।
सन्धिवातरकोटशूली च जङ्घापीडा स्वविग्रहः ॥१॥
क्षुधासुग् मधुराशी च मृगारिर्देवतीर्थकृत्।
धृतिसिद्धस्वरामकचत्वारिंशद्रदे गदः ॥२॥
गुर्वारे वन्हिकार्यं सच्छनिशुक्रे भयं भवेत्।
त्रिभार्यो न शुभं माघे कर्काऽर्केऽपि न चोद्यमः ॥३॥

उच्चे गुरौ पीडितश्च मातृहानिश्च वित्तवान् ।
यद्वान्यस्पर्शहस्तस्थधान्यं नैवाप्यते सुखात् ।।४।।
मूलजो मस्तके शूलं कर्के विस्फोटशूलकौ ।
सप्तेन्द्राष्टिनखेपञ्चत्रिंशत्तत्त्वात्मके छिदः (दा, ।।५।।
रक्तपीतः श्वेतलाभः सौम्यं प्राग्वेश्मनो मुखम् ।
चतुःषष्टिः शतं वायुर्धनुर्धरविधौ फलम् ।।६।।
आद्येऽब्दे रोगयुग्विश्वेऽल्पमृत्युश्छिद्रपादकः ।
प्रथमे वयसि श्रीमान् स्वल्पापत्यो गृहे सरुक् ।।७।।
परस्त्रीलम्पटः कुष्ठी कार्यकर्ताऽल्पभुक् तथा ।
शुचि कृष्णे च पञ्चम्यां श्रवणे च भृगौ मृतिः ।।८।।
ताराङ्कधृतिषु वाताग्नि शृङ्गिकण्टकभीस्तथा ।
चतुः पञ्चाशत्षट्त्रिंशता तथा मेहस्त्रिदोषभीः ।।९।।
रक्तशूलं शिरो रोगैर्धन्वादौ कष्टजीवितः ।
दण्डाधिकारी चतुरो याज्ञिकः कार्मुके धनी ।।१०।।

इति धनुराशिगुणाः ।

[अथ मकरराशिचन्द्रफलम्]

वातपित्ताधिकः शूरो जङ्घाऽव्यङ्गःकटौ व्यथा ।
पृष्ठग्रन्थज्ञार्किशुक्रकार्यकृन्न रवौ शुभम् ।।१।।
न च सिंहविधौ माघभाद्रे हानिर्भिषक् क्रियः ।
गजाष्टि विंशत्त्रिंशच्च चतुस्त्रिंशत् प्रपीडितः ।।२।।
सवेदचत्वारिंशतैरेकोनषष्टिप्रजीवितः ।
कुरूपद्वयभार्यश्च याम्यपश्चान्मुखं गृहम् ।।३।।
मन्देऽब्दपे कृष्णलाभः पिशुनो नृपपूजितः ।
जलभीः सप्तमे वृक्षात् पतनं दशमे सुधीः ।।४।।
एकविंशे ज्वरो दन्ते पञ्चमेऽब्देऽल्पमृत्युयुक् ।
वामेऽग्निभीः पञ्चविंशे पारदार्यं रिपोर्भयम् ।।५।।
पञ्चत्रिंशत्यथो भौमे नभः शुक्लेन्द्रभे मृतिः ।
नेत्ररुक्कुष्ठतोयोत्थश्वापदैर्नखशस्त्रभीः ।।६।।
दिग्विंशत्त्रिंशके चाथो चत्वारिंशे च षष्टिके ।
भगन्दरदूषरकाष्ठविषभूतैर्भयं भवेत् ।।७।।
सद्यूतस्त्रीरतोऽल्पस्वः कृपणश्च खलो मृगे ।।

इति मकरराशिगुणाः ।

अब आगे धनु राशि में चन्द्रमा के रहने पर जो फल होता है उसे बताते हैं।

यदि पैदाइश के समय धनु राशि में चन्द्रमा हो तो जातक अधिक पित्ती, पित्त के समान सफेद रङ्ग का, भूरे बाल वाला, सुन्दर नेत्रधारी, शरीर सन्धियों में घाव तथा दर्द से युक्त, जाँघ से पीडित, अपने जनों का विरोधी, भूख में खाने वाला या भूख से युक्त, मिठाई का भोजनी, हिरनों का शत्रु, देव व तीर्थों में घूमने १८।२४।३०।४१।३२ वर्ष में रोगी, तीन स्त्री वाला, माघ में अशुभता पाने वाला, कर्क के सूर्य में उद्योग से हीन, यदि उच्च में गुरु हो तो पीडा से युक्त, माता का विनाशी, धनी, अथवा दूसरे के हाथ से अन्नादि को सुख से नहीं प्राप्त करने वाला, मूल नक्षत्र में जन्म लेने वाला मस्तक में दर्द से युक्त, कर्क में सूर्य हो तो घाव व दर्द से युक्त, ७।१४।१६।२०।३५।२५ वें वर्ष में आघात सहने वाला, लालिमा से युक्त पीला रङ्ग का, सफेद वस्तु से लाभ करने वाला, सरल, पूर्व मुख घर के दरवाले वाला, ६४ या १०० वर्ष की आयु वाला, प्रथम वर्ष में रोगी, १३ वें मृत्यु भय से व्याप्त, पैरों में आघात से युक्त, पहिली अवस्था में धनी, रोगी अल्प पुत्र वाला, दूसरे की स्त्री में आसक्त, कोढी, कार्य कर्ता, अल्प भोजनी, आषाढ मास कृष्ण पक्ष, पञ्चमी, श्रवण नक्षत्र और शुक्रवार के दिन मृत्यु पाने वाला, २७।९।१८ वें वर्ष में वायु, अग्नि, कुत्ता कण्टक से भय प्राप्त करने वाला, ५४।३६ वें में शकर रोग या त्रिदोष से भय भीत, खून की बीमारी वाला, मस्तक का रोगी, आदि में कष्ट से जीवन यापन करने वाला, न्यायाधीश, चतुर, याज्ञिक और धनवान् होता है ॥ १–१० ॥

इस प्रकार धनु राशि में चन्द्रमा का फल समाप्त हुआ ॥ १–१० ॥

अब आगे मकर राशि में चन्द्रमा के रहने पर जो फल होता है उसे बताते हैं।

यदि पैदाइश के समय मकर राशि में चन्द्रमा हो तो जातक वायु व पित्त की बहुलता से युक्त, जाँघ से हीन, कमर से पीड़ित, पीठ में गांठ से युक्त, बुध, शनि शुक्रवार में कार्य करने वाला, रविवार में अशुभता प्राप्त करने वाला, माघ भादों में नुकसान से रहित होने वाला, वैद्य, ८।१६।२०।३०।३४।१४ वर्ष में दुःख पाने वाला, ५९ वर्ष तक जीने वाला, रूप से हीन दो स्त्रियों से युक्त, दक्षिण या पश्चिम घर के दरवाजे वाला, जिस वर्ष का वर्षेश शनि हो उसमें काली वस्तुओं से लाभ करने वाला, चुगलखोर, राजा से पूजित, जल से डरने वाला, सातवें वर्ष में वृक्ष से गिरने वाला, दशवें में अच्छा बुद्धिमान्, २१ वें में बुखार से युक्त, ३२ या ५ में अल्प मृत्यु पाने वाला बायें अङ्ग में अग्नि भय से युक्त, २५ वें दूसरे की स्त्री से युक्त, ३५ वें में शत्रु से भय-भीत, भौमवार आषाढ शुक्ल ज्येष्ठा नक्षत्र में मरण पाने वाला, आँखों का रोगी, जल से उत्पन्न, कोढ और कुत्ता से, नाखून, शस्त्र से १०।२०।३० वर्ष में भय पाने वाला, ४०।६० वें में भगन्दर, पत्थर, काठ, जहर और भूतों से डरने वाला, जुआ खेलने वाला स्त्री में अनुरक्त, छोटा धनी, लोभी और दुष्ट होता है ॥ १–७ ॥

इस प्रकार मकर राशिस्थ चन्द्रमा का फल समाप्त हुआ ॥ १–७ ॥

अथ कुम्भराशिचन्द्रफलम्

कवग्निग्रन्थोदरी (व्यदरो) वातकफी शुक्रज्ञमन्दके।
सिद्धिश्च न रवौ भिन्नगौरः स्वक्षौ धनी सुखी ॥ १ ॥
वारुणर्क्षे द्वितीयेऽन्हि वातपीडाऽथवा मृतिः।
सङ्ग्रही बहुलाभश्च द्विभार्यः स्वल्पजीवितः ॥ २ ॥
पूर्वाजः सदरिद्रश्च कृष्णकर्पूरलालसः।
उत्तम प्रीतिरेका स्त्री वन्ध्या स्यात् पृष्ठलाञ्छनः ॥ ३ ॥
समुद्राश्रयदेन्द्वीज्यकुजे सिद्धिः सिते नहि।
पीडितेज्ये प्रकर्तव्या भक्तिर्देवद्विजेषु च ॥ ४ ॥
नीचे वाणिज्यहानिश्च सूत्रधारी सुतीर्थकृत्।
द्व्याष्टाष्टया कृतिपञ्चाशत्खाब्धिषष्टिप्रपीडितः ॥ ५ ॥
जिनाऽब्दे मृत्युसंदेहोऽतीसारो द्व्यब्धिगोऽर्कके।
प्रथमेऽब्दे बली पीडा प्रतिभूकं न शोभनम् ॥ ६ ॥
परोपकारी स्वालस्यः पश्चाद्याम्यास्यवेश्मकः।
रदातिधृतिके छेदो कटुतिक्तौषधं शुभम् ॥ ७ ॥
जातो मिष्टान्नभोगी च क्षयरोगी प्रियंवदः।
अस्थिरो धनकार्येषु प्रथमेऽब्दे रुजान्वितः ॥ ८ ॥
त्रिबन्धुर्वामहस्ते च लाञ्छनं द्विस्त्रियो भवेत्।
स्वल्पापत्योऽथवा जीवेत् पञ्चषड्वत्सराणि तु ॥ ९ ॥
दरिद्रश्च पुनः क्षेमी पञ्चमेऽब्देऽग्निजं भयम्।
द्वादशाब्दे जलभयं तथा सर्वकृतं भयम् ॥१०॥
कुम्भराशिगते चन्द्रे जातस्य च भविष्यति।
स मानवो महाक्रोधी परदाररतो भवेत् ॥११॥
दुःशीलश्च कृतघ्नश्च पृथुलः शीघ्रचेतसः।
कामधूर्तः शठो धूर्तः कुम्भराशौ भवेन्नरः ॥१२॥
दीर्घग्रीवशिराश्चैव दीर्घाङ्गो रोमसंयुतः।
जीवत्यशीति वर्षाणि शुभदृष्ट्या तदा नरः ॥१३॥
कृष्णभाद्रपदे नन्दे रोहिण्यां स मृतिं भजेत्।
भवाब्दे ज्वरपीडा वा जल भीरुदरव्यथा ॥१४॥
नृपे विषूचिकाशस्त्रभवं चैकोनविंशके।
सर्वापवादास्तत्त्वे स्युः शत्रुपीडात्रिदोषभीः ॥१५॥
सप्तविंशन्मिते वर्षे राजभीर्वास्त्रजं भयम्।
विस्फोटभीश्चापवादः ज्वराज् जङ्गमजन्तुभीः ॥१६॥

रुद्राकृतिसुराब्देऽथ षट्षष्टिद्विगुणाकृतौ ।
दन्ताक्षिकर्णरुक् काष्ठाज्जलजैश्चोत्तरतो भयम् ॥१७॥
कटिहृत्पृष्ठके चिन्हं न परो द्यूतवान् घटे ॥

इति कुम्भराशिगुणाः

अथ मीनराशिचन्द्रफलम् ।

रक्तस्रावी विलासाढ्यो भिन्नवर्णाः सुनेत्रकः ।
शृङ्गारी गीतनृत्यादि स्त्रीभोगो नृपलाभयुक् ॥ १ ॥
वामभागे बली पीडा मीनराशिविधौ फलम् ।
अर्थवान् शीलवान् भोगी संतोषी चातिथिप्रियः ॥ २ ॥
पितृमातृगुरौ भक्तः प्रथमेऽब्दे जलाद्भयम् ।
ज्वरः स्यादष्टमे वर्षे द्वात्रिंशेऽब्देऽल्पमृत्युकृत् ॥ ३ ॥
शुभग्रहदशावर्षशतं जीवत्यसौ नरः ।
तुङ्गास्यश्च बृहच्छीर्षश्चारुदृष्टिस्त्रिया जितः ॥ ४ ॥
पण्डितो धनवान् भोगी जलाश्रयरतो रुषः ।
बहुस्त्रीनिरतस्त्यागी सप्तवर्षे च विंशके ॥ ५ ॥
वर्षे मृत्युभयं चापि वामकुक्षौ तु लाञ्छनम् ।
आश्विने बहुले पक्षे चतुर्थ्यां गुरुवासरे ॥ ६ ॥
रोहिण्यां तु नदी तीरे प्राप्नोति मरणं ध्रुवम् ।
द्वादशेऽब्दे ज्वरी शक्रे क्षयी सर्वभयं धृतौ ॥ ७ ॥
आकृतौ परदेशाद्भीः सिद्धेऽल्पो मृत्युरेव च ।
जलभीः सप्तविंशे च रदे सर्पस्त्रियं भयम् ॥ ८ ॥
कीटलोष्ठनखिश्वादि ज्वरशृङ्खलिका भयम् ।
षट्त्रिंशद् द्वादशे सिद्धे चत्वारिंशत्सु साष्टसु ॥ ९ ॥
भूतज्वरमहत् स्फोटकष्टाग्निशस्त्रपीडितः ।
दीर्घदेही विशालाक्षोऽम्बुवृत्तिः शास्त्रविज्झषे ॥१०॥

इति चन्द्रराशिफलम्

अब आगे कुम्भ राशि में चन्द्रमा के रहने पर जो फल होता है उसे बताते हैं ।

यदि पैदाइश के समय चन्द्रमा कुम्भ राशि में हो तो जातक उदर में अर्थात् पेट में मांस की या पित्त की गांठ से युक्त होने वाला, वायु व कफ के विकार से युक्त, शुक्र, बुध, शनि के दिन कार्यों की सिद्धि करने वाला, रविवार में विफल होने वाला, भिन्न सफेद रङ्ग का, सुन्दर नेत्रधारी, धनी, सुखी, शतभिषा नक्षत्र दूसरे दिन वायु रोग से पीडित या मृत्युपाने वाला, सङ्ग्रही, अधिक लाभी, दो स्त्री वाला, थोड़ा जीने वाला, पहिले से निर्धन, काली वस्तु तथा कपूर का लालची, श्रेष्ठ प्रेमी, एक वन्ध्या स्त्री से

युक्त, पीठ में तिलादि से चिन्हित, समुद्र तट का आश्रयी, सोम, गुरु, भौम को कार्य सिद्ध करने वाला, शुक्रवार में असिद्ध होने वाला, यदि गुरु पीडित हो तो देवता व ब्राह्मणों की भक्ति करनी चाहिये, यदि नीच में हो तो व्यापार में नुकसान, ब्राह्मण होने पर सुन्दर तीर्थाटन करने वाला, २।८।१६।२२।४०।५०।६०वें वर्ष में शरीर कष्ट पाने वाला, २४वें में मरण का संदेही, २।४।९।१२वें वर्ष में अतिसार (पेचिस) रोग से दुःखी, १ वर्ष में अधिक पीडित होने वाला, सुन्दर, मध्यस्थ न होने वाला, परोपकारी, अपने काम का आलसी, पश्चिम या दक्षिण मुख घर दरवाजे वाला, ३२।१९वें वर्ष में शस्त्रादि घात से युक्त होने वाला, कड़वी तथा तीखी दवाओं से लाभ उठाने वाला, मीठा खाने वाला, टी० बी० का रोगी, मधुर भाषी, धन के कामों में चञ्चल. प्रथम वर्ष में रोगी, तीन बान्धवों से युक्त, बाँयें हाथ में तिलादि से चिन्हित, दो पत्नी वाला, अल्प पुत्रों से युक्त, अथवा ६५ वर्ष तक जीने वाला, दरिद्री, कल्याणी, पाँचवें वर्ष में अग्नि से भय पाने वाला, १२वें में जल व साप से भय भीत, बड़ा क्रोधी, दूसरे की स्त्री में आसक्त, शीलता के विपरीत, कृतघ्न, मोटा, जल्दी सावधान होने वाला, काम में धूर्तता करने वाला, ठगिया, दुष्ट, लम्बी गर्दन व नसों वाला लम्बे कद का, लोमों से युक्त, अच्छी आँखों से ८० वर्ष तक जीने वाला, भाद्रपद कृष्ण नवमी तिथि रोहिणी नक्षत्र में मृत्यु पाने वाला, ११वें वर्ष में ज्वर से पीडित होने वाला या जल से डरने वाला, पेट से पीडित, १६वें में पेचिस, शस्त्र से, १९वें में सब प्रकार की शिकायतों से, २५वें में शत्रु तथा त्रिदोष से, २७वें वर्ष में राजा, अस्त्र, घाव, शिकायत, ज्वर, चलने फिरने वाले मनुष्य, पशु पक्षी आदि से पीडित होने वाला, ११।२२।३३।६६।४४वें वर्ष में दाँत, आँख, कान का रोगी, काठ, जल से उत्तरोत्तर भय भीत, कमर, छाती या पीठ में तिलादि से चिन्हित, उत्तमता से हीन और जुआ खेलने वाला होता है ॥१-१७॥

इस प्रकार कुम्भराशि में चन्द्रमा का फल समाप्त हुआ ॥१-१७॥

अब आगे मीन राशि में चन्द्रमा के रहने पर जो फल होता है, उसे कहते हैं।

यदि पैदाइश के समय मीन राशि में चन्द्रमा हो तो जातक खून बहाने वाला, विलासी, भिन्न वर्ण का, अच्छी आँख वाला, शृङ्गार करने वाला, स्त्रियों के नाचने व गाने का भोग करने वाला, राजा से लाभ करने वाला, वामाङ्ग में बड़ी पीड़ा से युक्त, धनी, सुशील, भोगी, संतोषी, अतिथियों का स्नेही, पिता, माता, गुरु का भक्त, प्रथम वर्ष में जल से भय पाने वाला, ७वें में ज्वर से पीडित, ३२वें में अल्पमृत्यु से युक्त होने वाला, शुभता से युक्त होकर १०० वर्ष जीने वाला, उच्च मुख वाला, विशाल मस्तक वाला, सुन्दर आँख वाला, स्त्री से पराजित, विद्वान्, धनी, भोगी, जलाश्रय में अनुरक्त, क्रोधी, अधिक स्त्रियों में आसक्ति वाला, त्यागी, ७।२०।वें वर्ष मृत्युभय से युक्त होने वाला, वायीं कूख में चिन्हित, आश्विन कृष्ण चौथ गुरुवार रोहिणी नक्षत्र नदी के किनारे निश्चय मृत्यु पाने वाला, १२वें वर्ष में ज्वर से युक्त, १४वें में क्षयी अर्थात् ह्रास करने वाला, १८वें में सर्प से, २२वें में परदेश से, २४वें में अल्प मृत्यु से, २७वें में जल से, ३२वें में साँप व स्त्री से, कीडा, लोहा, नखि (सिंह), कुत्ता, ज्वर और

जेल से भय पाने वाला, ३६।१२।२४।४०।८वें वर्ष में भूत, ज्वर बड़े फोड़ा से कष्ट, अग्नि व शस्त्र से पीडित होने वाला, लम्बे कद का, विशाल आँख वाला, जल में विचरण कर्ता और शस्त्र का ज्ञाता होता है ॥ १-१० ॥

इस प्रकार समस्त राशि में चन्द्रमा का फल समाप्त हुआ ।। १-१० ॥

अथ चन्द्राद्ग्रहाणां फलानि ।

मरीचिजातके—

अथ चन्द्रात्सूर्यफलम्

चन्द्रेण संयुतो भानुर्जन्मकाले यदा भवेत् ।
परदेशगामी योगी च कलही च कुटुम्बजैः ॥ १ ॥
जन्मकाले यदा भानुर्धनगश्चन्द्रराशितः ।
बहुभृत्यो यशस्वी च राजमान्यो भवेन्नरः ॥ २ ॥
चन्द्राच्च सहजे भानुर्जन्मकाले यदा स्थितः ।
पराक्रमयुतो बालो मातास्य दुःखपीडिता ॥ ३ ॥
चन्द्राच्चतुर्थभवने भास्करः स्याद्यदा स्थितः ।
बहुद्रव्ययुतः क्रूरो राजमान्यो विचक्षणः ॥ ४ ॥
चन्द्रात् सुताख्यभवने भास्करो यदि दृश्यते ।
तदा कन्याप्रदो बालः सुखैः दुःखस्य संभवः ॥ ५ ॥
चन्द्राच्च षष्ठभवने स्याद्रविर्जन्मसंभवः ।
शस्त्राज्जयीं दृढव्रतः क्रूरकर्मा नरो भवेत् ॥ ६ ॥
जन्मकाले च मार्तण्डश्चन्द्रात् सप्तमगो भवेत् ।
गौराङ्गीं रूपसंपन्नां दत्ते जायां पतिव्रताम् ॥ ७ ॥
चन्द्रतश्चाष्टमे भानुर्जन्मकाले यदा भवेत् ।
क्रोधी कुष्ठी दरिद्री च स्याद् वैराग्ययुतो नरः ॥ ८ ॥
चन्द्रान्नवमगो भानुर्जन्मकाले यदा भवेत् ।
अधर्मी चानृतो जेता बन्धुशत्रुश्च जायते ॥ ९ ॥
चन्द्राद्दशमगो भानुर्जन्मकाले यदा भवेत् ।
राजपूज्यो महाबुद्धिर्जातः स्यात् कुलनामकः ॥१०॥
चन्द्रादेकादशे भानुर्जन्मकाले यदा भवेत् ।
चतुष्पादयुतो नाथः धनवान् जायते पुमान् ॥११॥
चन्द्राद्द्वादशगो भानुर्जन्मकाले यदा भवेत् ।
चक्षुः पीडायुतो बालो धर्महीनः प्रजायते ॥१२॥

इति चन्द्रात्सूर्यफलम् ।

अब आगे चन्द्रमा से प्रत्येक भाव में सूर्यादि ग्रह के रहने पर जो फल जातक प्राप्त करता है उसे मरीचि जातक के आधार पर बताने के लिये पहिले चन्द्रमा से बारह भावों में स्थित सूर्य के फल को बतलाते हैं।

चन्द्रलग्न में सूर्य का फल—यदि उत्पत्ति काल में चन्द्रमा व सूर्य एक राशि में हों तो जातक परदेश जाने वाला, योगी और परिवार के लोगों से क्लेश अर्थात् लड़ाई लड़ने वाला होता है ॥ १ ॥

चन्द्रमा से दूसरे भाव में सूर्य का फल—यदि उत्पत्ति काल में चन्द्रमा से दूसरे स्थान में सूर्य हो तो जातक अधिक नौकर वाला, यशस्वी और राजा से सम्मानित होने वाला होता है ॥ २ ॥

चन्द्रमा से तीसरे भाव में सूर्य का फल—यदि उत्पत्ति काल में चन्द्रमा से तीसरे भाव में सूर्य हो तो जातक पराक्रमी और माता इसकी दुःख से पीडित होती है ॥३॥

चन्द्रमा से चौथे भाव में सूर्य का फल—यदि उत्पत्ति काल में चन्द्रमा से चौथे भाव में सूर्य हो तो जातक अधिक धन से युक्त, कठिन, राजा से पूजित और विद्वान् होता है ॥ ४ ॥

चन्द्रमा से पाँचवें भाव में सूर्य का फल—यदि उत्पत्ति काल में चन्द्रमा से पाँचवें भाव में सूर्य हो तो जातक सुखी होकर भी कन्या सन्तान से दुःखी होता है ॥ ५ ॥

चन्द्रमा से छठे भाव में सूर्य का फल—यदि उत्पत्ति काल में चन्द्रमा से छठे भाव में सूर्य हो तो जातक शस्त्र से जीतने वाला, सत्य संकल्प और कठिन काम करने वाला होता है ॥ ६ ॥

चन्द्रमा से सातवें भाव में सूर्य का फल—यदि उत्पत्ति काल में चन्द्रमा से सातवें भाव में सूर्य हो तो जातक रूप से युक्त, सफेद रङ्गवाली पति धर्म में अनुरक्त स्त्री से युक्त होता है ॥ ७ ॥

चन्द्रमा से आठवें भाव में सूर्य का फल—यदि उत्पत्ति काल में चन्द्रमा से आठवें भाव में सूर्य हो तो जातक क्रोधी, कोढी, दरिद्री और वैरागी होता है ॥ ८ ॥

चन्द्रमा से नवें भाव में सूर्य का फल—यदि उत्पत्ति काल में चन्द्रमा से नवें भाव में सूर्य हो तो जातक धर्म से हीन, झूठा, विजयी और बान्धवों का शत्रु होता है ॥९॥

चन्द्रमा से दशवें भाव में सूर्य का फल—यदि उत्पत्ति काल में चन्द्रमा से दशवें स्थान में सूर्य हो तो जातक राजा से सम्मानित, बड़ा बुद्धिमान् और कुल का नाम करने वाला होता है ॥ १० ॥

चन्द्रमा से ग्यारहवें भाव में सूर्य का फल—यदि उत्पत्ति काल में चन्द्रमा से ११वें भाव में सूर्य हो तो जातक पशुओं से युक्त स्वामी और धनी होता है ॥ ११ ॥

चन्द्रमा से बारहवें भाव में सूर्य का फल—यदि उत्पत्ति काल में चन्द्रमा से बारहवें भाव में सूर्य हो तो जातक आँख का रोगी और धर्म से हीन होता है ॥ १२ ॥

इस प्रकार चन्द्रमा से समस्त भावों में सूर्य का फल समाप्त हुआ ॥ १-१२ ॥

अथ चन्द्राद्भौमफलम् ।

चन्द्रेण सहितो भौमः जन्मकाले यदा भवेत् ।
बालः स्याद्रुधिरस्त्रावी रक्तवर्णो विकारयुक् ॥ १ ॥
चन्द्राद्द्वितीयगो भौमः जन्मकाले यदा भवेत् ।
महाधनी राजमान्यो जातः स्यात काननप्रियः ॥ २ ॥
चन्द्रात्तृतीयगो भौमः जन्मकाले यदा भवेत् ।
त्रयः पुत्राश्च सहजाः स्त्रियः स्युस्तस्य साधवः ॥ ३ ॥
चन्द्राच्चतुर्थगो भौमः जन्मकाले यदा भवेत् ।
न सुखं तस्य कुत्रापि स्त्रीप्रसङ्गान्मृतिर्भवेत् ॥ ४ ॥
हिमांशो पञ्चमे भौमः जन्मकाले यदा भवेत् ।
नरः स्याद् भामिनीकार्ये निपुणः कुलवञ्चकः ॥ ५ ॥
चन्द्राच्च षष्ठगे भौमे नरो भवति निश्चितम् ।
गजाश्ववाहनैर्युक्तशत्रुपक्षक्षयङ्करः ॥ ६ ॥
चन्द्रात् सप्तमगो भौमः जन्मकाले यदा भवेत् ।
तस्करो दुष्टकर्मा स्यादङ्गहीनोऽपि मानवः ॥ ७ ॥
चन्द्रादष्टमगो भौमः जन्मकाले यदा भवेत् ।
आमयुक्तो महालस्यो निर्लज्जो जातको भवेत् ॥ ८ ॥
चन्द्रान्नवमगो भौमः जीवदृष्टियुतो भवेत् ।
लज्जाधीशो भवेज्जातः वार्धक्येऽतिसुखान्वितः ॥ ९ ॥
चन्द्राद्दशमगे भौमे जातो भवति निश्चितम् ।
राजद्वारे प्रसिद्धश्च यशः स्त्रीरूपसंयुतः ॥१०॥
चन्द्रादेकादशे भौमः जन्मकाले यदा भवेत् ।
जनको लाभयुक्तः स्याद्राजमान्यो विचक्षणः ॥११॥
चन्द्राद्द्वादशगो भौमः जन्मकाले यदा भवेत् ।
मातासुखविहीनः स्याज्जातः कष्टयुतः सदा ॥१२॥

इति चन्द्राद् भौमफलम् ।

अब आगे चन्द्रमा से बारह भावों में स्थित भौम के फल को कहते हैं ।

चन्द्रमा के साथ भौम का फल—यदि कुण्डली में चन्द्रमा और भौम एक राशि में हों तो जातक खून बहाने वाला, लाल रङ्ग का और विकारी होता है ॥ १ ॥

चन्द्रमा से २ रे भाव में भौम का फल—यदि कुण्डली में चन्द्रमा से दूसरे भाव में भौम हो तो जातक बड़ा धनवान्, राजा से सम्मानित और वन का प्रेमी होता है ॥ २ ॥

चन्द्रमा से ३ रे भाव में भौम का फल—यदि कुण्डली में चन्द्रमा से तीसरे भाव में भौम हो तो जातक तीन पुत्र व भाईयों से युक्त और सज्जन स्त्रियों से युक्त होता है ॥ ३ ॥

चन्द्रमा से ४ थे भाव में भौम का फल—यदि कुण्डली में चन्द्रमा से चौथे भाव में भौम हो तो जातक को कहीं भी सुख नहीं प्राप्त होने वाला और संसर्ग से मृत्यु पाने वाला होता है ॥ ४ ॥

चन्द्रमा से ५ वें भाव में भौम का फल—यदि कुण्डली में चन्द्रमा से पाँचवें भाव में भौम हो तो जातक स्त्री के कार्य में चतुर और वंश के लोगों को ठगने वाला होता है ॥ ५ ॥

चन्द्रमा से ६ठे भाव में भौम का फल—यदि कुण्डली में चन्द्रमा से ६ठे भाव में भौम हो जातक हाथी घोड़ा की सवारी से युक्त और शत्रु समुदाय का विनाश करने वाला होता है ॥ ६ ॥

चन्द्रमा से ७वें भाव में भौम का फल—यदि कुण्डली में चन्द्रमा से सातवें भाव में भौम हो तो जातक चोर, पाप का काम करने वाला और अङ्गहीन होता है ॥ ७ ॥

चन्द्रमा से ८वें भाव में भौम का फल—यदि कुण्डली में चन्द्रमा से आठवें भाव में भौम हो तो जातक आँव का रोगी, बड़ा आलसी और लज्जा से हीन होता है ॥ ८ ॥

चन्द्रमा से ९वें भाव में भौम का फल—यदि कुण्डली में चन्द्रमा से नवें भाव में गुरु से दृष्ट भौम हो तो जातक लज्जावान्, व्यक्तियों का अधीश्वर और बुढापे में अधिक सुख पाने वाला होता है ॥ ९ ॥

चन्द्रमा से १०वें भाव में भौम का फल—यदि कुण्डली में चन्द्रमा से दशवें भाव में भौम हो तो जातक राजकीय कार्यों में प्रसिद्ध, यशस्वी और रूपवती स्त्री से युक्त होता है ॥ १० ॥

चन्द्रमा से ११वें भाव में भौम का फल—यदि कुण्डली में चन्द्रमा से ग्यारहवें भाव में भौम हो तो जातक लाभी, पिता से युक्त, राजा से पूजित और विद्वान् होता है ॥ ११ ॥

चन्द्रमा से १२वें भाव में भौम का फल—यदि कुण्डली में चन्द्रमा से १२ वें भाव में भौम हो तो जातक माता के सुख से रहित और कष्ट से युक्त होता है ॥ १२ ॥

इस प्रकार चन्द्रमा से भौम का फल समाप्त हुआ ॥ १–१२ ॥

अथ चन्द्राद्बुधफलम् ।

चन्द्रो बुधेन संयुक्तो जन्मकाले यदा भवेत् ।
दुर्भाषी स्थानहीनश्च बुद्धिहीनो भवेन्नरः ॥ १ ॥
चन्द्राद्द्वितीयगे सौम्ये धनधान्ययुतो भवेत् ।
गृहे धमयुतो बालः शीतरोगेण नश्यति ॥ २ ॥
शशाङ्कात्सहजस्थाने बुधो जन्मनि चेद्भवेत् ।
अर्थसंपद्युतो बालो राज्यमान्यो भवेत्सदा ॥ ३ ॥

चन्द्राच्चतुर्थगे सौम्ये जातः स्यात् सर्वदा सुखी।
मातृपक्षान्महालाभसंयुतो वाहनान्वितः ॥ ४ ॥

चन्द्रात् पञ्चमगे सौम्ये जातः स्याद्बुद्धिसंयुतः।
विचक्षणो रूपयुतो महाकामी न संशयः ॥ ५ ॥

चन्द्रात् षष्ठस्थिते सौम्ये कृपणः कातरो भवेत्।
बहुरोगयुतो बालो सुदीर्घायतलोचनः ॥ ६ ॥

चन्द्रात सप्तमगे सौम्ये स्त्रीवश्यो मनुजो भवेत्।
महाधनी च बह्वायुः कृपणः सर्वकर्मसु ॥ ७ ॥

चन्द्रादष्टमगः सौम्यो जातो शीताधिको भवेत्।
धीमान् सिद्धियुतो नित्यं शत्रूणाञ्च क्षयङ्करः ॥ ८ ॥

चन्द्रान्नवमगे सौम्ये स्वधर्मस्य विरोधकृत्।
परधर्मरतो नित्यं जातकः स्याद् भ्रमान्वितः ॥ ९ ॥

चन्द्राद् दशमगः सौम्यो जन्मकाले यदा भवेत्।
राजप्रियो भवेज्जातः कुटुम्बस्य च नाशकः ॥१०॥

चन्द्रादेकादशे सौम्यो लाभकारी दिने दिने।
जातस्य पाणिग्रहणं वर्षे चैकादशे भवेत् ॥११॥

चन्द्राद्द्वादशगः सौम्यो जन्मकाले यदा भवेत्।
कृपणः शस्त्रतो युद्धे लभेज्जातः पराभवः ॥१२॥

इति चन्द्राद्बुधफलम्।

अब आगे चन्द्रमा से बारह भावों में बुध के फल को बतलाते हैं।

चन्द्रमा के साथ बुध का फल—यदि कुण्डली में चन्द्रमा के साथ बुध हो तो जातक बुरा बोलने वाला, स्थान और बुद्धि से रहित होता है ॥ १ ॥

चन्द्रमा से २रे भाव में बुध का फल—यदि कुण्डली में चन्द्रमा से दूसरे भाव में बुध हो तो जातक धन धान्य से युक्त और शीत रोग से मृत्यु पाने वाला होता है ॥२॥

चन्द्रमा से ३रे भाव में बुध का फल—यदि कुण्डली में चन्द्रमा से तीसरे भाव में बुध हो तो जातक धन संपत्ति से युक्त और सदा राजा से सम्मानित होता है ॥ ३ ॥

चन्द्रमा से ४थे भाव में बुध का फल—यदि कुण्डली में चन्द्रमा से चौथे भाव में सूर्य हो तो जातक सदा ही सुख पाने वाला, माता के कुल से अधिक लाभ करने वाला और सवारी से युक्त होता है ॥ ४ ॥

चन्द्रमा से ५वें भाव में बुध का फल—यदि कुण्डलो में चन्द्रमा से पाँचवें भाव में बुध हो तो जातक बुद्धिमान्, विद्वान्, रूपवान् और बड़ा कामी होता है इस में संदेह नहीं करना चाहिये॥ ५ ॥

चन्द्रमा से ६ठे भाव में बुध का फल—यदि कुण्डली में चन्द्रमा से छठे भाव में बुध हो तो जातक लोभी, कातर, अधिक रोगों से युक्त और सुन्दर लम्बे चौड़े नेत्र वाला होता है ।। ६ ।।

चन्द्रमा से ७वें भाव में बुध का फल—यदि कुण्डली में चन्द्रमा से सातवें भाव में बुध हो तो जातक स्त्री के वशीभूत, बड़ा धनवान्, दीर्घायु और सब कार्यों में लोभी होता है ।। ७ ।।

चन्द्रमा से ८वें भाव में बुध का फल—यदि कुण्डली में चन्द्रमा से आठवें भाव में बुध हो तो जातक ठण्डी प्रकृति का, बुद्धिमान्, सिद्धि से युक्त और प्रतिदिन शत्रुओं का नाश करने वाला होता है ।। ८ ।।

चन्द्रमा से ९ वें भाव में बुध का फल—यदि कुण्डली में चन्द्रमा से नवें भाव में बुध हो तो जातक अपने धर्म का विरोधी, दूसरे के धर्म में आसक्त और प्रतिदिन भ्रम करने वाला होता है ।। ९ ।।

चन्द्रमा से १०वें भाव में बुध का फल—यदि कुण्डली में चन्द्रमा से दशवें भाव में बुध हो तो जातक राजा का स्नेही और परिवार का नाशक होता है ।। १० ।।

चन्द्रमा से ११वें भाव में बुध का फल—यदि कुण्डली में चन्द्रमा से ग्यारहवें भाव में बुध हो तो जातक प्रतिदिन लाभ करने वाला और ११वें वर्ष में विवाह से युक्त होता है ।। ११ ।।

चन्द्रमा से १२वें भाव में बुध का फल—यदि कुण्डली में चन्द्रमा से बारहवें भाव में बुध हो तो जातक लोभी और युद्ध में शस्त्र से पराजित होता है ।। १२ ।।

इस प्रकार चन्द्रमा से समस्त भावों में बुध का फल समाप्त हुआ ।। १२ ।।

अथ चन्द्राद्‌गुरुफलम् ।

चन्द्रेण संयुते जीवे जातः स्याद्वंशभूषणः ।
सदा रिष्टानि नश्यन्ति दीर्घायुर्जातको भवेत् ।। १ ।।
चन्द्राद्‌द्वितीयगे जीवे जातो धर्मविवर्जितः ।
उग्रबुद्धिर्महायोधा राजमान्यः सदा भवेत् ।। २ ।।
चन्द्रात्तृतीयगे जीवे नारीणां वल्लभो भवेत् ।
जातः पितृधनैर्युक्तस्तुरङ्गगजसंयुतः ।। ३ ।।
चन्द्राच्चतुर्थगे जीवे जातः स्यात् सुखवर्जितः ।
मातृपक्षे महाकष्टं भवेच्च परकर्मकृत् ।। ४ ।।
चन्द्रात् पञ्चमगे जीवे उदासी गृहवर्जितः ।
बाह्यचारी भवेज्जातः भिक्षाभोक्ता न संशयः ।। ५ ।।
चन्द्रात् षष्ठमगो जीवो जन्मकाले यदा भवेत् ।
जातः स्याद् भाग्यसहितो राजमान्यो विचक्षणः ।। ६ ।।
चन्द्रात् सप्तमगो जीवः व्ययहीनो भवेन्नरः ।
बहुवक्ता स्थूलदेहो गृहमध्ये च नायकः ।। ७ ।।

चन्द्रादष्टमगे जीवे देहरोगी महानृतः।
सुततः क्लेशमाप्नोति स्वप्नेऽपि न सुखं भवेत् ॥ ८ ॥

चन्द्रान्नवमगो जीवो जन्मकाले यदा भवेत्।
वेदमार्गरतो जातो गुरुदेवादिसेवकः॥ ९ ॥

चन्द्राद्दशमगो जीवो जन्मकाले यदा भवेत्।
पुत्रदारपरित्यागी तपस्वी जायते नरः॥१०॥

चन्द्रादेकादशे जीवो जन्मकाले यदा भवेत्।
अश्वादिसंपदा युक्तो राजतुल्यश्च जायते॥११॥

चन्द्राद्द्वादशगो जीवो जन्मकाले यदा भवेत्।
कुटुम्बस्य विरोधी स्याज्जातः शत्रुयुतो भवेत् ॥१२॥

इति चन्द्राद्गुरुफलम्।

अब आगे चन्द्रमा से बारह भावों में गुरु के फल को बताते हैं।

चन्द्रमा के साथ गुरु का फल—यदि जन्मकाल में चन्द्रमा के साथ गुरु हो तो जातक कुल को सुशोभित करने वाला, सदा कष्ट का नाशक और दीर्घायु होता है ॥ १ ॥

चन्द्रमा से २रे भाव में गुरु का फल—यदि जन्मकाल में चन्द्रमा से दूसरे भाव में गुरु हो तो जातक धर्म से रहित, उग्र बुद्धि का, बड़ा वीर और सदा राजा से सम्मान प्राप्त करने वाला होता है ॥ २ ॥

चन्द्रमा से ३रे भाव में गुरु का फल—यदि जन्मकाल में चन्द्रमा से तीसरे भाव में गुरु हो तो जातक स्त्रियों का प्रिय, पिता के धन से और घोड़ा हाथी से युक्त होता है ॥ ३ ॥

चन्द्रमा से ४थे भाव में गुरु का फल—यदि जन्मकाल में चन्द्रमा से चौथे भाव में गुरु हो तो जातक सुख से हीन, कष्टयुत माता के परिवार वाला और दूसरे का काम करने वाला होता है ॥ ४ ॥

चन्द्रमा से ५वें भाव में गुरु का फल—यदि जन्मकाल में चन्द्रमा से पाँचवें भाव में गुरु हो तो जातक उदासो, घर से हीन, बाहरी आडम्बर से युक्त और भिक्षाशी होता है। इसमें संदेह नहीं करना चाहिये ॥ ५ ॥

चन्द्रमा से ६ठे भाव में गुरु का फल—यदि जन्मकाल में चन्द्रमा से ६ठे स्थान में गुरु हो तो जातक भाग्यशाली, राजा से सत्कृत और विद्वान् होता है ॥ ६ ॥

चन्द्रमा से ७वें भाव में गुरु का फल—यदि जन्मकाल में चन्द्रमा से सातवें भाव में गुरु हो तो जातक अधिक बोलने वाला, मोटे शरीर का और घर में प्रधान संचालक होता है ॥ ७ ॥

चन्द्रमा से ८वें भाव में गुरु का फल—यदि जन्मकाल में चन्द्रमा से आठवें भाव में गुरु हो तो जातक देह का रोगी, बड़ा झूठा, पुत्र से क्लेश पाने वाला और स्वप्न में भी सुखी नहीं होता है ॥ ८ ॥

चन्द्रमा से ९वें भाव में गुरु का फल—यदि जन्मकाल में चन्द्रमा से नवम में गुरु हो तो जातक वेद मार्ग का अनुयायी और गुरु देवादि का सेवक होता है ॥ ९ ॥

चन्द्रमा से १०वें भाव में गुरु का फल—यदि जन्मकाल में चन्द्रमा से दशवें भाव में गुरु हो तो जातक पुत्र स्त्री का त्याग करने वाला और तपस्वी होता है ॥ १० ॥

चन्द्रमा से ११वें भाव में गुरु का फल—यदि जन्मकाल में चन्द्रमा से ११वें भाव में गुरु हो तो जातक घोड़ा आदि संपत्ति वाला और राजा से पूजित होता है ॥ ११ ॥

चन्द्रमा से १२वें भाव में गुरु का फल—यदि जन्मकाल में चन्द्रमा से १२वें भाव में गुरु हो तो जातक परिवार का विरोधी और शत्रुओं से युक्त होता है ॥ १२ ॥

इस प्रकार चन्द्रमा से गुरु का फल समाप्त हुआ।

अथ चन्द्राच्छुक्रफलम्।

चन्द्रेण संयुतः शुक्रो जन्मकाले यदा भवेत्।
सन्निपाताद्भवेन्मृत्युर्जलाद्वा जातकस्य तु ॥ १ ॥

चन्द्राद्द्वितीयगः शुक्रो जन्मकाले यदा भवेत्।
महाकामी भवेज्जातो धनी नृपसमो भवेत् ॥ २ ।

चन्द्रात्सहजगः शुक्रे जन्मकाले यदा भवेत्।
धर्मात्मा बन्धुसहितो म्लेच्छाल्लाभपरो नरः ॥ ३ ॥

चन्द्राच्चतुर्थगः शुक्रो जन्मकाले यदा भवेत्।
कफाधिकः क्षामदेहो वार्धक्ये धनवर्जितः ॥ ४ ॥

चन्द्रात् पञ्चमभे शुक्रो यस्य जन्मनि जायते।
तस्य कन्याबहुत्वं स्याद्धनाढ्यो यशवर्जितः ॥ ५ ॥

चन्द्रात् षष्ठस्थितः शुक्रो जन्मकाले यदा भवेत्।
गृहहीनो भवेज्जातः शङ्कादारिद्र्यसंयुतः ॥ ६ ॥

चन्द्रात् सप्तमगः शुक्रो जन्मकाले यदा भवेत्।
महाभयङ्करं पुंसां सङ्ग्रामे भङ्गदस्तथा ॥ ७ ॥

चन्द्रादष्टमगः शुक्रो जन्मकाले यदा भवेत्।
प्रसिद्धः स्यान् महाशूरो दाता भोक्ता महाधनी ॥ ८ ॥

चन्द्रान्नवमगः शुक्रो जन्मकाले यदा भवेत्।
मन्त्री भाग्ययुतो जातः भगिनीभ्रातृसंयुतः ॥ ९ ॥

चन्द्राद्दशमगः शुक्रो यस्य जन्मनि जायते।
बह्वायुस्तत्र जातः स्याद् रिपुरोगाविवर्जितः ॥१०॥

चन्द्रादेकादशे शुक्रो जन्मकाले यदा भवेत् ।
बह्वपत्ययुतो जातो बहुनारीसमन्वितः ।।११।।
चन्द्राद्द्वादशसंस्थाने यदि स्याद्भृगुनन्दनः ।
तदा लज्जाविहीनः स्यात् परस्त्रीनिरतः सदा ।।१२।।

इति चन्द्राच्छुक्रफलम् ।

अब आगे चन्द्रमा से बारह भावों में शुक्र के फल को बतलाते हैं ।

चन्द्रमा के साथ शुक्र का फल—यदि जन्म के समय में चन्द्रमा के साथ शुक्र हो तो जातक सन्निपात के रोग से या जल से मृत्यु पाने वाला होता है ।। १ ।।

चन्द्रमा से दूसरे भाव में शुक्र का फल—यदि जन्म के समय में चन्द्रमा से दूसरे भाव में शुक्र हो तो जातक बड़ा विषयी, धनी और राजा के समान होता है ।। २ ।।

चन्द्रमा से तीसरे भाव में शुक्र का फल—यदि जन्म के समय में चन्द्रमा से तीसरे भाव में शुक्र हो तो जातक धर्मात्मा, बन्धुमान् और नीचों से अधिक लाभ करने वाला होता है ।। ३ ।।

चन्द्रमा से चौथे भाव में शुक्र का फल—यदि जन्म के समय में चन्द्रमा से चौथे भाव में शुक्र हो तो जातक कफात्मा, दुबली देह का और बुढापे में धनहीन होता है ।।४।।

चन्द्रमा से पाँचवें भाव में शुक्र का फल—यदि जन्म के समय में चन्द्रमा से पाँचवें भाव में शुक्र हो तो जातक अधिक कन्याओं से युक्त, धनी और यशहीन होता है ।।५।।

चन्द्रमा से छठे भाव में शुक्र का फल—यदि जन्म के समय में चन्द्रमा से छठे भाव में शुक्र हो तो जातक घर से रहित, शङ्कालु और दरिद्री होता है ।। ६ ।।

चन्द्रमा से सातवें भाव में शुक्र का फल—यदि जन्म के समय में चन्द्रमा से सातवें स्थान में शुक्र हो तो जातक बड़ा भयङ्कर और लड़ाई में पुरुषों को नष्ट करने वाला होता है ।। ७ ।।

चन्द्रमा से आठवें भाव में शुक्र का फल—यदि जन्म के समय में चन्द्रमा से आठवें भाव में शुक्र हो तो जातक विख्यात, बड़ा वीर, दानी, भोगी और बड़ा धनवान् होता है ।। ८ ।।

चन्द्रमा से नवें भाव में शुक्र का फल—यदि जन्म के समय में चन्द्रमा से नवें भाव में शुक्र हो तो जातक सचिव, भाग्यशाली और भाई बहिन से युक्त होता है ।।९।।

चन्द्रमा से दशवें भाव में शुक्र का फल—यदि जन्म के समय में चन्द्रमा से दशवें भाव में शुक्र हो तो जातक दीर्घायु, शत्रु और रोग से हीन होता है ।। १० ।।

चन्द्रमा से ग्यारहवें भाव में शुक्र का फल—यदि जन्म के समय में चन्द्रमा से ग्याहरवें भाव में शुक्र हो तो जातक अधिक पुत्र व अधिक स्त्रियों से युक्त होता है ।।११।।

चन्द्रमा से बारहवें भाव में शुक्र का फल—यदि जन्म के समय में चन्द्रमा से बारहवें भाव में शुक्र हो तो जातक निर्लज्ज और परस्त्री में आसक्त होता है ।। १२ ।।

इस प्रकार चन्द्रमा से १२ भावों में शुक्र का फल समाप्त हुआ ।। १-१२ ।।

अथ चन्द्राच्छनिफलम् ।

चन्द्रेण संयुतः सौरिर्जन्मकाले यदा भवेत् ।
मन्दाग्निर्दुःसहो दानहीनत्वाचारवर्जितः ॥ १ ॥
चन्द्राद्द्वितीयभवने यदि स्याद्भास्करात्मजः ।
मातुः कष्टं तदा ज्ञेयमन्यक्षीरेण वर्द्धते ॥ २ ॥
चन्द्रात्तृतीयगे सूर्यनन्दने स्यात् पराक्रमी ।
बहुकन्या प्रजो ज्ञेयो मरणं पतनात्तथा ॥ ३ ॥
चन्द्राच्चतुर्थगो मन्दो जन्मकाले यदा भवेत् ।
शत्रुक्षयकरो जातो यावज्जीवं सुखी भवेत् ॥ ४ ॥
चन्द्रात् पञ्चमगो मन्दो जन्मकाले यदा भवेत् ।
स्वतो वाणिज्यतो लाभस्तद्भार्या प्रियवादिनी ॥ ५ ॥
चन्द्राच्च षष्ठभवने यदि स्याद् रविनन्दनः ।
तदा स्यात् कष्टसंयुक्तो हीनायुः पापसंयुतः ॥ ६ ॥
चन्द्रात् सप्तमगे मन्दे जातः स्याद्धर्मसंयुतः ।
दाता भोक्ता च विख्यातो बहुनारी समन्वितः ॥ ७ ॥
चन्द्रान्मन्दोऽष्टमस्थाने जन्मकाले यदा भवेत् ।
बहुभाग्ययुतो नित्यं वपुः क्लेशयुतो भवेत् ॥ ८ ॥
चन्द्रान्नवमगो मन्दो जन्मकाले यदा भवेत् ।
धर्मिष्ठः सत्यवादी च दाता भोक्ता महाधनी ॥ ९ ॥
चन्द्राद्दशमगो मन्दो जन्मकाले यदा भवेत् ।
नृपतुल्यो महादेहः कृपणो धनपूरितः ॥१०॥
चन्द्रादेकादशे सौरिर्जन्मकाले यदा भवेत् ।
देहक्लेशो महाकष्टः संशयाढ्यो भवेन्नरः ॥११॥
चन्द्राद्द्वादशगो मन्दः यस्य जन्मनि जायते ।
निर्धनो भिक्षुकश्चैव धर्महीनो भवेन्नरः ॥१२॥
राहुकेतुफल चन्द्राद्विज्ञेयं शनिवत्सदा ।

इति चन्द्राच्छनिफलम् ।

अब आगे चन्द्रमा से बारहभावों में शनि के फल को कहते हैं ।

चन्द्रमा के साथ शनि का फल—यदि जन्मकाल में चन्द्रमा के साथ शनि हो तो जातक मन्दाग्नि, दुःसाहसी, दान से हीन और आचार से रहित होता है ॥१॥

चन्द्रमा से दूसरे भाव में शनि का फल—यदि जन्मकाल में चन्द्रमा से दूसरे भाव में शनि हो तो जातक माता को कष्ट देकर दूसरे के दूध से बढ़ने वाला होता है ॥२॥

चन्द्रमा से तीसरे भाव में शनि का फल—यदि जन्मकाल में चन्द्रमा से तीसरे भाव में शनि हो तो जातक पराक्रमी, अधिक कन्या सन्तान वाला और गिरने से मृत्यु पाने वाला होता है ॥ ३ ॥

चन्द्रमा से चौथे भाव में शनि का फल—यदि जन्मकाल में चन्द्रमा से चौथे भाव में शनि हो तो जातक शत्रु का ह्रास करने वाला और सुखी होता है ॥४॥

चन्द्रमा से पाँचवें भाव में शनि का फल—यदि जन्मकाल में चन्द्रमा से पाँचवें भाव में शनि हो तो जातक स्वतः व्यापार से लाभ करने वाला और मीठा बोलने वाली स्त्री से युक्त होता है ॥ ५ ॥

चन्द्रमा से छठें भाव में शनि का फल—यदि जन्मकाल में चन्द्रमा से छठे भाव में शनि हो तो जातक कष्ट से युक्त, अल्पायु और पापी होता है ॥ ६ ॥

चन्द्रमा से सातवें भाव में शनि का फल—यदि जन्मकाल में चन्द्रमा से सातवें भाव में शनि हो तो जातक धार्मिक, दानी, भोगी, प्रसिद्ध और अधिक स्त्रियों से युक्त होता है ॥ ७ ॥

चन्द्रमा से आठवें भाव में शनि का फल—यदि जन्मकाल में चन्द्रमा से आठवें भाव में शनि हो तो जातक बड़ा भाग्यशाली और प्रतिदिन शरीर कष्ट से युक्त होता है ॥ ८ ॥

चन्द्रमा से नवें भाव में शनि का फल—यदि जन्मकाल में चन्द्रमा से नवें भाव में शनि हो तो जातक धर्मात्मा, सत्य बोलने वाला, दानी, भोगी और बड़ा धनवान् होता है ॥ ९ ॥

चन्द्रमा से दशवें भाव में शनि का फल—यदि जन्मकाल में चन्द्रमा से दशवें भाव में शनि हो तो जातक राजा के समान विशाल शरीर धारी, लोभी और धन से परिपूर्ण होता है ॥ १० ॥

चन्द्रमा से ग्यारहवें भाव में शनि का फल—यदि जन्मकाल में चन्द्रमा से ग्यारहवें भाव में शनि हो तो जातक शरीर क्लेश से बड़ा दुःखी और संदेही होता होता है ॥११॥

चन्द्रमा से बारहवें भाव में शनि का फल—यदि जन्मकाल में चन्द्रमा से बारहवें भाव में शनि हो तो जातक धन हीन, भिखारी और अधर्मी होता है। चन्द्रमा से राहु केतु का फल शनि की तरह समझना चाहिये ॥ १२ ॥

इस प्रकार चन्द्रमा से शनि का अर्थात् ग्रहों का फल समाप्त हुआ ॥ १-१२ ॥

अथ चन्द्रयोगाः।

सारावल्याम्[1]—

सुनफानफादुरुधराः क्रमेण योगाः भवन्ति रविरहितैः।
वित्तान्त्योभयसंस्थैः कैरववनबान्धवाद्विहगैः ॥ १ ॥

---

१. १३ अ० १–२ श्लो०।

एते न यदा योगाः केन्द्रग्रहवर्जितं शशाङ्कश्च।
केमद्रुमोऽतिकष्टः शशिनि समस्तग्रहादृष्टे ॥ २ ॥

अत्र चन्द्रात् केन्द्रे चेद् ग्रहस्तथापि केमद्रुमयोगो न स्यात्। लग्नात्केन्द्रोऽपिचन्द्रवर्ज्यो ग्रहो ज्ञेयमित्याह गार्गिः—

[1]व्ययार्थकेन्द्रगश्चन्द्राद् विना भानुं न चेद्ग्रहः।
कश्चित् स्याद्वा विना चन्द्रं लग्नात् केन्द्रगतोऽथवा। १ ॥
योगः केमद्रुमो नाम तदा स्यादतिगर्हितः।

ताराग्रहैश्चन्द्राच्चतुर्थदशमस्थैरुभयस्थितैर्वा सुनफा अनफा दुरुधरा योगाः भवन्तीत्याह श्रुतिकीर्तिः—

[2]चन्द्राच्चतुर्थैः सुनफादशमस्थैः कीर्तितोऽनफाविहगैः।
उभयस्थितैर्दुरुधरा केमद्रुमसंज्ञितोऽन्यः ॥ १ ॥

चन्द्रान्नवांशकराशितो योगानाह जीवशर्मा—

[3]यद्राशिसंज्ञे शीतांशुर्नवांशे जन्मनि स्थितः।
तद्द्वितीयस्थितैर्योगः सुनफाख्यः प्रकीर्तितः ॥ १ ॥
द्वादशैरनफा ज्ञेयो ग्रहैर्द्विर्द्वादशस्थितैः।
प्रोक्तो दुरुधरायोगोऽन्यथा केमद्रुमो मतः ॥ २ ॥

केमद्रुमभङ्गो

जातकाभरणे—

प्रालेयरश्मिः परिसूतिकाले निरीक्ष्यमाणः सकलैर्नभोगैः।
नरं चिरञ्जीवितसार्वभौमं करोति केमद्रुममाशु हत्वा ॥ १ ॥
चतुर्षु केन्द्रेषु भवन्ति खेटा दुष्टोऽपि केमद्रुम एष योगः।
विहाय केमद्रुमतां नितान्तं कल्पद्रुमः स्यात् किल सत् फलाप्त्यै ॥ २ ॥

क्षितिसुतयुतजीवे सूतिकाले तुलायां
विलसति नलिनीनां नायके कन्यकायाम्।
यदि विधुरिहशेषैर्नेक्षितो मेषवर्ती
जनयति नृपतीन्द्रं हन्ति केमद्रुमञ्च ॥ ३ ॥

अब आगे चन्द्रमा से बनने वाले सुनफादि योगों को सारावली के आधार पर बताते हैं।

यदि जन्मपत्री में चन्द्रमा से सूर्य को छोड़कर द्वितीय स्थान में कोई ग्रह हो तो सुनफा नामक योग होता है।

---

२. बृ. जा. १३ अ. ३ श्लो. भट्टो.।

३. बृ. जा. १३ अ. ३ श्लो. भट्टो.। ४. बृ. जा. १३ अ. ३ श्लो. भट्टो.।

यदि जन्मपत्री में चन्द्रमा से सूर्य को छोड़कर बारहवें स्थान में कोई ग्रह हो तो अनफा नाम का योग होता है।

यदि जन्मपत्री में चन्द्रमा से सूर्य को छोड़कर दूसरे व बारहवें स्थान में ग्रह हों तो दुरुधरा नामक योग होता है ॥ १ ॥

यदि जन्मपत्री में चन्द्रमा समस्त ग्रहों से अदृष्ट हो तथा चन्द्रमा से दूसरे बारहवें सूर्य के विना अन्य ग्रह न हों और केन्द्र में ग्रह व चन्द्रमा न हो तो केमद्रुम नामक योग होता है। इसमें उत्पन्न जातक कष्ट भोगने वाला होता है ॥ २ ॥

यहाँ चन्द्रमा से केन्द्र में ग्रह के रहने पर केमद्रुम योग नहीं होता है। तथा लग्न से भी केन्द्र में चन्द्र विना ग्रह हो तो केमद्रुम होता है ऐसा भगवान् गार्गि का कहना है अब उसे बताते हैं।

गार्गिमुनि का कथन है कि चन्द्रमा से दूसरे बारहवें और केन्द्र में सूर्य के विना कोई ग्रह न हो तो वा लग्न से चन्द्रमा के विना केन्द्र में कोई ग्रह न हो तो केमद्रुम नाम का अत्यन्त निन्दनीय योग होता है ॥ १ ॥

विशेष—इसका फल भी वहीं पर इस प्रकार उक्त है 'भवन्ति निन्दिताचारा दारिद्र्यापत्तिसंयुताः' अर्थात् केमद्रुम योग में उत्पन्न जातक घृणित आचरण करने वाला, निर्धनता और विपत्तियों से युक्त होता है ॥ १ ॥

अब आगे श्रुतिकीर्ति नामक आचार्य के आधार पर सुनफादि योग के लक्षणों को बताते हैं।

यदि कुण्डली में चन्द्रमा से चौथे स्थान में सूर्य वर्जित ग्रह हो तो सुनफा यदि चन्द्रमा से दशवें ग्रह हो तो अनफा और चन्द्रमा से चौथे दशवें दोनों स्थानों में ग्रह हों तो दुरुधरा एवं उक्त स्थानों में कोई ग्रह न हो तो केमद्रुम नाम का योग होता है ॥१॥

आगे जीवशर्मा नामक आचार्य ने इन योगों के कहने में एक भिन्न बात बताई है, अब उसे बताते हैं।

आचार्य जीवशर्मा का कहना है कि कुण्डली में चन्द्रमा जिस नवांश संख्या में हो उससे दूसरे नवांश में ग्रह के रहने पर सुनफा और बारहवें नवांश में ग्रह की सत्ता से अनफा एवं दोनों में ग्रह हों तो दुरुधरा इसके विपरीत अर्थात् दोनों नवांशों में ग्रहाभाव हो तो केमद्रुम नामक योग होता है ॥ १–२ ॥

अब आगे केमद्रुम योग जिस परिस्थिति में नष्ट होता है उसे जातकाभरण के वाक्य से बतलाते हैं।

जातकाभरण में कहा है कि यदि कुण्डली में चन्द्रमा समस्त ग्रहों से दृष्ट हो तो जातक का केमद्रुम योग शीघ्र नष्ट होकर जातक दीर्घायु सार्वभौम राजा होता है ॥ १ ॥

यदि कुण्डली में चारों केन्द्रों में ग्रह हों तो दूषित भी केमद्रुम का नाश होता है और शुभ फल प्राप्त्यर्थं कल्पद्रुम नाम का योग होता है ॥ २ ॥

यदि कुण्डली में गुरु भौम के साथ तुला राशि में, सूर्य कन्या में और मेषस्थ चन्द्रमा अवशिष्ट ग्रहों से दृष्ट हो तो जातक के केमद्रुम का नाश होता है। तथा वह राजाओं का राजा होता है ॥ ३ ॥

अब आगे सुनफादि योगों के फल को सारावली के आधार पर बताते हैं।

एषां फलानि सारावल्याम्—

[1]श्रीमान् स्वबाहुविभवो बहुधर्मशीलः
शास्त्रार्थवित् पृथुयशाः सुगुणाभिरामः।
कान्तः सुखी क्षितिपतिः सचिवोऽथवा स्यात्
पूतः पुमान् विपुलधीः सुनफाभिधाने ॥ १ ॥

वाग्मी प्रभुर्धनपतिर्निरुजः सुशीलो
भोक्तान्नपानकुसुमाम्बरकामिनीनाम्।
ख्यातः समाहितगुणोऽपि समस्तवित्तो
योगे निशाकरकृते अनफे सुवेषः ॥ २ ॥

वाग्बुद्धिविक्रमगुणैः प्रथितः पृथिव्यां
स्वातन्त्र्यसौख्यधनवाहनभोगभोगी।
दाता कुटुम्बजनपोषणलब्धखेदः
सद्वृत्तिवान् दुरुधरा प्रभवो धुरिष्ठः ॥ ३ ॥

केमद्रुमफलम्—

कान्तार्थबन्धुगृहवस्त्रसुहृद्विहीनो
दारिद्र्यदैन्यगददुःखमलैरुपेतः।
प्रेष्यः खलः सकललोकविरुद्धमूर्तिः
केमद्रुमे भवति पार्थिववंशजोऽपि ॥ ४ ॥

अस्य नाशः—

[2]कुमुदगहनबन्धौ वीक्ष्यमाणे समस्तै-
र्गगनगृहनिवासैर्दीर्घजीवी विनाशः।
फलमशुभसमुत्थं यच्च केमद्रुमोत्थं
भवति मनुजनाथः सार्वभौमो जितारिः ॥ ५ ॥

सुनफा योग का फल—यदि कुण्डली में सुनफा योग हो तो जातक लक्ष्मीवान् अपने बाहु बल से ऐश्वर्यवान्, अधिक धर्मात्मा, शास्त्रों के तत्त्व को जानने वाला, बड़ा यशस्वी, सुन्दर गुणी, प्रिय, सुखी, राजा या मन्त्री, पवित्र और विशाल बुद्धि वाला होता है ॥ १ ॥

---

१. सा० १३ अ० ४-७ श्लो०।   २. सा० ३५ अ० ४८ श्लो०।

अनफा योग का फल— यदि कुण्डली में अनफा योग हो तो जातक युक्ति युक्त बोलने वाला, सामर्थ्यवान्, धनी, नीरोग, सुशील, अन्न–पान पेय–पुष्प–वस्त्र और स्त्रियों का भोगी, प्रसिद्ध, गुणी भी समस्त धन से युक्त और सुन्दर वेषधारी होता है ॥ २ ॥

विशेष—प्रकाशित सारावली में 'प्रभुर्द्रविणवानगदः' 'सुखशस्तचित्तो' 'त्वनफे' यह पाठान्तर है ॥ २ ॥

दुरुधरा योग का फल—यदि कुण्डली में दुरुधरा योग हो तो जातक वाणी, बुद्धि, पराक्रम और गुणों से भूमि में प्रसिद्ध होने वाला, स्वतन्त्रता के सुख व धन सवारी के सुख का भोगी, दानी, बान्धवों के पालन से दुःख प्राप्त करने वाला, अच्छी भावना वाला और प्रधान होता है ॥ ३ ॥

केमद्रुम योग का फल—यदि कुण्डली में केमद्रुम योग हो तो जातक स्त्री, धन, बान्धव, घर, वस्त्र और मित्र से रहित, दरिद्रता, दीनता, रोग, दुःख और दूषिता से युक्त, सेवक, दुष्ट और राजवंशीय भी समस्त संसार से विरुद्ध होता है ॥ ४ ॥

केमद्रुमभङ्ग योग का ज्ञान – यदि कुण्डली में चन्द्रमा समस्त ग्रहों से दृष्ट हो तो जातक दीर्घायु होता है। इस योग में जातक के समस्त अशुभ फल व केमद्रुम योग फल का विनाश होता है तथा शत्रुओं को जीतने वाला सार्वभौम राजा बनता है ॥ ५ ॥

विशेष—प्रकाशित सारावली में 'फलमशुभसमुत्थं नैव केमद्रुमोत्थं' यह उचित पाठान्तर है ॥ ५ ॥

[1]केन्द्रसंस्थैर्ग्रहैर्योगाः कीर्तिता येऽनफादयः।
ते प्रधाना समादेश्याश्चन्द्ररूपा विचिन्त्ययेत् ॥ ६ ॥
भौमादीनां बलं देशं जातस्य च कुलं बुधः।
विज्ञाय प्रवदेत्सम्यक् सुनफादिकृतं फलम् ॥ ७ ॥
विक्रमवित्तप्रायो निष्ठुरवचनश्च भूपतिश्चण्डः।
हिंस्रो डिम्भविरोधी सुनफायां भौमयोगेन ॥ ८ ॥
श्रुतिशास्त्रज्ञेयकुशलो धर्मरतः काव्यकृन् मनस्वी च।
सर्वहितो रुचिरतनुः सुनफायां सौम्यसंयोगात् ॥ ९ ॥
नानाविद्याख्यातं नृपं नृपश्रियं चापि।
स्वकुटुम्बधनसमृद्धं सुनफायां सुरगुरुः कुरुते ॥१०॥
स्त्रीक्षेत्रवित्तगृहपश्चतुष्पदाढ्यः सुविक्रमो भवति।
नृपसत्कृतः सुवेषो दक्षः शुक्रेण सुनफायाम् ॥११॥
निपुणमतिर्ग्रामपुरैर्नित्यं संपूजितो धनसमृद्धः।
सुनफायां रविपुत्रे क्रियासु गुप्तो भवेन्मलिनः ॥१२॥

इति सुनफा।

१. सारा० १३ अ० ८-१४ श्लो०।

अब आगे चन्द्रमा से सुनफादि योगों की प्रधानता बतलाने के अनन्तर ताराग्रहों से उत्पन्न सुनफा योग के फल को बताते हैं। चन्द्रमा से केन्द्रादि में ग्रहों की स्थितिवश जिन सुनफा योगों का लक्षण वर्णित किया है वे चन्द्र स्वरूप प्रधान योग होते हैं। उनमें जिस भौमादि ताराग्रह से योग की सत्ता हो उस ग्रह का बल देश तथा उत्पन्न कुल का विचार करके उसका फल कहना चाहिये ॥ ६–७ ॥

विशेष—प्रकाशित सारावली में 'ते प्रधानाः समा ह्रस्वाश्चन्द्ररूपाच्च' है ॥६–७॥

भौम से सुनफा योग का फल—यदि कुण्डली में सुनफा योगकारक भौम हो तो जातक पराक्रम से धन प्राप्त करने वाला, कठोर वाणी का, राजा, उग्र, हिंसक और बालकों का विरोधी होता है ॥ ८ ॥

बुध से सुनफा योग का फल—यदि कुण्डली में सुनफा योगकारक बुध हो तो जातक वेदशास्त्र जानने में चतुर, धर्म में आसक्त, कविता बनाने वाला, मनस्वी, सब का हितैषी और सुन्दर देहधारी होता है ॥ ९ ॥

विशेष—प्रकाशित सारावली में 'शास्त्रगेयकुशलो धर्मपरः' यह पाठान्तर है ॥ ९ ॥

गुरु से सुनफा योग का फल—यदि कुण्डली में सुनफा योग कारक गुरु हो तो जातक अनेक विद्याओं में प्रसिद्ध, लक्ष्मी के साथ राजा और अपने परिवार के धन से संपन्न होता है ॥१०॥

विशेष—प्रकाशित सारावली में 'विद्याचार्यं ख्यातं नृपतिं नृपतिप्रियं वाऽपि। सुकुटुम्बधन' यह पाठान्तर है ॥१०॥

शुक्र से सुनफा योग का फल—यदि कुण्डली में सुनफायोग कर्ता शुक्र हो तो जातक स्त्री, क्षेत्र (खेत) धन, घर का स्वामी, पशुओं से युक्त, सुन्दर पराक्रमी, राजा से पुरस्कृत, सुन्दर वेषधारी और चतुर होता है ॥११॥

विशेष—प्रकाशित सारावली में 'सुवेषो' के स्थान पर 'सुधारी' पाठान्तर है ॥११॥

शनि से सुनफा योग का फल—यदि कुण्डली में शनि सुनफा योग कारक हो तो जातक चतुर बुद्धिमान्, गाँव व नगर (शहर) वासियों से प्रति दिन पूजित, धन से संपन्न, कार्यों में छिपा हुआ और दूषित होता है ॥ १२ ॥

विशेष—प्रकाशित सारावली में 'भवेद्धीरः' यह 'भवेन्मलिनः' के स्थान पर है ॥ १२ ॥

इस प्रकार विविध योगवश सुनफा योग का फल समाप्त हुआ ॥ ६-१२ ॥

[अथ अनफा]

[1]चौरः स्वामी हृष्टः स्ववशो मानी रणोत्कटः सेर्ष्यः।
क्रोधी श्लाघ्यः सुतनुः कुजेऽनफायां प्रगल्भश्च ॥१३॥

१. १ सा० १३ अ० १५-११ श्लो०।

गान्धर्वलेख्यकपटुः कविः प्रवक्ता नृपाप्तसत्कारः।
रुचिरः सुभगो धनवान् प्रसिद्धकर्मा बुधेन भवेत् ॥१४॥

गाम्भीर्यसत्त्वमेधास्थानयुतो बुद्धिमान् नृपाप्तयशाः।
अनफायां त्रिदशगुरौ सञ्जातः सत्कविर्भवति ॥१५॥

युवतीनां भवति सुभगप्रणयी क्षितिपस्य गोपतिःकान्तः।
कनकसमृद्धश्च पुमानफायां भार्गवे भवति ॥१६॥

विस्तीर्णभुजः सुवेषो गृहीतवाक्यश्चतुष्पदसमृद्धः।
दुर्वनिता गुणभर्त्ता गुणरहितः पुत्रवान् रविजे ॥१७॥

अब आगे ताराग्रहों से उत्पन्न अनफा योगों के फल को कहते हैं।

भौम से अनफा योग का फल--यदि कुण्डली में भौम अनफा योग करने वाला हो तो जातक चोर, प्रभु, प्रसन्न, अपने या धन के वशीभूत, अभिमानी, युद्ध में विकट, ईर्ष्यालु, क्रोधी और प्रशंसनीय होता है ॥ १३ ॥

विशेष--प्रकाशित सारावली में 'चोरस्वामी धृष्टः' 'रणोत्कटः क्रोधी' 'श्रेष्ठः श्लाघ्यः' यह पाठ है ॥ १३ ॥

बुध से अनफा योग का फल--यदि कुण्डली में बुध अनफा योग कारक हो तो जातक गाने व लिखने में चतुर, कवि, प्रवक्ता, राजा से सम्मानित, सुन्दर, भाग्यवान्, धनी और प्रसिद्ध कार्य करने वाला होता है ॥ १४ ॥

गुरु से अनफा योग का फल--यदि कुण्डली में गुरु अनफा योग करने वाला हो तो जातक गंभीर, बली, मेधावी, स्थान से युक्त, बुद्धिमान्, राजा से यश पाने वाला और अच्छा कवि होता है ॥ १५ ॥

शुक्र से अनफा योग का फल--यदि कुण्डली में शुक्र अनफा योग कारक हो तो जातक स्त्रियों का भाग्यवान् व विनयी, राजा की गायों का स्वामी, सुन्दर और सुवर्ण से संपन्न होता है ॥ १६ ॥

विशेष--प्रकाशित सारावली में 'युवतीनामतिसुभगः प्रणयी क्षितिपश्च गोपतिः ख्यातः। कान्तः' यह पाठान्तर है ॥ १६ ॥

शनि से अनफा योग का फल--यदि कुण्डली में शनि अनफा योग करने वाला हो तो जातक विशाल हाथों वाला, सुन्दर वेषधारी, अपने वचनों का पालन करने वाला, पशुओं से सम्पन्न, गुण हीन, दूषित स्त्री का स्वामी और गुण से रहित होता है ॥१७॥

विशेष--प्रकाशित सारावली में 'विस्तीर्णभुजो नेता' 'दुर्वनिताया भक्तो गुणसहितश्चार्कपुत्रेण' यह पाठ है ॥१७॥

इस प्रकार अनफा योग का फल समाप्त हुआ ॥ १३-१७ ॥

अथ दुरुधरा योगफलम् ।

[1]आनृतिको बहुवित्तो निपुणोऽतिशठो गुणाधिको लुब्धः ।
वृद्धासतीप्रसक्तः कुलाग्रणीः शशिनि भौमबुधमध्ये ॥१८॥
ख्यातः कर्म कितवो बहुधनवैरस्त्वमर्षणो धृष्टः ।
आरक्षकोऽसृग्गुर्वोः सङ्ग्रहशीलः शशिनि मध्ये ॥१९॥
उत्तमरामा सुभगो विवाहशीलोऽस्त्रवित् भवेच्छूरः ।
व्यायामी रणशूरः सितारयोर्मध्यगे चन्द्रे ॥२०॥
कुत्सितयोषिद्रमणो बहुसञ्चयकारकः श्वसनतृप्तः ।
क्रोधी पिशुनो शूरो रिपुमान् यमारयोः स्याद्दुरुधरायाम् ॥२१॥
धर्मरतः शास्त्रज्ञो वाचालः सत्कविर्नृपतिः ।
त्यागयुतो विख्यातो गुरुबुधमध्यस्थिते चन्द्रे ॥२२॥
प्रियवाक् सुभगः कान्तः प्रवृत्तगेयादिवित् कृतिर्नृपतिः ।
सेव्यः शूरो मन्त्री बुधसितयोर्दुरुधरायोगे ॥२३॥
देशाद्देशं गच्छति चित्तधरो नातिविद्यया सहितः ।
चन्द्रेऽन्येषां पूज्यः स्वजनविरोधी ज्ञसौरयोर्मध्ये ॥२४॥
धृतिमेधाशौर्ययुतो नीतिज्ञः कनकरत्नपरिपूर्णः ।
ख्यातो नृपकृत्यकरो गुरुसितयोर्दुरुधरायोगे ॥२५॥
सुखनयविज्ञानयुतः प्रियवाग्विद्वद्धुरंधरो मान्यः ।
शान्तो धनी सुरूपश्चन्द्रे गुरुभानुजान्त्यस्थे ॥२६॥
वृद्धवनिता कुलाग्र्यं निपुणं स्त्रीवल्लभं धनसमृद्धम् ।
नृपसत्कृतं विधेयं कुरुते चन्द्रः सितासितयोः ॥२७॥

इति दुरुधरा ।

भौम बुध से दुरुधरा योग का फल—यदि जन्मकाल में भौम बुध से दुरुधरा योग हो तो जातक झूठ बोलने वाला, बड़ा धनी, चतुर, बड़ा धूर्त, अधिक गुणी, लोभी, बूढ़ी व्यभिचारिणी स्त्री में अनुरक्त और कुल में प्रधान होता है ॥ १८ ॥

भौम गुरु से दुरुधरा योग का फल—यदि जन्मकाल में भौम गुरु से दुरुधरा योग हो तो जातक प्रसिद्ध कार्य करने वाला, ठग या जुआ खेलने वाला, अधिक धन का शत्रु, क्रोधी, ढीठ, रक्षा करने वाला और सङ्ग्रह करने में तत्पर होता है ॥ १९ ॥

विशेष—प्रकाशित सारावली में 'ख्यातः कर्मसु विभवी' 'हृष्टः'। 'कुलरक्षी' यह पाठान्तर है ॥ १९ ॥

---

१. १ सा० ३१ अ० २०-२९ श्लो०।

भौम शुक्र से दुरुधरा योग का फल—यदि जन्मकाल में भौम शुक्र से दुरुधरा योग हो तो जातक उत्तम स्त्री वाला, भाग्यशाली, विवादी, अस्त्र का जानकार, वीर, व्यायाम करने वाला और युद्ध में पराक्रमी होता है । ॥ २० ॥

विशेष—प्रकाशित सारावली में 'शुचिर्भवेद्दक्षः' यह पाठ है ॥ २० ॥

भौम शनि से दुरुधरा योग का फल—यदि जन्मकाल में भौम शनि से दुरुधरा योग हो तो जातक दूषित स्त्री के साथ रमण करनेवाला, बड़ा सङ्ग्रही, श्वास से तृप्त, क्रोधी, चुगलखोर, वीर और शत्रुओं से युक्त होता है ॥ २१ ॥

विशेष—प्रकाशित सारावली में 'व्यसनतप्तः' यह पाठ है ॥ २१ ॥

बुध गुरु से दुरुधरा योग का फल—यदि जन्मकाल में बुध गुरु से दुरुधरा योग हो तो जातक धर्म में आसक्त, शस्त्र का जानने वाला, निष्प्रयोजन अधिक बोलने वाला, अच्छा कवि, राजा, त्यागी और प्रसिद्ध होता है ॥ २२ ॥

विशेष—प्रकाशित सारावली में 'धर्मपरः' 'धनोपेतः' यह 'नृपतिः' के स्थान पर है ॥ २२ ॥

बुध शुक्र से दुरुधरा योग का फल—यदि जन्मकाल में बुध शुक्र से दुरुधरा योग हो तो जातक मीठी वाणी का, सुन्दर नक्षत्र में गमन करने वाला, सुन्दर, नाचने गाने का ज्ञाता, कर्त्ता, राजा, सेवनीय, वीर और सचिव होता है ॥ २३ ॥

विशेष—प्रकाशित सारावली में 'गेयादिषु प्रियो भवति' यह पाठ है ॥ २३ ॥

बुध शनि से दुरुधरा योग का फल—यदि जन्मकाल में बुध शनि से दुरुधरा योग हो तो जातक एक देश से दूसरे देश में जाने वाला, स्थिर चित्त वाला, अधिक विद्या से शून्य, दूसरों की पूँजा करने योग्य और अपने मनुष्यों का विरोधी होता है ॥ २४ ॥

गुरु शुक्र से दुरुधरा योग का फल—यदि जन्मकाल में गुरु शुक्र से दुरुधरा योग हो तो जातक धैर्य, बुद्धि, पराक्रम से युक्त, नीति (न्याय) वेत्ता, सुवर्ण रत्नों से भरपूर, विख्यात और राजा का कार्य करने वाला होता है ॥ २५ ॥

गुरु शनि से दुरुधरा योग का फल—यदि जन्मकाल में गुरु शनि से दुरुधरा योग हो तो जातक सुख, न्याय व विज्ञान से युत, मीठी वाणी वाला, पण्डितों में प्रधान-माननीय, शान्त, धनी और स्वरूपवान् होता है ॥ २६ ॥

शुक्र शनि से दुरुधरा योग का फल—यदि जन्मकाल में शुक्र शनि से दुरुधरा योग हो तो जातक वृद्ध स्त्री वाला, कुल में प्रधान, चतुर, स्त्रियों का प्रिय, धन से सम्पन्न, राजा से सम्मानित व आज्ञाकारी होता है ॥ २७ ॥

इस प्रकार दुरुधरा योग का फल समाप्त हुआ ॥ १८–२७ ॥

अथार्कात् केन्द्रादिचन्द्रफलमाह—

वृद्धयवनः—

[१]मूर्खान् दरिद्रान् चपलान् कुशीलान् चन्द्रः प्रसूतेऽर्कचतुष्टयस्थः ।
कुर्याद्द्वितीये धनिनां प्रसूतिमापोक्लिमस्थे तु कुलाग्रहाणाम् ॥ २८ ॥

---

१. वृ० जा० १३ अ० १ श्लो० भट्टो० ।

गर्गः—

सहस्ररश्मितश्चन्द्रे कण्टकादिगते सति।
न्यूनमध्यवरिष्ठानि धनधीनैपुणानि च। २९॥
[1]स्वांशेऽधिमित्रस्यांशे वा संस्थितो दिवसे शशी।
गुरुणा दृश्यते तत्र जातो वित्तसुखान्वितः॥ ३०॥
स्वाधिमित्रांशगश्चन्द्रो दृष्टो दानवमन्त्रिणा।
निशासु कुरुते लक्ष्मीं छत्रध्वजसमाकुलाम्॥ ३१॥
विपर्ययस्थे शीतांशौ जायन्तेऽल्पधना नराः।

अथाधियोगमाह—

बादरायणः—

[2]शशिनः सौम्या षष्ठे द्यूने वा निधनसंस्थिता वा स्युः।
स्यादधियोगे जातः सौम्यैः सबलैर्धराधीशः॥ ३२॥
मध्यबलैर्मन्त्री स्यादधमबलैः सैन्यनायकः स्यात्।

च्यवनः—

चन्द्राद्वृद्धिगतैः सौम्यैर्धर्मशीलो महाधनी॥ ३३॥
द्वाभ्यां समोऽन्त्ये वसुमानेकेन परिकीर्तितः।
चन्द्राल्लग्नाद्ग्रहाभावे दरिद्रो दुःखितो भवेत्॥ ३४॥
सर्वेषु चन्द्रयोगेषु चेदं यत्नाद् विचिन्तयेत्।
केमद्रुमादिका योगाः संभवेऽस्य लयं व्रजेत्॥ ३५॥

सारावल्याम्—

औत्पातिकः कृशतनुर्निशि चाथ दृश्येऽदृश्ये दिवा शिशिरगुर्भयशोकदः स्यात्।
एवं स्थितः समफलं पृथिवीपतित्वं जातोऽन्यथा प्रकुरुते परिपूर्णमूर्तिः॥३६॥

इति चन्द्रयोगाध्यायः।

अब आगे सूर्य से केन्द्रादि में चन्द्रमा के फल को कहते हैं।

वृद्ध यवनाचार्य जी ने कहा है कि यदि कुण्डली में सूर्य से केन्द्र में (१।४।७।१०) चन्द्रमा हो तो जातक मूर्ख, दरिद्री, चपल और कुशील (उद्धत) होता है।

यदि दूसरे भाव में चन्द्रमा हो तो धनी और सूर्य से आपोक्लिम स्थान में चन्द्रमा हो तो कुलाग्रही जातक होता है॥ २८॥

विशेष—भट्टोत्पली टीका में 'कुलजाग्रजानाम्' यह पाठान्तर है॥ २८॥

अब आगे गर्गाचार्यजी के वचन से कहते हैं।

---

१. बृ० जा० १३ अ० १ श्लो० भट्टो०। २. बृ० जा० १३ अ० २ श्लो० भट्टो०।

यदि कुण्डली में सूर्य से १।४।७।१० में चन्द्रमा हो तो धन, बुद्धि, चतुरता जातक में अल्प, यदि २।५।८।११ में हो तो मध्यम और सूर्य से ३।६।९।१२ भाव में चन्द्रमा हो तो धन, बुद्धि व चतुररता प्रचुर मात्रा में होती हैं ॥ २९ ॥

यदि कुण्डली में दिन का जन्म हो और चन्द्रमा अपने नवांश में या अधिमित्र के नवांश में गुरु से दृष्ट हो तो जातक धन व सुख से युक्त होता है अथवा रात्रि का जन्म हो व उक्त स्थिति में चन्द्रमा शुक्र से दृष्ट हो तो जातक छत्र चामर से युक्त लक्ष्मीवान् होता है। इसके विपरीत में जातक थोड़ा धनी होता है ॥ ३०–३१ ॥

अब आगे अधियोग का वर्णन बादरायण जी के वाक्य से करते हैं।

यदि कुण्डली में चन्द्रमा से छठे, सातवें, आठवें भाव में समस्त शुभग्रह हों तो अधियोग होता है। यदि उक्त स्थिति में शुभग्रह बली हों तो जातक राजा मध्यबली में सचिव और हीन बली हों तो सेना का नेता होता है ॥ ३२ ॥

अब आगे च्यवन ऋषि के मत से बतलाते हैं।

यदि कुण्डली में चन्द्रमा से वृद्धि (३।६।१०।११) स्थान में सब शुभग्रह हों तो धर्मात्मा, बड़ा धनी, यदि दो शुभ ग्रह हों तो समान धनी और एक शुभग्रह हो तो अन्तिम समय में सामान्य धनी होता है।

यदि लग्न व चन्द्रमा से वृद्धि स्थान में ग्रह न हों तो जातक दरिद्री, दुःखी होता है। समस्त चन्द्रयोगों में प्रयत्न पूर्वक इस अधियोग का विचार करके कहना चाहिये। यदि इस योग की सत्ता हो तो केमद्रुमादि अशुभ योग फल देने में असमर्थ होते हैं ॥ ३३-३५ ॥

यदि कुण्डली में क्षीण चन्द्रमा उत्पात से युत दृश्य चक्रार्ध में व रात्रि का जन्म हो तो भय शोक को देने वाला अर्थात् दृश्य चक्रार्ध में पूर्ण, अदृश्य में मध्यम भयादि होते हैं। इसके विपरीत में परिपूर्ण चन्द्रमा हो तो जातक राजा होता है ॥ ३६ ॥

इस प्रकार चन्द्रयोगाध्याय समाप्त हुआ।

[1]सूर्याद्व्ययगैर्वाशिर्द्वितीयगैश्चन्द्रविवर्जितैर्वेशिः ।
उभयस्थितैर्ग्रहैन्द्रैरुभयचरी नामतः प्रोक्तः ॥ १ ॥
मन्ददृगस्थिरवचनं परिभूतपरिश्रमं नतोर्ध्वतनुम् ।
कथयति यवनाचार्यो वेशिसमुत्थं त्वधो दृष्टिम् ॥ २ ॥
वसुसञ्चयवित्सुहृदसौ पुरुषो गुरौ स भवति जातः ।
भीरुः कार्योद्विग्नो लघुचेष्टो भृगुसुते पराधीनः ॥ ३ ॥
परतर्कको दरिद्रो मृदुर्विनीतो बुधे सलज्जश्च ।
मार्गलघुः क्षितिपुत्रे परोपकारी नरो वेशौ ॥ ४ ॥

१. सा० १४ अ० १-१२ श्लो०।

परदारप्रियश्चण्डो वृद्धाकारः शठो घृणी।
भवेन्मनुष्यः सञ्जातो याते वेशौ श(नै)श्चरे।५॥

इति वेशियोगफलम्।

आगे अब सूर्य से वेशि, वाशि, उभयचरी योगों के लक्षणों को तथा वेशि योग के फल को ताराग्रहों की सत्ता से अलग अलग कहते हैं।

यदि जन्मपत्री में सूर्य से बारहवें भाव में चन्द्रमा को छोड़ कर अन्य ग्रह हो तो वाशि योग, यदि सूर्य से दूसरे स्थान में ग्रह हो तो वेशि और सूर्य से दूसरे व बारहवें दोनों स्थानों में ग्रह हों तो उभयचरी योग होता है ॥ १ ॥

वेशि योग का फल—यदि जन्मपत्री में वेशि योग हो तो जातक मन्द दृष्टि, अस्थिर वाणी, अधिक श्रमी या श्रम से पीड़ित, विनयी, उच्च देहधारी और निम्न आँख वाला होता है ॥ २ ॥

वेशि योग कारक गुरु शुक्र का फल—यदि जन्मपत्री में वेशि योग करने वाला गुरु हो तो जातक धनसङ्ग्रह की विधि का ज्ञाता, मित्रों से युक्त, यदि शुक्र योग कर्ता हो तो डरपोक, कार्य में उद्विग्न, अल्प इच्छा करने वाला और पराधीन होता है ॥ ३ ॥

वेशि योग कारक बुध व भौम का फल—यदि जन्मपत्री में वेशि योग करने वाला बुध हो तो जातक दूसरे की चिन्ता करने वाला, दरिद्री, सरल, विनयी और लज्जावान् यदि भौम से वेशि योग हो तो जातक अल्प मार्गी और परोपकारी होता है ॥ ४ ॥

वेशि योग कारक शनि का फल—यदि जन्मपत्री में वेशि योग करने वाला शनि हो तो जातक दूसरे का स्त्री की प्रेमी, उग्र, बूढ़ी आकृति का, धूर्त व घृणी होता है ॥ ५ ॥

विशेष—प्रकाशित सारावली में 'मन्ददृशं स्थिरवचनं तथापुरुषम्' 'परिकर्मकों' 'परदाररतः बह्वाकारः' 'भवेन्मनुष्यः सधनो' यह पाठान्तर हैं ॥ २–५ ॥

उत्कृष्टवचा स्मृतिमानुद्योगयुतो निरीक्षिते तिर्यक्।
पूर्वशरीरे पृथुलो नृपतिसमः सात्त्विको वाशौ ॥ ६ ॥

धृतिसत्त्वबुद्धियुक्तो भवति गुरौ वाशिगे वचनसारः।
शूरः ख्यातो गुणवान् यशस्करो भार्गवे पुरुषः ॥ ७ ॥

प्रियभाषी रुचिरतनुः वाशौ स्याद् बोधने पराज्ञाकृत्।
सङ्ग्रामे विख्यातो भूमिसुते नान्यवाक्यश्च ॥ ८ ॥

वणिक्कुलस्वभावः स्यात् परद्रव्यापहारकः।
गुरुद्वेषी सुनिस्त्रिंशो गते वाशौ शनैश्चरे ॥ ९ ॥

इति वाशियोगः।

सन्निरीक्ष्य रवेर्वीर्यं ग्रहाणां चापि तत्त्वतः।
राश्यंशसङ्गमात् सर्वं फलं ब्रूयाद्विचक्षणः ॥१०॥
सर्वसहः समृद्धः समकायः सुस्थिरो विपुलसत्त्वः।
नात्युच्चः परिपूर्णो विद्यायुक्तो भवेदुभयचर्यायाम् ॥११॥
सुभगो बहुभृत्यधनो बन्धूनामाश्रयो नृपतितुल्यः।
नित्योत्साही हृष्टो भुनक्ति भोगानुभयचर्यायाम् ॥१२॥

अब आगे सारावली के आधार पर वाशि उभयचरी योगों के फल को विशेषता के साथ बतलाते हैं।

वाशि योग का फल—यदि जन्मपत्री में वाशि योग हो तो जातक उत्तम वाणी, स्मृतिमान्, उद्योगी, टेढा देखने वाला, पहिले शरीर में मोटा अर्थात् बाल्यकाल में स्थूल, राजा के समान और सात्विक होता है ॥ ६ ॥

वाशि योग कारक गुरु शुक्र का फल—यदि जन्मपत्री में वाशि योग करने वाला गुरु हो तो जातक धैर्यवान्, बली, बुद्धिमान् और सारगर्भित वाणी का, यदि शुक्र से वाशि योग हो तो वीर, प्रसिद्ध, गुणी और यशस्वी होता है ॥ ७ ॥

वाशि योग कारक बुध व भौम का फल—यदि जन्मपत्री में बुध से वाशि योग हो तो जातक मीठी वाणी का, सुन्दर शरीरधारी और दूसरे की आज्ञा मानने वाला, यदि भौम योग कर्ता हो तो युद्ध में प्रसिद्ध और एक वचन का होता है ॥ ८ ॥

वाशि योग कारक शनि का फल—यदि जन्मपत्री में शनि से वाशि योग हो तो जातक वनिया के कुल के समान प्रकृति वाला, दूसरे के धन का अपहरणकर्ता, गुरु का विरोधी और सुन्दर निर्लज्ज होता है ॥ ९ ॥

फलादेश में विशेष कथन—फल कहने से पहिले सूर्य तथा योगकर्ता ग्रह के राशि अंश से बल का ज्ञान करके समस्त फल कहना चाहिये ॥ १० ॥

उभयचरी योग का फल—यदि जन्मपत्री में उभयचरी योग हो तो जातक सबको सहने वाला, संपन्न, समान देही, स्थिर, बड़ा बली, अधिक लम्बाई से हीन, पूर्ण विद्वान्, सुन्दर भाग्यशाली, अधिक नौकरों से धनी, बान्धवों का आश्रय, राजा के समान, प्रतिदिन उत्साही, प्रसन्न चित्त और भोगी होता है ॥ ११-१२ ॥

इस प्रकार वाशि वेशि उभयचरी योगों का फल समाप्त हुआ ॥ १-१२ ॥

अथ प्रव्रज्याविचारः।

जातकाभरणे—

ग्रहैश्चतुर्भिर्यदि पञ्चभिर्वा षड्भिस्तथैकालयसंस्थितैर्वा।
नश्यन्ति सर्वे खलु राजयोगाः प्रव्राजिको योग इति प्रदिष्टः ॥१॥
प्राव्राजिकोऽर्कादिबले क्रमेण वैखानसः खर्परधृक्सलिङ्गी।
दण्डी यतिश्चक्रधरश्च नग्नः सत्य-च्युतिः स्वामिनि वर्जिते स्यात् ॥२॥

एकस्थानस्थितैः खटैः सर्वैश्च बलसंयुतैः ।
निरम्बरा निराहारा योगमार्गपरायणाः ॥३॥

प्रव्राजितानामथ भूपतीनां योगद्वयं चेत् प्रबलं प्रसूतौ ।
फलं विरुद्धं स्वनुभूय पूर्वं ततो भवेद्राजपदाधिकारम् ॥४॥

वराहः—

[1]रविलुप्तकरैरदीक्षिता बलिभिस्तद्गतभक्तयो नराः ।
अभियाचितमात्रदीक्षिता निहतैरन्यनिरीक्षितैरपि ॥५॥

जन्मेशोऽन्यैर्यद्यदृष्टोऽर्कपुत्रं पश्यत्यार्किर्जन्मपं वा बलोनम् ।
दीक्षां प्राप्नोत्यार्किद्रेष्काणसंस्थे भौमार्क्यंशे सौरदृष्टे च चन्द्रे ॥६॥

सुरगुरुशशिहोरास्वार्किदृष्टा सुधर्मे
गुरुरथ नृपतीनां योगजस्तीर्थकृत्स्यात् ।
नवमभवनसंस्थे मन्दगेऽन्यैरदृष्टे
भवति नरपयोगे दीक्षितः पार्थिवेन्द्रः ॥७॥

[2]होराप्रदीपे—

चतुराद्या एकस्थास्त्रैक्यं लग्ने तदा परिवाट् स्यात् ।
शुद्धं यस्योपचयं केन्द्रे वा कोणगः कश्चित् ॥८॥

प्रव्रज्या कर्ताऽसौ लग्ने ऽत्र्यैक्यं तु यस्य बहुलश्च ।
लग्नेऽर्कतः क्रमात्सा देहे गेहे मनस्यथो मार्गे ॥९॥

विद्यायां धर्मकृतौ भार्यायां स्वच्छवेशे च ।
उच्चस्वभांशगामी तद्भङ्गकरो भवेत् कर्ता ॥१०॥

तापसयोगकषायाः जैनो ज्ञानी च लैङ्गिको योगम् ।
प्राक् प्रोक्ता ये धर्मा हीनबले खेचरे परिभ्रष्टः ॥११॥

लोभात्कामाद्बन्धात् सङ्गाज् ज्ञानाद्दृष्टितः पापात् ।
प्रव्रज्या प्रच्युतिश्च वाच्या दिवाकरात् क्रमशः ॥१२॥

रोमरहितः परिव्राट्श्वेतनखो[3]द्युतिविपुलललाटः ।
कुक्षिषु रोमावर्तस्तालुर्वास्या दशो पीतः ॥१३॥

होरासारे—

बृहस्पतिर्यदा षष्ठे बन्धुभावे यदा रविः ।
संन्यासी तत्र जातश्च तपस्यावर्जितः शिशुः ॥१४॥

इति प्रव्रज्यायोगः ।

---

१. बृ० जा० १५ अ० २–४ श्लो० । २. २ अ० ३० श्लो० १–६ ।
३. नाद्युति० पा० ।

अब आगे जिन योगों में ग्रह पुत्रादि का त्याग करने वाला जातक संन्यासी होता है उनको जातकाभरण नामक ग्रन्थ के आधार पर कहते हैं।

यदि जन्म काल में चार, पाँच या छै ग्रह एक राशि में स्थित हों तो समस्त राज योग नष्ट होकर प्रव्रज्या योग होता है ॥ १ ॥

प्रव्रज्या (संन्यास) के भेद—संन्यास योग कारक ग्रहों में सब से बलवान् सूर्य हो तो वैखानस (वनादि में रहकर अग्निहोत्र और सूर्य की उपासना करने वाला) होता है। चन्द्रमा बली हो तो खप्पर धारण करने वाला (कपाली) संन्यासी, भौम बली हो तो लिङ्गी, (शिखा रहित होकर गेरुआ वस्त्र धारण करने वाला), बुध बली हो तो दण्डी (दण्डधारण करने वाला) गुरु बली हो तो यति (गेरुआ वस्त्र धारण कर) वानप्रस्थ को धारण करने वाला, शुक्र बली हो तो चक्रधर (चक्रधारण करने वाला योगी) शनि बली हो तो नग्न (नङ्गा रहने वाला) संन्यासी होता है। यदि कारक ग्रह का राशीश भी बली हो तो योग पूर्ण यदि बल से रहित हो तो संन्यास से भ्रष्ट जातक होता है ॥ १–२ ॥

यदि समस्त ग्रह बली एक राशि में हों तो संन्यास योग होता है इसमें जातक नग्न और भोजन से रहित होकर योगाभ्यासी होता है ॥ ३ ॥

यदि जन्म के समय में प्रव्रज्या योग, राज योग दोनों प्रबल हों तो जातक पहिले संन्यास ग्रहण करके बाद में राजा होता है ॥ ४ ॥

अब आगे बृहज्जातक के वाक्यों से इस प्रव्रज्या योग के विषय में जो बात बतलाई है उसे कहते हैं।

बृहज्जातक में कहा है कि प्रव्रज्या (संन्यास) कारक ग्रह उच्चादि बल से युक्त होकर यदि सूर्य के साथ अस्त हो तो जातक गृह पुत्रादिका त्याग करके भी दीक्षा ग्रहण नहीं करता है किन्तु उस प्रव्रज्या में उसकी पूरी भक्ति होती है।

यदि प्रव्रज्या कारक ग्रह दूसरे से पराजित हो अथवा दृष्ट हो तो प्रार्थना करने पर भी दीक्षित नहीं होता है ॥ ५ ॥

यदि जन्म राशि का स्वामी दूसरे ग्रहों से अदृष्ट होकर शनि को देखता हो तो अथवा निर्बल जन्म राशीश शनि से दृष्ट हो अथवा चन्द्रमा यदि भौम के द्रेष्काण में या भौम वा शनि के नवांश में चन्द्रमा, शनि से दृष्ट हो तो जातक इन योगों में दीक्षित संन्यासी होता है ॥ ६ ॥

यदि गुरु, चन्द्रमा व लग्न ये शनि से दृष्ट हों तथा नवम में गुरु हो तो इस योग में यदि पूर्वोक्त कोई राजयोग हो तो इसमें उत्पन्न जातक शास्त्र कार या तीर्थों में घूमने वाला होता है।

यदि नवम भाव में शनि समस्त ग्रहों से अदृष्ट हों तथा राज योग भी हो तो जातक राजा होकर दीक्षित संन्यासी होता है ॥ ७ ॥

अब आगे होरा प्रदीप के वाक्यों से प्रव्रज्या योगों को बताते हैं।

यदि जन्मपत्री में चार ग्रह एक स्थान में या लग्न में तीन ग्रह हों तथा ३।६।१०। ११ भाव शुद्ध हों अर्थात् कोई ग्रह न हो और केन्द्र या त्रिकोण में एक ग्रह हो तो जातक संन्यासी होता है ॥ ८ ॥

यदि प्रव्रज्या कर्ता लग्न में तीन या अधिक ग्रह हों और उनमें बली सूर्य हो तो घर में, चन्द्रमा हो तो मन में, भौम से मार्ग में, बुध से विद्या में, गुरु से धर्म में, शुक्र से स्त्री में और योग कर्ता शनि लग्न में हो तो सुन्दर वेष में संन्यास होता है। प्रव्रज्या कारक ग्रह यदि उच्च या अपने नवांश में प्रवेश करने वाला हो तो संन्यास योग का अभाव होता है ॥ ९–१० ॥

तापस अर्थात् संन्यास योग वाले गेरुआ वस्त्रधारी, जैनी, ज्ञानी, शुभ्रवस्त्र वाले और विवस्त्र नागा योगी होते हैं।

यदि प्रव्रज्या कारक ग्रह निर्बल हो तो जातक पूर्व कथित धर्मों से हीन होता है ॥ ११ ॥

यदि प्रव्रज्या कारक निर्बल सूर्य हो तो लोभ के कारण, चन्द्रमा हो तो काम वासना के कारण, भौम हो तो बन्धन से, बुध हो तो सङ्गति के कारण, गुरु हो तो ज्ञान के कारण, शुक्र हो तो आँखों के कारण और शनि निर्बल संन्यास योग देने वाला हो तो पाप के कारण जातक संन्यास से भ्रष्ट होता है ॥ १२ ॥

संन्यासी रोम से हीन, श्वेत नाखून वाला, विशाल चमकदार मस्तक वाला, पाठान्तर से छोटे माथे वाला, पेट में रोमावली से युक्त, पीले तालु, मुख व दांत वाला होता हैं ॥ १३ ॥

अब आगे होरा सार के वाक्य से संन्यास योग बताते हैं।

यदि जन्मपत्री में छठे भाव में गुरु तथा चौथे भाव में सूर्य हो तो तपश्चर्या से हीन संन्यासी होता है ॥ १४ ॥

इस प्रकार संन्यास योगों का वर्णन समाप्त हुआ ॥ १–१४ ॥

अथाष्टकवर्गो निरूप्यते।

तत्र गुणाकरः—

यद्गोचरे जन्मगृहाद्ग्रहाणां पृथक् फलं द्वादशराशियुक्तम्।
नृणां तदेकर्क्षभुवां फलस्य भेदादनेकान्तिकमुक्तमाद्यैः ॥ १ ॥

यत्र स्थितः शीतकरो नराणां तं
जन्मराशिं समुदाहरन्ति।
यथा तथा येषु खगाः सलग्नाः
स्थिता न ते सप्त कुतो भवन्ति ॥ २ ॥
अतोऽष्टराशिर्मनुजोऽत्र सर्वः
प्रोक्तोऽत्र तेभ्यश्च शुभाशुभानि।

फलानि तेषां च वियोगयोगाद्
यदाऽष्टवर्गोत्थफलं स्फुटं स्यात् ॥ ३ ॥
स्वारार्किभ्यो दिनेशः स्व २ सुख ४ मृति ८
तपः ९ खा १० स्त ७ लाभा ११ व्ययातः ।
शुक्रादस्ता ७ रि ६ रिष्फे १२ ष्वरि ६
तनय ५ तपो ९ लाभवर्तिः सुरेज्यात् ।
चन्द्राल्लाभा ११ रि ६ कर्म १० त्रि ३ षु
शशितनयात् सान्त्य १२ धर्मा ९ त्मजे ५ षु ।
प्रोक्तो लग्नाद्व्यया १२ म्बू ४ प ३।६।१०।११
चय गृहगतः सुप्रशस्तो वृवर्ज्यात् ॥ ४ ॥

सूर्याष्टकवर्गक्रमः—

सूर्यञ्च सूर्यपुत्रं च भौमः शुक्रो गुरुस्तथा ।
चन्द्रं च बुधलग्नं च सूर्याष्टकमिति क्रमात् ॥ ५ ॥

इति सूर्यस्य ।

इन्दुर्लग्नात्षडायत्रिदशसु कुसुतात्सस्वधर्मात्मजेषु
स्वात्सास्तोऽव्ययेषु सूर्यात् समदनमृतिषु त्र्यायधीषट्सुमन्दात् ।
ज्ञात् केन्द्रादा १।४।७।१० त्मजा ५ ष्ट ८ त्रिषु ३ विबुधगुरोः
केन्द्ररन्ध्रा ८ न्त्य १२ लाभे ११ ।
शुक्राद्धी ५ धर्म ९ बन्धु ४ स्मर ७ सहज ३ नभो १०
लाभगश्च ११ प्रसिद्धः ॥ ६ ॥

चन्द्राष्टकवर्गक्रमः—

चन्द्रं च सूर्यसौरिश्च गुरुः शुक्रो बुधस्तथा ।
भौमो लग्नं च विज्ञेयं चन्द्राष्टकविधिक्रमात् ॥ ७ ॥

इति चन्द्रस्य ।

केन्द्राय ११ स्वा २ ष्ट ८ गः स्यादु ३।६।१०।११।
पचयतनयेष्वर्कतः षट् ६ त्रि ३ लाभे ११
प्रालेयांशोः समः खे प्रथम १ सहज ३ षट् ६ लाभ ११ मध्येषु लग्नात् ॥
ज्ञात् षट् त्र्यायात्मजेषु व्यय १२ रिपु ६ दशमा
१० येषु जीवाच्च शुक्रात् ।
षट् ६ लाभा ११ न्त्या १२ ष्ट ८ मेषु क्षितिज इति युतात्
केन्द्ररन्ध्रा ८ य ११ धर्मे ९ ॥ ८ ॥

भौमाष्टकवर्गक्रमः—

भौमो रविस्तथा सौरिर्गुरुः शुक्रो बुधस्तथा।
चन्द्रश्चैव तथा लग्नं भौमाष्टकमिति क्रमात् ॥ ९ ॥

इति भौमस्य।

शुक्रात् स्वाद्यलाभाष्टमनवमसुखे सत्रिपुत्रे कुजार्क्योः
साज्ञादारेऽथ जीवाद् व्ययरिपुनिधनायेषु शस्तो दिनेशात्।
धीधर्मान्त्यारिलाभे त्रितनुदशयुते स्वात्सषष्ठाप्तिरन्ध्र
व्योमात्याम्बुधिरिन्दुतोऽरि स्वमृतितनुव्योमलाभेषु लग्नात् ॥ १० ॥

बुधाष्टकवर्गक्रमः—

बुधो रविस्तथा सौरिर्गुरुः शुक्रो महीसुतः।
निशाकरस्तथा लग्नं बुधाष्टकमिति क्रमात् ॥ ११ ॥

इति बुधस्य।

जीवो भौमात्स्वकेन्द्रागममृतिषु रवेः सन्धिधर्मेष्वथ स्वात्
खत्रिष्विन्दुजात् षट् स्वसुखसुततनुव्योमधर्मागमेषु।
लग्नात् सास्तेषु चन्द्रात्स्मरगुरुधनधीप्राप्तिभेष्वर्कपुत्रात्
धी षट्त्र्यन्तेषु शुक्रात्स्वसुतशुभमतो लाभविद्वेषभेषु ॥ १२ ॥

जीवाष्टकवर्गक्रमः—

गुरूरविस्तथा मन्दः शुक्रश्च धरणीसुतः।
बुधो निशाकरो लग्नं जीवाष्टकमिति क्रमात् ॥ १३ ॥

इति गुरोः।

चन्द्रोऽव्यस्तारिखेषु व्यरिमदननभोऽन्त्येषु लग्नात् प्रशस्तो
व्यस्तारातिषु स्वाद्व्ययनिधनभवेष्वर्कतो दैत्यमन्त्री।
धीधर्माष्टारिबन्धु त्रिदशसु रविजाद्धीतपः स्वाष्टलाभे
जीवाज् ज्ञाद्धीत्रिलाभक्षतनवसु कुजाद्धीभवापोक्लिमेषु ॥ १४ ॥

शुक्राष्टकवर्गक्रमः—

शुक्रो रविस्तथा मन्दो देवेज्यो धरणीसुतः।
बुधश्चन्द्रश्च लग्नं च शुक्राष्टकमिति क्रमात् ॥ १५ ॥

इति शुक्रस्य।

स्वात्सौरिस्त्र्यायपुत्रारिषु धरणिसुतात्सुव्ययाज्ञेषु सूर्यात्।
केन्द्रेस्वायाष्टसु ज्ञाद्व्ययमृतिस्वभवारातिधर्मेषु चन्द्रात्।

षट्त्र्यायस्थो विलग्नादुपन्त्यहिबुकाद्येषु षट्त्र्याप्तिरिष्फे
शुक्राद्वाचस्पतेश्च व्ययतनयभवारातिषु स्यात् प्रशस्तः ॥ १६ ॥

शन्यष्टकवर्गक्रमः—

शनिः सूर्यो गुरुश्चैव शुक्रो भौमस्तथा बुधः ।
चन्द्रश्चैव तथा लग्नं शन्यष्टकमिदं भवेत् ॥ १७ ॥

इति शनेः ।

आगे अब अष्टक वर्ग का निरूपण गुणाकर (होरा मकरन्द) के वाक्यों से कहते हैं ।

जन्मराशि से ग्रहों का जो गोचर में बारह राशियों में अलग-अलग फल वर्णित है वह एक राशि वाले मनुष्यों को एकसा न मिलकर भिन्न-भिन्न प्राप्त होता है । ऐसा आद्य आचार्यों ने अनेक प्रकार से कहा है ॥ १ ॥

जन्मपत्री में जिस भाव में अर्थात् राशि में चन्द्रमा हो वह उस जातक की वह राशि होती है । जिन भाव राशियों में जैसे-तैसे लग्न के साथ समस्त ग्रह हों वे सात कैसे नहीं होते हैं । इसलिये सात के साथ आठवीं लग्न भी होती है । इन्हीं आठों के अष्टक वर्ग से जातक के जीवन में आने वाले शुभाशुभ फल का सूक्ष्म ज्ञान होता है ॥ २–३ ॥

अब आगे सूर्याष्टक वर्ग का विवेचन करते हैं ।

जन्मपत्री में सूर्य अपने व भौम शनि के स्थान से १।२।४।८।९।१०।७।११ इन स्थानों में शुभ, शुक्र से ७।६।१२, गुरु से ६।५।९।११, चन्द्रमा से ११।६।१०।३, बुध से ११।६।१०।३।१२।९।५ और लग्न से सूर्य १२।४।३।६।१०।११ स्थानों में शुभ होता है ॥ ४ ॥

सूर्याष्टक वर्ग का क्रम इस प्रकार होता है । यथा प्रथम सूर्य फिर शनि पुन: भौम, शुक्र, गुरु, चन्द्रमा, बुध और लग्न होता है ॥ ५ ॥

चन्द्रमाष्टक वर्ग का ज्ञान—जन्मपत्री में लग्न से ३।६।११।१० स्थानों में, भौम से ११।१०।६।३।२।५।९ अपनी राशि से ३।६।१०।११।७।१ इनमें, सूर्य से ६।३।१०।११। ८।७। में, शनि से ६।३।११।५ में, बुध से ५।३।११।८।१।४।७।१ में, गुरु से १२।११। ८।१।४।७।१० में और शुक्र से ९।५।४।३।११।१०।७ स्थानों चन्द्रमा शुभ होता है ॥६॥

चन्द्राष्टक वर्ग क्रम ज्ञान—चन्द्राष्टक वर्ग क्रम में प्रथम चन्द्रमा फिर सूर्य, शनि, गुरु, शुक्र, बुध, भौम और लग्न का न्यास करना चाहिये ॥ ७ ॥

भौमाष्टक वर्ग का ज्ञान—जन्मपत्री में सूर्य से ३।६।१०।११।५ स्थानों में, लग्न से ३।६।१०।११।१ में, चन्द्रमा से ३।६।११ में, भौम अपने अधिष्ठित स्थान से १।४।७।१०। ८।११।२ में, शनि से ९।११।८।१।४।७।१० में, बुध से ६।३।५।११ में शुक्र से ६।१२। ११।८ में और गुरु से १०।१२।११।६ स्थानों में भौम अच्छा फल देने वाला होता है । शेष स्थानों में अशुभ होता है ॥ ७-८ ॥

भौमाष्टक वर्ग क्रम का ज्ञान—भौमाष्टक वर्ग क्रम स्थापन में प्रथम भौम फिर सूर्य, शनि, गुरु, शुक्र, बुध, चन्द्रमा और अन्त में लग्न का न्यास करना चाहिये ॥ ९ ॥

बुधाष्टक वर्ग का ज्ञान—जन्मपत्री में शुक्र से ९।३।५।२।१।११।८।४ स्थानों में बुध शुभ होता है। शनि व भौम से १०।७।२।१।११।८।४।९ में, गुरु से १२।६।११।८ में, सूर्य से ९।११।६।५।१२ में, बुध अपने स्थान से १।१०।३।९।११।६।५।१२ में, चन्द्रमा से ६।२।११।८।४।१० में और लग्न से १।६।२।११।८।४।१० में बुध शुभ होता है। अन्य स्थानों में अशुभ होता है ॥ १० ॥

बुधाष्टक वर्ग क्रम ज्ञान—बुधाष्टक वर्ग क्रम विन्यास में पहिले बुध बाद में सूर्य शनि, गुरु, शुक्र, भौम, चन्द्रमा और लग्न का न्यास करना चाहिये ॥ ११ ॥

जीवाष्टक वर्ग ज्ञान—जन्मपत्री में भौम से १०।२।१।८।७।११।४ स्थानों में, अपने स्थान से १०।२।१।८।७।११।४।३ में, सूर्य से १०।२।१।८।७।११।४।३।९ में, शुक्र से ५।२।९।१०।११।६ में, चन्द्रमा से ७।११।२।९।५ में, शनि से ३।६।५।१२ में, बुध से १०।५।६।२।४।११।१।९ में और लग्न से गुरु १०।५।६।२।४।११।१।९।७ इन स्थानों में शुभ और इनके अतिरिक्त स्थानों में अशुभ होता है ॥ १२ ॥

जीवाष्टक वर्ग क्रम ज्ञान—गुरु के अष्टक वर्ग लिखने में प्रथम गुरु फिर सूर्य, शनि, शुक्र, भौम, बुध, चन्द्रमा और लग्न का विन्यास करना चाहिये ॥ १३ ॥

शुक्राष्टक वर्ग का ज्ञान—जन्मपत्री में लग्न से १।२।३।४।५।११।८।९ में, चन्द्रमा से १।२।३।४।५।११।८।९।१२ में, अपने स्थान से शुक्र १।२।३।४।५।११।८।९।१० में, शनि से ४।३।५।९।१०।८।११ में, सूर्य से ८।११।१२ में गुरु से ९।१०।११।८।५ में, बुध से ५।३।११।९।६ में और मङ्गल से ३।९।६।५।११।१२ स्थानों में शुभ होता है। अन्य स्थानों में अशुभ होता है ॥ १४ ॥

शुक्राष्टक वर्ग क्रम ज्ञान—शुक्र के अष्टक वर्ग लिखने में प्रथम शुक्र पुनः सूर्य, शनि, गुरु, भौम, बुध, चन्द्र और लग्न इस क्रम से न्यास करना चाहिये ॥ १५ ॥

मन्दाष्टक वर्ग ज्ञान—जन्मपत्री में भौम से ३।५।११।६।१०।१२ में, सूर्य से १।४।७।१०।११।८।२ में, लग्न से ३।६।१०।११।१।४ में, बुध से ९।११।६।१०।८ में, चन्द्रमा से ३।६।११ में, शुक्र से ६।१२।११ में और गुरु से ११।१२।५।६ तथा अपने स्थान से ३।५।६।११ इन स्थानों में शुभ होता है ॥ १६ ॥

मन्दाष्टक वर्ग क्रम ज्ञान—शनि के अष्टक वर्ग क्रम लिखने में प्रथम शनि फिर सूर्य, गुरु, शुक्र, भौम, बुध, चन्द्रमा और लग्न इस क्रम से लिखना चाहिये ॥ १७ ॥

१. सूर्याष्टकवर्गाङ्काः ॥ ४८ ॥

सू.	च.	मं.	बु.	बृ.	शु.	श.	ल.
१	१०	१	१०	९	७	१	१०
११	३	११	३	५	१२	११	३
४	११	४	११	११	६	४	११
८	६	८	६	६	०	८	६
२	०	२	१२	०	०	२	४
१०	०	१०	९	०	०	१०	१२
९	०	९	५	०	०	९	०
७	०	७	०	०	०	७	०

२. चन्द्राष्टकवर्गाङ्काः ॥ ४९ ॥

चं.	मं.	बु.	बृ.	शु.	श.	सू.	ल.
१	६	१	१	३	३	३	६
३	३	३	४	४	५	६	३
६	१०	४	७	५	६	७	१०
७	११	५	८	७	११	८	११
१०	२	७	१०	९	०	१०	०
११	५	८	११	१०	०	११	०
०	९	१०	१२	११	०	०	०
०	०	११	०	०	०	०	०

३. भौमाष्टकवर्गाङ्काः ॥ ३९ ॥

मं.	बु.	बृ.	शु.	श.	सू.	चं.	ल.
१	३	६	६	१	३	३	१
२	५	१०	८	४	५	६	३
४	६	११	११	७	६	११	६
७	११	१२	१२	८	१०	०	१०
८	०	०	०	९	११	०	११
१०	०	०	०	१०	०	०	०
११	०	०	०	११	०	०	०

४. बुधाष्टकवर्गाङ्काः ॥ ५४ ॥

बु.	बृ.	शु.	श.	र.	चं.	मं.	ल.
१	६	१	१	५	२	१	१
३	८	२	२	६	४	२	२
५	११	३	०	९	६	०	४
६	१२	४	४	११	८	४	६
९	०	५	७	१२	१०	७	८
१०	०	८	८	०	११	८	१०
११	०	९	९	०	०	९	११
१२	०	११	१०	०	०	१०	०
०	०	०	१०	०	०	११	०

५. जीवाष्टकवर्गाङ्काः ॥ ५६ ॥

बृ.	शु.	श.	र.	चं	मं.	बु.	ल.
१	२	३	१	२	१	१	१
२	५	५	२	५	२	२	२
३	६	६	३	७	४	४	४
४	९	१२	४	९	७	५	५
७	१०	०	७	११	८	६	६
८	११	०	८	०	१०	९	७
१०	०	०	९	०	११	१०	९
११	०	०	१०	०	०	११	१०
०	०	०	११	०	०	०	११

६. शुक्राष्टकवर्गाङ्काः ॥ ५२ ॥

शु.	श.	र.	चं.	मं.	बु.	बृ.	ल.
१	३	८	१	३	३	५	१
२	४	११	२	५	५	८	२
३	५	१२	३	६	६	९	३
४	८	०	४	९	९	१०	४
५	९	०	५	११	११	११	५
८	१०	०	८	१२	०	०	८
९	११	०	९	०	०	०	९
१०	०	०	११	०	०	०	११
११	०	०	१२	०	०	०	०

७. शनैश्चराष्टकवर्गाङ्काः ॥ ३९ ॥

श.	र.	चं.	मं	बु.	बृ.	शु.	ल
३	१	३	३	६	५	६	१
६	२	६	५	८	६	११	३
११	७	११	१०	१०	१२	१२	६
५	८	०	११	११	११	०	१०
	४						
०	१०	०	१६	६	०	०	११
०	११	०	२	९	०	०	४

८. लग्नास्याष्टवर्गाङ्काः ॥ ५३ ॥

ल.	सू.	चं.	मं.	बु.	बृ.	शु.	श.
१	३	३	१	१	१	१	१
३	४	६	३	२	२	२	३
४	६	१०	६	४	४	३	४
५	१०	११	१०	६	५	४	६
७	११		११	८	६	५	१०
९	१२			१०	७	८	११
१०				११	९	९	
११					१०	११	
					११		

स्थानानीष्टफलप्रदानि कथितान्यन्यानि दुष्टान्यतः
कार्यं तद्विवरं ततोऽधिकफलं दद्युः स्वराशेर्ग्रहाः।
मित्रः स्वोपचयस्थिता शुभममी पुष्णन्ति शश्वत्फलं
निम्नर्क्षोपचयद्विषगृहगताः प्रायः फलं नो शुभम्॥ १॥

अत्र पूर्वोक्तप्रकारेण येषु स्थानेषु शुभफलं तत्र रेखा देया। अपरेषु बिन्दुरुक्तं वराहेण—

विफलं गोचरगणितं स्वष्टकवर्गेण निर्दिशेत् पुंसाम्।
रेखाधिक्ये शुभदं बिन्द्वधिके नैव शोभनं प्रायः॥ १॥

तत्र रेखाबिन्दुशोधनेऽवशिष्टरेखाफलं
ज्ञानमुक्तावल्याम्—

रेखाबिन्दुकयोस्तु शोधितपदे यत्रास्ति रेखाऽधिका
द्वे रेखे धनदे चतस्र उदयप्रागल्भ्यबन्धुप्रदा।
षड्रेखाविपुलप्रतापसुयशो विस्तारकीर्तिप्रदा
रेखा अष्ट महीपतित्वमतुलं कुर्वन्ति नानागुणैः॥ १॥

यदा पुनर्बिन्दवोऽवशिष्यन्ते तदाऽनिष्टमित्यर्थादवगन्तव्यम्। उक्तञ्च ग्रन्थान्तरे—

कष्टं स्यादेकरेखायां द्वाभ्यामर्थक्षयो भवेत्।
त्रिभिः क्लेशं विजानीयाच्चतुर्भिः समता मता॥ १॥
पञ्चभिः परमानन्दः षड्भिरर्थागमो भवेत्।
सप्तभिः परमानन्दस्त्वष्टाभिः सर्वसंपदः॥ २॥

अयञ्च शुभाशुभविचारो जन्मकाले ग्रहाः स्थितास्तस्मात् स्थानाच्छुभाशुभचिन्हं विधाय तत्र राशौ चारवशेन यदा ग्रहाः समायान्ति तदा रेखाबिन्दुशोधने शुभाशुभं वाच्यम्।

यदाह सत्याचार्यः—

जन्मकाले ग्रहा यत्र स्थितास्तत्स्थानतोऽङ्कयेत्।
रेखाबिन्दुश्च तत्रर्क्षे चाराद्यच्छेत् फलं ग्रहः॥ १॥ इति

अत्र यत्रैकरेखा सप्तबिन्दवश्च समायान्ति तत्रैकरेखाबिन्दुजनितशुभाशुभफलनाशात् षड्बिन्दूनां फलं वक्तव्यम्। यत्र च पञ्चबिन्दूनां, यत्र च रेखाचतुष्टयं तत्र सममिति।

तथा च बादरायणः—

एकेन यः शुभः स्यात् षड्भिः स्थानैः सपापदो भवति।
यस्तु चतुर्भिः समः सर्वफले कल्पनैवं स्यात्॥ १॥

देवकीर्तिरपि—

कष्टश्रेष्ठफले ज्ञात्वा तदन्तरवशात् फलम्।
चारक्रमेण खचरा यच्छन्तीति जगुर्बुधाः॥ १॥

अत्र केचित्। यत्रैकस्यैव संग्रहस्य सदृशे फलविरोधो भवति तत्रैकफल-नाशः यच्चाधिकं तदेव परिपच्यत इति। यत्र तु एकेन शुभजनितमन्येन चाशुभं तत्रोभयफलस्यापि स्वस्वदशाकाले परिपाको भवति।

तदुक्तं दशाध्याये--

[1]एकग्रहस्य सदृशे फलयोर्विरोधे
नाशं व्रजेद्यदधिकं परिपच्यते तत्।
नान्यो ग्रहः सदृशमन्यफलं हिनस्ति
स्वां स्वां दशामुपगताः स्वफलप्रदाःस्युः॥ १॥

एवं प्रकृते एकेन शुभं दत्तमन्येनाशुभमिति कथमनयोरल्पनाशोऽधिकपरि-पाकः। किन्तु शुभप्रदातृदशासमये शुभफलं, अशुभफलदातृदशासमये चाशुभं भवतीत्याह। तन्न। भावयोगानां सर्वदशासु वचनबलात् स्थिरमेव फलं तत्र वचनस्य नाशाभावो न संभवति। तथाष्टकवर्गफलचारवशेन ग्रहाः प्रय-च्छन्तीति बादरायणदेवकीर्तिविशेषवचनबलादेवाधिकफलेनाल्पफलविनाशे सिद्धे स्वस्वदशासु परिपाचयन्तीति सामान्यवचनावसरो नास्ति।

दशाफले तु एकस्य सदृशे फलविरोधे नाशः। फलस्याधिकस्य परिपाको ग्रहभेदे स्वस्वदशायां परिपाक इति।

तद्यथा- गुरुचन्द्रावेकराशौ लग्नाच्च दशमस्थानगतौ एकर्क्षगत्वा-दन्तर्दशानयोरस्ति स्वस्वदशाकाले तत्रैकर्क्षसंस्थिताश्रितदशा प्रविशन्तीति बन्धनं स्वनाशं चेति धनहानिरुक्ता। केन्द्राश्रितस्य हि दशा धनवाहनदेश-संप्राप्तिमिति धनलाभ उक्तविरोधादुभयमपि न भवति। तत्रैवं चन्द्र उच्चे तदा स्वदशाराज्यमिति वचनादधिकं परिपच्यत इत्युक्ते तस्यां दशायां राज्य-मिति ज्ञेयम्। यदा तु चन्द्रः स्वगृहे धनभावे च धनदातेति फलं, भौमद्वादशे व्ययभावे च धननाशकः, इति फलम्। तत्र सत्यपि विरोधे स्वस्वदशायां तत्तत् फलपाक इति न परस्परेण फलद्वयनाशः। उक्तञ्च—

---

१. वृ० जा० ८ अ० २३ श्लो०।

यद्यद्द्रव्यं कथितमृषिभिर्यस्य यस्य ग्रहस्य
कर्माजीवोऽपि च तनुभृतां यश्च यश्चोदितोऽत्र।
यद्भावोत्थं यदपि ग्रहजं योगजं दृष्टिजञ्च
तत्तत्सर्वं ग्रहबलवशाद्योजनीयं दशायाम् ॥ १ ॥

वस्तुतस्तु यद्यपि सकलग्रहदत्तरेखाधिक्यं भवति तदा चारवशेन तत्तत्स्थानीयगतं शुभाशुभं निरूपणीयम्। तथा यस्याष्टकवर्गः स एक एव ग्रहः। यस्मिन् स्थानेऽन्यग्रहदत्तरेखाधिक्यं भवति तदा चारवशेन तत्स्थानस्थः सन् शुभमेव प्रयच्छति। यत्र बिन्दूनामाधिक्यं तत्र चारवशेन स एव ग्रहोऽशुभफलं प्रयच्छतीति न कार्योपपत्तिरिति।

अयन्तु विशेषो यदा शुभस्थानगतो ग्रहो जन्मकाले भवति तस्य यदि चारवशादष्टकवर्गे बिन्द्वाधिक्यादनिष्टफलं तत्स्वल्पं भवति न भवत्येव। यदा तु अनिष्टस्थानगतो जन्मनि तदा तस्य चारवशाद् रेखाधिकेऽपि स्थाने शुभफलमल्पं संप्र (भव) ति नैव वा भवतीति ज्ञेयम्। तदुक्तं

[1]वराहेण—

उपचयगृहमित्रस्वोच्चगैः पुष्टमिष्टं त्वपचयगृहनीचास्तारिगैर्नैष्टसंपत्। जन्मनि चारक्रमेण च शुभफलत्वे शुभफलस्य पुष्टिरुभयत्रानिष्टफलत्वेन शुभफलपुष्टिरन्यथात्वे बंध्यफलमिति। यथा

यवनेश्वरः—

सूतावुपचयोच्चादि तत्स्थानस्थोऽष्टवर्गतः।
चारक्रमेण शुभदस्तदा पुष्टं शुभं वदेत् ॥ १ ॥
व्यत्यये त्वशुभाधिक्यं शुभो जन्मनि चेद्ग्रहः।

पूर्व में प्रत्येक ग्रह के अष्टक वर्ग में जो शुभ स्थान वर्णित हैं उनमें शुभ चिह्न संज्ञाओं का ज्ञान करके तथा उसी स्थान में अशुभ चिह्न संज्ञा जान कर दोनों का अन्तर करने पर जो शुभाशुभ अवशिष्ट रहे उसके आधार पर अपनी राशि से उस राशि में जाने पर शुभाशुभ फल ग्रह देता है। उसमें चार वश ग्रह जाने पर, यदि वह स्थान मित्र राशि का या उपचय में से हो तो शुभ फल की निरन्तर वृद्धि होती है। यदि नीच राशि या अपचय स्थान या शत्रु राशि हो तो प्रायः शुभफल नहीं होता है ॥ १ ॥

अष्टक वर्ग विचार में जिन-जिन स्थानों को शुभ कहा है उनमें रेखा से चिह्न लगाना चाहिये और अन्य स्थानों बिन्दु से चिह्नित करना चाहिये ऐसा श्रीवराह मिहिरजी ने कहा है अब उसे कहते हैं।

गोचरीय ग्रह, फल देने में असमर्थ होते हैं इसलिये अष्टक वर्ग के आधार पर ग्रहों का फल कहना चाहिये। जिस राशि में अधिक रेखा हों वहाँ चारवश ग्रह के जाने पर

---

१. बृ० ९ अ० ८ श्लो०।

शुभ फल होता है। और जिस स्थान में बिन्दु अधिक हों वहाँ पर ग्रह के जाने पर प्राय: शुभ फल नहीं होता है ॥ १ ॥

अब आगे रेखा व बिन्दुओं का अन्तर करने पर यदि रेखा शेष रहें तो उनका फल ज्ञान मुक्तावली के आधार बताते हैं।

ज्ञानमुक्तावली में कहा है कि यदि रेखा बिन्दुओं का अन्तर करने पर रेखा शेष रहें तो दो रेखा होने पर धन की प्राप्ति, चार रेखा से प्रतिभाशाली, बान्धवों से युक्त, ६ रेखा होने से अधिक प्रतापी, सुन्दर यशस्वी और विशाल कीर्ति की प्राप्ति, ८ रेखा से अद्वितीय नृपत्व की प्राप्ति तथा अनेक गुणों से युक्त जातक होता है ॥ १ ॥

जिस भाव में अधिक बिन्दु अवशिष्ट रहें उसमें चार वश ग्रह के जाने पर अशुभ फल से युक्त जातक होता है यह सुतरां सिद्ध होने में संकोच नहीं है।

ग्रन्थान्तर में कहा है कि जिस स्थान में एक रेखा हो उसमें ग्रह के जाने पर कष्ट, दो रेखा में धन का ह्रास, तीन में क्लेश, चार में समता, पाँच में परम आनन्द, ६ रेखा में धनागम, सात में परम आनन्द और आठ रेखा के स्थान में ग्रह के जाने पर समस्त संपत्तियुक्त जातक होता है ॥ १–२ ॥

इस शुभाशुभ का विचार जन्मपत्री में जहाँ ग्रह हों उनकी स्थिति से शुभाशुभ चिह्न लगाकर शुभाशुभ का ज्ञान करके चार वश ग्रहों के जानेपर शुभाशुभ फल जानना चाहिये अर्थात् रेखाधिक स्थान में और जहाँ बिन्दु अधिक हों वहाँ पर ग्रह के जाने से अशुभ फल होता है।

जो कि सत्याचार्यजी ने कहा है अब उसे बताते हैं।

सत्याचार्यजी ने कहा है कि जन्मकाल में जहाँ-जहाँ ग्रह स्थित हों वहाँ से पूर्वोक्त रीति से रेखा व बिन्दुओं का न्यास करके शुभाशुभ जानकर चार वश उन स्थानों से शुभाशुभ फल कहना चाहिये ॥ १ ॥

यहाँ अष्टक वर्ग फल विचार में जहाँ एक रेखा और सात बिन्दु हों वहाँ एक व एक बिन्दु के शुभाशुभ फल का नाश तथा ६ बिन्दुओं का फल होता है। जहाँ २ रेखा हों वहाँ पाँच बिन्दुओं का और जहाँ चार रेखा हों वहाँ शुभाशुभ समान होता है। ऐसा बादरायणजी ने कहा है।

अष्टक वर्ग विचार में जो ग्रह एक रेखा से शुभद होता है वह ६ बिन्दुओं से अशुभ फल कारक होता है। जो रेखाओं से शुभद होता है वह शुभाशुभ समान फल देने वाला होता है। सब जगह फल कहने में इसी प्रकार से कल्पना करना चाहिये ॥ १ ॥

आचार्य देवकीर्ति ने भी कहा है कि शुभ व अशुभ चिह्नों को जान कर उनका अन्तर करने पर जो शुभाशुभ हो उस राशि में चार वश ग्रह के जाने पर शुभाशुभ फल ग्रह देता है ऐसा विद्वान् लोगों का कहना है ॥ २ ॥

यहाँ पर किसी-किसी आचार्य का कहना है कि जहाँ पर एक ही ग्रह के समान फल का विरोध होता हो तो एक फल का नाश और अधिक फल वाले की प्राप्ति होती

है। जहाँ पर एक से शुभ फल और दूसरे से अशुभ फल की प्राप्ति हो वहाँ दोनों फलों की लब्धि अपनी-अपनी दशाओं में होती है।

वराह मिहिर ने दशाध्याय में कहा है कि यदि किसी एक ग्रह में शुभ और अशुभ दोनों बल तुल्य हों तो दोनों का नाश हो जाता है। अर्थात् उस ग्रह का न तो शुभ फल और न अशुभ फल ही होता है। यदि फल में न्यूनाधिकता हो तो जो अधिक हो वही फल होता है। किन्तु अन्य ग्रह किसी द्वितीय ग्रह के तुल्य विरुद्ध फल का नाश नहीं करता है परन्तु अपनी-अपनी दशा में स्वकीय २ फल अवश्य ही देता है ॥ १ ॥

इस प्रकार फल विचार में यदि एक प्रकार से शुभ और दूसरे प्रकार से अशुभ फल की प्राप्ति हो तो इन दोनों में कैसे अल्प का नाश और अधिक की प्राप्ति हो सकती है। किन्तु शुभ फल देने वाली दशा के समय शुभ फल तथा अशुभ फल देने वाली में अशुभ होता है ऐसा किसी का कथन उचित नहीं है।

क्योंकि भाव में शुभ योगों की सत्ता होने पर समस्त दशाओं में वचनों की अधिकता से स्थिर ही फल होता है। ऐसी स्थिति में वाक्यों के विनाश की स्थिति नहीं होती है। इसलिये अष्टक वर्ग के फल विचार में ग्रह चारवश से शुभाशुभ फल देते हैं। इसमें बादरायण देवकीर्ति नामक आचार्यों के विशेष वचन होने के नाते ही अधिक फल से न्यून का विनाश सिद्ध होने से अपनी-अपनी दशाओं शुभाशुभ फल होता है इस सामान्य वचन का अवसर ही नहीं है।

दशाफल कहने में एक के समान फल विरोध में अल्प का विनाश और अधिक की प्राप्ति, ग्रह भिन्नता में अपनी-अपनी दशा में फल की प्राप्ति होती है।

यथा लग्न से दशम भाव में एक राशि में गुरु चन्द्रमा हों तो इन दोनों की अन्तर्दशा के समय में एकाश्रित ग्रहों की दशा बन्धन व अपने आदमी का नाश और धन की हानि करने वाली होती है और केन्द्रस्थित होने से धन, सवारी व देश धन की प्राप्ति होती है। इस प्रकार दोनों के फल में विरोध होने से दोनों ही फलों का अभाव होता है।

यदि उक्तस्थिति में चन्द्रमा उच्च राशि में हो तो इसकी दशाओं में राज्य की प्राप्ति होती है इस विशेष वचन से चन्द्रमा की दशा में शुभ फल अवश्य होता है।

यदि चन्द्रमा अपनी राशि में धन भाव में हो तो इसकी दशा धन देने वाली व भौम अपनी राशि में बारहवें भाव में हो तो इसकी दशा धन नाशक होती है। यहाँ पर फल में विरोध होने पर भी अपनी-अपनी दशा में ग्रहजन्य शुभाशुभ फल होता है किन्तु दोनों का नाश नहीं होता है।

कहा भी है कि जिस-जिस ग्रह का जो जो द्रव्य ऋषियों ने कहा है तथा प्राणियों के जीवन यापन के लिए जो कार्य व आजीविका वर्णित है, एवं भाव जन्य ग्रह से उत्पन्न योग व दृष्टि का फल कहा गया है वह समस्त ग्रह बलानुसार उस ग्रह की दशा में कहना चाहिए ॥ १ ॥

वास्तविक में तो अष्टकवर्ग विचार में जहाँ अर्थात् जिस भाव में समस्त ग्रहों के आधार पर अधिक रेखा हों वहाँ चारवश ग्रह के जाने पर शुभ फल होता है। जिसका अष्टक वर्ग बनाते हैं वह एक ही ग्रह होता है। जिस स्थान में अन्य ग्रहों के आधार पर अधिक रेखा होती हैं वहाँ चार वश ग्रह के जाने पर शुभ फल ही ग्रह देता है और जिस स्थान में अधिक बिन्दु होते हैं वहाँ चार वश ग्रह के जाने पर अशुभ फल ही होता है इसलिए तत्स्थानीय कार्य की सिद्धि नहीं होती है।

यह विशेषता अब आगे कहते हैं। जब शुभ स्थान में ग्रह जन्म समय में होता है तो उसके अष्टक वर्ग में जहाँ अधिक बिन्दू हों वहाँ चार वश ग्रह के जाने पर बिन्दुओं की प्रचुरता से अशुभ फल अल्प मिलता है कभी अल्प भी नहीं होता है।

यदि जन्म समय में ग्रह अशुभ स्थान में हो और रेखाधिक स्थान में भी चार वश ग्रह के जाने पर शुभ फल अल्प होता है तथा नहीं भी होता है ऐसा जानना चाहिए।

आचार्य वराह ने कहा है कि यदि विचारणीय भाव उपचय स्थान (३।६।१०।११) हो अथवा ग्रह का उच्च स्थान या मित्र स्थान हो तो शुभ फल की वृद्धि और अशुभ का विनाश, यदि चार वश नीच या शत्रु भाव में ग्रह हो तो शुभ फल का नाश तथा अशुभ फल की वृद्धि होती है।

जन्मकाल में शुभ हो तथा चार क्रम से शुभ फल की प्राप्ति हो तो शुभफल की वृद्धि और जन्म व चार क्रम से अशुभ फल की प्राप्ति हो तो शुभ फल की वृद्धि नहीं होती है। इसके विपरीत में फल का अभाव होता है ऐसा यवनेश्वर जी का कथन है।

आचार्य यवनेश्वर जी का कहना है कि जन्म काल में ३।६।१०।११। में तथा उच्चादि स्थान में ग्रह हो वह उसके अष्टक वर्ग में चार वश जब शुभाधिक स्थान में आये तो शुभफल की वृद्धि और इसके विपरीत में अशुभता होती है॥ १॥

अथ मासफलनिरूपणम्।

तत्र वृद्धयवनः—

सङ्क्रमदिने ग्रहाणामष्टकवर्गेषु चारवशात्।
रेखैक्याच्छुभमशुभं मासफलं तद्वशाद्दिनफलं च॥१॥

अयमर्थः जन्मकालीनमष्टकवर्गं संपाद्य यस्मिन्नेव राश्यन्तरसंक्रमो भवति तस्मिन् दिने सर्वेषामष्टकवर्गरेखासु सकलऽयफलं वाच्यम्।

तद्यथोक्तं जगन्मोहने—

रेखाभिः सप्तभिर्युक्ते मासे मृत्युर्नृणां भवेत्।
सुवर्णं विंशतिपलं दद्याद्‌द्वौ तिलपर्वतौ॥ १॥
वसुभिर्जातिहीनः सन् शीघ्रं मृत्युवशो भवेत्।
असत् फलविनाशाय दद्यात् कर्पूरजां तुलाम्॥ २॥

रेखाभिर्नवभिः सर्पान् म्रियते मनुजो ध्रुवम् ।
अश्वैश्चतुर्भिः संयुक्तं रथं दद्याच्छुभाप्तये ॥ ३ ॥
रेखाभिर्दशभिः शस्त्रात् प्राणान् त्यजति मानवः ।
दद्याच्छुभफलप्राप्त्यै कवचं वज्रसंयुतम् ॥ ४ ॥
रुद्रैः प्राप्याभिशापं च प्राणैर्मुक्तो भवेन्नरः ।
दिक्पलैः स्वर्णघटितां प्रदद्यात् प्रतिमां विधोः ॥ ५ ॥
आदित्यैर्जलदोषेण मानवस्य मृतिं वदेत् ।
भूमिं दद्याद् ब्राह्मणाय पश्चाच्छुभफलं भवेत् ॥ ६ ॥
त्रयोदशमितैर्व्याघ्रान्मानवो मृत्युमाप्नुयात् ।
विष्णोर्हिरण्यगर्भस्य दानं कुर्याच्छुभाप्तये ॥ ७ ॥
अचिराज्जीवितं जह्याच्छक्रैः कालेन भक्षितः ।
वराहप्रतिमां दद्यात् कनकेन विनिर्मिताम् ॥ ८ ॥
राज्ञो भयं तिथिमितैस्तत्र हस्ती प्रदीयते ।
रिष्टं भूपैः कल्पतरोः प्रतिमां च निवेदयेत् ॥ ९ ॥
ऋषिचन्द्रैर्व्याधिभयं गुडधेनुं निवेदयेत् ।
कलहोऽष्टेन्दुभिर्दद्याद्रत्नगोभूहिरण्यकम् ॥ १० ॥
देशत्यागोऽङ्कचन्द्रैः स्याच्छान्तिं कुर्याद् विधानतः ।
विंशत्या बुद्धिनाशः स्मात् कुर्याल्लक्षमितं जपम् ॥ ११ ॥
भूमिपक्षै रोगपीडा दद्याद्धान्यस्य पर्वतः ।
यमाक्षिभिर्बन्धुपीडा दद्यादादर्शकं बुधः ॥ १२ ॥
रामपक्षयुते मासे नानाक्लेशान् प्रपद्यते ।
सौवर्णप्रतिमां दद्याद्रवेः सप्तपलै क्रमात् ॥ १३ ॥
वेदाश्विभिर्बन्धुहीनो दद्याद्गोदानकं दश ।
तत्त्वै रोगार्थनाशश्च जपहोमादि कारयेत् ॥ १४ ॥
ऋतुपक्षैर्बुद्धिहीनः पूज्या वागीश्वरी तथा ।
धनक्षयः स्यान्नक्षत्रैः श्रीसूक्तं तत्र सञ्जपेत् ॥ १५ ॥
वसुपक्षयुते मासे न लाभो हानि खेचरैः ।
सूर्यहोमं च विधिना कर्तव्यं शुभकाङ्क्षिभिः ॥ १६ ॥
एकोन त्रिंशता चापि चिन्ता व्याकुलता भवेत् ।
घृतवस्त्रसुवर्णानि तत्र दद्यादविचक्षणः ॥ १७ ॥
त्रिंशता धनधान्याप्तिरिति जातकनिर्णयः ।
भूवह्निभिर्महोद्योगः पुत्रसंपद्गुणान्वितः ॥ १८ ॥

सहेमवस्त्रलाभश्च चतुस्त्रिंशत् समन्विते।
पञ्चरामैर्भवेद्धीमान् षट्त्रिंशत्सुतवित्तदा ॥ १९ ॥
सप्तत्रिंशद्धनस्याप्तिरष्टत्रिंशत् सुखार्थदा।
द्रव्यरत्नाप्तिरेकोन चत्वारिंशद्धि विद्यते ॥ २० ॥
धनवान् कीर्तिमांश्चैव चत्वारिंशति बर्द्धते।
अतऊर्ध्वं यशोऽर्थाप्तिः पुण्यश्रीरुपचीयते ॥ २१ ॥

अब आगे मास फल का निरूपण वृद्धयवनाचार्य जी के वाक्य से कहते हैं।

सङ्क्रान्ति के दिन ग्रहों के अष्टक वर्ग में चार वश से रेखाओं के ऐक्य से उस मास व दिन के शुभाशुभ फल का निर्णय करना चाहिए। अर्थात् जन्मकालीन अष्टक वर्ग बनाकर जिस दिन संक्रान्ति हो उस दिन रेखाओं के आधार पर आगे वर्णित फल के तुल्य उस मास में शुभाशुभ फल होता है।

जगन्मोहन नामक ग्रन्थ में कहा है यदि मास की सङ्क्रान्ति में रेखा योग ७ हो तो जातक का मरण होता है। इसलिए दो तिल के पर्वतों का और और २० पल सोने का का दान करने से अनिष्ट की शान्ति होती है ॥ १ ॥

यदि ८ रेखा हों तो जाति से रहित होकर शीघ्र मृत्यु के वशीभूत होता है। इस दूषित फल नाशार्थं कपूर की तुला दान करना चाहिए ॥ २ ॥

यदि ९ रेखा हों तो जातक सर्प के काटने पर मरण प्राप्त करता है। इसकी शान्ति के लिए चार घोड़ों का रथ दान करना चाहिए ॥ ३ ॥

यदि १० रेखा हों तो जातक के प्राण शस्त्र से नष्ट होते हैं। इसकी शान्ति के लिये वज्र से युक्त कवच का दान करना चाहिये ॥ ४ ॥

यदि ११ रेखा हों तो जातक का मरण शाप से होता है। इसकी अप्राप्ति के निमित्त में १० पल की सुवर्ण से निर्मित चन्द्रमा की प्रतिमा का दान करना चाहिये ।५।

यदि १२ रेखा हों तो जल के दोष से मरण होता है। इस दोष शान्ति के हेतु ब्राह्मण को भूमि दान करना चाहिये ॥ ६ ॥

यदि १३ रेखा हों तो सिंह से मरण होता है। इसकी शान्ति हिरण्यगर्भं विष्णु की मूर्ति का दान करने से होती है ॥ ७ ॥

यदि १४ रेखा हों तो समय से शीघ्र ही मरण होता है। इसलिये सोने से बनी हुई वराह की प्रतिमा का दान करना चाहिये ॥ ८ ॥

यदि १५ रेखा हों तो राजा से भय दूर करने के लिये हाथी का दान और १६ रेखा हों तो अरिष्ट दूर करने के लिये कल्पवृक्ष की प्रतिमा देना चाहिये ॥ ९ ॥

यदि १७ रेखा हों तो रोग दूर करने के हेतु गुड की गाय का दान और १८ रेखा हों तो कलह होता है। इसलिये रत्न, गाय, भूमि, सोने का दान करना चाहिये ॥१०॥

यदि १९ रेखा हों तो देश छोड़ने का अवसर आता है। इसलिये विधिपूर्वक शान्ति और २० रेखा हों तो बुद्धि का नाश होता है। एतदर्थं एक लाख का जप करवाना चाहिये ॥ ११ ॥

यदि २१ रेखा हों तो रोग से दुःख दूर करने के लिये अन्न का पहाड़ और २२ रेखा हों तो बान्धवों के दुःख दूर करने के लिये दर्पण का दान करना चाहिये ॥ १२ ॥

यदि २३ रेखा हों तो अनेक क्लेशों की प्राप्ति होती है। एतदर्थं सात पल की सूर्य की सुवर्ण से निर्मित प्रतिमा का दान करना चाहिये ॥ १३ ॥

यदि २४ रेखा हों तो बान्धवों से रहित होता है। इसके लिये १० गायों का दान और २५ रेखा हों तो रोग में धन का नाश दूर करने के लिये जप होमादि कराना चाहिये ॥ १४ ॥

यदि २६ रेखा हों तो बुद्धिहीन न होने के लिये सरस्वती माँ की पूजा और २७ रेखा हों तो धन का विनाश होता है। इसलिये श्री सूक्त का अनुष्ठान कराना चाहिये ॥ १५ ॥

यदि २८ रेखा हों तो उस मास में लाभ न होकर हानि होती है। इस दोष की दूरी करण के लिये सूर्य का होम कराना चाहिये ॥ १६ ॥

यदि २९ रेखा हों तो चिन्ता और व्याकुलता होती है। इसके लिये घी, वस्त्र, सोने का दान करना चाहिये ॥ १७ ॥

यदि ३० रेखा हों तो धनधान्य की प्राप्ति, ३१ हों तो बड़ा उद्योग, ३२ हों तो पुत्र की संपत्ति व गुणों से युक्त होता है ॥ १८ ॥

यदि ३४ रेखा हों तो सुवर्ण व वस्त्र का लाभ, ३५ में बुद्धिमान्, ३६ में पुत्र धन से युक्त होता है ॥ १९ ॥

यदि ३७ रेखा हों तो धनागम, ३८ में सुख व धन से युक्त और ३९ रेखा में धन व रत्न प्राप्त होता है ॥ २० ॥

यदि ४० रेखा हों तो धनी व कीर्तिमान् और इनसे भी अधिक रेखा हों तो यश, धन की लब्धि पुण्य लक्ष्मी की वृद्धि होती है ॥ २१ ॥

अथाष्टकवर्गादेव विशेषफलज्ञानार्थं त्रिकोणैकाधिपत्यनाशो धनायुर्दायादिकं देवशालजातकोक्तं निरूप्यते।

राशिचक्रे यथा मार्गे निक्षिप्येष्टग्रहेषु च।
त्रिकोणशोधनं कुर्यादादौ सर्वेषु योजयेत् ॥ १ ॥

त्रिकोणं तु कथं प्रोक्तं मेषसिंहधनुक्रमात्।
वृषकन्यामृगास्येषु तुलाकुम्भयमेष्वथ ॥ २ ॥
कर्कवृश्चिकमीनास्ते त्रिकोणाः स्युः परस्परम्।
त्रिकोणेषु च यन्न्यूनं तत्तुल्यं त्रिषु शोधयेत् ॥ ३ ॥

एकस्मिन् भवने शून्ये तत्त्रिकोणं न शोधयेत्।
समत्वं त्रिषु गेहेषु सर्वं संशोधयेद् बुधः॥ ४॥

अयमर्थः। मेषसिंह धन्वादि त्रिकोणं राशीनां त्रयाणां मध्ये यत्राल्पं फलं तत्तुल्यमेव त्रयाणां तले स्थाप्यम्। त्रिकोणानां मध्ये एकस्मिन् गृहे रेखायोगे शून्ये समागते सति त्रिकोणानां रेखायोग एव स्थाप्यः। न तु रेखादिविचारः कर्तव्यः। त्रिकोणेषु रेखायोगसमत्वे त्रयाणां तले शून्यमेव स्थाप्यमिर्थः।

एवं त्रिकोणं संशोध्य पश्चादेकाधिपत्यता।
क्षेत्रद्वये फलानि स्युस्तदा संशोध्य बुद्धिमान्॥ ५॥
क्षीणेन सह अन्यस्मिन् शोधयेद्ग्रहवर्जिते।
ग्रहयुक्ते फलं न्यून ग्रहाभावे फलाधिकम्॥ ६॥
उभयोस्तत्र संशोध्यं फलं हीनं विनिश्चितम्।
फलहीने तथा राशौ गगनेचरवर्जिते॥ ७॥
फलाधिके ग्रहयुते चान्यस्मिन् सर्वमुत्सृजेत्।
उभयोर्ग्रहसंयुक्ते न संशोध्यं कदाचन॥ ८॥
उभाभ्यां ग्रहहीनाभ्यां समत्वे सकलं त्यजेत्।
संग्रहाग्रहसाम्ये च तत्सर्वं शोध्यमग्रहे॥ ९॥

अयमर्थः। त्रिकोणशोधितरेखाभिरेव एकाधिपत्यता शोधनं कर्तव्यम्। तत्रैकस्य ग्रहस्य द्वे क्षेत्रे यथा मेषवृश्चिकावेवमन्यत्रापि ज्ञेयम्। तत्र ग्रहरहिते क्षेत्रद्वये यत्राल्पं फलं तदेव क्षेत्रद्वये स्थाप्यम्। यत्र क्षेत्रद्वये ग्रहयुक्तराशौ फलाल्पत्वं ग्रहरहिते फलाधिक्यं तत्रोभयोस्तलेऽल्पं फलं लेख्यम्। यत्र फलहीनराशिर्ग्रहरहितः फलाधिकराशिग्रहयुतस्तत्रोभयोर्मध्ये फलाधिक राशितले त्रिकोणशोधिताङ्क एक एव स्थाप्यः। न्यूनराशिफलतले शून्यमेव स्थाप्यम्। ग्रहरहिते क्षेत्रद्वये फलसाम्ये सति द्वयोस्तले शून्यमेव स्थाप्यम्। उभयक्षेत्रे ग्रहयुते सति द्वयोस्तले त्रिकोणशोधितरेखा यथा स्थिता एव स्थाप्याः। क्षेत्रद्वयमध्ये एकं क्षेत्रं ग्रहसहितं द्वितीयं क्षेत्रं ग्रहरहितं द्वयोरपि रेखासाम्यं तत्र द्वयोर्मध्ये ग्रहसहितक्षेत्रे त्रिकोणशोधिता एव रेखाः स्थाप्याः। ग्रहरहितक्षेत्रे शून्यमेव स्थाप्यमित्यर्थः।

कुलीरसिंहयो राश्योः पृथक् क्षेत्रं पृथक् फलम्।
शोध्यावशिष्टं संस्थाप्य राशिमानेन ताडयेत्॥ १०॥
ग्रहयुक्तेऽपि तदराशौ ग्रहमानेन वर्धयेत्।
गोसिंहौ दशगुणितौ वसुभिर्मिथुनालिनौ वणिङ्मेषौ॥ ११॥
मुनिभिः कन्यकामकरौ शरैः शेषाः स्व मानसंगुणिताः।

शेषाः स्वमानगुणिता राशिमाना इमे क्रमात् ॥ १२ ॥
जीवारशुक्रसौम्यानां दशवसुसप्तेन्द्रियैः क्रमाद्गुणयेत् ।
बुधसंख्याच्छेषाणां राशिग्रहवर्गाणां पृथक्कार्या ।
राशिग्रहगुणकारैः फलानि गुणयेत् पृथक् तैस्तैः ॥ १३ ॥
वक्रग्रहेण संयुक्ते गुणयेद्ग्रहसंख्यया ।
एवं गुणित्वा संयोज्य सप्तभिर्गुणयेत् पुनः ॥ १४ ॥
सप्तविंशद्धृताल्लब्धवर्षाण्यत्र भवन्ति च ।
द्वादशाद् गुणयेल्लब्धं मासादिघटिका क्रमात् ॥ १५ ॥
सप्तविंशतिवर्षाणि मण्डलं शोधयेत् पुनः ।
तदूर्ध्वं भूमिभिः ५४ शोध्यं त्यजेद्भूमी ५४ तदूर्ध्वके ॥ १६ ॥
कु८१जाधिके भवेद्यत्र मण्डलाच्छोधयेत्ततः ।
अन्योन्या (द)र्द्ध हरणं ग्रहयुक्ते तु कारयेत् ॥ १७ ॥
नीचेऽर्द्धमस्तगेऽप्यर्धं हरणं तेषु कारयेत् ।
शत्रुक्षेत्रे त्रिभागोनं दशार्धहरणं तथा ॥ १८ ॥
हरणं त्र्यंशोनमर्केन्द्वोः पातसंश्रयणादपि ।
बहुत्वे हरणे प्राप्ते कारयेद्बलवत्तरम् ॥ १९ ॥
पश्चात्तान् सकलान् कृत्वा वराङ्गेन ३२४ विवर्द्धितम् ।
मातङ्गलब्धं शुद्धायुर्भवतीति न संशयः ॥ २० ॥
पूर्ववद्दिनमासाब्दं कृत्वा तस्य दशा भवेत् ।
एवं ग्रहाणां सर्वेषां दशां कुर्यात् पृथक्-पृथक् ॥ २१ ॥
अष्टवर्गदशामार्गः सर्वेषामुत्तमोत्तमः ।
केन्द्रादन्यन्तरस्थे च शशिनि ग्रहसंयुते ॥ २२ ॥
विनैव शोधनं यत् स्यात् प्रत्येकं व्योमचारिणाम् ।
फलमाला तदा कार्या आयुर्दायस्य निर्णये ॥ २३ ॥

अष्टकवर्गेणायुर्दायं कुर्यात् । दशमस्थैः क्रूरैः सौम्ययुतैर्भिन्नाष्टकवर्गप्रयोगः रविमन्दगुरुशुक्रकुजसौम्यशशीतनुः ॥

अब आगे अष्टक वर्ग से विशेष फल जानने के लिये त्रिकोण शोधन, एकाधिपत्य शोधन, धन आयु आदि का देवशाल जातक के आधार पर निरूपण करते हैं।

राशिचक्र में इष्ट कालीन ग्रहों की स्थापना करके पूर्वोक्त रीति से अष्टक वर्ग बनाकर त्रिकोण शोधन करना चाहिये। यहाँ त्रिकोण किसे कहते हैं यह जिज्ञासा होती है। इसके उत्तर में ग्रन्थकार कहते हैं कि राशि चक्र में मेष सिंह धनु १, वृष कन्या मकर २, तुला कुम्भ मिथुन ३ और कर्क वृश्चिक मीन ४ ये, ३-३ राशियों के ४

त्रिकोण होते हैं। इन त्रिकोण राशियों में जिस राशि में अल्प फल हो उसे तीनों राशियों के नीचे लिखकर घटाने से जो अवशिष्ट रहता है वह उस राशि का त्रिकोण शोधन फल होता है।

यदि एक स्थान में रेखाओं का अभाव हो तो शोधन नहीं करना चाहिये। या तीनों स्थानों में फल की समता हो तो त्रिकोण शोधन का फल शून्य होता है ॥ १–४ ॥

एकाधित्य शोधन ज्ञान—पूर्वोक्त रीति से त्रिकोण शोधन करके जो शोधित फल होता है उसी से ही एकाधित्य शोधन होता है। यहाँ सूर्य चन्द्रमा के अलावा समस्त ग्रहों की २-२ राशि हैं अतः इन्हीं में शोधन आगे बताये हुए मार्ग से करना चाहिये।

यथा मेष वृश्चिक राशियों का स्वामी भौम होता है। यदि इन दोनों में रेखा हों व ग्रह का अभाव हो तो दोनों में जिसका फल अल्प हो वहीं दोनों का एकाधिपत्य शोधन फल होता है।

यदि दोनों राशियों में एक में ग्रह और अल्प फल हो तथा दूसरी राशि में ग्रहाभाव व फल की अधिकता हो तो दोनों के नीचे अल्प फल ही रखना चाहिये।

यदि दोनों में एक राशि फल तथा ग्रह से शून्य हो और दूसरी राशि में अधिक फल एवं ग्रह हों तो फलाधिक राशि के नीचे त्रिकोण शोधन से उत्पन्न फल को लिखना चाहिये और फलहीन राशि के नीचे शून्य की स्थापना करना चाहिये।

यदि दोनों राशियों में फल की समता तथा ग्रहाभाव हो तो दोनों के नीचे शून्य का न्यास करना चाहिये।

यदि दोनों राशियों में ग्रह हों व फल की समानता हो तो त्रिकोण शोधित फलाङ्क को ही नीचे रखना चाहिये। अर्थात् दोनों राशियों का त्रिकोण शोधित फल एकाधिपत्य शोधन फल होता है।

यदि दोनों राशियों में एक राशि में ग्रह हो तथा दूसरी में ग्रहाभाव हो और दोनों रेखा समान हों तो दोनों के बीच में जिसमें ग्रह हो उसके नीचे त्रिकोण शोधित फल की और ग्रह रहित राशि में शून्य की स्थापना करना चाहिये।

कर्क व सिंह अलग-अलग राशि है व इन दोनों के स्वामी भी पृथक्-पृथक् हैं। इसलिये त्रिकोण शोधित फल की स्थापना करना चाहिये। यदि ये दोनों राशि ग्रह से युक्त हों तो ग्रह ध्रुवाङ्क पर एकाधिपत्य शोधन फल होता है।

इस प्रकार एकाधित्य शोधन फल लिखकर राशिमान से अर्थात् आगे वर्णित राशि ध्रुवाङ्क से तथा ग्रह हो तो ग्रह के ध्रुवाङ्क से गुणा करके फल का न्यास करना चाहिये।

स्पष्टार्थ राशि गुणक चक्र

राशि	मे०	वृ०	मि०	क०	सि०	क०	तु०	वृ०	ध०	म०	कु०	मी०
गुणक	७	१०	८	४	१०	५	७	८	९	५	११	१२

स्पष्टार्थ ग्रह गुणक चक्र

ग्रह	सू०	चं०	मं०	बु०	गु०	शु०	श०
गुणक	५	५	८	५	१०	७	५

यदि वक्री ग्रह से युक्त हो तो ग्रह गुणक से गुना करके सब फलों को जोड़ करके ७ से गुना करके २७ भाग का देने पर लब्धि वर्ष और शेष को १२ से गुना करके २७ का भाग देने पर लब्धि मास होता है पुनः शेष को ३० से गुना करने पर दिन और घटी आदि ज्ञान करके वर्षादि आयु उस ग्रह की होती है।

यदि लब्धि २७ से अधिक हो तो ५४ में से घटाना, ५४ से अधिक हो तो ५४ ही उसमें घटाना, ८१ से अधिक हो तो १०८ में से घटाकर फल ग्रहण करना चाहिये। ग्रह युक्त राशि में आधा ग्रहण करना तथा नीच अस्तगत ग्रह होने पर भी आधा, शत्रु राशि में तृतीयांश घटाकर तथा पात के संयोग से सूर्य चन्द्रमा के फल का त्रिभाग घटा कर ग्रहण करना चाहिये।

यदि अधिक हरण क्रिया प्राप्त हों तो जो बली हो उसी का कथित भाग घटाकर लेना चाहिये।

पुनः पूर्वशोधित योग शत से अधिक हो तो १०० में से घटाकर ३२४ से गुना करके ३६५ से भाग देने पर ग्रह की दशा होती है।

इस प्रकार सब ग्रहों की दशा बनाकर अष्टक मार्ग से फलादेश करना चाहिये। यह मार्ग समस्त फलों में विशेष फलदायक होता है।

यदि जन्मपत्री में केन्द्र (१।४।७।१०) से भिन्न स्थान में चन्द्रमा ग्रह युक्त हो तो बिना शोधन के जो हो वही ग्रहों की आयु होती है अथवा दशम भाव पापग्रह शुभ ग्रह से युक्त हो तो वही आयु ग्रहण करना चाहिये।

आयुर्दाय के निर्णयार्थ अष्टक वर्ग की कल्पना करके उससे जीवन में आने वाले शुभाशुभ का निर्णय करना चाहिये ॥ १-२३ ॥

स्पष्टार्थ एकाधिपत्यशोधन चक्र—

ग्रहरहिते क्षेत्र- द्वये ग्रहरहिते द्वये रेखाग्रम् उभयत्र लेख्यम्	ग्रहरहिते क्षेत्र- द्वये, ग्रहरहिते एकत्र रेखाल्पत्वं अपरत्र रेखा- धिक्यंतत्रोभय– न्यून रेखालेख्या	ग्रहयुक्ते क्षेत्र- द्वयेऽत्र क्रमेण शोधितफल- मुभयत्र लेख्यं संस्काराभावः
एकत्र ग्रहाभावः	ग्रहरहित राशौ	ग्रहरहित राशौ

अन्यत्र ग्रहस्तत्र	रेखाधिक्ये	रेखाल्पत्वं तत्र
रेखा साम्ये	ग्रह सहित	ग्रहयुक्त राशौ
सति सहितं	राश्यल्प रेखा	रेखाधिक्यं
शून्यं लेख्यं	स्तत्रोभयोस्तले	तत्र ग्रहरहित-
ग्रह सहिते	अल्पं फलं	राशौ यथास्थितं
यथास्थिता रेखा	लेख्यम् ।	फलं लेख्यम्

समुदायाष्टकवर्ग उच्यते—

अष्टवर्गं समुद्धृत्य ग्रहाणां राशिमण्डले ।
प्राग्वत्त्रिकोणं संशोध्य पश्चादेकाधिपत्यताम् ॥ १ ॥
एकस्मिन्मण्डलाधिक्यं शोधयेच्चक्रमण्डलम् ।
द्वादशैव तु गृह्णीयादेवं सर्वेषु राशिषु ॥ २ ॥
पूर्वोक्तगुणकारैस्तु वर्द्धयेच्च पृथक् पृथक् ।
एकीकृत्य ततः सर्वं सप्तभिर्गुणयेत् पुनः ॥ ३ ॥
सप्तविंशद्धृताल् लब्धं आयुः पिण्डः प्रदृश्यते ।
द्वादशादि गुणाल् लब्धं मासादिघटिकास्ततः ॥ ४ ॥
शतादूर्ध्वं तु तत्पिण्डं मण्डलं शोधयेच्च तम् ।
शतमेव तु गृह्णीयाद् दीर्घायुर्योगसंभवी ॥ ५ ॥
तद्विधं सकलं कृत्वा वराङ्के च ३२४ विवर्धितम् ।
मातङ्गहृतलब्धायुर्मातङ्गाब्दं प्रदृश्यते ॥ ६ ॥
सर्वग्रहेभ्यः शुद्धायुः पिण्डरूपं विनिर्दिशेत् ।
ग्रहाणां तु विभज्याथ उपायं कथमुच्यते ॥ ७ ॥
व्यस्ताष्टकवर्गदशामेकीकृत्य च नाडिका ।
भागहारं तु सर्वेषामेकान्ते रक्षिता क्वचित् ॥ ८ ॥
समस्ताष्टकवर्गाणां भिन्नाष्टकदशा हता ।
भागहारेण यल्लब्धं ग्रहस्यायुर्भविष्यति ॥ ९ ॥
सर्वेषां सर्वनाडीभिर्भागहारं तदुच्यते ।
दिनमासाऽब्दपर्यन्तं कृत्वा पूर्ववदाचरेत् ॥ १० ॥
एवं ग्रहाणां सर्वेषां शुद्धायुश्च पृथक् पृथक् ।
समुदायदशामार्गमेवं कर्म उदाहृतम् ॥ ११ ॥
राशितुल्यानि वर्षाणि प्रयच्छन्तूदयस्य च ।
उदयतोऽपि च विज्ञेयो लग्नादायुर्विनिर्दिशेत् ॥ १२ ॥

तदोच्चनीचमार्गेण दशां कुर्याद्विचक्षणः।
नीचारिभांशकगतैर्ग्रहैः समस्तैस्तदंशके वापि ॥ १३ ॥
यवनाचार्यमतेन ग्रहदायं कल्पयेन् मतिमान्।
ग्रहसहिते केन्द्रस्थे चन्द्रे केन्द्राद् बहिः स्थितैः शेषैः।
समुदायाष्टकविधिना ग्रहदायं प्रकल्पयेन् मणित्थेन ॥ १४ ॥
एकर्क्षगतैः सर्वैः केन्द्रादन्यत्र संस्थितैर्जातः।
आयुर्दायविभागैर्दशाफलं ज्ञायते सम्यक् ॥ १५ ॥
अल्पायुर्योगजातो दीर्घायुर्योगजातोऽथवा भवति।
उभयोर्दशाविभागैरायुर्जातं न पश्यते धीमान् ॥ १६ ॥
षष्ठाष्टव्ययगतैः पापैरल्पायुरादिशेत्तज्ज्ञः।
सौम्यैर्विपरीतं स्यान् मिश्रगतैर्मध्यमायुरादेश्यम् ॥ १७ ॥

अब आगे समुदायाष्टक वर्ग को बताते हैं।

प्रत्येक ग्रहों के अष्टक वर्ग बनाकर राशियों के आधार पर त्रिकोण शोधन व एकाधित्य शोधन करके देखना चाहिये कि यदि फल १०८ से अधिक हो तो वही उसमें घटाकर बारह से न्यून फल ही समस्त राशियों में ग्रहण करना चाहिये।

पुनः पूर्वोक्त ग्रह व राशि गुणकों से गुना करके सबका योग करके सात से गुना कर २७ से भाग देने पर लब्धि आयुपिण्ड अर्थात् वर्ष होता है। शेष को बारह से गुना करके २७ से भाग देने पर मास और शेष को ३० से गुना करके २७ का भाग देने पर दिन और ६० से गुना करके पुनः उसी का भाग देने पर लब्धि घटी होती है।

यदि पिण्ड १०० से अधिक हो तो १०८ में से घटाकर लेना चाहिये। १०० से अधिक पिण्ड नहीं होता है। १०० पिण्ड दीर्घायु योग माना गया है।

पुनः उक्त फल को ३२४ से गुना कर ३६५ का भाग देने पर शुद्ध आयु सौर वर्ष के तुल्य उस ग्रह की होती है।

इस प्रकार ग्रह पिण्डों से सब ग्रहों की आयु का साधन करना चाहिये।

ग्रहों के विभाजन का उपाय क्या है इसे बताते हैं।

भिन्नाष्टक वर्ग से दशाओं का योग करके घटिका तुल्य भाग हार को एक जगह स्थापन करके समस्त अष्टवर्गों के पिण्ड को भिन्नाष्टक की दशा से गुणा कर पूर्वोक्त भाग हार से भाग देने पर ग्रह की आयु होती है। सब ग्रहों की समस्त घटिकाओं का योग भाग हार होता है।

पूर्वोक्त विधि से मास दिनादि का ज्ञान करके समस्त ग्रहों की अलग-अलग शुद्ध आयु होती है। यह समुदायाष्टक दशा के लिये विधि बतलाई है। लग्न से भी आयु का ज्ञान करना चाहिये। यथा लग्न की आयु, राशि के तुल्य वर्ष होती है। इसको ग्रहागत आयु में जोड़ने से स्पष्ट आयु होती है।

इसमें उच्च नीच में जो क्रिया बतलाई है उसके आधार पर विद्वान् ज्योतिषी को दशा का ज्ञान करना चाहिये।

यदि नीच शत्रु की राशि या नवांश में सब ग्रह हों तो बुद्धिमान् को यवनाचार्यजी के मत से ग्रहों की आयु दशा का ज्ञान करना चाहिये।

मणित्थाचार्य का कहना है कि यदि १ ग्रह से युक्त चन्द्रमा केन्द्र में हो और केन्द्र से भिन्न स्थानों में समस्त अवशिष्ट ग्रह हों तो समुदायाष्टक वर्ग के आधार पर ग्रहों की आयु का ज्ञान करना चाहिये।

यदि केन्द्र से एक ही भिन्न स्थान में समस्त ग्रह हों तो आयुर्दाय के विभाजन से अच्छी तरह दशा फल जानने में सुविधा होती है।

अल्पायु वा दीर्घायु योग में उत्पन्न मनुष्य के दशा विभाग से आयु का ज्ञान नहीं हो पाता है।

यदि ६।८।१२ में पापग्रह हों तो अल्पायु तथा इन्हीं में शुभग्रह हों तो दीर्घायु, यदि उक्त स्थानों में शुभ पाप दोनों हों तो मध्यायु जातक होता है।

अत्रोदाहरणम्। तत्र कस्यचिज्जन्मनि सूर्यादीनामष्टकवर्गरेखायोगः कोष्ठेषु। अत्रार्कस्य त्रिकोणशोधनार्थं मेषे ६, सिंहे ५, धनुषि २, अत्र त्रयाणां त्रिकोणानां मध्ये धनुषि न्यूनरेखा सन्त्यतो मेषसिंहधनुराशितले रेखाद्वयं स्थाप्यम्।

एवं वृषकन्यामकराणां मध्ये कन्याया न्यूना रेखा ३ अतस्त्रयाणां तले ता एव स्थाप्याः।

एवं मिथुनतुलाकुम्भानां मध्ये कुम्भे न्यूना रेखाः २ ता एव त्रयाणां तले स्थाप्याः। अथ कर्कटवृश्चिकमीनानां तले रेखाचतुष्टयं अतस्त्रिकोण-रेखासाम्यात् त्रयाणां तले शून्यं स्थाप्यम्। एवं सर्वत्र ज्ञेयम्।

अथैकाधिपत्यताशोधनार्थं मेषवृश्चिकयोस्तले त्रिकोणशोधितरेखा मेषे द्वयं वृश्चिकतले शून्यं, अतो मेषवृश्चिकयोस्तले शून्यं स्थाप्यम्। एवं वृषतुल-योर्मध्ये वृषे त्रिकोणशोधितास्त्रयो रेखाः, तुलायां रेखाद्वयमतो वृषतुलयोस्तले रेखाद्वयं लेख्यम्। एवं सर्वत्र ज्ञेयम्।

सर्वेषां ग्रहाणां रेखा योगो त्रिकोणशोधितरेखा, एकाधिपत्यता शोधिता-रेखाश्च कोष्ठकेषु लिख्यन्ते।

अथ भिन्नाष्टकवर्गेषु संस्कारशुद्धरेखा राशिगुणकैर्गुणनीयाः।

तद्यथा—रवेरष्टकवर्गे गोसिंहौ दशगुणितावित्यत्र, एकाधिपत्यशोधनजं वृषे रेखाद्वयं, सिंहे च रेखाद्वयं, उभयोर्योगः ४ दशगुणः=४०।

एवं मिथुनरेखा २, वृश्चिके शून्यं, उभयोर्योगे २, अष्टगुणः=१६।

एवं मेषतुलयो रेखायोगः २, सप्त ७ गुणः=१४।

एवं कन्यामकरयो रेखायोगः ४ पञ्चगुणः=२०।

शेषा स्वसङ्ख्यागुणा इत्युक्तत्वात् कर्के शून्यं स्वसङ्ख्यागुणं जातं ० शून्यमेव धनुष्यपि शून्यम्।

कुम्भे २ कुम्भसङ्ख्या ११ गुणाः = २२। मीनेऽपि शून्यं सर्वेषां क्रमेण राशिगुणागुणितानां न्यासः।

अथ राशिस्थग्रहगुणकैर्गुणिता ग्रहसहितराशिगता रेखाः पृथक्तथाः।

तत्रार्कस्तुले तत्र रेखाद्वयं २ सूर्यगुणकेन ५ गुणितम् = १०।

चन्द्रो मिथुने तत्र रेखा २ चन्द्रो गुणाङ्क ५ गुणाः = १०।

तत्र भौमः कर्के रेखा शून्यं गुणकेन ८ गुणितं ०।

बुधे वृश्चिके तस्याऽपि शून्यं गुणकेन ५ गुणितं ० शून्यम्।

गुरुः सिंहे तत्र रेखा २ गुणकेन १० गुणितं = २०। शुक्रस्तुले रेखा २ गुणकेन १० गुणितं = २०। शुक्रस्तुले रेखा २ गुणकेन ७ गुणितं = १४।

शनिः कुम्भे तत्फलं २ शनि गुणकेन ५ गुणितं = १०।

सर्वेषां न्यासः—राशिः ११२, ग्रह ६४ अत्रोभयोर्योगः १७६ सप्तघ्नः १२३२ सप्तविंशति २७ हृतं लब्धं ४५।७।१६।४० सप्तविंशतितष्टं लब्धं वर्षाद्यं ४।४।१०।२०।००। वराङ्गेन ३२४ गुणितं १५८४ मातङ्गेन विहृतं ३६५ स्फुटं सूर्यस्यायुर्जातं वर्षाद्यम् ४।४।२।१८।५०।

एवं चन्द्रस्यापि राशिगुणकगुणितारेखा राशिस्थग्रहगुणिताश्च पृथक् लिख्यन्ते। अत्रोभयोर्योगः ३८० सप्तघ्नः २६६० भहृद्भतष्टः १७।६।६।४० इदं वर्षाद्यं वराङ्ग ३२४ गुणं ५५।६०।६।२३।२० मातङ्गभक्तं जातं चन्द्रस्य स्फुटायुः वर्षाद्यं १५।१।१०।२६।१८।५।

एवं भौमस्यापि राशिगुणगुणितरेखैक्यं १२० ग्रहगुणगुणितानां रेखानामैक्यं ८० उभयोर्योगः २०० सप्तघ्नः १४०० भहृद्भतष्टः २४।१०।६।४० वराङ्ग गुणः ८०५२ मातङ्गहृते स्पष्टमायुर्भौमस्य २२।०।२१।४१।५५।

एवं ज्ञस्य राशि गुणघ्नरेखैक्यं ८० उभयोर्योगः १७२ सप्तघ्नः १२०४ सप्तविंशतिभक्तः ४४।०७।०३।२० सप्तविंशतितष्टः १७।७।३।२० वराङ्गगुणः ५७००।०।०।० मातङ्गभक्तो जातो वर्षादिस्फुटायुर्बुधस्य १५।१०।११।५५।

एवं गुरोरपि राशिगुणघ्नरेखैक्यं २६४ राशिस्थग्रहगुणघ्नरेखैक्यं १६७ उभयोर्योगः ४३१ सप्तगुणितः ३०१७ सप्तविंशतिभक्तो लब्धं १११ भतष्टः ३ ८।२६।४०।० । वराङ्ग गुणं १२।१२।०।०। मातङ्गभक्तं जातं स्फुटायुर्गुरोः ३।३।२५।२३।५० वर्षाद्यम्।

एवं शुक्रस्य राशिगुणकगुणितरेखैक्यं २५२ राशिस्थ ग्रह गुणकगुणितरेखैक्यं १२३ उभयोरैक्यं ३७५ सप्तघ्नं २६२५ भभक्तं भतष्टं च १६।३।३।०।२० वराङ्गगुणं मातङ्गहृतं जातं स्फुटायुर्वर्षाद्यं शुक्रस्य १४।५।५।५०।

एवं शनेः राशिगुणगुणितरेखैक्यं १३१ ग्रहगुणकगुणितरेखैक्यं १०४ उभयोर्योगः २३५ सप्तघ्नः १६४५ भहृद्भतष्टो वर्षादि ६।११।३।२०। वराङ्ग गुणः २२५४ मातङ्गहृतो लब्धं स्फुटायुः शनेर्वर्षादिः ६।१।२३।१५।१०।

एवं लग्नस्यापि प्रति राशिरेखागुणगुणिता १९० ग्रहगुणकगुणिताश्च ९२ उभयोर्योगः २८२ सप्तघ्नः १९७४ भहृद्भतष्टः १९।१।१० । वराङ्गगुणो मातङ्गहृतोलग्नस्य स्फुटायुर्वर्षादिः १६।११।७।७।१०।४० ।

महाष्टकवर्ग चक्र—

राशि	मे०	वृ०	मि०	क०	सिं०	क०	तु०	वृ०	ध०	म०	कुं०	मी०	
ग्रह	चं०	मं०	गु०	सू०	शु०	श०	बु०						सू.रे. यो.४८
सूर्याष्टक	६	५	३	४	५	३	५	४	२	५	२	४	
त्रि०शो०रे०	२	३	२	०	२	३	२	०	२	३	२	०	
ए०शो०रे०	०	२	२	०	२	२	२	०	०	२	२	०	
चं०अ०रे०	५	५	६	४	६	२	१	४	५	३	३	५	
त्रि०शो०रे०	५	२	१	४	५	२	१	४	५	२	१	४	चं.रे.यो. ४९
ए०शो०रे०	४	१	१	४	५	१	१	४	४	१	१	४	
भौ०अ०रे०	३	५	२	३	६	३	३	२	२	४	३	४	
त्रि०शो०रे०	२	३	२	२	२	३	२	२	२	३	२	२	भौ.रे.यो.३९
ए०शो०रे०	०	२	२	२	२	२	२	०	०	२	२	०	
बु०अ०रे०	३	४	४	४	६	५	४	५	२	६	४	७	बु.रे.यो. ५४
त्रि०शो०रे०	२	४	०	४	२	४	०	४	२	४	०	४	
ए०शो०रे०	०	०	०	४	२	०	०	४	२	०	०	२	
गु०अ०रे०	६	४	५	६	६	३	४	५	४	४	६	३	गु.रे.यो. ५६
त्रि०शो०रे०	४	३	४	३	४	३	४	३	४	३	४	३	
ए०शो०रे०	३	०	४	३	४	०	४	३	३	०	४	३	
शुक्र. अ. रे.	६	६	६	३	३	५	४	५	५	३	२	४	शु रे.यो. ५२
त्रि. शो. रे.	३	४	२	३	३	४	२	३	३	४	२	३	
ए. शो. रे.	३	२	२	३	४	२	२	३	३	२	२	३	
श. अ. रे.	५	३	५	४	५	३	३	४	३	३	०	१	
त्रि. शो. रे.	३	०	५	१	३	०	३	०	३	०	०	१	श. रे.यो.३९
ए. शो. रे.	१	०	५	१	३	०	३	१	१	०	०	१	
ल. अ. रे.	५	५	४	४	४	४	२	५	६	४	३	२	
त्रि. शो रे.	४	४	२	२	४	४	२	२	४	४	२	२	ल.रे.यो. ४८
ए. शो. रे.	२	२	२	२	४	२	२	२	२	२	२	२	

समुदायाष्टकवर्ग चक्र

राशि	मे०	वृ०	मि०	क०	सिं०	क०	तु०	वृ०	ध०	म०	कुं०	मी०
रे. यो.	३४	३२	३१	२८	२८	२४	३४	२९	२३	२८	२७	२८
त्रि. शु. यो.	२३	२४	२०	२८	२३	२४	२०	२८	२३	२४	२०	२८
ए. शु. यो.	२३	२०	२०	२८	२३	२४	२०	२८	२३	२८	२०	२८

अथ समुदायाष्टकवर्गेऽन्तर्दशानयनम्—

भिन्नाष्टकवर्गे सूर्यादीनां प्रत्येकमायुः समुदायाष्टकवर्गेण गुणयित्वा भिन्नाष्टकवर्गे सर्वेषां ग्रहाणामायुर्दाययोगेन भजेत् पृथक्पृथगन्तर्दशाः स्युः ।

तत्र क्रमस्तु लग्नादित्योडुपानामधिकबलवत इत्यादिपद्धतिक्रमेण ज्ञेयमिति ।

इति होरासारे आयुर्दायविधानो नाम सप्तमोऽध्यायः ।

अब आगे इस विषय में एक उदाहरण की कल्पना करके ग्रहों की आयु लाने की विधि बताते हैं।

पूर्व के महाष्टक वर्ग में सभी ग्रहों के अष्टक वर्ग की प्रत्येक राशियों की रेखाओं का विन्यास है।

यह किसी जातक के जन्म समय में रेखाओं की स्थिति थी।

प्रथम इनसे त्रिकोण शोधन व एकाधिपत्य शोधन करके आयु निकालने की विधि बतलाते हैं।

आगे महाष्टक वर्ग में सूर्य के अष्टक वर्ग में त्रिकोण शोधन के लिये मेष राशि में ६, सिंह में ५ और धनु राशि में २ रेखा हैं। इन तीनों राशियों में धनु राशि में सब से कम २ रेखा हैं। इसलिये तीनों राशियों के नीचे २ की स्थापना करना चाहिये। जैसे— मे० = ६– = २। सिं० = २ धनु = २।

इसी प्रकार वृष में ५, कन्या में ३ और मकर में ५ रेखा हैं। इन तीनों में कन्या में सब से कम ३ रेखा हैं। इसलिये तीनों के नीचे ३ रेखा फल होता है। जैसे वृ० ३, क० क० ३, मकर ३ तीन यही इन तीनों का फल है।

इसी प्रकार मिथुन में ३, तुला में ५, कुम्भ में २ रेखा हैं। इनमें कुम्भ में २ रेखा सब से अल्प हैं। अतः २, २, २ तीनों का फल हुआ।

इसी प्रकार कर्क में ४, वृश्चिक में ४ और मीन में भी चार रेखा हैं। इसलिये तीनों में समानता होने से तीनों का फल ० हुआ। इस रीति से प्रत्येक ग्रह के अष्टक वर्ग की रेखाओं के आधार पर त्रिकोण शोधित रेखाओं का विन्यास है।

अब आगे इन्हीं शोधित रेखाओं के आधार पर एकाधिपत्य शोधन की विधि बताते हैं जैसे मेष व वृश्चिक राशि में त्रिकोण शोधित रेखा मेष में २ और वृश्चिक में ० है। इसलिये मेष वृश्चिक में ० की स्थापना करने से एकाधित्य शोधन फल का अभाव हुआ।

इसी प्रकार वृष राशि में त्रिकोण शोधित ४ रेखा ३ और तुला में २ हैं। इसलिये दोनों के नीचे २ लिखा हुआ है। यही फल है। उक्त विधि से महाष्टक वर्ग में प्रत्येक राशि के नीचे त्रिकोण शोधित व एकाधिपत्य शोधित फल ग्रहों के अष्टक वर्ग फल के अधःतल में दिया हुआ है।

अब आगे इन एकाधिपत्य शोधित रेखाओं से ग्रहों की आयु लाने की विधि को बताते हैं।

भिन्न-भिन्न अष्टक वर्गों में जो एकाधिपत्य शोधित रेखा हों उनको राशि ध्रुवाङ्कों से गुना करना चाहिये।

जैसे आगे दिये हुए महाष्टक वर्ग में सूर्याष्टक वर्ग में वृष राशि में २ तथा सिंह में भी २ है इसलिये दोनों का योग २+२=४×१० क्योंकि 'गोसिंहौ दशगुणितौ' यह कहा है अर्थात् वृष व सिंह राशि का ध्रुवाङ्क १० होता है।

इसी प्रकार मिथुन में २ और वृश्चिक में शून्य है। इन दोनों का योग २+०= २×८=१६ क्योंकि दोनों का ध्रुवाङ्क ८ है।

इसी रीति से मेष तथा तुला राशि की रेखाओं का योग २ है इसको इन दोनों के ध्रुवाङ्क ७ से गुना करने २×७=१४ यह फल हुआ।

तथा कन्या मकर की रेखाओं का योग ४ है इसे दोनों के ध्रुवाङ्क ५ से गुना करने पर ४×५=२० फल हुआ।

शेष राशियों के ध्रुवाङ्क राशि संख्या तुल्य होते हैं। इसलिए कर्क में ० है इसको ४ से गुनने पर ०×४=० तथा धनु में शून्य होने से वहाँ भी ०×९=० फल हुआ।

एवं कुम्भ में २ है इसलिये २×११=२२ फल हुआ तथा मीन में शून्य है इसलिये ०×१२=० फल हुआ।

क्रम से राशि ध्रुवाङ्क से गुणित रेखाओं का न्यास—

मे०	वृ०	मि०	क०	सिं०	क०	तु०	वृ०	ध०	म०	कुं०	मी०
७	२०	८	०	२०	१०	७	८	०	१०	२२	०

जिस राशि में ग्रह हो उस राशि की शोधित रेखा संख्या को पूर्वोक्त ग्रह के ध्रुवाङ्क से गुना करके एक स्थान पर लिख कर सब का योग करना चाहिये जैसे इसी उदाहरण में सूर्याष्टक वर्ग में तुला राशि में सूर्य है। इसलिये तुला राशि की रेखा संख्या २ को सूर्य के ध्रुवाङ्क से गुना करने पर २×५=१० फल हुआ। इसमें चन्द्रमा मिथुन में है तथा मिथुन राशि में रेखा २ हें। इसलिये २ को चन्द्रमा के ध्रुवाङ्क ५ से गुना करने पर २×५=१० फल हुआ।

उक्त उदाहरण में भौम कर्क राशि में है इसमें ० रेखा हैं इसलिये भौम के ध्रुवाङ्क ८ से गुनने पर ०×८=० फल हुआ।

तथा बुध वृश्चिक राशि में है वृश्चिक में रेखा ० है, अतः बुधके ध्रुवाङ्क ५ से गुना करने पर ०×५=० फल हुआ।

एवं गुरु सिंह राशि में है सिंह में २ रेखा हैं। अतः गुरु के गुणक १० से गुना करने २×१०=२० फल हुआ।

यहाँ शुक्र तुला राशि में है तुला में २ रेखा हैं इनको शुक्र के ध्रुवाङ्क ७ से गुना करने पर २×७=१४ फल हुआ।

उक्त उदाहरण में शनि कुम्भ में है तथा कुम्भ में २ रेखा हैं इनको शनि के गुणक ५ से गुना करने पर २×५=१० फल हुआ।

इस प्रकार सबका योग=सू० १०+चं० १०+भौ० ०+बु० ०+गु० २०+शु० १४+श० १०=६४।

इसमें राशि ध्रुवाङ्क से गुणित समस्त राशियों के फल का योग=७+२०+८+०+२०+१०+७+८०+१०+२२+०=११२+६४ दोनों का योग=१७६। इसको ७ गुना करने पर १७६×७=१२३२ हुआ। इसमें २७ का भाग १२३२÷२७ देने पर लब्धि ४५ हुई और शेष १७ को १२ से गुना करने पर २०४ हुआ इसमें २७ का भाग देने पर २०४÷२७ लब्धि ७ हुई और शेष १५ को ३० गुना करने पर १४×३०=४५० हुआ। इसमें २७ का भाग देने पर ४५०÷२७ लब्धि १६ हुई व शेष १८ रहा। पुनः शेष को ६० से गुना करने पर १८×६०=१०८० हुआ। इसमें फिर सत्ताईस २७ का भाग दिया तो लब्धि ४० हुई तथा ० शेष बचा। अर्थात् १२३२ में २७ का भाग देने पर क्रम से वर्षादि लब्धि ४५।७।१६।४० हुई। यह २७ से अधिक है इसलिये २७ से भाग देने पर ४५÷२७=४।४।१०।२०।० हुआ। इसको ३२४ से गुना करके ३६५ का भाग देने पर वर्षादि ४।४।२।१८।५० यह सूर्य की आयु हुई।

इसी प्रकार चन्द्रमा की भी आयु साधन के लिये यहाँ राशि गुणक से गुणित व ग्रह गुणक से गुणित रेखाओं का योग ३८० है। इसलिये ३८०×७=२६६० इसमें सत्ताईस का भाग देने पर २७ से अधिक फल होता है। इसलिये २७ से तष्टित करने पर १७।६।४० यह वर्षादि फल होता है। इसको ३२४ से गुणा करने पर ५५।६०।६।२३।२० यह होता है। इसमें ३६५ का भाग देने पर १५।१।१०।२६।१८।५ यह चन्द्रमा की स्पष्टायु हुई।

इसी प्रकार भौम की भी आयु सिद्ध होती है। जैसे उदाहरण में भौमाष्टक वर्ग चक्र में भौम की रेखा अपने राशि गुणाङ्क से गुणित एवं ग्रह ध्रुवाङ्क से गुणित रेखाओं का योग २०० है इसको ७ गुना करके १४०० इसे २७ से भाजित व तष्टित करने पर २४।१०।६।४० यह फल हुआ। इसको ३२४ से गुणा करके ३६५ का भाग देने पर भौम की स्पष्ट आयु होती है।

इसी विधि से बुध के उदाहरण में राशि गुणित व ग्रह गुणित रेखाओं के योग १७२ को ७ से गुना करके १२०४ इसमें २७ का भाग देकर ४४।७।३।२० इसे २७ से भाग देकर २७ से तष्टित करके ३२४ से गुना करके ५७००।०।०१ इसे ३६५ से भाग देने पर लब्धि वर्षादि १५।१७।११।५५ बुध की आयु हुई।

उक्त रीति से ही गुरु की रेखा राशि ध्रुवाङ्क व ग्रह ध्रुवाङ्क से गुणित करने पर दोनों का योग ४३१ होता है। इसको ७ से गुणने पर ४३१×७=३०१७ हुआ। इसको २७ से भाग देकर २७ से तष्टित करने पर ३।८।२६।४० हुआ। इसे ३२४ से गुणा करके ३६५ का भाग देने पर गुरु की वर्षादि स्पष्ट आयु ३।३।२५। २३।५० हुई।

इसी प्रकार शुक्र की राशि गुणक से गुणित व ग्रह ध्रुवाङ्क से गुणित रेखाओं का योग ३७५ है। इसे ७ से गुना करने पर ३७५×७ = २६२५ हुआ। इसमें २७ से भाग देकर २७ से तष्टित करने पर १६।३।३।०।२० यह हुआ। इसे ३२४ से गुना कर ३६५ का भाग देने पर शुक्र की स्पष्ट आयु १४।५।५।५० हुई।

एवमेव शनि की दोनों ध्रुवाङ्क से गुणित रेखाओं का योग २३५ है। इसलिए ७ से गुना करने पर २३५×७ = १६४५ हुआ। इसको महृद् भतष्ट करने पर ६।११। ३।२० हुआ। इसको ३२४ से गुना करके ३६५ का भाग देने पर लब्धि वर्षादि शनि की स्पष्ट ६।१।२३।१५।१० आयु हुई।

इसी प्रकार लग्नाष्टक वर्ग की अपने ध्रुवाङ्कों से गुणित रेखाओं का योग २८२ है। इसे ७ से गुना करके २७ से भाग देकर २७ से तष्टित करने पर १९।१।१० होता है। इसको ३२४ से गुना करके ३६५ से भाग देने पर लग्न की स्पष्ट १६।११। ७।७।१०।४० वर्षादि आयु हुई।

अब आगे समुदायाष्टक वर्ग से अन्तर्दशा साधन की विधि बतलाते हैं।

भिन्नाष्टक वर्ग से जो प्रत्येक ग्रह की आयु सिद्ध हुई है। उसको समुदायाष्टक वर्ग से गुना करके भिन्नाष्टक वर्ग में जो ग्रहों की आयु है उस समस्त के योग से भाग देने पर अलग-अलग अन्तर्दशा होती है।

यहाँ दशा का क्रम तो लग्न, सूर्य, चन्द्रमा में जो बली हो उसके आधार पर करना चाहिये।

इस प्रकार होरा सार ग्रन्थ में आयुर्दाय विधि नामक सातवां अध्याय समाप्त हुआ।

अथाष्टकवर्गवाक्यानि सूर्यादीनां यथाक्रमम्।
ग्रहप्रभृतिसंस्थानं निर्दिशेदक्षरैः क्रमात्॥ १॥
राशिचक्रं लिखेद्भूमौ संयोज्याक्षरसङ्ख्यया।
शून्याक्षरेण दशमं निर्दिशेद् विधिवत्तमौ॥ २॥
सूर्यादिलग्नपर्यन्तमेकवाक्यैर्विनिर्दिशेत्।
क्षिप्तैस्त्वष्टकवर्गेषु ग्रहाणाञ्च पृथक्-पृथक्॥ ३॥

दशाद्वादशभिर्भिन्नं योजयेत्तत्र तत्र भे।
ग्रहादीनां फलं ज्ञात्वा निर्दिशेच्च पृथक्-पृथक् ॥ ४ ॥
दशायाः शून्यभागेषु शत्रुनीचग्रहेषु च।
व्याधिश्च दुःखितो रोगान् लभते नात्र संशयः ॥ ५ ॥
एकद्वित्रिफले यस्मिन् धनधान्यपरिक्षयः।
चत्वारि मध्यमानि स्युर्दशा तत्रैव मध्यमा ॥ ६ ॥
पञ्चमादिगुणाधिक्यमष्टमं सर्वसिद्धिदम्।
क्षेत्रे चोपचयस्थाने फलमेवमुदाहृतम् ॥ ७ ॥
पूर्वभागे तु शुभदमष्टवर्गेऽशुभो यदि।
शुभे च द्विगुणं तस्य अन्यथा अन्यथा भवेत् ॥ ८ ॥
एवं द्वादशमूर्त्यादि स्वे-स्वे स्थाने दशाफलम्।
मूर्तौ शरीरसंपत्तिमङ्गोपाङ्गविचिन्तनम् ॥ ९ ॥
सत्त्वं सौभाग्यवित्तं स्वे भ्रातृस्थानं तृतीयकम्।
सुखबन्धुगृहं चैव मातृचिन्ताचतुर्थतः ॥ १० ॥
स्वभावबन्धुविस्तारं पुत्रस्थानन्तु पञ्चमम्।
ज्ञातिशत्रुक्षयादीनां शत्रुस्थाने विचिन्तयेत् ॥ ११ ॥
प्रवासं दारसौभाग्यं सप्तमस्थानतो विदुः।
आधिर्व्याधिर्मृतिर्नाशो अष्टमं परिचक्षते ॥ १२ ॥
भाग्यस्थानं गुरुस्थानं धर्मस्थानं ततः परम्।
कर्माजीवं तु दशमे प्रतापं पौरुषं स्मृतिम् ॥ १३ ॥
कीर्तिः क्षमामतिस्तत्र वृष्टिर्वृष्टिनिरूपणम्।
ऐश्वर्यमर्थलाभञ्च एकादशगृहात् फलम् ॥ १४ ॥
एकादशे व्ययस्थाने पापस्थानं प्रचक्षते।
शरीरनाशदेहञ्च चिन्तास्थानं विनिर्दिशेत् ॥ १५ ॥
एवं द्वादशभावेषु चिन्तयेन् मतिमान्नरः।
पापान्वितास्तु ये भावास्ते भावा नाशतां ययुः ॥ १६ ॥
सौम्याः सिद्धकरा ज्ञेया मिश्रामिश्रफलप्रदाः।
षष्ठाष्टव्ययसंस्थेषु विपरीतं शुभाशुभैः ॥ १७ ॥
मित्रोच्चभवनस्थेषु पापोऽपि शुभमिच्छति।
अरिनीचगते सूर्याच्छुभगः पापमिच्छति ॥ १८ ॥

इसके बाद सूर्यादि ग्रहों के यथा क्रम से अष्टक वर्गों को लिख कर प्रत्येक के आधार पर राशि व ग्रहों का न्यास करके जहाँ शून्य हो वहाँ से दशम का विधिवत निर्देश करना चाहिये। सूर्यादि से लग्न तक अष्टक वर्गों में अलग-अलग ग्रहों को उन-उन राशियों में स्थापित करके रेखाओं को जान कर पृथक्-पृथक् फल कहना चाहिये ॥१-४॥

शून्य फलस्थ, नीचस्थ या शत्रुस्थ ग्रह की दशा में जातक व्याधि, दुःख तथा रोगों को प्राप्त करता है। इसमें सन्देह नहीं करना चाहिये ॥ ५ ॥

यदि एक या दो तीन रेखास्थ दशा हो तो जातक के धन धान्य का नाश व चार रेखा वाले की की दशा में मध्यम फल होता है ॥ ६ ॥

पाँच से आठ तक रेखाओं की दशा में तथा उपचस्थ की दशा में समस्त मनोरथ परिपूर्ण होते हैं ॥ ७ ॥

अष्टक वर्ग में अशुभ ग्रह यदि शुभद हो तो उसकी दशा पूर्व भाग में शुभ दायक तथा शुभ ग्रह की दशा दोनों भागों में फल देने वाली होती है इसके विपरीत में व्यत्यय से फल होता है ॥ ८ ॥

इस प्रकार बारह लग्नादि स्थानों में ग्रहों की दशा का फल होता है।

प्रथम भाव से शरीर की बनावट शरीर के अवयवादि का ज्ञान, दूसरे भाव से बल, सौभाग्य व पैसे रुपयों अर्थात् धनादि का, तीसरे से भाई का चौथे से सुख, बान्धव, भूमि तथा माता का, पाँचवें से स्वभाव, बान्धवों का विस्तार तथा पुत्र का, छठे भाव से जाति, शत्रु क्षयादि का, सातवें से प्रवास व स्त्री सुख का, आठवें से आधि, व्याधि, मरण तथा विनाश का, नवें से भाग्य, गुरु व धर्म का, दशवें से कार्य, जीविका, प्रताप, पुरुषार्थ और स्मृति का, ग्यारहवें से कीर्ति, क्षमा, बुद्धि, वर्षा, ऐश्वर्य और अर्थाप्ति का, ११वाँ व १२वाँ दूषित स्थान होता है इसलिये बारहवें से शरीर का विनाश और ११ से चिन्ता का ज्ञान करना चाहिये ॥ ९-१५ ॥

इस प्रकार बुद्धिमान् ज्योतिषी को बारह भावों से उक्त फल जान कर कहना चाहिये।

जिस भाव में पाप ग्रह हो उस भाव के फल का नाश तथा शुभग्रह जिस भाव में हो उस भाव के फल की वृद्धि होती है।

यदि शुभ व पाप दोनों हों तो शुभाशुभ दोनों फल उस भाव के होते हैं। ६।८।१२ भावों में शुभाशुभ ग्रह विपरीत फल दायक होते हैं।

मित्र राशि व उच्च राशि में पाप ग्रह शुभ फल देने वाला तथा सूर्य से छठे भाव में नीच राशि में शुभग्रह हो तो दूषित फल होता है ॥ १६-१८ ॥

एवमादिफलं सार्धं दशाफलमुदीरयेत्।
आत्मप्रभावशक्तिश्च पितृचिन्ता रवेःफलम् ॥ १९ ॥
मनो बुद्धिप्रसादेन मातृचिन्ता शशाङ्कतः।
भ्रातृसत्त्वं गुणं भूमिर्भौमेन तु विचिन्तयेत् ॥ २० ॥
वाणिज्यकर्मवृत्तिश्च बुधेन तु विचिन्तयेत्।
गुणा देहश्च पुष्टिश्च बुद्धिपुत्रार्थसंपदः ॥ २१ ॥
शुक्राद्विवाहकर्माणि भोगस्थानञ्च वाहनम्।
विदः स्त्रीजनगात्रेण शुक्रेणैव विचिन्तयेत् ॥ २२ ॥

बहुदीना ग्रहा ये स्युर्जन्मकाले नृणां यदा।
ग्रहोक्तफलभिन्नाः स्युर्विपरीतं शनेः फलम् ॥ २३ ॥
स्वेषु स्वाष्टकवर्गेण ग्रहोक्तफलमादिशेत्।
अष्टकवर्गादृते यस्मिन् दशाज्ञातुं न शक्यते ॥ २४ ॥
शुद्धावशिष्टं संस्थाप्य तत्तन्मानेन वर्जयेत्।

यथा—

रविः पिता शशी माता भ्राता भौमो बुधः सुहृत् ॥ २५ ॥
मातुलेयः स्मृतो जीवो ज्ञानपुण्ये स्त्रियः सितः।
एषामृक्षे च तत्कालमरणं कुरुते शनिः ॥ २६ ॥
आदित्यस्याष्टवर्गाणि निक्षिप्याकाशचारिषु।
अर्कस्थितस्य नवमो राशिः पितृगृहं स्मृतम् ॥ २७ ॥
चन्द्राच्चतुर्थतो मातृप्रसादज्ञानचिन्तनम्।
कुजाच्च विक्रमं धैर्यं भ्रातृचिन्ता तृतीयतः ॥ २८ ॥
बुधाच्चतुर्थे संचिन्त्य मातुलादिकमेव हि।
जीवात्पञ्चमतो ज्ञानं विद्यालिपिचिन्तनम् ॥ २९ ॥
शुक्रात् सप्तमतो नारी स्रक्चन्दनसुखादिकम्।
मन्दादष्टमतश्चायुः क्लेशाद्यन्तु विचिन्तयेत् ॥ ३० ॥
तद्राशिफलसङ्ख्यैश्च वर्द्धयेत्तत्तु पिण्डकम्।
सप्तविंशद्धृताच्छेषे नक्षत्रं याति भानुजः ॥ ३१ ॥
तस्मिन् काले पितृक्लेशो भविष्यति न संशयः।
तत्त्रिकोणगते वापि पिता पितृसमोऽपि वा ॥ ३२ ॥
मरणं तस्य जानीयाद्दशाछिद्रमुदीरयेत्।
चन्द्रलग्नाद्गुरुस्थानं याते सूर्यसुते यदि ॥ ३३ ॥
पित्रोर्नाशं तदा काले वीक्षिते वार्कसंयुते।
दशानुकूलकालेन योजयेत् कालवित्तमः ॥ ३४ ॥
लग्नात् सुखेशराशीशदशायाञ्च पितृक्षयः।
सुखनाथदशायां च बहुभ्रातृषु संश्रयः ॥ ३५ ॥
पितृजन्माष्टमे जातस्तदीशो लग्नगोऽपि वा।
तेनैव पितृकार्याणि कारयेन्नान्यथा युतः ॥ ३६ ॥
शुभेशे लाभलग्ने च चन्द्रलग्नाद्विशेषतः।
मित्रग्रहसमायुक्ते जाते पितृवशानुगः ॥ ३७ ॥
तेनैव पितृकार्येषु कर्मशेषं समापयेत्।
पितृजन्मतृतीयर्क्षे जातः पितृधनाश्रयः ॥ ३८ ॥

पितृजन्मगते जातः पितृतुल्यगुणान्वितः।
तदीशे लग्नसंस्थेऽपि पितृश्रेष्ठो भवेन्नरः॥ ३९॥
सूर्याष्टवर्गे यच्छून्यं मासं च वत्सरं प्रति।
विवाहव्यवहारादि मासेऽस्मिन् वर्जयेत्तदा॥ ४०॥
कलहादि च वक्तव्यं शून्यमासे च संहृतिम्।
एवमादिफलं ज्ञात्वा मासं प्रति समाचरेत्॥ ४१॥
संशोध्य पिण्डं सूर्यस्य रन्ध्रमानेन वर्द्धयेत्।
द्वादशैस्तु हृताच्छेषं मेषादि गुणयेत् पुनः॥ ४२॥
यस्मिन् मासे मृतिं विन्द्यात्तत्त्रिकोणमथापि वा।
सूर्यादि कलयत्वन्ये परतो भास्करे मृतिः॥ ४३॥

इति रवेः॥

इस प्रकार आदि फल के साथ दशा का फल कहना चाहिये।

अब आगे किस ग्रह के अष्टकवर्ग से किन किन विषयों का निर्णय करना चाहिये इसे कहते हैं।

सूर्य से—जीव की आत्मा, प्रभाव, शक्ति अर्थात् बल और पिता के शुभाशुभ का
चन्द्रमा से—मन, बुद्धि, प्रसन्नता तथा माता की शुभाशुभता का
भौम से—भाई, बल, गुण एवं भूमि का
बुध से—व्यापार, कार्य और आजीविका का
गुरु से—गुण, शरीर, स्थूलता, बुद्धि, पुत्र तथा धनादि संपत्ति का
शुक्र से—विवाह, कार्य, भोग स्थान, सवारी एवं स्त्री के शरीरादि का

जीवों के जन्मकाल में जो ग्रह बड़ा हीन होता है, उसका पूर्वोक्त फल से भिन्न फल होता है। तथा शनि का फल विपरीत रीति से जानना चाहिये॥ १९-२३॥

अपने-अपने अष्टक वर्गो में स्वकीय फल ग्रह देते हैं। इसलिये प्रत्येक अष्टकवर्ग से फल को जानकर कहना चाहिये। अष्टक वर्ग के विना दशा जानना असम्भव होता है। अतः शुद्ध अवशिष्ट दशा की स्थापना करके उनके मानों के आधार पर शुद्धावशिष्ट को घटा कर दशा का भोग्यकाल जानना चाहिये॥ २४-२४½॥

जन्मपत्री में सूर्य पिता, चन्द्रमा माता, भौम भाई, बुध मित्र, गुरु मामा, ज्ञान व पुण्य और शुक्र स्त्री होता है। इनके नक्षत्र में शनि हो तो तत्काल ही इनका मरण होता है॥ २४½-२६॥

सूर्य के अष्टक वर्ग में ग्रहों की स्थापना करके सूर्य से नवम राशि पिता का घर होता है और चन्द्रमा के अष्टकवर्ग में चन्द्रमा से चौथी राशि माता, प्रसन्नता, ज्ञान की चिन्ता का स्थान, इसी प्रकार भौम से तीसरी राशि वश पराक्रम, धैर्य और भाई का, बुध से चौथी राशि से मामा आदि का, गुरु से पाँचवीं राशि वश ज्ञान, विद्या, लिपि चिन्तन का, शुक्र से सातवे राशि से स्त्री, माला, चन्दन और सुखादि का तथा शनि

अष्टक वर्ग में शनि से अष्टम में जो राशि हो उससे आयु और क्लेशादि का ज्ञान करना चाहिये।

पूर्वोक्त राशियों में जो फल संख्या हो उससे उसके पिण्ड को गुना करके सत्ताईस का भाग देने पर जो शेष हो उस उस संख्या वाले नक्षत्र में जब शनि होता है तब पिता को कष्ट होता है इसमें सन्देह नहीं है।

अथवा उस नक्षत्र से पाँचवें या नवें नक्षत्र में पिता या जातक के पिता समान व्यक्ति को कष्ट होता है ।। २६-३२ ।।

यदि चन्द्रमा से नवम स्थान में शनि हो तो उसकी दशा दूषित होने से जातक का मरण होता है। पूर्वोक्त शनि, सूर्य से दृष्ट या युक्त हो तो पिता का विनाश होता है। यदि अनुकूल दशा हो तो कालवेत्ता ज्योतिषी को पितादि का शुभ कहना चाहिये ।। ३३-३४ ।।

लग्न से चतुर्थेश व राशीश की दशा में पिता का विनाश और सुखेश की दशा में अधिक भाईयों में संश्रय होता है ।। ३५ ।।

यदि जन्माऽङ्ग से पिता की लग्न से आठवीं लग्न हो या अष्टमेश लग्न में हो तो पिता के समान कार्य करने वाला होता है। इसके विपरीत में उक्त कार्यों से हीन होता है ।। ३६ ।।

यदि जन्माऽङ्ग में विशेषकर चन्द्रलग्न से सुखेश ग्यारहवें भाव में मित्र ग्रह से युक्त हो तो जातक पिता के वश में रहकर पीछे चलने वाला तथा पिता के अवशिष्ट कार्यों की पूर्ति करने वाला होता है।

यदि पिता की लग्न से तीसरी लग्न में जन्म हो तो पिता के धन का आश्रयी होता है ।। ३७-३८ ।।

यदि पिता की लग्न में जातक का जन्म हो तो वह पिता के समान गुणों से युक्त, यदि पिता की लग्न का स्वामी लग्न में हो तो जातक पिता से श्रेष्ठ होता है ।। ३९ ।।

सूर्याष्टक वर्ग में जिस राशि में शून्य फल हो उस मास तथा वर्ष में विवाह व्यवहार आदि का त्याग करना चाहिये। अर्थात् उस राशि की संक्रान्ति वाले मास में शुभ कार्य नहीं करना चाहिये। एवं शून्य मास में शरीर भग्न कलहादि को कहना चाहिये।

इस प्रकार अष्टक वर्ग के आधार पर मास का फल जानना चाहिये ।। ४०-४१ ।।

सूर्य के पिण्ड का संशोधन करके अष्टमस्थ फल से उस पिण्ड को गुना करके फिर मेषादि से गुना कर बारह से भाग देकर जो मेषादि शेष हो उस मास में या उस राशि से पाँचवीं या नवीं राशि के मास में मरण सूर्याष्टक वर्ग के आधार पर जानना चाहिये।

अन्य लोगों का कहना है कि इस मास से बारह मास व्यतीत होने पर मरण होता है ।। ४२-४३ ।।

इस प्रकार सूर्याष्टकवर्ग के आधार पर फल समाप्त हुआ ।। १-४३ ।।

चन्द्राच्चतुर्थतो मातुः प्रासादग्रामचिन्तनम्।
चन्द्राष्टवर्गे निक्षिप्य शून्यराशिगते विधौ ॥ १ ॥
तान्नृक्षान् संपरित्यज्य शुभकर्माणि कारयेत्।
चन्द्राष्टमेशनक्षत्रत्रितयेषु विशेषतः ॥ २ ॥
आयासव्याधिदुःखानि लभते नात्र संशयः।
चन्द्रात्सुखफलैः पिण्डं वर्द्धयेच्छोध्यपूर्ववत् ॥ ३ ॥
शेषर्क्षे च शनौ याते मातृहानिं विनिर्दिशेत्।
तत्त्रिकोणेषु वा केचिद् दशाछिद्रेषु कल्पयेत् ॥ ४ ॥
चन्द्रलग्नात् सुतस्थाने वर्तते भास्करात्मजः।
दृश्यते वा तयोः स्थानं पूर्वोक्तं कालमादिशेत् ॥ ५ ॥
तदभावे स्वयं मृत्युर्देशान्तरगतिश्च वा।
चन्द्रात् सुखाष्टमेशांशे त्रिकोणे दिवसाधिपे ॥ ६ ॥
मातुर्वियोगमस्तीति निर्दिशेल्लग्नतः पितुः।
पितृभान्मातृचिन्तायां भास्करादि प्रकल्पयेत् ॥ ७ ॥

इति चन्द्रस्य।

अब आगे चन्द्रमा के अष्टकवर्ग द्वारा फल को बताते हैं।

चन्द्राष्टक वर्ग में चन्द्रमा के चौथे स्थान से माता, मकान और गांव का विचार करना चाहिये।

चन्द्रमा के अष्टक वर्ग में ग्रहों का न्यास करके यह देखना चाहिये कि किस राशि में शून्य फल है। जिस राशि में फलाभाव हो तो उस राशि में चन्द्रमा के रहने पर कोई भी शुभ कार्य नहीं करना चाहिये तथा अष्टमस्थ या अष्टमेश की राशि वाले नक्षत्रों में विशेषकर परिश्रम, रोग और दुःख जातक प्राप्त करता है। इसमें संदेह नहीं है।

चन्द्रमाष्टक वर्ग से माता के कष्ट का विचार इस प्रकार होता है कि चन्द्रमा से चौथे स्थान में जितनी रेखाओं की संख्या हो उसे चन्द्रमा के योग पिण्ड से गुना करके और २७ से भाग देकर शेष तुल्य संख्यक नक्षत्र में या उस नक्षत्र से पाँचवें या नवें नक्षत्र में गोचरीय शनि के जाने पर माता को कष्ट या हानि होती है।

यदि चन्द्र लग्न से पाँचवें स्थान में शनि हो या शनि इन दोनों को देखता हो तो पूर्वोक्त काल में माता का निधन होता है।

पूर्वोक्त के अभाव में स्वयं देशान्तर में मृत्यु प्राप्त करता है। यदि चन्द्रमा से चौथे अष्टमेश के नवांश में सूर्य हो या मूल त्रिकोण में हो तो माता का वियोग होता है।

पिता की लग्न व राशि से भी माता के विचार में सूर्यादि ग्रहवश माता के शुभाशुभ का ज्ञान करना चाहिये ॥ १-७ ॥

इस प्रकार चन्द्रमा के अष्टकवर्ग का फल समाप्त हुआ ॥ १-७ ॥

अथ भौमाष्टकवर्गे हरणपूर्णं विना केवलत्रिकोशाशोधनेन फलम्।

अङ्गाराष्टकवर्गे च निक्षिप्याकाशचारिषु।
त्रिकोणशोधनं कृत्वा भूयस्यो यत्र रेखिकाः॥ १॥
तत्र भूमिञ्च भार्याञ्च धनं गेहं विचिन्तयेत्।
वैपरीत्ये तु तत्रैव वस्त्रहानिं विनिर्दिशेत्॥ २॥

अथ केवलैकाधिपत्यशोधने भौमफलम्—

एकाधित्यं संशोध्य फलं यत्र न लभ्यते।
तत्र भूम्यादिनाशः स्याद्देवशालः प्रभाषते॥ १॥
फलानि यत्र भूयांसि सर्वेभ्यस्तत्र तत्र च।
भौमाष्टवर्गे संचिन्त्य भ्रातृसंपत्तथैव च॥ २॥
भौमोऽपि बलहीनश्चेद्दीर्घायुर्भ्रातृगे भवेत्।

इति भौमस्य।

अब आगे भौमाष्टक वर्ग से पूर्ण हरण के विना केवल त्रिकोण शोधन से फल को कहते हैं।

भौम के अष्टकवर्ग में ग्रहों का न्यास करके उनके आधार पर पूर्वोक्त रीति से समस्त राशियों में रेखाओं का ज्ञान करके पुनः त्रिकोण शोधन करके देखना चाहिये कि किस राशि में सर्वाधिक रेखा हैं। जिस राशि में अधिक हों उसमें गोचरीय मङ्गल के जाने पर भूमि, स्त्री, धन, घर की प्राप्ति होती है और शून्य रेखास्थ राशि में उक्त वस्तुओं की व वस्त्र की हानि होती है॥ १-२॥

अब आगे केवल एकाधिपत्य शोधन से फल को बताते हैं।

भौमाष्टक वर्ग में जिस राशि में एकाधिपत्य शोधन का फल शून्य हो वहाँ गोचरीय भौम के जाने पर देवशाल जी का कहना है कि भूमि आदि का नाश होता है॥ १॥

जिस राशि में सर्वाधिक फल हो उसमें भौम के जाने पर भाई से धन प्राप्त होता है। यदि तीसरे भाव में बलहीन भी भौम हो तो जातक दीर्घायु होता है॥ १-२॥

इस प्रकार भौमाष्टकवर्ग का फल समाप्त हुआ॥ १-२॥

अथ बुधस्य।

त्रिकोणैकाधिपत्यादि पूर्वोक्तविधिना बुधः।
बुधात्तुर्यं कुटुम्बं च धनमित्रादिमातुलाः॥ १॥
तत्पञ्चमे मन्त्रविद्यां लिपिबुद्ध्यादिचिन्तयेत्।
बुधाष्टवर्गं संशोध्य शेषराशिगते शनिः॥ २॥
पुत्रमित्रविनाशादीन् लभते नाऽत्र संशयः।

इति बुधस्य।

अब आगे बुधाष्टक वर्ग के आधार पर फल को कहते हैं।

बुध के अष्टक वर्ग में पूर्वोक्त रीति से त्रिकोण शोधन व एकाधित्य शोधन करके बुध से चतुर्थ व द्वितीय स्थान से धन मित्र, मामा आदि का विचार तथा पञ्चम स्थान से मन्त्र विद्या, लिपि व बुद्धि आदि का ज्ञान करना चाहिये। जिस राशि में एकाधिपत्य शोधन के फल का अभाव हो उस राशि में गोचरीय शनि के जाने पर पुत्रमित्रादि का विनाश अवश्य होता है ॥ १–२ ॥

इस प्रकार बुध के अष्टक वर्ग का फल समाप्त हुआ ॥ १–२ ॥

अथ गुरोरष्टकवर्गः—

अथ शोधनं विनैव गुरोः केवलाष्टकवर्गे फलम्।

गुरोरष्टकवर्गेषु सन्तानमपि कल्पयेत्।
गुरोः स्थितः शुभस्थाने यावता विद्यते फलम् ॥ १ ॥
शत्रुनीचगृहं त्यक्त्वा तावन्तश्च सुताः स्मृताः।
गुरुस्तुङ्गसुतस्थाने यदि स्यात् त्रिगुणं तदा ॥ २ ॥
स्वर्क्षमूलत्रिकोणे वा यदि स्याद् द्विगुणं तदा।
शुभदृष्टे च तत्रैव बुद्धिः स्यात् कथितादपि ॥ ३ ॥
यावदोजर्क्षभागाश्च तावन्तः पुरुषा मताः।
यावन्तो युग्मभागाश्च तावन्त्यस्तत्र कन्यकाः ॥ ४ ॥
गुरोरष्टकवर्गेषु सुतराशौ त्रिकं फलम्।
यस्याल्पतनयः स स्याद्देवशालः प्रभाषते ॥ ५ ॥
संख्यानवांशतुल्याश्च तदीशस्याथ वा पुनः।
सुतभेशस्तु संयुक्ते फलमानं विनिर्दिशेत् ॥ ६ ॥
गुरोरष्टकवर्गेषु शोध्यशेषफलानि च।
क्रूरस्थितफलं त्यक्त्वा शेषास्तस्यात्मजा स्थिताः ॥ ७ ॥
व्ययाष्टमगतैः पापैः क्षीणार्थो हीनसन्ततिः।
गुरोरष्टकवर्गेषु सुतराशिस्थितं समम् ॥ ८ ॥
अल्पात्मजः सविज्ञेयो गुरौ पञ्चमगेऽपि वा।
तदीशयोगदृष्टे तु तदा पुत्रान् समादिशेत् ॥ ९ ॥
एतैर्बहुप्रकारैस्तु कल्पयेत् कालवेदिभिः।
बहुलक्षणसंयोगे दशास्तस्मिन् समादिशेत् ॥ १० ॥

इति गुरोरष्टकवर्गः।

अब आगे शोधन के विना गुरु के अष्टक वर्ग से फल को कहते हैं।

गुरु के अष्टक वर्ग से सन्तान के लाभालाभ का विचार करना चाहिये। गुरु से पञ्चम स्थान में गुरु की नीच, शत्रु राशि को छोड़ कर जितनी रेखायें हों उतने पुत्र जातक प्राप्त करता है।

यदि गुरु से पञ्चम में गुरु की उच्च राशि हो तो फल रेखाओं को तीन से गुना करके, यदि अपनी राशि या मूल त्रिकोण राशि हो तो २ से गुना करके सन्तान का ज्ञान करना चाहिये। यदि पञ्चम भाव शुभ ग्रह से दृष्ट हो तो पूर्वोक्त रीति से जातक की बुद्धि का ज्ञान भी करना चाहिये।

पञ्चम भाव में जितने पुरुष ग्रह के नवांश हों उतने पुत्र और स्त्री ग्रह के जितने नवांश हों उतनी कन्या जानना चाहिये।

यदि गुरु के अष्टक वर्ग में पञ्चम भाव में तीन रेखा हों तो देवशालजी का कहना है कि जातक अल्प पुत्रों से युक्त होता है।

अथवा पञ्चम भावस्थ नवांश संख्या के समान या सुतेश की नवांश संख्या के तुल्य अथवा सुतेश जितनी फल संख्या से युक्त हो तो उतनी संख्या के समान जातक संतान से युक्त होता है।

गुरु के अष्टक वर्ग में क्रूर स्थित फल को छोड़ कर जो शोधित फल हो उसके समान सन्तति कहना चाहिये।

यदि १२।८। में पाप ग्रह हों तो जातक क्षीण धन व हीन सन्तति वाला होता है।

गुरु के अष्टक वर्ग में पञ्चमस्थ फल के समान या गुरु पञ्चम में हो तो पञ्चमस्थ फल के तुल्य अल्प सन्तान वाला होता है।

यदि पञ्चमेश से दृष्ट युक्त हो तो अधिक पुत्र वाला होता है।

इस प्रकार अनेक रीति से कालवेत्ता ज्योतिषी को निर्णय करके जिसकी अधिकता हो वह फल उक्त ग्रह की दशा में कहना चाहिये ॥ १–१० ॥

बृहत्पाराशर में भी कहा है—'जीवात् पञ्चमतो ज्ञानं धर्मं पुत्रश्च चिन्तयेत्। तस्मिन् फलाधिके राशौ सन्तानस्य सुखं दिशेत्। बृहस्पतेः सुतस्थाने फलं यत्संख्यकं भवेत्। शत्रुनीचगृहं त्यक्त्वा तावती सन्ततिर्ध्रुवा। सुतभेशनवांशैश्च तुल्या वा सन्ततिर्भवेत्'

(७० अ० ३०–३१ श्लो०) ॥ १–१० ॥

इस प्रकार गुरु के अष्टक वर्ग का फल समाप्त हुआ ॥ १–१० ॥

अथ शुक्राष्टकवर्गः।

भृगोरष्टकवर्गञ्च निक्षिप्याकाशराशिषु (चारिषु)
त्रिकोणशोधनं कृत्वा पश्चादेकाधिपत्यताम् ॥ १ ॥
तेषु तेषु फलानि स्युर्विशेषाणि च तत्र हि।
भूमिं कलत्रवित्तं च तद्दशा निर्दिशेन्नृणाम् ॥ २ ॥
शुक्रयामित्रतो लब्धिर्दारेशान्वितदिग्भवे।
स्वक्षेत्रे स्वोच्चगे वापि स्वमित्रर्क्षगतेऽपि वा ॥ ३ ॥
स्वमित्रांशगते वापि वक्तव्यं दारलक्षणम्।
दाराधिपस्थितक्षेत्रदारजन्मर्क्षसंविदुः ॥ ४ ॥

तस्योच्चे नीचराशौ च किञ्चिदिच्छन्ति तद्विदः ।
तस्यांशकत्रिकोणे वा भार्याया जन्मभं वदेत् ॥ ५ ॥
लग्नेन्द्वोर्भाग्यभं जन्म वदन्ति मुनिसत्तमाः ।
उक्तप्रकारमार्गेण भार्याया लग्नसंभवः ॥ ६ ॥
तयोः समागर्क्षन्तु कल्पयेदत्र बुद्धिमान् ।
अनुक्तराशिजन्मर्क्षे अस्तिके नास्ति सन्ततिः ॥ ७ ॥
भाग्यं दारेशयुक्तर्क्षे फलसंख्यास्त्रियो विदुः ।
क्षेत्रस्त्रीग्रहणं साम्यं नृपस्य द्विगुणस्तथा ॥ ८ ॥
मन्दांशे मन्दसंयुक्ते मन्दक्षेत्रेऽथवा भृगौ ।
नीचांशे पापसंयुक्ते नीचस्त्रीभोगमिच्छति ॥ ९ ॥
यामित्रे मन्दभौमांशे तदीशे मन्दभौमगे ।
वेश्या वा जारिणी वापि तस्य भार्या न संशयः ॥ १० ॥
पापरूढांशगे चन्द्रे यामित्रे व्ययगेऽपि वा ।
पापग्रहान्विते शुक्रे स्त्रीहेतोः शुचिमावहेत् ॥ ११ ॥
शुक्रांशकसमानास्त्री वर्णरूपगुणैर्युता ।
भवेच्छशाङ्कतुल्या च दारेशस्य गुणान्वितः ॥ १२ ॥
शेषं बलाबलत्वेन भर्याया लक्षणं वदेत् ।
एवमादिफलं ज्ञात्वा निर्दिशेच्छुक्रवर्गतः ॥ १३ ॥

इति शुक्राष्टकवर्गः ।

अब आगे शुक्राष्टक वर्ग के फल को बतलाते हैं ।

शुक्राष्टक वर्ग में १२ राशियों का न्यास करके ग्रहों के आधार पर राशियों में रेखाओं को जानकर उनसे त्रिकोण शोधन व एकाधित्य शोधन करना चाहिये । जिन-जिन राशियों में अधिक फल रेखा हों उनसे भूमि, स्त्री, धन की दशा का अर्थात् स्थिति का ज्ञान करना चाहिये ।

शुक्र से सप्तम स्थान जो हो उससे स्त्री प्राप्ति का ज्ञान तथा स्त्री किस दिशा से मिलेगी इसका विचार सप्तमेश से युक्त ग्रह की दिशा से करना चाहिये ।

सप्तमेश की स्थितिवश स्त्री के लक्षण का ज्ञान अर्थात् अपने घर में या उच्च में या मित्र की राशि में या मित्र के नवांश में सप्तमेश हो तो तत्तत् स्वभाव वाली स्त्री का ज्ञान करना चाहिये ।

सप्तमेश जिस राशि में हो वह स्त्री की राशि होती है । यदि उच्च या नीच राशि में सप्तमेश हो तो ज्योतिष शास्त्रवेत्ता इसकी सम्भावना अल्प ही करते हैं ।

अथवा सप्तमेश जिस राशि के नवांश में हो उस राशि से पाँचवीं या नवीं राशि स्त्री की जन्म राशि होती है ।

लग्न व चन्द्रमा से नवम राशि स्त्री की लग्न राशि होती है। उन दोनों की अर्थात् स्त्री पुरुषों की राशि ज्ञान होने पर बुद्धिमान् ज्योतिषी को उनके समागम की राशि का ज्ञान करना चाहिये।

यदि अनुक्त राशि में समागम होता है तो सन्तति का अभाव होता है।

सप्तमेश से युक्त राशि में जो फल संख्या हो या भाग्य भाव में जो संख्या हो उस क्षेत्र अर्थात् राशि के समान स्वरूप वाली स्त्री प्राप्ति होती है। राजा की कुण्डली में फल संख्या को दो से गुना करके स्त्री संख्या समझना चाहिये ॥ १-८ ॥

यदि कुण्डली में शुक्र, शनि के नवांश में या शनि की राशि में शनि से युक्त हो वा नीच के नवांश में पापग्रह से युक्त हो तो जातक नीच स्त्री भोग की इच्छा करने वाला होता है ॥ ९ ॥

यदि सप्तम भाव में शनि या मङ्गल का नवांश हो तथा सप्तमेश शनि भौम की राशि में हो तो जातक की स्त्री अवश्य ही वेश्या या छिनार होती है ॥ १० ॥

यदि कुण्डली में पापग्रह के नवांश में चन्द्रमा सातवें या बारहवें हो तथा शुक्र पाप ग्रह से युक्त हो तो जातक स्त्री के निमित्त पवित्रता धारण कर्ता होता है ॥ ११ ॥

कुण्डली में शुक्र जिस के नवांश में होता है उस ग्रह के समान वर्ण, रूप व गुण से युक्त या चन्द्रमा की स्थिति वश या सप्तमेश के स्वरूप तुल्य स्त्री का लाभ होता है ॥ १२ ॥

अवशिष्ट स्त्री लक्षणों का ज्ञान बलाबल के विवेचन से करना चाहिये। इस रीति से शुक्राष्टकवर्ग से फल जान कर आदेश करना चाहिये ॥ १३ ॥

बृहत्पाराशर में कहा है 'शुक्रस्याष्टकवर्गं च निक्षिप्याकाशचारिषु। यत्र तत्र फलानि स्युर्भूयांसि किल तत्र तु। वित्तं कलत्रं भूमिं च तत्तद्देशाद्विनिर्दिशेत्। शुक्राज्जामित्रतो दारलब्धिश्चिन्त्या विचक्षणैः' (७० अ० ३४ ३५ श्लो०) ॥ १-१३ ॥

इस प्रकार शुक्राष्टकवर्ग का फल समाप्त हुआ ॥ १-१३ ॥

अथ शनेरष्टकवर्गः।

शनैश्चरायुरेकं स्यादायुर्दायं विधीयते।
शनेरष्टकवर्गं च निक्षिप्याकाशचारिषु ॥ १ ॥
लग्नात् प्रभृतिमन्दानां फलान्येकत्र कारयेत्।
मन्दादिलग्नपर्यन्तं फलान्येकत्र कारयेत् ॥ २ ॥
तयोः फलसमाब्देन व्याधिं तस्य विनिर्दिशेत्।
तयोर्योगसमाब्दन्तु मृत्युयोगं प्रचक्षते ॥ ३ ॥
शोध्यादिगुणनं कृत्वा पिण्डं संस्थाप्य यत्नतः।
अष्टमस्य फलैर्हत्वा सप्तविंशतिभाजितम् ॥ ४ ॥

शतादूर्ध्वं भवति शतमेवं त्यजेच्छेषमायुपिण्डः।
आयुः पिण्डं विजानीयात् प्राग्वद्वेलान्तु कल्पयेत् ॥ ५ ॥
तदा छिद्रसमायोगो मृत्युरेव न संशयः।
षष्ठाष्टमव्ययेशानां स्फुटयोगगते शनौ ॥ ६ ॥
मृतिं तत्र विजानीयत्तत्त्रिकोणमथापि वा।
राहोर्गुरोः स्फुटं राशियोगजाते गुरौ तथा ॥ ७ ॥
तदैव निधनं विद्यात्तत्त्रिकोणगतेऽथवा।
मन्दाष्टवर्गराशीनां हीनराशौ क्षयं भवेत् ॥ ८ ॥
तद्गते भास्करे मन्दे तस्मिन् काले मृतिं वदेत्।

अब आगे शनि के अष्टक वर्ग से फल को बताते हैं।

शनि के अष्टक वर्ग में ग्रहों की स्थापना करके उनसे रेखाओं को जानकर इससे आयु का ज्ञान करना चाहिये।

लग्न से शनि तक फल रेखाओं का योग करके तथा शनि से लग्न तक राशियों के फल को एकत्रित करके जो योग संख्या दोनों की हो उन-उन वर्ष में जातक रोगी होता है। तथा दोनों के योग तुल्य वर्ष में मरण होता है।

राशि व ग्रह ध्रुवाङ्क से राशिस्थ फल रेखाओं को गुना करके योग पिण्ड बनाकर उस योग पिण्ड को अष्टमस्थ फल से गुना करके सत्ताईस से भाग देकर यदि लब्धि १०० से अधिक हो तो उसमें १०० घटाकर ग्रहण करना चाहिये। शेष को १२ से गुना कर २७ का भाग देने पर लब्धि मास तथा शेष को पूर्वोक्त रीति से गुना करके दिन घटी आदि का ज्ञान करना चाहिये। यही आयु का पिण्ड होता है। यदि गोचरीय शनि इस अवस्था में शून्य राशि फल में हो तो अवश्य ही जातक का निधन होता है।

६, ८। १२ के स्वामी जिस राशि में जितने फल से युक्त हों उन सबके योग तुल्य राशि में या योग तुल्य राशि से पाँचवीं या नवीं राशि में शनि के जाने पर जातक का मरण होता है।

अथवा राहु व गुरु जिस राशि में हों उनके फल योग तुल्य राशि में या इससे पाँचवीं या नवीं राशि में गुरु के गोचरीय सञ्चार से निधन जातक का होता है।

शनि के अष्टक वर्ग में जिस राशि में शून्य फल हो उसमें सूर्य के जाने पर क्षय और शनि की स्थिति से मरण होता है ॥ १-८ ॥

बृहत्पाराशर में कहा है--'शनैश्चराश्रितस्थानादष्टमं मृत्युमं स्मृतम्। तदेव चायुषस्थानं तस्मादायुर्विचिन्तयेत्। लग्नात् प्रभृति मन्दान्तं फलान्येकत्र कारयेत्। तद्योगफलतुल्याऽब्दे व्याधिं वैरं समादिशेत्। एवं मन्दादिलग्नान्तं फलान्येकत्र योजयेत्। तत्तुल्यवर्षे जातस्य तस्य व्याधिभयं वदेत्। द्वयोर्योगसमे वर्षे कष्टं मृत्युसमं दिशेत्। दशारिष्टसमायोगे मृत्युरेव न संशयः। पिण्डं संस्थाप्य गुणयेत् शनेरष्टमगैः फलैः। सप्तविंशतिहृच्छेषतुल्यमृक्षं गते शनौ' (७० अ० ३७-४१ श्लो० ॥ १-८ ॥

इस प्रकार शनि के अष्टक वर्ग का फल समाप्त हुआ ॥ १-८ ॥

सर्वाष्टकवर्गफलैर्विनियुज्य क्रमाद्यदि ।
गण्यते शुभाशुभं तत्र जन्मादिफलमादिशेत् ॥ १ ॥

स मेषदशांशमीक्ष्य यात्राविवाहसमये बहुभव्ययुक्तः ।

सर्वकर्मफलोपेतं (मष्ट) सप्तवर्गकमुच्यते ।
अन्यथा फलविज्ञेयं दुर्जयं गुणदोषजम् ॥ २ ॥
त्रिंशाधिकफला ये स्यू राशयस्ते शुभप्रदाः ।
त्रिंशान्तं पिण्डविंशादि राशयो मध्यमाः स्मृताः ॥ ३ ॥
अतिक्षीणा राशयो ये ते अरिष्टफलप्रदाः ।
श्रेष्ठराशिषु कर्माणि शुभकार्याणि कारयेत् ॥ ४ ॥
कष्टराशिमुहूर्तेषु वर्जयेन् मतिमान्नरः ।
मध्यात् फलाधिकं लाभं मध्यात् क्षीणं फलं च यत् ॥ ६ ॥
यस्य यस्याधिकं लग्नं भोगवानर्थवान् हि सः ।
विपरीतेन दारिद्रयं भवतीति न संशयः ॥ ७ ॥
लग्ने यावत् फलानि स्युस्तावद्वर्षं शुभं वदेत् ।
मूर्त्यादिव्ययपर्यन्तं तत्तद्बिन्दुफलं वदेत् ॥ ८ ॥
अधिके शोभनं विन्द्यात् क्षीणे हीनञ्च मृत्यवे ।
मध्यमे मध्यमं याति विचार्य भावसम्मतम् ॥ ९ ॥
षष्ठाष्टव्ययभावं च त्यक्त्वा चैवं प्रकल्पना ।
मीनादिर्मिथुनान्तं च प्रथमं खण्डमिष्यते ॥ १० ॥
कर्कादि तौलिनं व्याप्य द्वितीयं खण्डमिष्यते ।
वृश्चिकादिघटान्तं च तृतीयं खण्डमुच्यते ॥ ११ ॥
यत्र खण्डेऽतिका रेखा शुभदं तत् प्रकीर्तितम् ।
यत्र हीना न तद्भद्रं देवशालः प्रभाषते ॥ १२ ॥
पापग्रहसमारूढं खण्डं क्लेशकरं स्मृतम् ।
सौम्ये पुष्टफलं ज्ञेयं मिश्रैर्मिश्रफलं वदेत् ॥ १३ ॥
खण्डत्रयफलं ज्ञात्वा दशाफलमुदीरयेत् ।

अथ प्रकारान्तरम् ।

महाष्टकवर्गचक्रे च निक्षिपेज्जन्मखेचरान् ॥ १४ ॥
लग्नात् प्रभृतिमन्दान्तमेकीकृत्य फलानि वै ।
सप्तभिर्गुणयेत् पश्चात् सप्तविंशहृतात् फलम् ॥ १५ ॥
तत्समानगते काले दुःखं वा रोगमादिशेत् ।
चन्द्रात् प्रभृतिलग्नान्तमेवमेव प्रकल्पयेत् ॥ १६ ॥

भौमाच्च लग्नपर्यन्तमेकीकृत्य तु बिन्दवः।
पूर्ववद्गणितं कृत्वा वर्षमेव प्रकल्पयेत् ॥ १७॥
तद्वर्षे पापसंयुक्ते व्याधिमृत्युभयं भवेत्।
लग्नात् सौम्यान्त एवायं दोषः पापदशा यदि ॥ १८॥
सौम्यग्रहदशायान्तु नानासौभाग्यमाप्नुयात्।
राहुभौमार्कसंयोगे यथासंख्यं पृथक् पृथक् ॥ १९॥
विषशस्त्रक्षतादीनि समानाब्देन संशयः।

अथ मरणे मासज्ञानम्—

मन्दान्मन्दाष्टमाधीशपर्यन्तं यः फलोच्चयः ॥ २०॥
तेन संगुणयेद्धीमानष्टमस्थफलानि वै।
द्वादशांशककृताच्छेषं यत्तद्राशिगते रवौ ॥ २१॥
मृत्युं तत्र विजानीयात् तत् त्रिकोणमथापि वा।
एवमेव विजानीयात् पितृमातृगृहादिषु ॥ २२॥
लग्नादष्टमपाद्वापि सर्वमेतद्विचारयेत्।
अर्कस्फुटकलाः स्थाप्यः राहोः स्फुटकलाहताः ॥ २३॥
चक्रलिप्ताहृताल्लब्धं योजयेद्भास्करे स्फुटे।
तादृशे भास्करे यस्मिन् तस्मिन् मासे मृतिं वदेत् ॥ २४॥
तत्त्रिकोणगते वापि निधनं तत्र निर्दिशेत्।
अष्टमाधिपतिर्नीचे चन्द्रे षष्ठाष्टमेऽपि वा ॥ २५॥
लग्नाष्टमेऽरिसंस्थस्य तन्मासे मरणं वदेत्।

अथ निधनचन्द्रज्ञानम्—

अष्टमेशे त्रिकोणस्थे चन्द्रे च निधनं वदेत् ॥ २६॥
जन्मलग्नांशकाच्चन्द्रनवांशादथ वापि वा।
राहौ चतुः षष्टिमिते निधनञ्च विनिर्दिशेत् ॥ २७॥
जन्मलग्नाष्टमे राशौ जन्मलग्नोदयेऽपि वा।
लग्ननीचोदये वापि तेषां शुद्धोदये मृतिः ॥ २८॥

इत्यष्टकवर्गविचारः।

अब आगे सर्वाष्टक वर्ग के आधार पर शुभाशुभ फल को बताते हैं।

जिस जातक का सर्वाष्टक वर्ग बनाना हो उसकी कुण्डली के आधार पर सूर्यादि सात ग्रह व लग्न के द्वारा पूर्वोक्त रीति से आठों के अष्टकवर्ग बनाकर आठों में मेष राशि में जितनी रेखा हों उनको जोड़कर मेष में और वृष की रेखाओं का योग वृष में, इसी प्रकार आठों अष्टकवर्गों से बारह राशियों की रेखाओं को जोड़कर राशियों में

न्यास करने से सर्वाष्टक वर्ग चक्र बनता है। इसमें ३० से अधिक राशि रेखा वाली राशि में यात्रा विवाहादि करने से अधिक सफलता मिलती है।

अष्टक वर्ग से फलित ज्योतिष देखने का प्रकार बहुत उत्तम है। अर्थात् अष्टक वर्ग से शुद्ध शुभ फल राशि में समस्त कार्यों को करना चाहिये। कहा है 'अष्टकवर्गेण ये शुद्धास्ते शुद्धाः सर्वकर्मसु। सूक्ष्माष्टवर्गसंशुद्धिः'।

यदि अष्टकवर्ग का ज्ञान नहीं है तो शुभाशुभ फल ज्ञान जीतने के अयोग्य व गुण भी दोषजन्य होते हैं।

सारांश—विना अष्टक वर्ग के वास्तविक फल का ज्ञान नहीं हो सकता है। फलदीपिका में इसका पाठान्तर इस प्रकार से है 'सर्वकर्मफलोपेतुमष्टवर्गकमुच्यते। अन्यथा बलविज्ञानं दुर्ज्ञेयं गुणदोषजम्' (२४ अ० ३६ श्लो०)।

विना अष्टक वर्ग के ग्रहों, राशियों तथा भावों के—या बली है या निर्बल ग्रह यह जानने का कोई इससे अन्य सरल उपाय नहीं है॥ १–२॥

जिन राशियों में ३० से अधिक रेखा हों वे राशियां उत्तम शुभ फल देने वाली होती हैं। जिनमें २०–३० तक रेखा हों वे मध्यम फलदायक होती हैं॥ ३॥

विशेष—यहां पुस्तक में 'त्रिशाधिकफले' यह पाठ है।

बृहत्पाराशर में 'त्रिशाधिकफला ये स्यू राशयस्ते शुभप्रदाः। पञ्चविंशादित्रिशान्तफला मध्यफलाः स्मृताः' यह है। (७२ अ० ३ श्लो०)॥ ३॥

तथा फलदीपिका में 'त्रिशाधिकफला ये स्यू राशयस्ते शुभप्रदाः। पञ्चविंशात्परं मध्यं कष्टं तस्मादधः फलम्' (२४ अ० ३७ श्लो०) इस प्रकार है॥ ३॥

अल्प फल रेखा वाली राशियां अरिष्ट फल अर्थात् दूषित फल देने वाली होती हैं।

श्रेष्ठ फल वाली राशियों में शुभ कार्य का आदेश बुद्धिमान् को देना चाहिये॥४॥

विशेष—बृहत्पाराशर में 'अतः क्षीणफला ये ते राशयः कष्टदुःखदा। शुभे श्रेष्ठफलान् राशीन् योजयेन्मतिमान्नरः' (७२ अ० ४ श्लो०) यह पाठान्तर है॥ ४॥

उत्तम राशियों में ही मुहर्तादि शुभ कार्य करना चाहिये। क्योंकि जन्म के समय ग्रहों के प्रभाव से ही अष्टकवर्ग जाना जाता है। तथा इन्हीं का प्रभाव मनुष्य पर पड़ता है॥ ५॥

बृहत्पाराशर में यह इस प्रकार से है 'कष्टराशीन् सुकार्येषु वर्जयेद् द्विजसत्तम। श्रेष्ठराशिगतः खेटः शुभोऽन्यत्राऽशुभप्रदः' (७२ अ० ५ श्लो०)॥ ५॥

कष्टकारक राशियों का शुभ मुहूर्त में बुद्धिमान् को त्याग करना चाहिये।

यदि सर्वाष्टक वर्ग में दशम स्थान की रेखाओं से ग्यारहवें की अधिक हों और ग्यारहवें से अल्प बारहवें में हो तथा बारहवें से अधिक लग्न में रेखा हों तो ऐसा जातक भोगी व धनी होता है। इसके विपरीत यदि सर्वाष्टक वर्ग में रेखा हों तो जातक अवश्य ही दरिद्री होता है॥ ६–७॥

बृ० पा० में कहा है 'मध्यात् फलाधिको लाभो लाभात् क्षीणगतो व्ययः। लग्नं फलाधिकं यस्य भोगवानर्थवान् हि सः। विपरीतेन दारिद्र्यं भवत्येव न संशयः' (२२ अ० ७-८ श्लो०) ॥

तथा फलदीपिका में भी 'मध्यात्फलाधिकं लाभे लाभात् क्षीणतरे व्यये। यस्य व्ययाधिके लग्ने भोगवानर्थवान् भवेत्' (२४ अ० ३८ श्लो०) ॥ ६-७ ॥

लग्न में जितनी शुभ रेखा हों उतने वर्ष तक जातक पूर्ण सुखी होता है।

लग्न से बारहवें भाव तक समुदायाष्टकवर्ग में किस भाव में कितनी शुभ रेखा हैं। इसे जान कर जिसमें अधिक हों उसका अच्छा फल, जिस में अल्प रेखा हों उस का फल क्षीण और शून्य स्थान फल का विनाश समझना चाहिये।

यदि मध्यम रेखा हों तो उसका मध्यम फल जान कर कहना चाहिये ॥८+९ ॥

बृहत्पा० में कहा है 'तन्वादिव्ययपर्यन्तं दृष्ट्वा भावफलानि वै। अधिके शोभनं ज्ञेयं हीने हानिं विनिर्दिशेत्। मध्ये मध्यफलं ब्रूयात् तत्तद्भावसमुद्भवम्' (७२ अ० ६-७ श्लो०) तथा फलदीपिका में भी 'मूर्त्यादिव्ययभावान्तं दृष्ट्वा भावफलानि वै। अधिके शोभनं विद्याद्धीने दोषं विनिर्दिशेत्' (२४ अ० ३९ श्लो०) ॥ ८-९ ॥

अभी जो पूर्व में कहा है कि जिसमें अधिक रेखा हों उसका फल उत्तम होता है किन्तु यह नियम ६।८।१२ में नहीं लगता है। अर्थात् ६।८।१२ इनको छोड़कर अधिक रेखाओं के आधार पर फल कहना चाहिये।

फलदीपिका में कहा है 'षष्ठाष्टमव्ययांस्त्यक्त्वा शेषेष्वेव प्रकल्पयेत्। श्रेष्ठराशिषु सर्वाणि शुभकार्याणि कारयेत्' (२४ अ० ४० श्लो०)।

सर्वाष्टक वर्ग में १२ भावों के तीन खण्ड निम्न प्रकार से यथा मीन से मिथुन तक १, कर्क से तुला २, वृश्चिक से कुम्भ तक ३रा करके देखना कि किस खण्ड में अधिक रेखा हैं जिसमें अधिक हों उसमें अच्छा फल और जिसमें अल्प हों उसमें अशुभ फल होता है। ऐसा देवशालजी का कथन है ॥ १०-११ ॥

जिस खण्ड में पापग्रह हों उस अवस्था में दुःख, क्लेश तथा जिसमें शुभग्रह हों और अधिक रेखा हों उस अवस्था में पुष्कल शुभ फल होता है। शुभ पाप दोनों हों तो अच्छा बुरा दोनों फल होता हैं। इस प्रकार तीनों अवस्था के फल जानकर दशा फल की तरह इसे भी कहना चाहिये ॥ १२-१३ ॥

विशेष—मीन से मिथुन या लग्न से चतुर्थ बाल्यावस्था का, कर्क से तुला या पञ्चम भाव से अष्टम तक युवावस्था और वृश्चिक से कुम्भ या नवम से द्वादश तक वृद्धावस्था का फल सर्वाष्टक वर्ग के आधार पर कहना चाहिये।

बृ० पा० में भी कहा है 'दशावदिह भावानां कृत्वा खण्डत्रयं बुधः। पश्येत् पापसमारूढं खण्डे कष्टकरं वदेत्। सौम्यैर्युक्तं शुभं ब्रूयान् मिश्रैर्मिश्रफलं यथा। क्रमाद् बाल्याद्यवस्थासु खण्डत्रयफलं वदेत्' (७२ अ० ९-१० श्लो०) ॥ १२-१३ ॥

अब आगे प्रकारान्तर से सर्वाष्टकवर्ग से फल को कहते हैं।

सर्वाष्टकवर्ग चक्र में ग्रहों का न्यास करके लग्न से शनि पर्यन्त राशियों के रेखा फल को जोड़कर ७ सात से गुना करके २७ से भाग देने पर जो भजन फल संख्या हो उसके समान मास व वर्ष में रोगी या दुःखी जातक होता है ॥ १४-१५ ॥

फलदीपिका में भी कहा है—'लग्नात्प्रभृतिमन्दान्तमेकीकृत्य फलानि वै। सप्तभिर्गुणयेत्पश्चात् सप्तविंशहृतात्फलम्। तत्समावगते वर्षे दुःखं वा रोगमाप्नुयात्। एवं मन्दादि लग्नान्तं भौमराह्वोस्तथा फलम्' (२४ अ० ४१-४२ श्लो० ॥ १४-१५ ॥

इसी प्रकार चन्द्रमा से लग्न तक और भौम से लग्न पर्यन्त शुभ रेखाओं को जोड़कर पहिले की रीति से वर्ष की कल्पना करके पाप युक्त होने पर रोग व मृत्युभय कहना चाहिये।

इसी प्रकार लग्न से बुध तक यही दोष हो तो पापग्रह की दशा समझना चाहिये।

यदि उक्त वर्ष में शुभग्रह की दशा शुभ योग हो तो जातक अनेक प्रकार से सुखी होता है।

यदि उक्त योग में राहु या मङ्गल व सूर्य का योग हो तो उक्त वर्षों में जहर तथा शस्त्र से आघात पाने का भय होता है ॥ १६-१९½ ॥

अब आगे मरने के मास को बताते हैं।

शनि से अष्टमेश पर्यन्त जो फल रेखाओं का योग हो उससे अष्टमस्थ के फल को गुना करके १२ से भाग देने पर शेष तुल्य राशि में या उस राशि से पाँचवीं या नवीं राशि में सूर्य के जाने पर जातक की मृत्यु होती है।

इसी प्रकार पिता माता के घर से उनकी मृत्यु का ज्ञान करना चाहिये ॥१९½-२२॥

अथवा लग्न से अष्टमेश के आधार पर भी पूर्वोक्त फल जानना चाहिये।

स्पष्ट सूर्य की कलाओं को राहु की स्पष्टकला से गुना करके चक्रकला २१६०० से भाग देकर भजन फल को स्पष्ट सूर्य में जोड़ने से जो हो उसके तुल्य राशि में या उस राशि से पाँचवीं राशि में सूर्य के संचार वश उस मास में मरण जातक का कहना चाहिये।

यदि अष्टमेश नीच में तथा चन्द्रमा छठे या आठवें हो या अष्टमेश लग्न या अष्टम या छठे में हो तो उस मास में मरण होता है ॥ २३-२५½ ॥

अब आगे निधन चन्द्रमा के ज्ञान को बतलाते हैं।

जब अष्टमेश चन्द्रमा त्रिकोण (५।९) में होता है तब मरण होता है।

अथवा जन्मलग्नस्थ नवांश से या चन्द्रस्थ नवांश से राहु ६४ वें नवांश में हो तो मृत्यु होती है।

जन्मलग्न से अष्टम राशिस्थ या जन्मलग्न राशि या लग्न की नीच राशि में मरण होता है ॥ २५½-२८ ॥

इस प्रकार अष्टक वर्ग का फल समाप्त हुआ ॥ १–२८ ॥

अथ सर्वतोभद्रचक्रम् ।

अथातः संप्रवक्ष्यामि चक्रं त्रैलोक्यदीपकम् ।
विख्यातं सर्वतोभद्रं सद्यः प्रत्ययकारकम् ॥ १ ॥
ऊर्ध्वगा दश विन्यस्य तिर्यग्रेखास्तथा दश ।
एकाशीतिपदं चक्रं जायते नात्र संशयः ॥ २ ॥
अकारादिस्वरा कोष्ठे ईशादौ विदिशि क्रमात् ।
सृष्टिमार्गेण दातव्या षोडशैवं चतुर्भ्रमम् ॥ ३ ॥
कृत्तिकादीनि धिष्ण्यानि पूर्वाशादि लिखेत्ततः ।
सप्त सप्त क्रमादेतानष्टाविंशतिसङ्ख्यया ॥ ४ ॥
अवकहडा दिशि प्राच्यां मटपरताश्च दक्षिणे ।
नयभजखास्तु वारुण्यां गदसचलास्तथोत्तरे ॥ ५ ॥
त्रयस्त्रयो वृषाद्यश्च पूर्वाशादिबुधैः क्रमात् ।
राशयो द्वादशैवं तु मेषान्ता सृष्टिमार्गगाः ॥ ६ ॥
शेषेषु कोष्ठकेष्वेवं नन्दादितिथिपञ्चकम् ।
वाराणां सप्तकं लेख्यं क्रमस्तस्य च कथ्यते ॥ ७ ॥
भौमादित्यौ च नन्दायां भद्रायां बुधशीतगू ।
जयायाञ्च गुरुः प्रोक्तो रिक्तायां भार्गवस्तथा ॥ ८ ॥
पूर्णायां शनिवारश्च लेख्यश्चक्रे विनिश्चितम् ।
इत्येष सर्वतोभद्रविस्तारः कीर्तितो मया ॥ ९ ॥
शन्यर्कराहुकेत्वाराः क्रूराः शेषाः शुभग्रहाः ।
क्रूरयुक्तो बुधः क्रूरः क्षीणचन्द्रस्तथैव च ॥१०॥
यस्मिन्नृक्षे स्थितः खेटस्ततो वेधत्रयं भवेत् ।
ग्रहदृष्टिवशेनात्र वामसम्मुखदक्षिणम् ॥ ११ ॥

अत्र वामे दक्षिणे वा नक्षत्रवर्णराशिस्वराणां वेधो ज्ञेयः नान्येषाम् ।
अतः स्पष्टमुक्तं राजविजये—

भरण्यकारं वृषभं नन्दां भद्रां तु लोचनम् ।
विशाखां श्रवणं खेटो विद्धत्यग्निभसंस्थितम् ॥१२॥
वक्रगे दक्षिणा दृष्टिर्वामदृष्टिश्च शीघ्रगे ।
मध्यचारे तथा मध्या ज्ञेया भौमादिपञ्चके ॥१३॥
राहुकेतू सदा वक्रौ शीघ्रगौ चन्द्रभास्करौ ।
एतैरेकस्वभावत्वादेषां दृष्टित्रयं वदेत् ॥१४॥
क्रूरा वक्रा महाक्रूरा सौम्या वक्रा महाशुभाः ।
स्युः सहजस्वभावस्थाः सौम्याः क्रूराश्च शीघ्रगाः ॥१५॥

घङछा रौद्रगे वेधे षणठा हस्तगे ग्रहे।
धफढा पूर्वषाढायां थझञा भाद्रउत्तरे ॥१६॥
बवौ शसौ खषौ चैव जयौ ङञौ परस्परम्।
एकेन द्वितयं ज्ञेयं विद्धं सौम्याशुभग्रहैः ॥१७॥
अवर्णादिस्वरद्वन्द्वे ऽप्येकवेधे द्वयोर्वधः।
युक्तः स्वरात्मके वेधे त्वनुस्वारविसर्गयोः ॥१८॥
कोणस्थधिष्ण्ययोर्मध्ये अन्त्यादिपादगे ग्रहे।
अकारादिचतुष्कस्य वेधः पूर्णातिथेस्तथा ॥१९॥
एकादिपूर्णवेधेन फलं पुंसां प्रजायते।
उद्वेगश्च भयं हानी रोगो मृत्युः क्रमेण च ॥२०॥
भ्रम ऋक्षेऽक्षरे हानिः स्वरे व्याधिर्भयं तिथौ।
राशौ विद्धे महाविघ्नं पञ्चविद्धो न जीवति ॥२१॥
एकवेधे भयं युद्धे युग्मवेधे धनक्षयः।
त्रिवेधेन भवेद्भङ्गो मृत्युर्वेधचतुष्टये ॥२२॥
यथा दुष्टफलाः क्रूरास्तथा सौम्याः शुभप्रदाः।
क्रूरयुक्ताः पुनः सौम्या ज्ञेया क्रूरफलप्रदाः ॥२३॥
अर्कवेधे मनस्तापो द्रव्यहानिश्च भूसुते।
रोगपीडाकरः सौरी राहुकेतू च विघ्नदौ ॥२४॥
चन्द्रे मिश्रफलं पुंसां रतिलाभश्च भार्गवे।
बुधवेधे भवेत् प्रज्ञा जीवः सर्वफलप्रदः ॥२५॥
वक्रग्रहे फलं द्विघ्नं त्रिगुणं स्वोच्चसंस्थिते।
स्वभावजं फलं शीघ्रे नीचस्थोऽर्धफलो ग्रहः ॥२६॥
तिथिराश्यंशनक्षत्रं विद्धं क्रूरग्रहेण यत्।
सर्वेषु शुभकार्येषु वर्जयेत्तं प्रयत्नतः ॥२७॥
न नन्दति विवाहे च यात्रायां नाभिवर्तते।
न रोगान्मुच्यते रोगी वेधवेलाकृतोद्यमः ॥२८॥
रोगकाले भवेद्वेधः क्रूरखेचरसंभवः।
वक्रगत्या भवेन्मृत्युः शीघ्रे याप्यरुजान्वितः ॥२९॥

स्वजन्मवारवेधस्यापि फलमुक्तं

स्वरचिन्तामणौ—

स्वजन्मवासरं विद्धं यस्य क्रूरग्रहेण तु।
न तस्य सौमनस्यं स्यादधिपीडां च जायते ॥३०॥ इति।

यदि पूर्वादिकाष्ठायां वृषराश्यादिगो रविः ।
सा दिशास्तमिता ज्ञेया तिस्रः शेषाः सदोदिताः ॥३१॥
ईशानस्थाः स्वराः प्राच्यां ज्ञेया चाग्नेयगा यमे ।
नैर्ऋतस्थास्तु वारुण्यां वायव्यां सौम्यगा मताः ॥३२॥
नक्षत्राणि स्वरा वर्णाः राशयस्तिथयो दिशः ।
ते सर्वेऽस्तंगता ज्ञेया यत्र भानुस्त्रिमासकः ॥३३॥
नक्षत्रेऽस्ते रुजो वर्णे हानिः शोकः स्वरेऽस्तगे ।
राशौ विघ्नं तिथौ भीतिः पञ्चास्ते मरणं ध्रुवम् ॥३४॥
यात्रायुद्धं विवादञ्च द्वारं प्रासादहर्म्ययोः ।
न कर्तव्यं शुभं चान्यदस्ताशाभिमुखैर्नरः ॥३५॥
अस्ताशायां स्थितं यस्य यदा नामाद्यमक्षरम् ।
तदा तु सर्वकार्येषु ज्ञेयो दैवहतो नरः ॥३६॥
कवौ कोटे तथा युद्धे चातुरङ्गे महाहवे ।
वर्ज्या अस्तगता योधा यदीच्छेद्विजयो रणे ॥ ३७ ॥
नक्षत्रेऽभ्युदिते पुष्टिर्वर्णे लाभः स्वरे सुखम् ।
राशौ जयस्तिथौ तेजः यदाप्तिः पञ्चकोदये ॥ ३८ ॥
क्रूरैरुदयतो विद्धा यस्याक्षरतिथिस्वराः ।
राशिधिष्ण्यं च पञ्चापि तस्य मृत्युर्न संशयः ॥ ३९ ॥
क्रूरवेधसमायोगे यस्योपग्रहसंभवः ।
तस्य मृत्युर्न संदेहो रोगादथ रणेऽपि वा ॥ ४० ॥
सूर्यभात् पञ्चमं धिष्ण्यं ज्ञेयं विद्युन्मुखाभिधम् ।
शूलं चाष्टमभं प्रोक्तं सन्निपातं चतुर्दशम् ॥ ४१ ॥
केतुरष्टादशे प्रोक्तं उल्का स्यादेकविंशतौ ।
द्वाविंशतितमे कंपस्त्रयोविंशे च वज्रकः ॥ ४२ ॥
निर्घातश्च चतुर्विंशे उक्ताश्चाष्टावुपग्रहाः ।
स्वे स्थाने विघ्नदाः प्रोक्ताः सर्वकार्येषु सर्वदा ॥ ४३ ॥
जन्मभं कर्म आधानं विनाशं सामुदायिकम् ।
साङ्घातिकमिदं धिष्ण्यं षड्कं सार्वजनीनकम् ॥ ४४ ॥
जातिदेशाभिषेकैश्च नव धिष्ण्यानि भूपतेः ।
वेधं ज्ञात्वा फलं ब्रूहि सौम्यैः क्रूरैः शुभाशुभम् ॥ ४५ ॥
जन्मभं जन्मनक्षत्रं दशमं कर्म संज्ञकम् ।
एकोनविंशमाधानं त्रयोविंशं विनाशनम् ॥ ४६ ॥

अष्टादशं च नक्षत्रं सामुदायिकसंज्ञकम्।
साङ्घातिकञ्च विज्ञेयं ऋक्षं षोडशमत्र हि ॥ ४७ ॥
षड्विंशाद्राज्यजातं च जाति नाम स्वजातिभम्।
देशभं देशनामर्क्षं राज्यर्क्षमभिषेकजम् ॥ ४८ ॥
मृत्युः स्याज्जन्मभे विद्धे कर्मभे क्लेश एव च।
आधानर्क्षे प्रवासः स्याद् विनाशे बन्धुविग्रहः ॥ ४९ ॥
सामुदायिकभेऽनिष्टं हानिः सङ्घातिके तथा।
जातिभे कुलनाशः स्याद्बन्धनं चाभिषेकभे ॥ ५० ॥
देशर्क्षे देशभङ्गश्च क्रूरैरेवं शुभैः शुभम्।
उपग्रहसमायोगे मृत्युर्भवति नान्यथा ॥ ५१ ॥
भयं भङ्गश्च घातश्च बन्धोर्मृत्युः पुरः स्थितैः।
क्रूरैरेकादिपञ्चाद्यैः युधि वेधे फलं भवेत् ॥ ५२ ॥
तिथिमृक्षं स्वरं राशिं वर्णं चैव तु पञ्चकम्।
यद्दिने वेधयेच्चन्द्रस्तद्दिनं स्याच्छुभाशुभम् ॥ ५३ ॥

इति सर्वतोभद्रचक्रम्।

अब आगे स्वर शास्त्रोक्त सर्वतोभद्र चक्र के आधार पर मनुष्य, पशु, पक्षी, देश ग्राम आदि में जिस किसी का शुभाशुभ जानना हो या खरीदने बेचने की समस्त वस्तुओं में से जिस किसी वस्तु की तेजी, मन्दी देखनी हो तो उसके नाम के अक्षर का जो नक्षत्र व राशि, स्वर, वर्ण तथा तिथि हो उसका आगे कथित रीति से शुभाशुभ वेध सर्वतो भद्र चक्र से जान कर फलादेश करना चाहिये।

इस चक्र के नाम से ही ज्ञात होता है कि 'सर्वतः भद्रं श्रेष्ठमिति' सब तरह से जो श्रेष्ठ हो अर्थात् यदि इसमें शुभता है और अन्यत्र रीति से अशुभता है तो यह श्रेष्ठ होने से अपना ही फल देता है।

जैसे कल्पित युद्धादि का हाल जानने के लिये शतरञ्ज की कल्पना की है उसी प्रकार जीवन में आने वाले सुख दुःखादिकों का ज्ञान इस सर्वतोभद्र चक्र से किया जाता है।

सारांश—यह एक ८१ खानों की शतरञ्ज है इसमें भी पांचों का यदि अशुभ वेध हो तो दुःखादि, शुभ वेध होने पर सुखादि होता है।

इसको त्रिभुवन का दीपक माना है क्योंकि तीनों काल में त्रैलोक्य के ज्ञान को यह जितनी जल्दी बता देता है, उतने समय में किसी अन्य रीति से नहीं जाना जा सकता है।

इसकी प्रशंसा में कहा है 'त्रीन् कालांस्त्रिषु लोकेषु यस्माद्बुद्धिः प्रकाशते। तत्र त्रैलोक्यदीपाख्यं चक्रमत्र प्रकाश्यते ॥ दीपो यथा गृहस्यान्तरुद्योतयति सर्वतः। तदेदं सर्वतोभद्र चक्रं ज्ञानप्रकाशकम्'। अतः इसे बतलाते हैं।

ग्रन्थकार कहता है कि अब मैं तीनों लोकों को (स्वर्ग, मर्त्य, पाताल) दीपक के तुल्य प्रकाश करने वाले और तत्काल विश्वास कराने वाले चक्र को जो कि सर्वतो भद्र नाम से प्रसिद्ध है उसका विस्तार पूर्वक वर्णन करता हूँ ॥ १ ॥

प्रथम दश १० खड़ी और दश १० आड़ी रेखा खेंचने से ८१ कोष्ठकों का एक चक्र सिद्ध करना चाहिये ॥ २ ॥

इन कोष्ठकों में ईशानादि कोण क्रम से १६ स्वरों को लिखना चाहिये ।

सारांश यह है कि ईशानकोण में अ, अग्नि में आ, नैऋत्य में इ, वायव्य में ई, पुनः ईशानादि में उ, ऊ, ऋ ॠ, पुनः ऌ ॡ ए ऐ इसके बाद ईशानादि में ओ औ अं अः लिखना चाहिये ।

ऐसे लिखने से अ उ ऌ, ओ ४ ये स्वर ईशान में, आ, ऊ, ॡ, औ ये ४ अग्नि में, इ ऋ, ए, अं ये ४ नैऋत्य में और ई, ॠ, ऐ, अः ये ४ वायव्य में होते हैं ॥ ३ ॥

इसके अनन्तर कृत्तिकादि ७ नक्षत्र (अभिजित के साथ) पूर्व में, मघादि ७ दक्षिण में, अनुराधादि७ पश्चिम में और धनिष्ठादि७ नक्षत्र उत्तर में न्यास करना चाहिये ॥४॥

कृत्तिकादि के नीचे के कोष्ठकों में पूर्व दिशा में अ व क ह ड ये ५, म ट प र त ये ५ दक्षिण में, न य भ ज ख ये ५ पश्चिम में और ग स द च ल ये ५ उत्तर दिशा के कोष्ठकों में स्थापित करना चाहिये ॥ ५ ॥

वृषादि मेषान्त राशियों में से वृष, मिथुन, कर्क ये ३ पूर्व में, सिंह, कन्या, तुला ये ३ दक्षिण में, वृश्चिक, धनु, मकर ये ३ तीन पश्चिम में और कुम्भ, मीन, मेष ये ३ राशि उत्तर दिशा में लिखना चाहिये ॥ ६ ॥

फिर बचे हुए कोष्ठकों में नन्दादि पाँच प्रकार की तिथियों को लिखना चाहिये । अर्थात् नन्दा को पूर्व में, भद्रा को दक्षिण में, जया को पश्चिम में, रिक्ता को उत्तर में और पूर्णा तिथियों को मध्य में लिखना चाहिये तथा तिथियों के कोष्ठकों में आगे कहे हुए क्रम से ग्रहों को लिखना चाहिये ।

सूर्य व भौम को नन्दा तिथि के, बुध व चन्द्रमा को भद्रा के, गुरु को जया के, शुक्र को रिक्ता के और शनि को पूर्णातिथि के खाने में लिखना चाहिये ।

यह सर्वतोभद्र चक्र बनाने का विस्तार पूर्वक मैंने वर्णन किया है ॥ ७-९ ॥

सूर्य, शनि, राहु, केतु, भौम ये पाप ग्रह, शेष शुभग्रह होते हैं । पाप ग्रहों के साथ में रहने पर बुध व क्षीण चन्द्रमा भी पाप ग्रह होता है ॥ १० ॥

इस सर्वतोभद्र चक्र में ग्रह जिस नक्षत्र में स्थित होता है उस नक्षत्र स्थान से तीन ओर वेध करता है । वे वेध, ग्रह की वाम, सम्मुख तथा दक्षिण दृष्टि के अनुसार जानना चाहिये ।

सारांश यह है कि ग्रह की जिस ओर दृष्टि हो उसी तरफ वेध करता है और जिस तरफ दृष्टि का अभाव होता है उस तरफ वेध भी नहीं होता है ॥ ११ ॥

विशेष—यहाँ सर्वतो भद्र चक्र में दृष्टि के विषय में कहा है 'वक्रगे दक्षिणा दृष्टिर्वामा दृष्टिश्च शीघ्रगे। मध्यचारे तथा मध्या ज्ञेया भौमादि पञ्चके' अर्थ—भोमादि (भौम, बुध, गुरु, शुक्र, शनि) ग्रहों में से जो वक्री ग्रह हो उसकी दृष्टि दाहिनी ओर, जो ग्रह शीघ्रगामी (अतिचारी) हो उसकी बायीं ओर, जो ग्रह मध्यचारी हो उसकी सामने की ओर दृष्टि होती है। क्योंकि ये भौमादिग्रह कभी वक्री, कभी शीघ्र और कभी मध्यगति में रहते हैं। अतः गति के बदलने से इनकी ही दृष्टि बदलती है अन्य ग्रहों की नहीं परिवर्तित होती है। कहा है 'राहुकेतू सदा वक्रौ शीघ्रगौ चन्द्रभास्करौ। गतेरेकस्वभाव-त्वादेषां दृष्टित्रयं सदा' ॥ ११ ॥

इस सर्वतोभद्र चक्र में बायीं या दायीं ओर में स्थित नक्षत्र, वर्ण, स्वर व राशि का वेध होता है अन्यों का नहीं ऐसा स्पष्टता से राजविजय ग्रन्थ में कहा है अब उसे ही बताते हैं।

यदि कृत्तिका नक्षत्र में ग्रह हो तो भरणी नक्षत्र, अकार अक्षर, वृष राशि, नन्दा, भद्रा तिथि, तुला राशि, तकार अक्षर, विशाखा व श्रवण नक्षत्र को वेधित करता है ॥ १२ ॥

यदि वक्री ग्रह हो तो दायीं ओर को, शीघ्री हो तो दायीं ओर और जो ग्रह मध्य चारी होता है उसको सम्मुख दृष्टि होती है ॥ १३ ॥

ग्रहों में राहु केतु की सदा वक्र गति, सूर्य व चन्द्रमा की सदा शीघ्रगति होती है। इसलिये गति के एक की स्वभाव से इन चारों ग्रहों की सदा तीनों तरफ दृष्टि होती है। क्योंकि गति के न बदलने से दृष्टि भी नहीं बदलती है ॥ १४ ॥

पाप ग्रह वक्री हो तो महाक्रूर तथा सौम्यग्रह वक्री हो तो महाशुभ और सौम्य या क्रूर ग्रह शीघ्रगति में हों तो सहज स्वभाव वाले होते हैं ॥ १५ ॥

यदि आर्द्रा नक्षत्र पर वेध हो तो घ, ङ, छ को, हस्त पर हो तो ष, ण, ठ, को, पूर्वाषाढा पर हो तो ध, फ, ढ को और उत्तरा भाद्रपद पर वेध हो तो थ, झ, ञ को भी वेधित जानना चाहिये ॥ १६ ॥

अब चक्र में अनुक्त अक्षरों के वेध को बताते हैं।

ब व, श स, ष ख, इन दो दो अक्षरों में परस्पर सम्बन्ध है। इसलिये चक्र में लिखे हुए एक अक्षर को शुभाशुभ ग्रह का वेध होने से चक्र में नहीं लिखे हुए दूसरे अक्षर को भी वेध हो जाता है ॥ १७ ॥

अब आगे स्वर वेध में विशेष क्रम को बतलाते हैं।

अवर्णादि दो-दो स्वर अर्थात् अ आ, इ ई, उ ऊ, ऋ ॠ, लृ ॡ, ए ऐ, ओ औ, अं अः, इन सवर्णी स्वरों में से किसी एक को वेध होने से दोनों ही को वेध होता है।

तथा अनुस्वार और विसर्ग जिस स्वर के साथ ही उस स्वर को वेध होने से अनुस्वार वा विसर्ग को भी वेध हो जाता है ॥ १८ ॥

ईशानादि कोणों के दो-दो नक्षत्र हैं। उनमें से प्रथम नक्षत्र के अन्त्य के पाद पर तथा दूसरे नक्षत्र के प्रथम पाद पर ग्रह स्थित हो तो कोणस्थ स्वर को वेध करता है।

अर्थात् ग्रह भरणी के अन्त्य वा कृत्तिका के प्रथम पाद पर हो तो ईशान कोण के 'अ' को, आश्लेषा के अन्त्य वा मघा के प्रथम पाद पर हो तो अग्नि कोण के 'आ' को, विशाखा के अन्त्य वा अनुराधा के प्रथम पाद पर हो तो नैऋत्य कोण के 'इ' को और श्रवण के अन्त्य वा धनिष्ठा के प्रथम पाद पर हो तो वायव्य कोण के 'ई' को वेध करता है। इसी क्रम से जो ग्रह कोण में से किसी स्वर को वेधित करेगा तो वही मध्य में स्थित पूर्णा तिथि को भी वेधेगा ॥ १९ ॥

जातक के नक्षत्रादि पञ्चक को यदि एक क्रूर वेध करे तो उद्वेग, दो से वेध हो तो भय, तीन से वेधित हों तो हानि, चार से वेध हो तो रोग और पाँच क्रूर ग्रहों से यदि जातक के नक्षत्रादि वेधित हों तो निधन होता है ॥ २० ॥

विशेष—यहाँ पुस्तक में 'एकादि पूर्ण वेधेन' यह पाठ है किन्तु नरपति जयचर्या ग्रन्थ में 'एकादि क्रूर वेधेन' यह उचित पाठ है।

पाँच क्रूर ग्रहों से विद्ध होने का फल अन्य भी इस प्रकार से है 'मरणं पञ्चभिर्विद्धैश्चतुर्भिः पीडनं भवेत्। अर्थनाशं परिक्लेशं नानारूपास्त्रिवेधतः। बन्धुनाशो मनः पीडा द्वाभ्यामेकेन संभ्रमः' अथवा पाँचों ग्रह वेध करें तो मृत्यु, चार वेधें तो पीडा, तीन का वेध हो तो धन नाश व अनेक प्रकार के क्लेश, दो वेधें तो बन्धु का नाश तथा मनको कष्ट और एक क्रूर ग्रह का वेध हो तो भ्रम में जातक पड़ता है ॥ २० ॥

यदि जातक का नक्षत्र क्रूर ग्रह से वेधित हो तो भ्रम, अक्षर विधे तो हानि, स्वर विद्ध हो तो व्याधि, तिथि विधे तो भय, राशि वेधित हो तो बड़ा विघ्न और यदि नक्षत्रादि पाँचों वेधित हों तो निधन होता है ॥ २१ ॥

नक्षत्रादि में एक के विद्ध होने पर युद्ध में भय, दो के वेध से धन का नाश, तीन वेधित हों तो युद्धादि में भङ्ग और चारों के वेध से मरण होता है ॥ २२ ॥

विशेष—नक्षत्रादि पाँचों विद्ध होने पर तथा पाँच ग्रहों से वेधित होने पर अन्य फल जो होता है उसे बताते हैं। 'ऋक्षवेधे वधं बन्धोर्देहशोषादि पीडनम्। अक्षरे राजपीडा स्याद्रोगो मृत्युर्भवेत्तथा। राशौ विघ्नं च दुःखं च धातूनां क्षोभकृत्तथा। तिथिवेधे मतेर्भङ्गं स्वरे मृत्युभयप्रदम्। एकेन संभ्रमो ज्ञेयो मनस्तापो द्वितीयके। तृतीयेनार्थनाशः स्याच्चतुर्थे च महद्भयम्। पञ्चमे विद्धमात्रे तु शीघ्रं गच्छेद्यमालयम् ॥ २२ ॥

जैसे क्रूर ग्रह अशुभ फल प्रदान करते हैं वैसे ही शुभ ग्रह शुभ फल देते हैं, परन्तु क्रूर ग्रह के साथ अर्थात् नक्षत्र के एक नवांश में हों तो सौम्य ग्रह भी अशुभ फल देते हैं। इसमें इतना अन्तर (भेद) होता है कि अन्य शुभ ग्रहों का बल क्रूर युक्त हो तो भी निज सौम्य स्वभावानुसार ही रहता है। किन्तु बुध का तो बल भी क्रूर स्वभावानुसार हो जाता है इसलिये क्रूर युक्त बुध को क्रूर कहा है ॥ २३ ॥

विशेष—शुभ ग्रह से वेध का फल निम्न प्रकार होता है। यथा—'सौम्यग्रहैस्तिथिर्विद्धा द्रव्यलाभं विनिर्दिशेत्। ऋक्षे विद्धे देहवृद्धिरभयं सिद्धिरुत्तमा। विद्धे राशौ सुखं याति नाम्नो निर्भयतां व्रजेत्। स्वरवेधे तु सौभाग्यं पञ्चपञ्चाङ्गलाभदा'॥ २३॥

अब आगे सूर्यादि ग्रह से वेधित होने पर जो फल होता है उसे बताते हैं।

यदि सूर्य से वेधित हो तो मनमें संताप, भौम से विद्ध होने पर द्रव्य की हानि, शनि के वेध से रोग तथा पीड़ा और राहु अथवा केतु के वेध से विघ्न होता है॥२४॥

चन्द्रमा से विद्ध होने पर मिश्रफल अर्थात् पूर्ण चन्द्रमा से शुभ और क्षीण चन्द्रमा से अशुभ, शुक्र के वेध से रति लाभ, (स्त्री संभोगादि सुख की लब्धि) बुध के वेध से उत्तम बुद्धि और बृहस्पति से वेधित होने पर समस्त कामों के फल की प्राप्ति होती है॥ २५॥

यदि वक्री ग्रह से विद्ध हो तो फल दूना, उच्चस्थ ग्रह हो तो तिगुना, शीघ्र गति में स्वभावानुकूल अर्थात् जितना फल आया है उतना ही और नीचस्थ वेधकर्ता ग्रह हो तो फल आधा होता है॥ २६॥

जातक का नक्षत्र, तिथि, राशि व नवांश में से जो क्रूर ग्रह से वेधित हो उसका समस्त शुभ कामों में यत्न से त्याग करना चाहिये॥ २७॥

विद्ध तिथ्यादिकों में विवाह करने से आनन्द नहीं होता, यात्रा करने पर वापिस नहीं लौटता और वेधित नक्षत्रादि में रोग का प्रारम्भ होने पर रोगी रोग से मुक्त नहीं होता है॥ २८॥

यदि रोग के समय क्रूर ग्रह का वेध वक्र गति से हो तो रोगी की मृत्यु होती है और शीघ्र गतिस्थ से हो तो उपाय से रोग का विनाश होता है॥ २९॥

विशेष—यहाँ 'वक्रगत्या भवेन् मृत्युः शीघ्रगत्यारुजा न्वितः' यह न० ज० में पाठान्तर है॥ २९॥

अब जन्म के वार को विद्ध होने के फल को भी स्वर चिन्तामणि के वचन से बताते हैं।

जिस जातक का जन्म का वार पाप ग्रह से विद्ध होता है तो उसके मन में प्रसन्नता न रह कर पीडा होती है॥ ३०॥

सर्वतोभद्र चक्र में वृषादि राशियां पूर्वादि दिशाओं में लिखी हैं। उनमें से जिस दिशा की राशियों में सूर्य हो वह एक दिशा तीन महीनों तक अस्त हो जाती है और शेष ९ राशियों की तीन दिशाएँ ९ मास तक सदा उदय रहती हैं॥ ३१॥

ईशान कोण के स्वर पूर्व में, अग्निकोण के स्वर दक्षिण में, नैर्ऋत्यकोण के स्वर पश्चिम में और वायव्य कोण के स्वर उत्तर में अर्थात् ये स्वर दिशाओं के साथ अस्त होते हैं॥ ३२॥

जिस दिशा की राशियों में सूर्य हो उस दिशा के नक्षत्र, स्वर, वर्ण, राशि, तिथि और दिशा ये सब तीन महीने तक अस्त समझना चाहिये। और शेष तीन दिशा के नक्षत्रादि ९ मास तक उदित जानना चाहिये ।। ३३ ।।

जिसका नक्षत्र अस्त होता है वह रोगी, यदि वर्ण अस्त हो तो हानि, स्वर अस्त हो तो शोक, राशि अस्त हो तो विघ्न, तिथि अस्त हो तो भय और पांचों ही अस्त हों तो निश्चय मरण होता है ।। ३४ ।।

जिसके नामादि अस्त हों उसकी अस्तदिशाभिमुख यात्रा, युद्ध, विवाद, महल या घर का दरवाजा तथा और भी शुभकर्म व अशुभ काम भी नहीं करना चाहिये ।।३५।।

जिस मनुष्य के नाम का आदि अक्षर जिस समय अस्तदिशा में स्थित हो, वह मनुष्य उस समय समस्त कार्यों में भाग्य हीन हो जाता है ।। ३६ ।।

कवि युद्ध (अचानक चढाई करना), कोटि युद्ध (किले में लड़ना), द्वन्द्व युद्ध (कुश्ती आदि), चतुरंग सेना (हाथी, घोड़े, रथ तथा पैदल), के युद्ध और बड़े संग्राम में विजय की इच्छा करने वाले अस्तंगत योधा को उद्योग नहीं करना चाहिये ।। ३७ ।।

उक्त चक्र में यदि नक्षत्र उदित हो तो पुष्टि, वर्ण हो तो लाभ, स्वर हो तो सुख, राशि हो तो जय, तिथि हो तो तेज और ये पाँचों ही उदित हों तो अपूर्व पद की प्राप्ति होती है ।। ३८ ।।

जिस जातक के अक्षर, तिथि, स्वर, राशि और नक्षत्र इन पाँचों को एक समय में दोनों ओर से क्रूर ग्रह वेध करते हैं तो उसका निधन होता है ।। ३९ ।।

जिसके नक्षत्रादि को क्रूर ग्रह का वेध हो और जन्म नक्षत्र पर उपग्रह का सम्भव हो तो उस समय उस जातक की संग्राम या रोग से मृत्यु होती है ।। ४० ।।

सर्वतोभद्र चक्र में अश्विनी से रेवती पर्यन्त २७ नक्षत्रों में से जिस नक्षत्र में सूर्य हो उससे ५वें नक्षत्र में विद्युन्मुख, ८वें में शूल, १४वें में सन्निपात, १८वें में केतु, २१वें पर उल्का, २२वें पर कम्प, २३वें में वज्र और २४वें पर निर्घात ये आठ उपग्रह होते हैं। इसमें अभिजित् की गणना नहीं करना चाहिये।

ये सब कामों में सर्वदा विघ्न देने वाले होते हैं ।। ४१-४३ ।।

जन्म, कर्म, आधान, विनाश, सामुदायिक और सांघातिक ये छ नक्षत्र मनुष्य मात्र के हैं तथा राजा के ज्ञाति, देश तथा अभिषेक ये तीन नक्षत्र अधिक अर्थात् राजाओं के ९ नक्षत्र हैं। ये यदि पापग्रह से विद्ध हों तो हानि देने वाले और शुभग्रह से वेधित हों तो शुभफल देने वाले होते हैं ।। ४४-४५ ।।

अब आगे पूर्वोक्त जन्म कर्मादि कौन-कौन होते हैं उन्हें बताते हैं।

जिस नक्षत्र में जन्म हो व जन्म नक्षत्र और जन्म नक्षत्र से १०वां नक्षत्र कर्म, १९वां आधात, १३वां विनाश, १८वां सामुदायिक और जन्म नक्षत्र से १६वां नक्षत्र सांघातिक होता है ॥ ४६-४७ ॥

जन्म नक्षत्र से २६वां नक्षत्र राज्य जाति नक्षत्र अथवा अपनी जाति के नाम का नक्षत्र हो वह जाति नक्षत्र, देश के नाम का नक्षत्र हो वह देश नक्षत्र और जिस नक्षत्र में राजा का अभिषेक होता है वह राज्य नक्षत्र होता है ॥ ४८ ॥

इस चक्र में यदि जन्म नक्षत्र विद्ध हो तो मृत्यु, कर्म नक्षत्र वेधित हो तो क्लेश, आधान नक्षत्र विद्ध हो तो प्रवास, वेधित विनाश नक्षत्र हो तो बान्धवों से वैर, सामुदायिक विद्ध हो तो अशुभ फल; सांघातिक में हानि, जाति नक्षत्र में कुल का नाश, अभिषेक नक्षत्र में राजा को बन्धन और देश नक्षत्र विद्ध होने पर देश का भङ्ग होता है।

जैसे क्रूर ग्रह से विद्ध होने पर अशुभ होता है वैसे शुभ विद्ध होने पर शुभ फल होता है।

जन्म कर्मादि नक्षत्रों में से जिसको क्रूर वेध प्राप्त हो उसी पर यदि उपग्रह का संयोग हो तो निश्चय मृत्यु होती है ॥ ४९-५१ ॥

विशेष—नगर के नामाक्षर को विद्ध होने पर नगराधीश के नौकर, सचिव, कुल गुरु, नगर निवासी, व्यापारी लोग और सवारी, हाथी, घोड़ा आदि पीड़ित होते हैं। कहा है—'पीडिते पुरनक्षत्रे भृत्यमन्त्रिपुरोहिताः। पौराः श्रेण्यश्च नगरे वाहनं चोपतप्यते'।

इसी प्रकार अभिषेक नक्षत्र विद्ध होने पर वध, बन्धन, राज्यभ्रंश तथा राज्य नगरी का नाश और देश का त्याग भी होता है। कहा है—'अथाभिषेकनक्षत्रे पीडिते वधबन्धनम्। राज्यभ्रंशं पुरी नाशं देशत्यागं विनिर्दिशेत्'।

प्रकारान्तर से भी जन्मकर्मादिकों का वर्णन प्राप्त होता है। यथा—'जन्मर्क्षमाद्यं दशमं च कर्मं संघातिकं षोडशभं प्रदिष्टम्। अष्टादशं चोदयभं विनाशं त्रिविंशभं मानसपञ्चविंशतिः' ॥ ४९-५१ ॥

युद्ध के समय एक क्रूर ग्रह से वेध हो तो भय, दो से भंग, तीन से घात, चार से बन्धन और पाँच क्रूर ग्रहों से वेध हो तो मरण होता है ॥ ५२ ॥

अब आगे वेध का फल कब होता है इसे बताते हैं।

तिथि, नक्षत्र, स्वर, राशि और अक्षर इन पाँचों में से जिस किसी का ग्रह से वेध हो और पीछे मे उसी को जिस दिन वेधित करे उसी दिन चन्द्र पूर्वोक्त शुभाशुभ फल होता है ॥ ५३ ॥

स्पष्टार्थं सर्वतोभद्र चक्र—

कोण पूर्व दिशा अग्नि

ईशान — उत्तर दिशा — कोण (बायाँ पार्श्व); कोण — दक्षिण दिशा — नैऋत्य (दायाँ पार्श्व)

अ	कृ.	रो.	मृ.	आ.	पु.	पु.	श्ले.	आ.
भ.	उ	अ	व	क	ह	उ	ऊ	म.
अ.	ल	लृ	वृष	मिथुन	कर्क	लृ	म	पू.
रे.	च	मेष	ओ	नन्दा	औ	सिंह	ट	उ.
				१।६।११				
				सू. मं.				
उ.	द	मीन	रिक्ता	पूर्णा	भद्रा	कन्या	प	ह.
			४।९।१४	५।१०।१५	२।७।१२			
			शु.	शनि	बु.चं.			
पू.	स	कुम्भ	अ.	जया	अं.	तुला	र	चि
				३।८।१३				
				गु.				
श.	ग	ऐ	मकर	धनु	वृश्चिक	ए	त	स्वा.
ध.	ॠ	ख	ज	भ	य	न	ऋ	वि.
ई.	श्र.	अ.	उ.	पू.	मू.	ज्ये.	अ.	इ.

वायव्य पश्चिम दिशा कोण

इस प्रकार सर्वतोभद्र चक्र के आधार पर फल समाप्त हुआ ॥ १-५३ ॥

अथ सूर्यकालानलचक्रम् ।

ऊर्ध्वगास्त्रित्रिशूलाग्रास्तस्त्रस्तिर्यक् च संस्थिताः ।
द्वे द्वे नाड्यौ स्थिते कोणे शृङ्गयुग्मे तथैकधा ॥ १ ॥
मध्यात् त्रिशूलदण्डाधो भानुभाद्यं भमण्डलम् ।
साभिजित्तत्र दातव्यं सव्यमार्गेण सर्वदा ॥ २ ॥
नाम ऋक्षं स्थितं यत्र ज्ञेयं तत्र शुभाशुभम् ।
अधोगतैस्त्रिनक्षत्रैरुद्वेगो वधबन्धनम् ॥ ३ ॥
कोणाष्टके जयो लाभो भषट्केऽपि तथा पुनः ।
शृङ्गयुग्मे रुजा भङ्गो मृत्युः शूलत्रये स्फुटः ॥ ४ ॥
विवादे विग्रहे युद्धे रोगार्ते गमने तथा ।
सूर्यकालानलं चक्रं ज्ञातव्यं च प्रयत्नतः ॥ ५ ॥
रोगे च कुजनक्षत्रं दिनऋक्षं तु युद्धके ।
प्रयाणे कृत्तिका लेख्या अन्यत्रार्कं प्रदीयते ॥ ६ ॥

इति सूर्यकालानलचक्रम् ।

अब आगे बड़े चमत्कार के साथ फल को बताने वाले स्वर शास्त्रोक्त सूर्यं कालानल चक्र को विन्यास के साथ बताते हैं।

ऊपर नीचे अर्थात् उर्ध्वाधर तीन रेखा जिनके अग्रभाग में त्रिशूल हो खींचकर, तीन आड़ी रेखा खींचना चाहिये। दो २ नक्षत्र कोण में और दोनों शृंगों में एक-एक नक्षत्र को लिखना चाहिये।

स्पष्टार्थ सूर्यकालानल चक्र—

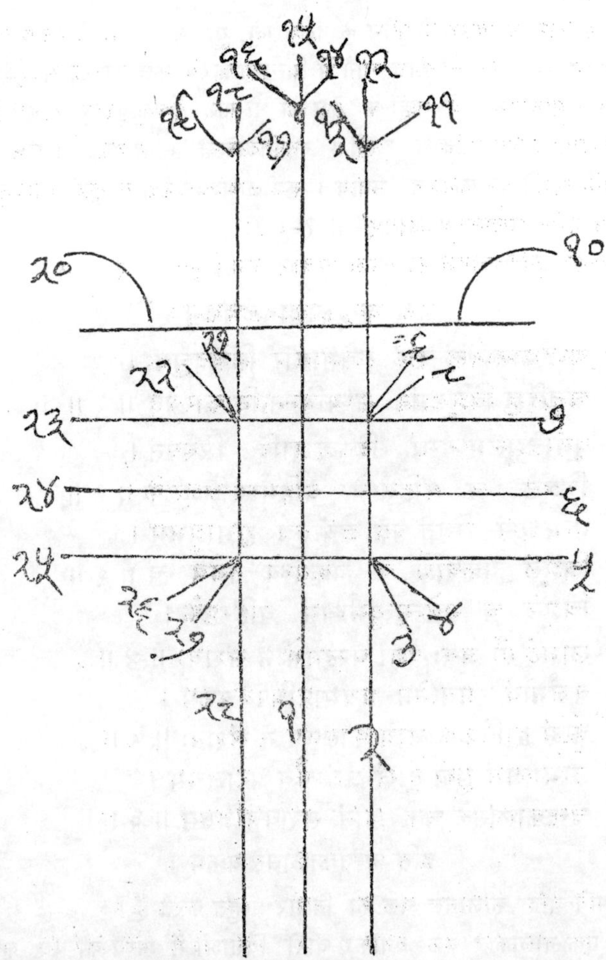

मध्य त्रिशूल के नीचे से सूर्य के नक्षत्र से अभिजित् के सहित २८ नक्षत्रों का न्यास वाम क्रम से करके देखना चाहिये कि नाम का नक्षत्र कहाँ है जहाँ हो उससे शुभ व अशुभ आगे बताते हुए मार्ग से जानकर कहना चाहिये।

यदि अधः रेखास्थित तीन नक्षत्रों में नाम का अक्षर हो तो उद्वेग, वध और बन्धन होता है।

यदि कोण के ८ नक्षत्र या मध्य के ६ नक्षत्रों में नामाक्षर हो तो विजय तथा लाभ होता है। यदि दोनों श्रृंगों में से किसी में हो तो रोग और हानि एवं त्रिशूल के ९ नक्षत्रों में नाम नक्षत्र हो तो मृत्यु होती है।

इस चक्र का विवाद, विग्रह, संग्राम, रोग और यात्रा में यत्न से विचार करके कहना चाहिये।

रोगी के रोग के विषय में भौम के नक्षत्र को, युद्ध में चन्द्रमा के नक्षत्र को, यात्रा में कृत्तिका को मध्य रेखा के नीचे भाग में विन्यास करके फल जानना चाहिये ॥१–६॥

विशेष—मानसागरी में ग्रहों के वेध का भी फल पृथक्-पृथक् वर्णित है। यथा "रवेर्वेधे मनस्तापो द्रव्यहानिश्च भूसुते। रोगपीडाकरो मन्दो राहुः केतुश्च मृत्युदः। गुरोर्वेधे भवेल्लाभो रत्नलाभश्च भार्गवे। स्त्रीलाभश्चन्द्रवेधे च सुखं स्याद्बुधभेदतः। जन्मराशेश्च वेधेन फलमेतत्प्रकीर्तितम्' ॥ १–६ ॥

इस प्रकार सूर्यकालानल का सफल विचार समाप्त हुआ ॥ १–६ ॥

अथ चन्द्रकालानलचक्रम्।

चन्द्रकालानलं चक्रं व्योमाकारं लिखेद्बुधः।
चतुर्दिक्षु त्रिशूलानि मध्यभिन्नानि कारयेत् ॥ १ ॥
पूर्वत्रिशूलमध्यस्थं दिनऋक्षादि लिख्यते।
त्रिशूले च बहिर्मध्ये बहिर्मध्यत्रिशूलके ॥ २ ॥
नामऋक्षं स्थितं यत्र ज्ञेयं तत्र शुभाशुभम्।
त्रिशूलं चक्रबाह्ये च चक्रमध्ये तथैव च ॥ ३ ॥
त्रिशूले च भवेन्मृत्युर्मध्यमं बहिरष्टके।
लाभक्षेमौ जयः प्रज्ञां चन्द्रगर्भे न संशयः ॥ ४ ॥
वर्जनीयं प्रयत्नेन प्रथमाष्टत्रिपञ्चकम्।
ऋक्षं द्वाविंशकं चात्र कालरूपं न संशयः ॥ ५ ॥
लाभालाभं सुखं दुःखं जयं चैव पराजयम्।
चन्द्रकालानले चक्रे ज्ञानं संशयवर्जितम् ॥ ६ ॥

इति चन्द्रकालानलचक्रम्।

अब आगे चन्द्र कालानल चक्र का विचार प्रस्तुत करते हैं।

प्रथम एक गोलाकार चक्र बनाकर चारों दिशाओं में मध्य को वेध करता हुआ त्रिशूल बनावे यही चन्द्रकालानल चक्र होता है।

इसमें पूर्व दिशा में स्थित त्रिशूल के मध्य से दिन नक्षत्र त्रिशूल में लिखकर फिर उसके बाहर मध्य तथा मध्य बाहर तथा त्रिशूल में क्रम से २८ नक्षत्रों का न्यास

करके देखना चाहिये कि नाम का नक्षत्र कहाँ है। जहाँ हो वहाँ से शुभाशुभ का विचार आगे बताई हुई विधि से करना चाहिये।

यदि त्रिशूल के नक्षत्रों में नाम नक्षत्र हो तो मृत्यु होती है। उसके बाहर के आठ नक्षत्रों में हो तो मध्यम फल होता है।

यदि गर्भ के ८ नक्षत्रों में हो तो क्रम से लाभ, कुशल, विजय और शुभ फल होता है, इसमें सन्देह नहीं है।

प्रथम नक्षत्र से ८ वाँ १५ वाँ और २२ वाँ नक्षत्र इस चक्र में काल रूप होता है। इस चन्द्र कालानल से लाभ, हानि, सुख, दुःख, विजय व पराजय का ज्ञान होता है। इसमें सन्देह नहीं करना चाहिये ॥ १–६ ॥

जातकाभरण में भी कहा है 'कर्काटकेन प्रविधाय वृत्तं तस्मिश्च पूर्वापरयाम्यसौम्ये। वृत्ताद्बहिः सञ्चलिते विधेये रेखे त्रिशूलानि तदग्रकेषु ॥ कोणाश्च रेखा द्वितयेन साध्याः पूर्वत्रिशूले किल मध्यसंस्थम्। चान्द्रं लिखेद्भं तदनुक्रमेण सव्येन धिष्ण्यानि बहिस्तदन्ते ॥ कालानलं चक्रमिदं हि चान्द्रं रणप्रयाणादिषु जन्मभं चेत्। त्रिशूलसंस्थं निधनाय नूनमन्तर्बहिस्थं तु शुभप्रदं हि ॥ १–६ ॥

स्पष्टार्थचन्द्रकालानलचक्र—

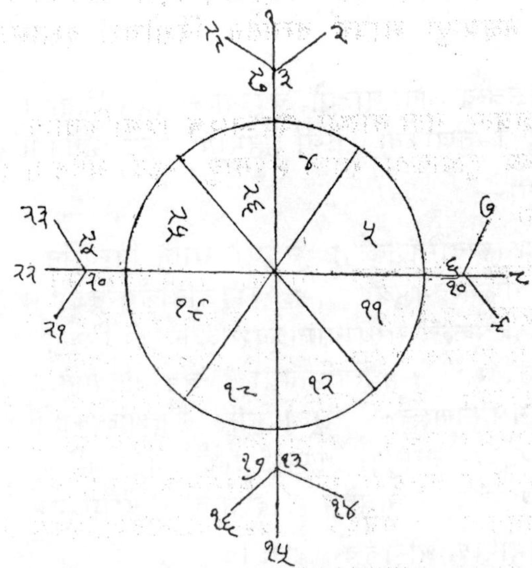

इस प्रकार चन्द्रकानल चक्र का विचार समाप्त हुआ ॥ १–६ ॥

इति श्रीमद्दैवज्ञवर्यपण्डितदामोदरात्मजबलभद्रविरचिते होरारत्नेऽष्टमोऽध्यायः ॥ ८ ॥

इस प्रकार ज्योतिषियों में श्रेष्ठपण्डित दामोदर जी पुत्र बलभद्र द्वारा विरचित होरारत्न का आठवाँ अध्याय समाप्त हुआ ॥ ८ ॥

इति श्रीमथुरावास्तव्य श्रीमद्भागवताभिनवशुक पं० केशवदेवचतुर्वेदात्मजमुरलीधरचतुर्वेदकृताऽष्टमाध्यायस्येन्दुमती हिन्दी व्याख्या होरारत्नस्य पूर्तिमगात् ॥ ८ ॥

अथ नवमोऽध्यायः

अथ सूर्यादिग्रहाणामंशपिण्डनिसर्गजीवशर्मोक्तायुर्लेख्यम्। एषाञ्च चतुर्णामायुषां व्यवस्थोक्ता सारावल्याम्—

अंशोद्भवं विलग्नात्पैण्डं भानोर्निसर्गजं चन्द्रात्।
एतेषां यो बलवानेकस्तस्य विचिन्तयेदायुः॥ १॥
लग्नदिवाकरचन्द्रास्त्रयोऽपि बलरिक्ततां यदा यान्ति।
परमायुषः स्वरांशं ददति खगा जीवशर्मोक्तम्॥ २॥

ततो ग्रहाणां जातकपद्धत्युक्तमार्गेणानीतं दशान्तर्दशादिचक्रं लेख्यम्। अत्र पद्धतिप्रोक्तमार्गेण सर्वेषां ग्रहाणामन्तर्दशा नायात्यतः केचन गौरीजातकमतेन नक्षत्रायुः साधनं तन्मतेन विंशोत्तरी दशासाधनं कुर्वन्ति। तद्यथा—

नक्षत्रस्य गता नाड्यो वेदघ्नाश्च त्रिभाजिताः।
लब्धं तुखार्कतः शोध्यं शेषमायुः स्फुटं भवेत्॥ १॥

अथ दशा—

कृत्तिकातस्त्रिरावृत्या नवधा भानि विन्यसेत्।
तत्रार्कचन्द्रभूपुत्राः राहुजीवार्कचन्द्रजाः॥ १॥
केतुः शुक्रश्च संस्थाप्यास्तद्दशाब्दान्यथो लिखेत्।
षट् दिशः सप्तधृत्यष्टिस्तथा चैकोनविंशतिः॥ २॥
घनसप्तनखश्चैव सूर्यादीनां दशाब्दकाः॥ ३॥
दशाब्दाः स्वायुषा गुण्याः खार्कैर्भक्तात्समादिकम्।
दशामानं भवेदेवं दशान्तोऽन्तर्दशादिकम्॥ ४॥

अत्र सुगमोपायः श्रीगुरुचरणकृतः।

आयुर्नखांशको भानुर्द्वादशांशो विधुः स्मृतः।
स्वाङ्गांशयुग् रविर्भौमस्त्रिघ्नोऽर्कः सिंहिकासुतः॥ १॥
रविचन्द्रयुतो जीवो गुरुसूर्योर्द्धयुक् शनिः।
कुजचन्द्रयुतः सौम्यः कुजतुल्यः शिखी मतः॥ २॥
द्विघ्नश्चन्द्रः सितः प्रोक्तः गौरीप्रोक्ता दशा इमाः।
एवमन्तर्दशा साध्या विदशोपदशायुता॥ ३॥

अपरे तु पद्धतिमतान्नीतायुर्दायस्यैव विंशोत्तरी दशा विभागं कुर्वन्ति। अन्ये तु आदिमदशायामेव त्रैराशिकं कुर्वन्ति। अन्यथा दशा यथोक्तवर्षमितान्तर्दशादि सहिताः कुर्वन्ति। उक्तञ्च जन्मसरणौ—

नयनोनजनुभमङ्कहृत् क्रमशोऽर्केन्दुकुजागुसूरयः।
शनिचन्द्रजकेतुभार्गवाः परिशेषा तु दशाधिपाः स्मृताः॥ १॥
रसदिक् हयो धृतिनृपातिधृति मेघहयोनखाः समाः।
निजजन्मनि आदिमा दशा जनिभस्यैतघटीसमाहृताः॥ २॥
सकलर्क्षघटी विभाजिता जनिभुक्ता हि दशामता ततः।
अवशिष्टदशा फलं वदेत् परिशेषेषु यथोक्तवर्षकैः॥ ३॥

इति। अत्र यथा संप्रदायं व्यवस्था ज्ञेयाः।

अब आगे नवम अध्याय में पहिले ग्रहों की अंश, पिण्ड, निसर्ग, जीव शर्मोक्त आयु को लिखना चाहिये। इन चारों आयुर्दायों की व्यवस्था सारावली में वर्णित है अर्थात् किस परिस्थिति में अंशायु, किसमें पिण्ड, किसमें निसर्ग और कब जीवशर्मोक्त आयु का ग्रहण करना चाहिये उसे कहते हैं।

सारावली में कहा है कि यदि कुण्डली में लग्न बली हो तो अंशायु, सूर्य बली होने पर पिण्डायु और चन्द्रमा बलवान् हो तो निसर्गायु लेना चाहिये॥ १॥

यदि लग्न, सूर्य, चन्द्रमा निर्बल हों तो जीवशर्मोक्त आयु समझना चाहिये॥ २॥

इसके अनन्तर जातक पद्धति की रीति से ग्रहों के दशा, अन्तर्दशा चक्रों को लिखना चाहिये। यहाँ जातक पद्धति के मार्ग से सब ग्रहों की दशा का साधन नहीं हो पाता है। अतः कोई-कोई आचार्य गौरी जातक में कथित नक्षत्रायु का साधन और उसी मत से विंशोत्तरी दशा का साधन करते हैं। अब आगे उसी को बतलाते हैं।

नक्षत्रायु—जन्म नक्षत्र की भुक्त घटियों को चार से गुना करके तीन से भाग देकर जो लब्धि हो उसे १२० में से घटाकर शेष तुल्य नक्षत्रायु होती है।

दशा—कृत्तिका नक्षत्र से नक्षत्रों की तीन आवृत्ति करने से ९ स्थानों में ३, ३ नक्षत्र होते हैं। इन तीन नक्षत्रों के ९ ग्रह स्वामी कहलाते हैं। यथा—कृत्तिका, उत्तरा फाल्गुनी, उत्तराषाढ़ इनका सूर्य, रोहिणी, हस्त, श्रवण का चन्द्रमा, मृगशिरा, चित्रा, धनिष्ठा का भौम और आगे भी इसी प्रकार राहु, जीव, शनि, बुध, केतु, शुक्र के नक्षत्रों को जानकर जन्म नक्षत्र के आधार पर दशा जानना चाहिये। विंशोत्तरी दशा में सूर्य की ६ वर्ष, चन्द्रमा १०, भौम की ७, राहु की १८, गुरु की १६, शनि की १९, बुध १७, केतु की ७ और शुक्र की महादशा २० वर्ष की होती है। ये ग्रहों के दशा वर्ष होते हैं।

स्पष्टार्थ चक्र

सू.	चं.	मं.	रा.	जी.	श.	बु.	के.	शु.	ग्रहाः
कृ	रो.	मृ.	आ.	पु.	पु.	श्ले.	म.	पू.	नक्षत्र
उ.	ह.	चि.	स्वा.	वि.	अ.	ज्ये.	मू.	पू.	
उ.	श्र.	ध.	श.	पू.	उ.	रे.	अ.	भ.	
६	१०	७	१८	१६	१९	१७	७	२०	वर्ष

यदि किसी ग्रह में किसी ग्रह की अन्तर्दशा जानना हो तो दोनों के महादशा वर्षों का आपस में गुणा करके १२० से भाग देने पर जो लब्धि हो वह वर्षादि अन्तर्दशा होती है। जैसे---शुक्र की महादशा में चन्द्रमा की अन्तर्दशा जानना है। अतः शुक्र की महादशा वर्ष २० को चन्द्रमा की महादशा १० से गुना करने पर २०० हुआ इसमें १२० का भाग दिया तो लब्धि १ व शेष ८० इसको १२ से गुना करने पर ९६० हुआ इसमें पुनः १२० का भाग दिया तो ८ लब्धि प्राप्त हुई। इस लिये शुक्र की महादशा में चन्द्रमा की अन्तर्दशा १ व० ८ मास हुई प्रकार अभीष्ट की सिद्धि करना चाहिये ॥ १-४ ॥

यहाँ ग्रहों के दशावर्ष जानने के लिये अपने गुरू जी द्वारा रचित सरल उपाय को अब बताते है।

सूर्य की १२० वर्ष का बीसवाँ भाग अर्थात् ६ वर्ष, बारहवाँ भाग चन्द्रमा की अर्थात् १० वर्ष, अपने छठे भाग में युक्त सूर्य की दशा, भौम की अर्थात् ७ वर्ष, त्रिगुणित सूर्य की दशा राहु की अर्थात् ६ × ३ = १८ वर्ष, सूर्यचन्द्र दशा का योग अर्थात् ६ + १० = १६ गुरु की, गुरु की दशा में सूर्य की आधी दशा जोड़ने पर अर्थात् १६ + ३ = १९ शनि की, भौम व चन्द्रमा की दशा वर्ष का योग अर्थात् ७ + १०=१७ बुध की, भौम के समान अर्थात् ६ वर्ष केतु की और द्विगुणित चन्द्रमा की दशा अर्थात् १० × २ = २० वर्ष शुक्र की गौरी जातक में वर्णित दशा होती है। इसी प्रकार विदशा व उपदशा का योग अन्तर्दशा होता है ॥ १-३ ॥

अपर लोग तो पद्धति मत से आनीत आयुर्दाय का ही विशोत्तरी दशा भाग करते हैं। अन्यजन प्रारम्भिक दशा में ही त्रैराशिक करते हैं। अन्यथा उक्त वर्ष तुल्य दशा अन्तर्दशा बनाते हैं। ऐसा जन्म सरणि में कहा है। अब उसे बताते हैं।

जन्म नक्षत्र संख्या को अश्विनी से गिनकर उसमें दो घटा कर ९ का भाग देने से जो एकादि शेष हो उसके तुल्य अर्थात् १ शेष में सूर्य की, २ में चन्द्रमा की, ३ में भौम की, ४ में राहु की, ५ में गुरु की, २ में शनि की, ७ में बुध की, ८ में केतु की और शून्य शेष में शुक्र की दशा समझना चाहिये अर्थात् उक्त शेषों में ये दशा के स्वामी होते हैं। इन के दशा वर्ष पूर्वोक्त तुल्य ही हैं। दशा स्वामी जानने के बाद आगे अब भुक्त भोग्य दशा ज्ञान को कहते हैं।

जन्म नक्षत्र से दशा का स्वामी जानकर उस ग्रह के वर्षों से जन्म नक्षत्र के भुक्त को गुना करके भभोग से भाग देने पर जो लब्धि वर्षादि हो उसे भुक्त वर्ष जानना चाहिये। इन भुक्त वर्षादि को दशा मान में घटाने से भोग्य वर्षादि होता है। इसके आधार पर जातक का शुभाशुभ कहना चाहिये ॥ १-३ ॥

अथ दशारिष्टानि।

श्रीपतिः—

क्रूरखेचरदशा समये चेद् दारुणोऽन्तर्दशा कुरुतेऽन्यः।
तत्करोति बहुधा विपदंशः प्राणिनामतितरामणियोगे ॥ १ ॥

गुणाकरः—

षष्ठाष्टमगतः क्रूरः क्रूरभस्थो विलोकितः।
द्विपदा क्रूरभस्थेन स्वदशायां मृतिप्रदः ॥ १ ॥
लग्नाथरिपुर्लग्नदशायां प्रविशेन्नृणाम्।
करोति नूनं निधनं इति सत्यस्य भाषितम् ॥ २ ॥
दशायां बलहीनस्य बलिनोऽन्तर्दशा यदि।
न चोदितस्य वै कुर्याद् दशारिष्टस्य संक्षयम् ॥ ३ ॥ इति।

जातकाभरणे—

स्वर्भानुयुक्तस्य च खेचरस्य दशा वरिष्ठाऽप्यतिकष्टदा स्यात्।
पाकावसाने ननु मानवानां दुःखानि हानिश्च विदेशयानम् ॥ १ ॥
लग्नेश्वरस्याष्टमभावगस्य भवेद्दशायामतिपीडनञ्च।
दशावसानेऽपि हि मानवानां भवेत्समाप्तिः खलु जीवितस्य ॥ २ ॥
नीचारिभस्थस्य च वक्रिणो वा पाके कुकर्माभिरतिर्मनुष्यः।
विदेशवासी निजबन्धुवर्गैस्त्यक्तो भवेदाश्रयताभियुक्तः ॥ ३ ॥
जननराशितनुस्तनुनाथपो रिपुदशासमये मतिविभ्रमः।
भयमरेरपि राज्यपरिच्युतिः खलजनैः कलही बलहीनता ॥ ४ ॥
दशा प्रवेशे खचरः स्वतुङ्गे मूलत्रिकोणे यदि वा स्वगेहगः।
शुभेष्टवर्गस्थितिकृत् शुभेष्टैर्दृष्टो दशारिष्टहरो भवेत्सः ॥ ५ ॥

अब आगे अरिष्ट दायक ग्रह की दशा को श्रीपति के वाक्य से कहते हैं।

यदि जन्मपत्री में पापग्रह की दशा में क्रूरग्रह की अन्तर्दशा हो तो जातक अधिक विपत्तियों से ग्रसित होता है ॥ १ ॥

अब आगे होरा मकरन्द के वचनों से अरिष्ट देने वाली दशा को कहते हैं।

यदि जन्मपत्री में छठे या आठवें भाव में पापग्रह की राशि में पापग्रह द्विपदस्थ क्रूरराशिस्थ ग्रह से दृष्ट तो उक्त ग्रह की दशा में जातक का मरण होता है ॥ १ ॥

यदि जन्मपत्री में लग्नेश का शत्रु लग्न में हो तो इस की दशा में सत्याचार्य की का कहना है कि जातक की अवश्य मृत्यु होती है ॥ २ ॥

यदि जन्मपत्री में निर्बलग्रह की दशा में बली ग्रह की अन्तर्दशा हो तो जातक के उदित अरिष्ट का नाश नहीं होता है ॥ ३ ॥

अब आगे जातकाभरण के वाक्य से अरिष्ट दशा का वर्णन करते हैं।

यदि जन्मपत्री में श्रेष्ठ ग्रह की दशा हो और वह ग्रह राहु से युक्त तो अधिक कष्ट देने वाली दशा होती है। तथा दशा के अन्त में जातक को दुःख व हानि होती है एवं विदेशगमन होता है ॥ १ ॥

यदि जन्मपत्री में अष्टमस्थ लग्नेश की दशा हो तो जातक अधिक पीडित होने वाला और दशान्त में मृत्यु पाने वाला होता है ॥ २ ॥

यदि जन्मपत्री में नीचस्थ, शत्रुराशिस्थ वा वक्रीग्रह की दशा हो तो जातक दूषित कार्यों में आसक्त, विदेश में रहने वाला, अपने बान्धवों से त्यक्त और आश्रयी होता है ॥ ३ ॥

यदि जन्मपत्री में लग्न में चन्द्रमा हो और लग्नेश की दशा में शत्रुग्रह की अन्तर्दशा में बुद्धिभ्रम, शत्रु से भी भय, राज्य से भ्रष्ट, दुष्टों से लड़ाई करने वाला और निर्बल जातक होता है ॥ ४ ॥

यदि जन्मपत्री में तुङ्गस्थ या मूलत्रिकोणस्थ वा अपनी राशिस्थ ग्रह, शुभ या मित्र ग्रहों से दृष्ट हो तो इस प्रकार के ग्रह की दशा में अच्छा काम, मित्रों से संयोग और अरिष्ट का नाश होता है ॥ ५ ॥

अथ विशेषसहितं ग्रहाणां दशाफलम्।

जातकाभरणे—

स्वोच्चे स्वगेहे यदि वा त्रिकोणे वर्गे स्वकीयेऽथ चतुष्टये वा।
नास्तं गतो नाशुभदृष्टियुक्तो जन्माधिपः स्याच्छुभदः स्वपाके ॥ १ ॥
त्रिषष्ठलाभोपगतैः समस्तैः सौम्यैः सुखार्थाश्च भवन्ति बाल्ये।
तत्रैव पापैर्वयसोऽन्त्यभागे जायार्थपुत्रादि सुखानि सम्यक् ॥ २ ॥
तुङ्गस्वगेहे स्वसुहृद्ग्रहांशे नीचारिभस्थेऽपि च खेचरेन्द्रे।
मिश्रं फलं स्यात् खलु तस्य पाके होरागमज्ञैः परिकल्पनीयम् ॥ ३ ॥
वाचस्पतिर्लग्नगतः स्वतुङ्गे स्वर्क्षे दशायुस्त्रिभगश्च सूतौ।
करोति राज्यं स्वकुलानुमानान्नानाविधोत्कर्षविशेषयुक्तम् ॥ ४ ॥
आरोहिणी दशा यस्य खेचरः सत्फलप्रदः।
सत्फलापचयं कुर्याद्दशाचेदवरोहिणी ॥ ५ ॥
स्त्रीपुत्रमित्रद्रविणोपलब्धिः कर्के हिमांशुः कुरुते दशायाम्।
जायापशूनां हनने प्रवृत्तिः करोति पृथ्वीतनुजस्य गेहे ॥ ६ ॥

सच्छास्त्रमित्राधिगमं करोति बुधस्य राशौ गुरुधामसंस्थः।
नृपप्रसादं विपुलां च लक्ष्मीं शुक्रस्य गेहे फलमेतदेव ॥ ७ ॥
तुषाररश्मिः शनिवेश्मसंस्थः प्रेष्यं मनुष्यं कुरुते दशायाम्।
अरण्य दुर्गस्थितिमाददाति प्रीतिं मरुद्गोगृहनिर्मितौ च ॥ ८ ॥
मित्रे चोपचयस्थाने त्रिकोणे सप्तमेऽपि वा।
पाकेऽम्बरे स्थितश्चन्द्रः कुरुते सत्फलां दशाम् ॥ ९ ॥

इति सदसद्दशाविचारः।

अब आगे विशेषता के साथ ग्रहों की दशाओं के शुभाशुभ फल को जातकाभरण के वाक्य से बतलाते हैं।

जातकाभरण में कहा है कि यदि जन्मपत्री में जन्मराशीश उच्च या अपनी राशि या मूलत्रिकोण या अपने वर्ग या केन्द्र में अशुभग्रहों से अदृष्ट तथा अयुत एवं अस्त न हो तो इसकी दशा में जातक शुभ फल पाने वाला होता है ॥ १ ॥

यदि कुण्डली में सब शुभ ग्रह ३।६।११ में हों तो जातक बाल्यकाल में सुखी व धनी, यदि उक्त स्थानों में समस्त पाप ग्रह हों तो अवस्था के अन्तभाग में स्त्री, धन पुत्रादि के अच्छे सुख जातक प्राप्त करता है ॥ २ ॥

यदि कुण्डली में उच्च, स्वराशि, मित्र नवांश, नीच, शत्रु राशिस्थ ग्रह की दशा हो तो जातक अच्छा व दूषित दोनों ही फल पाने वाला होता है ॥ ३ ॥

यदि जन्मपत्री में लग्नस्थ या ३ में गुरु अपनी राशि या उच्च राशि में हो तो जातक अनेक प्रकार की विशेषताओं के साथ स्ववंश की परम्परा से राज्य करता है ॥ ४ ॥

यदि कुण्डली में आरोहिणी ग्रह की दशा हो तो जातक उसमें सुन्दर फल प्राप्त करता है। यदि अवरोहिणी ग्रह की दशा हो तो सुन्दर फल का विनाश होता है ॥५॥

यदि कुण्डली में कर्कस्थ चन्द्रमा की दशा हो तो स्त्री, पुत्र, मित्र और धन की प्राप्ति, यदि भौम राशिस्थ (१।८) चन्द्रमा की दशा हो तो स्त्री व पशुओं के मारने की प्रवृत्ति, यदि बुध राशिस्थ चन्द्रमा की दशा हो तो अच्छे शास्त्र व मित्रों की प्राप्ति, यदि गुरुराशिस्थ हो तो राजा की अनुकम्पा तथा अधिक धनागम, इसी प्रकार शुक्र की राशि में फल होता है ॥ ६–७ ॥

यदि मकर या कुम्भ राशिस्थ शनि की दशा हो तो जातक सेवक तथा वन या किले में रहने वाला, हवा या गाय के घर निर्माण में प्रीति करने वाला होता है ॥८॥

यदि कुण्डली में मित्र राशि या उपचय स्थान या ५।९।७।१० में चन्द्रमा हो तो इसकी दशा में जातक शुभ फल पाने वाला होता है ॥ ९ ॥

इस प्रकार शुभाशुभ दशा का विचार समाप्त हुआ।

अथ सूर्यदशाफलविचारः।

भानोर्दशायां हि विदेशवासो भवेत् कदाचिन्ननु मानवानाम्।
भूवन्हिभूपद्विजवर्यशस्त्रभैषज्यतोऽतीवधनागमः स्यात् ॥ १ ॥
मन्त्राऽभिचारेऽभिरुचिर्विचित्रा धात्रीपतेः सख्यविधिर्विशेषात्।
विख्यातकर्माभिरतिर्मतिः स्यादनल्पजल्पे वरुणेन चिन्ता ॥ २ ॥

व्ययश्च दन्तोदरनेत्रबाधा जायासुतेभ्यश्च युतश्च चिन्त्या।
नृपाग्निचौराहतबन्धुवर्गैः स्वगोत्रजैर्वा प्रबलः कलिः स्यात् ॥ ३ ॥
सामान्यफलमेतत्।
दशा दिनेशस्य निजोच्चगस्य स्वधर्मकर्माभिरुचिं तनोति।
तातार्जितं द्रव्यगृहादिलाभं नानासुखानि प्रमदा सुतेभ्यः ॥ ४ ॥
उच्चच्युतस्यातितरामरिष्टं चौराग्निरोगात्स्वजनैर्विरोधम्।
रवेर्दशा चैव चतुष्पदानां करोति हानिं ननु मानवानाम् ॥ ५ ॥
कान्ता सुतानां कृषिवाहनानां प्रपीडनं स्यान् नयनाननेषु।
हृद्रोगबाधा बहुधा नराणां वृषाधिरूढस्य रवेर्दशायाम् ॥ ६ ॥
सन्मन्त्रशास्त्रोत्तमकाव्यकर्ता प्रीतिः पुराणेषु भवेन्नराणाम्।
कृषिक्रियाधान्यधनैः सुखानि नृयुग्मसंस्थस्य रवेर्दशायाम् ॥ ७ ॥
ख्यातिर्नृपप्राप्तिरतीवनित्यं स्त्रीनिर्जितत्वं च महत्प्रकोपः।
सुहृज्जने कष्टमनूनपीडा कर्काधिरूढस्य रवेर्दशायाम् ॥ ८ ॥
दुर्गादरण्याच्च कृषिक्रियायां धनान्यनेकानि भवन्ति नूनम्।
स्यात् ख्यातिरुच्चैर्नृपगौरवञ्च कण्ठीरवस्यार्कदशाप्रवेशे ॥ ९ ॥
स्यात्कन्यकानांजननञ्च मानो देवद्विजानामनुपूजनञ्च।
लब्धिः पशूनां च भवेद्दशायां कन्यागतस्याम्बुजबान्धवस्य ॥१०॥
क्षेत्रात्मजार्थं प्रमदासुपीडा चौराग्निभीतिश्च विदेशयानम्।
नीचत्वमुच्चैः खलु बान्धवानां तुलाधरस्थस्य रवेर्दशायाम् ॥११॥
नीचांशमुक्तस्य रवेर्दशायां सुखेन लाभः परवञ्चनञ्च।
जायानिमित्तोद्यतदुःखलब्धिर्नीचैर्भवेत् सख्यविधिर्नितान्तम् ॥१२॥
नीचांशमस्थस्य रवेर्दशायामुद्विग्नता दोषसमुद्‌वा स्यात्।
षष्ठाश्रितस्य व्रणजन्यपीडा पित्तोत्थबाधा बहुधावगम्या ॥१३॥
तेजो विशेषाभियुतो नितान्तं विषाग्निशस्त्रैः परिपीडितश्च।
पित्रा जनन्यागतचित्तशुद्धिः स्याद्वृश्चिकस्थस्य रवेर्दशायाम् ॥१४॥
कलत्रपुत्रद्रविणादिसौख्यं स्याद्गौरवं राजकुलाद्द्विजेभ्यः।
संगीतशास्त्रागमसौख्यमुच्चैश्चापोपयातस्य रवेर्दशायाम् ॥१५॥
जायात्मजद्रव्यसुखाल्पता स्यादनल्पपीडा प्रयुतो नितान्तम्।
भवेत्पराधीनतयातिचिन्ता नक्रोपजातस्य रवेर्दशायाम् ॥१६॥
हृद्रोगबाधास्तुतिवित्तकान्ताचिन्ता परान्नादिसुखं न किञ्चित्।
शुक्रोद्गमश्चाप्यति दीनता च घटादिरूढस्य रवेर्दशायाम् ॥१७॥
स्त्रीवित्तसौख्योपचयः प्रतिष्ठा ज्वरादि पीडा च सुतादिकानाम्।
वृथाटनत्वं ननु मानवानां मीने दिनेशस्य दशाप्रवेशे ॥१८॥

स्वोच्चस्थितस्याष्टमभावगस्य दशा दिनेशस्य च दोषदा स्यात् ।
षष्ठस्थितस्य व्रणजातपीडां करोति गाढां च पितुर्जनन्याः ॥१९॥
पूर्वं भवेत् सूर्यदशाप्रवेशे पित्रोश्च बाधा विविधा तदानीम् ।
लग्ना दशा क्लेशविशेषदात्री नक्षत्रनाथस्य दशातिशस्ता ॥२०॥

इति सूर्यदशाफलम् ।

अब आगे सूर्य की महादशा के फल को बताते हैं ।

यदि जन्मपत्री में सूर्य की दशा हो तो जातक विदेश में कदाचित् अवश्य निवास करने वाला, भूमि, अग्नि, राजा, ब्राह्मण, अच्छा शस्त्र और वैद्यक की क्रियाओं से अत्यन्त लाभ करने वाला, अभिचार मन्त्रों में आसक्ति रखने वाला, राजा से विशेष मित्रता वाला, प्रसिद्ध कार्य में विचित्र अनुरक्त, अधिक बोलने की बुद्धि वाला, जल से चिन्तित व खर्चीला, दाँत, पेट और आँख में पीड़ा से युक्त, स्त्री पुत्र से युक्त, राजा, अग्नि, चोर और आहत बान्धवों से अधिक क्लेश करने वाला होता है । यह सामान्य फल सूर्य की दशा में होता है ॥ १-३ ॥

अब आगे सूर्य की राशिस्थितिवश विशेष फल को बतलाते हैं ।

यदि जन्मपत्री में उच्चस्थ सूर्य की दशा हो तो जातक अपने धर्म-कर्म में इच्छा रखने वाला, पिताजी के द्वारा अर्जित धन व घर का लाभी और स्त्री पुत्रों से अनेक प्रकार के सुख पाने वाला होता है ॥ ४ ॥

यदि जन्मपत्री में उच्च राशि से भ्रष्ट सूर्य की दशा हो तो जातक अधिक अरिष्ट पाने वाला, चोर, अग्नि रोग से पीड़ित, अपने मनुष्यों का विरोधी और पशुओं की हानि करने वाला होता है ॥ ५ ॥

वृष राशिस्थ सूर्य की दशा का फल—यदि जन्मपत्री में वृष राशिस्थ सूर्य की दशा हो तो जातक स्त्री, पुत्र, खेती, सवारी, आँख और मुख की पीड़ा से युक्त होता है ॥ ६ ॥

मिथुन राशिस्थ सूर्य की दशा का फल—यदि जन्मपत्री में मिथुन राशिस्थ सूर्य की दशा हो तो जातक अच्छे मन्त्र शास्त्र या उत्तम काव्य की रचना करने वाला, पुराणों में प्रीति करने वाला, खेती के कार्य और धनधान्य से सुखी होता है ॥ ७ ॥

कर्क राशिस्थ सूर्य की दशा का फल--यदि जन्मपत्री में कर्क राशिस्थ सूर्य की दशा हो तो जातक विख्यात, राजा से प्राप्ति करने वाला, स्त्री से पराजित, बड़ा क्रोधी और अधिक मित्र पीड़ा से युक्त होता है ॥ ८ ॥

सिंह राशिस्थ सूर्य की दशा का फल—यदि जन्मपत्री में सिंह राशिस्थ सूर्य की दशा हो तो जातक किले या वन से या खेती के काम से अवश्य ही अधिक धन पैदा करने वाला, उच्च लोगों से प्रसिद्ध होने वाला और राजा से प्रतिष्ठा प्राप्त करता है ॥ ९ ॥

कन्या राशिस्थ सूर्य की दशा का फल—यदि जन्मपत्री में कन्या राशिस्थ सूर्य की दशा हो तो जातक कन्योत्पत्ति करने वाला, सम्मान से युक्त, देवता और ब्राह्मणों की पूजा करने वाला और पशुओं को पाने वाला होता है ॥ १० ॥

तुला राशिस्थ सूर्य की दशा का फल—यदि जन्मपत्री में तुला राशिस्थ सूर्य की दशा हो तो जातक पुत्रोत्पत्ति के कारण स्त्री की पीड़ा से युक्त, चोर तथा अग्नि से भयभीत, विदेश में जाने वाला और बान्धवों को नीचा दिखाने वाला होता है ॥ ११ ॥

नीच से मुक्त सूर्य की दशा का फल—यदि जन्मपत्री में नीच से मुक्त सूर्य की दशा हो तो जातक सुख से लाभ करने वाला, दूसरे को ठगने वाला, स्त्री के हेतु दुःखी और दुष्टों से दृढ़ मैत्री करने वाला होता है ॥ १२ ॥

नीचांशस्थ व षष्ठाश्रित सूर्य की दशा का फल—यदि जन्मपत्री में नीच नवांशस्थ सूर्य की दशा हो तो जातक दोष जन्य उद्‌विग्नता से युक्त और षष्ठाश्रित सूर्य की दशा में घाव से उत्पन्न पीड़ा और पित्तजन्य अधिक आपत्तियों से युक्त होता है ॥ १३ ॥

वृश्चिक राशिस्थ सूर्य की दशा का फल—यदि जन्मपत्री में वृश्चिक राशिस्थ सूर्य की दशा हो तो जातक विशेष तेजस्वी, जहर, अग्नि, शस्त्र से अधिक पीडित और पिता माता से चित्त में अशुद्धिवाला होता है ॥ १४ ॥

धनु राशिस्थ सूर्य की दशा का फल—यदि जन्मपत्री में धनु राशिस्थ सूर्य की दशा हो तो जातक स्त्री पुत्र धनादि से सुखी, राजा व ब्राह्मणों से प्रतिष्ठा प्राप्त करने वाला, संगीत शास्त्र व आगम से अधिक सुख पाने वाला होता है ॥ १५ ॥

मकर राशिस्थ सूर्य की दशा का फल—यदि जन्मपत्री में मकर राशिस्थ सूर्य की दशा हो तो जातक स्त्री पुत्र धनादि से अल्प सुखी, अधिक पीडा से युक्त और पर तन्त्रता से अधिक चिन्तित होता है ॥ १६ ॥

कुम्भ राशिस्थ सूर्य की दशा का फल—यदि जन्मपत्री में कुम्भ राशिस्थ सूर्य की दशा हो तो जातक हृदय से पीडित, प्रशंसा, धन और स्त्री से चिन्तित, दूसरे के अन्न से अल्प भी न सुखी होने वाला, शुक्र का क्षयी और बड़ा दीन हीन होता है ॥ १७ ॥

मीन राशिस्थ सूर्य की दशा का फल—यदि जन्मपत्री में मीन राशिस्थ सूर्य की दशा हो तो जातक स्त्री, धन सुख की वृद्धि से युक्त, प्रतिष्ठा, ज्वर और पुत्रादि की पीड़ा से युक्त एवं वृथा घूमने वाला होता है ॥ १२ ॥

यदि उच्चराशि में अष्टमस्थ सूर्य की दशा हो तो जातक दोषी यदि षष्ठस्थ उच्च-राशि के सूर्य की दशा हो तो घाव आदि से पीडित व पिता माता की अधिक पीडा से युक्त होता है । सूर्य की दशा में पहिले पिता को कष्ट और बाद में अनेक कष्ट होते हैं । और लग्न की दशा विशेष कष्ट कारिणी तथा चन्द्रमा की दशा प्रशस्त होती है ॥ १९-२० ॥

इस प्रकार सूर्य की दशा का फल समाप्त हुआ ॥ १-२० ॥

अथ चन्द्रदशाफलम् ।

आरोहिणी चन्द्रदशा नराणां सर्वार्थसिद्ध्यै कथिता विशेषात् ।
तथावरोहा कुरुते बिलम्बं सर्वेषु कार्येषु च बुद्धिमान्द्यम् ॥ १ ॥
नक्षत्रनाथस्य दशा प्रवेशे भवेन्नराणां महती प्रतिष्ठा ।
मन्त्रित्वमुच्चैर्नृपतेः प्रसादो भूदेवदेवार्चनता प्रवृत्तिः ॥ २ ॥
सन्मित्रविद्या विविधा धनाप्तिर्नानाकलाकौशलशालिनी च ।
गन्धैस्तिलैश्चापि फलप्रसूतैर्वृक्षैरलम्बाद्द्रविणोपलब्धिः ॥ ३ ॥
ख्यातिः सुनीतिर्विनयाधिकत्वं परोपकाराय मतिर्यशश्च ।
इतस्ततः सञ्चलनं प्रियत्वं कन्या प्रजा सञ्जननं मृदुत्वम् ॥ ४ ॥
जनस्य कर्मण्यतिसादरत्वमालस्यनिद्राकुलता क्षमा च ।
कृष्यादि कर्माभिरुचिः शुचित्वं कफानिलाधिक्यमतीव सत्त्वम् ॥ ५ ॥
भवेद् विरोधो स्वजनेन नूनं कलिप्रसङ्गो बहुजल्पता च ।
चित्तस्थितिर्नैव तु साधुकार्ये सामान्यतः कीर्तितमेतदत्र ॥ ६ ॥
मेषे शशाङ्कस्य दशाप्रवेशे योषात्मजानन्दभरो नराणाम् ।
विदेशकर्माभिरतिर्व्ययः स्याच्चौर्यं शिरो रुक् सहजादि बाधा ॥ ७ ॥
उच्चाधिरूढस्य दशा हिमांशोः कुलानुसाराद्धि ददाति राज्यम् ।
योषाविभूषात्मजगोतुरङ्गगजाप्तिसौख्योपचयं जयञ्च ॥ ८ ॥
मूलत्रिकोणाश्रितशीतरश्मेर्दशा विदेशाभिगमं करोति ।
कृषेः क्रिया धिक्कमतो धनाप्तिः कफानिलाप्तिः स्वजनैर्विरोधम् ॥ ९ ॥
वृषस्य पूर्वार्धगतो हिमांशुः पापान्वितः संजनयेज्जनन्याः ।
मृत्युः परार्धे जनकस्य सौख्यं सङ्क्षणान्मृत्युसमानरोगम् ॥ १० ॥
द्वन्द्वाधिरूढेन्दुदशा प्रवेशे देवद्विजार्चा धनधान्यसौख्यम् ।
स्थलान्तरे सञ्चलनं किल स्यात् सुखेन सम्यग् प्रतिवैभवञ्च ॥ ११ ॥
कुलीरसंस्थस्य कलानिधेः स्यात् पाके पशुद्रव्यकृषिप्रवृद्धिः ।
कलाकलापाकलनं च शैले वने रुचिं गुह्यगदप्रकोपः ॥ १२ ॥
कण्ठीरवस्थस्य निशाकरस्य पाके नरोऽर्थं लभते प्रतिष्ठाम् ।
श्रेष्ठां प्रनिष्टां विकलत्वमङ्गेऽनङ्गेऽपि हीनत्वमनुप्रयाति ॥ १३ ॥
कन्याश्रितेन्दौ च दशाप्रवेशे विदेशयानं वणिजोपलब्धिः ।
कलाकलापं मलबुद्धिवृद्धिः स्वल्पार्थसिद्धिश्च भवेन्नराणाम् ॥ १४ ॥
कलानिधेस्तोलिगतस्य पाके लोभे मनः स्याद्वनिताविषादः ।
वादश्च कैश्चिद् धनहीनता च प्रोत्साहभङ्गः खलु नीचसङ्गः ॥ १५ ॥
नीचोपयातस्य विधोर्दशायां स्याद्व्याधिवृद्धिर्बहुधा नराणाम् ।
वियोजनं वै स्वजनेन नूनं मानाल्पतानल्पचिन्ता च चित्ते ॥ १६ ॥

विमुक्तनीचोडुपतेर्दशायां भवेदवाप्तिः क्रयविक्रयाभ्याम् ।
मर्मव्यथा धर्मविधानमल्पमल्पं च सख्यं निजमैत्रवर्गैः ॥ १७ ॥
चापोपयातस्य च शीतरश्मेर्दशा प्रवेशे गजवाजिलब्धिः ।
पूर्वार्जितार्थापहृतिर्नितान्तमन्यत्र सौभाग्यसुखानि नूनम् ॥ १८ ॥
हिमकरस्य दशा मकरस्थिते सुतसुखानि धनागमनानि च ।
वितनुते तनुता मलिनास्तनोरनुदिनं गमनागमनानि च ॥ १९ ॥
क्रोडे च पीडा व्यसनानि नूनं स्युर्मानवानां तनुता शरेण ।
ऋणोपलब्धिश्चलता नितान्तं दशा प्रवेशे किल संस्थितेन्दौ ॥ २० ॥
वर्गोत्तमस्थस्य घटे हिमांशोः दशा प्रवेशे बलिभिर्विरोधः ।
कलत्रमित्रद्रविणात्मजाद्यैर्भवेद्वियोगो दशनास्यपीडा ॥ २१ ॥
मीनोपयातस्य च शीतभानोर्दशाप्रवेशे हि जलोद्भवार्थः ।
कलत्रपुत्रादिसुखानि नूनं शत्रुक्षयो बुद्धिविवृद्धिरुच्चैः ॥ २२ ॥
वर्गोत्तमस्थस्य झषे हिमांशोर्दशा प्रवेशे हि जलोद्भवार्थः ।
पुत्रादितोषं रिपुनाशमुच्चैर्लभेन्मनुष्यो हि यशो मनीषाम् ॥ २३ ॥
दशाप्रवेशे व्ययभावगेन्दौ पापार्जितद्रव्यसमुद्गमः स्यात् ।
क्षीणे रिपुस्थानगते हिमांशौ सम्यक्फलं प्राग्गदितं तथैव ॥ २४ ॥
नीचस्थितस्याष्टमभावगेन्दौ दशाप्रवेशे हि गदोद्गमः स्यात् ।
चेत् पापयुक्तो निधनं तदानीं जातिच्युतिं वा लभते मनुष्यः ॥ २५ ॥

इति चन्द्रदशाफलानि ।

अब आगे चन्द्रमा की दशा के फल को कहते हैं ।

यदि कुण्डली में चन्द्रमा की अवरोहिणी दशा हो तो जातक की इसमें विशेष कर समस्त कार्यों की सिद्धि होती है । यदि आरोहिणी दशा हो तो समस्त कामों में बिलम्ब और बुद्धि में अलपता आती है ॥ १ ॥

यदि कुण्डली में चन्द्रमा की दशा हो तो दशा प्रवेश समय में जातक की बड़ी प्रतिष्ठा, उच्च सचिव पद की प्राप्ति, राजा की कृपा और ब्राह्मण व देवता की पूँजा में प्रवृत्ति होती है, एवं अच्छे मित्र व विद्या का आगमन, अनेक रीति से धनागम, विविध कलाओं में चतुरता, सुगन्ध, तिल व फल देने वाले वृक्षों से शीघ्र धनाप्ति, प्रसिद्धि, सुन्दर नीति व नम्रता का बाहुल्य, परोपकारी बुद्धि, यश, इधर उधर पर्यटन, प्रियता, कन्या सन्तान का जन्म, सरलता, कार्यों में आदर, आलस्य, निद्रा, व्याकुलता, क्षमा में प्रवृत्ति, खेती के कामों में रुचि, पवित्रता, कफ व वायु की अधिकता, पराक्रम की वृद्धि, अपने लोगों में विरोध, लड़ाई, अधिक बोलने की शक्ति और सत्कार्यों में चित्त की स्थिति का अभाव होता है । यह चन्द्रमा की दशा में सामान्य फल होता है ॥ १-६ ॥

मेषस्थ चन्द्रमा की दशा का फल—यदि जन्मपत्री में मेषस्थ चन्द्रमा की दशा हो तो जातक स्त्री व पुत्र से आनन्दित, विदेशी कार्यों में आसक्ति, व्यय, पराक्रम की वृद्धि, मस्तक में रोग और भाई आदि को पीड़ा करने वाला होता है ॥ ७ ॥

उच्चस्थ चन्द्रमा की दशा का फल—यदि जन्मपत्री में उच्चस्थ चन्द्रमा की दशा हो तो जातक कुल के अनुसार राज्य पाने वाला, स्त्री, अलङ्कार, पुत्र, गाय, घोड़ा व हाथी की लब्धि करने वाला, सुख की वृद्धि व विजय पाने वाला होता है ॥ ८ ॥

मूल त्रिकोणस्थ चन्द्रमा की दशा का फल—यदि जन्मपत्री में मूलत्रिकोणस्थ चन्द्रमा की दशा हो तो जातक विदेशगामी, खेती का कार्यकर्ता, पराक्रम से धन की प्राप्ति, कफ व वायु की वृद्धि और अपने मनुष्यों से विरोध होता है ॥ ९ ॥

वृष पूर्वार्धं में चन्द्रमा की दशा का फल –यदि जन्मपत्री में वृष के पूर्वार्ध में स्थित चन्द्रमा की दशा हो तो जातक पाप से युक्त, माता की मृत्यु करने वाला, यदि वृष के उत्तरार्धंस्थ चन्द्रमा की दशा हो तो पिता को सुख, साथी की दृष्टि से मृत्यु के तुल्य रोग की प्राप्तिकर्ता होता है ॥ १० ॥

मिथुन राशिस्थ चन्द्रमा की दशा का फल – यदि जन्मपत्री में मिथुनस्थ चन्द्रमा की दशा हो तो जातक ब्राह्मण व देवताओं का पूजक, धनधान्य से सुखी, स्थानान्तर का गमन और सुख से अच्छा ऐश्वर्यवान् होता है ॥ ११ ॥

कर्क राशिस्थ चन्द्रमा की दशा का फल - यदि जन्मपत्री में कर्कराशिस्थ चन्द्रमा की दशा हो तो जातक पशु, धन, खेती की वृद्धि करने वाला, कला समूह का आकलन करने वाला, पर्वत व वन में इच्छा रखनेवाला और गुह्य स्थान में रोग का प्रकोपी होता है ॥ १२ ॥

सिंह राशिस्थ चन्द्रमा की दशा फल—यदि जन्मपत्री में सिंहस्थ चन्द्रमा की दशा हो तो जातक धन व श्रेष्ठ प्रतिष्ठा पाने वाला, शरीर में विकलता से युक्त और काम वासना की अल्पता होती है ॥ १३ ॥

कन्या राशिस्थ चन्द्रमा की दशा का फल—यदि जन्मपत्री में कन्या राशिस्थ चन्द्रमा की दशा हो तो जातक विदेशगामी, व्यापार प्राप्ति, कलाओं का संग्रह, दूषित बुद्धि की वृद्धि व अल्प धन की प्राप्ति करने वाला होता है ॥ १४ ॥

तुला राशिस्थ चन्द्रमा की दशा का फल--यदि जन्मपत्री में तुला राशिस्थ चन्द्रमा की दशा हो तो जातक के मन में लोभ, स्त्रियों से विषाद, किसी से विवाद, धन हानि, उत्साह का विनाश और दुष्टों से सङ्गति होती है ॥ १५ ॥

नीचस्थ चन्द्रमा की दशा का फल--यदि जन्मपत्री में नीचस्थ चन्द्रमा की दशा हो तो जातक के अधिकतर रोग की वृद्धि, अपने मनुष्यों से पृथक्ता, सम्मान की कमी और चित्त में अधिक चिन्ता होती है ॥ १६ ॥

वृश्चिक राशिस्थ चन्द्रमा की दशा का फल--यदि जन्मपत्री में वृश्चिकस्थ चन्द्रमा की दशा हो तो जातक खरीदने बेचने में धनागम करने वाला, मर्म स्थान में पीडित, अल्पधर्म विधि कर्ता और अपने मित्र वर्ग से अल्प मैत्री करने वाला होता है ॥ १७ ॥

धनुराशिस्थ चन्द्रमा की दशा का फल—यदि जन्मपत्री में धनु राशिस्थ चन्द्रमा की दशा हो तो जातक हाथी घोड़ा प्राप्त करने वाला, पूर्व में अर्जित धन का विनाशी और अवश्य ही दूसरे स्थान में सौभाग्य व सुख से युक्त होता है ॥ १८ ॥

मकर राशिस्थ चन्द्रमा की दशा का फल—यदि जन्मपत्री में मकर राशिस्थ चन्द्रमा की दशा हो तो जातक पुत्र से सुखी, धनागम करने वाला, शरीर में अल्पता और प्रतिदिन गमनागमन करने वाला होता है ॥ १९ ॥

कुम्भ राशिस्थ चन्द्रमा की दशा का फल—यदि जन्मपत्री में कुम्भराशिस्थ चन्द्रमा की दशा हो तो जातक के पेट में पीड़ा, व्यसन की वृद्धि, शर (वाण) से तनुता, ऋण की उपलब्धि और अधिक चञ्चलता होती है ॥ २० ॥

वर्गोत्तमस्थ कुम्भ राशि में चन्द्रमा का फल—यदि जन्मपत्री में कुम्भस्थ वर्गोत्तम में चन्द्रमा की दशा हो तो जातक बलवानों का विरोधी, स्त्री, मित्र, धन व पुत्र से वियोग और दाँत में पीड़ा से युक्त होता है ॥ २१ ॥

मीन राशिस्थ चन्द्रमा की दशा का फल—यदि जन्मपत्री में मीन राशिस्थ चन्द्रमा की दशा हो तो जातक जल से उत्पन्न धन प्राप्त कर्ता, स्त्री पुत्रादि से सुखी, निश्चय शत्रु का नाश और उच्चता से बुद्धि की वृद्धि होती है ॥ २२ ॥

मीन राशि में वर्गोत्तमस्थ चन्द्रमा की दशा का फल—यदि जन्मपत्री में मीन राशि में वर्गोत्तमस्थ चन्द्रमा की दशा हो तो जातक स्त्री, हाथी, घोड़ा की प्राप्ति, पुत्रादि से संतोष, उच्चरीति से शत्रुनाश, यशस्वी और बुद्धि से युक्त होता है ॥ २३ ॥

व्ययभावस्थ व षष्ठभावस्थ चन्द्रमा की दशा का फल—यदि जन्मपत्री में द्वादशस्थ चन्द्रमा की दशा हो तो जातक पाप से धनागम करने वाला, यदि क्षीण चन्द्रमा षष्ठस्थ की दशा हो तो पूर्व में कथित फल की प्राप्ति होती है ॥ २४ ॥

नीचस्थ या पापयुक्त अष्टमस्थ चन्द्रमा की दशा का फल—यदि जन्मपत्री में अष्टम में नीचस्थ चन्द्रमा की दशा हो तो जातक रोगी, यदि पापयुक्त अष्टमस्थ चन्द्रमा की दशा हो तो जातक का मरण अथवा जाति से भ्रष्ट होने वाला होता है ॥ २५ ॥

इस प्रकार चन्द्रमा की दशा का फल समाप्त हुआ ॥ १-२५ ॥

अथ भौमदशाफलम् ।

ताराग्रहाः स्वोच्चगृहादिसंस्था वक्रास्तमानानुगता यदि स्युः ।
मिश्रं फलं ते निजपाककाले यच्छन्ति नूनं सुधिया विचिन्त्यम् ॥ १ ॥
स्यात् पाके क्षितिनन्दनस्य च धनं शास्त्राच्च धात्रीजनाद्
भैषज्याच्च चतुष्पदादपि तथा नानाविधैरुद्यमैः ।
पित्तासृग्ज्वरपीडनं क्षितिपतेर्भ्रान्तिं च नीतिच्युति-
मूर्च्छाद्यं च निजालये किल रतिप्रोक्तं फलं सूरिभिः ॥ २ ॥
मूलत्रिकोणोपगतस्य पाके क्षोणीसुतस्यात्मजदारसौख्यम् ।
अर्थोपलब्धिः खलु साहसेन रणाङ्गणे चारु यशो विशेषात् ॥ ३ ॥
मेषोपयातस्य च भूसुतस्य स्युः पाककाले किल मङ्गलानि ।
स्यात् सन्ततिः साहसमग्निबाधा नानाविधारातिसमुद्भवः स्यात् ॥४॥

वृषस्थितस्यावनिनन्दनस्य पाकप्रवेशे पुरुषः सहर्षः।
अनल्पजल्पो गुरुदेवभक्तः परोपकारादरता समेतः॥ ५॥
युग्मस्थितोर्वीतनयस्थपाके प्रवासशीलोऽनिलपित्तकोपः।
बहुव्ययः स्यात् सुजनैर्विरोधो नरः कलाज्ञो नितरां विधिज्ञः॥ ६॥
कर्कस्थभौमस्य भवेद्दशायां उद्यानवन्हिप्रभवार्थयुक्तः।
नरो हि दासः सुतदूरवर्तीक्लेशोपलब्धिः बलहीनमूर्तिः॥ ७॥
संत्यक्तनीचांशकुजस्य पाके ख्यातः पुमान् सर्वगुणोपपन्नः।
चतुष्पदाढ्यो बलवानकस्मात् प्रजायते गुह्यरुजाभिभूतः॥ ८॥
सिंहाश्रितक्ष्मातनयस्थ पाके नूनं भवेन्नायकता बहूनाम्।
कान्ता सुताद्यैश्च वियोगता च बाधा तथा हेतिहुताशजातः॥ ९॥
कन्यां तु यातावनिनन्दनस्य पाके सदाचारपरो नरः स्यात्।
यज्ञक्रियायामतिसादरश्च दारात्मजोर्वी धनधान्यसौख्यम्॥ १०॥
तुलां गतेलासुतपाककाले स्याद्द्रव्यभार्या वियुतो हि मर्त्यः।
चतुष्पदाभावकलिप्रसङ्गैर्हतोत्सवो वै विगताङ्गयष्टिः॥ ११॥
पुमान् भवेद्वृश्चिकराशिगस्य भौमस्य पाके कृषिकर्मकर्ता।
सुसङ्ग्रहे जातमनः प्रवृत्तिर्द्वेषी बहूनामतिजल्पकश्च॥ १२॥
धनुर्धरस्थस्य धरासुतस्य पाकप्रवेशे द्विजदेवभक्तः।
नरो नरेन्द्राप्तमनोरथः स्यात् कलिप्रसङ्गोपहतोत्सवश्च॥ १३॥
वक्रस्य नक्रोपगतस्य पाके राज्योपलब्धिः स्वकुलानुमानात्।
युद्धे विवादे विजयो नितान्तं सद्रत्नचामीकरचारुसौख्यम्॥ १४॥
उच्चांशयुक्तस्य महीसुतस्य पाके प्रयत्नात् खलु कार्यसिद्धिः।
शस्त्रोद्भवोच्चापदतोयभीतिः संतोषताल्पत्वमहत्प्रयासः॥ १५॥

आचारताल्पत्वसुतादिचिन्ता बहुव्ययोद्वेगसमाकुलत्वम्।
कुम्भोपयातस्य च मङ्गलस्य स्यात् पाककाले फलमेतदेव॥१६॥
मीनोपयातावनिनन्दनस्य दशाप्रवेशे हि सुतादिचिन्ता।
व्ययामयत्वं च ऋणोपलब्धिर्विचर्चिकादद्रुविदेशवासः॥१७॥
सङ्ग्रामसंप्राप्तजयाधिशाली बलान्वितोऽत्यन्तगुणाभिरामः।
वर्गोत्तमांशस्थितभूसुतस्य पाके च नानाविधवस्तुलब्धिः॥१८॥
नीचांशसंस्थस्य कुजस्य पाके वृथाटनत्वं मनसो विषादः।
फलोन्मुखं कार्यमतीव दूरे नीचत्वमुच्चैर्विगताधिकत्वम्॥१९॥
मूलत्रिकोणोच्चगृहस्थितस्य कुजस्य कर्मोपगतस्य पाके।
राज्योपलब्धिर्विजयो रिपुभ्यः सद्वाहनालङ्करणानि नूनम्॥२०॥

इति भौमदशाफलानि।

अब आगे मङ्गल की दशा के फल को बताते हैं।

यदि जन्मपत्री में स्वोच्चादि में भौमादिग्रह वक्री या अस्त हों तो इनकी दशा में जातक मिश्रित फल प्राप्त करता है ॥ १ ॥

यदि जन्मपत्री में मङ्गल की दशा हो तो जातक शास्त्र, धाय, वैद्यक, पशु और अनेक प्रकार के उद्योगों से धन पाने वाला, पित्त, रुधिर, ज्वर से पीडित होने वाला, राजा से भ्रान्त होने वाला, न्याय से भ्रष्ट, मूर्च्छित होने वाला और अपने घर में अनुरक्त होता है ॥ २ ॥

मूलत्रिकोणस्थ भौम की दशा का फल—यदि जन्मपत्री में मूलत्रिकोणस्थ भौम की दशा हो तो जातक पुत्र व स्त्री से सुखी, पराक्रम से धनोपार्जन करने वाला और विशेष कर युद्धभूमि में सुन्दर यशस्वी होता है ॥ ३ ॥

मेषस्थ भौम की दशा का फल—यदि जन्मपत्री में मेषस्थ भौम की दशा हो तो जातक सन्तान के मङ्गल कार्य करने वाला, साहसी, अग्नि से पीडित और अनेक शत्रुओं से युक्त होता है ॥ ४ ॥

वृष राशिस्थ भौम की दशा का फल—यदि जन्मपत्री में वृष राशिस्थ भौम की दशा हो तो जातक प्रसन्न, अधिक बोलने वाला, गुरु देवता का भक्त, परोपकारी और समादर से युक्त होता है ॥ ५ ॥

मिथुन राशिस्थ भौम की दशा का फल—यदि जन्मपत्री में मिथुनराशिस्थ भौम की दशा हो तो जातक प्रवासी, वायु व पित्त से पीडित, अधिक खर्चीला, अच्छे लोगों का शत्रु, कलाओं का ज्ञाता और विधि वेत्ता होता है ॥ ६ ॥

कर्कस्थ भौम की दशा का फल—यदि जन्मपत्री में कर्कराशिस्थ भौम की दशा हो तो जातक बगीचा व अग्नि से उत्पन्न धन से युक्त, सेवक, पुत्र से दूर रहने वाला, कलह से युक्त और निर्बल होता है ॥ ७ ॥

नीचांश से भ्रष्ट भौम की दशा का फल—यदि जन्मपत्री में नीचांश से भ्रष्ट भौम की दशा हो तो जातक प्रसिद्ध, समस्तगुणों से व पशुओं से युक्त, बली और अचानक गुह्य-स्थान के रोग से पीडित होता है ॥ ८ ॥

सिंह राशिस्थ भौम की दशा का फल—यदि जन्मपत्री में सिंह राशिस्थ भौम की दशा हो तो जातक अधिक कार्यों का अध्यक्ष, स्त्री पुत्रादि का वियोगी और अग्नि की ज्वाला से पीड़ित होता है ॥ ९ ॥

कन्या राशिस्थ भौम की दशा का फल—यदि जन्मपत्री में कन्याराशिस्थ भौम की दशा हो तो जातक परम सदाचारी, यज्ञादि कार्यों का समादर करने वाला, स्त्री, पुत्र, भूमि, धन धान्य से सुखी होता है ॥ १० ॥

तुला राशिस्थ भौम की दशा का फल—यदि जन्मपत्री में तुला राशिस्थ भौम की दशा हो तो जातक धन व स्त्री से हीन, पशुओं के अभाव से लड़ाई के कारण नष्ट मङ्गल कार्यवाला, लकड़ी से हीन शरीरधारी होता है ॥ ११ ॥

वृश्चिक राशिस्थ भौम की दशा का फल--यदि जन्मपत्री में वृश्चिक राशिस्थ भौम की दशा हो तो जातक खेती करने वाला, सुन्दर सङ्ग्रह करने में दत्त चित्त, अधिकों का विरोधी और अधिक बोलने वाला होता है ॥ १२ ॥

धनुराशिस्थ भौम की दशा का फल--यदि जन्मपत्री में धनुराशिस्थ भौम की दशा हो तो जातक ब्राह्मण व देवताओं का भक्त, राजा से अभीष्ट की सिद्धि करने वाला और कलह से मङ्गल कार्य को नष्ट करने वाला होता है ॥ १३ ॥

मकर राशिस्थ भौम की दशा का फल---यदि जन्मपत्री में मकरस्थ भौम की दशा हो तो जातक अपने वश के अनुरूप राजा से उपलब्धि करने वाला, युद्ध व विवाह में विजय प्राप्त करने वाला और अच्छे रत्न व सुवर्णादि से सुन्दर सुख पाने वाला होता है ॥ १४ ॥

उच्चांशस्थ भौम की दशा का फल--यदि जन्मपत्री में उच्चांशस्थ भौम की दशा हो तो जातक प्रयत्न (उपाय) से कार्य की सिद्धि करने वाला, शस्त्र से उत्पन्न उच्च आपत्ति वाला, जल से भयभीत, अल्पसंतोषी और बड़ा प्रयासी होता है ॥ १५ ॥

कुम्भराशिस्थ भौम की दशा का फल---यदि जन्मपत्री में कुम्भराशिस्थ भौम की दशा हो तो जातक अपने आचरण में अलसता, पुत्रादि चिन्ता, अधिक खर्च और उद्वेग से व्याकुल होता है ॥ १६ ॥

मीन राशिस्थ भौम की दशा का फल--यदि जन्मपत्री में मीनराशिस्थ भौम की दशा हो तो जातक पुत्रादि चिन्ता से युक्त, खर्च व रोग, ऋण, खुजली, दाद से दुःखी और विदेशवासी होता है ॥ १७ ॥

वर्गोत्तमस्थ भौम की दशा का फल---यदि जन्मपत्री में वर्गोत्तमस्थ भौम की दशा हो तो जातक युद्ध प्राप्त होने पर विजयी होने वाला, बली, अधिक गुणों से युक्त और अनेक वस्तुओं को प्राप्त करने वाला होता है ॥ १८ ॥

नीचांशस्थ भौम की दशा का फल--यदि जन्मपत्री में नीचांशस्थभौम की दशा हो तो जातक अकारण पर्यटन कर्ता, मन में दुःखी, फलोन्मुख काम में भी अधिक बिलम्ब, दुष्टता और बड़ों से अधिकता का अभाव होता है ॥ १९ ॥

मूल त्रिकोणस्थ व उच्चस्थ दशम में भौम की दशा का फल—यदि जन्मपत्री में दशमस्थ उच्च या मूलत्रिकोण में स्थित भौम की दशा हो तो जातक को राज्य की प्राप्ति, शत्रुओं से विजय और अच्छी सवारी व आभूषणों की अवश्य प्राप्ति होती है ॥ २० ॥

इस प्रकार भौम की दशा का फल समाप्त हुआ ॥ १–२० ॥

अथ बुधदशाफलम् ।

जातकाभरणे —

विद्याविवेकप्रभुतासमेतं कृषिक्रियायज्ञविधानदक्षः ।
महोद्यमादाप्तधनश्च नूनं भवेन्मनुष्यः शशिजस्य पाके ॥ १ ॥
शिल्पादिकर्मण्यतिकौशलं स्यान्नित्योत्सवोत्कर्षविशेष एव ।
सद्वाद्यगीताभिरुचिर्नवीनसद्भाण्डभूषागृहनिर्मितत्वम् ॥२॥

कुतूहलापोषणहास्यहर्षैः कालक्रमत्वं विनयोपलब्धिः ।
आचार्यविद्वद्गुरुसाम्यतत्वं कलत्रपुत्रादिसुखोपलब्धिः ॥३॥
पीडाऽपि गाढा कफवातपित्तैरसंचयोऽर्थस्य च सौम्यपाके ।
बलाबलत्वं प्रविचार्य सर्वं शुभाशुभत्वंसुधिया विचिन्त्यम् ॥४॥
मेषे तु शीतद्युतिसूनुपाके नैकत्र संस्थानकरो नरः स्यात् ।
स्तेयानृतद्यूतशठत्वयुक्तो विमुक्तसौजन्यविधिस्तु निस्वः ॥५॥
वृषाधिरूढस्य जलांशुसूनोः दशाप्रवेशे व्ययकृन्मनुष्यः ।
मातुस्त्वनिष्टश्च कलत्रपुत्रमित्रादिचिन्ता गलरुग्भयार्तः ॥६॥
द्वन्द्वाधिसंस्थस्य बुधस्य पाके स्वनेकवार्ता बहुजल्पकर्ता ।
दारात्मजज्ञातिसुखोपपन्नो नूनं जनन्याश्च सुखेन हीनः ॥७॥
कर्काश्रितस्येन्दुसुतस्य पाके विदेशवासाल्पसुखो विरोधी ।
मित्रश्च सत्काव्यकलाजितार्थोऽत्यर्थं मनुष्यो व्यवसाययुक्तः ॥८॥
सिंहस्थितस्येन्दुसुतस्य पाके लोभं भवेद् वैभवमेव धैर्यम् ।
स्त्रीमित्रदारात्मजसौख्यहानिः स्यान्मानवानामतिहीनता च ॥९॥
उच्चाश्रितस्येन्दुसुतस्य पाके स्यान्मानवो वै बहुवैभवाढ्यः ।
लेखक्रियाकाव्यकलानुरक्तो जितारिपक्षश्च सुनीतियुक्तः ॥१०॥
मूलत्रिकोणोपगतज्ञपाके विख्यातधर्मादिगुणैः प्रपूर्णः ।
विदेशयानानुरतो नरः स्यात् पराक्रमादाप्तधनो विधिज्ञः ॥११॥
तुङ्गत्रिकोणोपगमप्रकर्त्तुः बुधस्य पाके पशुसौख्यहानिः ।
स्वबन्धुवैरं विकलत्वमङ्गे कलिप्रसङ्गेऽतिविहीनता स्यात् ॥१२॥
तुलागतस्येन्दुसुतस्य पाके स्यात् क्षीणता दृङ्मतिवाग्विलासे ।
शिल्पादिकर्मण्यतिनैपुणञ्च वाणिज्यतोऽर्थं पशुपीडनञ्च ॥१३॥
पाके भवेद्वृश्चिकसंस्थितस्य मृगाङ्कसूनोर्मनुजोऽल्पतुष्टः ।
आचारकर्मक्रमणानुरक्तो व्ययेन युक्तः स्वजनैर्वियुक्तः ॥१४॥
शरासनाध्यासनतागतस्य बुधस्य पाके बहुनामकः स्यात् ।
मन्त्री च नाम द्वयतासमेतः कृषिक्रियावित्तयुतो मनुष्यः ॥१५॥
मृगाङ्कसूनोर्हि मृगस्थितस्य पाके भवेद्भूरि ऋणं नराणाम् ।
वृथाटनं वै कपटत्वमुच्चैर्नीचैश्च सख्यं प्रतिहीनता च ॥१६॥
सौम्यस्य कुम्भोपगतस्य पाके विहीनतेजा मनुजोऽतिनिस्वः ।
मित्रादिपीडापरिपीडितात्मा विदेशयानव्यसनानुरक्तः ॥१७॥
नीचांशसंस्थस्य बुधस्य पाके विवेकसत्त्वोपहतोऽतितप्तः ।
स्थानान्तरस्थो व्यवसायशीलः स्यादल्पलाभो जडपापकान्तिः ॥१८॥

इति बुधदशा ।

अब आगे बुध की दशा के फल को जातकाभरण के आधार पर बताते हैं।

जातकाभरण में कहा है कि यदि जन्मपत्री में बुध की दशा हो तो जातक विद्या विवेक, प्रभुता से युक्त, खेती के कार्य में और यज्ञ के विधान में चतुर और अवश्य ही बड़े उद्योग से धन प्राप्त करने वाला, चित्रकारी के कार्य में अधिक चतुर, प्रतिदिन उत्सवों का विशेष उत्कर्षी, अच्छे गाने व बजाने में इच्छा रखनेवाला, नवीन अच्छे वर्तन, अलङ्कार व घर का निर्माण कराने वाला, उत्कण्ठा, पोषण (अनुग्रह) हास्य और प्रसन्नता से काल को व्यतीत करने वाला, विनयी, आचार्य (अध्यक्ष) विद्वान् व गुरु की समानता रखने वाला, स्त्री पुत्र से सुख पाने वाला, कफ, वायु पित्त से अधिक पीडित होने वाला और धन संग्रही होता है। बुध का बलाबल विचार कर समस्त शुभाशुभ विद्वान् को कहना चाहिये ॥ १-४ ॥

मेषस्थ बुध की दशा का फल—यदि जन्मपत्री में मेषस्थ बुध की दशा हो तो जातक अनेक स्थान पर निवास करने वाला, चोर, झूठा, जुआरी, धूर्त, सौजन्यता से हीन और निर्धन होता है ॥ ५ ॥

वृष राशिस्थ बुध की दशा का फल—यदि जन्मपत्री में वृषस्थ बुध की दशा हो तो जातक खर्चीला, माता का अशुभी, स्त्री पुत्र मित्रादि से चिन्तित, कण्ठ में रोग से युक्त और भय से पीड़ित होता है ॥ ६ ॥

मिथुनस्थ बुध की दशा का फल—यदि जन्मपत्री में मिथुनस्थ बुध की दशा हो तो जातक अनेक बात बोलने वाला, अधिक वक्ता, स्त्री, पुत्र, बान्धव के सुख से युक्त और माता के सुख से रहित होता है ॥ ७ ॥

कर्क राशिस्थ बुध की दशा का फल—यदि जन्मपत्री में कर्क राशिस्थ बुध की दशा हो तो जातक विदेशवासी, थोड़ा सुखी, विरोधी, मित्रों से अच्छी कविता में या कला में धन जोतने वाला और अधिक व्यापारी होता है ॥ ८ ॥

सिंह राशिस्थ बुध की दशा का फल—यदि जन्मपत्री में सिंह राशिस्थ बुध की दशा हो तो जातक लोभी, धैर्य को हो ऐश्वर्य मानने वाला, स्त्री, मित्र, पुत्र के सुख से हीन और अधिक हीन होता है ॥ ९ ॥

उच्चस्थ बुध की दशा का फल—यदि जन्मपत्री में उच्चस्थ बुध की दशा हो तो जातक अधिक ऐश्वर्य से युक्त, लेखन क्रिया व काव्यकला (कविता) में आसक्त, शत्रुओं को जीतने वाला और सुन्दर न्यायमूर्ति होता है ॥ १० ॥

मूल त्रिकोणस्थ बुध की दशा का फल—यदि जन्मपत्री में मूल त्रिकोणस्थ बुध की दशा हो तो जातक प्रसिद्ध धर्मादि गुणों से पूर्ण, विदेश जाने में अनुरक्त, पराक्रम से व धन से धन पाने वाला और विधि वेत्ता होता है ॥ ११ ॥

उच्च राशि में त्रिकोणस्थ बुध की दशा का फल—यदि जन्मपत्री में उच्च राशि में त्रिकोणस्थ (५।९) बुध की दशा हो तो जातक पशु सुख से हीन, अपने बान्धवों का शत्रु, शरीर से विकल और लड़ाई के अवसर पर अत्यन्त हीन होता है ॥ १२ ॥

तुला राशिस्थ बुध की दशा का फल—यदि जन्मपत्री में तुला राशिस्थ बुध की दशा हो तो जातक बुद्धि व वाणी के विलास में क्षीण दृष्टि वाला, चित्रकारी के कार्य में अधिक निपुण, व्यापार से धन पैदा करने वाला और पशु पीड़ा से युक्त होता है ॥ १३ ॥

वृश्चिक राशिस्थ बुध की दशा का फल—यदि जन्मपत्री में वृश्चिक राशिस्थ बुध की दशा हो तो जातक अल्प प्रसन्न होने वाला, आचार के कार्यक्रम में आसक्त, खर्च से युक्त और अपने मनुष्यों से पृथक् होता है ॥ १४ ॥

धनु राशिस्थ बुध की दशा का फल—यदि जन्मपत्री में धनु राशिस्थ बुध की दशा हो तो जातक अधिक नेता, सचिव, दो नाम वाला और खेती के कार्यं से धन पैदा करनेवाला होता है ॥ १५ ॥

मकर राशिस्थ बुध की दशा का फल—यदि जन्मपत्री में मकर राशिस्थ बुध की दशा हो तो जातक अधिक कर्जदार, अधिक घूमनेवाला, बड़े लोगों से कपट करनेवाला और नीचों (दुष्टों) से मित्रता करने पर हीन होता है ॥ १६ ॥

कुम्भ राशिस्थ बुध की दशा का फल—यदि जन्मपत्री में कुम्भ राशिस्थ बुध की दशा हो तो जातक निस्तेज, अधिक निर्धन, मित्रादि की पीड़ा से दुःखी अन्तरात्मा वाला, विदेश गमन तथा व्यसनों में आसक्त होता है ॥ १७ ॥

मीन राशिस्थ बुध की दशा का फल—यदि जन्मपत्री में मीन राशिस्थ बुध की दशा हो तो जातक विवेक व बल से नष्ट, अधिक पीड़ित, स्थानान्तर में व्यापार करने वाला, अल्प लाभी और मूर्ख व पाप स्वरूप होता है ॥ १८ ॥

इस प्रकार बुध की दशा का फल समाप्त हुआ ॥ १–१८ ॥

अथ गुरुदशाफलानि ।

जातकाभरणे—

दशाप्रवेशे त्रिदशार्चितस्य भूपप्रधानाप्तमनोरथः स्यात् ।
सत्कर्मधर्मागमशास्त्रवेत्ता भवेन्मनुष्यः सततं विनीतः ॥ १ ॥
यज्ञादिकर्माण्यतिसादरत्वं भवेत् प्रवृत्तिर्द्विजदेवभक्तौ ।
अत्यर्थमर्थो विभुतासमेतः पुत्रादितोषः पुरुषस्य नूनम् ॥ २ ॥
भूम्यम्बरास्वादसुखोपलब्धिर्बलोपपत्तिः कुलधुर्यता च ।
गतागतागामिविचारणोत्थैः सत्सङ्गतिश्चारुमतिर्धृतिश्च ॥ ३ ॥
दाहादि पीडाऽपि गले कदाचिद्विरुद्धभावस्थितितो विचिन्त्यम् ।
सामान्यमेतत्फलमुक्तमार्यैर्वक्ष्येऽधुना यत्प्रतिराशियुक्तम् ॥४॥
दशा प्रवेशे त्रिदशार्चितस्य मेषोपयातस्य भवेन्नराणाम् ।
धनं जनेशाद्बहुनायकत्वं कलत्रपुत्रादिसुखोपलब्धिः ॥ ५ ॥
वृषोपयातस्य च गीष्पतेः स्याद् दशाप्रवेशे पुरुषोऽतिदुःखी ।
विदेशवासी बहुसाहसश्च वित्ताल्पता चित्तगतोत्सवश्च ॥ ६ ॥

युग्मोपयातस्य बृहस्पतेश्च जितेन्द्रियः स्यात् पुरुषो विशेषः ।
मात्रा च गोत्रप्रभवैर्विरोधी कलत्रवादातिविषादतप्तः ॥ ७ ॥
बृहस्पतेरुच्चसमाश्रितस्य स्यात् पाककाले कुलराज्यलब्धिः ।
वसिष्ठनाम्नः प्रथितत्वमुच्चैरुच्चैस्तु सख्यं बहुवैभवश्च ॥ ८ ॥
वाचस्पतेरुच्चसमुत्थितस्य पाकप्रवेशे पितृमातृदुःखम् ।
पूर्वार्जितद्रव्यपरिक्षयेण तप्तश्च नानाव्यसनाभिभूतः ॥ ९ ॥
सिंहस्थितस्यामरपूजितस्य पाकप्रवेशे धनवान् वदान्यः ।
नृपाप्तमानो ननु मानवः स्याज्जायातनूजानुजजाच्च हर्षः ॥ १० ॥
कन्याधिरूढस्य गुरोर्दशायां भवेन्मनुष्यो नृपलब्धमानः ।
कान्ता सुताप्तसुखः कदाचिच्छूद्रादिनीचैः कलहप्रयुक्तः ॥ ११ ॥
तुलास्थदंभोलिभृदीज्यपाकैर्विवेकहीनः प्रमितान्नभोक्ता ।
कलत्रपुत्रैः कृतशत्रुभावश्चोत्साहहीनो ननु मानवः स्यात् ॥ १२ ॥
बृहस्पतेर्वृश्चिकराशिगस्य पाकप्रवेशे मतिमान् समर्थः ।
प्राज्ञः सुतोत्साहयुतो विनीतो ऋणी भवेन्नातियमेन हीनः ॥ १३ ॥
मूलत्रिकोणांशगतस्य चापे गुरोर्दशायां मतिमान् मनुष्यः ।
स्यान्मण्डलीको यदि वा प्रधानः पित्तान्वितः स्त्रीवचनानुरक्तः ॥ १४ ॥
नखांशकेभ्यः परतश्च चापे संस्थस्य देवेन्द्रगुरोर्दशायाम् ।
कृषिक्रियायज्ञचतुष्पदेषु भवेन्मनुष्यस्य मनः प्रवृत्तिः ॥ १५ ॥
नीचांशसंस्थस्य मृगान्वितस्य गुरोर्दशायां परकर्मकर्ता ।
भृत्यो भवेज्जाठरगुह्यरोगी सार्धं वियोगी धनबन्धुभिश्च ॥ १६ ॥
वाचस्पतेर्नीचबलोज्झितस्य पाके निषादात् कृषितो धनाप्तिः ।
भूमीरुहेभ्यो जनवञ्चनाद्वा क्लेशोपलब्धिर्ननु मानवस्य ॥ ११ ॥
पाकप्रवेशे कलशस्थितस्य प्राचामधीशस्य नरः कलाज्ञः ।
विद्याप्रसादार्थमहार्मतिः स्यात् कान्ता विलासानुरतो नितान्तम् ॥१८॥
झषोपयातस्य च गीष्पतेः स्याद्दशाप्रवेशे पुरुषो मनीषी ।
सन्मानपूतः प्रमदासु संपद्राजाश्रयोपात्तमहासुखश्च ॥ १९ ॥

इति गुरुदशाफलानि

अब आगे गुरु दशा फल को जातकाभरण के आधार पर बताते हैं।

यदि जन्मपत्री में गुरु की दशा हो तो जातक प्रधान राजा से अभीष्ट की सिद्धि करने वाला, अच्छे कार्य, धर्म, आगम शास्त्र का जानकार, सदा विनयी, यज्ञादि कार्य में अधिक आदर करने वाला, ब्राह्मण व देवता की भक्ति में प्रवृत्ति वाला, अधिक धनी, सामर्थ्यवान्, पुत्रादि से प्रसन्न होने वाला, भूमि व वस्त्र के उपभोग से सुखी, बली, वंश में प्रधान, भूत, वर्तमान, भविष्य की शुभता हेतु सज्जनों के सान्निध्य में रहने वाला, सुन्दर

बुद्धिमान्, धैर्यवान् यदि दूषित भाव में हो तो जलने की पीडा से कदाचित् युक्त होने वाला होता है। यह सामान्य फल इसमें होता है। अब आगे राशियों की सत्ता से विशेष फल बताते हैं ।। १-४ ।।

मेषस्थ गुरु की दशा का फल-- यदि जन्मपत्री में मेषस्थ गुरु की दशा हो तो जातक राजा से धन पाने वाला, अधिक कार्यों में अध्यक्ष बनने वाला और पुत्र स्त्री आदि से सुख प्राप्त करने वाला होता है ।। ५ ।।

वृषस्थ गुरु की दशा का फल— यदि जन्मपत्री में वृषस्थ गुरु की दशा हो तो जातक बड़ा दुःखी, विदेशवासी, बड़ा साहसी, अल्प पैसे वाला और उत्सव से चित्त युक्त होता है ।। ६ ।।

मिथुनस्थ गुरु दशा का फल—यदि जन्मपत्री में मिथुनस्थ गुरु दशा हो तो जातक विशेषकर जितेन्द्रिय, भाता व बान्धवों का विरोधी और स्त्री की वाणी से अधिक विषाद होने पर पोडित होने वाला होता है ।। ७ ।।

कर्क राशिस्थ गुरु दशा का फल—यदि जन्मपत्री में उच्चस्थ गुरु की दशा हो तो जातक कुलानुसार राज्य की प्राप्ति करने वाला, उच्च वसिष्ठ नाम से प्रसिद्ध होने वाला, बड़े लोगों से मैत्री वाला और अधिक ऐश्वर्यवान् होता है ।। ८ ।।

उच्चस्थ पृथक् गुरु दशा का फल—यदि जन्मपत्री में उच्चसमुत्थित गुरु की दशा हो तो जातक पिता-माता के दुःख से युक्त, पूर्वार्जित धन के क्षय से दुःखी और व्यसनों से पीडित होता है ।। ९ ।।

सिंह राशिस्थ गुरु दशा का फल—यदि जन्मपत्री में सिंह राशिस्थ गुरु की दशा हो तो जातक धनी, वदान्य (दानी) राजा से सम्मानित, स्त्री, पुत्र व भाई से प्रसन्न होने वाला होता है ।। १० ।।

कन्या राशिस्थ गुरु दशा का फल—यदि जन्मपत्री में कन्या राशिस्थ गुरु की दशा हो तो जातक राजा से सम्मान पाने वाला, स्त्री पुत्र से सुखी और कमी शूद्र आदि दुष्टों से कलह करने वाला होता है ।। ११ ।।

तुला राशिस्थ गुरु दशा का फल—यदि जन्मपत्री में तुला राशिस्थ गुरु की दशा हो तो जातक अविवेकी, मित अन्न भोगी, पुत्र स्त्री से शत्रुता करने वाला और निरुत्साही होता है ।। १२ ।।

वृश्चिक राशिस्थ गुरु की दशा का फल- यदि जन्मपत्री में वृश्चिक राशिस्थ गुरु की दशा हो तो जातक बुद्धिमान्, समर्थ, विद्वान्, पुत्र के उत्साह से युक्त, विनयी, ऋषी और अधिक संयम से रहित होता है ।। १३ ।।

धनु राशिस्थ मूल त्रिकोणांश में गुरु दशा का फल—यदि जन्मपत्री में धनु राशि में मूल त्रिकोणांशस्थ गुरु की दशा हो तो जातक बुद्धिमान्, मण्डलीक या प्रधान, वित्त से युक्त और स्त्री के वचनों में आसक्त होता है ।। १४ ।।

धनु राशि में २० अंश के आगे गुरु की दशा का फल—यदि जन्मपत्री में धनु राशि में २० अंश से आगे स्थित गुरु की दशा हो तो जातक खेती के कार्य, यज्ञ और पशु संबन्धी कार्यों में धारणा करने वाला होता है ।। १५ ।।

नीचांशस्थ गुरु दशा का फल––यदि जन्मपत्री में नीचांशस्थ गुरु को दशा हो तो जातक दूसरे का कार्य करने वाला, नौकर, पेट व गुह्यस्थान का रोगी, धन और बान्धवों का वियोगी होता है ।। १६ ।।

नीचांश से हीन गुरु दशा का फल––यदि जन्मपत्री में नीचांश से रहित मकर राशिस्थ गुरु की दशा हो तो जातक निषाद या खेती से धन पाने वाला, वृक्ष से या मनुष्यों को ठगने से क्लेशी होता है ।। १७ ।।

कुम्भ राशिस्थ गुरु की दशा का फल—यदि जन्मपत्री में कुम्भ राशिस्थ गुरु की दशा हो तो जातक कलाओं का जानने वाला, विद्या को कृपा से बड़ा धनो व बुद्धिमान् और अधिक स्त्री भोग में आसक्त होता है ।। १८ ।।

मीन राशिस्थ गुरु की दशा का फल––यदि जन्मपत्री में मीन राशिस्थ गुरु को दशा हो तो जातक विद्वान् स्त्रियों में सन्मान से पवित्र, राजा के आश्रय से संपत्ति और अधिक सुख पाने वाला होता है ।। १९ ।।

इस प्रकार गुरु की दशा का फल समाप्त हुआ ।। १–१९ ।।

अथ शुक्रदशाफलम् ।

दैत्यामात्यः स्वीयपाकप्रवेशे योषाभूषारत्नवस्त्रोपलाभः ।
नानामानं मानवानां प्रकुर्यात्कन्दर्पस्याभ्युद्गमात् सौख्यमुच्चैः ।। १ ।।
गीते नृत्येऽत्यन्तसञ्जातहर्षो विद्याभ्यासप्रीतिकृच्चारुशीलः ।
बुद्ध्याधिक्यश्चान्नदानप्रवृत्तिर्दक्षो मर्त्यो विक्रये वा क्रये वा ।। २ ।।
गोवाहनेभ्यो ननु नन्दनेभ्यो सौख्यं भवेन्नन्दननन्दनेभ्यः ।
पूर्वार्जितस्य द्रविणस्य लब्धिः कलिः कुले स्याच्चलता स्थलाच्च ।। ३ ।।
कफानिलाभ्यां किल निर्बलः स्यात् कलेवरं नीचरतश्च वैरम् ।
मित्रादिचिन्ता परतप्तमेव नित्यं च सख्यं कुजनैः कदाचित् ।। ४ ।।
सामान्यतः प्रोक्तमिदं सितस्य दशाफलं पूर्वमुनिप्रणीतम् ।
अथोच्यते च प्रतिराशिजातं फलं प्रयोज्यं बलतारतम्यात् ।। ५ ।।
शुक्रस्य पाके क्रियसंस्थितस्य स्त्रीवित्तसौख्यापचयो नराणाम् ।
सदाटनत्वं व्यसनानि नूनं उद्वेगताचञ्चलचित्तवृत्तिः ।। ६ ।।
वृषोपयातोशनसो दशायां कृषिक्रियासत्यसुसौख्यलब्धिः ।
शास्त्रे मतिः स्यात् सुतरां विचित्रा दातृत्वकन्या जननप्रसादात् ।। ७ ।।
युग्मगामिभृगुजस्य दशायां मानवो भवति काव्यकलाज्ञः ।
हास्यविस्मयकथारुचिरुच्चैरन्यदेशगमनोत्सुकचित्तः ।। ८ ।।
कर्कोपयातस्य सितस्य पाके भवेन्मनुष्यो निजकार्यदक्षः ।
भार्यान्तरावाप्तिसमुत्सुकोऽपि नानाप्रकारोद्यमकृत् कृतिज्ञः ।। ९ ।।
दैत्येन्द्रवंद्यस्य मृगेन्द्रगस्य पाकप्रवेशे वनिताप्तवित्तः ।
नूनं भवेदन्यधनोपजीवी पश्वादिपुत्राल्पसुखो मनुष्यः ।। १० ।।

पाके भवेद्दानववन्दितस्य कन्यास्थितस्यापचयः सुखानाम्।
वित्ताल्पताभग्नमनोरथत्वं लोलंमनः स्वस्थलतश्चलत्वम्॥ ११॥
तुलाधरस्थासुरपूजितस्य दशाप्रवेशे कृषिकृन्मनुष्यः।
विशिष्टमानो धनवाहनाढ्यः स्वजातिसंप्राप्तिमहासुखः स्यात्॥ १२॥
भवेद्भृगोर्वृश्चिकराशिसंस्थः दशाप्रवेशे पुरुषः प्रवासी।
परस्य कार्ये निरतः प्रतापी क्षीणार्थयुक्तः कलहानुरक्तः॥ १३॥
चापोपयातासुरपूजितस्य पाके प्रकामं नृपतेः प्रतिष्ठा।
कलाकलापाकलनं किल स्यात् क्लेशाधिकत्वं द्विषतां प्रवृद्धिः॥ १४॥
नक्रस्थशुक्रस्य दशा प्रवेशे स्यात् पूरुषः शत्रुविनाशकश्च।
श्लेष्मानिलाभ्यां विकलः कदाचित् कुटुम्बचिन्तासहितः सहिष्णुः॥ १५॥
उशनसः कलशस्थितिकारिणो यदि दशा पुरुषो व्यसनाकुलः।
गदयुतो वियुतः शुभकर्मणा व्रतहतोऽप्यनृतोक्तिरतो भवेत्॥ १६॥
दशाप्रवेशे भृगुनन्दनस्य मीनादिसंस्थस्य नृपप्रधानः।
स्यान्मानवोऽत्यन्तधनप्रसन्नः कृषिक्रिया भोगपरोपपन्नः॥ १७॥
स्वोच्चांशभागे भृगुजस्य पाके विलग्नकर्मोपगतस्य मर्त्यः।
क्षोणीहिरण्योत्तमवारणाद्यैर्युतो भवेद् वा निजवंशनाथः॥ १८॥

इति शुक्रदशाफलम्।

अब आगे शुक्र की दशा के फल को बताते हैं।

यदि जन्मपत्री में शुक्र की दशा हो तो जातक स्त्री, भूषण, रत्न और वस्त्रों का लाभ करने वाला, अनेक रीति से सम्मानित, काम के उद्गम से अधिक सुखी, बड़ा बुद्धिमान्, अन्न का दानी, खरीदने बेचने में चतुर, गाय, सवारी व पुत्र एवं नन्दनन्दन से सुख पाने वाला, पूर्व में अर्जित धन का लाभी, वंश में कलह से युक्त, स्थान से चञ्चल, कफ व वायु से निर्बल देहधारी, दुष्टों में आसक्त, वैरी, मित्रादि की चिन्ता से युक्त, दूसरे से पीड़ित और कदाचित् दुष्टजनों से मित्रता करने वाला होता है॥ १-४॥

यह शुक्र की दशा का ऋषियों द्वारा कथित सामान्य फल होता है। अब आगे राशियों की स्थितिवश विशेष फल को बतलाते हैं॥ ५॥

मेष राशि में शुक्र की दशा का फल— यदि जन्मपत्री में मेष राशिस्थ शुक्र की दशा हो तो जातक की स्त्री, धन व सुख का नाश, स्वयं सदा घूमने वाला, व्यसनी, अशान्त और अस्थिर चित्त वाला होता है॥ ६॥

वृष राशि में शुक्र की दशा का फल—यदि जन्मपत्री में वृष राशिस्थ शुक्र की दशा हा तो जातक खेती का कार्यकर्ता, सत्यभाषी, सुन्दर सुख से युक्त, शास्त्रों में विचित्र बुद्धि वाला और कन्या के जन्म से दानी होता है॥ ७॥

मिथुन राशि में शुक्र की दशा का फल—यदि जन्मपत्री में मिथुन राशिस्थ शुक्र की दशा हो तो जातक काव्यकला का जानकार, हँसने में तथा विस्मय-कारिणी उच्च कथाओं में अभिरुचि वाला और अन्य देश में जाने की इच्छा से युक्त होता है ॥ ८ ॥

कर्क राशि में शुक्र की दशा का फल—यदि जन्मपत्री में कर्क राशिस्थ शुक्र की दशा हो तो जातक अपने कार्यों में निपुण, स्त्री से रहित या स्त्री प्राप्ति की इच्छा वाला, अनेक प्रकार का उद्योगी और कृति का ज्ञाता होता है ॥ ९ ॥

सिंह राशि में शुक्र की दशा का फल—यदि जन्मपत्री में सिंह राशिस्थ शुक्र की दशा हो तो जातक स्त्री से धन पाने वाला, अवश्य ही दूसरे के धन से जीवनयापन करने वाला, पशु, पुत्रादि का अल्प सुख प्राप्त करने वाला होता है ॥ १० ॥

कन्या राशि में शुक्र की दशा का फल—यदि जन्मपत्री में कन्या राशिस्थ शुक्र की दशा हो तो जातक सुखों के ह्रास से युक्त, धन की कमी व नष्ट मनोरथ वाला, चञ्चल मन का और अपने स्थान से हटने वाला होता है ॥ ११ ॥

तुला राशि में शुक्र की दशा का फल—यदि जन्मपत्री में तुला राशिस्थ शुक्र की दशा हो तो जातक खेती करने वाला, विशिष्ट सम्मानित, धन सवारी से युक्त और अपनी जाति के लोगों को मिलने पर बड़ा सुखी होता है ॥ १२ ॥

वृश्चिक राशि में शुक्र की दशा का फल—यदि जन्मपत्री में वृश्चिक राशिस्थ शुक्र की दशा हो तो जातक प्रवासी, दूसरों के कार्य से आसक्त, प्रतापी, क्षीण धन से युक्त और कलह में लीन होता है ॥ १३ ॥

धनु राशि में शुक्र की दशा का फल—यदि जन्मपत्री में धनु राशिस्थ शुक्र की दशा हो तो जातक राजा से अधिक प्रतिष्ठा पाने वाला, अधिक कलाओं का जानकार, बड़ा कलही और शत्रुता की वृद्धि से युक्त होती है ॥ १४ ॥

मकर राशि में शुक्र की दशा का फल—यदि जन्मपत्री में मकर राशिस्थ शुक्र की दशा हो तो जातक शत्रुओं का नाशक, कफ व वायु से अशान्त होने वाला, कभी कुटुम्ब चिन्ता से युक्त और सहनशील होता है ॥ १५ ॥

कुम्भ राशि में शुक्र की दशा का फल—यदि जन्मपत्री में कुम्भ राशिस्थ शुक्र की दशा हो तो जातक व्यसनों से अशान्त, रोगी, शुभ कर्म से हीन, व्रत से नष्ट और झूठ बोलने में आसक्त होता है ॥ १६ ॥

मीन राशि में शुक्र की दशा का फल—यदि जन्मपत्री में मीन राशिस्थ शुक्र की दशा हो तो जातक प्रधान राजा, अधिक धन से प्रसन्न, खेती का काम करने वाला परम भोगी होता है ॥ १७ ॥

उच्च राशि में शुक्र की दशा का फल—यदि जन्मपत्री में लग्नस्थ या दशमस्थ उच्चस्थ शुक्र की दशा हो तो जातक भूमि, सुवर्ण उत्तम हाथियों से युक्त वा अपने परिवार का स्वामी होता है ॥ १८ ॥

इस प्रकार शुक्र की दशा का फल समाप्त हुआ ॥ ९-१८ ॥

अथ शनिदशाफलम्।

भवेद् दशायां हि शनैश्चरस्य नरः पुरग्रामकृताधिकारः।
धीमान् प्रदाताधिकदानशाली नानाकलाकौशलसंयुतश्च ॥ १ ॥
तुरङ्गहेमाम्बरकुञ्जराद्यैः संपन्नतां याति विनीततान्नु।
देवद्विजार्चाभिरतो विशेषात् पुरातने कर्मणि लब्धसौख्यम् ॥ २ ॥
देवद्विजेन्द्रालयकृत् सुशीलो विलासकीर्तिः स्वकुलावतंसः।
आलस्यनिद्राकफवातपित्तः जराङ्गनाद‍्द्रुविचर्चिकार्तः ॥ ३ ॥
सामान्यमेतत् फलमुक्तमत्र शनेर्दशायां गदितं हि पूर्वैः।
अथाभिधास्ये प्रतिराशिजातं फलं सुधीभिर्बलतो विचिन्त्यम् ॥ ४ ॥
मेषोपयातस्य शनैश्चरस्य दशाप्रवेशे पुरुषो विशेषात्।
क्लेशाभिभूतः पतनाप्तदुःखो विचर्चिकाद्यासयतः कृशाङ्गः ॥ ५ ॥
वृषोपयातस्य दिनेशसूनोः पाकप्रवेशे मतिमान् मनुष्यः।
नरेन्द्रसम्मानविराजमानः सङ्ग्रामसंप्राप्तयशो विशेषः ॥ ६ ॥
शनेर्दशायां मिथुनाश्रितस्य नरो भवेच्चारुविशालशीलः।
चौरादिदारादिजनाद्धनाप्ती रणप्रसङ्गाच्च परोपकारः ॥ ७ ॥
कर्कस्थिताकात्मजपाककाले लोलं मनः पुत्रकलत्रमित्रैः।
श्रोत्रे च नेत्रे परिपीडनञ्च कलेवरं निर्बलतां प्रयाति ॥ ८ ॥
पञ्चाननस्थस्य शनेर्दशायां बाधा भवेद्वै विविधा नराणाम्।
दारात्मजाद्यैः कलहप्रसङ्गस्तुरङ्गगोदासजनेष्वसाध्यम् ॥ ९ ॥
कन्योपयातस्य शनेर्दशायां भवेत् क्रमेण द्रविणोपलब्धिः।
जलाच्च भूमीरुहतस्तथोच्चप्रदेशतश्चापि महाप्रमादः ॥ १० ॥
काले दशायां नलिनीशसूनोस्तुलागतस्योत्तमराज्यलक्ष्मीः।
गजाश्वहेमाम्बररत्नपूर्णा भवेन्नराणां करुणाधिकत्वम् ॥ ११ ॥
सरीसृपस्थस्य शनैश्चरस्य पाके नरः साहसकर्मयुक्तः।
वृथाऽटनो हि कृपणोऽनृतश्च नीचानुरक्तश्च दयाविहीनः ॥ १२ ॥
धनुर्धरस्थस्य शनैश्चरस्य पाके नरः स्यात् सचिवो नृपाणाम्।
सङ्ग्रामधीरश्च तुरङ्गिप्रयुक्तः कान्तासुतानन्दविनोदयुक्तः ॥ १३ ॥
शनेर्दशायां मकराश्रितस्य सुखानि नूनं महती प्रतिष्ठा।
श्रेष्ठत्वमुच्चैः सकलं नरस्य कृषिक्रियापुत्रधनादिलब्धिः ॥ १४ ॥
भवेद्दशायां ननु भानुसूनोर्मीनोपयातस्य च मानवस्य।
नानापुरग्रामधनाङ्गनाभ्यः सुखं तथोत्साहविहीनता च ॥ १५ ॥

इति शनिदशाफलानि।

अब आगे शनि दशा फल को जातकाभरण के वाक्यों से कहते हैं।

यदि जन्मपत्री में शनि की दशा हो तो जातक नगर व गाँव का मुखिया, बुद्धिमान्, दानी, दान में अभिरुचि रखने वाला, विविध कलाओं में निपुण, घोड़ा, सुवर्ण, वस्त्र व हाथियों से संपन्न, विनयी, देवता एवं ब्राह्मणों की पूँजा में आसक्त विशेषकर पुराने कार्यों में सुख प्राप्त करने वाला, देव मन्दिर व द्विजेन्द्र घर का निर्माता, सुशील, भोग-रूपी कीर्ति पाने वाला, अपने कुल में श्रेष्ठ, आलसी, निद्रालु, कफवात पित्त से युक्त, बूढ़ी स्त्री की दाद व खुजली से पीड़ित होता है। यह शनि की दशा में सामान्य फल पूर्वाचार्यों ने कहा है ॥ १-४ ॥

अब आगे बल के आधार पर प्रत्येक राशियों में शनि के रहने पर जो फल होता है उसे बताते हैं।

मेष राशि में शनि की दशा का फल—यदि जन्म के समय में मेषस्थ शनि की दशा हो तो जातक विशेष कर कलह से पीडित, गिरने से दुःखी और खुजली आदि रोगों से पतली देह का होता है ॥ ५ ॥

वृष राशि में शनि की दशा का फल—यदि जन्म के समय में वृष राशिस्थ शनि की दशा हो तो जातक बुद्धिमान्, राजकीय सम्मान से युक्त और युद्ध में विशेष यश प्राप्त करने वाला होता है ॥ ६ ॥

मिथुन राशि में शनि की दशा का फल—यदि जन्म के समय में मिथुन राशिस्थ शनि की दशा हो तो जातक सुन्दर विस्तृत विचार धारा का चोर व स्त्री से धन प्राप्त करने वाला और युद्ध के प्रसङ्ग से धनी और परोपकारी होता है ॥ ७ ॥

कर्क राशि में शनि की दशा का फल—यदि जन्म के समय में कर्क राशिस्थ शनि की दशा हो तो जातक पुत्र, स्त्री, मित्रों से मन से अस्थिर, कान तथा आँख में पीडा और शरीर को निर्बलता से युत होता हैं ॥ ८ ॥

सिंह राशि में शनि की दशा का फल—यदि जन्म के समय में सिंहस्थ शनि की दशा हो तो जातक अनेक पीड़ाओं से युक्त, पुत्र तथा स्त्री से झगड़ा और घोड़ा, गाय नौकर का अभाव होता है ॥ ९ ॥

कन्या राशि में शनि की दशा का फल—यदि जन्म के समय में कन्या राशिस्थ शनि की दशा हो तो जातक धन से युक्त, जल, वृक्ष तथा ऊँचे स्थान से अधिक प्रमादी होता है ॥ १० ॥

तुला राशि में शनि की दशा का फल—यदि जन्म के समय में तुला राशिस्थ शनि की दशा हो तो जातक श्रेष्ठ राजकीय धन का लाभी, हाथी, घोड़ा, सुवर्ण, वस्त्र व रत्नों से परिपूर्ण और अधिक करुणा (दया) वाला होता है ॥ ११ ॥

वृश्चिक राशि में शनि की दशा का फल—यदि जन्म के समय में वृश्चिक राशिस्थ शनि की दशा हो तो जातक साहस के काम करने वाला, वृथा घूमने वाला, लोभी, झूठा, दुष्टों में आसक्त और निर्दयी होता है ॥ १२ ॥

धनु राशि में शनि की दशा का फल—यदि जन्म के समय में धनु राशिस्थ शनि की दशा हो तो जातक राजकीय सचिव, युद्ध में धैर्यवान्, पशुओं से युक्त, स्त्री व पुत्र के आनन्द विनोद से युक्त होता है ॥ १३ ॥

मकर राशि में शनि की दशा का फल—यदि जन्म के समय में मकर राशिस्थ शनि की दशा हो तो जातक अवश्य सुखी, बड़ी प्रतिष्ठा पाने वाला, बड़े लोगों से श्रेष्ठता प्राप्त करने वाला, खेती का कार्य करने वाला और पुत्र से धनादि लाभ कर्ता होता है ॥ १४ ॥

मीन राशि में शनि की दशा का फल—यदि जन्म के समय में मीन राशिस्थ शनि की दशा हो तो जातक विविध नगर, गाँव, धन व स्त्री से सुखी और निरुत्साही होता है ॥ १५ ॥

इस प्रकार शनि की दशा का फल समाप्त हुआ ॥ १-१५ ॥

अथ लग्नदशाफलम् ।

जातकाभरणे—

दशा दृकाणैश्च तनोः क्रमेण स्यादुत्तमा मध्यमताऽधमा च ।
स्थिरे च कष्टा शुभदा च मध्या मिश्रेऽधमा मध्यतमोत्तमा च ॥ १ ॥
शुभानि मध्यानि च निन्दितानि फलानि लग्नेशदशोदितानि ।
तान्येव कल्प्यानि सुधीभिरत्र बलानुमानात्तनुनायकस्य ॥ २ ॥

इति लग्नदशाफलम् ।

अथ सूर्यादिग्रहाणां मूलदशापञ्चकफलम् ।

चन्द्राभरणजातके—

क्षोभं करोति स्वजनैर्विरोधमुद्वेगरोगार्थविनाशनञ्च ।
प्रवासव्याध्याधिकृताभिघातं रवेर्दशा देहभृतां तनोति ॥ १ ॥
उद्विग्नचित्तपरिखेदितवित्तनाशं व्याधि
प्रवासमरणं च जनैर्विरोधम् ।
संक्षोभितस्वजनबन्धुवियोगमेवं सूर्ये
दशा भवति राजकुलाभिघातम् ॥ २ ॥

अथान्तर्दशाफलम्—

सू० सू० नृपकुलाद्गुरुतां विभवव्ययं तनुरुजं बहुपित्तसमुद्भवम् ।
स्वजनविग्रहमातनुतेतरां रविदशान्तरगा दिनकृद्दशा ॥ ३ ॥
सू० चं० रिपुजयञ्च धनस्य समागमं स्वजनसङ्गतिमङ्गनिरोगताम् ।
वितनुते शुभमङ्गभृतामसौ रविदशान्तरगा शशिनो दशा ॥ ४ ॥
सू० मं० अरुणवस्त्रसुवर्णमणीगणप्रभृतिलाभकरी रणकारिका ।
विजयदा च भवेदिह देहिनां रविदशान्तरगाऽवनिभूर्दशा ॥ ५ ॥

सू० रा० व्यसनशोक भयातुरताधनक्षयवियोगविपत्तिविधायिनी।
भवति सौख्यहरी च गदप्रदा रविदशान्तरमातमसो दशा ॥ ६ ॥
सू० गु० नृपतिमानधनागमकारिणी सुखमनोरथपूरणमञ्जसा।
सदसि वाक्पटुता विदधात्यलं रविदशान्तरगा च गुरोर्दशा ॥७॥
सू० श० अवनिपालभयं नृजनोदयं सततदुःखविदेशगमं भ्रमम्।
कलहमाशु करोति धनव्ययं रविदशान्तरगा रविभूर्दशा ॥ ८ ॥
सू० बु० विभवहानिकरी गददायिनी पतनकृद्रिपुसंभ्रमभीतिदा।
गृहविघातकरी किल जायते रविदशान्तरगाशशिभूर्दशा ॥ ९ ॥
सू० के० तनयसंहतिमिष्टधनक्षयं कलहमर्थहतिं तनुपीडनम्।
अशुभमाशु ददाति सुदारुणं रविदशान्तरगा शिखिनो दशा ॥१०॥
सू० शु० विपुलशूलसुसमीरणपीडनं गलगदानुविकृष्टशिरोर्तिदम्।
वितरतीह महापदमङ्गिनां रविदशान्तरगा च भृगोर्दशा ॥ ११ ॥

इति रवेरन्तर्दशाफलम्।

अब आगे सूर्यादि ग्रहों की पाँच दशाओं के फल को चन्द्राभरण जातक के आधार पर बताते हैं।

सूर्य की महादशा का फल—यदि कुण्डली में सूर्य की महादशा हो तो जातक क्षोभ से युक्त, अपने मनुष्यों का विरोधी, अनुद्वेगी, नीरोग, धन का नाशक, प्रवास तथा रोग से भग्न होने वाला, अशान्त चित्तवाला, दूसरे से खिन्न, धन नाशक, रोगी, प्रवासी, मृत्यु पाने वाला, मनुष्यों से शत्रुभावना वाला, अपने मनुष्य व बान्धवों के वियोग से दुःखी और राज कुल से अभिघातित होता है ॥ १-२ ॥

अब आगे सूर्य की महादशा में समस्त ग्रहों की अन्तर्दशा के फल को कहते हैं।

सूर्य की महादशा में सूर्य की अन्तर्दशा का फल—यदि कुण्डली में सूर्य की महादशा में सूर्य की अन्तर्दशा हो तो जातक राजकुल से महत्ता पाने वाला, ऐश्वर्य का व्ययी, शरीर से रोगी, अधिक पित्त वाला और अपने मनुष्यों का विरोधी होता है ॥ ३ ॥

सूर्य की महादशा में चन्द्रमा की अन्तर्दशा का फल—यदि कुण्डली में सूर्य की महादशा में चन्द्रमा की अन्तर्दशा हो तो जातक शत्रु जेता, धन का लाभी, अपने मनुष्यों से सङ्गति करने वाला, शरीर से नीरोग और शुभी होता है ॥ ४ ॥

सूर्य की महादशा में भौम की अन्तर्दशा का फल—यदि कुण्डली में सूर्य की महादशा में भौम की अन्तर्दशा हो तो जातक लालवस्त्र, सुवर्ण, मणि समुदाय का लाभ करने वाला और लड़ाई में विजेता या लड़ाई लड़ने वाला होता है ॥ ५ ॥

सूर्य की महादशा में राहु की अन्तर्दशा का फल—यदि कुण्डली में सूर्य की महादशा में राहु की अन्तर्दशा हो तो जातक व्यसनी, शोकी, भयातुर, धन व्ययी, वियोगी, विपत्तियों से युक्त, सुख से हीन और रोगी होता है ॥ ६ ॥

सूर्य की महादशा में गुरु की अन्तर्दशा का फल—यदि कुण्डली में सूर्य की महादशा में गुरु की अन्तर्दशा हो तो जातक राजा से धन और सम्मान पाने वाला, सुख तथा मनोरथ से जल्दी परिपूर्ण और सभा में चतुरता से बोलने वाला होता है ॥ ७ ॥

सूर्य की महादशा में शनि की अन्तर्दशा का फल—यदि कुण्डली में सूर्य की महादशा में शनि की अन्तर्दशा हो तो जातक राजा से भयभीत, मनुष्य का उदयी, निरन्तर दुःख व विदेश गमन का भ्रमी, जल्दी कलह करने वाला और खर्चीला अर्थात् धन का व्ययी होता है ॥ ८ ॥

सूर्य की महादशा में बुध की अन्तर्दशा का फल—यदि कुण्डली में सूर्य की महादशा में बुध की अन्तर्दशा हो तो जातक ऐश्वर्य का विनाशी, रोगी, गिरने वाला, शत्रु के भ्रम से भयभीत और घर को नष्ट करने वाला होता है ॥ ९ ॥

सूर्य की महादशा में केतु की अन्तर्दशा का फल—यदि कुण्डली में सूर्य की महादशा में केतु की अन्तर्दशा हो तो जातक पुत्र से मिलाप, अभीष्ट धन का ह्रास करने वाला, कलह से धन का नाशक, शरीर पीडा, शीघ्र अशुभता से युक्त और कठिन या क्रूर होता है ॥ १० ॥

सूर्य की महादशा में शुक्र की अन्तर्दशा का फल—यदि कुण्डली में सूर्य की महादशा में शुक्र की अन्तर्दशा हो तो जातक अधिक दर्द व वायु रोग से पीडित, गले का रोगी, अधिक मस्तक का रोगी और बड़े स्थान को प्राप्त करने करने वाला होता है ॥ ११ ॥

इस प्रकार सूर्य की महादशा में सब ग्रहों की अन्तर्दशा का फल समाप्त हुआ ॥ १-११ ॥

स्पष्टार्थ सूर्य की महादशा में सूर्यादि ग्रह की अन्तर्दशा का चक्र—

सू०	चं०	मं०	रा०	जी०	श०	बु०	के०	शु०
०	०	०	०	०	०	०	०	१
३	६	४	१०	९	११	१०	४	०
१८	०	६	२४	१८	१२	६	०	०

अथ रवेर्विदशाफलम् ।

सू० सू० उद्वेगोऽथ बलं वित्तं दारार्तिः शिरसि व्यथा ।
ब्राह्मणेन विवादश्च सूर्यः स्वविदशां गतः ॥ १ ॥

सू० चं० उद्वेगं कलहं चित्तपीडां स्वह्नतिं चाद्भुतम् ।
मणिमुक्तादिनाशश्च विदशासु रवेः शशी ॥ २ ॥

सू० मं० राजभीतिं शस्त्रभीतिं बन्धनं बहुसङ्करम् ।
शत्रुवह्निकृतापीडा विदशासु रवेः कुजः ॥ ३ ॥

सू० रा० श्लेष्मव्याधिं शस्त्रभीतिं धनहानिं महद्भयम् ।
राज्यभङ्गस्तथा त्रासो विदशासु रवेस्तमः ॥ ४ ॥
सू० बी० शत्रुनाशं जयं वृद्धिं वस्त्रहेमादिभूषणम् ।
अश्वयानादि ददते गोधनं च रवेर्गुरुः ॥ ५ ॥
सू० श० धनहानिः पशोः पीडा महद्वेगो महारुजः ।
अशुभं सर्वमाप्नोति विदशासु रवेः शनिः ॥ ६ ॥
सू० बु० विद्यालाभो बन्धुसङ्गो भोज्यप्राप्तिर्धनागमः ।
धर्मलाभो नृपात्पूजा विदशासु रवेर्बुधः ॥ ७ ॥
सू० के० प्राणभीतिर्महाहानी राजभीतिश्च विग्रहः ।
शत्रुणा च महाबादो विदशासु रवेः शिखी ॥ ८ ॥
सू० शु० दिनानि समरूपाणि लाभोऽप्यल्पो भवेदिह ।
स्वल्पा च सुखसंपत्तिर्विदशासु रवेर्भृगुः ॥ ९ ॥

इति रवेर्विदशाफलम् ।

अब आगे सूर्य की अन्तर्दशा में सब ग्रहों की प्रत्यन्तर्दशा के फल को बताते हैं ।

सूर्य की अन्तर्दशा में सूर्य की विदशा का फल—यदि जन्मकुण्डली में सूर्य की अन्तर्दशा में सूर्य की प्रत्यन्तर्दशा हो तो जातक उद्वेगी, बली, धनी, स्त्री पीड़ा से युक्त, मस्तक में दर्द से पीड़ित और ब्राह्मण से विवाद करने वाला होता है ॥ १ ॥

सूर्य की अन्तर्दशा में चन्द्रमा की विदशा का फल—यदि जन्मकुण्डली में सूर्य की अन्तर्दशा में चन्द्रमा की प्रत्यन्तर्दशा हो तो जातक उद्वेगी, कलही, चित्त से पीड़ित, धन हरण और अद्भुत मणि मोती वगैरह का नाश होता है ॥ २ ॥

सूर्य की अन्तर्दशा में भौम की विदशा का फल—यदि जन्मकुण्डली में सूर्य की अन्तर्दशा में भौम की दशा हो तो जातक राजा से व शस्त्र से भयभीत होनेवाला, जल में जानेवाला, अधिक संकट से युक्त और शत्रु या अग्नि से पीड़ित होता है ॥ ३ ॥

सूर्य की अन्तर्दशा में राहु की विदशा का फल यदि जन्मकुण्डली में सूर्य की अन्तर्दशा में राहु की प्रत्यन्तर्दशा हो तो जातक कफजन्य व्याधि से युक्त, शस्त्र से डरने वाला धननाशक, अधिक भयभीत और राज्य को नष्ट करने वाला होता है ॥ ४ ॥

सूर्य की अन्तर्दशा में गुरु की विदशा का फल—यदि जन्मकुण्डली में सूर्य की अन्तर्दशा में गुरु की विदशा हो तो जातक शत्रु का नाशक, विजयी वृद्धिकर्ता और वस्त्र, सुवर्णादि तथा घोड़ा सवारी आदि से युक्त और गोधन वाला होता है ॥ ५ ॥

सूर्य की अन्तर्दशा में शनि की विदशा का फल—यदि जन्मकुण्डली में सूर्य की अन्तर्दशा में शनि की विदशा हो तो जातक धन का नाशक, पशु पीड़ा से युक्त, बड़ा वेगी, बड़े रोग वाला और समस्त अशुभों से युक्त होता है ॥ ६ ॥

सूर्य की अन्तर्दशा में बुध की विदशा का फल—यदि जन्मकुण्डली में सूर्य की अन्तर्दशा में बुध की विदशा हो तो जातक विद्या की प्राप्ति करने वाला, बान्धवों का सङ्गी,

खाने की वस्तु व धन प्राप्त करने वाला, धर्म से लाभ वाला और राजा से पूजित होता है ॥ ७ ॥

सूर्य की अन्तर्दशा में केतु की विदशा का फल—यदि जन्मकुण्डली में सूर्य की अन्तर्दशा में केतु की विदशा हो तो जातक प्राण से भयभीत, बड़ी हानि से युक्त, राजा से डरने वाला, लड़ाई या शत्रुता करनेवाला और शत्रु से अधिक विवादी होता है ॥ ८ ॥

सूर्य की अन्तर्दशा में शुक्र की विदशा का फल—यदि जन्मकुण्डली में सूर्य की अन्तर्दशा में शुक्र की विदशा हो तो जातक समानता से दिन यापन करनेवाला, अल्प लाभी और अल्प ही सुख सम्पत्ति से युक्त होता है ॥ ९ ॥

इस प्रकार सूर्य की अन्तर्दशा में विदशा का फल समाप्त हुआ ॥ १-९ ॥

स्पष्टार्थ सू० अं० में सूर्यादि ग्रहों की प्रत्यन्तर्दशा का चक्र

सू०	चं०	मं०	रा०	जी०	श०	बु०	के०	शु०
०	०	०	०	०	०	०	०	०
५	९	६	१६	१४	१७	१५	६	१८
२४	०	१८	१२	२४	६	१८	१८	०

अथ सूर्यसूक्ष्मदशाफलम् ।

सू० सू० नृणां भूमिपरित्यागो विगमं प्राणनाशनम् ।
स्थाननाशो महाहानिः सूर्यसूक्ष्मदशाफलम् ॥ १ ॥

सू० चं० देवब्राह्मणभक्तिश्च नित्यकर्मरतस्तथा ।
सुप्रीतिः सर्वमित्रैश्च रवेः सूक्ष्मगते विधौ ॥ २ ॥

सू० मं० क्रूरकर्मरतिस्तिग्मशत्रुभिः परिपीडनम् ।
रक्तस्रावादिरोगश्च रवेः सूक्ष्मगते कुजे ॥ ३ ॥

सू० रा० चौराग्निविषभीतिश्च रणे भङ्गः पराजयः ।
दानधर्मादिहीनश्च रवेः सूक्ष्मगते ह्यगौ ॥ ४ ॥

सू० जी० नृपसत्काररराजार्हो सेवकैः परिपूजितः ।
राजचक्षुगतः शान्तः सूर्यसूक्ष्मगते गुरौ ॥ ५ ॥

सू० श० चौर्यसाहसकर्मार्थं देवब्राह्मणपीडनम् ।
स्थानच्युति मनो दुःखं रवेः सूक्ष्मगते शनौ ॥ ६ ॥

सू० बु० दिव्याम्बरादिलब्धिश्च दिव्यस्त्रीपरिभोगता ।
अचिन्तितार्थसिद्धिश्च रवेः सूक्ष्मगते बुधे ॥ ७ ॥

सू० के० गुरुतार्तिविनाशश्च भृत्यदारभवस्तथा ।
क्वचित् सेवकसंबाधो रवेः सूक्ष्मगते ध्वजे ॥ ८ ॥

सू० शु० पुत्रमित्रकलत्रादिसौख्यं संपन्न एव च।
नानाविधा च संपत्ती रवेः सूक्ष्मगते भृगौ ॥ ९ ॥

इति सूर्यसूक्ष्मदशाफलम् ।

अब आगे सूर्य की प्रत्यन्तर्दशा में सूर्यादि ग्रहों की सूक्ष्मदशा के फल को बताते हैं ।

सू० प्र० सू० की सूक्ष्मदशा का फल---यदि जन्मपत्री में सूर्य की प्रत्यन्तर्दशा में सूर्य की सूक्ष्म दशा हो तो जातक भूमि का त्याग करने वाला, विशेष यात्रा करनेवाला या यात्रा से हीन, प्राणनाशक, पद या स्थान का विनाशी और अधिक हानि वाला होता है ॥ १ ॥

सू० प्र० चं० की सूक्ष्म दशा का फल---यदि जन्मपत्री में सूर्य की विदशा में चन्द्रमा की सूक्ष्म दशा हो तो जातक देवता व ब्राह्मणों का भक्त, नित्य प्रति कार्य में आसक्त और समस्त मित्रों से सुन्दर प्रेम करने वाला होता है ॥ २ ॥

सू० प्र० भौ० की सूक्ष्म दशा का फल--यदि जन्मपत्री में सूर्य की विदशा में भौम की सूक्ष्म दशा हो तो जातक कठिन कामों में अनुरक्त, तीखे शत्रुओं से पीड़ित और खून बहने की बीमारी से युक्त होता है ॥ ३ ॥

सू० प्र० रा० की सूक्ष्म दशा का फल-यदि जन्मपत्री में सूर्य की विदशा में राहु की सूक्ष्म दशा हो तो जातक चोर, अग्नि व जहर से भयभीत, युद्ध में भग्न होकर हारने वाला और दान धर्म से रहित होता है ॥ ४ ॥

सू० प्र० गु० की सूक्ष्म दशा का फल---यदि जन्मपत्री में सूर्य की विदशा में गुरु की सूक्ष्म दशा हो तो जातक राजा से सत्कार पानेवाला, नौकरों से पूजित, राजा के योग्य, राजकीय आँखवाला और शान्त प्रकृति का होता है ॥ ५ ॥

सू० प्र० श० की सूक्ष्म दशा का फल---यदि जन्मपत्री में सूर्य की विदशा में शनि की सूक्ष्म दशा हो तो जातक चोरी के लिये साहस से देवता व ब्राह्मणों को सतानेवाला, स्थान से भ्रष्ट और मन से दुःखी होता है ॥ ६ ॥

सू० प्र० बु० की सूक्ष्म दशा का फल---यदि जन्मपत्री में सूर्य की विदशा में बुध की सूक्ष्म दशा हो तो जातक दिव्य वस्त्रादि को पानेवाला, सुन्दर स्त्री का भोगी और अचिन्तित धन की प्राप्ति करने वाला होता है ॥ ७ ॥

सू० प्र० के० की दशा का फल---यदि जन्मपत्री में सूर्य की विदशा में केतु की सूक्ष्म दशा हो तो जातक नौकर व स्त्री से उत्पन्न गुरुता तथा दुःख का नाशक और कभी नौकर से बाधा होती है ॥ ८ ॥

सू० प्र० शु० की सूक्ष्म दशा का फल--यदि जन्मपत्री में सूर्य की विदशा में शुक्र की सूक्ष्म दशा हो तो जातक पुत्र, मित्र, स्त्री से सुखी, संपन्न और अनेक प्रकार की सम्पत्ति से युक्त होता है ॥ ९ ॥

सूर्य की प्रत्यन्तर्दशा में सूर्यादि ग्रहों की सूक्ष्मदशा का चक्र

ग्रह	सू०	चं०	म०	रा०	जी०	श०	बु०	के०	शु०
दि०	०	०	०	०	०	०	०	०	०
घ०	१६	२७	१८	४८	४३	५१	४५	१८	५४
प०	१२	०	५४	३६	१२	१८	५४	५४	०

इस प्रकार सूर्य की सूक्ष्म दशा का फल समाप्त हुआ ॥ १–९ ॥

अथ रविप्राणदशाफलम् ।

सू० सू० पौंश्चल्यविषजा बाधा मोषणं विषमेक्षणम् ।
सूर्यप्राणदशायान्तु मरणं कृच्छ्रमादिशेत् ॥ १ ॥

सू० चं० सुखं भोजनसंपत्तिः संस्कारो नृपवैभवम् ।
उदराविकृताभिश्च रवेः प्राणगते विधौ ॥ २ ॥

सू० मं० भूपोपद्रवमन्यार्थे द्रव्यनाशो महद्भयम् ।
महांश्चोपचयप्राप्ती रवेः प्राणगते कुजे ॥ ३ ॥

सू० रा० अन्नोद्भवा महापीडा विषोत्पत्तिर्विषेणकः ।
अर्थाग्निराजभिः क्लेशं रवेः प्राणगतेऽप्यहौ ॥ ४ ॥

सू० गु० नानाविद्यार्थसंपत्तिः कार्यलाभो गतागतैः ।
जीवप्राणश्रमो नाशः रवेः प्राणगते गुरौ ॥ ५ ॥

सू० श० बन्धनं प्राणनाशश्च चित्तोद्वेगस्तथैव च ।
बहुबाधा महाहानी रविः प्राणगते शनौ ॥ ६ ॥

सू० बु० राजान्नभोगः सततं राजलाञ्छनतत्पदम् ।
आप्मासंतत्यं देवेशं रवेः प्राणगते बुधे ॥ ७ ॥

सू० के० अन्योन्यं कलहश्चैव वसुहानिः पराजयः ।
गुरुस्त्रीबन्धुहानिश्च सूर्यप्राणगते ध्वजे ॥ ८ ॥

सू० शु० राजपूजा धनाधिक्यं स्त्रीपुत्रादिभवं सुखम् ।
अन्नपानादिभोगादि सूर्यप्राणगते भृगौ ॥ ९ ॥

इति रविप्राणदशा फलम् ।

अब आगे सूर्य की सूक्ष्म दशा में सब ग्रहों की प्राण दशा के फल को बताते हैं ।

सू० सूक्ष्म० सू० की प्राण दशा का फल—यदि कुण्डली में सूर्य की सू० दशा में सूर्य की प्राण दशा हो तो जातक व्यभिचार से जहर की पीडा वाला, चोर, विषम दृष्टि वाला और कष्ट से मृत्यु पानेवाला होता है ॥ १ ॥

सू० सू० चं० की प्राण दशा का फल—यदि कुण्डली में सूर्य की दशा में चन्द्रमा की प्राण दशा हो तो जातक सुखी, राजा के ऐश्वर्य तुल्य भोजन सम्पत्तिवाला, पेट की बीमारी से युक्त होता है ॥ २ ॥

सू० सू० भौ० की प्राण दशा का फल–यदि कुण्डली में सूर्य की सू० दशा में भौम की प्राण दशा हो तो जातक दूसरों के निमित्त राजकीय उपद्रववाला, धननाशक, बड़ा भयभीत और बड़ी वृद्धि करनेवाला होता है ।। ३ ।।

सू० सू० रा० की प्राण दशा का फल--यदि कुण्डली में सूर्य की सू० दशा में राहु की प्राण दशा हो तो धातक अन्न से उत्पन्न अधिक पीड़ा वाला, जहर से उत्पत्तिवाला, जहरीली आँखवाला, धन, अग्नि और राजा से क्लेश पानेवाला होता है ।। ४ ।।

सू० सू० गु० की प्राण दशा का फल--यदि कुण्डली में सूर्य की सू० दशा में गुरु की प्राण दशा हो तो जातक अनेक विद्या व धन संपत्ति से युक्त, भूत व भविष्य के कामों से लोभी और परिश्रम से मृत्यु पानेवाला होता है ।। ५ ।।

सू० सू० श० की प्राण दशा का फल--यदि कुण्डली में सूर्य की सू० दशा में शनि की प्राण दशा हो तो जातक बन्धन से (जेल) प्राणों का नाशक, उद्विग्न चित्तवाला, अनेक बाधा और नुकसान से युक्त होता है ।। ६ ।।

सू० सू० बु० की प्राण दशा का फल -- यदि कुण्डली में सूर्य की सू० दशा में बुध की प्राण दशा हो तो जातक सदा ही राजकीय अन्न का भोगी, राजकीय चिह्न से राजकीय स्थान पाने वाला और देवताओं के तर्पण में आत्मा को रखने वाला होता है ।। ७ ।।

सू० सू० के० की प्राण दशा का फल–यदि कुण्डली में सूर्य की सू० दशा में केतु की प्राण दशा हो तो जातक आपस में कलह करनेवाला, जनक्षयी, पराजित होनेवाला, गुरु, स्त्री तथा बान्धवों की हानि करने वाला होता है ।। ८ ।।

सू० सू० शु० की प्राण दशा का फल–यदि कुण्डली में सूर्य की सू० दशा में शुक्र की प्राण दशा हो तो जातक राजकीय सत्कार से अधिक धन पानेवाला, स्त्री पुत्रादि से सुखी और खाने पीने आदि का भोगी होता है ।। ९ ।।

इस प्रकार सूर्य की दशा में सब ग्रहों की प्राण दशा का फल समाप्त हुआ ।।१–९।।

स्पष्टार्थ सूर्य की दशा में सूर्यादि की प्राण दशा का चक्र

	सू०	चं०	मं०	रा०	जी०	श०	बु०	के०	शु०
घ०	०	१	०	२	२	२	२	०	२
प०	४८	२१	५६	२५	९	३३	१७	५६	४२
वि०	३६	०	४२	४८	३६	५४	४२	४२	०

अथ चन्द्रदशायां पञ्चदशाफलम् ।

राजाभिषेकचरवाहनछत्रयानक्षेमप्रतापबलवीर्यसुखान्वितञ्च ।
मिष्टान्नपानशयनासनभोजनानि चन्द्रो ददाति वरकाञ्चनभूमिलाभम् ।।१।।

सौख्यं विभूतिः सुतराज्यलाभं कान्तिः प्रतापं न तु वीर्यवृद्धिम् ।
मिष्टान्नपानानि सुखागमं च चान्द्री दशा यच्छति मङ्गलानि ।। २ ।।

अथ चन्द्रान्तर्दशाफलम्—

चं० चं० स्वपक्षवैरं व्यवसायलाभं कन्यादिजन्माम्बरभूषणानि।
स्त्रीसङ्गमं यच्छति बार्थसिद्धिमिन्दोर्दशा मध्यगतः शशाङ्कः ॥१॥

चं० मं० चौरादिभीतिं ज्वरदाहपित्तप्रकोपरक्तार्तिमनर्थपङ्क्तिम्।
जनो विधत्ते चलता च दुःखं इन्दोर्दशा मध्यगतो महीजः ॥ २ ॥

चं० रा० सर्वासुखं वन्हिनरेन्द्रचौरवैरिव्रजेभ्यो वितत्तं भयञ्च।
दत्ते क्षयं देहचतुष्पदानामिन्दोर्दशा मध्यगतोऽथ राहुः ॥ ३ ॥

चं० गु० वादे जितं राजसभासु मानं सौख्यानि धर्मार्थमनोऽभिवाञ्छा।
संप्राप्तयन्त्येव हितं च सर्वे इन्दोर्दशा मध्यगतो हि जीवः ॥ ४ ॥

चं० श० महाग्रहाच्छत्रुभयं च शोकोद्वेगो क्षयं बन्धुवधूसुतानाम्।
चतुष्पदानां हननञ्च कुर्यादिन्दोर्दशा मध्यगतो हि मन्दः ॥ ५ ॥

चं० के० स्तम्बे रमाश्च द्विपदादिवृद्धिः महद्विभावे व्यवसायलब्धम्।
शरीरपीडा च ज्वरादिकोपमिन्दोर्दशा मध्यमतश्च केतुः ॥ ६ ॥

चं० शु० माणिक्यमुक्ताफलरत्नशुक्लकृपाणकालाभमनर्थहानिः।
स्त्रीणां सुखं संतनुते च कन्यामिन्दोर्दशा मध्यगतो हि शुक्रः ॥ ७ ॥

चं० सू० ऐश्वर्यमुद्राधनधान्यपुत्रप्राप्ती रिपुभ्यो विजयं सुबुद्धिम्।
मित्रोत्थसौख्यानि करोति नूनं इन्दोर्दशा मध्यगतो हि भानुः ॥ ८ ॥

इति चन्द्रान्तर्दशाफलम्।

अब आगे चन्द्रमा की पाँच दशाओं के फल कहने में प्रथम चन्द्रमा की महादशा के फल को कहते हैं।

यदि जन्मपत्री में चन्द्रमा की महादशा हो तो जातक राजाभिषेक, चञ्चल सवारी, छत्र, यान, कल्याण, प्रताप, बल, वीर्य और सुख से युक्त, मीठे अन्न व पान, शय्या, आसन और श्रेष्ठ सुवर्ण भूमि को प्राप्त करने वाला, सुखी, ऐश्वर्यवान्, पुत्र को राजकीय लाभद, कान्तिमान्, प्रतापी तथा वीर्य की वृद्धि, मधुर अन्न, पान की प्राप्ति, सुखागम और मङ्गल कार्य होते हैं ॥ १-२ ॥

अब आगे चन्द्रमा की महादशा में समस्त ग्रहों की अन्तर्दशा के फल को कहते हैं।

चं० चं० की अन्तर्दशा का फल—यदि जन्मपत्री में चन्द्रमा की महादशा में चन्द्रमा की अन्तर्दशा हो तो जातक अपने पक्ष का शत्रु, व्यापार से लाभ करने वाला, कन्या सन्तति, वस्त्र व आभूषणों से युक्त, स्त्री सङ्गम की प्राप्ति और प्रयोजन की सिद्धि होती है ॥ १ ॥

चं० भौ० की अन्तर्दशा का फल—यदि जन्मपत्री में चन्द्रमा की महादशा में भौम की अन्तर्दशा हो तो जातक चोरादि से डरने वाला, ज्वर, दाह, पित्त प्रकोप से खून का रोगी, अनर्थ से युक्त, चञ्चल और दुःखी होता है ॥ २ ॥

चं० रा० की अन्तर्दशा का फल--यदि जन्मपत्री में चन्द्रमा की महादशा में राहु की अन्तर्दशा हो तो जातक समस्त रीति से सुखी, अग्नि, राजा, चोर और शत्रुओं से विशाल भयभीत और पशु व देह का क्षयी होता है ।। ३ ।।

चं० जी० की अन्तर्दशा का फल--यदि जन्मपत्री में चन्द्रमा की महादशा में गुरु की अन्तर्दशा हो तो जातक विवाद में विजयी, राजकीय सभाओं में सम्मानित, सुख से युक्त, धर्म, धन और मनोवाञ्छित फल से युक्त तथा सब का हितैषी होता है ।। ४ ।।

चं० श० की अन्तर्दशा का फल--यदि जन्मपत्री में चन्द्रमा की महादशा में शनि की अन्तर्दशा हो तो जातक अधिक आग्रह के कारण शत्रु से भयभीत, शोक व उद्वेग से युक्त, बान्धव, स्त्री व पुत्र का क्षयी और पशुओं की हिंसा करने वाला होता है ।। ५ ।।

चं० के० की अन्तर्दशा का फल--यदि जन्मपत्री में चन्द्रमा की महादशा में केतु की अन्तर्दशा हो तो जातक लक्ष्मीवान्, द्विपदादि की वृद्धि करने वाला, व्यापार से अधिक धन पाने वाला, शरीर से रोगी और ज्वरादि से युक्त होता है ।। ७ ।।

चं० शु० की अन्तर्दशा का फल-यदि जन्मपत्री में चन्द्रमा की महा दशा में शुक्र की अन्तर्दशा हो तो जातक ऐश्वर्य, मुद्रा, धनधान्य व पुत्र की प्राप्ति करने वाला, शत्रु से विजयी, सुन्दर बुद्धि से युक्त और मित्रों से सुखी होता है ।

विशेष -यहाँ चं० की महादशा में बुध की अन्तर्दशा के फल का अभाव है ।

इस प्रकार चन्द्रमा की दशा में अन्तर्दशाओं का फल समाप्त हुआ ।। १-८ ।।

स्पष्टार्थ चन्द्रमहादशा में चन्द्रादि की अन्तर्दशा का चक्र

चं०	मं०	रा०	जी०	श०	बु०	के०	शु०	सू०
०	०	१	१	१	१	०	१	०
१०	७	६	४	७	५	७	८	६
०	०	०	०	०	०	०	०	०

अथ चन्द्रविदशाफलम् ।

चं० चं० भूभोज्यधनसंप्राप्तिः राजपूजा महत्सुखम् ।
महालाभः स्त्रियो भोगः विदशासु स्वयं शशी ।। १ ।।

चं० मं० मतिवृद्धिर्महापूजा सुखं बन्धुजनैः सह ।
धनागमं शत्रुभयं चन्द्रान्तरगतः कुजः ।। २ ।।

चं० रा० भवेत् कल्याणसंपत्तौ राज्यवित्तसमागमः ।
शुभभीरल्पमृत्युश्च चन्द्रचन्द्रान्तरे तमः ।। ३ ।।

चं० गु० वस्त्रलाभो महातेजो ब्रह्मज्ञानञ्च सद्गुरोः ।
वस्त्रालङ्करणावाप्तिश्चन्द्रचन्द्रान्तरे गुरुः ।। ४ ।।

चं० श० दुर्दिनैर्लभते पीडां वातपित्ताद् विशेषतः ।
धनधान्ययशोहानिश्चन्द्रचन्द्रान्तरे शनिः ।। ५ ।।

चं० बु० पुत्रजन्महयप्राप्तिर्विद्यालाभो महोन्नतिः।
शुक्लवस्त्रान्नलाभश्च चन्द्रचन्द्रान्तरे बुधः ॥ ६ ॥

चं० के० ब्राह्मणेन समं युद्धमपमृत्युः सुखक्षयः।
सर्वत्र जायते क्लेशश्चन्द्रचन्द्रान्रे शिखी ॥ ७ ॥

चं० शु० धनलाभो महासौख्यं कन्याजन्म सुभोजनम्।
प्रीतिश्च सर्वलोकेभ्यश्चन्द्रचन्द्रान्तरे भृगुः ॥ ८ ॥

चं० सू० अन्नागमो वस्त्रलाभः शत्रुहानिः सुखागमः।
सर्वत्र विजयप्राप्तिश्चन्द्रचन्द्रान्तरे रविः ॥ ९ ॥

इति चन्द्रविदशाफलम्

अब आगे चन्द्रमा की अन्तर्दशा में सब ग्रहों की विदशा के फल को बताते है।

चं० चं० की विदशा का फल---यदि कुण्डली में चन्द्रमा की अन्तर्दशा में चन्द्रमा की विदशा हो तो जातक भूमि, खाने के योग्य वस्तु व धन को पाने वाला, राजा से पूजित, बड़ा सुखी, अधिक लाभ करने वाला और स्त्री का भोगी होता है ॥ १ ॥

चं० भौ० की विदशा का फल---यदि कुण्डली में चन्द्रमा में भौम की विदशा हो तो जातक बुद्धि की वृद्धि करने वाला, बड़ा पूजित, बान्धवों के साथ सुखी, धन पाने वाला और शत्रु से डरने वाला होता है ॥ २ ॥

चं० रा० की विदशा का फल---यदि कुण्डली में चन्द्रमा की अन्तर्दशा में राहु की विदशा हो तो जातक शुभ संपत्ति वाला, राजा से धन पाने वाला, शुभ कार्य से डरने वाला और अल्प मृत्यु से युक्त होता है ॥ ३ ॥

चं० गु० की विदशा का फल---यदि कुण्डली में चन्द्रमा की अन्तर्दशा में गुरु की विदशा हो तो जातक वस्त्रों का लाभ करने वाला, बड़ा तेजस्वी, सद्गुरु से ब्रह्मज्ञान प्राप्त करने वाला और आभूषणों को पाने वाला होता है ॥ ४ ॥

चं० श० की विदशा का फल---यदि कुण्डली में चन्द्रमा की अन्तर्दशा में शनि की विदशा हो तो जातक दूषित दिनों के कारण वात वा पित्त से विशेष पीडा पाने वाला, धनधान्य और यश की हानि करने वाला होता है ॥ ५ ॥

चं० बु० की विदशा का फल---यदि कुण्डली में चन्द्रमा की अन्तर्दशा में बुध की विदशा हो तो जातक पुत्र जन्म से युक्त, घोड़ाओं को पाने वाला, विद्या की वृद्धि करने वाला, अधिक उन्नति से युक्त, सफेद वस्त्र और अन्न का लाभ करने वाला होता है ॥६॥

चं० के० की विदशा का फल---यदि कुण्डली में चन्द्रमा की अन्तर्दशा में केतु की विदशा हो तो जातक ब्राह्मण से युद्ध करने वाला, अप मृत्यु से युक्त, सुख को घटाने वाला और सब जगह क्लेश से युक्त होता है ॥ ७ ॥

चं० शु० की विदशा का फल-यदि कुण्डली में चन्द्रमा की अन्तर्दशा में शुक्र की विदशा हो तो जातक धन का लाभ करने वाला, बड़ा सुखी, कन्या की उत्पत्ति करने वाला, सुन्दर भोजन पाने वाला और समस्त संसार से प्रेम करने वाला होता है ॥ ८ ॥

चं० सू० की विदशा का फल—यदि कुण्डली में चन्द्रमा की अन्तर्दशा में सूर्य की विदशा हो तो जातक अन्न व वस्त्र का लाभी, शत्रु का नाशक, सुखी और सब जगह विजयी होने वाला होता है ॥ ९ ॥

इस प्रकार चन्द्रमा में सब ग्रहों की अन्तर्दशा का फल समाप्त हुआ ॥ १-९ ॥

स्पष्टार्थ चं० स० चं० अं० चन्द्रादि की विदशा चक्र

चं०	मं०	रा०	गु०	श०	बु०	के०	शु०	सू०
०	०	१	१	१	१	०	१	०
२५	१७	१५	१०	१७	१२	१७	२०	१५
०	३०	०	०	३०	३०	३०	०	०

अथ चन्द्रसूक्ष्मदशाफलम्

चं० चं० भूषणं भूमिलाभश्च सम्मानं नृपपूजनम्।
तामसत्वं गुरुत्वं च चन्द्रसूक्ष्मदशाफलम् ॥ १ ॥

चं० मं० दुःखं शत्रुविरोधश्च कुक्षिरोगः पितुर्मृतिः।
वातपित्तकफोद्रेकः शशिसूक्ष्मगते कुजे ॥ २ ॥

चं० रा० क्रोधनं मित्रबन्धूनां देशत्यागो धनक्षयः।
विदेशान्निगडप्राप्तिः शशिसूक्ष्मगतेऽप्यहौ ॥ ३ ॥

चं० गु० छत्रचामरसंयुक्तं वैभवं पुत्रसंपदः।
सर्वत्र सुखमाप्नोति शशिसूक्ष्मगते गुरौ ॥ ४ ॥

चं० श० राजोपद्रवनाशः स्याद् व्यवहारे धनक्षयः।
चौरत्वं विभ्रमीतिश्च शशिसूक्ष्मगते शनौ ॥ ५ ॥

चं० बु० राजमानं वस्तुलाभं विदेशाद् वाहनादिकम्।
पुत्रपौत्रसमृद्धिश्च शशिसूक्ष्मगते बुधे ॥ ६ ॥

चं० के० आत्मनो वृत्तिहननं सस्यशृङ्गवृषादिभिः।
अग्निसर्पादिभीतिः स्याच्छशिसूक्ष्मगते ध्वजे ॥ ७ ॥

चं० शु० विवाहो भूमिलाभश्च वस्त्राभरणवैभवम्।
राज्यलाभश्च कीर्तिश्च शशीसूक्ष्मगते भृगौ ॥ ८ ॥

चं० सू० क्लेशाक्लेशः कार्यनाशः पशुधान्यधनक्षयः।
गात्रवैषम्यभूमिश्च शशिसूक्ष्मगते रवौ ॥ ९ ॥

इति चन्द्रसूक्ष्मदशाफलम्।

अब आगे चन्द्रमा की विदशा में समस्त ग्रहों की सूक्ष्म दशा के फल को कहते हैं।

चं० चं० की सूक्ष्म दशा का फल—यदि कुण्डली में चन्द्रमा की विदशा में चन्द्रमा की सूक्ष्म दशा हो तो जातक भूषण व भूमि का लाभ करने वाला, सम्मानित, राजा से पूजित, तामसी और गर्वीला होता है ॥ १ ॥

चं० भौ० की सूक्ष्म दशा का फल--यदि कुण्डली में चन्द्रमा की विदशा में भौम की सूक्ष्म दशा हो तो जातक दुःखी, शत्रु का विरोधी, पेट का रोगी, पिता की मृत्यु से युक्त, वात, पित्त और कफ से पीडित होता है ॥ २ ॥

चं० रा० की सूक्ष्म दशा का फल--यदि कुण्डली में चन्द्रमा की विदशा में राहु की सूक्ष्म दशा हो तो जातक मित्र व बान्धवों से क्रोध करने वाला, देश त्यागी, धन का ह्रास करने वाला और विदेश से जेल में जाने वाला होता है ॥ ३ ॥

चं० गु० की सूक्ष्म दशा का फल--यदि कुण्डली में चन्द्रमा की विदशा में गुरु की सूक्ष्म दशा हो तो जातक छत्र, चामर से युक्त ऐश्वर्यवान्, पुत्र संपत्ति से युक्त और सब जगह सुख पाने वाला होता है ॥ ४ ॥

चं० श० की सूक्ष्म दशा का फल--यदि कुण्डली में चन्द्रमा की विदशा में शनि की सूक्ष्म दशा हो तो जातक राजकीय उपद्रव से नष्ट होने वाला, व्यवहार में धन का क्षय करने वाला, चोरी का कार्यकर्त्ता और ब्राह्मण से डरने वाला होता है ॥ ५ ॥

चं० बु० की सूक्ष्म दशा का फल--यदि कुण्डली में चन्द्रमा की विदशा में बुध की सूक्ष्म दशा हो तो जातक राजा से सम्मानित, विदेश से सवारी आदि वस्तुओं का लाभ करने वाला और पुत्र पौत्रादि से संपन्न होता है ॥ ६ ॥

चं० के० की सूक्ष्म दशा का फल--यदि कुण्डली में चन्द्रमा की विदशा में केतु की सूक्ष्म दशा हो तो जातक अपनी आजीविका का नाशक, सस्य (फल) सींग वाले बैल आदि व अग्नि, साँप आदि से डरने वाला होता है ॥ ७ ॥

चं० शु० की सूक्ष्म दशा का फल--यदि कुण्डली में चन्द्रमा की विदशा में शुक्र की सूक्ष्म दशा हो तो जातक का विवाह, भूमि का लाभ, वस्त्र, आभरण व ऐश्वर्य से युक्त, राज्य का लाभी और कीर्तिमान् होता है ॥ ८ ॥

चं० सू० की सूक्ष्म दशा का फल--यदि कुण्डली में चन्द्रमा की दशा में सूर्य की सूक्ष्म दशा हो तो जातक क्लेशाक्लेश से कार्य का नाश करने वाला, पशु, धान्य व धन का ह्रास करने वाला और विषम के शरीरी व भूमि वाला होता है ॥ ९ ॥

इस प्रकार चन्द्रमा में सब ग्रहों की सूक्ष्म दशा का फल समाप्त हुआ ॥ १-९ ॥

अथ चन्द्रप्राणदशाफलम् ।

चं० च० योगाभ्यासं समाधिं च दैशिकत्वं च पश्यति ।
इति सर्वं समासेन चन्द्रप्राणदशाफलम् ॥ १ ॥

चं० मं० क्षयं कुष्ठं बन्धुनाशं रक्तस्रावो महद्भयम् ।
भूतावेशादिजायेत चन्द्रप्राणगते कुजे ॥ २ ॥

चं० रा० सर्पभीतिर्विशेषेण भूतोपद्रववान् सदा ।
दृष्टिक्षोभो स्मृतिभ्रंशो चन्द्रप्राणगतेऽप्यहौ ॥ ३ ॥

चं० गु० धर्मवृद्धिक्षमाप्राप्तिर्देवब्राह्मणपूजनम् ।
सौभाग्यं प्रियदृष्टिश्च चन्द्रप्राणगते गुरौ ॥ ४ ॥

चं० श० सहसा देहपतनं शत्रूपद्रववेदना।
अन्धत्वं च धनप्राप्तिश्चन्द्रप्राणगते शनौ ॥ ५ ॥
चं० बु० चामरच्छत्रसंप्राप्तिः राज्यलाभो नृपात्ततः।
समत्वं सर्वभूतेषु चन्द्रप्राणगते बुधे ॥ ६ ॥
चं० के० शस्त्राग्निरिपुजा पीडा विषाग्निः कुक्षिरोगता।
पुत्रदा रवियोगश्च चन्द्रप्राणगते शिखौ ॥ ७ ॥
चं० शु० पुत्रमित्रकलत्राप्तिर्विदेशाच्च धनागमः।
सुखसम्पत्तिरर्थश्च चन्द्रप्राणगते भृगौ ॥ ८ ॥
चं० सू० तीव्रदोषप्रदोषी च प्राणहानिर्मनो विषम्।
देशत्यागो महाभीतिश्चन्द्रप्राणगते रवौ ॥ ९ ॥

इति चन्द्रप्राणदशाफलम्।

अब आगे चन्द्रमा की दशा में सब ग्रहों की प्राण दशा के फल को बताते हैं।

चं० चं० की प्राणदशा का फल—यदि कुण्डली में चन्द्रमा की सूक्ष्मदशा में चन्द्रमा की प्राण दशा हो तो जातक योगाभ्यासी, समाधिस्थ होने वाला, दैशिक और पर्याय से सब को देखने वाला होता है ॥ १ ॥

चं० भौ० की प्राणदशा का फल—यदि कुण्डली में चन्द्रमा की सूक्ष्मदशा में भौम की प्राण दशा हो तो जातक क्षयी, कोढी, बान्धवों का नाशक, रक्त स्रावी, बड़ा डरपोक और भूतादि आवेश से युक्त होता है ॥ २ ॥

चं० रा० की प्राणदशा का फल—यदि कुण्डली में चन्द्रमा की सूक्ष्मदशा में राहु की प्राण दशा हो तो जातक विशेष कर सर्प से डरने वाला, भूतादि के उपद्रव से सदा युक्त, क्षोभित दृष्टि वाला और स्मरण शक्ति से हीन होता है ॥ ३ ॥

चं० गु० की प्राणदशा का फल—यदि कुण्डली में चन्द्रमा की सूक्ष्मदशा में गुरु की प्राण दशा हो तो जातक धर्म की वृद्धि करने वाला, क्षमावान्, देवता व ब्राह्मण का पूजन करने वाला, भाग्यशाली और प्रिय नेत्र वाला होता है ॥ ४ ॥

चं० श० की प्राणदशा का फल—यदि कुण्डली में चन्द्रमा की सूक्ष्मदशा में शनि की प्राण दशा हो तो जातक शीघ्र देह का पतन करने वाला, शत्रु के उपद्रव से दुःखी, अन्धत्व पाने वाला और धन का लाभी होता है ॥ ५ ॥

चं० बु० की प्राणदशा का फल—यदि कुण्डली में चन्द्रमा की सूक्ष्मदशा में बुध की प्राण दशा हो तो जातक छत्र चामर से युक्त, राजा से राज्य का लाभ करने वाला और समस्त प्राणियों में समानता की भावना रखने वाला होता है ॥ ६ ॥

चं० के० की प्राणदशा का फल—यदि कुण्डली में चन्द्रमा की सूक्ष्मदशा में केतु की प्राण दशा हो तो जातक शस्त्र, अग्नि व शत्रुजन्य पीडा से युक्त, विषाग्नि वाला, पेट का रोगी और पुत्र जन्म से युक्त होता है ॥ ७ ॥

चं० शु० की प्राणदशा का फल--यदि कुण्डली में चन्द्रमा की सूक्ष्मदशा में शुक्र की प्राण दशा हो तो जातक पुत्र, मित्र, स्त्री को प्राप्त करने वाला विदेश से धनवान् और सुख सम्पत्ति से युक्त होता है ॥ ८ ॥

चं० सू० की प्राणदशा का फल--यदि कुण्डली में चन्द्रमा की सूक्ष्मदशा में सूर्य को प्राण दशा हो तो जातक तीखे दोष से युक्त, प्राणों की हानि वाला, मन से जहरीला, देश को छोड़ने वाला और बड़ा डरपोक होता है ॥ ९ ॥

इस प्रकार चन्द्रमा की सूक्ष्मदशा में सब ग्रहों की प्राण दशा का फल समाप्त हुआ ॥ १-९ ॥

अथ भौमदशापञ्चकफलम् ।

विषाग्निशस्त्रग्रहदोषपीडां रक्तादिदोषं सुहृदां विरोधः ।
मूर्च्छाभयं बन्धुजनक्रयं च तनोति भूमेः सुतदुर्दशेयम् ॥ १ ॥

अब आगे भौम की पांचों दशाओं के फल कहने में प्रथम भौम की महादशा के फल को बताते हैं ।

यदि जन्माऽङ्ग में भौम की महादशा हो तो जातक विष (जहर) अग्नि, शस्त्र, ग्रह दोष तथा रक्तजन्य पीड़ा से दुःखी, मित्रों का विरोधी, मूर्च्छित होने वाला और बान्धवों को खरीदने वाला होता है ॥ १ ॥

ग्रन्थान्तरे—

भौमदशायां लभते नृपाग्निचौराहवादिरिपुभीतिम् ।
मूर्च्छाशोणितदोषाः शीर्षच्छेदो व्रणश्चापि ॥ १ ॥

अब आगे ग्रन्थान्तर के वाक्य से भौम दशा फल को कहते हैं ।

यदि जन्माऽङ्ग में भौम की महादशा हो तो जातक राजा, अग्नि, युद्ध, चोर तथा शत्रु से डरने वाला, मूर्च्छा तथा रक्त जन्य व्याधि से दुःखी, मस्तक पर चोट खानेवाला और घावों से युक्त होता है ॥ १ ॥

मं० मं० बन्धुजनेन विरोधमजस्रं सङ्ग्रामं रिपुभिः प्रतिघस्तम् ।
स्त्रीसङ्गाज्जनयति तनुपीडा भौमदशान्तरगोऽवनिसूनुः ॥ १ ॥

मं० रा० परदेशे गमनं रिपुभीतिं चौरोपद्रवमग्निभयं च कुरुते ।
द्रव्योपहतितक्लेशं भौमदशान्तरगः किल राहुः ॥ २ ॥

मं० गु० किञ्चिद्भीतिं भूपान् कुर्याद्गुरुदेवार्चनयात्रापुण्यम् ।
लाभं पीताद्रक्ताद् वस्त्राद् भौमदशान्तरगः किल सूरिः ॥ ३ ॥

मं० श० शोकोद्वेगौ रोगान्तकं सर्पविषाग्निभयञ्च विधत्ते ।
बन्धुवियोगं ह्रीश्रीर्नाशः भौमदशान्तरगो रविसूनुः ॥ ४ ॥

मं० बु० उग्रव्याधिभवां तनुपीडां मनसः क्षोभं वैरिविवादम् ।
विभवविनाशं कुरुतेऽत्यर्थं भौमदशान्तरगो विधुसूनुः ॥ ५ ॥

मं० शु० शस्त्रात्पीडामुच्चात्पतनं बन्धुवियोगं स्वजनप्रशान्तम्।
अशनेर्भीतिं विदधात्युच्चैर्भौमदशान्तरगो भृगुपुत्रः ॥ ६ ॥

मं० सू० शीर्षस्फोटं भूपतिभीतिं लक्ष्मीलाभं तनुबाधां वा।
साहसकर्मणि रक्तं कुर्याद् भौमदशान्तरगो दिनराजः ॥ ७ ॥

मं० चं० सङ्गं मित्रैर्भयं शत्रोः रत्नादीनां लाभसुखं वा।
संतनुते मुक्तां च लब्धिं भौमदशान्तरगो हिमरश्मिः ॥ ८ ॥

इति भौमान्तर्दशा।

अब आगे भौम की महादशा में भौमादि की अन्तर्दशा के फल को बताते हैं।

मं० मं० की अन्तर्दशा का फल---यदि जन्माऽङ्ग में भौम की महादशा में भौम की अन्तर्दशा हो तो जातक निरन्तर बान्धवों से विरोध करने वाला प्रतिदिन शत्रुओं के साथ युद्ध करने वाला और स्त्री सङ्गति से शरीर पीडा पाने वाला होता है ॥ १ ॥

मं० रा० की अन्तर्दशा का फल---यदि जन्माऽङ्ग में भौम की महादशा में राहु की अन्तर्दशा हो तो जातक परदेश जानेवाला, शत्रु, चोर के उपद्रव व अग्नि से डरनेवाला और धन के नाश से दुःखी होता है ॥ २ ॥

मं० गु० की अन्तर्दशा का फल--- यदि जन्माऽङ्ग में भौम की महादशा में गुरु की अन्तर्दशा हो तो जातक राजा से अल्प डरने वाला, गुरु, देवता की पूजा, यात्रा व पुण्य करनेवाला और पीले या लाल वस्त्रों से लाभ करनेवाला होता है ॥ ३ ॥

मं० श० की अन्तर्दशा का फल---यदि जन्माऽङ्ग में भौम की महादशा में शनि की अन्तर्दशा हो तो जातक शोक व उद्वेग से युक्त, रोग से मरण प्राप्त करने वाला, सर्प, जहर व अग्नि से डरने वाला, बान्धवों का वियोगी और लज्जा तथा लक्ष्मी का नाशक होता है ॥ ४ ॥

मं० बु० की अन्तर्दशा का फल---यदि जन्माऽङ्ग में भौम की महादशा में बुध की अन्तर्दशा हो तो जातक बड़े रोग के कारण शरीर से पीड़ित, मन से क्षुब्ध, शत्रु से विवाद करनेवाला और अधिक ऐश्वर्य का विनाशी होता है ॥ ५ ॥

मं० शु० की अन्तर्दशा का फल---यदि जन्माऽङ्ग में भौम की महादशा में शुक्र की अन्तर्दशा हो तो जातक शस्त्र से पीड़ित, ऊँचे से गिरने वाला, बान्धवों का वियोगी, अपने जनों से शान्त और बिजली से डरनेवाला होता है ॥ ६ ॥

मं० सू० की अन्तर्दशा का फल---यदि जन्माऽङ्ग में भौम की महादशा में सूर्य की अन्तर्दशा हो तो जातक मस्तक में घाव से युक्त, राजा से भयभीत, धन लाभी वा शरीर से रोगी और साहस के कार्यों में आसक्त होता है ॥ ७ ॥

मं० चं० की अन्तर्दशा का फल--यदि जन्माऽङ्ग में भौम की महादशा में चन्द्रमा की अन्तर्दशा हो तो जातक मित्रों से मिलाप करने वाला, शत्रु से डरने वाला वा रत्नादि की प्राप्ति से सुखी और मोती पानेवाला होता है ॥ ८ ॥

इस प्रकार मङ्गल की महादशा में सब ग्रहों की दशा का फल समाप्त हुआ ॥१-८॥

विशेष--यहाँ पर भौम की दशा में केतु की अन्तर्दशा का फल अप्राप्त है ॥ १-८ ॥

स्पष्टार्थ मं० मं० भौमादि की अन्तर्दशा का चक्र--

मं०	रा०	गु०	श०	बु०	के०	शु०	सू०	चं०
०	१	०	१	०	०	१	०	०
४	०	११	१	११	४	२	४	७
२७	१८	६	९	२७	२७	०	६	०

अथ भौमविदशाफलम् ।

मं० मं० शत्रुभीतिं कलिं घोरमकस्माज्जायते भयम् ।
रक्तस्रावोऽपमृत्युश्च विदशासु स्वयं कुजः ॥ १ ॥

मं० रा० बन्धनं राजभङ्गश्च धनहानिः कुभोजनम् ।
कलहः शत्रुभिर्नित्यं भौमभौमान्तरे तमः ॥ २ ॥

मं० गु० मतिनाशं तथा दुःखं संतापकलहो भवेत् ।
विफलं चिन्तितं सर्वं भौमभौमान्तरो गुरुः ॥ ३ ॥

मं० श० स्वामिनाशस्तथा पीडा धनहानिर्महाभयम् ।
वैकल्यं कलहोऽत्रासौ भौमभौमान्तरे शनिः ॥ ४ ॥

मं० बु० सर्वथा बुद्धिनाशश्च धनहानिज्वरं तनौ ।
वस्त्रान्नसुहृदां नाशो भौमभौमान्तरे बुधः ॥ ५ ॥

मं० के० आलस्यं च शिरः पीडां पापरोगापमृत्युकृत् ।
राजभीतिः शस्त्रघातो भौमभौमान्तरे शिखिः ॥ ६ ॥

मं० शु० चाण्डालात्संकटत्रासं राजशस्त्रभयं भवेत् ।
अतीसारोऽथ वमनं भौमभौमान्तरे भृगुः ॥ ७ ॥

मं० सू० भूमिलाभोऽर्थसंपत्तिः संतोषो मित्रसङ्गतिः ।
सर्वत्र सुखमाप्नोति भौमभौमान्तरे रविः ॥ ८ ॥

मं० चं० याम्यां दिशि भवेल्लाभः सितवस्त्रविभूषणम् ।
संसिद्धिः सर्वकार्याणां भौमभौमान्तरे शशी ॥ ९ ॥

इति भौमविदशाफलम् ।

आगे अब भौम की अन्तर्दशा में प्रत्येक ग्रह की विदशा के फल को कहते हैं।

मं० मं० की विदशा का फल—यदि जन्माऽङ्ग में भौम की अन्तर्दशा में भौम की प्रत्यन्तर्दशा हो तो जातक शत्रु से डरनेवाला, अधिक कलह से युक्त, अचानक भयभीत, रक्तस्रावी और अपमृत्यु से युक्त होता है ॥ १ ॥

मं० रा० की विदशा का फल—यदि जन्माऽङ्ग में भौम की अन्तर्दशा में राहु की विदशा हो तो जातक जेल में जानेवाला, राज का नाशक, धन की हानि करनेवाला, दूषित अन्न खानेवाला और शत्रुओं से प्रतिदिन कलह करनेवाला होता है ॥ २ ॥

मं० गु० की विदशा का फल—यदि जन्माऽङ्ग में भौम की अन्तर्दशा में गुरु की विदशा हो तो जातक की बुद्धि का विनाश, दुःखी, संतापी, कलही और चिन्तित समस्त वस्तुओं से रहित होता है ॥ ३ ॥

मं० श० की विदशा का फल—यदि जन्माऽङ्ग में भौम की अन्तर्दशा में शनि की विदशा हो तो जातक अपने मालिक का विनाशी, पीड़ित, धन का नाश करनेवाला, बड़ा भयभीत, विकल (अशान्त) और कलही होता है ॥ ४ ॥

मं० बु० की विदशा का फल—यदि जन्माऽङ्ग में भौम की अन्तर्दशा में बुध की विदशा हो तो जातक की सर्वथा बुद्धि का नाश, धन की हानि, ज्वर से शरीर पीड़ित, वस्त्र अन्न तथा मित्रों का नाश होता है ॥ ५ ॥

मं० के० बिदशा का फल—यदि जन्माऽङ्ग में भौम की अन्तर्दशा में केतु की विदशा हो तो जातक आलसी, मस्तक में पीड़ा से युक्त, दूषित रोग से अपमृत्यु पानेवाला, राजा से डरनेवाला और शस्त्र से चोट खानेवाला होता है ॥ ६ ॥

मं० शु० की विदशा का फल—यदि जन्मपत्री में भौम की अन्तर्दशा में शुक्र की विदशा हो तो जातक चाण्डाल से सङ्कट व दुःख पानेवाला, राजा व शस्त्र से डरनेवाला, पेचिस तथा वमन (उलटी) से दुःखी होता है ॥ ७ ॥

मं० सू० की विदशा का फल—यदि जन्माऽङ्ग में भौम की अन्तर्दशा में सूर्य की विदशा हो तो जातक भूमि का लाभ करने वाला, धन संपत्ति पानेवाला, संतोषी, मित्रों की सङ्गति पानेवाला और सब जगह सुख पानेवाला होता है ॥ ८ ॥

मं० चं० की विदशा का फल—यदि जन्माऽङ्ग में भौम की अन्तर्दशा में चन्द्रमा की विदशा हो तो जातक दक्षिण दिशा में सफेद वस्त्र व अलंकारों का लाभ करनेवाला और समस्त कार्यों की सिद्धि करनेवाला होता है ॥ ९ ॥

इस प्रकार मङ्गल की अन्तर्दशा में सब ग्रहों की विदशा का फल समाप्त हुआ ॥ १–९ ॥

स्पष्टार्थ भौम की अन्तर्दशा में भौमादि की विदशा का चक्र—

मं०	रा०	गु०	शं०	बु०	के०	शु०	सू०	चं०
०	०	०	०	०	०	०	०	०
८	२२	१९	२३	२०	८	०	७	१२
३४	३	३६	१६	४९	३४	२४	२१	१५
३०	०	०	३०	३०	३०	३०	०	०

अथ भौमसूक्ष्मदशाफलम्

मं० मं० भूमिहीनः मनः खेदं अपस्मारी च बन्धुयुक्।
पुरक्षोभो मनस्तापो भौमसूक्ष्मदशाफलम् ॥ १ ॥

मं० रा० अङ्गदोषो जनाद्भीतिः प्रमदावंशनाशनम्।
वन्हिसर्वभयं घोरं भौमसूक्ष्मगतेऽप्यहौ ॥ २ ॥

मं० गु० देवपूजारतिश्चात्र मन्त्राभ्युत्थानतत्परः।
लोकपूज्यं प्रमोदं च भौमसूक्ष्मगते गुरौ ॥ ३ ॥

मं० श० बन्धनान्मुच्यते बद्धो धनधान्यपरिच्छदः।
भृत्यार्थबहुलः श्रीमान् भौमसूक्ष्मगते शनौ ॥ ४ ॥

मं० बु० वाहनं छत्रसंयुक्तं राजभोगपरं सुखम्।
कासश्वासादिकं पीडा भौमसूक्ष्मगते बुधे ॥ ५ ।

मं० के० परप्रेरितबुद्धिश्च सर्वत्रापि च गर्हितः।
अशुचिः सर्वकालेषु भौमसूक्ष्मगते ध्वजे ॥ ७ ॥

मं० शु० इष्टस्त्रीभोगसंपत्तिरिष्टभोजनसङ्ग्रहः।
इष्टार्थश्चैव लाभश्च भौमसूक्ष्मगते भृगौ ॥ ७ ॥

मं० सू० राजद्वेषो द्विजात् क्लेशः कार्याभिप्रायवञ्चकः।
लोकेऽपि निन्दितामेति भौमसूक्ष्मगते रवौ ॥ ८ ॥

मं० चं० शुद्धत्वं धनसंप्राप्तिर्देवब्राह्मणवत्सलः।
व्याधिना परिभूयेत भौमसूक्ष्मगते विधौ । ९ ॥

इति भौमसूक्ष्मदशाफलम्।

अब आगे भौम की विदशा में भौमादि ग्रहों की सूक्ष्मदशा के फल को कहते हैं।

मं० मं० की सूक्ष्मदशा का फल—यदि जन्माऽङ्ग में भौम की विदशा में मङ्गल की सूक्ष्मदशा हो तो जातक भूमि की हानि करनेवाला, मन से खिन्न, मिर्गी रोग से व बान्धवों से युक्त, नगर से क्षुब्ध और सन्तप्त मनवाला होता है ॥ १ ॥

मं० रा० की सूक्ष्मदशा का फल—यदि जन्माऽङ्ग में भौम की विदशा में राहु की सूक्ष्मदशा हो तो जातक का शरीर दोष से युक्त, मनुष्यों से डरनेवाला, स्त्री कुल का नाशक और अग्नि से अधिक डरनेवाला होता है ॥ २ ॥

मं० गु० की सूक्ष्मदशा का फल—यदि जन्माऽङ्ग में भौम की विदशा में गुरु की सूक्ष्मदशा हो तो जातक देवता की पूजा में आसक्त, मन्त्र के अभ्युत्थान में तत्पर, संसार से पूजित और प्रसन्न होता है ॥ ३ ॥

मं० श० की सूक्ष्मदशा का फल—यदि जन्माऽङ्ग में भौम की विदशा में शनि की सूक्ष्मदशा हो तो जातक बन्धन से मुक्त होनेवाला, धनधान्य से युक्त और नौकरों के लिये बड़ा धनवान् होता है ॥ ४ ॥

मं० बु० की सूक्ष्मदशा का फल—यदि जन्माऽङ्ग में भौम की विदशा में बुध की सूक्ष्मदशा हो तो जातक सवारी व छत्र से युक्त, राजा के तुल्य परम भोगी, सुखी, खाँसी और श्वासादि के रोग से पीड़ित होता है ॥ ५ ॥

मं० के० की सूक्ष्मदशा का फल—यदि जन्माऽङ्ग में भौम की विदशा में केतु की सूक्ष्मदशा हो तो जातक दूसरों की प्रेरणा से बुद्धिमान्, सब जगह निन्दित और सब समय में अपवित्र होता है ॥ ६ ॥

मं० शु० की सूक्ष्मदशा का फल—यदि जन्माऽङ्ग में भौम की विदशा में शुक्र की सूक्ष्मदशा हो तो जातक अभीष्ट स्त्री का भोगी, धनवान्, मनोभिलषित भोजन की वस्तुओं का संग्रही व अभीष्ट धन पानेवाला होता है ॥७॥

मं० सू० की सूक्ष्मदशा का फल—यदि जन्माऽङ्ग में भौम की विदशा में सूर्य की सूक्ष्मदशा हो तो जातक राजा का विरोधी, ब्राह्मण से कलेश पानेवाला और कार्याभिप्राय का धूर्त होता है ॥ ८ ॥

मं० चं० की सूक्ष्मदशा का फल—यदि जन्माऽङ्ग में भौम की विदशा में चन्द्रमा की सूक्ष्मदशा हो तो जातक पवित्र, धन पानेवाला, देवता व ब्राह्मणों का प्रेमी और रोग से पीड़ित होता है ॥ ९ ॥

इस प्रकार भौम की विदशा में भौमादि ग्रहों की सूक्ष्मदशा का फल समाप्त हुआ ॥ १–९ ॥

अथ भौमप्राणदशाफलम्

मं० मं० शास्त्रे परजनाद् बद्धो शास्त्रेण परकेन वा ।
मृत्युना मरणं याति भौमप्राणदशाफलम् ॥ १ ॥

मं० रा० विच्युतः सुतदारादिबन्धूपद्रवपीडितः ।
प्राणत्यागी विषेणैव भौमप्राणगतेऽप्यहौ ॥ २ ॥

मं० गु० देवार्चनपरः श्रीमान् मन्त्रानुष्ठानतत्परः ।
पुत्रपौत्रसुखावाप्तिर्भौमप्राणगते गुरौ ॥ ३ ॥

मं० श० अग्निबाधाभवेन् मृत्युरर्थनाशः पदच्युतिः ।
बन्धुभिर्बन्धुतावाप्तिर्भौमप्राणगते शनौ ॥ ४ ॥

मं० बु० दिव्याम्बरसमुत्पत्तिर्दिव्याभरणभूषितः ।
दिव्याङ्गनायाः संप्राप्तिर्भौमप्राणगते बुधे ॥ ५ ॥

मं० के० पतनोत्पातपीडा च नेत्रक्षोभो महद्भयम् ।
भुजङ्गाद्द्रव्यहानिश्च भौमप्राणगते ध्वजे ॥ ६ ॥

मं० शु० धनधान्यादिसंपत्तिः लोकपूजां सुखागमम् ।
नानाभोगैर्भवेद्रोगी भौमप्राणगते भृगौ ॥ ७ ॥

मं० सू० ज्वरोन्मादः क्षयोऽर्थस्य राजविस्नेहसंभवः।
दीर्घरोगी दरिद्रः स्याद्भौमप्राणगते रवौ॥ ८॥
मं० चं० सुभोजनादिसुखं प्रीतिर्वस्त्राभरणवाञ्छितम्।
शीतोष्णव्याधिपीडा च भौमप्राणगते विधौ॥ ९॥

इति भौमप्राणदशाफलम्।

अब आगे भौम की सूक्ष्मदशा में भौमादि ग्रहों की प्राणदशा के फल को कहते हैं।

मं० मं० की प्राणदशा का फल---यदि जन्माऽङ्ग में भौम की सूक्ष्मदशा में भौम की प्राणदशा हो तो जातक शास्त्र में दूसरे से वा दूसरे शास्त्र से बन्धन प्राप्त करने वाला और मृत्यु से मरने वाला होता है॥ १॥

मं० रा० की प्राणदशा का फल---यदि जन्माऽङ्ग में भौम की सूक्ष्मदशा में राहु की प्राणदशा हो तो जातक स्थान या लक्ष्य से भ्रष्ट होने वाला, पुत्र, स्त्री, बान्धवादि के उपद्रव से पीडित और जहर से ही प्राणों को त्यागने वाला होता है॥ २॥

मं० जी० की प्राणदशा का फल---यदि जन्माऽङ्ग में भौम की सूक्ष्मदशा में गुरु की प्राणदशा हो तो जातक देवताओं की पूजा में तत्पर, धनवान्, मन्त्र के अनुष्ठान में आसक्त और पुत्र पौत्रादि के सुख से युक्त होता है॥ ३॥

मं० श० की प्राणदशा का फल---यदि जन्माऽङ्ग में भौम की सूक्ष्मदशा में शनि की प्राणदशा हो तो जातक अग्नि से पीडित होकर मरण प्राप्त करने वाला, धन का विनाशी, स्थान से भ्रष्ट और बान्धवों से बन्धुत्व पाने वाला होता है॥ ४॥

मं० बु० की प्राणदशा का फल---यदि जन्माऽङ्ग में भौम की सूक्ष्मदशा में बुध की प्राणदशा हो तो जातक सुन्दर वस्त्र व आभूषणों को प्राप्त करने वाला और सुन्दरी स्त्री पाने वाला होता है॥ ५॥

मं० के० की प्राणदशा का फल---यदि जन्माऽङ्ग में भौम की सूक्ष्मदशा में केतु की प्राणदशा हो तो जातक उच्चस्थान से गिरने पर व उत्पात से पीडित होने वाला, क्षुब्ध दृष्टि वाला, बड़ा डरने वाला, और सर्प से धन का विनाशी होता है॥ ६॥

मं० शु० की प्राणदशा का फल---यदि जन्माऽङ्ग में भौम की सूक्ष्मदशा में शुक्र की प्राणदशा हो तो जातक धनधान्यादि से संपन्न, संसार से पूजित, सुखी और अनेक भोगों से रोगी होता है॥ ७॥

मं० सू० की प्राणदशा का फल---यदि जन्माऽङ्ग में भौम की सूक्ष्मदशा में सूर्य की प्राणदशा हो तो जातक बुखार से या पागलपन से दुःखी, धन का व्ययकरने वाला, राजा के स्नेह से हीन, लम्बा रोगी और दरिद्री होता है॥ ८॥

मं० च० की प्राणदशा का फल---यदि जन्माऽङ्ग में भौम की सूक्ष्मदशा में चन्द्रमा की प्राणदशा हो तो जातक सुन्दर भोजनादि से सुखी, वस्त्र व अभीष्ट आभूषणों में प्रीति करने वाला और ठंड या गर्मी के रोग से पीडित होता है॥ १-९॥

इस प्रकार भौम की सूक्ष्मदशा में भौमादि ग्रहों की प्राणदशा का फल समाप्त हुआ॥ १-९॥

अथ राहुदशापञ्चकफलम् ।

दरिद्रतां मानससौख्यभावं संतोषहीनत्वमतीव रोगम् ।
संतापमथक्षयवैरिवादो महापदं राहुदशा विधत्ते ॥ १ ॥

इति राहुमूलदशा ।

रा० रा० संपदाहरणमाशिलक्षयं बन्धुशोकभवरोगविज्वरम् ।
आत्मनोऽन्यरतिमित्रलाघवं राहुरेष दितिभूर्दशांगतः ॥ १ ॥

रा० गु० देवसद्गुरुपदार्चने रतं कामितार्थफलमातनोति च ।
दुःखहानिमथ संप्रतापलं जीव एष दितिभूर्दशांगतः ॥ २ ॥

रा० श० वायुवित्तजनिताङ्गबान्धनं देशमित्रजनिता वियोजनम् ।
शत्रुताप्यनुदितं कलौ रतिं मन्द एष दितिभूर्दशांगतः ॥ ३ ॥

रा० बु० संपदा पदमनर्थलङ्घनं बन्धुसूनुदयितादिसङ्गमम् ।
धर्मबुद्धिमनघं करोत्यहो सौम्य एष दितिभूर्दशांगतः ॥ ४ ॥

रा० के० आतपं वितनुते रविग्रहं तापवन्हिपतनो ग्रहदुःखितम् ।
वेदबन्धन कशादिताडनं केतुरेष दितिभूर्दशां गतः ॥ ५ ॥

रा० शु० उत्तमैश्च सह सङ्गतिर्धनान्याप्तमन्त्र विदधाति कामिनाम् ।
साधु प्रीतिजलकेलिदारुणं शुक्र एष दितिभूर्दशां गतः ॥ ६ ॥

रा० सू० भूपअग्निरिपुचौरसङ्कटं बन्धुभिर्व्यसनमर्थहीनताम् ।
लाभयेच्च जलतापविक्लवो भानुरेष दितिभूर्दशां गतः ॥ ७ ॥

रा० चं० भार्यया सह कलिर्धनव्ययं विग्रहं स्वसहजैरहर्निशम ।
स्वसत्ताहमितिहा तनोत्यलं सोम एष दितिभूर्दशां गतः ॥ ८ ॥

रा० मं० शस्त्रपातजलवह्निदुर्जनैर्व्यालभूपतिभयं करोत्यलम् ।
वित्तनाशमथ देहभेदनं भौम एष दितिभूर्दशांगतः ॥ ९ ॥

इति राहोरन्तर्दशाफलम् ।

अब आगे राहु की पाँचों दशाओं के फल को बताते हैं ।

राहु की महादशा का फल—यदि जन्मपत्री में राहु की महादशा हो तो जातक दरिद्री, मानसिक सुख से हीन, असंतोषी, बड़ा रोगी, संतापी, धन को नष्ट करने वाला, शत्रु से विवाद करने वाला और अधिक आपत्तियों से युक्त होता है ॥ १ ॥

अब आगे राहु की महादशा में राहु आदि ग्रहों की अन्तर्दशा के फल को बताते हैं ।

रा० रा० की अन्तर्दशा का फल—यदि जन्मपत्री में राहु को महादशा में राहु की अन्तर्दशा हो तो जातक की सम्पत्ति का हरण, शुक्र का क्षय, बान्धव शोक से उत्पन्न रोग, विशेष ज्वर, अन्य से आत्मीयता और मित्र से मैत्री में अल्पता होती है ॥ १ ॥

रा० गु० की अन्तर्दशा का फल—यदि जन्मपत्री में राहु की महादशा में गुरु की अन्तर्दशा हो तो जातक देवता, सज्जन व गुरुओं की चरण पूजा में आसक्त, अभीष्ट धन

को पाने वाला, दुःख से रहित और सम्यक् प्रभावशाली तपस्या करने वाला होता है ॥ २ ॥

रा० श० की अन्तर्दशा का फल---यदि जन्मपत्री में राहु की महादशा में शनि की अन्तर्दशा हो तो जातक वायु पित्त जनित शरीर पीड़ा से पीडित या नेत्र से दुःखी, देश व मित्रों से पृथक् और प्रतिदिन शत्रु से कलह करने में प्रीति रखने वाला होता है ॥ ३ ॥

रा० बु० की अन्तर्दशा का फल---यदि जन्मपत्री में राहु की महादशा में बुध की अन्तर्दशा हो तो जातक सम्पत्तियों से युक्त, अनर्थ को लाँघने वाला अर्थात् अनर्थ से रहित, बान्धव पुत्र की स्त्री से सङ्गति करने वाला, धार्मिक बुद्धि वाला और पाप से हीन होता है ॥ ४ ॥

रा० के० की अन्तर्दशा का फल---यदि जन्मपत्री में राहु की महादशा में केतु की अन्तर्दशा हो तो जातक सूर्यग्रहण में घाम से या ताप या अग्नि से दुःखी, रस्सी से बन्धन या पीडित होने वाला होता है ॥ ५ ॥

रा० शु० की अन्तर्दशा का फल---यदि जन्मपत्री में राहु की महादशा में शुक्र की अन्तर्दशा हो तो जातक श्रेष्ठ जनों की सङ्गति से धन पाने वाला, कामियों की अभीष्ट सिद्धि व सज्जनों से प्रेम करने वाला, क्रूर व जल क्रीडा करने वाला होता है ॥ ६ ॥

रा० सू० की अन्तर्दशा का फल---यदि जन्मपत्री में राहु की महादशा में सूर्य की अन्तर्दशा हो तो जातक राजा, अग्नि, शत्रु व चोर के सङ्कट से ग्रसित होने वाला, जल या गर्मी से अशान्त होने वाला होता है ॥ ७ ॥

रा० चं० की अन्तर्दशा का फल---यदि जन्मपत्री में राहु की महादशा में चन्द्रमा की अन्तर्दशा हो तो जातक स्त्री से कलह करने वाला, धन का व्ययी, प्रतिदिन अपने भाइयों से लड़ाई लड़ने वाला और अपनी सत्ता व अहङ्कार को नष्ट करने वाला होता है ॥ ८ ॥

रा० मं० की अन्तर्दशा का फल---यदि जन्मपत्री में राहु की महादशा में मङ्गल की अन्तर्दशा हो तो जातक शस्त्र, पतन, जल, अग्नि, दुष्ट, सर्प, राजा से डरनेवाला, धन का नाशक और भेदित शरीरधारी होता है ॥ १-९ ॥

राहु की महादशा में राहु आदि की अन्तर्दशा का चक्र –

रा०	जी०	श०	बु०	के०	शु०	सू०	चं०	मं०
२	२	२	२	१	३	०	१	१
८	४	१०	६	०	०	१०	६	०
१२	२४	५	१८	१८	०	२४	०	१८

इस प्रकार राहु की महादशा में राहु आदि की अन्तर्दशा का फल समाप्त हुआ ॥ १-९ ॥

अथ राहुविदशाफलम् ।

रा० रा० बन्धनं बहुधा रोगो बाहुघातं सुहृद्भयम् ।
अकस्मादापदो यान्ती राहोर्जलाग्नितोभयम् ॥ १ ॥
रा० जी० सर्वत्र लभते लाभो गजाश्वं च धनागमम् ।
राजसन्मानदं राहुश्चैव राह्वन्तरा गुरुः ॥ २ ॥
रा० श० बन्धनं जायते घोरं सुखहानिर्महद्भयम् ।
प्रत्यहं वातपीडा च राहो राह्वन्तरा शनिः ॥ ३ ॥
रा० बु० सर्वत्र बहुधा लाभः स्त्रीसमाश्च विशेषतः ।
परदेशगतः सिद्धो राहो राह्वन्तरा बुधः ॥ ४ ॥
रा० के० बुद्धिनाशो भयं विघ्नं धन हानिर्महाभयम् ।
सर्वत्र कलहोद्वेगौ राहौ राह्वन्तरा शिखी ॥ ५ ॥
रा० शु० योगिनीभ्यो भयं भूपादश्वहानिः कुभोजनम् ।
स्त्रीनाशो कुलजं शोकं राह्वो राह्वन्तरा सितः ॥ ६ ॥
रा० सू० ज्वररोगमहाभीतिः पुत्रपौत्रादिपीडनम् ।
अल्पमृत्युप्रसादश्च राह्वो राह्वन्तरा रविः ॥ ७ ॥
रा० चं० उद्वेगकलहं चिन्ता मानहानिर्महद्भयम् ।
पित्ताद्वैकल्यता देहे राह्वो राह्वन्तरा शशी ॥ ८ ॥
रा० मं० भगन्दरकृतापीडा रक्तपित्तप्रपीडनम् ।
अर्थहानिर्महोद्वेगं राहो राह्वन्तरा कुजः ॥ ९ ॥

इति राहुविदशाफलम्

अब आगे राहु की अन्तर्दशा में राहु आदि की प्रत्यन्तर्दशा के फल को कहते हैं।

रा० रा० की प्रत्यन्तर्दशा का फल--यदि जन्मपत्री में राहु की अन्तर्दशा में राहु की प्रत्यन्तर्दशा हो तो जातक बन्धन पानेवाला, अनेक रोगों का रोगी, हाथ में भग्नता पानेवाला, मित्र से भयभीत, अचानक आपत्ति पानेवाला और जल व अग्नि से डरनेवाला होता है ॥ १ ॥

बृहत्पाराशर में कहा है--बन्धनं बहुधा रोगो बहुघातः सुहृद्भयम् । तमसोऽन्तर्दशायान्तु तमः प्रत्यन्तरे फलम् (६२ अ० २९ श्लो०) ॥ १ ॥

रा० जी० की प्रत्यन्तर्दशा का फल--यदि जन्मपत्री में राहु की अन्तर्दशा में गुरु की प्रत्यन्तर्दशा हो तो जातक सब जगह लाभ करने वाला, हाथी, घोड़ा, धन पानेवाला और राजकीय सन्मान से युक्त होता है ॥ २ ॥

बृ० पा० में कहा है--'सर्वत्र लभते मानं गजाश्वं च धनागमम् । तत्रैव तु सुरेज्यस्य प्राप्ते प्रत्यन्तरे नरः' (६२ अ० ३० श्लो०) ॥ २ ॥

रा० श० की प्रत्यन्तर्दशा का फल---यदि जन्मपत्री में राहु की अन्तर्दशा में शनि की प्रत्यन्तर्दशा हो तो जातक घनघोर बन्धन में पड़नेवाला, सुख से रहित, अधिक भयभीत और प्रतिदिन वायु से पीड़ित होता है ॥ ३ ॥

बृ० पा० में कहा है--'बन्धनं जायते घोरं सुखहानिर्महद्भयम् । प्रत्यहं वातपीडा च विदशायां शनेः फलम् (६२ अ० ३१ श्लो०) ॥ ३ ॥

रा० बु० की प्रत्यन्तर्दशा का फल---यदि जन्मपत्री में राहु की अन्तर्दशा में बुध की प्रत्यन्तर्दशा हो तो जातक सब जगह अनेक प्रकार से आमदनी करनेवाला, विशेषकर स्त्री समुदाय से धन पानेवाला और परदेश में जाकर अभीष्ट की सिद्धि करनेवाला होता है ॥ ४ ॥

बृ० पा० में कहा है---'सर्वत्र बहुधा लाभः स्त्रीसङ्गत्या विशेषतः । परदेशगता सिद्धिर्विदशायां विदः फलम्' (६२ अ० ३२ श्लो०) ॥ ४ ॥

रा० के० की प्रत्यन्तर्दशा का फल-- यदि जन्मपत्री में राहु की अन्तर्दशा में केतु की प्रत्यन्तर्दशा हो तो जातक की बुद्धि का विनाश, भयभीत, विघ्नों से युक्त, धन का क्षय, बड़ा भय, कलह और उद्वेग सब जगह होता है । ५ ॥

बृ० पा० में कहा है---'बुद्धिनाशो भयं विघ्नो धनहानिर्महद्भयम् । सर्वत्र कलहोद्वेगौ शिखिनो विदशाफलम्' (६२ अ० ३३ श्लो०) ॥ ५ ॥

रा० शु० की प्रत्यन्तर्दशा का फल---यदि जन्मपत्री में राहु की अन्तर्दशा में शुक्र की प्रत्यन्तर्दशा हो तो जातक योगिनियों से डरनेवाला, राजा से घोड़ा की हानि करनेवाला, दूषित खानेवाला, स्त्री का विनाश और कुल जन्य शोक से युक्त होता है ॥ ७ ॥

बृ० पा० में कहा है---योगिनीभ्योभयं चैवमश्वहानिः कुभोजनम् । स्त्रीनाशः कुलजः शोकः सितस्य विदशा फलम् (६२ अ० ३४ श्लो०) ॥ ६ ॥

रा० सू० की प्रत्यन्तर्दशा का फल---यदि जन्मपत्री में राहु की अन्तर्दशा में सूर्य की प्रत्यन्तर्दशा हो तो जातक ज्वर का रोगी, बड़ा भयभीत, पुत्र पौत्रादि से पीडित और अल्प मृत्यु पाने वाला होता है ॥ ७ ॥

बृ० पा० में कहा है 'ज्वररोगो महाभीतिः पुत्रपौत्रादिपीडनम् । अपमृत्युः प्रमादश्च सूर्यस्य विदशाफलम्' (६२ अ० ३५ श्लो०) ॥ ७ ॥

रा० चं० की प्रत्यन्तर्दशा का फल---यदि जन्मपत्री में राहु की अन्तर्दशा में चन्द्रमा की प्रत्यन्तर्दशा हो तो जातक उद्वेगी, कलही, चिन्तित, सन्मान से रहित, बड़ा डरपोक और पित्त से विकल होने वाला होता है ॥ ८ ॥

बृ० पा० में कहा है 'उद्वेगकलहौ चिन्ता मानहानिर्महद्भयम् । पितुर्विकलता देहे शशिनो विदशाफलम्' (६२ अ० ३६ श्लो०) ॥ ८ ॥

रा० भौ० की प्रत्यन्तर्दशा का फल---यदि जन्मपत्री में राहु की अन्तर्दशा में भौम की प्रत्यन्तर्दशा हो तो जातक भगन्दर रोग से पीडित, रक्तजन्य पित्तजन्य रोग से दुःखी, धन का क्षयी और बड़ा उद्वेगी होता है ॥ ९ ॥

बृ० पा० में कहा है 'भगन्दरकृता पीडा रक्तपित्तप्रपीडनम् । अर्थहानिर्महोद्वेगो भौमस्य विदशाफलम्' ॥ ९ ॥

स्पष्टार्थ राहु के अन्तर में राहु आदि ग्रहों का प्रत्यन्तर चक्र

	रा०	जी०	श०	बु०	के०	शु०	सू०	चं०	मं०
मा०	४	४	५	४	१	५	१	२	१
दि०	२५	९	३	१७	२६	१२	१८	२१	२६
घ०	४८	३६	५४	४२	४२	०	३६	०	४२

इस प्रकार राहु की अन्तर्दशा में राहु आदि की प्रत्यन्तर्दशा का फल समाप्त हुआ ॥ १–९ ॥

अथ राहुसूक्ष्मदशाफलम् ।

रा० रा० लोकोपद्रवबुद्धिश्च स्वकार्ये मतिविभ्रमः ।
शून्यता चित्तदोषः स्याद्राहोः सूक्ष्मदशाफलम् ॥ १ ॥

रा० जी० दीर्घरोगी दरिद्रश्च सर्वेषां प्रियदर्शनः ।
दानधर्मरतः शस्तो राहोः सूक्ष्मगते गुरौ ॥ २ ॥

रा० श० कुमार्गात् कुत्सितोग्रश्च दुष्टश्च परसेवकः ।
असत् सङ्गमतिर्मूढो राहोः सूक्ष्मगते शनौ ॥ ३ ॥

रा० बु० स्त्रीसंभोगमतिर्वाग्मी लोकसंभावनावृतः ।
असत् सङ्गमतिर्मूढो राहोः सूक्ष्मगते बुधे ॥ ४ ॥

रा० के० माधुर्यं मानहानिश्च बन्धनं चाप्तमारणम् ।
पारुष्यं जीवहानिश्च राहोः सूक्ष्मगते ध्वजे ॥ ५ ॥

रा० शु० बन्धनान्मुच्यते बद्धः स्थानमानार्थसञ्चयः ।
कारणाद्द्रव्यलाभश्च राहोः सूक्ष्मगते भृगौ ॥ ६ ॥

रा० सू० व्यक्तार्शो गुल्मरोगश्च क्रोधहानिस्तथैव च ।
वाहनादिसुखं सर्वं राहोः सूक्ष्मगते रवौ ॥ ७ ॥

रा० चं० मणिरत्नधनावाप्तिर्विद्योपासनशीलवान् ।
देवार्चनपरो भक्त्या राहोः सूक्ष्मगते विधौ ॥ ८ ॥

रा० मं० निर्जितं जनविद्रावो जने क्रोधश्च बन्धनात् ।
चौर्यशीलरतिर्नित्यं राहोः सूक्ष्मगते कुजे ॥ ९ ॥

इति राहोः सूक्ष्मदशाफलम् ।

अब आगे राहु की प्रत्यन्तर्दशा में राहु आदि ग्रहों की सूक्ष्मदशा के फल को बताते हैं ।

रा० रा० की सूक्ष्मदशा का फल—यदि जन्मपत्री में राहु की प्रत्यन्तर्दशा में राहु की सूक्ष्मदशा हो तो जातक संसार में उपद्रव करने की बुद्धि वाला, अपने कार्यों में उलटी बुद्धि का और चिन्ता में शून्यता के दोष से युक्त होता है ॥ १ ॥

बृ० पा० में भी इसी प्रकार से फल है (६३ अ० २९ श्लो०) ॥ १ ॥

रा० गु० की सूक्ष्मदशा का फल--यदि जन्मपत्री में राहु की प्रत्यन्तर्दशा में गुरु की सूक्ष्मदशा हो तो जातक अधिक कालतक रोगी, दरिद्री, लोकप्रिय, दान, धर्म में आसक्त और प्रसिद्ध होता है ॥ २ ॥

बृ० पा० में भी इसी रीति से फल है ॥ २ ॥

रा० श० की सूक्ष्मदशा का फल---यदि जन्मपत्री में राहु की प्रत्यन्तर्दशा में शनि की सूक्ष्मदशा हो तो जातक कुमार्ग से दूषित, उग्र, दुष्ट, दूसरे की सेवा करने वाला, दुष्टों से सङ्गति करने वाला और मूर्ख होता है ॥ ३ ॥

बृ० पा० में कहा है 'कुमार्गात् कुत्सितोऽर्थश्च दुष्टश्च परसेवकः । असत्सङ्गमतिर्मूढो राहोः सूक्ष्मगते शनौ' (६३ अ० ३१) ॥ ३ ॥

रा० बु० की सूक्ष्मदशा का फल--यदि जन्मपत्री में राहु की प्रत्यन्तर्दशा में बुध की सूक्ष्मदशा हो तो जातक स्त्रियों के साथ सम्भोग को अभिलाषा वाला, वाग्मी लोगों को अपने अनुकूल बनाने वाला और अन्न की इच्छा में शारीरिक ग्लानि वाला होता है ॥४॥

बृ० पा० में भी इसी रीति से फल है (६३ अ० ३२ श्लो०) ॥ ४ ॥

रा० के० सूक्ष्मदशा का फल---यदि जन्मपत्री में राहु की प्रत्यन्तर्दशा में केतु की सूक्ष्मदशा हो तो जातक मीठा, सन्मान की हानिवाला, बन्धन से युक्त, मृत्यु पानेवाला, कठोर और जीवों को मारनेवाला होता है ॥ ५ ॥

बृ० पा० में भी इसी प्रकार से फल है (६३ अ० ३३ श्लो०) ॥ ५ ॥

रा० शु० की सूक्ष्मदशा का फल --यदि जन्मपत्री में राहु की प्रत्यन्तर्दशा में शुक्र की सूक्ष्मदशा हो तो जातक बन्धन से मुक्त, स्थान, सम्मान और धन का संग्रह करने वाला तथा कारण से धनलाभी होता है ॥ ६ ॥

बृ० पा० में भी इसी प्रकार से फल है ॥ ६ ॥

रा० सू० की सूक्ष्मदशा का फल---यदि जन्मपत्री में राहु की प्रत्यन्तर्दशा में सूर्य की सूक्ष्मदशा हो तो जातक बवासीर या गुल्म रोग से युक्त, क्रोध में कमी करनेवाला और सवारी आदि के सुख से युक्त होता है ॥ ७ ॥

बृ० पा० में भी ऐसा ही फल है ॥ ७ ॥

रा० चं० की सूक्ष्मदशा का फल---यदि जन्मपत्री में राहु की प्रत्यन्तर्दशा में चन्द्रमा की सूक्ष्मदशा हो तो जातक मणि, रत्न, धनादि पाने वाला, विद्या की उपासन में आसक्त, देवता पूजन में अनुरक्त और सुशील होता है ॥ ८ ॥

बृ० पा० में भी यही फल है ॥ ८ ॥

रा० भौ० की सूक्ष्मदशा का फल---यदि जन्मपत्री में राहु की प्रत्यन्तर्दशा में भौम की सूक्ष्मदशा हो तो जातक पराजित, लोगों का चीत्कार सुनने वाला, बन्धन से मनुष्यों पर क्रोध करने वाला और चोरी की प्रवृत्ति में प्रतिदिन अनुरक्त होता है ॥९॥

बृ० पा० में भी इसी प्रकार से फल है ॥ ९ ॥

इस प्रकार राहु की प्रत्यन्तर्दशा में राहु आदि की सूक्ष्मदशा का फल समाप्त हुआ ॥ १–९ ॥

अथ राहुप्राणदशाफलम् ।

रा० रा० अन्नाशनविरक्तश्च विषभीतस्तथैव च ।
साहसाद्धननाशश्च राहोः प्राणदशाफलम् ॥ १ ॥

रा० जी० अङ्गसौख्यं विनिर्भीतिर्वाहनादेश्च सङ्गता ।
नीचैः कलहसम्प्राप्तिः राहोः प्राणगते गुरौ ॥ २ ॥

रा० श० गृहदाहः शरीरे च नीचैरपहृतं धनम् ।
रोगबन्धनसंप्राप्तिः राहोः प्राणगते शनौ ॥ ३ ॥

रा० बु० गुरूपदेशविभवो गुरुसत्कारवर्धनम् ।
गुणवान् शीलवांश्चापि राहोः प्राणगते बुधे ॥ ४ ॥

रा० के० स्त्रीपुत्रादिविरोधश्च गृहान्निष्क्रमणादपि ।
सहसा कार्यहानिश्च राहोः प्राणगते ध्वजे ॥ ५ ॥

रा० शु० छत्रवाहनसंपत्तिः सर्वार्थफलसञ्चयः ।
शिवार्चनगृहारम्भो राहोः प्राणगते भृगौ ॥ ६ ॥

रा० सु० अर्शादिरोगभीतिश्च राज्योपद्रवसंभवः ।
चतुष्पदादिहानिश्च राहोः प्राणगते रवौ ॥ ७ ॥

रा० चं० सौमनस्यञ्च सद्बुद्धिः सत्कारो गुरुदर्शनम् ।
पापभीतिर्मनः सौख्यं राहोः प्राणगते विधौ ॥ ८ ॥

रा० मं० चाण्डालाग्निवशाद्भीतिः स्वपचच्युति आपदः ।
मलिनत्वादिवृत्तिश्च राहोः प्राणगते कुजे ॥ ९ ॥

इति राहोर्दशापञ्चकम् ।

अब आगे राहु की सूक्ष्मदशा में राहु आदि ग्रहों की प्राणदशा के फल को बताते हैं ।

रा० रा० की प्राणदशा का फल—यदि जन्मपत्री में राहु की सूक्ष्मदशा में राहु की प्राणदशा हो तो जातक को भोजन में अरुचि, जहर से भय और साहस से धन का नाश होता है ॥ १ ॥

बृ० पा० में कहा है—'अन्नाशने विरक्तिश्च विषभीतिस्तथैव च । सहसा धननाशश्च राहौ प्राणगतेऽप्यहौ' (६४ अ० २९) ॥ १ ॥

रा० गु० की प्राणदशा का फल—यदि जन्मपत्री में राहु की सूक्ष्मदशा में गुरु की प्राणदशा हो तो जातक शरीर से सुखी, निर्भय, वाहनों को पाने वाला और नीचों से झगड़ा करने वाला होता है ॥ २ ॥

बृ० पा० में भी ऐसा ही फल है ॥ २ ॥

रा० श० की प्राणदशा का फल— यदि जन्मपत्री में राहु की सूक्ष्मदशा में शनि की प्राणदशा हो तो जातक को घर जलने तथा शरीर जलने की सम्भावना, दुष्टों से धन हरण, रोग व बन्धन की प्राप्ति होती है ॥ ३ ॥

बृ० पा० में कहा है—'गृहदाहः शरीरे च रोगबन्धनजा विपत् । नोचैरपहृता सम्पद् राहोः प्राणगते शनौ' (६४ अं० ३१) ॥ ३ ॥

रा० बु० की प्राणदशा का फल—यदि जन्मपत्री में राहु की सूक्ष्मदशा में बुध की प्राणदशा हो तो जातक गुरु के उपदेश से ऐश्वर्यवान्, गुरुजनों का सत्कार करने वाला, गुणी और सुशील होता है ॥ ४ ॥

रा० के० की प्राणदशा का फल—यदि जन्मपत्री में राहु की सूक्ष्मदशा में केतु की प्राणदशा हो तो जातक स्त्री व पुत्रादि से विरोध करने वाला, घर से निकलने पर भी विरोधी और एकाएक कार्य की हानि से युक्त होता है ॥ ५ ॥

बृ० पा० में कहा है—'स्त्रीपुत्रादि विरोधश्च गृहान्निष्क्रमणं तथा । साहसात् कार्य-हानिश्च राहोः प्राणगते ध्वजे' (६४ अ० ३३ श्लो०) ॥ ५ ॥

रा० शु० की प्राणदशा का फल—यदि जन्मपत्री में राहु की सूक्ष्मदशा में शुक्र की प्राणदशा हो तो जातक छत्र, सवारी की सम्पत्ति वाला, सभी कामों में सफलता प्राप्त करने वाला और शिव मन्दिर का निर्माण करने वाला होता है ॥ ६ ॥

बृ० पा० में भी इसी रीति से फल है ॥ ६ ॥

रा० सू० की प्राणदशा का फल—यदि जन्मपत्री में राहु की सूक्ष्मदशा में सूर्य की प्राणदशा हो तो जातक बवासीर आदि रोग से भयभीत, राजकीय उपद्रव से युक्त और पशु हानि से युक्त होता है ॥ ७ ॥

बृ० पा० में कहा है—'अर्शः प्रभृतितो भीतिः राज्योपद्रवसंभवः' इत्यादि इसके अनुरूप है ॥ ७ ॥

रा० चं० की प्राणदशा का फल—यदि जन्मपत्री में राहु की सूक्ष्मदशा में चन्द्रमा की प्राणदशा हो तो जातक सौमनस्य व अच्छी बुद्धि, सत्कार और गुरु दर्शन से युक्त, पाप से भयभीत और मानसिक सुख से युक्त होता है ॥ ८ ॥

बृ० पा० में भी इसी प्रकार से फल है ॥ ८ ॥

रा० भौ० की प्राणदशा का फल—यदि जन्मपत्री में राहु की सूक्ष्मदशा में भौम की प्राणदशा हो तो जातक चाण्डाल व अग्नि से डरने वाला, अपने पद से भ्रष्ट होने वाला, आपत्तियों से युक्त, दूषित और कुत्ते की तरह नीच वृत्ति का होता है ॥ ९ ॥

इस प्रकार राहु की सूक्ष्मदशा में राहु आदि की प्राणदशा का फल समाप्त हुआ ॥ १–९ ॥

अथ गुरोर्दशापञ्चकफलम् ।

अथ गुरोर्दशामूलफलम् ।

नृपप्रधानं धनधान्यपुत्रकलत्रमित्रार्थनृरत्नलाभम् ।
नीरोगतां शत्रुजयं च सौख्यं गुरोर्दशा वाञ्छितमातनोति ॥ १ ॥

इति गुरोर्मूलदशा ।

अथ गुरोरन्तर्दशाफलम् ।

गु० गु० वृद्धिं सदागमनपुण्यविचारसिन्धु-
कल्याणरत्नतनयं वरभूमिलाभम् ।
सौभाग्यभावनृपमानयशोऽर्थितां च
सूरेर्दशान्तरगतः प्रकरोति जीवः ॥ १ ॥

गु० श० वेश्याङ्गनाव्यसनपारधिसिन्धुपानद्यूतानि
भूतिमतितामससन्निपातम् ।
धर्मार्थतापनिरतं कलहं च रोगं सूरेर्द-
शान्तरगतः प्रकरोति मन्दः ॥ २ ॥

गु० बु० आनन्दमन्दिरउदारतया समेतं
धर्मान्वितं स्वगुरुदेवपदानुरक्तम् ।
स्वसज्जनं स्वजनवैरिसमं सुबुद्धिं
सूरेर्दशान्तरगतः प्रकरोति सौम्यः ॥ ३ ॥

गु० के० उद्वेगतां स्वकुलबन्धुसुतादितापं
देशान्तरे गमनदुःखशताभिभूतम् ।
वैचित्र्यमूढपतितां बहुपत्यसङ्गं
सूरेर्दशान्तरगतश्च करोति केतुः ॥ ४ ॥

गु० शु० आपत्तिजातिमरिभिः कृतचित्तलोपभावं
कलिः स्वजनबन्धुजनैश्च सार्धम् ।
अस्वस्थतां गदगणेन शरीरबाधां
सूरेर्दशान्तरगतश्च करोति शुक्रः ॥ ५ ॥

गु० सू० सौख्यानि राजकुलतो विपुलासुबुद्धिः
संग्राममित्रबहुवैरिशरीरघातम् ।
पूजामथान्नयुवतीं गुरुभिश्च सङ्गं
सूरेर्दशान्तरगतश्च करोति भानुः ॥ ६ ॥

गु० चं० राज्याभिषेकमुदयं सकलाङ्गदोषं
प्राग्जन्मनामशनमर्थहर्ति प्रमादम् ।
प्राप्तिं तनूद्भवकरीं वरवर्णिनीनां
सूरेर्दशान्तरगतश्च करोति चन्द्रः ॥ ७ ॥

गु० भौ० नीरोगभावमतिसौख्यमपारभोगान्
कीर्तिप्रतापतपवित्तसमार्जनञ्च ।
रक्ताम्बरप्रवहणामतिवस्तुलाभं
सूरेर्देशान्तरगतश्च करोति भौमः ॥ ८ ॥

गु० रा० चित्तक्षतं च तनुतीव्रशरीररोगान्
मृत्युं प्रवासजनितं गुरुकष्टभावम् ।
वैरात्सुहृद्भिरभितोधनधान्यहानिं
सूरेर्दशान्तरगतश्च करोति राहुः ॥ ९ ॥

इति गुरोरन्तर्दशाफलम् ।

अब आगे गुरु की पांचों दशा के फल को बताते हैं ।

गुरु की महादशा का फल—यदि कुण्डली में गुरु की महादशा हो तो जातक राजा का प्रधान या प्रधान राजा, धनधान्य, पुत्र, स्त्री, मित्र, धन, रत्न का लाभ करने वाला, रोगहीन, शत्रु जेता और सुखी होता है ॥ १ ॥

मानसागरी में कहा है—'नृपप्रसादधनधान्यपुत्रकलत्रमित्रादिरत्नलाभम् । नीरोगतां शत्रुजयं च सौख्यं गुरोर्दशावाञ्छितमातनोति' ॥ १ ॥

अब आगे गुरु की दशा में गुरु आदि ग्रहों की अन्तर्दशा के फल को बतलाते हैं ।

गु० गु० की अन्तर्दशा का फल—यदि कुण्डली में गुरु की महादशा में गुरु की अन्तर्दशा हो तो जातक सदा वृद्धि करने वाला, पुण्यवान्, विचार में गम्भीर, शुभ पुत्ररत्न से युत, श्रेष्ठभूमि पाने वाला, भाग्यशाली, राजकीय सम्मान से यशस्वी व धनी होता है ॥ १ ॥

मानसागरी में कहा है 'जीव्यमाने सुतो बुद्धिर्धनधर्मार्थगौरवम् । हेम्नश्चाम्बरलाभश्च वर्णेभ्यो ह्यतिसंचयम्' ॥ १ ॥

गु० श० की अन्तर्दशा का फल—यदि कुण्डली में गुरु की महादशा में शनि की अन्तर्दशा हो तो जातक वेश्या स्त्रियों के व्यसनों में फँसने वाला, अपार नशे बाज व जुआ खेलने वाला, तामस (क्रोध) बुद्धि का धर्म व धन के संताप में आसक्त, कलही और रोगी होता है ॥ २ ॥

जातकाभरण में कहा है 'वेश्यासवद्यूतकृषिक्रियाद्यैर्विलुप्तधर्मार्थयशाः कृशाङ्गः । खरक्रमेलादियुतो नरः स्याद्गुरोर्दशायां चलितेऽर्कसूनौ' ॥ २ ॥

गु० बु० की अन्तर्दशा का फल—यदि कुण्डली में गुरु की महादशा में बुध की अन्तर्दशा हो तो जातक आनन्द का घर अर्थात् प्रसन्नता से युत, उदारभावना का धर्मात्मा, अपने गुरु जन व देव चरणों में आसक्त, स्वयं सज्जन, अपने मनुष्यों से शत्रुता रखने वाला और अच्छा बुद्धिमान् होता है ॥ ३ ॥

जातकाभरण में कहा है 'सद्बुद्धिकौशल्यसुरार्चनानि सदिन्दिरा मन्दिरवाहनानि । कलत्रपुत्रादिसुखानि नूनं कुर्याद्बुधो जीवदशां प्रपन्नः' ॥ ३ ॥

गु० के० की अन्तर्दशा का फल—यदि कुण्डली में गुरु की महादशा में केतु की अन्तर्दशा हो तो जातक उद्वेगी, अपने कुल बान्धव व पुत्रादि से संतप्त, देशान्तर की यात्रा में अनेक दुःखों से पीडित, विचित्र मूर्ख व पतित और अधिक स्वामियों की सङ्गति से हीन होता है ॥ ४ ॥

मानसागरी में कहा है 'पुत्रबन्धुक्षतो योगों युक्तः स्वस्थानवर्जितः परिभ्रमति सर्वत्र केतोरन्तर्गते बुधे' ॥ ४ ॥

गु० शु० की अन्तर्दशा का फल—यदि जन्मपत्री में गुरु की महादशा में शुक्र की अन्तर्दशा हो तो जातक जाति के शत्रुओं से विपत्ति पाने वाला, अच्छे कार्य में मन की लगन का अभाव, परिवार तथा अपने बान्धवों से कलह करने वाला, रोगों से अस्वस्थ और शारीरिक पीडा से युक्त होता है ॥ ५ ॥

जा० भ० में कहा है 'निजैर्वियोगोऽर्थविनाशनं च श्लेष्मानिलश्चापि कलिप्रसङ्गः । स्यान्मानवानां व्यसनोपलब्धिर्भृगोः सुते जीवदशां प्रयाते' ॥ ५ ॥

गु० सू० की अन्तर्दशा का फल—यदि कुण्डली में गुरु की महादशा में सूर्य की अन्तर्दशा हो तो जातक राजवंश से सुख पाने वाला, विशाल अच्छी बुद्धि का, युद्ध में मित्र व अधिक शत्रुओं से चोट खाने वाला, अन्न तथा स्त्री का पूजक और गुरु जनों से सङ्गति करने वाला होता है ॥ ६ ॥

जा० भ० में कहा है 'सुतोर्थनानाविधवस्तुलाभं विशिष्टनामान्तरमाधिपत्यम् । मानं नरेशात् कुरुते दिनेशो वाचामधीशस्य दशां प्रपन्नः' ॥ ६ ॥

गु० चं० की अन्तर्दशा का फल—यदि कुण्डली में गुरु की महादशा में चन्द्रमा की अन्तर्दशा हो तो जातक राज्यों में अभिषिक्त होने वाला, उदयी, समस्त शरीर से दोषी, पूर्व में भोजन व धन के क्षय व प्रमाद से युक्त और श्रेष्ठ वर्ण की कन्या को पाने वाला होता है ॥ ७ ॥

जा० भ० में कहा है 'नानाङ्गनाक्रीडनजातचित्तश्रीराजचिन्हैश्च विराजमानम् । विद्यानवद्यार्थयुतो नरः स्याज्जीवान्तरे शीतकरप्रचारे' ॥ ७ ॥

गु० भौ० अन्तर्दशा का फल—यदि कुण्डली में गुरु की महादशा में भौम की अन्तर्दशा हो तो जातक रोग हीन, अधिक सुखी, अपरिमित भोगी, कीर्तिमान्, प्रतापी, तपस्वी, धनी, लालवस्त्र व रथ आदि अधिक वस्तुओं का लाभ करने वाला होता है ॥ ८ ॥

जा० भ० में कहा है (रणाङ्गणप्राप्तयशो विशेषः सद्भोग्य सौख्यार्थसमन्वितश्च । प्रौढ़प्रतापोऽतितरां नरः स्याद्धरासुते जीवदशां प्रयाते ॥८॥

गु० रा० की अन्तर्दशा का फल—यदि कुण्डली में गुरु की महादशा में राहु की अन्तर्दशा हो तो जातक हत चित्तवाला, लघु तीखे शरीर में रोगों से युक्त, मृत्यु पाने वाला, प्रवास में अधिक कष्ट भोगी, मित्रों से शत्रुता और चारों तरफ से धनधान्य की हानि से युक्त होता है ॥ ९ ॥

मा० सा० में कहा है 'बन्धूद्वेगं रुजश्चैव कलहं मरणाद्भयम्। स्वस्थानच्युतिमाप्नोति राहावन्तर्गते गुरौ' ॥ ९ ॥

स्पष्टार्थ गुरु की महादशा में गुरु आदि की अन्तर्दशा का चक्र—

गु०	श०	बु०	के०	शु०	सू०	चं०	मं०	रा०
२	२	२	०	२	०	१	०	२
१	६	३	११	८	९	४	११	४
१८	१२	६	६	०	१८	०	६	२४

इस प्रकार गुरु की महादशा में गुरु आदि ग्रहों की अन्तर्दशा का फल समाप्त हुआ ॥ १-९ ॥

अथ गुरोर्विदशाफलम्।

गु० गु० हेमलाभो धनं वृद्धिः कल्याणं च फलोदयः।
बहुभावं गृहे बुद्धि जीवजीवान्तरा गुरुः॥ १ ॥

गु० श० गोभूमिहयलाभः स्यात् सर्वत्र सुखसाधनम्।
सङ्ग्रहो ह्यन्नपानादि गुरोर्गुर्वन्तरा शनिः॥ २ ॥

गु० बु० विद्यालाभो वस्त्रलाभो ज्ञानलाभः समौक्तिकः।
सुहृदां सङ्गमस्नेहो जीवजीवान्तरा बुधः॥ ३ ॥

गु० के० जलभीतिस्तथा चौर्यं बन्धनं कलहो भवेत्।
अल्पमृत्युर्भयं घोरं जीवजीवान्तरे ध्वजे॥ ४ ॥

गु० शु० नानाविद्यार्थसंप्राप्तिर्हेमवस्त्रविभूषणम्।
लभते क्षेमसंतोषं जीवजीवान्तरे कविः॥ ५ ॥

गु० सू० नृपाल्लाभस्तथा मित्रं (त्रात्) पितृतो मातृतोऽपि च।
सर्वत्र लभते पूजां जीवजीवान्तरे रविः॥ ६ ॥

गु० चं० सर्वदुःखविमोक्षश्च मुक्तालाभो हयस्य च।
सिध्यन्ति सर्वकार्याणि जीवजीवान्तरे शशी॥ ७ ॥

गु० भौ० शस्त्रभीतिर्गुदे पीडा वन्हिमान्द्यमजीर्णता।
पीडा शत्रुकृता भूरिजीवंजीवान्तरे कुजः॥ ८ ॥

गु० रा० चाण्डालेन विरोधः स्याद्भयं तेभ्यो रतिग्रहः।
कष्टं स्याद् व्याधिशत्रुभ्यो जीवजीवान्तरे तमः॥ ९ ॥

इति गुरोर्विदशाफलम्।

अब आगे गुरु की अन्तर्दशा में गुरु आदि ग्रहों की प्रत्यन्तर्दशा के फल को बताते हैं।

गु० गु० की प्रत्यन्तर्दशा का फल—यदि कुण्डली में गुरु की अन्तर्दशा में गुरु की प्रत्यन्तर्दशा हो तो जातक को सुवर्ण का लाभ, धन की वृद्धि, कल्याण, भाग्योदय, अधिकभाव और गृहस्थी में बुद्धि होती है ॥ १ ॥

बृ० पा० में कहा है 'हेमलाभो धान्यवृद्धिः कल्याणं सत्फलोदय:। अन्तर्दाये सुरेज्यस्य तस्य प्रत्यन्तरे भवेत् (६२ अ० ३८ श्लो०)' ॥ १ ॥

गु० श० की प्रत्यन्तर्दशा का फल---यदि कुण्डली में गुरु की अन्तर्दशा में शनि की विदशा हो तो जातक गाय, भूमि, घोड़ा का लाभ करने वाला, सब जगह सुख साधनों से संपन्न और अन्न पान आदि का सङ्ग्रही होता है ॥ २ ॥

बृ० पा० में कहा है 'गोभूमिहेमलाभ: स्यात् सर्वत्र सुखसाधनम्। सङ्ग्रहो ह्यन्न-पानादेः विदशायां शनेः फलम्' ॥ (६२ अ० ३९ श्लो०) ॥ २ ॥

गु० बु० की प्रत्यन्तर्दशा का फल—यदि कुण्डली से गुरु की अन्तर्दशा में बुध की प्रत्यन्तर्दशा हो तो जातक विद्या, वस्त्र, ज्ञान, मोती का लाभ करने वाला और मित्रों के साथ का प्रेमी होता है ॥ ३ ॥

बृ० पा० में उत्तरार्ध में भेद है 'सुहृदां सङ्गमात् स्नेहो विदशायां विदः फलम्' (६२ अ० ४० श्लो०) ॥ ३ ॥

गु० के० की प्रत्यन्तर्दशा का फल—यदि कुण्डली में गुरु की अन्तर्दशा में केतु की प्रत्यन्तर्दशा हो तो जातक जल से भयभीत, चोरी, जेल, झगड़ा, अल्पमृत्यु और कठिन भय से युक्त होता है ॥ ४ ॥

बृ० पा० में 'धीरं ध्वजस्य विदशाफलम्' मात्र पाठान्तर है ॥ ४ ॥

गु० शु० की प्रत्यन्तर्दशा का फल—यदि कुण्डली में गुरु की अन्तर्दशा में शुक्र की प्रत्यन्तर्दशा हो तो जातक अनेक विद्या तथा धन से, सुवर्ण, वस्त्र, अलङ्कार, क्षेम (कल्याण) और संतोष से युक्त होता है ॥ ५ ॥

बृ० पा० में 'विदशायां भृगोर्नरः' मात्र पाठान्तर है ॥ ५ ॥

गु० सू० की प्रत्यन्तर्दशा का फल---यदि कुण्डली में गुरु की अन्तर्दशा में सूर्य की प्रत्यन्तर्दशा हो तो जातक राजा, मित्र, पिता, माता से लाभ करने वाला और सब जगह पूजित होने वाला होता है ॥ ६ ॥

बृ० पा० में 'विदशायां रवे नरः' यह पाठान्तर है ॥ ६ ॥

गु० चं० की प्रत्यन्तर्दशा का फल—यदि कुण्डली में गुरु की अन्तर्दशा में चन्द्रमा की प्रत्यन्तर्दशा हो तो जातक सभी दुःखों से त्यक्त, मोती और घोड़ा का लाभ करने वाला और समस्त कामों को सिद्ध करने वाला होता है ॥ ७ ॥

बृ० पा० में 'चन्द्रप्रत्यन्तरे ध्रुवम्' यह पाठान्तर है ॥ ७ ॥

गु० भौ० की प्रत्यन्तर्दशा का फल—यदि कुण्डली में गुरु की अन्तर्दशा में भौम की प्रत्यन्तर्दशा हो तो जातक शस्त्र से भयभीत, गुदा में पीड़ा से युक्त, मन्दाग्नि से अजीर्ण (अनपच) का रोगी और अन्य की पीडा से पीडित होता है ॥ ८ ॥

बृ० पा० में 'भौमस्य विदशाफलम्' यह पाठान्तर है ॥ ८ ॥

गु० रा० की प्रत्यन्तर्दशा का फल—यदि कुण्डली में गुरु की अन्तर्दशा में राहु की प्रत्यन्तर्दशा हो तो जातक चाण्डाल से विरोध करने वाला तथा उनसे भयभीत तथा प्रेम करने वाला रोग व शत्रु से दुःख पाने वाला होता है ॥ ९ ॥

बृ० पा० में 'चाण्डालेन विरोधः स्याद् भयं तेभ्योऽर्थसंक्षयः। कष्टं भीव्याधिशत्रुभ्यस्तमसो विदशाफलम्' (६२ अ० ४६ श्लो०) ॥ ९ ॥

स्पष्टार्थ गुरु की महादशा में गुरु की अन्तर्दशा में गुरु आदि की प्रत्यन्तर्दशा चक्र

गु०	श०	बु०	के०	शु०	सू०	चं०	मं०	रा०
३	४	३	१	४	१	२	१	३
१२	१	१८	१४	८	८	४	१४	२५
२४	३६	४८	४८	०	२४	०	४८	१२

इस प्रकार गुरु की अन्तर्दशा में गुरु आदि ग्रहों की प्रत्यन्तर्दशा का फल समाप्त हुआ ॥ १-९ ॥

अथ गुरोः सूक्ष्मदशाफलम्।

गु० गु० शोकनाशो धनाधिक्यमग्निहोत्रं शिवार्चनम्।
वाहनं छत्रसंयुक्तं जीवसूक्ष्मदशाफलम् ॥ १ ॥

गु० श० व्रतहासूर्यवर्तिश्च विदेशे वसुनाशनम्।
नरोऽधो धननाशश्च गुरोः सूक्ष्मदशा शनौ ॥ २ ॥

गु० बु० विद्याबुद्धिविवृद्धिश्च ससम्मानं धनागमः।
गृहे सर्वविधं सौख्यं गुरोः सूक्ष्मगते बुधे ॥ ३ ॥

गु० के० ज्ञानं विभवपाण्डित्ये शास्त्रश्रोता शिवार्चनम्।
अग्निहोत्रं गुरोर्भक्तिर्गुरोः सूक्ष्मगते ध्वजे ॥ ४ ॥

गु० शु० रोगान्मुक्तिः सुखं भोगं धनधान्यसमागमम्।
पुत्रदारादिकं सौख्यं गुरोः सूक्ष्मगते भृगौ ॥ ५ ॥

गु० सू० वातपित्तप्रकोपं च श्लेष्मोद्रेकस्तु दारुणः।
रसव्याधिकृतं शूलं गुरोः सूक्ष्मगते रवौ ॥ ६ ॥

गु० चं० छत्रचामरसंयुक्तं वैभवं पुत्रसंपदः।
नेत्रकुक्षिगतापीडा गुरोः सूक्ष्मगते विधौ ॥ ७ ॥

गु० मं० स्त्रीजनाच्च विषोत्पत्तिर्बन्धनं चातिविग्रहम्।
देशान्तरगमं भ्रान्तिर्गुरोः सूक्ष्मगते कुजे ॥ ८ ॥

गु० रा० व्याधिभिः परिभूतः स्याच्चौरैरपहृतं महत् (वसु)।
सर्पवृश्चिकदंष्ट्रत्वं गुरोः सूक्ष्मगतेऽप्यहौ ॥ ९ ॥

इति गुरोः सूक्ष्मदशाफलम्।

गु० गु० की सूक्ष्मदशा का फल—यदि कुण्डली में गुरु की प्रत्यन्तर्दशा में गुरु की सूक्ष्मदशा हो तो जातक शोक से रहित, अधिक धनी, अग्नि होत्र करने वाला, शिवजी का पूजक और छत्रयुत सवारी से युक्त होता है ॥ १ ॥

बृ० पा० में ऐसा ही फल है। (६४ अ० ३८) ॥ १ ॥

गु० श० की सूक्ष्मदशा का फल—यदि कुण्डली में गुरु की प्रत्यन्तर्दशा में शनि की सूक्ष्मदशा हो तो जातक व्रत का नाशक, सूर्यवर्ति, विदेश में धन नष्ट करने वाला, दुष्ट या निम्न और धन को विनाश करने वाला होता है ॥ २ ॥

बृ० पा० में 'व्रतहासूर्यवर्तिश्च विदेशे धननाशनम्। विरोधो बान्धवैर्नित्यं गुरोः सूक्ष्मगते शनौ' (६३ अ० ३९ श्लो०) ॥ २ ॥

गु० बु० की सूक्ष्मदशा का फल—यदि कुण्डली में गुरु की प्रत्यन्तर्दशा में बुध की सूक्ष्मदशा हो तो जातक विद्या व बुद्धि की विशेष वृद्धि करने वाला, सम्मान के साथ धनागम करने वाला और घर में अनेक प्रकार के सुखों से युक्त होता है ॥ ३ ॥

बृ० पा० में इसी प्रकार से है। (६३ अ० ४० श्लो०) ॥ ३ ॥

गु० के० की सूक्ष्मदशा का फल—यदि कुण्डली में गुरु की प्रत्यन्तर्दशा में केतु की सूक्ष्मदशा हो तो जातक ज्ञानी, ऐश्वर्यवान्, पाण्डित्य से युक्त, शास्त्र श्रवण, शिवपूजन अग्नि होत्र और गुरु की भक्ति करने वाला होता है ॥ ४ ॥

बृ० पा० में ऐसा ही फल है (६३ अ० ४१ श्लो०) ॥ ४ ॥

गु० शु० की सूक्ष्मदशा का फल—यदि कुण्डली में गुरु की प्रत्यन्तर्दशा में शुक्र की सूक्ष्मदशा हो तो जातक रोग से मुक्त, सुखी, भोगी, धनधान्य का सङ्ग्रही और पुत्र स्त्री आदि के सुख से सुखी होता है ॥ ५ ॥

बृ० पा० में इसी रीति से पद्य है। (६३ अ० ४२ श्लो०) ॥ ५ ॥

गु० सू० की सूक्ष्मदशा का फल—यदि कुण्डली में गुरु की प्रत्यन्तर्दशा में सूर्य की सूक्ष्मदशा हो तो जातक वातपित्त से पीडित, भयङ्कर कफ से दुःखी और रसव्याधिजन्य रोग से संतप्त होता है ॥ ६ ॥

बृ० पा० में भी इसी प्रकार से श्लो० है (६३ अ० ४३ श्लो०) ॥ ६ ॥

गु० चं० की सूक्ष्मदशा का फल—यदि कुण्डली में गुरु की प्रत्यन्तर्दशा में चन्द्रमा की सूक्ष्मदशा हो तो जातक छत्र, चामर से युक्त विभवशाली, पुत्र संपत्ति से संपन्न, नेत्र और पेट में रोग से युक्त होता है ॥ ७ ॥

बृ० पा० में भी ऐसा ही पद्य है (६३ अ० ४४ श्लो०) ॥ ७ ॥

गु० भौ० की सूक्ष्मदशा का फल—यदि कुण्डली मे गुरु की प्रत्यन्तर्दशा में भौम की सूक्ष्मदशा हो तो जातक स्त्री के द्वारा जहर की उत्पत्ति से युक्त, बन्धन भोगी, अधिक लड़ाई करने वाला, देशान्तर जाने वाला और भ्रम से युक्त होता है ॥ ८ ॥

बृ० पा० में भी इसी रीति से फल है। (६३ अ० ४५ श्लो०) ॥ ८ ॥

गु० रा० की सूक्ष्मदशा का फल—यदि कुण्डली में गुरु की प्रत्यन्तर्दशा में राहु की सूक्ष्मदशा हो तो जातक रोगों से पीडित, चोरों से धनापहरण कराने वाला, सर्प या बीछू के डसने से युक्त होता है ॥ ९ ॥

बृ० पा० में ऐसा ही फल है (६३ अ० ४६ श्लो०) । ९ ॥

इस प्रकार गुरु की प्रत्यन्तर्दशा में गुरु आदि ग्रहों की सूक्ष्मदशा का फल समाप्त हुआ ॥ ९ ॥

अथ गुरोः प्राणदशाफलम् ।

गु० गु० मोदवृद्धिर्धनाधिक्यमग्निहोत्रं शिवार्चनम् ।
वाहनं छत्रसंयुक्तं जीवप्राणगते गुरौ ॥ १ ॥
गु० श० व्रतभङ्गो मनःक्लेशो विदेशे वसुनाशनम् ।
विरोधो बान्धवैः सार्धं गुरोः प्राणगते शनौ ॥ २ ॥
गु० बु० सद्विद्यामति वृद्धिश्च सम्मानमतिलोकतः ।
धनस्त्री सुत सौख्याप्तिजीवंप्राणगते विदि ॥ ३ ॥

अब आगे गुरु की सूक्ष्मदशा में गुरु की प्राणदशा के फल का अभाव ग्रन्थ में है। यहाँ गुरु से बुध तक का फल बृ० पा० ग्रन्थ के आधार पर दिया गया है। आगे अन्य ग्रहों की दशा के बृ० पा० में भी सूक्ष्मदशा फल के समान होने से नहीं दिये हैं।

गु० गु० की प्राणदशा का फल—यदि कुण्डली में गुरु की सूक्ष्मदशा में गुरु की प्राण दशा हो तो जातक हर्ष (प्रसन्नता) की वृद्धि, धन की अधिकता, अग्निहोत्र, शिवजी की पूजा करने वाला और छत्र युक्त सवारी से युक्त होता है ॥ १ ॥

गु० श० की प्राणदशा का फल—यदि कुण्डली में गुरु की सूक्ष्मदशा में शनि की प्राणदशा हो तो जातक व्रत भङ्ग करने वाला, मानसिक कष्ट से युक्त, विदेश में धन का नाशक और बान्धवों का विरोधी होता है ॥ २ ॥

गु० बु० की प्राणदशा का फल—यदि कुण्डली में गुरु की सूक्ष्मदशा में बुध की प्राणदशा हो तो जातक अच्छी विद्या से बुद्धि को बढ़ाने वाला, समाज से सम्मानित, धन स्त्री पुत्रादि के सुख से युक्त होता है ॥ ३ ॥

अथ शनेर्दशापञ्चकफलम् ।

दैन्यं विवादं स्वकुले विदेशे यानं च मानं क्षितिमर्थहानिम् ।
रोगार्तिमापद्भयतापपीडां दशाशनेर्दुःखमिदं करोति ॥ १ ॥
श० श० मतेर्विघातं गमनं विदेशे सदैव तन्द्री च श्रमार्थविप्लवम् ।
तनूजदारैः कलहं गदं तनौ शनेर्दशायां जनयेद्गतः शनिः ॥ २ ॥
श० बु० सुखं जयं पुत्रकलत्रसंपदं क्रयाणकाकाष्ठधनाद्धनोदयम् ।
सुहृन्नरेन्द्रादिजनात् सभाजनं शनेर्दशायां जनयेद्गतो बुधः ॥ ३ ॥

श० के० चिन्तातनूजस्य कृतेरविग्रहं सशङ्किता प्रेतकदर्शनं निशि।
रोगैर्महावातसमुद्भवैः कृतिं शनेर्दशायां जनयेद्गतो ध्वजः ॥ ४ ॥

श० शु० भूपाद्धनाप्तिः स्वजनैः समागमं वैरिक्षयं देहसपुष्टतो जयम्।
जनैरुदारैः सुजनैश्च सङ्गतिं शनेर्दशायां जनयेद्गतो भृगुः ॥ ५ ॥

श० सू० स्त्रीभ्यो भयं पुत्रसमृद्धिनाशं नृपाच्च बन्धार्तिकमिष्टदुष्टताम्।
सजीवसंदेहमपाररोगतां शनेर्दशायां जनयेद्गतो रविः ॥ ६ ॥

श० चं० स्वबन्धुवर्गेण समं विरोधतां स्वपुत्रगात्रं स्वकलत्रविग्रहम्।
कोपानलोद्वेगशरीरबन्धनं शनेर्दशायां जनयेद्गतः शशी ॥ ७ ॥

श० मं० जीवस्य संदेहमपाररोगतां दिवानिशं दुःखसमुद्रमग्नताम्।
बाह्यादिदेशान्तरजातविप्लवं शनेर्दशायां जनयेद्गतः कुजः ॥ ८ ॥

श० रा० ज्वरादिरोगं मनसश्च विभ्रमं रक्ताद्यतीसारमनर्थपीडाम्।
भयं रिपोरर्थविधानमञ्जसा शनेर्दशायां जनयेद्गतस्तमः ॥ ९ ॥

श० गु० सम्यग्जनैः सङ्गतिमर्थसंपदं प्रीत्यर्थपूजां निजभूमिकाननम्।
सुखान्यशेषाणि विरोगतामलं शनेर्दशायां जनयेद्गतोगुरुः ॥१०॥

इति शनेरन्तर्दशाफलम्।

अब आगे शनि की पाँचों दशा के फल को बताते हैं।

शनि की महादशा का फल—यदि जन्माऽङ्ग में शनि की महादशा हो तो जातक दीन, अपने वंश में विवादी, विदेश जाने वाला, सम्मानित, भूमि व धन की हानि करने वाला, रोगी, दुःखी, आपत्ति, भय व ताप से पीडित होता है ॥ १ ॥

अब आगे शनि की महादशा में शनि आदि ग्रहों की अन्तर्दशा के फल को बताते हैं।

श० श० की अन्तर्दशा का फल—यदि जन्माऽङ्ग में शनि की महादशा में शनि की अन्तर्दशा हो तो जातक बुद्धि से भ्रष्ट, विदेश जाने वाला, शिथिल शरीरेन्द्रिय वाला, परिश्रम से धन विनाशी, पुत्र तथा स्त्री से कलह करने वाला और रोगी होता है ॥ २ ॥

मा० सा० में 'बन्धुदारसुतार्थानां नाशो वा पीडनं भवेत्। विदेशगमनं दुःखं सौरे स्वान्तरसंस्थिते' कहा है ॥ २ ॥

श० बु० की अन्तर्दशाका फल - यदि जन्माऽङ्ग में शनि की महादशा में बुध की अन्तर्दशा हो तो जातक सुखी, विजयी, पुत्र, स्त्री संपत्तिवाला, काठ के व्यवसाय से धनी, मित्र व राजादि पात्रता पाने वाला होता है ॥ ३ ॥

जा० भ० में 'धनाङ्गनासूनुसुखोपपन्नः सद्राजमानेन विराजमानः। विद्वज्जनानन्दकरः कफार्तो मर्त्यो भवेज्ज्ञे शनिपाकसंस्थे' ॥ ३ ॥

श० के० अन्तर्दशा का फल—यदि जन्माऽङ्ग में शनि की महादशा में केतु की अन्तर्दशा हो तो जातक पुत्र के लिये चिन्तित, रात्रि में जल या सूर्य ग्रहण में शङ्का के साथ जल में प्रेत का दर्शन करने वाला और अधिक वायु के रोग से दुःखी होता है ॥ ४ ॥

श० शु० की अन्तर्दशा का फल—यदि जन्माऽङ्ग में शनि की महादशा में शुक्र की अन्तर्दशा हो तो जातक राजा से धन पानेवाला, अपने मनुष्यों से संयोग करनेवाला, शत्रुओं का विनाशक, शरीर की पुष्टता से विजय प्राप्त करने वाला और उदार एवं सज्जनों से समागम करने वाला होता है ॥ ५ ॥

श० सू० की अन्तर्दशा का फल- यदि जन्माऽङ्ग में शनि की महादशा में सूर्य की अन्तर्दशा हो तो जातक स्त्रियों से डरने वाला, पुत्र व संपन्नता का विनाशी, राजा से जेल या दुःख पाने वाला, इच्छित दुष्टता से युक्त और अधिक रोगों से जीने का संदेह करने वाला होता है ॥ ६ ॥

श० चं० की अन्तर्दशा का फल—यदि जन्माऽङ्ग में शनि की महादशा में चन्द्रमा की अन्तर्दशा हो तो जातक अपने बान्धवों से विरोध करने वाला, अपने पुत्र के समान शरीरधारी व स्त्री के समान विस्तृति वाला और क्रोधाग्नि के उद्वेग से शरीर को बन्धन में देने वाला होता है ॥ ७ ॥

श० मं० की अन्तर्दशा का फल--यदि जन्माऽङ्ग में शनि की महादशा में भौम की अन्तर्दशा हो तो जातक संदेह से बड़ा रोगी, रात दिन दुःख के समुद्र में डूबने वाला और बाहरी देशों से उत्पन्न विप्लवों से युक्त होता है ॥ ८ ॥

श० रा० की अन्तर्दशा का फल - यदि जन्माऽङ्ग में शनि की महादशा में राहु की अन्तर्दशा हो तो जातक ज्वरादि का रोगी, मन का भैमी, खून, पेचिस, अनर्थ आदि से पीड़ित, शत्रु से भयभीत और शीघ्र धन का विनाशी होता है ॥ ९ ॥

श० गु० की अन्तर्दशा का फल—यदि जन्माऽङ्ग में शनि की महादशा में गुरु की अन्तर्दशा हो तो जातक सत्पुरुषों से सङ्गति करने वाला, धन सम्पत्ति से युक्त प्रसन्नार्थ पूजा करने वाला, अपनी भूमि, वन से अधिक सुखी होने वाला और रोगहीन होता है ॥ १० ॥

स्पष्टार्थ शनि महादशा में शनि आदि ग्रहों का अन्तर चक्र

श०	बु०	के०	शु०	सू०	चं०	मं०	रा०	जी०
३	२	१	३	०	१	१	२	२
०	८	१	२	११	७	१	१०	६
३	९	९	०	१२	०	०	६	१२

इस प्रकार शनि की महादशा में शनि आदि ग्रहों की अन्तर्दशा का फल समाप्त हुआ ॥ १-१० ॥

अथ शनिविदशाफलम् ।

शा० श० देहपीडाकलेर्भीतिर्भयमन्त्यजलोकतः ।
विदेशगमनं दुःखं शनेः शन्यन्तरे शनिः ॥ १ ॥

श० बु० बुद्धिनाशं कलिं भीतिमन्नापानादिहानिकृत् ।
धनहानिर्भयं शत्रोः शनेः शन्यन्तरे बुधः ॥ २ ॥

श० के० बन्धुशत्रुगृहे जातो वर्णहानिर्बहुक्षुधा ।
चित्ते चिन्ताभयं त्रासःशनेः सौरान्तरे शिखी ॥ ३ ॥

श० शु० चिन्तितं लभते वस्तु कल्याणं स्वजनेऽजने ।
मनुष्यकृषितो लाभः शनेः शन्यन्तरे भृगुः ॥ ४ ॥

श० सू० राजतेजोऽधिकारित्वं स्वगृहे जायते कलिः ।
ज्वरादिव्याधिपीडा च कोणेकोणान्तरा रविः ॥५॥

श० चं० स्फीतबुद्धिर्महारम्भो मन्दतेजो बहुव्ययः ।
बहुस्त्रीभिः समं भोगं कोणे कोणान्तरा शशी ॥ ६ ॥

श० मं० तेजो हानिः पुत्रघातो वन्हिभीती रिपोर्भयम् ।
वातपित्तकृता पीडा कोणेकोणान्तरा कुजः ॥ ७ ॥

श० रा० धननाशो वस्त्रहानिर्भूमिनाशो भयं भवेत् ।
विदेशगमनं मृत्युः कोणेकोणान्तरा तमः ॥ ८ ॥

श० गु० गृहेषु स्त्रीकृतं छिद्रं ह्यसमर्थो निरीक्षणे ।
अथवा कलिमुद्वेगं शने सौरान्तरे गुरुः ॥ ९ ॥

इति शनिविदशाफलम् ।

अब आगे शनि की अन्तर्दशा में शनि आदि ग्रहों की विदशा (प्रत्यन्तर्दशा) के फल को बतलाते हैं ।

श० श० की प्रत्यन्तर्दशा का फल—यदि जन्माऽङ्ग में शनि की अन्तर्दशा में शनि की प्रत्यन्तर्दशा हो तो जातक को शारीरिक पीड़ा, झगड़े का भय, शूद्रों से भयभीत, विदेश की यात्रा और दुःख होता है ॥ १ ॥

बृ० पा० में 'देहपीडा कलेर्भीतिर्भयमन्त्यजलोकतः । नानादुःखं भवेन्मन्दान्तरे प्रत्यन्तरे शनेः' (६२ अ० ४७ श्लो०) ॥ १ ॥

श० बु० की प्रत्यन्तर्दशा का फल—यदि जन्माऽङ्ग में शनि की अन्तर्दशा में बुध की प्रत्यन्तर्दशा हो तो जातक की बुद्धि का नाश, झगड़ा, भय, खाने पीने की वस्तुओं का अभाव, धन की हानि और शत्रु से भय होता है ॥ २ ॥

बृ० पा० में 'बुद्धिमान्द्यः कलेर्भीतिरन्नपानादिनाशनम् । धनहानिर्भयं शत्रोर्विदशायां शनेर्बुधे' यह पाठ है ॥ (६२ अ० ४८ श्लो०) ॥ २ ॥

श० के० की प्रत्यन्तर्दशा का फल—यदि जन्माऽङ्ग में शनि की अन्तर्दशा में केतु की प्रत्यन्तर्दशा हो तो जातक बान्धव व शत्रु के घर में निस्तेज अधिक भूख वाला, मानसिक चिन्ता वाला व डरपोक होता है ॥ ३ ॥

बृ० पा० में 'बन्धनं शत्रुगेहे स्याद् वर्णहानिर्बहुक्षुधा। चित्ते चिन्ता भयं त्रासः विदशायां ध्वजस्य वै' यह पाठ है। (६२ अ० ४९ श्लो०) ॥३॥

श० शु० की प्रत्यन्तर्दशा का फल यदि जन्माऽङ्ग में शनि की अन्तर्दशा में शुक्र की प्रत्यन्तर्दशा हो तो जातक चिन्तित वस्तु को पाने वाला अर्थात् अभीष्ट सिद्धि वाला, अपने व दूसरे मनुष्यों का कल्याणकारी व और से लाभ करने वाला होता है ॥ ४ ॥

बृ० पा० में 'चिन्तितं फलितं वस्तु कल्याणं स्वजने भवेत्। मनुष्यकृतितो लाभो विदशायां भृगोः फलम्' यह पाठ है। (६२ अ० ५० श्लो०) ॥ ४ ॥

श० सू० की प्रत्यन्तर्दशा का फल—यदि जन्माऽङ्ग में शनि की अन्तर्दशा में सूर्य की प्रत्यन्तर्दशा हो तो जातक राजसी तेज का अधिकारी, अपने घर में झगड़ा करने वाला और ज्वरादि रोग से युक्त होता है ॥ ५ ॥

बृ० पा० में 'राजतेजोऽधिकारित्वं स्वगृहे जायते कलिः। ज्वरादिव्याधिपीडा च सूर्यस्य विदशाफलम्' पाठ है। (६२ अ० ५१ श्लो०) ॥ ५ ॥

श० चं० की प्रत्यन्तर्दशा का फल—यदि जन्माऽङ्ग में शनि की अन्तर्दशा में चन्द्रमा की प्रत्यन्तर्दशा हो तो जातक विकसित बुद्धि वाला, बड़े कार्यों का आरम्भ करने वाला, अल्प तेज वाला, अधिक खर्चीला और अधिक स्त्रियों का संभोगी होता है ॥ ६ ॥

बृ० पा० में 'बहुस्त्रीभिः समंभोगः शशिनो विदशाफलम्' यह पाठान्तर है। (६२ अ० ५२ श्लो०) ॥

श० मं० की प्रत्यन्तर्दशा का फल—यदि जन्माऽङ्ग में शनि की अन्तर्दशा में भौम की प्रत्यन्तर्दशा हो तो जातक निस्तेज, पुत्र का आघाती, अग्नि व शत्रु के भय से युक्त और वायु व पित्त से पीडित होता है ॥ ७ ॥

बृ० पा० में 'विदशायां कुजस्य वै' यह पाठान्तर है ॥ ७ ॥

श० रा० की प्रत्यन्तर्दशा का फल--यदि जन्माऽङ्ग में शनि की अन्तर्दशा में राहु की प्रत्यन्तर्दशा हो तो जातक धन का विनाशी, वस्त्रों का क्षय करने वाला, भूमि को नष्ट करने वाला, डरपोक, विदेश जाने वाला और मृत्यु से युक्त होता है ॥ ८ ॥

बृ० पा० में 'तमसो विदशाफलम्' यह पाठान्तर है (६२ अ० ५४ श्लो०) ॥ ८ ॥

श० गु० की प्रत्यन्तर्दशा का फल—यदि जन्माऽङ्ग में शनि की अन्तर्दशा में गुरु की प्रत्यन्तर्दशा हो तो जातक के घर में स्त्री द्वारा छेद, देखने में असमर्थ या झगड़े करने में उद्वेगी होता है ॥ ९ ॥

बृ० पा० में 'असामर्थ्यं निरीक्षणे' 'विदशायां गुरोः फलम्' यह पाठान्तर है। (६२ अ० ५५ श्लो०) ॥ ९ ॥

स्पष्टार्थ शनि की महादशा में शनि की अन्तर्दशा में
शनि आदि ग्रहों की प्रत्यन्तर्दशा चक्र—

शं०	बु०	के०	शु०	सू०	चं०	मं०	रा०	जी०
५	५	२	६	१	३	२	५	४
२१	३	३	०	२४	०	३	१२	२४
२८	२५	१०	३०	९	१५	१०	२७	२४
३०	३०	३०	०	०	०	३०	०	०

इस प्रकार शनि की महादशा में शनि की अन्तर्दशा में शनि आदि की प्रत्यन्तर्दशा का फल समाप्त हुआ ॥ १-९ ॥

अथ शनिसूक्ष्मदशाफलम् ।

श० श० धनहानिर्महाव्याधिः शत्रुपीडाकुलक्षयः ।
भिन्नाहारी महादुःखी मन्दसूक्ष्मदशाफलम् ॥ १ ॥

श० बु० वाणिज्यं वृत्तिलाभश्च विद्याविभवमेव च ।
स्त्रीलाभश्च महीप्राप्तिः शनिसूक्ष्मगते बुधे ॥ २ ॥

श० के० चौरोपद्रवकुष्ठादि वृत्तिक्षयविगुंफनम् ।
सर्वाङ्गपीडनं व्याधिः शनिसूक्ष्मगते ध्वजे ॥ ३ ॥

श० शु० ऐश्वर्यमायुधाभ्यासः पुत्रलाभोऽभिषेचनम् ।
आरोग्यं धनकामौ च शनिसूक्ष्मगते भृगौ ॥ ४ ॥

श० सू० राजतेजो विकारत्वं स्वगृहे जायते कलिः ।
किञ्चित्पीडा स्वदेहोत्था शनिसूक्ष्मगते रवौ ॥ ५ ॥

श० चं० स्फीतबुद्धिर्महारम्भो मन्दतेजो बहुव्ययः ।
स्त्रीपुत्रैश्च समं सौख्यं शनिसूक्ष्मगते विधौ ॥ ६ ॥

श० मं० तेजोहानिर्महोद्वेगो वन्हिक्षयभ्रमः कलिः ।
वातपित्तकृतापीडा शनिसूक्ष्मगते कुजे ॥ ७ ॥

श० रा० पितृमातृविनाशश्च मनो दुःखं गुरुव्ययम् ।
सर्वत्र विफलं स्याच्च शनिसूक्ष्मगतेऽप्यहौ ॥ ८ ॥

श० गु० सन्मुद्राभोगसन्मानं धनधान्यविवर्धनम् ।
छत्रचामरसंप्राप्तिः शनेः सूक्ष्मगते गुरौ ॥ ९ ॥

इति शनिसूक्ष्मदशाफलम् ।

अब आगे शनि की प्रत्यन्तर्दशा में शनि आदि ग्रहों की सूक्ष्मदशा के फल को बताते हैं।

श० श० की सूक्ष्मदशा का फल—यदि जन्माऽङ्ग में शनि की विदशा में शनि की सूक्ष्मदशा हो तो जातक धन का क्षय करने वाला, बड़े रोगवाला, शत्रु से पीडित, कुल (वंश) का क्षय करने वाला, भिन्न भोजनी और बड़ा दुःखी होता है ॥ १ ॥

बृ० पा० में 'धनहानिर्महाव्याधिर्मरुत्पीडा कुलक्षयः। मिताहारी महादुःखी शनि-सूक्ष्मदशाफलम्' यह पाठ हैं (६३ अ० ४७ श्लो०) ॥ १ ॥

श० बु० की सूक्ष्मदशा का फल—यदि जन्माऽङ्ग में शनि की विदशा में बुध की सूक्ष्मदशा हो तो जातक व्यापार से लाभ करने वाला, विद्या से ऐश्वर्यवान्, स्त्री को प्राप्त करने वाला और भूमि पाने वाला होता है ॥ २ ॥

बृ० पा० में 'वाणिज्यवृत्तेर्लाभश्च विद्याविभव एव च। शनेः सूक्ष्मगते बुधे' यह पाठान्तर है। (६३ अ० ४८ श्लो०) ॥ २ ॥

श० के० की सूक्ष्मदशा का फल—यदि जन्माऽङ्ग में शनि की विदशा में केतु की सूक्ष्मदशा हो तो जातक चोरों के उपद्रव व कोढ़ आदि रोग से युक्त, आजीविका का हनन करने वाला, समस्त शरीर अवयवों से पीडित व रोग से युक्त होता है ॥ ३ ॥

बृ० पा० में—'शनेः सूक्ष्मगते ध्वजे' यह पाठ है (६३ अ० ४९ श्लो०) ॥ ३ ॥

श० शु० की सूक्ष्मदशा का फल—यदि जन्माऽङ्ग में शनि की विदशा में शुक्र की सूक्ष्मदशा हो तो जातक ऐश्वर्यवान्, शस्त्राभ्यासी, पुत्र प्राप्ति वाला, अभिषिक्त, नीरोग, धनी और विषयी या अभीष्ट की सिद्धि करने वाला होता है ॥ ४ ॥

बृ० पा० में—'इसी रीति से फल है (६३ अ० ५० श्लो०) ॥ ४ ॥

श० सू० की सूक्ष्मदशा का फल—यदि जन्माऽङ्ग में शनि की विदशा में सूर्य की सूक्ष्मदशा हो तो जातक राजा के सदृश तेजस्वी, विकारी, अपने घर में झगड़ा करने वाला और अल्प शारीरिक पीड़ा से युक्त होता है ॥ ५ ॥

बृ० पा० में—'राजतेजोऽधिकारित्वं' मात्र पाठान्तर है (६३ अ० ५१ श्लो०) ॥५॥

श० चं० की सूक्ष्मदशा का फल—यदि जन्माऽङ्ग में शनि की विदशा में चन्द्रमा की सूक्ष्मदशा हो तो जातक विकसित बुद्धि वाला, बड़े बड़े कार्यों का आरम्भ करनेवाला, अल्प तेजस्वी, बड़ा खर्चीला और स्त्री पुत्रों से सुख पाने वाला होता है ॥ ६ ॥

बृ० पा० में —'महातेजो' यह पाठान्तर है (६३ अ० ५२ श्लो०) ॥ ६ ॥

श० मं० की सूक्ष्मदशा का फल—यदि जन्माऽङ्ग में शनि की विदशा में मङ्गल की सूक्ष्मदशा हो तो जातक निस्तेज, बड़ा उद्वेगी, मन्दाग्नि वाला, शङ्का से युक्त, कलही, वायु और पित्तजन्य रोग से पीड़ित होता है ॥ ७ ॥

बृ० पा० में—'महोद्वेगोऽप्यग्निमान्द्यं' यह पाठान्तर है (६३ अ० ५३ श्लो०) ॥ ७ ॥

श० रा० को सूक्ष्मदशा का फल—यदि जन्माऽङ्ग में शनि की विदशा में राहु की सूक्ष्मदशा हो तो जातक माता-पिता का विनाशी, मानसिक दुःखी, बड़ा खर्च करने वाला और सब जगह विफल होता है ॥ ८ ॥

बृ० पा० में इसी प्रकार से है (६३ अ० ५४ श्लो०) ॥ ८ ॥

श० गु० की सूक्ष्मदशा का फल—यदि जन्माऽङ्ग में शनि की विदशा में गुरु की सूक्ष्मदशा हो तो जातक सुवर्णादि का भोगी, सम्मानित, धनधान्य को बढ़ाने वाला और छत्र चामर को पाने वाला होता है ॥ ९ ॥

बृ० पा० में इसी प्रकार से है (६३ अ० ५५ श्लो०) ॥ ९ ॥

इस प्रकार शनि की विदशा में शनि आदि ग्रहों की सूक्ष्मदशा का फल समाप्त हुआ ॥ १-९ ॥

अथ शनिप्राणदशाफलम् ।

श० श० ज्वरेण ज्वलिता कान्तिः कुष्ठं रोगोदरादिरुक् ।
जलाग्निकृतमृत्युः स्यान्मन्दप्राणदशाफलम् ॥ १ ॥

श० बु० धनं धान्यं च माङ्गल्यं व्यवहाराभिपूजनम् ।
देवब्राह्मणभक्तिश्च शनेः प्राणगते बुधे ॥ २ ॥

श० के० मृत्युवेदनदुःखं च भूतोपद्रवसंभवः ।
परदाराभिभूतत्वं शनेः प्राणगते ध्वजे ॥ ३ ॥

श० शु० पुत्रार्थविभवैः सौख्यं क्षितिमानादिना सुखम् ।
अग्निहोत्रं विवाहश्च शनेः प्राणगते भृगौ ॥ ४ ॥

श० सू० अक्षिपीडाशिरोव्याधिः सर्पशत्रुभयं भवेत् ।
अर्थहानिर्महाक्लेशः शनेः प्राणगते रवौ ॥ ५ ॥

श० चं० आरोग्यं पुत्रलाभश्च शान्तिपौष्टिकवर्धनम् ।
देवब्राह्मणभक्तिश्च शनेः प्राणगते विधौ ॥ ६ ॥

श० मं० गुल्मरोगः शत्रुभीतिर्मृगया प्राणनाशनम् ।
सर्पाग्निशत्रुतो भीतिः शनेः प्राणगते कुजे ॥ ७ ॥

श० रा० देशत्यागो नृपाद्भीतिर्मोहनं विषभक्षणम् ।
वातपित्तकृतापीडा शनेः प्राणगतेऽप्यहौ ॥ ८ ॥

श० गु० सेनापत्यं भूमिलाभं सङ्गमं स्वजनैः सह ।
गौरवं नृपसन्मानं शनेः प्राणगते गुरौ ॥ ९ ॥

इति शनेर्दशापञ्चकम्

अब आगे शनि की सूक्ष्मदशा में शनि आदि ग्रहों की प्राणदशा के फल को कहते हैं ।

श० श० की प्राणदशा का फल—यदि जन्माऽङ्ग में शनि की सूक्ष्मदशा में शनि की प्राणदशा हो तो जातक ज्वर से निस्तेज, कोढी व पेट का रोगी, जल या अग्नि से मृत्यु पाने वाला होता है ॥ १ ॥

बृ० पा० मे ऐसा ही है (६४ अ० ४७ श्लो०) ॥ १ ॥

श० बु० की प्राणदशा का फल—यदि जन्माऽङ्ग में शनि की सूक्ष्मदशा में बुध की प्राणदशा हो तो जातक धन, धान्य व कल्याण से युक्त, व्यवहार में पूजित, देवता व ब्राह्मणों का भक्त होता है ॥ २ ॥

बृ० पा० में भी इसी प्रकार से है (६४ अ० ४८ श्लो०) ॥ २ ॥

श० के० की प्राणदशा का फल—यदि जन्माऽङ्ग में शनि की सूक्ष्मदशा में केतु की प्राणदशा हो तो जातक मरण वेदना से दुःखी, भूत के उपद्रव से युक्त और पराई स्त्री से मानमर्दन कराने वाला होता है ॥ ३ ॥

श० शु० की प्राणदशा का फल—यदि जन्माऽङ्ग में शनि की सूक्ष्मदशा में शुक्र की प्राणदशा हो तो जातक पुत्र, धन, ऐश्वर्य, भूमि व सम्मान से सुखी, अग्निहोत्री और विवाहित होता है ॥ ४ ॥

बृ० पा० में—'क्षितिजान्मानजं सुखम्' यह पाठ है (६४ अ० ५० श्लो०) ॥४॥

श० सू० की प्राणदशा का फल—यदि जन्माऽङ्ग में शनि की सूक्ष्मदशा में सूर्य की प्राणदशा हो तो जातक नेत्र व मस्तक से पीड़ित, साँप व शत्रु से भयभीत, धनक्षयी और बड़े क्लेशों से युक्त होता है ॥ ५ ॥

श० चं० की प्राणदशा का फल—यदि जन्माऽङ्ग में शनि की सूक्ष्मदशा में चन्द्रमा की प्राणदशा हो तो जातक नीरोग, पुत्र का लाभी, शान्ति व पुष्टता का वर्धन करने वाला, देवता और ब्राह्मणों का भक्त होता है ॥ ६ ॥

श० मं० की प्राणदशा का फल—यदि जन्माऽङ्ग में शनि की सूक्ष्मदशा में भौम की प्राणदशा हो तो जातक गुल्मरोगी, शत्रु से डरने वाला, शिकार में मृत्यु पाने वाला, सर्प, अग्नि और शत्रु से भयभीत होता है ॥ ७ ॥

बृ० पा०—'भुजगानलतो भीतिः' यह पाठान्तर है (६४ अ० ५३ श्लो०) ॥७॥

श० रा० की प्राणदशा का फल—यदि जन्माऽङ्ग में शनि की सूक्ष्मदशा में राहु की प्राणदशा हो तो जातक अपने देश को छोड़ने वाला, राजा से डरने वाला, मोहित होने वाला, जहर खाने वाला, वायु और पित्त से पीड़ित होता है ॥ ८ ॥

श० गु० की प्राणदशा का फल—यदि जन्माऽङ्ग में शनि की सूक्ष्मदशा में गुरु की प्राणदशा हो तो जातक सेना का स्वामी, भूमि पाने वाला, अपने मनुष्यों से संयोग करने वाला, महत्ता प्राप्त करने वाला और राजा से सम्मानित होता है ॥ ९ ॥

बृ० पा० में इसी रीति से श्लोक है ॥ ९ ॥

इस प्रकार शनि की पाँचों दशा का फल समाप्त हुआ ॥ १–९ ॥

अथ बुधदशापञ्चकफलम् ।

दिव्याङ्गनाभूषणवस्त्रविद्यापुत्रावनीकाञ्चनलाभकर्म ।
रत्नञ्च वस्त्रादिसमाहितं च दशा बुधस्याशु करोति पुंसाम् ॥ १ ॥

अथान्तर्दशा —

बु० बु० विविधधान्यधनोद्भवं सुखं सहजैः स्वजनैः सुकृतैश्चरितम् ।
दयितासुखमद्भुतसिद्धिचयं विदधाति बुधान्तरगः शशिजः ॥ १ ॥

बु० के० निधनं पृथुशोकगदोपहतं मनुजं मृधचौरनृपाकुलितम् ।
बहुपातकसञ्चयमधिकफलं विदधाति बुधान्तरगो ध्वजगः ॥ २ ॥

बु० शु० गुरुदेवपदार्चनबुद्धिरतिं धनदानमतिं निरसार्थमतिम् ।
वसनाभरणासिसुखाभिमुखं विदधाति बुधान्तरगश्च सितः ॥ ३ ॥

बु० सू० कमलाकलितं शुभबुद्धियुतं यशसा सुभगं नरमीश्वरगम् ।
अजगोमहिषीहयपूर्णगृहं विदधाति बुधान्तरगश्च रविः ॥ ४ ॥

बु० चं० क्षयकुष्ठभगन्दरमुख्यगदैः परिभूततनुं तनुमन्तमसौ ।
विषसर्वजलाग्निनृपालभयं विदधाति बुधान्तरगश्च शशी ॥ ५ ॥

बु० मं० हृदयोदरकण्ठशिरः प्रभवै रुधिरोत्थविकारभवैः क्रिमिजम् ।
नरमन्तकवैरिभयातुरितं विदधाति बुधान्तरगश्च कुजः ॥ ६ ॥

बु० रा० रिपुशस्त्रमहीपतिचोरगदानलभीतिहतं नृपलब्धधनम् ।
पुरुषं परदाररतं कुमतिं विदधाति बुधान्तरगश्च तमः ॥ ७ ॥

बु० गु० भयरोगविवर्जितमीश्वरता सुभगं नृपवल्लभता सहितम् ।
सुकृतैकरतिं नरमर्थपतिं विदधाति बुधान्तरगश्च गुरुः ॥ ८ ॥

बु० श० अभिलाषपरं सुखनीचरतिं बहुलोभकुकर्मणि बुद्धिरतिम् ।
नरमुख्यगृहीतमनर्थरुचिं विदधाति बुधान्तरगश्च शनिः ॥ ९ ॥

इति बुधान्तर्दशाफलम् ।

अब आगे बुध की पाँचों दशा के फल को बताते हैं ।

बुध की महादशा का फल—यदि जन्मपत्री में बुध की महादशा हो तो जातक सुन्दरी स्त्री, आभूषण, वस्त्र, (गहना, कपड़ा) विद्या, पुत्र, भूमि, सुवर्ण, रत्न का लाभ करने वाला और वस्त्रों से युक्त होता है ॥ १ ॥

आगे अब बुध की महादशा में बुधादि की अन्तर्दशा के फल को बताते हैं ।

बु० बु० की अन्तर्दशा का फल—यदि जन्मपत्री में बुध की महादशा में बुध की अन्तर्दशा हो तो जातक अनेक धनधान्य से उत्पन्न, भाई, अपने जन, पुण्य और स्त्री से सुख पानेवाला और आश्चर्य युक्त सिद्धि का संग्रही होता है ॥ १ ॥

बु० के० की अन्तर्दशा का फल—यदि जन्मपत्री में बुध की महादशा में बुध की अन्तर्दशा हो तो जातक मृत्यु, अधिक शोक व रोग से नष्ट होनेवाला, युद्ध, चोर, राजा से व्याकुल व अधिक पातक का संग्रह करने वाला होता है ॥ २ ॥

बु० शु० की अन्तर्दशा का फल—यदि जन्मपत्री में बुध की महादशा में शुक्र की अन्तर्दशा हो तो जातक गुरु व देवताओं के चरणों की पूजा करने में दत्त चित्त, धन का दानी और निःस्वार्थ बुद्धि वाला, वस्त्र, आभूषणों को पाने वाला और सुखी होता है ॥ ३ ॥

बु० सू० की अन्तर्दशा का फल—यदि जन्मपत्री में बुध की महादशा में सूर्य की अन्तर्दशा हो तो जातक लक्ष्मी, शुभ बुद्धि से युक्त, यश से सुन्दर ऐश्वर्यवान्, समर्थवान्, बकरी, बकरा, गाय, भैंस, घोड़ा और परिपूर्ण घर वाला होता है ॥ ४ ॥

बु० चं० की अन्तर्दशा का फल—यदि जन्मपत्री में बुध की महादशा में चन्द्रमा की अन्तर्दशा हो तो जातक टी० बी०, कोढ़, भगन्दरादि प्रधान रोगों से पीड़ित होकर मृत्यु पानेवाला, जहर, साँप, जल, अग्नि व राजा से डरने वाला होता है ॥ ५ ॥

बु० मं० की अन्तर्दशा का फल—यदि जन्मपत्री में बुध की महादशा में मंगल की अन्तर्दशा हो तो जातक हृदय, पेट, गला, मस्तक में रुधिर जन्य विकार, कीड़ा से उत्पन्न रोग से मरण पानेवाला और शत्रु के भय से आतुर होता है ॥ ६ ॥

बु० रा० की अन्तर्दशा का फल—यदि जन्मपत्री में बुध की महादशा में राहु की अन्तर्दशा हो तो जातक शत्रु, शस्त्र, राजा, चोर, रोग, अग्नि, भ्रम से नष्ट होने वाला, राजा से धन पानेवाला, दूषित बुद्धिवाला और पराई स्त्री में आसक्त होता है ॥ ७ ॥

बु० गु० की अन्तर्दशा का फल—यदि जन्मपत्री में बुध की महादशा में गुरु की अन्तर्दशा हो तो जातक भय व रोग से हीन, समर्थवान्, सुन्दर भाग्यशाली, राजा का कृपा पात्र, एकमात्र पुण्य में बुद्धिवाला और धनी होता है ॥ ८ ॥

बु० श० की अन्तर्दशा का फल—यदि जन्मपत्री में बुध की महादशा में शनि की अन्तर्दशा हो तो जातक अधिक इच्छा वाला, दुष्ट सङ्गति में सुखी, बड़ा लोभी, बुरे काम में आसक्ति वाला और प्रधान अन्यायों में इच्छा करनेवाला होता है ॥ ९ ॥

स्पष्टार्थ बुध की महादशा में बुधादि की अन्तर्दशा चक्र—

बु०	के०	शु०	सू०	चं०	मं०	रा०	जी०	श०
२	०	२	०	१	०	२	२	२
४	११	१०	१०	५	११	६	३	८
२७	२७	०	६	०	२७	१८	६	९

इस प्रकार बुध की महादशा में बुधादि की अन्तर्दशा का फल समाप्त हुआ ॥१-९॥

अथ बुधविदशाफलम् ।

बु० बु० बुद्धिविद्यार्थलाभो वा वस्त्रलाभो महत्सुखम् ।
स्वर्णादिधनलाभः स्यात् सौम्ये सौम्यान्तरा बुधः ॥ १ ॥

बु० के० कठिनान्नस्य संप्राप्तिरुदरे रोगसंभवः ।
कामलं रक्तपित्तं च सौम्य सौम्यान्तरा शिखी ॥ २ ॥

बु० शु० उत्तरस्यां भवेल्लाभो हानिः स्यात्तु चतुष्पदात् ।
अधिकारान् महाप्रीतिः सौम्ये सौम्यान्तरा भृगुः ॥ ३ ॥
बु० सू० तेजो हानिर्भवेद्रोगो तनुपीडा तु मार्दवी ।
जायते चित्तवैकल्यं सौम्ये सौम्यान्तरा रविः ॥ ४ ॥
बु० चं० स्त्रीलाभश्चार्थसंपत्तिः कन्यालाभो महाधनम् ।
लभते सर्वतः सौख्यं सौम्ये सौम्यान्तरा शशी ॥ ५ ॥
बु० मं० धर्मधीधनसंप्राप्तिश्चौराग्न्यादि प्रपीडनम् ।
रक्तस्रावः शस्त्रघातः सौम्ये सौम्यान्तरा कुजः ॥ ६ ॥
बु० रा० कलहो जायते स्त्रीभिरकस्माद्भयसंभवः ।
राजशास्त्रकृता भीतिः सौम्ये सौम्यान्तरातमः ॥ ७ ॥
बु० गु० राज्यं राज्याधिकारो वा पूजा राजसमुद्भवा ।
विद्याधनान्नगुल्मश्च सौम्ये सौम्यन्तरा गुरुः ॥ ८ ॥
बु० श० वातपित्तमहापीडा देहघातसमुद्भवः ।
धननाशमवाप्नोति सौम्ये सौम्यान्तरा शनिः ॥ ९ ॥

इति बुधविदशाफलम् ।

अब आगे बुध की अन्तर्दशा में बुधादि को प्रत्यन्तर्दशा का फल बताते हैं ।

बु० बु० को प्रत्यन्तर्दशा का फल—यदि जन्मपत्री में बुध की अन्तर्दशा में बुध की विदशा हो तो जातक बुद्धि, विद्या, धन व वस्त्र के लाभ करने वाला, बड़ा सुखी और सोने आदि का लाभ करने वाला होता है ॥ १ ॥

बृ० पा० में 'लाभश्चविदशायां विद.फलम्' (६२ अ० ५६ श्लो०) यह पाठान्तर है ॥ १ ॥

बु० के० को प्रत्यन्तर्दशा का फल—यदि जन्मपत्री में बुध की अन्तर्दशा में बुध की विदशा हो तो जातक कठोर भोजन पाने वाला, पेट में रोग से युक्त, पीलिया और रक्तपित्त जन्य व्याधि से दुःखी होता है ॥ २ ॥

बृ० पा० में 'शिखिनो विदशाफलम्' (६२ अ० ५७ श्लो०) यह पाठान्तर है ॥२॥

बु० शु० की प्रत्यन्तर्दशा का फल—यदि जन्मपत्री में बुध की अन्तर्दशा में शुक्र की विदशा हो तो जातक उत्तर दिशा में लाभ करनेवाला, पशुओं से हानि पाने वाला और अधिकारों को चाहने वाला होता है ॥ ३ ॥

बृ० पा० में 'स्यात्तु चतुष्पदाम्' 'अधिकारो राजगेहे विदशायां भृगोर्भवेत्' यह पाठान्तर है (६२ अ० ५७ श्लोक) ॥ ३ ॥

बु० सू० की प्रत्यन्तर्दशा का फल—यदि जन्मपत्री में बुध की अन्तर्दशा में सूर्य की विदशा हो तो जातक निस्तेज होने वाला, रोगी, अल्प शारीरिक कष्ट भोगने वाला और चित्त से अशान्त होता है ॥ ४ ॥

बृ० पा० में 'तनुपीडा तथैव च' 'विदशायां रवे बुधे' यह पाठान्तर है (६२ अ० ५९ श्लो०) ॥ ४ ॥

बु० चं० की प्रत्यन्तर्दशा का फल---यदि जन्मपत्री में बुध की अन्तर्दशा में चन्द्रमा की विदशा हो तो जातक स्त्री, धन, सम्पत्ति का लाभी, कन्योत्पत्ति से युक्त, बड़ा धनी और सब जगह सुख पाने वाला होता है ॥ ५ ॥

बृ० पा० 'महद्धनम्' 'सर्वतः सौख्यलाभश्च विदीन्दुविदशाफलम्' यह पाठान्तर है (६२ अ० ६० श्लो०) ॥ ५ ॥

बु० मं० की प्रत्यन्तर्दशा का फल---यदि जन्मपत्री में बुध की अन्तर्दशा में मङ्गल की विदशा हो तो जातक धर्म, बुद्धि व धन पाने वाला, चोर, अग्नि आदि से पीडित होने वाला, रक्तस्रावी और शस्त्र से चोट खाने वाला होता है ॥ ६ ॥

बृ० पा० में 'रक्तवस्त्रं शस्त्रघातः कुजस्य विदशाफलम्' यह पाठान्तर है। (६२ अ० ६१ श्लो०) ॥ ६ ॥

बु० रा० की प्रत्यन्तर्दशा का फल---यदि जन्मपत्री में बुध की अन्तर्दशा में राहु की विदशा हो तो जातक स्त्रियों से झगड़ा करने वाला, अचानक डरने वाला, राजा या शास्त्र से भयभीत होता है ॥ ७ ॥

बृ० पा० 'राजशस्त्रकृताभीतिस्तमसो विदशाफलम्' (६२ अ० ६२ श्लो०) यह पाठान्तर है ॥ ७ ॥

बु० गु० की प्रत्यन्तर्दशा का फल---यदि जन्मपत्री में बुध की अन्तर्दशा में गुरु की विदशा हो तो जातक राज्य से युक्त या राजकीय पदाधिकारी, राजकीय सत्कार पाने वाला, विद्या, धन और धान्य से युक्त होता है ॥ ८ ॥

बृ० पा० में 'विद्यावृद्धिश्च सद्बुद्धिः विदशायां गुरोः फलम्' ६२ अ० ६३ श्लो०) यह पाठान्तर है ॥ ८ ॥

बु० श० की प्रत्यन्तर्दशा का फल---यदि जन्मपत्री में बुध की अन्तर्दशा में शनि की विदशा हो तो जातक वायु व पित्त के बड़े रोग से पीड़ित, शरीर से भग्न होने वाला और धन को नष्ट करने वाला होता है ॥ ९ ॥

बृ० पा० में 'घातसमुद्भवा' बहुधाधननाशश्च मन्दप्रत्यन्तरे भवेत्' (६२ अ० ६४ श्लो०) यह पाठान्तर है ॥ ९ ॥

स्पष्टार्थ बुध की दशा में बुध की अन्तर्दशा में बुधादि का प्रत्यन्तर चक्र

बु०	के०	शु०	सू०	चं०	मं०	रा०	जी०	श०
४	१	४	१	२	१	४	३	४
२	२०	२४	१३	१२	२०	१०	२५	१७
४९	३४	३०	२१	१५	३४	३	३६	१६
३०	३०	०	०	०	३०	०	०	३०

इस प्रकार बुध की महादशा में बुध की अन्तर्दशा में बुधादि की प्रत्यन्तर्दशा का फल समाप्त हुआ ॥ १९ ॥

अथ बुधसूक्ष्मदशाफलम् ।

बु० बु० सौभाग्यं राजसन्मानं धनधान्यादि संपदः ।
सर्वेषां प्रियदर्शी च बुधसूक्ष्मदशाफलम् ॥ १ ॥
बु० के० बालग्रहाग्निभिस्तापः स्त्रीगदोद्भवदोषभाक् ।
कुमार्गीकुत्सिताशी च बुधसूक्ष्मगते ध्वजे ॥ २ ॥
बु० शु० वाहनं धनसंपत्तिर्जलजान्नार्थसंभवः ।
शुभकीर्तिर्महाभोगो बुधसूक्ष्मगते भृगौ ॥ ३ ॥
बु० सू० ताडनं नृपवैषम्यं बुद्धिस्खलनरोगभाक् ।
हानिर्जनावस्यन्दनं च बुधसूक्ष्मगते रवौ ॥ ४ ॥
बु० चं० सुभगः स्थिरबुद्धिश्च राजसन्मानसंपदः ।
सुहृदां गुरुसंस्कारो बुधसूक्ष्मते विधौ ॥ ५ ॥
बु० मं० अग्निदाहो विषोत्पत्तिर्जडत्वं च दरिद्रता ।
विभ्रमश्च महोद्वेगो बुधसूक्ष्मगते कुजे ॥ ६ ॥
बु० रा० अग्निसर्पनृपाद्भीतिः कृच्छ्रादरिपराभवः ।
भूतावेशभ्रमाद्भ्रान्तिर्बुधसूक्ष्मगतेऽप्यहौ ॥ ७ ॥
बु० गु० गृहोपकरणं भव्यं त्यागभोगादि वैभवम् ।
राजप्रसादसंपत्तिर्बुधसूक्ष्मगते गुरौ ॥ ८ ॥
बु० श० वाणिज्यवृत्तिप्रगल्भश्च विद्याविभवमेव च ।
स्त्रीलाभश्च महाव्याप्तिबुधसूक्ष्मगते शनौ ॥ ९ ॥

इति बुधसूक्ष्मदशाफलम् ।

अब आगे बुध की विदशा में बुधादि ग्रहों की सूक्ष्मदशा के फल को बताते हैं ।

बु० बु० की सूक्ष्मदशा का फल—यदि जन्मपत्री में बुध की विदशा में बुध की सूक्ष्मदशा हो तो जातक सुन्दर भाग्यवान्, राजा से सम्मानित, धन धान्यादि संपत्ति वाला और सबों का प्रिय होता है ॥ १ ॥

बृ० पा० में ऐसा ही फल है । (६३ अ० ५६ श्लो०) ॥ १ ॥

बु० के० की सूक्ष्मदशा का फल—यदि जन्मपत्री में बुध की विदशा में केतु की सूक्ष्मदशा हो तो जातक बालग्रह व अग्नि से संतप्त, स्त्री रोग से दोषी, बुरे मार्ग का अनुसरण करने वाला और दूषित खाने वाला होता है ॥ २ ॥

बृ० पा० में 'बालग्रहोऽग्निभीस्तापः' 'विदि सूक्ष्मगते ध्वजे' (६३ अ० ५७ श्लो०) यह पाठान्तर है ॥ २ ॥

बु० शु० को सूक्ष्मदशा का फल—यदि जन्मपत्री में बुध की विदशा में शुक्र की सूक्ष्मदशा हो तो जातक वाहन (सवारी) धन, संपत्ति, जल से उत्पन्न, अर्थ, अन्न और शुभ कीर्ति पाने वाला तथा बड़ा भोगी होता है ॥ ३ ॥

बृ० पा० में 'ऐसा ही फल है। (६३ अ० ५८ श्लो०) ॥ ३ ॥

बु० सू० की सूक्ष्मदशा का फल—यदि जन्मपत्री में बुध की विदशा में सूर्य की सूक्ष्मदशा हो तो जातक ताडित होने वाला, राजा से विपरीत, भ्रम बुद्धि, रोगी, हानि वाला और लोकापवाद से युक्त होता है ॥ ४ ॥

बृ० पा० में 'हानिर्जनापवादश्च' यह पाठान्तर है (६३ अ० ५९ श्लो०) ॥ ४ ॥

बु० चं० की सूक्ष्मदशा का फल—यदि जन्मपत्री में बुध की विदशा में चन्द्रमा की सूक्ष्मदशा हो तो जातक सुन्दर भाग्यशाली, स्थिर बुद्धि, राजा से सम्मान व संपत्ति पानेवाला और मित्रों का बड़ा संस्कारी होता है ॥ ५ ॥

बृ० पा० में 'सुहृद्देशिकसञ्चारा' यह पाठान्तर है। (६३ अ० ६० श्लो०) ॥ ५ ॥

बु० मं० की सूक्ष्मदशा का फल—यदि जन्मपत्री में बुध की विदशा में भौम की सूक्ष्मदशा हो तो जातक अग्नि से जलने वाला, जहर से पीड़ित, मूर्ख, दरिद्री, भ्रान्ति से युक्त और बड़ा उद्वेगी होता है ॥ ६ ॥

बृ० पा० में भी ऐसा ही फल है। (६३ अ० ६१ श्लो०) ॥ ६ ॥

बु० रा० की सूक्ष्मदशा का फल—यदि जन्मपत्री में बुध की विदशा में राहु की सूक्ष्मदशा हो तो जातक अग्नि, सर्प, राजा से डरनेवाला, कष्टपूर्वक शत्रु से पराजित, भूत के भ्रम से भ्रान्ति में पड़नेवाला होता है ॥ ७ ॥

बृ० पा० में भी ऐसा ही फल है (६३ अ० ६२ श्लो०) ॥ ७ ॥

बु० गु० की सूक्ष्मदशा का फल—यदि जन्मपत्री में बुध की विदशा में गुरु की सूक्ष्म दशा हो तो जातक घर बनाने के श्रेष्ठ साधनों से संपन्न, त्यागी, भोगी, ऐश्वर्यवान् और राजा की कृपा से संपत्ति पानेवाला होता है ॥ ८ ॥

बृ० पा० में 'त्यागो भोगादिवस्तूनाम्' यह पाठान्तर है। (६३ अ० ६३ श्लो०) ॥ ८ ॥

बु० श० की सूक्ष्मदशा का फल—यदि जन्मपत्री में बुध की विदशा में शनि की सूक्ष्मदशा हो तो जातक व्यापार में श्रेष्ठ, विद्या तथा ऐश्वर्य से युक्त, स्त्री को प्राप्त करने वाला और बड़ा व्यापक होता है ॥ ९ ॥

बृ० पा० में भी ऐसा ही फल है। (६३ अ० ६४ श्लो०) ॥ ९ ॥

इस प्रकार बुध की विदशा में बुधादि ग्रहों की सूक्ष्मदशा का फल समाप्त हुआ ॥ १-९ ॥

अथ बुधप्राणदशाफलम्।

बु० बु० आरोग्यं सुखसंपत्तिर्धर्मकर्मादिसाधनम्।
समत्वं सर्वभूतेषु बुधप्राणदशाफलम् ॥ १ ॥

बु० के० दहनं चौरविद्धाङ्गपरमान्नविषोद्भवैः।
देहान्तः करणे नाशं बुधप्राणगते ध्वजे ॥ २ ॥

बु० शु० प्रभुत्वं धनसंपत्तिः कीर्तिर्धर्मः शिवार्चनम् ।
पुत्रदारादिकं सौख्यं बुधप्राणगते भृगौ ॥ ३ ॥
बु० सू० अन्तर्दाहो ज्वरोन्मादौ बान्धवानां तिरस्क्रिया ।
पापानि स्तेयसंपत्तिः बुधप्राणगते रवौ ॥ ४ ॥
बु० चं० स्त्रीलाभश्चार्थसंपत्तिः कन्यालाभो धनागमः ।
लभते सर्वतः सौख्यं बुधप्राणगते विधौ ॥ ५ ॥
बु० मं० पतितः कुक्षरोगी च दन्तनेत्रादिजा व्यथा ।
अर्श सा प्राणसंदेहो बुधप्राणगते कुजे ॥ ६ ॥
बु० रा० वस्त्राभरणसंपत्तिर्वियोगो विप्रवैरिता ।
सन्निव्याध्युद्भवं दुःखं बुधप्राणगतेऽप्यहौ ॥ ७ ॥
बु० गु० गुरुत्वं धनसंपत्तिर्विद्यासद्गुणसङ्ग्रहः ।
व्यवसायेन सल्लाभो बुधप्राणगते गुरौ ॥ ८ ॥
बु० श० चौर्येण निधनप्राप्तिर्विधनत्वं दरिद्रता ।
याचकत्वं विशेषेण बुधप्राणगते शनौ ॥ ९ ॥

इति बुधदशापञ्चकफलम् ।

अब आगे बुध की सूक्ष्मदशा में बुधादि की प्राणदशा के फल को बताते हैं ।

बु० बु० की प्राणदशा का फल—यदि जन्मपत्री में बुध की सूक्ष्मदशा में बुध की प्राणदशा हो तो जातक नीरोग, सुखी, धनी, धर्मकार्य में साधनों से युक्त और सब प्राणियों में समानता की दृष्टि से युक्त होता है ॥ १ ॥

बृ० पा० में भी एवमेव फल है । (६४ अ० ५६ श्लो०) ॥ १ ॥

बु० के० की प्राणदशा का फल—यदि जन्मपत्री में बुध की सूक्ष्मदशा में केतु की प्राणदशा हो तो जातक अग्नि से भयभीत, चोर द्वारा भग्न शरीरधारी, अधिक भोजन या जहर से निधन पाने वाला होता है ॥ २ ॥

बृ० पा० में 'परमाधिर्विषाशनम् । देहान्तकरणं दु.खं' यह पाठान्तर है । (६४ अ० ५७ श्लो०) ॥ २ ॥

बु० शु० की प्राणदशा का फल—यदि जन्मपत्री में बुध की सूक्ष्मदशा में शुक्र की प्राणदशा हो तो जातक समर्थ, धनसंपत्ति पाने वाला, कीर्तिमान्, धर्मात्मा, शिवजी का पूजक, पुत्र और स्त्री से सुखी होता है ॥ ३ ॥

बृ० पा० में भी ऐसा ही फल है । (६४ अ० ५८ श्लो०) ।

बु० सू० की प्राणदशा का फल—यदि जन्मपत्री में बुध की सूक्ष्मदशा मे सूर्य की प्राणदशा हो तो जातक भीतरी जलने वाला, ज्वरी, पागल, बान्धवों का तिरस्कार करने वाला, पापी और चोरी से संपत्तिमान् होता है ॥ ४ ॥

बृ० पा० में—'बान्धवानां रतिः स्त्रियाँः' 'लभ्यते स्तेय' यह पाठान्तर है (६४ अ० ५९ श्लो०) ॥ ४ ॥

बु० चं० की प्राणदशा का फल—यदि जन्मपत्री में बुध की सूक्ष्मदशा में चन्द्रमा की प्राणदशा हो तो जातक स्त्री, धन, संपत्ति का लाभ करने वाला, कन्या सन्तान से युक्त, धनागमी और सब जगह सुखी होता है ॥ ५ ॥

बृ० पा० में—'जायते सर्वतः' यह पाठान्तर है (६४ अ० ६० श्लो०) ॥ ५ ॥

बु० मं० की प्राणदशा का फल—यदि जन्मपत्री में बुध की सूक्ष्मदशा में भौम की प्राणदशा हो तो जातक पतित, पेट का रोगी, दांत व आँख से पीडित और बवासीर से मृत्यु पाने वाला होता है ॥ ६ ॥

बृ० पा० में—'पातित्यं कुक्षिरोगश्च' 'अर्शांसि प्रा' यह पाठान्तर है। (६४ अ० ६१ श्लो०) ॥ ६ ॥

बु० रा० की प्राणदशा का फल—यदि जन्मपत्री में बुध की सूक्ष्मदशा में राहु की प्राणदशा हो तो जातक वस्त्र, आभूषण और संपत्ति से हीन, ब्राह्मणों का शत्रु और सन्निपात की बीमारी से दुःखी होता है ॥ ७ ॥

बृ० पा० में—'सन्नियातोद्भवं दुःखं' यह पाठान्तर है (६४ अ ६२ श्लो०) ॥७॥

बु० गु० की प्राणदशा का फल—यदि जन्मपत्री में बुध की सूक्ष्मदशा में गुरु की प्राणदशा हो तो जातक प्रतिष्ठित, धन, संपक्ति, विद्या, अच्छे गुणों को एकत्रित करने वाला, और व्यापार से अच्छा लाभ करने वाला होता है ॥ ८ ॥

बृ० पा० में भी ऐसा ही फल है (६४ अ० ६३ श्लो०) ॥ ८ ॥

बु० श० की प्राणदशा का फल—यदि जन्मपत्री में बुध की सूक्ष्मदशा में शनि की प्राणदशा हो तो जातक चोरी से मरने बाला, निर्धन, दरिद्री और विशेषकर भीख माँगने वाला होता है ॥ ९ ॥

बृ० पा०—'तथैव च दरिद्रता' यह पाठान्तर है (६४ अ० ६४ श्लो०) ॥ ९ ॥

इस प्रकार बुध की पाँचों दशा के फल समाप्त हुए ॥ १–९ ॥

अथ केतोर्दशापञ्चकफलम् ।

विषादकर्त्रीधनधान्यहर्त्री सर्वापदां मूलमनर्थदात्री ।
भयङ्करी रोगविपद्विधात्री केतोर्दशा स्यात् किल जीवहन्त्री ॥ १ ॥

अब आगे केतु की पाँचों दशा के फल कहने के तारतम्य में प्रथम केतु की महादशा के फल को बताते हैं।

यदि जन्म के समय में केतु की महादशा हो तो जातक विषाद से युक्त, धन-धान्य का विनाशी, समस्त आपत्तियों से ग्रसित, अनर्थी, भय से युक्त, रोग व विपत्ति वाला और जीवों का हिंसक होता है ॥ १ ॥

अथान्तर्दशा—

के० के० पुत्रार्थनाशं रिपुविग्रहश्च म्लेच्छादिनासद्व्यसनं महोग्रम् ।
दुष्टाङ्गनाभिः सहतीव्रकोपं केतोर्दशायां प्रकरोति केतुः ।। १ ।।

के० शु० स्वबान्धवैर्नित्यमुदग्रवातमुद्वेगवादं धनधान्यहानिम् ।
त्यागं स्त्रियामन्त्यजसङ्गमुच्चैः केतोर्दशायां प्रकरोति शुक्रः ।।२।।

के० चं० महाज्वरं जन्म च कन्यकानां दाहं तथाग्नेर्निजदेशभङ्गम् ।
भयं रिपुभ्यो नृपदर्शनेभ्यो केतोर्दशायां प्रकरोति चन्द्रः ।। ३ ।।

के० मं० स्वबान्धवैः सार्धमुदग्रवादं चौराग्निभीतिं च दवाग्निदुःखम् ।
देहे गुरुत्वं सुतकोपतापं केतोर्दशायां प्रकरोति भौमः ।। ४ ।।

के० रा० नीचैर्जनैः सङ्गमथो विनाशं परस्परं क्लेशमनर्थमार्गे ।
देहस्य भङ्गः कलहं स्ववर्गे केतोर्दशायां प्रकरोति राहुः ।। ५ ।।

के० गु० सदोत्तमैः सङ्गमनश्च केलिं नराधिपेभ्यो बहुमानलाभम् ।
सदूषणं सञ्जननं सुखानां केतोर्दशायां प्रकरोति जीवः ।। ६ ।।

के० श० पित्तोद्भवां वातभवां च पीडां नीचैर्विवादं सदनस्य भङ्गम् ।
देशे परस्मिन् मनसार्थहानिः केतोर्दशायां प्रकरोति मन्दः ।। ७ ।।

के० बु० घोरं विवादं निजभूमिहेतोः प्रीतिं परां बान्धवमित्रवर्गैः ।
स्वराभिभूतिं पवनाङ्गभङ्गं केतोर्दशायां प्रकरोति सौम्यः ।। ८ ।।

इति केतोरन्तर्दशाफलम् ।

अब केतु की महादशा में केतु आदि ग्रहों की अन्तर्दशा के फल को बताते हैं।

के० के० की अन्तर्दशा का फल—यदि जन्माऽङ्ग में केतु की महादशा में केतु की अन्तर्दशा हो तो जातक पुत्र व धन का नाशक, शत्रुओं से लड़ने वाला, म्लेच्छादि से बुरे व्यसन ग्रहण करने वाला, बड़ा उग्र और दुष्टा स्त्रियों से अधिक क्रोध करने वाला होता है ।। १ ।।

के० शु० की अन्तर्दशा का फल—यदि जन्माऽङ्ग में केतु की महादशा में शुक्र की अन्तदशा हो तो जातक अपने बान्धवों से प्रतिदिन बड़ा झंझट करने वाला, उद्वेगतापूर्ण विवादी, धनधान्य का विनाशी, स्त्रियों का त्यागी और उच्चता से अन्त्यजों की सङ्गति में रहने वाला होता है ।। २ ।।

के० चं० की अन्तर्दशा का फल—यदि जन्माऽङ्ग में केतु की महादशा में चन्द्रमा की अन्तर्दशा हो तो जातक अधिक ज्वर से व्याप्त, कन्या का जन्मदाता, अग्नि से जलने वाला, अपने देश का त्यागी या विनाशी, शत्रु और राजा के दर्शन से डरने वाला होता है ।। ३ ।।

के० भौ० की अन्तर्दशा का फल—यदि जन्माऽङ्ग में केतु की महादशा में भौम की अन्तर्दशा हो तो जातक अपने बान्धवों से बड़ा विवाद करने वाला, चोर व अग्नि से

भयभीत, दवाग्नि से दु:खी, शरीर में स्थौल्यता से युक्त और पुत्र के क्रोध से संतप्त होने वाला होता है ॥ ४ ॥

के० रा० की अन्तर्दशा का फल - यदि जन्माऽङ्ग में केतु की महादशा में राहु की अन्तर्दशा हो तो जातक दुष्टों से सङ्गति करने वाला, आपसी कलह में नाश करने वाला, अन्याय पथ में पड़कर शरीर को नष्ट करने वाला और अपने वर्ग के मनुष्यों से कलह बढाने वाला होता है ॥ ५ ॥

के० गु० की अन्तर्दशा का फल—यदि जन्माऽङ्ग में केतु की महादशा में गुरु की अन्तर्दशा हो तो जातक सदा श्रेष्ठ मनुष्यों से संगति व प्रीति करने वाला, राजाओं से अधिक सत्कार तथा धन पाने वाला, दोष के साथ सुखों का जनक होता है ॥ ६ ॥

के० गु० की अन्तर्दशा का फल – यदि जन्माऽङ्ग में केतु की महादशा में शनि की अन्तर्दशा हो तो जातक पित्त व वायु जन्य पीडा से दु:खी, नीचों से विवाद करने वाला, घर का विध्वंसी और परदेश में मन से हानि करने वाला होता है ॥ ७ ॥

के० बु० की अन्तर्दशा का फल—यदि जन्माऽङ्ग में केतु की महादशा में बुध की अन्तर्दशा हो तो जातक अपनी भूमि के निमित्त अधिक विवाद करने वाला, बन्धु तथा मित्र समुदाय से परम प्रेम करने वाला, शब्द से पराजित होने वाला और वायु से शरीर भंग होता है ॥ ८ ॥

स्पष्टार्थ केत्वन्तर्दशा चक्रम्—

के०	शु०	सू०	चं०	मं०	रा०	जी०	श०	बु०
०	१	०	०	०	१	०	१	०
४	२	४	७	४	०	११	१	११
२७	०	६	०	२७	१८	६	९	२७

इस प्रकार केतु की महादशा में केतु आदि ग्रहों की दशा का फल समाप्त हुआ ॥ १-८ ॥

नोट—यहाँ सूर्य की अन्तर्दशा का फल अप्राप्त है ॥ १-८ ॥

अथ केतोर्विदशाफलम् ।

के० के० आपत्समुद्भवोऽकस्माद्देशान्तरसमागमः ।
धननाशोऽल्पमृत्युश्च केतोः केत्वन्तरा शिखी ॥ १ ॥

के० शु० म्लेच्छभीरर्थनाशो वा नेत्ररोगः शिरो व्यथा ।
हानिश्चतुष्पदानां च केतोः केत्वन्तरा भृगुः ॥ २ ॥

के० सू० मित्रैः सह विरोधश्च स्वल्पमृत्युः पराजयः ।
मतिभ्रंशो विवादश्च केतोः केत्वन्तरा रविः ॥ ३ ॥

के० चं० अन्ननाशो यशोहानिर्देहपीडामतिभ्रमः ।
आमवातादिवृद्धिश्च केतोः केत्वन्तरा शशी ॥ ४ ॥

के० मं० शस्त्रघातेन पातेन पीडितो वन्हिपीडया।
नीचाद्भीतीरिपोः शङ्का केतोः केत्वन्तराकुजः॥ ५॥
के० रा० कामिनीभ्यो भयं भूपात्तथा वैरिसमुद्भवः।
क्षुद्रादपि भवेद्भीतिः केतोः केत्वन्तरा तमः॥ ६॥
के० गु० धनहानिर्महोत्पातो वस्त्रमित्रविनाशनम्।
सर्वत्र लभते क्लेशं केतोः केत्वन्तरा गुरुः॥ ७॥
के० श० गोमहिष्यादिमरणं देहपीडा सुहृद्वधः।
स्वल्पाल्पलाभकरणं केतोः केत्वन्तरा शनिः॥ ८॥
के० बु० बुद्धिनाशो महोद्वेगो विद्याहानिर्महाभयम्।
कार्यसिद्धिर्न जायेत केतोः केत्वन्तरा बुधः॥ ९॥

इति केतोर्विदशाफलम्।

अब आगे केतु की अन्तर्दशा में केतु आदि ग्रहों की प्रत्यन्तर्दशा के फल को बताते हैं।

के. के. की विदशा का फल - यदि जन्माङ्ग में केतु की अन्तर्दशा में केतु की विदशा हो तो जातक अचानक आपत्तियों से युक्त, विदेश जाने वाला धन का विनाशी और अल्पमृत्यु से युक्त होता है॥ १॥

बृ० पा० में 'केत्वन्तरेऽर्थहानिश्च केतोः प्रत्यन्तरे भवेत्' (६१ अ० ६५ श्लो०) यह पाठान्तर है॥ १॥

के. शु. की विदशा का फल—यदि जन्माङ्ग में केतु की अन्तर्दशा में शुक्र की विदशा हो तो जातक म्लेच्छों से डरने वाला, धन का विनाशी वा आँख का रोगी, मस्तक से पीड़ित और पशु हानि से युक्त होता है॥ २॥

के. सू. की विदशा का फल—यदि जन्माङ्ग में केतु की अन्तर्दशा में सूर्य की विदशा हो तो जातक मित्रों से विरोध करने वाला, अपमृत्यु तथा पराजय से युक्त, बुद्धि का विनाशी और विवादी होता है॥ ३॥

के. चं. की विदशा का फल—यदि जन्माङ्ग में केतु की अन्तर्दशा में चन्द्रमा की विदशा हो तो जातक अन्न का विनाशी, यश को नष्ट करने वाला, शरीर से पीड़ित, भ्रम युक्त बुद्धि वाला, आँव व वायु का रोगी होता है॥ ४॥

के. भौ. की विदशा का फल—यदि जन्माङ्ग में केतु की अन्तर्दशा में भौम की विदशा हो तो जातक शस्त्र के घात, गिरने तथा अग्नि की पीड़ा से पीड़ित, नीचों से डरने वाला और शत्रु से शङ्कित होता है॥ ५॥

के. रा. की विदशा का फल—यदि जन्माङ्ग में केतु की अन्तर्दशा में राहु की विदशा हो तो जातक स्त्री एवं शत्रु से डरने वाला और अल्पजनों से भी भयभीत होने वाला होता है॥ ६॥

के. गु की विदशा का फल—यदि जन्माङ्ग में केतु की अन्तर्दशा में गुरु की विदशा हो तो जातक बड़े उत्पात से युक्त, धन-वस्त्र मित्र का विनाशी और सब जगह क्लेश पाने वाला होता है॥ ७॥

के. श. की विदशा का फल—यदि जन्माऽङ्ग में केतु की अन्तर्दशा में शनि की विदशा हो तो जातक गाय भैंस आदि के मरण से युक्त, देह से पीड़ित, मित्र वध से युक्त और स्वल्पाल्प लाभवाम् होता है ॥ ८ ॥

के. बु. की विदशा का फल—यदि जन्माऽङ्ग में केतु की अन्तर्दशा में बुध की विदशा हो तो जातक की बुद्धि का नाश, बड़ा उद्वेग, विद्या का नाश, अधिक डरने वाला और कार्य में असफल होता है ॥ ९ ॥

स्पष्टार्थ केतु की अन्तर्दशा में केतु आदि की विदशा का चक्र

के०	शु०	सू०	चं०	मं०	रा०	जी०	श०	बु०
०	०	०	०	०	०	०	०	०
८	२४	७	१२	८	२२	१९	२३	२०
३४	३०	२१	१५	३४	३	३६	१६	४९
३०	०	०	०	३०	०	०	३०	३०

इस प्रकार केतु की अन्तर्दशा में केतु आदि ग्रहों की विदशा का फल समाप्त हुआ ॥ १-९ ॥

अथ केतोः सूक्ष्मदशाफलम् ।

के० के० पुत्रदारादिजं दुःखं गात्रवैषम्य एव च ।
दरिद्रयाद्भिक्षुवृत्तिश्च केतोः सूक्ष्मदशाफलम् ॥ १ ॥

के० शु० रोगनाशोऽर्थलाभश्च गुरुविप्रानुवत्सलः ।
सङ्गमः स्वजनैः सार्धं केतोः सूक्ष्मगते भृगौ ॥ २ ॥

के० सू० युद्धं भूमिविनाशश्च विप्रवासः स्वदेशतः ।
सुहृद्विपत्तिरार्तिश्च केतोः सूक्ष्मगते रवौ ॥ ३ ॥

के० चं० दासीदाससमृद्धिश्च युद्धे लब्धिर्जयस्तथा ।
ललिताकीर्तिरुत्पन्ना केतोः सूक्ष्मगते विधौ ॥ ४ ॥

के० मं० आसने भयमश्वादेश्चौरदुष्टादिपीडनम् ।
गुल्मपीडा शिरोरोगं केतोः सूक्ष्मगते कुजे ॥ ५ ॥

के० रा० विनाशः स्त्रीगुरूणाञ्च दुष्टस्त्रीसङ्गमाल्लघुः ।
वमनं रुधिरं पित्तं केतोः सूक्ष्मगतेऽप्यगुः ॥ ६ ॥

के० गु० वैरं विरोधसंपत्तिः सहसा राज्यवैभवम् ।
पशुक्षेत्रविनाशार्तिः केतोः सूक्ष्मगते गुरौ ॥ ७ ॥

के० श० मृषापीडा भवेत् क्षुद्रसुतोत्पत्तिश्च लङ्घनम् ।
स्त्री विरोधः सस्यहानिः केतोः सूक्ष्मगते शनौ ॥ ८ ॥

के० बु० नानाविधजनाप्तिश्च विप्रयोगोऽरिपीडनम् ।
अर्थसंपत्समृद्धिश्च केतोः सूक्ष्मगते बुधे ॥ ९ ॥

इति केतोः सूक्ष्मदशाफलम् ।

अब आगे केतु की विदशा में केतु आदि ग्रहों की सूक्ष्मदशा के फल को बतलाते हैं।

के० के० की सूक्ष्मदशा का फल—यदि जन्माऽङ्ग में केतु की विदशा में केतु की सूक्ष्मदशा हो तो जातक पुत्र व स्त्री से दुःखी, शरीर में विषमता से युक्त और निर्धनता वश भीख मांगने वाला होता है ॥ १ ॥

के० शु० की सूक्ष्मदशा का फल—यदि जन्माऽङ्ग में केतु की विदशा में शुक्र की सूक्ष्मदशा हो तो जातक रोग से रहित, धन का लाभ करने वाला, गुरुजन व ब्राह्मण प्रिय और अपने जनों से सङ्गति करने वाला होता है ॥ २ ॥

के० सू० की सूक्ष्मदशा का फल – यदि जन्माऽङ्ग में केतु की विदशा में सूर्य की सूक्ष्मदशा हो तो जातक समर तथा भूमि का नाशक, अपने देश से विदेश में वास करने वाला और मित्र की विपत्ति से युक्त होकर दुःखी होने वाला होता है ॥ ३ ॥

के० चं० की सूक्ष्मदशा का फल—यदि जन्माऽङ्ग में केतु की विदशा में चन्द्रमा की सूक्ष्मदशा हो तो जातक—नौकर, नौकरानी की वृद्धि करने वाला, लड़ाई में विजय पाने वाला और सुन्दर कीर्ति से युक्त होता है ॥ ४ ॥

के० भौ० की सूक्ष्मदशा का फल—यदि जन्माऽङ्ग में केतु की विदशा में भौम की सूक्ष्मदशा हो तो जातक घोड़े पर बैठने से डरने वाला, चोर व दुष्ट से पीडित होनेवाला, गुल्म का रोगी और मस्तक में पीडा से युक्त होता है ॥ ५ ॥

के. रा. की सूक्ष्मदशा का फल—यदि जन्माऽङ्ग में केतु की विदशा में राहु की सूक्ष्मदशा हो तो जातक स्त्री तथा गुरु का विनाशी, दुष्टा स्त्री की सङ्गति से अल्पता पाने वाला, वमन (उल्टी) व खून और पित्त का रोगी होता है ॥ ६ ॥

के. गु. की सूक्ष्मदशा का फल – यदि जन्माऽङ्ग में केतु की विदशा में गुरु की सूक्ष्मदशा हो तो जातक शत्रुता करने वाला विरोध से संपत्तिमान् होने वाला होता है ॥ ७ ॥

बृ. पा. में 'रिपोर्विरोधः सम्पत्तिः सहसा राजवैभवम्' (६२ अ. ७१ श्लो.) यह पाठान्तर है ॥ ७ ॥

के श. की सूक्ष्मदशा का फल—यदि जन्माऽङ्ग में केतु की विदशा में शनि की सूक्ष्मदशा हो तो जातक मिथ्या पीडित होने वाला, क्षुद्र पुत्र की उत्पत्ति वाला, लङ्घन से युक्त, स्त्री से विरोध करने वाला और सस्य (अन्न) की हानि करने वाला होता है ॥ ८ ॥

बृ. पा. में 'क्षुद्रसुखोत्पत्तिश्च' 'सत्यहानिः' यह (६२ अ. ७२ श्लो.) पाठ है ॥८॥

के. बु की सूक्ष्मदशा का फल—यदि जन्माऽङ्ग में केतु की विदशा में शनि की सूक्ष्मदशा हो तो जातक अनेक प्रकार के लोगों से संयोग वियोग करने वाला, शत्रुओं से पीडित होने वाला और धन संपत्ति की वृद्धि करने वाला होता है ॥ ९ ॥

इस प्रकार केतु की विदशा में केतु आदि ग्रहों की सूक्ष्मदशा का फल समाप्त हुआ ॥ १-९ ॥

अथ केतोः प्राणदशाफलम् ।

के० के० अश्वपातनघातञ्च पादस्वबलमेव च ।
निर्विचारवधोत्पत्तिः केतोः प्राणदशाफलम् ॥ १ ॥

के० शु० क्षेत्रलाभो वैरिनाशो हयलाभो मनः सुखम् ।
पशुक्षेत्रधनाप्तिश्च केतोः प्राणगते भृगौ ॥ २ ॥

के० सू० स्तेयाग्निरिपुत्रासादिघातश्चैवावरोधयुक् ।
प्राणान्तकरणं कृच्छ्रं केतोः प्राणगते रवौ ॥ ३ ॥

के० चं० देवद्विजगुरोः पूजा दीर्घयात्रा धनं सुखम् ।
कण्ठाश्रिते नेत्ररोगो केतोः प्राणगते विधौ ॥ ४ ॥

के० मं० तीव्ररोगो नसावृद्धिर्विभ्रमः संनिपातजः ।
स्वबन्धुजनविद्वेषः केतोः प्राणगते कुजे ॥ ५ ॥

के० रा० विरोधः स्त्रीसुताद्यैश्च गृहान्निष्क्रमणं भवेत् ।
स्वसाहसात्कार्यं हानिः केतोः प्राणगतेऽप्यहौ ॥ ६ ॥

के० गु० शस्त्रव्रणैर्महारोगैर्हृत् पीडादिसमुद्भवः ।
सुतदारवियोगश्च केतोः प्राणगते गुरौ ॥ ७ ॥

के० श० मतिविभ्रमतीक्ष्णश्च क्रूरकर्मरतः सदा ।
व्यसनाद्बन्धनं दुःखं केतोः प्राणगते शनौ ॥ ८ ॥

के० बु० कुसुमं शयनं भूषालेपनं भोजनादिकम् ।
सौख्यं सर्वाङ्गभोग्यञ्च केतोः प्राणगते बुधे ॥ ९ ॥

इति केतोर्दशापञ्चकम् ।

अब आगे केतु की सूक्ष्मदशा में केतु आदि ग्रहों की प्राणदशा के फल को बताते हैं।

के. के. प्राणदशा का फल—यदि जन्माऽङ्ग में केतु की सूक्ष्मदशा में केतु की प्राणदशा हो तो जातक घोड़े से गिरने का भय वाला व घात, पैरों में बल की वृद्धि और अविचार से वध का जन्म होता है ॥ १ ॥

बृ. पा. में 'अश्वपातेन घातश्च शत्रुतः कलहागमः' यह (६३ अ. ६५ श्लो.) पाठान्तर है ॥ १ ॥

के. शु. की प्राणदशा का फल—यदि जन्माऽङ्ग में केतु की सूक्ष्मदशा में शुक्र की प्राणदशा हो तो जातक भूमि व घोड़े को प्राप्त करने वाला, शत्रु का नाशक, मन से सुखी, पशु, खेती और धन को पाने वाला होता है ॥ २ ॥

के. सू. की प्राणदशा का फल—यदि जन्माऽङ्ग में केतु की सूक्ष्मदशा में सूर्य की प्राणदशा हो तो जातक चोर, अग्नि व शत्रु से पीडित एवं घातित होने वाला, वृद्धि में अवरोध से युक्त होने वाला और प्राणान्त के समान कष्ट पाने वाला होता है ॥ ३ ॥

बृ. पा. में 'स्तेयाग्निरिपुभीतिश्च धनहानिर्मनो व्यथा' यह (६३ अ. ६७ श्लो.) पाठान्तर है ॥ ३ ॥

के. चं. की प्राणदशा का फल--यदि जन्माऽङ्ग में केतु की सूक्ष्मदशा में चन्द्रमा की प्राणदशा हो तो जातक देवता, ब्राह्मण और गुरु की पूजा करने वाला, लम्बा प्रवासी, धनी, सुखी, गले और आँख का रोगी होता है ॥ ४ ॥

बृ. पा. में 'कर्णे वा लोचने रोगः केतोः प्राणगते विधौ' (६३ अ. ६८ श्लो.) यह पाठान्तर है ॥ ४ ॥

के० मं० की प्राणदशा का फल--यदि जन्माऽङ्ग में केतु की सूक्ष्मदशा में भौम की प्राणदशा हो तो जातक तीक्ष्ण रोग से युक्त, नसों की वृद्धि वाला, सन्निपात से भ्रम में पड़ने वाला और अपने बान्धवों का विरोधी होता है ॥ ५ ॥

बृ० पा० में—'पित्तरोगो नसावृद्धिः' (६३ अ० ६९ श्लो०) यह पाठान्तर है ॥ ५ ॥

के० रा० की प्राणदशा का फल--यदि जन्माऽङ्ग में केतु की सूक्ष्मदशा में राहु की प्राणदशा हो तो जातक का स्त्री पुत्रादि से विरोध, घर से निष्क्रमण और अपने साहस से कार्य को नष्ट करने वाला होता है ॥ ६ ॥

विशेष--यह पद्य पुस्तक में अनुपलब्ध था। यहाँ बृहत्पाराशर से दिया गया है ॥ ६ ॥

के० गु० की प्राणदशा का फल--यदि जन्माऽङ्ग में केतु की सूक्ष्मदशा में गुरु की प्राणदशा हो तो जातक बुद्धि भ्रम से तीखे स्वभाव वाला, सदा कठिन कार्यों में आसक्त, व्यसन से बन्धन में पड़कर दुःखी होता है ॥ ८ ॥

के० श० की प्राणदशा का फल--यदि जन्माऽङ्ग में केतु की सूक्ष्मदशा में बुध की प्राणदशा हो तो जातक पुष्प, शय्या, अलङ्कार, चन्दन और भोजनादि से सुखी होने वाला तथा सर्वांग का भोगी होता है ॥ ९ ॥

इस प्रकार केतु की पाँचों दशा का फल समाप्त हुआ ॥ १–९ ॥

अथ शुक्रदशापञ्चकफलम्

राज्यश्रियं वाञ्छति पुत्रमित्रमन्त्रोपचारव्यवसायलाभम्।
नीरोगतां वा प्रमदा सुखानि तनुर्भृतां शुक्रदशा तनोति ॥ १ ॥

अब आगे शुक्र की पाँचों दशा के फल को बतलाते हैं।

शुक्र की महादशा का फल--यदि जन्मपत्री में शुक्र की महादशा हो तो जातक राजलक्ष्मी की इच्छा करने वाला, पुत्र, मित्र और मन्त्रों की प्रक्रिया के व्यापार से लाभ करने वाला, रोग रहित या स्त्री सुख से युक्त होता है।

अथान्तर्दशाफलम्

शु० शु० संपदां सुकृतभोगसुखानां शोधनञ्च रमणीहितलाभम्।
कीर्तिमुज्वलतमां तनुतेऽसौ भार्गवो भृगुसुतस्य दशायाम् ॥ १ ॥

शु० सू० वातशूलमुदरोद्भवरोगं भूपतेर्भयमुदग्रविरोधम् ।
चित्ततापमतिसंतनुतेऽसौ भास्करो भृगुसुतस्य दशायाम् ॥ २ ॥

शु० चं० दुःखानि च शिरोरोगं कामलं वातविभ्रमम् ।
शरीरे क्लेशमाप्नोति शुक्रस्यान्तर्गते शशी ॥ ३ ॥

शु० मं० नीचैर्जनैः सङ्गमवित्तनाशं मानस्य हानिं स्वजनैर्विरोधम् ।
दुःखौघतापं बहुतृष्णताञ्च भौमो विधत्ते खलु शुक्रमध्ये ॥ ४ ॥

शु० रा० विग्रहं खलु विवादसदक्षैर्बन्धुमित्रगुरुभिः सह वादम् ।
भूमिचौरभयमातनुतेऽसौ दानवो भृगुसुतस्य दशायाम् ॥ ५ ॥

शु० गु० रत्नकाञ्चनमहाभरणानां सङ्गमं सुकृतिभिः सहसङ्गम् ।
स्वामितां परकुले तनुतेऽसौ वाक्पतिर्भृगुसुतस्य दशायाम् ॥ ६ ॥

शु० श० नित्यवृत्तिवनिताजनकेलिर्द्रव्यवस्त्रसुतमित्रसुखाप्तिः ।
वैरिनाशसुतभीस्तनुतेऽसौ सौरिरेष भृगुजन्यदशायाम् ॥ ७ ॥

शु० बु० भूमिपालजनितं बहुमानं देहसौख्यधनधान्यसमृद्धम् ।
पुत्रसन्ततिं महतीं तनुतेऽसौ सोमभूर्भृगुसुतस्य दशायाम् ॥ ८ ॥

शु० के० वैरिवर्गविगमं रिपुयुद्धं बान्धवैः कहलमर्थविघातम् ।
देशभङ्गमधिकं तनुतेऽसौ केतुरन्त्यभृगुजस्य दशायाम् ॥ ९ ॥

इति शुक्रान्तर्दशा

अब आगे शुक्र की महादशा में शुक्र आदि ग्रहों की अन्तर्दशा के फल को बताते हैं ।

शु० शु० की अन्तर्दशा का फल— यदि जन्मपत्री में शुक्र की महादशा में शुक्र की अन्तर्दशा हो तो जातक सम्पत्ति, पुण्य, भोग और सुख का शोधन करने वाला, स्त्री के निमित्त से लाभ करने वाला और उत्तम कीर्तिमान् होता है ॥ १ ॥

शु० सू० की अन्तर्दशा का फल—यदि जन्मपत्री में शुक्र की महादशा में सूर्य की अन्तर्दशा हो तो जातक वायुशूल व पेट का रोगी, राजा से डरने वाला, घनघोर विरोधी और अन्तःकरण से पीड़ित होता है ॥ २ ॥

शु० चं० की अन्तर्दशा का फल—यदि जन्मपत्री में शुक्र की महादशा में चन्द्रमा की अन्तर्दशा हो तो जातक अनेक दुःख वाला, मस्तक का रोगी, पीलिया रोग से दुःखी, वायु रोग से विशेष भ्रम में आने वाला और कष्टयुक्त शरीरधारी होता है ॥ ३ ॥

शु० मं० की अन्तर्दशा का फल—यदि जन्मपत्री में शुक्र की महादशा में भौम की अन्तर्दशा हो तो जातक दुष्ट मनुष्यों के संसर्ग से धन को नाश करने वाला, सम्मान का नाशक, अपने आदमियों का विरोधी, अधिक दुःखों से पीड़ित और अधिक तृष्णा करने वाला होता है ॥ ४ ॥

शु० रा० की अन्तर्दशा का फल---यदि जन्मपत्री में शुक्र की महादशा में राहु की अन्तर्दशा हो तो जातक चतुरता के साथ विवाद से लड़ाई मानने वाला, बान्धव, मित्र और गुरुजनों से बातचीत करने वाला और भूमि में अर्थात् अपने निवास स्थान में चोर से डरने वाला होता है ॥ ५ ॥

शु० गु० की अन्तर्दशा का फल---यदि जन्मपत्री में शुक्र की महादशा में गुरु की अन्तर्दशा हो तो जातक रत्न, सुवर्ण और अधिक गहनों से युक्त, पुण्यवान् व्यक्तियों की सङ्गति करने वाला और दूसरे के घर का मालिक होता है ॥ ६ ॥

शु० श० की अन्तर्दशा का फल--यदि जन्मपत्री में शुक्र की महादशा में शनि की अन्तर्दशा हो तो जातक प्रतिदिन स्त्रियों के साथ बिहार करने वाला, धन, वस्त्र, पुत्र, मित्र और सुख पाने वाला, शत्रु विनाशी और पुत्र से डरने वाला होता है ॥ ७ ॥

शु० बु० की अन्तर्दशा का फल—यदि जन्मपत्री में शुक्र की महादशा में बुध की अन्तर्दशा हो तो जातक राजा से अधिक सम्मानित, शरीर से सुखी, धनधान्य की वृद्धि करने वाला और महान् पुत्र सन्तान से युक्त होता है ॥ ८ ॥

शु० के० की अन्तर्दशा का फल---यदि जन्मपत्री में शुक्र की महादशा में केतु की अन्तर्दशा हो तो जातक शत्रु वर्ग से न मिलने वाला, शत्रु से लड़ाई, बान्धवों से विरोध, धन का नाश और अधिकतर देश का नाश होता है ॥ १–९ ॥

इस प्रकार शुक्र की महादशा में शुक्र आदि ग्रहों की अन्तर्दशा का फल समाप्त हुआ ॥ १–९ ॥

स्पष्टार्थ शुक्र की महादशा में शुक्रादि ग्रहों की अन्तर्दशा का चक्र

शु०	सू०	चं०	मं०	रा०	जी०	श०	बु०	के०
३	१	१	१	३	२	३	२	१
४	०	८	२	०	८	२	१०	२
०	०	०	०	०	०	०	०	०

अथ शुक्रविदशाफलम्

शु० शु०　श्वेताश्ववस्त्रयुक्ताद्यैः स्वर्णमाणिक्यसंभवः ।
लभते सुन्दरीं नारीं शुक्रशुक्रान्तरे सितः ॥ १ ॥

शु० सू०　वातज्वरः शिरःपीडा राज्ञः पीडा रिपोरपि ।
जायते स्वल्पलाभोऽपि शुक्रे शुक्रान्तरा रविः ॥ २ ॥

शु० चं०　कन्या जन्म नृपाल्लाभो वस्त्राभरणसंयुतः ।
राज्याधिकारसंप्राप्तिः शुक्रे शुक्रान्तरा शशी ॥ ३ ॥

शु० मं०　रक्तपित्तादिरोगश्च कलहस्ताडनं भवेत् ।
महान् क्लेशो भवेदत्र शुक्रे शुक्रान्तरा कुजः ॥ ४ ॥

शु० रा० कलहो जायते स्त्रीभिरकस्माद्भयसंभवः ।
राजतः शत्रुतः पीडा शुक्रे शुक्रान्तरा तमः ॥ ५ ॥

शु० गु० महाद्रव्यं महाराज्यं वस्त्रमुक्तादिभूषणम् ।
गजाश्वादि पदप्राप्तिः शुक्रे शुक्रान्तरा गुरुः ॥ ६ ॥

शु० श० खरोष्ट्रछागसंप्राप्तिर्लोहमाषतिलकादिकम् ।
लभते स्वल्पपीडादि शुक्रे शुक्रान्तरा शनिः ॥ ७ ॥

शु० बु० धनज्ञानमहालाभो राजराज्याधिकारिता ।
निक्षेपाद्धनलाभोऽपि शुक्रे शुक्रान्तरा बुधः ॥ ८ ॥

शु० के० अल्पमृत्युर्महाघोरे देशाद्देशान्तरागमः ।
लाभोऽपि जायते मध्ये शुक्रे शुक्रान्तरा शिखी ॥ ९ ॥

इति शुक्रविदशाफलम्

अब आगे शुक्र की अन्तर्दशा में शुक्रादि की प्रत्यन्तर्दशा के फल को बताते हैं।

शु० शु० की विदशा का फल—यदि जन्मपत्री में शुक्र की अन्तर्दशा में शुक्र की प्रत्यन्तर्दशा हो तो जातक सफेद घोड़ा तथा वस्त्रादि से एवं सोना माणिक्य से युक्त होकर सुन्दरी स्त्री को पाने वाला होता है ॥ १ ॥

बृ० पा० में—'श्वेताश्ववस्त्रमुक्ताद्यं दिव्यस्त्रीसङ्गजं सुखम् । लभते शुक्रान्तरे प्राप्ते शुक्रप्रत्यन्तरे जनः' यह पाठान्तर है (६१ अ. ७४ श्लो०) ॥ १ ॥

शु० सू० की विदशा का फल—यदि जन्मपत्री में शुक्र की अन्तर्दशा में सूर्य की प्रत्यन्तर्दशा हो तो जातक वायु जन्य स्वर, मस्तक, राजा और शत्रु से पीड़ित होनेवाला एवं अल्प लाभ करने वाला भी होता है ॥ २ ॥

शु० चं० की विदशा का फल—यदि जन्मपत्री में शुक्र की अन्तर्दशा में चन्द्रमा की प्रत्यन्तर्दशा हो तो जातक कन्या की उत्पत्ति से युक्त, राजा से लाभ करनेवाला, वस्त्र व आभूषणों से युक्त और राजकीय अधिकार पानेवाला होता है ॥ ३ ॥

शु० भौ० की विदशा का फल—यदि जन्मपत्री में शुक्र की अन्तर्दशा में मङ्गल की प्रत्यन्तर्दशा हो तो जातक खून जन्य तथा पित्त से उत्पन्न रोगी, कलही, पीड़ित और बड़े क्लेश (कष्ट) से युक्त होता है ॥ ४ ॥

शु० रा० की विदशा का फल—यदि जन्मपत्री में शुक्र की अन्तर्दशा में राहु की प्रत्यन्तर्दशा हो तो जातक स्त्री से लड़ने वाला, अचानक भयभीत, राजा और शत्रु से पीड़ित होता है ॥ ५ ॥

शु० गु० की विदशा का फल—यदि जन्मपत्री में शुक्र की अन्तर्दशा में गुरु की प्रत्यन्तर्दशा हो तो जातक अधिक धन व राज्य से युक्त होने वाला, वस्त्र, मोती तथा आभूषणों से युक्त, हाथी और घोड़ा आदि सवारी से संयुक्त होता है ॥ ६ ॥

शु० श० की विदशा का फल—यदि जन्मपत्री में शुक्र की अन्तर्दशा में शनि की प्रत्यन्तर्दशा हो तो जातक गदहा, ऊँट, बकरा लोहा, उड़द, तिलादि और अल्प शरीर कष्ट पाने वाला होता है ॥ ७ ॥

शु० बु० की विदशा का फल—यदि जन्मपत्री में शुक्र की अन्तर्दशा में बुध की प्रत्यन्तर्दशा हो तो जातक धन व ज्ञान का अधिक लाभ करने वाला, राजा से राजकीय अधिक प्राप्त करने वाला और दूसरे के धरोहर धन को पाने वाला होता है ॥ ८ ॥

शु० के० की विदशा का फल—यदि जन्मपत्री में शुक्र की अन्तर्दशा में केतु की प्रत्यन्तर्दशा हो तो जातक बड़े कष्ट में पड़कर अल्प मृत्यु पाने वाला, देश, देशान्तर में घूमने वाला और बीच में लाभ से युक्त होता है ॥ ९ ॥

बृ० पा०—'अल्पमृत्युभयं ज्ञेयं' यह पाठान्तर है (६१ अ० ८२ श्लो०) ॥ ९ ॥

स्पष्टार्थ शु० म० शु० अं० में शुक्रादि का विदशा चक्र—

शु०	सू०	चं०	मं०	रा०	जी०	श०	बु०	के०
६	२	३	२	६	५	६	५	२
२०	०	१०	१०	०	१०	१०	२०	१०
०	०	०	०	०	९	०	०	०

इस प्रकार शुक्र की महादशा में शुक्र की अन्तर्दशा में शुक्रादि की विदशा का फल समाप्त हुआ ॥ १-९ ॥

अथ शुक्रसूक्ष्मदशाफलम्

शु० शु० शत्रुहानिर्महासौख्यं शङ्करालयसंभवम् ।
तडागकूपनिर्माणं शुक्रसूक्ष्मदशाफलम् ॥ १ ॥

शु० सू० उरस्तापो भ्रमश्चैव गतागतविचेष्टितम् ।
क्वचिल्लाभः क्वचिद्धानिर्भृगोः सूक्ष्मगते रवौ ॥ २ ॥

शु० चं० आरोग्यं धनसंपत्तिः कार्यलाभं गतागतैः ।
वैरिकाकारबुद्धिः स्याद्भृगौ सूक्ष्मगते विधौ ॥ ३ ॥

शु० मं० जडत्वं रिपुवैषम्यं देशभ्रंशो महद्भयम् ।
व्याधिदुःखसमुत्पत्तिर्भृगोः सूक्ष्मगते कुजे ॥ ४ ॥

शु० रा० राज्याग्निसर्पजाभीतिर्बन्धुनाशो गुरुव्यथा ।
स्थानच्युतिर्महाभीतिर्भृगोः सूक्ष्मगतेऽप्यहौ ॥ ५ ॥

शु० गु० सर्वत्र कार्यलाभश्च क्षेत्रार्थविभवोन्नतिः ।
वणिग्वृत्तेर्महालब्धिर्भृगोः सूक्ष्मगते गुरौ ॥ ६ ॥

शु० श० शत्रुपीडा महादुःखं चतुष्पदविनाशनम् ।
स्वगोत्रगुरुहानिः स्याद्भृगोः सूक्ष्मगते शनौ ॥ ७ ॥

शु० बु० बान्धवादिषु संपत्तिर्व्यवहारे धनोन्नतिः।
पुत्रदारादितः सौख्यं भृगोः सूक्ष्मगते बुधे ॥ ८ ॥
शु० के० अग्निरोगो महत्पीडा मुखनेत्रशिरो व्यथा।
सञ्चितार्थात्मनः पीडा भृगोः सूक्ष्मगते ध्वजे ॥ ९ ॥

इति शुक्रसूक्ष्मदशाफलम्।

अब आगे शुक्र की प्रत्यन्तर्दशा में शुक्र आदि ग्रहों की सूक्ष्मदशा के फल को बताते हैं।

शु० शु० की सूक्ष्मदशा का फल—यदि जन्मपत्री में शुक्र की विदशा में शुक्र की सूक्ष्मदशा हो तो जातक शत्रु को नष्ट करने वाला, अधिक सुखी, शिव जी का मन्दिर, तालाब और कुआ का निर्माण करने वाला होता है ॥ १ ॥

बृ० पा० में—'शङ्करालयनिर्मितिः' यह (६२ अ० ७४ श्लो०) पाठान्तर है ॥ १ ॥

शु० सू० की सूक्ष्मदशा का फल—यदि जन्मपत्री में शुक्र की विदशा में सूर्य की सूक्ष्मदशा हो तो जातक हृदय से संतप्त, विभ्रमी, इधर उधर घूमने की इच्छा करने वाला, कभी लाभ और कभी नुकसान से युक्त होता है ॥ २ ॥

शु० चं० की सूक्ष्मदशा का फल—यदि जन्मपत्री में शुक्र की विदशा में चन्द्रमा की सूक्ष्मदशा हो तो जातक नीरोग, धन संपत्ति से युक्त, व्यतीत एवं समागत कार्यों से लाभ करने वाला और शत्रु की बुद्धि से युक्त होता है ॥ ३ ॥

बृ० पा० में—'बुद्धिविद्याविवृद्धिः स्याद् भृगोः सूक्ष्मगते विधौ' (६२ अ० ७६ श्लो०) यह पाठान्तर है ॥ ३ ॥

शु० मं० की सूक्ष्मदशा का फल—यदि जन्मपत्री में शुक्र की विदशा में भौम की सूक्ष्मदशा हो तो जातक, मूर्ख, शत्रु से विषमता मानने वाला, देश का त्यागी, बड़ा भयभीत, रोगी और दुःखी होता है ॥ ४ ॥

शु० रा० की सूक्ष्मदशा का फल—यदि जन्मपत्री में शुक्र की विदशा में राहु की सूक्ष्मदशा हो तो जातक राजा अग्नि व सर्प से डरने वाला, बान्धवों का नाशक, अधिक पीड़ित, पद से भ्रष्ट और अधिक भय से युक्त होता है ॥ ५ ॥

शु० गु० की सूक्ष्मदशा का फल—यदि जन्मपत्री में शुक्र की विदशा में गुरु की सूक्ष्मदशा हो तो जातक, सब जगह कार्य से लाभ करने वाला, खेती, भूमि, धन व, ऐश्वर्य की वृद्धि करने वाला और वनिया वृत्ति अर्थात् व्यापार से अधिक लाभ करने वाला होता है ॥ ६ ॥

शु० श० की सूक्ष्मदशा का फल—यदि जन्मपत्री में शुक्र की विदशा में शनि की सूक्ष्मदशा हो तो जातक शत्रु से पीड़ित, बड़ा दुःखी, पशुओं का विनाशी और अपने गोत्र के किसी बड़े व्यक्ति की हानि से युक्त होता है ॥ ७ ॥

शु० बु० की सूक्ष्मदशा का फल—यदि जन्मपत्री में शुक्र की विदशा में बुध की सूक्ष्मदशा हो तो जातक बान्धवों में सम्पत्तिवान्, व्यापार में धन की उन्नति करने वाला और पुत्र व स्त्री से सुख पाने वाला होता है ॥ ८ ॥

शु० के० की सूक्ष्मदशा का फल—यदि जन्मपत्री में शुक्र की विदशा में केतु की सूक्ष्मदशा हो तो जातक जठराग्नि का रोगी, अधिक पीड़ित होने वाला, मुख, आँख व मस्तक से व्यथित, एकत्रित धन और आत्मा से पीड़ित होता है ॥ ९ ॥

इस प्रकार शुक्र की विदशा में शुक्रादि ग्रहों की सूक्ष्मदशा का फल समाप्त हुआ ॥ १-९ ॥

अथ शुक्रप्राणदशाफलम् ।

शु० शु० ज्ञानमीश्वरभक्तिश्च तोषकर्मरसायनम् ।
पुत्रपौत्रसमृद्धिश्च शुक्रप्राणदशाफलम् ॥ १ ॥
शु० सू० लोकप्रकाशकीर्तिश्च सुतसौख्यविवर्जितः ।
उष्णादिरोगजं दुःखं शुक्रप्राणगते रवौ ॥ २ ॥
शु० चं० देवार्चनं कर्मरतिर्मन्त्रतोषणतत्परः ।
धनसौभाग्यसंपत्तिः शुक्रप्राणगते विधौ ॥ ३ ॥
शु० मं० ज्वरो मसूरिकास्फोटकण्डूचिपटकादिकाः ।
देवब्राह्मणपूजा च शुक्रप्राणगते कुजे ॥ ४ ॥
श० रा० नित्यं शत्रुकृता पीडा नेत्रकुक्षिरुगादयः ।
विरोधः सुहृदां पीडा शुक्रप्राणगतेऽप्यहौ ॥ ५ ॥
शु० गु० आयुरारोग्यमैश्वर्यं पुत्रस्त्रीधनवैभवम् ।
छत्रवाहनसंप्राप्तिः शुक्रप्राणगते गुरौ ॥ ६ ॥
शु० श० राजोपद्रवजा भीतिः सुखहानिर्महारुजा ।
नीचैः सह विषादं च शुक्रप्राणगते शनौ ॥ ७ ॥
शु० बु० संतोषं राजसन्मानं नानादिग्भूमिसंपदः ।
नित्यमुत्साहवृद्धिः स्याच्छुक्रप्राणगते बुधे ॥ ८ ॥
शु० के० जीवतात्मयशो हानिर्धनधान्यपरिक्षयः ।
त्यागभोगधनानि स्युः शुक्रप्राणगते ध्वजे ॥ ९ ॥

इति शुक्रदशापञ्चकफलम् ।

अब आगे शुक्र की सूक्ष्मदशा में शुक्रादि ग्रहों की प्राणदशा के फल को बताते हैं ।

शु० शु० की प्राणदशा का फल—यदि जन्मपत्री में शुक्र की सूक्ष्मदशा में शुक्र की प्राणदशा हो तो जातक ज्ञानी, ईश्वर का भक्त, रसायन कार्य से संतुष्ट होने वाला और पुत्र पौत्रादि से संपन्न होता है ॥ १ ॥

बृ० पा० में 'भक्तिश्च । संतोषश्च धनागमः' (६३ अ० ७४ श्लो०) यह पाठान्तर है ॥ १ ॥

शु० सू० की प्राणदशा का फल—यदि जन्मपत्री में शुक्र की सूक्ष्मदशा में सूर्य की प्राणदशा हो तो जातक संसार में कीर्ति को फैलाने वाला, पुत्र सुख से हीन और गर्म रोग से दुःखी होता है ॥ २ ॥

शु० च० की प्राणदशा का फल—यदि जन्मपत्री में शुक्र की सूक्ष्मदशा में चन्द्रमा की प्राणदशा हो तो जातक देव पूजन कार्य में अनुरक्त, मन्त्र सिद्ध करने में आसक्त और धनवान् व भाग्यशाली होता है ॥ ३ ॥

शु० मं० की प्राणदशा का फल—यदि जन्मपत्री में शुक्र की सूक्ष्मदशा में भौम की प्राणदशा हो तो जातक, फुंसी, घाव, खुजली, दाद का रोगी और देवता तथा ब्राह्मण की पूँजा करने वाला होता है ॥ ४ ॥

शु० रा० की प्राणदशा का फल—यदि जन्मपत्री में शुक्र की सूक्ष्मदशा में राहु की प्राणदशा हो तो जातक प्रतिदिन शत्रु से पीड़ित होने वाला, आँख और पेट का रोगी, मित्रों से पीड़ित व विरोध करने वाला होता है ॥ ५ ॥

शु० गु० की प्राणदशा का फल—यदि जन्मपत्री में शुक्र की सूक्ष्मदशा में गुरु की प्राणदशा हो तो जातक रोग रहित अवस्था वाला, ऐश्वर्य धन, पुत्र, स्त्री, छत्र व सवारी को पाने वाला होता है ॥ ६ ॥

शु० श० की प्राणदशा का फल—यदि जन्मपत्री में शुक्र की सूक्ष्मदशा में शनि की प्राणदशा हो तो जातक राजकीय उपद्रव से डरने वाला, सुख का नाशक, बड़ा रोगी और नीचों के साथ विषाद करने वाला होता है ॥ ७ ॥

शु० बु० की प्राणदशा का फल—यदि जन्मपत्री में शुक्र की सूक्ष्म दशा में बुध की प्राणदशा हो तो जातक संतोषी, राजा से सम्मानित, अनेक दिशाओं में भूमि व संपत्ति हस्तगत करने वाला और प्रतिदिन उत्साह को बढ़ाने वाला होता है ॥ ८ ॥

शु० के० की प्राणदशा का फल—यदि जन्मपत्री में शुक्र की सूक्ष्मदशा में केतु की प्राणदशा हो तो जातक जीवन में आत्मीय यश का नाशक, धन-धान्य से क्षीण और त्याग व भोग रूपी धन से युक्त होता है ॥ ९ ॥

इस प्रकार शुक्र की पाँचों दशा का फल समाप्त हुआ ॥ १-९ ॥

अथ वृद्धयवनोक्तं लग्ने द्विग्रहादियोगफलम्—

अब आगे वृद्धयवनोक्त लग्न में २, ३, ४, ५, ६, ७ ग्रहों की युति के फल को बताते हैं।

प्रथम आगे अब लग्नस्थ दो ग्रहों की युति के फल को बताते हे।

लग्न में सूर्य चन्द्र युति का फल—

सू० चं० चन्द्रान्वितस्तीक्ष्णकरो विलग्ने नरं प्रसूते सुतमानहीनम्।
श्रिया विहीनं पितृमातृदुःखं संतप्तचित्तं परिभूतमन्यैः ॥ १ ॥

यदि जन्मपत्री में लग्न में सूर्य चन्द्रमा का योग हो तो जातक पुत्र व सम्मान से वर्जित, धन से हीन, पिता, माता से दुःखी, क्षोभित चित्त वाला और अन्य या शत्रु से पीड़ित होता है ॥ १ ॥

सूर्य भौम युति का फल--

सू० मं० लग्ने दिनेशः कुजसंप्रयुक्तो रक्ताग्निपित्तोद्भवदोषयुक्तम् ।
नरं पितुर्दुःखयुतं नृशंसं सदाध्वगं क्रूरमतिं करोति ॥ २ ॥

यदि जन्मपत्री में लग्न में सूर्य मङ्गल का योग हो तो जातक खून, अग्नि व पित्त से उत्पन्न दोष से युक्त, पिता के दुःख से युत, निन्दनीय, सदा घूमने वाला और कठोर बुद्धि का होता है ॥ २ ॥

सूर्य बुध युति का फल--

सू० बु० दिनादिनाथः शशिजेन युक्तो लग्ने नरं यानसुखैर्विहीनम् ।
प्रेष्यं खलं पापरतं विशीलं विवर्जितं सौहृदबन्धुवर्गैः ॥ ३ ॥

यदि जन्मपत्री में लग्न में सूर्य बुध का योग हो तो जातक सवारी के सुख से हीन, भृत्य, दुष्ट, पाप में अनुरक्त, शीलता से रहित, मित्र और बान्धवों से हीन होता है ॥ ३ ॥

सूर्य गुरु युति का फल--

सू० गु० जीवेन युक्तो दिनपः प्रसूते मन्दं नरं प्रेष्यतमं सरोषम् ।
कृष्णं कुमूर्तिं जटिलं कृतघ्नं मलिम्लुचं द्वेषयुतं सदैव ॥ ४ ॥

यदि जन्मपत्री में लग्न में सूर्य गुरु का योग हो तो जातक अल्प, प्रधान सेवक, क्रोधी, काला, दूषित शरीरधारी, जटिल, कृतघ्न, मलिन और सदा शत्रुता से युक्त होता है ॥ ४ ॥

सूर्य शुक्र युति का फल--

सू० शु० शुक्रान्वितो वासरपो विलग्ने नरं प्रसूते बहुवक्तृदोषम् ।
स्वल्पात्मजं तीव्ररतं सरौद्रं परोपतापं सततं विरक्तम् ॥ ५ ॥

यदि जन्मपत्री में लग्न में सूर्य शुक्र का योग हो तो जातक वाणी से अधिक दोषी, अल्प पुत्र वाला, तीखे पन में आसक्त, भयानक, संतापी और सदा विरक्त होता है ॥ ५ ॥

सूर्य शनि युति का फल--

सू० श० मन्दान्वितस्तीक्ष्णकरो विलग्ने करोति मर्त्यं जटिलं सकृष्णम् ।
काचानुरक्तं परुषस्वभावं त्यक्तं स्ववर्गेण गुणैर्विहीनम् ॥ ६ ॥

यदि जन्मपत्री में लग्न में सूर्य शनि का योग हो तो जातक जटिल, काला, काम में आसक्त, कठोर प्रकृति का, अपने वर्ग से त्यक्त और गुणहीन होता है ॥ ६ ॥

चन्द्र भौम युति का फल—

चं० मं० भौमान्वितः शीतकरो विलग्ने दुष्टस्वभावं जनयेन्मनुष्यम् ।
धनेन हीनं विषयप्रसेकं विवादशीलञ्च गुणैर्वियुक्तम् ॥ ७ ॥

यदि जन्मपत्री में लग्न में चन्द्रमा भौम का योग हो तो जातक दूषित प्रकृति का, धन से रहित, विषयी, विवादी और गुण हीन होता है ॥ ७ ॥

चन्द्र बुध युति का फल—

चं० बु० सद्वाग्विलासो धनवान् सुरूपः कृपार्त्तचेतः पुरुषो विनीतः ।
कान्तापरप्रीतिरतीव वक्ता चन्द्रे सचान्द्रौ बहुधर्मकृत् स्यात् ॥ ८ ॥

यदि जन्मपत्री में लग्न में चन्द्रमा बुध का योग हो तो जातक शुभ वाणी से युक्त, धनी, स्वरूपवान्, कृपालु, द्रवित चित्तवाला, विनयी, स्त्री में अधिक आसक्त, बड़ा वक्ता और अधिक धर्म करने वाला होता है ॥ ८ ॥

चन्द्र गुरु युति का फल—

चं० गु० जीवान्वितः शीतकरो विलग्ने नरं प्रसूते सुकुमाररूपम् ।
प्राणाधिकं कीर्तियुतं सुनेत्रं सुमूर्धजं तन्तुषु संभवञ्च ॥ ९ ॥

यदि जन्मपत्री में लग्न में चन्द्रमा गुरु का योग हो तो जातक सुन्दर मृदुल स्वरूपवान्, अधिक साहसी, कीर्तिमान्, सुन्दर आँख वाला व अच्छे केशों से तन्तु का संभवी होता है ॥ ९ ॥

चन्द्र शुक्र युति का फल—

चं० शु० शुक्रान्वितो शीतकरो विलग्ने नरं प्रसूते विषयानुरक्तम् ।
सुचारुवक्त्रं विभवैः समेतं सुधर्मरक्तं नृपवल्लभञ्च ॥१०॥

यदि जन्मपत्री में लग्न में चन्द्रमा शुक्र का योग हो तो जातक विषयों में आसक्त, शुभ मनोहर मुख वाला, ऐश्वर्यवान्, अच्छे धर्म में तत्पर और राजा का प्रिय पात्र होता है ॥ १० ॥

चन्द्रमा शनि युति का फल—

चं० श० सौरान्वितो शीतकरो विलग्ने करोति मर्त्यं कुधनं विषज्ञम् ।
क्षुद्रस्वभावं परवित्तलुब्धं महाविभाजं विजितं खलैश्च ॥११॥

यदि जन्मपत्री में लग्न में चन्द्रमा शनि का योग हो तो जातक दूषित धनी, जहर का जानकार, क्षुद्र प्रकृति का, दूसरे के धन का लोभी, बड़ा विभाजन करने वाला और दुष्टों से पराजित होता है ॥ ११ ॥

भौम बुध युति का फल—

मं० बु० भौमान्वितः सोमसुतो विलग्ने करोति मर्त्यं परवञ्चनीचम् ।
विवादशीलं विकृतानुकारं सदा प्रवासाभिरतं नृशंसम् ॥१२॥

यदि जन्मपत्री में लग्न में भौम बुध का योग हो तो जातक दूसरों को ठगने वाला, दुष्ट, विवादी, विकारी, प्रवासी और निन्दनीय होता है ॥ १२ ॥

भौम गुरु युति का फल—

मं० गु० भौमान्वितो देवगुरुर्विलग्ने नरं प्रसूते कठिनस्वभावम् ।
स्वल्पात्मकं शं सुकरं जनानां कुकर्मरक्तं प्रियसाहसञ्च ॥१३॥

यदि जन्मपत्री में लग्न में भौम गुरु का योग हो तो जातक कठोर प्रकृति का अल्प आत्मा वाला, कल्याणी, मनुष्यों का शुभ चिन्तक, दूषित कामों में आसक्त और पराक्रम प्रिय होता है ।। १३ ।।

भौम शुक्र युति का फल—

मं० शु० कुजेन युक्तो भृगुजो विलग्ने नरं प्रसूते कफपीडिताङ्गम् ।
वृथाश्रमं वञ्चनकं कृतघ्नं प्रसूतवीरं विजयेन हीनम् ।।१४।।

यदि जन्मपत्री में लग्न में मङ्गल शुक्र का योग हो तो जातक कफ से पीड़ित शरीरधारी, निरर्थक श्रमी, कृतघ्न, प्रसव में शूर और विजय से हीन होता है ।। १४ ।।

भौम शनि युति का फल—

मं० श० कुजेन युक्तो रविजो विलग्ने करोति पापे निरतं मनुष्यम् ।
जनातिगं निष्ठुरवाक्यरक्तं प्रभूतकोपं कुजनानुरक्तम् ।।१५।।

यदि जन्मपत्री में लग्न में मङ्गल शनि का योग हो तो जातक पाप में आसक्त, अधिक चलने वाला, कठोर वाणी का, बड़ा क्रोधी और दूषित मनुष्यों में प्रीति रखने वाला होता है ।। १५ ।।

बुध गुरु युति का फल—

बु० गु० सौम्यान्वितो देवगुरुर्विलग्ने नरं प्रसूते विनतं सुरूपम् ।
सौभाग्ययुक्तं विनयप्रधानं प्रभासमेतं सुधनं मनोज्ञम् ।।१६।।

यदि जन्मपत्री में लग्न में बुध गुरु का योग हो तो जातक विनयी, स्वरूपवान्, भाग्यशाली, नम्रता में श्रेष्ठ, तेजस्वी, अच्छा धनवान् और मनोहर होता है ।। १६ ।।

बुध शुक्र युति का फल—

बु० शु० सौम्येन युक्तो भृगुजो विलग्ने नरं प्रसूते नृपकार्यदक्षम् ।
नृपेन्द्रपूज्यं बहुशास्त्ररक्तं धनान्वितं सत्यसमन्वितञ्च ।।१७।।

यदि जन्मपत्री में लग्न में बुध शुक्र का योग हो तो जातक राजकीय कामों में चतुर, राजा से सम्मानित, अधिक शास्त्रों में अनुरक्त, धन से युक्त और सत्य प्रिय होता है ।। १७ ।।

बुध शनि युति का फल—

बु० श० सौम्यान्वितो सूर्यसुतो विलग्ने नरं प्रसूते नृपकार्यदक्षम् ।
द्रोहानुरक्तं कुकलत्रनिष्ठं विहीनवित्तं जनताविरुद्धम् ।।१८।।

यदि जन्मपत्री मे लग्न में बुध शनि का योग हो तो जातक राजकीय कार्यों में निपुण, विद्रोही, दूषित स्त्री में आसक्त, धन से रहित और समुदाय से विरुद्ध होता है ।। १८ ।।

गुरु शुक्र युति का फल—

गु० शु० जीवान्वितो लग्नगतस्तु शुक्रः करोति मर्त्यं नृपतेरभीष्टम् ।
बह्वर्थरक्तं सुतरां नयज्ञं महाधनं शास्त्रविशारदञ्च ।।१९।।

यदि जन्मपत्री में लग्न में गुरु शुक्र का योग हो तो जातक राजा का इष्ट, (प्रिय) अधिक धन में आसक्त, निरन्तर नीति का जानकार, बड़ा धनी और शास्त्र में चतुर होता है ॥ १९ ॥

गुरु शनि युति का फल—

गु० श० जीवान्वितो सूर्यसुतो विलग्ने नरं प्रसूते विकृतघ्नताढ्यम् ।
मायाविहीनं कृपया विहीनं नानापदं सत्यबहिष्कृतञ्च ॥२०॥

यदि जन्मपत्री में लग्न में गुरु शनि का योग हो तो जातक विशेष कृतघ्नता से युत, अमायावी, दया से हीन, अनेक विपत्तियों से व्याप्त और सत्यता से बहिर्मुख होता है ॥ २० ॥

शुक्र शनि युति का फल—

शु० श० शुक्रान्वितः सूर्यसुतो विलग्ने नरं प्रसूते गतबुद्धिसत्त्वम् ।
सदा कृतघ्नं परदाररक्तं सक्तं सदा बन्धुजने न रक्तम् ॥२१॥
इति द्विग्रहयोगाः ।

यदि जन्मपत्री में लग्न में शुक्र शनि का योग हो तो जातक बलबुद्धि से हीन, सदा कृतघ्न, दूसरे की स्त्री में आसक्त और सदा बान्धवों में अनासक्त होता है ॥ २१ ॥

इस प्रकार लग्न में दो ग्रहों के योग का फल समाप्त हुआ ॥ १-२१ ॥

अथ त्रिग्रहयोगाः

अब आगे लग्नस्थ तीन ग्रहों के योग के फल को बताते हैं ।

सूर्य चन्द्रमा भौम युति का फल—

सू० चं० मं० सूर्येन्दुभौमा यदि लग्नसंस्था नरं प्रकुर्वन्ति सतामभीष्टम् ।
हीनाङ्गतायुक्तमसत्यरक्तं क्रूरं नृशंसं मतिवर्जितञ्च ॥ १ ॥

यदि कुण्डली में लग्न में सूर्य चन्द्रमा भौम का योग हो तो जातक सज्जनों का प्रिय, अङ्गहीन, झूठ बोलने वाला, क्रूर, निन्दनीय और बुद्धि से रहित होता है ॥ १ ॥

सूर्य चन्द्रमा गुरु युति का फल—

सू० चं० गु० रवीन्दुजीवा यदि लग्नसंस्था नरं प्रकुर्वन्ति शुभार्थयुक्तम् ।
गुणानुरक्तं मतिवित्तयुक्तं महाप्रभावं सुखिनं सदैव ॥ २ ॥

यदि कुण्डली में लग्न में सूर्य, चन्द्रमा, गुरु का योग हो तो जातक शुभ धन से युक्त, गुणों में आसक्त, बुद्धि से शून्य, बड़ा प्रभावशाली और सदा ही सुखी होता है ॥ २ ॥

सूर्य चन्द्रमा शुक्र युति का फल—

सू० चं० शु० रवीन्दुशुक्रा यदि लग्नसंस्था नरं प्रकुर्वन्ति शुभार्थयुक्तम् ।
सुकीर्तिमानोन्नति ऋद्धिभाजं जनप्रधानं नयसंमतञ्च ॥ ३ ॥

यदि कुण्डली में लग्न में सूर्य, चन्द्रमा, शुक्र का योग हो तो जातक शुभ धन से

युक्त, सुन्दर कीर्तिवाला, उन्नतिशील, वृद्धिकर्ता, मनुष्यों में प्रधान और न्याय से युक्त होता है ॥ ३ ॥

सूर्य चन्द्रमा शनि युति का फल—

सू० चं० श० रवीन्दुसौरा यदि लग्नसंस्था नरं प्रकुर्वन्ति करालगात्रम् ।
स्वल्पायुषं रोगविवर्द्धिताङ्गं पापं खलं बन्धुजनप्रयुक्तम् ॥ ४ ॥

यदि कुण्डली में लग्न में सूर्य चन्द्रमा शनि का योग हो तो जातक कठोर शरीरधारी, अल्पायु, अधिक रोगी, पापी, दुष्ट और बान्धवों से युक्त होता है ॥ ४ ॥

सूर्य मङ्गल बुध युति का फल—

सू० मं० बु० सूर्यारसौम्या यदि लग्नसंस्था नरं प्रकुर्वन्ति बहुश्रमाढ्यम् ।
सदातुरं द्वेषकरं कृतघ्नं कफानिलाभ्यां परिपीडिताङ्गम् ॥ ५ ॥

यदि कुण्डली में लग्न में सूर्य, भौम, बुध का योग हो तो जातक बहुत परिश्रमी, सदा आतुर, द्रोही, कृतघ्न, कफ और वायु से पीड़ित शरीरधारी होता है ॥ ५ ॥

सूर्य भौम गुरु युति का फल—

सू० मं० गु० सूर्यारजीवा यदि लग्नगाः स्युर्नरं सदा गर्वयुतं प्रकुर्युः ।
प्रभूतमानं हि तथा हयाढ्यं रक्तं परेषां व्यसनाभ्युपायैः ॥ ६ ॥

यदि कुण्डली में लग्न में सूर्य, भौम, गुरु का योग हो तो जातक सदा गर्वीला, अधिक सम्मानित, घोड़ाओं से युक्त और व्यसनों के कारण दूसरों में आसक्त होता है ॥ ६ ॥

सूर्य भौम शुक्र युति का फल—

सू० मं० शु० सूर्यारशुक्रा यदि मूर्तिसंस्था नरं प्रकुर्वन्ति नरप्रधानम् ।
सुनीतिरक्तं विजितारिसङ्घं गुणाधिकं बान्धवसम्मतञ्च ॥ ७ ॥

यदि कुण्डली में लग्न में सूर्य भौम शुक्र का योग हो तो जातक मनुष्यों में प्रधान, अच्छे न्याय में आसक्त, शत्रु समुदाय को जीतने वाला, अधिक गुणी और बान्धवों से सम्मत होता है ॥ ७ ॥

सूर्य भौम शनि युति का फल—

सू० मं० श० सूर्यारसौरा यदि लग्नसंस्था नरं प्रकुर्वन्ति हितार्थदारम् ।
गतायुषं रोगसुदुःखिताङ्गं विहीनसत्यं मतिवर्जितञ्च ॥ ८ ॥

यदि कुण्डली में लग्न में सूर्य भौम शनि का योग हो तो जातक कल्याण करने वाली धनी स्त्री से युक्त, आयु रहित, रोग से पीड़ित देहवाला, सचाई और बुद्धि से शून्य होता है ॥ ८ ॥

सूर्य बुध गुरु युति का फल—

सू० बु० गु० सूर्यज्ञजीवा यदि लग्नसंस्था नरं प्रकुर्वन्ति विदग्धभावम् ।
स्वकर्मकर्माभ्युदयप्रसक्तं प्रभूतमित्रं रणकोविदञ्च ॥ ९ ॥

यदि कुण्डली में लग्न में सूर्य बुध गुरु का योग हो तो जातक चातुर्य भावना वाला, अपने कार्य से उदयी अर्थात् उन्नति करने वाला, अधिक मित्र वाला और लड़ाई में चतुर होता है ॥ ९ ॥

सूर्य बुध, शुक्र युति का फल—

सू० बु० शु० सूर्यज्ञशुक्रा यदि मूर्तिगाःस्युर्नरं प्रकुर्वन्ति विनीतवेषम्।
शूरं प्रभूतं च नरं द्विजानां नित्यं महाभोगसुखेन जुष्टम् ॥१०॥

यदि कुण्डली में सूर्य बुध शुक्र का योग हो तो जातक विनय युक्त वेष वाला, बड़ा वीर और प्रतिदिन ब्राह्मणों के अधिक भोग सुख से युक्त होता है ॥ १० ॥

सूर्य बुध शनि युति का फल—

सू० बु० श० सूर्यज्ञसौरा यदि लग्नसंस्था नरं प्रकुर्वन्ति दरिद्रताढ्यम्।
व्याध्यर्दितं शीलनयेन हीनं त्यक्तं सुवर्गेण तथा परेण ॥११॥

यदि कुण्डली में लग्न में सूर्य बुध शनि का योग हो तो जातक दरिद्री, रोग से पीड़ित, शील और न्याय से हीन तथा दूसरे के सुवर्ण से रहित होता है ॥ ११ ॥

सूर्य गुरु शुक्र युति का फल—

सू० गु० शु० सूर्यामरेज्यास्फुजितो विलग्ने नरं प्रकुर्वन्ति नरप्रधानम्।
नानासुतप्राप्तिषु पुष्टचित्तं हतारिदोषं क्षतसर्वदोषम् ॥१२॥

यदि कुण्डली में लग्न में सूर्य गुरु शुक्र का योग हो तो जातक मनुष्यों में नेता, अनेक पुत्र प्राप्ति में पुष्ट चित्तवाला, शत्रु दोष का विनाशी और समस्त दोषों से क्षीण होता है ॥ १२ ॥

सूर्य गुरु शनि युति का फल—

सू० गु० श० सूर्यामरेज्यार्कसुता विलग्ने कुर्वन्ति मर्त्यं बहुशत्रुपक्षम्।
असद्व्ययं निष्ठुरमिष्टपापं हीनाङ्गमोजो रहितं सदैव ॥१३॥

यदि कुण्डली मे लग्न में सूर्य गुरु शनि का योग हो तो जातक अधिक शत्रुवाला, दुष्कर्म में खर्च करने वाला, निठुर, पापात्मा, हीन देह वाला और तेज से सदा ही रहित होता है ॥ १३ ॥

सूर्य शुक्र शनि युति का फल—

सू० शु० श० दिनेशशुक्रार्कसुता विलग्ने कुर्वन्ति मर्त्यं वसुदीनवृत्तिम्।
सदा दरिद्रं व्यसनाभिभूतं देशान्तरप्राप्तरतिं हुताशम् ॥१४॥

यदि कुण्डली में लग्न में सूर्य शुक्र शनि का योग हो तो जातक धन के लिये दीन आजीविका वाला, सदा दरिद्री, व्यसनों से पीड़ित और देशान्तर की प्राप्ति में आसक्त होता है ॥ १४ ॥

चन्द्रमा भौम बुध युति का फल—

चं० मं० बु० चन्द्रारसौम्या यदि लग्नसंस्था नरं प्रकुर्वन्ति सुधामभाजम्।
प्रभूतकोशं सुनयप्रधानं निरस्तशत्रुं विविधागमज्ञ ॥१५॥

यदि कुण्डली में लग्न में चन्द्रमा भौम बुध का योग हो तो जातक अच्छे तीर्थों का पात्र, अधिक धनी, नीति में प्रधान, शत्रु से रहित और अनेक आगम वाला होता है ॥ १५ ॥

चन्द्रमा भौम गुरु युति का फल—

चं० मं० गु० चन्द्रारजीवा यदि लग्नसंस्था नरं प्रकुर्वन्ति सुखार्थयुक्तम् ।
मानाधिकं कृत्यपरं गुणज्ञं महानुभावं बहुसौहृदञ्च ॥१६॥

यदि कुण्डली में लग्न में चन्द्रमा भौम गुरु का योग हो तो जातक सुखी, धनी, अधिक अभिमानी, परम कृत्य करने वाला, बड़ा गुणी, बड़ा अनुभावी और अधिक मित्र वाला होता है ॥ १६ ॥

चन्द्रमा भौम शुक्र युति का फल—

चं० मं० शु० चन्द्रारशुक्रा यदि लग्नसंस्था कुर्वन्ति मर्त्यं बहुदुःखभाजम् ।
विनीतकं बन्धतमं महाज्ञं प्रज्ञाधिकं कान्तिसमन्वितञ्च ॥१७॥

यदि कुण्डली में लग्न में चन्द्रमा, भौम, शुक्र का योग हो तो जातक बड़ा दुःखी, विनयी, परमबन्धन में पड़ने वाला, बड़ा जानकार, अधिक बुद्धिमान् और कान्तिमान् अर्थात् तेजस्वी होता है ॥ १७ ॥

चन्द्रमा भौम शनि युति का फल—

चं० मं० श० चन्द्रारसौरा यदि लग्नसंस्था नरं प्रकुर्वन्ति सदा विनीतम् ।
प्रियातिथिं धर्मरतिं प्रधानं प्रभूतविज्ञं प्रथितप्रलाभम् ॥१८॥

यदि कुण्डली में लग्न में चन्द्रमा भौम शनि का योग हो तो जातक सदा विनयी, अतिथि प्रेमी, धर्म में आसक्त, मुखिया, अधिक विद्वान् और प्रसिद्ध विशेष लाभ करने वाला होता है ॥ १८ ॥

चन्द्रमा बुध शुक्र युति का फल—

चं० बु० शु० चन्द्रज्ञशुक्रा यदि लग्नसंस्था नरं प्रकुर्वन्ति नरेन्द्रनाथम् ।
सुरूपगात्रं धृतिसत्ययुक्तं महाप्रभावं हृषितं सदैव ॥१९॥

यदि कुण्डली में लग्न में चन्द्रमा बुध शुक्र का योग हो तो जातक राजाओं का स्वामी, सुन्दर शरीरधारी, धैर्यवान्, सच बोलने वाला, बड़ा प्रभावी और सदा ही प्रसन्न होता है ॥ १९ ॥

चन्द्रमा बुध शनि युति का फल—

चं० बु० श० चन्द्रज्ञसौरा यदि लग्नसंस्था नरं प्रकुर्वन्ति महाप्रभावम् ।
विशिष्टरक्तं प्रियसाधुलोकं कलाविहीनं निरतं नयज्ञम् ॥२०॥

यदि कुण्डली में लग्न में चन्द्रमा बुध शनि का योग हो तो जातक अधिक प्रभावशाली, विशेष अनुरागी, सज्जनों का प्रेमी, कला से रहित, भावुक और न्याय का जानकार होता है ॥ २० ॥

चन्द्रमा गुरु शुक्र युति का फल—

चं० गु० शु० चन्द्रामरेज्यासुरपूजिताङ्गा विलग्नसंस्था मनुजं नितान्तम् ।
कुर्वन्ति स्त्रीरत्नवरान्नभाजं सुखाधिकं कल्पतरं सुधर्मम् ॥२१॥

यदि कुण्डली में लग्न में चन्द्रमा गुरु शुक्र का योग हो तो जातक स्त्री, रत्न, श्रेष्ठ अन्न से युक्त, अधिक सुखी और कल्पतर व सुन्दर धर्म का आचरण करने वाला होता है ॥ २१ ॥

चन्द्र गुरु शनि युति का फल—

चं० गु० श० चन्द्रामरेज्यार्कसुता विलग्ने नरं प्रकुर्वन्ति तनुप्रभावम् ।
स्थिरं सुजिह्वं जनताविरुद्धं सदा विषज्ञं कुकृतेषु लोलम् ॥२२॥

यदि कुण्डली में लग्न में चन्द्र गुरु शनि का योग हो तो जातक प्रभावित देहधारी, स्थिर, आलसी, जनता के विपरीत, जहर का जानकार और दूषित कार्यों का लोभी होता है ॥ २२ ॥

चन्द्र शुक्र शनि युति का फल—

चं० शु० श० चन्द्रासुरेज्यार्कसुताहि लग्ने नरं प्रकुर्वन्ति सुतार्थभाजम् ।
व्रतानुरक्तं बहुकर्मचित्तं प्रभासमेतं सततं सुबुद्धिम् ॥२३॥

यदि कुण्डली में लग्न में चन्द्र शुक्र शनि हों तो जातक पुत्र व धन से युक्त, व्रत में आसक्त, अधिक कार्य में मन वाला, तेजस्वी और सदा अच्छी बुद्धि से युक्त होता है ॥ २३ ॥

भौम बुध गुरु युति का फल—

मं० बु० गु० भौमज्ञजीवा यदि लग्नसंस्था नरं प्रकुर्वन्ति सदा विनीतम् ।
विदेशलाभैर्विविधैः समेतं ख्यातं हितं भृत्यजनस्य नित्यम् ॥२४॥

यदि कुण्डली में लग्न में भौम बुध गुरु का योग हो तो जातक सदा विनयी, विदेशीय अनेक लाभों से युक्त, प्रसिद्ध और प्रतिदिन नौकरों का हितैषी होता है ॥ २४ ॥

भौम बुध शुक्र युति का फल -

मं० बु० शु० भौमज्ञशुक्रा यदि लग्नसंस्था नरं प्रकुर्वन्ति विशालनेत्रम् ।
विशालवक्त्रं सुसुमूर्धजाढ्यं प्रियं वदं सत्यरतं सुगम्यम् ॥२५॥

यदि कुण्डली में लग्न में भौम बुध शुक्र हों तो जातक विस्तृत आँख व मुख वाला, सुन्दर केशों से युक्त, मीठा बोलने वाला, सत्य में आसक्त और सुन्दर चलने वाला होता है ॥ २५ ॥

भौम बुध शनि युति का फल—

मं० बु० श० भौमज्ञसौरा यदि लग्नसंस्था नरं प्रकुर्वन्ति नयेन हीनम् ।
कुधर्मरक्तं कुकलत्रभाजं स्वल्पात्मजं जन्तुविलोपकञ्च ॥२६॥

यदि कुण्डली में लग्न में भौम बुध शनि का योग हो तो जातक न्याय से हीन, दूषित धर्म में आसक्त, दूषित स्त्री वाला, अल्प पुत्र वाला व जीवों का लोप करने वाला होता है ॥ २६ ॥

भौम गुरु शुक्र युति का फल--

मं० गु० शु० भौमामरेज्यासुरपूज्यदेहा: कुर्वन्ति लग्ने सुजनस्वभावम् ।
नरं सुधर्मार्थसुतैः समेतं भक्तं द्विजानामथ देवतानाम् ॥२७॥

यदि कुण्डली में लग्न में भौम गुरु शुक्र हों तो जातक अच्छी प्रकृति का, सुन्दर धर्म, धन व पुत्र से युक्त, देवता और ब्राह्मणों का भक्त होता है ॥ २७ ॥

भौम गुरु शनि युति का फल--

मं० गु० श० भौमासुरेज्यार्कसुता विलग्ने नरं प्रकुर्वन्ति कफप्रधानम् ।
सुजिह्मभाजं वनिताजितं च क्षमं क्षुधार्तं बहुपैशुनञ्च ॥२८॥

यदि कुण्डली में भौम गुरु शनि का योग हो तो जातक कफ प्रधान प्रकृति का, कुटिल, स्त्री से अपराजित, क्षमावान्, भूख से पीड़ित और अधिक चुगलखोर होता है ॥ २८ ॥

भौम शुक्र शनि युति का फल--

मं० शु० श० भौमासुरेज्यार्कसुता विलग्ने नरं प्रकुर्वन्ति सुचित्तदेहम् ।
तीव्रस्वभावं नियमैर्विहीनं स्वपक्षविद्वेषकरं प्रमार्तम् ॥२९॥

यदि कुण्डली में लग्न में भौम शुक्र शनि का योग हो तो जातक सुन्दर चित्त व शरीर वाला, तीखी प्रकृति का, नियमों से रहित, अपने आदमियों का विरोधी और यथार्थ ज्ञान से पीड़ित होता है ॥ २९ ॥

बुध गुरु शुक्र युति का फल--

बु० गु० शु० ज्ञजीवशुक्रा यदि लग्नसंस्था नरं प्रकुर्वन्ति धनप्रधानम् ।
स्वरूपदेहं वनितास्वभीष्टं प्रभूतमित्रं प्रचुरप्रतापम् ॥३०॥

यदि कुण्डली में लग्न में बुध गुरु शुक्र का योग हो तो जातक प्रधान धनी, सुन्दर शरीरधारी, स्त्रियों का प्रिय, अधिक मित्र वाला और बड़ा प्रतापी होता है ॥ ३० ॥

बुध गुरु शनि युति का फल--

बु० गु० श० ज्ञजीवसौरा यदि लग्नसंस्था नरं प्रकुर्वन्ति कफार्तदेहम् ।
प्रियामिषं कर्कशदन्तकेशं सुनिष्ठुरं त्रासकरं जनानाम् ॥३१॥

यदि कुण्डली में लग्न में बुध गुरु शनि का योग हो तो जातक कफ से पीड़ित देहवाला, मांस का प्रेमी, कठोर दाँत व केश वाला, निठुर और मनुष्यों को पीड़ित करने वाला होता है ॥ ३१ ॥

बुध शुक्र शनि युति का फल –

बु० शु० श० ज्ञशुक्रसौरा यदि लग्नसंस्था नरं प्रकुर्वन्ति सुपीनदेहम् ।
वाताधिकं कामरुजा समेतं हिंसारतं नित्यमनन्तवादम् ॥३२॥

यदि कुण्डली में लग्न में बुध शुक्र शनि का योग हो तो जातक मोटी देह वाला, अधिक वायु वाला, काम (विषय) का रोगी, हिंसा में तत्पर और प्रतिदिन असंख्य विवाद करने वाला होता है ॥ ३२ ॥

गुरु शुक्र शनि युति का फल--

गु० शु० श० जीवासुरेज्यार्कसुता विलग्ने नरं प्रकुर्वन्ति सुनैष्ठिकञ्च ।
अध्यात्मकं मोक्षगतिप्रवीणं विवर्जितं कोटिभयैः सदैव ॥३३॥

इति त्रिग्रहयोगाः ।

यदि कुण्डली में लग्न में गुरु शुक्र शनि का योग हो तो जातक सुन्दर निष्ठावान्, अध्यात्मवादी, मोक्ष गति में चतुर और करोड़ों भय से सदा ही रहित होता है ॥ ३३ ॥

इस प्रकार तीन ग्रहों की युति का फल समाप्त हुआ ॥ १ ३३ ।

[अथ चतुर्ग्रहयोगाः]

अब आगे लग्नस्थ चार ग्रहों की युति के फल को कहते हैं ।

सू० चं० मं० बु० युति का फल--

दिनेशचन्द्रारबुधा विलग्ने कुर्वन्ति मर्त्यं बहुरोगभाजम् ।
विशीलमत्यद्भुतपापरक्तं कृतघ्नमङ्गव्यथितं सदैव ॥ १ ॥

यदि कुण्डली में लग्न में सूर्य चन्द्र भौम बुध का योग हो तो जातक अधिक रोगों से युक्त, शीलता से रहित, अत्यन्त आश्चर्यजनक पाप में आसक्त, कृतघ्न और सदा ही शरीर से पीड़ित होता है ॥ १ ॥

सू० चं० मं० गु० युति का फल--

सूर्येन्दुभौमामरराजपूज्या नरं प्रकुर्वन्ति विकर्मयुक्तम् ।
सदातुरं पापमतिं कृतघ्नं विद्याविहीनं विकृतिं करालम् ॥ २ ॥

यदि कुण्डली में लग्न में सूर्य चन्द्रमा भौम गुरु का योग हो तो जातक विशेष कार्यकर्ता सदा रोगी, पाप बुद्धि, कृतघ्न, विद्या से हीन, विकारी और कठोर होता है ॥२॥

सू० चं० मं० शु० युति का फल--

सूयेन्दुभौमासुरपूजिताङ्गा नरं प्रकुर्वन्ति विलग्नसंस्थाः ।
वृथाटनं वञ्चनकं नृशंसं परापवादे निरतञ्च भीरुम् ॥ ३ ॥

यदि कुण्डली में लग्न में सूर्य चन्द्र भौम शुक्र का योग हो तो जातक फिजूल घूमने वाला, ठग, निन्दनीय, दूसरे की शिकायत करने में आसक्त और डरपोक होता है ॥ ३ ॥

सू० चं० मं० श० युति का फल--

सूर्येन्दुभौमार्कसुता विलग्ने नरं प्रकुर्वन्ति हतप्रधानम् ।
नयाधिकं पुण्यपरं कुरूपं त्यक्तं सुभृत्यैः परवञ्चकञ्च ॥ ४ ॥

यदि कुण्डली में लग्न में सूर्य चन्द्रमा भौम शनि का योग हो तो जातक प्रधानता से नष्ट, अधिक नीतिमान्, पुण्यात्मा, कुरूप, अच्छे नौकरों से परित्यक्त और दूसरे को ठगने वाला होता है ॥ ४ ॥

सू० चं० बु० गु० युति का फल—

सूर्येन्दुसौम्यामरराजपूज्या नरं प्रकुर्वन्ति विलग्नसंस्थाः ।
भयाधिकं वञ्चनकं सुभीरुं विरक्तबन्धुं परुषस्वभावम् ॥ ५ ॥

यदि कुण्डली में लग्न में सूर्य चन्द्रमा बुध गुरु का योग हो तो जातक अधिक डरने वाला, ठग, सुन्दर डरपोक, बान्धवों से विरक्त और कठिन स्वभाव का होता है ॥ ५ ॥

सू० चं० बु० शु० युति का फल—

सूर्येन्दुसौम्यासुरपूजिताङ्गा नरं प्रकुर्वन्ति कुगान्धिरक्तम् ।
दीनं जडं स्नेहविहीनमुग्रं विपक्षवर्गेण पराजितञ्च ॥ ६ ॥

यदि कुण्डली में लग्न में सूर्य चन्द्र बुध शुक्र का योग हो तो जातक दूषित गन्ध में आसक्त, दीन, मूर्ख, प्रेम से हीन, उग्र और शत्रुओं से पराजित होता है ॥ ६ ॥

सू० चं० बु० श० युति का फल—

सूर्येन्दुसौम्यार्कसुता विलग्ने नरं प्रकुर्वन्ति मतिप्रहीनम् ।
निशाधिकं तैमिरिकं च वा स्यात् कुदेशसेवानुरतं सुदैन्यम् ॥ ७ ॥

यदि कुण्डली में लग्न में सूर्य चन्द्र बुध शनि का योग हो तो जातक बुद्धि से हीन, रात्रि में अधिक या अन्धकार में उत्पन्न होने वाला, दूषित देश की सेवा में आसक्त और दीन होता है ॥ ७ ॥

सू० चं० गु० शु० युति का फल—

सूर्येन्दुजीवासुरपूजिताङ्गा नरं प्रकुर्वन्ति विहीनसत्यम् ।
स्वल्पात्मजं निष्ठुरवाक्यभाजं जितं विपक्षैः सततं सुदुःखम् ॥ ८ ॥

यदि कुण्डली में लग्न में सूर्य चन्द्र गुरु शुक्र का योग हो तो जातक सत्य से रहित, अल्प पुत्र वाला, कठोर वाणी का, शत्रुओं से पराजित और निरन्तर दुःखी होता है ॥ ८ ॥

सू० चं० गु० श० युति का फल—

सूर्येन्दुजीवार्कसुता विलग्ने नरं प्रकुर्वन्ति जडस्वभावम् ।
जितेन्द्रियं कर्म सभाजितार्थं नीचानुरागं ग्रहणैकदक्षम् ॥ ९ ॥

यदि कुण्डली में लग्न में सूर्य चन्द्रमा गुरु शनि का योग हो तो जातक मूर्ख प्रकृति, जितेन्द्रिय, कार्य से धनी, नीचों में आसक्त और ग्रहण में चतुर होता है ॥ ९ ॥

सू० चं० शु० श० युति का फल—

सूर्येन्दुशुक्रार्कसुता विलग्ने नरं प्रकुर्वन्ति कफानुरक्तम् ।
विरक्तपौरं सुतरां सुरक्तं विहीनकोशं कठिनस्वभावम् ॥ १० ॥

यदि कुण्डली में लग्न में सूर्य चन्द्रमा शुक्र शनि का योग हो तो जातक कफात्मा, नगर से विरक्त, सुन्दर कार्यों में सदा आसक्त, धनहीन और कठोर प्रकृति का होता है ॥ १० ॥

सू० मं० बु० गु० युति का फल--

सूर्यारसौम्यामरपूजिताङ्गा नरं प्रकुर्वन्ति बहुप्रतापम् ।
काकस्वरं निर्दयमल्पवित्तं सुविह्वलाङ्गं हि सदा विकारैः ॥ ११ ॥

यदि कुण्डली में लग्न में सूर्य भौम बुध गुरु का योग हो तो जातक बड़ा प्रतापी कौआ की आवाज वाला, निर्दयी, अल्प धनी और सदा ही विकारों से विकल शरीर वाला होता है ॥ ११ ॥

सू० मं० बु० श० युति का फल--

सूर्यारसौम्यार्कसुता विलग्ने कुर्वन्ति मर्त्यं विषयप्रधानम् ।
द्यूतप्रियं निर्दयमर्थदारं श्लेष्माधिकं कान्तिविवर्जितञ्च ॥ १२ ।

यदि कुण्डली में लग्न में सूर्य, भौम, बुध, शनि का योग हो तो जातक प्रधान कामी, जुआ का प्रेमी, निर्दयी, रुपये की स्त्री वाला, अधिक कफ वाला और तेज से हीन होता है ॥ १२ ॥

सू० मं० गु० शु० युति का फल--

सूर्यारजीवासुरपूजिताङ्गा नरं प्रकुर्वन्ति विलग्नसंस्थाः ।
रोगाभिभूतं व्यसनैः समेतं प्रभूतदुःखं धनवर्जितञ्च ॥ १३ ॥

यदि कुण्डली में लग्न में सूर्य भौम गुरु शुक्र का योग हो तो जातक रोगों से पीड़ित, व्यसनी, अधिक दु खी और धन से हीन होता है ॥ १३ ॥

सू० भौ० गु० श० युति का फल--

सूर्यारजीवार्कसुता विलग्ने नरं प्रकुर्वन्ति करालशब्दम् ।
असद्व्ययाढ्यं कठिनं कुचैलं विरक्तदारं सुतलं पटञ्च ॥ १४ ॥

यदि कुण्डली में लग्न में सूर्य भौम गुरु शनि का योग हो तो जातक कठोर वाणी का, दुष्कर्म में खर्च करने वाला, कठोर, दूषित वस्त्रधारी, विरक्त पत्नी वाला, सुन्दर तल और पट से युक्त होता है ॥ १४ ॥

सू० भौ० शु० श० युति का फल--

सूर्यारशुक्रार्कसुता विलग्ने नरं प्रकुर्वन्ति हतप्रभावम् ।
निशातमोजो रहितं विसंज्ञं सदाभिभूतं चपलस्वभावम् ॥ १५ ॥

यदि कुण्डली में लग्न में सूर्य भौम शुक्र शनि का योग हो ता जातक प्रभावहीन, अन्धकार व तेज से हीन, विशेष संज्ञा वाला, सदा पीड़ित और चपल प्रकृति का होता है ॥ १५ ॥

सू० बु० गु० शु० युति का फल--

सूर्यज्ञजीवासुरपूजिताङ्गाः विलग्नसंस्था विदधाति मर्त्यम् ।
कुरूपनेत्रं जडतासमेतं विषप्लुतं निर्दयमाकुलं च ॥ १६ ॥

यदि कुण्डली में लग्न में सूर्य बुध गुरु शुक्र का योग हो तो जातक दूषित नेत्र वाला, मूर्ख, जहरीला, निर्दयी और व्याकुल होता है ॥ १६ ॥

सू० बु० गु० श० युति का फल

सूर्यज्ञजीवार्कसुता विलग्ने नरं प्रकुर्वन्ति विपत् कुधर्मम् ।
असेव्यसेवानिरतं विशीलं त्रपाविहीनं नृपपीडितञ्च ॥ १७ ॥

यदि कुण्डली में लग्न में सूर्य, बुध गुरु शुक्र का योग हो तो जातक विपत्ति से युक्त, दूषित धर्म वाला, सेवा के अयोग्य जन की सेवा में आसक्त, शीलता व लज्जा से हीन और राजा से दु:खी होता है ॥ १७ ॥

सू० बु० शु० श० युति का फल--

सूर्यज्ञशुक्रार्कसुता विलग्ने नरं प्रकुर्वन्ति बहुप्रकोपम् ।
लोके विरुद्धं कुकलत्रभाजं दासं सदा बान्धववर्जितञ्च ॥ १८ ॥

यदि कुण्डली में लग्न में सूर्य बुध शुक्र शनि का योग हो तो जातक बड़ा क्रोधी, संसार के विपरीत, दूषित स्त्री वाला, नौकर और बन्धुओं से हीन होता है ॥ १८ ॥

सू० गु० शु० श० युति का फल--

सूर्यामरेज्यासुरपूज्यसौरा नरं प्रकुर्वन्ति खलस्वभावम् ।
सुदुष्टचित्तं प्रणयेन हीनं निषेवितं पापजनैः सदैव ॥ १९ ॥

यदि कुण्डली में लग्न में सूर्य गुरु शुक्र शनि का योग हो तो जातक दुष्ट प्रकृति, दुष्ट मन, विनय से हीन और सदा ही पापियों के सान्निध्य में रहने वाला होता है ॥ १९ ॥

चं० भौ० बु० गु० युति का फल--

चन्द्रारसौम्यामरपूजिताङ्गा नरं प्रकुर्वन्ति सुकृष्णगात्रम् ।
सुदीर्घकार्यं कलहानुरक्तं रक्तार्तिभाजं सततं कुचैलम् ॥ २० ॥

यदि कुण्डली में लग्न में चन्द्रमा भौम बुध गुरु का योग हो तो जातक काली देहवाला, लम्बा काम करने वाला, कलही, खून से जन्य रोग वाला और सदा ही दूषित वस्त्र धारण करने वाला होता है ॥ २० ॥

चं० भं० बु० शु० युति का फल--

चन्द्रारसौम्यासुरपूजिताङ्गा नरं प्रकुर्वन्ति सुतार्थहीनम् ।
नरं कुनेत्रं कुरदं कुकर्णं महाशनं प्रव्रजिनं खलञ्च ॥ २१ ॥

यदि कुण्डली में लग्न में चन्द्र भौम बुध शुक्र का योग हो तो जातक पुत्र व

धन से हीन, दूषित आँख कान व दाँत वाला, बड़ा भोजनी, घुमक्कड़ व दुष्ट होता है ॥ २१ ॥

चं० मं० बु० श० युति का फल—

चन्द्रारसौम्यार्कसुता विलग्ने नरं प्रकुर्वन्ति करालनेत्रम् ।
विरूपपादं कुकचं कुदन्तं शिरोर्तिभाजं जननीविहीनम् ॥ २२ ॥

यदि कुण्डली में लग्न में चन्द्र भौम बुध शनि का योग हो तो जातक क्रूर आँख वाला, कुरूप पैर वाला, दूषित केश व दाँत वाला, मस्तक का रोगी और माता से हीन होता है ॥ २२ ॥

चं० भौ० गु० शु० युति का फल—

चन्द्रारजीवासुरपूजिताङ्गा नरं प्रकुर्वन्ति विलग्नसंस्थाः ।
विरूपदेहं कुनखं कुपार्श्वं विरुद्धचेष्टं परपैशुनाढ्यम् ॥ २३ ॥

यदि कुण्डली में लग्न में चन्द्रमा भौम गुरु शुक्र का योग हो तो जातक कुरूप शरीरधारी, दूषित नख व पसुली वाला, विपरीत इच्छा वाला और दूसरे की चुगली (शिकायत) करने वाला होता है ॥ २३ ॥

चं० भौ० गु० श० युति का फल—

चन्द्रारजीवार्कसुता विलग्ने नरं प्रकुर्वन्ति परं प्रसिद्धम् ।
परोपकारे निरतं गतारिं सुतामभीष्टं गुरुवत्सलञ्च ॥ २४ ॥

यदि कुण्डली में लग्न में चन्द्र भौम गुरु शनि का योग हो तो जातक प्रसिद्ध, परोपकारी, शत्रुहीन, पुत्रियों का प्रिय और गुरु का कृपा पात्र होता है ॥ २४ ॥

मं० बु० गु० शु० युति का फल—

भौमज्ञजीवाभृगुजा विलग्ने नरं प्रकुर्वन्ति सुताश्वमुक्तम् ।
शास्त्रानुरक्तं हतपापलोकं सुकीर्तिभाजं गतकल्मषञ्च ॥ २५ ॥

यदि कुण्डली में लग्न में भौम बुध गुरु शुक्र का योग हो तो जातक पुत्र व घोड़े से मुक्त, शास्त्र में आसक्त, पाप से रहित, पापियों का नाशक और सुन्दर कीर्तिमान् होता है ॥ २५ ॥

मं० बु० गु० श० युति का फल—

भौमज्ञजीवार्कसुता विलग्ने नरं प्रकुर्वन्ति मतिप्रहीनम् ।
पित्तानिलाभ्यां परिपीडिताङ्गं गुरुप्रियं गर्वविवर्जितञ्च ॥ २६ ॥

यदि कुण्डली में लग्न में भौम बुध गुरु शनि का योग हो तो जातक बुद्धि से रहित, पित्त व वायु से पीड़ित देहधारी, गुरु का प्रेमी और निरभिमानी होता है ॥ २६ ॥

मं० बु० शु० श० युति का फल—

भौमज्ञशुक्रार्कसुता विलग्ने नरं प्रकुर्वन्ति सरौद्रभावम् ।
सुदीर्घगात्रं जटिलं विधर्मं दुश्चर्मिणं कण्डुभिरावृताङ्गम् ॥ २७ ॥

यदि कुण्डली में लग्न में भौम बुध शुक्र शनि का योग हो तो जातक भयानक स्वभाव का, लम्बा शरीर का, जटिल, धर्म से हीन, दूषित चमड़ी का और खुजली से व्याप्त शरीर वाला होता है ॥ २७ ॥

मं० गु० शु० श० युति का फल—

भौमामरेज्यभृगुजार्कपुत्राः कुर्वन्ति मर्त्यं हि विलग्नसंस्थाः ।
खल्वाटमोजो रहितं प्रविद्यं कुर्वन्ति कृष्णं शुभवर्जितञ्च ॥ २८ ॥

यदि कुण्डली में लग्न में भौम गुरु शुक्र शनि का योग हो तो जातक गञ्जा, तेजहीन, विशेष विद्या वाला, काला और शुभ से रहित होता है ॥ २८ ॥

बु० गु० शु० श० युति का फल—

सौम्यामरेज्याभृगुजार्कपुत्रा नरं प्रकुर्वन्ति विलग्नसंस्था !
बहुप्रतापं सुनखं सुदीर्घं शान्तं सुबाहुं शुभवर्णभाजम् ॥ २९ ॥

इत्येवं चतुर्विकल्पाः ।

यदि कुण्डली में लग्न में बुध गुरु शुक्र शनि का योग हो तो जातक बड़ा प्रतापी, सुन्दर नाखून वाला, लम्बे कद का, शान्त, सुन्दर हाथ वाला और सुन्दर शब्द बोलने वाला होता है ॥ २९ ॥

इस प्रकार लग्न में चार ग्रहों की युति का फल समाप्त हुआ ॥ १–२९ ॥

[अथ पञ्चविकल्पाः]

अब आगे पाँच ग्रहों की युति के फल को बताते हैं ।

सू० चं० मं० बु० गु० युति का फल

रवीन्दुभौमज्ञसुरेन्द्रपूज्या विलग्नसंस्थाः जनयन्ति मर्त्यम् ।
प्रभूतकोशं बहुशास्त्ररक्तं सतामभीष्टं सुतवल्लभञ्च ॥ १ ॥

यदि कुण्डली में लग्न में सूर्य चन्द्रमा भौम बुध गुरु का योग हो तो जातक बड़ा धनी, अधिक शास्त्रों में आसक्त, सज्जनों का अभीष्ट और पुत्र का प्रिय होता है ॥ १ ॥

सू० चं० मं० बु० शु० युति का फल—

रवीन्दुभौमज्ञसिता विलग्ने नरं प्रकुर्वन्ति गुणप्रधानम् ।
सुरूपगात्रं हितसर्वलोकं दयाधिकं धर्मसमन्वितञ्च ॥ २ ॥

यदि कुण्डली में लग्न में सूर्य चन्द्रमा भौम बुध शुक्र का योग हो तो जातक प्रधान गुणी, स्वरूपवान्, समस्त संसार का शुभ चिंतक, बड़ा दयालु और धर्म से युक्त होता है ॥ २ ॥

सू० चं० मं० बु० श० युति का फल--

रवीन्दुभौमज्ञदिनेशपुत्रा नरं प्रकुर्वन्ति दृढप्रहारम्।
दयाविहीनं परिपुष्टकायं विज्ञानहीनं मतिवर्जितञ्च ॥ ३ ॥

यदि कुण्डली में लग्न में सूर्य चन्द्रमा भौम बुध शनि का योग हो तो जातक स्थिर प्रहारी, निर्दयी, परिपुष्ट शरीरधारी, विज्ञान से हीन और बुद्धिहीन होता है ॥ ३ ॥

सू० चं० मं० गु० शु० युति का फल--

रवीन्दुभौमामरपूज्यशुक्रा नरं प्रकुर्वन्ति विलग्नसंस्थाः।
स्थिरस्वभावं विदितप्रभावं शूरं कविं कीर्तिकरं निरीहम् ॥ ४ ॥

यदि कुण्डली में लग्न में सूर्य चन्द्रमा भौम गुरु शुक्र का योग हो तो जातक स्थिर प्रकृति का, प्रसिद्ध प्रभावी, वीर, कवि, कीर्तिमान् और निरीह होता है ॥ ४ ॥

सू० चं० मं० गु० श० युति का फल--

रवीन्दुभौमामरपूज्यसौरा नरं प्रकुर्वन्ति तरां क्षतार्तम्।
महाशनं नीतिविवर्जिताङ्गं प्रभासुरं कामसमन्वितञ्च ॥ ५ ॥

यदि कुण्डली में लग्न में सूर्य चन्द्रमा भौम गुरु शनि का योग हो तो जातक अधिक भग्नता से दुःखी, बड़ा भोजनी, न्याय से रहित, तेजस्वी और विषयी होता है ॥ ५ ॥

सू० चं० मं० शु० श० युति का फल--

रवीन्दुभौमासुरपूज्यसौरा नरं प्रकुर्वन्ति परस्वलुब्धम्।
सुदीर्घलिङ्गं बहुनाडिगात्रं दुर्गन्धिगात्रं सुतरां नृशंसम् ॥ ६ ॥

यदि कुण्डली में लग्न में सूर्य चन्द्रमा भौम शुक्र शनि का योग हो तो जातक दूसरे के धन का लोभी, लम्बे लिङ्ग वाला, अधिक नसों से युक्त शरीर वाला, दुर्गन्धदेही और सदा ही निन्दनीय होता है ॥ ६ ॥

सू० चं० बु० गु० शु० युति का फल--

रवीन्दुसौम्यामरपूज्यशुक्रा नरं प्रकुर्वन्ति विलग्नसंस्थाः।
सुतार्थविद्याधनबन्धुयुक्तं सदन्तनासाक्षिरदं मनुष्यम् ॥ ७ ॥

यदि कुण्डली में लग्न में सूर्य चन्द्रमा बुध गुरु शुक्र का योग हो तो जातक पुत्र धन, विद्या व बान्धवों से युक्त, और नुकीले नाक, आँख व दातों से युत होता है ॥७॥

सू० चं० बु० गु० श० युति का फल--

रवीन्दुसौम्यामरपूज्यशुक्रा नरं प्रकुर्वन्ति सुपीडदेहम्।
आमाधिकं पित्तकफप्रधानं पित्ताधिकं काननगं सदैव ॥ ८ ॥

यदि कुण्डली में लग्न में सूर्य चन्द्र बुध गुरु शनि का योग हो तो जातक पीडित्त देहधारी, अधिक आँव वाला, पित्त व कफ की प्रधानता से युक्त, सदा ही वन में घूमने वाला होता है ॥ ८ ॥

सू० चं० बु० शु० श० युति का फल--

रवीन्दुसौम्यासुरपूज्यसौरा नरं प्रकुर्वन्ति विलग्नसंस्थाः ।
वाणिज्यशिल्पागमदानसक्तं नरं नितान्तं विभवैः समेतम् ॥ ९ ॥

यदि कुण्डली में लग्न में सूर्य चन्द्र बुध शुक्र शनि का योग हो तो जातक व्यापार कारीगरी, आगमन व दान में आसक्त और अधिक ऐश्वर्य से युक्त होता है ॥ ९ ॥

सू० चं० गु० शु० श० युति का फल –

रवीन्दुजीवासुरपूज्यसौरा नरं प्रकुर्वति विलग्नसंस्थाः ।
नरं विशोकं भयवर्जिताङ्गं सदोषमान्द्यं दृढभक्तिकञ्च ॥१०॥

यदि कुण्डली में लग्न में सूर्य चन्द्रमा गुरु शुक्र शनि का योग हो तो जातक शोक से हीन, भय से रहित, मन्दाग्नि से युक्त और स्थिर भक्ति वाला होता है ॥१०॥

सू० मं० बु० गु० शु० युति का फल--

सूर्यारसौम्यामरपूज्यशुक्राः नरं प्रकुर्वन्ति विलग्नसंस्थाः ।
नयप्रधानं गुणसत्ययुक्तं सतामभीष्टं प्रियदर्शनञ्च ॥११॥

यदि कुण्डली में लग्न में सूर्य भौम बुध गुरु शुक्र का योग हो तो जातक प्रधान नीतिमान्, गुणी, सत्य बोलने वाला, सज्जनों का अभीष्ट और प्रिय दर्शन होता है ॥ ११ ॥

सू० मं० बु० गु० श० युति का फल--

सूर्यारसौम्यामरपूज्यसौरा नरं प्रकुर्वन्ति विलग्नसंस्थाः ।
श्रमाभिभूतं सुकृशाङ्गयष्टिं व्यये समर्थं परतर्ककञ्च ॥१२॥

यदि कुण्डली में लग्न में सूर्य भौम बुध गुरु शनि का योग हो तो जातक परिश्रम से पीडित, लकडी के तुल्य पतली देहवाला, खर्च में समर्थ और दूसरे की चिन्ता करने वाला होता है ॥ १२ ॥

सू० मं० बु० गु० श० युति का फल--

सूर्यारसौम्यामरपूज्यसौरा नरं प्रकुर्वन्ति विलग्नसंस्थाः ।
धनेन हीनं कुनखं कफाढ्यं पैशून्यरक्तं परवञ्चकञ्च ॥१३॥

यदि कुण्डली में लग्न में सूर्य भौम बुध गुरु शनि का योग हो तो जातक धन से हीन, दूषित नाखून वाला, कफात्मा, चुगलखोर और दूसरे को ठगने वाला होता है ॥ १३ ॥

सू० मं० गु० शु० श० युति का फल--

सूर्यारजीवासुरपूज्यसौरा नरं प्रकुर्वन्ति सुरेन्द्रपूज्यम् ।
बह्वन्नपानाशनयानरक्तं सुजातनेत्रं कृपया विहीनम् ॥१४॥

यदि कुण्डली में लग्न में सूर्य भौम गुरु शुक्र शनि का योग हो तो जातक देवेन्द्र से पूजित, अधिक अन्न, पान, भोजन सवारी में आसक्त, सुन्दर नेत्र वाला और दया से हीन होता है ॥ १४ ॥

सू० बु० गु० शु० श० युति का फल--

सूर्यज्ञजीवासुरपूज्यसौरा नरं प्रकुर्वन्ति मतिप्रधानम् ।
सुगीतयुक्तं बललोकमुख्यं महासुखं सत्यसमन्वितञ्च ॥१५॥

यदि कुण्डली में लग्न में सूर्य बुध गुरु शुक्र शनि का योग हो तो जातक श्रेष्ठ बुद्धिमान्, सुन्दर गाने वाला, प्रधान बली, बड़ा सुखी और सत्य से युक्त होता है ॥१५॥

चं० मं० बु० गु० शु० युति का फल--

चन्द्रारसौम्यामरपूज्यशुक्रा नरं प्रकुर्वन्ति सुखानुरक्तम् ।
सदा शुचिं तीर्थकथानुरक्तं विशिष्टदेहं जनवल्लभञ्च ॥१६॥

यदि कुण्डली में लग्न में चन्द्र भौम बुध गुरु शुक्र का योग हो तो जातक सुख में आसक्त, पवित्र, तीर्थ कथाओं में लीन, विशिष्ट देही और जनप्रिय होता है ॥ १६ ॥

चं० मं० बु० गु० श० युति का फल--

चन्द्रारसौम्यामरपूज्यसौरा नरं प्रकुर्वन्ति सुजानुपादम् ।
पूजायुतं मान्ययशोऽर्थहर्षे रतिं द्विजानां यजनोद्धतानाम् ॥१७॥

यदि कुण्डली में लग्न में चन्द्र भौम बुध गुरु शनि का योग हो तो जातक सुन्दर जङ्घा व पैरों से युक्त, यश, धन व प्रसन्नता में पूजा से युक्त और याज्ञिक ब्राह्मणों की भक्ति करने वाला होता है ॥ १७ ॥

चं० मं० बु० शु० श० युति का फल--

चन्द्रारसौम्यासुरपूज्यसौरा नरं प्रकुर्वन्ति च विप्रलाभम् ।
वृथाटनं भीतियुतं सुदीनं गुह्योद्भवैर्व्याप्तमनन्तरोगैः ॥१८॥

यदि कुण्डली में लग्न में चन्द्र भौम बुध शुक्र शनि का योग हो तो जातक ब्राह्मण से लाभ करने वाला, वृथा घूमने वाला, डरपोक, दीन और अनेक गुप्त रोगों से पीडित होता है ॥ १८ ॥

चं० मं० गु० शु० श० युति का फल--

चन्द्रारजीवासुरपूज्यसौरा नरं प्रकुर्वन्ति सुखाश्वयुक्तम् ।
प्रभूतमित्रं प्रथिताभिमानं हितं सतां साधुसमागमञ्च ॥१९॥

यदि कुण्डली में लग्न में चन्द्र भौम गुरु शुक्र शनि का योग हो तो जातक सुखी, घोड़ा से युक्त, अधिक मित्र वाला, प्रसिद्ध अभिमानी, सज्जनों का शुभेच्छु और सन्त समागमी होता है ॥ १९ ॥

चं० बु० गु० शु० श० युति का फल--

चन्द्रज्ञजीवासुरपूज्यसौरा नरं प्रकुर्वन्ति हताश्वयुक्तम् ।
दीक्षान्वितं कृत्रिमभावयुक्तं समानसंज्ञं पितृमातृयुक्तम् ॥२०॥

यदि कुण्डली में लग्न मे चन्द्र बुध गुरु शुक्र शनि का योग हो तो जातक नष्ट घोड़ा से युक्त, दीक्षा से युक्त, कृत्रिम भाव वाला, पिता व माता में समान भावना रखने वाला होता है ॥ २० ॥

मं० बु० गु० शु० श० युति का फल—

भौमज्ञजीवासुरपूज्यसौरा नरं प्रकुर्वन्ति धनप्रधानम्।
विज्ञानशीलं प्रथिताभिमानं जितेन्द्रियं भक्तिपरं सुराणाम् ॥२१॥

इत्येवं पञ्चविकल्पाः।

यदि कुण्डली में लग्न में भौम बुध गुरु शुक्र शनि का योग हो तो जातक प्रधान धनी, विज्ञानी, प्रसिद्ध अभिमानी, जितेन्द्रिय और देवताओं का परम भक्त होता है ॥२१॥

इस प्रकार लग्नस्थ पाँच ग्रहों की युति का फल समाप्त हुआ ॥ १-२१ ॥

अथ षड्विकल्पाः।

अब आगे ६ ग्रहों की युति के फल को बताते हैं।

सू० चं० मं० बु० गु० शु० युति का फल—

सूर्येन्दुभौमज्ञसुरेज्यशुक्रा लग्नाश्रिताः सर्वहितं प्रकुर्युः।
नरं कुशोलं विबलं नृशंसं सुदुःखितं शीलविवर्जितञ्च ॥ १ ॥

यदि कुण्डली में लग्न में सूर्य चन्द्र भौम बुध गुरु शुक्र का योग हो तो जातक सब का हितैषी, दूषित शीलता वाला, बलहीन, निन्दनीय, दुःखी और शीलता से रहित होता है ॥ १ ॥

सू० चं० मं० बु० गु० श० युति का फल—

रवीन्दुभौमज्ञसुरेज्यसौरा नरं प्रकुर्वन्ति महादरिद्रम्।
तीक्ष्णस्वभावं हतशत्रुपक्षं त्यक्तं स्ववर्गेण निपीडिताङ्गम् ॥ २ ॥

यदि कुण्डली में लग्न में सूर्य चन्द्र भौम बुध गुरु शनि का योग हो तो जातक बड़ा दरिद्री, तीखी प्रकृति का, नष्ट शत्रु पक्ष वाला, अपने वर्ग से त्यक्त और पीड़ित शरीरधारी होता है ॥ २ ॥

सू० चं० मं० बु० गु० श० युति का फल—

रवीन्दुभौमज्ञसुरेज्यसौरा नरं प्रकुर्वन्ति गतार्थबुद्धिम्।
तीव्रस्वभावं बहुरोगभाजं विहीनवित्तं विनयातिगञ्च ॥ ३ ॥

यदि कुण्डली में लग्न में सूर्य चन्द्र मङ्गल बुध गुरु शनि का योग हो तो जातक धन व बुद्धि से हीन या निस्वार्थ बुद्धि वाला, तीखे स्वभाव का, अधिक रोगी, धन से हीन और अधिक विनयी होता है ॥ ३ ॥

सू० चं० मं० गु० शु० श० युति का फल

रवीन्दुभौमामरपूज्यशुक्रशनैश्चराः स्युर्यदि लग्नसंस्थाः।
तदा मनुष्यं कठिनस्वभावं पराभिभूतं जनयन्ति नित्यम् ॥ ४ ॥

यदि कुण्डली में लग्न में सूर्य चन्द्रमा भौम गुरु शुक्र शनि का योग हो तो जातक कठोर प्रकृति का और सदा दूसरों से पीड़ित होता है ॥ ४ ॥

सू० चं० बु० गु० शु० श० युति का फल—

रवीन्दुसौम्यामरपूज्यशुक्रशनैश्चराः स्युर्यदि लग्नसंस्थाः।
तदा मनुष्यं व्यसनाभिभूतं कुर्वन्ति नानाविधरोगभाजम् ॥ ५ ॥

यदि कुण्डली में लग्न में सूर्य चन्द्र बुध गुरु शुक्र शनि का योग हो तो जातक व्यसनों से पीड़ित और अनेक रोगों का रोगी होता है ॥ ५ ॥

चं० मं० बु० गु० शु० श० युति का फल—

चन्द्रारसौम्यामरपूज्यशुक्रशनैश्चराः स्युर्यदि लग्नसंस्थाः।
तदा नरं पापमतिं नृशंसं परं प्रकुर्वन्ति रुजा समेतम् ॥ ६ ॥

इत्येवं षड्विकल्पाः।

यदि कुण्डली में लग्न में चन्द्र भौम बुध गुरु शुक्र शनि का योग हो तो जातक पाप बुद्धि, निन्दनीय और रोगी होता है ॥ ६ ॥

एवं विधा यस्य विलग्नसंस्था अर्थाधिकं सौख्यफलं मनुष्यम्।
कुर्वन्ति भूपालसमत्वनाथं सर्वैः समेतं परमप्रभावम् ॥ १ ॥

इति वृद्धयवने लग्नाश्रितयोगफलम्।

जिस की कुण्डली में पूर्वोक्त योग हों वह जातक बड़ा धनी, सुखी राजा के समान स्वामी और अधिक प्रभाव शाली होता है ॥ १ ॥

इस प्रकार वृद्धयवनोक्त लग्नस्थ २, ३, ४, ५, ६, ग्रहों की युति का फल समाप्त हुआ ॥ १-६ ॥

अथ धनभावस्थद्विग्रहादियोगफलम्।

अब आगे धन भावस्थ दो ग्रहों की युति के फल को बताते हैं।

धनस्थ सू० चं० युति का फल—

सू० चं० धने स्थितस्तीक्ष्णकरः सचन्द्रो नरं प्रसूतं विधनं कृतघ्नम्।
सदा कुशीलं प्रभया विहीनं रोगाभिभूतं भयसंयुतञ्च ॥ १ ॥

यदि जन्माङ्ग में दूसरे भाव में सूर्य चन्द्रमा का योग हो तो जातक धन से हीन, कृतघ्न, सदा दूषित शीलता वाला, तेज हीन, रोग से पीड़ित और भय से युक्त होता है ॥ १ ॥

धनस्थ सू० मं० युति का फल—

सू० मं० धनस्थितस्तीक्ष्णकरः सभौमो नरं दरिद्रं सततं विधत्ते।
व्यपेतलज्जं घृणया विहीनं सदातुरं पापसमन्वितञ्च ॥ २ ॥

यदि जन्माङ्ग में दूसरे भाव में सूर्य भौम का योग हो तो जातक निरन्तर दरिद्री, निर्लज्ज, घृणा से हीन, सदा रोगी और पापी होता है ॥ २ ॥

धनस्थ सू० बु० युति का फल—

सू० बु० धनस्थितस्तीक्ष्णकरः ससौम्यो नरं विधत्ते व्रणदग्धगात्रम्।
निःस्वं कुशीलं गतभृत्यवर्गं पराभिभूतं गुरुशोकभाजम्॥ ३॥

यदि जन्माङ्ग में दूसरे भाव में सूर्य बुध का योग हो तो जातक घाव से व्याप्त देह वाला, निर्धन, दूषित शीलता वाला, नौकर से रहित, दूसरे से पीड़ित और अधिक शोक से युक्त होता है॥ ३॥

धनस्थ सू० गु० युति का फल—

सू० गु० धने स्थितस्तीक्ष्णकरः सजीवो नरं विधत्ते विनयेन हीनम्।
आमान्वितं पापरतं सजिह्मं विदेशसेवाश्रयकष्टभाजम्॥ ४॥

यदि जन्माङ्ग में दूसरे भाव में सूर्य गुरु का योग हो तो जातक अविनयी, आँव से युक्त, पापात्मा, कुटिल और परदेश के आश्रय से कष्ट पाने वाला होता है॥ ४॥

धनस्थ सू० शु० युति का फल—

सू० शु० धनस्थितस्तीक्ष्णकरः स शुक्रो नरं विधत्ते परुषस्वभावम्।
नीचानुरक्तं बहुशत्रुपक्षं विभीषकं कान्तिविवर्जितञ्च॥ ५॥

यदि जन्माङ्ग में दूसरे भाव में सूर्य शुक्र का योग हो तो जातक कठिन स्वभाव का, दुष्टों में आसक्त, अधि शत्रु वाला, डरपोक और निस्तेज होता है॥ ५॥

धनस्थ सू० श० युति का फल—

सू० श० धनस्थितस्तीक्ष्णकरः समन्दो नरं विधत्ते बहुरोगभाजम्।
वृथाश्रयं निर्दयमुक्तकोपं विवर्जितं साधुसमागमेन॥ ६॥

यदि जन्माङ्ग में दूसरे भाव में सूर्य शनि का योग हो तो जातक अल्प बुद्धि, अधिक रोगों का रोगी, वृथाश्रयी, निर्दयी, क्रोधी और सज्जन सङ्गति से हीन होता है॥ ६॥

धनस्थ चं० मं० युति का फल—

चं० मं० धनस्थितः शीतकरः सभौमो नरं विधत्ते जननाभिभूतम्।
विरक्तदारं जठरं कृतघ्नं प्रेष्यं खलं कान्तिविवर्जितञ्च॥ ७॥

यदि जन्माङ्ग में दूसरे भाव में चन्द्र भौम का योग हो तो जातक जन्म से पीड़ित, स्त्री से विरक्त, जठराग्नि, कृतघ्न, नौकर, दुष्ट और निस्तेज होता है॥ ७॥

धनस्थ चं० बु० युति का फल—

चं० बु० तारापतिः स्वात्मसुतेन युक्तो धनस्थितः सञ्जनयेन्मनुष्यम्।
प्रभूतवित्तं व्यसनैर्विहीनं सुखाधिकं भूमिपतेरभीष्टम्॥ ८॥

यदि जन्माङ्ग में दूसरे भाव में चन्द्र बुध का योग हो तो जातक अधिक धनी, व्यसनों से हीन, बड़ा सुखी और राजा का प्रिय पात्र होता है॥ ८॥

धनस्थ चं० गु० युति का फल—

चं० गु० चन्द्रः सुरेज्येन धनस्थितो हि करोति मर्त्यं च नराधिपञ्च।
तेजोऽन्वितं धर्मपरं हतारिं प्रभूतपुत्रं जनवल्लभञ्च ॥ ९ ॥

यदि जन्माऽङ्ग में दूसरे भाव में चन्द्र गुरु का योग हो तो जातक राजा या मनुष्यों का स्वामी, तेजस्वी, परम धार्मिक, नष्ट शत्रु, अधिक पुत्र वाला और जन प्रिय होता है ॥ ९ ॥

धनस्थ चं० शु० युति का फल—

चं० शु० शुक्रेण युक्तः प्रकरोति चन्द्रो धनस्थितः शीलधनं मनुष्यम्।
महीपतिं वा सचिवं च वा स्यात् प्रभूतमित्रं सुतलालसञ्च ॥१०॥

यदि जन्माऽङ्ग में दूसरे भाव में चन्द्र शुक्र का योग हो तो जातक शीलता से धनी, राजा या मन्त्री, अधिक मित्र वाला और पुत्र की इच्छा वाला होता है ॥ १० ॥

धनस्थ चं० श० युति का फल—

चं० श० सौरेण युक्तः प्रकरोति चन्द्रो दरिद्रभाजो रहितः कुधर्मम्।
नरं प्रभूतारिजनैर्निरस्तं विवादशीलं हतबन्धुपक्षम् ॥११॥

यदि जन्माऽङ्ग में दूसरे भाव में चन्द्र शनि का योग हो तो जातक दरिद्री, दूषित धर्म से हीन, अधिक शत्रुओं से नष्ट, विवादी और नष्ट बान्धवो होता है ॥ ११ ॥

धनस्थ मं० बु० युति का फल—

मं० बु० भौमो धनस्थः शशिपुत्रयुक्तो नरं प्रसूते गतवित्तवारिम्।
दोषान्वितं व्याधिभिरर्दिताङ्गं गुणैर्विहीनं हतबन्धुकृत्यम् ॥१२॥

यदि जन्माऽङ्ग मे दूसरे भाव में भौम बुध का योग हो तो जातक धन व जल से हीन, दोषी, रोगों से पीड़ित देह धारी, गुण हीन और बान्धवों के कृत्य से नष्ट होता है ॥ १२ ॥

धनस्थ मं० गु० युति का फल—

मं० गु० जीवान्वितो भूतनयो धनस्थो नरं सुवाते रुजया समेतम्।
विवेकहीनं कृतकस्वभावं स्वल्पात्मजं वादविनिन्दितञ्च ॥१३॥

यदि जन्माऽङ्ग में दूसरे भाव में मंगल गुरु का योग हो तो जातक वायु का रोगी या हवा में रोगी, विवेक शून्य, कठोर स्वभावो, अल्प पुत्र वाला और वाद अर्थात् विवाद से निन्दित होता है ॥ १३ ॥

धनस्थ मं० शु० युति का फल—

मं० शु० शुक्रान्वितो भूतनयो धनस्थो नरं सुवाते रुजया समेतम्।
विवेकहीनं कृतकस्वभावं स्वल्पात्मजं सत्यविवर्जितञ्च ॥१४॥

यदि जन्माऽङ्ग में दूसरे भाव में भौम शुक्र का योग हो तो जातक सुन्दर वायु में रोगी, विवेक रहित, कठिन प्रकृति का, अल्प पुत्र वाला और सत्य से हीन होता है ॥ १४ ॥

धनस्थ मं० श० युति का फल—

मं० श० सौरान्वितो भूतनयो धनस्थो नरं प्रसूते धनधान्ययुक्तम् ।
प्रकृष्टमुक्तामणिवित्तभाजं स्त्रीसम्मतं तीर्थरतं निरीहम् ॥१५॥

यदि जन्माऽङ्ग में दूसरे भाव में मंगल शनि का योग हो तो जातक धन धान्य से युक्त, उत्तम मोती, मणि व धन का भोगी, स्त्री से सम्मत, तीर्थों में आसक्त और निरीह होता है ॥ १५ ॥

धनस्थ बु० शु० युति का फल—

बु० शु० सौम्यान्वितो दैत्यगुरुर्धनस्थो नरं प्रसूते गजवाजिभाजम् ।
प्रभूतकोशं मतिधर्मयुक्तं सत्यार्चितं ब्राह्मणसम्मतञ्च ॥१६॥

यदि जन्माऽङ्ग में दूसरे भाव में बुध शुक्र का योग हो तो जातक हाथी घोड़ा से युक्त, अधिक धनी, बुद्धिमान्, धर्मात्मा, सत्य से पूजित और ब्राह्मणों से सम्मत होता है ॥ १६ ॥

धनस्थ बु० श० युति का फल—

बु० श० सौम्यान्वितो सूर्यसुतो धनस्थो नरं विधत्ते धनमार्तिमुग्रम् ।
खलस्वभावं विभवैर्विहीनं कुमित्रसंसर्गविगर्हितञ्च ॥१७॥

यदि जन्माऽङ्ग में दूसरे भाव में बुध शनि का योग हो तो जातक धनी, दु:खी, उग्र, दुष्ट प्रकृति का, ऐश्वर्य से हीन और दूषित मित्रों के संसर्ग से निन्दनीय होता है ॥ १७ ॥

धनस्थ गु० शु० युति का फल—

गु० शु० जीवान्वितो दैत्यगुरुर्धनस्थो नरं प्रसूते नृपतिप्रधानम् ।
मानार्थसार्थैः स्तुतिशौर्यवृत्तिं धर्मप्रधानं विनयैः समेतम् ॥१८॥

यदि जन्माऽङ्ग में दूसरे भाव में गुरु शुक्र का योग हो तो जातक प्रधान राजा, सम्मान के साथ स्तुति से, पराक्रम से आजीविका वाला, श्रेष्ठ धर्मात्मा और विनयी होता है ॥ १८ ॥

धनस्थ गु० श० युति का फल—

गु० श० जीवान्वितः सूर्यसुतो धनस्थः करोति मर्त्यं नृपपीडितार्थम् ।
महारुजं सर्वसुखैर्विहीनं निसर्गलुब्धं रिपुवर्जितञ्च ॥१९॥

यदि जन्माङ्ग में दूसरे भाव में गुरु शनि का योग हो तो जातक राजा से पीडित धन वाला, बड़ा रोगी, समस्त सुखों से हीन, जन्म से लोभी और शत्रु से रहित होता है ॥ १९ ॥

धनस्थ शु० श० युति का फल—

शु० श० शुक्रान्वितः सूर्यसुतो धनस्थो नरं प्रसूते धनपुत्रहीनम् ।
सगुह्यरोगाभिहतप्रभावं मलीमसं रौद्रमतिं कुचेष्टम् ॥२०॥

इत्येवं द्विविकल्पाः ।

यदि जन्माङ्ग में दूसरे भाव में शुक्र शनि का योग हो तो जातक धन व पुत्र से हीन, गुह्य स्थल के रोग से पीडित होने के नाते प्रभाव हीन, दूषित, भयानक बुद्धि और दूषित इच्छा वाला होता है ॥ २० ॥

इस प्रकार धनस्थ दो ग्रहों के योग का फल समाप्त हुआ ॥ १-२० ॥

अथ त्रिविकल्पा: ।

अब आगे दूसरे भाव में तीन ग्रहों की युति के फल को बताते हैं ।

धनस्थ सू० चं० मं० युति का फल--

सू० चं० मं० धनस्थिता: सूर्यशशाङ्कभौमा नरं प्रकुर्वन्ति धनैर्विहीनम् ।
पराभिभूतं विगतप्रभावं नृशंसभावं भयसंयुतञ्च ॥ १ ॥

यदि जन्माऽङ्ग में दूसरे भाव में सूर्य चन्द्रमा भौम का योग हो तो जातक धन से हीन, दूसरे से पीड़ित, निष्प्रभाव, निन्दनीय और डरपोक होता है ॥ १ ॥

धनस्थ सू० चं० बु० युति का फल--

सू० चं० बु० सूर्येन्दुसौम्या यदि वित्तसंस्था नरं प्रकुर्वन्ति निसर्गभीरुम् ।
विधिया विहीनं निधनं कुदारं कुकर्म सेवार्जितभूरिदु:खम् ॥ २ ॥

यदि जन्माऽङ्ग में दूसरे भाव में सूर्य चन्द्रमा बुध का योग हो तो जातक स्वभाव से डरपोक, बुद्धि शून्य, धनहीन, दूषित स्त्री वाला और कुकर्मियों की सेवा से अधिक दु:ख पैदा करने वाला होता है ॥ २ ॥

धनस्थ सू० चं० गु० युति का फल---

सू० चं० गु० सूर्येन्दुजीवा यदि वित्तसंस्था नरं प्रकुर्वन्ति कुपुत्रभाजम् ।
हिंसाधिकं कामपरं कृतघ्नं सुनिष्ठुरं त्रासकरं गुरूणाम् ॥ ३ ॥

यदि जन्माऽङ्ग में दूसरे भाव में सूर्य चन्द्र गुरु का योग हो तो जातक कुपुत्र से युक्त, अधिक हिंसक, परम विषयी, कृतघ्न, निठुर और गुरुजनों को दु:ख देने वाला होता है ॥ ३ ॥

धनस्थ सू० चं० शु० युति का फल--

सू० चं० शु० सूर्येन्दुशुक्रा यदि वित्तसंस्था नरं प्रकुर्वन्ति सुहृद्विरुद्धम् ।
बद्धासनं नातिधनं कुरूपं वृद्धाश्रयं मन्युसमन्वितञ्च ॥ ४ ॥

यदि जन्माऽङ्ग में दूसरे भाव में सूर्य चन्द्र शुक्र का योग हो तो जातक मित्रों का विरोधी, आसन बद्ध, अल्प धनी, कुरूप, वृद्धाश्रयी और क्रोधी होता है ॥ ४ ॥

धनस्थ सू० चं० श० युति का फल---

सू० चं० श० सूर्येन्दुसौरा यदि वित्तसंस्था नरं प्रकुर्वन्ति कृतघ्न तापम् ।
विदेशसेवासु रतं श्रमार्तं द्यूतप्रियं निर्गुणमल्पवित्तम् ॥ ५ ॥

यदि जन्माऽङ्ग में दूसरे भाव में सूर्य चन्द्र शनि का योग हो तो जातक कृतघ्नता से संतप्त, विदेशीय सेवा में आसक्त, परिश्रम से दु:खी, जुआ का प्रेमी, निर्गुण और अल्प धनवान् होता है ॥ ५ ॥

धनस्थ सू० मं० बु० युति का फल--

सू० मं० बु० सूर्यारसौम्या यदि वित्तसंस्था नरं प्रकुर्वन्ति मतिप्रहीनम् ।
बहुव्ययं सत्ययुतं कुपुत्रं त्रपाविहीनं गतसौहृदञ्च ॥ ६ ॥

यदि जन्माऽङ्ग में दूसरे भाव में सूर्य भौम बुध का योग हो तो जातक बुद्धि से रहित, अधिक खर्चीला, सत्यभाषी, दूषित पुत्र वाला, लज्जा से हीन और मित्रता से रहित होता है ॥ ६ ॥

धनस्थ सू० मं० गु० युति का फल--

सू० मं० गु० सूर्यारजीवा यदि वित्तसंस्था नरं प्रकुर्वन्ति विकोशरूपम् ।
दुष्टस्वभावं सुकृशाङ्गयष्टिं निस्तब्धसेवाकृतभूरिवैरम् ॥ ७ ॥

यदि जन्माऽङ्ग में दूसरे भाव में सूर्य भौम गुरु का योग हो तो जातक कोशहीन, दूषित प्रकृति का, लकड़ी के तुल्य पतला, निस्तब्ध और सेवा से अधिक शत्रुता बढ़ाने वाला होता है ॥ ७ ॥

धनस्थ सू० मं० शु० युति का फल--

सू० मं० शु० सूर्यारशुक्रा यदि वित्तसंस्था नरं प्रकुर्वन्ति विवेकहीनम् ।
हतप्रभं भूरिजनैर्निरस्तं कुसेवकं युद्धपरं गतस्वम् ॥ ८ ॥

यदि जन्माऽङ्ग में दूसरे भाव में सूर्य मंगल शुक्र का योग हो तो जातक अविवेकी, निस्तेज, अधिक जनों से निरस्त, दुष्ट नौकर, परम योद्धा और निर्धन होता है ॥ ८ ॥

धनस्थ सू० मं० श० युति का फल--

सू० मं० श० सूर्यारसौरा यदि वित्तसंस्था नरं प्रकुर्वन्ति सुनिन्दिताङ्गम् ।
गुणार्थहीनं कलहप्रियं च सदातुरं साधुजनैर्विनिन्द्यम् ॥ ९ ॥

यदि जन्माऽङ्ग में दूसरे भाव में सूर्य भौम शनि का योग हो तो जातक निन्दनीय शरीरधारी, निर्गुण, निर्धन, क्लेश प्रिय, सदा रोगी और सज्जनों से निन्दनीय होता है ॥ ९ ॥

धनस्थ सू० बु० गु० युति का फल--

सू० बु० गु० सूर्यज्ञजीवा यदि वित्तसंस्था नरं प्रकुर्वन्ति बहुक्षताङ्गम् ।
निन्दान्वितं दुष्टमतिप्रभावं जनाभिभूतं परतर्ककञ्च ॥१०॥

यदि जन्माऽङ्ग में दूसरे भाव में सूर्य बुध गुरु का योग हो तो जातक अधिक भग्न देहधारी, निन्दक, दुष्ट बुद्धि व प्रभाव वाला, मनुष्यों से पीड़ित और दूसरे की चिन्ता करने वाला होता है ॥ १० ॥

धनस्थ सू० बु० शु० युति का फल--

सू० बु० शु० सूर्यज्ञशुक्रा धनगाः सदा स्युर्नरं प्रकुर्वन्ति सदाभिभूतम् ।
सिंहात्मकं कामपरं सलोभं द्वन्द्वैः समेतं कलहप्रियञ्च ॥११॥

यदि जन्माऽङ्ग में दूसरे भाव में सूर्य बुध शुक्र का योग हो तो जातक सदा पीड़ित, सिंह के समान आत्मा वाला, परम विषयी, लोभी, युद्ध से युक्त और कलह का प्रेमी होता है ॥ ११ ॥

धनस्थ सू० बु० श० युति का फल—

सू० बु० श० सूर्यज्ञमन्दा यदि वित्तसंस्था नरं प्रकुर्वन्ति हितस्वपक्षम् ।
दारिद्रमुग्रं गुणवर्जिताङ्गं सदाभिभूतं मतिवर्जितञ्च ॥१२॥

यदि जन्माऽङ्ग में दूसरे भाव में सूर्य बुध शनि का योग हो तो जातक अपने पक्ष का हितैषी, दरिद्री, उग्र, गुणहीन, सदा पीडित और बुद्धिहीन होता है ॥ १२ ॥

धनस्थ सू० गु० शु० युति का फल—

सू० गु० शु० सूर्यामरेज्याभृगुजा धनस्था नरं प्रकुर्वन्ति जडस्वभावम् ।
विद्याविवेकै रहितं गतस्वं पराजितं लोभसमन्वितञ्च ॥१३॥

यदि जन्माऽङ्ग में दूसरे भाव में सूर्य गुरु शुक्र का योग हो तो जातक जड़ (मूर्ख) प्रकृति, विद्या व विवेक से हीन, निर्धन, पराजित और लोभी होता है ॥ १३ ॥

धनस्थ सू० गु० श० युति का फल—

सू० गु० श० सूर्यामरेज्यार्कसुता धनस्था नरं प्रकुर्वन्ति बहुप्रकोपम् ।
रोगाभिभूतं पिशुनस्वभावं पुण्यैर्विहीनं नितरां दरिद्रम् ॥१४॥

यदि जन्माऽङ्ग में दूसरे भाव में सूर्य गुरु शनि का योग हो तो जातक बड़ा क्रोधी, रोग से पीड़ित, चुगलखोर प्रकृति का, पुण्य से हीन और सदा दरिद्री होता है ॥ १४ ॥

धनस्थ सू० शु० श० युति का फल—

सू० शु० श० सूर्यासुरेज्यार्कसुता धनस्था नरं प्रकुर्वन्ति कुधर्मरक्तम् ।
दुष्टस्वभावं विनयेन हीनं श्रमान्वितं दुर्जनचेष्टितञ्च ॥१५॥

यदि जन्माऽङ्ग मे सूर्य शुक्र शनि का योग हो तो जातक दूषित धर्म में आसक्त, दुष्ट प्रकृति, अविनयी, परिश्रमी और दुर्जन तुल्य इच्छा वाला होता है ॥ १५ ॥

धनस्थ चं० मं० बु० युति का फल—

चं० मं० बु० चन्द्रारसौम्या यदि वित्तसंस्था द्वन्द्वान्वितं निष्ठुरवाक्यवित्तम् ।
विहीनसन्तानमतिप्रकोपं रोगाभिभूतं स्वजनैर्विमुक्तम् ॥१६॥

यदि जन्माऽङ्ग में दूसरे भाव में चन्द्र भौम बुध का योग हो तो जातक युद्ध से युक्त, निठुर, वादी, धनी, सन्तान से हीन, बड़ा क्रोधी, रोग से पीड़ित और अपने जनों से रहित होता है ॥ १६ ॥

धनस्थ चं० मं० गु० युति का फल

चं० मं० गु० चन्द्रारजीवा यदि वित्तसंस्था नरं प्रकुर्वन्ति मलिम्लुचं च ।
दीनं विहीनं सुतवित्तदारैस्तृष्णाधिकं भूरिरुजा समेतम् ॥१७॥

यदि जन्माऽङ्ग में दूसरे भाव में चन्द्र भौम गुरु का योग हो तो जातक मलिन, दीन, पुत्र स्त्री से हीन, अधिक तृष्णालु और अधिक रोग से युक्त होता है ॥ १७ ॥

धनस्थ चं० मं० शु० युति का फल

चं० मं० शु० चन्द्रारशुक्रा यदि वित्तसंस्था नरं प्रकुर्वन्ति कफादिरोगैः।
संपीडिताङ्गं गुरुभक्तिहीनं नयातिगं शास्त्रबहिष्कृतं च ॥१८॥

यदि जन्माऽङ्ग में दूसरे भाव में चन्द्र मङ्गल शुक्र का योग हो तो जातक कफादि रोगों से पीड़ित देहधारी, गुरु भक्ति से हीन, अधिक न्यायी और शास्त्र से बहिर्मुख होता है ॥ १८ ॥

धनस्थ चं० मं० श० युति का फल—

चं० मं० श० चन्द्रारमन्दा यदि वित्तसंस्था नरं प्रकुर्वन्ति निसर्गदुष्टम्।
पानप्रियं द्यूतमतिं विरक्तं स्वबन्धुवर्गेण विवर्जितं च ॥१९॥

यदि जन्माऽङ्ग में दूसरे भाव में चन्द्र भौम शनि का योग हो तो जातक स्वभाव से दुष्ट, पान (मद्य) का प्रेमी, जुआ की बुद्धि वाला, विरक्त और अपने बान्धवों से रहित होता है ॥ १९ ॥

धनस्थ चं० बु० गु० युति का फल—

चं० बु० गु० चन्द्रज्ञजीवा यदि वित्तसंस्था नरं प्रकुर्वन्ति नराधिनाथम्।
महाप्रभावं नयनाभिरामं सौभाग्यविद्याधनभाग्यजातम् ॥२०॥

यदि जन्माऽङ्ग में दूसरे भाव में चन्द्रमा बुध गुरु का योग हो तो जातक राजा, बड़ा प्रभावी, नेत्रों को सुख देने वाला, सौभाग्यवान् पण्डित, धनी और भाग्यशाली होता है ॥ २० ॥

धनस्थ चं० बु० शु० युति का फल—

चं० बु० शु० चन्द्रज्ञशुक्रा यदि वित्तसंस्था नरं प्रकुर्वन्ति धनेन युक्तम्।
प्रभूतमित्रागमधर्मयुक्तं विद्याधिकं प्रीतिपरं सदा हि ॥२१॥

यदि जन्माऽङ्ग में दूसरे भाव में चन्द्र बुध शुक्र का योग हो तो जातक धनी, अधिक मित्र, आगम व धर्म से युक्त, बड़ा विद्वान् और सदा ही परमप्रेमी होता है ॥ २१ ॥

धनस्थ चं० बु० श० युति का फल—

चं० बु० श० चन्द्रज्ञसौरा यदि वित्तसंस्था नरं प्रकुर्वन्ति हितप्रभावम्।
बहुव्ययं स्त्रीव्यसनाभिभूतं दानप्रभाषं बहुवञ्चकञ्च ॥२२॥

यदि जन्माऽङ्ग में दूसरे भाव में चन्द्र बुध शनि का योग हो तो जातक हितैषी, प्रभावी, अधिक खर्चीला, स्त्री व्यसन से दुःखी, दान का भाषी और बड़ा धूर्त होता है ॥ २२ ॥

धनस्थ चं० गु० शु० युति का फल—

चं० गु० शु० चन्द्रामरेज्यासुरपूजिताङ्गा नरं प्रकुर्वन्ति सुखं सुभावम्।
महीपतिं भूरियशोऽन्वितं च प्रज्ञाधिकं कुत्सितकर्मयुक्तम् ॥२३॥

यदि जन्माऽङ्ग में दूसरे भाव में चन्द्र गुरु शुक्र का योग हो तो जातक सुखी,

सुन्दर भावना का, राजा, अधिक यशस्वी, बड़ा बुद्धिमान् और दूषित कार्य कर्ता होता है ॥ २३ ॥

धनस्थ चं० गु० श० युति का फल—

चं० गु० श० चन्द्रामरेज्यार्कसुता धनस्था नरं प्रकुर्वन्ति सुवीतरोषम् ।
व्रतानुरक्तं मधुरं मनोज्ञं स्त्रीणामभीष्टं सुतलालसं च ॥२४॥

यदि जमाऽङ्ग में दूसरे भाव में चन्द्र गुरु शनि का योग हो तो जातक क्रोध से हीन, व्रत में आसक्त, मीठा, सुन्दर, स्त्रियों का अभीष्ट और पुत्र लालसी होता है ॥ २४ ॥

धनस्थ मं० बु० गु० युति का फल

मं० बु० गु० भौमज्ञजीवा यदि वित्तसंस्था नरं प्रकुर्वन्ति विहीनभावम् ।
निःस्वं सुदुष्टं परदाररक्तं वृथाटनं कामनिपीडिताङ्गम् ॥२५॥

यदि जन्माऽङ्ग में दूसरे भाव में भौम बुध गुरु का योग हो तो जातक भावना से रहित, निर्धन, दुष्ट, दूसरे की स्त्री में आसक्त, फिजूल घूमने वाला और काम से दुःखित देहधारी होता है ॥ २५ ॥

धनस्थ मं० बु० शु० युति का फल—

मं० बु० शु० भौमज्ञशुक्रा यदि वित्तसंस्था नरं प्रकुर्वन्ति नयप्रधानम् ।
कृषीबलं शाकटिकं समृद्धं चतुष्पदाढयं बहुसौहृदञ्च ॥२६॥

यदि जन्माऽङ्ग में दूसरे भाव में भौम बुध शुक्र का योग हो तो जातक श्रेष्ठ न्याय कर्ता, खेती करने वाला, गाड़ी से सम्पन्न, पशुओं से युक्त और अधिक मित्र वाला होता है ॥ २६ ॥

धनस्थ मं० बु० श० युति का फल—

मं० बु० श० भौमज्ञसौरा यदि वित्तसंस्था नरं प्रकुर्वन्ति बहुप्रकोपम् ।
प्रियामिषं शस्त्ररुचिं सुहिंस्रं व्ययाधिकं दुःखकर स्ववर्गे ॥२७॥

यदि जन्माऽङ्ग में दूसरे भाव में भौम बुध शनि का योग हो तो जातक बड़ा क्रोधी, मांस का प्रेमी, शस्त्र में इच्छा रखने वाला, हिंसक, बड़ा खर्चीला और अपने वर्ग में दुःख करने वाला होता है ॥ २७ ॥

धनस्थ मं० गु० शु० युति का फल—

मं० गु० शु० भौमामरेज्यासुरपूजिताङ्गा नरं प्रकुर्वन्ति स्वशिल्पदक्षम् ।
दीक्षान्वितं भूरितपो निषिक्तं सुरम्यदेहं गतसाध्वसं च ॥२८॥

यदि जन्माऽङ्ग में दूसरे भाव में भौम गुरु शुक्र का योग हो तो जातक अपनी कारीगरी में चतुर, दीक्षा से युत, बड़ी तपस्या से निषिक्त (गर्भस्थ) सुन्दर देहधारी और भयहीन होता है ॥ २८ ॥

धनस्थ मं० गु० श० युति का फल—

मं० गु० श० भौमामरेज्यार्कसुता धनस्था नरं प्रकुर्वन्ति सुवस्त्रभाजम् ।
भोगाधिकं स्त्रीदयितं प्रगल्भं श्रुतानुरक्तं सुधनं सुरूपम् ॥२९॥

यदि जन्माऽङ्ग में दूसरे भाव में भौम गुरु शनि का योग हो तो जातक सुन्दर वस्त्रधारी, अधिक भोगी, स्त्री प्रिय, प्रतिभाशाली, शास्त्र में आसक्त, अच्छा धनवान् और स्वरूपवान् होता है ।। २९ ।।

धनस्थ बु० गु० शु० युति का फल—

बु० गु० शु० सौम्यामरेज्यासुरपूजिताङ्घ्रा धनस्थिताः सञ्जनयन्ति मर्त्यम् ।
महीपतिं हस्तिहयाम्बराढयं प्रभूतवित्तं स्वजनानुरक्तम् ।।३०।।

यदि जन्माऽङ्ग में दूसरे भाव में बुध गुरु शुक्र का योग हो तो जातक राजा, हाथी, घोड़ा व वस्त्रों से युक्त, बड़ा धनी और अपने मनुष्यों में आसक्त होता है ।।३०।।

धनस्थ बु० गु० शु० युति का फल—

बु० गु० श० सौम्यामरेज्यार्कसुता धनस्थाः कुर्वन्ति पुण्यप्रवरं मनुष्यम् ।
जनं प्रसिद्धं बहुसार्थवादं दयाधिकं कीर्तिसमन्वितञ्च ।।३१।।

यदि जन्माऽङ्ग में दूसरे भाव में बुध गुरु शनि का योग हो तो जातक श्रेष्ठ पुण्यात्मा, प्रसिद्ध, अधिक अर्थवादी, बड़ा दयालु और कीर्तिमान् होता है ।। ३१ ।।

धनस्थ बु० शु० श० युति का फल—

बु० शु० श० सौम्यासुरेज्यार्कसुता धनस्था नरं प्रकुर्वन्ति शुभोरुकुक्षिम् ।
नानार्थशास्त्रागमसत्यरक्तं सुरान्वितं कृष्णपदानुरक्तम् ।।३२।।

यदि जन्माऽङ्ग में दूसरे भाव में बुध शुक्र शनि का योग हो तो जातक शुभ छाती व उदर वाला, अनेक शास्त्र, आगम व सत्य में अनुरक्त और कृष्ण के चरणों का भक्त होता है ।। ३२ ।।

धनस्थ गु० शु० श० युति का फल—

गु० शु० श० जीवासुरेज्यार्कसुता धनस्थाः सुतार्थयुक्तं जनयन्ति मर्त्यम् ।
मेधाविनं नीतिपरं सुखाढयं प्रियाधिकं कान्तिसमन्वितञ्च ।।३३।।

इत्येवं त्रिविकल्पाः ।

यदि जन्माऽङ्ग में दूसरे भाव में गुरु शुक्र शनि का योग हो तो जातक पुत्र व धन से युक्त, मेधावी, परम नीतिमान्, सुखी, अधिक प्रिय और तेजस्वी होता है ।। ३३ ।।

इस प्रकार धनस्थ तीन ग्रहों की युति का फल समाप्त हुआ ।। १-३ ।।

अथ चतुर्विकल्पाः ।

अब आगे दूसरे भाव में चार ग्रहों की युति के फल को बताते हैं ।

धनस्थ सू० चं० मं० बु० युति का फल—

रवीन्दुभौमेन्दुसुता धनस्था नरं प्रकुर्वन्ति कुदेशरक्तम् ।
कुधर्मभाजं कुकलत्रहृष्टं कुपुत्रदोषाकुलितं सदैव ।। १ ।।

यदि जन्माऽङ्ग में दूसरे भाव में सू० चं० मं० बु० का योग हो तो जातक दूषित देश में आसक्त, दूषित धर्म वाला, भ्रष्ट स्त्री से प्रसन्न और सदा ही निन्दनीय पुत्र के दोष से व्याकुल होता है ॥ १ ॥

धनस्थ सू० चं० मं० गु० युति का फल—

रवीन्दुभौमामरपूजिताङ्गा नरं प्रकुर्वन्ति गतस्वभावम् ।
विनष्टधर्मं प्रविहीनसत्यं श्लेष्माधिकं कामसमन्वितञ्च ॥ २ ॥

यदि जन्माऽङ्ग में दूसरे भाव में सू० चं० मं० गु० का योग हो तो जातक निर्धन, धर्म व सत्य से रहित, अधिक कफ से युक्त और विषयी होता है ॥ २ ॥

धनस्थ सू० चं० मं० शु० युति का फल—

रवीन्दुभौमासुरपूजिताङ्गा नरं प्रकुर्वन्ति विषादशीलम् ।
मलीमसं त्रासकरं कृतघ्नं श्रमाकुलं ख्यातिविवर्जितञ्च ॥ ३ ॥

यदि जन्माऽङ्ग में दूसरे भाव में सू० चं० मं० शु० का योग हो तो जातक विषादी, मलिन, दुःखदायी, कृतघ्न, परिश्रम से अशान्त और अप्रसिद्ध होता है ॥ ३ ॥

धनस्थ सू० चं० मं० श० युति का फल—

रवीन्दुभौमार्कसुता धनस्था नरं प्रकुर्वन्ति विशीर्णदन्तम् ।
लम्बोदरं स्वल्परुचिं सुकृष्णं विकल्पवाक्यं मतिसिद्धिहीनम् ॥४॥

यदि जन्माऽङ्ग में दूसरे भाव में सू० चं० मं० श० का योग हो तो जातक विक्षत दाँत वाला, लम्बे पेट का, अल्प इच्छा वाला, काला, वाणी से बदलने वाला, बुद्धि और सिद्धि से रहित होता है ॥ ४ ॥

धनस्थ सू० चं० बु० गु० युति का फल—

रवीन्दुसौम्यासुरपूजिताङ्गा नरं प्रकुर्वन्ति हुताशवृत्तिम् ।
क्लेशाधिकं वातकफार्दिताङ्गं तृष्णाधिकं भूरिखलाश्रितञ्च ॥ ५ ॥

यदि जन्माऽङ्ग में दूसरे भाव में सू० चं० बु० गु० का योग हो तो जातक अग्नि से जीविका करने वाला, अधिक कलही, वायु कफ से दुःखित शरीर धारी, अधिक तृष्णा करने वाला और बहुत दुष्टों के आश्रित होता है ॥ ५ ॥

धनस्थ सू० चं० बु० शु० युति का फल—

रवीन्दुसौम्यासुरपूजिताङ्गा धनस्थिताः सञ्जनयन्ति मर्त्यम् ।
लिङ्गव्यथार्तं कृतकस्वभावं स्वल्पात्मजं स्त्रीजनकं कुपुण्यम् ॥ ६ ॥

यदि जन्माऽङ्ग में दूसरे भाव में सू० चं० बु० शु० का योग हो तो जातक लिंग की व्यथा से दुःखी, कठोर प्रकृति, थोड़े पुत्र वाला, कन्या पैदा करने वाला और दूषित पुण्य से युक्त होता है ॥ ६ ॥

धनस्थ सू० चं० बु० श० युति का फल—

रवीन्दुसौम्यार्कसुता धनस्था नरं प्रकुर्वन्ति शिरोर्तिभाजम् ।
मलिम्लुचं वातकफातिरक्तं सदा विरक्तं निजबन्धुवर्गे ॥ ७ ॥

यदि जन्माऽङ्ग में दूसरे भाव में सू० चं० बु० श० का योग हो तो जातक मस्तक पीड़ा से युक्त, मलिन, वायु व कफ में अधिक व्याप्त और सदा अपने बान्धवों में विरक्त होता है ॥ ७ ॥

धनस्थ सू० चं० गु० शु० युति का फल—

रवीन्दुजीवासुरपूजिताङ्गा नरं प्रकुर्वन्ति जडस्वभावम् ।
विरक्तपौरं व्यथया समेतं सुनिष्ठुरं भीतिसमन्वितञ्च ॥ ८ ॥

यदि जन्माऽङ्ग में दूसरे भाव में सू० चं० गु० शु० का योग हो तो जातक मूर्ख प्रकृति, पुर से अर्थात् नगर से विरक्त, व्यथित, निठुर और डरने वाला होता है ॥ ८ ॥

धनस्थ सू० चं० गु० श० युति का फल—

रवीन्दुजीवार्कसुता धनस्था नरं प्रकुर्वन्ति प्रभूतकेशम् ।
पराङ्मुखं साधुगुरुद्विजानां परान्नपुष्टं नृपपीडिताङ्गम् ॥ ९ ॥

यदि जन्माऽङ्ग में दूसरे भाव में सू० चं० गु० श० का योग हो तो जातक बड़े बालों वाला, सज्जन, गुरु व ब्राह्मणों के संयोग से अलग या इनसे बहिर्मुख, दूसरे के अन्न से पोषित और राजा से पीड़ित देहधारी होता है ॥ ९ ॥

धनस्थ सू० चं० शु० श० युति का फल—

रवीन्दुशुक्रार्कसुता धनस्था नरं प्रकुर्वन्ति विहीनपुत्रम् ।
न्यूनाङ्गसेवाधिकगात्रकं वा दुष्टाशयं भोगविवर्जिताङ्गम् ॥१०॥

यदि जन्माऽङ्ग में दूसरे भाव में सू० चं० शु० श० का योग हो तो जातक पुत्र से रहित, हीनाङ्ग को सेवा से अधिक शरीरी, दूषित भावना का और भोग हीन होता है ॥ १० ॥

धनस्थ सू० मं० बु० गु० युति का फल—

सूर्यारसौम्यामरपूजिताङ्गा नरं प्रकुर्वन्ति विशीलमुग्रम् ।
वन्ध्यात्मकं स्त्रीचपलं कुनेत्रं व्ययाधिपापैश्च समन्वितञ्च ॥११॥

यदि जन्माऽङ्ग में दूसरे भाव में सू० मं० बु० गु० का योग हो तो जातक शीलता से हीन, उग्र, वन्ध्यावत् आत्मा वाला, स्त्रियों में चपल, दूषित नेत्रधारी, खर्चीला और रोगी होता है ॥ ११ ॥

धनस्थ सू० मं० बु० शु० युति का फल—

सूर्यारसौम्यासुरपूजिताङ्गा नरं प्रकुर्वन्ति सदा धनस्थाः ।
पापेन युक्तं सुकलत्रमुक्तं सुबन्धुहीनं विषयात्मकञ्च ॥१२॥

यदि जन्माऽङ्ग में दूसरे भाव में सू० मं० बु० शु० का योग हो तो जातक पापी, सुन्दर स्त्री से रहित, अच्छे बान्धवों से हीन और विषयी होता है ॥ १२ ॥

धनस्थ सू० मं० बु० श० युति का फल—

सूर्यारसौम्यार्कसुता धनस्था नरं प्रकुर्वन्ति क्षतिप्रदग्धम् ।
भयान्वितं दम्भमयं सुपापं शिष्योपदेशेन विवर्जितञ्च ॥१३॥

यदि जन्माऽङ्ग में दूसरे भाव में सू० मं० बु० श० का योग हो तो जातक क्षति से दुःखी, डरपोक, पाखण्डी, पापी और शिष्योपदेश से हीन होता है ॥ १३ ॥

धनस्थ सू० मं० गु० शु० युति का फल—

सूर्यारजीवासुरपूजिताङ्गा नरं प्रकुर्वन्ति सुजिह्वनेत्रम् ।
द्विजिह्वकं धर्मक्रियाविहीनं प्रभूतदोषं सततं कृतघ्नम् ॥१४॥

यदि जन्माऽङ्ग में दूसरे भाव में सू० मं० गु० शु० का योग हो तो जातक सुन्दर जीभ व आँख वाला, सर्प के तुल्य, धार्मिक कार्यों से हीन, बड़ा दोषी और सदा कृतघ्न होता है ॥ १४ ॥

धनस्थ सू० मं० गु० शु० युति का फल—

सूर्यारजीवासुरपूजिताङ्गा नरं प्रकुर्वन्ति महायशश्च ।
स्थूलाक्षिकेशं परदेशभाजं प्रभूतशत्रुं गतसौहृदञ्च ॥१५॥

यदि जन्माऽङ्ग में दूसरे भाव में सू० मं० गु० शु० का योग हो तो जातक बड़ा यशस्वी, बड़ी आँख व बाल वाला, परदेशी, अधिक शत्रु वाला और मित्रता से हीन होता है ॥ १५ ॥

धनस्थ सू० मं० गु० श० युति का फल—

सूर्यारजीवार्कसुता धनस्था नरं प्रकुर्वन्ति सदा प्रकोपम् ।
श्रमाधिकं दुष्टमतिं नृशंसं व्यपेतलज्जं वनिता प्रमुक्तम् ॥१६॥

यदि जन्माऽङ्ग में दूसरे भाव में सू० मं० गु० श० का योग हो तो जातक सदा क्रोधी, अधिक परिश्रमी, दुष्ट बुद्धि, निन्दनीय, लज्जा से हीन और स्त्री से रहित होता है ॥ १६ ॥

धनस्थ सू० मं० शु० श० युति का फल—

सूर्यारशुक्रार्कसुता धनस्था नरं प्रकुर्वन्ति सुकष्टभाजम् ।
धर्मैर्विहीनं श्रुतिसौख्यहीनं पापानुसङ्गञ्च सदा निरस्तम् ॥१७॥

यदि जन्माऽङ्ग में दूसरे भाव में सू० म० शु० श० का योग हो तो जातक कष्ट भोगी, धर्म से हीन, वेद व सुख से हीन और सदा पाप के संग से नष्ट होता है ॥ १७ ॥

धनस्थ सू० बु० गु० शु० युति का फल—

सूर्यज्ञजीवाभृगुजा धनस्था नरं प्रकुर्वन्ति सदातुरञ्च ।
रोगाभिभूतं कृशमल्पसत्यं जडात्मकं दोषकथानुरक्तम् ॥१८॥

यदि जन्माऽङ्ग में दूसरे भाव में सू० बु० गु० शु० का योग हो तो जातक सदा रोगी, रोग से पीड़ित, अल्प सत्य भाषी, दुबला, मूर्ख और दूषित कथा में आसक्त होता है ॥ १८ ॥

धनस्थ सू० बु० गु० श० युति का फल—

सूर्यज्ञजीवार्कसुता धनस्था नरं प्रकुर्वन्ति धनेन हीनम् ।
तृष्णाधिकं कामपरं रुजार्तं कुरूपनेत्रं हृतबन्धुसौख्यम् ॥१९॥

यदि जन्माऽङ्ग में दूसरे भाव में सू० बु० गु० श० का योग हो तो जातक निर्धन, अधिक तृष्णा वाला, परम विषयी, रोग से पीड़ित, रूप हीन और बान्धवों के सुख से रहित होता है ॥ १९ ॥

धनस्थ चं० मं० बु० गु० युति का फल—

चन्द्रारसौम्यामरपूजिताङ्गा धनस्थिताः सञ्जनयन्ति मर्त्यम् ।
मुनिप्रियं शास्त्रकथानुरक्तं भक्तं द्विजानां नयनाभिराम् ॥२०॥

यदि जन्माऽङ्ग में दूसरे भाव में चं० मं० बु० गु० का योग हो तो जातक ऋषि प्रेमी, शास्त्रोग्र कथा में आसक्त, ब्राह्मणों का भक्त और नेत्र सुखदायी होता है ॥ २० ॥

धनस्थ चं० मं० बु० शु० युति का फल—

चन्द्रारसौम्यासुरपूजिताङ्गा धनस्थिताः सञ्जनयन्ति मर्त्यम् ।
तीर्थानुरक्तं व्रतशास्त्ररक्तं सुपूजितं भूपसमं सदैव ॥२१॥

यदि जन्माऽङ्ग में दूसरे भाव में च० म० बु० शु० का योग हो तो जातक तीर्थों का भक्त, व्रती, शास्त्रानुरागी और सदा ही राजतुल्य सम्मानित होता है ॥ २१ ॥

धनस्थ चं० मं० गु० श० युति का फल—

चन्द्रारजीवार्कसुता धनस्था नर प्रकुर्वन्ति धनप्रधानम् ।
सस्याश्वगोवस्त्रसुवर्णभाजं ख्यातं कविं धर्मरतिं सुरूपम् ॥२२॥

यदि जन्माऽङ्ग में दूमरे भाव में च० मं० गु० श० का योग हो तो जातक श्रेष्ठ धनी, अन्न, घोड़ा, गाय, वस्त्र, सुवर्ण का भोगी, प्रसिद्ध, कवि, धर्मातमा और स्वरूपवान् होता है ॥ २२ ॥

धनस्थ चं० मं० गु० शु० युति का फल—

चन्द्रारजीवासुरपूजिताङ्गा नरं प्रकुर्वन्ति सदा धनस्थाः ।
विद्याविहीनं गणनाप्रधानं मेधाविनं ब्राह्मणवल्लभञ्च ॥२३॥

यदि जन्माऽङ्ग में दूसरे भाव में चं० मं० गु० शु० का योग हो तो जातक विद्या से हीन, प्रधान गणितज्ञ, मेधावी और ब्राह्मणों का प्रिय होता है ॥ २३ ॥

धनस्थ चं० मं० गु० श० युति का फल—

चन्द्रारजीवार्कसुता धनस्था नरं प्रकुर्वन्ति जयेन युक्तम् ।
सुशीलबालं च विशालवित्तं नरेन्द्रपूज्यं व्रतलालसञ्च ॥२४॥

यदि जन्माऽङ्ग में दूसरे भाव में चं० म० गु० श० का याग हो तो जातक विजयी, सुशील बालकवत् विस्तृत धनो, राजा से पूजित और व्रतलालसी होता है ॥ २४ ॥

धनस्थ चं० मं० गु० श० युति का फल —

चन्द्रारजीवार्कसुता सदैव धनस्थिताः सञ्जनयन्ति मर्त्यम् ।
नानाश्ववस्त्रद्रविणैः समेतं विमुक्तरोगं गुणसंयुतञ्च ॥२५॥

यदि जन्माऽङ्ग में दूसरे भाव में चं० मं० गु० श० का योग हो तो जातक अनेक घोड़ा, वस्त्र व धन से युक्त, रोग से हीन और गुणी होता है ॥ २५ ॥

धनस्थ चं० बु० गु० शु० युति का फल—

चन्द्रज्ञजीवासुरपूजिताश्च नरं प्रकुर्वन्ति मखानुरक्तम् ।
सत्साधुसेवानिरतं प्रगल्भं महाधनं शास्त्ररतं सदैव ॥२६॥

यदि जन्माऽङ्ग में दूसरे भाव में चं० बु० गु० शु० का योग हो तो जातक यज्ञ में आसक्त, सज्जन विद्वानों की सेवा में लीन, प्रतिभाशाली, बड़ा, और शास्त्र में तत्पर होता है ॥ २६ ॥

धनस्थ चं० बु० गु० श० युति का फल

चन्द्रज्ञजीवार्कसुता धनस्था नरं प्रकुर्वन्ति रतं द्विजानाम् ।
मनोज्ञदेहं स्मितपूर्ववाक्यं सदा प्रहृष्टं नृपतेरभीष्टम् ॥२७॥

यदि जन्माऽङ्ग में दूसरे भाव में चं० बु० गु० श० का योग हो तो जातक ब्राह्मणों का भक्त, सुन्दर देहधारी, हास्य युक्त वादी, सदा प्रसन्न और राजा का प्रिय होता है ॥ २७ ॥

धनस्थ चं० बु० शु० श० युति का फल—

चन्द्रज्ञशुक्रार्कसुता यदा स्युर्धनस्थिताः सञ्जनयन्ति मर्त्यम् ।
नृपप्रधानं प्रणतारिपक्षं प्रभूतकोशान्वितधृष्टधर्मम् ॥२८॥

यदि जन्माऽङ्ग में दूसरे भाव में चं० बु० शु० श० का योग हो तो जातक राजाओं में श्रेष्ठ, विनम्र शत्रु पक्ष वाला, अधिक धनी और ढीठ धर्म वाला होता है ॥ २८ ॥

धनस्थ चं० गु० शु० श० युति का फल—

चन्द्रामरेज्यासुरपूज्यसौरा नरं प्रकुर्वन्ति बहुप्रधानम् ।
नरेन्द्रपूज्यं सचिवं महं वा सदैव हृष्टं प्रथितस्वभावम् ॥२९॥

यदि जन्माऽङ्ग मे दूसरे भाव मे चं० गु० शु० श० का योग हो तो जातक अधिक श्रेष्ठ, राजा से पूजित, सचिव या तेजस्वी, सदा ही प्रसन्न और प्रसिद्ध प्रकृति का होता है ॥ २९ ॥

धनस्थ मं० बु० गु० शु० युति का फल—

भौमज्ञजीवासुरपूजिताङ्गा नरं प्रकुर्वन्ति हितं द्विजानाम् ।
प्रख्यातवीर्यं नृपकार्यदक्षं क्षमान्वितं सर्वसुखैः समेतम् ॥३०॥

यदि जन्माऽङ्ग में दूसरे भाव में मं० बु० गु० शु० का योग हो तो जातक ब्राह्मणों का हितैषी, प्रसिद्ध पराक्रमी, राजकीय कार्य में चतुर, क्षमावान् और सब प्रकार से सुखी होता है ॥ ३० ॥

धनस्थ मं० बु० गु० श० युति का फल—

भौमज्ञजीवार्कसुता धनस्था नरं प्रकुर्वन्ति विदेशसङ्गम् ।
धनागमं साधुसमागमोक्तमारामवापीनृपकृत्ययुक्तम् ॥३१॥

यदि जन्माऽङ्ग में दूसरे भाव में मं० बु० गु० श० का योग हो तो जातक विदेश का सङ्गी, धनी, सज्जनों का समागमी, बगीचा, कुआ और राजा के कार्य से युक्त होता है ॥ ३१ ॥

धनस्थ मं० बु० शु० श० युति का फल—

भौमज्ञशुक्रार्कसुता धनस्था नरं प्रकुर्वन्ति विनीतदारम् ।
रम्याकृतिं साधुजनानुरक्तं सतामभीष्टं बहुसस्यवित्तम् ॥३२॥

यदि जन्माऽङ्ग में दूसरे भाव में मं० बु० शु० श० का योग हो तो जातक विनयी स्त्री वाला, सुन्दर आकृति, सज्जनों का भक्त, विद्वानों का प्रिय और बहुत धनधान्य से युक्त होता है ॥ ३२ ॥

धनस्थ मं० गु० शु० श० युति का फल—

भौमामरेज्यासुरपूज्यसौरा धनाश्रिता सञ्जनयन्ति मर्त्यम् ।
प्रभूतसस्यं श्रुतसौख्यपुष्टं कविप्रधानं नियमैः समेतम् ॥३३॥

यदि जन्माऽङ्ग में दूसरे भाव में मं० गु० शु० श० का योग हो तो जातक अधिक धान्य से युक्त, शास्त्रीय सुख से पुष्ट, श्रेष्ठ कवि और नियमी होता है ॥ ३३ ॥

धनस्थ बु० गु० शु० श० युति का फल—

बुधामरेज्यासुरपूज्यसौरा धनस्थिताः सञ्जनयन्ति मर्त्यम् ।
कलासु दक्षं क्षपितारिपक्षं सुकीर्तियुक्तं धनवल्लभञ्च ॥३४॥

इत्येवं चतुर्विकल्पाः ।

यदि जन्माऽङ्ग में दूसरे भाव में बु० गु० शु० श० का योग हो तो जातक कलाओं में चतुर, शत्रुओं को नष्ट करने वाला, सुन्दर कीर्तिमान् और धन प्रिय होता है ॥ ३४ ॥

इस प्रकार दूसरे भाव में चार ग्रहों की युति का फल समाप्त हुआ ॥ १-३४ ॥

अथ पञ्चविकल्पाः ।

अब आगे दूसरे भाव में पाँच ग्रहों की युति के फल को बताते हैं ।

धनस्थ सू० चं० मं० बु० गु० युति का फल—

रवीन्दुभौमज्ञसुरेन्द्रपूज्या धनस्थिताः सञ्जनयन्ति मर्त्यम् ।
क्लेशान्वितं शूरमतिं सुलुब्धं विवेकहीनं लघुगात्रकञ्च ॥ १ ॥

यदि जन्माऽङ्ग में दूसरे भाव में सू० चं० मं० बु० गु० का योग हो तो जातक कलह से युक्त, वीर बुद्धि का, लोभी, विवेक शून्य और छोटे शरीर का होता है ॥ १ ॥

धनस्थ सू० चं० मं० बु० शु० युति का फल—

रवीन्दुभौमज्ञसिता धनस्था नरं प्रकुर्वन्ति बहुप्रियार्तम् ।
तेजो विहीनं ह्यनिलस्वभावं सुनिष्ठुरं पापमतिं सदैव ॥ २ ॥

यदि जन्माङ्ग में दूसरे भाव में सू० चं० मं० बु० शु० का योग हो तो जातक अधिक स्त्रियों से दुःखी, निस्तेज, वायु प्रकृति का, निठुर और सदा ही पाप बुद्धि वाला होता है ॥ २ ॥

धनस्थ सू० चं० मं० बु० श० युति का फल—

सूर्येन्दुभौमज्ञदिनेशपुत्रा धनस्थिताः सञ्जनयन्ति मर्त्यम् ।
निशान्धकं कामरतं हतस्वं प्रभूतवैरं मतिवर्जितञ्च ॥ ३ ॥

यदि जन्माऽङ्ग में दूसरे भाव में सू० चं० मं० बु० श० का योग हो तो जातक रात्रि में अन्धा, कामी निर्धन, अधिक वैरी और बुद्धि से रहित होता है ॥ ३ ॥

धनस्थ सू० चं० मं० गु० शु० युति का फल—

रवीन्दुभौमामरपूज्यशुक्रा धनस्थिताः सञ्जनयन्ति मर्त्यम् ।
क्रियाविहीनं विधनं कुचैलं रोगाभिभूतं परदेशरक्तम् ॥ ४ ॥

यदि जन्माङ्ग में दूसरे भाव में सू० चं० मं० गु० शु० का योग हो तो जातक कार्य से रहित, निर्धन, दूषित वस्त्र वाला, रोग से पीड़ित और परदेश में आसक्त होता है ॥ ४ ॥

धनस्थ सू० चं० मं० गु० श० युति का फल—

रवीन्दुभौमामरपूज्यसौरा नरं प्रकुर्वन्ति सुहृद्विरुद्धम् ।
परोपकारप्रविवर्जिताङ्गं सुदीनवृत्तिं हतपौरुषञ्च ॥ ५ ॥

यदि जन्माऽङ्ग में दूसरे भाव में सू० चं० मं० गु० श० का योग हो तो जातक मित्रों के विपरीत, परोपकार से रहित, दीन वृत्ति वाला और पुरुषार्थ हीन होता है ॥ ५ ॥

धनस्थ सू० चं० मं० शु० श० युति का फल—

रवीन्दुभौमासुरपूज्यसौरा नरं प्रकुर्वन्ति खलानुरक्तम् ।
व्रणार्दिताङ्गं क्षतजव्यथार्तं पापर्द्धिसंयुक्तमतिप्रकोपम् ॥ ६ ॥

यदि जन्माऽङ्ग में दूसरे भाव में सू० चं० मं० शु० श० का योग हो तो जातक दुष्टों में आसक्त, घाव पीड़ित शरीरधारी, भग्नता की पीड़ा से दुःखी, पाप की वृद्धि करने वाला और बड़ा क्रोधी होता है ॥ ६ ॥

धनस्थ सू० चं० बु० गु० शु० युति का फल—

रवीन्दुसौम्यामरपूज्यशुक्रा धनस्थिताः सञ्जनयन्ति मर्त्यम् ।
दर्पोत्कटं क्षान्तिविवर्जिताङ्गं तथाऽघृणं नीतिविवर्जितञ्च ॥ ७ ॥

यदि जन्माऽङ्ग में दूसरे भाव में सू० च० बु० गु० शु० का योग हो तो जातक उत्कृष्ट अभिमानी, क्षमा से रहित, घृणा से हीन और नीति से रहित होता है ॥ ७ ॥

धनस्थ सू० चं० मं० गु० श० युति का फल—

रवीन्दुभौमामरपूज्यसौरा धनस्थिताः सञ्जनयन्ति मर्त्यम् ।
तृष्णाधिकं क्रोधयुतं गताशं विधर्मिणं भीतिसमन्वितञ्च ॥ ८ ॥

यदि जन्माऽङ्ग में दूसरे भाव में सू० चं० मं० गु० श० का योग हो तो जातक अधिक तृष्णा वाला, क्रोधी, आशा से हीन, विधर्मी और डरने वाला होता है ॥ ८ ॥

धनस्थ सू० चं० गु० शु० श० युति का फल—

सूर्येन्दुजीवाः सुरपूज्यसौरा धनस्थिताः सञ्जनयन्ति मर्त्यम् ।
निःस्वं भयार्तं कृतभूरिपापमलोलुपं पुण्यपरं सुजङ्घम् ॥ ९ ॥

यदि जन्माऽङ्ग में दूसरे भाव में सू० चं० गु० शु० श० का योग हो तो जातक निर्धन, भय से पीड़ित, अधिक पापी, निर्लोभी, पुण्यवान् और सुन्दर जाँघ वाला होता है ॥ ९ ॥

धनस्थ सू० मं० बु० गु० शु० युति का फल—

सूर्यारसौम्यामरपूज्यशुक्रा धनस्थिताः सञ्जनयन्ति मर्त्यम् ।
निन्द्यं कृतघ्नं परकर्मभाजं सत्कृष्टदारं गतपौरुषञ्च ॥१०॥

यदि जन्माऽङ्ग में दूसरे भाव में सू० मं० बु० गु० शु० का योग हो तो जातक अधिक निन्दनीय, कृतघ्न, दूसरे का काम करने वाला, सज्जन आकर्षण वाली स्त्री का पति और पुरुषार्थ हीन होता है ॥ १० ॥

धनस्थ सू० मं० बु० गु० श० युति का फल—

सूर्यारसौम्यामरपूज्यसौरा धनस्थिताः सञ्जनयन्ति मर्त्यम् ।
प्रनिन्दितं वञ्चनकं कृतघ्नं विरुद्धचेष्टं सुविरुद्धदारम् ॥११॥

यदि जन्माऽङ्ग में दूसरे भाव में सू० मं० बु० गु० श० का योग हो तो जातक अधिक निन्दित, धूर्त, कृतघ्न, विपरीत इच्छा वाला और विरुद्ध स्त्री से युक्त होता है ॥ ११ ॥

धनस्थ सू० बु० गु० शु० श० युति का फल—

सूर्यज्ञजीवासुरपूज्यसौरा धनस्थिताः सञ्जयन्ति मर्त्यम् ।
श्रितार्थहीनं व्यसनाभिभूतं सुनिर्दयं शास्त्रपराङ्मुखञ्च ॥१२॥

यदि जन्माऽङ्ग मे दूसरे भाव में सू० बु० गु० शु० श० का योग हो तो जातक श्रित धन से हीन, व्यसनों से पीड़ित, निर्दयी और शास्त्र से बहिर्भूत होता है ॥ १२ ॥

धनस्थ चं० मं० बु० गु० शु० युति का फल—

चन्द्रारसौम्यामरपूज्यशुक्रा धनस्थिताः सञ्जनयन्ति मर्त्यम् ।
स्वबन्धुकृत्येषु सदानुरक्तं प्रभूतकोशं श्रुतपावनाढ्यम् ॥१३॥

यदि जन्माऽङ्ग में दूसरे भाव में चं० मं० बु० गु० शु० का योग हो तो जातक अपने बान्धवों के कार्यों में सदा आसक्त, बड़ा धनी, शास्त्र व पवित्रता से युक्त होता है ॥ १३ ॥

धनस्थ चं० मं० बु० शु० श० युति का फल—

चन्द्रारसौम्यासुरपूज्यसौरा धनस्थिताः सञ्जनयन्ति मर्त्यम् ।
सुमित्रयुक्तं प्रणतं निरीहं गताशनं श्वासगदानुरक्तम् ॥१४॥

यदि जन्माऽङ्ग में दूसरे भाव में चं० मं० बु० शु० श० का योग हो तो जातक अच्छे मित्रों से युक्त, विनयी, निरीह, भोजन से रहित और श्वास का रोगी होता है ॥ १४ ॥

धनस्थ चं० बु० गु० शु० श० युति का फल—

चन्द्रज्ञजीवामरपूज्यसौरा धनस्थिताः सञ्जनयन्ति मर्त्यम् ।
गुरुद्विजातिप्रणतं सुरूपं सुचित्तधर्मं परकर्मदक्षम् ॥१५॥

यदि जन्माऽङ्ग में दूसरे भाव में चं० बु० गु० शु० श० का योग हो तो जातक गुरु व ब्राह्मणों का भक्त, स्वरूपवान्, सुन्दर मन व धर्म से युक्त और देव कार्य में चतुर होता है ॥ १५ ॥

धनस्थ मं० बु० गु० शु० श० युति का फल—

भौमज्ञजीवासुरपूज्यसौरा धनस्थिताः सञ्जनयन्ति मर्त्यम् ।
लघुप्रकोपं बहुमित्रवर्गंश्रुतानुरक्तं प्रियसाहसञ्च ॥१६॥
इत्येवं पञ्चविकल्पाः ।

यदि जन्माऽङ्ग में दूसरे भाव में मं० बु० गु० शु० श० का योग हो तो जातक अल्प क्रोधी, अधिक मित्र वर्ग व शास्त्र में आसक्त और साहस प्रिय होता है ॥ १६ ॥

इस प्रकार दूसरे भाव में ५ ग्रहों की युति का फल समाप्त हुआ ॥ १–१६ ॥

[अथ षड्विकल्पाः]

अब आगे ६ ग्रहों की युति के फल को बताते हैं ।

धनस्थ सू० चं० मं० बु० गु० शु० युति का फल—

रवीन्दुभौमज्ञसुरेज्यशुक्रा धनस्थिताः सञ्जनयन्ति मर्त्यम् ।
क्लेशाधिकं सत्यधनैर्विमुक्तं प्रेष्यं खलं दुर्जनसम्मतञ्च ॥ १ ॥

यदि जन्माऽङ्ग में दूसरे भाव में सू० चं० मं० बु० गु० शु० का योग हो तो जातक अधिक कलही, धन व सत्य से रहित, सेवक, दुष्ट और दुष्टों से सम्मत होता है ॥ १ ॥

धनस्थ सू० चं० मं० बु० गु० श० युति का फल—

रवीन्दुभौमज्ञसुरेज्यसौरा धनस्थिताः सञ्जनयन्ति मर्त्यम् ।
स्वसस्यपुत्रैः रहितं सुदुष्टं कुशास्त्रमित्रागमसेवकञ्च ॥ २ ॥

यदि जन्माऽङ्ग में दूसरे भाव में सू० चं० मं० बु० गु० श० का योग हो तो जातक अपने अन्न पुत्र से हीन, दुष्ट, दूषित शास्त्र, मित्र, आगम और नौकर वाला होता है ॥ २ ॥

धनस्थ सू० चं० मं० बु० शु० श० युति का फल—

रवीन्दुभौमज्ञसितार्कपुत्रा धनस्थिताः सञ्जनयन्ति मर्त्यम् ।
मन्युप्रधानं सुहृदासभीष्टं जनप्रधानं बहुवञ्चकञ्च ॥ ३ ॥

यदि जन्माऽङ्ग में दूसरे भाव में सू० चं० मं० बु० शु० श० का योग हो तो जातक बड़ा क्रोधी, मित्रों का प्रिय, मनुष्यों में प्रधान और अधिक धूर्त होता है ।। ३ ।।

धनस्थ सू० चं० मं० गु० शु० श० युति का फल—

रवीन्दुभौमामरपूज्यशुक्रसौरा धनस्था जनयन्ति मर्त्यम् ।
दम्भाऽन्वितं पुण्यकथाविरक्तं सुलोलजिह्वं गुरुशोकभाजम् ॥ ४ ॥

यदि जन्माऽङ्ग में दूसरे भाव में सू० चं० मं० गु० शु० श० का योग हो तो जातक पाखण्डी, पुण्य कथाओं से हीन, चञ्चल जीभ वाला और गुरु के शोक से युक्त होता है ।। ४ ।।

धनस्थ सू० चं० बु० गु० शु० श० युति का फल—

रवीन्दुसौम्यामरपूज्यशुक्रशनैश्चराः सञ्जनयन्ति मर्त्यम् ।
धनस्थिताः कीर्तिधनप्रहीनं निन्द्यं प्रधानं विनयेन हीनम् ॥ ५ ॥

यदि जन्माऽङ्ग में दूसरे भाव में सू० चं० बु० गु० शु० श० का योग हो तो जातक कीर्ति व धन से हीन, निन्दनीय, श्रेष्ठ और विनय से रहित होता है ।। ५ ।।

धनस्थ सू० मं० बु० गु० शु० श० युति का फल—

सूर्यारसौम्यामरपूज्यशुक्रशनैश्चराः सञ्जनयन्ति मर्त्यम् ।
कृत्यैर्विहीनं मतिचित्रहीनं सदातुरं क्लेशसमन्वितञ्च ॥ ६ ॥

यदि जन्माऽङ्ग में दूसरे भाव में सू० मं० बु० गु० शु० श० का योग हो तो जातक कार्य से रहित, विचित्र बुद्धि से हीन, सदा रोगी और कलही होता है ।। ६ ।।

धनस्थ चं० मं० बु० गु० शु० श० युति का फल—

चन्द्रारसौम्यामरपूज्यशुक्रशनैश्चराः सञ्जनयन्ति मर्त्यम् ।
समुद्रपर्यन्तधराधिनाथं धर्मध्वजं भूरियशो निवासम् ॥ ७ ॥

इत्येवं षड्विकल्पाः ।

यदि जन्माऽङ्ग में दूसरे भाव में चं० मं० बु० गु० शु० श० का योग हो तो जातक समुद्र पर्यन्त भूमि का स्वामी, धर्म की ध्वजा और अधिक यशस्वी होता है ।। ७ ।।

इस प्रकार द्वितीयस्थ ६ ग्रहों की युति का फल समाप्त हुआ ।। १–७ ।।

अथ सप्तविकल्पाः

अब आगे सात ग्रहों की युति के फल को बताते हैं ।

धनस्थ सू० चं० मं० बु० गु० शु० श० युति का फल—

सूर्येन्दुभौमज्ञसुरेज्यशुक्रशनैश्चराः सञ्जनयन्ति मर्त्यम् ।
धनाश्रिता भूरिधनाश्वनागैः संसेवितं धर्मधरं सदैव ॥ १ ॥

इत्येवं सप्तविकल्पाः ।

इतिवृद्धयवने धनाश्रितयोगफलम्

यदि जन्माऽङ्ग में दूसरे भाव में सू० चं० मं० बु० गु० शु० श० का योग हो तो जातक अधिक धन, घोड़ा व सर्पों से सेवित और सदा ही धर्मात्मा होता है ॥ १ ॥

इस प्रकार धनस्थ २, ३, ४, ५, ६, ७ ग्रहों की युति का फल समाप्त हुआ ॥ १ ॥

अथ तृतीयभावस्थद्विग्रहादियोगफलम्

अब तीसरे भाव में २, ३, ४, ५, ६ ग्रहों की युति के फल को कहने में पूर्व यहाँ २ ग्रहों की युति के फल को बताते हैं।

तीसरे भाव में सूर्य चन्द्र युति का फल—

सू० चं० तृतीयगस्तीक्ष्णकरः सचन्द्रो नरं विधत्ते प्रियबन्धुदारम्।
जनानुरक्तं व्रतशास्त्रयुक्तं स्वरं कविं कीर्तिविवर्धनञ्च ॥ १ ॥

यदि जन्मपत्री में तीसरे भाव में सूर्य चन्द्रमा का योग हो तो जातक बान्धव व स्त्री का प्रिय, जन प्रिय, व्रती, शास्त्र से युक्त वाणी वाला, कवि और कीर्ति बढ़ाने वाला होता है ॥ १ ॥

तीसरे भाव में सूर्य भौम युति का फल—

सू० मं० तृतीयगस्तीक्ष्णकरः सभौमो नरं प्रसूते नृपतुल्यवीर्यम्
भौमान्वितं वाहरतं सुनेत्रं प्रियातिथिं वृद्धसुतं सदैव ॥ २ ॥

यदि जन्मपत्री में तीसरे भाव में सूर्य भौम का योग हो तो जातक राजा के समान पराक्रमी, भूमि सम्बन्धी सुख से युक्त, घोड़े में आसक्त, सुन्दर आँख वाला, अतिथि प्रेमी और सदा ही वृद्ध पुत्र से युक्त होता है ॥ २ ॥

तीसरे भाव में सूर्य बुध युति का फल—

सू० बु० तृतीयगस्तीक्ष्णकरः सभौमो नरं प्रसूते बहुपुत्रपौत्रम्।
जितेन्द्रियं भूरिपराक्रमाढ्यं विख्यातकीर्तिं जनवल्लभञ्च ॥ ३ ॥

यदि जन्मपत्री में तीसरे भाव में सूर्य बुध का योग हो तो जातक अधिक पुत्र पौत्रों से युक्त, जितेन्द्रिय, बड़ा पराक्रमी, प्रसिद्ध कीर्तिमान् और जनप्रिय होता है ॥३॥

तीसरे भाव में सूर्य गुरु युति का फल—

सू० गु० तृतीयगस्तीक्ष्णकरः सजीवो नरं विधत्ते खलतासमेतम्।
तीक्ष्णस्वभावं बहुमानवाढ्यं निसर्गपुष्टं मति ऋद्धिहीनम् ॥ ४ ॥

यदि जन्मपत्री में तीसरे भाव में सूर्य गुरु का योग हो तो जातक दुष्ट, तीखे स्वभाव का, अधिक मनुष्यों से युक्त, स्वभाव से पुष्ट और बुद्धि की वृद्धि से रहित होता है ॥ ४ ॥

तीसरे भाव में सूर्य शुक्र युति का फल—

सू० शु० तृतीयगस्तीक्ष्णकरः सशुक्रो नरं प्रसूते विगतस्त्वपत्यम्।
क्षुद्रस्वभावं सुतरां दरिद्रं विदेशरक्तं बहुगर्वितञ्च ॥ ५ ॥

यदि जन्मपत्री में तीसरे भाव में सूर्य शुक्र का योग हो तो जातक पुत्र से हीन, अल्प प्रकृति का, निरन्तर दरिद्री, विदेश में आसक्त और बड़ा अभिमानी होता है ॥५॥

तीसरे भाव में सूर्य शनि युति का फल—

सू० श० तृतीयगस्तीक्ष्णकरः सचन्द्रो नरं प्रसूते दृढनिष्ठुरञ्च।
शूरं हतारिं प्रियवाक्यदक्षं सर्वेश्वराणामनुकूलचेष्टम् ॥ ६ ॥

यदि जन्मपत्री में तीसरे भाव में सूर्य शनि का योग हो तो जातक स्थिर निठुर, वीर, शत्रु नाशी, प्रिय वाणी में चतुर और समस्त स्वामियों के अनुकूल इच्छा वाला होता है ॥ ६ ॥

तीसरे भाव में चन्द्र भौम युति का फल—

चं० मं० तृतीयगः शीतकरः सभौमो नरं प्रसूते कृषिकर्मदक्षम्।
मुदाविहीनं विनयप्रधानं स्त्रीणामभीष्टं सुतलालसञ्च ॥ ७ ॥

यदि जन्मपत्री में तीसरे भाव में चन्द्र मङ्गल का योग हो तो जातक खेती के काम में चतुर, प्रसन्नता से हीन, श्रेष्ठ विनयी, स्त्रियों का प्रेमी और पुत्र की इच्छा से युक्त होता है ॥ ७ ॥

तीसरे भाव में चन्द्र बुध युति का फल—

चं० बु० तृतीयगः शीतकरः ससौम्यो नरं विधत्ते विकृतानुकारम्।
द्यूतप्रियं मत्सरिणं सुजिह्मं वृद्धप्रकोपं चपलं सदैव ॥ ८ ॥

यदि जन्मपत्री में तीसरे भाव में चन्द्र बुध का योग हो तो जातक विकृती, जुआ का प्रेमी, ईर्ष्यालु, कुटिल बडा क्रोधी और सदा ही चपल होता है ॥ ८ ॥

तीसरे भाव में चन्द्र गुरु युति का फल—

चं० गु० तृतीयगः शीतकरः सजीवो नरं प्रसूते व्यसनप्रधानम्।
प्रभूतदुःखं कुटिलस्वभावं विद्वेषरक्तं धृतिवर्जितञ्च ॥ ९ ॥

यदि जन्मपत्री में तीसरे भाव में चन्द्र गुरु का योग हो तो जातक मुख्य व्यसनी, बड़ा दुःखी, कुटिल प्रकृति का, द्रोह में आसक्त और धैर्य से हीन होता है ॥ ९ ॥

तीसरे भाव में चन्द्र शुक्र युति का फल—

चं० शु० तृतीयगः शीतकरः सशुक्रो नरं विधत्ते सुकरोरुमिश्रम्।
जडात्मकं दुःखसहं च सर्वं विमुक्तशीलं वसुदीनवृत्तिम् ॥१०॥

यदि जन्मपत्री में तीसरे भाव में चन्द्र शुक्र का योग हो तो जातक सुन्दर जाँघ पर्यन्त हाथ वाला, मूर्ख, समस्त दुःख सहने वाला, शीलता से हीन और भूमि में हीन आजीविका वाला होता है ॥ १० ॥

तीसरे भाव में चन्द्र शनि युति का फल—

चं० श० तृतीयगः शीतकरः ससौरो नरं प्रसूते निरुजं निरीहम्।
प्रमादहीनं बहुसाधु सेव्यं प्रभूतचित्रं घृणया समेतम् ॥११॥

यदि जन्मपत्री में तीसरे भाव में चन्द्र शनि का योग हो तो जातक नीरोग, निरीह, अप्रमादी, अधिक सज्जनों से सेवनीय, बड़ा विचित्र और घृणी होता है ॥ ११ ॥

तीसरे भाव में मङ्गल बुध युति का फल—

मं० बु० तृतीयगो भूमिसुतः ससौम्यो नरं विधत्ते हितमल्पदोषम् ।
सुगन्धगात्रं शुभमूर्धजाढ्यं महाप्रभावं विभवैः समेतम् ॥१२॥

यदि जन्मपत्री में तीसरे भाव में भौम बुध का योग हो तो जातक अधिक कल्याण व अल्प दोष से युक्त, सुगन्धित शरीरधारी, अच्छे बालों वाला, बड़ा प्रभावशाली और ऐश्वर्य से युक्त होता है ॥ १२ ॥

तीसरे भाव में भौम गुरु युति का फल—

मं० गु० तृतीयगो भूतनयः सजीवो नरं प्रसूते भयवर्जिताङ्गम् ।
गुणानुरक्तं बहुबुद्धिभाजं तेजोऽन्वितं सत्यशुचिं सदैव ॥१३॥

यदि जन्मपत्री में तीसरे भाव में मङ्गल गुरु का योग हो तो जातक भय से हीन, गुणों में आसक्त, बड़ा बुद्धिमान्, तेजस्वी, सदा ही सत्यवादी और पवित्र होता है । १३ ॥

तीसरे भाव में भौम शुक्र युति का फल—

मं० शु० तृतीयगो भूतनयः सशुक्रो नरं प्रसूते बहुशिल्पदक्षम् ।
सुधर्मिणं तीर्थरतं गुणज्ञं महौजसङ्गीतविशारदञ्च ॥१४॥

यदि जन्मपत्री में तीसरे भाव में भौम शुक्र का योग हो तो जातक कारीगरी में बड़ा चतुर, सुन्दर धर्मावलम्बी, तीर्थों में आसक्त, गुणी, बड़ा ओजस्वी और सङ्गीत में चतुर होता है ॥ १४ ॥

तीसरे भाव में भौम शनि युति का फल—

मं० श० तृतीयगो भूतनयः ससौरो नरं प्रसूते नृपतिप्रभावम् ।
शूरं विरोगैः परिवर्जिताङ्गं नृदेवदेवं विजितारिपक्षम् ॥१५॥

यदि जन्मपत्री में तीसरे भाव में भौम शनि का योग हो तो जातक राजा के समान प्रभावशाली, वीर, विशेष रोगों से हीन, ब्राह्मणों में पूजनीय और शत्रु पक्ष को जीतने वाला होता है ॥ १५ ॥

तीसरे भाव में बुध गुरु युति का फल—

बु० गु० तृतीयगः सोमसुतः सजीवो नरं विधत्ते रणकर्मभीरुम् ।
जडात्मकं सद्गुणबुद्धिहीनं सद्बन्धुहीनं च रुजा समेतम् ॥१६॥

यदि जन्मपत्री में तीसरे भाव में बुध गुरु का योग हो तो जातक युद्ध के काम में डरपोक, मूर्ख, अच्छे गुण व बुद्धि से हीन, अच्छे बान्धवों से रहित और रोगी होता है ॥ १६ ॥

तीसरे भाव में बुध शुक्र युति का फल—

बु० शु० तृतीयगः सोमसुतः सशुक्रो नरं प्रसूते विभवैः समेतम् ।
दोषैर्युतं तामसमिन्द्रियार्थं सुतार्दितं गुह्यरुजा समेतम् ॥१७॥

यदि जन्मपत्री में तीसरे भाव में बुध शुक्र का योग हो तो जातक ऐश्वर्य से युक्त, दोषी, इन्द्रियों के कारण तामसी, पुत्र से पीडित और गुह्य रोग से युत होता है ॥ १७ ॥

तीसरे भाव में बुध शनि युति का फल—

बु० श० तृतीयगः सोमसुतः ससौरो नरं प्रसूते धनिनामभीष्टम् ।
साधुं सदाचाररतं शुभाङ्गं प्रसन्नवक्त्रं बहुशीलभाजम् ॥१८॥

यदि जन्मपत्री में तीसरे भाव में बुध शनि का याग हो तो जातक धनिकों का प्रेमी, सज्जन, सदाचार में आसक्त, शुभ देहधारी, प्रसन्न मुख वाला और अधिक शील-वान् होता है ॥ १८ ॥

तीसरे भाव में गुरु शुक्र युति का फल—

गु० शु० तृतीयगो देवगुरुः सशुक्रो नरं विधत्ते सुखपुत्रहीनम् ।
पराजिताङ्गं बहुदुःखसौख्यं व्यपेतलज्जं हतसौहृदञ्च ॥१९॥

यदि जन्मपत्री में तीसरे भाव में गुरु शुक्र का योग हो तो जातक सुख व पुत्र से रहित, पराजित, बड़ा दुःखी व सुखी, निर्लज्ज और मित्रता का नाशक होता है ॥ १९ ॥

तीसरे भाव में गुरु शनि युति का फल—

गु० श० तृतीयगो देवगुरुः ससौरो नरं प्रसूते स्थिरतासमेतम् ।
मिष्टान्नपानाम्बरशास्त्ररक्तं कुलप्रधानं धनसंयुतञ्च ॥२०॥

यदि जन्माऽङ्ग में तीसरे भाव में गुरु शनि का योग हो तो जातक स्थिर, मिठाई, पेय, वस्त्र और शास्त्र में आसक्त, कुल में मुख्य और धन से युक्त होता है ॥ २० ॥

तीसरे भाव में शुक्र शनि युति का फल—

शु० श० तृतीयगो दैत्यगुरुः ससौरो करोति मर्त्यं विभवप्रधानम् ।
प्रसन्नशीलं नृपतेरभीष्टं विमुक्तरोगं गरिमासमेतम् ॥२१॥
इत्येवं द्विविकल्पाः ।

यदि जन्मपत्री में तीसरे भाव में शुक्र शनि का योग हो तो जातक मुख्य ऐश्वर्यवान्, प्रसन्नात्मा, राजा का प्रिय, नीरोग और गरिमा से युक्त होता है ॥ २१ ॥

इस प्रकार तीसरे भाव में दो ग्रहों की युति का फल समाप्त हुआ ॥ १–२१ ॥

तीसरे भाव में सूर्य चन्द्र भौम युति का फल—

तृतीयसंस्था रविचन्द्रभौमा नरं प्रकुर्वन्ति बहुप्रधानम् ।
सवाहनाढ्यं सुसुखं विधानं प्रभूतकोशं सुधिया समेतम् ॥ १ ॥

अब आगे तीसरे भाव में तीन ग्रहों की युति के फल को बताते हैं ।

यदि जन्मपत्री में तीसरे भाव में सूर्य चन्द्र भौम का योग हो तो जातक अधिकों में श्रेष्ठ, सवारी से युक्त, सुन्दर सुखी, निर्भीता, बड़ा धनी और अच्छी बुद्धि वाला होता है ॥ १ ॥

तीसरे भाव में सूर्य चन्द्रमा बुध युति का फल—

रवीन्दुसौम्या सहजाश्रिताः स्युः यदा तदा सत्सुभगो मनुष्यः ।
शास्त्रानुरक्तो प्रियसाधुकृत्यो महानुभावो भयवर्जितश्च ॥ २ ॥

यदि जन्मपत्री में तीसरे भाव में सूर्य चन्द्र बुध का योग हो तो जातक अच्छा भाग्यशाली, शास्त्र में आसक्त, अच्छे कार्यों का प्रेमी, महानुभाव और भय से रहित होता है ॥ २ ॥

तीसरे भाव में सूर्य चन्द्रमा गुरु युति का फल—

तृतीयसंस्था रविचन्द्रजीवा नरं प्रकुर्वन्ति हतप्रभावम् ।
वन्ध्यश्रमं नीचसमागमेच्छं विपन्नशीलं श्रुतवर्जितञ्च ॥ ३ ॥

यदि जन्मपत्री में तीसरे भाव में सूर्य चन्द्रमा गुरु का योग हो तो जातक प्रभाव से हीन, निष्फल परिश्रम वाला दुष्ट सङ्गति की इच्छा वाला, विपत्ति पैदा करने वाला और शास्त्र से हीन होता है ॥ ३ ॥

तीसरे भाव में सूर्य चन्द्र शुक्र युति का फल—

तृतीयसंस्था रविचन्द्रशुक्रा नरं प्रकुर्वन्ति रुजाश्रमार्तम् ।
कष्टान्वितं दैन्यरतं कृतघ्नं विरूपकालं विकलं खलञ्च ॥ ४ ॥

यदि जन्मपत्री में तीसरे भाव में सूर्य चन्द्र शुक्र का योग हो तो जातक रोग से पीड़ित, कष्ट से युक्त, परम दीन, कृतघ्न, रूपहीन देहधारी, अशान्त और दुष्ट होता है ॥ ४ ॥

तीसरे भाव में सूर्य चन्द्र शनि युति का फल—

तृतीयसंस्था रविचन्द्रसौरा नरं प्रकुर्वन्ति सुरूपदेहम् ।
हुताशनाभ्यर्चनदाररक्तं प्रभूतमित्रं त्रपया समेतम् ॥ ५ ॥

यदि जन्मपत्री में तीसरे भाव में सूर्य चन्द्र शनि का योग हो तो जातक स्वरूपवान्, अग्निपूजन व स्त्री में आसक्त, अधिक मित्र वाला और लज्जा से हीन होता है ॥ ५ ॥

तीसरे भाव में सूर्य मङ्गल बुध युति का फल—

तृतीयसंस्था रविभौमसौम्या नरं प्रकुर्वन्ति नृपप्रधानम् ।
सत्याधिकं कीर्तिकरं सुरूपं महाधनं धर्मपरं परघ्नम् ॥ ६ ॥

यदि जन्मपत्री में तीसरे भाव में सूर्य मङ्गल बुध का योग हो तो जातक राजाओं में श्रेष्ठ, अधिक सच्चा, कीर्तिमान्, स्वरूपवान्, बड़ा धनी, धर्मात्मा और दूसरे की हिंसा करने वाला होता है ॥ ६ ॥

तीसरे भाव में रवि भौम गुरु युति का फल—

तृतीयसंस्था रविभौमजीवा नरं प्रकुर्वन्ति धृतिप्रधानम् ।
जितेन्द्रियं मन्युविवर्जिताङ्गं गुणानुरक्तं प्रियवल्लभञ्च ॥ ७ ॥

यदि जन्मपत्री में तीसरे भाव में सूर्य भौम गुरु का योग हो तो जातक प्रधान धैर्य-धारी, जितेन्द्रिय, क्रोधहीन, गुणों में आसक्त, अपनों का प्यारा होता है ॥ ७ ॥

तीसरे भाव में सूर्य भौम शुक्र युति का फल—

तृतीयसंस्था रविभौमशुक्रा नरं प्रकुर्वन्ति विहीनरूपम् ।
सुपुण्यशीलं परमं विधत्ते प्रजाधिकं कामविवर्जितञ्च ॥ ८ ॥

यदि जन्मपत्री में तीसरे भाव में सूर्य भौम शुक्र का योग हो तो जातक विरूप, अधिक पुण्य करने वाला, अधिक सन्तान से युक्त और काम भावना से रहित होता है ॥ ८ ॥

तीसरे भाव में सूर्य भौम शनि युति का फल—

तृतीयसंस्था रविभौमसौरा नरं प्रकुर्वन्ति नरेन्द्रनाथम् ।
विशालकीर्ति गजवाजिपुष्टं शूरं कविं शत्रुभयंकरञ्च ॥ ९ ॥

यदि जन्मपत्री में तीसरे भाव में सूर्य भौम शनि का योग हो तो जातक राजाओं का स्वामी, विस्तृत कीर्तिमान्, हाथी घोड़ों से पुष्ट, वीर, कवि और शत्रु को भय-भीत करने वाला होता है ॥ ९ ॥

तीसरे भाव में सूर्य बुध गुरु युति का फल—

तृतीयसंस्था रविसौम्यजीवा नरं प्रकुर्वन्ति जयेन युक्तम् ।
सेनापतिं शत्रुकलासु दक्षं जितारिपक्षं क्षमया समेतम् ॥१०॥

यदि जन्मपत्री में तीसरे भाव में सूर्य बुध गुरु का योग हो तो जातक विजयी, सेना का स्वामी, शत्रु की कलाओं में या लड़ाई में चतुर, शत्रु को जीतने वाला और क्षमावान् होता है ॥ १० ॥

तीसरे भाव में सूर्य बुध शुक्र युति का फल—

तृतीयसंस्था रविसौम्यशुक्रा नरं प्रकुर्वन्ति चतुष्पदाढ्यम् ।
सतामभीष्टं कृषिकर्मदक्षं प्रभूतवित्तं जनसम्मतञ्च ॥११॥

यदि जन्मपत्री में तीसरे भाव में सूर्य बुध शुक्र का योग हो तो जातक पशुओं से युक्त, विद्वानों का प्रिय, खेती के कार्य में चतुर, अधिक धनी और जनसम्मत होता है ॥ ११ ॥

तीसरे भाव में सूर्य बुध शनि युति का फल—

तृतीयसंस्था रविसौम्यसौरा नरं प्रकुर्वन्ति जितारिपक्षम् ।
प्रभूतशस्त्रं रणकर्मदक्षं क्षमान्वितं शौचरतं सदैव ॥१२॥

यदि जन्मपत्री में तीसरे भाव में सूर्य बुध शनि का योग हो तो जातक शत्रुओं को

जीतने वाला, अधिक शस्त्रों से युक्त, युद्ध के कामों में चतुर, क्षमा से युक्त और सदा ही पवित्रता में आसक्त होता है ॥ १२ ॥

तीसरे भाव में सूर्य गुरु शुक्र युति का फल—

तृतीयसंस्था रविजीवशुक्रा नरं प्रकुर्वन्ति नयप्रधानम्।
जितेन्द्रियं भूरिकथानुरक्तं प्रशस्तशीलं नृपसम्मतञ्च ॥१३॥

यदि जन्मपत्री में तीसरे भाव में सूर्य गुरु शुक्र का योग हो तो जातक श्रेष्ठ न्यायकर्ता, जितेन्द्रिय, अधिक कथाओं में आसक्त, प्रसिद्ध शीलवान् और राजा से सम्मत होता है ॥ १३ ॥

तीसरे भाव में सूर्य गुरु शनि युति का फल--

तृतीयसंस्था रविजीवसौरा नरं प्रकुर्वन्ति विधिप्रसिद्धम्।
दानान्वितं स्त्रीदयितं सुरूपं सुशिक्षितं सर्वकलासुदक्षम् ॥१४॥

यदि जन्मपत्री में तीसरे भाव में सूर्य गुरु शनि का योग हो तो जातक प्रसिद्ध विधिवेत्ता, दानी, स्त्री प्रिय, स्वरूपवान्, सुन्दर शिक्षा से युक्त और समस्त कलाओं में चतुर होता है ॥ १४ ॥

तीसरे भाव में चन्द्र भौम बुध युति का फल---

तृतीयसंस्था शशिभौमसौम्या नरं प्रकुर्वन्ति श्रुतिप्रधानम्।
कृषीबलं पुण्यकथानुरक्तं सुपुष्टदेहं बहुपौरुषञ्च ॥१५॥

यदि जन्मपत्री में तीसरे भाव में चन्द्र भौम बुध का योग हो तो जातक वेद में प्रधान, खेती वाला, पुण्य कथाओं में आसक्त, सुन्दर तन्दुरुस्त शरीरधारी और बड़ा पराक्रमी होता है ॥ १५ ॥

तीसरे भाव में चन्द्र भौम गुरु युति का फल--

तृतीयसंस्था शशिभौमजीवा नरं प्रकुर्वन्ति विचित्रचेष्टम्।
शास्त्रानुरक्तं विविधान्नपानं सुसंयतं पापपराङ्मुखञ्च ॥१६॥

यदि जन्मपत्री में तीसरे भाव में चन्द्र भौम गुरु का योग हो तो जातक विचित्र इच्छा वाला, शास्त्र में आसक्त, अनेक अन्नपान से युक्त, अच्छा संयत और पाप से बहिर्भूत होता है ॥ १६ ॥

तीसरे भाव में चन्द्र भौम शुक्र युति का फल---

तृतीयसंस्थाः शशिभौमशुक्रा नरं प्रकुर्वन्ति विनीतदारम्।
श्रद्धान्वितं वाक्यविशारदं च प्रख्यातकार्यं भयवर्जितञ्च ॥१७॥

यदि जन्मपत्री में तीसरे भाव में चन्द्र भौम शुक्र का योग हो तो जातक विनम्र स्त्री वाला, श्रद्धालु, बोलने में प्रवीण, प्रसिद्ध काम करने वाला और भय से रहित होता है ॥ १७ ॥

तीसरे भाव में चन्द्र भौम शनि युति का फल--

तृतीयसंस्थाः शशिभौमसौरा नरं प्रकुर्वन्ति हितं प्रसिद्धम्।
प्रभूतवित्तं प्रभया समेतं सदा विनीतं प्रमदाधिपञ्च ॥१८॥

यदि जन्मपत्री में तीसरे भाव में चन्द्र भौम शनि का योग हो तो जातक प्रसिद्ध शुभेच्छु, बड़ा धनी, तेजस्वी, सदा विनयी और स्त्रियों का स्वामी होता है ॥ १८ ॥

तीसरे भाव में चन्द्र बुध गुरु युति का फल—

तृतीयसंस्थाः शशिसौम्यजीवा नरं प्रकुर्वन्ति सदादरिद्रम् ।
रोषाभिभूतं पिशुनस्वभावं पापानुरक्तं हतबन्धुवर्गम् ॥१९॥

यदि जन्मपत्री में तीसरे भाव में चन्द्र बुध, गुरु का योग हो तो जातक सदा दरिद्री, क्रोध से पीडित, शिकायती प्रकृति का, पाप में आसक्त और नष्ट बान्धव वाला होता है ॥ १९ ॥

तीसरे भाव में चन्द्र बुध शुक्र युति का फल—

तृतीयसंस्थाः शशिसौम्यशुक्रा नरं प्रकुर्वन्ति पराभिभूतम् ।
सुनीचसेवानिरतं कृतघ्नं दुःखाधिकं साधुपराङ्मुखञ्च ॥२०॥

यदि जन्मपत्री में तीसरे भाव में चन्द्र बुध शुक्र का योग हो तो जातक दूसरों से पीडित, दुष्ट सेवा में आसक्त, कृतघ्न, अधिक दुःखी और सज्जनों से बहिर्मुख होता है।२०

तीसरे भाव में चन्द्र बुध शनि युति का फल—

तृतीयसंस्थाः शशिसौम्यसौरा नरं प्रकुर्वन्ति परान्नपुष्टम् ।
प्रमर्दकं शत्रुजनस्य नित्यं नीरोगदेहं सततं सुखाढ्यम् ॥२१॥

यदि जन्मपत्री में तीसरे भाव में चन्द्र बुध शनि का योग हो तो जातक दूसरे के अन्न से पुष्ट, शत्रुओं का विनाशी, रोगहीन शरीरधारी और निरन्तर सुखी होता है ॥२१।

तीसरे भाव में चन्द्र गुरु शुक्र युति का फल—

तृतीयसंस्था शशिजीवशुक्रा नरं प्रकुर्वन्ति सुकष्टभाजम् ।
व्यपेतलज्जं घृणया विहीनं पराङ्मुखं शास्त्रगुरुद्विजानाम् ॥२२॥

यदि जन्मपत्री में तीसरे भाव में चन्द्र गुरु शुक्र का योग हो तो जातक कष्टभोगी, लज्जा व घृणा से हीन, शास्त्र, गुरु और ब्राह्मणों से बहिर्मुख होता है ॥ २२ ॥

तीसरे भाव में चन्द्र गुरु शनि युति का फल—

तृतीयसंस्थाः शशिजीवसौरा नरं प्रकुर्वन्ति हुताशवृत्तिम् ।
मान्यं सुदान्तं प्रभुतासमेतं विद्याविहीनं हतशत्रुपक्षम् ॥२३॥

यदि जन्मपत्री में तीसरे भाव में चन्द्र गुरु शनि का योग हो तो जातक अग्नि से जीविका करने वाला, मान्य, तप में क्लेश सहने वाला, सामर्थवान्, विद्या से रहित और नष्ट शत्रुपक्ष वाला होता है ॥ २३ ॥

तीसरे भाव में भौम बुध गुरु युति का फल—

तृतीयसंस्थाः कुजसौम्यजीवा नरं प्रकुर्वन्ति दृढाङ्गयष्टिम् ।
अगर्वितं तीर्थरतं सुधर्मं प्रभूतवीर्यं स्वजनानुरक्तम् ॥२४॥

यदि जन्मपत्री में तीसरे भाव में भौम बुध गुरु का योग हो तो जातक, स्थिर

शरीरधारी, अभिमान शून्य, तीर्थ में आसक्त, अच्छा धर्मात्मा, बड़ा पराक्रमी और अपने मनुष्यों में आसक्त होता है ॥ २४ ॥

तीसरे भाव में भौम बुध शुक्र युति का फल---

तृतीयसंस्थाः कुजसौम्यशुक्रा नरं प्रकुर्वन्ति सुभोगभाजम् ।
स्त्रीवल्लभं सत्यतमं महार्हं नृपक्रियासक्तमलोलुपञ्च ॥२५॥

यदि जन्मपत्री में तीसरे भाव में भौम बुध शुक्र का योग हो तो जातक सुन्दर भोगी, स्त्री प्रेमी, प्रधान, सत्यभाषी, बड़ा पूजनीय, राजकीय कार्यों में आसक्त और लालच से रहित होता है ॥ २५ ॥

तीसरे भाव में भौम बुध शनि युति का फल---

तृतीयसंस्थाः कुजसौम्यसौरा नरं प्रकुर्वन्ति सुखैः समेतम् ।
सौभाग्यवित्ताश्वगजैः समेतं कृपाधिकं स्थैर्यसमन्वितञ्च ॥२६॥

यदि जन्मपत्री में तीसरे भाव में भौम बुध शनि का योग हो तो जातक सुखी, सौभाग्यशाली, धनवान्, घोड़ा व हाथियों से युक्त, बड़ा दयालु और स्थिरता से युक्त होता है ॥ २६ ॥

तीसरे भाव में भौम गुरु शुक्र युति का फल---

तृतीयसंस्थाः कुजजीवशुक्रा नरं प्रकुर्वन्ति सुतप्रधानम् ।
गुणान्वितं सत्यशुचिं प्रगल्भं भयेन हीनं बहुवल्लभञ्च ॥२७॥

यदि जन्मपत्री में तीसरे भाव में भौम गुरु शुक्र का योग हो तो जातक पुत्र से श्रेष्ठ, गुणी, सत्यवान्, पवित्र, प्रतिभाशाली, भय से हीन और बड़ा प्रिय होता है ॥२७।

तीसरे भाव में भौम गुरु शनि युति का फल---

तृतीयसंस्थाः कुजजीवसौरा नरं प्रकुर्वन्ति हिरण्यपुण्यम् ।
कृषीबलं भूरिचतुष्पदाढ्यं रूपैः समेतं सततं सुसत्यम् ॥२८॥

यदि जन्मपत्री में तीसरे भाव में भौम गुरु शनि का योग हो तो जातक सुवर्ण दान करने वाला, किसान, अधिक पशुओं से युत, स्वरूपवान् और सदा सत्यात्मा होता है ॥ २८ ॥

तीसरे भाव में भौम शुक्र शनि युति का फल---

तृतीयसंस्थाः कुजशुक्रसौरा नरं प्रकुर्वन्ति बहुप्रतापम् ।
सदा विनीतं सुकृतानुरक्तं स्थिरस्वभावं सुतसौख्ययुक्तम् ॥२९॥

यदि जन्मपत्री में तीसरे भाव में भौम शुक्र शनि का योग हो तो जातक बड़ा प्रतापी, सदा विनयी, पुण्य में लीन, स्थिर प्रकृति और पुत्र के सुख से युक्त होता है ॥ २९ ॥

तीसरे भाव में बुध गुरु शुक्र युति का फल---

तृतीयसंस्था बुधजीवशुक्रा नरं प्रकुर्वन्ति भयेन युक्तम् ।
स्त्रीभिर्जितं भूरितमोऽन्विताङ्गं कण्डूयमानं च रुजा समेतम् ॥३०॥

यदि जन्मपत्री में तीसरे भाव में बुध गुरु शुक्र का योग हो तो जातक भय से युक्त, स्त्री से परास्त, बड़ा क्रोध मूर्ति और खुजली के रोग से युक्त होता है ॥ ३० ॥

तीसरे भाव में बुध गुरु शनि युति का फल—

तृतीयसंस्था बुधजीवसौरा नरं प्रकुर्वन्ति सदा न दक्षम् ।
दोषैर्विमुक्तं श्रुतिसौख्ययुक्तं विनीतकर्माणं सुगर्वितञ्च ॥३१॥

यदि जन्मपत्री में तीसरे भाव में बुध गुरु शनि का योग हो तो जातक सदा चतुरता से हीन, निर्दोष, वेद के सुख या कान के सुख से युक्त, विनम्र कार्यकर्ता और गर्वीला होता है ॥ ३१ ॥

तीसरे भाव में गुरु शुक्र शनि युति का फल—

तृतीयसंस्था गुरुशुक्रसौरा नरं प्रकुर्वन्ति तपस्विभक्तिम् ।
सुश्रोत्रियं दानपरं विपापं स्त्रीवित्तरागार्जितकं सदैव ॥३२॥
तृतीयसंस्था गुरुशुक्रसौरा नरं प्रकुर्वन्ति सुखैः समेतम् ।
निधानलाभं युवतीजनेष्टं सन्तुष्टचित्तं दृढसौहृदञ्च ॥३३॥

इत्येवं त्रिविकल्पाः ।

यदि जन्मपत्री में तीसरे भाव में गुरु शुक्र शनि का योग हो तो जातक तपस्वियों का भक्त, अच्छा श्रोत्रिय, दानी, पाप से हीन, सदा ही स्त्री धन का अनुरागी, सुखी, निधान से लाभ करने वाला, स्त्रियों का प्रिय, संतोषी और स्थिर मैत्री वाला होता है ॥ ३२–३३ ॥

इस प्रकार तीसरे भाव में तीन ग्रहों की युति का फल समाप्त हुआ ॥ १–३३ ॥

अब आगे तीसरे भाव में चार ग्रहों की युति के फल को बताते हैं ।

अथ चतुर्विकल्पाः ।

तीसरे भाव में सू. चं. मं. बु. युति का फल—

रवीन्दुभौमेन्दुसुतास्तृतीये नरं प्रकुर्वन्ति महाविभूतिम् ।
महाप्रभावं सुभगाङ्गरक्तं सत्कृष्टनिष्ठासु सदाप्रसक्तम् ॥१॥

यदि जन्मपत्री में तीसरे भाव में सू. चं. मं. बु० का योग हो तो जातक बड़ा ऐश्वर्यवान्, अधिक प्रभावशाली, सौभाग्यवान् और शुभ आकर्षणात्मक निष्ठा में आसक्त होता है ॥ १ ॥

तीसरे भाव में सू. चं. मं. गु. युति का फल—

रवीन्दुभौमामरपूजिताङ्गास्तृतीयसंस्था जनयन्ति मर्त्यम् ।
सत्यं जितारिं प्रथिताभिमानं प्रसन्नवाक्यार्जितभूरिमित्रम् ॥२॥

यदि जन्मपत्री में तीसरे भाव में सू. चं. मं. गु. का योग हो तो जातक सत्यात्मा, जितेन्द्रिय, प्रसिद्ध अभिमानी, प्रसन्न चित्त और वाणी से अधिक मित्रों को पैदा करने वाला होता है ॥ २ ॥

तीसरे भाव में सू. चं. मं. गु. युति का फल—

रवीन्दुभौमासुरपूजिताङ्गास्तृतीयसंस्था जनयन्ति मर्त्यम् ।
स्वज्ञातिमुख्यं बहुमित्रभाजं सतामभीष्टं गुरुवत्सलञ्च ॥३॥

यदि जन्मपत्री में तीसरे भाव में सू. चं. मं. गु. का योग हो तो जातक अपनी जाति में प्रधान, अधिक मित्र वाला, सज्जनों का अभीष्ट और गुरु का प्यारा होता है ॥ ३ ॥

तीसरे भाव में सू. चं. मं. श. युति का फल

रवीन्दुभौमार्कसुतास्तृतीये नरं प्रकुर्वन्ति विदग्धविद्यम् ।
पुराधिपं ग्रामचतुष्पदाढ्यं नरेन्द्रपूजासहितं सदैव ॥४॥

यदि जन्मपत्री में तीसरे भाव में सू. चं. मं. श. का योग हो तो जातक विद्या में निपुण, नगराधीश, ग्रामीण, पशुओं से युक्त और सदा ही राजा से पूजित होता है ॥४।

तीसरे भाव में सू. चं. बु. गु. युति का फल—

रवीन्दुसौम्यासुरपूजिताङ्गास्तृतीयसंस्था जनयन्ति मर्त्यम् ।
गुरुप्रियं साधुसमागमोक्तं क्रियाधिकं ब्राह्मणभक्तिभाजम् ॥५॥

यदि जन्मपत्री में तीसरे भाव में सू. चं. बु. गु. का योग हो तो जातक गुरु का प्रिय पात्र, सज्जनों का सेवी, अधिक कार्य करने वाला और ब्राह्मणों का भक्त होता है ॥ ५ ॥

तीसरे भाव में सू. चं. बु. शु. युति का फल—

रवीन्दुसौम्यासुरपूजिताङ्गास्तृतीयसंस्था जनयन्ति मर्त्यम् ।
चतुष्पदाच्छादनभोजनाढ्यं यशोनिवासं सुतसौख्ययुक्तम् ॥६॥

यदि जन्मपत्री में तीसरे भाव में सू. चं. बु. शु. का योग हो तो जातक पशु, वस्त्र, भोजन से युक्त, यशस्वी और पुत्र के सुख से युक्त होता है ॥ ६ ॥

तीसरे भाव में सू. चं. बु. श. युति का फल—

रवीन्दुसौम्यार्कसुतास्तृतीये नरं प्रकुर्वन्ति विनीतवेषम् ।
आरामवापीतरुकूपरक्तं सदागमं कीर्तितभक्तियुक्तम् ॥७॥

यदि जन्मपत्री में तीसरे भाव में सू. चं. बु. श. का योग हो तो जातक विनम्र वेषधारी, बगीचा, वापी वृक्ष और कुँआ में आसक्त, सदा भ्रमणशील तथा भक्तिमान् होता है ॥ ७ ॥

तीसरे भाव में सू. मं. बु. गु. युति का फल—

सूर्यारसौम्यामरपूजिताङ्गा नरं प्रकुर्वन्ति नराधिनाथम् ।
तेजस्विनं मुख्यतमं सुरूपं शास्त्रानुरक्तं सदयं सदैव ॥८॥

यदि जन्मपत्री में तीसरे भाव में सू. मं. बु. गु. का योग हो तो जातक राजा, तेजस्वी, प्रधान, स्वरूपवान्, शास्त्र में आसक्त और सदा ही दयालु होता है ॥ ८ ॥

तीसरे भाव में सू० मं० बु० शु० युति का फल—

सूर्यारसौम्यासुरपूजिताङ्गा नरं प्रकुर्वन्ति सुरत्नभाजम्।
तृतीयसंस्थाः सुतवित्तभाजं जयेन युक्तं जितशत्रुसङ्घम् ॥९॥

यदि जन्मपत्री में तीसरे भाव में सू० मं० बु० शु० का योग हो तो जातक सुन्दर रत्नों को पाने वाला, पुत्रवान्, धनवान्, विजयी और शत्रु को जीतने वाला होता है ॥ ९ ॥

तीसरे भाव में सू० मं० बु० श० युति का फल—

सूर्यारसौम्यार्कसुतास्तृतीये नरं प्रकुर्वन्ति सुकीर्तिभाजम्।
सदाजयं जन्तुहितं ससौम्यं जितेन्द्रियं कीर्तिरतं गुणज्ञम् ॥१०॥

यदि जन्मपत्री में तीसरे भाव में सू० मं बु० श० का योग हो तो जातक अच्छा कीर्ति शाली, सदा विजयी, जीवों का शुभेच्छु, सरल, जितेन्द्रिय, कीर्ति में आसक्त और गुण ज्ञाता होता है ॥ १० ॥

तीसरे भाव में सू० मं० गु० शु० युति का फल—

सूर्यारजीवासुरपूजिताङ्गास्तृतीयसंस्था जनयन्ति मर्त्यम्।
बहुधृतं व्यग्रतमं स्ववर्गे सुश्रीकमुत्साहितमुग्रवीर्यम् ॥११॥

यदि जन्मपत्री में तीसरे भाव में सू० मं० गु० शु० का योग हो तो जातक अधिक धारण करने वाला, अपने वर्ग में अत्यन्त व्यग्र, अच्छा धनी, उत्साही और उग्र पराक्रमी होता है ॥ ११ ॥

तीसरे भाव में सू० मं० गु० श० युति का फल—

सूर्यारजीवार्कसुतास्तृतीये नरं प्रकुर्वन्ति गुणप्रधानम्।
सौभाग्यविद्यार्थनयैः समेतं महाप्रभावं व्यसनैर्विहीनम् ॥१२॥

यदि जन्मपत्री में तीसरे भाव में सू० मं गु० श० का योग हो तो जातक गुणों में श्रेष्ठ, भाग्यशाली, विद्यावान्, धनी, न्याय करने वाला, बड़ा प्रभावशाली और व्यसनों से रहित होता है ॥ १२ ॥

तीसरे भाव में सू० मं० शु० श० युति का फल—

सूर्यारशुक्रार्कसुतास्तृतीये नरं प्रकुर्वन्ति सुबुद्धिभाजम्।
भव्याकृतिं सत्कुललोकरक्तं महाप्रशंसान्वितमिष्टवर्गम् ॥१३॥

यदि जन्मपत्री में तीसरे भाव में सू० मं० शु० श० का योग हो तो जातक अच्छा बुद्धिमान्, भव्य आकृति, सज्जन कुल के मनुष्यों में आसक्त व अधिक प्रशंसा से युक्त मित्र वर्ग वाला होता है ॥ १३ ॥

तीसरे भाव में सू० बु० गु० शु० युति का फल—

सूर्यज्ञजीवासुरपूजिताङ्गास्तृतीयसंस्था जनयन्ति मर्त्यम्।
देवद्विजानां प्रणतं निरीहं प्रभूतविज्ञैः प्रथितं सुपुत्रम् ॥१४॥

यदि जन्मपत्री में तीसरे भाव में सू० बु० गु० श० का योग हो तो जातक देवता व ब्राह्मणों का विनयी, निरीह, अधिक जानकारों से प्रसिद्ध और सुन्दर पुत्र वाला होता है ॥ १४ ॥

तीसरे भाव में सू० बु० गु० श० युति का फल—

सूर्यज्ञजीवार्कसुतास्तृतीये नरं प्रकुर्वन्ति सुयोगरक्तम् ।
आध्यात्मिकं कीर्तिकरं क्रमज्ञं प्रभूतशास्त्रागमलब्धकीर्तिम् ॥१५॥

यदि जन्मपत्री में तीसरे भाव में सू० बु० गु० श० का योग हो तो जातक सुन्दर योग में अनुरक्त, अध्यात्मवादी, कीर्तिमान्, क्रम का ज्ञाता और अधिक शास्त्रज्ञान से कीर्ति पाने वाला होता है ॥ १५ ॥

तीसरे भाव में सू० बु० शु० श० युति का फल—

सूर्यज्ञशुक्रार्कसुतास्तृतीये नरं प्रकुर्वन्ति सुभृत्यवर्गम् ।
बहुश्रुतं धर्मनयैः समेतं नरेन्द्रपूजासहितं सदैव ॥१६॥

यदि जन्मपत्री में तीसरे भाव में सू० बु० शु० श० का योग हो तो जातक अच्छे अच्छे नौकरों से युक्त, अधिक शास्त्राभ्यासी, धर्म और न्याय से युक्त और सदा ही राजा की पूजा से युक्त होता है ॥ १६ ॥

तीसरे भाव में सू० गु० शु० श० युति का फल—

सूर्यामरेज्यासुरपूज्यसौरास्तृतीयसंस्था जनयन्ति मर्त्यम् ।
बह्वात्मजं ख्यातियुतं बहुज्ञं दोषैः प्रमुक्तं गजसंप्रयुक्तम् ॥१७॥

यदि जन्मपत्री में तीसरे भाव में सू० गु० शु० श० का योग हो तो जातक अधिक पुत्रवाला, प्रसिद्ध, बहुत जानकार, निर्दोष और हाथियों से युक्त होता है ॥ १७ ॥

तीसरे भाव में चं० मं० बु० गु० युति का फल—

चन्द्रारसौम्यामरपूजिताङ्गास्तृतीयसंस्था जनयन्ति मर्त्यम् ।
दुष्टस्वभावं विनयेन हीनं प्रभूतकोपं कृतकस्वभावम् ॥१८॥

यदि जन्मपत्री में तीसरे भाव में चं० मं० बु० गु० का योग हो तो जातक दुष्ट-प्रकृति. नम्रता से रहित, बड़ा क्रोधी और कठोर स्वभाव का होता है ॥ १८ ॥

तीसरे भाव में चं० मं० बु० शु० युति का फल—

चन्द्रारसौम्यासुरपूजिताङ्गास्तृतीयसंस्था जनयन्ति मर्त्यम् ।
विवेकहीनं सुतबन्धुहीनं युद्धानुरक्तं कलहप्रियञ्च ॥१९॥

यदि जन्मपत्री में तीसरे भाव में चं० मं० बु० शु० का योग हो तो जातक अविवेकी, पुत्र व बान्धवों से हीन, लड़ाई में आसक्त और कलह का स्नेही होता है ॥१९॥

तीसरे भाव में चं० मं० बु० श० युति का फल—

चन्द्रारसौम्यार्कसुतास्तृतीये नरं प्रकुर्वन्ति सदानुरागम् ।
गुणैर्विहीनं जडतासमेतं कृपाविहीनं प्रियसाहसञ्च ॥२०॥

यदि जन्मपत्री में तीसरे भाव में चं० मं० बु० श० का योग हो तो जातक सदा अनुरागी, गुणों से हीन, मूर्ख, निर्दयी और साहस का प्रेमी होता है ।। २० ।।

तीसरे भाव में चं० मं० गु० शु० युति का फल–

चन्द्रारजीवासुरपूजिताङ्गास्तृतीयसंस्था जनयन्ति मर्त्यम् ।
तेजोविहीनं गतबुद्धिसौख्यं तृष्णान्वितं दोषकरं सदैव ।।२१।

यदि जन्मपत्री में तीसरे भाव में चं० मं० गु० शु० का योग हो तो जातक निस्तेज, बुद्धि व सुख से हीन, तृष्णालु और सदा ही दोष करने वाला होता है ।। २१ ।।

तीसरे भाव में चं० मं० गु० श० युति का फल–

चन्द्रारजीवार्कसुतास्तृतीये नरं प्रकुर्वन्ति विरक्तपौरम् ।
चरित्रहीनं बहुमानवर्गं प्रियामिषं सत्यधनैः समेतम् ।।२२।।

यदि जन्मपत्री में तीसरे भाव में चं० मं० गु० श० का योग हो तो जातक नगर से विरक्त, चरित्र हीन, अधिक अभिमानी वर्ग वाला, मांस का प्रेमी, सत्य और धन से युक्त होता है ।। २२ ।।

तीसरे भाव में चं० मं० शु० श० युति का फल–

चन्द्रारशुक्रार्कसुतास्तृतीये नरं प्रकुर्वन्ति कुबुद्धिभाजम् ।
कौलं नृशंसं सुतरां दरिद्रं विदेशसेवानिरतं सदैव ।।२३।।

यदि जन्मपत्री में तीसरे भाव में चं० मं० शु० श० का योग हो तो जातक दुष्ट बुद्धि वाला, कौल, निन्दनीय, निरन्तर दरिद्री और सदा ही विदेश सेवाओं में आसक्त होता है ।। २३ ।।

तीसरे भाव में चं० बु० गु० शु० युति का फल–

चन्द्रज्ञजीवासुरपूजिताङ्गास्तृतीयसंस्था जनयन्ति मर्त्यम् ।
क्लेशार्थनाशार्थयुतं विसंज्ञं विरक्तहारं विहताश्रयञ्च ।।२४।।

यदि जन्मपत्री में तीसरे भाव में चं० बु० गु० शु० का योग हो तो जातक क्लेश व धन का विनाशी, संज्ञा से शून्य, विरक्त स्त्री वाला और निराश्रयी होता है ।। २४ ।।

तीसरे भाव में चं० बु० गु० श० युति का फल–

चन्द्रज्ञजीवार्कसुतास्तृतीये नरं प्रकुर्वन्ति हताश्वदारम् ।
रोगार्दितं वातकफातिरक्तं असद्व्ययं पापरुचिं सदैव ।।२५।।

यदि जन्मपत्री में तीसरे भाव में चं० बु० गु० श० का योग हो तो जातक नष्ट घोड़ा व स्त्री वाला, रोग से पीड़ित, वायु व कफ से व्याप्त, दूषित खर्चवाला और सदा ही पाप इच्छा वाला होता है ।। २५ ।।

तीसरे भाव में चं० गु० शु० श० युति का फल—

चन्द्रामरेज्यासुरपूज्यसौरास्तृतीयसंस्था जनयन्ति मर्त्यम् ।
द्विजातिविद्वेषपरं सुरार्हं सदातिहीनं मलिनात्मकञ्च ।।२६।।

यदि जन्मपत्री में तीसरे भाव में चं० गु० शु० श० का योग हो तो जातक ब्राह्मणों का परम शत्रु, देवता का भक्त, सदा अतिहीन और दूषित आत्मा का होता है ॥ २६ ॥

तीसरे भाव में चं० बु० शु० श० युति का फल—

चन्द्रज्ञशुक्रार्कसुतास्तृतीये नरं प्रकुर्वन्ति चरित्रहीनम् ।
गतस्वभावं स्वजनैर्विहीनं विद्याविहीनं बहुसौहृदञ्च ॥२७॥

यदि जन्मपत्री में तीसरे भाव में चं० बु० शु० श० का योग हो तो जातक चरित्र-हीन, स्वभाव से तथा अपने जनों से हीन, विद्या से रहित और मित्रता वाला होता है ॥२७॥

तीसरे भाव में मं० बु० गु० शु० युति का फल—

भौमज्ञजीवासुरपूजिताङ्गा नरं प्रकुर्वन्ति सुखात्मजाढ्यम् ।
सत्यानुरक्तं बहुबुद्धिभाजं प्रभुं जिताङ्गं गुणवर्जितञ्च ॥२८॥

यदि जन्मपत्री में तीसरे भाव में मं० बु० गु० शु० का योग हो तो जातक सुख व पुत्र से युक्त, सत्यानुरागी, अधिक बुद्धिमान्, समर्थ, जितेन्द्रिय और गुणहीन होता है ॥ २८ ॥

तीसरे भाव में मं० बु० गु० श० युति का फल—

भौमज्ञजीवार्कसुतास्तृतीये नरं प्रकुर्वन्ति धनप्रधानम् ।
प्रभूतदानार्जितधर्मभाजं जनानुरक्तं श्रुतलालसञ्च ॥२९॥

यदि जन्मपत्री में तीसरे भाव में मं० बु० गु० श० का योग हो तो जातक मुख्य धनी, अधिक दान से धर्मार्जित करने वाला, मनुष्यों का अनुरागी और शास्त्र लालसी होता है ॥ २९ ॥

तीसरे भाव में मं० बु० शु० श० युति का फल-

भौमज्ञशुक्रार्कसुतास्तृतीये नरं प्रकुर्वन्ति धृतिप्रधानम् ।
स्वधर्मरक्तं बहुकीर्तियुक्तं प्रियातिथिं बान्धवपूजितञ्च ॥३०॥

यदि जन्मपत्री में तीसरे भाव में मं० बु० शु० श० का योग हो तो जातक मुख्य धैर्यवान् अपने धर्म में आसक्त, अधिक कीर्तिमान् अतिथियों का प्रेमी और बान्धवों से पूजित होता है ॥ ३० ॥

तीसरे भाव में मं० गु० शु० श० युति का फल—

भौमामरेज्यासुरपूज्यसौरास्तृतीयसंस्था जनयन्ति मर्त्यम् ।
स्वरूपदेहं कृतकस्वभावं विहीनपापं धनसंयुतञ्च ॥३१॥

यदि जन्मपत्री में तीसरे भाव में मं० गु० शु० श० का योग हो तो जातक स्वरूप वान्, कठोर प्रकृति का, पाप से रहित और धनी होता है ॥ ३१ ॥

तीसरे भाव में बु० गु० शु० श० युति का फल-

सौम्यामरेज्यासुरपूज्यसौरास्तृतीयसंस्था जनयन्ति मर्त्यम् ।
खलात्मकं पापमतिं कृतघ्नं गुणैर्विहीनं नयवर्जितञ्च ॥३२॥
इत्येवं चतुर्विकल्पाः ॥

यदि जन्मपत्री में तीसरे भाव में बु० गु० शु० श० का योग हो तो जातक दुष्टात्मा पाप बुद्धि, कृतघ्न, गुणहीन और न्याय से हीन होता है ॥ ३२ ॥

इस प्रकार तीसरे भाव में चार ग्रहों की युति का फल समाप्त हुआ ॥ १–३२ ॥

अब आगे तीसरे भाव में पाँच ग्रहों की युति के फल को बताते हैं।

॥ अथ पञ्चविकल्पाः ॥

तीसरे भाव में सू० चं० मं० बु० गु० युति का फल—

रवीन्दुभौमज्ञसुरेज्यपूज्यास्तृतीयसंस्थाजनयन्ति मर्त्यम् ।
प्रभूतवित्तं स्वसुतैः समेतं रूपान्वितं स्त्रीदयितं मनोज्ञम् ॥१॥

यदि जन्मपत्री में तीसरे भाव में सू० चं० मं० बु० गु० का योग हो तो जातक बड़ा धनवान्, अपने पुत्रों से युक्त, स्वरूपवान्, स्त्रियों का प्रेमी और सुन्दर होता है ॥ १ ॥

तीसरे भाव में सू० चं० मं० बु० शु० युति का फल—

रवीन्दुभौमज्ञसितास्तृतीये नरं प्रकुर्वन्ति महानुभावम् ।
यज्ञक्रियारम्भबहुप्रसिद्धं धर्मध्वजं जीवहितं प्रधानम् ॥२॥

यदि जन्मपत्री में तीसरे भाव में सू० चं० मं० बु० शु० का योग हो तो जातक बड़ा अनुभवी, याज्ञिक क्रियाओं के प्रारम्भ से प्रसिद्ध, धर्म की ध्वजा, जीवमात्र का शुभ चिन्तक और मुख्य होता है ॥ २ ॥

तीसरे भाव में सू० चं० बु० गु० शु० युति का फल—

रवीन्दुसौम्यामरपूज्यशुक्रास्तृतीयसंस्था जनयन्ति मर्त्यम् ।
मेधाविनं मानरतं गुणज्ञं गीतप्रसक्तं बहुभोगभाजम् ॥३॥

यदि जन्मपत्री में तीसरे भाव में सू० चं० बु० गु० शु० का योग हो तो जातक मेधावी, सम्मान में आसक्त, गुणी, गाने में अनुरक्त और अधिक भोगी होता है ॥ ३ ॥

तीसरे भाव में सू० चं० बु० गु० श० युति का फल—

रवीन्दुभौमामरपूज्यसौरास्तृतीयसंस्था जनयन्ति मर्त्यम् ।
कुलीरसंसर्गरतं सुदुष्टं देवद्विजानां निरतं विधिज्ञम् ॥४॥

यदि जन्मपत्री में तीसरे भाव में सू० चं० बु० गु० श० का योग हो तो जातक केंकड़े में अनुरक्त, अच्छा दुष्ट, देवता व ब्राह्मणों का भक्त और विधि वेत्ता होता है ॥ ४ ॥

तीसरे भाव में सू० चं० बु० गु० श० युति का फल—

रवीन्दुभौमासुरपूज्यसौरास्तृतीयसंस्था जनयन्ति मर्त्यम् ।
पूजाविहीनं हतशत्रुदर्पं प्रधानमित्रं त्रपयाधिकञ्च ॥५॥

यदि जन्मपत्री में तीसरे भाव में सू. चं. मं. शु. श. का योग हो तो जातक पूजा

से हीन, शत्रु के अहङ्कार को नष्ट करने वाला, मुख्य मैत्री वाला और अधिक लज्जा से युक्त होता है ॥ ५ ॥

तीसरे भाव में शुक्र चंद्र भौम शुक्र शनि युतिका फल—

रवीन्दुसौम्यामरपूज्यशुक्रास्तृतीयसंस्था जनयन्ति मर्त्यम् ।
दयान्वितं कीर्तिकरं कृतज्ञं सदाऽभीष्टं स्वजनानुरक्तम् ॥६॥

यदि जन्मपत्री में तीसरे भाव में सू. चं. बु. गु शु. का योग हो तो जातक दयालु, कीर्ति बढ़ाने वाला, कृतज्ञ, सदा इच्छित फल पाने वाला और अपने मनुष्यों में आसक्त होता है ॥ ६ ॥

तीसरे भाव में सूर्य चंद्र बुध गुरु शनि युति का फल—

रवीन्दुसौम्यामरपूज्यसौरास्तृतीयसंस्था जनयन्ति मर्त्यम् ।
प्रियातिथिं देवमनुष्यभाजं प्रेमानुरक्तं सुधिया समेतम् ॥७॥

यदि जन्मपत्री में तीसरे भाव में सू. चं. बु. गु. श. का योग हो तो जातक अतिथि प्रेमी, देव कृपा व मनुष्यों से युक्त, अनुरागी और अच्छी बुद्धि से युक्त होता है ॥ ७ ॥

तीसरे भाव में सूर्य चंद्र बुध शुक्र शनि युति का फल—

रवीन्दुसौम्यासुरपूज्यसौरास्तृतीयसंस्था जनयन्ति मर्त्यम् ।
सुकर्मसिद्धिं द्रविणप्रधानं सुवस्त्रवेषाभरणं मनोज्ञम् ॥८॥

यदि जन्मपत्री में तीसरे भाव में सू. चं. बु. शु. श. का योग हो तो जातक अच्छे कामों की सिद्धि करने वाला, मुख्य धनी, अच्छे वस्त्र वेष व आभूषणों से युक्त और सुन्दर होता है ॥ ८ ॥

तीसरे भाव में सूर्य मङ्गल बुध गुरु शुक्र युति का फल—

सूर्यारसौम्यामरपूज्यशुक्रास्तृतीयसंस्था जनयन्ति मर्त्यम् ।
सुगन्धवस्त्रश्रुतकीर्तिभाजं विशिष्टदारासुखं सुसर्वम् ॥९॥

यदि जन्मपत्री में तीसरे भाव में सू. मं. बु. गु. शु. का योग हो तो जातक अच्छी गन्ध, वस्त्र शास्त्र व कीर्ति से युक्त, विशेष स्त्री से सुख पाने वाला और सब प्रकार से सुखी होता है ॥ ९ ॥

तीसरे भाव में सूर्य भौम बुध गुरु शुक्र युति का फल—

सूर्यारसौम्यामरपूज्यसौरास्तृतीयसंस्था जनयन्ति मर्त्यम् ।
गुणानुरक्तं यशसा समेतं सुसंमतं दानपरं निरीहम् ॥१०॥

यदि जन्मपत्री में तीसरे भाव में सू. मं. बु. गु. श. का योग हो तो जातक गुणों में आसक्त, यशस्वी, सज्जनों से सहमत, बड़ा दानी और निरीह होता है ॥ १० ॥

तीसरे भाव में सू० बु० गु० शु० श० युति का फल—

सूर्यारसौम्यासुरपूज्यसौरास्तृतीयसंस्था जनयन्ति मर्त्यम् ।
सत्यप्रधानं नयधर्मयुक्तं क्षमाधिकं ब्राह्मणसम्मतञ्च ॥११॥

यदि जन्मपत्री में तीसरे भाव में सू. मं. बु. शु. श. का योग हो तो जातक सत्य भाषी, न्याय और धर्म से युक्त, अधिक क्षमावान् और ब्राह्मणों से सहमत होता है ॥ ११ ॥

सूर्यज्ञजीवासुरपूज्यसौरास्तृतीयसंस्था जनयन्ति मर्त्यम् ।
गतव्ययं शुद्धमतिं प्रवीणं प्रभूतचेष्टं रतिलालसञ्च ॥१२॥

तीसरे भाव में सू० बु० गु० शु० श० युति का फल——

यदि जन्मपत्री में तीसरे भाव में सू. बु. गु. शु. श. का योग हो तो जातक खर्च से हीन, शुद्ध बुद्धिमान्, चतुर, अधिक इच्छा वाला और रति की लालसा से युक्त होता है ॥ १२ ॥

तीसरे भाव में चं० मं० बु० गु० शु० युति का फल——

चन्द्रारसौम्यामरपूज्यशुक्रास्तृतीयसंस्था जनयन्ति मर्त्यम् ।
विभीषणं कामकथानुरक्तं कृतज्ञमुत्साहविवर्जितञ्च ॥१३॥

यदि जन्मपत्री में तीसरे भाव में चं. मं. बु. गु. शु. का योग हो तो जातक भक्त, कामविषयक कथा में आसक्त, कृतज्ञ और उत्साह से हीन होता है ॥ १३ ॥

तीसरे भाव में चं० भौ० बु० गु० श० युति का फल——

चन्द्रारसौम्यामरपूज्यसौरास्तृतीयसंस्था जनयन्ति मर्त्यम् ।
सुदुष्टचित्ताश्रयमुग्रदाहं बहुव्ययं शास्त्रपराङ्मुखञ्च ॥१४॥

यदि जन्मपत्री में तीसरे भाव में चं. मं. बु. गु. श. का योग हो तो जातक नीच अन्तःकरण वालों के पास बैठने वाला, अधिक जलने वाला, बड़ा खर्चीला और शास्त्र से रहित होता है ॥ १४ ॥

तीसरे भाव में चं० भौ० बु० शु० श० युति का फल——

चन्द्रारसौम्यासुरपूज्यसौरास्तृतीयसंस्था जनयन्ति मर्त्यम् ।
प्रभूतदोषं गुरुदेवभक्तं पापान्वितं कामनिपीडिताङ्गम् ॥१५॥

यदि जन्मपत्री में तीसरे भाव में चं. मं. बु. शु. श. का योग हो तो जातक अधिक दोषी, गुरु व देवता का भक्त, पापी और काम से पीड़ित होता है ॥ १५ ॥

तीसरे भाव में चं० मं० गु० शु० श० युति का फल——

चन्द्रारजीवासुरपूज्यसौरास्तृतीयसंस्था जनयन्ति मर्त्यम् ।
उत्साहहीनं कृतकस्वभावं मायाधिकं कामविवर्जितञ्च ॥१६॥

यदि जन्मपत्री में तीसरे भाव में चं. मं. गु. शु. श. का योग हो तो जातक निरुत्साही, कठोर प्रकृति, बड़ा मायावी और काम (विषय, कार्य) से शून्य होता है ॥ १६ ॥

तीसरे भाव में चं० बु० गु० शु० श० युति का फल——

चन्द्रज्ञजीवासुरपूज्यसौरास्तृतीयसंस्था जनयन्ति मर्त्यम् ।
नीचानुरक्तं कुकलत्रभाजं विशिष्टसंबन्धिरतं सदैव ॥१७॥

यदि जन्मपत्री में तीसरे भाव में चं. बु. गु. शु. श. का योग हो तो जातक दुष्टों का सेवी, दूषित स्त्री वाला और सदा ही विशेष सम्बन्धी का अनुयायी होता है ॥१७॥

तीसरे भाव में मं० बु० गु० शु० श० युति का फल––

भौमज्ञजीवासुरपूज्यसौरास्तृतीयसंस्थाजनयन्ति मर्त्यम् ।
विचित्रवेषाभरणं सुरस्यं गीतानुरक्तं बहुधर्मभाजम् ॥१८॥

इत्येवं पञ्चविकल्पाः ।

यदि जन्मपत्री में तीसरे भाव में मं. बु. गु. शु. श. का योग हो तो जातक विचित्र वेष व आभूषणों से युक्त, सुन्दर गाने में लीन और अधिक धर्म वाला होता है ॥ १८ ॥

इस प्रकार तीसरे भाव में पाँच ग्रहों की युति का फल समाप्त हुआ ॥ १–१८ ॥

अथ षड्विकल्पाः ।

अब आगे तीसरे भाव में ६ ग्रहों की युति के फल को बताते हैं ।

तीसरे भाव में सू० चं० मं० बु० गु० श० युति का फल––

रवीन्दुभौमज्ञसुरेज्यसौरास्तृतीयसंस्था जनयन्ति मर्त्यम् ।
गान्धर्वविद्याप्रवणं शुभास्यं सुशुद्धकेशं प्रियदर्शनञ्च ॥१॥

यदि जन्मपत्री में तीसरे भाव में सू. चं. मं. बु. गु. श. का योग हो तो जातक गाने की विद्या में चतुर, सुन्दर मुख वाला, अच्छे बाल वाला और मनोहर दर्शनीय होता है ॥ १ ॥

तीसरे भाव में सू० चं० मं० बु० शु० श० युति का फल––

रवीन्दुभौमज्ञसितार्कपुत्रास्तृतीयसंस्था जनयन्ति मर्त्यम् ।
महाजनेष्टं जनतास्वभीष्टं हितं द्विजानां गुणसंयुतानाम् ॥२॥

यदि जन्मपत्री में तीसरे भाव में सू. चं. मं. बु. शु. श. का योग हो तो जातक बड़े मनुष्यों का तथा जनसमुदाय का प्रेमी, ब्राह्मणों का हितैषी और गुणी होता है ॥ २ ॥

तीसरे भाव में सू० मं० बु० गु० शु० श० युति का फल––

रवीन्दुभौमामरपूज्यशुक्रशनैश्चराः सञ्जनयन्ति मर्त्यम् ।
तृतीयसंस्था धनसंपद्युक्तं वराननं नीतिविशारदञ्च ॥३॥

यदि जन्मपत्री में तीसरे भाव में सू. मं. बु. गु. शु. श. का योग हो तो जातक धन सम्पत्ति से युक्त, श्रेष्ठ मुख वाला और नीति में चतुर होता है ॥ ३ ॥

तीसरे भाव में सू० मं० बु० गु० शु० श० युति का फल––

सूर्यारसौम्यामरपूज्यशुक्रशनैश्चराः सञ्जनयन्ति मर्त्यम् ।
तृतीयसंस्था धनसिद्धिभाजं जितेन्द्रियं पुण्यविवर्जितञ्च ॥४॥

यदि जन्मपत्री में तीसरे भाव में सू. मं. बु. गु. शु. श. का योग हो तो जातक धनी, सिद्ध, जितेन्द्रिय और पुण्य हीन होता है ॥ ४ ॥

तीसरे भाव में चं० मं० बु० गु० शु० श० युति का फल—

चन्द्रारसौम्यामरपूज्यशुक्रशनैश्चराः सञ्जनयन्ति मर्त्यम् ।
तृतीयसंस्था जयिनं प्रगल्भं पुण्याधिकं कीर्तिसमन्वितञ्च ॥५॥

इत्येवं षड्विकल्पाः ।

इति वृद्धयवने तृतीयभावाश्रयद्विग्रहादियोगाः ।

यदि जन्मपत्री में तीसरे भाव में चं. मं. बु. गु. शु. श. का योग हो तो जातक प्रतिभाशाली, बड़ा पुण्यवान् और कीर्तिमान होता है ॥ ५ ॥

इस प्रकार वृद्धयवनोक्त तीसरे भाव में दो आदि ग्रहों की युति के साथ ६ ग्रहों की युति का फल समाप्त हुआ ॥ १–५ ॥

अथ सुखभावस्थद्विग्रहादियोगफलम्

अब आगे चौथे भाव में २, ३, ४, ५, ६ आदि ग्रहों की युति के फल कहने के तारतम्य में प्रथम दो ग्रहों की युति के फल को बताते हैं ।

चौथे भाव में सू० चं० युति का फल—

सू० चं० चन्द्रान्वितस्तीक्ष्णकरः सुखस्थो नरं विधत्ते सुखसौख्यहीनम् ।
विपत्तिशीलं परतर्ककञ्च प्रभावहीनं गतसौहृदञ्च ॥ १ ॥

यदि जन्मकुण्डली में चौथे भाव में सूर्य चन्द्रमा का योग हो तो जातक सुख व सौख्य से हीन, विपत्ति से युक्त, दूसरे की चिन्ता करने वाला, निष्प्रभाव और मित्रता से हीन होता है ॥ १ ॥

चौथे भाव में सू० भौम युति का फल—

सू० मं० चन्द्रान्वितस्तीक्ष्णकरः सुखस्थो नरं विधत्ते क्षतजार्तदेहम् ।
प्रसूतवातात्मपदं विपुण्यं श्रमार्दितं कोपसमन्वितञ्च ॥ २ ॥

यदि जन्मकुण्डली में चौथे भाव में सूर्य भौम का योग हो तो जातक भग्नता से पीड़ित देहधारी, जन्म से ही वायु से व्याप्त, पुण्यहीन, परिश्रम से दुःखी और क्रोधी होता है ॥ २ ॥

चौथे भाव में सू० बु० युति का फल—

सू० बु० सौम्यान्वितस्तीक्ष्णकरश्चतुर्थे नरं सुवाते कफपीडिताङ्गम् ।
स्वल्पात्मजं सूरिपराभिभूतं खलप्रियं देशरतं सदैव ॥ ३ ॥

यदि जन्मकुण्डली में चौथे भाव में सूर्य बुध का योग हो तो जातक अच्छी वायु में कफ से पीड़ित शरीर धारी, अल्प पुत्र वाला, विद्वानों से पराजित, दुष्टों का प्रेमी और सदा ही अपने देश का भक्त होता है ॥ ३ ॥

चौथे भाव में सू० गु० युति का फल—

सू० गु० जीवान्वितस्तीक्ष्णकरः सुखस्थो नरं प्रसूते मलिनस्वभावम्।
विहीनवित्तं कृतकस्वभावं पित्ताधिकं कोपसमन्वितञ्च ॥ ४ ॥

यदि जन्मकुण्डली में चौथे भाव में सूर्य गुरु का योग हो तो जातक दूषित प्रकृति, धन हीन, कठोर स्वभाव का, अधिक पित्त से युक्त और क्रोधी होता है ॥ ४ ॥

चौथे भाव में सू० शु० युति का फल—

सू० शु० शुक्रान्वितस्तीक्ष्णकरः सुखस्थो नरं प्रसूते बहुपानसक्तम्।
बाधाधिकं रूक्षतरं नृशंसं बद्धासनं लौल्यसमन्वितञ्च ॥ ५ ॥

यदि जन्म कुण्डली में चौथे भाव में सूर्य शुक्र का योग हो तो जातक बड़ा शराब पीने वाला, अधिक बाधाओं से युक्त, रूक्ष, निन्दनीय, बद्धासन और लोलुप होता है ॥५॥

चौथे भाव में सू० श० युति का फल—

सू० श० सौरान्वितस्तीक्ष्णकरः सुखस्थो नरं प्रसूते सुरपीडिताङ्गम्।
सुतीव्रकोपं कलहानुरक्तं विमुक्तलज्जं जडतासमेतम् ॥ ६ ॥

यदि जन्मकुण्डली में चौथे भाव में सूर्य शनि का योग हो तो जातक देव पीड़ित शरीरधारी, बड़ा क्रोधी, कलह में आसक्त, निर्लज्ज और मूर्ख होता है ॥ ६ ॥

चौथे भाव में च० भौम युति का फल—

चं० मं० चन्द्रान्वितो भूतनयः सुखस्थो स्वल्पात्मजं सञ्जनयेच्च मर्त्यम्।
क्षमाविहीनं परदाररक्तं जनाभिगम्यं शिशुवर्जितञ्च ॥ ७ ॥

यदि जन्मपत्री में चौथे भाव में चन्द्र भौम का योग हो तो जातक अल्पसंतान वाला, क्षमा से हीन, दूसरे की स्त्री में अनुरक्त, जनप्रिय और बच्चे से हीन होता है ॥ ७ ॥

चौथे भाव में चं० बु० युति का फल—

चं० बु० चन्द्रान्वितः सोमसुतः सुखस्थो नरं प्रसूते बहुसत्ययुक्तम्।
प्रसन्नवाक्यं सुविवेकभाजं जनप्रियं प्राणभृतां वरिष्ठम् ॥ ८ ॥

यदि जन्मकुण्डली में चौथे भाव में चन्द्र बुध का योग हो तो जातक अधिक सत्यवादी, हर्षित वाणी वाला, अच्छा विवेकी, जनप्रिय और प्राणियों में श्रेष्ठ होता है ॥८॥

चौथे भाव में चं० गु० युति का फल—

चं० गु० चन्द्रान्वितो देवगुरुः सुखस्थो नरं नयज्ञं सुभगं प्रसूते।
बहुप्रलापं नृपतेरभीष्टं कृपान्वितं देवगुरुप्रसक्तम् ॥ ९ ॥

यदि जन्मकुण्डली में चौथे भाव में चन्द्र गुरु का योग हो तो जातक न्याय का जानकार, अच्छा भाग्यशाली, अधिक बोलने वाला, राजा का प्रिय, दयालु और देवता व गुरु का भक्त होता है ॥ ९ ॥

चौथे भाव में चं० शु० युति का फल—

चं० शु० चन्द्रान्वितो दैत्यगुरुः सुखस्थो महानरं स्फीतकरं प्रसूते।
प्रभूतमित्रात्मजभूरिसौख्यं कुलप्रधानं विनतं सदैव ॥ १० ॥

यदि जन्मकुण्डली में चौथे भाव में चन्द्र शुक्र का योग हो तो जातक बड़ा मनुष्य, वृद्धि करने वाला, अधिक मित्र, पुत्र और सुख से युक्त, वंश में श्रेष्ठ और सदा ही विनयी होता है ॥ १० ॥

चौथे भाव में चन्द्र शनि युति का फल—

चं० श० चन्द्रान्वितः सूर्यसुतः सुखस्थो नरं प्रसूतं पुरुषं सदैव ।
रोगाभिभूतं परुषस्वभावं निन्द्यं कृतघ्नं परदेशरक्तम् ॥ ११ ॥

यदि जन्मकुण्डली में चौथे भाव में चन्द्र शनि का योग हो तो जातक सदा ही रोग से पीड़ित, कठोर प्रकृति, निन्द्य, कृतघ्न और दूसरे देश में आसक्त होता है ॥ ११ ॥

चौथे भाव में भौम बु० युति का फल—

मं० बु० भौमान्वितः सोमसुतः सुखस्थो नरं प्रसूते क्षतजार्तदेहम् ।
स्त्रीचौर्यपानव्यसनाभिभूतं द्यूतप्रियं प्रीतिविवर्जितञ्च ॥ १२ ॥

यदि जन्मकुण्डली में चौथे भाव में भौम बुध का योग हो तो जातक भग्नता से से पीड़ित देहधारी, स्त्री, चोरी व शराब पीने के व्यसन से दुःखी, जुआ का प्रेमी और प्रेम से हीन होता है ॥ १२ ॥

चौथे भाव में भौम गु० युति का फल—

मं० गु० भौमान्वितो देवगुरुः सुखस्थः करोति मर्त्यं विजितं सुदीनम् ।
कन्दर्पमल्पात्मजमिष्टपापं स्वबन्धुमुक्तं च कलानुरक्तम् ॥ १३ ॥

यदि जन्मकुण्डली में चौथे भाव में भौम गुरु का योग हो तो जातक पराजित, हीन, अल्प कामी व पुत्र वाला, पापी, अपने बान्धवों से पृथक् और कलाओं में आसक्त होता है ॥ १३ ॥

चौथे भाव में भौम शु० युति का फल—

मं० शु० भौमान्वितो दैत्यगुरुः सुखस्थो नरं प्रसूते विकलाढ्यमेव ।
चारित्रहीनं विरलं स्ववर्गे कन्दर्पमल्पश्रुतभोजनार्तम् ॥ १४ ॥

यदि जन्मकुण्डली में चौथे भाव में भौम शुक्र का योग हो तो जातक विशेष कलाओं से युक्त, चरित्र से रहित, अपने वर्ग में विरल, कामी, अल्पशास्त्रवाला और भोजन से पीड़ित होता है ॥ १४ ॥

चौथे भाव में भौम शनि युति का फल—

मं० श० भौमान्वितः सूर्यसुतः सुखस्थो नरं प्रसूते बहुदुःखभाजम् ।
असद्व्ययं स्नेहविवर्जितं च सुनीचकर्माणमतिप्रसक्तम् ॥ १५ ॥

यदि जन्मकुण्डली में चौथे भाव में भौम शनि का योग हो तो जातक अधिक दुःख का भोगी, दूषित काम में खर्च करने वाला, प्रीति से हीन और दूषित कामों में बड़ा लीन होता है ॥ १५ ॥

चौथे भाव में बु० गु० युति का फल—

बु० गु० सौम्यान्वितो देवगुरुः सुखस्थो नरं प्रसूते बहुसौख्ययुक्तम् ।
दयाधिकं कीर्तिकरं प्रशान्तं नरेन्द्रपूज्यं मतिसंयुतञ्च ॥ १६ ॥

यदि जन्मकुण्डली में चौथे भाव में बुध गुरु का योग हो तो जातक अधिक सुखी, बड़ा दयालु, कीर्ति बढ़ाने वाला, शान्त, राजा से सहमत और बुद्धिमान् होता है ॥ १६ ॥

चौथे भाव में बु० शु० युति का फल—

बु० शु० सौम्यान्वितो दैत्यगुरुः सुखस्थो नरं प्रसूते नृपतेरभीष्टम् ।
नृपेन्द्रतुल्यं सचिवं तु वा स्यात् सेनापतिं वा जनयेत् प्रधानम् ॥ १७ ॥

यदि जन्मकुण्डली में चौथे भाव में बुध शुक्र का योग हो तो जातक राजा का प्रेमी, राजा के समान, मन्त्री या प्रधान सेनापति होता है ॥ १७ ॥

चौथे भाव में बु० श० युति का फल—

बु० श० सौम्यान्वितः सूर्यसुतः सुखस्थो नरं प्रसूते विजितात्मरागैः ।
संपीडिताङ्गं कृपणस्वभावं रोगार्दिताङ्गं ज्वरसंयुतञ्च ॥ १८ ॥

यदि जन्मपत्री में चौथे भाव में बुध शनि का योग हो तो जातक अपने स्वार्थों से पस्त और दुःखित शरीर वाला, लोभी प्रकृति, रोग से पीड़ित और ज्वर से युक्त होता है ॥ १८ ॥

चौथे भाव में गुरु शु० युति का फल—

गु० शु० जीवान्वितो दैत्यगुरुः सुखस्थो नरं प्रसूतेऽर्थसमृद्धिभाजम् ।
सुवर्णमुक्तामणिभृत् सुताढ्यं श्रद्धान्वितं तीर्थरतं सदैव ॥ १९ ॥

यदि जन्मकुण्डली में चौथे भाव में गुरु शुक्र का योग हो तो जातक धन संपन्नता का भोगी, सोना, मोती, मणि, पुत्र व श्रद्धा से युक्त और सदा ही तीर्थों में आसक्त होता है ॥ १९ ॥

चौथे भाव में शु० श० युति का फल—

शु० श० शुक्रान्वितः सूर्यसुतः सुखस्थो नरं प्रसूतेऽल्पसुखं विजिह्वम् ।
विरक्तमित्रं त्रसनस्वभावं शैथिल्ययुक्तं परवञ्चकञ्च ॥ २० ॥

इत्येवं द्विविकल्पाः ।

यदि जन्मकुण्डली में चौथे भाव में शुक्र शनि का योग हो तो जातक थोड़ा सुखी, जीभ से हीन, विरागी मित्रवाला, दुःखदायी प्रकृति, आलसी और दूसरे को ठगने वाला होता है ॥ २० ॥

विशेष—यहां गुरु शनि युति के फल का अभाव है ॥ १-२० ॥

इस प्रकार चौथे भाव में दो ग्रहों की युति का फल समाप्त हुआ ॥ १-२० ॥

॥ अथ त्रिविकल्पाः ॥

अब आगे चौथे भाग में तीन ग्रहों की युति के फल को बताते हैं।

चौथे भाव में सूर्य चन्द्र भौम युति का फल——

रवीन्दुभौमाः सुखगा मनुष्यं सदा प्रकुर्वन्ति विनष्टचित्तम्।
दुर्गन्धवक्त्रं मतिहीनमुग्रं पित्तार्दितं क्लेशसमन्वितञ्च ॥१॥

यदि जन्मकुण्डली में चौथे भाव में सूर्यंचन्द्र भौम का योग हो तो जातक चित्त से हीन, दूषित गन्ध से युक्त मुख वाला, बुद्धिहीन, उग्र, पित्त से पीड़ित और क्लेशी होता है ॥ १ ॥

चौथे भाव में सूर्य चन्द्र बुध युति का फल——

रवीन्दुसौम्याः सुखगा मनुष्यं कुर्वन्ति शीलेन विवर्जितं च।
गुरुप्रभाहीनकरं कृतघ्नं सुकष्टसेवार्जितपुष्टिहृष्टम् ॥२॥

यदि जन्मकुण्डली में चौथे भाव में सूर्य चन्द्र बुध का योग हो तो जातक सुशीलता से रहित, गुरु को तेजहोन करने वाला, कृतघ्न और कष्टपूर्वक सेवा से अर्जित पुष्टि व प्रसन्नता से युक्त होता है ॥ २ ॥

चौथे भाव में सूर्य चन्द्र शुक्र युति का फल——

रवीन्दुजीवाः सुखगा मनुष्यं व्यथार्तिनं क्लेशकुकर्मरक्तम्।
कुर्वन्ति रोगव्यसनाभिभूतं सौख्यं दरिद्रं मतिवित्तहीनम् ॥३॥

यदि जन्मकुण्डली में चौथे भाव में सूर्य चन्द्र गुरु का योग हो तो जातक कलही, कुकर्मों में लीन, रोग व व्यसन से पीड़ित, सुखो, दरिद्री, बुद्धि व धन से रहित होता है ॥ ३ ॥

चौथे भाव में सूर्य चन्द्र गुरु युति का फल——

रवीन्दुशुक्राः सुखगा मनुष्यं सदा प्रकुर्वन्ति कलत्रभाजम्।
गण्डप्रकोपार्दितसूक्ष्मकार्यं पराभिभूतं नयवर्जितं च ॥४॥

यदि जन्मकुण्डली में चौथे भाव में सूर्य चन्द्र शुक्र का योग हो तो जातक स्त्री भोगी, जाल के प्रकोप से पीड़ित, सूक्ष्म काम करने वाला, दूसरे से पीड़ित और न्याय हीन होता है ॥ ४ ॥

चौथे भाव में सूर्य चन्द्र शनि युति का फल——

रवीन्दुसौराः सुखगा मनुष्यं कुर्वन्ति वाताधिकमुग्रमेव।
पराङ्मुखं देवगुरुद्विजानां नानाखलस्नेहसुदुष्टचित्तम् ॥५॥

यदि जन्मकुण्डली में चौथे भाव में सूर्य, चन्द्र, शनि का योग हो तो जातक अधिक वायु से युक्त, उग्र, देव, गुरु व ब्राह्मणों के विपरीत और अधिक दुष्ट सङ्गति वाला होता है ॥ ५ ॥

चौथे भाव में सूर्य भौम बुध युति का फल——

सूर्यारसौम्याः सुखगा मनुष्यं कुर्वन्ति तीव्रं परवित्तलुब्धम्।
कुटुम्बमुक्तं कृतकस्वभावं वन्ध्याश्रयं शास्त्रपराङ्मुखञ्च ॥६॥

यदि जन्मकुण्डली में चौथे भाव में सूर्य भौम बुध का योग हो तो जातक तीखा, दूसरे के धन का लोभी, कुटुम्ब से हीन, कठोर प्रकृति, वन्ध्याश्रयी और शास्त्र से बहिर्मुख होता है ॥ ६ ॥

चौथे भाव में सूर्य भौम गुरु युति का फल—

सूर्यारजीवाः सुखगा मनुष्यं कुर्वन्ति मातापितृबन्धुहीनम् ।
विलक्ष्मओजो रहितं विकामं सुनिष्ठुरं नीचजनानुरक्तम् ॥७॥

यदि जन्म कुण्डली में चौथे भाव में सूर्य भौम गुरु का योग हो तो जातक माता, पिता, बान्धव, चिन्ह व तेज से हीन, बड़ा विषयी, निठुर और दुष्टों में आसक्त होता है ॥ ७ ॥

चौथे भाव में सूर्य भौम शुक्र युति का फल—

सूर्यारशुक्राः सुखगा मनुष्यं सदा प्रकुर्वन्ति सुखप्रधानम् ।
सेनाधिकं शास्त्रकथानुरक्तं कष्टस्वभावं भयसंयुतञ्च ॥८॥

यदि जन्मकुण्डली में चौथे भाव में सूर्य भौम शुक्र का योग हो तो जातक मुख्य सुखी, अधिक सेनावाला, शास्त्रीय कथा में लीन, कष्ट प्रकृति और डरपोक होता है ॥८॥

चौथे भाव में सूर्य भौम शनि युति का फल—

सूर्यारसौराः सुखगा मनुष्यं कुर्वन्ति दुःखैर्विविधैः समेतम् ।
विमुक्तलज्जं जडतास्वभावं स्वल्पायुषं नीतिसमन्वितञ्च ॥९॥

यदि जन्मकुण्डली में चौथे भाव में सूर्य, भौम, शनि का योग हो तो जातक अनेक दुःखों से युक्त, लज्जा से हीन, मूर्ख प्रकृति, अल्पायु और नीतिमान् होता है ॥ ९ ॥

चौथे भाव में सूर्य बुध गुरु युति का फल—

सूर्यज्ञजीवाः सुखगा मनुष्यं कुर्वन्ति मानं विधिदुःखभाजम् ।
कुशीलरक्तं कृपणस्वभावं हर्षाधिकारार्दितशिष्टकामम् ॥१०॥

यदि जन्मकुण्डली में चौथे भाव में सूर्य बुध शुक्र का योग हो तो जातक मानी अधिक दुःखभोगी, दुःशीलता में आसक्त, लोभी प्रकृति, प्रसन्नता व अधिकार से पीड़ित अच्छा कामी होता है ॥ १० ॥

चौथे भाव में सूर्य बुध शुक्र युति का फल—

सूर्यज्ञशुक्राः सुखगा मनुष्यं कुर्वन्ति पापे निरतं कुशीलम् ।
पित्तप्रकोपार्दितसर्वगात्रं त्रपाविहीनं कुनखं कृतघ्नम् ॥११॥

यदि जन्मकुण्डली में चौथे भाव में सूर्य बुध शुक्र का योग हो तो जातक सदा दुःशीलता से युक्त, पित्त प्रकोप से समस्त शरीर पीड़ित, लज्जा से हीन, दूषित नखों से युक्त और कृतघ्न होता है ॥ ११ ॥

चौथे भाव में सूर्य बुध शनि युति का फल—

सूर्यज्ञसौराः सुखगा मनुष्यं कुर्वन्ति चारित्र्यविवर्जितञ्च ।
कुमित्रसङ्गात्सभयं सदैव विद्वेषशीलं कुटिलस्वभावम् ॥१२॥

यदि जन्मकुण्डली में चौथे भाव में सूर्य बुध शनि का योग हो तो जातक चरित्र से हीन, दूषित मित्र के सङ्ग से डरने वाला, सदा ही विद्रोही और कुटिल प्रकृति का होता है ॥ १२ ॥

चौथे भाव में सूर्य गुरु शनि युति का फल--

सूर्यामरेज्यार्कसुताः सुखस्था नरं प्रकुर्वन्ति परस्वलब्धम् ।
विमुक्तसत्यं परुषस्वभावं शापादविवेकार्थनयैर्विहीनम् ॥ १३ ॥

यदि जन्म कुण्डली में चौथे भाव में सूर्य गुरु शनि का योग हो तो जातक दूसरे से धन पानेवाला, सत्य से रहित, कठोर प्रकृति, शापवश विवेक, धन और न्याय से हीन होता है ॥ १३ ॥

चौथे भाव में सूर्य शुक्र शनि युति का फल--

सूर्यासुरेज्यार्कसुताः सुखस्था नरं प्रकुर्वन्ति सुहृद्विमुक्तम् ।
विमुक्तरूप्यजायया समेतं हीनाधिकाङ्गं गुणवर्जितञ्च ॥ १४ ॥

यदि जन्मकुण्डली में चौथे भाव में सूर्य शुक्र शनि का योग हो तो जातक मित्रों से हीन, धनहीन स्त्री से युक्त, हीन या अधिक शरीर अवयव वाला और गुण से हीन होता है ॥ १४ ॥

चौथे भाव में चन्द्र भौम बुध युति का फल--

चन्द्रारसौम्याः सुखगा मनुष्यं कुर्वन्ति विद्यार्जनधर्मयुक्तम् ।
प्रभूतसौख्यं विजितेन्द्रियार्थं पराङ्मुखं पापखलावमानम् ॥ १५ ॥

यदि जन्मकुण्डली में चौथे भाव में चन्द्र भौम बुध का योग हो तो जातक विद्या प्राप्त करने वाला, धर्म से युक्त, बड़ा सुखी, जितेन्द्रिय और पाप, दुष्ट तथा अपमान से बहिर्मुख होता है ॥ १५ ॥

चौथे भाव में चन्द्र भौम गुरु युति का फल—

चन्द्रारजीवाः सुखगा मनुष्यं कुर्वन्ति नानाविधसौख्यभाजम् ।
नरेन्द्रपूज्यं निजबन्धुमान्यं जनं समेतं च चतुष्पदाढ्यम् ॥ १६ ॥

यदि जन्मकुण्डली में चौथे भाव में चन्द्र भौम गुरु का योग हो तो जातक अनेक प्रकार से सुखी, राजा से सम्मानित. अपने बान्धवों से सत्कृत, मनुष्यों और पशुओं से युक्त होता है ॥ १६ ॥

चौथे भाव में चन्द्र भौम शनि युति का फल—

चन्द्रारसौराः सुखगा मनुष्यं कुर्वन्ति तं पापविमुक्तकायम् ।
श्रुतार्जनेष्टं चतुरस्वभावं विशिष्टवाक्यार्जनतत्परञ्च ॥ १७ ॥

यदि जन्मकुण्डली में चौथे भाव में चन्द्र भौम शनि का योग हो तो पाप से हीन शरीरधारी, शास्त्र ज्ञान का प्रेमी, निपुण प्रकृति और विशेष वाक्य ज्ञान में आसक्त होता है ॥ १७ ॥

चौथे भाव में चन्द्र बुध गुरु युति का फल—

चन्द्रज्ञजीवा सुखगा मनुष्यं कुर्वन्ति भूपालमरोग्यदेहम्।
हयाश्वकोषैर्विविधैः समेतं बहुप्रभावं विजितारिसङ्घम् ॥ १८ ॥

यदि जन्म कुण्डली में चौथे भाव में चन्द्र बुध गुरु का योग हो तो जातक (शत्रुओं को जीतने वाला) राजा, नीरोग, अनेक घोड़ों व खजानों से युक्त, बड़ा प्रभावी और शत्रु समूह को जीतने वाला होता है ॥ १८ ॥

चौथे भाव में चन्द्र बुध शुक्र युति का फल—

चन्द्रज्ञशुक्राः सुखगा मनुष्यं कुर्वन्ति भूरिप्रभुतासमेतम्।
प्रभूतजायार्जितशुभ्रकीर्तिं कृपासमेतं सुजनानुरक्तम् ॥ १९ ॥

यदि जन्मकुण्डली में चौथे भाव में चन्द्र बुध शुक्र का योग हो तो जातक अधिक समर्थवान्, अधिक स्त्रियों से स्वच्छ कीर्ति को पाने वाला, कृपालु और सज्जनों में आसक्त होता है ॥ १९ ॥

चौथे भाव में चन्द्र बुध शनि युति का फल—

चन्द्रज्ञसौराः सुखगा मनुष्यं कुर्वन्ति भूरिप्रभुतासमेतम्।
महामनुष्यं स्वकुलप्रधानं मातापितृभ्यां सततं च रक्तम् ॥ २० ॥

यदि जन्मकुण्डली में चौथे भाव में चन्द्र बुध शनि का योग हो तो जातक अधिक समर्थवान्, बड़ा आदमी, अपने वंश में मुख्य और माता पिता का सदा अनुरागी होता है ॥ २० ॥

चौथे भाव में चन्द्र गुरु शनि युति का फल—

चन्द्रेज्यसौराः सुखगा मनुष्यं कुर्वन्ति कीर्त्यान्वितमिष्टसौख्यम्।
नीरोगदेहं स्थितसाधुचित्तं नानार्थसार्थैः सुतमीश्वरं वा ॥२१॥

यदि जन्मकुण्डली में चौथे भाव में चन्द्र गुरु शनि का योग हो तो जातक कीर्तिमान्, अभीष्ट सुखी, रोगरहित, सज्जन चित्तवाला, अनेक धन से युक्त पुत्रवाला या ईश्वर होता है ॥ २१ ॥

चौथे भाव में चन्द्र शुक्र शनि युति का फल—

चन्द्रासुरेज्यार्कसुताः सुखस्था नरं प्रकुर्वन्ति धृतिप्रधानम्।
सुबन्धुजा भोगसदाभिरक्तं नरेन्द्रसन्मार्जितभूरिचित्रम् ॥ २२ ॥

यदि जन्मकुण्डली में चौथे भाव में चन्द्र शुक्र शनि का योग हो तो जातक मुख्य धैर्यवान्, अच्छे बान्धव वाली स्त्री के भोग में सदा अनुरक्त, राजा से मार्जित अधिक चित्रित होता है ॥ २२ ॥

चौथे भाव में भौम बुध गुरु युति का फल—

भौमज्ञजीवाः सुखगा मनुष्यं कुर्वन्ति पुत्रार्जितसौख्यभाजम्।
कृषीबलं लब्धयशःप्रतापं द्विजातिथिप्रीतिसमन्वितञ्च ॥ २३ ॥

यदि जन्मकुण्डली में चौथे भाव में भौम बुध गुरु का योग हो तो जातक पुत्र द्वारा

अर्जित सुख का भोगी, खेती वाला, यश प्राप्त करने वाला, प्रतापी और ब्राह्मण व अतिथियों की प्रीति से युक्त होता है ॥ २३ ॥

चौथे भाव में भौम बुध शुक्र युति का फल—

भौमज्ञशुक्राः सुखगा मनुष्यं कुर्वन्ति नानाविधसस्यभाजम् ।
चतुष्पदाढ्यं विनयप्रधानं स्वस्थप्रभावं बहुबान्धवञ्च ॥ २४ ॥

यदि जन्मकुण्डली में चौथे भाव मे भौम बुध शुक्र का योग हो तो जातक अनेक सस्य (अन्न) पाने वाला, पशुओं से युक्त, मुख्य विनयी, स्वस्थ, प्रभावी और अधिक बन्धुओं से युक्त होता है ॥ २४ ॥

चौथे भाव में भौम बुध शनि युति का फल—

भौमज्ञसौराः सुखगा मनुष्यं कुर्वन्ति तृष्णाधिकमिष्टपापम् ।
मित्रैर्विहीनं परदाररक्तं सुनिष्ठुराङ्गं मलिनं सदैव ॥ २५ ॥

यदि जन्मकुण्डली में चौथे भाव में भौम गुरु शुक्र का योग हो तो जातक अधिक तृष्णालु, पाप का प्रेमी, मित्र से हीन, दूसरे की स्त्री में आसक्त, निठुर और सदा ही दूषित होता है ॥ २५ ॥

चौथे भाव में भौम गुरु शुक्र युति का फल—

भौमामरेज्यभृगुजाः सुखस्था नरं प्रकुर्वन्ति सदासुशीलम् ।
तीर्थाश्रियं भूरियशःप्रतापं मुख्यं स्ववर्गे शुभसर्वगात्रम् ॥ २६ ॥

यदि जन्मकुण्डली में चौथे भाव में भौम गुरु शुक्र का योग हो ता जातक सदा सुशील, तीर्थाश्रियी, अधिक यशस्वी, प्रतापी, अपने वर्ग में प्रधान और शुभ शरीरधारी होता है ॥ २६ ॥

चौथे भाव में भौम गुरु शनि युति का फल—

भौमामरेज्यार्कसुताः सुखस्था नरं प्रकुर्वन्ति सुशीलभावम् ।
स्वल्पार्जितं स्वल्पसुखायतान्तं प्रेष्यं नरेन्द्रस्य हिते रतस्थम् ॥२७॥

यदि जन्मपत्री में चौथे भाव में भौम गुरु शनि का योग हो तो जातक सुशील भावना का, थोड़े सुख के लिये अल्प पैदा करने वाला, सेवक और राजा के हित में आसक्त होता है ॥ २७ ॥

चौथे भाव में भौम शुक्र शनि युति का फल—

भौमासुरेज्यार्कसुताः सुखस्था नरं प्रकुर्वन्ति खलस्वभावम् ।
पराङ्मुखं साधुजनस्य नित्यं प्रभूतकोपं परुषस्वभावम् ॥ २८ ॥

यदि जन्मकुण्डली में चौथे भाव में भौम शुक्र शनि का योग हो तो जातक दुष्ट प्रकृति, सज्जनों से बहिर्मुख, बड़ा क्रोधी और कठिन स्वभाव का होता है ॥ २८ ॥

चौथे भाव में बुध गुरु शुक्र युति का फल—

सौम्यामरेज्यभृगुजाः सुखस्था नरं प्रकुर्वन्ति धराधिनाथम् ।
व्यपेतशत्रुं सुतधर्मभाजं ह्लासारिवर्गं प्रियदर्शनञ्च ॥ २९ ॥

यदि जन्मकुण्डली में चौथे भाव में बुध गुरु शुक्र का योग हो तो जातक पृथ्वी का स्वामी, शत्रु से हीन, पुत्रवान्, धर्मात्मा, शत्रुओं का क्षय करने वाला और प्रिय दर्शनीय होता है ॥ २९ ॥

चौथे भाव में बुध गुरु शनि युति का फल—

सौम्यामरेज्यार्कसुताः सुखस्था नरं प्रकुर्वन्ति वरस्य भाजम् ।
मन्त्रप्रधानं बहुकीर्तियुक्तं सद्दानकल्प्यं गुरुबान्धवानाम् ॥ ३० ॥

यदि जन्मकुण्डली में चौथे भाव में बुध गुरु शनि का योग हो तो जातक वरदान प्राप्त करने वाला, मुख्य मन्त्रवेत्ता, अधिक कीर्तिमान्, गुरु व बान्धवों को शुभ दान करने वाला होता है ॥ ३० ॥

चौथे भाव में बुध शुक्र शनि युति का फल—

सौम्यासुरेज्यार्कसुताः सुखस्था नरं प्रकुर्वन्ति विधानभाजम् ।
वाणिज्यरक्तं क्षमयान्वितं च धर्मे रुचिं शौचसमन्वितञ्च ॥ ३१ ॥

यदि जन्मकुण्डली में चौथे भाव में बुध शुक्र शनि का योग हो तो जातक विधान का पात्र, व्यापार में आसक्त, क्षमावान्, धर्म में अनुरक्त और पवित्र होता है ॥ ३१ ॥

चौथे भाव में गुरु शुक्र शनि युति का फल—

जीवासुरेज्यार्कसुताः सुखस्था नरं प्रकुर्वन्ति यशोनिधानम् ।
दीक्षासमेतं गुरुकृत्यरक्तं शुभाननं मुख्यतमं जनानाम् ॥ ३२ ॥
इत्येवं त्रिविकल्पाः ।

यदि जन्मकुण्डली में चौथे भाव में गुरु शुक्र शनि का योग हो तो जातक यशस्वी दीक्षित, गुरु कार्य में आसक्त, सुन्दर मुखवाला और मनुष्यों में प्रधान होता है ॥ ३२ ॥

इस प्रकार तीसरे भाव में तीन ग्रहों की युति का फल समाप्त हुआ ॥१–३२॥

अथ चतुर्विकल्पाः ।

अब आगे चौथे भाव में चार ग्रहों की युति के फ़ल को कहते हैं ।

चौथे भाव में सू० चं० मं० बु० युति का फल—

रवीन्दुभौमेन्दुसुताः सुखस्था नरं प्रकुर्वन्ति धियाविहीनम् ।
पराभिभूतं निजवर्गमुक्तं गतघृणं भीतिसमन्वितञ्च ॥१॥

यदि जन्मकुण्डली में चौथे भाव में सू. चं. मं. बु. का योग हो तो जातक बुद्धि से हीन, दूसरे से पीडित, अपने वर्ग से रहित, घृणा से हीन और डर से युक्त होता है ॥ १ ॥

चौथे भाव में सू० चं० मं० बु० युति का फल—

रवीन्दुभौमामरपूजिताङ्गा नरं प्रकुर्वन्ति गतस्वभावम् ।
सदावियुक्तप्रजमुग्ररूपं चारित्रहीनं सुखवर्जितञ्च ॥२॥

यदि जन्मकुण्डली में चौथे भाव में सू. चं. मं. गु. का योग हो तो जातक स्वभाव

से रहित, सदा सन्तान से अयुक्त, उग्र, चरित्रहीन और सुख से रहित होता है ॥ २ ॥

चौथे भाव में सू० चं० मं० शु० युति का फल--

रवीन्दुभौमासुरपूजिताङ्गाः सुखस्थिताः सञ्जनयन्ति मर्त्यम् ।
मित्रैर्विहीनं विधनं निरूपं परैर्जितं नष्टमतिं सदैव ॥३॥

यदि जन्मकुण्डली में चौथे भाव में सू. चं. मं. शु. का योग हो तो जातक मित्र तथा धन से हीन, कुरूप, दूसरे से पराजित और सदा ही बुद्धि से हीन होता है ॥ ३ ॥

चौथे भाव में सू० चं० मं० श० युति का फल--

रवीन्दुभौमार्कसुताः सुखस्था नरं प्रकुर्वन्ति घृणाविहीनम् ।
मलिम्लुचं त्रासकरं जनानां सुदीर्घसूत्रं कलहप्रियञ्च ॥४॥

यदि जन्मकुण्डली में चौथे भाव में सू. चं. मं. श. का योग हो तो जातक घृणा से हीन, मलिन, मनुष्यों का दुःखदायी, बड़ा आलसी और लड़ाई का प्रेमी होता है ॥ ४ ॥

चौथे भाव में सू० चं० मं० गु० युति का फल--

रवीन्दुभौमामरपूजिताङ्गाः सुखस्थिताः सञ्जनयन्ति सर्वम् ।
तृष्णान्वितं कामनिपीडिताङ्गं गुणैर्वियुक्तं कुलसर्वहीनम् ॥५॥

यदि जन्मकुण्डली में चौथे भाव में सू. चं. मं. गु. का योग हो तो जातक तृष्णालु, काम से पीडित देहधारी, गुणहीन और वंश में सबसे हीन होता है ॥ ५ ॥

चौथे भाव में सू० चं० बु० शु० युति का फल--

रवीन्दुसौम्यासुरपूजिताङ्गाः सुखस्थिताः सञ्जनयन्ति मर्त्यम् ।
विरूपमस्नेहविरोमशाङ्गं विदेशसेवानुरतं सदैव ॥६॥

यदि कुण्डली में चौथे भाव में सू. चं. बु. शु. का योग हो तो जातक कुरूप, प्रेम व रोम से हीन, और सदा ही विदेशी सेवा में आसक्त होता है ॥ ६ ॥

चौथे भाव में सू० चं० बु० श० युति का फल--

सूर्येन्दुसौम्यार्कसुताः सुखस्था नरं प्रकुर्वन्ति हताशयञ्च ।
चौरं नृशंसं परदाररक्तं सुनीचवृत्तिं कुधिया समेतम् ॥७॥

यदि जन्मकुंडली में चौथे भाव में सू. चं. बु. श. का योग हो तो जातक नष्ट अभिप्रायी, चोर, निन्दनीय, दूसरे की स्त्री में आसक्त, दुष्ट जीविका वाला और दूषित बुद्धि होता है ॥ ७ ॥

चौथे भाव में सू० चं० गु० शु० युति का फल--

रवीन्दुजीवासुरपूजिताङ्गाः सुखस्थिताः सञ्जनयन्ति मर्त्यम् ।
बहुप्रमादं कलहानुरक्तं कठोरवाचं विकृतं कुचैलम् ॥८॥

यदि जन्मकुण्डली में चौथे भाव में सू. चं. गु. शु. का योग हो तो जातक बड़ा प्रमादी, कलह मे आसक्त, कठोर वाणी, विकारी और दूषित वस्त्रधारी होता है ॥८॥

चौथे भाव में सू० चं० गु० श० युति का फल—

रवीन्दुजीवार्कसुताः सुखस्था नरं प्रकुर्वन्ति सुदीर्घसूत्रम् ।
कुदेशसंस्थं वनिताहतं च वेश्यानुरक्तं च दयाविहीनम् ॥९॥

यदि जन्मकुण्डली में चौथे भाव में सू चं. गु. श. का योग हो तो जातक आलसी, दूषित देश में रहने वाला, स्त्री से नष्ट, वेश्या में लीन और निर्दयी होता है ॥ ९ ॥

चौथे भाव में सू० चं० शु० श० युति का फल

रवीन्दुशुक्रार्कसुताः सुखस्थाः नरं प्रकुर्वन्ति सुनीतिरक्तम् ।
द्यूतप्रियं नष्टधनं विरूपं कुकर्मसेवासु सदा प्रसक्तम् ॥१०॥

यदि जन्मकुण्डली में चौथे भाव में सू. चं. शु. श. का योग हो तो जातक सुन्दर नीतिमान्, जुआ का प्रेमी, नष्टधनी, कुरूप, और कुकर्म के काम में लीन होता है ॥१०॥

चौथे भाव में सू० मं० बु० शु० युति का फल—

सूर्यारसौम्यासुरपूजिताङ्गाः सुखस्थिताः सज्जनयन्ति मर्त्यम् ।
क्षुच्छस्त्ररोगार्दितसर्वगात्रं वातोद्यमं मन्युपरं सदैव ॥११॥

यदि जन्मकुंडली में चौथे भाव में सू. मं. बु. शु. का योग हो तो जातक भूख, शस्त्र व रोग से पीडित समस्त शरीर वाला, वायु का उद्यमी और सदा बड़ा क्रोधी होता है ॥ ११ ॥

चौथे भाव में सू० मं० बु० श० युति का फल—

सूर्यारसौम्यार्कसुताः सुखस्था नरं प्रकुर्वन्ति विरूपनेत्रम् ।
निशान्धकं वा कृषिकर्मसक्तं वृथाश्रमं पापसमन्वितञ्च ॥१२॥

यदि जन्मकुण्डली में चौथे भाव में सू मं. बु. श. का योग हो तो जातक कुरूप आँख वाला, रात मे अन्धा, खेती के काम में आसक्त, वृथाश्रमी और पापी होता है ॥ १२ ॥

चौथे भाव में सू मं० गु० शु० युति का फल—

सूर्यारजीवासुरपूजिताङ्गाः सुखस्थिताः सञ्जनयन्ति मर्त्यम् ।
व्यपेतसत्यं निकृतप्रधानं क्षमाविहीनं सुतरां प्रसक्तम् ॥१३॥

यदि जन्मकुण्डली में चौथे भाव में सू० मं० गु० शु० का योग हो तो जातक सत्य से रहित, प्रधान धूर्त, क्षमा से रहित और निरन्तर आसक्त होता है ॥ १३ ।

चौथे भाव में सू० मं० गु० श० युति का फल—

सूर्यारजीवार्कसुताः सुखस्था नरं प्रकुर्वन्ति गतस्वभावम् ।
कुचैलमस्निग्धमनर्थयुक्तं द्विजाह्निकं पीडितमिष्टकोपम् ॥ १४ ॥

यदि जन्मकुण्डली में चौथे भाव में सू० मं० गु० श० का योग हो तो जातक प्रकृति से हीन, दूषित वस्त्रधारी, प्रीति से हीन, अनर्थी, ब्राह्मण के समान कर्माचरण वाला, पीड़ित और क्रोध प्रिय होता है ॥ १४ ॥

चौथे भाव में सू० मं० शु० श० युति का फल—

सूर्यारशुक्रार्कसुताः सुखस्था नरं प्रकुर्वन्ति कलत्रभाजम्।
पराभिभूतं व्रणदग्धगात्रं जनार्तिगं शत्रुयुतं सदैव ॥ १५ ॥

यदि जन्मकुण्डली में चौथे भाव में सू० मं० शु० श० का योग हो तो जातक स्त्री से युक्त, दूसरे से पीड़ित, घास से दग्ध शरीर वाला, मनुष्यों को सताने वाला और सदा ही शत्रु से युक्त होता है ॥ १५ ॥

चौथे भाव में सू० गु० शु० श० युति का फल—

सूर्यामरेज्यासुरपूज्यसौराः सुखस्थिताः सञ्जनयन्ति मर्त्यम्।
सहेश्वरं भूरिसुभृत्यसेव्यमुदारचेष्टं भयवर्जितञ्च ॥ १६ ॥

यदि जन्मकुण्डली में चौथे भाव में सू० गु० शु० श० का योग हो तो जातक सदा समर्थ, अधिक नौकरों से सेवित, उदार चेता और निर्भय होता है ॥ १६ ॥

चौथे भाव में चं० मं० बु० शु० युति का फल—

चन्द्रारसौम्यासुरपूजिताङ्गाः सुखस्थिताः सञ्जनयन्ति मर्त्यम्।
विशङ्कितं सत्यदयासमेतं रतं द्विजानां गुणवत्सलञ्च ॥ १७ ॥

यदि जन्मकुण्डली में चौथे भाव में चं० मं० बु० शु० का योग हो तो जातक अशङ्कित, सत्यवान्, दयालु, ब्राह्मणों में आसक्त और गुणप्रिय होता है ॥ १७ ॥

चौथे भाव में चं० मं० बु० श० युति का फल—

चन्द्रारसौम्यार्कसुताः सुखस्था नरं प्रकुर्वन्ति हुताशभक्तम्।
प्रभूतमाज्ञाथ यशो विशालं प्रभूतवित्तं जनवल्लभञ्च ॥ १८ ॥

यदि जन्मकुण्डलो में चौथे भाव में चं० मं० बु० श० का योग हो तो जातक अग्नि का भक्त, अधिक आदेशकर्ता, बड़ा यशस्वी, अधिक धनवान् और जनप्रिय होता है ॥ १८ ॥

चौथे भाव में चं० मं० गु० शु० युति का फल—

चन्द्रारजीवासुरपूजिताङ्गाः सुखस्थिताः सञ्जनयन्ति मर्त्यम्।
विज्ञेयमत्यद्भुतविक्रमाढ्यं दयाधनं साधुजनैः समेतम् ॥ १९ ॥

यदि जन्मकुण्डली में चौथे भाव में चं० मं० गु० शु० का योग हो तो जातक विशेष जानने योग्य, अद्भुत पराक्रमी, दयालु और सज्जनों से युक्त होता है ॥१९॥

चौथे भाव में चं० मं० गु० श० युति का फल—

चन्द्रारजीवार्कसुता सुखस्था नरं प्रकुर्वन्ति गुणार्जनोक्तम्।
सत्साधुसेवासुबहुप्रहर्षं कल्याणचेष्टं मतिगर्वितञ्च ॥ २० ॥

यदि जन्मपत्री में चौथे भाव में चं० मं० गु० श० का योग हो तो जातक गुणों को प्राप्त करने वाला, सज्जनों की सेवा से प्रसन्न, शुभेच्छु, बुद्धिमान् और अभिमानी होता है ॥ २० ॥

चौथे भाव में चं० मं० शु० श० युति का फल—

चन्द्रारशुक्रार्कसुताः सुखस्था नरं प्रकुर्वन्ति नतं द्विजानाम् ।
कृतज्ञमुत्साहितामिष्टधर्मं स्त्रीणामभीष्टं प्रथितप्रभावम् ॥ २१ ॥

यदि जन्मकुण्डली में चौथे भाव में चं० मं० शु० श० का योग हो तो जातक ब्राह्मणों का भक्त, कृतज्ञ, उत्साही, अभीष्टधर्मी, स्त्रियों का प्रिय और प्रसिद्ध प्रभावशाली होता है ॥ २१ ॥

चौथे भाव में चं० बु० गु० शु० युति का फल—

चन्द्रज्ञजीवासुरपूजिताङ्घ्राः सुखस्थिताः सञ्जनयन्ति मर्त्यम् ।
लज्जाधिकं कर्मपरं ससत्यं तपोजने तत्परमानसञ्च ॥ २२ ॥

यदि जन्मकुण्डली में चौथे भाव में चं० बु० गु० शु० का योग हो तो जातक अधिक लज्जावान्, परमकार्यकर्ता, सत्यभाषी और तपस्वियों में अनुरक्त होता है ॥२२॥

चौथे भाव में चं० बु० गु० श० युति का फल—

चन्द्रज्ञजीवार्कसुताः सुखस्था नरं प्रकुर्वन्ति हितं जनानाम् ।
परोपकारप्रवणं निरीहं सत्कीर्तिभाजं जितवादसङ्घम् ॥ २३ ॥

यदि जन्मकुण्डली में चौथे भाव में चं० बु० गु० श० का योग हो तो जातक मनुष्यों का हितैषी, श्रेष्ठ परोपकारी, निरीह, अच्छा कीर्तिमान् और विवादों में विजयी होता है ॥ २३ ॥

चौथे भाव में चं० बु० शु० श० युति का फल—

चन्द्रज्ञशुक्रार्कसुताः सुखस्था नरं प्रकुर्वन्ति सुतप्रधानम् ।
स्त्रीणामभीष्टं गतसर्वदोषं स्मृत्यर्थसंतोषणमीश्वरञ्च ॥ २४ ॥

यदि जन्मकुण्डली में चौथे भाव में चं. बु. शु. श. का योग हो तो जातक मुख्य पुत्रवान्, स्त्रियों का प्रिय, समस्त दोषों से हीन, शास्त्र और धन से सन्तुष्ट और समर्थ होता है ॥ २४ ॥

चौथे भाव में चं० गु० शु० श० युति का फल—

चन्द्रामरेज्याभृगुजार्कपुत्राः सुखस्थिताः सञ्जनयन्ति मर्त्यम् ।
वाणिज्यसङ्गात्तधनेषु सक्तं प्रसिद्धमोजःसहितं सदैव ॥ २५ ॥

यदि जन्मकुण्डली में चौथे भाव में चं. गु. शु. श. का योग हो तो जातक व्यापार से धन कमाने में आसक्त, प्रसिद्ध और सदा ही तेजस्वी होता है ॥ २५ ॥

चौथे भाव में मं० बु० गु० शु० युति का फल—

भौमज्ञजीवासुरपूजिताङ्घ्राः सुखस्थिताः सञ्जनयन्ति मर्त्यम् ।
घृणाधिकं कामविवर्जिताङ्गं विशुद्धवाक्यं नयमानभाजम् ॥ २६ ॥

यदि जन्मकुण्डली में चौथे भाव में मं. बु. गु. शु. का योग हो तो जातक अधिक घृणावान्, काम से हीन, विशुद्ध बोलने वाला और न्याय, सन्मान से युक्त होता है ॥२६॥

चौथे भाव में मं० बु० गु० श० युति का फल—

भौमज्ञजीवार्कसुताः सुखस्था नरं प्रकुर्वन्ति रतं गुरूणाम् ।
गतव्ययं भूरिधनप्रधानं नितान्तमान्यं प्रभुतासमेतम् ॥ २७ ॥

यदि जन्मकुंडली में चौथे भाव में मं. बु. गु श. का योग हो तो जातक गुरुजनों में अनुरक्त, व्यय से हीन, बड़े धनवानों में मुख्य, अधिक माननीय और समर्थ होता है ॥ २७ ॥

चौथे भाव में मं० बु० शु० श० युति का फल—

भौमज्ञशुक्रार्कसुताः सुखस्था नरं प्रकुर्वन्ति विधिज्ञमाढ्यम् ।
शस्त्रार्जने तत्परमानसञ्च प्रज्ञाधिकं कामदभोजनाढ्यम् ॥ २८ ॥

यदि जन्मकुण्डली में चौथे भाव में मं. बु. शु. श. का योग हो तो जातक विधि वेत्ता, धनी, शास्त्रचिन्तन में आसक्त, अधिक बुद्धिमान् और बिषय सुख देने वाले भोजन को करने वाला होता है ॥ २८ ॥

चौथे भाव में मं० गु० शु० श० युति का फल—

भौमामरेज्याभृगुजार्कपुत्राः सुखस्थिताः सञ्जनयन्ति मर्त्यम् ।
अध्यात्मविद्यानिरतं विपापं यथार्थवाक्यं विदितं नृपाणाम् ॥ २९ ॥

यदि जन्मकुण्डली में चौथे भाव में मं. गु शु. श का योग हो तो जातक अध्यात्म विद्या में अनुरक्त, पाप से हीन, यथार्थवादी और राजाओं का परिचित होता है ॥२९॥

चौथे भाव में बु० गु० शु० श० युति का फल—

सौम्यामरेज्याभृगुजार्कपुत्राः सुखस्थिताः सञ्जनयन्ति मर्त्यम् ।
वाद्यात्मकं भूरिदयासमेतं परोपकारैः प्रविलङ्घ्य वीर्यम् ॥ ३० ॥

इत्येवं चतुर्विकल्पाः ।

यदि जन्मकुण्डली में चौथे भाव में बु. गु. शु. श. का योग हो तो जातक वादन में तत्पर, अधिक दयालु और परोपकार से पराक्रम को लाँघने वाला होता है ॥ ३० ॥

इस प्रकार चौथे भाव में चार ग्रहों की युति का फल समाप्त हुआ ॥ १–३० ॥

अथ पञ्चविकल्पाः ।

अब आगे चौथे भाव में पांच ग्रहों की युति के फल को बताते हैं ।

चौथे भाव में सू० चं० मं० बु० गु० युति का फल—

रवीन्दुभौमज्ञजीवाः सुखस्थाः दुरात्मकं सञ्जनयन्ति मर्त्यम् ।
गुह्योत्थरोगोपहतं कृतघ्नं लम्बोदरं श्मश्रुविवर्जितञ्च ॥ १ ॥

यदि जन्मकुण्डली में चौथे भाव में सू. चं. मं. बु. गु. का योग हो तो जातक गुह्य स्थल के रोग से पीडित, कृतघ्न, लम्बे पेट वाला और मूँछों से रहित होता है ॥ १ ॥

चौथे भाव में सू० चं० मं० बु० शु० युति का फल—

रवीन्दुभौमज्ञसिताः सुखस्था नरं प्रकुर्वन्ति विनष्टधर्मम् ।
कामप्रसक्तं प्रचुरार्तिभाजं विश्वासहीनं चपलस्वभावम् ॥ २ ॥

यदि जन्मकुण्डली में चौथे भाव में सू. च मं. बु. शु. का योग हो तो जातक धर्म से हीन, विषय में अनुरक्त, अधिक पीड़ा पाने वाला, अविश्वासी और चपल प्रकृति का होता है ॥ २ ॥

चौथे भाव में सू० चं० मं० बु० श० युति का फल—

रवीन्दुभौमज्ञदिनेशपुत्राः सुखस्थिताः सञ्जनयन्ति मर्त्यम्।
प्रभूततृष्णं निजकायरक्तं दाक्षिण्यहीनं विधनं सदैव ॥ ३ ॥

यदि जन्मकुण्डली में चौथे भाव में सू० चं० मं० बु० श० का योग हो तो जातक अधिक तृष्णा वाला, अपने शरीर में आसक्त, चतुरता से रहित और सदा ही धनहीन होता है ॥ ३ ॥

चौथे भाव में सू० चं० मं० गु० शु० युति का फल—

रवीन्दुभौमामरपूज्यशुक्राः सुखस्थिताः सञ्जनयन्ति मर्त्यम् ।
निर्स्त्रिशचेष्टं सुविगर्ववक्त्रं त्रपाविहीनं गतपौरुषञ्च ॥ ४ ॥

यदि जन्मकुण्डली में चौथे भाव में सू० चं० मं० गु० शु० का योग हो तो जातक तलवार की इच्छा करने वाला, सुन्दर गर्व हीन मुखवाला, निर्लज्ज और पुरुषार्थ हीन होता है ॥ ४ ॥

चौथे भाव में सू० चं० मं० गु० श० युति का फल—

सूर्येन्दुभौमामरपूज्यसौराः सुखस्थिताः सञ्जनयन्ति मर्त्यम् ।
सदाश्रमार्तं प्रविमुक्तधर्मं विहीनवर्णं परबन्धकञ्च ॥ ५ ॥

यदि जन्मकुण्डली में चौथे भाव में सू० चं० मं० गु० श० का योग हो तो जातक सदा परिश्रम से पीडित, धर्महीन, हीन वर्ण और दूसरे के बन्धन में होता है ॥ ५ ॥

चौथे भाव में सू० चं० बु० गु० शु० युति का फल—

रवीन्दुसौम्यामरपूज्यशुक्राः सुखस्थिताः सञ्जनयन्ति मर्त्यम् ।
सुदीर्घसूत्रं बहुशत्रुपक्षं प्रवीणकेशं विगतप्रभावम् ॥ ६ ॥

यदि जन्मकुण्डली में चौथे भाव में सू० चं० बु० गु० शु० का योग हो तो जातक आलसी, अधिक शत्रु वाला, सुन्दर बाल वाला और प्रभावहीन होता है ॥ ६ ॥

चौथे भाव में सू० चं० बु० गु० श० युति का फल—

रवीन्दुसौम्यामरपूज्यसौराः सुखस्थिताः सञ्जनयन्ति मर्त्यम् ।
प्रभूतदोषं क्षयरोगभाजं विनष्टदीप्तिं गतमित्रवर्गम् ॥ ७ ॥

यदि जन्मकुण्डली में चौथे भाव में सू० चं० बु० गु० श० का योग हो तो जातक बड़ा दोषी, टी० बी० का रोगी, निस्तेज और मित्रों से रहित होता है ॥ ७ ॥

चौथे भाव में सू० चं० मं० गु० श० युति का फल—

रवीन्दुभौमामरपूज्यसौराः सुखस्थिताः सञ्जनयन्ति मर्त्यम् ।
नानारिपुप्राप्तमहार्थनाशं विद्वेषरक्तं च दयाविहीनम् ॥ ८ ॥

यदि कुण्डली में चौथे भाव में सू० चं० मं० गु० श० का योग हो तो जातक अनेक शत्रुओं से लब्ध अधिक धन का विनाशी, विद्रोही और निर्दयी होता है ।। ८ ।।

चौथे भाव में सू० चं० गु० शु० श० युति का फल—

रवीन्दुजीवासुरपूज्यसौराः सुखस्थिताः सञ्जनयन्ति मर्त्यम् ।
धनेन हीनं सुतदुःखभाजं नितान्तनीचं चटुलस्वभावम् ।। ९ ।।

यदि जन्मकुण्डली में चौथे भाव में सू० चं० गु० शु० श० का योग हो तो जातक निर्धन, पुत्र के दुःख से युक्त बड़ा दुष्ट और चटोर प्रकृति का होता है ।। ९ ।।

चौथे भाव में सू० मं० बु० गु० शु० युति का फल—

सूर्यारसौम्यामरपूज्यशुक्राः सुखस्थिताः सञ्जनयन्ति मर्त्यम् ।
प्रभूतरोगं नृपपीडिताङ्गं सदार्तिभाजं व्यसनैः समेतम् ।। १० ।।

यदि जन्मकुण्डली में चौथे भाव में सू० मं० बु० गु० शु० का योग हो तो जातक बड़ा रोगी, राजा से पीड़ित शरीर वाला, सदा दुःखी और व्यसनी होता है ।।१०।।

चौथे भाव में सू० मं० बु० गु० श० युति का फल—

सूर्यारसौम्यामरपूज्यसौराः सुखस्थिताः सञ्जनयन्ति मर्त्यम् ।
दुःखाधिकं दोषविवर्जिताङ्गं पैशुन्यरक्तं दृढदूषणञ्च ।। ११ ।।

यदि जन्मकुण्डली में चौथे भाव में सू० मं० बु० गु० श० का योग हो तो जातक बड़ा दुःखी, निर्दोषी, चुगलखोरी में अनुरक्त और स्थिर दूषण वाला होता है ।। ११ ।।

चौथे भाव में सू० मं० बु० शु० श० युति का फल—

सूर्यारसौम्यासुरपूज्यसौराः सुखस्थिताः सञ्जनयन्ति मर्त्यम् ।
विप्रैर्विहीनं नियमैः प्रयुक्तं कुकर्मरक्तं सततं दरिद्रम् ।। १२ ।।

यदि जन्मकुण्डली में चौथे भाव में सू० मं० बु० शु० श० का योग हो तो जातक ब्राह्मणों से हीन, नियम से युक्त, कुकर्म में आसक्त और सदा दरिद्री होता है ।। १२ ।।

चौथे भाव में सू० बु० गु० शु० श० युति का फल—

सूर्यज्ञजीवासुरपूज्यसौराः सुखस्थिताः सञ्जनयन्ति मर्त्यम् ।
स्वधर्महीनं परधर्मरक्तं चारित्र्यचित्तेन विवर्जितञ्च ।। १३ ।।

यदि जन्मकुण्डली में चौथे भाव में सू० बु० गु० शु० श० का योग हो तो जातक अपने धर्म से हीन और दूसरे धर्म में आसक्त और चारित्रिकचित्त से रहित होता है ।।१३।।

चौथे भाव में चं० मं० बु० गु० शु० श० युति का फल—

चन्द्रारसौम्यामरपूज्यशुक्राः सुखस्थिताः सञ्जनयन्ति मर्त्यम् ।
सुखाधिकं भूरिधनं प्रगल्भं विद्याविहीनं जनवल्लभञ्च ।। १४ ।।

यदि जन्मकुण्डली में चौथे भाव में चं० मं० बु० गु० शु० का योग हो तो जातक अधिक सुखी, बड़ा धनी, प्रतिभाशाली, विद्या से हीन और जनप्रिय होता है ।। १४ ।।

चौथे भाव में चं० मं० बु० गु० श० युति का फल—

चन्द्रारसौम्यामरपूज्यसौराः सुखस्थिताः सञ्जनयन्ति मर्त्यम् ।
दीक्षाव्रतस्नानपरं प्रधानं महागुणं नीतिविशारदञ्च ॥ १५ ॥

यदि जन्मकुण्डली में चौथे भाव में चं० मं० बु० गु० श० का योग हो तो जातक दीक्षा, व्रत और स्नान में तत्पर, मुख्य, बड़ा गुणी और न्याय में चतुर होता है ॥१५॥

चौथे भाव में चं० मं० बु० शु० श० युति का फल—

चन्द्रारसौम्यासुरपूज्यसौराः सुखस्थिताः सञ्जनयन्ति मर्त्यम् ।
सुतेजसाढ्यं श्रुतमानयुक्तं क्षमान्वितं देवगुरुप्रसक्तम् ॥ १६ ॥

यदि जन्मकुण्डली में चौथे भाव में चं० मं० बु० शु० श० का योग हो तो जातक अच्छा तेजस्वी, शास्त्र, सम्मान और क्षमा से युक्त तथा देव व गुरु का भक्त होता है ॥ १६ ॥

चौथे भाव में चं० मं० गु० शु० श० युति का फल—

चन्द्रारजीवासुरपूज्यसौराः सुखस्थिताः सञ्जनयन्ति मर्त्यम् ।
कृपाधिकं शास्त्ररतं सुधर्मं वैदूर्यमुक्तामणिदेहभाजम् ॥ १७ ॥

यदि जन्मकुण्डली में चौथे भाव में चं० मं० गु० शु० श० का योग हो तो जातक अधिक दयालु, शास्त्र में अनुरक्त, अच्छा धर्मात्मा, वैदूर्य, मोती व मणि से युक्त देहवाला होता है ॥ १७ ॥

चौथे भाव में चं० बु० गु० शु० श० युति का फल—

चन्द्रज्ञजीवासुरपूज्यसौराः सुखस्थिताः सञ्जनयन्ति मर्त्यम् ।
नरेन्द्रपूज्यं विविधाप्तसौख्यं क्षमान्वितं शास्त्रविशारदञ्च ॥ १८ ॥

यदि जन्मकुण्डली में चौथे भाव में चं० बु० गु० शु० श० का योग हो तो जातक राजा से पूजित, अनेक सुख पाने वाला, क्षमावान् और शास्त्र में चतुर होता है ॥१८॥

चौथे भाव में मं० बु० गु० शु० श० युति का फल—

भौमज्ञजीवासुरपूज्यसौराः सुखस्थिताः सञ्जनयन्ति मर्त्यम् ।
श्रेष्ठानुतापं गुरुतासमेतं शूरं कविं ब्राह्मणसम्मतञ्च ॥ १९ ॥
इत्येवं पञ्चविकल्पाः ।

यदि जन्मकुण्डली में चौथे भाव में मं० बु० गु० शु० श० का योग हो तो जातक उत्तम संतापी, गुरुता से युक्त, वीर, कवि और ब्राह्मणों से सहमत होता है ॥ १९ ॥

इस प्रकार चौथे भाव में पाँच ग्रहों की युति का फल समाप्त हुआ ॥ १-१९ ॥

अथ षड्विकल्पाः ।

अब आगे चौथे भाव में ६ ग्रहों की युति के फल को बताते हैं ।

चौथे भाव में सू० चं० मं० बु० गु० शु० युति का फल —

रवीन्दुभौमज्ञसुरेज्यशुक्राः सुखस्थिताः सञ्जनयन्ति मर्त्यम् ।
कुचैलमस्निग्धगुरुप्रकोपं कन्याजनित्रं च सदा नितान्तम् ॥ १ ॥

यदि जन्मकुण्डली में चौथे भाव में सू० चं० मं० बु० गु० शु० का योग हो तो जातक दूषित वस्त्र वाला, प्रीति से शून्य, बड़ा क्रोधी और सदा अधिक कन्याओं को पैदा करने वाला होता है ॥ १ ॥

चौथे भाव में सू० चं० मं० बु० गु० श० युति का फल—

रवीन्दुभौमज्ञसुरेज्यसौराः सुखस्थिताः सञ्जनयन्ति मर्त्यम् ।
भूरिश्रमं पापमतिं कृतघ्नं व्यपेतलज्जं च जडात्मकञ्च ॥ २ ॥

यदि जन्मकुण्डली में चौथे भाव में सू० चं० मं० बु० गु० श० का योग हो तो जातक अधिक श्रमी, पापबुद्धि, कृतघ्न, लज्जा से हीन और मूर्खात्मा होता है ॥ २ ॥

चौथे भाव में सू० चं० मं० बु० शु० श० युति का फल—

रवीन्दुभौमज्ञसितार्कपुत्राः सुखस्थिताः सञ्जनयन्ति मर्त्यम् ।
प्रियामिषं कुत्सितकर्मरक्तं खलात्मकं शास्त्रपराङ्मुखञ्च ॥ ३ ॥

यदि जन्मकुण्डली में चौथे भाव में सू० चं० मं० बु० शु० श० का योग हो तो जातक मांस का प्रेमी, दूषित कार्य में अनुरक्त, दुष्टात्मा और शास्त्र से बहिर्भूत होता है ॥ ३ ॥

चौथे भाव में सू० चं० मं० गु० शु० श० युति का फल—

रवीन्दुभौमामरपूज्यशुक्रशनैश्चराः सञ्जनयन्ति मर्त्यम् ।
सुखाश्रितं सत्यविहीनमार्तं कुकर्मसेवाजितभूरिदुःखम् ॥ ४ ॥

यदि जन्मकुण्डली में चौथे भाव में सू० चं० मं० गु० शु० श० का योग हो तो जातक सुख के आधीन, सत्य से हीन, दुःखी, दूषित मनुष्यों की सेवा से बड़ा दुःखी होता है ॥ ४ ॥

चौथे भाव में सू० मं० बु० गु० शु० श० युति का फल—

सूर्यारसौम्यामरपूज्यशुक्रशनैश्चराः सञ्जनयन्ति मर्त्यम् ।
कथाविहीनं बहुदुष्टरक्तं क्षमाविहीनं श्रुतिवर्जितञ्च ॥ ५ ॥

यदि जन्मकुण्डली में चौथे भाव में सू० चं० मं० गु० शु० श० का योग हो तो जातक कथा से रहित, अधिक दुष्टों में अनुरक्त, क्षमा से हीन और वेद से रहित होता है ॥ ५ ॥

चौथे भाव में चं० मं० बु० गु० शु० श० युति का फल—

चन्द्रारसौम्यामरपूज्यशुक्रशनैश्चराः सञ्जनयन्ति मर्त्यम् ।
बहुश्रुतं तीर्थरतं श्रमाढ्यं गुणाधिकं सत्यदयासमेतम् ॥ ६ ॥

इत्येवं षड्विकल्पाः ।

यदि जन्मकुण्डली में चौथे भाव में चं० मं० बु० गु० शु० श० का योग हो तो जातक बहुश्रुत, तीर्थ में अनुरक्त, परिश्रमी, अधिक गुणी और सत्य व दया से हीन होता है ॥ ६ ॥

इस प्रकार चौथे भाव में ६ ग्रहों की युति का फल समाप्त हुआ ॥ १–६ ॥

अथ सप्तविकल्पाः ।

अब आगे चौथे भाव में सातग्रहों की युति के फल को बताते हैं ।

चौथे भाव में सू० चं० मं० बु० गु० शु० श० युति का फल—

रवीन्दुभौमज्ञसुरेज्यशुक्रशनैश्चराः सञ्जनयन्ति मर्त्यम् ।
सुसत्यमिष्टान्नसुसेवितारं भूपालमीर्ष्यं गुरुवत्सलञ्च ॥ १ ॥

इत्येवं सप्तविकल्पाः ।

इतिवृद्धयवने सुखाश्रययोगाध्यायः ।

यदि जन्मकुण्डली में चौथे भाव में सू० चं० मं० बु० गु० शु० श० का योग हो तो जातक सत्यभाषी, मिष्ठान्न के सेवन से तृप्त, राजा, ईर्ष्यालु और गुरु का प्रियपात्र होता है ॥ १ ॥

इस प्रकार चौथे भाव में वृद्ध यवनोक्त २, ३, ४, ५, ६, ७, ग्रहों की युति का फल समाप्त हुआ ॥ १ ॥

अथ सुतभावस्थद्विग्रहादियोगफलम् ।

अथ द्विविकल्पाः ।

अब आगे पाँचवें भाव में २, ३, ४, ५, ६ ग्रहों की युति के फल कहने में पूर्व यहाँ दो ग्रहों की युति के फल को बताते हैं ।

पांचवें भाव में सूर्य चन्द्र युति का फल—

सू० चं० चन्द्रान्वितस्तीक्ष्णकरः सुतस्थो नरं प्रसूते विगताभिमानम् ।
कुब्जं विरक्तं च कुपुत्रभाजं सदातिकष्टं कृतकस्वभावम् ॥ १ ॥

यदि जन्माङ्ग में पाँचवें में सूर्यचन्द्र का योग हो तो जातक अभिमान से रहित, कुबड़ा, विरक्त, दूषित पुत्रवान्, सदा अधिक कष्ट से युक्त और कठोर प्रकृति का होता है ॥ १ ॥

पाँचवें भाव में सूर्य भौम युति का फल—

सू० मं० भौमान्वितस्तीक्ष्णकरः सुतस्थो नरं प्रसूते बहुपुत्रदारम् ।
गम्यं रिपूणां सुतरां नृशंसं भयान्वितं पापरतं सदैव ॥ २ ॥

यदि जन्माङ्ग में पाँचवें भाव में सूर्य भौम का योग हो तो जातक अधिक पुत्र व स्त्री से युक्त, शत्रुओं से पराजित, अत्यन्त निन्दनीय, डरपोक और सदा ही पाप में आसक्त होता है ॥ २ ॥

पांचवें भाव में सूर्य बुध युति का फल—

सू० बु० सौम्यान्वितस्तीक्ष्णकरः सुतस्थो नरं प्रसूते बहुपापरक्तम् ।
दोषैः समस्तैः सहितं नृशंसं स्वदारसंत्यक्तमनर्थयुक्तम् ॥ ३ ॥

यदि जन्माङ्ग में पाँचवें भाव में सूर्य बुध का योग हो तो जातक अधिक पापों में अनुरक्त, समस्त दोषों से युक्त, निन्दनीय, अपनी स्त्री से त्यक्त और अनर्थी होता है ॥ ३ ॥

पाँचवें भाव में सूर्य गुरु युति का फल—

सू० गु० जीवान्वितस्तीक्ष्णकरः सुतस्थो नरं प्रसूते श्रुतिवाक्यहीनम् ।
परान्नपुष्टं परदारक्तं सुनिष्ठुराङ्गं गुणवर्जितञ्च ॥ ४ ॥

यदि जन्माङ्ग में पाँचवें भाव में सूर्य गुरु का योग हो तो जातक वेद वाणी से हीन, दूसरे के अन्न से पुष्ट, दूसरे की स्त्री में आसक्त, निठुर और गुणहीन होता है ॥ ४ ॥

पाँचवें भाव में सूर्य शुक्र युति का फल—

सू० शु० शुक्रान्वितस्तीक्ष्णकरः सुतस्थो नरं प्रसूते गतबुद्धिसत्त्वम् ।
बाधान्वितं वैरिगतं कृश दुर्मेधसं शास्त्रपराङ्मुखञ्च ॥ ५ ॥

यदि जन्माङ्ग में पाँचवें भाव में सूर्य शुक्र का योग हो तो जातक बुद्धि हीन, निर्बल, बाधाओं से युक्त, विद्वेषी, दुर्बलत्व से पीड़ित, दूषित बुद्धि और शास्त्र से बहिर्भूत होता है ॥ ५ ॥

पाँचवें भाव में सूर्य शनि युति का फल—

सू० श० धातुक्रियापण्यमतिकृतज्ञो धर्मप्रियः पुत्रकलत्रसौख्यः ।
सदासमृद्धोऽतितरां नरः स्यात् प्रद्योतने भानुसुतेन युक्ते ॥ ६ ॥

यदि जन्माङ्ग में पाँचवें भाव में सूर्य शनि का योग हो तो जातक धातु की क्रियाओं से व्यापारी बुद्धि का, सदा बड़ा सम्पन्न, कृतज्ञ, धर्मात्मा और पुत्र व स्त्री के सुख से युक्त होता है ॥ ६ ॥

पाँचवें भाव में चन्द्र भौम युति का फल—

चं० मं० चन्द्रान्वितो भूतनयः सुतस्थो नरं प्रसूते बहुसौख्ययुक्तम् ।
संप्राप्तविद्यं द्विजदेवतानां साधुप्रदत्तं श्रुतलालसञ्च ॥ ७ ॥

यदि जन्मपत्री में पाँचवें भाव में चन्द्र भौम का योग हो तो जातक बड़ा सुखी, ब्राह्मण व देवताओं से विद्या पाने वाला, सज्जन, दानी और शास्त्र की इच्छा वाला होता है ॥ ७ ॥

पाँचवें भाव में चन्द्र बुध युति का फल—

चं० बु० चन्द्रान्वितः सोमसुतः सुतस्थो नरं प्रसूते गरिमासमेतम् ।
तारुण्यरूपं बहुमित्रलाभैः समन्वितं देवगुरुप्रसक्तम् ॥ ८ ॥

यदि जन्मपत्री में पाँचवें भाव में चन्द्र बुध का योग हो तो जातक गरिमा से युक्त, युवा स्वरूप, अधिक मित्रों से युक्त और देवता व गुरुजनों का भक्त होता है ॥ ८ ॥

पाँचवें भाव में चन्द्र गुरु युति का फल—

चं० गु० चन्द्रान्वितो देवगुरुः सुतस्थो नरं प्रसूते क्षतशास्त्रपक्षम् ।
निसर्गसौख्यं प्रभुतासमेतं सदाजयं शास्त्रविचक्षणञ्च ॥ ९ ॥

यदि जन्माङ्ग में पाँचवें भाव में चन्द्र गुरु का योग हो तो जातक शास्त्र से हीन, जन्म से सुखी, सामर्थ्यवान्, सदा विजयी और शास्त्रीय विद्वान् होता है ॥ ९ ॥

पाँचवें भाव में चन्द्र शुक्र युति का फल—

चं० शु० चन्द्रान्वितो दैत्यगुरुः सुतस्थो नरं प्रसूते निधिबुद्धिभाजम्।
संतुष्टचित्तं बहुसौख्ययुक्तं कन्याधिकं स्त्रीदयितं सदैव ॥ १० ॥

यदि जन्माङ्ग में पाँचवें भाव में चन्द्र शुक्र का योग हो तो जातक खजाने की बुद्धि का, प्रसन्न चित्त, सुखी, अधिक कन्या वाला और सदा ही स्त्री का प्रिय होता है ॥ १० ॥

पाँचवें भाव में चन्द्र शनि युति का फल—

चं० श० चन्द्रान्वितः सूर्यसुतः सुतस्थो नरं प्रसूते सुतसौख्यहीनम्।
प्रपञ्चशीलं कुधिया समेतं निरर्गलं शास्त्रबहिष्कृतञ्च ॥ ११ ॥

यदि जन्माङ्ग में पाँचवें भाव में चन्द्र शनि का योग हो तो जातक पुत्र सुख से हीन, प्रपञ्ची, दूषित बुद्धि से युक्त, निर्मुक्त और शास्त्र के बहिर्भूत होता है ॥ ११ ॥

पाँचवें भाव में भौम बुध युति का फल—

मं० बु० भौमान्वितः सोमसुतः सुखस्थो नरं प्रसूते विनयप्रयुक्तम्।
कृषिश्रमान्नष्टधनं सुतीव्रं विदेशरक्तं कृतबन्धुपुत्रम् ॥ १२ ॥

यदि जन्माङ्ग में पाँचवें भाव में भौम बुध का योग हो तो जातक विनयी, खेती के श्रम से धन का विनाशी, बड़ा तीखा, विदेश में आसक्त और पर्याप्त बान्धव व पुत्र वाला होता है ॥ १२ ॥

पाँचवें भाव में भौम शुक्र युति का फल—

मं० शु० भौमान्वितो दैत्यगुरुः सुतस्थो नरं प्रसूते बहुवैरिभाजम्।
पराजयं नीचजनेन नित्यं भ्रमान्वितं ब्राह्मणभक्तिहीनम् ॥ १३ ॥

यदि जन्माङ्ग में पाँचवें भाव में भौम शुक्र का योग हो तो जातक अधिक शत्रु भावना का, नीचों (दुष्टों) से पराजित, नित्य घूमने वाला और ब्राह्मण की भक्ति से रहित होता है ॥ १३ ॥

पाँचवें भाव में भौम शनि युति का फल—

मं० श० भौमान्वितः सूर्यसुतः सुतस्थो नरं प्रसूते क्षतजाहिताङ्गम्।
स्त्रीनिर्जितं दुष्टमतिं कृतघ्नं क्षमाविहीनं परमैश्वर्यहीनम् ॥ १४ ॥

यदि जन्माङ्ग में पाँचवें भाव में भौम शनि का योग हो तो जातक घात से पीडित देहधारी, स्त्री से पराजित, दुष्ट बुद्धि, कृतघ्न, क्षमा से हीन और अधिक ऐश्वर्य से रहित होता है ॥ १४ ॥

पाँचवें भाव में बुध गुरु युति का फल—

बु० गु० सौम्यान्वितो देवगुरुः सुतस्थो नरं प्रसूते बहुपुत्रभाजम्।
जयैषिणं स्त्रीदयितं मनोज्ञं प्रधानकर्माणमलोलुपञ्च ॥ १५ ॥

यदि जन्माङ्ग में पाँचवें भाव में बुध गुरु का योग हो तो जातक अधिक पुत्रों से

युक्त, विजय की इच्छा वाला, स्त्री का प्रेमी, सुन्दर, मुख्य कार्य करने वाला और लालच से हीन होता है ॥ १५ ॥

पाँचवें भाव में बुध शुक्र युति का फल—

बु० शु० सौम्यान्वितो दैत्यगुरुः सुतस्थो नरं प्रसूते शुभवाक्ययुक्तम् ।
प्रभुं महदद्भुतकर्मरक्तं द्विजातिभक्तं निपुणं प्रगल्भम् ॥ १६ ॥

यदि जन्माङ्ग में पाँचवें भाव में बुध शुक्र का योग हो तो जातक सुन्दर बोलने वाला, समर्थ, बड़े अद्भुत काम में आसक्त, ब्राह्मणों का भक्त, चतुर और प्रतिभा शाली होता है ॥ १६ ॥

पाँचवें भाव में बुध शनि युति का फल—

बु० श० सौम्यान्वितः सूर्यसुतः सुतस्थो नरं प्रसूते विकलं मनुष्यम् ।
सुखैर्विहीनं विकृतं विरूपं निसर्गतः शोभनवर्जितञ्च ॥ १७ ॥

यदि जन्माङ्ग में पाँचवें भाव में बुध शनि का योग हो तो जातक विकल, सुख से हीन, विकारी, कुरूप और जन्म से शोभा हीन होता है ॥ १७ ॥

पाँचवें भाव में गुरु शुक्र युति का फल—

गु० शु० जीवान्वितो दैत्यगुरुः सुतस्थो नरं प्रसूते बहुभाग्यवन्तम् ।
कुलप्रधानं बहुपुत्रवन्तं धनान्वितं सौख्यसमन्वितञ्च ॥ १८ ॥

यदि जन्माङ्ग में पाँचवें भाव में गुरु शुक्र का योग हो तो जातक बड़ा भाग्यवान्, वंश में मुख्य, अधिक पुत्र वाला, धनी और सुखी होता है ॥ १८ ॥

पाँचवें भाव में गुरु शनि युति का फल—

गु० श० जीवान्वितः सूर्यसुतः सुतस्थो नरं प्रसूते बहुभाग्यवन्तम् ।
असाधुदुष्टाशयपानरक्तं कुचैलमश्लाघ्यमधर्मिणञ्च ॥ १९ ॥

यदि जन्माङ्ग में पाँचवें भाव में गुरु शनि का योग हो तो जातक बड़ा भाग्यशाली, असज्जन, दुष्टाशयी, शराबी, दूषित वस्त्रधारी, अप्रशंसनीय और अधर्मी होता है ॥ १९ ॥

पाँचवें भाव में शुक्र शनि युति का फल—

शु० श० शुक्रान्वितः सूर्यसुतः सुतस्थो कन्याजनित्रं मनुजं प्रसूते ।
स्त्रीचञ्चलं पापकथानुरक्तं कृतघ्नमश्लाघ्यतमं विरूपम् ॥ २० ॥

इत्येवं द्विकल्पाः ।

यदि जन्माङ्ग में पाँचवें भाव में शुक्र शनि का योग हो तो जातक कन्याओं को पैदा करने वाला, स्त्रियों में चञ्चल, पाप कथाओं में आसक्त, कृतघ्न, अत्यन्त निन्दनीय और कुरूप होता है ॥ २० ॥

इस प्रकार पाँचवें भाव में दो ग्रहों की युति का फल समाप्त हुआ ॥ १-२० ॥

अथ त्रिविकल्पाः ॥

अब आगे पाँचवें भाव में तीन ग्रहों की युति के फल को बताते हैं।

पाँचवें भाव में सू० चं० मं० युति का फल—

सूर्येन्दुभौमाः सुतगा मनुष्यं कुर्वन्ति कीर्त्यासहितं सदैव।
पुण्येन मुक्तं विकृतस्वभावं संपीडिताङ्गं स्वकृतैः विकारैः ॥ १ ॥

यदि जन्माङ्ग में पाँचवें भाव में सू० चं० मं० का योग हो तो जातक सदा कीर्तिमान्, पुण्य से रहित, विकृत प्रकृति और अपने किये हुए विकारों से पीड़ित देहधारी होता है ॥ १ ॥

पाँचवें भाव में सू० चं० बु० युति का फल—

सूर्येन्दुसौम्याः सुतगा मनुष्यं कुर्वन्ति पापप्रचुरं गतस्वम्।
पापैर्विमुक्तं सुतसौख्यहीनं स्त्रीनिर्जितं चञ्चलमानसञ्च ॥ २ ॥

यदि जन्माङ्ग में पाँचवें भाव में सू० चं० बु० का योग हो तो जातक बड़ा पापी, निर्धन, पापों से मुक्त, पुत्र सुख से हीन, स्त्री से पराजित और अस्थिर मन का होता है ॥ २ ॥

पाँचवें भाव में सू० चं० गु० युति का फल—

सूर्येन्दुजीवाः सुतगा मनुष्यं पुत्रैर्विहीनं प्रचुरप्रतापम्।
विद्यायुतं शोभनकर्मकारकं दयाधिकं स्नेहकलाविहीनम् ॥ ३ ॥

यदि जन्माङ्ग में पाँचवें भाव में सू० चं० गु० का योग हो तो जातक पुत्र से हीन, बड़ा प्रतापी, विद्वान्, अच्छा कार्य करने वाला, महान् दयालु और प्रेम व कला से रहित होता है ॥ ३ ॥

पाँचवें भाव में सू० चं० शु० युति का फल—

सूर्येन्दुशुक्राः सुतगा मनुष्यं सदा प्रकुर्वन्ति गुणैर्विहीनम्।
परस्वरक्तं बहुशत्रुपक्षं क्षमादयाभ्यां परिवर्जितञ्च ॥ ४ ॥

यदि जन्माङ्ग में पाँचवें भाव में सू० चं० शु० का योग हो तो जातक गुणों से रहित, दूसरे के धन में आसक्त, शत्रुवाला, क्षमा और दया से हीन होता है ॥ ४ ॥

पाँचवें भाव में सू० चं० श० युति का फल—

सूर्येन्दुसौराः सुतगा मनुष्यं कुर्वन्ति द्रव्याधिभयैर्विहीनम्।
प्रपञ्चशीलं व्यसनैः समेतं सुतैर्युतं बन्धुपराङ्मुखञ्च ॥ ५ ॥

यदि जन्माङ्ग में पाँचवें भाव में सू० चं० श० का योग हो तो जातक धन, दैविक प्रकोप व डर से हीन, प्रपञ्ची, व्यसनी, पुत्र से युक्त और बान्धवों से पृथक होता है ॥ ५ ॥

पाँचवें भाव में सू० मं० बु० युति का फल—

सूर्यारसौम्याः सुतगा मनुष्यं कुर्वन्ति दुष्टव्रणपीडिताङ्गम्।
निस्नेहसं दीनरतं निराशं सदा विमुक्तं परतर्ककञ्च ॥ ६ ॥

यदि जन्माङ्ग में पाँचवें भाव में सू० मं० बु० का योग हो तो जातक बुरे घाव से पीड़ित शरीरधारी, स्नेह शून्य, दीनता में लीन, निराशा वाला, सदाविमुक्त और दूसरे का चिन्तक होता है ॥ ६ ॥

पाँचवें भाव में सू० मं० गु० युति का फल—

सूर्यारजीवाः सुतगा मनुष्यं कुर्वन्ति हीनानुगतं नृशंसम् ।
व्यङ्गं निराशं हृतदानशक्तं विरक्तदारं हृतपौरुषञ्च ॥ ७ ॥

यदि जन्माङ्ग में पाँचवें भाव में सू० मं० गु० का योग हो तो जातक हीनों का अनुसरण करने वाला, निन्दनीय, अङ्गहीन, निराशावादी, नष्टदान में आसक्त, विरक्त स्त्री वाला और नष्ट पुरुषार्थी होता है ॥ ७ ॥

पाँचवें भाव में सू० मं० शु० युति का फल—

सूर्यारशुक्राः सुतगा मनुष्यं कुर्वन्ति सर्वाभरणैरसङ्गम् ।
महान्तिभाजं जनतानिरस्तं नराभिभूतं कठिनस्वभावम् ॥ ८ ॥

यदि जन्माङ्ग में पाँचवें भाव में सू० मं० शु० का योग हो तो जातक समस्त आभूषणों से रहित, बड़ा, ब्रह्मा के समान, जनता से तिरस्कृत, मनुष्यों से पीड़ित और कठिन स्वभाव वाला होता है ॥ ८ ॥

पाँचवें भाव में सू० मं० श० युति का फल—

सूर्यारसौराः सुतगा मनुष्यं कुर्वन्ति पापात्मजकन्यकाढ्यम् ।
विरक्तभाजं सुतशास्त्रहीनं प्रद्वेषकं साधुजनस्य नित्यम् ॥ ९ ॥

यदि जन्माऽङ्ग में पाँचवें भाव में सू० मं० श० का योग हो तो जातक पापी पुत्र व कन्या से युक्त, विरक्त, पुत्र व शास्त्र से हीन और प्रति दिन सज्जन का विरोधी होता है ॥ ९ ॥

पाँचवें भाव में सू० बु० गु० युति का फल—

सूर्यज्ञजीवाः सुतगा मनुष्यं कुर्वन्ति पापात्मजमुग्रकोपम् ।
क्लीबं नृशंसं परदाररक्तं सुदुःखितं दुःखितलोकमित्रम् ॥१०॥

यदि जन्माङ्ग में पाँचवें भाव में सू० बु० गु० का योग हो तो जातक पापी पुत्र वाला, बड़ा क्रोधी, नपुंसक, निन्दनीय, दूसरे की स्त्री में आसक्त, दुःखी और दुःखियों का मित्र होता है ॥ १० ॥

पाँचवें भाव में सू० बु० शु० युति का फल—

सूर्यज्ञशुक्राः सुतगा मनुष्यं कुर्वन्ति वन्ध्याजनकं कृतघ्नम् ।
भार्याधिकं क्लेशयुतं सपापं विवर्जितं भोगधनाशनैश्च ॥११॥

यदि जन्माङ्ग में पाँचवें भाव में सू० बु० शु० का योग हो तो जातक वन्ध्या को पैदा करने वाला, कृतघ्न, अधिक स्त्री वाला, क्लेशी, पापी, भोग, धन और भोजन से हीन होता है ॥ ११ ॥

पाँचवें भाव में सूर्य बुध शनि युति का फल—

सूर्यज्ञसौराः सुतगा मनुष्यं कुर्वन्ति सन्तानधनैर्विहीनम् ।
लम्बोदरं दीर्घकृकाटिकाढ्यं सुदीर्घजङ्घं पदवर्जितञ्च ॥१२॥

यदि जन्माङ्ग में पाँचवें भाव में सू० बु० श० का योग हो तो जातक सन्तान व धन से हीन, लम्बे पेट का, लम्बे गर्दन के ऊपरी भाग या पीछे के भाग से युक्त, लम्बी जङ्घा वाला और पैरों से हीन होता है ॥ १२ ॥

पाँचवें भाव में सू० गु० शु० युति का फल—

सूर्यामरेज्यभृगुजाः सुतस्था नरं प्रकुर्वन्ति विधर्मयुक्तम् ।
धर्माद्विहीनं कुहकानुरक्तं मायेन्द्रजालादिशरैरविद्धम् ॥१३॥

यदि जन्माङ्ग में पांचवें भाव में सू० गु० शु० का योग हो तो जातक विधर्मी, धर्म से हीन, माया में आसक्त, माया और इन्द्रजालादि के बाणों से अविद्ध होता है ॥१३॥

पाँचवें भाव में शु० गु० श० युति का फल—

सूर्यामरेज्यार्कसुताः सुतस्था नरं प्रकुर्वन्ति सदा निरस्तम् ।
स्वबान्धवैर्वित्तनिपीडिताङ्गं युद्धानुरक्तञ्च भयेन हीनम् ॥१४॥

यदि जन्माङ्ग में पाँचवें भाव में सू० गु० श० का योग हो तो जातक अपने बाधवों से नष्ट, धन से पीड़ित शरीर धारी, युद्ध में आसक्त और भय से रहित होता है ॥ १४ ॥

पाँचवें भाव में सू० शु० श० युति का फल—

सूर्यासुरेज्यार्कसुताः सुतस्थाः नरं प्रकुर्वन्ति निरस्तधैर्यम् ।
दुष्टस्वभावं च धिया विहीनं विदेशसेवानुरतं सदैव ॥१५॥

यदि जन्माङ्ग में पाँचवें भाव में सू० शु० श० का योग हो तो जातक धैर्य से रहित, दुष्ट प्रकृति, बुद्धि हीन और सदा ही विदेश सेवा में आसक्त होता है ॥ १५ ॥

पाँचवें भाव में चं० मं० बु० युति का फल—

चन्द्रारसौम्याः सुतगा मनुष्यं कुर्वन्ति दीनं गतपौरुषञ्च ।
विधर्मिणं द्यूतनिषेवितं च प्रतप्तकं दर्पधिया समेतम् ॥१६॥

यदि जन्माङ्ग में पाँचवें भाव में चं० मं० बु० का योग हो तो जातक पुरुषार्थ हीन, विधर्मी, जुआ खेलने वाला, बड़ा दुःखी और अहङ्कारबुद्धि से युक्त होता है ॥ १६ ॥

पाँचवें भाव में चं० मं० गु० युति का फल—

चन्द्रारजीवाः सुतगा मनुष्यं कुर्वन्ति भीश्रीकमुरुप्रकोपम् ।
असद्व्ययं बन्धुजनानुरक्तं प्रज्ञाविहीनं बहुगर्वितञ्च ॥ १७ ॥

यदि जन्माङ्ग में पाँचवें भाव में चं० मं० गु० का योग हो तो जातक भय व लक्ष्मी से युक्त, बड़ा क्रोधी, असद्व्ययी, बान्धवों का भक्त, बुद्धि हीन और बड़ा अभिमानी होता है ॥ १७ ॥

पाँचवें भाव में चन्द्र मं० शु० युति का फल—

चन्द्रारशुक्राः सुतगा मनुष्यं कुर्वन्ति हीनानुगतं कुरूपम् ।
वाताधिकं कीर्तिविवर्जिताङ्गं गतप्रतापं मनुजैर्निरस्तम् ॥ १८ ॥

यदि जन्माङ्ग में पाँचवें भाव में चं० मं० शु० का योग हो तो जातक नीचों का अनुगामी, कुरूप, अधिक वायु वाला, कीर्ति से हीन, प्रताप से रहित और मनुष्यों से पृथक् होता है ॥ १८ ॥

पाँचवें भाव में चन्द्र मं० शनि युति का फल—

चन्द्रारसौराः सुतगा मनुष्यं कुर्वन्ति सत्यार्थसुखैर्विहीनम् ।
प्रभूतनिद्रं च विरूपमित्रं खलस्वभावं भयवर्जितञ्च ॥ १९ ॥

यदि जन्माङ्ग में पाँचवें भाव में चं० मं० श० का योग हो तो जातक सत्य, धन और सुख से हीन, अधिक सोने वाला, कुरूप मित्रों से युक्त, दुष्ट प्रकृति और भय शून्य होता है ॥ १९ ॥

पाँचवें भाव में चन्द्र बुध गुरु युति का फल—

चन्द्रज्ञजीवाः सुतगा मनुष्यं कुर्वन्ति तीर्थप्रवणं सुबुद्धिम् ।
प्रभूतविज्ञप्ति समृद्धिधर्मं मातापितृभ्यां दृढभक्तिभाजम् ॥ २० ॥

यदि जन्माङ्ग में पाँचवें भाव में चं० बु० गु० का योग हो तो जातक तीर्थों में नम्र, सुन्दर, बुद्धिमान्, अधिक विज्ञापन से संपन्न धर्मी और माता का स्थिर भक्त होता है ॥ २० ॥

पाँचवें भाव में चन्द्र बुध शुक्र युति का फल—

चन्द्रज्ञशुक्राः सुतगा मनुष्यं कुर्वन्ति पीनाङ्गसलोभभाजम् ।
जनेऽभिरक्तं बहुतीर्थसङ्गादविमुक्तपापं प्रथितप्रभावम् ॥ २१ ॥

यदि जन्माऽङ्ग में पाँचवें भाव में चं० बु० शु० का योग हो तो जातक मोटे शरीर का, निर्लोभी, मनुष्यों में आसक्त, अधिक तीर्थ करने पर पाप से हीन और प्रसिद्ध प्रभावी होता है ॥ २१ ॥

पाँचवें भाव में चन्द्र बुध शनि युति का फल—

चन्द्रज्ञसौराः सुतगा मनुष्यं कुर्वन्ति धन्यं यशसा समेतम् ।
स्थिरस्वभावं भृतधर्मयुक्तं कलाधिकं कामविवर्जिताङ्गम् ॥ २२ ॥

यदि जन्माङ्ग में पाँचवें भाव में चं० बु० श० का योग हो तो जातक प्रशंसनीय, यशस्वी, स्थिर स्वभाव का, सेवाधर्म से युक्त, अधिक कलावान् और विषय वासना से शून्य होता है ॥ २२ ॥

पाँचवें भाव में चन्द्र गुरु शुक्र युति का फल—

चन्द्रामरेज्यभृगुजाः सुतस्थं नरं प्रकुर्वन्ति सुतप्तकण्ठम् ।
लब्बालिकाधर्मपरं प्रधानं हतारिपक्षं प्रियदर्शनञ्च ॥ २३ ॥

यदि जन्माङ्ग में पाँचवें भाव में चं. गु. श. का योग हो तो जातक संतप्त गले

का, लम्बा, स्त्री धर्म परायण, मुख्य, शत्रुओं को नष्ट करने वाला और सुन्दर दर्शनीय होता है ॥ २३ ॥

पाँचवें भाव में चन्द्रमा गुरु शनि युति का फल—

चन्द्रामरेज्यार्कसुताः सुतस्था नरं प्रकुर्वन्ति मतिप्रधानम् ।
ख्यातं कवीन्द्रं प्रचुरं हतारिं निमग्नसौख्यं सुहृदं सुवक्त्रम् ॥ २४ ॥

यदि जन्माङ्ग में पाँचवें भाव में चं. गु. श. का योग हो तो जातक मुख्य बुद्धिमान्, प्रसिद्ध, श्रेष्ठ कवि, बड़े शत्रुओं का विनाशी, सुख में लीन, सुन्दर हृदय और मुखवाला होता है ॥ २४ ॥

पाँचवें भाव में चन्द्र शुक्र शनि युति का फल—

चन्द्रासुरेज्यार्कसुताः सुतस्था नरं प्रकुर्वन्ति गुणस्वभावम् ।
ज्योतिर्विदारङ्गविवर्जिताङ्गं मदान्वितं धर्मकथानुरक्तम् ॥ २५ ॥

यदि जन्माङ्ग में पाँचवें भाव में चं. शु. श. का योग हो तो जातक गुणी प्रकृति का, ज्योतिषी, रङ्ग से हीन देह धारी, अभिमानी और धार्मिक कथाओं में आसक्त होता है ॥ २५ ॥

पाँचवें भाव में भौम बुध गुरु युति का फल—

भौमज्ञजीवा सुतगा मनुष्यं कुर्वन्ति धर्मध्वजमिष्टसत्यम् ।
सत्यानुरक्तं बहुबुद्धिभाजं सलज्जमुत्साहिनमेकवीरम् ॥ २६ ॥

यदि जन्माङ्ग में पाँचवें भाव में मं. बु. गु. का योग हो तो जातक धर्म का स्तम्भ, सत्य प्रेमी, सत्य में आसक्त, बड़ा बुद्धिमान्, लज्जावान्, उत्साही और प्रधान वीर होता है ॥ २६ ॥

पाँचवें भाव में भौम बुध शुक्र युति का फल—

भौमज्ञशुक्राः सुतगा मनुष्यं सौभाग्ययुक्तं मनसाधिधर्मम् ।
द्विजप्रियं साधुजनानुरक्तं सुवर्णवस्त्राभरणैः समेतम् ॥ २७ ॥

यदि पाँचवें भाव में मं. बु. शु. का योग हो तो जातक भाग्यवान्, मन से धार्मिक, ब्राह्मणों का प्रेमी, सज्जनों में अनुरक्त और सुवर्ण, वस्त्र, आभूषणों से युक्त होता है ॥ २७ ॥

पाँचवें भाव में भौम बुध शनि युति का फल—

भौमज्ञसौराः सुतगा मनुष्यं कुर्वन्ति खण्डञ्च कलत्रभाजम् ।
दयाविहीनं त्वथ निर्गुणञ्च श्रमार्तदेहं निजवर्गयुक्तम् ॥ २८ ॥

यदि जन्माङ्ग में पाँचवें भाव में मं. बु. श. का योग हो तो जातक खण्डित स्त्री का पात्र, निर्दयी, निर्गुण, परिश्रम से पीड़ित देहधारी और अपने वर्ण से युक्त होता है ॥ २८॥

पाँचवें भाव में भौम गुरु शुक्र युति का फल—

भौमामरेज्यभृगुजाः सुतस्था नरं प्रकुर्वन्ति धिया समेतम् ।
ससूक्ष्मवस्त्राभरणैः समेतं दृढप्रतिज्ञं परमर्दनञ्च ॥ २९ ॥

यदि जन्माङ्ग में पाँचवें भाव में मं. गु. शु. का योग हो तो जातक बुद्धिमान्, सूक्ष्मवस्त्र व आभूषणों से युक्त, स्थिर प्रतिज्ञा वाला और दूसरे का मर्दक होता है ॥२९॥

पाँचवें भाव में भौम गुरु शनि युति का फल—

भौमामरेज्यार्कसुताः सुतस्था नरं प्रकुर्वन्ति धिया समेतम् ।
वाणिज्यविद्यागमसाधुयुक्तं क्षमान्वितं देवगुरुप्रभक्तम् ॥ ३० ॥

यदि जन्माङ्ग में पाँचवें भाव में मं. गु. श. का योग हो तो जातक दयालु व्यापार, विद्या, आगम और सज्जनों से युक्त, क्षमावान्, देवता और गुरु का भक्त होता है ॥ ३० ॥

पाँचवें भाव में भौम शुक्र शनि युति का फल—

भौमासुरेज्यार्कसुताः सुतस्था नरं प्रकुर्वन्ति सुबुद्धिभाजम् ।
लज्जाविहीनं नयवर्जिताङ्गं विमुक्तदारं बहुगर्वितञ्च ॥ ३१ ॥

यदि जन्माङ्ग में पाँचवें भाव में मं. शु. श. का योग हो तो जातक सुन्दर बुद्धिमान्, निर्लज्ज, नीति से हीन, स्त्री से परित्यक्त और बड़ा गर्वीला होता है ॥ ३१ ॥

पाँचवें भाव में बुध गुरु शुक्र युति का फल—

सौम्यामरेज्यभृगुजाः सुतस्था नरं प्रकुर्वन्ति सुरत्नभाजम् ।
विप्रानुरक्तं बहुशास्त्रज्ञानं विरञ्चिस्वर्गं तलमण्डलञ्च ॥ ३२ ॥

यदि जन्माङ्ग में पाँचवें भाव में बु. गु. शु. का योग हो तो जातक सुन्दर रत्नों से युक्त, ब्राह्मणों का भक्त, अधिक शास्त्र का ज्ञाता और ब्रह्मलोक को प्राप्त करने वाला होता है ॥ ३२ ॥

पाँचवें भाव में बुध गुरु शनि युति का फल—

सौम्यामरेज्यार्कसुताः सुतस्था नरं प्रकुर्वन्ति हितं गुरूणाम् ।
प्रभूतविद्यार्जनतत्परं च कुलप्रधानं दृढसौहृदञ्च ॥ ३३ ॥

यदि जन्माङ्ग में पाँचवें भाव में बु. गु. श. का योग हो तो जातक गुरुजनों का प्रिय, अधिक विद्या प्राप्ति में लीन, वंश में मुख्य और स्थिर मैत्री वाला होता है ॥३३॥

पाँचवें भाव में बुध शुक्र शनि युति का फल—

सौम्यासुरेज्यार्कसुताः सुतस्था नरं प्रकुर्वन्ति विहीनपुत्रम् ।
स्थूलं पृथुग्रीवभुजं कुकर्णं द्यूतानुरक्तं परवञ्चनैकम् ॥ ३४ ॥

यदि जन्माङ्ग में पाँचवें भाव में बु. शु. श. का योग हो तो जातक हीन पुत्र वाला, मोटा, मोटी गर्दन व हाथ वाला, दूषित कानों से युक्त, जुआ में आसक्त और दूसरे को एकमात्र ठगने वाला होता है ॥ ३४ ॥

पाँचवें भाव में गुरु शुक्र शनि युति का फल -

जीवासुरेज्यार्कसुताः सुतस्था नरं प्रकुर्वन्ति बहुप्रशीलम् ।
धान्यान्वितं वासकरं परेषां शास्त्रार्जने तत्परमानसञ्च ॥ ३५ ॥

इत्येवं त्रिविकल्पाः ।

यदि जन्माङ्ग में पाँचवें भाव में गु. शु. श. का योग हो तो जातक बड़ा शीलवान्, धान्यवान्, दूसरों के आवास बनाने वाला और शास्त्र ज्ञान में दत्तचित्त होता है ॥३५॥

इस प्रकार पंचम भाव में तीन ग्रहों की युति का फल समाप्त हुआ ॥ १-३५ ॥

अथ चतुर्विकल्पाः।

अब आगे पाँचवें भाव में चार ग्रहों की युति के फल को बताते हैं।

पाँचवें भाव में सूर्य चन्द्र मंगल बुध युति का फल—

रवीन्दुभौमेन्दुसुताः सुतस्था नरं प्रकुर्वन्ति सुदूषणाप्तम्।
गुरुप्रकोपं नियमैर्वियुक्तं व्यपेतलज्जं विकृतस्वभावम् ॥ १ ॥

यदि जन्माङ्ग में पाँचवें भाव में सू. चं. मं. बु. का योग हो तो जातक दूषितता को पाने वाला, बड़ा क्रोधी, नियम से रहित, निर्लज्ज और विकृत प्रकृति का होता है ॥ १ ॥

पाँचवें भाव में सूर्य चन्द्रमा मंगल गुरु युति का फल—

रवीन्दुभौमासुरपूजिताङ्गाः सुतस्थिताः सञ्जनयन्ति मर्त्यम्।
सुतैर्विमुक्तं विनयेन हीनं दीनं दयाधर्मविवर्जितञ्च ॥ २ ॥

यदि जन्माङ्ग में पाँचवें भाव में सू. चं. मं. गु. का योग हो तो जातक पुत्र से हीन, अविनयी, दीन, दया और धर्म से रहित होता है ॥ २ ॥

पाँचवें भाव में सूर्य चंद्र भौम शुक्र युति का फल—

रवीन्दुभौमासुरपूजिताङ्गाः सुतस्थिताः सञ्जनयन्ति मर्त्यम्।
प्रलम्बलिङ्गं सव्रणोरुयुक्तं विहीनवित्तं परदारलुब्धम् ॥ ३ ॥

यदि जन्माङ्ग में पाँचवें भाव में सू. चं. मं. शु. का योग हो तो जातक लम्बे लिङ्ग का, घाव से युक्त छाती वाला, निर्धन और दूसरे की स्त्री का लोभी होता है ॥ ३ ॥

पाँचवें भाव में सूर्य चंद्र भौम शनि युति का फल—

रवीन्दुभौमार्कसुताः सुतस्था नरं प्रकुर्वन्ति कृतं कृतघ्नम्।
हर्षाधिकारेण निपीडिताङ्गं सुदीनवृत्तिं गतबन्धुवर्गम् ॥ ४ ॥

यदि जन्माङ्ग में पाँचवें भाव में सू. चं. मं. श. का योग हो तो जातक कृतघ्न, प्रसन्नता के अधिकार से पीड़ित देहधारी, दीन जीविका वाला और बान्धवों से हीन होता है ॥ ४ ॥

पाँचवें भाव में सूर्य चन्द्र बुध गुरु युति का फल—

रवीन्दुसौम्यामरपूजिताङ्गाः सुतस्थिताः सञ्जनयन्ति मर्त्यम्।
हर्षाधिकं कामनिपीडिताङ्गं सदाकुलीनं नयवर्जितञ्च ॥ ५ ॥

यदि जन्माङ्ग में पाँचवें भाव में सू. चं. बु. गु. का योग हो तो जातक अधिक प्रसन्न, काम से पीड़ित शरीरधारी, सदा कुलीन और नीति से हीन होता है ॥ ५ ॥

पाँचवें भाव में सूर्य चन्द्र बुध शुक्र युति का फल—

रवीन्दुसौम्यासुरपूजिताङ्गाः सुतस्थिताः सञ्जनयन्ति मर्त्यम् ।
पैशुन्यरक्तं निजधर्महीनं प्रद्वेषकं साधुजनस्य नित्यम् ॥ ६ ॥

यदि जन्माङ्ग में पाँचवें भाव में सू. चं. बु. शु. का योग हो तो जातक चुगलखोरी में आसक्त, अपने धर्म से हीन और सज्जनों का प्रतिदिन द्वेषी होता है ॥ ६ ॥

पाँचवें भाव में सूर्य चन्द्र बुध शनि युति का फल—

रवीन्दुसौम्यार्कसुताः सुतस्था नरं प्रकुर्वन्ति दयाविहीनम् ।
विनष्टबुद्धिं विगताभिमानं भूषान्वितं पापसमन्वितञ्च ॥ ७ ॥

यदि जन्माङ्ग में पाँचवें भाव में सू. चं. बु. श. का योग हो तो जातक निर्दयी, नष्टबुद्धि, निरभिमानी, आभूषणयुक्त और पापी होता है ॥ ७ ॥

पाँचवें भाव में सूर्य चंद्र गुरु शुक्र युति का फल—

रवीन्दुजीवासुरपूजिताङ्गाः सुतस्थिताः सञ्जनयन्ति मर्त्यम् ।
रथार्थसक्तं विनयेन हीनं विलेपनस्नानविलेपनाद्यैः ॥ ८ ॥

यदि जन्माङ्ग में पांचवें भाव में सू. चं. गु. शु. का योग हो तो जातक रथ के लिए आसक्त, नम्रता से रहित और विलेपन सामग्री से स्नान करने वाला होता है ॥ ८ ॥

पांचवें भाव में सू० चं० गु० श० युति का फल—

रवीन्दुजीवार्कसुताः सुतस्था नरं प्रकुर्वन्ति सुखैः प्रयुक्तम् ।
वृथाश्रमं मित्रजनैर्विहीनं सन्तानहीनं प्रियसाहसञ्च ॥ ९ ॥

यदि जन्माङ्ग में पांचवें भाव में सू० चं० गु० श० का योग हो तो जातक सुखी, फिजूल मेहनत करने वाला, मित्रों से हीन, सन्तान से रहित और साहस प्रेमी होता है ॥ ९ ॥

पांचवें भाव में सू० मं० बु० गु० युति का फल—

सूर्यारसौम्यामरपूजिताङ्गाः सुतस्थिताः सञ्जनयन्ति मर्त्यम् ।
ओजोविहीनं सुविरुद्धचेष्टं सुनीचकर्माणमुरुप्रकोपम् ॥१०॥

यदि जन्माङ्ग में पांचवें भाव में सू० मं० बु० गु० का योग हो तो जातक निस्तेज, विपरीत इच्छा वाला, नीच काम करने वाला और बड़ा क्रोधी होता है ॥ १० ॥

पांचवें भाव में सू० मं० बु० शु० युति का फल—

सूर्यारसौम्यासुरपूजिताङ्गाः सुतस्थिताः सञ्जनयन्ति मर्त्यम् ।
विधर्मिणं नीतिमतिप्रहीनं जिह्मस्वभावं विकृतानुरक्तम् ॥११॥

यदि जन्माङ्ग में पांचवें भाव में सू० मं० बु० शु० का योग हो तो जातक विधर्मी, नीति व बुद्धि से हीन, कुटिल प्रकृति और विकारों में आसक्त होता है ॥ ११ ॥

पांचवें भाव में सू० मं० बु० श० युति का फल—

सूर्यारसौम्यार्कसुताः सुतस्था नरं प्रकुर्वन्ति विहीनसत्त्वम् ।
प्रमोष्यकं कामकथानुरक्तं प्रेष्यं परैर्निर्जितपौरुषञ्च ॥१२॥

यदि जन्माङ्ग में पांचवें भाव में सू० मं० बु० श० का योग हो तो जातक बल से हीन, प्रसन्नात्मा, कामुक कथाओं में आसक्त, नौकर और दूसरे से पराजित पुरुषार्थ वाला होता है ॥ १२ ॥

पांचवें भाव में सू० मं० गु० शु० युति का फल—

सूर्यारजीवासुरपूजिताङ्गाः सुतस्थिताः सञ्जनयन्ति मर्त्यम् ।
वहुक्षतार्तं प्रविनष्टधर्मं कुशास्त्रसेवानिरतं सदैव ॥१३॥

यदि जन्माङ्ग में पांचवें भाव में सू० मं० गु० शु० का योग हो तो जातक अधिक भग्न होने से पीड़ित, धर्म से हीन और सदा ही बुरे शास्त्रों की सेवा में आसक्त होता है ॥ १३ ॥

पांचवें भाव में सू० म० गु० श० युति का फल—

सूर्यारजीवार्कसुताः सुतस्था नरं प्रकुर्वन्ति सुतीव्रभावम् ।
महारुजार्तं कृतकस्वभावं विहीनधर्मं श्रुतिवर्जितञ्च ॥१४॥

यदि जन्माङ्ग में पांचवें भाव में सू० मं० गु० श० का योग हो तो जातक तीखी प्रकृति का, बड़े रोग से दुःखी, कठोर स्वभाव का, धर्म और वेद से हीन होता है ॥१४॥

पांचवें भाव में सू० मं० शु० श० युति का फल—

सूर्यारशुक्रार्कसुताः सुतस्था नरं प्रकुर्वन्ति विहीनबाहुम् ।
चतुष्पदाच्छादनभाजनार्थैविवर्जितं च व्यसनान्वितञ्च ॥१५॥

यदि जन्माङ्ग में पांचवें भाव में सू० मं० शु० श० का योग हो तो जातक हाथों से हीन, पशुओं के आच्छादन पात्र से रहित और व्यसनी होता है ॥ १५ ॥

पांचवें भाव में सू० बु० गु० शु० युति का फल—

सूर्यज्ञजीवासुरपूजिताङ्गाः सुतस्थिताः सञ्जनयन्ति मर्त्यम् ।
कुकीर्तिभाजं विगतप्रभावं नीचान्वितं सत्वरमानसञ्च ॥ १६ ॥

यदि जन्माङ्ग में पांचवें भाव सू० बु० गु० शु० का योग हो तो जातक दूषित कीर्तिमान्, निष्प्रभावी, दुष्टों से युक्त और जल्दीबाज होता है ॥ १६ ॥

पांचवें भाव में सू० बु० गु० श० युति का फल—

सूर्यज्ञजीवार्कसुताः सुतस्था नरं प्रकुर्वन्ति कुकर्मभाजम् ।
कुस्त्रीकुसेवासुरतं विसंज्ञं सुनिर्दयं विप्रपराङ्मुखञ्च ॥ १७ ॥

यदि जन्माङ्ग में पाँचव भाव में सू० बु० गु० श० का योग हो तो जातक कुकर्मी, दूषित स्त्री की बुरी सेवा में अनुरक्त, बेहोश, निर्दयी और ब्राह्मणों से बहिर्भूत होता है ॥ १७ ॥

पांचवें भाव में सू० गु० शु० श० युति का फल -

सूर्यामरेज्याभृगुजर्कपुत्राः सुतस्थिताः सञ्जनयन्ति मर्त्यम् ।
कुपुण्यरक्तं कुमतिप्रसक्तं कुकाव्यसंयुक्तमपक्षपातम् ॥ १८ ॥

यदि जन्माङ्ग में पांचवें भाव में सू० गु० शु० श० का योग हो तो जातक दूषित दान में आसक्त, नीच बुद्धि, गन्दे काव्यों से युक्त और निष्पक्षपाती होता है ॥ १८ ॥

पांचवें भाव में सू० बु० शु० श० युति का फल-

सूर्यज्ञशुक्रार्कसुताः सुतस्था नरं प्रकुर्वन्ति पराभिभूतम् ।
कुचैलमाशुद्धमकालभाजं दारिद्रदुःखार्जितमेव नित्यम् ॥ १९ ॥

यदि जन्माङ्ग में पांचवें भाव में सू० बु० शु० श० का योग हो तो जातक दूसरों से पीड़ित, दूषित वस्त्रधारी, अशुद्ध, अकालभोगी और प्रतिदिन दरिद्रता व दुःख पैदा करने वाला होता है ॥ १९ ॥

पांचवें भाव में चं० मं० बु० गु० युति का फल-

चन्द्रारसौम्यासुरपूजिताङ्गाः सुतस्थिताः सञ्जनयन्ति मर्त्यम् ।
विवेकविद्यागमशास्त्ररक्तं क्षतारिपक्षं च ससौहृदञ्च ॥ २० ॥

यदि जन्माङ्ग में पांचवें भाव में चं० मं० बु० गु० का योग हो तो जातक विवेकी, विद्वान्, आगम में निष्णात, शत्रु का विनाशी और मित्र भावना का होता है ॥ २० ॥

पांचवें भाग में चं० मं० बु० शु० युति का फल-

चन्द्रारसौम्यासुरपूजिताङ्गा सुतस्थिताः सञ्जनयन्ति मर्त्यम् ।
सौभाग्यविद्याविनयैः समेतं तत्पात्ररक्तं सुविचक्षणञ्च ॥ २१ ॥

यदि जन्माङ्ग मे पांचवें भाव में चं० मं० बु० शु० का योग हो तो जातक भाग्यशाली, विद्वान्, विनयी और इन्हीं में आसक्त तथा विलक्षण पण्डित होता है ॥ २१ ॥

पांचवें भाव में चं० मं० बु० श० युति का फल-

चन्द्रारसौम्यार्कसुताः सुतस्था नरं प्रकुर्वन्ति विनीतवेषम् ।
स्वधर्मसंतोषणमुग्रवीर्यं दानप्रधानं बहुगौरवञ्च ॥ २२ ॥

यदि जन्माङ्ग में पांचवें भाव में चं० मं० बु० श० योग हो तो जातक विनम्र वेषधारी, अपने धर्म से संतोष पाने वाला, बड़ा बली, मुख्यदानी और बड़ा गौरवशाली होता है ॥ २२ ॥

पांचवें भाव में चं० मं गु० शु० युति का फल-

चन्द्रारजीवासुरपूजिताङ्गाः सुतस्थिताः सञ्जनयन्ति मर्त्यम् ।
बहुव्रणं त्राणकरं द्विजानां गुणानुरक्तं प्रथिताभिमानम् ॥ २३ ॥

यदि जन्माङ्ग में पांचवें भाव में चं० मं० गु० शु० का योग हो तो जातक अधिक घावों से युक्त, ब्राह्मणों को दुःखदायी, गुणों में आसक्त और प्रसिद्ध अभिमानी होता है ॥ २३ ॥

पांचवें भाव में चं० मं० गु० श० युति का फल–

चन्द्रारजीवार्कसुताः सुतस्था नरं प्रकुर्वन्ति सुशीतलाढ्यम् ।
नानार्थशास्त्रैः सहितं प्रगल्भं कविप्रधानं जनवल्लभञ्च ॥ २४ ॥

यदि जन्माङ्ग में पांचवें भाव में चं० मं० गु० श० का योग हो तो जातक शीत से युक्त, अनेक शास्त्रों का जानने वाला, प्रतिभाशाली, मुख्यकवि और जनप्रिय होता है ॥ २४ ॥

पांचवें भाव में चं० मं० शु० श० युति का फल–

चन्द्रारशुक्रार्कसुताः सुतस्था नरं प्रकुर्वन्ति हितं जनानाम् ।
प्रभूतमित्राभरणं समृद्धं क्षमान्वितं धर्मविधानदक्षम् ॥ २५ ॥

यदि जन्माङ्ग में पाँचवें भाव में चं० मं० शु० श० का योग हो तो जातक मनुष्यों का हितैषी, अधिक मित्र व भूषणों से युक्त, समृद्ध, क्षमावान् और धर्म के विधान में चतुर होता है ॥ २५ ॥

पांचवें भाव में चं० बु गु० शु० युति का फल—

चन्द्रज्ञजीवभृगुजाः सुतस्था नरं प्रकुर्वन्ति सुतार्थयुक्तम् ।
विलेपनाच्छादनभक्षणाढ्यं महाधनं पुत्रसुखैः समेतम ॥ २६ ॥

यदि जन्माङ्ग में पांचवें भाव में चं० बु० गु० शु० का योग हो तो जातक पुत्रवान्, धनी, विलेपन, आच्छादन (वस्त्र) भोजन से युक्त, बड़ा धनी और पुत्र सुख से युक्त होता है ॥ २६ ॥

पांचवें भाव में चं० बु० शु० श० युति का फल–

चन्द्रज्ञजीवार्कसुताः सुनित्यं सुतस्थिताः सञ्जनयन्ति मर्त्यम् ।
सत्यप्रधानं विनयेन युक्तं सुधार्मिकं पण्डितसम्मितञ्च ॥ २७ ॥

यदि जन्माङ्ग में पांचवें भाव में चं० बु० गु० श० का योग हो तो जातक सत्य वादी, विनयी, धर्मात्मा और विद्वानों से सम्मत होता है ॥ २७ ॥

पांचवें भाव में चं० बु० शु० श० युति का फल–

चन्द्रज्ञशुक्रार्कसुताः सुतस्था नरं प्रकुर्वन्ति विशालभाजम् ।
जितेन्द्रियं शौचपरं सुरूपं सौभाग्यवीर्याढ्यमलोलुपञ्च ॥ २८ ॥

यदि जन्माङ्ग में पांचवें भाव में चं० बु० शु० श० का योग हो तो जातक विस्तृत भावना का, जितेन्द्रिय, परम पवित्र, सुरूप, भाग्यशाली, बली और अलोलुप होता है ॥ २८ ॥

पांचवें भाव में चं० गु० शु० श० युति का फल–

चन्द्रेज्यशुक्रार्कसुताः सुतस्था नरं प्रकुर्बन्ति नरेन्द्रपूज्यम् ।
शास्त्रार्जने तत्परमिष्टधर्मं सुतप्रधानं बहुवित्तभाजम् ॥ २९ ॥

यदि जन्माङ्ग में पांचवें भाव में चं० गु० शु० श० का योग हो तो जातक राजा से सत्कृत, शास्त्र प्राप्ति में तत्पर, धर्म प्रिय, मुख्य पुत्रवाला और अधिक धन से युक्त होता है ॥ २९ ॥

पांचवें भाव मं० बु० गु० शु० युति का फल—

भौमज्ञजीवासुरपूजिताङ्गाः सुतस्थिताः सञ्जनयन्ति मर्त्यम् ।
अध्यात्मवेत्तारमरिप्रयुक्तं संतुष्टचित्तं नृपवल्लभञ्च ॥ ३० ॥

यदि जन्माङ्ग में मं० बु० गु० शु० का योग हो तो जातक अध्यात्म का जानकार, शत्रुओं से युक्त, प्रसन्न चित्त और राजप्रिय होता है ॥ ३० ॥

पांचवें भाव में मं० बु० गु० श० युति का फल—

भौमज्ञजीवार्कसुताः सुतस्था नरं प्रकुर्वन्ति सुरूपगात्रम् ।
तृष्णाविहीनं नियमेन युक्तं कुलप्रधानं मतिशुद्धिभाजम् ॥ ३१ ॥

यदि जन्माङ्ग में पांचवें भाव में मं० बु० गु० श० का योग हो तो जातक सुन्दर देहधारी, तृष्णा से रहित, नियमी, वंश में मुख्य और शुद्ध बुद्धि का होता है ॥ ३१ ॥

पांचवें भाव में मं० बु० शु० श० युति का फल—

भौमज्ञशुक्रार्कसुताः सुतस्था नरं प्रकुर्वन्ति विशालभाजम् ।
धर्मप्रधानं पितृकार्यदक्षं क्षमान्वितं सर्वजनानुरक्तम् ॥ ३२ ॥

यदि जन्माङ्ग में पांचवें भाव में मं० बु० शु० श० का योग हो तो जातक विशाल प्रकृति, धर्म में मुख्य, पिता के कार्य में चतुर, क्षमावान् और समस्तजनों में आसक्त होता है ॥ ३२ ॥

पांचवें भाव में मं० गु० शु० श० युति का फल—

भौमामरेज्यभृगुजार्कपुत्राः सुतस्थिताः सञ्जनयन्ति मर्त्यम् ।
समिष्टलाभान्वितमिष्टसाधुं सुभक्तियुग्वेदगुरुद्विजानाम् ॥ ३३ ॥

यदि जन्माङ्ग में पांचवें भाव में मं० गु० शु० श० का योग हो तो जातक समान अभीष्ट का लोभी, सज्जनों का प्रेमी, वेद, गुरु और ब्राह्मणों में सुन्दर भक्ति रखने वाला होता है ॥ ३३ ॥

पांचवें भाव में बु० गु० शु० श० युति का फल—

सौम्यामरेज्यभृगुजार्कपुत्राः सुतस्थिताः सञ्जनयन्ति मर्त्यम् ।
सुशिल्पवेदार्थचतुष्पदाढ्यं शुद्धाधिकं कीर्तिसमन्वितञ्च ॥ ३४ ॥
इत्येवं चतुर्विकल्पाः ।

यदि जन्माङ्ग में पांचवें भाव में बु० गु० शु० श० का योग हो तो जातक सुन्दर कारीगर, वेदार्थ का ज्ञाता, पशुओं से युक्त, बड़ा पवित्र और कीर्तिमान् होता है ॥ ३४ ॥

इस प्रकार पांचवें भाव में चार ग्रहों की युति का फल समाप्त हुआ ॥ १-३४ ॥
अब आगे पांचवें भाव में पाँच ग्रहों की युति के फल को बताते हैं ।

अथ पञ्चविकल्पाः ।

पाँचवें भाव में सू० चं० मं० बु० गु० युति का फल—

रवीन्दुभौमज्ञसुरेन्द्रपूज्याः सुतस्थिताः सञ्जनयन्ति मर्त्यम् ।
विरूपदेहं मलदिग्धगात्रं सन्तानहीनं बहुदोषयुक्तम् ॥ १ ॥

यदि जन्माङ्ग में पाँचवें भाव में सू० चं० मं० बु० गु० का योग हो तो जातक कुरूप शरीरधारी, मलीन, सन्तान का प्रेमी और अधिक दोषों से युक्त होता है ॥ १ ॥

पाँचवें भाव में सूर्य चन्द्र मं० बुध शुक्र युति का फल—

रवीन्दुभौमज्ञसुरेन्द्रशत्रवः सुतस्थिताः सञ्जनयन्ति मर्त्यम्।
कन्दर्पव्याप्तं गणिताप्रसक्तं प्रभूतरोगोपहतं सदैव ॥ २ ॥

यदि जन्माङ्ग में पाँचवें भाव में सू० चं० मं० बु० शु० का योग हो तो जातक काम से व्याप्त, गणित में अप्रसक्त और सदा ही बड़े रोग से पीडित होता है ॥ २ ॥

पाँचवें भाव में सूर्य चन्द्र भौम बुध शनि युति का फल—

सूर्येन्दुभौमज्ञदिनेशपुत्राः सुतस्थिताः सञ्जनयन्ति मर्त्यम् ।
क्लीबं च वर्णश्रुतिशास्त्रहीनं सुनिष्ठुराङ्गं गुणवर्जितञ्च ॥ ३ ॥

यदि जन्माङ्ग में पाँचवें भाव में सू० चं० मं० बु० श० का योग हो तो जातक नपुंसक, वर्ण और वेदशास्त्र से रहित, कठोर देहधारी और गुणहीन होता है ॥ ३ ॥

पाँचवें भाव में सूर्य चन्द्र भौम गुरु शुक्र युति का फल—

सूर्येन्दुभौमामरपूज्यशुक्राः सुतस्थिताः सञ्जनयन्ति मर्त्यम् ।
श्रिया विहीनं प्रचुरप्रकोपं वृथाटनं बन्धुजनप्रयुक्तम् ॥ ४ ॥

यदि जन्माङ्ग में पाँचवें भाव में सू० चं० मं० गु० शु० का योग हो तो जातक लक्ष्मी से हीन, बड़ा क्रोधी, बेकार घूमने वाला और बान्धवों से युक्त होता है ॥ ४ ॥

पाँचवें भाव में सूर्य चन्द्र भौम गुरु शनि युति का फल—

रवीन्दुभौमामरपूज्यसौराः सुतस्थिताः सञ्जनयन्ति मर्त्यम् ।
कुसङ्गरक्तं कृतकोपचारं चारित्र्यहीनं हतसत्यमानम् ॥ ५ ॥

यदि जन्माङ्ग में पाँचवें भाव में सू० चं० मं० गु० श० का योग हो तो जातक दूषित सङ्गति में आसक्त, कृषक, चरित्रहीन और सत्य व सम्मान से शून्य होता है ॥ ५ ॥

पांचवें भाव में सूर्य चन्द्र भौम शुक्र शनि युति का फल—

रवीन्दुभौमासुरपूज्यसौराः सुतस्थिताः सञ्जनयन्ति मर्त्यम् ।
स्वबन्धुपुत्रार्थसुखैर्विहीनं द्यूतानुरक्तं प्रतिद्वेषकञ्च ॥ ६ ॥

यदि जन्माङ्ग में पाँचवें भाव में सू० चं० मं० शु० श० का योग हो तो जातक अपने बान्धव, पुत्र, धन और सुख से हीन, जुआ में आसक्त और प्रतिद्वेषी होता है ॥ ६ ॥

पांचवें भाव में सूर्य चन्द्र भौम बुध गुरु शुक्र युति का फल—

रवीन्दुसौम्यामरपूज्यशुक्राः सुतस्थिताः सञ्जनयन्ति मर्त्यम् ।
दुर्वृत्तमार्यं निजबन्धुमुक्तं देवद्विजातिक्षतमक्षमञ्च ॥ ७ ॥

यदि जन्माङ्ग में पाँचवें भाव में सू० चं० बु० गु० शु० का योग हो तो जातक

चरित्र हीन स्त्री वाला, अपने बान्धवों से मुक्त, देवता व ब्राह्मणों से भग्न और अक्षमी होता है ॥ ७ ॥

पांचवें भाव में सूर्य चन्द्र बुध गुरु शनि युति का फल—

रवीन्दुसौम्यामरपूज्यसौराः सुतस्थिताः सञ्जनयन्ति मर्त्यम् ।
सदा कुशीलं गुरुभिर्निरस्तं पराङ्मुखं साधुजनस्य नित्यम् ॥ ८ ॥

यदि जन्माङ्ग में पाँचवें भाव में सू० चं० बु० गु० श० का योग हो तो जातक सदा दुःशील, गुरुजनों से निरस्त प्रतिदिन सज्जनों से विमुख होता है ॥ ८ ॥

पांचवें भाव में सूर्य चन्द्र बुध शुक्र शनि युति का फल—

रवीन्दुसौम्यासुरपूज्यसौराः सुतस्थिताः सञ्जनयन्ति मर्त्यम् ।
असद्व्ययानर्थयुतं व्ययार्तं पानप्रसक्तं कृपया विहीनम् ॥ ९ ॥

यदि जन्माङ्ग में पाँचवें भाव में सूर्य चन्द्र बुध शुक्र शनि का योग हो तो जातक असद्व्ययी, अनर्थी, खर्च से पीड़ित, शराब पीने वाला और निर्दयी होता है ॥ ९ ॥

पांचवें भाव में सूर्य चन्द्र गुरु शुक्र शनि युति का फल—

रवीन्दुजीवासुरपूज्यसौराः सुतस्थिताः सञ्जनयन्ति मर्त्यम् ।
विहीनकोशं सुतमानहीनं सुनिष्प्रभं शोकसमन्वितञ्च ॥ १० ॥

यदि जन्माङ्ग में पाँचवें भाव में सूर्य चन्द्र गुरु शुक्र शनि का योग हो तो जातक निर्धन, पुत्र व सम्मान से रहित, निस्तेज और शोक से युक्त होता है ॥ १० ॥

पांचवें भाव में सूर्य भौम बुध गुरु शनि युति का फल—

सूर्यारसौम्यामरपूज्यशुक्राः सुतस्थिताः सञ्जनयन्ति मर्त्यम् ।
कलत्रदोषोपहतं रुजार्तं भयान्वितं व्यर्थसमुद्यमञ्च ॥ ११ ॥

यदि जन्माङ्ग में पाँचवें भाव में सू० मं० बु० गु० शु० का योग हो तो जातक स्त्री के दोष से नष्ट, रोग से दुःखी, डरने वाला और व्यर्थ उद्योगी होता है ॥ ११ ॥

पांचवें भाव में सूर्य भौम बुध गुरु शनि युति का फल—

सूर्यारसौम्यामरपूज्यसौराः सुतस्थिताः सञ्जनयन्ति मर्त्यम् ।
विमूढबुद्धिं प्रमदाविमुक्तं सुहृष्टचित्तं रणकातरञ्च ॥ १२ ॥

यदि जन्माङ्ग में पाँचवें भाव में सू० मं० बु० गु० श० का योग हो तो जातक मूर्ख बुद्धि, स्त्री से त्यक्त, प्रसन्न चित्त और युद्ध में डरपोक होता है ॥ १२ ॥

पांचवें भाव में सूर्य भौम बुध शुक्र शनि युति का फल—

सूर्यारसौम्यासुरपूज्यसौराः सुतस्थिताः सञ्जनयन्ति मर्त्यम् ।
व्यपेतलज्जं जितसाधुलोकं गतश्रियं पानपरं कृतघ्नम् ॥ १३ ॥

पाँचवें भाव में सू० मं० बु० शु० श० का योग हो तो जातक निर्लज्ज, सज्जनों में विजयी, निर्धन, शराब पीने वाला और कृतघ्न होता है ॥ १३ ॥

पांचवें भाव में सू० मं० गु० शु० श० युति का फल—

सूर्यारजीवासुरपूज्यसौराः सुतस्थिताः सञ्जनयन्ति मर्त्यम् ।
शिरोर्तिदीर्घक्षतपीडिताङ्गं गुरुत्वहीनं विभवैः प्रयुक्तम् ॥ १४ ॥

यदि जन्माङ्ग में पाँचवें भाव में सू० मं० गु० शु० श० का योग हो तो जातक मस्तक की पीड़ा वाला, लम्बे समय तक भग्न शरीर धारी, गुरुता (महत्त्व) और ऐश्वर्य से हीन होता है ॥ १४ ॥

पांचवें भाव में सू० बु० गुरु शु० श० युति का फल—

सूर्येशजीवासुरपूज्यसौराः सुतस्थिताः सञ्जनयन्ति मर्त्यम् ।
नेत्रव्यथापीडितमुग्ररोषं विरूपदेहं सततं कुचैलम् ॥ १५ ॥

यदि जन्माङ्ग में पाँचवें भाव में सू० बु० गु० शु० श० का योग हो तो जातक आँखों की व्यथा से दुःखी, बड़ा क्रोधी, कुरूपशरीर धारी और निरन्तर दूषित वस्त्र-धारी होता है ॥ १५ ॥

पांचवें भाव में चं० मं० बु० गु० शु० युति का फल—

चन्द्रारसौम्यामरपूज्यशुक्राः सुतस्थिताः सञ्जनयन्ति मर्त्यम् ।
उत्साहहीनं सुतरां नृशंसं विचर्चिकानर्थसमन्वितञ्च ॥ १६ ॥

यदि जन्माङ्ग में पाँचवें भाव में चन्द्र भौम बुध गुरु शुक्र का योग हो तो जातक निरुत्साही, निरन्तर निन्दनीय, खुजली से व्याप्त और अनर्थी होता है ॥ १६ ॥

पांचवें भाव में चं० मं० बु० गु० श० युति का फल—

चन्द्रारसौम्यामरपूज्यसौराः सुतस्थिताः सञ्जनयन्ति मर्त्यम् ।
बहुप्रतापं व्यसनैर्विमुक्तं शूरं प्रभुं मानसमन्वितञ्च ॥ १७ ॥

यदि जन्माङ्ग में पाँचवें भाव में चन्द्र भौम बुध गुरु शनि का योग हो तो जातक बड़ा प्रतापी, व्यसनों से हीन, वीर, समर्थ और सम्मान से युक्त होता है ॥ १७ ॥

पांचवें भाव में चं० मं० बु० शु० श० युति का फल—

चन्द्रारसौम्यासुरपूज्यसौराः सुतस्थिताः सञ्जनयन्ति मर्त्यम् ।
दाक्षिण्यशीलं सुतवित्तभाजं जितेन्द्रियं ख्यातिपरं सदैव ॥ १८ ॥

यदि जन्माङ्ग में पाँचवें भाव में चन्द्र भौम बुध शुक्र शनि का योग हो तो जातक चतुर, व्यवहारी, पुत्रवान्, धनी, जितेन्द्रिय और सदा ही परम प्रसिद्ध होता है ॥ १८ ॥

पांचवें भाव में चन्द्र भौम बुध गुरु शनि युति का फल—

चन्द्रारसौम्यासुरपूज्यसौराः सुतस्थिताः सञ्जनयन्ति मर्त्यम् ।
सुमालिनं दुर्जनमप्रमेयं प्रभूतकोशं सुतवत्सलञ्च ॥ १९ ॥

यदि जन्माङ्ग में पाँचवें भाव में चन्द्र भौम बुध गुरु शनि का योग हो तो जातक दूषित, दुर्जन, अप्रमेय, बड़ा धनी और पुत्रप्रिय होता है ॥ १९ ॥

पांचवें भाव में चन्द्र बुध गुरु शुक्र शनि युति का फल—

चन्द्रज्ञजीवासुरपूज्यसौराः सुतस्थिताः सञ्जनयन्ति मर्त्यम् ।
विस्तीर्णकीर्तिं कुलबन्धुमुख्यं विनीतवेषाभरणं सुदान्तम् ॥ २० ॥

यदि जन्माङ्ग में पाँचवें भाव में चन्द्र बुध गुरु शुक्र शनि का योग हो तो जातक विशाल कीर्तिमान्, वंश व बान्धवों में प्रधान, विनम्र वेषधारी, आभूषणों से युक्त और तपश्चर्या में कष्ट सहने वाला होता है ॥ २० ॥

पांचवें भाव में भौम बुध गुरु शुक्र शनि युति का फल—

भौमज्ञजीवासुरपूज्यसौराः सुतस्थिताः सञ्जनयन्ति मर्त्यम् ।
प्रशस्तवाक्यं प्रणतं विनीतं दयान्वितं दानरतं सुसत्यम् ॥ २१ ॥

यदि जन्माङ्ग में पाँचवें भाव में मं० बु० गु० शु० श० का योग हो तो जातक प्रशस्त वाणी वाला, विनयी, दयालु, दान में आसक्त और सत्यभाषी होता है ॥ २१ ॥

इस प्रकार पाँचवें भाव में पाँच ग्रहों की युति का फल समाप्त हुआ ॥ १–२१ ॥

इत्येवं पञ्चविकल्पाः ।

अब आगे पांचवें भाव में ६ ग्रहों की युति के फल बताते हैं ।

अथ षड्विकल्पाः ।

पांचवें भाव में सू० चं० मं० बु० गु० शु० युति का फल—

रवीन्दुभौमज्ञसुरेज्यशुक्राः सुतस्थिताः सञ्जनयन्ति मर्त्यम् ।
दारिद्रदुःखान्वितमल्पबुद्धिं मलिम्लुचं निष्ठुरवाक्यरक्तम् ॥ १ ॥

यदि जन्माङ्ग में पांचवें भाव में सू. चं. मं. बु. गु. शु. का योग हो तो जातक दरिद्री. दुःखी, अल्पबुद्धि, मलीन और कठोर वाणी का होता है ॥ १ ॥

पांचवें में सू० चं० मं० बु० गु० श० युति का फल —

रवीन्दुभौमज्ञसुरेज्यसौराः सुतस्थिताः सञ्जनयन्ति मर्त्यम् ।
कुलप्रधानं जनताविरुद्धं सुतप्तदेहं स्वजनैर्वियुक्तम् ॥ २ ॥

यदि जन्माङ्ग में पांचवें भाव में सू. चं. मं. बु. गु. श. का योग हो तो जातक वंश में मुख्य, समुदाय के विपरीत, तप्त शरीरधारी और अपने मनुष्यों से पृथक् होता है ॥ २ ॥

पांचवें भाव में सू० चं० मं० बु० शु० श० युति का फल—

रवीन्दुभौमज्ञसितार्कपुत्राः सुतस्थिताः सञ्जनयन्ति मर्त्यम् ।
प्रियातिथिं चारुविशालनेत्रं तपस्विनं नीतिसमन्वितञ्च ॥ ३ ॥

यदि जन्माङ्ग में पाँचवें भाव में सू. चं. मं. बु. शु. श. का योग हो तो जातक अतिथि प्रेमी, सुन्दर विस्तृत आँख वाला, तपस्वी और नीतिमान् होता है ॥ ३ ॥

पांचवें भाव में सू० चं० मं० गु० शु० श० युति का फल—

रवीदुभौमामरपूज्यशुक्रशनैश्चराः सञ्जनयन्ति मर्त्यम् ।
कृपाविहीनं न च सत्यभाजं विदेशगं वै परतर्ककञ्च ॥ ४ ॥

यदि जन्माङ्ग में पाँचवें भाव में सू. चं मं. गु. शु. श का योग हो तो जातक निर्दयी, असत्यभाषी, विदेशी और दूसरे की चिन्ता करने वाला होता है ॥ ४ ॥

पांचवें भाव में सू० चं० बु० गु० शु० श० युति का फल—

रवीन्दुसौम्यामरपूज्यशुक्रशनैश्चराः सञ्जनयन्ति मर्त्यम् ।
क्रूरं खलं दुष्टजनैर्विमुक्तं सदानुरक्तं सुतमित्रधर्मे ॥ ५ ॥

यदि जन्माङ्ग में पांचवें भाव में सू. चं बु. गु. शु. श. का योग हो तो जातक क्रूर, दुष्ट, दुष्टों से विमुक्त, पुत्र, मित्र और धर्म में आसक्त होता है ॥ ५ ॥

पांचवें भाव में सू० मं० बु० गु० शु० श० युति का फल—

सूर्यारसौम्यामरपूज्यशुक्रशनैश्चराः सञ्जनयन्ति मर्त्यम् ।
हतप्रभावं प्रमदाविरक्तं विहीनकोशं रिपुवन्दितञ्च ॥ ६ ॥

यदि जन्माङ्ग में पाँचवें भाव में सू. मं. बु. गु. शु. श. का योग हो तो जातक प्रभाव से हीन, स्त्रियों में विरक्त, निर्धन और शत्रु से सम्मानित होता है ॥ ६ ॥

पांचवें भाव में चं० मं० बु० गु० शु० श० युति का फल—

चन्द्रारसौम्यामरपूज्यशुक्रशनैश्चराः सञ्जनयन्ति मर्त्यम् ।
अध्यात्मविद्यानिरतं सुमुख्यं धनान्वितं बान्धवसम्मतञ्च ॥ ७ ॥

यदि जन्माङ्ग में पाँचवें भाव में चं. मं बु गु. शु श. का योग हो तो जातक अध्यात्म विद्या में आसक्त, प्रधान, धनी और बान्धवों से सम्मत होता है ॥ ७ ॥

इत्येवं षड्विकल्पाः ।

इस प्रकार पाँचवें भाव में ६ ग्रहों की युति का फल समाप्त हुआ ॥ १-७ ॥

अथ सप्तविकल्पजाः ।

अब पांचवें भाव में ७ ग्रहों की युति के फल को बताते हैं ।

पांचवें भाव में सू० चं० मं० बु० गु० शु० श० युति का फल—

रवीन्दुभौमज्ञसुरेज्यशुक्रशनैश्चराः सञ्जनयन्ति मर्त्यम् ।
सुखप्रियं सर्वकलासुदक्षं प्रभूतविद्यान्वितमीश्वरञ्च ॥ १ ॥

इत्येवं सप्तविकल्पजाः ।

इति वृद्धयवने सुताश्रययोगाध्यायः ।

यदि जन्माङ्ग में पांचवें भाव में सू. चं. म बु. गु. शु श. का योग हो तो जातक सुख का प्रेमी, समस्त कलाओं में चतुर, अधिक विद्यावान् और समर्थवान् होता है ॥१॥

इस प्रकार पांचवें भाव में ७ ग्रहों की युति का फल समाप्त हुआ ॥ १ ॥

इस प्रकार वृद्ध यवनोक्त पांचवें भाव में २, ३, ४, ५, ६, ७ आदि ग्रहों की युति का फल समाप्त हुआ ॥

अब आगे छठे भाव में २, ३, ४, आदि ग्रहों की युति के फल कहने में प्रथम दो ग्रहों की युति के फल को बताते हैं।

अथ रिपुभावस्थ द्विग्रहादियोगफलम् ।

अथ द्विविकल्पाः ।

छठे भाव में सूर्य चन्द्र युति का फल--

रिपुस्थितस्तीक्ष्णकरः सचन्द्रो नरं प्रसूते विमुखं दरिद्रम् ।
स्वल्पायुषं रोगनिपीडिताङ्गं सदातुरं शत्रुविवर्जितञ्च ॥ १ ॥

यदि जन्मपत्री में छठे भाव में सूर्य चन्द्रमा का योग हो तो जातक विमुख, दरिद्री, अल्पायु, रोग से पीड़ित शरीरधारी, सदा आतुर और शत्रु हीन होता है ॥ १ ॥

छठे भाव में सूर्य भौम युति का फल---

रिपुस्थितस्तीक्ष्णकरः सभौमो नरं प्रसूते बहुबुद्धिभाजम् ।
शौर्यान्वितं शत्रुनिबर्हणं च रणेजयं स्याच्च विशालकीर्तिम् ॥ २ ॥

यदि जन्मपत्री में छठे भाव में सूर्य भौम का योग हो तो जातक बड़ा बुद्धिमान्, वीर, शत्रु का विनाशी, युद्ध में विजयी और विस्तृत कीर्तिमान् होता है ॥ २ ॥

छठे भाव में सूर्य बुध युति का फल—

सौम्यान्वितस्तीक्ष्णकरो रिपुस्थो नरं प्रसूते प्रवरार्थभाजम् ।
प्रभूतवित्ताप्तयशो विलासं सुनिर्भयं पार्थिवसम्मतञ्च ॥ ३ ॥

यदि जन्मपत्री में छठे भाव में सूर्य बुध का योग हो तो जातक श्रेष्ठ धनवान्, अधिक धन पाने से यशस्वी, विलासी, निर्भीक और राजा से सम्मत होता है ॥ ३ ॥

छठे भाव में सूर्य गुरु युति का फल—

जीवान्वितस्तीक्ष्णकरो रिपुस्थो नरं प्रसूते रुजया समेतम् ।
स्वल्पायुषं स्वल्पजनैर्निरस्तं प्रभूतशत्रुं गतसौहृदञ्च ॥ ४ ॥

यदि जन्मपत्री में छठे भाव में सूर्य गुरु का योग हो तो जातक रोगी, अल्पायु, थोड़े जनों से नष्ट, अधिक शत्रु वाला और मित्रता से हीन होता है ॥ ४ ॥

छठे भाव में सूर्य शुक्र युति का फल---

शुक्रान्वितस्तीक्ष्णकरो रिपुस्थो नरं प्रसूते सुतरां रुजार्तम् ।
व्यपेतलज्जं विधनं विरूपं प्रभूतदुःखान्वितमाकुलञ्च ॥ ५ ॥

यदि जन्मपत्री में छठे भाव में सूर्य शुक्र का योग हो तो जातक निरन्तर रोग से पीड़ित, निर्लज्ज, निर्धन, कुरूप, अधिक दुःखों से युक्त और अशान्त होता है ॥ ५ ॥

छठे भाव में सूर्य शनि युति का फल—

सौरान्वितस्तीक्ष्णकरो रिपुस्थो नरं प्रसूते विरुजं विपापम् ।
महामतिं शस्त्रधनैः समेतं सुभृत्यभाजं सुधिया समेतम् ॥ ६ ॥

यदि जन्मपत्री में छठे भाव में सूर्य शनि का योग हो तो जातक नीरोग, पाप से

हीन, बड़ा बुद्धिमान्, शस्त्र व धन से युक्त, सुन्दर नौकर वाला और अच्छा बुद्धिमान् होता है ॥ ६ ॥

छठे भाव में चन्द्र भौम युति का फल—

भौमान्वितः शीतकरो रिपुस्थो नरं प्रसूते व्यथितं रुजार्तम् ।
विनष्टसंज्ञं प्रभया समेतं दौर्भाग्ययुक्तं वधबन्धभाजम् ॥ ७ ॥

यदि जन्मपत्री में छठे भाव में चन्द्र भौम का योग हो तो जातक व्यथित, रोग से पीड़ित, नष्टसंज्ञा वाला, तेजस्वी, भाग्यहीन, हिंसक और जेलभोगी होता है ॥ ७ ॥

छठे भाव में चन्द्र बुध युति का फल—

सौम्यान्वितः शीतकरो रिपुस्थो नरं प्रसूते कुलबन्धुवाह्यम् ।
धनेनहीनं कुकलत्रभाजं भयातुरं वञ्चनतत्परञ्च ॥ ८ ॥

यदि जन्मपत्री में छठे भाव में चन्द्र बुध का योग हो तो जातक वंश के बान्धवों से वहिर्भूत, धन से हीन, दूषित स्त्री वाला, भय से पीड़ित और धूर्तता में आसक्त होता है ॥ ८ ॥

छठे भाव में चन्द्र गुरु युति का फल—

देवान्वितः शीतकरो रिपुस्थो नरं प्रसूते हतबुद्धिसत्त्वम् ।
स्वल्पायुषं व्याधिकृदर्धिताङ्गं गतानुरागं गुणवर्जितञ्च ॥ ९ ॥

यदि जन्मपत्री में छठे भाव में चन्द्र गुरु का योग हो तो जातक बल व बुद्धि से हीन, अल्पायु, रोग से आधा अङ्ग पीड़ित, अनुराग और गुण से हीन होता है ॥ ९ ॥

छठे भाव में चन्द्र शुक्र युति का फल—

शुक्रान्वितः शीतकरो रिपुस्थो नरं प्रसूते कृतगात्रभाजम् ।
रोगार्त्तदेहं रिपुभिर्निरस्तं समव्ययं पापरतं कुशीलम् ॥ १० ॥

यदि जन्मपत्री में छठे भाव में चन्द्र शुक्र का योग हो तो जातक पर्याप्त शरीरधारी, रोग से पीड़ित, शत्रु से नष्ट, समान व्ययी, पाप में आसक्त और दुःशील होता है ॥१०॥

छठे भाव में चन्द्र शनि युति का फल—

सौरान्वितः शीतकरो रिपुस्थो नरं प्रसूते कुधिया समेतम् ।
भीरुं विसंज्ञं परिपीडिताङ्गं विरूपदेहं रतिवर्जितञ्च ॥ ११ ॥

यदि जन्मपत्री में छठेभाव में चन्द्र शनि का योग हो तो जातक दूषित बुद्धिवाला, डरपोक, संज्ञा से हीन, पीड़ित देहधारी, कुरूप और काम से रहित होता है ॥ ११ ॥

छठे भाव में भौम बुध युति का फल—

सौम्यान्वितो भूतनयो रिपुस्थो नरं प्रसूते कुधियासमेतम् ।
भीरुं विसंज्ञं परिपीडिताङ्गं विरूपदेहं रतिवर्जितञ्च ॥ १२ ॥

यदि जन्मपत्री में छठे भाव में भौम बुध का योग हो तो जातक मलिन बुद्धि, डरपोक, संज्ञा से शून्य, पीड़ित देहधारी कुरूप और विषय से हीन होता है ॥ १२ ॥

छठे भाव में भौम गुरु युति का फल—

जीवान्वितो भूतनयो रिपुस्थो नरं प्रसूतेऽल्पसुतं कुबुद्धिम् ।
पराभिभूतं व्रतदानहीनं निसर्गभीरुं कलहप्रियञ्च ॥ १३ ॥

यदि जन्मपत्री में छठे भाव में भौम गुरु का योग हो तो जातक अल्प पुत्र वाला, दूषित बुद्धि, दूसरे से पीड़ित, व्रत व दान से हीन, जन्म से डरपोक और कलह प्रेमी होता है ॥ १३ ॥

छठे भाव में भौम शुक्र युति का फल—

शुक्रान्वितो भूतनयो रिपुस्थो नरं प्रसूते वनिता सुरक्तम् ।
स्त्रीनिर्जितं पापरतं सुबुद्धिं खलानुरक्तं श्रुतिवर्जितञ्च ॥ १४ ॥

यदि जन्मपत्री में छठे भाव में भौम शनि का योग हो तो जातक स्त्रियों में आसक्त स्त्री से पराजित, पाप में आसक्त, सुन्दर बुद्धि, दुष्टों में आसक्त और वेद से रहित होता है ॥ १४ ॥

छठे भाव में भौम शनि युति का फल—

सौरान्वितो भूतनयो रिपुस्थो नरं प्रसूते दृढतासमेतम् ।
सुनिष्ठुराङ्गं जितशत्रुपक्षं क्षमान्वितं धर्मविचक्षणञ्च ॥ १५ ॥

यदि जन्मपत्री में छठे भाव में भौम शनि का योग हो तो जातक स्थिरता से युक्त कठोर, शत्रुओं को जीतने वाला, क्षमावान् और धार्मिक पण्डित होता है ॥ १५ ॥

छठे भाव में बुध गुरु युति का फल—

जीवान्वितः सोमसुतो रिपुस्थो नरं प्रसूते जडतासमेतम् ।
विनष्टबुद्धिं नृपपीडिताङ्गं धनप्रयुक्तं सुरतप्रियञ्च ॥ १६ ॥

यदि जन्मपत्री में छठे भाव में बुध गुरु का योग हो तो जातक मूर्ख, विनष्ट बुद्धि, राजा से पीड़ित देहधारी, धनी और सुरत प्रेमी होता है ॥ १६ ॥

छठे भाव में बुध शुक्र युति का फल—

शुक्रान्वितः सोमसुतो रिपुस्थो नरं प्रसूते बहुवाहनाढ्यम् ।
भोगैः समेतं विविधप्रतापं नरप्रियं स्त्रीसहितं सुदक्षम् ॥ १७ ॥

यदि जन्मपत्री में छठे भाव में बुध शुक्र का योग हो तो जातक अधिक वाहनों से युक्त, भोगी, अनेक रीति से प्रतापी, मनुष्य प्रेमी, स्त्री युक्त और सुन्दर चतुर होता है ॥ १७ ॥

छठे भाव में बुध शनि युति का फल—

सौरान्वितः सोमसुतो रिपुस्थो नरं प्रसूते बहुशत्रुपक्षम् ।
व्याधिप्रयुक्तं बलवर्जितञ्च जनानुरक्तं स्वजने विरक्तम् ॥ १८ ॥

यदि जन्मपत्री में छठे भाव में बुध शनि का योग हो तो जातक अधिक शत्रु वाला, रोगी, बल से हीन, अन्य मनुष्यों में आसक्त और अपने आदमियों में विरक्त होता है ॥ १८ ॥

छठे भाव में गु० शु० युति का फल--

जीवान्वितो दैत्यगुरू रिपुस्थो नरं प्रसूते विषयप्रसक्तम्।
स्त्रीचञ्चलं पानपरं कृतघ्नं पापप्रसक्तं परवञ्चकञ्च ॥१९॥

यदि जन्मपत्री में छठे भाव में गुरु शुक्र का योग हो तो जातक विषयी, स्त्रियों में चञ्चल, शराब पीने वाला, कृतघ्न, पापी और दूसरों को ठगने वाला होता है ॥ १९ ॥

छठे भाव में गु० श० युति का फल---

जीवान्वितः सूर्यसुतो रिपुस्थो नरं प्रसूते वनितानिरस्तम्।
रोगान्वितं सत्यधनैर्विहीनं कुकर्मसक्तं सततं कुकष्टम् ॥ २० ॥

यदि जन्मपत्री में छठे भाव में गुरु शनि का योग हो तो जातक स्त्री से नष्ट, रोगी सत्य व धन से हीन, दूषित कार्यों में आसक्त और सदा कुत्सित कष्ट से युक्त होता है २० ॥

छठे भाव में शु० श० युति का फल---

शुक्रान्वितः सूर्यसुतो रिपुस्थो नरं प्रसूते विविधप्रतापम्।
ऐश्वर्यसौभाग्यसुखप्रयुक्तं सर्वाङ्गपुष्टं रिपुनाशनञ्च ॥ २१ ॥

इत्येवं द्विग्रहविकल्पाः।

यदि जन्मपत्री में छठे भाव में शुक्र शनि का योग हो तो जातक बड़ा प्रतापी, ऐश्वर्य, सुन्दर भाग्य व सुख से युक्त, पुष्ट और शत्रु विनाशी होता है ॥ २१ ॥

इस प्रकार छठे भाव में दो ग्रहों की युति का फल समाप्त हुआ ॥ १--२१ ॥

अथ त्रिविकल्पजाः।

अब आगे छठे भाव में तीन ग्रहों की युति के फल को कहते हैं।

छठे भाव में सू० चं० मं० युति का फल---

रवीन्दुभौमा रिपुगा मनुष्यं कुर्वन्ति नीचं विकृतस्वभावम्।
रोगाभिभूतं परवञ्चनोत्थं कृपाविहीनं खलसङ्गतञ्च ॥ १ ॥

यदि जन्मपत्री में छठे भाव में सू. चं. मं. का योग हो तो जातक दुष्ट, विकार युक्त प्रकृति, रोग से त्रस्त, दूसरे को ठगने वाला, निर्दयी और दुष्ट संगति वाला होता है ॥ १ ॥

छठे भाव में सू० चं० बु० युति का फल---

रवीन्दुसौम्या रिपुगा मनुष्यं कुर्वन्ति पापात्मकमुग्रकोपम्।
विरक्तभृत्यं धनधान्यहीनं भयान्वितं सत्यविवर्जितञ्च ॥ २ ॥

यदि जन्मपत्री में छठे भाव में सू. चं. बु. का योग हो तो जातक पापात्मा बड़ा क्रोधी, विरक्त नौकर वाला, धन धान्य से रहित, डरपोक और सत्यहीन होता है ॥ २ ॥

छठे भाव में सू० चं० गु० युति का फल—

रवीन्दुजीवा रिपुगा मनुष्यं कुर्वन्ति नानाविधदुःखभाजम् ।
सदा विमुक्तं सुतभृत्यदारैः सुहीनवृत्तिं विभवैर्विमुक्तम् ॥ ३ ॥

यदि जन्मपत्री में छठे भाव में सू. चं. गु. का योग हो तो जातक अनेक प्रकार से दुःख देने वाला, पुत्र नौकर व स्त्री से सदा रहित, हीन जीविका और ऐश्वर्यहीन होता है ॥ ३ ॥

छठे भाव में सू० चं० शु० युति का फल—

रवीन्दुशुक्रा रिपुगा मनुष्यं कुर्वन्ति हीनं कृतिरिष्टपुष्टम् ।
प्रशान्तदर्पं विकृतस्वभावं रौद्रं नृशंसं प्रियवर्जितञ्च ॥ ४ ॥

यदि जन्मपत्री में छठे भाव में सू. चं. शु. का योग हो तो जातक चातुर्यता से हीन, अभीष्ट पुष्ट, निरभिमानी, विकार युक्त प्रकृति, भयङ्कर निन्दनीय और प्रीतिहीन होता है ॥ ४ ॥

छठे भाव में सू० चं० श० युति का फल—

रवीन्दुसौरा रिपुगा मनुष्यं कुर्वन्ति पापं प्रियलोकहीनम् ।
सुनिष्ठुरं निष्ठुरपाणिपादं भयात्मकं गर्हितमातुरञ्च ॥ ५ ॥

यदि जन्मपत्री में छठे भाव में सू. चं. श. का योग हो तो जातक पापी, प्रेमीजनों से शून्य, कठोर, कर्कश हाथ व पैर वाला, भयानक, निन्दनीय और रोगी होता है ॥५॥

छठे भाव में सू० मं० बु० युति का फल—

सूर्यारसौम्या रिपुगा मनुष्यं कुर्वन्ति पापं प्रियलोकहीनम् ।
नानार्थभाजं विजितारिपक्षं प्रभूतमित्रं रणवर्जितञ्च ॥ ६ ॥

यदि जन्मपत्री में छठे भाव में सू. मं. बु. का योग हो तो जातक पापी, प्रेमीजनों से रहित, अनेक धन भोगी, शत्रुओं को जीतने वाला, अधिक मित्र वाला और युद्ध से रहित होता है ॥ ६ ॥

छठे भाव में सू० मं० गु० युति का फल—

सूर्यारजीवा रिपुगा मनुष्यं कुर्वन्ति शूरं बहुशास्त्ररक्तम् ।
जितेन्द्रियं साधुसमागमोक्तं स्थिरस्वभावं बहुशोकहीनम् ॥ ७ ॥

यदि जन्मपत्री में छठे भाव में सू. मं. गु. का योग हो तो जातक वीर, अधिक शास्त्रों में आसक्त, जितेन्द्रिय, सज्जनों का सङ्गी, स्थिर प्रकृति और अधिक शोक से हीन होता है ॥ ७ ॥

छठे भाव में सू० मं० शु० युति का फल—

सूर्यारशुक्रा रिपुगा मनुष्यं कुर्वन्ति नानाविधसौख्यभाजम् ।
स्त्रीणामभीष्टं सुरतप्रगल्भं महाधनं नीतिविचक्षणञ्च ॥ ८ ॥

यदि जन्मपत्री में छठे भाव में सू. मं. शु. का योग हो तो जातक अनेक सुखों का भोगी, स्त्रियों का प्रिय, सुरत में प्रतिभाशाली, बड़ा धनी और नीति का पण्डित होता है ॥ ८ ॥

छठे भाव में सू० मं० श० युति का फल–

सूर्यारसौरा रिपुगा मनुष्यं कुर्वन्ति भूभागमकुत्सिताङ्गम् ।
हस्त्यश्वकोशाख्यमतिप्रगल्भं धर्मार्जने तत्परमानसञ्च ॥ ९ ॥

यदि जन्मपत्री में छठे भाव में सू. मं. श. का योग हो तो जातक भूमिका अधिकारी स्वच्छ देहधारी, हाथी घोड़ा धन से युक्त, अति प्रतिभाशाली और धर्मज्ञान में दत्त चित्त होता है ॥ ९ ॥

छठे भाव में सू० बु० गु० युति का फल––

सूर्यज्ञजीवा रिपुगा मनुष्यं कुर्वन्ति कामात्मकमिष्टदोषम् ।
श्रद्धाविहीनं विकलस्वभावं दयाविहीनं परवञ्चकञ्च ॥ १० ॥

यदि जन्मपत्री में छठे भाव में सू. बु. गु. का योग हो तो जातक कामी, दोष प्रिय, श्रद्धा से हीन, अशान्त प्रकृति, दया से हीन और दूसरे को ठगने वाला होता है ॥ १० ॥

छठे भाव में सू० बु० शु० युति का फल—

सूर्यज्ञशुक्रा रिपुगा मनुष्यं कुर्वन्ति नानाविधदोषभाजम् ।
सुनिष्ठुरं सत्यदयाविहीनं गतघृणं बुद्धिविवर्जितञ्च ॥ ११ ॥

यदि जन्मपत्री में छठे भाव में सू. बु. शु. का योग हो तो जातक अनेक प्रकार से दोषी, बड़ा कठोर, सत्य, दया, घृणा और बुद्धि से हीन होता है ॥ ११ ॥

छठे भाव में सू० बु० श० युति का फल–

सूर्यज्ञसौरा रिपुगा मनुष्यं कुर्वन्ति रूपात्मजदारहीनम् ।
सदाकुकर्माश्रितमुग्ररूपं वाताधिकं वाक्यविलक्षणञ्च ॥ १२ ॥

यदि जन्मपत्री में छठे भाव में सू. बु. श. का योग हो तो जातक स्वरूप से ही पुत्र व स्त्री से युक्त, सदा कुकर्मी, बड़ा क्रोधी, अधिक वायु वाला और विलक्षण वाणी का होता है ॥ १२ ॥

छठे भाव में सू० गु० शु० युति का फल–

सूर्यामरेज्याभृगुजा रिपुस्था नरं प्रकुर्वन्ति सुलौल्यभाजम् ।
सुवर्णवस्त्राभरणं कुरूपं निस्त्रिंशचेष्टं मतिवर्जितञ्च ॥ १३ ॥

यदि जन्मपत्री में छठे भाव में सू. गु. शु. का योग हो तो जातक बड़ी लालसा वाला, सुवर्ण वस्त्र व भूषणों से युक्त, कुरूप, क्रूर इच्छा वाला और बुद्धिहीन होता है ॥ १३ ॥

छठे भाव में सूर्य गुरु शनि युति का फल—

सूर्यामरेज्यार्कसुता रिपुस्था नरं प्रकुर्वन्ति विदग्धचेष्टम् ।
गीतप्रियं भोगबहुप्रभाजं तडागकूपार्जनतत्परञ्च ॥ १४ ॥

यदि जन्मपत्री में छठे भाव में सू. गु. श. का योग हो तो जातक निपुण इच्छा

वाला, गाने का प्रेमी, अधिक भोगों का योगी, तालाब और कुओं के निर्माण में आसक्त होता है ॥ १४ ॥

छठे भाव में सूर्य शु० श० युति का फल—

सूर्यासुरेज्यार्कसुता रिपुस्था नरं प्रकुर्वन्ति सतामभीष्टम् ।
प्रियंवदं शास्त्ररतं प्रगल्भं विद्याधिकं शास्त्रसमन्वितञ्च ॥ १५ ॥

यदि जन्मपत्री में छठे भाव में सू शु श. का योग हो तो जातक सज्जनों का प्रिय, मीठा बोलने वाला, शास्त्रों में आसक्त, प्रतिभाशाली, बड़ा विद्वान् और शास्त्रों से युक्त होता है ॥ १५ ॥

छठे भाव में चं० मं० बु० युति का फल—

चन्द्रारसौम्या रिपुगा मनुष्यं कुर्वन्ति नानाविधशोकभाजम् ।
विहीनसत्यं सुधिया समेतं परान्नपुष्टं परतर्ककञ्च ॥ १६ ॥

यदि जन्मपत्री में छठे भाव में चं. मं. बु. का योग हो तो जातक अनेक शोकों का भोगी, सत्य से रहित, अच्छी बुद्धि वाला, दूसरे के अन्न से पुष्ट और दूसरे की चिन्ता करने वाला होता है ॥ १६ ॥

छठे भाव में चन्द्र भौम गुरु युति का फल—

चन्द्रारजीवा रिपुगा मनुष्यं कुर्वन्ति सत्यार्थविवर्जिताङ्गम् ।
प्रभूतवैराप्तमहाभिघातं निरस्तधैर्यं प्रभुताविहीनम् ॥ १७ ॥

यदि जन्मपत्री में छठे भाव में चं. मं. गु. का योग हो तो जातक सत्य व धन से हीन, अधिक शत्रुता से बड़ी चोट खाने वाला, धैर्य से हीन और प्रभुता से रहित होता है ॥ १७ ॥

छठे भाव में चं० मं० शु० युति का फल—

चन्द्रारशुक्रा रिपुगा मनुष्यं कुर्वन्ति दीनं निजबन्धुहीनम् ।
तुष्टस्वभावं विजितं स्वभृत्यैर्निष्पीडिताङ्गं कफवातपित्तैः ॥ १८ ॥

यदि जन्मपत्री में छठे भाव में चं. मं. शु. का योग हो तो जातक दीन, अपने बान्धवों से रहित, प्रसन्न प्रकृति, अपने नौकरों से पराजित, कफ पित्त और वायु से पीडित शरीरधारी होता है ॥ १८ ॥

छठे भाव में चं० मं० श० युति का फल—

चन्द्रारसौरा रिपुगा मनुष्यं कुर्वन्ति नष्टात्मजमिष्टवैरम् ।
सदूषिताङ्गं कृपणस्वभावं पराजितं शास्त्रपराङ्मुखञ्च ॥ १९ ॥

यदि जन्मपत्री में छठे भाव में चं० मं० श० का योग हो तो जातक मृत पुत्र वाला, वैर भावना का, दूषित शरीरधारी, लोभी प्रकृति का, पराजित और शास्त्र से बहिर्भूत होता है ॥ १९ ॥

छठे भाव में चन्द्र बुध गुरु युति का फल—

चन्द्रज्ञजीवा रिपुगा मनुष्यं कुर्वन्ति स्वल्पायुषमुग्रतापम्।
शास्त्रार्थहीनं परवादरक्तं नास्तिक्यमार्गानुगतं सदैव ॥ २० ॥

यदि जन्मपत्री में छठे भाव में चं. बु. गु. का योग हो तो जातक अल्पायु, बड़ा सन्तप्त, शास्त्र व धन से हीन, शिकायत में अनुरक्त और सदा ही नास्तिक मार्ग पर चलने वाला होता है ॥ २० ॥

छठे भाव में चन्द्र बुध शुक्र युति का फल—

चन्द्रज्ञशुक्रा रिपुगा मनुष्यं कुर्वन्ति नानाविधरोगभाजम्।
मन्दप्रभावं दयिताविहीनं सदा दरिद्रार्दितमानसञ्च ॥ २१ ॥

यदि जन्मपत्री में छठे भाव में चं. बु शु. का योग हो तो जातक अनेक रोगों का भोगी, अल्प प्रभावी, स्त्री से हीन और दरिद्रता से पीडित चित्त वाला होता है ॥ २१ ॥

छठे भाव में चन्द्र बुध शनि युति का फल—

चन्द्रज्ञसौरा रिपुगा मनुष्यं कुर्वन्ति दुःखार्दितचेष्टकामम्।
परोपकारप्रविवर्जिताङ्गं गुणैर्विहीनं निधनं सदैव ॥ २२ ॥

यदि जन्मपत्री में छठे भाव में चं. बु. श. का योग हो तो जातक दुःख से पीड़ित इच्छा व कार्यों से युक्त, परोपकार से हीन, गुणों से रहित और सदा ही निर्धन होता है ॥ २२ ॥

छठे भाव में चन्द्र गुरु शुक्र युति का फल—

चन्द्रामरेज्यभृगुजा रिपुस्था नरं प्रकुर्वन्ति निसर्गपापम्।
प्रेष्टव्रताव्यर्थयशो विहीनं नराधमं बान्धवदूषितञ्च ॥ २३ ॥

यदि जन्मपत्री में छठे भाव में चं० गु० शु० का योग हो तो जातक प्रकृति से पापी, अभीष्ट व्रत, यश, धन से हीन, अधम और बन्धुओं से मलिन होता है ॥ २३ ॥

छठे भाव में चं० गु० श० युति का फल—

चन्द्रामरेज्यरविजा रिपुस्था नरं प्रकुर्वन्ति मतिप्रहीनम्।
प्रभूतदुःखं सततं नृशंसं मायाविनं मानविवर्जितञ्च ॥ २४ ॥

यदि जन्मपत्री में छठे भाव में चं० गु० श० का योग हो तो जातक बुद्धि से हीन, बड़ा दुःखी, निरन्तर निन्दनीय, मायावी और सम्मान से हीन होता है ॥ २४ ॥

छठे भाव में चं० शु० श० युति का फल—

चन्द्रासुरेज्यरविजा रिपुस्था नरं प्रकुर्वन्ति बहुप्रदुःखम्।
विज्ञानविद्याविनयैर्विहीनं सरोषकर्माणमपीडितञ्च ॥ २५ ॥

यदि जन्मपत्री में छठे भाव में चं० शु० श० का योग हो तो जातक बड़ा दुःखी, विज्ञान, विद्या व विनय से हीन, क्रोध से कार्य करने वाला और अधिक दुःखी होता है ॥ २५ ॥

छठे भाव में मं० बु० गु० युति का फल—

भौमज्ञजीवा रिपुगा मनुष्यं कुर्वन्ति शूरं विजितारिपक्षम् ।
अक्षुद्रभावं सुमतिप्रधानं धर्मध्वजं पापविवर्जितञ्च ॥ २६ ॥

यदि जन्मपत्री में छठे भाव में मं० बु० गु० का योग हो तो जातक वीर, शत्रुओं को परास्त करने वाला, विशाल भावना का, मुख्य बुद्धिमान्, धर्म का स्तम्भ और पापहीन होता है ॥ २६ ॥

छठे भाव में मं० बु० शु० युति का फल—

भौमज्ञशुक्रा रिपुगा मनुष्यं कुर्वन्ति सत्यं सुधियासमेतम् ।
हिरण्यमुक्ताफलरत्नभाजं सुभूमिशास्त्रार्थयुतं सदैव ॥ २७ ॥

यदि जन्मपत्री में छठे भाव में मं० बु० शु० का योग हो तो जातक सत्यात्मा, सुन्दर बुद्धिमान्, सुवर्ण, मोती, रत्नों का भोगी, सुन्दर भूमि और शास्त्रार्थ से सदा ही युक्त होता है ॥ २७ ॥

छठे भाव में भौम बुध शनि युति का फल—

भौमज्ञसौरा रिपुगा मनुष्यं कुर्वन्ति नानाविधभोगभाजम् ।
जितेन्द्रियं प्राप्तधनं सुरूपं स्वदाररक्तं परदूषणञ्च ॥ २८ ॥

यदि जन्मपत्री में छठे भाव में भौम बुध श० का योग हो तो जातक अनेक प्रकार के भोगों का भोगी, जितेन्द्रिय, धन पाने वाला, स्वरूपवान्, अपनी स्त्री में आसक्त और दूसरे से दूषित होता है ॥ २८ ॥

छठे भाव में भौम गुरु शुक्र युति का फल—

भौमामरेज्यभृगुजा रिपुस्था नरं प्रकुर्वन्ति सुशीलभाजम् ।
जनानुरक्तं बहुशास्त्रभाजं नयप्रधानं बहुसम्मतञ्च ॥ २९ ॥

यदि जन्मपत्री में छठे भाव में भौम गुरु शुक्र का योग हो तो जातक सुशील, मनुष्यों में आसक्त, अधिक शास्त्र वेत्ता, मुख्य नीतिमान् और अधिकों से सम्मत होता है ॥ २९ ॥

छठे भाव में भौम शुक्र शनि युति का फल—

भौमासुरेज्यार्कसुता रिपुस्था नरं प्रकुर्वन्ति दयानुरक्तम् ।
स्त्रीणामभीष्टं परकार्यरक्तं शिष्टानुगं धर्मसमन्वितञ्च ॥ ३० ॥

यदि जन्मपत्री में छठे भाव में भौम शुक्र शनि का योग हो तो जातक दयालु स्त्रियों का प्रिय दूसरे के काम में आसक्त, सज्जनों का अनुगामी और धर्मात्मा होता है ॥ ३० ॥

छठे भाव में भौम गुरु शनि युति का फल—

भौमामरेज्यार्कसुता रिपुस्था नरं प्रकुर्वन्ति सुरोगभाजम् ।
मातापितृभ्यां परिहीनमुग्रं पापोन्मुखं दोषसमन्वितञ्च ॥ ३१ ॥

यदि जन्मपत्री में छठे भाव में भौम गुरु शनि का योग हो तो जातक रोगी, माता पिता से हीन, उग्र, पाप में प्रवृत्त और दोषी होता है ।। ३१ ।।

छठे भाव में बु० गु० श० युति का फल—

सौम्यामरेज्यार्कसुता रिपुस्था नरं प्रकुर्वन्ति सुतैर्विहीनम् ।
बद्धात्मकं कृष्णतनुं कुचैलं चारित्रहीनं नयदूषकञ्च ।। ३२ ।।

यदि जन्मपत्री में छठे भाव में बु० गु० श० का योग हो तो जातक पुत्रों से रहित, बद्ध आत्मा का, काला शरीर, मलिन वस्त्रधारी, चरित्रहीन और न्याय दोषी होता है ।। ३२ ।।

छठे भाव में बु० शु० श० युति का फल—

सौम्यासुरेज्यार्कसुता रिपुस्था नरं प्रकुर्वन्ति दरिद्रताढ्यम् ।
गतप्रतापं विभवैर्विहीनं पराङ्मुखं शास्त्रगुरुद्विजानाम् ।। ३३ ।।

यदि जन्मपत्री में छठे भाव में बु० शु० श० का योग हो, तो जातक दरिद्री, प्रताप से रहित, ऐश्वर्य से हीन और शास्त्र, गुरु व ब्राह्मणों से बहिर्मुख होता है ।। ३३ ।।

छठे भाव में गुरु शुक्र शनि युति का फल—

जीवासुरेज्यार्कसुता रिपुस्था नरं प्रकुर्वन्ति विहीनगात्रम् ।
दयाविहीनं नयवित्तहीनं सदातुरं साधुपराङ्मुखञ्च ।। ३४ ।।

इत्येवं त्रिविकल्पजाः ।

यदि जन्मपत्री में छठे भाव में गु० शु० श० का योग हो तो जातक हीन देहधारी, दया, न्याय व धन से हीन, सदा रोगी और सज्जनों से बहिर्मुख होता है ।। ३४ ।।

इस प्रकार छठे भाव में तीन ग्रहों की युति का फल समाप्त हुआ ।। १–३४ ।।

अथ चतुर्विकल्पजाः ।

अब आगे छठे भाव में चार ग्रहों की युति के फल को बताते हैं ।

छठे भाव में सूर्य चन्द्र मंगल बुध युति का फल—

रवीन्दुभौमेन्दुसुता रिपुस्था नरं प्रकुर्वन्ति सदाभितप्तम् ।
व्यर्थश्रमं रोगभयैः समेतं कुरूपनेत्रं कुमतिं सदैव ।। १ ।।

यदि जन्मपत्री में छठे भाव में सू० चं० मं० बु० का योग हो तो जातक सदा संतप्त, व्यर्थ परिश्रमी, रोग व भय से युक्त, विरूप आँखों वाला, और सदा ही दूषित बुद्धि का होता है ।। १ ।।

छठे भाव में सू० चं० मं० गु० युति का फल—

रवीन्दुभौमामरपूजिताङ्घ्रा रिपुस्थिताः सञ्जनयन्ति मर्त्यम् ।
सुस्थूलदन्तं हृद्गुदाक्षिनासं निर्लज्जमाशङ्कितमेव नित्यम् ।। २ ।।

यदि जन्मपत्री में छठे भाव में सू० चं०मं० गु० का योग हो तो जातक स्थूल दाँत, वक्षस्थल, गुदा, आँख व नाक वाला, निर्लज्ज और सदा शङ्कित होता है ॥ २ ॥

छठे भाव में सू० चं० मं० शु० युति का फल—

रवीन्दुभौमासुरपूजिताङ्का रिपुस्थिताः सञ्जनयन्ति मर्त्यम् ।
विरूपकेशं श्रुतिशास्त्रहीनं बद्धातुरं निष्ठुरवाक्यमुग्रम् ॥ ३ ॥

यदि जन्मपत्री में छठे भाव में सू० चं० मं० शु० का योग हो तो जातक कुरूप केशधारी, वेदशास्त्र से हीन, बन्धन में रोगी, कठोर वाणी वाला और उग्र होता ॥३॥

छठे भाव में सू० चं० मं० श० युति का फल—

रवीन्दुभौमार्कसुता रिपुस्था नरं प्रकुर्वन्ति क्षताङ्गमार्तम् ।
तेजोविहीनं परवञ्चनोक्तं सुविक्लवाढयं वनिताजितञ्च ॥ ४ ॥

यदि जन्मपत्री में छठे भाव में सू० चं० मं० श० का योग हो तो जातक निस्तेज, दूसरे को ठगने वाला, अशान्त और स्त्री से पराजित होता है ॥ ४ ॥

छठे भाव में सू० चं० बु० गु० युति का फल—

रवीन्दुसौम्यामरपूजिताङ्का रिपुस्थिताः सञ्जनयन्ति मर्त्यम् ।
क्लीबं शठं बुद्धिविवर्जिताङ्गं सुकातरं सर्वजनाभिभूतम् ॥ ५ ॥

यदि जन्मपत्री में छठे भाव में सू० चं० बु० गु० का योग हो तो जातक नपुंसक, धूर्त, बुद्धि से हीन, डरपोक और समस्तजनों से पीडित होता ॥ ५ ॥

छठे भाव में सू० चं० बु० शु० युति का फल—

रवीन्दुसौम्यासुरपूजिताङ्का रिपुस्थिताः सञ्जनयन्ति मर्त्यम् ।
रुजो विकारैर्विविधैः समेतं परान्नरक्तं लघुसौहृदञ्च ॥ ६ ॥

यदि जन्मपत्री में छठे भाव में सू० चं० बु० शु० का योग हो तो जातक अनेक रोगों के विकार से युक्त, दूसरे के अन्न में आसक्त और अल्प मैत्री वाला होता है ॥ ६ ॥

छठे भाव में सू० चं० बु० श० युति का फल—

रवीन्दुसौम्यार्कसुता रिपुस्था नरं प्रकुर्वन्ति कुकर्मरक्तम् ।
मिथ्यानुरक्तं कृपणस्वभावं विपन्नशीलं मतिवर्जितञ्च ॥ ७ ॥

यदि जन्मपत्री में छठे भाव में सू० चं० बु० श० का योग हो तो जातक कुकर्मी, झूठ में आसक्त, लोभी प्रकृति, विपत्तियों से युक्त और बुद्धिहीन होता है ॥७॥

छठे भाव में सूर्य चं० गु० शु० युति का फल—

रवीन्दुजीवासुरपूजिताङ्का रिपुस्थिताः सञ्जनयन्ति मर्त्यम् ।
यशोविहीनं परदाररक्तं सुनिर्घृणं वञ्चनतत्परञ्च ॥ ८ ॥

यदि जन्मपत्री में छठे भाव में सू० चं० गु० शु० का योग हो तो जातक यश से हीन, दूसरे की स्त्री में आसक्त, घृणावान् और ठगने में तत्पर होता है ॥ ८ ॥

छठे भाव में सूर्य चं० गु० श० युति का फल—

रवीन्दुजीवार्कसुता रिपुस्था नरं प्रकुर्वन्ति कृशाङ्गकञ्च।
मूर्खानुरक्तं वधबन्धभाजं विहीनवृत्तं सुतरां नृशंसम् ॥ ९ ॥

यदि जन्मपत्री में छठे भाव में सू० चं० गु० श० का योग हो तो जातक पतली देह का, मूर्खों में आसक्त, हिंसक, जेलभोगी, चरित्रहीन और निरन्तर निन्दनीय होता है ॥ ९ ॥

छठे भाव में सूर्य चं० शु० श० युति का फल—

रवीन्दुशुक्रार्कसुता रिपुस्था नरं प्रकुर्वन्ति कुकर्मदुष्टम्।
पराङ्मुखं देवगुरुद्विजानां पराभिभूतं कठिनात्मकञ्च ॥ १० ॥

यदि जन्मपत्री में छठे भाव में सू० चं० शु० श० का योग हो तो जातक कुकर्म से दुष्ट, देवता गुरु व ब्राह्मणों से बर्हिमुख, दूसरे से पीडित और कठोर आत्मा का होता है ॥१०॥

छठे भाव में सूर्य मं० बु० गु० युति का फल—

सूर्यारसौम्यासुरपूजिताङ्गा नरं प्रकुर्वन्ति हतारिपक्षम्।
शूरं प्रगल्भं नृपपूजिताङ्गं गुणप्रियं सत्यधिया समेतम् ॥ ११ ॥

यदि जन्मपत्री में छठे भाव में सू० मं० बु० गु० का योग हो तो जातक नष्ट शत्रु वाला, वीर, प्रतिभाशाली, राजा से पूजित, गुणों का प्रेमी, सत्य और बुद्धि से युक्त होता है ॥११॥

छठे भाव में सूर्य मं० बु० शुक्र युति का फल—

सूर्यारसौम्यासुरपूजिताङ्गा रिपुस्थिताः सञ्जनयन्ति मर्त्यम्।
कृपाधिकं तुल्यतनुं प्रगल्भं शौर्यान्वितं प्रीतिकरं द्विजानाम् ॥ १२ ॥

यदि जन्मपत्री में छठे भाव में सू० मं० बु० शु० का योग हो तो जातक बड़ा दयालु, समान शरीरधारी, प्रतिभाशाली, वीर और ब्राह्मणों का प्रेमी होता है ॥१२॥

छठे भाव में सूर्य मं० बु० श० युति का फल—

सूर्यारसौम्यार्कसुता रिपुस्था नरं प्रकुर्वन्ति सतामभीष्टम्।
शूरं मदाविष्कृतमुग्ररूपं प्रसन्नचित्तं जनवल्लभञ्च ॥ १३ ॥

यदि जन्मपत्री में छठे भाव में सू० मं० बु० श० का योग हो तो जातक सज्जनों का प्रिय, वीर, नशेबाज, उग्र, प्रसन्नचित्त और जनप्रिय होता है ॥ १३ ॥

छठे भाव में सू० मं० गु० शु० युति का फल—

सूर्यारजीवासुरपूजिताङ्गा रिपुस्थिताः सञ्जनयन्ति मर्त्यम्।
कृषिप्रधानं नियमेन युक्तं सहासुमन्त्रं नृपसम्मतञ्च ॥ १४ ॥

यदि जन्मपत्री में छठे भाव में सू० मं० गु० शु० का योग हो तो जातक मुख्य किसान, नियमी, सुन्दरमन्त्रवेत्ता और राजा से सम्मत होता है ॥ १४ ॥

छठे भाव में सू० मं० गु० श० युति का फल—

सूर्यारजीवार्कसुतास्तु नित्यं रिपुस्थिताः सञ्जनयन्ति मर्त्यम् ।
धूर्तस्वभावं प्रियवर्गकञ्च बहुप्रभाकीर्तिसमन्वितञ्च ॥ १५ ॥

यदि जन्मपत्री में छठे भाव में सू० मं० गु० श० का योग हो तो जातक धूर्त प्रकृति, अपने वर्ण का प्रिय, बड़ा तेजस्वी और अधिक कीर्तिमान् होता है ॥ १५ ॥

छठे भाव में सू० मं० शु० श० युति का फल—

सूर्यारशुक्रार्कसुता रिपुस्था नरं प्रकुर्वन्ति विदग्धभाजम् ।
विदग्धगोष्ठीनिरतं यशस्यं सत्सम्मतं धर्मपरं सदैव ॥ १६ ॥

यदि जन्मपत्री में छठे भाव में सू० मं० शु० श० का योग हो तो जातक चतुर, चतुरों की गोष्ठी में आसक्त, यशस्वी, सज्जनों से सम्मत और सदा ही परमधार्मिक होता है ॥ १६ ॥

छठे भाव में सू० बु० गु० शु० युति का फल—

सूर्यज्ञजीवासुरपूजिताङ्गा रिपुस्थिताः सञ्जनयन्ति मर्त्यम् ।
प्रधानबुद्धिं जितशत्रुपक्षं सुरूपदेहं सुभगं मनोज्ञम् ॥ १७ ॥

यदि जन्मपत्री में छठे भाव में सू० बु० गु० शु० का योग हो तो जातक मुख्य बुद्धिमान्, शत्रुओं को जीतने वाला, सुन्दर शरीरधारी भाग्यवान् और सुन्दर होता है ॥ १७ ॥

छठे भाव में सू० बु० गु० श० युति का फल—

सूर्यज्ञजीवार्कसुता रिपुस्था नरं प्रकुर्वन्ति सुशुद्धभावम् ।
धियाविहीनं श्रुतकीर्तिभाजं प्रवाहवाहान्वितभोज्यसाध्यम् ॥ १८ ॥

यदि जन्मपत्री में छठे भाव में सू० बु० गु० श० का योग हो तो जातक सुन्दर शुद्ध भावना का, बुद्धि से रहित, शास्त्रज्ञ, कीर्तिमान, प्रवाद व वाद से युक्त और भोज्य का साधक होता है ॥ १८ ॥

छठे भाव में सू० बु० शु० श० युति का फल—

सूर्यज्ञशुक्रार्कसुता रिपुस्था नरं प्रकुर्वन्ति सुतीर्थभाजम् ।
प्रभूतरागान्वितमिष्टसाधुं विद्यार्जने तत्परमानसञ्च ॥ १९ ॥

यदि जन्मपत्री में छठे भाव में सू० बु० शु० श० का योग हो तो जातक बड़ा अनुरागी, सज्जनों का प्रेमी और विद्याप्राप्ति में दत्तचित्त होता है ॥ १९ ॥

छठे भाव में सू० गु० शु० श० युति का फल—

सूर्यामरेज्यभृगुजार्कपुत्रा रिपुस्थिताः सञ्जनयन्ति मर्त्यम् ।
प्रज्ञाधिकं कल्पतरुं समर्थं महाप्रभावं प्रविवर्जितञ्च ॥ २० ॥

यदि जन्मपत्री में छठे भाव में सू० गु० शु० श० का योग हो तो जातक बड़ा बुद्धिमान्, कल्पवृक्ष, समर्थ और अधिक प्रभाव से हीन होता है ॥ २० ॥

छठे भाव में चं० मं० बु० गु० युति का फल—

चन्द्रारसौम्यामरपूजिताङ्गा रिपुस्थिताः सञ्जनयन्ति मर्त्यम् ।
प्रगल्भविद्यं प्रमदास्वभीष्टं सुसंपदं नीतिसमन्वितञ्च ॥ २१ ॥

यदि जन्मपत्री में छठे भाव में चं० मं० बु० गु० का योग हो तो जातक प्रतिभाशाली विद्वान, स्त्रियों का प्रेमी, सम्पत्तिमान् और नीति से युक्त होता है ॥ २१ ॥

छठे भाव में चं० मं० बु० शु० युति का फल—

चन्द्रारसौम्यासुरपूजिताङ्गा रिपुस्थिताः सञ्जनयन्ति मर्त्यम् ।
विहीनकोशं विकलाङ्गभाजं नरं प्रभुक्तं नरलम्पटञ्च ॥२२॥

यदि जन्मपत्री में छठे भाव में चं० मं० बु० शु० का योग हो तो जातक धन हीन, अशान्त देहधारी, भुक्त और मनुष्यों में लम्पट होता है ॥ २२ ॥

छठे भाव में चं० मं० बु० श० युति का फल—

चन्द्रारसौम्यार्कसुता रिपुस्था नरं प्रकुर्वन्ति रुजार्तदेहम् ।
विदेशसेवानिरतं कुबुद्धिं कन्दर्पिताढ्यं सुकृशाङ्गकञ्च ॥२३॥

यदि जन्मपत्री में छठे भाव में चं० मं० बु० श० का योग हो तो जातक विदेश सेवा में आसक्त, दूषित बुद्धि का, काम से युक्त और दुबली देह का होता है ॥ २३ ॥

छठे भाव में चं० मं० गु० शु० युति का फल—

चन्द्रारजीवासुरपूजिताङ्गा रिपुस्थिताः सञ्जनयन्ति मर्त्यम् ।
दयाविहीनं कठिनस्वभावं सुनिर्दयं शास्त्रपराङ्मुखञ्च ॥२४॥

यदि जन्मपत्री में छठे भाव में चं० मं० गु० शु० का योग हो तो जातक निर्दयी, कठोर प्रकृति, दया से हीन और शास्त्र से बहिर्मुख होता है ॥ २४ ॥

छठे भाव में चन्द्रमा मं० गुरु शनि युति का फल—

चन्द्रारजीवार्कसुता रिपुस्था नरं प्रकुर्वन्ति दरिद्रताढ्यम् ।
भोगैर्विहीनं नियतारिभूतं प्रचण्डरूपं चलभाचलञ्च ॥२५॥

यदि जन्मपत्री में छठे भाव में चं० मं० गु० श० का योग हो तो जातक दरिद्री, भोग से हीन, निश्चय ही शत्रु से पीडित, प्रचण्डस्वरूप, अस्थिर तेज का और स्थिर होता है ॥ २५ ॥

छठे भाव में चन्द्र मं० शुक्र शनि युति का फल—

चन्द्रारशुक्रार्कसुता रिपुस्था नरं प्रकुर्वन्ति विहीनसत्यम् ।
पित्ताधिकं कुत्सितसङ्गयुक्तं सुनिर्दयं निष्ठुरमानसञ्च ॥२६॥

यदि जन्मपत्री में छठे भाव में चं० मं० शु० श० का योग हो तो जातक सत्य से रहित, अधिक पित्तवाला, दूषित सङ्गति से युक्त, निर्दयी और कठोर चित्त का होता है ॥ २६ ॥

छठे भाव में चं० बुध गुरु शु० युति का फल—

चन्द्रज्ञजीवासुरपूजिताङ्गाः रिपुस्थिताः सञ्जनयन्ति मर्त्यम् ।
स्वल्पायुषं क्लेशकदर्थिताङ्गं गतघृणं पापमतिं सदैव ॥२७॥

यदि जन्मपत्री में छठे भाव में चं० बु० गु० शु० का योग हो तो जातक अल्पायु, कलह से व्याप्त शरीरधारी, घृणा से हीन और सदा ही पाप बुद्धि होता है ॥ २७ ॥

छठे भाव में चं० बुध गुरु श० युति का फल—

चन्द्रज्ञजीवार्कसुता रिपुस्था नरं प्रकुर्वंति कृतप्रभावम् ।
निष्ठानुरक्तं सुकृतस्वभावं मायाविनं द्वेषपरं गुरूणाम् ॥ २८॥

यदि जन्मपत्री में छठे भाव में चं० बु० गु० श० का योग हो तो जातक बड़ा प्रभावशाली, निष्ठावान्, पुण्यात्मा मायावी और गुरुजनों का परम विद्वेषी होता है ॥२८॥

छठे भाव में चं० बुध शु० शनि युति का फल—

चन्द्रज्ञशुक्रार्कसुता रिपुस्था नरं प्रकुर्वन्ति पराश्रितञ्च ।
खलस्वभावं वनिताविमुक्तं सुनिष्ठुरं पापमतिं सदैव ॥२९॥

यदि जन्मपत्री में छठे भाव में चं० बु० शु० श० का योग हो तो जातक दूसरे के आधीन, दुष्ट प्रकृति, स्त्रियों से रहित, कठोर और सदा ही पाप बुद्धि होता है ॥२९॥

छठे भाव में चन्द्र गुरु शुक्र शनि युति का फल—

चन्द्रामरेज्यभृगुजार्कपुत्रा रिपुस्थिताः सञ्जनयन्ति मर्त्यम् ।
द्वेष्यं नृशंसं सुतदारहीनं वाचाश्रयं कामनिपीडिताङ्गम् ॥३०॥

यदि जन्मपत्री में छठे भाव में चं० गु० शु० श० का योग हो तो जातक द्वेषी, निन्दनीय, पुत्र व स्त्री हीन, वाणी के आश्रित और काम से पीडित देहधारी होता है ॥ ३० ॥

छठे भाव में मं० बु० गुरु शुक्र युति का फल

भौमज्ञजीवासुरपूजिताङ्गा रिपुस्थिताः सञ्जनयन्ति मर्त्यम् ।
विलासबुद्धिं नयनाभिरामं नृपप्रियं गर्वसमन्वितञ्च ॥३१॥

यदि जन्मपत्री में छठे भाव में मं. बु. गु. शु. का योग हो तो जातक विलासी बुद्धि का, नेत्रों का सुखदायी, राजा का प्रेमी और अभिमानी होता है ॥ ३१ ॥

छठे भाव में मं० बु० गु० श० युति का फल—

भौमज्ञजीवार्कसुता रिपुस्था नरं प्रकुर्वन्ति हुताशनार्थम् ।
दयावियुक्तं सुगुणैः समेतं विदग्धवाक्यं प्रियदर्शनञ्च ॥३२॥

यदि जन्मपत्री में छठे भाव में मं. बु. गु. श. का योग हो तो जातक अग्नि का प्रेमी, दया से हीन, अच्छे गुणों से युक्त, चतुर वाणी और प्रिय दर्शनीय होता है ॥३२॥

छठे भाव में मं० बु० शु० श० युति का फल—

भौमज्ञशुक्रार्कसुता रिपुस्था नरं प्रकुर्वन्ति हुताशभक्तम् ।
यज्ञव्रताराधनतत्परञ्च प्रभूततीर्थार्जितभूरिधर्मम् ॥३३॥

यदि जन्मपत्री में छठे भाव में मं. बु. शु. श. का योग हो तो जातक अग्नि का भक्त, यज्ञ, व्रत व आराधना में आसक्त और अधिक तीर्थाटन से बड़ा धर्मात्मा होता है ॥ ३३ ॥

छठे भाव में मं० गु० शुक्र शनि युति का फल—

भौमामरेज्यभृगुजार्कपुत्रा रिपुस्थिताः सञ्जनयन्ति मर्त्यम् ।
शौर्यान्वितं दैवविदां वरिष्ठं प्रभूतयज्ञार्जितभूरिकीर्तिम् ॥३४॥

यदि जन्मपत्री में छठे भाव में मं. गु. शु. श. का योग हो तो जातक वीर, श्रेष्ठ ज्योतिषी, और अधिक यज्ञों से बड़ा कीर्तिमान् होता है ॥ ३४ ॥

छठे भाव में बुध गुरु शुक्र शनि युति का फल—

सौम्यामरेज्यभृगुजार्कपुत्रा रिपुस्थिताः सञ्जनयन्ति मर्त्यम् ।
सुदानवृत्तिं मलिनस्वभावं प्रपञ्चशीलं वनिताजितञ्च ॥३५॥

इत्येवं चतुर्विकल्पजाः ।

यदि जन्मपत्री में छठे भाव में बु. गु. शु. श. का योग हो तो जातक दान की जीविका वाला, दूषित प्रकृति, प्रपञ्ची और स्त्री से पराजित होता है ॥ ३५ ॥

इस प्रकार छठे भाव में चार ग्रहों की युति का फल समाप्त हुआ ॥ १-३५ ॥

अथ पञ्चविकल्पजाः ।

अब आगे छठे भाव में पाँच ग्रहों की युति के फल को बताते हैं ।

छठे भाव में सू० चं० मं० बु० गु० युति का फल—

रवीदुभौमज्ञसुरेज्यपूज्या रिपुस्थिताः सञ्जनयन्ति मर्त्यम् ।
विरूपदेहं विनयेन हीनं पराभिभूतं परवञ्चकञ्च ॥ १ ॥

यदि जन्मपत्री में छठे भाव में सू० चं० मं० बु० गु० का योग हो तो जातक कुरूप शरीरधारी, विनय से हीन, दूसरे से पीड़ित और दूसरों को ठगने वाला होता है ॥ १ ॥

छठे भाव में सू० चं० मं० बु० शु० युति का फल—

रवीन्दुभौमज्ञसिता रिपुस्था नरं प्रकुर्वन्ति बहुप्रकोपम् ।
पैशुन्यचौर्यप्रवरं कृतघ्नं प्रद्वेषरक्तं बहुदुःखिताङ्गम् ॥ २ ॥

यदि जन्मपत्री में छठे भाव में सू० चं० मं० बु० शु० का योग हो तो जातक बड़ा क्रोधी चुगली करने में व चोरी में श्रेष्ठ, कृतघ्न, द्वेष में आसक्त और अधिक दुःख से युक्त शरीरधारी होता है ॥ २ ॥

छठे भाव में सू० चं० मं० बु० श० युति का फल—

रवीन्दुभौमज्ञदिनेशपुत्रा रिपुस्थिताः सञ्जनयन्ति मर्त्यम् ।
गुह्याङ्गरोगार्दितमिष्टचौर्यं पराङ्मुखं साधुसमागमस्य ॥ ३ ॥

यदि जन्मपत्री में छठे भाव में सू० चं० मं० बु० श० का योग हो तो जातक

गुह्याङ्ग के रोग से पीड़ित, चोरी का प्रेमी और सज्जन सङ्गति से बहिर्मुख होता है ॥ ३ ॥

छठे भाव में सू० चं० मं० गु० शु० युति का फल—

रवीन्दुभौमामरपूज्यशुक्रा रिपुस्थिताः सञ्जनयन्ति मर्त्यम् ।
कुकर्मसेवार्तियुतं हृतस्वं तन्त्राप्तिवक्त्रार्तियुतं सदैव ॥ ४ ॥

यदि जन्मपत्री में छठे भाव में सू० चं० मं० गु० शु० का योग हो तो जातक कुकर्म सेवन से दुःखी, धन का हरण करवाने वाला, तन्त्र का ज्ञाता और सदा मुख रोग से युत होता है ॥ ४ ॥

छठे भाव में सू० चं० मं० गु० श० युति का फल—

रवीन्दुभौमामरपूज्यसौरा रिपुस्थिताः सञ्जनयन्ति मर्त्यम् !
शिरोर्तिदाहं ज्वरपीडिताङ्गं विवेकहीनं नितरां विरूपम् ॥ ५ ॥

यदि जन्मपत्री में छठे भाव में सू. चं. मं. गु. श. का योग हो तो जातक मस्तक पीड़ा से सन्तप्त, ज्वर से दुःखित शरीरधारी, अविवेकी और निरन्तर कुरूप होता है ॥ ५ ॥

छठे भाव में सू० चं० मं० शु० श० युति का फल—

रवीन्दुभौमासुरपूज्यसौरा रिपुस्थिताः सञ्जनयन्ति मर्त्यम् ।
सौन्दर्यहीनं जडतासमेतं विवेकविद्यारहितं सदैव ॥ ६ ॥

यदि जन्मपत्री में छठे भाव में सू० चं० मं० गु० श० का योग हो तो जातक सुन्दरता से हीन, मूर्ख, अविवेकी और सदा ही विद्या से हीन होता है ॥ ६ ॥

छठे भाव में सू० चं० बु० गु० शु० युति का फल—

रवीन्दुसौम्यामरपूज्यशुक्रा रिपुस्थिताः सञ्जनयन्ति मर्त्यम् ।
तेजोविहीनं कपटस्वभावं विहीनकोशं सुकृतानुरक्तम् ॥ ७ ॥

यदि जन्मपत्री में छठे भाव में सू० चं० बु० गु० शु० का योग हो तो जातक निस्तेज कपटी, निर्धन और पुण्य में आसक्त होता है ॥ ७ ॥

छठे भाव में सू० चं० बु० गु० श० युति का फल—

रवीन्दुसौम्यामरपूज्यसौरा रिपुस्थिताः सञ्जनयन्ति मर्त्यम् ।
कुचैलमाधिप्रचुरं क्षताङ्गं सत्येन हीनं विकलं सुदीनम् ॥ ८ ॥

यदि जन्मपत्री में छठे भाव में सू० चं० बु० गु० श० का योग हो तो जातक दूषित वस्त्रधारी, अधिक मानसिक पीड़ा से युक्त, भग्न शरीरधारी, सत्य से हीन, अशान्त और दीन होता है ॥ ८ ॥

छठे भाव में सू० चं० बु० शु० श० युति का फल—

रवीन्दुसौम्यासुरपूज्यसौरा रिपुस्थिताः सञ्जनयन्ति मर्त्यम् ।
सुनिष्ठुरं पापमतिं नृशंसं जनातिगं हानिफलं सदैव ॥ ९ ॥

यदि जन्मपत्री में छठे भाव में सू० चं० बु० शु० श० का योग हो तो जातक कठोर पापबुद्धि, निन्दनीय, अधिक मनुष्यों से युक्त और सदा ही हानि से युत होता है ॥ ९ ॥

छठे भाव में सू० चं० गु० शु० श० युति का फल—

रवीन्दुजीवासुरपूज्यसौरा रिपुस्थिताः सञ्जनयन्ति मर्त्यम् ।
सुतार्थहीनं नियमैर्विमुक्तं सुनिर्जितं नीचजनेन नित्यम् ॥ १० ॥

यदि जन्मपत्री में छठे भाव में सू० चं० गु० शु० श० का योग हो तो जातक पुत्र व धन से रहित, विनय से हीन और सदा नीच मनुष्यों से पराजित होता है ॥ १० ॥

छठे भाव में सू० मं० बु० गु० शु० युति का फल—

सूर्यारसौम्यामरपूज्यशुक्रा रिपुस्थिताः सञ्जनयन्ति मर्त्यम् ।
गतघृणं स्वल्पधनं कुपुत्रं व्यथान्वितं रोगकदर्थिताङ्गम् ॥ ११ ॥

यदि जन्मपत्री में छठे भाव में सू० मं० बु० गु० शु० का योग हो तो जातक घृणा से हीन, छोटा धनी, दूषित पुत्र वाला, व्यथित और रोग से पीड़ित देहधारी होता है ॥ ११ ॥

छठे भाव में सू० मं० बु० गु० श० युति का फल—

सूर्यारसौम्यामरपूज्यसौरा रिपुस्थिताः सञ्जनयन्ति मर्त्यम् ।
व्यपेतलज्जं घृणया विहीनं नीचानुरक्तं विकृतानुकारम् ॥ १२ ॥

यदि जन्मपत्री में छठे भाव में सू० मं० बु० गु० श० का योग हो तो जातक निर्लज्ज, घृणा से हीन, दुष्टों में आसक्त और विकार से युक्त होता है ॥ १२ ॥

छठे भाव में सू० मं० बु० शु० श० युति का फल—

सूर्यारसौम्यासुरपूज्यसौरा रिपुस्थिताः सञ्जनयन्ति मर्त्यम् ।
क्षतप्रदग्धं गतसत्यशौचं शीलेन हीनं विकृतप्रभावम् ॥ १३ ॥

यदि जन्मपत्री में छठे भाव में सू० मं० बु० शु० श० का योग हो तो जातक भग्न होने से संतप्त, सत्य व पवित्रता से हीन, शीलता से रहित और विकार युक्त प्रभावी होता है ॥ १३ ॥

छठे भाव में सू० मं० गु० शु० श० युति का फल—

सूर्यारजीवासुरपूज्यसौरा रिपुस्थिताः सञ्जनयन्ति मर्त्यम् ।
विरक्तपौरं विगताभिमानं मूर्खं विधर्मे निरतं कुशीलम् ॥ १४ ॥

यदि जन्मपत्री में छठे भाव में सू० मं० गु० शु० श० का योग हो तो जातक लोगों से विरक्त, निरभिमानी, मूर्ख, विधर्म में आसक्त और कुशील होता है ॥ १४ ॥

छठे भाव में सू० बु० गु० शु० श० युति का फल—

सूर्यज्ञजीवासुरपूज्यसौरा रिपुस्थिताः सञ्जनयन्ति मर्त्यम् ।
सुतव्यपेतं परदारलुब्धं भयान्वितं दीनतरं नृशंसम् ॥ १५ ॥

यदि जन्मपत्री में छठे भाव में सू० बु० गु० शु० श० का योग हो तो जातक सुत से हीन, दूसरे की स्त्री का लोभी, डरपोक, बड़ा हीन और निन्दनीय होता है ॥ १५ ॥

छठे भाव में चं० मं० बु० गु० शु० युति का फल—

चन्द्रारसौम्यामरपूज्यशुक्रा रिपुस्थिताः सञ्जनयन्ति मर्त्यम् ।
रुजो विहीनं मलिनस्वभावं कामानुरागं गुणवर्जितञ्च ॥ १६ ॥

यदि जन्मपत्री में छठे भाव में चं० मं० बु० गु० शु० का योग हो जातक नीरोग, दूषित प्रकृति, विषय का अनुरागी और गुण हीन होता है ॥ १६ ॥

छठे भाव में चं० मं० बु० गु० श० युति का फल—

चन्द्रारसौम्यामरपूज्यसौरा रिपुस्थिताः सञ्जनयन्ति मर्त्यम् ।
समूत्रकृच्छ्रार्दितकायमात्रं प्रियाविहीनं मलिनं सुजाड्यम् ॥ १७ ॥

यदि जन्मपत्री में छठे भाव में चं० मं० बु० गु० श० का योग हो तो जातक मूत्रकृच्छ्र रोग से पीड़ित शरीरधारी, स्त्री से हीन, मलिन और मूर्ख होता है ॥१७॥

छठे भाव में चं० मं० बु० शु० श० युति का फल—

चन्द्रारसौम्यासुरपूज्यसौरा रिपुस्थिताः सञ्जनयन्ति मर्त्यम् ।
जन्माधिमत्यद्भुतवातभाजं सदा कृतघ्नं नियमैर्विहीनम् ॥ १८ ॥

यदि जन्मपत्री में छठे भाव में चं० मं० बु० शु० श० का योग हो तो जातक जन्म से रोगी, अद्भुत वायु विकार से युक्त, सदा कृतघ्न और नियम से रहित होता है ॥ १८ ॥

छठे भाव में चं० मं० गु० शु० श० युति का फल—

चन्द्रारजीवासुरपूज्यसौरा रिपुस्थिताः सञ्जनयन्ति मर्त्यम् ।
जनैर्विमुक्तं परदाररक्तं पापप्रसक्तं परदेशरक्तम् ॥ १९ ॥

यदि जन्मपत्री में छठे भाव में चं० मं० गु० शु० श० का योग हो तो जातक मनुष्यों से मुक्त, परायी स्त्री में आसक्त, पापी और परदेश का भक्त होता है १९ ॥

छठे भाव में चं० बु० गु० शु० श० युति का फल—

चन्द्रज्ञजीवासुरपूज्यसौरा रिपुस्थिताः सञ्जनयन्ति मर्त्यम् ।
प्रभूतशत्रुं सुतदारहीनं धनप्रसक्तं जडतासमेतम् ॥ २० ॥

यदि जन्मपत्री छठे भाव में चं० बु० गु० शु० श० का योग हो तो जातक अधिक शत्रुओं से युक्त, पुत्र व स्त्री से हीन, प्रधान धनी और मूर्ख होता है ॥ २० ॥

छठे भाव में मं० बु० गु० शु० श० युति का फल—

भौमज्ञजीवासुरपूज्यसौरा रिपुस्थिताः सञ्जनयन्ति मर्त्यम् ।
श्रुतार्थपुत्रार्थविवर्जिताङ्गं विद्याविहीनं परिवर्जितञ्च ॥ २१ ॥
इत्येवं पञ्चविकल्पाः ।

यदि जन्मपत्री में छठे भाव में मं. बु. गु. शु. श. का योग हो तो जातक शास्त्र, धन व पुत्र से हीन, मूर्ख और दूसरे से रहित होता है ॥ २१ ॥

इस प्रकार छठे भाव में पांच ग्रहों की युति का फल समाप्त हुआ ॥ १-२१ ॥

अथ षड्विकल्पजाः ।

अब आगे छठे भाव में ६ ग्रहों की युति के फल को बताते हैं ।

छठे भाव में सू० चं० मं० बु० गु० शु० युति का फल—

सूर्येन्दुभौमज्ञसुरेज्यशुक्रा रिपुस्थिताः सञ्जनयन्ति मर्त्यम् ।
प्रगल्भहस्ताङ्घ्रियुगं कुकार्यं विभीषणं शत्रुपराजितञ्च ॥१॥

यदि जन्मपत्री में छठे भाव में सू. चं. मं. बु. गु. शु. का योग हो तो जातक प्रतिभा से युक्त हाथ पैर वाला, कुकर्मी, भयानकता से रहित और शत्रु से पराजित होता है ॥ १ ॥

छठे भाव में सू० चं० मं० बु० गु० श० युति का फल—

सूर्येन्दुभौमज्ञसुरेज्यसौरा रिपुस्थिताः सञ्जनयन्ति मर्त्यम् ।
बहुव्ययं पानपरं गतोऽसं विहीनवस्त्राभरणं सदैव ॥२॥

यदि जन्मपत्री में छठे भाव में सू. चं. मं. बु. गु श. का योग हो तो जातक अधिक खर्चीला, परम शराबी, कंधे से हीन और सदा ही वस्त्र भूषणों से रहित होता है ॥ २ ॥

छठे भाव में सू० चं० मं० गु० शु० श० युति का फल—

रवीन्दुभौमज्ञसितार्कपुत्रा रिपुस्थिताः सञ्जनयन्ति मर्त्यम् ।
प्रभाविहीनं कृतकस्वभावं विवर्जिताङ्गं नियमेन हीनम् ॥३॥

यदि जन्मपत्री में छठे भाव में सू. चं मं. बु. शु. श. का योग हो तो जातक निस्तेज कठोर प्रकृति, अङ्गहीन और नियम से रहित होता है ॥ ३ ॥

छठे भाव में सू० चं० बु० गु० शु० श० युति का फल—

रवीन्दुभौमामरपूज्यशुक्रशनैश्चराः सञ्जनयन्ति मर्त्यम् ।
क्षमाविहीनं कृतवञ्चनोक्तं सुरोगभाजं विजितं खलाढ्यैः ॥४॥

यदि जन्मपत्री में छठे भाव में सू. चं. मं. गु. शु. श. का योग हो तो जातक क्षमा से रहित, पर्याप्त धूर्त, रोगी और दुष्टों से पराजित होता है ॥ ४ ॥

छठे भाव में सू० चं० बु० गु० शु० श० युति का फल—

सूर्येन्दुसौम्यामरपूज्यशुक्रशनैश्चराः सञ्जनयन्ति मर्त्यम् ।
सुवक्रबुद्धिं विदयं सुदीनं स्वबन्धुदारै रहितं प्रभुघ्नम् ॥५॥

यदि जन्मपत्री में छठे भाव में सू. च. बु. गु. शु. श. का योग हो तो जातक कुटिल बुद्धि का निर्दयी, दीन, अपने बान्धव व स्त्री से हीन और समर्थ का हिंसक होता है ॥ ५ ॥

छठे भाव में चं० मं० बु० गु० शु० श० युति का फल—

चन्द्रारसौम्यामरपूज्यशुक्रशनैश्चराः सञ्जनयन्ति मर्त्यम् ।
सुदुष्टभावं विनयेन हीनं वृथाटनं मानविवर्जितञ्च ॥६॥

इत्येवं षड्विकल्पजाः ।

यदि जन्मपत्री में छठे भाव में चं० मं० बु० गु० शु० श० का योग हो तो जातक दुष्ट भावना का, विनय से हीन, बेकार घूमने वाला और सम्मान से हीन होता है ॥६॥

इस प्रकार छठे भाव में ६ ग्रहों की युति का फल समाप्त हुआ ॥ १–६ ॥

अथ सप्तविकल्पजाः ।

अब आगे छठे भाव में सात ग्रहों की युति के फल को बताते हैं।

छठे भाव में सू० चं० मं० बु० गु० शु० श० युति का फल—

रवीन्दुभौमज्ञसुरेज्यशुक्रशनैश्चराः सञ्जनयन्ति मर्त्यम् ।
सत्यं नयं पुण्यपरं प्रगल्भं धनान्वितं कीर्तिसमन्वितञ्च ॥१॥

इत्येवं सप्तविकल्पजाः ।

इति वृद्धयवने शत्रुभावस्याश्रययोगः ।

यदि जन्मपत्री में छठे भाव में सू० चं० मं० बु० गु० शु० श० का योग हो तो जातक सत्यात्मा, नीतिमान्, पुण्यात्मा, प्रतिभाशाली और सम्मान से युक्त होता है ॥१॥

इस प्रकार छठे भाव में सात ग्रहों का फल समाप्त हुआ ॥ १ ॥

अथ सप्तमभावस्थद्विग्रहादियोगफलम् ।

अब आगे सातवें भाव में दो ग्रहों की युति के फल को कहते हैं।

सातवें भाव में सू० चं० युति का फल—

कामाश्रितस्तीक्ष्णकरः सचन्द्रो नरं प्रसूते व्यथया समेतम् ।
सदातुरं धर्मविवर्जिताङ्गं गुणैर्विहीनं बहुमाययाढ्यम् ॥१॥

यदि जन्मकुण्डली में सातवें भाव में सूर्य चन्द्रमा का योग हो तो जातक व्यथित, सदा रोगी, धर्म से हीन, गुणों से रहित और बड़ा मायावी होता है ॥ १ ॥

सातवें भाव में सू० भौम युति का फल—

कामाश्रितस्तीक्ष्णकरः सभौमो नरं प्रसूते परदाररक्तम् ।
दानेन हीनं क्षुधापीडिताङ्गं गुरुद्विजानां निरतं नृशंसम् ॥२॥

यदि जन्मकुण्डली में सातवें भाव में सूर्य भौम का योग हो तो जातक दूसरे की स्त्री में आसक्त, दान से हीन, भूख से दुःखी देहधारी, गुरु व ब्राह्मणों में अनुरक्त और निन्दनीय होता है ॥ २ ॥

सातवें भाव में सू० बु० युति का फल—

कामाश्रितस्तीक्ष्णकरः ससौम्यो नरं प्रसूते कुकलत्रभाजम् ।
नपुंसकं कामसुखैर्विहीनं निरर्थकं वा निजबन्धुकत्वम् ॥३॥

यदि जन्मकुण्डली में सातवें भाव में सूर्य बुध का योग हो तो जातक दूषित स्त्री का पात्र, नपुंसक, काम सुख से हीन अथवा अपने बान्धवों को निरर्थक होता है ॥ ३ ॥

सातवें भाव में सू० गु० युति का फल—

कामाश्रितस्तीक्ष्णकरः सजीवो नरं प्रसूतेऽल्पसुखं कृतघ्नम् ।
नृशंसवाक्यं परपाकपुष्टं मायाप्रसक्तं बहुदुःखितञ्च ।।४।।

यदि जन्मकुण्डली में सातवें भाव में सू० गु० का योग हो तो जातक अल्पसुखी, कृतघ्न, निन्दित वाणी का, दूसरे के भोजन से पुष्ट, माया में प्रसक्त और बड़ा दुःखी होता है ।। ४ ।।

सातवें भाव में सू० शु० युति का फल—

कामाश्रितस्तीक्ष्णकरः सशुक्रो नरं प्रसूते परपाकभाजं ।
सेवानुरक्तं निजबन्धुहीनं विमुक्तशान्तं धनवर्जितञ्च ।।५।।

यदि जन्मकुण्डली में सातवें भाव में सूर्य शुक्र का योग हो तो जातक दूसरे के अन्न का भोगी, सेवा में आसक्त, अपने बन्धुओं से हीन, अशान्त और धन हीन होता है ।।५।।

सातवें भाव में सूर्य शनि युति का फल—

कामाश्रितस्तीक्ष्णकरः ससौरो नरं प्रसूते रतिसौख्यहीनम् ।
सुदुष्टदारं बहुशत्रुपक्षं रोगातुरं भीतिसमन्वितञ्च ।।६।।

यदि जन्मकुण्डली में सातवें भाव में सूर्य शनि का योग हो तो जातक रति सुख से रहित, दुष्ट स्त्री वाला, अधिक शत्रुओं से युक्त, रोग से पीड़ित और डरपोक होता है ।। ६ ।।

सातवें भाव में चन्द्र भौम युति का फल—

कलत्रगः शीतकरः सभौमो नरं प्रसूते जठरार्तिभाजम् ।
विवेकशास्त्रार्थविहीनमुग्रं फलप्रसङ्गाप्तमहाभयञ्च ।।७।।

यदि जन्मकुण्डली में सातवें भाव में चन्द्र भौम का योग हो तो जातक पेट का रोगी, विद्या के शास्त्रार्थ से हीन, फल से धन पाने वाला, उग्र और बड़ा डरपोक होता है ।।७।।

सातवें भाव में चन्द्र बुध युति का फल—

कलत्रगः शीतकरः ससौम्यो नरं प्रसूते सुतदारभाजम् ।
लौल्यान्वितं सत्यदयासमेतं प्रभूतपुत्रं प्रियबन्धुवर्गम् ।।८।।

यदि जन्मकुण्डली में सातवें भाव में चन्द्र बुध का योग हो तो जातक पुत्र व स्त्री से युक्त, लालसा वाला, सत्य तथा दया से युक्त, अधिक पुत्र वाला और बान्धवों का प्रेमी होता है ।। ८ ।।

सातवें भाव में चन्द्र गुरु युति का फल—

कलत्रगः शीतकरः सजीवो नरं प्रसूते बहुशास्त्ररक्तम् ।
प्रभूतमित्रं सुभगं मनोज्ञं नरेन्द्रपूजासहितं सदैव ।।९।।

यदि जन्मकुण्डली में सातवें भाव में चन्द्र गुरु का योग हो तो जातक अधिक शास्त्रों में आसक्त, ज्यादा मित्रों से युक्त, भाग्यशाली, सुन्दर और सदा ही राजा से पूजित होता है ।। ९ ।।

सातवें भाव में चन्द्र शुक्र युति का फल—

कलत्रगः शीतकरः सशुक्रो नरं प्रसूते शुभदारभाजम् ।
नानार्थभोगैः स्वजनैः समेतं प्रभूतसौख्यं मतिसंयुतञ्च ॥१०॥

यदि जन्मकुण्डली में सातवें भाव में चन्द्र शुक्र का योग हो तो जातक शुभ स्त्री का पात्र, अनेक भोग तथा अपने मनुष्यों से युक्त, बड़ा सुखी और बुद्धिमान् होता है ॥१०॥

सातवें भाव में चन्द्र शनि युति का फल—

कलत्रगः शीतकरः ससौरो नरं प्रसूते रुजया समेतम् ।
सुकातरं कामपरं नृशंसं स्वभृत्ययुक्तं परदाररक्तम् ॥११॥

यदि जन्मकुण्डली में सातवें भाव में चन्द्र शनि का योग हो तो जातक रोगी, कातर, परम विषयी, निन्दनीय, अपने नौकर से युक्त और दूसरे की स्त्री में आसक्त होता है ॥ ११ ॥

सातवें भाव में भौम बुध युति का फल—

सौम्यान्वितो भूमिसुतः कलत्रे नरं प्रसूते कुटिलं हृदिस्थम् ।
कौटिल्ययुक्तं प्रभया विहीनं निरस्तपुत्रं विकलं सदैव ॥१२॥

यदि जन्मकुण्डली में सातवें भाव में भौम बुध का योग हो तो जातक हृदय से कुटिल, टेढ़ा, निस्तेज, पुत्र से हीन और सदा ही अशान्त होता है ॥ १२ ॥

सातवें भाव में भौम गुरु युति का फल—

जीवान्वितो भूमिसुतः कलत्रे नरं प्रसूते प्रियदुष्टसङ्गम् ।
व्यर्थश्रमं पापकदर्थिताङ्गं नरेन्द्रसेवासमहारिसङ्गम् ॥१३॥

यदि जन्मकुण्डली में सातवें भाव में भौम गुरु का योग हो तो जातक दुष्ट सङ्गति का प्रेमी, व्यर्थ परिश्रमी, पापी, राजा का नौकर और शत्रुओं से युक्त होता है ॥ १३ ॥

सातवें भाव में भौम शुक्र युति का फल—

शुक्रान्वितो भूतनयः कलत्रे जनं प्रसूते जनतानिरस्तम् ।
विहीनकोशं क्षतजार्द्रदेहं पराभिभूतं नयधर्महीनम् ॥ १४ ॥

यदि जन्मकुण्डली में सातवें भाव में भौम शुक्र का योग हो तो जातक जनता से हटाया हुआ, निर्धन, भग्नता से व्याप्त शरीरधारी, दूसरे से पीड़ित, नीति और धर्म रहित होता है ॥ १४ ॥

सातवें भाव में भौम शनि युति का फल—

कामाश्रितो भूतनयः ससौरो नरं प्रसूते बहुरोगभाजम् ।
क्षीणाङ्गमार्तं पिशुनस्वभावं सुदुष्टकर्माणमतिप्ररूपम् ॥ १५ ॥

यदि जन्मकुण्डली में सातवें भाव में भौम शनि का योग हो तो जातक अधिक रोग भोगी, क्षीण शरीरधारी, पीड़ित, चुगलखोरी प्रकृति का, दुष्ट कार्यकर्ता और अधिक स्वरूपवान् होता है ॥ १५ ॥

सातवें भाव में बुध गुरु युति का फल—

कामाश्रितः सोमसुतः सजीवो नरं प्रसूते बहुबुद्धिसत्त्वम् ।
सुगर्वितं लौल्यफलं प्रदग्धं महाव्ययं कामनिपीडिताङ्गम् ॥ १६ ॥

यदि जन्मकुण्डली में सातवें भाव में बुध गुरु का योग हो तो जातक अधिक बुद्धिमान्, बड़ा बली, अभिमानी, लालसा वाला, संतप्त, बड़ा खर्चीला और काम से पीड़ित देहधारी होता है ॥ १६ ॥

सातवें भाव में बुध शुक्र युति का फल—

कामाश्रितः सोमसुतः सशुक्रो नरं प्रसूते सुकलत्रभाजम् ।
श्रद्धान्वितं भोगसमृद्धगात्रं कृपाविहीनं दयिताकृतघ्नम् ॥ १७ ॥

यदि जन्मकुण्डली में सातवें भाव में बुध शुक्र का योग हो तो जातक सुन्दर स्त्री का पात्र, श्रद्धालु, भोग से संपन्न देहधारी, दया से रहित और पत्नी से कृतघ्न होता है ॥ १७ ॥

सातवें भाव में बु० श० युति का फल—

कामाश्रितः सोमसुतः ससौरो नरं प्रसूते कुकलत्रभाजम् ।
कामार्तदेहं व्यसनैः समेतं पराभिभूतं गुणवर्जितञ्च ॥ १८ ॥

यदि जन्मकुण्डली में सातवें भाव में बुध शनि का योग हो तो जातक दूषित स्त्री का पात्र, काम से पीड़ित शरीरधारी, व्यसनी, दूसरों से पीड़ित और गुणहीन होता है ॥ १८ ॥

सातवें भाव में गुरु शुक्र युति का फल—

कामाश्रितो देवगुरुः सशुक्रो नरं प्रसूते बहुरोगयुक्तम् ।
चित्रस्वरं भव्यतनुं प्रशस्तं कीर्त्यान्वितं ब्राह्मणदेवभक्तम् ॥ १९ ॥

यदि जन्मकुण्डली में सातवें भाव में गुरु शुक्र का योग हो तो जातक बड़ा रोगी, विचित्र स्वर का, सुन्दर देहधारी, प्रशस्त, कीर्तिमान् और ब्राह्मण व देवता का भक्त होता है ॥ १९ ॥

सातवें भाव में गुरु शनि युति का फल—

कामाश्रितो देवगुरुः ससौरो नरं प्रसूते वनिताजिताङ्गम् ।
स्त्रीवित्तभक्षं क्षतबुद्धिसत्यं मृषान्वितं पापसमन्वितञ्च ॥ २० ॥

यदि जन्मकुण्डली में सातवें भाव में गुरु शनि का योग हो तो जातक स्त्री से पराजित, स्त्री धन का भोक्ता, नष्ट बुद्धि व सत्यवाला, झूठा और पापी होता है ॥२०॥

सातवें भाव में शुक्र शनि युति का फल—

कामाश्रितो दैत्यगुरुः स सौरो नरं प्रसूते बहुशत्रुगात्रम् ।
अभक्षभक्षं परदाररक्तं व्यपेतलज्जं परपोषकञ्च ॥ २१ ॥

इत्येवं द्विविकल्पजाः ।

यदि जन्मकुण्डली में सातवें भाव में शुक्र शनि का योग हो तो जातक अधिक शत्रु वाला, अभक्ष का भोगी, दूसरे की स्त्री में आसक्त, निर्लज्ज और दूसरे से पोषित होता है ॥ २१ ॥

इस प्रकार सातवें भाव में दो ग्रहों की युति का फल समाप्त हुआ ॥ १–२१ ॥

अथ त्रिविकल्पजाः ।

अब आगे सातवें भाव में तीन ग्रहों की युति के फल को कहते हैं ।

सातवें भाव में सू० चं० मं० युति का फल—

सूर्येन्दुभौमा यदि कामसंस्था नरं प्रकुर्वन्ति रुजार्तदेहम् ।
लौल्याश्रितं कामनिपीडिताङ्गं गुणैर्विहीनं वनिताजितञ्च ॥ १ ॥

यदि जन्म कुण्डली में सातवें भाव में सूर्य चन्द्र भौम का योग हो तो जातक रोग से पीड़ित शरीरधारी, लालची, काम से पीडित, गुण से हीन और स्त्री से पराजित होता है ॥ १ ॥

सातवें भाव में सू० चं० बु० युति का फल--

रवीन्दुसौम्या यदि कामसंस्था नरं प्रकुर्वन्ति सुतैर्विहीनम् ।
कुस्त्रीषु युक्तं कठिनस्वभावं श्रमान्वितं कामसमन्वितञ्च ॥ २ ॥

यदि जन्म कुण्डली में सातवें भाव में सूर्य चन्द्र बुध का योग हो तो जातक पुत्र से हीन, दूषित स्त्रो में आसक्त, कठोर प्रकृति, परिश्रमी और कामी होता है ॥ २ ॥

सातवें भाव में सू० चं० गु० युति का फल--

रवीन्दुजीवाश्च कलत्रसंस्था नरं प्रकुर्वन्ति रुजार्तदेहम् ।
स्त्रीचञ्चलं कामपरं नृशंसं कुपुण्यसेवानिरतं सदैव ॥ ३ ॥

यदि जन्मकुण्डली में सातवें भाव में सूर्य चन्द्र गुरु का योग हो तो जातक रोग से पीडित देहधारी, स्त्रियों में अस्थिर, बड़ा विषयी, निन्दनीय और सदा ही दूषित पुण्य व सेवा में आसक्त होता है ॥ ३ ॥

सातवें भाव में सू. चं. शु० युति का फल—

सूर्येन्दुशुक्रा यदि कामसंस्था नरं प्रकुर्वन्ति विनष्टदारम् ।
ईर्ष्या प्रकोपार्जितभूरिवैरं विदेशभाजं गुरुभिर्विरुद्धम् ॥ ४ ॥

यदि जन्मकुण्डली में सातवें भाव में सूर्य चन्द्र शुक्र का योग हो तो जातक विनष्ट स्त्री वाला, ईर्ष्या व क्रोध से अधिक शत्रुता पैदा करने वाला, विदेश का पात्र और गुरुजनों के विपरीत होता है ॥ ४ ॥

सातवें भाव में सू. चं. श० युति का फल—

सूर्येन्दुसौरा यदि कामसंस्था नरं प्रकुर्वन्ति मतिप्रहीनम् ।
खलस्वभावं परलोकरक्तं भण्डस्वभावं नयशास्त्रयुक्तम् ॥ ५ ॥

यदि जन्मकुण्डली में सातवें भाव में सूर्य चन्द्र शनि का योग हो तो जातक बुद्धि

से हीन, दुष्ट प्रकृति, परलोक में आसक्त, भण्ड (भाँड़) स्वभावी और नीतिशास्त्र का जानकार होता है ॥ ५ ॥

सातवें भाव में सू० मं. बु० युति का फल—

सूर्यारसौम्या यदि कामसंस्था नरं प्रकुर्वन्ति गतप्रभावम् ।
भोगैर्विमुक्तं परपाकरक्तं पराश्रयं पापमतिं सदैव ॥ ६ ॥

यदि जन्मकुण्डली में सातवें भाव में सूर्य भौम बुध का योग हो तो जातक निष्प्रभावी, भोग से हीन, दूसरे के भोजन में आसक्त, पराश्रयी और सदा ही पापबुद्धि होता है ॥ ६ ॥

सातवें भाव में सू० मं० गु० युति का फल—

सूर्यारजीवा यदि कामसंस्था नरं प्रकुर्वन्ति पराभिभूतम् ।
कुसङ्गतं दुष्कृतकर्मरक्तं नित्यं सतां सर्वव्रतैर्विहीनम् ॥ ७ ॥

यदि जन्मकुण्डली में सातवें भाव में सूर्य भौम गुरु का योग हो तो जातक दूसरों से पीडित, दूषित सङ्गति वाला, पाप के कामों में आसक्त, सदा ही सज्जन व समस्त व्रतों से रहित होता है ॥ ७ ॥

सातवें भाव में सू० मं० शु० युति का फल—

सूर्यारशुक्रा यदि कामसंस्था नरं प्रकुर्वन्ति विशिष्टहीनम् ।
गतघृणं पापमतिं रुजाढ्यं विवेकविद्यारहितं सदैव ॥ ८ ॥

यदि जन्मकुण्डली में सातवें भाव में सूर्य भौम शुक्र का योग हो तो जातक विशेषता से रहित, निर्घृणी, पाप बुद्धि, रोगी और सदा ही विवेक व विद्या से हीन होता है ॥ ८ ॥

सातवें भाव में सू० मं० शनि युति का फल—

सूर्यारसौरा यदि कामसंस्था नरं प्रकुर्वन्ति कुरूपदेहम् ।
कुशीलदारं कुमतिं कृतघ्नं भयान्वितं कामतनुं नृशंसम् ॥ ९ ॥

यदि जन्मकुण्डली में सातवें भाव में सू. मं. श. का योग हो तो जातक विरूप देहधारी, कुशील स्त्री वाला, कुत्सित बुद्धि, कृतघ्न, डरपोक, विषयी और निन्दनीय होता है ॥ ९ ॥

सातवें भाव में सू० बु० गु० युति का फल—

कामस्थिताः सूर्यबुधामरेज्या नरं प्रकुर्वन्ति कुबुद्धिभाजम् ।
भयान्वितं शिष्टजनैर्विमुक्तं कृपाविहीनं विधनं कुचैलम् ॥ १० ॥

यदि जन्मकुण्डली में सातवें भाव में सू. बु. गु. का योग हो तो जातक दूषित बुद्धि, डरपोक, शिष्टजनों से रहित, निर्दयी, निर्धन और मलीन वस्त्रधारी होता है ॥ १० ॥

सातवें भाव में सू० बु० शु० युति का फल—

कामस्थिताः सूर्यबुधासुरेज्या नरं प्रकुर्वन्ति खलेषु रक्तम् ।
सुनिर्घृणं चौर्यपरं कुदारं विज्ञानहीनं सुधिया समेतम् ॥ ११ ॥

यदि जन्मकुण्डली में सातवें भाव में सू. बु. शु. का योग हो तो जातक दुष्टों में अनुरक्त, निर्घृणो, बड़ा चोर, दूषित स्त्री वाला, विज्ञान से हीन और अच्छा बुद्धिमान् होता है ।। ११ ।।

सातवें भाव में सू० बु० श० युति का फल—

कामस्थिताः सूर्यबुधार्कपुत्रा नरं प्रकुर्वन्ति विरूपगात्रम् ।
सदातुरं कुत्सितदाररक्तं सुकातरं रन्ध्रपरं खलञ्च ।। १२ ।।

यदि जन्मकुण्डलो सातवें भाव में सू. बु. श. का योग हो तो जातक कुरूप देहधारी, सदा रोगी, दूषित स्त्रो में आसक्त, डरपोक, बड़ा छिद्रान्वेषी और दुष्ट होता है ।। १२ ।।

सातवें भाव में सू० गु० शु० युति का फल—

कामस्थिताः सूर्यसुरेज्यशुक्रा नरं प्रकुर्वन्ति दयाविहीनम् ।
रोगानुरोगं निजदारमुक्तं कुसङ्गतं शास्त्रपराङ्मुखञ्च ।। १३ ।।

यदि जन्मकुण्डली में सातवें भाव में सू. गु. शु. का योग हो तो जातक निर्दयी, रोग के बाद रोग पाने वाला, अपनी स्त्री से मुक्त, दूषित सङ्गति का और शास्त्र से बहिर्मुख होता है ।। १३ ।।

सातवें भाव में सू० गु० श० युति का फल—

कामस्थिताः सूर्यसुरेज्यसौरा नरं प्रकुर्वन्ति विरक्तदारम् ।
विरक्तपौरागतमानसत्यं दीनस्वभावं भयकातरञ्च ।। १४ ।।

यदि जन्मकुण्डलो में सातवें भाव में सू. गु, श. का योग हो तो जातक विरक्त स्त्री वाला, सुगन्ध से हीन, सत्यभाषी, दीन प्रकृति, डरपोक होता है ।। १४ ।।

सातवें भाव में सू० शु० श० युति का फल—

कामाश्रिताः सूर्यसितार्कपुत्रा नरं प्रकुर्वन्ति सुकामयुक्तम् ।
प्रभूतसौख्यं सुरतप्रगल्भं जितेन्द्रियं दानचरैः समेतम् ।। १५ ।।

यदि जन्मकुण्डली में सातवें भाव में सू. शु. श. का योग हो तो जातक बड़ा कामी, अधिक सुखो, सुरत में प्रतिभाशाली, जितेन्द्रिय और दानी होता है ।। १५ ।।

सातवें भाव में चं० मं० बु० युतिका फल—

कामाश्रिताश्चन्द्रकुजानृसंज्ञा नरं प्रकुर्वन्ति कुरूपवेषम् ।
सुबुद्धिसद्दीनतमं नृशंसं विनष्टदारं मतिवर्जितञ्च ।। १६ ।।

यदि जन्मकुण्डली में सातवें भाव में चं. मं. बु. का योग हो तो जातक कुरूप वेषधारी, अच्छा बुद्धिमान्, बड़ा दोन, निन्दनीय, विनष्ट स्त्री वाला और बुद्धिहीन होता है ।। १६ ।।

सातवें भाव में चं० मं० गु० युति का फल—

कामाश्रिताश्चन्द्रकुजामरेज्या नरं प्रकुर्वन्ति हितं सुसत्यम् ।
विदग्धदारं रणरागभाजं धर्मान्वितं कामपरं सदैव ।। १७ ।।

यदि जन्मकुण्डली में सातवें भाव में चं. मं. गु० का योग हो तो जातक कल्याण से

युक्त, सत्यभाषी, चतुर स्त्री वाला, युद्धानुरागी, धर्मात्मा और सदा ही परम विषयी होता है ॥ १७ ॥

सातवें भाव में चं० मं० शु० युति का फल—

कामाश्रिताश्चन्द्रकुजासुरेज्या नरं प्रकुर्वन्ति कुचैलमुग्रम् ।
पराङ्मुखं साधुजनस्य नित्यं सुनिष्ठुरं गर्हितलब्धकृत्यम् ॥ १८ ॥

यदि जन्मकुण्डली में सातवें भाव में चं. मं. शु. का योग हो तो जातक दूषित वस्त्रधारी, उग्र, सज्जनों से बहिर्मुख, सदा कठोर और निन्दित, शराब का काम करने वाला होता है ॥ १८ ॥

सातवें भाव में चं० मं० श० युति का फल—

कामाश्रिताश्चन्द्रकुजार्कपुत्रा नरं प्रकुर्वन्ति सुसाधुरक्तम् ।
मायाविहीनं श्रुतिशास्त्ररक्तं हितं गुरूणां प्रवरं सुराणाम् ॥ १९ ॥

यदि जन्मकुण्डली में सातवें भाव में चं. मं. श. का योग हो तो जातक सज्जनों में आसक्त, माया से हीन, वेदशास्त्र में अनुरक्त, गुरुजनों का शुभी और देवताओं में श्रेष्ठ होता है ॥ १९ ॥

सातवें भाव में चं० बु० गु० युति का फल—

कामाश्रिताश्चन्द्रबुधामरेज्या नरं प्रकुर्वन्ति सुभोगभाजम् ।
विदग्धवाक्यं वनितास्वभीष्टं शास्त्रानुरक्तं रणकोविदञ्च ॥ २० ॥

यदि जन्मकुण्डली में सातवें भाव में चं बु. गु. का योग हो तो जातक सुन्दरभोगी, चतुर वाणी का, स्त्रियों में अभीष्ट, शास्त्रानुरागी और युद्ध में चतुर होता है ॥ २० ॥

सातवें भाव में चं० बु० शु० युति का फल—

कामाश्रिताश्चन्द्रबुधासुरेज्या नरं प्रकुर्वन्ति सुरेज्यवन्द्यम् ।
विशिष्टपुण्यं गुरुतासमेतं सुशीलचेष्टं विनयान्वितञ्च ॥ २१ ॥

यदि जन्मकुण्डली में सातवें भाव में चं. बु. शु. का योग हो तो जातक गुरुजनों से वन्दित, विशेष पुण्यवान्, गुरुता से युक्त, शान्त इच्छा वाला और विनयी होता है ॥ २१ ॥

सातवें भाव में चं० बु० श० युति का फल—

कामाश्रिताश्चन्द्रबुधार्कपुत्रा नरं प्रकुर्वन्ति धनान्वितञ्च ।
प्रभूतकोशान्नयवैः समेतं श्रद्धासमेतं तनयप्रधानम् ॥ २२ ॥

यदि जन्मकुण्डली में सातवें भाव में चं. बु. श. का योग हो तो जातक धनी, अधिक अन्न जौ से युक्त, श्रद्धालु और मुख्य पुत्रवाला होता है ॥ २२ ॥

सातवें भाव में चं० गु० शु० युति का फल—

कामाश्रिताश्चन्द्रसुरेज्यशुक्रा नरं प्रकुर्वन्ति सुधर्मरक्तम् ।
स्त्रीणामभीष्टं भयवर्जिताङ्गं गुणाधिकं कीर्तिसमन्वितञ्च ॥ २३ ॥

यदि जन्मकुण्डली में सातवें भाव में चं. गु. शु. का योग हो तो जातक अच्छे धर्म में अनुरक्त, स्त्रियों का प्रिय, भयहीन, बड़ा गुणी और कीर्तिमान् होता है ॥ २३ ॥

सातवें भाव में चं० गु० श० युति का फल—

कामाश्रिताश्चन्द्रसुरेज्यसौरा नरं प्रकुर्वन्ति सुरेन्द्रपूज्यम् ।
मन्त्रप्रधानं गजवाजिभाजं जितेन्द्रियं तीर्थसमाश्रितञ्च ॥ २४ ॥

यदि जन्मकुण्डली में सातवें भाव में चं. गु. श. का योग हो तो जातक देवताओं से पूजित, मन्त्र में मुख्य, हाथी धोड़ाओं का भोग, जितेन्द्रिय और तीर्थाश्रयी होता है ॥ २४ ॥

सातवें भाव में चं० शु० श० युति का फल—

चन्द्रासुरेज्यार्कसुताः कलत्रे नरं प्रकुर्वन्ति रतिप्रगल्भम् ।
प्रभूतशास्त्रार्थविशिष्टवृद्धि गुणप्रधानं धनसत्फलञ्च ॥ २५ ॥

यदि जन्मकुण्डली में सातवें भाव में चं. शु. श. का योग हो तो जातक रति में प्रतिभाशाली, अधिक शास्त्र, धन की विशेष वृद्धि करने वाला, मुख्य गुणी और धन व अच्छे फल से युक्त होता है ॥ २५ ॥

सातवें भाव में मं० बु० गु० युति का फल—

भौमज्ञजीवा यदि कामसंस्था नरं प्रकुर्वन्ति सतां सदोक्तम् ।
प्रभूतधर्मं प्रणतारिपक्षं क्षमासमेतं सुजनानुरक्तम् ॥ २६ ॥

यदि जन्मकुण्डली में सातवें भाव में मं० बु० गु० का योग हो तो जातक सदा सज्जन, बडा धर्मात्मा, विनम्र शत्रुवाला, क्षमावान् और अच्छे मनुष्यों में आसक्त होता है ॥ २६ ॥

सातवें भाव में मं० बु० शु० युति का फल—

भौमज्ञशुक्रा यदि कामसंस्था नरं प्रकुर्वन्ति कदर्थताढ्यम् ।
गतश्रियं मांसरतं सुतीव्रं वधात्मकं कीर्तिविवर्जितञ्च ॥ २७ ॥

यदि जन्मकुण्डली में सातवें भाव में मं० बु० शु० का योग हो तो जातक कुत्सितता से युक्त, निर्धन, मांस में आसक्त, तीखा, हिंसक और कीर्ति से रहित होता है ॥ २७ ॥

सातवें भाव में मं० बु० शु० युति का फल—

भौमामरेज्यभृगुजाः कलत्रे नरं प्रसूतेऽतिविशालनेत्रम् ।
त्रपान्वितं कीर्तिसुखैः समेतं प्रियावहं ब्राह्मणसम्मतञ्च ॥ २८ ॥

यदि जन्मकुण्डली में सातवें भाव में मं० गु० शु० का योग हो तो जातक विशाल आँख वाला, लज्जावान्, कीर्ति व सुख से युक्त, हवा का प्रेमी और ब्राह्मणों से सम्मत होता है ॥ २८ ॥

सातवें भाव में मं० गु० श० युति का फल—

भौमामरेज्यार्कसुताः कलत्रे नरं प्रकुर्वन्ति बहुप्ररोषम् ।
प्रभूतवैरं विधिनाविहीनं रोगार्दिताङ्गं खललोकभाजम् ॥ २९ ॥

यदि जन्मकुण्डली में सातवें भाव में मं० गु० श० का योग हो तो जातक बड़ा क्रोधी, अधिक शत्रुता वाला, भाग्य से हीन, रोग से पीड़ित शरीरधारी और दुष्टों का संसर्गी होता है ॥ २९ ॥

सातवें भाव में मं० शु० श० युति का फल—

भौमासुरेज्यार्कसुताः कलत्रे नरं प्रकुर्वन्ति शुभं विसंज्ञम् ।
सुराज्यभृत्यं परपक्षहीनं नयान्वितं बान्धवपूजितञ्च ॥ ३० ॥

यदि जन्मकुण्डली में सातवें भाव में मं. शु. श. का योग हो तो जातक शुभी, संज्ञा से हीन, राजकीय नौकर, शत्रुपक्ष से होन, नीतिमान् और बान्धवों से पूजित होता है ॥ ३० ॥

सातवें भाव में बु० गु० शु० युति का फल—

सौम्यामरेज्यभृगुजाः कलत्रे नरं प्रकुर्वन्ति नृपप्रधानम् ।
सुभूरिकोशं बहुसौख्ययुक्तं विशिष्टदारं जनवल्लभञ्च ॥ ३१ ॥

यदि जन्मकुण्डली में सातवें भाव में बु. गु. शु. का योग हो तो जातक प्रधान राजा, बड़ा धनी, अधिक सुखी, विशेष स्त्री वाला और जनप्रिय होता है ॥ ३१ ॥

सातवें भाव में बु० गु० श० युति का फल—

सौम्यामरेज्यार्कसुताः कलत्रे नरं प्रकुर्वन्ति यशोभिधानम् ।
नानार्थशास्त्रैः सदनैश्च युक्तं पुण्यप्रधानं हि नरं जनानाम् ॥ ३२ ॥

यदि जन्मकुण्डली में सातवें भाव मे बु. गु. श. का योग हो तो जातक यशस्वी, अनेक शास्त्र व मकानों से युक्त और मनुष्यों में मुख्य पुण्यवान् होता है ॥ ३२ ॥

सातवें भाव में बु. शु. श. युति का फल—

सौम्यासुरेज्यार्कसुताः कलत्रे नरं प्रकुर्वन्ति नरेन्द्रपूज्यम् ।
जितारिपक्षं क्षितिवित्तलाभं सदा सुधर्मं प्रवरं विदग्धम् ॥ ३३ ॥

यदि जन्मकुण्डली में सातवें भाव में बु. शु. श. का योग हो तो जातक राजा से पूजित, शत्रुओं को जीतने वाला, भूमि व धन का लोभी, धर्मात्मा, श्रेष्ठ और चतुर होता है ॥ ३३ ॥

सातवें भाव में गु. शु. श. युति का फल—

जीवासुरेज्यार्कसुताः कलत्रे नरं प्रकुर्वन्ति चतुष्पदाढ्यम् ।
सत्यानुरक्तं बहुपदविसत्यं शीलान्वितं ब्राह्मणतत्परञ्च ॥ ३४ ॥

इत्येवं त्रिविकल्पजाः ।

यदि जन्मकुण्डली में सातवें भाव में गु. शु. श. का योग हो तो जातक पशुओं से युक्त, सत्य में आसक्त, अधिक पैर वाला, सत्य से हीन, सुशील और ब्राह्मणों का भक्त होता है ३४ ॥

इस प्रकार सातवें भाव में तीन ग्रहों की युति का फल समाप्त हुआ है ॥ १-३४ ॥

अथ चतुर्विकल्पजाः ।

अब आगे सातवें भाव में चार ग्रहों की युति के फल को बताते हैं ।

सातवें भाव में सू० चं० मं० बु० युति का फल—

सूर्येन्दुभौमेन्दुसुताः कलत्रे नरं प्रकुर्वन्ति हृतप्रतापम् ।
गतघृणं पापकथानुरक्तं व्यर्थश्रमं मन्युसमन्वितञ्च ॥ १ ॥

यदि जन्मपत्री में सातवें भाव में सू० चं० मं० बु० का योग हो तो जातक नष्ट प्रतापी, निर्घृण, पापकथाओं में आसक्त, व्यर्थ परिश्रमी और क्रोध से युक्त होता है ॥१॥

सातवें भाव में सू० चं० मं० गु० युति का फल—

सूर्येन्दुभौमामरपूजिताङ्घ्रा नरं प्रकुर्वन्ति सतामभीष्टम् ।
दयान्वितं भूरिकलत्रभाजं प्रभूतपुत्रं सुहृदामभीष्टम् ॥ २ ॥

यदि जन्मपत्री में सातवें भाव में सू० चं० मं० गु० का योग हो तो जातक सज्जनों का प्रिय, दयालु, अधिक स्त्रियों का पात्र, ज्यादा पुत्रवाला और मित्रों का प्रिय होता है ॥ २ ॥

सातवें भाव में सू० चं० मं० शु० युति का फल—

सूर्येन्दुभौमासुरपूजिताङ्घ्रा नरं प्रकुर्वन्ति कलत्रहीनम् ।
परापवादोत्सुकमल्पसत्यं सुनिष्ठुरं धर्मपराङ्मुखञ्च ॥ ३ ॥

यदि जन्मपत्री में सातवें भाव में सू० चं० मं० शु० का योग हो तो जातक स्त्री से हीन, दूसरे के अपवाद का उत्सुको, थोड़ा सत्य बोलने वाला, कठोर और धर्म से बहिर्मुख होता है ॥ ३ ॥

सातवें भाव में सू० चं० मं० श० युति का फल—

सूर्येन्दुभौमार्कसुताः कलत्रे नरं प्रकुर्वन्ति सुदुष्टदारम् ।
सन्तानहीनं विधनं नृशंसं पुण्यैः प्रयुक्तं कृतकस्वभावम् ॥ ४ ॥

यदि जन्मपत्री में सातवें भाव में सू० चं० मं० श० का योग हो तो जातक दुष्ट स्त्री वाला, सन्तान से रहित, निर्धन, निन्दनीय, पुण्यवान् और कठोर प्रकृति का होता है ॥ ४ ॥

सातवें भाव में सू० चं० बु० गु० युति का फल—

सूर्येन्दुसौम्यामरपूजिताङ्घ्रा कामाश्रिताः सञ्जनयन्ति मर्त्यम् ।
नानाकलत्रैः कृतकस्वभावैः समन्वितं निन्द्यतमं सदैव ॥ ५ ॥

यदि जन्मपत्री में सातवें भाव में सू० चं० बु० गु० का योग हो तो जातक अनेक स्त्रियों के कठोर स्वभाव से युक्त, तीखा और सदा ही निन्दनीय होता है ॥ ५ ॥

सातवें भाव में सू० चं० बु० शु० युति का फल—

सूर्येन्दुसौम्यासुरपूजिताङ्घ्राः कामाश्रिताः सञ्जनयन्ति मर्त्यम् ।
सुकष्टभाजं कुकलत्रसङ्घैः समन्वितं तीव्रतमं कफाढ्यम् ॥ ६ ॥

यदि जन्मपत्री में सातवें भाव में सू० चं० बु० शु० का योग हो तो जातक अच्छा कष्ट भोगी, दूषित स्त्रियों के समुदाय से युक्त, तीखा और कफ से युक्त होता है ॥ ६ ॥

सातवें भाव में सू० चं० बु० श० युति का फल—

सूर्येन्दुसौम्यार्कसुताः कलत्रे नरं प्रकुर्वन्ति कुलोकरक्तम् ।
वेश्यारतिं पापमतिं कृतघ्नं पित्तार्दितं दुष्टमतिं विसंज्ञम् ॥ ७ ॥

यदि जन्मपत्री में सातवें भाव में सू० चं० बु० श० का योग हो तो जातक दूषित संसार में आसक्त, वेश्या में अनुरक्त, पापबुद्धि, कृतघ्न, पित्त से पीडित, दुष्टबुद्धि और संज्ञाहीन होता है ॥ ७ ॥

सातवें भाव में सू० चं० गु० शु० युति का फल—

सूर्येन्दुजीवासुरपूजिताङ्गाः कामाश्रिताः सञ्जनयन्ति मर्त्यम् ।
मलीमसं शास्त्रविहीनकृत्यं विदेशरक्तं मतिवर्जितञ्च ॥ ८ ॥

यदि जन्मपत्री में सातवें भाव में सू० चं० गु० शु० का योग हो तो जातक मलीन, शास्त्र रहित कार्य करने वाला, विदेश में आसक्त और बुद्धिहीन होता है ॥ ८ ॥

सातवें भाव में सू० चं० गु० श० युति का फल—

सुर्येन्दुजीवार्कसुताः कलत्रे नरं प्रसूतं स्वसुतैर्विहीनम् ।
बह्वानृतं शास्त्रकथानुरक्तं कृशाङ्गयष्टिं कलहप्रकृष्टम् ॥ ९ ॥

यदि जन्मपत्री में सातवें भाव में सू० चं० गु० श० का योग हो तो जातक पुत्र हीन, बड़ा झूठा, शास्त्र कथाओं में आसक्त, दुबली देह वाला और अधिक कलही होता है ॥ ९ ॥

सातवें भाव में सू० चं० शु० श० युति का फल—

सूर्येन्दुशुक्रार्कसुताः कलत्रे नरं प्रकुर्वन्ति निशान्धमुग्रम् ।
बहुव्ययं हानियुतं गतस्वं श्रुतासक्तं कुधिया समेतम् ॥ १० ॥

यदि जन्मपत्री में सातवें भाव में सू. चं. शु. श. का योग हो तो जातक रात में अन्धा, उग्र, बड़ा खर्चीला, हानि से युक्त, निर्धन, शास्त्रज्ञान में आसक्त और दूषित बुद्धि वाला होता है ॥ १० ॥

सातवें भाव में सूर्य भौम बुध गुरु युति का फल—

सूर्यारसौम्यामरपूजिताङ्गाः कलत्रसंस्थाः जनयन्ति मर्त्यम् ।
सदाश्रमं दुष्टतरं कृशाङ्गं कलत्रदोषार्दितमानसञ्च ॥ ११ ॥

यदि जन्मपत्री में सातवें भाव में सू० मं० बु० गु० का योग हो तो जातक निरन्तर परिश्रमी, बड़ा दुष्ट, दुबला और स्त्री के दोष से पीडित चित्त वाला होता है ॥ ११ ॥

सातवें भाव में सू, मं. बु. श. युति का फल—

सूर्यारसौम्यार्कसुताः कलत्रे नरं प्रकुर्वन्ति कुरूपदारम् ।
दुश्चेष्टितं शास्त्रगुरुप्रकोपं प्रजाविहीनं नियमैर्विहीनम् ॥ १२ ॥

यदि जन्मपत्री में सातवें भाव में सू. मं. बु. श. का योग हो तो जातक कुरूप स्त्री वाला, दूषित इच्छाओं वाला, बड़ा शास्त्र ज्ञानी, अतिक्रोधी, सन्तान और नियम से रहित होता है ॥ १२ ॥

सातवें भाव में सू. मं. गु. शु. युति का फल--

सूर्यारजीवासुरपूजिताङ्गाः कामाश्रिताः सञ्जनयन्ति मर्त्यम्।
सुनिर्घृणं कामकथानुरक्तं मायापटुं पानरतं कुविद्यम् ॥ १३ ॥

यदि जन्मपत्री में सातवें भाव में सू. मं. गु. शु. का योग हो तो जातक घृणा से हीन, काम की कथाओं में आसक्त, माया में निपुण, शराबी और दूषित विद्या वाला होता है ॥ १३ ॥

सातवें भाव में सू. मं. गु. श. युति का फल--

सूर्यारजीवार्कसुताः कलत्रे नरं प्रकुर्वन्ति प्रियाविहीनम्।
विद्वेषितारं जनताविरुद्धं पैशुन्यरक्तं बहुदोषभाजनम् ॥ १४ ॥

यदि जन्मपत्री में सातवें भाव में सू. मं. गु. श. का योग हो तो जातक स्त्री से हीन विद्रोही, समुदाय के विपरीत, चुगलखोरी में आसक्त और बड़ा दोषों का पात्र होता है ॥ १४ ॥

सातवें भाव में सू. मं. शु. श. युति का फल--

सूर्यारशुक्रार्कसुताः कलत्रे नरं प्रकुर्वन्ति विहीनकोशम्।
व्यपेतलज्जं परुषस्वभावं पापप्रसिद्धं निरतं स्ववर्गे ॥ १५ ॥

यदि जन्मपत्री में सातवें भाव में सू. मं, शु. श. का योग हो तो जातक धनी, लज्जा से हीन, कठोर प्रकृति का, पाप में मुख्य व अपने वर्ग में आसक्त होता है ॥ १५ ॥

सातवें भाव में सू. बु. गु शु. युति का फल---

सूर्येन्दुपुत्रामरपूज्यशुक्राः कामस्थिताः सञ्जनयन्ति मर्त्यम्।
रुजोविहीनं कृतकस्वभावं प्रियामिषं शत्रुपराजितञ्च ॥ १६ ॥

यदि जन्मपत्री में सातवें भाव में सू० बु० गु० शु० का योग हो तो जातक रोगहीन कठोर प्रकृति, मांस का प्रेमी और शत्रु से पराजित होता है ॥ १६ ॥

सातवें भाव में सू. बु. गु. श. युति का फल—

सूर्येन्दुपुत्रामरपूज्यसौराः कलत्रसंस्था जनयन्ति मर्त्यम्।
व्यपेतबुद्धिं श्रुतशास्त्रहीनं दौर्भाग्ययुक्तं कलहप्रियञ्च ॥ १७ ॥
सूर्येन्दुपुत्रासुरपूज्यसौरा कलत्रगाः सञ्जनयन्ति मर्त्यम् ॥ १८ ॥

यदि जन्मपत्री में सातवें भाव में सू० बु० गु० श० का योग होतो जातक बुद्धि व शास्त्र से रहित, भाग्यहीन और कलह का स्नेही होता है ॥ १७ ॥

सातवें भाव में सू. गु. शु. श. युति का फल—

सूर्यामरेज्यभृगुजार्कपुत्राः कलत्रसंस्था जनयन्ति मर्त्यम् ।
बहुप्रकोपं परुषस्वभावं सुतार्थहीनं परवञ्चकञ्च ॥ १९ ॥

यदि जन्मपत्री में सातवें भाव में सू० बु० गु० श० का योग हो तो जातक बड़ा कठिन प्रकृति, पुत्र व धन से हीन और दूसरे को ठगने वाला होता है ॥ १९ ॥

सातवें भाव में चं० मं० बु० गु० युति का फल—

चन्द्रारसौम्यामरपूजिताङ्गाः कलत्रगाः सञ्जनयन्ति मर्त्यम् ।
कल्याणचेष्टं सुभगं मनोज्ञं प्रसन्नचित्तं प्रभुता समेतम् ॥ २० ॥

यदि जन्मपत्री में सातवें भाव में चं० मं० बु० गु० का योग हो तो जातक कल्याण की इच्छा करने वाला, भाग्यशाली, सुन्दर, प्रसन्न चित्त और प्रभुता से युक्त होता है ॥ २० ॥

सातवें भाव में चं. मं. बु. शु. युति का फल—

चन्द्रारसौम्यासुरपूजिताङ्गाः कलत्रसंस्था जनयन्ति मर्त्यम् ।
सुरूपहारं नयनाभिरामं बहुप्रजं नीतिसमन्वितञ्च ॥ २१ ॥

यदि जन्मपत्री में सातवें भाव में चं. मं. बु. शु. का योग हो तो जातक सुन्दर स्त्री से युक्त, आँखों को सुख दोने वाला, अधिक सन्तान वाला और नीतिमान् होता है ॥ २१ ॥

सातवें भाव में चन्द्र भौम बुध शनि युति का फल—

चन्द्रारसौम्यार्कसुताः कलत्रे नरं प्रकुर्वन्ति सुधीरचित्तम् ।
उदारचेष्टं सुधिया समेतं सुसम्मतं देवगुरुद्विजानाम् ॥ २२ ॥

यदि जन्मपत्री में सातवें भाव में चं. मं. बु. श. का योग हो तो जातक धैर्यवान् चित्त का, उदारचेता, अच्छा बुद्धिमान्, देवता गुरुजनों से सम्मत होता है ॥ २२ ॥

सातवें भाव में चन्द्र भौम गुरु शुक्र युति का फल—

चन्द्रारजीवासुरपूजिताङ्गाः कलत्रसंस्था जनयन्ति मर्त्यम् ।
ईर्ष्याविहीनं नियमैः समेतं सुनिस्पृहं धर्मपरं विदग्धम् ॥ २३ ॥

यदि जन्मपत्री में सातवें भाव में चं. मं. गु. शु. का योग हो तो जातक ईर्ष्या से रहित, नियमों से युक्त, इच्छा से शून्य, परम धर्मात्मा और चतुर होता है ॥ २३ ॥

सातवें भाव में चन्द्र भौम गुरु शनि युति का फल—

चन्द्रारजीवार्कसुताः कलत्रे नरं प्रकुर्वन्ति मनोज्ञरूपम् ।
स्त्रीवल्लभं चारुविशालनेत्रं प्रियंवदं पार्थिवसम्मतञ्च ॥ २४ ॥

यदि जन्मपत्री में सातवें भाव में चं० मं० गु० श० का योग हो तो सुन्दर स्वरूपधारी, स्त्रियों का प्रेमी, सुन्दर विस्तृत आँख वाला, मीठा बोलने वाला और राजाओं से सम्मत होता है ॥ २४ ॥

सातवें भाव में चन्द्र भौम शुक्र शनि युति का फल--

चन्द्रारशुक्रार्कसुताः कलत्रे नरं प्रकुर्वन्ति सतामभीष्टम् ।
सत्यान्वितं ज्ञानरतं प्रगल्भं भयेन हीनं सुनयेन हीनम् ॥ २५ ॥

यदि जन्मपत्री में सातवें भाव में चं० मं० शु० श० का योग हो तो जातक सज्जनों का प्रिय, सत्यवान्, ज्ञानी, प्रतिभाशाली, निर्भय और नीति से हीन होता है ॥ २५ ॥

सातवें भाव में चन्द्र बुध गुरु शुक्र युति का फल--

चन्द्रज्ञजीवासुरपूजिताङ्गाः कलत्रसंस्थाः जनयन्ति मर्त्यम् ।
प्रियातिथिं धर्मपरं सुशीलं प्रकर्षसत्यं गुरुवत्सलञ्च ॥ २६ ॥

यदि जन्मपत्री में सातवें भाव में चं० बु० गु० शु० का योग हो तो जातक अतिथि प्रेमी, बड़ा धार्मिक, सुशील, श्रेष्ठ सत्यात्मा और गुरुजनों का प्रिय होता है ॥ २६ ॥

सातवें भाव में चन्द्र बुध गुरु शनि युति का फल—

चन्द्रज्ञजीवार्कसुताः कलत्रे नरं प्रकुर्वन्ति सतामभीष्टम् ।
सुतान्वितं धर्मरुचिं प्रसन्नं सुरूपदारं सुधिया समेतम् ॥ २७ ॥

यदि जन्मपत्री में सातवें भाव में चं० बु० गु० श० का योग हो तो जातक सज्जनों का प्रेमी, पुत्रवान्, धार्मिक इच्छा वाला, प्रसन्न, सुन्दर स्त्री वाला और अच्छी बुद्धि से युक्त होता है ॥ २७ ॥

सातवें भाव में चन्द्र बुध शुक्र शनि युति का फल—

चन्द्रज्ञशुक्रार्कसुता कलत्रे नरं प्रकुर्वन्ति विनीतवेषम् ।
विघातकर्माणमतिप्रगल्भं विधानदक्षं क्षतशत्रुपक्षम् ॥ २८ ॥

यदि जन्मपत्री में सातवें भाव में चं० बु० शु० श० का योग हो तो जातक विनम्र वेषधारी, हिंसा के काम करने वाला, बड़ा प्रतिभाशाली, विधान में चतुर और नष्ट शत्रु पक्ष वाला होता है ॥ २८ ॥

सातवें भाव में भौम गुरु शुक्र शनि युति का फल—

चन्द्रामरेज्यभृगुजार्कपुत्राः कामाश्रिताः सञ्जनयन्ति मर्त्यम् ।
प्रभूतलज्जं सुतदारभाजं जितेन्द्रियं पापविमुक्तदेहम् ॥ २९ ॥

यदि जन्मपत्री में सातवें भाव में मं० गु० शु० श० का योग हो तो जातक अधिक लज्जा वाला, पुत्र व स्त्री से युक्त, जितेन्द्रिय और पाप से रहित शरीर धारी होता है ॥ २९ ॥

सातवें भाव में भौम बुध गुरु शुक्र युति का फल—

भौमज्ञजीवासुरपूजिताङ्गाः कलत्रसंस्था जनयन्ति मर्त्यम् ।
संपन्नभाग्यं गुरुता समेतं नरेन्द्रतुल्यं शुभदं सुसत्यम् ॥ ३० ॥

यदि जन्मपत्री में सातवें भाव में मं० बु० गु० शु० का योग हो तो जातक समृद्ध, भाग्यशाली, गुरुता से युक्त, राजा के समान, शुभद और सत्यवादी होता है ॥ ३० ॥

सातवें भाव में भौम बुध गुरु शनि युति का फल—

भौमज्ञजीवार्कसुताः कलत्रे नरं प्रकुर्वन्ति महाकलत्रम् ।
धर्मध्वजं सत्यसुखैः समेतं प्रियानुकम्पं परमर्दकञ्च ॥ ३१ ॥

यदि जन्मपत्री में सातवें भाव में मं० बु० गु० श० का योग हो तो जातक अधिक स्त्री वाला, धर्म को ध्वजा, सत्य व सुख से युक्त, दया का प्रेमी और शत्रु का विनाशी होता है ॥ ३१ ॥

सातवें भाव में भौम बुध शुक्र शनि युति का फल—

भौमज्ञशुक्रार्कसुताः कलत्रे नरं प्रकुर्वन्ति विशिष्टरक्तम् ।
भव्याकृतिं धन्यतमं सुरूपं कुलप्रधानं विनयान्वितञ्च ॥ ३२ ॥

यदि जन्मपत्री में सातवें भाव में मं० बु० शु० श० का योग हो तो जातक विशेषता में आसक्त, सुन्दर आकृति, मुख्य प्रशंसनीय, वंश में मुखिया और विनयी होता है ॥ ३२ ॥

सातवें भाव में भौम गुरु शुक्र शनि युति का फल—

भौमामरेज्यभृगुजार्कपुत्राः कलत्रसंस्था जनयन्ति मर्त्यम् ।
बहुप्रतापं प्रचुरं बलाढ्यं शुभस्तुताङ्गं गतपानकञ्च ॥ ३३ ॥

यदि जन्मपत्री में सातवें भाव में मं० गु० शु० श० का योग हो तो जातक बड़ा प्रतापी, अधिक बली, शुभी स्तुत्य और मदिरा से बहिर्भूत होता है ॥ ३३ ॥

सातवें भाव में बुध गुरु शुक्र शनि युति का फल—

सौम्यामरेज्यभृगुजार्कपुत्राः कलत्रसंस्था जनयन्ति मर्त्यम् ।
विदग्धदारं रिपुभिर्विहीनं रिपुप्रधानं सुनयं सदैव ॥ ३४ ॥

इत्येवं चतुर्विकल्पजाः ।

यदि जन्मपत्री में सातवें भाव में बु० गु० शु० श० का योग हो तो जातक चतुर स्त्री वाला, शत्रुओं से हीन, मुख्य शत्रु वाला या शत्रुओं में मुख्य और सदा ही अच्छा नीतिवान् होता है ॥ ३४ ॥

इस प्रकार सातवें भाव में चार ग्रहों की युति का फल समाप्त हुआ ॥ १–३४ ॥

॥ अथ पञ्चविकल्पजाः ॥

अब आगे सातवें भाव में पांच ग्रहों की युति के फल को बताते हैं ।

सातवें भाव में सू० चं० मं० बु० गु० युति का फल—

रवीन्दुभौमज्ञसुरेन्द्रपूज्याः कलत्रगाः सञ्जनयन्ति मर्त्यम् ।
क्लीबं कुरूपं कुधिया समेतं दरिद्रजाढ्यं कठिनस्वभावम् ॥ १ ॥

यदि जन्मपत्री में सातवें भाव में सू० चं० मं० बु० गु० का योग हो तो जातक नपुंसक, कुरूप, दूषित बुद्धि से युक्त, दरिद्री और कठोर प्रकृति का होता है ॥ १ ॥

सातवें भाव में सू० चं० मं० बु० शु० युति का फल–

रवीन्दुभौमज्ञसिता मनुष्यं कलत्रसंस्था जनयन्ति मर्त्यम् ।
मन्दस्वभावं कफपीडिताङ्गं मतिप्रहीनं विकृतं कुदारम् ॥ २ ॥

यदि जन्मपत्री में सातवें भाव में सू० चं० मं० बु० शु० का योग हो जातक मन्द प्रकृति, कफ से पीड़ित शरीरधारी, बुद्धिहीन, विकारी और दूषित स्त्री वाला होता है ॥ २ ॥

सातवें भाव में सू० चं० मं० बु० श० युति का फल–

रवीन्दुभौमज्ञदिनेशपुत्राः कलत्रसंस्था जनयन्ति मर्त्यम् ।
कुपुत्रकन्याजनकं कृशाङ्गं मूकाकृतिं धर्मविहीनकृत्यम् ॥ ३ ॥

यदि जन्मपत्री में सातवें भाव मे सू० च० मं० बु० श० का योग हो तो जातक कुत्सित पुत्र व कन्या को पैदा करने वाला, दुबली देहका, मौन रहने वाला और अधार्मिक कार्य करने वाला होता है ॥ ३ ॥

सातवें भाव में सू० चं० मं० गु० शु० युति का फल–

रवीन्दुभौमामरपूज्यशुक्राः कलत्रसंस्था जनयन्ति मर्त्यम् ।
स्त्रीचञ्चलं कामकथाप्रसक्तं भीरुस्वभावं बहुदोषभाजम् ॥ ४ ॥

यदि जन्मपत्री में सातवें भाव में सू० चं० मं० गु० शु० का योग हो तो स्त्रियों में अस्थिर, काम कथाओं में आसक्त, डरपोक प्रकृति और अधिक दोष भोगी होता है ॥४॥

सातवें भाव में सू० चं० मं० गु० श० युति का फल–

रवीन्दुभौमामरपूज्यसौराः कलत्रगाः सञ्जनयन्ति मर्त्यम् ।
तेजोविहीनं निकृतप्रधानं प्रमादभाजं जनताविरुद्धम् ॥ ५ ॥

यदि जन्मपत्री में सातवें भाव में सू० चं० मं० गु० श० का योग हो तो जातक निस्तेज, मुख्य प्रमादी, और जनमत के विपरीत होता है ॥ ५ ॥

सातवें भाव में सू० चं० मं० शु० श० युति का फल––

रवीन्दुभौमासुरपूज्यसौराः कलत्रगाः सञ्जनयन्ति मर्त्यम् ।
ईर्ष्याधिकं कामनिपीडिताङ्गं विरुद्धदारं मतिवर्जितञ्च ॥ ६ ॥

यदि जन्मपत्री में सातवें भाव में सू० चं० मं० शु० श० का योग हो तो जातक अधिक ईर्ष्यालु, विषय से पीड़ित देहधारी, विरुद्ध स्त्री वाला और बुद्धिहीन होता है ॥६॥

सातवें भाव में सू० चं० बु० गु० श० युति का फल––

रवीन्दुसौम्यामरपूज्यसौराः कलत्रगाः सञ्जनयन्ति मर्त्यम् ।
यशोविहीनं परवञ्चनोक्तं प्रभूतशत्रुं परतर्ककञ्च ॥ ७ ॥

यदि जन्मपत्री में सातवें भाव में सू० चं० बु० गु० श० का योग हो तो जातक यश से हीन, दूसरे को ठगने वाला, अधिक शत्रुओं से युक्त और दूसरे की चिन्ता करने वाला होता है ॥ ७ ॥

सातवें भाव में सूर्य चन्द्र बुध शुक्र शनि युति का फल—

रवीन्दुसौम्यासुरपूज्यसौराः कलत्रगाः सञ्जनयन्ति मर्त्यम् ।
दुष्टाशयं यानप्रवेशनार्थं हृद्‍रोगिणं सर्वसमन्वितञ्च ॥ ८ ॥

यदि जन्मपत्री में सातवें भाव में सू० चं० बु० शु० श० का योग हो तो जातक दुष्टाशयी, यानप्रवेशनार्थी, हृदय का रोगी और सर्व संपन्न होता है ॥ ८ ॥

सातवें भाव में सू० चं० गु० शु० श० युति का फल—

रवीन्दुजीवासुरपूज्यसौराः कामाश्रिताः सञ्जनयन्ति मर्त्यम् ।
दयाविहीनं परपाकपुष्टं सिद्धं विहीनं कुकलङ्ककञ्च ॥ ९ ॥

यदि जन्मपत्री में सातवें भाव में सू० चं० गु० शु० श० का योग हो तो जातक निर्दयी, दूसरे के अन्न से पुष्ट, सिद्ध, विहीन और दूषित कलङ्क से युक्त होता है ॥९॥

सातवें भाव में सू० मं० बु० गु० शु० युति का फल—

सूर्यारसौम्यामरपूज्यशुक्राः कामाश्रिताः सञ्जनयन्ति मर्त्यम् ।
प्रभाविहीनं विधनं विपुत्रं कृतघ्नचेष्टं परुषस्वभावम् ॥ १० ॥

यदि जन्मपत्री में सातवें भाव में सू० मं० बु० गु० शु० का योग हो तो निस्तेज, धन हीन, पुत्र से रहित, कृतघ्न चेष्टा वाला और कठिन प्रकृति का होता है ॥ १० ॥

सातवें भाव में सू० मं० बु० गु० श० युति का फल—

सूर्यारसौम्यासुरपूज्यसौराः कलत्रगाः सञ्जनयन्ति मर्त्यम् ।
निर्लज्जमश्रोत्रियमिष्टपापं निसर्गदुष्टाश्रयमातुरञ्च ॥ ११ ॥

यदि जन्मपत्री मे सातवें भाव में सू० मं० बु० शु० श० का योग हो तो जातक निर्लज्ज, अश्रोत्रिय, पापप्रिय, प्रकृति से दुष्टाश्रयी और रोगी होता है ॥ ११ ॥

सातवें भाव में सू० मं० बु० गुरु श० युति का फल—

सूर्यारसौम्यासूरपूज्यसौराः कामाश्रिताः सञ्जनयन्ति मर्त्यम् ।
मूर्खप्रधानं प्रियवाल्यकृत्यं कार्पण्यरक्तं कुमतिं सदैव ॥ १२ ॥

यदि जन्मपत्री में सातवें भाव में सू० मं० बु० गु० श० का योग हो तो जातक मुख्य मूर्ख वा अल्प कार्यकर्ता, लोभ में आसक्त और सदा ही दूषित बुद्धि का होता है ॥ १२ ॥

सातवें भाव में सू० मं० गु० शु० श० युति का फल—

सूर्यारजीवासुरपूज्यसौराः कलत्रगाः सञ्जनयन्ति मर्त्यम् ।
निःश्रीककर्तृव्यसनैरुपेतं सुकातरं बान्धवनिन्दितञ्च ॥ १३ ॥

यदि जन्मपत्री में सातवें भाव में सू० मं० गु० शु० श० का योग हो तो जातक विनाधन के काम करने वाला, व्यसनो, डरपोक और बान्धवों से निन्दित होता है ॥१३॥

सातवें भाव में सू० बु० गु० शु० श० युति का फल—

सूर्यज्ञजीवासुरपूज्यसौराः कलत्रसंस्था जनयन्ति मर्त्यम् ।
सुदुष्टदारं विनयेन हीनं सदाक्षुधार्तं मतिवर्जितञ्च ॥ १४ ॥

यदि जन्मपत्री में सातवें भाव में सू० बु० गु० शु० श० का योग हो तो जातक दुष्टा स्त्री से युक्त, अविनयी, सदा भूख से पीड़ित और बुद्धि हीन होता है ॥ १४ ॥

सातवें भाव में चं० मं० बु० गु० शु० युति का फल—

चन्द्रारसौम्यामरपूज्यशुक्राः कलत्रगाः सञ्जनयन्ति मर्त्यम् ।
दयासमेतं सुनयं सुसत्यं सतामभीष्टं सुकलत्रभाजम् ॥ १५ ॥

यदि जन्मपत्री में सातवें भाव में चं० मं० बु० गु० शु० का योग हो तो जातक दयालु, सुन्दर नीतिमान्, सत्यभाषी, सज्जनों का प्रिय और सुन्दर स्त्री वाला होता है ॥ १५ ॥

सातवें भाव में चं० मं० बु० गु० श० युति का फल—

चन्द्रारसौम्यामरपूज्यसौराः कलत्रगाः सञ्जनयन्ति मर्त्यम् ।
सुधर्मरक्तं प्रमदास्वभीष्टं विदग्धवाक्यं प्रभुतासमेतम् ॥ १६ ॥

यदि जन्मपत्री में सातवें भाव में चं० मं० बु० गु० श० का योग हो तो जातक अच्छे धर्म में आसक्त, स्त्रियों का प्रेमी, चतुर वाणी का और प्रभुता से युक्त होता है ॥ १६ ॥

सातवें भाव में चं० मं० बु० शु० श० युति का फल—

चन्द्रारसौम्यासुरपूज्यसौराः कलत्रसंस्था जनयन्ति मर्त्यम् ।
क्षमान्वितं शीलधनं प्रशस्तं मतिप्रगल्भं प्रियबान्धवञ्च ॥ १७ ॥

यदि जन्मपत्री में सातवें भाव में च० मं० बु० शु श० का योग हो तो जातक क्षमावान्, शीलवान् प्रशस्त, बुद्धि में प्रतिभाशाली और बन्धुओं का प्रेमी होता है ॥ १७ ॥

सातवें भाव में चं० मं० गु० शु० श० युति का फल—

चन्द्रारजीवासुरपूज्यसौराः कलत्रगाः सञ्जनयन्ति मर्त्यम् ।
तीर्थप्रसक्तं निरुजं विहीनं दीर्घायुषं शास्त्रपरं सदैव ॥ १८ ॥

यदि जन्मपत्री में सातवें भाव में चं० मं० गु० शु० श० का योग हो तो जातक तीर्थों में आसक्त, नीरोग, विशेष हीन, दीर्घायु और सदा हो परम शास्त्रज्ञ होता है ॥ १८ ॥

सातवें भाव में चं० बु० गु० शु० श० युति का फल—

चन्द्रज्ञजीवासुरपूज्यसौराः कामाश्रिताः सञ्जनयन्ति मर्त्यम् ।
तीर्थप्रसक्तञ्च नरेन्द्रपूज्यं प्रमादहीनं विविधोपचारैः ॥ १९ ॥

यदि जन्मपत्री में सातवें भाव में चं० बु० गु० शु० श० का योग हो तो जातक तीर्थों में आसक्त, राजा से सम्मानित और अनेक उपचारों से अप्रमादी होता है ॥१९॥

सातवें भाव में मं० बु० गु० शु० श० युति का फल—

भौमज्ञजीवासुरपूज्यसौराः कलत्रगाः सञ्जनयन्ति मर्त्यम् ।
विद्वेषहीनं प्रियधर्मकृत्यं सुसंस्तुतं साधुजनेन नित्यम् ॥ २० ॥

इत्येवं पञ्चविकल्पजाः ।

यदि जन्मपत्री में सातवें भाव में मं० बु० गु० शु० श० का योग हो तो जातक द्रोह से रहित, धर्म के कार्यों का प्रेमी और नित्य-सज्जनों से वन्दनीय होता है ।। २० ।।

इस प्रकार सातवें भाव में पांच ग्रहों की युति का फल समाप्त होता है ।। १-२० ।।

अथ षड्विकल्पजाः ।

अब आगे सातवें भाव में ६ ग्रहों की युति के फल को बताते हैं ।

सातवें भाव में सू० चं० मं० बु० गु० शु० युति का फल—

रवीन्दुभौमज्ञसुरेज्यशुक्राः कलत्रगाः सञ्जनयन्ति मर्त्यम् ।
विहीनसत्यं विधनं रुजार्तं नरेन्द्रपीडार्दितमानसञ्च ।। १ ।।

यदि जन्मपत्री में सातवें भाव में सू० चं० मं० बु० गु० शु० का योग हो तो जातक सत्य से रहित, निर्धन, रोग से पीडित और राजा की पीड़ा से दुःखी चित्त वाला होता है ।। १ ।।

सातवें भाव में सू० चं० मं० बु० गु० श० युति का फल-

रवीन्दुभौमज्ञसुरेज्यसौराः कलत्रगाः सञ्जनयन्ति मर्त्यम् ।
प्रेष्यं प्रभूता निरुजैः कुचैलं कुचैलगात्रं परवञ्चकञ्च ।। २ ।।

यदि जन्मपत्री में सातवें भाव में सू० चं० मं० बु० गु० श० का योग हो तो जातक अधिक रोगों से युक्त, सेवक, दूषित वस्त्रधारी, मलीन और दूसरों को ठगने वाला होता है ।। २ ।।

सातवें भाव में सू० चं० मं० बु० शु० श० युति का फल—

रवीन्दुभौमज्ञसितार्कपुत्राः कलत्रसंस्था जनयन्ति मर्त्यम् ।
रोगाभिभूतं जडतासमेतं सुदुष्टदारार्ततनुं सदैव ।। ३ ।।

यदि जन्मपत्री में सातवें भाव में सू० चं० मं० बु० शु० श० का योग हो तो जातक रोग से पीड़ित, मूर्ख और सदा ही दुष्टा स्त्री से दुःखी देहधारी होता है ।। ३ ।।

सातवें भाव में सू० चं० मं० गु० शु० श० युति का फल—

रवीन्दुभौमामरपूज्यशुक्रशनैश्चराः सञ्जनयन्ति मर्त्यम् ।
क्लेशाभिभूतं विनयप्रमुक्तं क्षुधार्तदेहं भयसत्फलञ्च ।। ४ ।।

यदि जन्मपत्री में सातवें भाव में सू० चं० मं० गु० शु० श० का योग हो तो जातक क्लेश से पीड़ित, अविनयी, भूख से दुःखी शरीरधारी और डर से अच्छा फल पाने वाला होता है ।। ४ ।।

सातवें भाव में सू० चं० बु० गु० शु० श० युति का फल—

रवीन्दुसौम्यामरपूज्यशुक्रशनैश्चराः सञ्जनयन्ति मर्त्यम् ।
निरर्थमस्निग्धमसौख्यभाजं सुरौद्रकार्यं कृपणस्वभावम् ।। ५ ।।

यदि जन्मपत्री में सातवें भाव में सू० चं० बु० गु० शु० श० का योग हो तो

जातक धनहीन, प्रीति रहित, असुखी, भयानक कार्य करने वाला और लोभी प्रकृति का होता है ॥ ५ ॥

सातवें भाव में सू० मं० बु० गु० शु० श० युति का फल–

सूर्यारसौम्यामरपूज्यशुक्रशनैश्चराः सञ्जनयन्ति मर्त्यम् ।
कलत्रसंस्थाः परदाररक्तं पराभिभूतं मतिवर्जितञ्च ॥ ६ ॥

यदि जन्मपत्री में सातवें भाव में सू० मं० बु० गु० शु० श० का योग हो तो जातक दूसरे की स्त्री में आसक्त, दूसरे से पीड़ित और बुद्धिहीन होता है ॥ ६ ॥

सातवें भाव में चं० मं० बु० गु० शु० श० युति का फल–

चन्द्रारसौम्यामरपूज्यशुक्रशनैश्चराः सञ्जनयन्ति मर्त्यम् ।
कलत्रसंस्था नृपतिमनोज्ञं प्रभूतकोशं सततं प्रहृष्टम् ॥ ७ ॥
इत्येवं षड्विकल्पजाः ।

यदि जन्मपत्री में सातवें भाव में चं० मं० बु० गु० शु० श० का योग हो तो जातक सुन्दर, अधिक धन वाला और सदा प्रसन्न होता है ॥ ७ ॥

इस प्रकार सातवें भाव में ६ ग्रहों की युति का फल समाप्त हुआ ॥ १-७ ॥

अथ सप्तविकल्पजः ।

अब आगे सातवें भाव में सात ग्रहों की युति के फल को बताते हैं ।

सातवें भाव में सू० चं० मं० बु० गु० शु० श० युति का फल–

रवीन्दुभौमज्ञसुरेज्यशुक्रशनैश्चराः सञ्जनयन्ति मर्त्यम् ।
पृथ्वीपतिं भूरियशोप्रतापं सुधर्मरक्तं दृढमेवमिष्टम् ॥ १ ॥
इत्येवं सप्तविकल्पजः ।

यदि जन्मपत्री में सातवें भाव में सू० चं० मं० बु० गु० शु० श० का योग हो तो जातक राजा, बड़ा यशस्वी, प्रतापी, अच्छे धर्म में आसक्त और स्थिर अभीष्ट वाला होता है ॥ १ ॥

इस प्रकार सातवें भाव में वृद्ध यवनों द्वारा कथित १, २, ३, ४, ५, ६, ७ ग्रहों की युति का फल समाप्त हुआ ।

अथाष्टमभावस्थद्विग्रहादियोगफलम् ।

अब आगे आठवें भाव में दो ग्रहों की युति के फल को बताते हैं ।

आठवें भाव में सूर्य चन्द्र युति का फल—

तीक्ष्णद्युतिश्चन्द्रयुतोऽष्टमस्थो नरं प्रसूते बहुरोगभाजम् ।
स्वल्पायुषं स्निग्धमतिं प्रहृष्टं व्यपेतलज्जं रणकातरञ्च ॥ १ ॥

यदि कुण्डली में आठवें भाव में सूर्य चन्द्र का योग हो तो जातक अधिक रोग भोगी, अल्पायु, प्रेमी बुद्धि का, प्रसन्न, लज्जा से हीन और युद्ध में डरने वाला होता है ॥ १ ॥

आठवें भाव में सूर्य भौम युति का फल—

तीक्ष्णद्युतिर्भौमयुतोऽष्टमस्थो नरं प्रसूते रुधिरार्तदेहम्।
लौल्यान्वितं पापसमृद्धिरक्तं विसङ्गमोजोरहितं गतस्वम् ॥ २॥

यदि कुण्डली में आठवें भाव में सूर्य भौम का योग हो तो जातक खून से पीड़ित शरीरधारी, लालची, पाप से सम्पन्न, सङ्गतिरहित, तेज और धन से हीन होता है ॥२॥

आठवें भाव में सूर्य बुध युति का फल—

तीक्ष्णद्युतिः सौम्ययुतोऽष्टमस्थो नरं प्रसूते कृतकस्वभावम्।
परान्नपुष्टं परदेशभाजं प्रतापहीनं विगतारिभूतम् ॥ ३ ॥

यदि कुण्डली में आठवें भाव में सूर्य बुध का योग हो तो जातक कठोर प्रकृति, दूसरे के अन्न से पुष्ट, परदेश का पात्र, प्रताप, शत्रु और भूत से रहित होता है ॥ ३ ॥

आठवें भाव में सूर्य गुरु युति का फल—

दिवाकरो जीवयुतोऽष्टमस्थो नरं प्रसूते गतमानवीक्ष्यम्।
सदा नृशंसं परदाररक्तं सुदुष्टचित्तं मतिवर्जितञ्च ॥ ४ ॥

यदि कुण्डली में आठवें भाव में सूर्य गुरु का योग हो तो जातक सम्मान व आँख से हीन, सदा निन्दनीय, दूसरे की स्त्री में आसक्त, दुष्ट चित्त और बुद्धि शून्य होता है ॥ ४ ॥

आठवें भाव में सूर्य शुक्र युति का फल—

दिवाकरः शुक्रयुतोऽष्टमस्थो नरं प्रसूते कुधनं कुरूपम्।
कुदेशरक्तं कुनृपान्नभुक्तं कुकर्मसेवानिरतं जितञ्च ॥ ५ ॥

यदि कुण्डली में आठवें भाव में सूर्य शुक्र का योग हो तो जातक दूषित धनी, विरूप, कुत्सित देश का भक्त, दुष्ट राजा का अन्न खाने वाला, निन्दित सेवा में अनुरक्त और पराजित होता है ॥ ५ ॥

आठवें भाव में सूर्य शनि युति का फल—

दिवाकरः सौरयुतोऽष्टमस्थो नरं प्रसूतेऽतिकफप्रधानम्।
वाताधिकं सत्यदयाविहीनं नित्यं विदेशार्जनतत्परञ्च ॥ ६ ॥

यदि कुण्डली में आठवें भाव में सूर्य शनि का योग हो तो जातक अधिक कफ वाला, बड़ा वायु वाला, सत्य व दया से रहित और विदेश प्राप्ति में आसक्त होता है ॥ ६ ॥

आठवें भाव में चन्द्र भौम युति का फल—

चन्द्रोऽष्टमस्थो क्षितिजेन युक्तो नरं प्रसूते कुमतिमघार्तम्।
रुजार्तदेहं गणयानुवृद्धिं पराजिताङ्गं परतर्ककञ्च ॥ ७ ॥

यदि कुण्डली में आठवें भाव में चन्द्र भौम का योग हो तो जातक दूषित बुद्धि, पाप से पीड़ित, रोग से दुःखित शरीरधारी, समुदाय में वृद्धि करने वाला, पराजित और दूसरे का चिन्तक होता है ॥ ७ ॥

आठवें भाव में चन्द्र बुध युति का फल—

चन्द्रोऽष्टमस्थः शशिजेन युक्तो नरं प्रसूते कुमतिं तथार्तम् ।
क्लीबस्वभावं परवञ्चनोक्तं महारुजार्तं कृपणस्वभावम् ॥ ८ ॥

यदि कुण्डली में आठवें भाव में चन्द्र बुध का योग हो तो जातक दुर्बुद्धि, पीडित, नपुंसक प्रकृति, दूसरे को ठगने वाला, बड़े रोग से दुःखी और लोभी प्रकृति का होता है ॥ ८ ॥

आठवें भाव में चन्द्र गुरु युति का फल—

जीवान्वितः शीतकरोऽष्टमस्थो नरं प्रसूते गतपुण्यकृत्यम् ।
स्वल्पायुषं दीनतमं विमूढं खञ्जं कुमित्रार्जनतत्परञ्च ॥ ९ ॥

यदि कुण्डली में आठवें भाव में चन्द्र गुरु का योग हो तो जातक अल्पायु, बड़ा दीन, मूर्ख, कुबड़ा और दुष्ट मित्र प्राप्ति में अनुरक्त होता है ॥ ९ ॥

आठवें भाव में चन्द्र शुक्र युति का फल—

शुक्रान्वितः शीतकरोऽष्टमस्थो नरं प्रसूते सुनृशंसभावम् ।
भयान्वितं पापमतिं सुपुण्यं परापवादे निरतं सदैव ॥ १० ॥

यदि कुण्डली में आठवें भाव में चन्द्र शुक्र का योग हो तो जातक निन्दित भावना का, डरपोक, पाप बुद्धि, पुण्यवान् और सदा ही दूसरे की शिकायत करने वाला होता है ॥ १० ॥

आठवें भाव में चन्द्र शनि युति का फल—

सौरान्वितः शीतकरोऽष्टमस्थो नरं प्रसूते कुकृपानुरक्तम् ।
व्यर्थभ्रमं सर्वसुखैः समेतं प्रशान्तवर्यं प्रमदानिरस्तम् ॥ ११ ॥

यदि कुण्डली में आठवें भाव में चन्द्र शनि का योग हो तो जातक दूषित दया में आसक्त, व्यर्थ भ्रमी, समस्त सुखों से युक्त, श्रेष्ठ शान्त स्वभावी और स्त्री से नष्ट होता है ॥ ११ ॥

आठवें भाव में भौम बुध युति का फल—

सौम्यान्वितो भूमिसुतोऽष्टमस्थो नरं प्रसूते गतगण्डभावम् ।
अकालवृद्धं वनिताविहीनं कृतघ्नताढ्यं सुनृशंसभावम् ॥ १२ ॥

यदि कुण्डली में आठवें भाव में मङ्गल बुध का योग हो तो जातक गाल से हीन, अकाल में बूढ़ा, स्त्री से रहित, कृतघ्न और निन्दित भावना का होता है ॥ १२ ॥

आठवें भाव में भौम गुरु युति का फल—

जीवान्वितो भूमिसुतोऽष्टमस्थो नरं प्रसूते कुधनैः समेतम् ।
दीनं विहीनं बहुशत्रुपक्षं पराजिताङ्गं कृपणस्वभावम् ॥ १३ ॥

यदि कुण्डली में आठवें भाव में भौम गुरु का योग हो तो जातक दूषित धन से युक्त, दीन, हीन, अधिक शत्रु वाला, पराजित और लोभी प्रकृति का होता है ॥ १३ ॥

आठवें भाव में भौम शुक्र युति का फल—

शुक्रान्वितो भूमिसुतोऽष्टमस्थो नरं प्रसूते कुकृतानुकारम् ।
सत्येन हीनं च दयाहृतस्वं प्रतापहीनं जडतासमेतम् ॥ १४ ॥

यदि कुण्डली में आठवें भाव में भौम शुक्र का योग हो तो जातक कुत्सित कार्यों का अनुकरण करने वाला, दया से धन को चोरी करने वाला, अप्रतापी और मूर्ख होता है ॥ १४ ॥

आठवें भाव में भौम शनि युति का फल—

सौरान्वितो भूमिसुतोऽष्टमस्थो नरं प्रसूते विकृतं विपुत्रम् ।
सुदुष्टदारं मतिवर्जिताङ्गं गुणैर्विहीनं परदेशभाजम् ॥ १५ ॥

यदि कुण्डली में आठवें भाव में भौम शनि का योग हो तो जातक विकारी, पुत्र हीन, दुष्टा स्त्री वाला, बुद्धि से शून्य, गुण हीन और परदेश का भोगी होता है ॥१५॥

आठवें भाव में बुध गुरु युति का फल—

सौम्योऽष्टमस्थो गुरुणा प्रयुक्तो नरं प्रसूते गतबन्धुवर्गम् ।
विनष्टबुद्धिं परवञ्चनैकं कुसङ्गमेनार्दितमानसञ्च ॥ १६ ॥

यदि कुण्डली में आठवें भाव में बुध गुरु का योग हो तो जातक बान्धवों से हीन, नष्ट बुद्धि, दूसरे को ठगने में प्रवीण और दुष्ट सङ्गति से पीडित चित्त वाला होता है ॥ १६ ॥

आठवें भाव में बुध शुक्र युति का फल—

सौम्योऽष्टमस्थो भृगुणा समेतो नरं प्रसूते कुसुरूपगात्रम् ।
नयेन हीनं परमाणुभाजं परान्नरक्तं परसेवकञ्च ॥ १७ ॥

यदि कुण्डली में आठवें भाव में बुध शुक्र का योग हो तो जातक विरूप शरीर धारी, नेत्र हीन, परमाणु का पात्र, दूसरे के अन्न में आसक्त और दूसरे का नौकर होता है ॥ १७ ॥

आठवें भाव में बुध शनि युति का फल—

सौम्योऽष्टमस्थोऽर्कसुतेन युक्तो नरं प्रसूते निरपन्नपाङ्गम् ।
बह्वाशयं पापगतिं कुचैलं पैशुन्यरक्तं मतिवर्जितञ्च ॥ १८ ॥

यदि कुण्डली में आठवें भाव में बुध शनि का योग हो तो जातक आपत्ति से रहित नेत्र प्रान्त वाला, बड़ा आशयी, पाप बुद्धि, दूषित वस्त्र धारी, चुगलो करने में आसक्त और बुद्धि से रहित होता है ॥ १८ ॥

आठवें भाव में गुरु शुक्र युति का फल—

जीवोऽष्टमस्थो भृगुणा प्रयुक्तो नरं प्रसूते बहुशत्रुवर्गम् ।
अकार्यवैरं रभसा विहीनं स्वल्पप्रजं शास्त्रपराङ्मुखञ्च ॥ १९ ॥

यदि कुण्डली में आठवें भाव में गुरु शुक्र का योग हो तो जातक अधिक शत्रुओं

से युक्त, अकारण वैरी, वेग से हीन, अल्प सन्तान वाला और शास्त्र से बहिर्मुख होता है ॥ १९ ॥

आठवें भाव में गुरु शनि युति का फल—

जीवोऽष्टमस्थो रविपुत्रयुक्तो नरं प्रसूते धनधान्यहीनम् ।
प्रभूतवैरान्वितमातुरञ्च विद्वेषरक्तं नितरां नृशंसम् ॥ २० ॥

यदि कुण्डली में आठवें भाव में गुरु शनि का योग हो तो जातक धन धान्य से हीन, अधिक शत्रुता वाला, रोगी, द्रोह में अनुरक्त और सदा ही निन्दनीय होता है ॥ २० ॥

आठवें भाव में शुक्र शनि युति का फल—

शुक्रोऽष्टमस्थो रविजेन युक्तो नरं प्रसूते परदारभाजम् ।
परान्नरक्तं परसेवयाढ्यं सदाऽनृतं नीतिविवर्जितञ्च ॥ २१ ॥
इत्येवं द्विविकल्पजाः ।

यदि कुण्डली में आठवें भाव में शुक्र शनि का योग हो तो जातक दूसरे की स्त्री का पात्र, दूसरे के अन्न में आसक्त, परायी सेवा से युक्त, सदा झूठ बोलने वाला और नीति से रहित होता है ॥ २१ ॥

इस प्रकार आठवें भाव में दो ग्रहों की युति का फल समाप्त हुआ ॥ १–२१ ॥

अथ त्रिविकल्पाः ।

अब आगे आठवें भाव में तीन ग्रहों की युति के फल को बताते हैं ।

आठवें भाव में सू० चं० मं० युति का फल—

सूर्येन्दुभौमाष्टमगा मनुष्यं कुर्वन्त्यसत्याढ्यजनैर्विमुक्तम् ।
निश्रीकमुग्रं गुणहीनमार्तं बहुव्यथं कुत्सितसङ्गमञ्च ॥ १ ॥

यदि कुण्डली में आठवें भाव में सू० चं० मं० का योग हो तो जातक असत्य व आढ्य (धनी) मनुष्यों से पृथक्, निर्धन, उग्र, गुणहीन, दुःखी, अधिक व्यथित और दूषित सङ्गति वाला होता है ॥ १ ॥

आठवें भाव में सू० चं० बु० युति का फल—

सूर्येन्दुसौम्याष्टमगा मनुष्यं कुर्वन्ति हीनं कुधिया समेतम् ।
प्रभाविहीनं सुनिकृष्टसङ्गं सदाकुशीलं सरुजं सपापम् ॥ २ ॥

यदि कुण्डली में आठवें भाव में सू० चं० बु० का योग हो तो जातक हीन, मलीन बुद्धि, निस्तेज, दूषित सङ्गवाला, सदा दुःशील, रोगी और पापी होता है ॥ २ ॥

आठवें भाव में सू० चं० गु० युति का फल—

सूर्येन्दुजीवाष्टमगा मनुष्यं कुर्वन्ति पापान्वितमिष्टदुष्टम् ।
व्यर्थश्रमं पानकथानुरक्तं मित्रैर्विहीनं सुकलत्रभाजम् ॥ ३ ॥

यदि कुण्डली में आठवें भाव में सू० चं० गु० का योग हो तो जातक पापी, दुष्टता

का प्रेमी, व्यर्थ परिश्रमी, शराब की कथा में आसक्त, मित्र हीन अच्छी स्त्री का पात्र होता है ॥ ३ ॥

आठवें भाव में सू० चं० शु० युति का फल—

सूर्येन्दुशुक्राष्टमगा मनुष्यं कुर्वन्ति नार्थैं रहितं कुचेष्टम् ।
बहुप्रकोपं विनयेन हीनं परान्नरक्तं परवञ्चकञ्च ॥ ४ ॥

यदि कुण्डली में आठवें भाव में सू० चं० शु० का योग हो तो जातक धनहीनता से रहित, दूषित इच्छा वाला, बड़ा क्रोधी, अविनयी, दूसरे के अन्न में अनुरक्त और दूसरों को ठगने वाला होता है ॥ ४ ॥

आठवें भाव में सू० चं० श० युति का फल—

सूर्येन्दुसौराष्टमगा मनुष्यं कुर्वन्ति सत्यार्थयुतैर्विहीनम् ।
आलस्यनिद्राव्यसनैरुपेतं प्रतापहीनं भयसङ्कुलञ्च ॥ ५ ॥

यदि कुण्डली में आठवें भाव में सू० चं० श० का योग हो तो जातक सत्य धन व मेल से हीन, आलसी, निद्रालु, व्यसनी, अप्रतापी और डरपोक होता है ॥ ५ ॥

आठवें भाव में सू० मं० बु० युति का फल—

सूर्यारसौम्या जनयन्ति मर्त्यं स्थानेऽष्टमे मित्रधनैर्विहीनम् ।
कुचैलमस्मिन् धननाथवन्तं पानप्रियं प्रीतिविवर्जितञ्च ॥ ६ ॥

यदि कुण्डली में आठवें भाव में सू० मं० बु० का योग हो तो जातक मित्र धन से हीन, दूषित वस्त्रधारी, धनस्वामी, शराब का प्रेमी और स्नेह हीन होता है ॥ ६ ॥

आठवें भाव में सू० मं० गु० युति का फल—

सूर्यारजीवा जनयन्ति मर्त्यं स्थानेऽष्टमे सत्ययशोविहीनम् ।
विशालमार्तं कृपणस्वभावं व्ययाधिकं कामनिपीडिताङ्गम् ॥ ७ ॥

यदि कुण्डली में आठवें भाव में सू० मं० गु० का योग हो तो जातक सत्य व यश से हीन, अतिकाल तक दुःखी, लोभी प्रकृति, बड़ा खर्चीला और काम से पीड़ित शरीरधारी होता है ॥ ७ ॥

आठवें भाव में सू० मं० शु० युति का फल—

सूर्यारशुक्राष्टमगा मनुष्यं कुर्वन्ति शौचप्रणयेन हीनम् ।
नितान्तमस्निग्धगुरुप्रभावं भयाकुलं कीर्तिविवर्जितञ्च ॥ ८ ॥

यदि कुण्डली में आठवें भाव में सू० मं० शु० का योग हो तो जातक विनय से हीन, अधिक रूक्ष, बड़ा प्रभावी, डरपोक और कीर्ति से रहित होता है ॥ ८ ॥

आठवें भाव में सू० मं० श० युति का फल—

सूर्यारसौराष्टमगा मनुष्यं कुर्वन्ति रोगं क्षयशत्रुपक्षम् ।
दुःखान्वितं धर्मविवर्जितञ्च प्रभूतक्रोधं जनवर्जितञ्च ॥ ९ ॥

यदि कुण्डली में आठवें भाव में सू० मं० श० का योग हो तो जातक रोगी, क्षीण शत्रु वाला, दुःखी, धर्म हीन, बड़ा क्रोधी और मनुष्यों से हीन होता है ॥ ९ ॥

आठवें भाव में सू० बु० गु० युति का फल—

सूर्यज्ञजीवाष्टमगा मनुष्यं सन्त्यक्तलज्जं जनतापवादम् ।
स्वधर्मकर्मच्युतमप्रभावं दयाविहीनं सुखवर्जितञ्च ॥ १० ॥

यदि कुण्डली में आठवें भाव में सू० बु० गु० का योग हो तो जातक निर्लज्ज, जनता का अपवाद स्वरूप, अपने धर्म कर्म से भ्रष्ट, प्रभाव, दया और सुख से हीन होता है ॥ १० ॥

आठवें भाव में सू० बु० शु० युति का फल—

सूर्यज्ञशुक्राष्टमगा मनुष्यं नानाविधि शत्रुविमर्दनञ्च ।
प्रतापयुक्तं परिवारसौख्यं कुकर्मरक्तं बहुधान्यकञ्च ॥ ११ ॥

यदि कुण्डली में आठवें भाव में सू० बु० शु० का योग हो तो जातक अनेक प्रकार से शत्रुओं का विनाशी, प्रतापी, परिवार से सुखी, कुकर्म में आसक्त और अधिक धान्य से युक्त होता है ॥ ११ ॥

आठवें भाव में सू० बु० श० युति का फल—

सूर्यज्ञसौराष्टमगा यदि स्युस्तदानरं रोगनिपीडिताङ्गम् ।
कुर्वन्ति दुःखाभिभवं सुदेहं यशोविहीनं परवञ्चकञ्च ॥ १२ ॥

यदि कुण्डली में आठवें भाव में सू० बु० श० का योग हो तो जातक रोग से पीड़ित शरीर धारी, दुःखी, तिरस्कृत, सुन्दर देहधारी, यश से हीन और दूसरों को ठगने वाला होता है ॥ १२ ॥

आठवें भाव में सू० गु० शु० युति का फल—

सूर्यामरेज्यभृगुजाऽष्टमस्था नरं प्रसूतं धनधान्यसौख्यम् ।
कुर्वन्ति नानाविधवादनिष्ठं दयायुतं धर्मपराङ्मुखञ्च ॥ १३ ॥

यदि कुण्डली में आठवें भाव में सू० गु० शु० का योग हो तो जातक धन-धान्य से युक्त, अनेक विवादों में अनुरक्त, दयालु और धर्म के बहिर्मुख होता है ॥ १३ ॥

आठवें भाव में सू० गु० श० युति का फल—

सूर्यामरेज्यार्कसुताष्टमस्था नरं प्रकुर्युर्बहुरोगभाजम् ।
शास्त्रच्युतं धर्मपराङ्मुखञ्च विवादशीलं निजबन्धुहीनम् ॥ १४ ॥

यदि कुण्डली में आठवें भाव में सू० गु० श० का योग हो तो जातक अधिक रोग भोगी, शास्त्र से भ्रष्ट, धर्म से बहिर्मुख, विवादी और अपने बान्धवों से हीन होता है ॥ १४ ॥

आठवें भाव में सू० शु० श० युति का फल—

सूर्यसुरेज्यार्कसुताष्टमस्था नरं प्रसूते बहुदुःखभाजम् ।

यदि कुण्डली में आठवें भाव में सू० शु० श० का योग हो तो जातक अधिक दुःख भोगने वाला होता है ।

आठवें भाव में चं० मं० बु० युति का फल—

चन्द्रारसौम्या यदिचाष्टसंस्था नरं प्रसूते नृपपक्षहानिम् ॥ १५ ॥

यदि कुण्डली में आठवें भाव में चं० मं० बु० का योग हो तो जातक राजा के पक्ष की हानि करने वाला होता है ॥ १५ ॥

आठवें भाव में चं० मं० गु० युति का फल—

चन्द्रारजीवाष्टमगा मनुष्यं क्षुधापिपासं रतिलालसञ्च ।

यदि कुण्डली में आठवें भाव में चं० मं० गु० का योग हो तो जातक भूखा, प्यासा और रतिलालसा वाला होता है ।

आठवें भाव में चं० मं० शु० युति का फल—

चन्द्रारशुक्राऽष्टमगा यदिस्युस्तदासुखं स्यान्नृपपक्षवृद्धिम् ॥ १६ ॥

यदि कुण्डली में आठवें भाव में चं० मं० शु० का योग हो ता जातक सुखी और राजा के पक्ष की वृद्धि करने वाला होता है ॥ १६ ॥

आठवें भाव में चन्द्र भौम शनि युति का फल—

चन्द्रारसौराष्टमगा मनुष्यं नर प्रसूते बहुरोगभाजम् ।

यदि कुण्डली में आठवें भाव में चं० मं० श० का योग हो तो जातक अधिक रोग भोगने वाला होता है ।

आठवें भाव में चन्द्र बुध गुरु युति का फल—

चन्द्रज्ञजीवाष्टमसंस्थिताश्च कुर्वन्ति मर्त्यं कलहं स्वदारम् ॥ १७ ॥

यदि कुण्डली में आठवें भाव में चं० बु० गु० का योग हो तो जातक कलही व अपनी स्त्री से युक्त होता है ॥ १७ ॥

आठवें भाव में चन्द्र बुध शुक्र युति का फल—

चन्द्रज्ञशुक्राष्टमगा मनुष्यं नृपप्रसादं धनधान्यहीनम् ।

यदि कुण्डली में आठवें भाव में चं० बु० शु० का योग हो तो जातक राजा का कृपा पात्र और धान्य से हीन होता है ॥

आठवें भाव में चन्द्र बुध शनि युति का फल—

चन्द्रज्ञसौराष्टमगास्तु संस्था नरं प्रसूते बहुशत्रुजातम् ॥ १८ ॥

यदि कुण्डली में आठवें भाव में चं० बु० श० का योग हो तो जातक अधिक शत्रुओं से युक्त होता है ॥ १८ ॥

आठवें भाव में चन्द्र गुरु शुक्र युति का फल—

चन्द्रामरेज्यभृगुजाष्टमस्था नरं सुसौख्येन युतं सुदारम् ।

यदि कुण्डली में आठवें भाव में चं० गु० शु० का योग हो तो जातक सुन्दर सुख से युक्त और सुन्दरी स्त्री वाला होता है ॥

आठवें भाव में चन्द्र गुरु शनि युति का फल—

चन्द्रामरेज्यार्कसुताष्टमस्था नरं प्रसूते परदाररक्तम् ॥ १९ ॥

यदि कुण्डली में आठवें भाव में चं० गु० श० का योग हो तो जातक दूसरे की स्त्री में आसक्त होता है ॥ १९ ॥

आठवें भाव में चन्द्र शुक्र शनि युति का फल—

चन्द्रासुरेज्यार्कसुताष्टमस्थाः स्वदारहीनं गतबुद्धिहानिम् ।

यदि कुण्डली में आठवें भाव में चं० शु० श० का योग हो तो जातक अपनी स्त्री से रहित और बुद्धि हानि से रहित होता है ।

आठवें भाव में भौम बुध गुरु युति का फल—

भौमज्ञजीवाष्टमगा यदि स्युर्नानाविधानैर्बहुरोगभाजम् ॥ २० ॥

यदि कुण्डली में आठवें भाव में मं० बु० गु० का योग हो तो जातक अनेक विधानों से अधिक रोग भोगी होता है ॥ २० ॥

आठवें भाव में मं० बु० शु० युति का फल—

भौमज्ञशुक्राष्टमगास्तु संस्था नानाधनैरर्जितचौरपक्षात् ।

यदि कुण्डली में आठवें भाव में मं० बु० शु० का योग हो तो जातक चोर पक्ष से अनेक धन पाने वाला होता है ।

आठवें भाव में मं० बु० श० युति का फल—

भौमज्ञसौराऽष्टमगा मनुष्यं कुष्ठं दरिद्रं बहुदुःखभाजम् ॥ २१ ॥

यदि कुण्डली में आठवें भाव में मं० बु० श० का योग हो तो जातक कोढ़ी, दरिद्री और अधिक दुःख भोगी होता है ॥ २१ ॥

आठवें भाव में मं० गु० शु० युति का फल—

भौमामरेज्यभृगुजाऽष्टमस्था नानाजनै रोगदरिद्रभाजम् ।

यदि कुण्डली में आठवें भाव में मं० गु० शु० का योग हो तो जातक अनेक मनुष्यों से रोग व निर्धनता का भोगी होता है ।

आठवें भाव में मं० गु० श० युति का फल—

भौमामरेज्यार्कसुताऽष्टमस्था नरं प्रसूते बहुशत्रुनाशम् ॥ २२ ॥

यदि कुण्डली में आठवें भाव में मं० गु० श० का योग हो तो जातक अधिक शत्रुओं का नाश करने वाला होता है ॥ २२ ॥

आठवें भाव में मं० शु० श० युति का फल—

भौमासुरेज्यार्कसुताऽष्टमस्था भवेन्नरो रोगविवर्द्धनञ्च ।

यदि कुण्डली में आठवें भाव में मं० शु० श० का योग हो तो जातक के रोग की वृद्धि होती है ।

आठवें भाव में बु० गु० शु० युति का फल—

बुधामरेज्यभृगुजाऽष्टमस्था नरं प्रसूते धनधान्यहीनम् ॥ २३ ॥

यदि कुण्डली में आठवें भाव में बु० गु० शु० का योग हो तो जातक धन धान्य से हीन होता है ॥ २३ ॥

आठवें भाव में बु० गु० श० युति का फल—

बुधामरेज्यार्कसुताऽष्टमस्था कुर्वन्ति रोगं वधबन्धनाढ्यम् ।

यदि कुण्डली में आठवें भाव में बु० गु० श० का योग हो तो जातक रोगी, हिंसक और जेल भोगी होता है ॥

आठवें भाव में बु० शु० श० युति का फल—

बुधासुरेज्यार्कसुताऽष्टमस्था नरं प्रसूते बहुरोगभाजम् ॥ २४ ॥

यदि कुण्डली में आठवें भाव में बु० शु० श० का योग हो तो जातक अधिक रोगों का पात्र होता है ॥ २४ ॥

आठवें भाव में गु० शु० श० युति का फल—

जीवासुरेज्यार्कसुताऽष्टमस्था नरं प्रसूते बहुदुःखभाजम् ।

यदि कुण्डली में आठवें भाव में गु० शु० श० का योग हो तो जातक अधिक दुःख भोगी होता है ।

एवं त्रिविकल्पाः ।

इस प्रकार आठवें भाव में तीन ग्रहों की युति का फल समाप्त हुआ ॥ १-२४ ॥

अथ चतुर्विकल्पाः ।

अब आगे आठवें भाव में चार ग्रहों की युति के फल को बताते हैं ।

आठवें भाव में सू० चं० मं० बु० युति का फल—

रवीन्दुभौमामरपूजिताङ्गा नरं प्रसूते च दरिद्रता च ।

यदि कुण्डली में आठवें भाव में सू० चं० मं० बु० का योग हो तो जातक दरिद्री होता है ।

आठवें भाव में सू० चं० मं० गु० युति का फल—

रवीन्दुभौमामरपूजिताङ्गा नरं प्रसूते बहुदुःखभाजम् ॥ १ ॥

यदि कुण्डली में आठवें भाव में सू० चं० मं० गु० का योग हो तो जातक अधिक दुःख भोगी होता है ॥ १ ॥

आठवें भाव में सू० चं० मं० शु० युति का फल—

रवीन्दुभौमासुरपूजिताङ्गा सदाष्टमस्था नमयन्ति नित्यम् ।
कुस्त्रीषु रक्तं कुसुतार्थभाजं कुशीलमत्युग्रगुरुप्रदुष्टम् ॥ २ ॥

यदि कुण्डली में आठवें भाव में सू० चं० मं० शु० का योग हो तो जातक नित्य विनयी, दूषित स्त्रियों में आसक्त, कुत्सित पुत्र का पात्र, दुःशील, बडा उग्र और अधिक दुष्ट होता है ॥ २ ॥

आठवें भाव में सू० चं० मं० श० युति का फल—

रवीन्दुभौमार्कसुता मनुष्यं छिद्रस्थिताः सञ्जनयन्ति मर्त्यम् ।
प्रजाविहीनं कुमतिं कुरूपं पराभिभूतं मतिवर्जितञ्च ॥ ३ ॥

यदि कुण्डली में आठवें भाव में सू० चं० मं० श० का योग हो तो जातक सन्तान से हीन, कुत्सित कुरूप, दूसरे से पीड़ित और बुद्धिहीन होता है ॥ ३ ॥

आठवें भाव में सू० चं० बु० गु० युति का फल—

रवीन्दुसौम्यामरपूजिताङ्गा सदाष्टमस्था जनयन्ति मर्त्यम् ।
विदग्धताहीनमतिं क्षुधार्तं विहीनलज्जं जयवर्जितञ्च ॥ ४ ॥

यदि कुण्डली में आठवें भाव सू० चं० बु० गु० का योग हो तो जातक चतुरता से रहित बुद्धि वाला, भूख से पीड़ित, निर्लज्ज और विजय से हीन होता है ॥ ४ ॥

आठवें भाव में सू० चं० बु० शु० युति का फल—

रवीन्दुसौम्यासुरपूजिताङ्गा सदाष्टमस्था जनयन्ति मर्त्यम् ।
द्यूतप्रियं निर्धनमल्पसत्यं विदेशभाजं जनतार्तिगञ्च ॥ ५ ॥

यदि कुण्डली में आठवें भाव में सू० चं० बु० शु० का योग हो तो जातक जुआ का प्रेमी, निर्धन, थोड़ा सत्य बोलने वाला, विदेश का पात्र और जन समुदाय से दुःखी होता है ॥ ५ ॥

आठवें भाव में सू० चं० बु० श० युति का फल—

रवीन्दुसौम्यार्कसुता मनुष्यं मृत्युस्थिताः सञ्जनयन्ति मर्त्यम् ।
व्यपेतभोगं गुरुभिर्निरस्तं विस्थूलदेहं लघुतासमेतम् ॥ ६ ॥

यदि कुण्डली में आठवें भाव में सू० चं० बु० श० का योग हो तो जातक भोग से हीन, गुरुजनों से नष्ट, मोटी देह का और अल्पता से युक्त होता है ॥ ६ ॥

आठवें भाव में सू० चं० गु० शु० युति का फल—

रवीन्दुजीवासुरपूजिताङ्गा सदाष्टमस्था जनयन्ति मर्त्यम् ।
क्रियाविहीनं परकर्मसक्तं सुनिर्घृणं साधुपराङ्मुखञ्च ॥ ७ ॥

यदि कुण्डली में आठवें भाव में सू० चं गु० शु० का योग हो तो जातक क्रिया से रहित, दूसरे के कार्य में अनुरक्त, निर्घृण और सज्जनों के बहिर्मुख होता है ॥ ७ ॥

आठवें भाव में सू० चं० गु० श० युति का फल--

रवीन्दुजीवार्कसुता मनुष्यं मृत्युस्थिताः सञ्जनयन्ति रौद्रम् ।
क्षतप्रतापं मतिवित्तहीनं सदातुरं कातरमार्तिभाजम् ॥ ८ ॥

यदि कुण्डली में आठवें भाव में सू० चं० गु० श० का योग हो तो जातक भयानक, नष्ट प्रतापी, बुद्धि व धन से हीन, सदा रोगी, डरपोक और दुःख पाने वाला होता है ॥ ८ ॥

आठवें भाव में सू० चं० शु० श० युति का फल--

रवीन्दुशुक्रार्कसुता मनुष्यं सदा प्रकुर्वन्ति हि मृत्युसंस्थाः ।
सुदुष्टवाक्यं बहुपापरक्तं नीचानुगं शत्रुभिरर्दितञ्च ॥ ९ ॥

यदि कुण्डली में आठवें भाव में सू० चं० शु० श० का योग हो तो जातक दुष्ट वाणी का, अधिक पापों में आसक्त, दुष्टों का अनुगामी और शत्रुओं से पीड़ित होता है ॥ ९ ॥

आठवें भाव में सू० मं० बु० गु० युति का फल--

सूर्यारसौम्यामरपूजिताङ्गाः सदाष्टमस्था जनयन्ति मर्त्यम् ।
कष्टाभयं दीप्तविहीनकार्यं विहीनदारं रतिपीडिताङ्गम् ॥ १० ॥

यदि कुण्डली में आठवें भाव में सू० मं० बु० गु० का योग हो तो जातक कष्ट से निर्भय, निस्तेज काम करने वाला, स्त्री से हीन और रति से पीड़ित देहधारी होता है ॥ १० ॥

आठवें भाव में सू० मं० बु० शु० युति का फल--

सूर्यारसौम्यासुरपूजिताङ्गा मृत्युस्थिताः सञ्जनयन्ति मर्त्यम् ।
मातापितृभ्यां प्रविभुक्तमार्तं सत्यप्रयुक्तं जडतासमेतम् ॥ ११ ॥

यदि कुण्डली में आठवें भाव में सू० मं० बु० शु० का योग हो तो जातक माता-पिता से हीन, पीड़ित, सत्य से युक्त और मूर्ख होता है ॥ ११ ॥

आठवें भाव में सू० मं० बु० श० युति का फल--

सूर्यारसौम्यार्कसुता मनुष्यं मृत्युस्थिताः सञ्जनयन्ति मर्त्यम् ।
लोलात्मकं द्रोहपरं कुमित्रं क्रियाविहीनं धनवर्जितञ्च ॥ १२ ॥

यदि कुण्डली में आठवें भाव में सू० मं० बु० श० का योग हो तो जातक लालची या अस्थिर, परम द्रोही, दूषित मित्र वाला, कार्य और धन से हीन होता है ॥ १२ ॥

आठवें भाव में सू० बु० गु० शु० युति का फल--

सूर्यज्ञजीवासुरपूजिताङ्गा मृत्युस्थिताः सञ्जनयन्ति मर्त्यम् ।
सुकातरं कामिनिपीडिताङ्गं खलस्वभावं कुधनैः समेतम् ॥ १३ ॥

यदि कुण्डली में आठवें भाव में सू० बु० गु० शु० का योग हो तो जातक डरपोक,

काम (विषय) से पीड़ित शरीरधारी, दुष्ट प्रकृति और निन्दित धन से युक्त होता है ।। १३ ।।

आठवें भाव में सू० गु० शु० श० युति का फल—

सूर्यामरेज्यभृगुजार्कपुत्रा मृत्युस्थिताः सञ्जनयन्ति मर्त्यम् ।
सदा कृशाङ्गं खलु रोगभाजं दृढक्षतं शत्रुभिरर्दनञ्च ।। १४ ।।

यदि कुण्डली में आठवें भाव में सू० गु० शु० श० का योग हो तो जातक सदा दुबली देह का, निश्चय ही रोगी, स्थिर भग्न और शत्रुओं से पीड़ित होता है ।। १४ ।।

आठवें भाव में चं० मं० बु० गु० युति का फल—

चन्द्रारसौम्यामरपूज्यसंस्थाः स्थानेऽष्टमे सञ्जनयन्ति मर्त्यम् ।
नरं सरोगं विधनं दरिद्रं स्वल्पायुषं सत्यविवर्जितञ्च ।। १५ ।।

यदि कुण्डली में आठवें भाव में चं० मं० बु० गु० का योग हो तो जातक रोगी, निर्धन, दरिद्री, अल्पायु और सत्य से हीन होता है ।। १५ ।।

आठवें भाव में चं० मं० बु० गु० युति का फल—

चन्द्रारसौम्यासुरपूजिताश्च नरं प्रकुर्वन्ति सदाष्टमस्थाः ।
कुसङ्गमित्रञ्च कुकर्मरक्तमाचारहीनं कटुभाषणञ्च ।। १६ ।।

यदि कुण्डली में आठवें भाव में चं० मं० बु० गु० का योग हो तो जातक दूषित सङ्ग व मित्र वाला, कुकर्मों में आसक्त, आचार वञ्चित और कडुवा बोलने वाला होता है ।। १६ ।।

आठवें भाव में चं० मं० बु० श० युति का फल—

चन्द्रारसौम्यार्कसुताष्टमस्था नरं प्रकुर्वन्ति कुकर्मरक्तम् ।
स्वपक्षहीनं परपक्षयुक्तं सदा विवेकश्रुतिधर्महीनम् ।। १७ ।।

यदि कुण्डली में आठवें भाव में चं० मं० बु० श० का योग हो तो जातक कुकर्मी, अपने पक्ष से हीन, दूसरे जनों से युक्त, सदा विवेक, वेद और धर्म से हीन होता है ।।१७।।

आठवें भाव में चं० मं० गु० शु० युति का फल—

चन्द्रारजीवा भृगुजाष्टमस्था नरं प्रसूते सुतसौख्यजातम् ।
जितारिपक्षं परपक्षहानिं सदाविवेकं रतिलालसञ्च ।। १८ ।।

यदि कुण्डली में आठवें भाव में चं. मं. गु. शु. का योग हो तो जातक पुत्र के सुख से हीन, शत्रुओं को जीतने वाला, दूसरे पक्ष का नाशक, सदा विवेकी और रति की चाहना करने वाला होता है ।। १८ ।।

आठवें भाव में चं० मं० गु० श० युति का फल—

चन्द्रारजीवार्कसुताष्टमस्था नरं प्रसूते सुतसौख्यहीनम् ।
शत्रोर्विरुद्धं च स्वमित्रहानिं रोगेन युक्तं धनपुत्रहानिम् ।। १९ ।।

यदि कुण्डली में आठवें भाव में चं. मं. गु. श. का योग हो तो जातक पुत्र सुख से हीन, शत्रु के विपरीत अपने मित्र की हानि करने वाला, रोगी, धन और पुत्र की हानि करने वाला होता है ।। १९ ।।

आठवें भाव में चं० बु० गु० शु० युति का फल--

चन्द्रज्ञजीवाभृगुजाष्टमस्था नरं प्रसूते जनयन्ति मर्त्यम् ।
सदा प्रमेहं रतिरोगयुक्तं नरं दरिद्रं ह्यतिदु:खयुक्तम् ।। २० ।।

यदि कुण्डली में आठवें भाव में चं. बु. गु. श. का योग हो तो जातक सदा प्रमेह रोगी, रति के रोग से युक्त, दरिद्री और बड़ा दु:खी होता है ।। २० ।।

आठवें भाव में चं० बु० गु० श० युति का फल--

चन्द्रज्ञजीवार्कसुताष्टमस्था नरं प्रसूते बहुशत्रुयुक्तम् ।
भोगेन युक्तं धनधान्यलाभं सदाविवेकं धनसंयुतञ्च ।। २१ ।।

यदि कुण्डली में आठवें भाव में चं० बु० गु० श० का योग हो तो जातक अधिक शत्रुओं से युक्त, भोगी, धनधान्य का लोभी, सदा विवेकी और धनवान् होता है ।।२१।।

आठवें भाव में चं० गु० शु० श० युति का फल—

चन्द्रामरेज्यभृगुजार्कपुत्रा मृत्युस्थिता: सञ्जनयन्ति मर्त्यम् ।
सदा दरिद्रं धनवर्जितञ्च आचारहीनं सुतसंयुतञ्च ।। २२ ।।

यदि कुण्डली में आठवें भाव में चं. गु. शु. श. का योग हो तो जातक सदा दरिद्रो धन तथा आचार से हीन और पुत्र से युक्त होता है ।। २२ ।।

आठवें भाव में मं० बु० गु० शु० युति का फल—

भौमज्ञजीवभृगुजाष्टमस्था नरं प्रसूतं जनयन्ति मर्त्यम् ।
रोगं दरिद्रं रतिश्वेतकुष्ठं धनेन हीनं परपक्षयुक्तम् ।। २३ ।।

यदि कुण्डली में आठवें भाव में मं० बु० गु० शु० का योग हो तो जातक रोगी, दरिद्री, रति से सफेद कोढी, धनहीन और दूसरे पक्ष से युक्त होता है ।। २३ ।।

आठवें भाव में मं० बु० गु० श० युति का फल—

भौमज्ञजीवार्कसुताष्टमस्था नरं प्रसूते बहुरोगभाजम् ।
दरिद्रदु:खै: परिपीडिताङ्गं रोगेन युक्तं रतिलालसञ्च ।। २४ ।।

यदि कुण्डली में आठवें भाव में मं० बु० गु० श० का योग हो तो जातक अधिक रोगभोगी, दरिद्रता के दु:खों से पीड़ित देहधारी, रोगी और रति की लालसा वाला होता है ।। २४ ।।

आठवें भाव में बु० गु० शु० श० युति का फल—

बुधामरेज्यभृगुजार्कपुत्रा मृत्युस्थिता: सञ्जनयन्ति मर्त्यम् ।
सदाविवेकं धनसंयुतञ्च मित्रेण युक्तं परपक्षहानिम् ।। २५ ।।

यदि कुण्डली में आठवें भाव में बु० गु० शु० श० का योग हो तो जातक सदा विवेकी, धनी, मित्रों से युक्त और दूसरे के पक्ष की हानि करने वाला होता है ॥ २५ ॥

एवं चतुर्विकल्पाः ।

इस प्रकार चार ग्रहों की युति का फल समाप्त हुआ ॥ १–२५ ॥

अथ पञ्च विकल्पाः ।

अब आगे आठवें भाव में पांच ग्रहों की युति के फल को बताते हैं ।

आठवें भाव में सू० चं० मं० बु० गु० युति का फल—

सूर्येन्दुभौमज्ञसुरेन्द्रपूज्या नरं प्रसूते धनधान्यसौख्यम् ।
आचारयुक्तं श्रुतिधर्मरक्तं देवद्विजानां गुरुपूजकञ्च ॥ १ ॥

यदि कुण्डली में आठवें भाव में सू. चं. मं. बु. गु. का योग हो तो जातक धनधान्य से सुखी, आचारवान्, वैदिक धर्म में आसक्त, देवता और ब्राह्मणों का पूजक होता है ॥ १ ॥

आठवें भाव में सू० चं० मं० बु० शु० युति का फल—

रवीन्दुभौमज्ञभृगोःसुताश्च नरं प्रसूते नयनैर्विहीनम् ।
विज्ञानयुक्तं धनवर्जितञ्च सदा विवेकं रतिलालसञ्च ॥ २ ॥

यदि कुण्डली में आठवें भाव में सू चं. मं. बु. शु. का योग हो तो जातक आँखों से हीन, विज्ञान से युक्त, निर्धन, सदा विवेकी और रति का लालची होता है ॥ २ ॥

आठवें भाव में सू चं. मं. बु. श. युति का फल—

सूर्येन्दुभौमज्ञदिनेशपुत्रा नरं प्रसूतं जनयन्ति मर्त्यम् ।
भिक्षाभियुक्तं धनवर्जितं च ब्रह्मज्ञविज्ञानरतं सुदक्षम् ॥ ३ ॥

यदि कुण्डली में आठवें भाव में सू० चं० मं० बु० श० का योग हो तो जातक भिखारी, निर्धन, ब्रह्मज्ञान और विज्ञान में आसक्त और अच्छा चतुर होता है ॥ ३ ॥

आठवें भाव में सू. मं. बु. गु. शु. युति का फल—

सूर्यारसौम्यामरपूज्यशुक्रा मृत्युस्थिताः सञ्जनयन्ति मर्त्यम् ।
सदा विवेकं रतिसौख्यहीनं भिक्षाभियुक्तं रतिसौख्यहीनम् ॥ ४ ॥

यदि कुण्डली में आठवें भाव में सू. मं. बु. गु. शु. का योग हो तो जातक सदा विवेकी, रति के सुख से हीन, और भिखारी होता है ॥ ४ ॥

विशेष यहाँ 'रतिसौख्यहीनम्' यह दो बार है ॥ ४ ॥

आठवें भाव में सू० मं० बु० गु० श० युति का फल—

सूर्यारसौम्यामरपूज्यसौरा मृत्युस्थिताः सञ्जनयन्ति मर्त्यम् ।
भिक्षाभिचारं रतिसौख्यहीनं विवेकयुक्तं रतिज्ञानशीलम् ॥ ५ ॥

यदि कुण्डली में आठवें भाव में सू० मं० बु० गु० श० का योग हो तो जातक भिखारी, रति के सुख से हीन, विवेकी और रति ज्ञान में तत्पर होता है ॥ ५ ॥

आठवें भाव में सू० मं० बु० शु० श० युति का फल--

सूर्यारसौम्यभृगुजार्कपुत्रा नरं प्रसूतं जनयन्ति मर्त्यम् ।
सदाभिमानं रतियोगयुक्तं ज्ञानेन युक्तं रतिसौख्यभाजम् ॥ ६ ॥

यदि कुण्डली में आठवें भाव में सू० मं० बु० शु० श० का योग हो तो जातक सदा अभिमानी, रति के योग से युक्त, ज्ञानी और रति सुख का पात्र होता है ॥ ६ ॥

आठवें भाव में सू० बु० गु० शु० श० युति का फल -

सूर्यज्ञजीवभृगुजार्कपुत्रा नरं प्रसूते बहुरोगभाजम् ।
सदा विवेकं रतिज्ञानशीलं दरिद्रभोक्तारं विचक्षणञ्च ॥ ७ ॥

यदि कुण्डली में आठवें भाव में सू० बु० गु० शु० श० का योग हो तो जातक सदा विवेकी, रति ज्ञान में तत्पर, दरिद्री और विद्वान् होता है ॥ ७ ॥

आठवें भाव में चं० मं० बु० गु० शु० युति का फल--

चन्द्रारसौम्यामरपूज्यशुक्रा सुतं प्रकृष्टं जनयन्ति मर्त्यम् ।
सदाभिमानं रतिदानसेवामाचारयुक्तं धनवर्जितञ्च ॥ ८ ॥

यदि कुण्डली में आठवें भाव में चं० मं० बु० गु० शु० का योग हो तो जातक सदा अभिमानी, रति का दानी, आचार से युक्त और धन हीन होता है ॥ ८ ॥

आठवें भाव में चं० मं० बु० गु० श० युति का फल--

चन्द्रारसौम्यामरपूज्यसौरा मृत्युस्थिताः सञ्जनयन्ति मर्त्यम् ।
कुरोगयुक्तं वधबन्धनाढ्यं दरिद्रयुक्तं धनवर्जितञ्च ॥ ९ ॥

यदि कुण्डली मे आठवें भाव में चं० मं० बु० गु० श० का योग हो तो जातक दूषित रोगधारी, हिंसक, जेल भागी, दरिद्रो और निर्धन होता है ॥ ९ ॥

आठवें भाव में चं० मं० बु० शु० श० युति का फल--

चन्द्रारसौम्यासुरपूज्यसौरा नरं प्रकुर्वन्त्यष्टमगेहसंस्थाः ।
योगं वियोगं जटिलं च मुण्डितं नानाकुवेषं ह्यतिक्रूरकार्यम् ॥ १० ॥

यदि कुण्डली में आठवें भाव में चं० मं० बु० श० का योग हो तो जातक योगी, वियोगी, जटाधारी, मुण्डित, अनेक दूषित वेष वाला और बड़ा क्रूर कर्मा होता है ॥ १० ॥

आठवें भाव में चं० बु० गु० शु० श० युति का फल--

चन्द्रज्ञजीवासुरपूज्यसौरा मृत्युस्थिताः सञ्जनयन्ति मर्त्यम् ।
चतुष्पदाढ्यं धनसंयुतं च विज्ञानयुक्तं रतियोगशास्त्रे ॥ ११ ॥

यदि कुण्डली में आठवें भाव में चं० बु० गु० शु० श० का योग हो तो जातक पशुओं से युक्त, धनी, और रति व योग शास्त्र में विज्ञान से युक्तहोता है ॥ ११ ॥

आठवें भाव में मं० बु० गु० शु० श० युति का फल—

भौमज्ञजीवासुरपूज्यसौरा मृत्युस्थिताः सञ्जनयन्ति मर्त्यम् ।
सदाविवेकं धनसंयुतञ्च सङ्ग्रामकाले तु सदा सुशूरम् ॥ १२ ॥

यदि कुण्डली में आठवें भाव में मं० बु० गु० शु० श० का योग हो तो जातक सदा विवेकी, धनी और युद्ध में सदा प्रसन्न, वीर होता है ॥ १२ ॥

एवं पञ्चविकल्पाः ।

इस प्रकार आठवें भाव में पाँच ग्रहों की युति का फल समाप्त हुआ ॥ १-१२ ॥

अथ षड्विकल्पाः ।

अब आगे आठवें भाव में ६ ग्रहों की युति के फल को कहते हैं ।

आठवें भाव में सू० चं० मं० बु० गु० शु० युति का फल—

सूर्येन्दुभौमज्ञसुरेन्द्रवन्द्याः सभार्गवा रन्ध्रगता प्रसूतम् ।
सुश्रावणं देवदयाभियुक्तं राजाधिसंबोधनसंयुतञ्च ॥ १ ॥

यदि कुण्डली में आठवें भाव में सू० चं० मं० बु० गु० शु० का योग हो तो जातक सुन्दर कान वाला, दैवी कृपा से युक्त और राजा के नाम से युक्त होता है ॥ १ ॥

आठवें भाव में सू० चं० मं० बु० गु० श० युति का फल—

सूर्येन्दुभौमेन्दुसुतामरेज्या मृत्युस्थिताः सौरियुता मनुष्यम् ।
नानाविधं भोगविवृद्धिसौख्यं धनैर्विमुक्तं सुतसौख्यजातम् ॥ २ ॥

यदि कुण्डली में आठवें भाव में सू० चं० मं० बु० गु० श० का योग हो तो जातक अनेक प्रकार से भोगों की वृद्धि करने वाला, सुखी, धनी और पुत्र सुख से युक्त होता है ॥ २ ॥

आठवें भाव में सू० मं० बु० गु० शुक्र शनि युति का फल—

सूर्यारसौम्यामरपूज्यशुक्रा मन्देन युक्ताष्टमराशिसंस्थाः ।
नरं प्रसूतं बहुभोगभाजं नानाधनैरश्वविलाससौख्यम् ॥ ३ ॥

यदि कुण्डली में आठवें भाव में सू० मं० बु० गु० शु० श० का योग हो तो जातक बड़ा भोगी, अनेक धनों से व घोड़े के विलास से सुखी होता है ॥ ३ ॥

आठवें भाव में चन्द्र मं० बु० गुरु शु० शनि युति का फल—

चन्द्रारसौम्यामरपूज्यशुक्रशनैश्चराः सञ्जनयन्ति मर्त्यम् ।
महाधनं ब्राह्मणभक्तियुक्तं मतिप्रियं बन्धुसमागतञ्च ॥ ४ ॥

यदि कुण्डली में आठवें भाव में चं० मं० बु० गु० शु० श० का योग हो तो जातक बड़ा धनी, ब्राह्मणों का भक्त, सुन्दर बुद्धि और बान्धवों से युक्त होता है ॥ ४ ॥

एवं षड्विकल्पाः ।

इस प्रकार आठवें भाव में ६ ग्रहों की युति का फल समाप्त हुआ ॥ १-४ ॥

अथ सप्तविकल्पाः ।

अब आगे आठवें भाव में सात ग्रहों की युति के फल को बताते हैं ।

आठवें भाव में सू० चं० मं० बु० गु० शु० श० युति का फल—

सूर्येन्दुभौमज्ञसुरेज्यशुक्रशनैश्चराश्चाष्टमगा भवन्ति ।
गजाश्वनाथं स्वगणाधिनाथं महाधनं ब्राह्मणभक्तियुक्तम् ॥ १ ॥

यदि कुण्डली में आठवें भाव में सू० चं० मं० बु० गु० शु० श० का योग हो तो जातक हाथी घोड़ों का स्वामी, अपने समुदाय का स्वामी, घर में निर्धन और ब्राह्मणों का भक्त होता है ॥ १ ॥

एवं सप्तविकल्पाः ।

इस प्रकार आठवें भाव में सात ग्रह की युति का फल समाप्त हुआ ॥ १ ॥

इति बृद्धयवनजातके मृत्युभावस्थद्विग्रहाश्रययोगाध्यायः अष्टमः ।

अथ धर्मभावस्थद्विग्रहादियोगफलम्

अब आगे नवें भाव में दो ग्रहों की युति के फल को बताते हैं ।

नवें भाव में सूर्य चं० युति का फल—

धर्माश्रितस्तीक्ष्णकरः सचन्द्रो नरं प्रसूते विनयप्रधानम् ।
महामनुष्यं प्रचुरप्रतापं सतामभीष्टं नयकोविदञ्च ॥ १ ॥

यदि जन्मपत्री में नवें भाव में सूर्य चन्द्रमा का योग हो तो जातक मुख्य विनयी, बड़ा पुरुष, अधिक प्रतापी, सज्जनों का प्रिय और न्याय में चतुर होता है ॥ १ ॥

नवें भाव में सूर्य भौम युति का फल—

धर्माश्रितस्तीक्ष्णकरः सभौमो नरं प्रसूते प्रथिताभिमानम् ।
जितारिपक्षं हृतदोषरक्तं प्रभासमेतं नयकोविदञ्च ॥ २ ॥

यदि जन्मपत्री में नवें भाव में सूर्य भौम का योग हो तो जातक प्रसिद्ध अभिमानी, शत्रुओं को जीतने वाला, चोरी के दोष में आसक्त, तेजस्वी और न्याय में चतुर होता है ॥ २ ॥

नवें भाव में सूर्य बु० युति का फल—

धर्माश्रितस्तीक्ष्णकरः ससौम्यो नरं प्रसूते सुधिया समेतम् ।
सत्येन युक्तं विदुषामभीष्टं प्रभूतमित्रं सुतरां सुसत्यम् ॥ ३ ॥

यदि जन्मपत्री में नवें भाव में सूर्य बुध का योग हो तो जातक अच्छी बुद्धि से युक्त, सत्य से युक्त, सज्जनों का प्रिय, अधिक मित्र वाला और सदा सत्यभाषी होता है ॥३॥

नवें भाव में सूर्य गुरु युति का फल—

धर्माश्रितस्तीक्ष्णकरः सजीवो नरं प्रसूते प्रणतारिपक्षम् ।
सुखेन युक्तं धनधान्यलाभं सतां मतं पार्थिववल्लभञ्च ॥ ४ ॥

यदि जन्मपत्री में नवें भाव में सूर्य गुरु का योग हो तो जातक विनम्र शत्रु पक्ष वाला, सुखी, धन धान्य का लाभ करने वाला, सज्जनों से सम्मत और राजा का प्रिय पात्र होता है ॥ ४ ॥

नवें भाव में सूर्य शुक्र युति का फल—

शुक्रान्वितस्तीक्ष्णकरश्च धर्मे नरं प्रसूते गुरुतासमेतम् ।
स्वभावबुद्धि सुधिया समेतं विख्यातकीर्ति बहुसौहृदञ्च ॥ ५ ॥

यदि जन्मपत्री में नवें भाव में सूर्य शुक्र का योग हो तो जातक गुरुता से युक्त, स्वभाव से बुद्धिमान्, अच्छा बुद्धिमान्, प्रसिद्ध कीर्तिमान् और अधिक मित्र वाला होता है ॥ ५ ॥

नवें भाव में सू० शनि युति का फल—

धर्माश्रितस्तीक्ष्णकरः ससौरो नरं प्रसूते धनबुद्धिभाजम् ।
सुसंस्तुतं भूरिकलत्रसौख्यं विशेषभाजं जितशत्रुवर्गम् ॥ ६ ॥

यदि जन्मपत्री में नवें भाव में सूर्य शनि का योग हो तो जातक धनी, बुद्धिमान्, स्तुत्य, अधिक स्त्रियों से सुखी, विशिष्ट और शत्रु समुदाय को जीतने वाला होता है ॥ ६ ॥

नवें भाव में चन्द्र भौम युति का फल—

भौमान्वितः शीतकरस्तु धर्मे नरं प्रसूते च श्रुतार्थयुक्तम् ।
महाधनं प्रीतिपरं प्रगल्भं मिष्टान्नपानान्वितभोजनाढ्यम् ॥ ७ ॥

यदि जन्मपत्री में नवें भाव में चन्द्र भौम का योग हो तो जातक शास्त्र के अर्थ को जानने वाला, बड़ाधनी, परम प्रीतिमान्, प्रतिभाशाली, मिष्टान्न, पान व भोजन से युक्त होता है ॥ ७ ॥

नवें भाव में चन्द्र बुध युति का फल—

सौम्यान्वितः शीतकरस्तु धर्मे नरं प्रसूते सुतसौख्यभाजनम् ।
जितेन्द्रियं धर्मरतं प्रशस्तं नृपप्रियं बान्धवपूजितञ्च ॥ ८ ॥

यदि जन्मपत्री में नवें भाव में चन्द्र बुध का योग हो तो जातक पुत्र सुख से युक्त, जितेन्द्रिय, धर्म में आसक्त, प्रसिद्ध, राजा का प्रेमी और बान्धवों से पूजित होता है ॥ ८ ॥

नवें भाव में चन्द्र गुरु युति का फल—

जीवान्वितः शीतकरश्च धर्मे नरं प्रसूते निधनं प्रगल्भम् ।
भोगप्रियं शौर्ययुतं कृतज्ञं शास्त्रानुरक्तं बहुबुद्धिभाजम् ॥ ९ ॥

यदि जन्मपत्री में नवें भाव में चन्द्र गुरु का योग हो तो जातक धनहीन, प्रतिभाशाली, भोग का प्रेमी, वीर, कृतज्ञ, शास्त्रों में आसक्त और बड़ा बुद्धिमान् होता है ॥ ९ ॥

नवें भाव में चन्द्र शुक्र युति का फल—

धर्माश्रितः शीतकरः सशुक्रो नरं प्रसूते महतामभीष्टम् ।
बन्धुं सुताढ्यं प्रणयासमेतं सदानुरक्तं निजबान्धवानाम् ॥ १० ॥

यदि जन्मपत्री में नवें भाव में चन्द्र शुक्र का योग हो तो जातक बड़ों का प्रिय, बान्धव, पुत्र व विनय से युक्त, और अपने बन्धुओं में सदा आसक्त होता है ॥ १० ॥

नवें भाव में चन्द्र शनि-युति का फल—

मन्दान्वितो धर्मगतः शशाङ्को नरं प्रसूते व्रतदानरक्तम् ।
सतामभीष्टं बहुपुत्रदारं नरं प्रपूज्यं धनिनं श्रुतज्ञम् ॥ ११ ॥

यदि जन्मपत्री में नवें भाव में चन्द्र शनि का योग हो तो जातक व्रत व दान में आसक्त, सज्जनों का प्रेमी, अधिक पुत्र व स्त्री वाला, सत्कृत, धनी और शास्त्रज्ञ होता है ॥ ११ ॥

नवें भाव में भौम बुध युति का फल—

धर्माश्रितो भूतनयः ससौम्यो नरं प्रसूते बहुभृत्यवर्गम् ।
कलत्रसौख्यान्वितमुख्यपुत्रं प्रसन्नवाक्यं कृतकैर्विहीनम् ॥ १२ ॥

यदि जन्मपत्री में नवें भाव में भौम बुध का योग हो तो जातक अधिक नौकरों से युक्त, स्त्री से सुखी, मुख्य पुत्र वाला, प्रसन्न वाणी और कठोरता से हीन होता है ॥१२॥

नवें भाव में भौम गुरु युति का फल—

धर्माश्रितो भूतनयः सजीवो नरं प्रसूते गुणवर्गभाजम् ।
तीर्थातिथिं ब्राह्मणदेवभक्तं कृषीबलं नीतिसमन्वितञ्च ॥ १३ ॥

यदि जन्मपत्री में नवें भाव में भौम गुरु का योग हो तो जातक गुणी वर्ग का पात्र, तीर्थ का अतिथि, ब्राह्मण देवता का भक्त, खेती करने वाला और नीतिमान् होता है ॥ १३ ॥

नवें भाव में भौम शुक्र युति का फल—

धर्माश्रितो भूतनयः सशुक्रो नरं प्रसूतेऽतिथिपूजयोक्तम् ।
सुरूपदेहं नयनाभिरामं कुलप्रधानं नियमैः समेतम् ॥ १४ ॥

यदि जन्मपत्री में नवें भाव में भौम शुक्र का योग हो तो जातक अतिथि पूजा से युक्त, स्वरूपवान्, नेत्रों का आनन्ददायक, वंश में मुख्य और नियमों से युक्त होता है ॥ १४ ॥

नवें भाव में भौम शनि युति का फल—

धर्माश्रितो भूतनयः ससौरो नरं प्रसूते व्यसनैर्विहीनम् ।
सव्यार्जने तत्परमेकवीरं सदानुरक्तं निजबान्धवानाम् ॥ १५ ॥

यदि जन्मपत्री में नवें भाव में भौम शनि का योग हो तो जातक व्यसनों से हीन,

सत्य की प्राप्ति में आसक्त, एकमात्र वीर और सदा ही अपने बान्धवों में आसक्त होता है ॥ १५ ॥

नवें भाव में बुध गुरु युति का फल—

जीवान्वितः सोमसुतश्च धर्मे नरं प्रसूते स्थिरबुद्धिमिष्टम् ।
कृपासमेतं श्रुतिशास्त्ररक्तं कृषिप्रधानं सततं सुशीलम् ॥ १६ ॥

यदि जन्मपत्री में नवें भाव में बुध गुरु का योग हो तो जातक स्थिर बुद्धि का, प्रेमी, दयालु, वेदशास्त्र में अनुरक्त, खेती वाला तथा सदा सुशील होता है ॥ १६ ॥

नवें भाव में बुध शुक्र युति का फल—

धर्माश्रितः सोमसुतः सशुक्रो नरं प्रसूते मृतकैः समेतम् ।
सुपुण्यभाजं विदिताभिमानं प्रभूतमित्रं वनितास्वभीष्टम् ॥ १७ ॥

यदि जन्मपत्री में नवें भाव में बुध शुक्र का योग हो तो जातक नौकरों से युक्त, अच्छा पुण्यवान्, प्रसिद्ध अभिमानी, अधिक मित्र वाला और स्त्रियों का प्रेमी होता है ॥ १७ ॥

नवें भाव में बुध शनि युति का फल—

धर्माश्रितः सोमसुतः ससौरो नरं प्रसूते सुभगं मनोज्ञम् ।
सुभूमिभाजं सुधियात्रभाजं महाधनं पार्थिववल्लभञ्च ॥ १८ ॥

यदि जन्मपत्री में नवें भाव में बुध शनि का योग हो तो जातक अच्छा भाग्यवान्, सुन्दर, सुन्दर भूमि का भोगी, अच्छा बुद्धिमान्, बड़ा धनवान् और राजा का प्रियपात्र होता है ॥ १८ ॥

नवें भाव में गुरु शुक्र युति का फल—

धर्माश्रितो देवगुरुः सशुक्रो नरं प्रसूतेऽर्थयशोभिधानम् ।
सुपुत्ररक्तं विभवैः समेतं मायाविहीनं सुतवल्लभञ्च ॥ १९ ॥

यदि जन्मपत्री में नवें भाव में गुरु शुक्र का योग हो तो जातक धनी, यशस्वी, अच्छे पुत्र में आसक्त, ऐश्वर्यवान्, माया से रहित और पुत्र प्रिय होता है ॥ १९ ॥

नवें भाव में गुरु शनि युति का फल—

धर्माश्रितो देवगुरुः ससौरो नरं प्रसूते प्रभुता समेतम् ।
गीतप्रियं धर्मपरं सुशीलं हितं सदा साधुविचेष्टितानाम् ॥ २० ॥

यदि जन्मपत्री में नवें भाव में गुरु शनि का योग हो तो जातक समर्थवान्, गाने का प्रेमी, परम धार्मिक, सुशील और अच्छी इच्छाओं वाले मनुष्यों का सदा शुभकर्ता होता है ॥ २० ॥

नवें भाव में शुक्र शनि युति का फल—

धर्माश्रितो दैत्यगुरुः ससौरो नरं प्रसूते बहुपुण्यभाजम् ।
विद्याधिकं कीर्तिपरं प्रगल्भं प्रशान्तचित्तं जनवल्लभञ्च ॥ २१ ॥

इत्येवं द्विविकल्पजाः ।

यदि जन्मपत्री में नवें भाव में शुक्र शनि का योग हो तो जातक बड़ा पुण्यवान्, अधिक विद्वान्, परम कीर्तिमान्, प्रतिभाशाली, प्रशान्त चित्त और जनप्रिय होता है ॥ २१ ॥

इस प्रकार नवें भाव में दो ग्रहों की युति का फल समाप्त हुआ ॥ १-२१ ॥

अथ त्रिविकल्पजाः ।

अब आगे नवें भाव में तीन ग्रहों की युति के फल को बताते हैं ।

नवें भाव में सू० चं० मं० युति का फल—

धर्माश्रिता भास्करभौमचन्द्रा नरं प्रकुर्वन्ति सतामभीष्टम् ।
पुण्यप्रियं शास्त्रकथानुरक्तं सुनिर्मलाङ्गं गुणरक्तचित्तम् ॥ १ ॥

यदि जन्मपत्री में नवें भाव में सू. चं. मं. का योग हो तो जातक सज्जनों का प्रिय, पुण्य में स्नेह करने वाला, शास्त्र कथाओं में आसक्त, विमल देहधारी और गुणों में आसक्त चित्त वाला होता है ॥ १ ॥

नवें भाव में सू० चं० बु० युति का फल—

रवीन्दुसौम्या जनयन्ति मर्त्यं धर्माश्रिताः सत्यपरं मनोज्ञम् ।
विशालनेत्रं विभुतासमेतं प्रसन्नमूर्तिं सुतवल्लभञ्च ॥ २ ॥

यदि जन्मपत्री में नवें भाव में सू चं बु० का योग हो तो जातक परम सत्यात्मा, सुन्दर, विस्तृत आँख वाला, समर्थ, प्रसन्न स्वरूप और पुत्र का प्रेमी होता है ॥ २ ॥

नवें भाव में सू० चं० गु० युति का फल—

रवीन्दुजीवा जनयन्ति मर्त्यं धर्माश्रिता धर्मविधानदक्षम् ।
विद्याश्रियं पापकथाविरक्तं सत्याधिकं कामविवर्जितञ्च ॥ ३ ॥

यदि जन्मपत्री में नवें भाव में सू. चं गु. का योग हो तो जातक धार्मिक विधान में चतुर विद्या से धनवान्, पाप की कथाओं से अलग, अधिक सत्यवान् और काम हीन होता है ॥ ३ ॥

नवें भाव में सू० चं० शु० युति का फल—

रवीन्दुशुक्रा जनयन्ति मर्त्यं धर्माश्रितास्तीक्ष्णकथानुरक्तम् ।
नरं प्रकुर्वन्ति सुतीर्थहीनं चौरस्वभावं व्यथया समेतम् ॥ ४ ॥

यदि जन्मपत्री में नवें भाव में सू. चं शु. का योग हो तो जातक तीखी कथाओं में आसक्त, सुन्दर तीर्थ से हीन, चोर प्रकृति और पीड़ा से युक्त होता है ॥ ४ ॥

नवें भाव में सू० चं० श० युति का फल—

रवीन्दुसौरा जनयन्ति मर्त्यं धर्माश्रिता धर्मकथानुरक्तम् ।
हितं गुरूणां नियमैरुपेतं सतामभीष्टं श्रुतलालसञ्च ॥ ५ ॥

यदि जन्मपत्री में नवें भाव में सू. चं. श. का योग हो तो जातक धार्मिक वार्त्ताओं में आसक्त, गुरुजनों का हितैषी, नियमी, सज्जनों का प्रेमी और शास्त्र की लालसा वाला होता है ॥ ५ ॥

नवें भाव में सू० मं० बु० युति का फल—

सूर्यारसौम्या जनयन्ति मर्त्यं धर्माश्रिताः पापरतं नृशंसम् ।
सत्येन हीनं कुधिया समेतं परान्नरक्तं परसेत्रकञ्च ।। ६ ।।

यदि जन्मपत्री में नवें भाव में सू. मं. बु. का योग हो तो जातक पाप में अनुरक्त, निन्दित, सत्य से हीन, दूषित बुद्धि, दूसरे के अन्न में आसक्त और दूसरे का नौकर होता है ।। ६ ।।

नवें भाव में सू० मं० गु० युति का फल—

सूर्यारजीवा जनयन्ति मर्त्यं धर्माश्रिता धर्मबहिष्कृतञ्च ।
चरित्रहीनं कुकलत्रभाजं सदाविरक्तं निजबान्धवानाम् ।। ७ ।।

यदि जन्मपत्री में नवें भाव में सू. मं. गु. का योग हो तो जातक धर्म के बहिभूंत, चरित्रहीन, कुत्सित स्त्री का पात्र, और सदा हो अपने बान्धवों से विरक्त होता है ।।७।।

नवें भाव में सू० मं० शु० युति का फल —

सूर्यारशुक्रा जनयन्ति मर्त्यं धर्माश्रिता धर्मविवर्जिताङ्गम् ।
गुणैर्विहीनं विविधोपचारं चारित्र्यहीनं मतिवर्जितञ्च ।। ८ ।।

यदि जन्मपत्री में नवें भाव में सू मं. शु. का योग हो तो जातक अधार्मिक, गुण हीन, अनेक उपचार करने वाला, चरित्र और बुद्धि से रहित होता है ।। ८ ।।

नवें भाव में सू० मं० श० युति का फल—

सूर्यारसौरा जनयन्ति मर्त्यं पुत्रैर्विहीनं गतयौवनञ्च ।
पापानुरक्तं प्रबलं कुचैलं महाव्ययं धर्मविहीनकृत्यम् ।। ९ ।।

यदि जन्मपत्री में नवें भाव में सू. मं. श. का योग हो तो जातक पुत्र व यौवन से रहित, पाप में आसक्त, बली, मलिन वस्त्रधारी, बड़ा खर्चीला और अधार्मिक कार्य करने वाला होता है ।। ९ ।।

नवें भाव में सू० बु० गु० युति का फल—

सूर्यज्ञजीवा यदि धर्मसंस्था नरं प्रकुर्वन्ति धनैः समेतम् ।
प्रभूतमित्रं प्रणतं द्विजानां सुबुद्धिभाजं नयकोविदञ्च ।। १० ।।

यदि जन्मपत्री में नवें भाव में सू. बु. गु. का योग हो तो जातक धनवान् अधिक मित्र वाला, ब्राह्मणों को नमन करने वाला, अच्छा बुद्धिमान् और न्याय में निपुण होता है ।। १० ।।

नवें भाव में सू० बु० शु० युति का फल—

सूर्यज्ञशुक्रा यदि धर्मसंस्था नरं प्रकुर्वन्ति विहीनवाक्यम् ।
सत्यान्वितं धर्मपरं कृतज्ञं जितेन्द्रियं पापपराङ्मुखञ्च ।। ११ ।।

यदि जन्मपत्री में नवें भाव में सू. बु. शु. का योग हो तो जातक हीन वाणी का, सत्यवान्, परम धार्मिक, कृतज्ञ, जितेन्द्रिय और पापों से बहिर्मुख होता है ११ ।।

नवें भाव में सू० बु० श० युति का फल—

सूर्यज्ञसौरा यदि धर्मसंस्था: कृषीबलं धर्मपरं सदैव।
सुकान्तियुक्तं बलसंप्रयुक्तं विशालनेत्रं नयकोविदञ्च ॥ १२ ॥

यदि जन्मपत्री में नवें भाव में सू. बु. श. का योग हो तो जातक खेती करने वाला, सदा ही परमधार्मिक, अच्छा तेजस्वी, बली, विस्तृत नेत्र वाला और न्याय में चतुर होता है ॥ १२ ॥

नवें भाव में सू० गु० शु० युति का फल—

सूर्याभरेज्यभृगुजा मनुष्यं धर्माश्रिता: सञ्जनयन्ति मर्त्यम्।
गुणप्रधानं धनधान्यभाजं महामनुष्यं सुभगं सदैव ॥ १३ ॥

यदि जन्मपत्री में नवें भाव में सू. गु. शु. का योग हो तो जातक मुख्य गुणी, धनधान्य से युक्त, बड़ा पुरुष और सदा ही अच्छा भाग्यवान् होता है ॥ १३ ॥

नवें भाव में सू० गु० श० युति का फल—

सूर्याभरेज्यार्कसुता मनुष्यं धर्माश्रिता: सञ्जनयन्ति मर्त्यम्।
विदेशरक्तं बहुसार्थवाहं व्यथाधिकं कामविवर्जितञ्च ॥ १४ ॥

यदि जन्मपत्री में नवें भाव में सू. गु. श. का योग हो तो जातक विदेश का भक्त, बड़ा व्यापारी, अधिक व्यथित और काम से रहित होता है ॥ १४ ॥

नवें भाव में सू० शु० श० युति का फल—

सूर्यासुरेज्यार्कसुता मनुष्यं धर्मस्थिता: सञ्जनयन्ति मर्त्यम्।
विरक्तपौरं विनयेन हीनं निसर्गपापं विकृतानुकारम् ॥ १५ ॥

यदि जन्मपत्री में नवें भाव में सू. शु. श. का योग हो तो जातक सुगन्ध से विरत, नियम से रहित, जन्म से पापी और विकृतस्वरूप होता है ॥ १५ ॥

नवें भाव में चं० मं० बु० युति का फल—

चन्द्रारसौम्या जनयन्ति मर्त्यं धर्माश्रिता: सत्ययशोऽर्थभाजम्।
प्रसिद्धमोज:सहितं विधिज्ञं महाप्रभावं गुरुतासमेतम् ॥ १६ ॥

यदि जन्मपत्री में नवें भाव में चं. मं. बु. का योग हो तो जातक सत्य, यश व धन का पात्र, प्रसिद्ध, ओजस्वी, विधिवेत्ता, बड़ा प्रभावी और गुरुता से युक्त होता है ॥ १६ ॥

नवें भाव में चं० मं० गु० युति का फल—

चन्द्रारजीवा जनयन्ति मर्त्यं धर्मस्थिताश्चेत्सुतसौख्ययुक्तम्।
मित्रानुरक्तं सुधिया समेतं जितेन्द्रियं बान्धवसम्मतञ्च ॥ १७ ॥

यदि जन्मपत्री में नवें भाव में चं. मं. गु. का योग हो तो जातक पुत्र सुख से युक्त, मित्रों में आसक्त, अच्छी बुद्धि वाला, जितेन्द्रिय और बान्धवों से सम्मत होता है ॥१७॥

नवें भाव में चं० मं० शु० युति का फल—

चन्द्रारशुक्रा यदि धर्मसंस्थाः कुर्वन्ति मर्त्यं सुतसौख्ययुक्तम् ।
वरान्वितं शौचदयासमेतं नरेन्द्रपूज्यं वरलोकभाजम् ॥ १८ ॥

यदि जन्मपत्री में नवें भाव में चं. मं. शु. का योग हो तो जातक पुत्र सुख से युक्त, श्रेष्ठ, पवित्र, दयालु, राजा से पूजित और सुन्दर लोक का पात्र होता है ॥ १८ ॥

नवें भाव में चं० मं० श० युति का फल—

चन्द्रारसौरा यदि धर्मसंस्थाः कुर्वन्ति मर्त्यं सुजनानुरक्तम् ।
लज्जाधिकं कामविवर्जिताङ्गं गुणप्रधानं नृपशासितञ्च ॥ १९ ॥

यदि जन्मपत्री में नवें भाव में चं. मं. श का योग हो तो जातक अच्छे मनुष्यों में आसक्त, अधिक लज्जा वाला, काम से हीन, मुख्यगुणी और राजा से शासित होता है ॥ १९ ॥

नवें भाव में चं० बु० गु० युति का फल—

चन्द्रज्ञजीवा यदि धर्मसंस्था नरं प्रकुर्वन्ति विदग्धभाजम् ।
विशिष्टरक्तं कृपया समेतं सुतार्थयुक्तं विधिना समेतम् ॥ २० ॥

यदि जन्मपत्री में नवें भाव में चं. बु. गु. का योग हो तो जातक चतुर, विशेषता में आसक्त, कृपालु, पुत्र, धन और विधि से युक्त होता है ॥ २० ॥

नवें भाव में चं० बु० शु० युति का फल—

चन्द्रज्ञशुक्रा यदि धर्मसंस्था नरं प्रकुर्वन्ति सुरूपमुग्रम् ।
विशालकीर्तिं नयनाभिरामं सदाप्रियं ब्राह्मणवर्यकानाम् ॥ २१ ॥

यदि जन्मपत्री में नवें भाव में चं. बु. शु. का योग हो तो जातक स्वरूपवान्, उग्र, विस्तृत कीर्तिमान्, आँखों का सुखदायी और सदा श्रेष्ठ ब्राह्मणों का प्रेमी होता है ॥ २१ ॥

नवें भाव में चं० बु० श० युति का फल—

चन्द्रज्ञसौरा यदि धर्मसंस्था नरं प्रकुर्वन्ति सतामभीष्टम् ।
सुसाधुभाजं जितशत्रुवर्णं गुणाधिकं कीर्तिसमन्वितञ्च ॥ २२ ॥

यदि जन्मपत्री में नवें भाव में चं. बु. श का योग हो तो जातक सज्जनों का प्रेमी, सुन्दर सज्जन, शत्रुओं को जीतने वाला, बड़ा गुणी और कीर्तिमान् होता है ॥ २२ ॥

नवें भाव में चं० गु० शु० युति का फल—

चन्द्रामरेज्यभृगुजा मनुष्यं कुर्वन्ति कीर्त्या सहितं सुधर्मम् ।
नयप्रधानं व्यसनैर्विमुक्तं प्रसिद्धकर्माणमलोलुपञ्च ॥ २३ ॥

यदि जन्मपत्री में नवें भाव में चं. गु. शु. का योग हो तो जातक कीर्तिमान्, धर्मात्मा, मुख्य नीतिमान्, व्यसन से रहित, प्रसिद्ध कार्यकर्ता और अलोलुप होता है ॥ २३ ॥

नवें भाव में चं० गु० श० युति का फल—

चन्द्रामरेज्यार्कसुता मनुष्यं धर्माश्रिताः सञ्जनयन्ति मर्त्यम् ।
प्रज्ञाधिकं क्रोधविवर्जितञ्च प्रभासमेतं प्रथिताभिमानम् ॥ २४ ॥

यदि जन्मपत्री में नवें भाव में चं. गु श. का योग हो तो जातक अधिक बुद्धिमान्, क्रोध से रहित, तेजस्वी और प्रसिद्ध अभिमानी होता है ।। २४ ।।

नवें भाव में मं० बु० गु० युति का फल—

भौमज्ञजीवा यदि धर्मसंस्था नरं प्रकुर्वन्ति धनप्रधानम् ।
हितं गुरूणां नयधर्मयुक्तं श्रुताधिकं बान्धववर्जितञ्च ।। २५ ।।

यदि जन्मपत्री में नवें भाव में मं. बु गु. का योग हो तो जातक मुख्यधनी, गुरुजनों का शुभचिन्तक, नीति व धर्म से युक्त, अधिक शास्त्रज्ञ और बान्धवों से रहित होता है ।। २५ ।।

नवें भाव में मं० बु० शु० युति का फल—

भौमज्ञशुक्रा यदि धर्मसंस्था नरं प्रकुर्वन्ति धिया समेतम् ।
श्रुतार्थसौख्यं विविधैः समेतं क्षमान्वितं कामपराङ्मुखञ्च ।। २६ ।।

यदि जन्मपत्री में नवें भाव में मं. बु. शु. का योग हो तो जातक बुद्धिमान्, शास्त्र व धन से अनेक प्रकार से सुखी, क्षमावान् और काम से बहिर्मुख होता है ।। २६ ।।

नवें भाव में मं० बु० श० युति का फल—

भौमज्ञसौरा यदि धर्मसंस्था नरं प्रकुर्वन्ति दयासमेतम् ।
तीर्थानुरक्तं प्रचुरान्नपानं सत्पात्ररक्तं सुमतिं सदैव ।। २७ ।।

यदि जन्मपत्री में नवें भाव में मं. बु. श. का योग हो तो जातक दयालु, तीर्थों में आसक्त, अधिक अन्नपान से युक्त, सत्पात्रता में आसक्त और सदा ही अच्छा बुद्धिमान् होता है ।। २७ ।।

नवें भाव में मं० गु० शु० युति का फल—

भौमामरेज्यभृगुजा मनुष्यं धर्माश्रिताः सञ्जनयन्ति मर्त्यम् ।
बहुप्रतापं प्रथिताभिमानं श्रुतानुरक्तं बहुधर्मभाजम् ।। २८ ।।

यदि जन्मपत्री में नवें भाव मे म. गु. शु. का योग हो तो जातक बड़ा प्रतापी, प्रसिद्ध अभिमानी, शास्त्र में आसक्त और अधिक धर्मात्मा होता है ।। २८ ।।

नवें भाव में मं० गु० श० युति का फल—

भौमामरेज्यार्कसुता मनुष्यं धर्माश्रिताः सञ्जनयन्ति मर्त्यम् ।
रुजाविहीनं सुधनं सुशीलं कृपा समेतं भयवर्जितञ्च ।। २९ ।।

यदि जन्मपत्री में नवें भाव में मं. गु. श. का योग हो तो जातक रोग हीन, अच्छा धनी, सुशील, कृपालु और निर्भय होता है ।। २९ ।।

नवें भाव में मं० शु० श० युति का फल—

भौमासुरेज्यार्कसुता मनुष्यं धर्माश्रिताः सञ्जनयन्ति मर्त्यम् ।
प्रभूतकोशं गजवाजिभाजं जितेन्द्रियं शौर्यसमन्वितञ्च ।।३०।।

यदि जन्मपत्री में नवें भाव में मं. शु. श. का योग हो तो जातक बड़ा धनी, हाथी व घोड़ा से युक्त, जितेन्द्रिय और वीर होता है ॥ ३० ॥

नवें भाव में बु० गु० शु० युति का फल—

सौम्यामरेज्यभृगुजा मनुष्यं धर्माश्रिताः सञ्जनयन्ति मर्त्यम् ।
पराधिनाथं प्रणतारिपक्षं हस्त्यश्वयानैर्विविधैः समेतम् ॥३१॥

यदि जन्मपत्री में नवें भाव में बु. गु. शु. का योग हो तो जातक दूसरे का स्वामी, विनयी, शत्रु वाला, हाथी और घोड़ादि अनेक वस्तुओं से युक्त होता है ॥ ३१ ॥

नवें भाव में बु० गु० श० युति का फल—

सौम्यामरेज्यार्कसुता मनुष्यं धर्माश्रिताः सञ्जनयन्ति मर्त्यम् ।
असद्व्ययं रोगपरं कृतघ्नं जनैर्विमुक्तं प्रियसाहसञ्च ॥३२॥

यदि जन्मपत्री में नवें भाव में बु गु. श. का योग हो तो जातक असद्व्ययी, परम रोगी, कृतघ्न, मनुष्यों से रहित और साहस का प्रेमी होता है ॥ ३२ ॥

नवें भाव में बु० शु० श० युति का फल—

सौम्यासुरेज्यार्कसुता मनुष्यं धर्माश्रिताः सञ्जनयन्ति मर्त्यम् ।
सङ्ग्रामरक्तं घृणया समेतं बहुप्रजं सत्ययशोविधानम् ॥३३॥

यदि जन्मपत्री में नवें भाव में बु शु श का योग हो तो जातक युद्ध में आसक्त, घृणालु, अधिक सन्तान वाला, सत्यवान् और यशस्वी होता है ॥ ३३ ॥

नवें भाव में गु० शु० श० युति का फल—

जीवासुरेज्यार्कसुता मनुष्यं धर्माश्रिताः सञ्जनयन्ति कान्तम् ।
उदारचित्तं प्रणतं सुरूपं प्रसिद्धभाजं सुतवल्लभञ्च ॥३४॥
इत्येवं त्रिविकल्पजाः ।

यदि जन्मपत्री में नवें भाव में गु. शु. श. का योग हो तो जातक उदार चेता, विनयी, स्वरूपवान्, प्रसिद्ध और पुत्र का प्रेमी होता है ॥ ३४ ॥

इस प्रकार नवें भाव में तीन ग्रहों की युति का फल समाप्त हुआ ॥ १-३४ ॥

एवं चतुर्विकल्पजाः

अब आगे नवें भाव में चार ग्रहों को युति के फल को बताते हैं ।

नवें भाव में सू. चं. मं. बु. युति का फल—

रवीन्दुभौमेन्दुसुता मनुष्यं धर्माश्रिताः सञ्जनयन्ति मर्त्यम् ।
व्रतान्वितं धर्मपरं प्रसिद्धं हुताशभक्तं प्रियबान्धवञ्च ॥ १ ॥

यदि जन्मपत्री में नवें भाव में सू. चं. मं. बु. का योग हो तो जातक व्रती, परम धार्मिक, प्रसिद्ध, अग्नि का भक्त और बान्धवों का प्रेमी होता है ॥ १ ॥

नवें भाव में सू. चं. मं. गु. युति का फल—

रवीन्दुभौमामरपूजिताङ्गा धर्माश्रिताः सञ्जनयन्ति मर्त्यम् ।
रुजाविहीनं सुधनं सुशीलं प्रतापहीनं परदाररक्तम् ॥ २ ॥

यदि जन्मपत्री में नवें भाव में सू. चं० मं गु. का योग हो तो जातक नीरोग, अच्छा धनी, सुशील, प्रताप से रहित और दूसरे की स्त्री में आसक्त होता है ॥ २ ॥

नवें भाव में सू. चं. मं. शु. युति का फल—

रवीन्दुभौमासुरपूजिताङ्गा धर्मस्थिताः सञ्जनयन्ति मर्त्यम् ।
तेजो विहीनं श्रुतिधर्महीनं निरस्तलज्जं परतर्ककञ्च ॥ ३ ॥

यदि जन्मपत्री में नवें भाव में सू. चं. मं. शु. का योग हो तो जातक निस्तेज, वैदिक धर्म से हीन, निर्लज्ज और दूसरे का चिन्तक होता है ॥ ३ ॥

नवें भाव में सू. चं. मं. श. युति का फल—

रवीन्दुभौमार्कसुता मनुष्यं धर्माश्रिताः सञ्जनयन्ति मर्त्यम् ।
मतिप्रहीनं जडतासमेतं सन्तानहीनं बहुमन्युयुक्तम् ॥ ४ ॥

यदि जन्मपत्री में नवें भाव में सू. चं. मं. श. का योग हो तो जातक बुद्धिहीन, मूर्ख, सन्तान से रहित और बड़ा क्रोधी होता है ॥ ४ ॥

नवें भाव में सू. चं. बु. गु. युति का फल—

रवीन्दुसौम्यामरपूजिताङ्गाः धर्मस्थिताः सञ्जनयन्ति मर्त्यम् ।
बहुप्रतापं यशसा समेतं निधानभाजं जनवल्लभञ्च ॥ ५ ॥

यदि जन्मपत्री में नवें भाव में सू. चं बु. गु का योग हो तो जातक बड़ा प्रतापी, यशस्वी, निधान का पात्र और जनप्रिय होता है ॥ ५ ॥

नवें भाव में सू. चं बु. शु. युति का फल

रवीन्दुसौम्यार्कसुता मनुष्यं धर्माश्रिताः सञ्जनयन्ति मर्त्यम् ।
गतिप्रियं पापकथाविरक्तं प्रसिद्धकर्माणमलोलुपञ्च ॥ ६ ॥

यदि जन्मपत्री में नवें भाव में सू चं बु. शु. का योग हो तो जातक गाने का प्रेमी, पाप की बातों से अलग, प्रसिद्ध कार्यकर्ता और लालच से रहित होता है ॥ ६ ॥

नवें भाव में सू. च. बु. शु. युति का फल —

रवीन्दुजीवासुरपूजिताङ्गा धर्मस्थिताः सञ्जनयन्ति मर्त्यम् ।
बहुश्रुतं तीर्थपरं सुधर्मं महाधनं नीतिविशारदञ्च ॥ ७ ॥

यदि जन्मपत्री में नवें भाव में सू. चं. बु. शु. का योग हो तो जातक बहुज्ञ, तीर्थ में आसक्त, अच्छा धार्मिक, बड़ा धनवान् और न्याय में निपुण होता है ॥ ७ ॥

नवें भाव में सू च. बु श. युति का फल —

रवीन्दुजीवार्कसुता मनुष्यं धर्माश्रिताः सञ्जनयन्ति मर्त्यम् ।
नानाधनैः संयुतमिष्टधर्मं प्रधानकृत्यं जनसम्मतञ्च ॥ ८ ॥

यदि जन्मपत्री में नवें भाव में सू. चं. बु. श. का योग हो तो जातक अनेक सम्पत्ति से युक्त, धर्म का प्रेमी, मुख्य कार्यकर्ता और जनप्रिय होता है ॥ ८ ॥

नवें भाव में सू. च. शु. श. युति का फल—

रवीन्दुशुक्रार्कसुता मनुष्यं धर्माश्रिताः सञ्जनयन्ति मर्त्यम् ।
सतामभीष्टं सुनयेन युक्तं बहुप्रजं मानसमन्वितञ्च ॥ ९ ॥

यदि जन्मपत्री में नवें भाव में सू चं. शु. श. का योग हो तो जातक सज्जनों का प्रिय, सुन्दर नीतिमान्, अधिक सन्तान वाला और सम्मान से युक्त होता है ॥ ९ ॥

नवें भाव में सू. मं. बु. गु. युति का फल—

सूर्यारसौम्यामरपूजिताङ्गा धर्माश्रिताः सञ्जनयन्ति मर्त्यम् ।
क्षतारिपक्षं विभुतासमेतं सुयानवस्त्राभरणैः समेतम् ॥ १० ॥

यदि जन्मपत्री में नवें भाव में सू. मं. बु. गु. का योग हो तो जातक नष्ट शत्रु पक्ष वाला, समर्थ और सुन्दर सवारी वस्त्र व भूषणों से युक्त होता है ॥ १० ॥

नवें भाव में सू. मं. बु. शु. युति का फल—

सूर्यारसौम्यासुरपूजिताङ्गा धर्माश्रिताः सञ्जनयन्ति मर्त्यम् ।
हयैर्विहीनं कृतकस्वभावं सुनिर्घृणं विप्रपराङ्मुखञ्च ॥ ११ ॥

यदि जन्मपत्री में नवें भाव में सू. मं. बु. शु. का योग हो तो जातक घोड़ों से रहित, कठोर प्रकृति, निर्घृण और ब्राह्मणों के बहिर्मुख होता है ॥ ११ ।

नवें भाव में सू. मं. बु श. युति का फल—

सूर्यारसौम्यार्कसुता मनुष्यं धर्माश्रिताः सञ्जनयन्ति मर्त्यम् ।
बहुप्रसादं प्रियदूत्यवाक्यं सुतीर्थयानैर्विविधैः समेतम् ॥ १२ ॥

यदि जन्मपत्री में नवें भाव में सू. मं. बु. श. का योग हो तो जातक अधिक प्रसन्न, सत्य वाणी का प्रेमी और अनेक तीर्थों में घूमने वाला होता है ॥ १२ ॥

नवें भाव में सू. म. गु. शु. युति का फल—

सूर्यारजीवासुरपूजिताङ्गा धर्माश्रिताः सञ्जनयन्ति मर्त्यम् ।
गुणानुरक्तं प्रियसाधुकृत्यं विनीतदारं बहुसौहृदञ्च ॥ १३ ।

यदि जन्मपत्री में नवें भाव में सू. मं. गु. शु. का योग हो तो जातक गुणों में आसक्त, अच्छे कार्यों का प्रेमी, विनम्र स्त्री वाला और अधिक मैत्री वाला होता है ॥ १३ ॥

नवें भाव में सू. मं. गु. श. युति का फल—

सूर्यारजीवार्कसुता मनुष्यं धर्माश्रिताः सञ्जनयन्ति मर्त्यम् ।
स्थिरस्वभावं विगतारिपक्षं कृतज्ञमुत्साहिमनोजवाढ्यम् ॥ १४ ॥

यदि जन्मपत्री में नवें भाव में सू. मं. गु. श. का योग हो तो जातक स्थिर प्रकृति, शत्रुओं से हीन, कृतज्ञ, उत्साही और कामी होता है ॥ १४ ॥

नवें भाव में सू. मं. शु. श. युति का फल—

सूर्यारशुक्रार्कसुता मनुष्यं धर्माश्रिताः सञ्जनयन्ति मर्त्यम् ।
वित्तप्रियं पापकथानुरक्तं तृष्णाधिकं कामनिर्पीडिताङ्गम् ।। १५ ।।

यदि जन्मपत्री में नवें भाव में सू. मं. शु. श. का योग हो तो जातक धन का प्रेमी, पाप कथाओं में आसक्त, अधिक तृष्णालु और काम से पीड़ित शरीरधारी होता है ।। १५ ।।

नवें भाव में सू. बु. गु. शु. युति का फल—

सूर्यज्ञजीवासुरपूजिताङ्गा धर्माश्रिताः सञ्जनयन्ति मर्त्यम् ।
क्षमान्वितं सत्यदयासमेतं विचित्रवाक्यं भयवर्जिताङ्गम् ।। १६ ।।

यदि जन्मपत्री में नवें भाव में सू. बु. गु. शु. का योग हो तो जातक क्षमावान्, सत्य व दया से युक्त, विचित्र वाणी का और भय से रहित होता है ।। १६ ।।

नवें भाव में सू. बु. गु. श. युति का फल—

सूर्यज्ञजीवार्कसुता मनुष्यं धर्माश्रिताः सञ्जनयन्ति मर्त्यम् ।
चलस्वभावं परदाररक्तं सुनिर्घृणं बान्धवदूषितञ्च ।। १७ ।।

यदि जन्मपत्री में नवें भाव में सू. बु. गु. श. का योग हो तो जातक चञ्चल प्रकृति, दूसरे की स्त्री में आसक्त, सुनिर्घृण और बान्धवों से दूषित होता है ।। १७ ।।

नवें भाव में सू. बु. शु. श. युति का फल—

सूर्यज्ञशुक्रार्कसुता मनुष्यं धर्माश्रिताः सञ्जनयन्ति मर्त्यम् ।
लौल्यात्मकं कामकथासु दक्षं सुकष्टभाजं जडतासमेतम् ।। १८ ।।

यदि जन्मपत्री में नवें भाव में सू. बु. शु. श. का योग हो तो जातक लालची भावना का, विषय की बातों में चतुर, कष्ट पाने वाला और मूर्ख होता है ।। १८ ।।

नवें भाव में सू. गु. शु. श. युति का फल—

सूर्यामरेज्यभृगुजार्कपुत्रा धर्माश्रिताः सञ्जनयन्ति मर्त्यम् ।
कल्याणकर्माणमुदारवाक्यं नृपाज्ञयाधिष्ठितमुग्रवीर्यम् ।। १९ ।।

यदि जन्मपत्री में नवें भाव में सू. गु. शु. श. का योग हो तो जातक शुभ कार्यकर्ता, उदार वाणी का, राजा की आज्ञा से युक्त और तीक्ष्ण पराक्रमी होता है ।। १९ ।।

नवें भाव में चं. मं. बु. गु. युति का फल—

चन्द्रारसौम्यारपूजिताङ्गा धर्माश्रिताः सञ्जनयन्ति मर्त्यम् ।
प्रियातिथिं बुद्धिजनैः समेतं कुलप्रधानं नयसंयुतञ्च ।। २० ।।

यदि जन्मपत्री में नवें भाव में चं. मं. बु. गु. का योग हो तो जातक अतिथि प्रेमी, बुद्धिमान् मनुष्यों से युक्त, वंश में मुख्य और नीतिमान् होता है ।। २० ।।

नवें भाव में चं. मं. बु. शु. युति का फल—

चन्द्रारसौम्यासुरपूजिताङ्गा धर्मस्थिताः सञ्जनयन्ति मर्त्यम् ।
सत्यान्वितं सत्यजनेषु रक्तं धर्मेषु दक्षं क्षमयान्वितञ्च ।। २१ ।।

यदि जन्मपत्री में नवें भाव में चं. मं. बु शु. का योग हो तो जातक सत्यवान्, सत्य पुरुषों में आसक्त, धर्म में निपुण और क्षमावान् होता है ॥ २१ ॥

नवें भाव में चं. मं बु श. युति का फल--

चन्द्रारसौम्यार्कसुता मनुष्यं धर्माश्रिताः सञ्जनयन्ति मर्त्यम् ।
सुबाहुवक्त्रं नयनाभिरामं बहुश्रुतं पार्थिववल्लभञ्च ॥ २२ ॥

यदि जन्मपत्री में नवें भाव में चं. मं. बु. श. का योग हो तो जातक सुन्दर हाथ व मुख वाला, आँखों का सुखदायी, बहुश्रुत और राजा का प्रियपात्र होता है ॥ २२ ॥

नवें भाव में चं० मं० गु० शु० युति का फल—

चन्द्रारजीवासुरपूजिताङ्गा धर्माश्रिताः सञ्जनयन्ति मर्त्यम् ।
बहुप्रजं पार्थिवकृत्यदक्षं तीर्थानुरक्तं बहुशास्त्रदक्षम् ॥ २३ ॥

यदि जन्मपत्री में नवें भाव में चं० मं० गु० शु० का योग हो तो जातक अधिक सन्तान वाला, राजकीय कामों में चतुर, तीर्थों का भक्त और अधिक शास्त्रों में निपुण होता है ॥ २३ ॥

नवें भाव में चं० मं० गु० श० युति का फल —

चन्द्रारजीवार्कसुता मनुष्यं धर्माश्रिताः सञ्जनयन्ति मर्त्यम् ।
गुणप्रियं पार्थिवमानभाजं जितेन्द्रियं मानविशारदञ्च ॥ २४ ॥

यदि जन्मपत्री में नवें भाव में चं० मं० गु० श० का योग हो तो जातक गुणों का प्रेमी, राजा से सम्मानित, जितेन्द्रिय और सम्मान में निपुण होता है ॥ २४ ॥

नवें भाव में चं० मं० शु० श० युति का फल—

चन्द्रारशुक्रार्कसुता मनुष्यं धर्माश्रिताः सञ्जनयन्ति मर्त्यम् ।
यशोऽन्वितं धर्मपरं प्रगल्भं विद्याधिकं पार्थिवमानपुष्टम् ॥ २५ ॥

यदि जन्मपत्री में नवें भाव में चं० मं० शु० श० का योग हो तो जातक यशस्वी, परम धार्मिक, प्रतिभाशाली, बडा विद्वान् और राजा के सम्मान से पुष्ट होता है ॥ २५ ॥

नवें भाव में चं० बु० गु० शु० युति का फल—

चन्द्रज्ञजीवासुरपूजिताङ्गा धर्माश्रिताः सञ्जनयन्ति मर्त्यम् ।
महानरेन्द्रं विगतारिपक्षं हस्त्यश्वकोशैर्विविधैः समेतम् ॥ २६ ॥

यदि जन्मपत्री में नवें भाव में चं० बु० गु० शु० का योग हो तो जातक बड़ा राजा, शत्रु से रहित, हाथी, घोड़ा व विविध सम्पत्ति से युक्त होता है ॥ २६ ॥

नवें भाव में चं० बु० गु० श० युति का फल---

चन्द्रज्ञजीवार्कसुता मनुष्यं धर्माश्रिताः सञ्जनयन्ति मर्त्यम् ।
उदारचेष्टं प्रियसाधुकृत्यं विचक्षणं धर्ममतिं सदैव ॥ २७ ॥

यदि जन्मपत्री में नवें भाव में चं० बु० गु० ज० का योग हो तो जातक उदारचेता, अच्छे कामों का प्रेमी, विद्वान् और सदा ही धार्मिक बुद्धि का होता है ॥ २७ ॥

नवें भाव में चं० बु० शु० श० युति का फल—

चन्द्रज्ञशुक्रार्कसुता मनुष्यं धर्माश्रिताः सञ्जनयन्ति मर्त्यम् ।
प्रियात्मकं साधुसमागमोक्तं मायाप्रधानं सुविचक्षणञ्च ॥ २८ ॥

यदि जन्मपत्री में नवें भाव में चं० बु० शु० श० का योग हो तो जातक प्रेमी भावना का, सज्जनों से सङ्गति करने वाला, मुख्य मायावी और अच्छा विद्वान् होता है ॥ २८ ॥

नवें भाव में चं० गु० शु० श० युति का फल—

चन्द्रामरेज्यभृगुजार्कपुत्रा धर्माश्रिताः सञ्जनयन्ति मर्त्यम् ।
देवद्विजाराधनतत्परञ्च प्रसिद्धभावं विजितेन्द्रियञ्च ॥ २९ ॥

यदि जन्मपत्री में नवें भाव में चं० गु० शु० श० का योग हो तो जातक देवता व ब्राह्मणों की पूजा में आसक्त, प्रसिद्ध भाव का और जितेन्द्रिय होता है ॥ २९ ॥

नवें भाव में मं० बु० गु० शु० युति का फल—

भौमज्ञजीवासुरपूजिताङ्घ्रा धर्माश्रिताः सञ्जनयन्ति मर्त्यम् ।
लज्जाधिकं सत्यदयासमेतं भयेन हीनं गुणलालसञ्च ॥ ३० ॥

यदि जन्मपत्री में नवें भाव में मं० बु० सू० शु० का योग हो तो जातक बड़ा लज्जावान् सत्यवान्, दयालु, निर्भय और गुणों का लालची होता है ॥ ३० ॥

नवें भाव में मं० बु० गु० श० युति का फल—

भौमज्ञजीवार्कसुता मनुष्यं धर्माश्रिताः सञ्जनयन्ति मर्त्यम् ।
सुतीर्थभोगैर्विविधैः प्रयुक्तं सुरम्यगात्रं जनसम्मतञ्च ॥ ३१ ॥

यदि जन्मपत्री में नवें भाव में मं० बु० गु० श० का योग हो तो जातक अनेक तीर्थों का भोगी, अच्छी सुन्दर देहवाला और जनप्रिय होता है ॥ ३१ ॥

नवें भाव में मं० बु० शु० श० युति का फल—

भौमज्ञशुक्रार्कसुता मनुष्यं धर्माश्रिताः सञ्जनयन्ति मर्त्यम् ।
जितानुरक्तं विविधोपचारैश्चरित्रभाजं विजयात्मकञ्च ॥ ३२ ॥

यदि जन्मपत्री में नवें भाव में मं० बु० शु० श० का योग हो तो जातक विजयी होने में आसक्त, अनेक उपचारों से चरित्रवान् और विजयी होता है ॥ ३२ ॥

नवें भाव में मं० गु० शु० श० युति का फल—

भौमामरेज्यभृगुजार्कपुत्राः धर्माश्रिताः सञ्जनयन्ति मर्त्यम् ।
यज्ञानुरक्तं विभुतासमेतं दानादिकं पापविवर्जितञ्च ॥३३॥

यदि जन्मपत्री में नवें भाव में मं० गु० शु० श० का योग हो तो जातक यज्ञों में आसक्त, समर्थवान्, दानी और पाप से रहित होता है ॥ ३३ ॥

नवें भाव में बु० गु० शु० श० युति का फल—

सौम्यामरेज्यभृगुजार्कपुत्राः धर्माश्रिताः सञ्जनयन्ति मर्त्यम् ।
विज्ञानविद्यागमशास्त्रदक्षं विचक्षणं जातिसमन्वितञ्च ॥३४॥
इत्येवं चतुर्विकल्पजाः ।

यदि जन्मपत्री में नवें भाव में बु० गु० शु० श० का योग हो तो जातक विज्ञान शास्त्र, आगम विद्या में निपुण, विद्वान् और अपनी जाति के मनुष्यों से युक्त होता है ॥ ३४ ॥

इस प्रकार नवें भाव में चार ग्रहों की युति का फल समाप्त हुआ ॥ १–३४ ॥

अथ पञ्चविकल्पजाः ।

अब आगे नवें भाव से पाँच ग्रहों की युति के फल को बताते हैं ।

नवें भाव में सू० चं० मं० बु० गु० युति का फल—

रवीन्दुभौमज्ञसुरेन्द्रपूज्या धर्माश्रिताः सञ्जनयन्ति मर्त्यम् ।
दृढप्रतापं मतिहीनमुग्रं श्रुतव्यपेतं विनयातिगञ्च ॥ १ ॥

यदि जन्मपत्री में नवें भाव में सू० चं मं० बु० गु० का योग हो तो जातक स्थिर प्रतापी, बुद्धि हीन, उग्र, शास्त्र से रहित और अधिक विनयी होता है ॥ १ ॥

नवें भाव में सू० चं० मं० बु० शु० युति का फल—

रवीन्दुभौमज्ञसिता मनुष्यं धर्माश्रिताः सञ्जनयन्ति मर्त्यम् ।
नानार्थशास्त्रैः सुजनैः समेतं धनान्वितं बान्धवसम्मतञ्च ॥ २ ॥

यदि जन्मपत्री में नवें भाव में सू० चं० मं० बु० शु० का योग हो तो जातक अनेक धन, शास्त्र व सज्जनों से युक्त, धनी और बान्धव प्रिय होता है ॥ २ ॥

नवें भाव में सू० चं० मं० बु० श० युति का फल—

रवीन्दुभौमज्ञदिनेशपुत्रा धर्माश्रिताः सञ्जनयन्ति मर्त्यम् ।
विद्यान्तविद्यं सुविशालकीर्तिं सुरूपदेहं नयकोविदञ्च ॥ ३ ॥

यदि जन्मपत्री में नवें भाव में सू० चं० मं० बु० श० का योग हो तो जातक अन्तिम विद्यावान्, विस्तृत कीर्तिमान्, स्वरूप से युक्त देहधारी और नीति में चतुर होता है ॥ ३ ॥

नवें भाव में सू० चं० मं० गु० शु० युति का फल—

रवीन्दुभौमामरपूज्यशुक्रा धर्मस्थिता सञ्जनयन्ति मर्त्यम् ।
विप्रप्रियं धर्मपरं सुशीलं प्रभूतवित्तं भयवर्जितञ्च ॥ ४ ॥

यदि जन्मपत्री में नवें भाव में सू० चं० मं० गु० शु० का योग हो तो जातक ब्राह्मण प्रिय, बड़ा धार्मिक, सुशील, अधिक धनवान् और निर्भय होता है ॥ ४ ॥

नवें भाव में सू० चं० मं० गु० श० युति का फल—

रवीन्दुभौमामरपूज्यसौरा धर्माश्रिताः सञ्जनयन्ति मर्त्यम् ।
उदारचित्तं प्रियतासमेतं महामनुष्यं दृढसौहृदञ्च ॥ ५ ॥

यदि जन्मपत्री में नवें भाव में सू० चं० मं० गु० श० का योग हो तो जातक उदारचेता, स्नेही, बड़ा पुरुष और स्थिर मैत्री वाला होता है ॥ ५ ॥

नवें भाव में सू० चं० मं० शु० श० युति का फल–

रवीन्दुभौमासुरपूज्यसौरा धर्मस्थिताः सञ्जनयन्ति मर्त्यम् ।
श्रद्धान्वितं दानरतं प्रसन्नं विशुद्धकर्माणमलोलुपञ्च ॥ ६ ॥

यदि जन्मपत्री में नवें भाव में सू० चं० मं० शु० श० का योग हो तो जातक श्रद्धालु, दानी, प्रसन्न, अच्छा काम करने वाला और लालच से रहित होता है ॥ ६ ॥

नवें भाव में सू० चं० बु० गु० शु० युति का फल–

रवीन्दुसौम्यामरपूज्यशुक्रा धर्मस्थिताः सञ्जनयन्ति मर्त्यम् ।
दृढप्रतापं मतिहीनमुग्रं श्रुतेन हीनं विनयातिगञ्च ॥ ७ ॥

यदि जन्मपत्री में नवें भाव में सू० चं० बु० गु० शु० का योग हो तो जातक स्थिर प्रतापी, बुद्धिहीन, उग्र, शास्त्र से रहित और अधिक विनम्र होता है ॥ ७ ॥

नवें भाव में सू० चं० बु० गु० श० युति का फल–

रवीन्दुसौम्यामरपूज्यसौरा धर्माश्रिताः सञ्जनयन्ति मर्त्यम् ।
मातापितृभ्यां प्रणतं सुरूपं महाधनं ब्राह्मणसम्मतञ्च ॥ ८ ॥

यदि जन्मपत्री में नवें भाव में सू० चं० बु० गु० श० का योग हो तो जातक माता पिता का भक्त, स्वरूपवान्, बड़ा धनी और ब्राह्मण प्रिय होता है ॥ ८ ॥

नवें भाव में सू. चं. बु. शु. श. युति का फल–

रवीन्दुसौम्यासुरपूज्यसौरा धर्माश्रिताः सञ्जनयन्ति मर्त्यम् ।
व्रतानुरक्तं स्वकुलप्रधानं नीरोगदेहं जनसम्मतञ्च ॥ ९ ॥

यदि जन्मपत्री में नवें भाव में सू० चं० बु० शु० श० का योग हो तो जातक व्रती, अपने वंश में मुखिया, रोगहीन शरीरधारी और जनप्रिय होता है ॥ ९ ॥

नवें भाव में सू. चं. गु. शु. श. युति का फल–

रवीन्दुजीवासुरपूज्यसौरा धर्माश्रिताः सञ्जनयन्ति मर्त्यम् ।
नानार्थभाजं वनितास्वभीष्टं धर्मध्वजं कीर्तिसमन्वितञ्च ॥ १० ॥

यदि जन्मपत्री मे नवें भाव में सू० चं० गु० शु० श० का योग हो तो जातक अनेक सम्पत्तियों का पात्र, स्त्रियों का प्रिय, धर्म की ध्वजा और कीर्तिमान् होता है ॥ १० ॥

नवें भाव में सू. मं. बु. गु. शु. युति का फल–

सूर्यारसौम्यामरपूज्यशुक्रा धर्माश्रिताः सञ्जनयन्ति मर्त्यम् ।
विभूतिभाजं सुधिया समेतं प्रभूतमित्रं जितशत्रुपक्षम् ॥ ११ ॥

यदि जन्मपत्री में नवें भाव में सू. मं. बु. गु. शु. का योग हो तो जातक ऐश्वर्यवान्, अच्छी बुद्धि से युक्त, अधिक मित्रवाला और शत्रुओं को जीतने वाला होता है ॥ ११ ॥

नवें भाव में सू. मं. बु. गु. श. युति का फल–

सूर्यारसौम्यामरपूज्यसौरा धर्मस्थिताः सञ्जनयन्ति मर्त्यम् ।
कृतज्ञमुत्साहितमिष्टधर्मं मतिप्रधानं नयनाभिरामम् ॥ १२ ॥

यदि जन्मपत्री में नवें भाव में सू. मं. बु. गु. श. का योग हो तो जातक कृतज्ञ, उत्साही, धर्म प्रिय, मुख्य बुद्धिमान् और नेत्रों का सुखदायी होता है ॥ १२ ॥

नवें भाव में सू. मं. गु. शु. श. युति का फल–

सूर्यारजीवासुरपूज्यसौरा धर्माश्रिताः सञ्जनयन्ति मर्त्यम् ।
विद्यार्जने तत्परमिष्टधर्मं सुशीलताशुक्लमनाश्रितञ्च ॥ १३ ॥

यदि जन्मपत्री में नवें भाव में सू. मं. गु. शु. श. का योग तो जातक विद्या प्राप्ति में आसक्त, धर्मप्रिय, सुशील, स्वच्छ और अनाश्रित होता है ॥ १३ ॥

नवें भाव में सू. बु. गु शु. श. युति का फल–

सूर्यज्ञजीवासुरपूज्यसौरा धर्माश्रिताः सञ्जनयन्ति मर्त्यम् ।
व्यपेतलज्जं कुधिया समेतं रुजार्तदेहं रणकातरञ्च ॥ १४ ॥

यदि जन्मपत्री में नवें भाव में सू. बु. गु. शु. श. का योग हो तो जातक निर्लज्ज दूषित बुद्धि, रोग से पीड़ित शरीरधारी और युद्ध में डरने वाला होता है ॥ १४ ॥

नवें भाव में चं. मं. बु. गु. शु. युति का फल–

चन्द्रारसौम्यामरपूज्यशुक्रा धर्माश्रिताः सञ्जनयन्ति मर्त्यम् ।
सुबुद्धिभाजं विजितारिपक्षं घृणान्वितं ब्राह्मणतर्पणञ्च ॥ १५ ॥

यदि जन्मपत्री में नवें भाव में चं. मं. बु. गु. शु. का योग हो तो जातक अच्छा बुद्धिमान्, शत्रुओं को जीतने वाला, घृणालु और ब्राह्मण प्रिय होता है ॥ १५ ॥

नवें भाव में चं. मं. बु गु. श. युति का फल–

चन्द्रारसौम्यामरपूज्यसौरा धर्माश्रिताः सञ्जनयन्ति मर्त्यम् ।
रोगैर्विमुक्तं प्रियदेवकृत्यं सुपात्ररक्तं नृपतेरभीष्टम् ॥ १६ ॥

यदि जन्मपत्री में नवें भाव में चं. मं. बु. गु. श. का योग हो तो जातक नीरोग, देवकार्यों का प्रेमी, सत्पात्र में आसक्त और राजा का प्रियपात्र होता है ॥ १६ ॥

नवें भाव में चं. मं. बु. शु. श. युति का फल–

चन्द्रारसौम्यासुरपूज्यसौरा धर्माश्रिताः सञ्जनयन्ति मर्त्यम् ।
भयेन युक्तं सुतदारभाजं कुटुम्बभक्तं सततं सुसत्यम् ॥ १७ ॥

यदि जन्मपत्री में नवें भाव में चं. मं. बु. शु. श. का योग हो तो जातक डरपोक, पुत्र व स्त्री से युक्त, कुटुम्ब का प्रेमी और सदा ही सत्य से युक्त होता है ॥ १७ ॥

नवें भाव में चं. मं. गु. शु. श. युति का फल–

चन्द्रारजीवासुरपूज्यसौरा धर्माश्रिताः सञ्जनयन्ति मर्त्यम् ।
महाविवेकाध्ययनैः समेतं हितं गुरूणां द्विजदेवभक्तम् ॥ १८ ॥

यदि जन्मपत्री में नवें भाव में चं. मं. गु. शु. श. का योग हो तो जातक बड़ा विवेकी, अध्ययनशील, गुरुजनों का शुभचिन्तक, देवता और ब्राह्मणों का भक्त होता है ॥ १८ ॥

नवें भाव में चं. बु. गु. शु. श. युति का फल–

चन्द्रज्ञजीवासुरपूज्यसौरा धर्माश्रिताः सञ्जनयन्ति मर्त्यम् ।
मायाविहीनं सुधिया समेतं धर्मान्वितं पापपराङ्मुखञ्च ॥ १९ ॥

यदि जन्मपत्री में नवें भाव में चं. बु. गु. शु. श. का योग हो तो जातक माया से रहित, अच्छा बुद्धिमान्, धर्मात्मा और पाप से बहिर्मुख होता है ॥ १९ ॥

नवें भाव में मं. बु. गु. शु. श. युति का फल—

भौमज्ञजीवासुरपूज्यसौरा धर्माश्रिताः सञ्जनयन्ति मर्त्यम् ।
नरेन्द्रपूज्यं वनितास्वभीष्टं स्वतः प्रगल्भं भयशोकहीनम् ॥ २० ॥

इत्येवं पञ्चविकल्पजाः ।

यदि जन्मपत्री में नवें भाव में मं. बु. गु. शु. श. का योग हो तो जातक राजा से पूजित, स्त्रियों का प्रेमी, स्वतन्त्र प्रतिभाशाली, भय और शोक से हीन होता है ॥२०॥

इस प्रकार नवें भाव में पाँच ग्रहों की युति का फल समाप्त हुआ ॥ १–२० ॥

अथ षड्विकल्पजाः ।

अब आगे नवें भाव में छह ग्रहों की युति के फल को बताते हैं ।

नवें भाव में सू. चं. मं. बु. गु. शु. युति का फल—

रवीन्दुभौमज्ञसुरेज्यशुक्रा धर्माश्रिताः सञ्जनयन्ति मर्त्यम् ।
पापात्मकं पापकथानुरक्तं कुमित्ररक्तं जनगर्हितञ्च ॥ १ ॥

यदि जन्मपत्री में नवें भाव में सू. चं. मं. बु. गु. शु. का योग हो तो जातक पापी, पाप कथाओं में लीन, दूषित मित्रों में आसक्त और मनुष्यों से निन्दित होता है ॥ १ ॥

नवें भाव में सू. चं. मं. बु. गु. श. युति का फल–

रवीन्दुभौमज्ञसुरेज्यसौरा धर्माश्रिताः सञ्जनयन्ति मर्त्यम् ।
ईर्ष्याधिकं कीर्तिविवर्जिताङ्गं निरस्तधर्मं मतिवर्जितञ्च ॥ २ ॥

यदि जन्मपत्री में नवें भाव में सू. चं. मं. बु. गु. श. का योग हो तो जातक बड़ा ईर्ष्यालु, कीर्ति से हीन, नष्ट धर्मी और बुद्धिहीन होता है ॥ २ ॥

नवें भाव में सू. चं. मं. गु. शु. श. युति का फल—

रवीन्दुभौमामरपूज्यशुक्रशनैश्चराः सञ्जनयन्ति मर्त्यम् ।
विचित्रभोगं गुरुशक्तिहीनं विरक्तपौरं परुषस्वभावम् ॥ ३ ॥

यदि जन्मपत्री में नवें भाव में सू. चं. मं. गु. शु. श. का योग हो तो जातक विचित्र भोगी, गुरु व शक्ति से रहित, सुगन्ध हीन और कठोर प्रकृति होता है ॥ ३ ॥

नवें भाव में सू. चं. बु. गु. शु. श. युति का फल—

रवीन्दुसौम्यामरपूज्यशुक्रशनैश्चराः सञ्जनयन्ति मर्त्यम् ।
मायान्वितं त्रासयुतं कुरूपं शीलेन हीनं बहुगर्वितञ्च ॥ ४ ॥

यदि जन्मपत्री में नवें भाव में सू. चं. बु. गु. शु. श. का योग हो तो जातक मायावी, दुःखदायी, विरूप, शील से रहित और बड़ा गर्वीला होता है ॥ ४ ॥

नवें भाव में सू. मं. बु. गु. शु. श. युति का फल—

सूर्यारसौम्यामरपूज्यशुक्रशनैश्चराः सञ्जनयन्ति मर्त्यम् ।
धर्माश्रिताः प्राणवधे निरुक्तं बह्वाशनं पापमतिं नृशंसम् ॥ ५ ॥

यदि जन्मपत्री में नवें भाव में सू. मं. बु. गु. शु. श. का योग हो तो जातक हिंसक, अधिक खाने वाला, पाप बुद्धि और निन्दनीय होता है ॥ ५ ॥

नवें भाव में चं. मं. बु. गु. शु. श. युति का फल—

चन्द्रारसौम्यामरपूज्यशुक्रशनैश्चराः सञ्जनयन्ति मर्त्यम् ।
धराधिनाथैः सुगतैः समेतं निधानभाजं भयवर्जितञ्च ॥ ६ ॥

इत्येवं षड्विकल्पजाः ।

यदि जन्मपत्री में नवें भाव में चं. मं. बु. गु. शु. श. का योग हो तो जातक राजा से युक्त, खान का भोगी और भय से हीन होता है ॥ ६ ॥

इस प्रकार नवें भाव में पाँच ग्रहों की युति का फल समाप्त हुआ ॥ १-६ ॥

अथ सप्तविकल्पजः ।

अब आगे नवें भाव में सात ग्रहों की युति के फल को कहते हैं ।

नवें भाव में सू. चं. मं. बु. गु. शु. श. युति का फल—

रवीन्दुभौमज्ञसुरेज्यशुक्रशनैश्चराः सञ्जनयन्ति मर्त्यम् ।
प्रभूतसौख्यं नृपतिप्रगल्भं नीरोगदेहं सुधिया समेतम् ॥ १ ॥

यदि जन्मपत्री में नवें भाव में सू. चं. मं. बु. गु. शु. श. का योग हो तो जातक बड़ा सुखी, प्रतिभाशाली राजा, रोग रहित शरीरधारी और अच्छी बुद्धि से युक्त होता है ॥ १ ॥

एवं सप्तविकल्पजः ।

इति वृद्धयवने धर्मभावस्थाश्रययोगाध्यायः ।

इस प्रकार वृद्धयवनोक्त २, ३, ४, ५, ६, ७ ग्रहों की युति का फल समाप्त हुआ ॥ १ ॥

अथ कर्मभावस्थद्विग्रहादियोगफलम् ।

अब आगे वृद्धयवनाचार्य द्वारा कथित दसवें भाव में दो, तीन, चार, आदि ग्रहों की युति के फल कहने में प्रथम दो ग्रहों की युति के फल को बताते हैं ।

दसवें भाव में सूर्य चन्द्र युति का फल—

कर्माश्रितस्तीक्ष्णकरः सचन्द्रो नरं प्रसूते पटुताविहीनम् ।
निसर्गदुष्टं कुधिया समेतं विनीतदानं वनितानुरक्तम् ॥ १ ॥

यदि जन्मकुण्डली में दसवें भाव में सूर्य चन्द्रमा का योग हो तो जातक अचतुर, स्वभाव से दुष्ट, दूषित बुद्धि से युक्त, विनम्र, दानी और स्त्रियों में आसक्त होता है ॥१॥

दसवें भाव में सूर्य भौम युति का फल—

कर्माश्रितस्तीक्ष्णकरः सभौमो नरं प्रसूते बहुपीडभाजम् ।
जयेन युक्तं बहुकीर्तियुक्तं नृपप्रियं बान्धवसम्मतञ्च ॥ २ ॥

यदि जन्मकुण्डली में दसवें भाव में सूर्य भौम का योग हो तो जातक बड़ा दुःखी, विजयी, कीर्तिमान्, राजा का प्रिय पात्र और बान्धवों का प्रिय होता है ॥ २ ॥

दसवें भाव में सूर्य बुध युति का फल—

कर्माश्रितस्तीक्ष्णकरः ससौम्यो नरं प्रसूते सुधिया समेतम् ।
विख्यातकर्माणमलौल्यभावं जनप्रियं सत्यरतं कृतज्ञम् ॥ ३ ॥

यदि जन्मकुण्डली में दसवें भाव में सूर्य बुध का योग हो तो जातक अच्छा बुद्धिमान्, प्रसिद्ध कार्य करने वाला, लालसा से हीन, जनप्रिय, सत्य में आसक्त और कृतज्ञ होता है ॥ ३ ॥

दसवें भाव में सूर्य गुरु युति का फल—

कर्माश्रितस्तीक्ष्णकरः सजीवो नरं प्रसूते सुहितं जनानाम् ।
परोपकारात्मकमद्भुतार्थं सुवाहनाढ्यं प्रियवल्गुवाक्यम् ॥ ४ ॥

यदि जन्मकुण्डली में दसवें भाव में सूर्य गुरु का योग हो तो जातक मनुष्यों का शुभी, परोपकारी, अद्भुत धनी, सुन्दर सवारी से युक्त और मीठी सुन्दर वाणी का होता है ॥ ४ ॥

दसवें भाव में सूर्य शुक्र युति का फल—

कर्माश्रितस्तीक्ष्णकरः सशुक्रो नरं प्रसूते प्रथिताभिमानम् ।
विशुद्धकार्यं सुभगं सुशीलं भयव्यपेतं सुतरां विधिज्ञम् ॥ ५ ॥

यदि जन्मकुण्डली में दसवें भाव में सूर्य शुक्र का योग हो तो जातक प्रसिद्ध अभिमानी, विशुद्ध कार्यकर्त्ता, भाग्यशाली, सुशील, निर्भय और निरन्तर विधि वेत्ता होता है ॥ ५ ॥

दसवें भाव में सूर्य शनि युति का फल—

कर्माश्रितस्तीक्ष्णकरः ससौरो नरं प्रसूते निधनप्रगल्भम् ।
विशालनेत्रं सुभुजं सुवक्त्रं सुदीर्घकेशं सुधिया समेतम् ॥ ६ ॥

यदि जन्मकुण्डली में दसवें भाव में सूर्य शनि का योग हो तो जातक धनहीन, प्रतिभाशाली, विस्तृत आँख वाला, सुन्दर हाथ व मुखवाला, लम्बे केशों से युक्त और अच्छा बुद्धिमान् होता है ॥ ६ ॥

दसवें भाव में चन्द्र भौम युति का फल—

मेषूरणस्थो हिमगुः सभौमो नरं प्रसूते नृपमानभाजम् ।
जितारिवर्गं बहुकर्मभाजं कुसीदवाप्तं द्रविणं सदैव ॥ ७ ॥

यदि जन्मकुण्डली में दसवें भाव में चन्द्र भौम का योग हो तो जातक राजा से सम्मानित, शत्रुओं को जीतने वाला, अधिक कार्यों का भोगी और सदा ही व्याज से धन पैदा करने वाला होता है ॥ ७ ॥

दसवें भाव में चन्द्र बुध युति का फल—

मेषूरणस्थो हिमगुः ससौम्यो नरं प्रसूते सुहितं द्विजानाम् ।
सदोद्यमं पुण्यपरं दृढज्ञं विख्यातकीर्तिं धृतिकर्मदक्षम् ॥ ८ ॥

यदि जन्मकुण्डली में दसवें भाव में चन्द्र बुध का योग हो तो जातक ब्राह्मणों का शुभ चिन्तक, निरन्तर उद्योगी, बड़ा पुण्यवान्, स्थिरता का जानकार, विख्यात कीर्तिमान् और धैर्य से काम करने में निपुण होता है ॥ ८ ॥

दसवें भाव में चन्द्र गुरु युति का फल—

मेषूरणस्थो हिमगुः सजीवो नरं प्रसूते धृतिपुष्टिभाजम् ।
विवेकसत्यार्जनसौख्ययुक्तं नरं प्रधानं गतकल्मषञ्च ॥ ९ ॥

यदि जन्मकुण्डली में दसवें भाव में चन्द्र गुरु का योग हो तो जातक धैर्य से पुष्ट, विवेकी, सत्य से लब्धि में सुखी, मुख्य और पाप से रहित होता है ॥ ९ ॥

दसवें भाव में चन्द्र शुक्र युति का फल—

मेषूरणस्थो हिमगुः सशुक्रो नरं प्रसूते निधिबुद्धिभाजम् ।
कृषिप्रधानं नरनाथसौख्यं नरेन्द्रपूज्यं महिमासमेतम् ॥ १० ॥

यदि जन्मकुण्डली में दसवें भाव में चन्द्र शुक्र का योग हो तो जातक खजाने की बुद्धि का, मुख्य किसान, राजा के तुल्य सुखी, राजा से सम्मानित और महिमा से युक्त होता है ॥ १० ॥

दसवें भाव में चन्द्र शनि युति का फल—

मेषूरणस्थो हिमगुः ससौरो नरं प्रसूते विनयप्रधानम् ।
प्रभूतमित्रं प्रथितप्रतापं द्विजानुरक्तं दृढपौरुषञ्च ॥ ११ ॥

यदि जन्मकुण्डली में दसवें भाव में चन्द्र शनि का योग हो तो जातक मुख्य विनयी, अधिक मित्र वाला, प्रसिद्ध प्रतापी, ब्राह्मणों का भक्त और स्थिर पुरुषार्थी होता है ॥११॥

दसवें भाव में भौम बुध युति का फल—

नभस्थलस्थः क्षितिजः ससौम्यो नरं प्रसूते धृतिबुद्धियुक्तम् ।
मनोऽर्थशास्त्रान्वितमिष्टसत्यं गीतप्रियं धर्मसमन्वितञ्च ॥ १२ ॥

यदि जन्मकुण्डली में दसवें भाव में भौम बुध का योग हो तो जातक धृतिमान्, बुद्धिमान्, मानसिक शुद्धिवाला, धनी, शास्त्रज्ञ, सत्य का प्रेमी, गाने का प्रेमी और धार्मिक होता है ॥ १२ ॥

दसवें भाव में भौम गुरु युति का फल—

नभस्थलस्थः क्षितिजः सजीवो नरं प्रसूते विविधोपचारम् ।
चारित्रभाजं श्रुतिशास्त्ररक्तं धर्मस्थितिं प्रीतिकरं जनानाम् ॥ १३ ॥

यदि जन्मकुण्डली में दसवें भाव में भौम गुरु का योग हो तो जातक अनेक उपचार वाला, चरित्रवान्, वेदशास्त्र में आसक्त, धार्मिक और मनुष्यों को प्रसन्न करने वाला होता है ॥ १३ ॥

दसवें भाव में भौम शुक्र युति का फल—

नभस्थलस्थः क्षितिजः सशुक्रो नरं प्रसूते विविधान्नपानम् ।
सुतीर्थसंवासरतं प्रसन्नं दयासमेतं विनयाधिकञ्च ॥ १४ ॥

यदि जन्मकुण्डली में दसवें भाव में भौम शुक्र का योग हो तो जातक अनेक अन्न पानों से युक्त, अच्छे तीर्थों में निवास करने में आसक्त, प्रसन्न, दयालु और अधिक विनयी होता है ॥ १४ ॥

दसवें भाव में भौम शनि युति का फल—

नभस्थलस्थः क्षितिजः ससौरो नरं प्रसूते श्रुतिशीलभाजम् ।
मायाविहीनं पशुपुत्रभाजं सदा समृद्धं प्रियदर्शनञ्च ॥ १५ ॥

यदि जन्मकुण्डली के दसवें भाव में भौम शनि का योग हो तो जातक वेद का ज्ञाता, सुशील, माया से हीन, पशु व पुत्र से युक्त, सदा संपन्न और प्रिय दर्शनीय होता है ॥१५॥

दसवें भाव में बुध गुरु युति का फल—

नभस्थलस्थः शशिजः सजीवो नरं प्रसूते बहुदुःखभाजम् ।
कीर्त्यान्वितं सत्यदयासमेतं स्वभावशुद्धं धनधान्ययुक्तम् ॥ १६ ॥

यदि जन्मकुण्डली में दसवें भाव में बुध गुरु का योग हो तो जातक बड़ा दुःखभोगी, कीर्तिमान्, सत्यवान्, दयालु, स्वभाव से शुद्ध और धनधान्य से युक्त होता है ॥ १६ ॥

दसवें भाव में बुध शुक्र युति का फल—

नभस्थलस्थः शशिजः सशुक्रो नरं प्रसूते सुभगं मनोज्ञम् ।
प्रियातिथिं धर्मकथानुरक्तं प्रसन्नमूर्ति दृढसौहृदञ्च ॥ १७ ॥

यदि जन्मकुण्डली में दसवें भाव में बुध शुक्र का योग हो तो जातक अच्छा भाग्यशाली, सुन्दर, अतिथि प्रेमी, धार्मिक कथाओं में आसक्त, प्रसन्नमूर्ति और स्थिर मैत्री वाला होता है ॥ १७ ॥

दसवें भाव में बुध शनि युति का फल—

नभस्थलस्थः शशिजः ससौरो नरं प्रसूते गणनानुरक्तम् ।
प्रसिद्धकर्माणमतिप्रधानं सदानुरक्तं द्विजदेवतानाम् ॥ १८ ॥

यदि जन्मकुण्डली में दसवें भाव में बुध शनि का योग हो तो जातक गणना में आसक्त, प्रसिद्ध काम करने वाला, मुख्य बुद्धिमान्, देवता व ब्राह्मणों का भक्त होता है ॥ १८ ॥

नभस्थलस्थः सुरराजमन्त्री शुक्रेण युक्तो जनयेन्मनुष्यम् ।
विप्रानुरक्तं बहुबुद्धिभाजं सत्यान्वितं तीर्थपरं सदैव ॥ १९ ॥

दसवें भाव में गुरु शुक्र युति का फल—

यदि जन्मकुण्डली में दसवें भाव में गुरु शुक्र का योग हो तो जातक ब्राह्मणों का भक्त, बड़ा बुद्धिमान्, सत्यवान् और सदा ही तीर्थों का भक्त होता है ॥ १९ ॥

दसवें भाव में गुरु शनि युति का फल—

नभस्थलस्थः सुरराजमन्त्री सौरेण युक्तो जनयेन् मनुष्यम् ।
श्रुतं प्रधानं नियमैः समेतं बहुप्रतापं जनवल्लभञ्च ॥ २० ॥

यदि जन्मकुण्डली में दसवें भाव में गुरु शनि का योग हो तो जातक मुख्य शास्त्रज्ञ, नियमी, बड़ा प्रतापी और जनप्रिय होता है ॥ २० ॥

दसवें भाव में शुक्र शनि युति का फल—

नभस्थलस्थो भृगुजः ससौरो नरं प्रसूते बहुबुद्धिभाजम् ।
निसर्गशुद्धं विभुतासमेतं महामनुष्यं सुजनानुरक्तम् ॥ २१ ॥

इत्येवं द्विविकल्पजाः ।

यदि जन्मकुण्डली में दसवें भाव में शुक्र शनि का योग हो तो जातक बड़ा बुद्धिमान्, स्वभाव से शुद्ध, समर्थ, बड़ा पुरुष और सज्जनों में आसक्त होता है ॥ २१ ॥

इस प्रकार दसवें भाव में दो ग्रहों की युति का फल समाप्त हुआ ॥ १–२१ ॥

अथ त्रिविकल्पजाः ।

अब आगे दसवें भाव में तीन ग्रहों की युति के फल को बताते हैं ।

दसवें भाव में सू० चं० मं० युति का फल—

रवीन्दुभौमा जनयन्ति मर्त्यं कर्माश्रिताः सत्यबलैर्विहीनम् ।
सङ्ग्रामरक्तं नृपतेरभीष्टं विनीतवाक्यं प्रियसाधुकृत्यम् ॥ १ ॥

यदि जन्मकुण्डली में दसवें भाव में सू० चं० मं० का योग हो तो जातक सत्य व बल से हीन, युद्ध में आसक्त, राजा का प्रिय पात्र, विनम्र वाणी और सत्कार्यों का प्रेमी होता है ॥ १ ॥

दसवें भाव में सू० चं० बु० युति का फल—

रवीन्दुसौम्या यदि कर्मसंस्था नरं प्रकुर्वन्ति विहीनपापम् ।
प्रज्ञानुरक्तं विभवैः समेतं सुरूपदेहं बहुगौरवञ्च ॥ २ ॥

यदि जन्मकुण्डली में दसवें भाव में सू० चं० बु० का योग हो तो जातक पाप से रहित, बुद्धिमान्, ऐश्वर्यवान्, सुरूप देहधारी और बड़ा गौरवशाली होता है ॥ २ ॥

दसवें भाव में सू० चं० गु० युति का फल—

रवीन्दुजीवा यदि कर्मसंस्था नरं प्रकुर्वन्ति धियाप्रधानम् ।
सुरक्षिताङ्गं विविधोपचारं कुलप्रधानं सुधिया समेतम् ॥ ३ ॥

यदि जन्मकुण्डली में दसवें भाव में सू० चं० गु० का योग हो तो जातक बुद्धि में मुख्य, सुरक्षित शरीर धारी, अनेक उपचारी, वंश में मुख्य और अच्छा बुद्धिमान् होता है ॥ ३ ॥

दसवें भाव में सू० चं० शु० युति का फल—

रवीन्दुशुक्रा यदि कर्मसंस्था नरं प्रकुर्वन्ति सुतीर्थभाजम् ।
सुसाधुसेवासुरतं नयज्ञं प्रभूतकोशं वनिताप्रगल्भम् ॥ ४ ॥

यदि जन्मकुण्डली में दसवें भाव में सू० चं० शु० का योग हो तो जातक अच्छे तीर्थों का पात्र, सज्जनों की सेवा में आसक्त, नीति का ज्ञाता, बड़ा धनी और स्त्रियों में प्रतिभाशाली होता है ॥ ४ ॥

दसवें भाव में सू० चं० श० युति का फल—

रवीन्दुसौरा यदि कर्मसंस्था नरं प्रकुर्वन्ति शुचि सदैव ।
नयेन हीनं नियतं कुकृत्ये प्रभूतधान्यागमलालसञ्च ॥ ५ ॥

यदि जन्मकुण्डली में दसवें भाव में सू० चं० श० का योग हो तो जातक सदा ही पवित्र, न्याय से हीन, कुत्सित कार्यकर्ता और अधिक धान्य के आगमन का लालची होता है ॥ ५ ॥

दसवें भाव में सू० मं० बु० युति का फल—

सूर्यारसौम्या जनयन्ति मर्त्यं कर्माश्रिता धर्ममयं सुविज्ञम् ।
प्रभूतमित्रं जनमानपुष्टं सतामभीष्टं विनयप्रधानम् ॥ ६ ॥

यदि कुण्डली में दसवें भाव में सू० मं० बु० का योग हो तो जातक धर्मात्मा, अच्छा जानकार, अधिक मित्र वाला, जनों के सम्मान से पुष्ट, सज्जनों का प्रेमी और मुख्य विनयी होता है ॥ ६ ॥

दसवें भाव में सू० मं० गु० युति का फल—

सूर्यारजीवा जनयन्ति मर्त्यं कर्माश्रिता धर्ममयं सुनित्यम् ।
विचित्रवाक्यं कृतकर्कविहीनं सतामभीष्टं विनयप्रधानम् ॥ ७ ॥

यदि जन्मकुण्डली में दसवें भाव में सू० मं० गु० का योग हो तो जातक सदा धर्मात्मा, विचित्र वाणी का, कठोरता से हीन, सज्जनों का प्रेमी और मुख्य विनयी होता है ॥ ७ ॥

दसवें भाव में सू० मं० शु० युति का फल—

सूर्यारशुक्रा जनयन्ति मर्त्यं कर्माश्रिताः सत्ययशोनिधानम् ।
भूपालमानार्जितभूरिवित्तं सौभाग्यनीत्या सहितं सदैव ॥ ८ ॥

यदि जन्मकुण्डली में दसवें भाव में सू० मं० शु० का योग हो तो जातक सत्यवान्, यशस्वी, राजा के सम्मान से अधिक धन प्राप्त करने वाला और सदा ही अच्छा नीतिमान् होता है ॥ ८ ॥

दसवें भाव में सू० मं० श० युति का फल—

सूर्यारसौरा जनयन्ति मर्त्यं कर्माश्रिताः कल्पतरुं मनोज्ञम् ।
तेजोऽन्वितं शास्त्रपरं प्रधानं स्ववर्गमध्ये सुसुखं सदैव ॥ ९ ॥

यदि जन्मकुण्डली में दसवें भाव में सू० मं० श० का योग हो तो जातक कल्पवृक्ष के समान, सुन्दर, तेजस्वी, परम शास्त्रज्ञ, अपने वर्ग में मुख्य और सदा ही अच्छा सुखी होता है ॥ ९ ॥

दसवें भाव में सू० बु० गु० युति का फल—

सूर्यज्ञजीवा जनयन्ति मर्त्यं कर्माश्रिताः कामविवर्जिताङ्गम् ।
व्यपेतमन्युं व्रतिनामभीष्टं सुयज्ञधर्मार्जनतत्परञ्च ॥ १० ॥

यदि जन्मकुण्डली में दसवें भाव में सू० बु० गु० का योग हो तो जातक काम से हीन शरीरधारी, क्रोध हीन, व्रतियों का प्रिय, सुन्दर यज्ञ और धर्म में आसक्त होता है ॥ १० ॥

दसवें भाव में सू० बु० शु० युति का फल—

सूर्यज्ञशुक्रा जनयन्ति मर्त्यं कर्माश्रिताः क्षान्तियुतं सुरूपम् ।
विदग्धगोष्ठीषु रतं सुनीतं विद्यावरं ब्राह्मणसम्मतञ्च ॥ ११ ॥

यदि जन्मकुण्डली में दसवें भाव में सू० बु० शु० का योग हो तो जातक क्षान्तिमान्, स्वरूपवान्, चतुर गोष्ठी में आसक्त, सुन्दर नीतिमान्, परम विद्वान् और ब्राह्मणों का प्रिय होता है ॥ ११ ॥

दसवें भाव में सू० बु० श० युति का फल—

सूर्यज्ञसौरा जनयन्ति मर्त्यं श्रिया समेतं बहुविज्ञदक्षम् ।
क्षमान्वितं सत्यदयासमेतं सुभूरिवित्तं बहुकृत्यदक्षम् ॥ १२ ॥

यदि जन्मकुण्डली में दसवें भाव में सू० बु० श० का योग हो तो जातक अधिक जानकारों में चतुर, क्षमावान्, सत्यवान्, दयालु, बड़ा धनी और अधिक कार्यों में चतुर होता है ॥ १२ ॥

दसवें भाव में सू० गु० शु० युति का फल—

सूर्यामरेज्यभृगुजा मनुष्यं कर्माश्रिताः सञ्जनयन्ति मर्त्यम् ।
धर्मप्रधानं कुलवृद्धिकारकं सतामभीष्टं प्रियदर्शनञ्च ॥ १३ ॥

यदि जन्मकुण्डली में दसवें भाव में सू० गु० शु० का योग हो तो जातक मुख्य धर्मात्मा, वंश की वृद्धि करने वाला, सज्जनों का प्रेमी और प्रिय दर्शनीय होता है ॥ १३ ॥

दसवें भाव में सू० गु० श० युति का फल—

सूर्यामरेज्यार्कसुता मनुष्यं कर्माश्रिताः सञ्जनयन्ति नूनम् ।
प्रशस्तवाक्यं विनयप्रधानं महाधनं देवगुरुप्रभक्तम् ॥ १४ ॥

यदि जन्मकुण्डली में दसवें भाव में सू० गु० श० का योग हो तो जातक अवश्य ही प्रशस्त वाणी का, मुख्य विनयी, बड़ा धनवान्, देवता और गुरु का भक्त होता है ॥१४॥

दसवें भाव में सू० शु० श० युति का फल—

सूर्यासुरेज्यार्कसुता मनुष्यं कर्माश्रिताः कीर्तिकरं कृतज्ञम् ।
विद्याविवेकागमशास्त्रलब्धं निरीहमुत्साहिनमप्रमत्तम् ॥ १५ ॥

यदि जन्मकुण्डली में दसवें भाव में सू० शु० श० का योग हो तो जातक कीर्तिमान्, कृतज्ञ, विद्वान्, विवेकी, आगम शास्त्र का ज्ञाता, निरीह, उत्साही और अप्रमत्त होता है ॥ १५ ॥

दसवें भाव में चं० मं० बु० युति का फल—

चन्द्रारसौम्या जनयन्ति मर्त्यं कर्माश्रिताः कर्मविहीनमिष्टम् ।
विरोधमुत्साहपरं सुनित्यं धर्मप्रधानं जनसम्मतञ्च ॥ १६ ॥

यदि जन्मकुण्डली में दसवें भाव में चं० मं० बु० का योग हो तो जातक कर्तव्यहीनता का प्रेमी, विरोधी, बड़ा उत्साही, सदा धर्म में मुख्य और जनप्रिय होता है ॥१६॥

दसवें भाव में चं० मं० गु० युति का फल—

चन्द्रारजीवा जनयन्ति मर्त्यं कर्माश्रिताः सत्यधनं मनोज्ञम् ।
नरेन्द्रपूज्यं प्रणतं प्रगल्भं सुपानदारं सुतज्ञानरक्तम् ॥ १७ ॥

यदि जन्मकुण्डली में दसवें भाव में चं० मं० गु० का योग हो तो जातक सत्यधनी, सुन्दर, राजा से पूजित, विनयी, प्रतिभाशाली, शराबी स्त्री वाला और पुत्र के ज्ञान में आसक्त होता है ॥ १७ ॥

दसवें भाव में चं० मं० शु० युति का फल—

चन्द्रारशुक्रा जनयन्ति मर्त्यं कर्माश्रितास्तीर्थकथानुरक्तम् ।
सौभाग्यभाजं विजितारिपक्षं देवद्विजानां द्विजवल्लभञ्च ॥ १८ ॥

यदि जन्मकुण्डली में दसवें भाव में चं० मं० शु० का योग हो तो जातक तीर्थ की कथाओं में आसक्त, सौभाग्यवान्, शत्रुओं को जीतने वाला और देवता ब्राह्मणों का भक्त होता है ॥ १८ ॥

दसवें भाव में चं० मं० श० युति का फल—

चन्द्रारसौरा जनयन्ति मर्त्यं धर्माश्रिताः कान्तियुतं कथाढ्यम् ।
प्रभूतलज्जं नरदेवपूज्यं परोपकारे चतुरं सदैव ॥ १९ ॥

यदि जन्मकुण्डली में दसवें भाव में चं० मं० श० का योग हो तो जातक कान्तिमान्, कथाओं से युक्त, बड़ा लज्जावान्, राजा से पूजित और सदा ही परोपकार में चतुर होता है ॥ १९ ॥

दसवें भाव में चं० बु० गु० युति का फल—

चन्द्रज्ञजीवा जनयन्ति मर्त्यं कर्माश्रिताः स्थाननरेन्द्रपूज्यम् ।
स्थिरस्वभावं विभवेन युक्तं श्रुतोत्सुकं नीतिविचक्षणञ्च ॥ २० ॥

यदि जन्मकुण्डली में दसवें भाव में चं० बु० गु० का योग हो तो जातक स्थानीय राजा से पूजित, स्थिर, प्रकृति, ऐश्वर्यमान्, शास्त्रों का उत्सुकी और नीति का विद्वान् होता है ॥ २० ॥

दसवें भाव में चं० बु० शु० युति का फल—

चन्द्रज्ञशुक्रा जनयन्ति मर्त्यं कर्माश्रिताः प्राणिदयासमेतम् ।
ह्रियाधिकं कामरुजा विहीनं नितान्तमुत्साहिनमोजसाढ्यम् ॥ २१ ॥

यदि जन्मकुण्डली में दसवें भाव में चं० बु० शु० का योग हो तो जातक जीवों पर दया करने वाला, अधिक लज्जावान्, काम पीड़ा से हीन, नितान्त उत्साही और ओजस्वी होता है ॥ २१ ॥

दसवें भाव में चं० बु० श० युति का फल—

चन्द्रज्ञसौरा जनयन्ति मर्त्यं कर्माश्रिताः सत्यधनं निरीहम् ।
सुसंमतं वाक्यविधिं प्रगल्भं स्थिरस्वभावं विरुजा समेतम् ॥ २२ ॥

यदि जन्मकुण्डली में दसवें भाव में चं० बु० श० का योग हो तो जातक सत्य का धनी, निरीह, सुन्दर मत वाला, वाक्य की विधि का जानकार, प्रतिभाशाली, स्थिर प्रकृति और विशेष रोग वाला होता है ॥ २२ ॥

दसवें भाव में चं० गु० शु० युति का फल—

चन्द्रामरेज्यभृगुजा मनुष्यं कुर्वन्ति रूपं बहुवीर्यभाजम् ।
कर्माश्रिताः पुत्रसुहृत्समेतं प्रभूतसङ्ख्यार्जितभूरिवित्तम् ॥ २३ ॥

यदि जन्मकुण्डली में दसवें भाव में चं० गु० शु० का योग हो तो जातक स्वरूपवान्, बड़ा पराक्रमी, पुत्र व मित्र से युक्त, अधिक संख्या से ज्यादा धन पैदा करने वाला होता है ॥ २३ ॥

दसवें भाव में चं० गु० श० युति का फल—

चन्द्रामरेज्यार्कसुता मनुष्यं कुर्वन्ति विद्याविनयेन हीनम् ।
कर्माश्रिताः साधुसमागमोक्तं सुनीतिभाजं नृपपूजितञ्च ॥ २४ ॥

यदि जन्मकुण्डली में दसवें भाव में चं० गु० श० का योग हो तो जातक विद्या व विनय से हीन, सज्जनों का समागमी, अच्छा नीतिमान् और राजा से पूजित होता है ॥ २४ ॥

दसवें भाव में चं० शु० श० युति का फल—

चन्द्रासुरेज्यार्कसुता मनुष्यं कर्माश्रिताः सञ्जनयन्ति मर्त्यम् ।
धनेन युक्तं जनताप्रभुत्वं सन्मानकीर्त्यान्वितमुग्ररूपम् ॥ २५ ॥

यदि जन्मकुण्डली में दसवें भाव में चं० शु० श० का योग हो तो जातक धनी, जनता का स्वामी, सम्मानित, कीर्तिमान् और उग्रस्वरूपी होता है ॥ २५ ॥

दसवें भाव में मं० बु० गु० युति का फल—

भौमज्ञजीवा जनयन्ति मर्त्यं कर्माश्रिताः सत्यरतं विनीतम्।
पुण्याधिकं कल्यतनुं सुमुख्यं कुलप्रधानं नयनाभिरामम् ॥ २६ ॥

यदि जन्मकुण्डली में दसवें भाव में मं० बु० गु० का योग हो तो जातक सत्य में आसक्त, विनयी, अधिक पुण्यवान्, रोगहीन शरीरधारी, मुख्य, वंश में प्रधान और आंखों का सुखदायी होता है ॥ २६ ॥

दसवें भाव में मं० बु० शु० युति का फल—

भौमज्ञशुक्रा जनयन्ति मर्त्यं कामाश्रिता भूरिधनैस्समेतम्।
बहुप्रतापं विजितारिपक्षं क्षमान्वितं तीर्थकथानुरक्तम् ॥ २७ ॥

यदि जन्मकुण्डली में दसवें भाव में मं० बु० शु० का योग हो तो जातक अधिक धन से युक्त, बड़ा प्रतापी, शत्रुओं को जीतने वाला, क्षमावान् और तीर्थ की कथाओं में आसक्त होता है ॥ २७ ॥

दसवें भाव में मं० बु० श० युति का फल—

भौमज्ञसौरा जनयन्ति मर्त्यं कर्माश्रिताः कीर्तिकलत्रभाजम्।
प्रभूतज्ञानं प्रमदाभिरामं कुलप्रधानं सततं सुशीलम् ॥ २८ ॥

यदि जन्मकुण्डली में दसवें भाव में मं० बु० श० का योग हो तो जातक कीर्तिमान्, स्त्री से युक्त, बड़ा ज्ञानी, स्त्रियों का प्रिय, वंश में मुख्य और सदा सुशील होता है ॥ २८ ॥

दसवें भाव में मं० गु० शु० युति का फल—

भौमामरेज्यभृगुजा मनुष्यं कर्माश्रिताः सञ्जनयन्ति नूनम्।
सदा प्रगल्भं प्रचुरप्रतापं हितं गुणं मन्मथबान्धवानाम् ॥ २९ ॥

यदि जन्मकुण्डली में दसवें भाव में मं० गु० शु० का योग हो तो जातक निश्चय सदा प्रतिभाशाली, बड़ा प्रतापी, शुभी और काम बन्धुओं का गुणी होता है ॥ २९ ॥

दसवें भाव में मं० गु० श० युति का फल—

भौमामरेज्यार्कसुता मनुष्यं कर्माश्रिताः सञ्जयन्ति मर्त्यम्।
सरौद्रकर्माप्तसुभूरिलाभं यशोऽर्थभाजं नयकोविदञ्च ॥ ३० ॥

यदि जन्मकुण्डली में दसवें भाव में मं० गु० श० का योग हो तो जातक भयानक कार्यों से अधिक लाभ करने वाला, यशस्वी, धनी और नीति में निपुण होता है ॥ ३० ॥

दसवें भाव में मं० शु० श० युति का फल—

भौमासुरेज्यार्कसुता मनुष्यं कर्माश्रिताः सञ्जनयन्ति तीव्रम्।
प्रचण्डकर्माणमतिप्रतप्तं प्रभूतकोशं स्वकुलप्रधानम् ॥ ३१ ॥

यदि जन्मकुण्डली में दसवें भाव में मं० शु० श० का योग हो तो जातक तीखा, उग्र काम करने वाला, अधिक सन्तप्त, अधिक कोश वाला और अपने वंश में मुख्य होता है ।। ३१ ।।

दसवें भाव में बु० गु० शु० युति का फल—

सौम्यामरेज्यभृगुजा मनुष्यं कर्माश्रिताः सञ्जनयन्ति मर्त्यम् ।
महानरेन्द्रं प्रचुरप्रतापं धर्मध्वजं सत्यसमन्वितञ्च ।। ३२ ।।

यदि जन्मकुण्डली में दसवें भाव में बु० गु० शु० का योग हो तो जातक बड़ा राजा, अधिक प्रतापी, धर्म को ध्वजा और सत्य से युक्त होता है ।। ३२ ।।

दसवें भाव में बु० गु० श० युति का फल—

सौम्यामरेज्यार्कसुता मनुष्यं कर्माश्रिताः सञ्जनयन्ति साधुम् ।
धीरं प्रभूतद्रविणं नयज्ञं सदानुरक्तं निजबान्धवानाम् ।। ३३ ।।

यदि जन्मकुण्डली में दसवें भाव में बु० गु० श० का योग हो तो जातक सज्जन, धैर्यवान्, बड़ा धनी, नीति का जानकार और अपने बन्धुओं में आसक्त होता है ।। ३३ ।।

दसवें भाव में बु० शु० श० युति का फल—

सौम्यासुरेज्यार्कसुता मनुष्यं कर्माश्रिताः सञ्जनयन्ति मर्त्यम् ।
उद्यानवापीनिरतं सुधर्मं प्रभूतजिज्ञाप्तयशःप्रभावम् ।। ३४ ।।

यदि जन्मकुण्डली में दसवें भाव में बु० शु० श० का योग हो तो जातक बगीचा व कूप में आसक्त, अच्छा धर्मात्मा और बड़े कुतूहल से यश व प्रभाव पाने वाला होता है ।। ३४ ।।

दसवें भाव में गु० शु० श० युति का फल—

जीवासुरेज्यार्कसुता मनुष्यं कर्माश्रिताः सञ्जनयन्ति मर्त्यम् ।
निसर्गशुद्धं सुमतिप्रगल्भं वन्द्यं सतामार्तिविवर्जिताङ्गम् ।। ३५ ।।
इत्येवं त्रिविकल्पजाः ।

यदि जन्मकुण्डली में दसवें भाव में गु० शु० श० का योग हो तो जातक स्वभाव से पवित्र, अच्छा बुद्धिमान्, प्रतिभाशाली, सज्जनों से वन्दित और नीरोग देहधारी होता है ।। ३५ ।।

इस प्रकार दसवें भाव में तीन ग्रहों की युति का फल समाप्त हुआ ।। १–३५ ।।

अथ चतुर्विकल्पजाः ।

अब आगे दसवें भाव में चार ग्रहों की युति के फल को बताते हैं ।

दसवें भाव में सू० चं० मं० बु० युति का फल—

रवीन्दुभौमेन्दुसुता मनुष्यं कर्माश्रिताः सञ्जनयन्ति मर्त्यम् ।
विद्यानिधानं बहुवित्तभाजं सुतप्रधानं परिवर्जितञ्च ।। १ ।।

यदि जन्मकुण्डली में दसवें भाव में सू० चं० मं० बु० का योग हो तो जातक विद्या की खान, बड़ा धनवान् और मुख्य पुत्र से रहित होता है ॥ १ ॥

दसवें भाव में सू० चं० मं० गु० युति का फल—

रवीन्दुभौमामरपूजिताङ्गाः कर्माश्रिताः सञ्जनयन्ति मर्त्यम् ।
प्रभूतभृत्यं प्रभया समेतं सतामभीष्टं नृपवल्लभञ्च ॥ २ ॥

यदि जन्मकुण्डली में दसवें भाव में सू० चं० मं० गु० का योग हो तो जातक अधिक नौकर वाला, तेजस्वी, सज्जनों का प्रिय और राजा का कृपापात्र होता है ॥ २ ॥

दसवें भाव में सू० चं० मं० शु० युति का फल—

रवीन्दुभौमासुरपूजिताङ्गाः कर्माश्रिताः सञ्जनयन्ति मर्त्यम् ।
हयैः समेतं बहुवृद्धिभाजं व्यपेतमन्युं द्विजदेवभक्तम् ॥ ३ ॥

यदि जन्मकुण्डली में दसवें भाव में सू० चं० मं० शु० का योग हो तो जातक घोड़ों से युक्त, बड़ी वृद्धि करने वाला, क्रोध रहित और देवता व ब्राह्मणों का भक्त होता है ॥ ३ ॥

दसवें भाव में सू० चं० मं० श० युति का फल—

रवीन्दुभौमार्कसुता मनुष्यं कर्माश्रिताः सञ्जनयन्ति मर्त्यम् ।
नानार्थशास्त्रैः सहितं कृतज्ञं प्रभूतवस्त्राभरणं सुशीलम् ॥ ४ ॥

यदि जन्मकुण्डली में दसवें भाव में सू० चं० मं० श० का योग हो तो जातक अनेक धन व शास्त्रों से युक्त, कृतज्ञ, अधिक वस्त्र व आभूषणों से युक्त होता है ॥ ४ ॥

दसवें भाव में सू० चं० बु० गु० युति का फल—

रवीन्दुसौम्यामरपूजिताङ्गाः कर्माश्रिताः सञ्जनयन्ति मर्त्यम् ।
विदग्धवाक्यं कृतनिश्चयञ्च प्रहीनपापं सुतरां प्रगल्भम् ॥ ५ ॥

यदि जन्मकुण्डली में दसवें भाव में सू० चं० बु० गु० का योग हो तो जातक चतुर वाणी का, निश्चयी अर्थात् स्थिर, पाप से रहित और निरन्तर प्रतिभाशाली होता है ॥ ५ ॥

दसवें भाव में सू० चं० बु० शु० युति का फल—

रवीन्दुसौम्यासुरपूजिताङ्गाः कर्माश्रिताः सञ्जनयन्ति मर्त्यम् ।
कृतज्ञमुत्साहिनमिष्टपौरं प्रशंसितं साधुजनेन नित्यम् ॥ ६ ॥

यदि जन्मकुण्डली में दसवें भाव में सू० चं० बु० शु० का योग हो तो जातक कृतज्ञ, उत्साही, सुगन्ध का प्रेमी और सज्जनों से सदा प्रशंसित होता है ॥ ६ ॥

दसवें भाव में सू० चं० गु० शु० युति का फल—

रवीन्दुजीवासुरपूजिताङ्गाः कर्माश्रिताः सञ्जनयन्ति मर्त्यम् ।
गुणप्रधानं प्रथितप्रभावं मेधाविनं धर्मसमन्वितञ्च ॥ ७ ॥

यदि जन्मकुण्डली में दसवें भाव में सू० चं० गु० शु० का योग हो तो जातक मुख्य गुणी, प्रसिद्ध प्रभावी, मेधावी और धार्मिक होता है ॥ ७ ॥

दसवें भाव में सू० चं० गु० श० युति का फल—

रवीन्दुजीवार्कसुता मनुष्यं कर्माश्रिताः सञ्जनयन्ति मर्त्यम् ।
प्रभूतमित्रं सुतसौख्ययुक्तं महाप्रसादं सुसमाधितञ्च ॥ ८ ॥

यदि जन्मकुण्डली में दसवें भाव में सू० चं० गु० श० का योग हो तो जातक अधिक मित्र वाला, पुत्र सुख से युक्त, बड़ा प्रसन्न और सुन्दर समाधि वाला होता है ॥ ८ ॥

दसवें भाव में सू० चं० शु० श० युति का फल—

रवीन्दुशुक्रार्कसुता मनुष्यं कर्माश्रिताः सञ्जनयन्ति कान्तम् ।
तेजस्विनं शौचपरं प्रधानं सदोद्यमं मानिनमुत्तमञ्च ॥ ९ ॥

यदि जन्मकुण्डली में दसवें भाव में सू० चं० शु० श० का योग हो तो जातक तेजस्वी, बड़ा पवित्र, मुख्य उद्योगी, अभिमानी और श्रेष्ठ होता है ॥ ९ ॥

दसवें भाव में सू० मं० बु० गु० युति का फल—

सूर्यारसौम्यामरपूजिताङ्गाः कर्माश्रिताः सञ्जनयन्ति मर्त्यम् ।
सत्ये रतं विप्रप्रियं निरीहं यशोऽन्वितं तीर्थरतं सुताढ्यम् ॥ १० ॥

यदि जन्मकुण्डली में दसवें भाव में सू० मं० बु० गु० का योग हो तो जातक सत्य का भक्त, ब्राह्मणों का प्रेमी, निरीह, यशस्वी, तीर्थ में आसक्त और पुत्र से युक्त होता है । १० ।

दसवें भाव में सू० मं० बु० शु० युति का फल—

सूर्यारसौम्यार्कसुता मनुष्यं कर्माश्रिताः सञ्जनयन्ति मर्त्यम् ।
प्रियातिथिं साधुभिरन्वितञ्च प्रतप्तविद्यं सुहृदं सदैव ॥ ११ ॥

यदि जन्मकुण्डली में दसवें भाव में सू० मं० बु० शु० का योग हो तो जातक अतिथि प्रेमी, सज्जनों से युक्त, संतप्त, विद्वान् और सदा ही मित्रों से युक्त होता है ॥ ११ ॥

दसवें भाव में सू० मं० गु० शु० युति का फल—

सूर्यारजीवासुरपूजिताङ्गाः कर्माश्रिताः सञ्जनयन्ति मर्त्यम् ।
मनस्विनं भूरिधनं सुताढ्यं कृतज्ञमोजःसहितं गुणज्ञम् ॥ १२ ॥

यदि जन्मकुण्डली में दसवें भाव में सू० मं० गु० शु० का योग हो तो जातक मनस्वी, बड़ा धनी, पुत्रवान्, कृतज्ञ, ओजस्वी और गुणों का ज्ञाता होता है ॥ १२ ॥

दसवें भाव में सू० मं० गु० श० युति का फल—

सूर्यारजीवार्कसुता मनुष्यं कर्माश्रिताः सञ्जनयन्ति मर्त्यम् ।
मेधाविनं नीतिविधानदक्षं क्षमासमेतं दृढपौरुषञ्च ॥ १३ ॥

यदि जन्मकुण्डली में दसवें भाव में सू० मं० गु० श० का योग हो तो जातक मेधावी, नीति के विधान में चतुर, क्षमावान् और स्थिर पुरुषार्थी होता है ॥ १३ ॥

दसवें भाव में सू० मं० शु० श० युति का फल—

सूर्यारशुक्रार्कसुता मनुष्यं कर्माश्रिताः सञ्जनयन्ति मर्त्यम् ।
सुरक्तपौरं प्रथिताभिमानं सुतीर्थयानैर्विविधैः समेतम् ॥ १४ ॥

यदि जन्मकुण्डली में दसवें भाव में सू० मं० शु० श० का योग हो तो जातक गन्ध में आसक्त, प्रसिद्ध अभिमानी और अनेक तीर्थों का गमन करने वाला होता है ॥ १४ ॥

दसवें भाव में सू. बु. गु. शु. युति का फल —

सूर्यज्ञजीवासुरपूजिताङ्घ्राः कर्माश्रिताः सञ्जनयन्ति मर्त्यम् ।
नानार्थपानैः सुसुतैः समेतं विद्याधिकं कार्यविचक्षणञ्च ॥ १५ ॥

यदि जन्मकुण्डली में दसवें भाव में सू० बु० गु० शु० का योग हो तो जातक अनेक धन, पेय, सुन्दर पुत्रों से युक्त, अधिक विद्वान् और कार्यों का पण्डित होता है ॥ १५ ॥

दसवें भाव में सू. बु. गु. श. युति का फल—

सूर्यज्ञजीवार्कसुता मनुष्यं कर्माश्रिताः सञ्जनयन्ति मर्त्यम् ।
नरेन्द्रसन्मानयुतं विधिज्ञं शूरं कविं पापपराङ्मुखञ्च ॥ १६ ॥

यदि जन्मकुण्डली में दसवें भाव में सू० बु० गु० श० का योग हो तो जातक राजा के सम्मान से युक्त, विधि वेत्ता, वीर, कवि और पाप से पराङ्मुख होता है ॥ १६ ॥

दसवें भाव में सू. बु. शु. श युति का फल—

सूर्यज्ञशुक्रार्कसुता मनुष्यं कर्माश्रिताः सञ्जनयन्ति मर्त्यम् ।
दयाधिकं सत्यपरं सुदान्तं हुताशभक्तं प्रियदर्शनञ्च ॥ १७ ॥

यदि जन्मकुण्डली में दसवें भाव में सू० बु० शु० श० का योग हो तो जातक बड़ा दयालु, अधिक सच्चा, तपश्चर्या में कष्ट पाने वाला, अग्नि का भक्त और प्रिय दर्शनीय होता है ॥ १७ ॥

दसवें भाव में सू. गु. शु. श. युति का फल—

सूर्यामरेज्यभृगुजार्कपुत्राः कर्माश्रिताः सञ्जनयन्ति साधुम् ।
सदा मनुष्यं पितृकृत्यरक्तं विभूतिभाजं जनसम्मतञ्च ॥ १८ ॥

यदि जन्मकुण्डली में दसवें भाव में सू० गु० शु० श० का योग हो तो जातक पिता के कार्यों में सदा आसक्त, ऐश्वर्यवान् और जनप्रिय होता है ॥ १८ ॥

दसवें भाव में चं. मं. बु गु. युति का फल—

चन्द्रारसौम्यामरपूजिताङ्घ्राः कर्माश्रिताः सञ्जनयन्ति मर्त्यम् ।
प्रधानभृत्यासधनं गतारिं विदग्धगोष्ठीषु सदा प्रसक्तम् ॥ १९ ॥

यदि जन्मकुण्डली में दसवें भाव में चं० मं० बु० गु० का योग हो तो जातक मुख्य नौकर से धन पाने वाला, शत्रु से रहित और सदा चतुरों की सभा में आसक्त होता है ॥ १९ ॥

दसवें भाव में चं. मं. बु. शु. युति का फल—

चन्द्रारसौम्यासुरपूजिताङ्गाः कर्माश्रिताः सञ्जनयन्ति मर्त्यम् ।
उद्यानवृक्षोद्यतमोजसाढ्यं हयैः समेतं गुणवर्जितञ्च ॥ २० ॥

यदि जन्मकुण्डली में दसवें भाव में चं० मं० बु० शु० का योग हो तो जातक बगीचा में वृक्ष लगाने के लिए उद्यत, तेजस्वी, घोड़ों से युक्त और गुणहीन होता है ॥ २० ॥

दसवें भाव में चं. मं. बु. श. युति का फल—

चन्द्रारसौम्यार्कसुता मनुष्यं कर्माश्रिताः सञ्जनयन्ति मर्त्यम् ।
सुधर्मरक्तं बहुकीर्तिभाजं हितं सदा बन्धुविचक्षणानाम् ॥ २१ ॥

यदि जन्मकुण्डली में दसवें भाव में चं० मं० बु० श० का योग हो तो जातक अच्छे धर्मों में आसक्त, बड़ा कीर्तिमान्, बान्धव और विद्वानों का सदा शुभी होता है ॥ २१ ॥

दसवें भाव में चं. मं. गु. शु. युति का फल—

चन्द्रारजीवासुरपूजिताङ्गाः कर्मस्थिताः सञ्जनयन्ति मर्त्यम् ।
यशोयुतं शास्त्रकथानुरक्तं श्रद्धान्वितं बन्धुजनैः समेतम् ॥ २२ ॥

यदि जन्मकुण्डली में दसवें भाव में चं० मं० गु० शु० का योग हो तो जातक यशस्वी, शास्त्रीय कथाओं में आसक्त, श्रद्धालु और बान्धवों से युक्त होता है ॥ २२ ॥

दसवें भाव में चं. मं. गु. श. युति का फल—

चन्द्रारजीवार्कसुता मनुष्यं कर्माश्रिताः सञ्जनयन्ति नूनम् ।
मतिप्रधानं सुपटुं प्रशस्तं हितं प्रजानां शुभसेवकानाम् ॥ २३ ॥

यदि जन्मकुण्डली में दसवें भाव में चं० मं० गु० श० का योग हो तो जातक मुख्य बुद्धिमान्, अच्छा चतुर, प्रशस्त, सन्तान और सेवकों का शुभ चिन्तक होता है ॥ २३ ॥

दसवें भाव में चं. मं. शु. श. युति का फल—

चन्द्रारशुक्रार्कसुता मनुष्यं कर्माश्रिताः सञ्जनयन्ति नित्यम् ।
सन्तुष्टचित्तं नृपतेरभीष्टं सुरूपदेहं नयभाजनञ्च ॥ २४ ॥

यदि जन्मकुण्डली में दसवें भाव में चं० मं० शु० श० का याग हो तो जातक सदा प्रसन्नचित्त, राजा का प्रिय, स्वरूपवान् देहधारी और नीतिमान् होता है ॥ २४ ॥

दसवें भाव में चं. बु गु शु. युति का फल—

चन्द्रज्ञजीवासुरपूजिताङ्गाः कर्माश्रिताः सञ्जनयन्ति मर्त्यम् ।
सुचक्रवर्गं गजवाजिवृन्दैर्निषेवितं शत्रुनिबर्हणेन ॥ २५ ॥

यदि जन्मकुण्डली में दसवें भाव में चं० बु० गु० श० का योग हो तो जातक शत्रुओं को मारने से, चारो ओर से हाथी घोड़ाओं के समुदाय से युक्त होता है ॥ २५ ॥

दसवें भाव में चं. बु. गु. श. युति का फल –

चन्द्रज्ञजीवार्कसुता मनुष्यं कर्माश्रिताः सञ्जनयन्ति मर्त्यम् ।
बहुप्रजं वित्तशुचिं सुदानं कृतज्ञतायुक्तमरोगदेहम् ॥ २६ ॥

यदि जन्मकुण्डली में दसवें भाव में चं० बु० गु० श० का योग हो तो जातक अधिक सन्तान वाला, धन का सदुपयोगी, बड़ा दानी कृतज्ञ और नीरोग देहधारी होता है ॥ २६ ॥

दसवें भाव में चं० बु० शु० श० युति का फल––

चन्द्रज्ञशुक्रार्कसुता मनुष्यं कर्माश्रिताः सञ्जनयन्ति शान्तम् ।
वैकृत्यदेहं गुणसत्ययुक्तं विधानभाजं सुतसंयुतञ्च ॥ २७ ॥

यदि जन्मकुण्डली में दसवें भाव में चं० बु० शु० श० का योग हो तो जातक विकृत देहधारी, गुणी, सत्यात्मा, खजाने का पात्र और पुत्र से युक्त होता है ॥ २७ ॥

दसवें भाव में चं० गु० शु० श० युति का फल—

चन्द्रामरेज्यभृगुजार्कपुत्राः कर्माश्रिताः सञ्जनयन्ति मर्त्यम् ।
विचक्षणं सत्कविशिष्टधर्मं सुपुण्यभाजं सुजनं सुरूपम् ॥ २८ ॥

यदि जन्मकुण्डली में दसवें भाव में चं० गु० शु० श० का योग हो तो जातक विद्वान् अच्छा कवि, विशेष धार्मिक, पुण्यवान्, सज्जन और स्वरूपवान् होता है ॥ २८ ॥

दसवें भाव में मं० बु० गु० शु० युति का फल—

भौमज्ञजीवासुरपूजिताङ्गाः कर्माश्रिताः सञ्जनयन्ति मर्त्यम ।
प्रभूतमित्रार्थसुवस्त्रयुक्तं सौभाग्यभाजं गतसौहृदञ्च ॥ २९ ॥

यदि जन्मकुण्डली में दसवें भाव में मं० बु० गु० शु० का योग हो तो जातक अधिक मित्र, धन, वस्त्रों से युक्त, सौभाग्यशाली और मित्रता से हीन होता है ॥ २९ ॥

दसवें भाव में मं० बु० गु० श० युति का फल––

भौमज्ञजीवार्कसुता मनुष्यं कर्माश्रिताः सञ्जनयन्ति वीरम् ।
नृपप्रियं युद्धविधौ प्रवीणं प्रभूतकोशं जनसम्मतञ्च ॥ ३० ॥

यदि जन्मकुण्डली में दसवें भाव में मं० बु० गु० श० का योग हो तो जातक राजा का प्रेमी, लड़ाई की क्रिया में चतुर, बड़ा धनी और जनप्रिय होता है ॥ ३० ॥

दसवें भाव में मं० बु० शु० श० युति का फल––

भौमज्ञशुक्रार्कसुता मनुष्यं कर्माश्रिताः सञ्जनयन्ति मर्त्यम् ।
उत्साहिनं नीतिपरं सुदान्तं जितेन्द्रियं रूपसमन्वितञ्च ॥ ३१ ॥

यदि जन्मकुण्डली में दसवें भाव में मं० बु० शु० श० का योग हो तो जातक

उत्साही, परम नीतिमान्, तप में क्लेश सहने वाला, जितेन्द्रिय और स्वरूपवान् होता है ।। ३१ ।।

दसवें भाव में मं० गु० शु० श० युति का फल—

भौमामरेज्यभृगुजार्कपुत्राः कर्माश्रिताः सञ्जनयन्ति मर्त्यम् ।
स्थिरस्वभावं स्थिरकृत्यदक्षं सदोद्यमं भूरिधनं प्रसन्नम् ।। ३२ ।।

यदि जन्मकुण्डली में दसवें भाव में मं० गु० शु० श० का योग हो तो जातक स्थिर प्रकृति, स्थिर कामों में निपुण, सदा उद्योगी, बड़ा धनी और प्रसन्नात्मा होता है ।।३२।।

दसवें भाव में बु० गु० शु० श० युति का फल—

सौम्यामरेज्यभृगुजार्कपुत्राः कर्मस्थिताः सञ्जनयन्ति मर्त्यम् ।
विशिष्टसेवानिरतं सुरम्यं महामनुष्यं निरतं द्विजानाम् ।। ३३ ।।

यदि जन्मकुण्डली में दसवें भाव में बु० गु० शु० श० का योग हो तो जातक विशेष सेवा का भक्त, सुन्दर, बड़ा पुरुष और ब्राह्मणों का प्रेमी होता है ।। ३३ ।।

इत्येवं चतुर्विकल्पाः ।

इस प्रकार दसवें भाव में चार ग्रहों की युति का फल समाप्त हुआ ।। १–३३ ।।

अथ पञ्चविकल्पजाः ।

अब आगे दसवें भाव में पाँच ग्रहों की युति के फल को बताते हैं ।

दसवें भाव में सू० च० मं० बु० गु० युति का फल—

रवीन्दुभौमज्ञसुरेन्द्रपूज्याः कर्माश्रिताः सञ्जनयन्ति मर्त्यम् ।
प्रतापिनं नीतिपरं सुगात्रं त्रपाधिकं कल्यशरीरभाजम् ।। १ ।।

यदि जन्मकुण्डली में दसवें भाव में सू० चं० मं० बु० गु० का योग हो तो जातक प्रतापी, बड़ा नीतिमान्, सुन्दर देहधारी, अधिक लज्जावान् और रोगहीन होता है ।।१।।

दसवें भाव में सू० चं० मं० बु० शु० युति का फल—

रवीन्दुभौमज्ञसिता मनुष्यं कर्माश्रिताः सञ्जनयन्ति मर्त्यम् ।
सत्यं कृपालं विधिना समेतं हिरण्यपण्यं सुखभाजनञ्च ।। २ ।।

यदि जन्मकुण्डली में दसवें भाव में सू० चं० मं० बु० शु० का योग हो तो जातक सच्चा, दयालु, विधि से युक्त, सोने का दूकानदार और सुखी होता है ।। २ ।।

दसवें भाव में सू० चं० मं० बु० श० युति का फल—

रवीन्दुभौमज्ञदिनेशपुत्राः कर्माश्रिताः सञ्जनयन्ति मर्त्यम् ।
कुलप्रधानं नियमैः समेतं विचक्षणं काव्यविशारदञ्च ।। ३ ।।

यदि जन्मकुण्डली में दसवें भाव में सू० चं० मं० बु० श० का योग हो तो जातक वंश में मुख्य, नियमी, विद्वान् और काव्य में चतुर होता है ।। ३ ।।

दसवें भाव में सू० चं० मं० गु० शु० युति का फल---

सूर्येन्दुभौमामरपूज्यशुक्राः कर्माश्रिताः सञ्जनयन्ति मर्त्यम् ।
कलासु दक्षं क्षमया समेतं सन्मानरक्तं नयकोविदञ्च ॥ ४ ॥

यदि जन्मकुण्डली में दसवें भाव में सू० चं० मं० गु० शु० का योग हो तो जातक कलाओं में निपुण, क्षमावान्, सम्मान में आसक्त और नीति में चतुर होता है ॥ ४ ॥

दसवें भाव में सू० चं० मं० गु० श० युति का फल---

सूर्येन्दुभौमामरपूज्यसौरा कर्माश्रिताः सञ्जनयन्ति मर्त्यम् ।
सुयज्ञमुत्साहिनमार्तिहीनं कृषिप्रधानं सुधनैः समेतम् ॥ ५ ॥

यदि जन्मकुण्डली में दसवें भाव में सू० चं० मं० गु० श० का योग हो तो जातक सुन्दर यज्ञ करने वाला, उत्साही, पीड़ा से रहित, मुख्य किसान और अच्छा धनी होता है ॥ ५ ॥

दसवें भाव में सू० चं० मं० शु० श० युति का फल --

सूर्येन्दुभौमासुरपूज्यसौराः कर्माश्रिताः सञ्जनयन्ति मर्त्यम् ।
सुबुद्धिभाजं विजितारिवर्गं महाधनं नीतिपरं सुराणाम् ॥ ६ ॥

यदि जन्मकुण्डली में दसवें भाव में सू० चं० मं० शु० श० का योग हो तो जातक अच्छा बुद्धिमान्, शत्रुओं को जीतने वाला, बड़ा धनी और बड़ा नीतिमान् होता है ॥६॥

दसवें भाव में सू० चं० बु० गु० शु० युति का फल---

सूर्येन्दुसौम्यामरपूज्यशुक्राः कर्माश्रिताः सञ्जनयन्ति मर्त्यम् ।
बहुक्षमं पापविहीनगात्रं मतिप्रगल्भं जितशास्त्रवन्तम् ॥ ७ ॥

यदि जन्मकुण्डली में दसवें भाव में सू० चं० बु० गु० शु० का योग हो जातक बड़ा क्षमावान्, पाप से रहित देहधारी, प्रतिमा से युक्त बुद्धिवाला और शास्त्रज्ञों को जीतने वाला होता है ॥ ७ ॥

दसवें भाव में सू० चं० बु० गु० श० युति का फल---

सूर्येन्दुसौम्यामरपूज्यसौराः कर्माश्रिताः सञ्जनयन्ति मर्त्यम् ।
विद्याविनीतं नितरां प्रगल्भं यज्ञानुरक्तं वरयानभाजम् ॥ ८ ॥

यदि जन्मकुण्डली में दसवें भाव में सू० चं० बु० गु० श० का योग हो तो जातक विद्या से विनयी, अधिक प्रतिभाशाली, यज्ञों में आसक्त और श्रेष्ठ सवारी से युक्त होता है ॥ ८ ॥

दसवें भाव में सू० चं० बु० शु० श० युति का फल---

सूर्येन्दुसौम्यासुरपूज्यसौराः कर्माश्रिताः सञ्जनयन्ति मर्त्यम् ।
जनप्रियं प्राणिसुखं कृतज्ञं विशिष्टवाक्यं शुभगात्रकञ्च ॥ ९ ॥

यदि जन्मकुण्डली में दसवें भाव में सू० चं० बु० शु० श० का योग हो तो जातक जन प्रिय, जीवों से सुखी, कृतज्ञ, विशेषवाणी का और शुभ शरीरधारी होता है ॥ ९ ॥

दसवें भाव में सू० चं० गु० शु० श० युति का फल—

रवीन्दुजीवासुरपूज्यसौराः कर्माश्रिताः सञ्जनयन्ति मर्त्यम् ।
हयाधिकं कल्यतनुं समृद्धं धनप्रधानं रणकर्मदक्षम् ॥ १० ॥

यदि जन्मकुण्डली में दसवें भाव में सू० चं० गु० शु० श० का योग हो तो जातक अधिक घोड़ाओं से युक्त, नीरोग, सम्पन्न, मुख्य धनी और युद्ध के कार्यों में चतुर होता है ॥ १० ॥

दसवें भाव में सू० मं० बु० गु० शु० युति का फल—

सूर्यारसौम्यामरपूज्यशुक्राः कर्माश्रिताः सञ्जनयन्ति मर्त्यम् ।
नीरोगदेहं वनितास्वभीष्टं कुरूपवाक्यं बहुवल्लभञ्च ॥ ११ ॥

यदि जन्मकुण्डली में दसवें भाव में सू० मं० बु० गु० शु० का योग हो तो जातक रोग रहित शरीरधारी, स्त्रियों का प्रेमी, दूषित वाणी और अधिक प्रिय होता है ॥११॥

दसवें भाव में सू० मं० बु० गु० श० युति का फल—

सूर्यारसौम्यामरपूज्यसौराः कर्माश्रिताः सञ्जनयन्ति मर्त्यम् ।
नानाहयप्राप्तिसुखं सुवीरं विज्ञानशीलं बहुमित्रवर्गम् ॥ १२ ॥

यदि जन्मकुण्डली में दसवें भाव में सू० मं० बु० गु० श० का योग हो तो जातक अनेक घोड़ों की लब्धि से सुखी, अच्छा वीर, वैज्ञानिक और अधिक मित्रों से युक्त होता है ॥ १२ ॥

दसवें भाव में सू० मं० बु० शु० श० युति का फल—

सूर्यारसौम्यासुरपूज्यसौराः कर्माश्रिताः सञ्जनयन्ति मर्त्यम् ।
बहुप्रजं सत्यशुचिं प्रसन्नं तीर्थानुरक्तं व्रतलालसञ्च ॥ १३ ॥

यदि जन्मकुण्डली में दसवें भाव में सू० मं० बु० शु० श० का योग हो तो जातक बड़ा दानी, सत्यात्मा, पवित्र, प्रसन्न, तीर्थों मे आसक्त और व्रतों का लालची होता है ॥ १३ ॥

दसवें भाव में सू० मं० गु० शु० श० युति का फल—

सूर्यारजीवासुरपूज्यसौराः कर्मस्थिताः सञ्जनयन्ति मर्त्यम् ।
सुनीतिभाजं विविधोपचारं चरित्रविद्यासहितं सुबुद्धिम् ॥ १४ ॥

यदि जन्मकुण्डली में दसवें भाव में सू० मं० गु० शु० श० का योग हो तो जातक अच्छा नीतिमान्, अनेक उपचारी, चरित्रवान्, विद्वान् और अच्छा बुद्धिमान् होता है ॥ १४ ॥

दसवें भाव में सू० मं० गु० शु० श० युति का फल—

सूर्यारजीवासुरपूज्यसौराः कर्माश्रिताः सञ्जनयन्ति मर्त्यम् ।
परार्तिहीनं बहुशान्तिभाजं स्त्रीणामभीष्टं सुनयं सदैव ॥ १५ ॥

यदि जन्मकुण्डली में दसवें भाव में सू० मं० गु० शु० श० का योग हो तो जातक

दूसरे की पीड़ा से रहित, बड़ा शान्त, स्त्रियों का प्रिय और सदा ही सुन्दर नीतिमान् होता है। ॥ १५ ॥

दसवें भाव में चं० मं० बु० गु० शु० युति का फल—

चन्द्रारसौम्यामरपूज्यशुक्राः कर्माश्रिताः सञ्जनयन्ति मर्त्यम्।
नानानरेन्द्रं प्रियमद्भुतञ्च कविं प्रधानं विनयेन युक्तम्॥ १६॥

यदि जन्मकुण्डली में दसवें भाव में चं० मं० बु० गु० शु० का योग हो तो जातक स्थानों का स्वामी, प्रिय, अद्भुत, कवि, मुख्य और विनम्र होता है ॥ १६ ॥

दसवें भाव में चं० मं० बु० गु० श० युति का फल—

चन्द्रारसौम्यामरपूज्यसौराः कर्माश्रिताः सञ्जनयन्ति मर्त्यम्।
व्रतानुरक्तं परदेशदक्षं सुलब्धवित्तं व्यसनैर्विहीनम्॥ १७॥

यदि जन्मकुण्डली में दसवें भाव में चं० मं० बु० गु० श० का योग हो तो जातक व्रतों में आसक्त, परदेश में निपुण, सुन्दर रीति से धन पाने वाला और व्यसनों से हीन होता है ॥ १७ ॥

दसवें भाव में चं० मं० बु० शु० श० युति का फल—

चन्द्रारसौम्यासुरपूज्यसौराः कर्माश्रिताः सञ्जनयन्ति मर्त्यम्।
प्रतापिनं नीतिपरं सुधर्मं शूरं कविं कामसमन्वितञ्च॥ १८॥

यदि जन्मकुण्डली में दसवें भाव में चं० मं० बु० शु० श० का योग हो तो जातक प्रतापी, बड़ा नीतिमान्, धार्मिक, वीर, कवि और कामी होता है ॥ १८ ॥

दसवें भाव में चं० मं० गु० शु० श० युति का फल—

चन्द्रारजीवासुरपूज्यसौराः कर्माश्रिताः सञ्जनयन्ति मर्त्यम्।
सतामभीष्टं कृतकैर्विमुक्तं सुसाधुसेवानिरतं सदैव॥ १९॥

यदि जन्मकुण्डली में दसवें भाव में चं० मं० गु० शु० श० का योग हो तो जातक सज्जनों का प्रेमी, कठोरता से हीन और सदा ही पुरुषों की सेवा में लीन होता है ॥१९॥

दसवें भाव में चं० बु० गु० शु० श० युति का फल—

चन्द्रज्ञजीवासुरपूज्यसौराः कर्माश्रिताः सञ्जनयन्ति मर्त्यम्।
नृपप्रधानं गजवाजिभाजं यज्ञोद्यतं बान्धवपूजितञ्च॥ २०॥

यदि जन्मकुण्डली में दसवें भाव में चं० बु० गु० शु० श० का योग हो तो जातक मुख्य राजा या राजा का मुख्य, हाथी घोड़ाओं से युक्त, यज्ञ में उद्यत और बन्धुओं से पूजित होता है ॥ २० ॥

दसवें भाव में मं० बु० गु० शु० श० युति का फल—

भौमज्ञजीवासुरपूज्यसौराः कर्माश्रिताः सञ्जनयन्ति मर्त्यम्।
काव्यानुरक्तं बहुशास्त्रभाजं सश्रीकमुत्साहिनमप्रमत्तम्॥ २१॥

यदि जन्मकुण्डली में दसवें भाव में मं० बु० गु० शु० श० का योग हो तो जातक

काव्य में आसक्त, अधिक शास्त्रों का पात्र, धनी, उत्साही और अप्रमत्त होता है ॥२१॥

इत्येवं पञ्चविकल्पजाः ।

इस प्रकार दसवें भाव में पांच ग्रहों की युति का फल समाप्त हुआ ॥ १–२१ ॥

॥ अथ षड्विकल्पजाः ॥

अब आगे दसवें भाव में ६ ग्रहों की युति के फल को बताते हैं।

दसवें भाव में सू० चं० मं० बु० गु० शु० युति का फल—

रवीन्दुभौमज्ञसुरेज्यशुक्राः कर्माश्रिताः सञ्जनयन्ति मर्त्यम् ।
नरेन्द्रनाथं परिवर्गहीनं वीर्याधिकं कान्तिसमन्वितञ्च ॥ १ ॥

यदि जन्मकुण्डली में दसवें भाव में सू० चं० मं० बु० गु० शु० का योग हो तो जातक राजाओं का स्वामी, दूसरे वर्ग से हीन, अधिक पराक्रमी और कान्तिमान् होता है ॥ १ ॥

दसवें भाव में सू० चं० मं० बु० गु० श० युति का फल—

रवीन्दुभौमज्ञसुरेज्यसौराः कर्माश्रिताः सञ्जनयन्ति मर्त्यम् ।
दानानुरूपं नृपतिं सुशीलं बहुप्रसादं जनसम्मतञ्च ॥ २ ॥

यदि जन्मकुण्डली में दसवें भाव में सू. चं. मं. बु. गु. श. का योग हो तो जातक दान स्वरूप, राजा, सुशील, बड़ा प्रसन्न और जनप्रिय होता है ॥ २ ॥

दसवें भाव में सू० चं० मं० बु० शु० श० युति का फल—

रवीन्दुभौमज्ञसितार्कपुत्राः कर्माश्रिताः सञ्जनयन्ति मर्त्यम् ।
सुतीर्थयुक्तं नृपतिप्रधानं विद्यानुरक्तं भयवर्जितञ्च ॥ ३ ॥

यदि जन्मकुण्डली में दसवें भाव में सू. चं. मं. बु. शु. श. का योग हो तो जातक अच्छे तीर्थों से युक्त, मुख्य राजा, विद्यानुरागी और निर्भय होता है ॥ ३ ॥

दसवें भाव में सू० चं० मं० गु० शु० श० युति का फल—

रवीन्दुभौमामरपूज्यशुक्रशनैश्चराः सञ्जनयन्ति मर्त्यम् ।
रणानुरक्तं नृपतिप्रगल्भं यशोऽन्वितं सत्यदयासमेतम् ॥ ४ ॥

यदि जन्मकुण्डली में दसवें भाव में सू. चं. मं. गु. शु. श. का योग हो तो जातक युद्ध में आसक्त, प्रतिभाशाली, राजा, यशस्वी, सत्य और दया से युक्त होता है ॥ ४ ॥

दसवें भाव में सू० चं० बु० गु० शु० श० युति का फल—

रवीन्दुसौम्यामरपूज्यशुक्रशनैश्चराः सञ्जनयन्ति मर्त्यम् ।
गजाश्वसङ्घैर्विविधैः समेतं प्रियातिथिं भूरियशोऽन्वितञ्च ॥ ५ ॥

यदि जन्मकुण्डली में दसवें भाव में सू. चं. बु. गु. शु. श. का योग हो तो जातक अनेक हाथी घोड़ा के समुदायों से युक्त, अतिथियों का प्रेमी और बड़ा यशस्वी होता है ॥ ५ ॥

दसवें भाव में चं० मं० बु० गु० शु० श० युति का फल—

चन्द्रारसौम्यामरपूज्यशुक्रशनैश्चराः सञ्जनयन्ति मर्त्यम् ।
कर्माश्रयस्थाः स्थिरतासमेतं नरेन्द्रचूडामणिधृष्टपादम् ॥ ६॥

यदि जन्मकुण्डली में दसवें भाव में चं. मं. बु. गु. शु. श. का योग हो तो जातक स्थिरता से युक्त और राजा के मस्तक पर पैर रखने वाला होता है ॥ ६ ॥

इत्येवं षड्विकल्पजाः ॥

इस प्रकार दसवें भाव में ६ ग्रहों की युति का फल समाप्त हुआ ॥ १–६ ॥

अथ सप्तविकल्पजः ।

अब आगे दसवें भाव में सात ग्रहों की युति के फल को बताते हैं ।

दसवें भाव में सू० चं० मं० बु० गु० शु० श० युति का फल—

रवीन्दुभौमज्ञसुरेज्यशुक्रशनैश्चराः सञ्जनयन्ति मर्त्यम् ।
कर्माश्रिताः सत्ययशो निधानं महीपतिं धर्मयशोऽन्वितञ्च ॥ १ ॥

यदि जन्मकुण्डला में दसवें भाव में सू. चं. मं. बु. गु. शु. श. का योग हो तो जातक सत्य व यश का खजाना, राजा, धर्म व यश से युक्त होता है ॥ १ ॥

इत्येवं सप्तविकल्पजः ।

इस प्रकार दसवें भाव में वृद्धयवनोक्त २, ३, ४, ४, ५, ६, ७ ग्रहों की युति का फल समाप्त हुआ ॥ १ ॥

अथ लाभस्थद्विग्रहादियोगफलम् ।

अब आगे ग्यारहवें भाव में दो ग्रहों की युति के फल को बताते हैं।

ग्यारहवें भाव में सूर्य चन्द्र युति का फल—

लाभाश्रितस्तीक्ष्णकरः सचन्द्रो नरं प्रसूते निधिलाभभाजम् ।
सदा समृद्धं वरवाजिनञ्च देवप्रसक्तं बहुसौहृदञ्च ॥ १ ॥

यदि जन्मपत्री में ग्यारहवें भाव में सूर्य चन्द्र का योग हो जातक खजाना प्राप्त करने वाला, सदा संपन्न, श्रेष्ठ घोड़ा वाला, देव भक्त और बड़ा मैत्री वाला होता है ॥ १ ॥

ग्यारहवें भाव में सू० भौम युति का फल—

लाभाश्रितस्तीक्ष्णकरः सभौमो नरं प्रसूते बहुवीर्यभाजम् ।
हतारिपक्षं गतपापवर्गं गर्वेण हीनं प्रभुता समेतम् ॥ २ ॥

यदि जन्मपत्री में ग्यारहवें भाव में सूर्य भौम का योग हो तो जातक बड़ा पराक्रमी शत्रुओं का नाशक, पापियों से हीन, अभिमान से रहित और समर्थवान् होता है ॥ २ ॥

ग्यारहवें भाव में सू० बुध युति का फल—

लाभाश्रितस्तीक्ष्णकरः ससौम्यो नरं प्रसूते बहुलाभभाजम् ।
वाणिज्यविद्यं सधनं नयज्ञं विचक्षणं सर्वजनानुरक्तम् ॥ ३ ॥

यदि जन्मपत्री में ग्यारहवें भाव में सूर्य बुध का योग हो तो जातक बड़ा लाभी, व्यापार का पण्डित, धनवान्, नीति का ज्ञाता, विद्वान् और समस्त मनुष्यों में आसक्त होता है ।। ३ ।।

ग्यारहवें भाव में सू० गुरु युति का फल—

लाभाश्रितस्तीक्ष्णकरः सजीवो नरं प्रसूते द्विजकर्मरक्तम् ।
उद्यानवापीमखचैत्यभाजं प्रभूतशास्त्रं कृषिकोविदञ्च ।। ४ ।।

यदि जन्मपत्री में ग्यारहवें भाव में सूर्य गुरु का योग हो तो जातक ब्राह्मण के कार्यों में आसक्त, बगीचा, कुआ, यज्ञ का पात्र, अधिक शास्त्रज्ञ और खेती में निपुण होता है ।। ४ ।।

ग्यारहवें भाव में सू० शुक्र युति का फल —

लाभाश्रितस्तीक्ष्णकरः सशुक्रो नरं प्रसूते सुकलत्रभाजम् ।
प्रभूतमित्रं नृपतेरभीष्टं सतामभीष्टं दृढ़विक्रमञ्च ।। ५ ।।

यदि जन्मपत्री में ग्यारहवें भाव में सूर्य शुक्र का योग हो तो जातक सुन्दरी स्त्री से युक्त, अधिक मित्रवाला, राजा का प्रिय, सज्जनों का प्रेमी और स्थिर पराक्रमी होता है ।। ५ ।।

ग्यारहवें भाव में सू० शनि युति का फल—

लाभाश्रितस्तीक्ष्णकरः ससौरो नरं प्रसूते विविधार्थभाजम् ।
मनस्विनं पण्डितमप्रमेयं कृतज्ञमार्त्या रहितं प्रहृष्टम् ।। ६ ।।

यदि जन्मपत्री में ग्यारहवें भाव में सूर्य शनि का योग हो तो जातक अनेक धनों से युक्त, मनस्वी, पण्डित, कृतज्ञ, पीडा से हीन और प्रसन्न होता है ।। ६ ।।

ग्यारहवें भाव में चन्द्र भौम युति का फल—

लाभाश्रितो रात्रिपतिः सभौमो नरं प्रसूते निजबन्धुयुक्तम् ।
सुबुद्धिभाजं पटुतासमेत प्रधानमित्रं प्रियदर्शनञ्च ।। ७ ।।

यदि जन्मपत्री में ग्यारहवें भाव में चन्द्र भौम का योग हो तो जातक अपने बान्धवों से युक्त, अच्छा बुद्धिमान्, चतुर, मुख्यमित्र और सुन्दर दर्शनीय होता है ।। ७ ।।

ग्यारहवें भाव में चन्द्र बुध युति का फल—

लाभाश्रितो रात्रिपतिः ससौम्यो नरं प्रसूते सुभगं मनोज्ञम् ।
विचक्षणं कान्तियुतं समृद्धं प्रभूतमित्रं बहुसौहृदञ्च ।। ८ ।।

यदि जन्मपत्री में ग्यारहवें भाव में चन्द्र बुध का योग हो तो जातक अच्छा भाग्यवान्, सुन्दर, विद्वान्, कान्तिमान्, संपन्न, अधिक मित्रवाला और अधिक सौहार्द से युक्त होता है ।। ८ ।।

ग्यारहवें भाव में चं० गुरु युति का फल—

लाभाश्रितो रात्रिपतिः सजीवो नरं प्रसूते निरुजं सविज्ञम् ।
जितारिवर्गं धनऋद्धिलाभं महामनुष्यं नृपतेरभीष्टम् ।। ९ ।।

यदि जन्मपत्री में ग्यारहवें भाव में चन्द्र गुरु का योग हो तो जातक सुन्दर बुद्धि से युक्त, शत्रुओं को जीतने वाला, धन की वृद्धि व लाभ करने वाला, बड़ा पुरुष और राजप्रिय होता है ॥ ९ ॥

ग्यारहवें भाव में चं० शुक्र युति का फल—

लाभाश्रितो रात्रिपतिः सशुक्रो नरं प्रसूते निरुजं सविज्ञम् ।
वरप्रजं सत्यरतं प्रगल्भं सुरम्यनेत्रं प्रमदाप्रियञ्च ॥ १० ॥

यदि जन्मपत्री में ग्यारहवें भाव में चन्द्र शुक्र का योग हो तो जातक नीरोग, अच्छा जानकार, श्रेष्ठ सन्तान वाला, सत्य में आसक्त, प्रतिभाशाली, सुन्दर नेत्रधारी और स्त्री प्रिय होता है ॥ १० ॥

ग्यारहवें भाव में चं० शनि युति का फल—

लाभाश्रितो रात्रिपतिः ससौरो नरं प्रसूते स्तुतिमीप्सिताढ्यम् ।
नानासुखं प्राप्तयशो विशालं दानानुरक्तं विजितारिपक्षम् ॥ ११ ॥

यदि जन्मपत्री में ग्यारहवें भाव में चन्द्र शनि का योग हो तो जातक प्रशंसा की इच्छा से युक्त, अनेक रीति से सुखी, यशस्वी, विशाल, दान में आसक्त और शत्रुओं को जीतने वाला होता है ॥ ११ ॥

ग्यारहवें भाव में भौम बुध युति का फल—

लाभाश्रितो भूतनयः ससौम्यो नरं प्रसूते बहुलाभभाजम् ।
जितेन्द्रियं शास्त्ररतं प्रगल्भं सदा सुखाढ्यं जनसम्मतञ्च ॥ १२ ॥

यदि जन्मपत्री में ग्यारहवें भाव में भौम बुध का योग हो तो जातक अधिक लाभ से युक्त, जितेन्द्रिय, शास्त्र में लीन, प्रतिभाशाली, सदा सुखी और जनप्रिय होता है ॥ १२ ॥

ग्यारहवें भाव में भौम गुरु युति का फल—

लाभाश्रितो भूतनयः सजीवो नरं प्रसूते वृजिनैर्विहीनम् ।
महाप्रभावं विनयेन युक्तं सदोद्यमं ब्राह्मणतत्परञ्च ॥ १३ ॥

यदि जन्मपत्री में ग्यारहवें भाव में भौम गुरु का योग हो तो जातक पाप से हीन, बड़ा प्रभावी, विनयी, सदा उद्योगी और ब्राह्मणों का भक्त होता है ॥ १३ ॥

ग्यारहवें भाव में भौम शुक्र युति का फल—

लाभाश्रितो भूतनयः सशुक्रो नरं प्रसूते व्रतदीक्षयाढ्यम् ।
सुविज्ञमुत्साहपरं प्रगल्भं क्षमान्वितं पार्थिवपूजनञ्च ॥ १४ ॥

यदि जन्मपत्री में ग्यारहवें भाव में भौम शुक्र का योग हो तो जातक व्रती, दीक्षित, अच्छा जानकार, परम उत्साही, प्रतिभाशाली, क्षमावान् और राजा का पूजक होता है ॥ १४ ॥

ग्यारहवें भाव में भौम शनि युति का फल—

लाभाश्रितो भूतनयः ससौरो नरं प्रसूते प्रथितप्रभावम् ।
जितेन्द्रियं शौर्यपरं प्रगल्भं प्रभूतवस्त्राभरणं सदैव ॥ १५ ॥

यदि जन्मपत्री में ग्यारहवें भाव में भौम शनि का योग हो तो जातक प्रसिद्ध प्रभावी जितेन्द्रिय, बड़ा वीर, प्रतिभाशाली और सदा ही अधिक वस्त्र व भूषणों से युक्त होता है ॥ १५ ॥

ग्यारहवें भाव में बुध गुरु युति का फल—

लाभाश्रितः सोमसुतः सजीवो नरं प्रसूते गजवाजिभाजम् ।
तेजस्विनं शौचपरं प्रगल्भं तीर्थप्रियं सर्वकलासु दक्षम् ॥ १६ ॥

यदि जन्मपत्री में ग्यारहवें भाव में बुध गुरु का योग हो तो जातक हाथी घोड़ाओं से युक्त, तेजस्वी, परम पवित्र, प्रतिभाशाली, तीर्थों का प्रेमी और समस्त कलाओं में चतुर होता है ॥ १६ ॥

ग्यारहवें भाव में बुध शुक्र युति का फल—

लाभाश्रितः सोमसुतः सशुक्रो नरं प्रसूते वरमौक्तिकाढ्यम् ।
बहुप्रजं पुण्यपरं सुशीलं शुद्धस्वभावं जनवल्लभञ्च ॥ १७ ॥

यदि जन्मपत्री में ग्यारहवें भाव में बुध शुक्र का योग हो तो जातक श्रेष्ठ मोतियों से युक्त, अधिक सन्तानवाला, बड़ा पुण्यवान्, सुशील, शुद्ध प्रकृति और जनप्रिय होता है ॥ १७ ॥

ग्यारहवें भाव में बुध शनि युति का फल—

लाभाश्रितः सोमसुतः ससौरो नरं प्रसूते शुभदारभाजम् ।
शुभात्मकं शुद्धजनानुरक्तं मखप्रियं बन्धुहितं सदैव ॥ १८ ॥

यदि जन्मपत्री में ग्यारहवें भाव में बुध शनि का योग हो तो जातक शुभ स्त्री से युक्त, शुभात्मा, पवित्र मनुष्यों में आसक्त, यज्ञ का प्रेमी और सदा ही बान्धवों का हितैषी होता है ॥ १८ ॥

ग्यारहवें भाव में गुरु शुक्र युति का फल—

लाभाश्रितो देवगुरुः सशुक्रो नरं प्रसूते बहुबुद्धिभाजम् ।
प्रियं वदं स्त्रीसहितं प्रशस्तं सुभोगदेहं सुखसम्मतञ्च ॥ १९ ॥

यदि जन्मपत्री में ग्यारहवें भाव में गुरु शुक्र का योग हो तो जातक बड़ा बुद्धिमान्, मीठा बोलने वाला, स्त्री से युक्त, प्रसिद्ध, भोग युक्त देहधारी और सुखी होता है ॥१९॥

ग्यारहवें भाव में गुरु शनि युति का फल—

लाभाश्रितो देवगुरुः ससौरो नरं प्रसूते प्रणतं द्विजानाम् ।
कान्ताप्रधानं विभुतासमेतं सुश्रीकमुत्साहपरं प्रशस्तम् ॥ २० ॥

यदि जन्मपत्री में ग्यारहवें भाव में गुरु शनि का योग हो तो जातक ब्राह्मणों का भक्त, स्त्रियों में मुख्य, समर्थवान्, धनी, बड़ा उत्साही और प्रसिद्ध होता है ॥ २० ॥

ग्यारहवें भाव में शुक्र शनि युति का फल—

सौरान्वितो लाभगतः सितश्च नरं प्रसूते बहुशास्त्ररक्तम् ।
वैदूर्यमुक्तामणिहेमभाजं सुरक्तपौरं नियमैः समेतम् ॥ २१ ॥

यदि जन्मपत्री में ग्यारहवें भाव में शुक्र शनि का योग हो जातक अधिक शास्त्रों में आसक्त वैदूर्य, मोती, मणि व सुवर्ण से युक्त, गन्ध में आसक्त और नियमी होता है ॥ २१ ॥

इत्येवं द्विविकल्पजाः ॥

इस प्रकार ग्यारहवें भाव मे दो ग्रहों की युति का फल समाप्त हुआ ॥ १–२१ ॥

अथ त्रिविकल्पजाः ।

अब आगे ग्यारहवें भाव में तीन ग्रहों की युति के फल को बताते हैं ।

ग्यारहवें भाव में सू० चं० म० युति का फल—

रवीन्दुभौमा जनयन्ति मर्त्यं लाभाश्रिता लाभशतैः समेतम् ।
तेजोऽन्वितं नीतिपरं सुनेत्रं कल्याणकर्माणमलोलुपञ्च ॥ १ ॥

यदि जन्मपत्री में ग्यारहवें भाव में सू. चं. मं. का योग हो तो जातक अनेक प्रकार के लाभों से युक्त, तेजस्वी, परम नीतिमान्, सुन्दर आँख वाला, शुभ कार्य कर्ता और लालच से हीन होता है ॥ १ ॥

ग्यारहवें भाव में सू० चं० बु० युति का फल—

रवीन्दुसौम्या जनयन्ति मर्त्यं लाभाश्रिताः पुण्यविधौ प्रगल्भम् ।
सुवक्त्रनेत्रं प्रमदास्वभीष्टं सत्यानुरक्तं बहुसौहृदञ्च ॥ २ ॥

यदि जन्मपत्री में ग्यारहवें भाव में सू. चं. बु. का योग हो तो जातक पुण्य के कामों में प्रतिभाशाली, अच्छे मुख व आँखों वाला, स्त्रियों का प्रेमी, सत्य में आसक्त और सौहार्द से युक्त होता है ॥ २ ॥

ग्यारहवें भाव में सू० चं० गु० युति का फल—

रवीन्दुजीवा जनयन्ति मर्त्यं प्रख्यातवीर्यं प्रणतं सुराणाम् ।
नानार्थशास्त्रैः प्रणतं सुविज्ञं वन्दिस्तुतिं कीर्तिसमन्वितञ्च ॥ ३ ॥

यदि जन्मपत्री में ग्यारहवें भाव में सू. चं. गु का योग हो तो जातक प्रसिद्ध पराक्रमी, देवताओं का भक्त, अनेक धन व शास्त्रों से विनयी, अच्छा जानकार, वन्दियों की स्तुति से युक्त और कीर्तिमान् होता है ॥ ३ ॥

ग्यारहवें भाव में सू० चं० शु० युति का फल—

रवीन्दुशुक्रा जनयन्ति मर्त्यं लाभाश्रिताः कल्यतनुं मनोज्ञम् ।
सूर्यज्ञरक्तं नृपतेरभीष्टं शुश्रूषकं साधुजनस्य नित्यम् ॥ ४ ॥

यदि जन्मपत्री में ग्यारहवें भाव में सू० चं० शु० का योग हो तो जातक रोगहीन, सुन्दर, तेजस्वी, ज्ञानी, राजा का प्रिय और प्रतिदिन सज्जनों की शुश्रूषा करने वाला होता है ॥ ४ ॥

ग्यारहवें भाव में सू० चं० श० युति का फल—

रवीन्दुसौरा जनयन्ति मर्त्यं लाभाश्रिताः प्राप्तसुखं सुरूपम् ।
महार्थयानाशनवस्त्रभाजं विधेयभृत्यं दृढसौहृदञ्च ॥ ५ ॥

यदि जन्मपत्री में ग्यारहवें भाव में सू० चं० श० का योग हो तो जातक सुखी, स्वरूपवान्, अधिक धन, सवारी, भोजन व वस्त्र से युक्त, आज्ञाकारी नौकर वाला और स्थिर सौहार्द से युक्त होता है ॥ ५ ॥

ग्यारहवें भाव में सू० मं० बु० युति का फल—

सूर्यारसौम्या जनयन्ति मर्त्यं प्रभासमेतं नयकोविदञ्च ।
विचित्रदेहाभरणं निरीहं बहुश्रुतं धर्मविधानदक्षम् ॥ ६ ॥

यदि जन्मपत्री में ग्यारहवें भाव में सू० मं० बु० का योग हो तो जातक तेजस्वी, न्याय में चतुर, विचित्र शरीर व आभरण से युक्त, निरीह, बहुश्रुत और धर्म के विधान में निपुण होता है ॥ ६ ॥

ग्यारहवें भाव में सू० मं० गु० युति का फल—

सूर्यारजीवा यदि लाभसंस्था नरं प्रकुर्वन्ति धिया समेतम् ।
सुरूपदेहं सुभगं सुमर्त्यं धर्मप्रधानं चिरजीवितञ्च ॥ ७ ॥

यदि जन्मपत्री में ग्यारहवें भाव में सू० मं० गु० का योग हो तो जातक बुद्धिमान्, स्वरूपवान्, अच्छा भाग्यवान्, सुन्दर पुरुष, मुख्य धार्मिक और दीर्घायु होता है ॥ ७ ॥

ग्यारहवें भाव में सू० मं० शु० युति का फल—

सूर्यारशुक्रा यदि लाभसंस्था नरं प्रकुर्वन्ति निधानभाजम् ।
बहुश्रुतं प्रीतिकरं कृतज्ञं मनोज्ञदेहं श्रुतलालसञ्च ॥ ८ ॥

यदि जन्मपत्री में ग्यारहवें भाव में सू० मं० शु० का योग हो तो जातक खजाने का पात्र, बहुश्रुत, प्रेमी, कृतज्ञ, सुन्दर देहधारी और शास्त्र का लालची होता है ॥ ८ ॥

ग्यारहवें भाव में सू० मं० श० युति का फल—

सूर्यारसौरा यदि लाभसंस्था नरं प्रकुर्वन्ति धिया समेतम् ।
सुरूपदेहं सुभगं सुमर्त्यं धर्मप्रधानं चिरजीवितञ्च ॥ ९ ॥

यदि जन्मपत्री में ग्यारहवें भाव में सू० मं० श० का योग हो तो जातक बुद्धिमान्, सुन्दर शरीर वाला, अच्छा भाग्यशाली, धर्म में मुख्य और दीर्घायु होता है ॥ ९ ॥

ग्यारहवें भाव में सू० बु० गु० युति का फल—

सूर्यज्ञजीवा जनयन्ति मर्त्यं लाभाश्रिता लाभयुतं विधिज्ञम् ।
सन्मार्गरक्तं बहुकीर्तिभाजं स्थिरस्वभावं प्रणतं प्रगल्भम् ॥ १० ॥

यदि जन्मपत्री में ग्यारहवें भाव में सू० बु० गु० का योग हो तो जातक लाभी, विधि वेत्ता, अच्छे मार्ग में आसक्त, बड़ा कीर्तिमान्, स्थिर प्रकृति, विनयी और प्रतिभाशाली होता है ॥ १० ॥

ग्यारहवें भाव में सू० बु० शु० युति का फल—

सूर्यज्ञशुक्रा जनयन्ति मर्त्यं लाभाश्रिताः कल्यतनुं सुविज्ञम् ।
शास्त्रानुरक्तं प्रियता समेतं हतारिपक्षं प्रणतं द्विजानाम् ॥ ११ ॥

यदि जन्मपत्री में ग्यारहवें भाव में सू० बु० शु० का योग हो तो जातक रोगहीन, अच्छा विद्वान्, शास्त्रों में आसक्त, प्रेमी, शत्रुओं को मारनेवाला और ब्राह्मणों का भक्त होता है ॥ ११ ॥

ग्यारहवें भाव में सू० बु० श० युति का फल—

सूर्यज्ञसौरा जनयन्ति मर्त्यं लाभाश्रिताः सर्वनरेन्द्रपूज्यम् ।
दीक्षानुरक्तं कृतशास्त्ररक्तं महाप्रगल्भं प्रणतं द्विजानाम् ॥ १२ ॥

यदि जन्मपत्री में ग्यारहवें भाव में सू० बु० श० का योग हो तो जातक समस्त राजाओं से पूजित, दीक्षित, सत्यशास्त्र में आसक्त, बड़ा प्रतिभाशाली और ब्राह्मणों का भक्त होता है ॥ १२ ॥

ग्यारहवें भाव में सू० गु० शु० युति का फल—

सूर्यामरेज्यभृगुजा मनुष्यं लाभाश्रिताः सञ्जनयन्ति कान्तम् ।
प्रतापिनं शीलधनं नयज्ञं स्थिरस्वभावं नृपवन्दितञ्च ॥ १३ ॥

यदि जन्मपत्री में ग्यारहवें भाव में सू० गु० शु० का योग हो तो जातक प्रिय, प्रतापी, शीलता से धनी, नीति का जानकार, स्थिर प्रकृति और राजा से वन्दित होता है ॥ १३ ॥

ग्यारहवें भाव में सू० गु० श० युति का फल—

सूर्यामरेज्यार्कसुता मनुष्यं लाभाश्रिताः सञ्जनयन्ति वीरम् ।
प्रभूतवित्तं विविधासुविद्यं विचक्षणं शान्तिसमन्वितञ्च ॥ १४ ॥

यदि जन्मपत्री में ग्यारहवें भाव में सू० गु० श० का योग हो तो जातक वीर, बड़ा धनवान्, अनेक विद्याओं का ज्ञाता, विद्वान् और शान्त होता है ॥ १४ ॥

ग्यारहवें भाव में सू० शु० श० युति का फल---

सूर्यासुरेज्यार्कसुता मनुष्यं लाभाश्रिताः सञ्जनयन्ति पुष्टम् ।
संतुष्टभाजं विनयप्रधानं दयान्वितं देवगुरुप्रभक्तम् ॥ १५ ॥

यदि जन्मपत्री में ग्यारहवें भाव में सू० शु० श० का योग हो तो जातक दुष्ट, संतोषी, मुख्य विनयी, दयालु, देवता और गुरु का भक्त होता है ॥ १५ ॥

ग्यारहवें भाव में चं० मं० बु० युति का फल—

चन्द्रारसौम्या जनयन्ति मर्त्यं लाभाश्रिता यानविचित्रभाजम् ।
सत्यार्जने तत्परमिष्टमर्त्यं जनानुरक्तं भयवर्जितञ्च ॥ १६ ॥

यदि जन्मपत्री में ग्यारहवें भाव में चं० मं० बु० का योग हो तो जातक विचित्र सवारी से युक्त, सत्य की प्राप्ति में आसक्त, जनप्रिय, मनुष्यों में लीन और निर्भर होता है ॥ १६ ॥

ग्यारहवें भाव में चं० मं० गु० युति का फल---

चन्द्रारजीवा जनयन्ति मर्त्यं लाभाश्रिताः स्वेदरुजा विमुक्तम् ।
उदारचेष्टं सुभगं सुगात्रं यानैः समेतं सुरतप्रगल्भम् ॥ १७ ॥

यदि जन्मपत्री में ग्यारहवें भाव में चं. मं. गु. का योग हो तो जातक पसीने के रोग से रहित, उदार चेता, भाग्यशाली, सुन्दर शरीरधारी, सवारी से युक्त और प्रतिभाशाली में अनुरक्त होता है ॥ १७ ॥

ग्यारहवें भाव में चं० मं० शु० युति का फल—

चन्द्रारशुक्रा जनयन्ति मर्त्यं लाभाश्रिताः सत्यविवादशीलम् ।
सभासदं सर्वसुखाधिवासं भूतप्रपूजार्जितभूषणञ्च ॥ १८ ॥

यदि जन्मपत्री में ग्यारहवें भाव में चं. मं. शु. का योग हो तो जातक सत्य का विवादी, सभासद, समस्त सुखों से युक्त और भूत की पूजा से भूषण पाने वाला होता है ॥ १८ ॥

ग्यारहवें भाव में चं० मं० श० युति का फल —

चन्द्रारसौरा जनयन्ति मर्त्यं लाभाश्रिता लब्धधनं सुरूपम् ।
प्रज्ञाधिकं सञ्जनयन्ति शुभ्रं महामनुष्यं सुधिया समेतम् ॥ १९ ॥

यदि जन्मपत्री में ग्यारहवें भाव में चं. मं. श. का योग हो तो जातक धन पाने वाला, स्वरूपवान्, बड़ा बुद्धिमान्, स्वच्छ, बड़ा पुरुष और सुन्दर बुद्धि से युक्त होता है ॥ १९ ॥

ग्यारहवें भाव में चं० बु० गु० युति का फल—

चन्द्रज्ञजीवा जनयन्ति मर्त्यं विदग्धगोष्ठीनिरतं प्रगल्भम् ।
विचक्षणं सर्वकलानिधानं नृपप्रसादाप्तसुखं सदैव ॥ २० ॥

यदि जन्मपत्री में ग्यारहवें भाव में चं. बु. गु. का योग हो तो जातक चतुरों की सभा में आसक्त, प्रतिभाशाली, विद्वान्, समस्त कलाओं की खान और सदा ही राजा की कृपा से सुखी होता है ॥ २० ॥

ग्यारहवें भाव में चं० बु० शु० युति का फल —

चन्द्रज्ञशुक्रा जनयन्ति मर्त्यं सन्ध्यानिभं लोकविपूजिताङ्गम् ।
सुदन्तनेत्रं सुभगं गतारिं प्रियातिथिं ब्राह्मणसम्मतञ्च ॥ २१ ॥

यदि जन्मपत्री में ग्यारहवें भाव में चं. बु. शु. का योग हो तो जातक सन्ध्या के तुल्य स्वरूप वाला, संसार से पूजित, अच्छे दांत व आँख वाला, भाग्यशाली, शत्रु से हीन, अतिथियों का प्रेमी और ब्राह्मणों का प्रेमी होता है ॥ २१ ॥

ग्यारहवें भाव में चं० बु० श० युति का फल—

चन्द्रज्ञसौरा जनयन्ति मर्त्यं लाभाश्रिता वाजिगजैः समेतम् ।
प्रसन्नवाक्यं कृपया समेतं हिरण्यपुण्यं सुतलालसञ्च ॥ २२ ॥

यदि जन्मपत्री में ग्यारहवें भाव में चं. बु श. का योग हो तो जातक घोड़ा हाथी से युक्त, प्रसन्न वाणी का, कृपालु, सुवर्ण का दानी और पुत्र की लालसा वाला होता है ॥ २२ ॥

ग्यारहवें भाव में चं० गु० शु० युति का फल—

चन्द्रामरेज्यभृगुजा मनुष्यं लाभाश्रिताः सञ्जनयन्ति शुद्धम् ।
प्रसन्नवक्त्रं प्रथितस्वभावं सुसंस्तुतं साधुजनैः प्रवीणम् ॥ २३ ॥

यदि जन्मपत्री में ग्यारहवें भाव में चं. गु. शु. का योग हो तो जातक पवित्र, प्रसन्न मुखवाला, प्रसिद्ध प्रकृति, सज्जनों की स्तुति से युक्त और चतुर होता है ॥२३॥

ग्यारहवें भाव में चं० गु० श० युति का फल—

चन्द्रामरेज्यार्कसुता मनुष्यं लाभाश्रिताः सञ्जनयन्ति नित्यम् ।
भयेन मुक्तं रणकर्मदक्षं द्राक्षाप्रियं शास्त्रविशारदञ्च ॥ २४ ॥

यदि जन्मपत्री में ग्यारहवें भाव में चं. गु. श. का योग हो तो जातक सदा निर्भय, युद्ध के कार्यों में चतुर, अंगूर का प्रेमी और शास्त्रों में निपुण होता है ॥ २४ ॥

ग्यारहवें भाव में चं० शु० श० युति का फल —

चन्द्रासुरेज्यार्कसुता मनुष्यं लाभाश्रिताः सञ्जनयन्ति नित्यम् ।
विचित्रलाभैः सहितं प्रसन्नं सुवल्गुवाक्यं प्रियदर्शनञ्च ॥ २५ ॥

यदि जन्मपत्री में ग्यारहवें भाव में चं. शु. श. का योग हो तो जातक प्रतिदिन विचित्र लाभों से युक्त, प्रसन्न, मनोहर वाणी का और प्रिय दर्शनीय होता है। २५ ॥

ग्यारहवें भाव में मं० बु० गु० युति का फल—

भौमज्ञजीवा जनयन्ति मर्त्यं लाभाश्रिताः कामधनं सुदेहम् ।
सुपादपाणिं नयनाभिरामं गजाश्वलाभैर्विविधैः समेतम् ॥ २६ ॥

यदि जन्मपत्री में ग्यारहवें भाव में मं. बु. गु. का योग हो तो जातक विषय से धनी, सुन्दर शरीर धारी, अच्छे पैर हाथ वाला और नेत्रों का सुखदायी और अनेक हाथी घोड़ाओं के लाभ से युक्त होता है ॥ २६ ॥

ग्यारहवें भाव में मं० बु० शु० युति का फल—

भौमज्ञशुक्रा जनयन्ति मर्त्यं लाभाश्रिताः कर्मपरं कृतज्ञम् ।
प्रज्ञाधिकं नीतिपरं सुदान्तं प्रशस्तवाक्यं नृपपूजितञ्च ॥ २७ ॥

यदि जन्मपत्री में ग्यारहवें भाव में मं. बु. शु. का योग हो तो जातक बड़ा कार्यकर्त्ता, कृतज्ञ, अधिक बुद्धिमान्, परम नीतिमान्, तप में कष्ट सहने वाला, प्रशस्त वाणी का और राजा से पूजित होता है ॥ २७ ॥

ग्यारहवें भाव में मं. बु. श. युति का फल—

भौमज्ञसौरा जनयन्ति मर्त्यं लाभाश्रिताः सत्यधियं सुरूपम् ।
मनस्विनं नीतिपरं प्रशस्तं सङ्ग्रामलाभैर्विविधैः समेतम् ॥ २८ ॥

यदि जन्मयपत्री में ग्यारहवें भाव में मं. बु. श. का योग हो तो जातक सत्यबुद्धि का, स्वरूपवान्, मनस्वी, परम नीतिमान्, प्रशस्त और युद्ध में अनेक लाभों से युक्त होता है ॥ २८ ॥

ग्यारहवें भाव में मं. गु. शु. युति का फल–

भौमामरेज्यभृगुजा मनुष्यं लाभाश्रिताः सञ्जनयन्ति दान्तम् ।
तपस्विनं मान्यमरिप्रमुक्तं विधानविद्याभरणान्वितञ्च ॥ २९ ॥

यदि जन्मपत्री में ग्यारहवें भाव में मं. गु. शु. का योग हो तो जातक तपश्चर्या में क्लेश सहने वाला, तपस्वी, सम्मानित, शत्रुहीन, विधान, विद्या और भूषणों से युक्त होता है ॥ २९ ॥

ग्यारहवें भाव में मं. गु. श युति का फल–

भौमामरेज्यार्कसुता मनुष्यं लाभाश्रिताः सञ्जनयन्ति विज्ञम् ।
उदारवाक्यं सुभगं सुगात्रं वाजिप्रियं सर्वसुखैः समृद्धम् ॥ ३० ॥

यदि जन्मपत्री में ग्यारहवें भाव में मं. गु. श. का योग हो तो जातक विद्वान्, उदार वाणी का, भाग्यवान्, सुन्दर शरीरधारी, घोड़ों का प्रेमी और समस्त सुखों से संपन्न होता है ॥ ३० ॥

ग्यारहवें भाव में मं. शु. श. युति का फल–

भौमासुरेज्यार्कसुता मनुष्यं लाभाश्रिताः सञ्जनयन्ति भव्यम् ।
स्थिरस्वभावं स्थिरसौहृदञ्च चारित्रयुक्तं कलहेन हीनम् ॥ ३१ ॥

यदि जन्मपत्री में ग्यारहवें भाव में मं. शु. श. का योग हो तो जातक सुन्दर, स्थिर प्रकृति, स्थिर सौहार्दवाला, चरित्रवान् और कलह से रहित होता है ॥ ३१ ॥

ग्यारहवें भाव में बु. गु. शु युति का फल–

सौम्यामरेज्यभृगुजा मनुष्यं लाभाश्रिताः सञ्जनयन्ति रूपम् ।
हस्त्यश्वकोशान्वितमप्रमत्तं गुणान्वितं शास्त्रविचक्षणञ्च ॥ ३२ ॥

यदि जन्मपत्री में ग्यारहवें भाव में बु. गु. शु. का योग हो तो जातक स्वरूपवान्, हाथी, घोड़ा व धन से युक्त, अप्रमत्त, गुणी और शास्त्रों का विद्वान् होता है ॥ ३२ ॥

ग्यारहवें भाव में बु. गु. श. युति का फल–

सौम्यामरेज्यार्कसुता मनुष्यं लाभाश्रिताः क्षान्तियुतं सुताढ्यम् ।
प्रभूतविद्याभरणैः समेतं सुपुण्यरक्तं कृपया समेतम् ॥ ३३ ॥

यदि जन्मपत्री में ग्यारहवें भाव में बु. गु. श. का योग हो तो जातक क्षमावान्, पुत्र से युक्त, अधिक विद्या व भूषणों से युक्त, अच्छे पुण्य में आसक्त और कृपालु होता है ॥ ३३ ॥

ग्यारहवें भाव में बु. शु. श. युति का फल–

लाभान्विताः सौम्यसितार्कपुत्रा नरं प्रकुर्वन्ति विशिष्टरक्तम् ।
धराधिपं मुख्यतमं नराणां सुसंस्तुतं तीर्थपरं सदैव ॥ ३४ ॥

यदि जन्मपत्री में ग्यारहवें भाव में बु. शु. श. का योग हो तो जातक विशेषता में आसक्त, राजा, प्रधान, मनुष्यों से संस्तुत और सदा ही तीर्थों का भक्त होता है ॥ ३४ ॥

ग्यारहवें भाव में गु. शु. श. युति का फल–

जीवासुरेज्यार्कसुता मनुष्यं लाभाश्रिताः सञ्जनयन्ति कान्तम् ।
कलस्वनं सर्वकुलप्रधानं मनीषिणं धर्मरतं तथाढम् ॥ ३५ ॥

यदि जन्मपत्री में ग्यारहवें भाव में गु. शु. श. का योग हो तो जातक प्रिय, मधुर स्वर वाला, समस्त बंश में मुख्य, विद्वान्, धर्म में आसक्त और धनी होता है ॥ ३५ ॥

इत्येवं त्रिविकल्पजाः ।

इस प्रकार ग्यारहवें भाव में तीन ग्रहों की युति का फल समाप्त हुआ ॥ १-३५ ॥

अथ चतुर्विकल्पजाः ।

अब आगे ग्यारहवें भाव में चार ग्रहों की युति के फल को बताते हैं ।

ग्यारहवें भाव में सू० चं० मं० बु० युति का फल––

रवीन्दुभौमेन्दुसुता मनुष्यं लाभाश्रिताः सञ्जनयन्ति नित्यम् ।
प्रभूतवित्तं सुभगं जितारिं दानं विनीतं परमर्दनञ्च ॥ १ ॥

यदि जन्मपत्री में ग्यारहवें भाव में सू० चं० मं० बु० का योग हो तो जातक प्रतिदिन अधिक धनवान्, भाग्यशाली, शत्रुहीन, दानी, विनयी और शत्रुओं का नाशक होता है ॥ १ ॥

ग्यारहवें भाव में सू० चं० मं० गु० युति का फल––

रवीन्दुभौमामरपूजिताङ्घ्रा लाभाश्रिताः सञ्जनयन्ति मर्त्यम् ।
बहुप्रजं नीतिपरं सुतज्ञं हतारिपक्षं प्रथितप्रभावम् ॥ २ ॥

यदि जन्मपत्री में ग्यारहवें भाव में सू० चं० मं० गु० का योग हो तो जातक अधिक सन्तानवाला, बड़ा नीतिमान्, पुत्र का ज्ञाता, शत्रुओं का विनाशी और प्रसिद्ध प्रभावी होता है ॥ २ ॥

ग्यारहवें भाव में सू० चं० मं० शु० युति का फल––

सूर्येन्दुभौमासुरपूजिताङ्घ्रा लाभाश्रिताः सञ्जनयन्ति मर्त्यम् ।
हिरण्यमुक्तामणिवस्त्रलाभं विशालबुद्धिं नृपसेवकञ्च ॥ ३ ॥

यदि जन्मपत्री में ग्यारहवें भाव में सू० चं० मं० शु० का योग हो तो जातक सुवर्ण, मोती, मणि व वस्त्रों का लाभ करने वाला, विस्तृत बुद्धि और राजा का नौकर होता है ॥ ३ ॥

ग्यारहवें भाव में सू० चं० मं० श० युति का फल––

रवीन्दुभौमार्कसुता मनुष्यं लाभाश्रिताः सञ्जनयन्ति मर्त्यम् ।
बहुकृपाढ्यं परतापदक्षं क्षोणीपतिं सम्मतमोजसाढ्यम् ॥ ४ ॥

यदि जन्मपत्री में ग्यारहवें भाव में सू० चं० मं० श० का योग हो तो जातक बड़ा दयालु, दूसरे को संतप्त करने में निपुण, राजा से सम्मत और ओजस्वी होता है ॥ ४ ॥

ग्यारहवें भाव में सू० चं० बु० गु० युति का फल—

रवीन्दुसौम्यामरपूजिताङ्गा लाभाश्रिताः सञ्जनयन्ति मर्त्यम् ।
प्रतापिनं धर्मपरं सुविज्ञं पूज्यं जनानां गुणसंयुतानाम् ॥ ५ ॥

यदि जन्मपत्री में ग्यारहवें भाव में सू० चं० बु० गु० का योग हो तो जातक प्रतापी, बड़ा धर्मात्मा, अच्छा जानकार और गुणी मनुष्यों का पूज्य होता है ॥ ५ ॥

ग्यारहवें भाव में सू० चं० बु० शु० युति का फल—

रवीन्दुसौम्यासुरपूजिताङ्गा लाभाश्रिताः सञ्जनयन्ति मर्त्यम् ।
निसर्गविद्यात्मककाव्यभाजं श्रुतप्रधानं सुहितं जनानाम् ॥ ६ ॥

यदि जन्मपत्री में ग्यारहवें भाव में सू० चं० बु० शु० का योग हो तो जातक जन्म से विद्यात्मा व काव्य का पात्र, शास्त्रों में मुख्य और मनुष्यों का हितैषी होता है ॥६॥

ग्यारहवें भाव में सू० चं० बु० श० युति का फल—

रवीन्दुसौम्यार्कसुता मनुष्यं लाभाश्रिताः सञ्जनयन्ति पुण्यम् ।
प्रसादशीलं प्रणतं गुरूणां प्रभूतविद्यारणरञ्जितानाम् ॥ ७ ॥

यदि जन्मपत्री में ग्यारहवें भाव में सू० चं० बु० श० का योग हो तो जातक प्रसन्न आचरण वाला, अधिक विद्या व युद्ध में आसक्त, गुरुजनों का विनयी होता है ॥७॥

ग्यारहवें भाव में सू० चं० गु० शु० युति का फल—

रवीन्दुजीवासुरपूजिताङ्गा लाभाश्रिताः सञ्जनयन्ति मर्त्यम् ।
शास्त्रप्रियं कीर्तिसमन्विताङ्गं गुणानुरक्तं प्रियकोविदञ्च ॥ ८ ॥

यदि जन्मपत्री में ग्यारहवें भाव में सू० चं० गु० शु० का योग हो तो जातक शास्त्रों का प्रेमी, कीर्त्तिमान्, गुणों में आसक्त और प्रेमी सुन्दर विद्वान् होता है ॥ ८ ॥

ग्यारहवें भाव में सू० चं० गु० श० युति का फल—

रवीन्दुजीवार्कसुता मनुष्यं लाभाश्रिताः सञ्जनयन्ति विज्ञम् ।
महाप्रभावं विदितप्रतापं दानानुरक्तं सुधिया समेतम् ॥ ९ ॥

यदि जन्मपत्री में ग्यारहवें भाव में सू. चं. गु. श. का योग हो तो जातक विज्ञ, बड़ा प्रभावी, प्रसिद्ध प्रतापी, दान में लीन और अच्छा बुद्धिमान् होता है ॥ ९ ॥

ग्यारहवें भाव में सू० चं० शु० श० युति का फल—

रवीन्दुशुक्रार्कसुता मनुष्यं लाभाश्रिताः सञ्जनयन्ति धन्यम् ।
यशस्विनं धर्मदया समेतं विव्याधिनं ब्राह्मणलोकतुष्टम् ॥ १० ॥

यदि जन्मपत्री में ग्यारहवें भाव में सू. चं. शु. श. का योग हो तो जातक प्रशंसनीय, यशस्वी, धर्मात्मा, दयालु, रोगहीन और ब्राह्मणों से प्रसन्न होता है ॥ १० ॥

ग्यारहवें भाव में सू. मं. बु. गु. युति का फल—

सूर्यारसौम्यामरपूजिताङ्गा लाभाश्रिताः सञ्जनयन्ति मर्त्यम् ।
सुयानभाजं विजितारिसङ्घं प्रभाविनं नीतिविचक्षणञ्च ॥ ११ ॥

यदि जन्मपत्री में ग्यारहवें भाव में सू. मं. बु. गु. का योग हो तो जातक सुन्दर सवारी से युक्त, शत्रु समुदाय को जीतने वाला, प्रभाव शाली और न्याय का विद्वान् होता है ॥ ११ ॥

ग्यारहवें भाव में सू. मं. बु. शु. युति का फल—

सूर्यारसौम्यासुरपूजिताङ्गा लाभाश्रिताः सञ्जनयन्ति मर्त्यम् ।
उदारवाक्यं सुजनानुरक्तं नृपप्रियं शौर्यसमन्वितञ्च ॥ १२ ॥

यदि जन्मपत्री में ग्यारहवें भाव में सू. मं. बु. शु. का योग हो तो जातक उदार वाणी का, सज्जनों में आसक्त, राजा का प्रिय और पराक्रमी होता है ॥ १२ ॥

ग्यारहवें भाव में सू. मं. बु. श. युति का फल—

सूर्यारसौम्यार्कसुता मनुष्यं लाभाश्रिताः सञ्जनयन्ति मर्त्यम् ।
भूरिप्रबन्धं बहुशिल्पभाजं नानार्थयानप्रवरैः समेतम् ॥ १३ ॥

यदि जन्मपत्री में ग्यारहवें भाव में सू. मं. बु. श. का योग हो तो जातक बड़ा इन्तजामी, अधिक कारीगर और अनेक श्रेष्ठ सवारी से युक्त होता है ॥ १३ ॥

ग्यारहवें भाव में सू० मं० गु० शु० युति का फल—

सूर्यारजीवासुरपूजिताङ्गा लाभाश्रिताः सञ्जनयन्ति मर्त्यम् ।
बन्धुप्रियं सर्वसुखाधिवासं संतुष्टिभाजं विनयप्रधानम् ॥ १४ ॥

यदि जन्मपत्री में ग्यारहवें भाव में सू० मं० गु० शु० का योग हो तो जातक बान्धवों का प्रेमी, समस्त सुखों से युक्त, प्रसन्न चित्त और मुख्य विनयी होता है ॥ १४ ॥

ग्यारहवें भाव में सू० मं० गु० श० युति का फल—

सूर्यारजीवार्कसुता मनुष्यं लाभाश्रिताः सञ्जनयन्ति मर्त्यम् ।
प्रभूतवित्तं वनितास्वभीष्टं चारित्रविद्याध्ययनैः समेतम् ॥ १५ ॥

यदि जन्मपत्री में ग्यारहवें भाव में सू० मं० गु० श० का योग हो जातक बड़ा धनी, स्त्रियों का प्रेमी, चरित्रवान् और विद्याध्ययनी कर्ता होता है ॥ १५ ॥

ग्यारहवें भाव में सू० मं० शु० श० युति का फल—

सूर्यारशुक्रार्कसुता मनुष्यं लाभाश्रिताः सञ्जनयन्ति कान्तम् ।
तेजोऽन्वितं सर्वकलासु दक्षं घृणान्वितं धर्ममतिं सदैव ॥ १६ ॥

यदि जन्मपत्री में ग्यारहवें भाव में सू० मं० शु० श० का योग हो तो जातक प्रिय, तेजस्वी, समस्त कलाओं में निपुण, घृणा से युक्त और सदा ही धार्मिक बुद्धि का होता है ॥ १६ ॥

ग्यारहवें भाव में सू० बु० गु० शु० युति का फल—

सूर्यज्ञजीवासुरपूजिताङ्गा लाभाश्रिताः सञ्जनयन्ति मर्त्यम् ।
विचित्रकीर्त्या सहितं निरीहं सुचारुनेत्रं गुणरञ्जिताङ्गम् ॥ १७ ॥

यदि जन्मपत्री में ग्यारहवें भाव में सू० बु० गु० शु० का योग हो तो जातक विचित्र कीर्तिमान्, निरीह, सुन्दर आँखवाला और गुणी होता है ॥ १७ ॥

ग्यारहवें भाव में सू० बु० गु० श० युति का फल—

सूर्यज्ञजीवार्कसुता मनुष्यं लाभाश्रिताः सञ्जनयन्ति सेव्यम् ।
वृत्तान्वितं द्रोहविवर्जिताङ्गं धर्मध्वजं दैन्यविवर्जितञ्च ॥ १८ ॥

यदि जन्मपत्री में ग्यारहवें भाव में सू० बु० गु० श० का योग हो तो जातक सेवनीय, व्रती, द्रोह से हीन, शरीरधारी, धर्म की ध्वजा और हीनता से रहित होता है ॥ १८ ॥

ग्यारहवें भाव में सू० बु० शु० श० युति का फल—

सूर्यज्ञशुक्रार्कसुता मनुष्यं लाभाश्रिताः सञ्जनयन्ति नित्यम् ।
स्थिरस्वभावं भयपापहीनं विचित्रवाक्यं श्रुतिलालसञ्च ॥ १९ ॥

यदि जन्मपत्री में ग्यारहवें भाव में सू० बु० शु० श० का योग हो तो जातक स्थिर प्रकृति, भय व पाप से हीन, विचित्र वाणी का और वेद का लालची होता है ॥ १९ ॥

ग्यारहवें भाव में सू० गु० शु० श० युति का फल—

सूर्यामरेज्यभृगुजार्कपुत्रा लाभाश्रिताः सञ्जनयन्ति मर्त्यम् ।
अनेकलाभैर्विविधैः समेतं संतुष्टचित्तं जनसम्मतञ्च ॥ २० ॥

यदि जन्मपत्री में ग्यारहवें भाव में सू० गु० शु० श० का योग हो तो जातक अनेक प्रकार के लाभों से युक्त, प्रसन्न चित्त और जनप्रिय होता है ॥ २० ॥

ग्यारहवें भाव में चं० मं० बु० गु० युति का फल—

चन्द्रारसौम्यामरपूजिताङ्गा लाभाश्रिताः सञ्जनयन्ति मर्त्यम् ।
विद्याधिकं भूरिधनं नरेन्द्रं हतारिवर्गं बहुदानशीलम् ॥ २१ ॥

यदि जन्मपत्री में ग्यारहवें भाव मे चं० मं० बु० गु० का याग हा जातक बड़ा विद्वान्, महा धनवान्, राजा, नष्ट शत्रु वाला और अधिक दानी होता है ॥ २१ ॥

ग्यारहवें भाव में च. मं. बु. श. युति का फल—

चन्द्रारसौम्यार्कसुता मनुष्यं लाभाश्रिताः सञ्जनयन्ति दान्तम् ।
विप्रान्नभाजं सततं सुवक्त्रं बहुक्षमं भूरिदम मनोज्ञम् ॥ २२ ॥

यदि जन्मपत्री में ग्यारहवें भाव में चं. मं. बु. श. का याग हो तो जातक तपश्चर्या में कष्ट सहने वाला, ब्राह्मण के अन्न का पात्र, सदा सुन्दर मुखवाला, बड़ा क्षमावान्, अधिक दानी और सुन्दर होता है ॥ २२ ॥

ग्यारहवें भाव में चं. मं. गु. शु. युति का फल—

चन्द्रारजीवा सुरपूजिताङ्गा लाभाश्रिताः सञ्जनयन्ति मर्त्यम् ।
यन्त्रप्रधानं गुरुभक्तिरक्तं मनस्विनं सर्वसुखैः समृद्धम् ॥ २३ ॥

यदि जन्मपत्री में ग्यारहवें भाव में चं. मं. गु. शु. का योग हो तो जातक यन्त्रों में मुख्य, गुरु की भक्ति में लीन, मनस्वी और समस्त सुखों से संपन्न होता है ॥ २३ ॥

ग्यारहवें भाव में चं० मं० गु० श० युति का फल––

चन्द्रारजीवार्कसुता मनुष्यं लाभाश्रिताः सञ्जनयन्ति भूपम् ।
सद्योगमाद्यं प्रचुरान्नपानं विदग्धगोष्ठीषु रतं सदैव ॥ २४ ॥

यदि जन्मपत्री में ग्यारहवें भाव में चं० मं० गु० श० का योग हो तो जातक राजा, शुभ योगी, प्रधान, अधिक अन्नपान से युक्त और सदा ही चतुरों की सभा में आसक्त होता है ॥ २४ ॥

ग्यारहवें भाव में चं० मं० शु० श० युति का फल––

चन्द्रारशुक्रार्कसुता मनुष्यं लाभाश्रिताः सञ्जनयन्ति वन्द्यम् ।
भूपालनार्थं हयसङ्घनाथं शूरं सदा पण्डितमानिनञ्च ॥ २५ ॥

यदि जन्मपत्री में ग्यारहवें भाव में चं० मं० शु० श० का योग हो तो जातक भूमि का पालक, घोड़ाओं से युक्त, वीर और सदा स्वयं पण्डित बनने वाला होता है ॥ २५ ॥

ग्यारहवें भाव में चं० बु० गु० शु० युति का फल––

चन्द्रज्ञजीवासुरपूजिताङ्गा लाभाश्रिताः सञ्जनयन्ति मर्त्यम् ।
समुद्रपर्यन्तधराधिनाथं जितारिवर्गं बहुधर्मकृत्यम् ॥ २६ ॥

यदि जन्मपत्री में ग्यारहवें भाव में चं० बु० गु० शु० का योग हो तो जातक समुद्र पर्यन्त भूमि का स्वामी, शत्रुओं को जीतने वाला और अधिक धर्म के कार्य करने वाला होता है ॥ २६ ॥

ग्यारहवें भाव में चं० बु० गु० श० युति का फल––

चन्द्रज्ञजीवार्कसुता मनुष्यं लाभाश्रिताः सञ्जनयन्ति कान्तम् ।
सुभाषितज्ञं विबुधाधिनाथं क्षितीश्वरं ब्राह्मणसम्मतञ्च ॥ २७ ॥

यदि जन्मपत्री में ग्यारहवें भाव में चं० बु० गु० श० का योग हो तो जातक प्रिय, सुभाषित जानने वाला, पण्डितों का स्वामी, राजा और ब्राह्मणों से सम्मत होता है ॥ २७ ॥

ग्यारहवें भाव में चं० बु० शु० श० युति का फल––

चन्द्रज्ञशुक्रार्कसुता मनुष्यं लाभाश्रिताः पुष्टियुतं सुरूपम् ।
क्षोणीपतिं तीर्थरतं सुमुख्यं धराधिनाथं रणकोविदञ्च ॥ २८ ॥

यदि जन्मपत्री में ग्यारहवें भाव में चं० बु० शु० श० का योग हो तो जातक परिपुष्ट, स्वरूपवान्, राजा, तीर्थों में आसक्त, मुख्य और युद्ध का जानकार होता है ॥ २८ ॥

ग्यारहवें भाव में चं० गु० शु० श० युति का फल—

चन्द्रामरेज्यभृगुजार्कपुत्रा लाभाश्रिताः सञ्जनयन्ति मर्त्यम् ।
तेजोऽन्वितं पुण्यपरं जितारिं महीपतिं शास्त्रविचक्षणञ्च ॥ २९ ॥

यदि जन्मपत्री में ग्यारहवें भाव में चं० गु० शु० श० का योग हो तो जातक तेजस्वी, बड़ा पुण्यात्मा, शत्रुओं को जीतने वाला, राजा और शास्त्रीय विद्वान् होता है ॥ २९ ॥

ग्यारहवें भाव में मं० बु० गु० शु० युति का फल—

भौमज्ञजीवासुरपूजिताङ्गा लाभाश्रिताः सञ्जनयन्ति मर्त्यम् ।
भोगान्वितं वातभयं प्रगल्भं क्षितीश्वरं पण्डितमानिनञ्च ॥ ३० ॥

यदि जन्मपत्री में ग्यारहवें भाव में मं० बु० गु० शु० का योग हो तो जातक भोगी, वायु से भयभीत, प्रतिभाशाली, राजा और स्वयं ही विद्वान् बनने वाला होता है ॥ ३० ॥

ग्यारहवें भाव में मं० बु० गु० श० युति का फल—

भौमज्ञजीवार्कसुता मनुष्यं लाभाश्रिताः सञ्जनयन्ति दक्षम् ।
शौर्यान्वितं भूमिपतिं हतारिं प्रियंवदं दानपरं सदैव ॥ ३१ ॥

यदि जन्मपत्री में ग्यारहवें भाव में मं० बु० गु० श० का योग हो तो जातक चतुर, पराक्रमी, राजा, नष्ट शत्रु वाला, मीठा बोलने वाला और सदा ही बड़ा दानी होता है ॥ ३१ ॥

ग्यारहवें भाव में मं० बु० शु० श० युति का फल—

भौमज्ञशुक्रार्कसुता मनुष्यं लाभाश्रिताः सञ्जनयन्ति पुष्टम् ।
नरेन्द्रमाज्ञासहितं सुशूरं भयैर्व्यपेतं द्विजवत्सलञ्च ॥ ३२ ॥

यदि जन्मपत्री में ग्यारहवें भाव में मं० बु० शु० श० का योग हो तो जातक पुष्ट (मोटा), राजा, आदेश से युक्त, अच्छा वीर, निर्भय और ब्राह्मणों का प्रेमी होता है ॥ ३२ ॥

ग्यारहवें भाव में मं० गु० शु० श० युति का फल—

भौमामरेज्यभृगुजार्कपुत्रा लाभाश्रिताः सञ्जनयन्ति मर्त्यम् ।
प्रभूतपुत्रार्थनयैः समेतं महीपतिं शत्रुविवर्जितञ्च ॥ ३३ ॥

यदि जन्मपत्री में ग्यारहवें भाव में मं० गु० शु० श० का योग हो तो जातक अधिक पुत्र, धन, न्याय से युक्त, राजा और शत्रुओं से रहित होता है ॥ ३३ ॥

ग्यारहवें भाव में बु० गु० शु० श० युति का फल—

सौम्यामरेज्यभृगुजार्कपुत्रा लाभाश्रिताः सञ्जनयन्ति मर्त्यम् ।
विद्याधिकं भूमिपतिं सविज्ञं विज्ञानशीलं श्रुतवत्सलञ्च ॥ ३४ ॥

यदि जन्मपत्री में ग्यारहवें भाव में बु० गु० शु० श० का योग हो तो जातक अधिक विद्वान्, राजा, अच्छा जानकार, वैज्ञानिक और शास्त्रों का प्रेमी होता है ॥३४॥

इत्येवं चतुर्विकल्पजाः ।

इस प्रकार ग्यारहवें भाव में चार ग्रहों की युति का फल समाप्त हुआ ॥ १–३४ ॥

अथ पञ्चविकल्पजाः।

अब आगे ग्यारहवें भाव में पाँच ग्रहों की युति के फल को बताते हैं।

ग्यारहवें भाव में सू० चं० मं० बु० गु० युति का फल—

रवीन्दुभौमज्ञसुरेन्द्रपूज्या लाभाश्रिताः सञ्जनयन्ति मर्त्यम्।
सुशीलमुत्साहपरं नरेन्द्रं महाधनाढ्यं रणकोविदञ्च॥ १॥

यदि जन्मपत्री में ग्यारहवें भाव में सू० चं० मं० बु० गु० का योग हो तो जातक सुशील, बड़ा उत्साही, राजा, अधिक धनवान् और युद्ध का पण्डित होता है॥ १॥

ग्यारहवें भाव में सू० चं० मं० बु० शु० युति का फल—

रवीन्दुभौमज्ञसिता मनुष्यं लाभाश्रिताः सञ्जनयन्ति भव्यम्।
श्रुतप्रधानं कृतकैर्विमुक्तं पृथ्वीपतिं पुण्यधनैः समेतम्॥ २॥

यदि जन्मपत्रा में ग्यारहवें भाव में सू० चं० मं० बु० शु० का योग हो तो जातक भव्य, शास्त्र में मुख्य, कृत्रिमता से हीन, राजा, पुण्यवान् और धनवान् होता है॥ २॥

ग्यारहवें भाव में सू० चं० मं० बु० श० युति का फल—

रवीन्दुभौमज्ञदिनेशपुत्रा लाभाश्रिताः सञ्जनयन्ति शूरम्।
लज्जाधिकं पार्थिवमप्रमेयं कृतज्ञमुग्रं रणसाहसञ्च॥ ३॥

यदि जन्मपत्री में ग्यारहवें भाव में सू० चं० मं० बु० श० का योग हो तो जातक वीर, अधिक लज्जावान्, अप्रमेय, कृतज्ञ, उग्र और युद्ध में साहसी होता है॥ ३॥

ग्यारहवें भाव में सू० चं० मं० गु० शु० युति का फल—

सूर्येन्दुभौमाममरपूज्यशुक्रा लाभाश्रिताः सञ्जनयन्ति मर्त्यम्।
सुतार्थभाजं सुखभोगभाजं धिया समेतं नृपतिं जितञ्च॥ ४॥

यदि जन्मपत्री में ग्यारहवें भाव में सू० चं० मं० गु० शु० का योग हो तो जातक पुत्रवान्, धनी, सुखी, भोगी, बुद्धिमान्, राजा और पराजित होता है॥ ४॥

ग्यारहवें भाव में सू० चं० मं० गु० श० युति का फल—

सूर्येन्दुभौमामरपूज्यसौरा लाभाश्रिताः सञ्जनयन्ति मर्त्यम्।
प्रभूतमित्रं व्रतकर्मशीलं सन्तुष्टचित्तं बहुलोलुपञ्च॥ ५॥

यदि जन्मपत्री में ग्यारहवें भाव में सू० चं० मं० गु० श० का योग हो तो जातक अधिक मित्रों से युक्त, व्रत के काम करने वाला, प्रसन्न चित्त और बड़ा लालची होता है॥ ५॥

ग्यारहवें भाव में सू० चं० मं० शु० श० युति का फल—

सूर्येन्दुभौमासुरपूज्यसौरा लाभाश्रिताः सञ्जनयन्ति मर्त्यम्।
सुपण्डितं पार्थिवमानभाजं गजाश्रयं पापपराङ्मुखञ्च॥ ६॥

यदि जन्मपत्री में ग्यारहवें भाव में सू० चं० मं० शु० श० का योग हो तो जातक अच्छा पण्डित, राजा से सम्मानित, हाथी की सम्पत्ति वाला और पाप से बहिर्मुख होता है॥ ६॥

ग्यारहवें भाव में सू० चं० बु० गु० शु० युति का फल —

सूर्येन्दुसौम्यामरपूज्यशुक्रा लाभाश्रिताः सञ्जनयन्ति मर्त्यम् ।
बहुप्रजं शीलधनं नयज्ञं संतुष्टचित्तं बहुसौहृदञ्च ॥ ७ ॥

यदि जन्मपत्री में ग्यारहवें भाव में सू० चं० बु० गु० शु० का योग हो तो जातक अधिक सन्तान वाला, सुशीलता से सम्पन्न, न्याय का जानकार, प्रसन्नचित्त और अधिक सौहार्द से युक्त होता है ॥ ७ ॥

ग्यारहवें भाव में सू० चं० बु० गु० श० युति का फल—

सूर्येन्दुसौम्यामरपूज्यसौरा लाभाश्रिताः सञ्जनयन्ति मर्त्यम् ।
द्विजानुरक्तं प्रमदास्वभीष्टं लज्जाधिकं कीर्तिसमन्वितञ्च ॥ ८ ॥

यदि जन्मपत्री में ग्यारहवें भाव में सू० चं० बु० गु० श० का योग हो तो जातक ब्राह्मणों का भक्त, स्त्रियों का प्रेमी, अधिक लज्जावान् और कीर्तिमान् होता है ॥ ८ ॥

ग्यारहवें भाव में सू० चं० बु० शु० श० युति का फल—

रवीन्दुसौम्यासुरपूज्यसौरा लाभाश्रिताः सञ्जनयन्ति मर्त्यम् ।
नानामहेन्द्रैः सहितं सुदानं गुणानुरक्तं सुधनैः समेतम् ॥ ९ ॥

यदि जन्मपत्री में ग्यारहवें भाव में सू० चं० बु० शु० श० का योग हो तो जातक अनेक राजाओं से युक्त, अच्छा दानी, गुणी और सुन्दर धनवान् होता है ॥ ९ ॥

ग्यारहवें भाव में सू० चं० गु० शु० श० युति का फल—

सूर्येन्दुजीवासुरपूज्यसौरा लाभाश्रिताः सञ्जनयन्ति मर्त्यम् ।
गुणान्वितं प्रीतिकरं सुनेत्रं प्रियागमं कीर्तिसमन्वितञ्च ॥ १० ॥

यदि जन्मपत्री में ग्यारहवें भाव में सू० चं० गु० शु० श० का योग हो तो जातक गुणी, प्रेमी, सुन्दर आँख वाला, आगम का प्रेमी और कीर्तिमान् होता है ॥ १० ॥

ग्यारहवें भाव में सू० मं० बु० गु० शु० युति का फल—

सूर्यारसौम्यामरपूज्यशुक्रा लाभाश्रिताः सञ्जनयन्ति मर्त्यम् ।
मातापितृभ्यां निरतं मनोज्ञं विचक्षणं क्षान्तिसमन्वितञ्च ॥ ११ ॥

यदि जन्मपत्री में ग्यारहवें भाव में सू० मं० बु० गु० शु० का योग हो तो जातक माता पिता का भक्त, सुन्दर, विद्वान् और क्षमावान् होता है ॥ ११ ॥

ग्यारहवें भाव में सू० मं० बु० गु० श० युति का फल—

सूर्यारसौम्यामरपूज्यसौरा लाभाश्रिताः सञ्जनयन्ति मर्त्यम् ।
कुलप्रधानं प्रणतारिपक्षं सुशीलभाजं बहुधर्मरक्तम् ॥ १२ ॥

यदि जन्मपत्री में ग्यारहवें भाव में सू० मं० बु० गु० श० का योग हो तो जातक वंश में मुख्य, विनयी शत्रु वाला, सुशील और अधिक धर्म में आसक्त होता है ॥ १२ ॥

ग्यारहवें भाव में सू० मं० बु० शु० श० युति का फल—

सूर्यारसौम्यासुरपूज्यसौरा लाभाश्रिताः सञ्जनयन्ति मर्त्यम् ।
व्रतोपवासामरविप्रभक्तं दानान्वितं सत्यदया समेतम् ॥ १३ ॥

यदि जन्मपत्री में ग्यारहवें भाव में सू० मं० बु० शु० श० का योग हो तो जातक व्रत, उपवास, देवता व ब्राह्मण का भक्त, दानी, सत्य और दया से युक्त होता है ॥ १३ ॥

ग्यारहवें भाव में सू० मं० गु० शु० श० युति का फल—

सूर्यारजीवासुरपूज्यसौरा लाभाश्रिताः सञ्जनयन्ति मर्त्यम् ।
प्रभासमेतं बहुशास्त्ररक्तं गुणान्वितं शौचपरं सदैव ॥ १४ ॥

यदि जन्मपत्री में ग्यारहवें भाव में सू० मं० गु० शु० श० का योग हो तो जातक तेजस्वी, अधिक शास्त्रों में आसक्त, गुणी और सदा ही अधिक पवित्र होता है ॥ १४ ॥

ग्यारहवें भाव में सू० बु० गु० शु० श० युति का फल—

सूर्यज्ञजीवासुरपूज्यसौरा लाभाश्रिताः सञ्जनयन्ति मर्त्यम् ।
विद्यासु रक्तं गुरुदेवभक्तं परैर्विमुक्तं सुधिया समेतम् ॥ १५ ॥

यदि जन्मपत्री में ग्यारहवें भाव में सू० बु० गु० शु० श० का योग हो तो जातक विद्या में आसक्त, गुरु व देवता का भक्त, दूसरों से मुक्त और सुन्दर बुद्धिमान् होता है ॥ १५ ॥

ग्यारहवें भाव में चं० मं० बु० गु० शु० युति का फल—

चन्द्रारसौम्यामरपूज्यशुक्रा लाभाश्रिताः सञ्जनयन्ति मर्त्यम् ।
दयासमेतं क्रियया समेतं प्रियंवदं बान्धवपूजितञ्च ॥ १६ ॥

यदि जन्मपत्री में ग्यारहवें भाव में चं० मं० बु० गु० शु० का योग हो तो जातक दयालु, काम करने वाला, मीठा बोलने वाला और बन्धुओं से पूजित होता है ॥ १६ ॥

ग्यारहवें भाव में चं० मं० बु० गु० श० युति का फल—

चन्द्रारसौम्यामरपूज्यसौरा लाभाश्रिताः सञ्जनयन्ति मर्त्यम् ।
नरेन्द्रमान्यं कृषिकर्मदक्षं क्षतं विपक्षं विभवैः सदैव ॥ १७ ॥

यदि जन्मपत्री में ग्यारहवें भाव में चं० मं० बु० गु० श० का योग हो तो जातक राजा से सम्मानित, खेती के काम में चतुर और सदा ही ऐश्वर्य से नष्ट शत्रु पक्ष वाला होता है ॥ १७ ॥

ग्यारहवें भाव में चं० मं० बु० शु० श० युति का फल—

चन्द्रारसौम्यासुरपूज्यसौरा लाभाश्रिताः सञ्जनयन्ति मर्त्यम् ।
श्रुतार्थभाजं विजितारिपक्षं महीपतिं शास्त्रविशारदञ्च ॥ १८ ॥

यदि जन्मपत्री में ग्यारहवें भाव में चं० मं० बु० शु० श० का योग हो तो जातक शास्त्र व धन से युक्त, शत्रुओं को जीतने वाला, राजा और शास्त्र में चतुर होता है ॥ १८ ॥

ग्यारहवें भाव में चं० मं० गु० शु० श० युति का फल—

चन्द्रारजीवासुरपूज्यसौरा लाभाश्रिताः सञ्जनयन्ति मर्त्यम् ।
प्रभूतविद्यं गुरुतासमेतं सुजानुभाजं निरुजं सदैव ॥ १९ ॥

यदि जन्मपत्री में ग्यारहवें भाव में चं० मं० गु० शु० श० का योग हो तो जातक अधिक विद्याओं का जानकर, गुरुता से युक्त, सुन्दर जानु वाला और सदा ही रोगहीन होता है ॥ १९ ॥

ग्यारहवें भाव में चं० बु० गु० शु० श० युति का फल—

चन्द्रज्ञजीवासुरपूज्यसौरा लाभाश्रिताः सञ्जनयन्ति मर्त्यम् ।
वन्हिस्तुतं काव्यकथानुरक्तं शौर्यान्वितं धर्मपरं सदैव ॥ २० ॥

यदि जन्मपत्री में ग्यारहवें भाव में चं० बु० गु० शु० श० का योग हो तो जातक वन्दियों से संस्तुत, काव्य कथा में आसक्त, पराक्रमी और सदा ही परम धर्मात्मा होता है ॥ २० ॥

ग्यारहवें भाव में मं० बु० गु० शु० श० युति का फल—

भौमज्ञजीवासुरपूज्यसौरा लाभाश्रिताः सञ्जनयन्ति मर्त्यम् ।
श्रद्धान्वितं भूरिधनं यशस्वं प्रभूतपुत्रान्वितभोजनाढ्यम् ॥ २१ ॥

यदि जन्मपत्री में ग्यारहवें भाव में मं० बु० गु० शु० श० का योग हो तो जातक श्रद्धालु, बड़ा धनवान्, यशस्वी, अधिक पुत्रों से और भोजन से युक्त होता है ॥ २१ ॥

इत्येवं पञ्चविकल्पजाः ।

इस प्रकार ग्यारहवें भाव में पाँच ग्रहों की युति का फल समाप्त हुआ ॥ १–२१ ॥

अथ षड्विकल्पजाः ।

अब आगे ग्यारहवें भाव में ६ ग्रहों की युति के फल को बताते हैं ।

ग्यारहवें भाव में सू० चं० मं० बु० गु० शु० युति का फल—

रवीन्दुभौमज्ञसुरेज्यशुक्रा लाभाश्रिताः सञ्जनयन्ति मर्त्यम् ।
सौभाग्यविद्याविभवैः समेतं सदा कृतज्ञं दृढपौरुषञ्च ॥ १ ॥

यदि जन्मपत्री में ग्यारहवें भाव में सू० चं० मं० बु० गु० शु० का योग हो तो जातक सुन्दर भाग्य, विद्या व ऐश्वर्य से युक्त, सदा कृतज्ञ और स्थिर पुरुषार्थी होता है ॥ १ ॥

ग्यारहवें भाव में सू० चं० मं० बु० गु० श० युति का फल—

रवीन्दुभौमज्ञसुरेज्यसौरा लाभाश्रिताः सञ्जनयन्ति मर्त्यम् ।
तीर्थानुरक्तं सुधिया समेतं विचक्षणं रोगविवर्जितञ्च ॥ २ ॥

यदि जन्मपत्री में ग्यारहवें भाव में सू० चं० मं० बु० गु० श० का योग हो तो जातक तीर्थों में आसक्त, सुन्दर बुद्धि वाला, विद्वान् और नीरोग होता है ॥ २ ॥

ग्यारहवें भाव में सू० चं० मं० बु० शु० श० युति का फल--

रवीन्दुभौमज्ञसितार्कपुत्रा लाभाश्रिताः सञ्जनयन्ति मर्त्यम् ।
बहुश्रुतं कान्तियुतं विधिज्ञं पूज्यं नराणां गुणसंयुतानाम् ।। ३ ।।

यदि जन्मपत्री में ग्यारहवें भाव में सू० च० मं० बु० शु० श० का योग हो तो जातक बहुश्रुत, कान्तिमान्, विधि वेत्ता और गुणियों में पूजित होता है ।। ३ ।।

ग्यारहवें भाव में सू० चं० बु० गु० शु० श० युति का फल---

सूर्येन्दुसौम्यामरपूज्यशुक्रशनैश्चराः सञ्जनयन्ति मर्त्यम् ।
विप्रप्रियं देवकथानुरक्तं सुकीर्तनं शास्त्रविचक्षणञ्च ।। ४ ।।

यदि जन्मपत्री में ग्यारहवें भाव में सू० चं० मं० गु० शु० श० का योग हो तो जातक ब्राह्मणों का प्रेमी, देव कथाओं में आसक्त, अच्छा कीर्तिमान् और शास्त्रों का पण्डित होता है ।। ४ ।।

ग्यारहवें भाव में सू० चं० बु० गु० शु० श० युति का फल—

सूर्येन्दुसौम्यामरपूज्यशुक्रशनैश्चराः सञ्जनयन्ति मर्त्यम् ।
आरामदेवानुरतं प्रगल्भं सतामभीष्टं श्रुतकोविदञ्च ।। ५ ।।

यदि जन्मपत्री में ग्यारहवें भाव में सू० चं० बु० गु० शु० श० का योग हो तो जातक बगीचा व देवताओं का भक्त, प्रतिभाशाली, सज्जनों का प्रेमी और शास्त्रीय पण्डित होता है ।। ५ ।।

ग्यारहवें भाव में सू० मं० बु० गु० शु० श० युति का फल---

सूर्यारसौम्यामरपूज्यशुक्रशनैश्चराः सञ्जनयन्ति मर्त्यम् ।
सुसत्यवक्त्रं कुलसुप्रधानं महामतिं गीतविशारदञ्च ।। ६ ।।

यदि जन्मपत्री में ग्यारहवें भाव में सू० मं० बु० गु० शु० श० का योग हो तो जातक सत्य वक्ता, वंश में मुख्य, बड़ा बुद्धिमान् और गाने में चतुर होता है ।। ६ ।।

ग्यारहवें भाव में चं० मं० बु० गु० शु० श० युति का फल---

चन्द्रारसौम्यामरपूज्यशुक्रशनैश्चराः सञ्जनयन्ति मर्त्यम् ।
समस्तभूपाधिपतिं प्रगल्भं प्रसादहीनं गजवाजिभाजम् ।। ७ ।।

यदि जन्मपत्री में ग्यारहवें भाव में चं० मं० बु० गु० शु० श० का योग हो तो जातक समस्त राजाओं का स्वामी, प्रतिभाशाली, प्रसन्नता से हीन और हाथी घोड़ाओं से युक्त होता है ।। ७ ।।

इत्येवं षड्विकल्पजाः ।

इति वृद्धयवने लाभभावाश्रययोगाध्यायः ।

इस प्रकार ग्यारहवें भाव में वृद्धयवनोक्त १, २, ३, ४, ५, ६ ग्रहों की युति का फल समाप्त हुआ ।। १–७ ।।

अथ व्ययभावस्थद्विग्रहादियोगफलम् ।

अब आगे बारहवें भाव में दो ग्रहों की युति के फल को बताते हैं ।

बारहवें भाव में सू० चं० युति का फल--

व्ययस्थितस्तीक्ष्णकरः सचन्द्रो नरं प्रसूतेऽल्पसुखं निराशम् ।
अल्पायुषं दानतमं विरूपं पराक्षिकृत्यं कुजनेन नित्यम् ॥ १ ॥

यदि पैदाइश के समय बारहवें भाव में सू० चं० का योग हो तो जातक अल्प सुखी, आशा से रहित, अल्पायु, मुख्य दानी, कुरूप, दूसरे की आँख का काम करनेवाला और प्रतिदिन दूषित मनुष्यों से युक्त होता है ॥ १ ॥

बारहवें भाव में सू० भौ० युति का फल —

व्ययस्थितस्तीक्ष्णकरः सभौमो नरं प्रसूते व्यथितं कृशाङ्गम् ।
पराभिभूतं बहुपापरक्तं दुष्टस्वभावं गुणवर्जितञ्च ॥ २ ॥

यदि पैदाइश के समय बारहवें भाव में सू० भौ० का योग हो तो जातक व्यथित, दुबली देह का, दूसरे से पीडित, बड़ा पापी, दुष्ट प्रकृति और गुणहीन होता है ॥ २ ॥

बारहवें भाव में सू० बु० युति का फल--

व्ययाश्रितस्तीक्ष्णकरः ससौम्यो नरं प्रसूते निरुजासमेतम् ।
असद्व्ययं क्रूरमतिं सुलुब्धं मूर्खं कुशीलं रणकातरञ्च ॥ ३ ॥

यदि पैदाइश के समय बारहवें भाव में सू० बु० का योग हो तो जातक रोगहीन, असद् व्ययी, क्रूर बुद्धि, लोभी, मूर्ख, दुःशील और युद्ध में डरपोक होता है ॥ ३ ॥

बारहवें भाव में सू० गु० युति का फल--

व्ययाश्रितस्तीक्ष्णकरः सशुक्रो नरं प्रसूते व्यसनाभिभूतम् ।
मलिम्लुचं रोगपरं कृतघ्नं व्यर्थश्रमं धर्मविवर्जितञ्च ॥ ४ ॥

यदि पैदाइश के समय बारहवें भाव में सू० गु० का योग हो तो जातक व्यसनों से पीडित, मलीन, बड़ा रोगी, कृतघ्न, व्यर्थ परिश्रमी और धर्महीन होता है ॥ ४ ॥

बारहवें भाव में सू० शु० युति का फल---

व्ययाश्रितस्तीक्ष्णकरः सशुक्रो नरं प्रसूतेऽल्पसुखं कुरूपम् ।
सुदुष्टदारव्यसनाभिभूतं पापप्रियं कामनिपीडितञ्च ॥ ५ ॥

यदि पैदाइश के समय बारहवें भाव में सू० शु० का योग हो तो जातक अल्प सुखी, विरूप, दुष्टा स्त्री के व्यसनों से दुःखी, पाप का प्रेमी और काम से पीडित होता है ॥ ५ ॥

बारहवें भाव में सू० श० युति का फल—

व्ययाश्रितस्तीक्ष्णकरः ससौरो नरं प्रसूते जनताविरुद्धम् ।
नीचानुरक्तं कथयानुरक्तं सुनीचकर्माणमतिव्ययार्तम् ॥ ६ ॥

यदि पैदाइश के समय बारहवें भाव में सू० श० का योग हो तो जातक जन

समुदाय के विपरीत, दुष्टों का भक्त, कथा में आसक्त, दुष्ट कार्य करने वाला और अधिक खर्च से दुःखी होता है ॥ ६ ॥

बारहवें भाव में चं० भौ० युति का फल—

व्ययाश्रितो रात्रिपतिः सभौमो नरं प्रसूते कठिनस्वभावम् ।
विहीनवृत्तिं बहुशुद्धरक्तं भयान्वितं शीलविवर्जितञ्च ॥ ७ ॥

यदि पैदाइश के समय बारहवें भाव में चं० भौ० का योग हो तो जातक कठोर प्रकृति, हीन जीविका का, अधिक पवित्रता में आसक्त, डरपोक और शीलता से हीन होता है ॥ ७ ॥

बारहवें भाव में चं० बु० युति का फल—

व्ययाश्रितो रात्रिपतिः ससौम्यो नरं प्रसूते कलहैः समेतम् ।
दरिद्रमार्तिं परपाकरक्तं सदा भयाढ्यं प्रभया विहीनम् ॥ ८ ॥

यदि पैदाइश के समय बारहवें भाव में चं० बु० का योग हो तो जातक कलहों से युक्त, दरिद्री, दुःखी, दूसरे के भोजन में आसक्त, सदा डरपोक और निस्तेज होता है ॥ ८ ॥

बारहवें भाव में चं० गु० युति का फल—

व्ययाश्रितो रात्रिपतिः सजीवो नरं प्रसूतेऽतिकठोरवाक्यम् ।
विरूपगात्रं परदेशभाजं विहीनकोशं गतसौहृदञ्च ॥ ९ ॥

यदि पैदाइश के समय बारहवें भाव में चं० गु० का योग हो तो जातक अधिक कठोर वाणी, कुरूप देहधारी, परदेश का पात्र, धन और सौहार्द से रहित होता है ॥ ९ ॥

बारहवें भाव में चं० शु० युति का फल—

व्ययाश्रितो रात्रिपतिः सशुक्रो नरं प्रसूते निधनं व्ययार्तम् ।
प्रेष्यं खलं धर्मविवर्जिताङ्गं सुनिर्घृणं कामपराजितञ्च ॥१०॥

यदि पैदाइश के समय बारहवें भाव में चं० शु० का योग हो तो जातक धनहीन, खर्च से पीडित, सेवक, दुष्ट, धर्महीन, घृणा से युक्त और काम से पराजित होता है ॥ १० ॥

बारहवें भाव में चं० श० युति का फल—

व्ययाश्रितो रात्रिपतिः ससौरो नरं प्रसूते कुकलत्रभाजम् ।
कुपुत्रधान्यान्वितमिष्टवैरं लज्जाविहीनं गतपौरुषञ्च ॥११॥

यदि पैदाइश के समय बारहवें भाव में चं० श० का योग हो तो जातक दूषित स्त्री का पात्र, कुपुत्र व दूषित अन्न से युक्त, शत्रुता का प्रेमी, निर्लज्ज और पुरुषार्थ से हीन होता है ॥ ११ ॥

बारहवें भाव में भौ० बु० युति का फल—

व्ययाश्रितो भूतनयः ससौम्यो नरं प्रसूते विकृतानुकारम् ।
लज्जाविहीनं बहुरोगभाजं मतिप्रहीनं गतसत्यशौचम् ॥१२॥

यदि पैदाइश के समय बारहवें भाव में भौ० बु० का योग हो तो जातक विकृत स्वरूप, निर्लज्ज, अधिक रोगभोगी, मति से हीन, सत्य और पवित्रता से रहित होता है ॥ १२ ॥

बारहवें भाव में भौ० गु० युति का फल—

व्ययाश्रितो भूतनयः सजीवो नरं प्रसूतेऽतिविहीनकीर्तिम् ।
कामार्दितं दुःखपरं पराढ्यं व्ययातुरं बान्धवपीडितञ्च ॥१३॥

यदि पैदाइश के समय बारहवें भाव में भौ० गु० का योग हो तो जातक अत्यन्त हीन कीर्ति वाला, विषय से पीडित, बड़ा दुःखी, दूसरे से युक्त, खर्च से रोगी और बन्धुओं से पीडित होता है ॥ १३ ॥

बारहवें भाव में भौ० शु० युति का फल—

व्ययाश्रितो भूतनयः सशुक्रो नरं प्रसूतेऽतिधनं व्यपेतम् ।
पुत्रार्दितं दानविहीनवृत्तं सदातुरं हीनतरं कृतघ्नम् ॥१४॥

यदि पैदाइश के समय बारहवें भाव में भौ० शु० का योग हो तो जातक अधिक धन से हीन, पुत्र से पीडित, दान से रहित आचरण वाला, सदा रोगी, बड़ा हीन और कृतघ्न होता है ॥ १४ ॥

बारहवें भाव में भौ० श० युति का फल—

व्ययाश्रितो भूतनयः ससौरो नरं प्रसूते विधिशास्त्रहीनम् ।
व्रणार्दितं नेत्ररुजा समेतं दौर्भाग्यकामोपहतं सदैव ॥१५॥

यदि पैदाइश के समय बारहवें भाव में भौ० श० का योग हो तो जातक विधि शास्त्र से हीन, घाव से दुःखी, आँखों का रोगी और सदा ही भाग्यहीन होता है ॥ १५ ॥

बारहवें भाव में बु० गु० युति का फल—

व्ययाश्रितः सोमसुतः सजीवो नरं प्रसूते करटप्रधानम् ।
सुनिर्घृणं बान्धवपुत्रयुक्तं स्त्रीनिर्जितं भ्रान्तिसमन्वितञ्च ॥१६॥

यदि पैदाइश के समय बारहवें भाव में बु० गु० का योग हो तो जातक कौवाओं में मुख्य, घृणा से युक्त, बान्धव व पुत्र से युत, स्त्री से पराजित और भ्रम से युक्त होता है ॥ १६ ॥

बारहवें भाव में बु० शु० युति का फल—

व्ययाश्रितः सोमसुतः सशुक्रो नरं प्रसूतेऽतिकृपाविहीनम् ।
प्रभूतशत्रुं कुधिया समेतं वैरं विवर्णं धनवर्जितञ्च ॥१७॥

यदि पैदाइश के समय बारहवें भाव में बु० शु० का योग हो तो जातक बड़ा निर्दयी, अधिक शत्रु वाला, दूषित बुद्धि वाला, शत्रु भावना का, विवर्ण और धनहीन होता है ॥ १७ ॥

बारहवें भाव में बु० श० युति का फल——

व्ययाश्रितः सोमसुतः ससौरो नरं प्रसूते बहुमाययाढ्यम् ।
सदा विवर्णं व्यसनाभिभूतं कुचैलिनं स्त्रीवशगं निराशम् ॥१८॥

यदि पैदाइश के समय बारहवें भाव में बु० श० का योग हो तो जातक बड़ा मायावी, सदा विवर्ण, व्यसनों से पीडित, मलिन वस्त्रधारी, स्त्री के वशीभूत और आशा से हीन होता है ॥ १८ ॥

बारहवें भाव में गु० शु० युति का फल——

व्ययाश्रितो देवगुरुः सशुक्रो नरं प्रसूते पशुभृत्यहीनम् ।
रुजार्तदेहं हतवित्तसङ्घं सुनिष्ठुरं शत्रुपराजितञ्च ॥१९॥

यदि पैदाइश के समय बारहवें भाव में गु० शु० का योग हो तो जातक पशु और नौकरों से हीन, रोग से पीडित देहधारी, नष्ट धन वाला, निठुर और शत्रु से पराजित होता है ॥ १९ ॥

बारहवें भाव में गु० श० युति का फल——

व्ययाश्रितो देवगुरुः ससौरो नरं प्रसूते परुषस्वभावम् ।
स्त्रीवर्जिताङ्गं जनतासमेतं सुकातरं पापमतिं नृशंसम् ॥२०॥

यदि पैदाइश के समय बारहवें भाव में गु० श० का योग हो तो जातक कठिन प्रकृति, स्त्री से हीन, जन समुदाय से युक्त, डरपोक, पाप बुद्धि और निन्दनीय होता है ॥ २० ॥

बारहवें भाव में शु० श० युति का फल——

व्ययाश्रितो दैत्यगुरुः ससौरो नरं प्रसूते परवञ्चकञ्च ।
चरित्रहीनं सरुजं विशीलं वृथाटनं मित्रविवर्जितञ्च ॥२१॥

यदि पैदाइश के समय बारहवें भाव में शु० श० का योग हो तो जातक दूसरे को ठगने वाला, चरित्रहीन, रोगी, दुःशील, वृथा घूमने वाला और मित्रों से हीन होता है ॥ २१ ॥

इत्येवं द्विकल्पजाः ।

इस प्रकार बारहवें भाव में दो ग्रहों की युति का फल समाप्त हुआ ॥ १–२१ ॥

अथ त्रिविकल्पजाः ।

अब आगे बारहवें भाव में तीन ग्रहों की युति के फल को बताते हैं ।

बारहवें भाव में सू० चं० मं० युति का फल——

सूर्येन्दुभौमा व्ययगा मनुष्यं कुर्वन्ति नित्यं पटुपापरक्तम् ।
द्यूतप्रियं द्रोहरतं कृतघ्नं सदातुरं ब्राह्मणदूषितञ्च ॥ १ ॥

यदि पैदाइश के समय बारहवें भाव में सू० चं० मं० का योग हो तो जातक प्रतिदिन चतुरता से पाप में आसक्त, जुआ का प्रेमी, विद्रोही, कृतघ्न, सदा रोगी और ब्राह्मणों से दूषित होता है ॥ १ ॥

बारहवें भाव में सू० चं० बु० युति का फल——

सूर्येन्दुसौम्या व्ययगा मनुष्यं कुर्वन्ति दीनं सरुजं विवर्णम् ।
बहुश्रमं दुष्टमतिं सुलुब्धं सहैतुकं कामपरं कुचैलम् ॥ २ ॥

यदि पैदाइश के समय बारहवें भाव में सू० चं० बु० का योग हो तो जातक दीन, रोगी, वर्ण से हीन, बड़ा परिश्रमी, दुष्ट बुद्धि, लोभी, बड़ा कामी और मलिन वस्त्रधारी होता है ॥ २ ॥

बारहवें भाव में सू० चं० गु० युति का फल——

सूर्येन्दुजीवा व्ययगा मनुष्यं कुर्वन्ति दुष्टानुरतं कुरूपम् ।
व्यपेतधर्मं परदूषिताङ्गं गुणप्रहीनं मतिशास्त्रहीनम् ॥ ३ ॥

यदि पैदाइश के समय बारहवें भाव में सू० चं० गु० का योग हो तो जातक दुष्टों में आसक्त, विरूप, धर्महीन, दूसरे से दूषित शरीरधारी, गुणों से रहित, बुद्धि व शास्त्र से हीन होता है ॥ ३ ॥

बारहवें भाव में सू० चं० शु० युति का फल——

सूर्येन्दुशुक्रा व्ययगा मनुष्यं क्षुत्क्षामकण्ठक्षतदग्धगात्रम् ।
त्रपाविहीनं विधनं विरूपं सुकष्टभाजं गतसौहृदञ्च ॥ ४ ॥

यदि पैदाइश के समय बारहवें भाव में सू० चं० शु० का योग हो तो जातक क्षुधा से शुष्क गला वाला, नष्ट व तप्त देहधारी, निर्लज्ज, निर्धन, कुरूप, कष्टभोगी और सौहार्दता से रहित होता है ॥ ४ ॥

बारहवें भाव में सू० चं० श० युति का फल——

सूर्येन्दुसौरा व्ययगा मनुष्यं कुर्वन्ति नित्यं क्षयपीडिताङ्गम् ।
श्लेष्मार्तदेहं प्रभया विहीनं महाश्रमं शत्रुभिरर्दितञ्च ॥ ५ ॥

यदि पैदाइश के समय बारहवें भाव में सू० चं० श० का योग हो तो जातक नित्य क्षीणता से पीडित शरीरधारी, कफ से दुःखी, निस्तेज, बड़ा परिश्रमी और शत्रु से पीडित होता है ॥ ५ ॥

बारहवें भाव में सू० मं० बु० युति का फल——

सूर्यारसौम्या व्ययगा मनुष्यं कुर्वन्ति नित्यं क्षयपीडिताङ्गम् ।
मूर्खं खलं शास्त्रपराङ्मुखाङ्गं पैशून्यरक्तं नृपपीडितञ्च ॥ ६ ॥

यदि पैदाइश के समय बारहवें भाव में सू० मं० बु० का योग हो तो जातक क्षीणता से पीडित शरीरधारी, मूर्ख, दुष्ट, शास्त्र से बहिर्मुख, चुगलखोरों में आसक्त और राजा से पीडित होता है ॥ ६ ॥

बारहवें भाव में सू० मं० गु० युति का फल—

सूर्यारजीवा जनयन्ति मर्त्यं गतश्रियं भूरिकुमित्रभाजम् ।
जडस्वभावं विबलं नृशंसं व्यपेतलज्जं कुधनं कुदारम् ॥ ७ ॥

यदि पैदाइश के समय बारहवें भाव में सू० मं० गु० का योग हो तो जातक धनहीन, अधिक दूषित मित्र वाला, मूर्ख प्रकृति, निर्बल, निन्दनीय, निर्लज्ज, निर्धन और कुत्सित स्त्री वाला होता है ॥ ७ ॥

बारहवें भाव में सू० मं० शु० युति का फल—

सूर्यारशुक्रा व्ययगा मनुष्यं कुर्वन्ति कामोपहतं सुनीचम् ।
चरित्रहीनं बहुकष्टभाजं रुजा व्यपेतं कलहप्रियञ्च ॥ ८ ॥

यदि पैदाइश के समय बारहवें भाव में सू० मं० शु० का योग हो तो जातक काम से नष्ट, दुष्ट, चरित्रहीन, बड़ा कष्टभोगी, रोगी और कलह का प्रेमी होता है ॥ ८ ॥

बारहवें भाव में सू० मं० श० युति का फल—

सूर्यारसौरा व्ययगा मनुष्यं कुर्वन्ति नित्यं व्यथयाभिभूतम् ।
कुकर्मभाजं जडता समेतं निरर्गलं शास्त्रपराङ्मुखञ्च ॥ ९ ॥

यदि पैदाइश के समय बारहवें भाव में सू० मं० श० का योग हो तो जातक व्यथा से दुःखी, कुकर्मी, मूर्ख, बन्धन से मुक्त और शास्त्र से बहिर्मुख होता है ॥ ९ ॥

बारहवें भाव में सू० बु० गु० युति का फल—

सूर्यज्ञजीवा जनयन्ति मर्त्यं व्ययाश्रिताः कामपरं नृशंसम् ।
प्रभूतरोषं सुकृतं विरूपं दौर्भाग्यभाजं जनगर्हितञ्च ॥१०॥

यदि पैदाइश के समय बारहवें भाव में सू० बु० गु० का योग हो तो जातक बड़ा कामी, निन्दनीय, अधिक क्रोधी, पुण्यवान्, विरूप, भाग्यहीन और जनसमुदाय में अप्रशंसनीय होता है ॥ १० ॥

बारहवें भाव में सू० बु० शु० युति का फल—

सूर्यज्ञशुक्रा जनयन्ति मर्त्यं मायाविनं निष्ठुरमप्रगल्भम् ।
पैशून्यरक्तं विकृतानुकारं विराशमुत्साहविवर्जिताङ्गम् ॥११॥

यदि पैदाइश के समय बारहवें भाव में सू० बु० शु० का योग हो तो जातक मायावी, निठुर, अप्रतिभाशाली, चुगलखोरी में आसक्त, विकृत स्वरूप, आशा और उत्साह से हीन होता है ॥ ११ ॥

बारहवें भाव में सू० बु० श० युति का फल—

सूर्यज्ञसौरा जनयन्ति मर्त्यं निरस्तसाधुं धनवर्जितञ्च ।
मूर्खं खलाढ्यं परदाररक्तमसद्व्ययं पार्थिवपीडितञ्च ॥१२॥

यदि पैदाइश के समय बारहवें भाव में सू० बु० श० का योग हो तो जातक सज्जनों से रहित, निर्धन, मूर्ख, दुष्ट, दूसरे की स्त्री में आसक्त, असद्व्ययी और राजा से पीडित होता है ॥ १२ ॥

बारहवें भाव में सू० गु० शु० युति का फल—

सूर्यामरेज्यभृगुजा मनुष्यं व्ययाश्रिताः सञ्जनयन्ति निःस्वम् ।
विहीनकोशं भृतकं कुशीलं दुष्टस्वभावं भयसङ्कुलञ्च ॥१३॥

यदि पैदाइश के समय बारहवें भाव में सू० गु० शु० का योग हो तो जातक निर्धन, कोश से रहित, नौकर, दुःशील, दुष्ट प्रकृति और डरपोक होता है ॥ १३ ॥

बारहवें भाव में सू० गु० श० युति का फल—

सूर्यामरेज्यार्कसुता मनुष्यं व्ययाश्रिताः सञ्जनयन्ति तीव्रम् ।
परान्नपुष्टं बहुदैन्यभाजं विवेकविद्याध्ययनैर्विहीनम् ॥१४॥

यदि जन्मपत्री मे बारहवें भाव में सू० गु० श० का योग हो तो जातक तीखा, दूसरे के अन्न से पुष्ट, बड़ा दीन, अविवेकी, विद्या और अध्ययन से हीन होता है ॥१४॥

बारहवें भाव में सू० शु० श० युति का फल—

सूर्यासुरेज्यार्कसुता मनुष्यं व्ययाश्रिताः सञ्जनयन्ति भीरुम् ।
प्रतापशीलं नयवर्जिताङ्गं गुणेषु हीनं भयसङ्कुलञ्च ॥१५॥

यदि पैदाइश के समय बारहवें भाव में सू० शु० श० का योग हो तो जातक डरपोक, प्रतापी, न्याय व गुणों से हीन, बड़ा भयभीत होता है ॥ १५ ॥

बारहवें भाव में चं० मं० बु० युति का फल—

चन्द्रारसौम्या जनयन्ति मर्त्यं व्ययाश्रिता वित्तविवेकहीनम् ।
सुकोपिनं नीतिविहीनमुग्रं प्रभूतशत्रुं रणभाजितञ्च ॥१६॥

यदि पैदाइश के समय बारहवें भाव में चं० मं० बु० का योग हो तो जातक निर्धन, अविवेकी, क्रोधी, नीति से रहित, उग्र, बड़ा शत्रु और युद्ध करने वाला होता है ॥ १६ ॥

बारहवें भाव में चं० मं० गु० युति का फल—

चन्द्रारजीवा जनयन्ति मर्त्यं व्ययाश्रिताः कामपरं नृशंसम् ।
सुतव्यपेतं परकर्मरक्तं दुष्टस्वभावं सभयं सदैव ॥ १७ ॥

यदि पैदाइश के समय बारहवें भाव में चं० मं० गु० का योग हो तो जातक बड़ा कामी, निन्दनीय, पुत्र से हीन, दूसरों के काम में आसक्त, दुष्ट प्रकृति और सदा ही डरने वाला होता है ॥ १७ ॥

बारहवें भाव में चं० मं० शु० युति का फल—

चन्द्रारशुक्रा व्ययगा मनुष्यं व्ययाश्रिताः सञ्जनयन्ति दीनम् ।
द्यूतप्रियं निर्घृणमोजसाढ्यं प्रलोभिनं वैरिभिः पीडितञ्च ॥ १८ ॥

यदि पैदाइश के समय बारहवें भाव में चं० मं० शु० का योग हो तो जातक दीन, जुआ का प्रेमी, घृणा से हीन, ओजस्वी, लोभी और शत्रुओं से पीडित होता है ॥ १८ ॥

बारहवें भाव में चं० मं० श० युति का फल—

चन्द्रारसौरा व्ययगा मनुष्यं सदा प्रकुर्वन्ति च कुत्सिताङ्गम्।
स्वबन्धुमुक्तं कृतकोपचारं स्त्रीनिर्जितं दुर्जनमानसञ्च ॥ १९ ॥

यदि पैदाइश के समय बारहवें भाव में चं० मं० श० का योग हो तो जातक दूषित शरीर धारी, अपने बान्धवों से हीन, कृत्रिम उपचारी, स्त्री से पराजित और दुष्टचित्त का होता है ॥ १९ ॥

बारहवें भाव में चं० बु० गु० युति का फल—

चन्द्रज्ञजीवा व्ययगा मनुष्यं सदा प्रकुर्वन्ति दयाविहीनम्।
प्रभूतदोषं बहुकूटभाजं जनातिगं निर्दयमिष्टदोषम् ॥ २० ॥

यदि पैदाइश के समय बारहवें भाव में चं० बु० गु० का योग हो तो जातक निर्दयी, बड़ा दोषी, अधिक कूट का पात्र, दया से हीन मनुष्यों का साथी और दोषप्रिय होता है ॥ २० ॥

बारहवें भाव में चं० बु० शु० युति का फल—

चन्द्रज्ञशुक्रा व्ययगा मनुष्यं कुर्वन्ति कामोपहतं सुतीव्रम्।
विकल्पनं पापमनुष्यरक्तं मातापितृभ्यां परिमुक्तमेवम् ॥ २१ ॥

यदि पैदाइश के समय बारहवें भाव में चं० बु० शु० का योग हो तो जातक काम से नष्ट, तीखा, विकल्पी, पापियों में आसक्त और माता पिता से मुक्त होता है ॥ २१ ॥

बारहवें भाव में चं० बु० श० युति का फल—

चन्द्रज्ञसौरा व्ययगा मनुष्यं कुर्वन्ति नित्यं व्यसनार्तगात्रम्।
सुलौल्यभाजं सुनिकृष्टरक्तं श्रद्धाविहीनं परवञ्चकञ्च ॥ २२ ॥

यदि पैदाइश के समय बारहवें भाव में चं० बु० श० का योग हो तो जातक नित्य व्यसनों से पीडित शरीरधारी, लालची, निकृष्टता में आसक्त, श्रद्धा से हीन और दूसरे को ठगने वाला होता है ॥ २२ ॥

बारहवें भाव में चं० गु० शु० युति का फल—

चन्द्रामरेज्यभृगुजा मनुष्यं व्ययाश्रिताः सञ्जनयन्ति निःस्वम्।
लज्जाविवेकादिभिरेव मुक्तं युद्धानुरक्तं गतगौरवञ्च ॥ २३ ॥

यदि पैदाइश के समय बारहवें भाव में चं० गु० शु० का योग हो तो जातक निर्धन, निर्लज्ज, अविवेकी, युद्ध में आसक्त और गौरव से रहित होता है ॥ २३ ॥

बारहवें भाव में चं० गु० श० युति का फल —

चन्द्रामरेज्यार्कसुता मनुष्यं व्ययाश्रिताः सञ्जनयन्ति दुष्टम्।
पापाधिकं पापकथानुरक्तं कौलस्वभावं व्यसनैरुपेतम् ॥ २४ ॥

यदि पैदाइश के समय बारहवें भाव में चं० गु० श० का योग हो तो जातक

दुष्ट, बड़ा पापी, पाप की बातों में लीन, बहुरूपिया प्रकृति और व्यसनी होता है ॥ २४ ॥

बारहवें भाव में चं० शु० श० युति का फल—

चन्द्रासुरेज्यार्कसुता मनुष्यं व्ययाश्रिताः सञ्जनयन्ति नीचम् ।
नीचाश्रयं नीचजितं सुनीचं व्यपेतभोगं गुणवर्जितञ्च ॥ २५ ॥

यदि पैदाइश के समय बारहवें भाव में चं० शु० श० का योग हो तो जातक नीच, दुष्टाश्रयी, दुष्टों से पराजित, भोगहीन और गुणों से रहित होता है ॥ २५ ॥

बारहवें भाव में मं० बु० गु० युति का फल—

भौमज्ञजीवा जनयन्ति मर्त्यं व्ययाश्रिता भूरिभयाकुलाङ्गम् ।
सुगर्वितं सुष्ठुकथानुरक्तं व्रताश्रमं ब्राह्मणदेवभक्तम् ॥ २६ ॥

यदि पैदाइश के समय बारहवें भाव में मं० बु० गु० का योग हो तो जातक अधिक भय से अशान्त शरीरधारी, अभिमानी, अच्छी कथाओं में लीन, व्रती और ब्राह्मण व देवता का भक्त होता है ॥ २६ ॥

बारहवें भाव में मं० बु० शु० युति का फल—

भौमज्ञशुक्रा जनयन्ति मर्त्यं व्ययाश्रिता वर्णविवर्जिताङ्गम् ।
दौर्भाग्यवन्तं बहुभक्तरक्तं सुनिर्घृणं प्रीतिविवर्जितञ्च ॥ २७ ॥

यदि पैदाइश के समय बारहवें भाव में मं० बु० शु० का योग हो तो जातक वर्ण से हीन शरीर धारी, भाग्यहीन, बड़ा भक्त, घृणा से युक्त और स्नेह से रहित होता है ॥ २७ ॥

बारहवें भाव में मं० बु० श० युति का फल—

भौमज्ञसौरा जनयन्ति मर्त्यं विद्याविहीनं धनभोगहीनम् ।
सुनिष्ठुरं क्लीबपरातिगं स्वं श्रियाविहीनं कुसुतं सदैव ॥ २८ ॥

यदि पैदाइश के समय बारहवें भाव में मं० बु० श० का योग हो तो जातक विद्या, धन व भोग से हीन, निठुर, परम नपुंसक, निर्धन और सदा ही दूषित पुत्रवाला होता है ॥ २८ ॥

बारहवें भाव में मं० गु० श० युति का फल—

भौमामरेज्यार्कसुता मनुष्यं व्ययाश्रिताः सञ्जनयन्ति दुष्टम् ।
वृथाटनं धर्मविहीनकृत्यं सुकान्तनीतीत्युदयं सदैव ॥ २९ ॥

यदि पैदाइश के समय बारहवें भाव में मं० गु० श० का योग हो तो जातक दुष्ट, फिजूल घूमने वाला, धर्म से रहित कार्य करने वाला और सदा ही सुन्दर नीतिमान् होता है ॥ २९ ॥

बारहवें भाव में मं० गु० शु० युति का फल—

भौमासुरेज्यार्कसुता मनुष्यं व्ययाश्रिताः सञ्जनयन्ति मर्त्यम् ।
चौर्यानुरक्तं व्रणिनं कृतघ्नं श्रुतव्यपेतं गतपौरुषञ्च ॥ ३० ॥

यदि पैदाइश के समय बारहवें भाव में मं० गु० शु० का योग हो जातक चोरी में आसक्त, घावों से युक्त, कृतघ्न, शास्त्र से हीन और पुरुषार्थ से रहित होता है ॥ ३० ॥

बारहवें भाव में बु० गु० शु० युति का फल—

सौम्यामरेज्यभृगुजा मनुष्यं व्ययाश्रिताः सञ्जनयन्ति नित्यम् ।
विवेकहीनं सुततीर्थदारैर्लज्जाविहीनं भयसङ्कुलञ्च ॥ ३१ ॥

यदि पैदाइश के समय बारहवें भाव में बु० गु० शु० का योग हो जातक अविवेकी, सुत, तीर्थ, स्त्री व लज्जा से हीन और बड़ा डरने वाला होता है ॥ ३१ ॥

बारहवें भाव में बु० गु० श० युति का फल—

सौम्यामरेज्यार्कसुता मनुष्यं व्ययाश्रिताः सञ्जनयन्ति नित्यम् ।
विवेकहीनं बहुमाययाढ्यं सदा प्रसादान्वितमुग्रकृत्यम् ॥ ३२ ॥

यदि पैदाइश के समय बारहवें भाव में बु० गु० श० का योग हो तो जातक नित्य विवेक हीन, बड़ा मायावी, सदा प्रसन्न और उग्र कार्य करने वाला होता है ॥ ३२ ॥

बारहवें भाव में बु० शु० श० युति का फल—

सौम्यासुरेज्यार्कसुता मनुष्यं व्ययाश्रिताः सञ्जनयन्ति मर्त्यम् ।
प्रभूतदुःखं खलसङ्गरक्तं विवेकबुद्ध्या सहितं सदैव ॥ ३३ ॥

यदि पैदाइश के समय बारहवें भाव में बु० शु० श० का योग हो तो जातक बड़ा दुःखी, दुष्ट सङ्गति में आसक्त और सदा ही विवेक व बुद्धि से युक्त होता है ॥ ३३ ॥

बारहवें भाव में गु० शु० श० युति का फल—

जीवासुरेज्यार्कसुता मनुष्यं व्ययाश्रिताः सञ्जनयन्ति मर्त्यम् ।
ब्रह्मघ्नमोजो रहितं कुचैलं पराश्रयं बान्धववर्जितञ्च ॥ ३४ ॥

यदि पैदाइश के समय बारहवें भाव में गु० शु० श० का योग हो तो जातक ब्राह्मणों का हिंसक, ओज से हीन, दूषित वस्त्रधारी, परावलम्बी और बान्धवों से रहित होता है ॥ ३४ ॥

इत्येवं त्रिविकल्पजाः ।

इस प्रकार बारहवें भाव में तीन ग्रहों की युति का फल समाप्त हुआ ॥ १–३४ ॥

अथ चतुर्विकल्पजाः ॥

अब आगे बारहवें भाव में चार ग्रहों की युति के फल को बताते हैं ।

बारहवें भाव में सू० चं० मं० बु० युति का फल—

रवीन्दुभौमेन्दुसुता मनुष्यं व्ययाश्रिताः सञ्जनयन्ति नित्यम् ।
बहुश्रयं पापनिपीडिताङ्गं हुताशमिष्टै रहितं सदैव ॥ १ ॥

यदि पैदाइश के समय बारहवें भाव में सू० चं० मं० बु० का योग हो तो जातक

प्रतिदिन बड़ा परिश्रमी, पाप से पीडित शरीर धारी, अभीष्ट अग्नि से सदा ही हीन होता है ॥ १ ॥

बारहवें भाव में सू० चं० मं० गु० युति का फल—

रवीन्दुभौमामरपूजिताङ्गा व्ययाश्रिताः सञ्जनयन्ति मर्त्यम् ।
कृतघ्नमोजोरहितं विरूपं महाभयं शत्रुयुतं सदैव ॥ २ ॥

यदि पैदाइश के समय बारहवें भाव में सू० चं० मं० गु० का योग हो तो जातक कृतघ्न, निस्तेज, कुरूप, बड़ा डरपाक और सदा ही शत्रु से युक्त होता है ॥ २ ॥

बारहवें भाव में सू० चं० मं० शु० युति का फल—

रवीन्दुभौमासुरपूजिताङ्गा व्ययाश्रिताः सञ्जनयन्ति मर्त्यम् ।
पराभिभूतं वनितासुताद्यैः प्रभूतमानं बहुपापकञ्च ॥ ३ ॥

यदि पैदाइश के समय बारहवें भाव में सू० चं० मं० शु० का योग हो तो जातक दूसरों से पीडित, स्त्री पुत्रादि से बड़ा सम्मानित और अधिक पापी होता है ॥ ३ ॥

बारहवें भाव में सू० चं० मं० श० युति का फल—

रवीन्दुभौमार्कसुता मनुष्यं व्ययाश्रिताः सञ्जनयन्ति नित्यम् ।
बुद्धयाविहीनं व्यसनप्रगल्भं निरङ्कुशं कान्तिविवर्जितञ्च ॥ ४ ॥

यदि पैदाइश के समय बारहवें भाव में सू० चं० मं० श० का योग हो तो जातक प्रतिदिन बुद्धिहीन, व्यसनों में प्रगल्भ, निरंकुश और कान्ति से हीन होता है ॥ ४ ॥

बारहवें भाव में सू० चं० बु० गु० युति का फल—

रवीन्दुसौम्यामरपूजिताङ्गा व्ययाश्रिताः सञ्जनयन्ति मर्त्यम् ।
गतप्रभं व्याधिभिरर्दिताङ्गं भयाधिकं कीर्तिविवर्जितञ्च ॥ ५ ॥

यदि पैदाइश के समय बारहवें भाव में सू० चं० बु० गु० का योग हो तो जातक निस्तेज, रोग से पीडित शरीर धारी, बड़ा डरपोक और कीर्ति से हीन होता है ॥ ५ ॥

बारहवें भाव में सू० चं० बु० शु० युति का फल—

रवीन्दुसौम्यामरपूजिताङ्गा व्ययाश्रिताः सञ्जनयन्ति मर्त्यम् ।
प्रभाविहीनं गतबुद्धिसत्यं रौद्रान्नरात्पापपराङ्मुखञ्च ॥ ६ ॥

यदि पैदाइश के समय बारहवें भाव में सू० चं० बु० शु० का योग हो तो जातक निस्तेज, बुद्धि व सत्य से हीन, भयानक मनुष्य व पाप से बहिर्मुख होता है ॥ ६ ॥

बारहवें भाव में सू० चं० बु० श० युति का फल—

रवीन्दुसौम्यार्कसुता मनुष्यं व्ययाश्रिताः सञ्जनयन्ति नित्यम् ।
व्याधिप्रकोपं पुरुषं कृतघ्नं नीचाश्रितं नीचमतिं सदैव ॥ ७ ॥

यदि पैदाइश के समय बारहवें भाव में सू० चं० बु० श० का योग हो तो जातक नित्य रोगी, कृतघ्न, नीचाश्रयी और सदा ही दुष्ट बुद्धि होता है ॥ ७ ॥

बारहवें भाव में सू० चं० गु० शु० युति का फल—

रवीन्दुजीवासुरपूजिताङ्गा व्ययाश्रिताः सञ्जनयन्ति मर्त्यम् ।
प्रभूतरोषं गतबुद्धिवित्तं लज्जाविहीनं रणकातरञ्च ॥ ८ ॥

यदि पैदाइश के समय बारहवें भाव में सू० चं० गु० शु० का योग हो तो जातक बड़ा क्रोधी, बुद्धि व धन से हीन, निर्लज्ज और युद्ध में डरपोक होता है ॥ ८ ॥

बारहवें भाव में सू० चं० गु० श० युति का फल—

रवीन्दुजीवार्कसुता मनुष्यं व्ययाश्रिताः सञ्जनयन्ति भीरुम् ।
गुह्योद्भवै रोगचयैः समेतं तृष्णाधिकं कान्तिविवर्जितञ्च ॥ ९ ॥

यदि पैदाइश के समय बारहवें भाव में सू० चं० गु० श० का योग हो तो जातक डरपोक, गुह्य रोगों से युक्त, अधिक तृष्णालु और कान्ति से हीन होता है ॥ ९ ॥

बारहवें भाव में सू० मं० बु० गु० युति का फल—

सूर्यारसौम्यासुरपूजिताङ्गा व्ययाश्रिताः सञ्जनयन्ति मर्त्यम् ।
श्रुतार्थहीनं व्यसनैः समेतं पथेन हीनं रुजमाधिकञ्च ॥ १० ॥

यदि पैदाइश के समय बारहवें भाव में सू० मं० बु० गु० का योग हो तो जातक शास्त्र व धन से हीन, व्यसनी, मार्ग से हीन और बड़ा रोगी होता है ॥ १० ॥

बारहवें भाव में सू० मं० बु० शु० युति का फल—

सूर्यारसौम्यासुरपूजिताङ्गा व्ययाश्रिताः सञ्जनयन्ति मर्त्यम् ।
नीचानुरक्तं बहुदोषभाजं कदन्नपानाशनमुग्रकोपम् ॥ ११ ॥

यदि पैदाइश के समय बारहवें भाव में सू० मं० बु० शु० का योग हो तो जातक दुष्टों में आसक्त, बड़ा दोषी, दूषित अन्नपान का भोगी और बड़ा क्रोधी होता है ॥ ११ ॥

बारहवें भाव में सू० मं० बु० श० युति का फल—

सूर्यारसौम्यार्कसुता मनुष्यं व्ययाश्रिताः सञ्जनयन्ति नित्यम् ।
श्लेष्मानिलाभ्यां परिपीडिताङ्गं गुणैर्विहीनं परतर्ककञ्च ॥ १२ ॥

यदि पैदाइश के समय बारहवें भाव में सू० मं० बु० श० का योग हो तो जातक कफ व वायु से पीडित शरीरधारी, गुणहीन और दूसरे का चिन्तक होता है ॥ १२ ॥

बारहवें भाव में सू० मं० गु० शु० युति का फल—

सूर्यारजीवार्कसुता मनुष्यं व्ययाश्रिताः सञ्जनयन्ति भीरुम् ।
असद्व्ययं चेष्टबहुप्रकोपं स्वल्पश्रुतं नीचमतिं सदैव ॥ १३ ॥

यदि पैदाइश के समय बारहवें भात्र में सू० मं० गु० शु० का योग हो तो जातक डरपोक, असद्व्ययी, अधिक क्रोध का प्रेमी, अल्प शास्त्रज्ञ और सदा ही दुष्ट बुद्धि होता है ॥ १३ ॥

बारहवें भाव में सू० मं० शु० श० युति का फल--

सूर्यारशुक्रार्कसुता मनुष्यं व्ययाश्रिताः सञ्जनयन्ति मर्त्यम् ।
नीचाभिभूतं बहुनीचभाजं कष्टात्मजं कष्टयुतं सदैव ॥ १४ ॥

यदि पैदाइश के समय बारहवें भाव में सू० मं० शु० श० का योग हो तो जातक दुष्टों से पीडित, अधिक दुष्टों का पात्र, कष्ट से युक्त पुत्र वाला और सदा ही कष्टभोगी होता है ॥ १४ ॥

बारहवें भाव में सू० बु० गु० शु० युति का फल---

सूर्यज्ञजीवभृगुजा मनुष्यं व्ययाश्रिताः सञ्जनयन्ति मर्त्यम् ।
दयाविहीनं कुकलत्रवस्त्रैः समन्वितं दीनतमं गतस्वम् ॥१५॥

यदि पैदाइश के समय बारहवें भाव में सू० बु० गु० शु० का योग तो तो जातक निर्दयी, दूषिता स्त्री व वस्त्रों से युक्त, बड़ा दीन और निर्धन होता है ॥ १५ ॥

बारहवें भाव में सू० बु० गु० श० युति का फल--

सूर्यज्ञजोवार्कसुता मनुष्यं व्ययाश्रिताः सञ्जनयन्ति मर्त्यम् ।
क्षताङ्गमार्तं कलहप्रधानं निरर्गलं हीनधनं सदैव ॥१६॥

यदि पैदाइश के समय बारहवें भाव में सू० बु० गु० श० का योग हो तो जातक भग्न शरीर से दुःखी, मुख्य कलही, बन्धन से मुक्त और सदा ही हीन धनी होता है ॥ १६ ॥

बारहवें भाव में सू० बु० शु० श० युति का फल –

सूर्यज्ञशुक्रार्कसुता मनुष्यं व्ययाश्रिताः सञ्जनयन्ति तीव्रम् ।
श्रद्धाविहीनं द्विजनिन्दयाढ्यं लुब्धं कृशाङ्गं जडता समेतम् ॥१७॥

यदि पैदाइश के समय बारहवें भाव में सू० बु० शु० श० का योग हो तो जातक तीखा, श्रद्धा से रहित, ब्राह्मणों का निन्दक, लोभी, दुबला और मूर्ख होता है ॥१७॥

बारहवें भाव में सू० गु० शु० श० युति का फल--

सूर्यामरेज्यभृगुजार्कपुत्रा व्ययाश्रिताः सञ्जनतन्ति मर्त्यम् ।
महाकृपार्तं गुरुभिर्विहीनमारामउद्योगविवर्जितञ्च ॥१८॥

यदि पैदाइश के समय बारहवें भाव में सू० गु० शु० श० का योग हो तो जातक बड़ी कृपा से पीडित, गुरु से हीन, बगीचा और उद्योग से हीन होता है ॥ १८ ॥

बारहवें भाव में चं० मं० बु० गु० युति का फल--

चन्द्रारसौम्यामरपूजिताङ्गा व्ययाश्रिताः सञ्जनयन्ति मर्त्यम् ।
क्षमाविहीनं बहुकोपभाजं विनष्टसत्यं वनितानिरस्तम् ॥ १९ ॥

यदि पैदाइश के समय बारहवें भाव में चं० मं० बु० गु० का योग हो तो जातक क्षमा से हीन, बड़ा क्रोधी, सत्य से रहित और स्त्री से निरस्त होता है ॥ १९ ॥

बारहवें भाव में चं० मं० बु० शु० युति का फल--

चन्द्रारसौम्यासुरपूजिताङ्गा व्ययाश्रिताः सञ्जनयन्ति मर्त्यम्।
लुब्धं रुजाश्वं युतमिष्टहीनं संपीडितं पार्थिवतस्करैश्च ॥२०॥

यदि पैदाइश के समय बारहवें भाव में चं० मं० बु० शु० का योग हो तो जातक लोभी, रोगी, अभीष्ट से हीन, राजा और चोरों से पीडित होता है ॥ २० ॥

बारहवें भाव में चं० मं० बु० श० युति का फल--

चन्द्रारसौम्यार्कसुता मनुष्यं व्ययाश्रिताः सञ्जनयन्ति मर्त्यम्।
पित्तार्तहीनं गुरुर्भिविमुक्तं पराभिभूतं वनिताजनेन ॥२१॥

यदि पैदाइश के समय बारहवें भाव में चं० मं० बु० श० का योग हो तो जातक पित्त पीडा से रहित, गुरुजनों से हीन और स्त्री समुदाय से पीडित होता है ॥ २१ ॥

बारहवें भाव में चं० मं० गु० शु० युति का फल--

चन्द्रारजीवासुरपूजिताङ्गा व्ययाश्रिताः सञ्जनयन्ति मर्त्यम्।
सुरौद्रसर्वा विपदा सुवैरं कुलस्य बाह्यं जनगर्हितञ्च ॥२२॥

यदि पैदाइश के समय बारहवें भाव में चं० मं० गु० शु० का योग हो तो जातक समस्त भयानक विपत्तियों से युक्त, सुन्दर द्रोही, कुल के मनुष्यों से अलग और जन-समुदाय से निन्दनीय होता है ॥ २२ ॥

बारहवें भाव में चं० मं० गु० श० युति का फल--

चन्द्रारजीवार्कसुता मनुष्यं व्ययाश्रिताः सञ्जनयन्ति मर्त्यम्।
दोषाभिभूतं परदाररक्तमसद्व्ययं व्याधिभिरर्दितञ्च ॥२३॥

यदि पैदाइश के समय बारहवें भाव में चं० मं० गु० श० का योग हो तो जातक दोषों से पीडित, दूसरे की स्त्री में आसक्त, असद्व्ययी और रोग से पीडित होता है ॥ २३ ॥

बारहवें भाव में चं० मं० शु० श० युति का फल--

चन्द्रारशुक्रार्कसुता व्ययस्था नरं प्रकुर्वन्ति सुतप्रमुक्तम्।
सुपावकं पापकथानृशंसं पराजितं स्त्रीभृतकैः सदैव ॥ २४ ॥

यदि पैदाइश के समय बारहवें भाव में चं० मं० शु० श० का योग हो तो जातक पुत्र से रहित, अग्निस्वरूप, पाप कथाओं से निन्दनीय और स्त्री व नौकर से सदा ही पराजित होता है ॥ २४ ॥

बारहवें भाव में चं बु० गु० शु० युति का फल --

चन्द्रज्ञजीवासुरपूजिताङ्गा व्ययाश्रिताः सज्जनयन्ति मर्त्यम्।
कुस्वामिशुद्धीरहितं गतस्वं सुनिर्घृणं पानरतं कुबुद्धिम् ॥ २५ ॥

यदि पैदाइश के समय बारहवें भाव में चं० बु० गु० शु० का योग हो तो जातक दूषित स्वामी, शुद्धि से हीन, निर्धन, घृणा से रहित, शराबी और दूषित बुद्धि होता है ॥ २५ ॥

बारहवें भाव में चं० बु० गु० श० युति का फल—

चन्द्रज्ञजीवार्कसुता मनुष्यं व्ययाश्रिताः सञ्जनयन्ति दीनम् ।
कोपान्वितं दानविवर्जिताङ्गं स्त्रीनिर्जितं निर्घृणमप्रमेयम् ॥ २६ ॥

यदि पैदाइश के समय बारहवें भाव में चं० बु० गु० श० का योग हो तो जातक दीन, क्रोधी, दान से रहित, स्त्री से पराजित, घृणा से हीन और अप्रमेय होता है ॥ २६ ॥

बारहवें भाव में चं० बु० शु० श० युति का फल—

चन्द्रज्ञशुक्रार्कसुता मनुष्यं व्ययाश्रिताः सञ्जनयन्ति तीव्रम् ।
दुष्टस्वभावं व्रणपीडिताङ्गं तृष्णाभितं जनगर्हितञ्च ॥ २७ ॥

यदि पैदाइश के समय बारहवें भाव में चं० बु० शु० श० का योग हो तो जातक तीखा, दुष्ट प्रकृति, घाव से पीडित देहधारी, तृष्णा से युक्त और जनों से निन्दनीय होता है ॥ २७ ॥

बारहवें भाव में चं० गु० शु० श० युति का फल—

चन्द्रामरेज्यभृगुजार्कसुता व्ययाश्रिताः सञ्जनयन्ति मर्त्यम् ।
बुद्ध्याविहीनं गुणवर्जिताङ्गं परामिभूतं कृपणं सदैव ॥ २८ ॥

यदि पैदाइश के समय बारहवें भाव में चं० गु० शु० श० का योग हो तो जातक बुद्धि से हीन, गुणों से रहित, दूसरों से पीडित और सदा ही लोभी होता है ॥ २८ ॥

बारहवें भाव में मं० बु० गु० शु० युति का फल—

भौमज्ञजीवासुरपूजिताङ्गा व्ययाश्रिताः सञ्जनयन्ति मर्त्यम् ।
प्रभाविहीनं विकलं विरूपं सुगर्हितं स्नेहविवर्जितञ्च ॥ २९ ॥

यदि पैदाइश के समय बारहवें भाव में मं० बु० गु० शु० का योग हो तो जातक निस्तेज, अशान्त, कुरूप, निन्दनीय और प्रीति से शून्य होता है ॥ २९ ॥

बारहवें भाव में मं० बु० गु० श० युति का फल—

भौमज्ञजीवार्कसुता मनुष्यं व्ययाश्रिताः सज्जनयन्ति पापम् ।
पराजितं स्त्रीकितवाल्पविद्यैः विरक्तपौरं भयसङ्कुलञ्च ॥ ३० ॥

यदि पैदाइश के समय बारहवें भाव में मं० बु० गु० श० का योग हो तो जातक पापी, स्त्री से कपट व अल्प विद्या से पराजित, पुर से उत्पन्न होने वालों से विरक्त और भय से व्याप्त होता है ॥ ३० ॥

बारहवें भाव में मं० गु० शु० श० युति का फल—

भौमामरेज्यभृगुजार्कपुत्रा व्ययाश्रिताः सञ्जनयन्ति दीनम् ।
कुसङ्गरक्तं परधर्मजातमसद्व्ययं ब्राह्मणसम्मतञ्च ॥ ३१ ॥

यदि पैदाइश के समय बारहवें भाव में मं० गु० शु० श० का योग हो तो जातक दीन, दूषितसङ्ग में आसक्त, अन्य धर्मावलम्बी, असद्व्ययी और ब्राह्मणों से सम्मत होता है ॥ ३१ ॥

बारहवें भाव में बु० गु० शु० श० युति का फल—

सौम्यामरेज्यभृगुजार्कपुत्रा व्ययाश्रिताः सञ्जनयन्ति मर्त्यम् ।
निर्लज्जमस्नेहमतिं सगुल्मं रोगातुरं पार्थिवपीडितञ्च ॥ ३२ ॥

यदि पैदाइश के समय बारहवें भाव में बु० गु० शु० श० का योग हो तो जातक निर्लज्ज, प्रीति से रहित बुद्धि वाला, गुल्म रोगी और राजा से पीडित होता है ॥ ३२ ॥

इत्येवं चतुर्विकल्पजाः ।

इस प्रकार बारहवें भाव में चार ग्रहों की युति का फल समाप्त हुआ ॥ १-३२ ॥

अथ पञ्चविकल्पजाः

अब आगे बारहवें भाव में पाँच ग्रहों की युति के फल को बताते हैं ।

बारहवें भाव में सू० चं० मं० बु० गु० युति का फल—

रवीन्दुभौमज्ञसुरेन्द्रपूज्या व्ययाश्रिताः सञ्जनयन्ति मर्त्यम् ।
कुचैलमस्निग्धमरिप्रयुक्तं लौल्यान्वितं कर्मकृतं प्रहृष्टम् ॥ १ ॥

यदि पैदाइश के समय बारहवें भाव में सू० चं० मं० बु० गु० का योग हो तो जातक मलिन वस्त्रधारी, प्रीतिशून्य, शत्रुओं से युक्त, लालची, कार्य करने वाला और प्रसन्न होता है ॥ १ ॥

बारहवें भाव में सू० चं० मं० बु० शु० युति का फल—

रवीन्दुभौमज्ञसिता मनुष्यं व्ययाश्रिताः सञ्जनयन्ति नित्यम् ।
कुकर्मसङ्घासहितं नृशंसं सदातुरं बान्धवपीडितञ्च ॥ २ ॥

यदि पैदाइश के समय बारहवें भाव में सू० चं० मं० बु० शु० का योग हो तो जातक कुकर्मियों का साथी, निन्दनीय, सदा रोगी और बन्धुओं से दुःखी होता है ॥ २ ॥

बारहवें भाव में सू० चं० मं० बु० श० युति का फल—

रवीन्दुभौमज्ञदिनेशपुत्रा व्ययाश्रिताः सञ्जनयन्ति मर्त्यम् ।
म्लेच्छानुरक्तं परदारभाजं कुसङ्गसेवासहितं सदैव ॥ ३ ॥

यदि पैदाइश के समय बारहवें भाव में सू० चं० मं० बु० श० का योग हो तो जातक दुर्जनों में आसक्त, दूसरे की स्त्री का पात्र और सदा ही दूषित सङ्गति में रहने वाला होता है ॥ ३ ॥

बारहवें भाव में सू० चं० मं० गु० शु० युति का फल—

रवीन्दुभौमामरपूज्यशुक्रा व्ययाश्रिताः सञ्जनयन्ति मर्त्यम् ।
व्यपेतलज्जं जनिताविरुद्धं कुधर्मपण्यान्वितमप्रगल्भम् ॥ ४ ॥

यदि पैदाइश के समय बारहवें भाव में सू० चं० मं० गु० शु० का योग हो तो

जातक लज्जा से हीन, जन समुदाय के विपरीत, दूषित धर्म से व्यापार करने वाला और प्रतिभा से रहित होता है ॥ ४ ॥

बारहवें भाव में सू० चं० मं० गु० श० युति का फल—

रवीन्दुभौमामरपूज्यसौरा व्ययाश्रताः सञ्जनयन्ति मर्त्यम् ।
बहुव्यथं व्याधिनिपीडिताङ्गं सदातुरं कातरमल्पवित्तम् ॥ ५ ॥

यदि पैदाइश के समय बारहवें भाव में सू० चं० मं० गु० श० का योग हो तो जातक अधिक व्यथित, रोग से पीडित देहधारी, सदा आतुर, डरपोक और अल्प धनवान् होता है ॥ ५ ॥

बारहवें भाव में सू० चं० मं० शु० श० युति का फल—

रवीन्दुभौमासुरपूज्यसौरा व्ययाश्रिताः सञ्जनयन्ति मर्त्यम् ।
यशोविहीनं करपानरक्तं मायाविनं निष्ठुरमुग्रवैरम् ॥ ६ ॥

यदि पैदाइश के समय बारहवें भाव में सू० चं० मं० शु० श० का योग हो तो जातक यश से रहित, हाथ से पीने में लीन, मायावी, निठुर और उग्र बैरी होता है ॥६॥

बारहवें भाव में सू० चं० बु० गु० शु० युति का फल—

रवीन्दुसौम्यामरपूज्यशुक्रा व्ययाश्रिताः सज्जनन्ति मर्त्यम् ।
प्रभूतदुःखं खलसङ्गरक्तं श्लेष्माधिकं मूर्खतमं नृशंसम् ॥ ७ ॥

यदि पैदाइश के समय बारहवें भाव में सू० चं० बु० गु० शु० का योग हो तो जातक बड़ा दुःखी, दुष्ट सङ्गति में आसक्त, अधिक कफात्मा, प्रधान मूर्ख और निन्दनीय होता है ॥ ७ ॥

बारहवें भाव में सू० चं० बु० गु० श० युति का फल—

रवीन्दुसौम्यामरपूज्यसौरा व्ययाश्रिताः सञ्जनयन्ति मर्त्यम् ।
वैरंकुलं शीलविवर्जिताङ्गं गुणैः प्रमुक्तं कृतकस्वभावम् ॥ ८ ॥

यदि पैदाइश के समय बारहवें भाव में सू० चं० बु० गु० श० का योग हो तो जातक बैरी वंश का, शीलता से रहित, गुणहीन और कृत्रिम स्वभाव का होता है ॥ ८ ॥

बारहवें भाव में सू० चं० बु० शु० श० युति का फल—

रवीन्दुसौम्यासुरपूज्यसौरा व्ययाश्रिताः सञ्जनयन्ति मर्त्यम् ।
छलप्रधानं बहुक्रूरभाजं सदा जितं नीचजनैः समेतम् ॥ ९ ॥

यदि पैदाइश के समय बारहवें भाव में सू० चं० बु० शु० श० का योग हो तो जातक मुख्य ठग, बड़ा क्रूर, सदा विजयी और दुष्टों से युक्त होता है ॥ ९ ॥

बारहवें भाव में सू० चं० गु० शु० श० युति का फल—

रवीन्दुजीवासुरपूज्यसौरा व्ययाश्रिताः सञ्जनयन्ति मर्त्यम् ।
वित्ताधिकं कामपरं नृशंसं बहुप्रकोपं भयसङ्कुलञ्च ॥ १० ॥

यदि पैदाइश के समय बारहवें भाव में सू० चं० गु० शु० श० का योग हो तो जातक बड़ा धनवान्, परम कामी, निन्दनीय, अधिक क्रोधी और भय से व्याप्त होता है ।। १० ।।

बारहवें भाव में सू० मं० बु० गु० शु० युति का फल—

सूर्यारसौम्यामरपूज्यशुक्रा व्ययाश्रिताः सञ्जनयन्ति मर्त्यम् ।
कृपाविहीनं हतपुत्रदारं बह्वाशनं निष्ठुरवाक्यमेव ॥ ११ ॥

यदि पैदाइश के समय बारहवें भाव में सू० मं० बु० गु० शु० का योग हो तो जातक दया से रहित, नष्ट स्त्री पुत्र वाला, बड़ा भोजनी और कठोर वाणी का होता है ।। ११ ।।

बारहवें भाव में सू० मं० बु० गु० श० युति का फल—

सूर्यारसौम्यामरपूज्यसौरा व्ययाश्रिताः सञ्जनयन्ति मर्त्यम् ।
धनार्थदाराव्यसनैर्विहीनं सुनिष्ठुरं वैरपरं कुबुद्धिम् ॥ १२ ॥

यदि पैदाइश के समय बारहवें भाव में सू० मं० बु० गु० श० का योग हो तो जातक धन के लिये स्त्री व व्यसनों से हीन, निठुर, बड़ा बैरी और दूषित बुद्धि वाला होता है ।। १२ ।।

बारहवें भाव में सू० मं० बु० शु० श० युति का फल—

सूर्यारसौम्यासुरपूज्यसौरा व्ययाश्रिताः सञ्जनयन्ति मर्त्यम् ।
निःश्रीकमुग्रं कलहानुरक्तं विरूपगात्रं परवञ्चकञ्च ॥ १३ ॥

यदि पैदाइश के समय बारहवें भाव में सू० मं० बु० शु० श० का योग हो तो जातक निर्धन, उग्र कलह में आसक्त, कुरूप देहधारी और दूसरों को ठगने वाला होता है ।। १३ ।।

बारहवें भाव में सू० मं० गु० शु० श० युति का फल—

सूर्यारजीवासुरपूज्यसौरा व्ययाश्रिताः सञ्जनयन्ति मर्त्यम् ।
नानारुजार्तं खलसङ्गरक्तं कामातुरं भीतियुतं सदैव ॥ १४ ॥

यदि पैदाइश के समय बारहवें भाव में सू० मं० गु० शु० श० का योग हो तो जातक अनेक रोगों से पीडित, दुष्टों का साथी, काम से पीडित और सदा ही डरपोक होता है ।। १४ ।।

बारहवें भाव में सू० बु० गु० शु० श० युति का फल—

सूर्यज्ञजीवासुरपूज्यसौरा व्ययाश्रिताः सञ्जनयन्ति मर्त्यम् ।
मूर्खं कुवक्त्रं विकरालनेत्रं ब्रह्मद्विषं शत्रुजितं सुतीव्रम् ॥ १५ ॥

यदि पैदाइश के समय बारहवें भाव में सू० बु० गु० शु० श० का योग हो तो जातक मूर्ख, दूषित मुख वाला, भयानक आँख वाला, ब्राह्मणों का शत्रु, शत्रु से पराजित और तीखा होता है ।। १५ ।।

बारहवें भाव में चं० मं० बु० गु० शु० युति का फल —

चन्द्रारसौम्यामरपूज्यशुक्रा व्ययाश्रिताः सञ्जनयन्ति मर्त्यम् ।
चौर्यानुरक्तं गुरुताविरुद्धं हतस्वपक्षं व्रणपीडितञ्च ॥ १६ ॥

यदि पैदाइश के समय बारहवें भाव में चं० मं० बु० गु० शु० का योग हो तो जातक चोरी में आसक्त, गुरुता के विपरीत, नष्ट अपने पक्ष वाला और घावों से पीडित होता है ॥ १६ ॥

बारहवें भाव में चं० मं० बु० गु० श० युति का फल—

चन्द्रारसौम्यामरपूज्यसौरा व्ययाश्रिताः सञ्जनयन्ति मर्त्यम् ।
भ्रष्टं सुमित्रैर्नियमैर्विरुद्धं सुनिर्घृणं मन्युपरं सदैव ॥ १७ ॥

यदि पैदाइश के समय बारहवें भाव में चं० मं० बु० गु० श० का योग हो तो जातक सुन्दर मित्रों से भ्रष्ट, नियम के विपरीत, घृणा से युक्त और सदा ही बड़ा क्रोधी होता है ॥ १७ ॥

बारहवें भाव में चं० मं० बु० शु० श० युति का फल—

चन्द्रारसौम्यासुरपूज्यसौरा व्ययाश्रिताः सञ्जनयन्ति मर्त्यम् ।
द्वेष्यं विवर्णं प्रमदानिरस्तं गतप्रजं पार्थिवदूषितञ्च ॥ १८ ॥

यदि पैदाइश के समय बारहवें भाव में चं० मं० बु० शु० श० का योग हो तो जातक द्रोही, विवर्णी, स्त्री से निरस्त, सन्तान से हीन और राजा से दूषित होता है ॥ १८ ॥

बारहवें भाव में चं० मं० गु० शु० श० युति का फल—

चन्द्रारजीवासुरपूज्यसौरा व्ययाश्रिताः सञ्जनयन्ति मर्त्यम् ।
कुस्त्रीषु रक्तं कुसुमं कुमित्रं कुधर्मविद्यान्वितमिष्टपापम् ॥ १९ ॥

यदि पैदाइश के समय बारहवें भाव में चं० मं० गु० शु० श० का योग हो तो जातक दूषित स्त्रियों में आसक्त, दूषित मित्र, धर्म व विद्या से युक्त और पापप्रिय होता है ॥ १९ ॥

बारहवें भाव में चं० बु० गु० शु० श० युति का फल—

चन्द्रज्ञजीवासुरपूज्यसौरा व्ययाश्रिताः सञ्जनयन्ति मर्त्यम् ।
सदा व्रणार्तं कुधियासमेतं निर्लज्जमोजोरहितं विरूपम् ॥ २० ॥

यदि पैदाइश के समय बारहवें भाव में चं० बु० गु० शु० श० का योग हो तो जातक सदा घाव से पीडित, दूषित बुद्धि वाला, निर्लज्ज, निस्तेज और कुरूप होता है ॥ २० ॥

बारहवें भाव में मं० बु० गु० शु० श० युति का फल—

भौमज्ञजीवासुरपूज्यसौरा व्ययास्थिताः सञ्जनयन्ति मर्त्यम् ।
निश्रीकमुग्रं कलहानुरक्तं विशीर्णबुद्धिं धनवर्जितञ्च ॥ २१ ॥

यदि पैदाइश के समय बारहवें भाव में मं० बु० गु० शु० श० का योग हो तो जातक निर्धन, उग्र, कलह में आसक्त, नष्ट बुद्धि और धनहीन होता है ॥ २१ ॥

इत्येवं पञ्चविकल्पजाः ।

इस प्रकार बारहवें भाव में पाँच ग्रहों की युति का फल समाप्त हुआ ॥ १-२१ ॥

अथ षड्विकल्पजाः ।

अब आगे बारहवें भाव में ६ ग्रहों की युति के फल को बताते हैं ।

बारहवें भाव में सू० चं० मं० बु० गु० शु० युति का फल—

रवीन्दुभौमज्ञसुरेज्यशुक्रा व्ययाश्रिताः सञ्जनयन्ति मर्त्यम् ।
तेजो विहीनं परपक्षरक्तं ब्रह्मघ्नमार्तं परवञ्चकञ्च ॥ १ ॥

यदि पैदाइश के समय बारहवें भाव में सू० च० मं० बु० गु० शु० का योग हो तो जातक निस्तेज, दूसरे पक्ष में आसक्त, ब्राह्मणों का हिंसक पीडित और दूसरों को ठगने वाला होता है ॥ १ ॥

बारहवें भाव में सू० चं० मं० बु० गु० श० युति का फल—

रवीन्दुभौमज्ञसुरेज्यसौरा व्ययाश्रिताः सञ्जनयन्ति मर्त्यम् ।
कृतघ्नतायुक्तमरिप्रधानं लज्जाविहीनं परतर्ककञ्च ॥ २ ॥

यदि पैदाइश के समय बारहवें भाव में सू० चं० मं० बु० गु० श० का योग हो तो जातक कृतघ्न, मुख्य शत्रु, निर्लज्ज और दूसरे की चिन्ता करने वाला होता है ॥ २ ॥

बारहवें भाव में सू० चं० मं० बु० शु० श० युति का फल—

रवीन्दुभौमज्ञसितार्कपुत्रा व्ययाश्रिताः सञ्जनयन्ति मर्त्यम् ।
महारुजं वित्तसुतैर्विमुक्तं सुनिर्दयं लौल्ययुतं दसुदारम् ॥ ३ ॥

यदि पैदाइश के समय बारहवें भाव में सू० चं० मं० बु० शु० श० का योग हो तो जातक बड़ा रोगी, धन व पुत्र से हीन, निर्दयी, लालची और सुन्दर स्त्री वाला होता है ॥ ३ ॥

बारहवें भाव में सू० चं० मं० गु० शु० श० युति का फल—

रवीन्दुभौमामरपूज्यशुक्रशनैश्चराः सञ्जनयन्ति मर्त्यम् ।
स्वल्पायुषं वित्तयशो विहीनं वृथाश्रमं रौद्रविधानभाजम् ॥ ४ ॥

यदि पैदाइश के समय बारहवें भाव में सू० चं० मं० गु० शु० श० का योग हो तो जातक अल्पायु, धन व यश से हीन, वृथा परिश्रमी और भयानकता के विधान से युक्त होता है ॥ ४ ॥

बारहवें भाव में सू० चं० बु० गु० शु० श० युति का फल—

रवीन्दुसौम्यामरपूज्यशुक्रशनैश्चराः सञ्जनयन्ति मर्त्यम् ।
सदालसं बुद्धिधनैर्विहीनं कुपुत्रदारैः सहितं सदैव ॥ ५ ॥

यदि पैदाइश के समय बारहवें भाव में सू० चं० बु० गु० शु० श० का योग हो

तो जातक सदा आलसी, बुद्धि व धन से हीन और सदा ही दूषित स्त्री व पुत्र से युक्त होता है ॥ ५ ॥

बारहवें भाव में सू० चं० बु० गु० शु० श० युति का फल—

रवीन्दुसौम्यामरपूज्यशुक्रशनैश्चराः सञ्जनयन्ति मर्त्यम् ।
निराश्रयं नीचसुखं दरिद्रं विमुक्तसत्यं गुणवर्जितञ्च ॥ ६ ॥

यदि पैदाइश के समय बारहवें भाव में सू० चं० बु० गु० शु० श० का योग हो तो जातक आश्रय से हीन, दुष्टों से सुखी, दरिद्री, सत्य और गुणों से हीन होता है ॥ ६ ॥

बारहवें भाव में चं० मं० बु० गु० शु० श० युति का फल—

चन्द्रारसौम्यामरपूज्यशुक्रशनैश्चराः सञ्जनयन्ति मर्त्यम् ।
ब्रह्मद्विषं कीर्तिसुखैर्विहीनं हतप्रभावं बहुरोगभाजम् ॥ ७ ॥

यदि पैदाइश के समय बारहवें भाव में चं० मं० बु० गु० शु० श० का योग हो तो जातक ब्राह्मणों का द्रोही, कीर्ति व सुख से हीन, नष्ट प्रभावी और अधिक रोगी होता है ॥ ७ ॥

इत्येवं षड्विकल्पजाः ।

इस प्रकार बारहवें भाव में ६ ग्रहों की युति का फल समाप्त हुआ ॥ १–७ ॥

अथ सप्तविकल्पजः ।

अब आगे बारहवें भाव में सात ग्रहों की युति फल को कहते हैं।

बारहवें भाव में सू० चं० मं० बु० गु० शु० श० युति का फल—

रवीन्दुभौमज्ञसुरेज्यशुक्रशनैश्चराः सञ्जनयन्ति मर्त्यम् ।
विरुद्धचेष्टं विगताभिमानं सदा दरिद्रं धनधान्यहीनम् ॥ १ ॥

यदि पैदाइश के समय बारहवें भाव में सू० चं० मं० बु० गु० शु० श० का योग हो तो जातक विपरीत इच्छावाला, अभिमान से हीन, सदा दरिद्री और धनधान्य से हीन होता है ॥ १ ॥

इत्येवं सप्तविकल्पजः ।

इति वृद्धयवने व्ययभावाश्रययोगाध्यायः ।

इस प्रकार बारहवें भाव में वृद्धयवनोक्त २, ३, ४, ५, ६, ७ ग्रहों की युति का फल समाप्त हुआ ॥ १ ॥

इति श्रीमद्दैवज्ञवर्यपण्डितदामोदरात्मजबलभद्रविरचिते होरारत्ने
दशाधिफलद्विग्रहादियोगाध्यायो नवमः ॥ ९ ॥

इस प्रकार ज्योतिषियों में श्रेष्ठ पं० दामोदरजी के पुत्र पं० बलभद्र द्वारा रचित होरारत्न ग्रन्थ का दशाफल, द्विग्रहादि योगफल नामक नवां अध्याय समाप्त हुआ ॥ ९ ॥

इति श्रीमथुरावास्तव्यश्रीमद्भागवताभिनवशुक पं० केशवदेवात्मजमुरलीधरचतुर्वेद-विहिता होरारत्ननवमाध्यायस्येन्दुमती हिन्दी व्याख्या परिपूर्णा ॥ ९ ॥

अथ दशमोऽध्यायः

॥ अथ स्त्रीजातकाध्यायः ॥

होरासारे—

अब आगे दशमाध्याय का प्रारम्भ करते हैं। इसमें स्त्री जातक के कुछ विशेष योगों का वर्णन ग्रन्थकार ने किया है। अतः उन्हीं का विवेचन किया जाता है। प्रथम होरासार नामक ग्रन्थ के आधार पर बताते हैं।

पुरुष स्त्री जातक में फल की समता व विषमता का ज्ञान—

[1]स्त्रीपुरुषयोः समानं योग्या दशायुर्वोक्तं यद्यद्योग्यम्।
पतिसौभाग्यं स्त्रीणां तत्तत् सर्वं वदेत् स्वनाथेषु ॥ १ ॥

पूर्व की अध्यायों में साधारण रीति से स्त्री पुरुष के भावों के फल का विवेचन किया गया है। जिन राजयोगादि फलों की लब्धि स्त्री को नहीं भी हो तो उन योगों का फल उनके पतियों में अवश्य घटित होता है। तथा पुरुषों के अयोग्य फल स्त्री में समझना चाहिये ॥ १ ॥

विशेष—जातक सारदीप में—'स्त्रीपुरुषयोः समानं योग्यायोग्यं प्रदिशेच्च पूर्वोक्तम्। यद्यदयोग्यं स्त्रीणां तत्तत्सर्वं वदेच्च नाथेषु' (६४ अ० १२ श्लो०) इस प्रकार से है।

तथा स्त्रीजातक की टिप्पणी में—'स्त्रीपुरुषयोः समानं योग्या दशा पूर्वोक्तम्। यद्य-योग्यं पतिसौभाग्यं तत्तत्सर्वं वदेत्स्वनाथेषु' यह पाठान्तर है।

और भी—'यज्जन्मकालाद्गदितं नराणां होराप्रवीणैः फलमेतदेव। स्त्रीणां प्रकल्प्यं खलु चेदयोग्यं तन्नायके तत्परिवेदितव्यम्' (४ अ० १ श्लो० टि०)।

इसी प्रकार से स्त्री जातक में भी—'प्राहुस्तुल्यं नरवनितयोर्जन्म होराविधिज्ञा, किन्तु स्त्रीणां फलमनुचितं तत्पतौ तत्प्रकल्प्यम्' (४ अ० १ श्लो०) ॥ १ ॥

स्त्री के वैधव्य-सौभाग्य-पुत्र-सुख-सौन्दर्य स्थान का ज्ञान—

[2]वैधव्यं निधनगृहे पतिसौभाग्यं सुखं च यामित्रे।
सौन्दर्यं लग्नगृहे विचिन्तयेत् पुत्रसंपदं नवमे ॥ २ ॥

स्त्रीकुण्डली में अष्टम स्थान से वैधव्य (विधवा) का, सप्तम स्थान से पतिसौभाग्य व पतिसुख का, लग्न से शरीर की खूबसूरती का और पुत्र संपत्ति का नवम भाव से शुभाशुभ समझना चाहिये ॥ २ ॥

---

१. जा० सा० दी० ६४ अ० १–२४ श्लो०।

२. स्त्रीजात० ४ अ० २–५, ७ श्लो०।

अष्टमादिस्थानस्थित शुभाशुभ ग्रहों का फल—

एषु स्थानेषु युवत्यः सौम्या शुभदा बलान्विता ज्ञेयाः ।
क्रूरास्तु नेष्टफलदा भवनेशविवर्जिताः सदा चिन्त्याः ॥ ३ ॥

यदि स्त्रीकुण्डली में अष्टम, सप्तम, लग्न व नवम में शुभ ग्रह हों तो उक्त भाव का अच्छा फल होता है। यदि पापग्रह उक्त भावों में हों तो उस भाव का अशुभ फल होता है। किन्तु विशेष यह है कि यदि पाप ग्रह स्वराशि में हो तो शुभ ही फल उस भाव का प्रदान करता है ॥ ३ ॥

पुरुषाकृति योग ज्ञान—

पुरुषर्क्षे पुरुषांशे लग्नेन्द्वोः पापयुक्तयोर्जाता ।
पुरुषाकृतिशीलयुता भर्तुरयोग्याऽसमञ्जसा कन्या ॥४॥

यदि स्त्रीजन्माङ्ग में लग्न व चन्द्रमा पुरुष राशि में अर्थात् १।३।५।७।९।११ राशि में हों और इन्हीं राशियों के नवांश में भी स्थित हों तथा दोनों पापग्रह से युक्त या दृष्ट हों तो कन्या पुरुष के समान आकृति व स्वभाव वाली पति के अयोग्य और न्याय से शून्य होती है ॥ ४ ॥

बृ० जा० में कहा है—'ओजःस्थयोश्च मनुजाकृतिशीलयुक्ता पापा च पापयुतवीक्षितयोर्गुणोना' (२४ अ० २ श्लो०) ॥ ४ ॥

तथा होरामकरन्द में भी—'पुंदेहशीलसहितान्यतमस्थयोश्च पापाः खलैर्गतिवृता युतदृष्टयोस्तु' ॥ ४ ॥

विशेष—यहाँ पुस्तक में—'भर्तुर्योग्या' यह पाठ है ॥ ४ ॥

स्त्र्याकृतियोग ज्ञान—

समराशौ समभागे लग्नेन्द्वोः स्त्री गुणान्विता कन्या ।
सौम्ययुते दृष्टे वा सुभगा साध्वी सुविख्याता ॥ ५ ॥

यदि स्त्रीजन्माङ्ग में लग्न व चन्द्रमा समराशि में अर्थात् २।४।६।८।१०।१२ स्त्री राशि में हों तथा इन्हीं के नवमांश में हों तो कन्या स्त्रियों की सी आकृति वाली, स्त्री गुणों से युक्त होती है।

यदि समराशि स्थित चन्द्र व लग्न शुभ ग्रह से दृष्ट या युत हों तो कन्या सुन्दर भाग्यवाली, पतिव्रता और सुन्दर प्रसिद्धि वाली होती है ॥ ५ ॥

बृ० जा० में कहा है—'युग्मेषु लग्नशशिनोः प्रकृतिस्थिता स्त्री सच्छीलभूषणयुता शुभदृष्टयोश्च' (२४ अ० २ लो०) ॥ ५ ॥

तथा होरामकरन्द में भी—'चन्द्राङ्गयोः समगृहे प्रकृतिस्थिता स्त्री रूपान्विता शुभनिरीक्षितयोः सुशीला' ॥ ५ ॥

त्रिशांश बल विचार—

लग्नेन्द्वोर्यो बलवान् तस्य त्रिंशांशकैः फलं वाच्यम् ।
त्रिंशांशे बलवांस्तत्प्रोक्तफलानि सम्यगायान्ति ॥ ६ ॥

स्त्रीकुण्डली में लग्न व चन्द्रमा में जो बली हो वह जिसके त्रिशांश में स्थित हो उसके आधार पर आगे वर्णित फल कहना चाहिये। क्योंकि बली के त्रिशांश से उक्त फल पूर्णरूप से प्राप्त होता है ॥ ६ ॥

मेष वृश्चिक राशि में लग्न व चन्द्रमा के रहने पर ग्रहों के त्रिशांशों का फल—

भौमर्क्षे भौमांशे कन्या मृतसुतगुणैर्हीना।
मन्दांशस्था प्रेष्या दुःशीला बहुविधा नारी ॥ ७ ॥
पुत्रवती जीवांशे बहुव्ययार्ता पतिव्रता कन्या।
सौम्यांशे बहुमाया मलिनाचाराल्पसूतिः स्यात् ॥ ८ ॥
कन्या जननी कन्या शुक्रांशे जारभोगसंतुष्टा।
भानोरप्येवमेवं त्रिंशांशफलं समादेश्यम् ॥ ९ ॥

यदि स्त्रीकुण्डली में लग्न व चन्द्रमा मेष वृश्चिक राशि में हों तथा इन्हीं के त्रिंशांश में अर्थात् भौम के त्रिशांश में स्थित हों तो कन्या मृत पुत्र वाली अर्थात् कन्या अवस्था में पुत्र की जननी व गुणों से हीन होती है।

यदि भौम राशिस्थ लग्न चन्द्रमा, शनि के त्रिंशांश में हों तो स्त्री नौकरानी और अनेक प्रकार से दुःशीला होती है।

यदि भौम राशिस्थ लग्न व चन्द्रमा, गुरु के त्रिशांश में हों तो कन्या पुत्रवती, अधिक खर्च से दुःखी और पतिव्रता होती है।

यदि बुध के त्रिंशांश में हों तो बड़ी मायाविनी, दूषित आचारण वाली व अल्प संतान वाली होती है।

यदि शुक्र के त्रिंशांश में हों तो कन्या सन्तान पैदा करने वाली और पर पुरुष के संभोग से प्रसन्न होने वाली होती है।

इसी प्रकार सूर्य के आधार पर भी त्रिंशांशवत् फल कहना चाहिये ॥ ७–९ ॥

वृष तुला राशिस्थ लग्न व चन्द्र का ग्रहों के त्रिंशाशों के बल पर फल—

सितभवने भौमांशे दुष्टा खलप्रिया पतिद्वेष्या।
मन्दांशे च पुनर्भूर्मृतप्रजा रोगसंयुता नित्यम् ॥ १० ॥
रूपान्विता गुणाढ्या जीवांशे भर्तृपुत्रसंपन्ना।
कुचरित्रा सौम्यांशे काव्यकलागेयसंतुष्टा ॥ ११ ॥
शुक्रांशे भोगवती विदग्धदयिताजगत् प्रिया ख्याता।
पापयुते बलहीने त्रिशांशे नैव पुष्टफलमेति ॥ १२ ॥

यदि स्त्रीकुण्डली में वृष व तुला राशिस्थ लग्न चन्द्रमा, भौम के त्रिंशांश में हों तो स्त्री दुष्टा, दुष्टाओं में प्रीति रखने वाली और पति से शत्रुता बरतने वाली होती है।

यदि उक्त राशिस्थ लग्न व चन्द्रमा, शनि के त्रिंशांश में हों तो स्त्री दूसरी शादी करने वाली, नष्ट सन्तान वाली और सदा ही रोगिणी होतो है।

यदि लग्न चन्द्रमा, गुरु के त्रिशांश में हों तो स्त्री स्वरूपवती, गुणों से युक्त और पति पुत्र से संपन्न होती है।

यदि बुध के त्रिशांश से दोनों युक्त हों तो स्त्री कुत्सित आचरण करने वाली, काव्य, कला और गाने से प्रसन्न होने वाली होती है।

यदि वृष तुला राशिस्थ लग्न व चन्द्रमा, शुक्र के त्रिशांश में हों तो स्त्री चतुर, संसार की स्नेहा और प्रसिद्धि प्राप्त करने वाली होती है।

यदि उक्त त्रिशांश पाप ग्रह से युक्त और निर्बल हों तो प्रबल फल अर्थात् पूर्णफल की प्राप्ति नहीं होती है॥ १०-१२॥

मिथुन कन्या राशिस्थ लग्न व चन्द्र का ग्रहों के त्रिशांश वश से फल—

बुधभवने भौमांशे कन्या जारप्रियाल्पपुत्रा स्यात्।
मन्दांशे क्लीबसमा मृतप्रजा वान्यभर्तृयुता॥ १३॥
साध्वी पतिप्रिया जीवांशे क्षेत्रगते तुङ्गगे जीवे।
सौम्यांशे च कुलाढ्या पशुधनभोगान्विता शुक्रे॥ १४॥

यदि स्त्रीकुण्डली में मिथुन कन्या राशिस्थ लग्न व चन्द्रमा, भौम के त्रिशांश में हों तो स्त्री व्यभिचार में प्रीति रखने वाली और अल्प पुत्र से युक्त होती है।

यदि शनि के त्रिशांश में हों तो वन्ध्या के समान, नष्ट सन्तान वाली अन्य पुरुष से युक्त होती है।

यदि गुरु के त्रिशांश में या राशि में या गुरु की उच्च राशि में हों तो स्त्री पतिव्रता और पति के स्नेह से युक्त होती है।

यदि बुध के त्रिशांश में हों तो वंश में संपन्न और शुक्र के त्रिशांश में लग्न व चन्द्रमा हों तो स्त्री पति, धन और भोग से युक्त होती है॥ १३–१४॥

कर्क राशिस्थ लग्न व चन्द्रमा का ग्रहों के त्रिशांश वश से फल—

शशिभवने भौमांशे स्वच्छन्दा कामिनी विनष्टसुता।
मन्दांशे पतिहीना कृच्छ्रेणोपजीवनं लभते॥ १५॥
अल्पसुता क्षीणयुता जीवांशे शिल्पिनी बुधस्यांशे।
वन्ध्या मृतप्रजा वा शुक्रांशे स्त्रीषु दुष्टतमा॥ १६॥

यदि स्त्रीकुण्डली में लग्न व चन्द्रमा कर्क राशि में भौम के त्रिशांश में हों तो स्त्री स्वतन्त्रा और नष्ट पुत्र वाली होती है।

यदि शनि के त्रिशांश में हों तो पति से रहित और कष्ट से जीवन प्राप्त करने वाली होती है।

यदि गुरु के त्रिशांश में हों तो स्त्री अल्प सन्तान वाली व क्षीणा और बुध के त्रिशांश में कारीगरी का काम जानने वाली होती है॥

यदि कर्क राशिस्थ लग्न चन्द्रमा, शुक्र के त्रिशांश में हों तो स्त्री वन्ध्या या नष्ट सन्तान वाली और स्त्रियों में मुख्य दुष्टा होती है॥ १५–१६॥

सिंह राशिस्थ लग्न व चन्द्रमा का ग्रहों के त्रिशांश वश से फल—

वाचाटा रविभावे कुजभवनाङ्के जारिणी विदेशरता।
कुशला कुशीलदरिद्रा मन्दांशे जारवल्लभा ज्ञेया॥ १७॥
पुरुषाकृतिशीलयुता सौम्यांशे कार्यचौरिणी कुलटा।
कुपतिप्रियाल्पसुता शुक्रांशे नित्यरोगिणी भवति॥ १८॥

यदि स्त्रीकुण्डली में लग्न व चन्द्रमा, भौम के त्रिशांश में हों तो स्त्री निष्प्रयोजन अधिक बोलने वाली, व्यभिचारिणी और विदेश में आसक्त होती है।

यदि गुरु के त्रिशांश में हों तो चतुर व पतली देहवाली और शनि के त्रिशांश में हों तो व्यभिचार प्रिया होती है।

विशेष—यहां पुस्तक में गुरु त्रिशांश का फल नहीं था। किन्तु जातक सारदीप में जो उपलब्ध पाठ था वह यहां दिया गया है।

यदि बुध के त्रिशांश में हों तो स्त्री पुरुष की सी आकृति व स्वभाववाली, कार्य की चोरी करने वाली और व्यभिचारिणी होतो है।

यदि सिंह राशिस्थ लग्न व चन्द्रमा, शुक्र के त्रिशांश में हों तो स्त्री दूषित पति की स्नेहा, अल्प पुत्र वाली और प्रतिदिन रोगिणी होती है॥ १७-१८॥

धनु मीन राशिस्थ लग्न व चन्द्रमा का ग्रहों के त्रिशांश वश से फल—

जीवर्क्षे भौमांशे कन्या परचारिणी सुविख्याता।
सौरांशे तु दरिद्रा कन्या जननी स्वतन्त्रनिरता स्यात्॥ १९॥
जीवांशे तु धनाढ्या सौम्यांशे लोकपूजिता ललना।
पुत्रवती शुक्रांशे षड्गुणयुक्ता पतिव्रता साध्वी॥ २०॥

यदि स्त्री कुण्डली में लग्न व चन्द्रमा, भौम के त्रिशांश में हों तो कन्या नोकरानी और प्रसिद्धा होती है।

यदि शनि के त्रिशांश में हों तो स्त्री दरिद्रा, कन्याओं को पैदा करने वाली और स्वतन्त्रता में आसक्त होती है।

यदि गुरु के त्रिशांश में हों तो धन से युक्त और बुध के त्रिशांश में लग्न व चन्द्रमा हों तो संसार में पूंजा (सत्कार) पाने वाली होती है।

यदि गुरु राशिस्थ लग्न चन्द्रमा, शुक्र के त्रिशांश में हों तो स्त्री पुत्र से युक्त, ६ गुणों से संपन्न, पतिव्रता और साध्वी होती है॥ १९-२०॥

मकर कुम्भ राशिस्थ लग्न व चन्द्रमा का ग्रहों के त्रिशांश वश से फल—

मन्दर्क्षे भौमांशे दासी कुलटा मृतप्रजा कन्या।
मन्दांशे संभूता नीचाचारातिदुर्भगा वनिता॥ २१॥
भर्तृप्रिया च सुभगा जीवांशे नैकतामभिख्याता।
भग्नव्रता च कुलटा बहुमाया सोमजस्यांशे॥ २२॥

शुक्रांशे प्रभुशीला वन्ध्या चारित्रलोचना वनिता।
त्रिंशांशफलमेवं वक्तव्यं दैवविद्भिरबलायाः ॥ २३ ॥

यदि स्त्रीकुण्डली में मकर कुम्भ राशिस्थ लग्न चन्द्रमा, भौम के त्रिंशांश में हों तो स्त्री नोंकरानी, वेश्या और नष्ट सन्तान वाली होती है।

यदि शनि के त्रिंशांश में हों तो स्त्री दूषित आचरण वाली और अत्यन्त भाग्य से रहित होती है।

यदि गुरु के त्रिंशांश में हों तो पति प्रिया, अच्छे भाग्यवाली और मिलने में विख्यात नहीं होती है।

यदि बुध के त्रिंशांश में हों तो स्त्री नष्ट व्रत वाली, वेश्या और बड़ी माया रचने वाली होती है।

यदि शनि राशिस्थ लग्न चन्द्रमा, शुक्र के त्रिंशांश में हों तो स्त्री पति की आज्ञा कारिणी, वन्ध्या और चरित्र से युक्त आँख वाली होती है।

इस प्रकार ज्योतिषी को स्त्री कुण्डली में त्रिशांश वश फल कहना चाहिये ॥ २१,२३ ॥

प्रकारान्तर से त्रिंशांश का निर्णय —

चन्द्रार्कस्फुट योगात् त्रिंशांशफलं विनिर्दिशेत्तस्याः।
लग्नेन्द्वोर्योगवशात् त्रिंशांशकं विनिर्दिशेद्दथवा ॥ २४ ॥

स्त्रीकुण्डली में स्पष्ट चन्द्रमा व स्पष्ट सूर्य के राश्यादिकों का योग करके अथवा स्पष्ट लग्न व स्पष्ट चन्द्रमा के राश्यादिकों का योग करके देखना चाहिये कि इसमें किसका त्रिंशांश है। जिस ग्रह का हो उसके आधार पर उक्त फल कहना चाहिए ॥ २४ ॥

गर्गजातके –

अब आगे गर्गजातकोक्त स्त्रीकुण्डली के विशेषफल को बताते हैं।

कुत्सित पति योग ज्ञान —

शुद्धेऽस्ते दुर्बले यस्याः पापग्रहनिरीक्षिते।
सौम्यग्रहदृशा हीने भर्ता कापुरुषो भवेत् ॥ १ ॥

यदि स्त्रीकुण्डली में सप्तम भाव निर्बल हो तथा ग्रहों से हीन हो और पाप ग्रह से दृष्ट व शुभ ग्रह से अदृष्ट हो तो स्त्री का पति कुत्सित होता है ॥ १ ॥

बृ० जा० में कहा है 'शुन्ये का पुरुषोऽबलेऽस्तभवने सौम्यग्रहावीक्षिते' (२४ अ० ८ श्लो०) ॥ १ ॥

तथा होरा मकरन्द में 'शून्ये बले का पुरुषः पतिः स्यात् सौम्यैरदृष्टे स्मरभेऽथ युक्ते'॥१॥

और भी जातकाभरण में 'शून्ये मन्मथमन्दिरे शुभखगैर्नालोकिते निर्बले बालायाः किल नायको मुनिवरैः कापूरुषः कीर्तितः' ॥ १ ॥

नपुंसक पति योग ज्ञान—

बुधमन्दयुतेऽस्ते च पतिः क्लीबसमो भवेत् ।
वन्ध्या वा दुर्भगा वापि सा च नित्यं प्रवासिनी ॥ २ ॥

यदि स्त्रीकुण्डली में सप्तमभाव में बुध शनि हों तो स्त्री का पति नपुंसक के तुल्य और स्त्री बांझ वा दुष्ट भाग्यशाली और प्रतिदिन परदेश में घूमने वाली होती है ॥ २ ॥

बृ० जा० में कहा है 'क्लीबोऽस्ते बुधमन्दयोः' ॥ २ ॥

तथा होरा मकरन्द में भी 'स्मरभेऽथ युक्ते क्लीबो ज्ञशन्योः ॥ २ ॥

एवं जातकाभरण में भी 'जामित्रं बुधमन्दयोर्यदि गृहं षण्ढो भवेन्निश्चितम्' ॥ २ ॥

प्रवासो एवं स्वदेशस्थ पति योग ज्ञान—

सप्तमे चरराशौ च तदीशे चरभांशके ।
भर्ता प्रवासशीलः स्यात् स्थिरभे स्वगृहे भवेत् ॥ ३ ॥

यदि स्त्रीकुण्डली में सप्तम भाव में चर राशि हो तथा सप्तमेश चर राशि के नवांश में हो तो स्त्री का पति सदा परदेश में रहने वाला होता है ।

यदि सप्तम में स्थिर राशि व सप्तमेश स्थिर राशि में हो तो स्त्री का पति सदा घर में ही रहने वाला और द्विस्वभाव राशि हो तो दोनों जगह रहने वाला होता है ॥ ३ ॥

बृह० जा० में कहा है 'चरगृहे नित्यं प्रवासान्वितः' ॥ ३ ॥

तथा च ग्रन्थान्तरे 'राशौ तत्र चरे विदेशनिरतो द्व्यङ्गे च मिश्रा स्थितिः' ॥ ३ ॥

और भी 'चरभे प्रवासी स्थिरे गृहस्थो द्विरुर्चिद्विमूर्तौ' ॥ ३ ॥

पतित्यक्ता व बाल विधवा योग ज्ञान—

अस्तगेऽर्केऽरिभिर्दृष्टे तथोत्सृष्टा भवेत् स्वयम् ।
सप्तमस्थेधरासूनौ बाल्ये सा विधवा भवेत् ॥ ४ ॥

यदि स्त्रीकुण्डली में सप्तम भाव में सूर्य शत्रु ग्रहों से दृष्ट हो तो स्त्री का पति स्वयं त्याग कर देता है ।

कहा है जातकाभरण में 'सप्तमे दिनपतौ पतिमुक्ता' तथा बृ० जा० में 'उत्सृष्टा रविणा' ।

यदि भौम सप्तम भाव में तो कन्या बाल विधवा होती है ॥ ४ ॥

बृ० जा० में कहा है 'कुजेन विधवा बाल्येऽस्तराशिस्थिते' ॥ ४ ॥

तथा होरामकरन्द में 'बाल्येऽपि भौमे विधवा प्रदिष्टा' ॥ ४ ॥

एवं ग्रन्थान्तर में भी 'क्षोणिजे विधवा खलु बाल्ये' ॥ ४ ॥

विवाहहीन योग ज्ञान—

मन्दे सप्तमराशिस्थे तथा शत्रुनिरीक्षिते ।
कन्यैव विधवा भूत्वा सा जरामधिगच्छति ॥ ५ ॥

यदि स्त्रीकुण्डली में सप्तम भाव में शनि शत्रु ग्रह से दृष्ट हो तो कन्या ही बिना विवाह के बूढ़ी हो जाती है ॥ ५ ॥

बृ० जा० में कहा है 'कन्यैवाशुभवीक्षितेऽर्कतनये द्यूने जरां गच्छति' ॥ ५ ॥

तथा च ग्रन्थान्तर में 'पापखगे च विलोकनयाते मन्दगे च युवती जरती स्यात्' ॥ ५ ॥

पुनः प्रकारान्तर से—

सप्तमस्थेऽर्कजे तद्वद् बाल्ये सा विधवा भवेत् ।
भर्ता कोपपरो वापि अन्योन्यमृतिमाप्नुयात् ॥ ६ ॥

यदि स्त्रीकुण्डली में सप्तम भाव में शनि हो तो स्त्री बाल्य काल में विधवा होती है या पति क्रोधी होता है । यदि पुरुष कुण्डली में हो तो स्त्री की मृत्यु होती है ॥ ६ ॥

पुनर्विवाह एवं सकाल विधवा योग ज्ञान—

द्यूने शुभाशुभैर्युक्ते पुनर्भू सा भविष्यति ।
अस्तगावारमन्दौ चेत् पापर्क्षे विधवा भवेत् ।
मासि वर्षे तथा वाहौ भागैश्च रवि गच्छति ॥ ७ ॥

यदि स्त्रीकुण्डली में सप्तम भाव में शुभ पाप दोनों हों तो स्त्री की दो बार शादी होती है ॥

यदि सप्तम भाव में पाप ग्रह की राशि में भौम व शनि हों तो वैधव्य कारक बली ग्रह के वर्ष या मास या दिन में स्त्री विधवा होती है ।

यहाँ बली ग्रह के नवांश संख्या तुल्य वर्षादि जानना चाहिये ॥ ७ ॥

पति त्यक्त योग ज्ञान—

बलहीनेऽस्तगे पापे सौम्यग्रहनिरीक्षिते ।
भर्ता वियुज्यते नारी नीचारिस्थे च स्वैरिणी ॥ ८ ॥
अन्योन्यांशे सितारौ चेज्जारसक्ता भवेद्वधूः ।
तथैव सप्तमे चन्द्रे दुश्चरी पतिना सह ॥ ९ ॥

यदि स्त्रीकुण्डली में सप्तम भाव में निर्बल पापग्रह शुभ ग्रहों से दृष्ट हों तो स्त्री का त्याग पति द्वारा होता है ।

यदि सप्तमस्थ पापग्रह नीच राशि वा शत्रु राशि में हो तो स्त्री व्यभिचारिणी होती है ।

यदि स्त्रीकुण्डली में शुक्र मङ्गल के नवांश में हो और भौम शुक्र के नवांश में हो तो स्त्री परपुरुषगामिनी होती है ।

यदि सप्तम भाव में शुक्र भौम के साथ चन्द्रमा हो तो स्त्री पति आज्ञा से परपुरुष में आसक्त होती है ॥ ९ ॥

बृ० जा० में कहा है 'अन्योन्यांशगयोः सितावनिजयोरन्यप्रसक्ताङ्गना द्यूने वा यदि शीतरश्मिसहितौ भर्तुस्तदानुज्ञया' (२४ अ ९ श्लो०) । ९ ॥

तथा च होरामकरन्द में 'अन्योन्यांशावस्थितौ भौमशुक्रौ स्यातां कान्ता सङ्गतान्येन नूनम्' ॥ ९ ॥

और भी 'अन्योन्यांशस्थयोश्च क्षितिसुतसितयोर्बन्धकी योषिदुक्ता' ॥ ९ ॥

एवं जातकाभरण में 'चन्द्रोपेतौ शुक्रवक्रौ स्मरस्थावाज्ञामेव स्वामिनश्चामनन्ति' ॥ ९ ॥

विशेष—यहाँ पुस्तक में 'अन्योन्य समतारौ' यह पाठ है ॥ ९ ॥

बांझ योग ज्ञान—

मन्दारार्कैर्विलग्नस्थौ शशिशुक्रौ यदा तदा ।
वन्ध्या भवति सा नारी पञ्चमे पापदृग्युते ॥ १० ॥

यदि स्त्रीकुण्डली में मेष, सिंह, वृश्चिक, मकर, कुम्भ लग्न में चन्द्रमा शुक्र हों तथा पञ्चम भाव पापग्रह से दृष्ट या युक्त हो तो स्त्री बांझ होती है ॥ १० ॥

विशेष—यह योग ग्रन्थान्तर में भिन्न रीति से प्राप्त होता है। यथा बृ० जा० में कहा है 'सौरारर्क्षे लग्नगे सेन्दुशुक्रे मात्रा सार्धं बन्धकी पापदृष्टे'।

(२४ अ० १० श्लो०) ॥ १० ॥

योनिव्याधि योग ज्ञान—

अर्कराश्यं गते भौमे सूर्यारौ स्वांशगेऽपि वा ।
सौरे कुजे क्रमाद्दृष्टे व्याधियोनिश्च दुर्भगा ॥ ११ ॥

यदि स्त्रीकुण्डली में सप्तम भाव में भौम, सूर्य के नवांश में हो अथवा सूर्य व भौम अपने नवांश में हों यद्वा भौम सप्तम में शनि से युक्त या दृष्ट हो तो स्त्री की योनि में रोग होता है, तथा दूषित भाग्य वाली होती है ॥ १० ॥

सुन्दर योनि योग ज्ञान—

अस्तर्क्षे शुभदृष्टे च शुभस्यांशे शुभेक्षिते ।
चारुश्रोणी प्रिया भर्तुर्वल्लभा भवने वधूः ॥ १२ ॥

यदि स्त्रीकुण्डली में सप्तम भावस्थ राशि शुभ ग्रह से दृष्ट हो या शुभग्रह का नवांश शुभ ग्रह से दृष्ट हो तो स्त्री की योनि उत्तम, पति को प्रिय लगने वाली और घर में स्त्री सब की स्नेहा होती है ॥ १२ ॥

सप्तम भावस्थ अपनी राशि व अपने नवांश में सूर्य चन्द्र का फल—

अस्तेऽर्के स्वांशगे स्वर्क्षे भर्ता रतिपरो मृदुः ।
चन्द्रेऽस्ते स्वर्क्षगे स्वांशे मृदुस्मरवशः पतिः ॥ १३ ॥

यदि स्त्रीकुण्डली में सप्तम भाव में अपने नवांश या अपनी राशि में सूर्य हो तो स्त्री का पति परम संभोगी और सरल होता है।

यदि स्त्रीकुण्डली में सप्तम भाव में अपनी राशि व अपने नवांश में चन्द्रमा हो तो स्त्री का पति काम के वशीभूत व कोमल होता है।

सप्तम भाव में स्वराशि व स्वनवांशस्थ भौम बुध का फल—

भौमेऽस्ते स्वांशके क्षेत्रे स्त्री लीला निर्धनः पतिः ।
सौम्येऽस्ते स्वांशके क्षेत्रे भर्ता विद्वान् भवेत् सुखी ॥ १४ ॥

यदि स्त्रीकुण्डली में सातवें भाव में अपनी राशि व स्वनवांश में भौम हो तो स्त्री का पति स्त्रियों का पति और धनहीन होता है।

यदि सातवें भाव में बुध अपनी राशि या नवांश में हो तो स्त्री का पति पण्डित और सुखी होता है ॥ १४ ॥

सप्तम भाव में स्वराशिस्थ व स्वनवांशस्थ गुरु एवं शुक्र का फल—

जीवेऽस्ते स्वांशके स्वर्क्षे गुणवान् विजितेन्द्रियः।
शुक्रेऽस्ते स्वांशके क्षेत्रे कन्या सौभाग्यवान् सुखी ॥ १५ ॥

यदि स्त्रीकुण्डली में सातवें भाव में अपनी राशि या अपने नवांश में गुरु हो तो स्त्री गुणों से युक्त और इन्द्रियों को दमन करने वाली होती है।

यदि शुक्र सातवें भाव में अपनी राशि व अपने नवांश में हो तो कन्या सौभाग्यशालिनी और सुखी होती है ॥ १५ ॥

सप्तम भाव में अपनी राशि व अपने नवांश में शनि का फल—

मन्देऽस्ते स्वांशके क्षेत्रे वृद्धो मूर्खो भवेत् पतिः।
एवं सप्तमराशिस्थैर्ग्रहैर्नॄणां वदेत् फलम् ॥ १६ ॥
अस्तराशिफलं प्रोक्तं लग्नराशिफलं तथा।
भवत्येव हि दम्पत्योर्ग्रहयोगबलाद्भवेत् ॥ १७ ॥

यदि स्त्रीकुण्डली में सातवें भाव में शनि अपनी राशि व अपने नवांश में हो तो कन्या का पति बूढा व मूर्ख होता है।

इसी रीति से सप्तम भावस्थ राशि व ग्रहों के आधार पर स्त्रियों का फल कहना चाहिये।

इस प्रकार सप्तम भावस्थ राशियों के आधार पर फल जान कर लग्न राशिस्थ फल भी समझना चाहिये अर्थात् पुरुष की कुण्डली से भी फल जानना चाहिये। क्योंकि दोनों के ग्रह राशियोग बल से ही पूर्ण फल की प्राप्ति होती है ॥ १६–१७ ॥

पिता के घर में सुख योग का ज्ञान—

सौम्यक्षेत्रोदये चन्द्रे सार्धं शुक्रेण सा वधूः।
सुखी पिता पतिर्द्वेष्या नित्यमस्थिरचारिणी ॥ १८ ॥

यदि स्त्रीकुण्डली में बुध की (३।६) लग्न में चन्द्रमा व शुक्र हों तो स्त्री पिता के घर में सुखी और पति घर में द्वेष करने वाली तथा प्रतिदिन चञ्चलता से घूमने वाली होती है ॥ १८ ॥

विशेष—स्त्रीजातक में—'सुखी पितृगृहे नारी' (५ अ० २० श्लो०) यह पाठान्तर है ॥ १८ ॥

ब्रह्मवादिनी योग ज्ञान—

चन्द्रज्ञौ यदि लग्नस्थौ कुलाढ्या ब्रह्मवादिनी।
न शुक्रो यदि लग्नस्थो सौम्यस्थाने कुलाढ्यता ॥ १९ ॥

यदि स्त्रीकुण्डली में चन्द्रमा बुध लग्न में हों तो स्त्री वंश में पैसे वाली और ब्रह्म विचार करने वाली होती है।

यदि बुध की राशि में लग्नस्थ शुक्र न हो तो भी वंश में धनी होती है ।। १९ ।।

विशेष – यहाँ श्लोक का उत्तरार्द्ध स्त्रीजातक में—'ज्ञशुक्रौ यदि लग्नस्थौ समस्थाने कुलाढ्यता' (५ अ० २१ श्लो०) यह उचित पाठान्तर प्रतीत होता है। क्योंकि होरामकरन्द में –'सितारजीवेन्दुसुतेषु शस्त्या युक्तेषु लग्नेऽपि च युग्मराशौ अनेक शास्त्रागमवेदिनी सा स्त्री ब्रह्मवादिव्यवनौ प्रसिद्धा' (५ अ० २२ श्लो० स्त्री० जा०) ।। १९ ।।

तथा बृ० जा० में—'जीवारास्फुजिदैन्दवेषु बलिषु प्राग्लग्नराशौ समे विख्याता भुवि नैकशास्त्रनिपुणा स्त्री ब्रह्मवादिन्यपि' ।।

और भी जातकाभरण में–'समे विलग्ने यदि संस्थिताः स्युर्बलान्विता शुक्रबुधेन्दुजीवाः स्यात् कामिनी ब्रह्मविचारचर्चा परागमज्ञानविराजमाना' ।। १९ ।।

अधिक गुणवती योग ज्ञान—

चान्द्रिचन्द्रसिता लग्ने बहुसौख्यगुणान्विता ।
जीवे लग्नेऽतिसंपन्ना पुत्रवित्तसुखप्रदा ।। २० ।।

यदि स्त्रीकुण्डली में बुध चन्द्र शुक्र लग्न में हों तो स्त्री अधिक सुख व गुणों से युक्त होती है। यदि लग्नस्थ पूर्वोक्त ग्रहों के साथ गुरु हो तो अधिक सम्पन्न, पुत्र, धन और सुख से युक्त होती है ।। २० ।।

विधवा योगज्ञान –

क्षेत्रोच्चसंस्थिता लग्ने अशुभास्ते शुभप्रदाः ।
क्रूरेऽष्टमे च विधवा पापक्षेत्रे विशेषतः ।। २१ ।।

यदि स्त्रीकुण्डली में पापग्रह अष्टम भाव में पापग्रह की राशि में स्थित हो तो स्त्री विशेषकर विधवा होती है। यहाँ विशेष बात यह है कि यदि उच्चराशि व स्वराशि में पाप ग्रह हो तो शुभ फल देने वाला होता है।। २१ ।।

पति से पूर्व मृत्यु योगज्ञान—

निधने शशाङ्के एतैर्दशायां निश्चितं भवेत् ।
सौम्येऽष्टमस्थे कन्याया भर्तुः प्रागेव संमृतिः ।। २२ ।।

यदि स्त्रीकुण्डली में अष्टम भाव में क्षीण चन्द्रमा हो तो भी स्त्री विधवा होती है। वैधव्यता का समय अष्टमस्थ पाप ग्रह की दशा में जानना चाहिये ।

यदि अष्टम में शुभ ग्रह हो तो स्त्री का मरण पति से पूर्व ही होता है ।। २२ ।।

विशेष –स्त्री जातक में—'निधनस्थे हीनचन्द्रे दशायां निश्चितं' यह पाठ है।

स्त्री पुरुष का तुल्यकाल में मरण ज्ञान—

पापसौम्ययुते तस्मिन् समकाले यतो मृतिः ।
बलाबलं तयोर्ज्ञात्वा पुरुषेषु विजानता ।। २३ ।।

यदि स्त्रीकुण्डली में अष्टमभाव में शुभ व पाप ग्रह दोनों हों तो स्त्री पुरुष का तुल्य समय में मरण होता है। स्त्री पुरुष कुण्डली में अष्टमस्थ ग्रहों को जानकर फल कहना चाहिये ।। २३ ।।

जातकाभ० में कहा है--'रन्ध्रे मिश्रबले शुभाशुभखगैरालोकिते वा युते, दम्पत्योः समकालमृत्युमखिलज्योतिर्विदः संविदुः' ।। २३ ।।

दीर्घायु योग ज्ञान—

भाग्यस्थाने सिते सौम्ये सपापे चाष्टमेऽपि वा।
भर्तृपुत्रयुतैः साधं बहुकालं च जीवति ।। २४ ।।

यदि स्त्रीकुण्डली में नवम भाव में बुध शुक्र हों और अष्टम में पाप ग्रह हों तो स्त्री पति और पुत्र के साथ अधिक समय तक जीवन प्राप्त करती है ।। २४ ।।

अल्प पुत्र योग ज्ञान—

धनुः कर्कयमे लग्ने भर्तृपुत्रादि दुःखदा।
सिंहालिवृषकन्यासु चन्द्रे तिष्ठति पञ्चमे ।। २५ ।।
अल्पापत्यं विजानीयात् पुरुषेषु तथा वदेत्।

यदि स्त्रीकुण्डली में धनु, कर्क, मकर, कुम्भ लग्न हो तो स्त्री पति पुत्रादि को दुःख देने वाली या उनसे प्राप्त करने वाली होती है।

यदि सिंह, वृश्चिक, वृष, कन्या राशि में चन्द्रमा पाँचवें भाव में हो तो स्त्री थोड़े पुत्र वाली होती है ।। २५–२५½ ।।

अधिक दुःखी सुखी योग ज्ञान—

लग्नाच्चाष्टमभागस्थैः पापैः दुःखफलान्विता ।। २६ ।।
सौम्यग्रहैरसंमिश्रैः सर्वथा क्लेशमाप्नुयात्।
क्रूरग्रहे सुखगते बहुप्रसवमदिशेत् ।। २७ ।।
कन्याप्रदानकालेषु प्रोक्तमार्गं विचिन्तयेत्।

यदि स्त्रीकुण्डली में अष्टम भाव में पाप ग्रह हों तो स्त्री अधिक दुःखों से युक्त और शुभग्रह आठवें भाव में पाप ग्रहों से रहित हो तो क्लेश से हीन होती है।

यदि चौथे भाव में पाप ग्रह हो तो स्त्री अधिक प्रसूता होती है। कन्यादान के समय शुभाशुभ योग जानकर कन्या दान करना चाहिये ।। २५½–२७½ ।।

सारावल्याम्—

अब आगे सारावली के वाक्यों से स्त्रीकुण्डली के फल को कहते हैं।

स्त्री स्त्री मैथुन योग ज्ञान—

शुक्रासितौ यदि परस्परभागसंस्थौ शौक्रेऽथ दृष्टपथगावुदये घटांशः।
स्त्रीणामतीवमदनाग्निमदः प्रवृद्धः स्त्रीभिः समं च पुरुषाकृतिभिर्लभन्ते ।। १ ।।

यदि स्त्रीकुण्डली में शुक्र, शनि के नवांश में या शनि, शुक्र के नवांश में हो और

परस्पर दृष्ट हों अथवा जन्म लग्न में बुध या तुला राशि में कुम्भ का नवांश में हो तो स्त्री दूसरी स्त्री की कमर में किसी वस्तु का लिङ्ग बांधकर पुरुष की तरह उस कृत्रिमता से कामाग्नि को शान्ति करने वाली होती है ॥ १ ॥

बृ० जा० में कहा है 'दृक् संस्थावसितसितौ परम्परांशे शौक्रे वा यदि घटराशिसम्भवोंऽशः । स्त्रीभिः स्त्रीमदनविषानलं प्रदीप्तं संशान्तिं नयति नराकृतिस्थिताभिः' (२४ अ० ७ श्लो०) ॥ १ ॥

तथा होरामकरन्द में 'सवितृसुतसितौ स्तोऽन्योऽन्यभावं प्रयातौ यदि भृगुराशौ लग्नगे कुम्भभागे । नरचरितरताभिः पङ्कजाक्षीभिरुच्चैः शमयति मदनाग्निं योगयुग्मेन योषा' ॥ १ ॥

एवं जातकाभरण में भी 'अन्योन्यभावेक्षणगौ सितार्को यद्वा सितर्क्षे तनुगे धरांशे कन्दर्पशान्तिं कुरुते नितान्तं नारी नराकारकसङ्गनाभिः' ॥ १ ॥

पुंचेष्टित योग ज्ञान—

रिक्ते बुधेन्दुभृगुजै रविजे च मध्ये शेषैर्बलेन सहितैर्विषमर्क्षलग्ने ।
जाता भवेत् पुरुषिणि युवतिः सदैव पुंश्चेष्टिताऽत्र च रतिः प्रथिता च लोके ॥ २ ॥

यदि स्त्रीकुण्डली में बुध, चन्द्रमा, शुक्र निर्बल हों और शनि मध्यबली हो तथा शेष ग्रहबली होकर विषम राशि में हों तो स्त्री पुरुषों के समान स्वभाव वाली और संसार में प्रसिद्धि पाने वाली होती है ।

बृ० जा० में कहा है 'सौरे मध्यबले बलेन रहितैः शीतांशुशुक्रेन्दुजैः, शेषैर्वीर्यसमान्वितैः पुरुषिणी यद्योजराश्युद्गमः' (२४ अ० १५ श्लो०) ॥ २ ॥

तथा स्त्रीजातक में 'शुक्रेन्दु सौम्या विरलाः भवेयुः शनैश्चरो मध्यबलो यदि स्यात् । शेषः सवीर्या विषमे च लग्ने योषाविशेषात् पुरुषप्रगल्भा' (५ अ० ३३ श्लो०) ॥ २ ॥

और भी होरा मकरन्द में 'निर्वीर्यैः सितचन्द्रविद्भिरसितैर्मध्यं बलं संश्रिते लग्ने ओजगृहे भवेत्पुरुषिणी शेषैश्च वीर्योत्कटैः' ॥ २ ॥

संन्यासिनी योग ज्ञान—

क्रूरे यामित्रगते नवमे यदि खेचरा भवन्ति नूनम् ।
प्रव्रज्यामाप्नोति तदा नवमे ग्रहसंभवो नैव ॥ ३ ॥

यदि स्त्रीकुण्डली में सातवें भाग में पाप ग्रह और नवें में भी कोई ग्रह हो तो स्त्री फकीरी ग्रहण करती है । नवम में जो ग्रह हो उसके समान संन्यासिनी होती है ॥ ३ ॥

बृ० जा० में कहा है 'पापेऽस्ते नवमगतग्रहस्य तुल्यां प्रव्रज्यां युवतिरुपैत्यसंशयेन' (२४ अ० १६ श्लो०) ॥ ३ ॥

ब्रह्मवादिनी योग ज्ञान—

बलिभिर्बुधगुरुशुक्रैः शशाङ्कसहितैर्विलग्नगे शशिभे ।
स्त्रीब्रह्मवादिनी स्यादनेकशास्त्रेषु कुशला च ॥ ४ ॥

यदि स्त्रीकुण्डली में कर्क लग्न में बली बुध, गुरु, शुक्र व चन्द्रमा हों तो ब्रह्म चिन्तन करने वाली और अनेक शास्त्रों में कुशल होती है ॥ ४ ॥

यवनजातके --

अब आगे यवन जातक के आधार पर विषकन्या योग को बताते हैं।

विषकन्या योग ज्ञान—

भद्रातिथिर्यदाश्लेषा शतभिः कृत्तिका तथा।
मन्दाररविवारेषु विषकन्या प्रजायते ॥ १ ॥

यदि स्त्रीकुण्डली में स्त्री का जन्म भद्रा तिथि (२।७।१२) श्लेषा, शतभिषा, कृत्तिका नक्षत्र, व शनि भौम, सूर्य वार में अर्थात् द्वितीया तिथि, श्लेषा नक्षत्र, शनिवार या सप्तमी तिथि, शतभिषा नक्षत्र मङ्गलवार या द्वादशी तिथि, कृत्तिका नक्षत्र, रविवार में हो तो वह भी विषकन्या होती है ॥ १ ॥

प्रकारान्तर से ज्ञान—

द्वादशी वारुणं सूर्ये विशाखा सप्तमी कुजे।
मन्दे श्लेषा द्वितीया च विषकन्या प्रसूयते ॥ २ ॥

अथवा सूर्यवार, शतभिषा नक्षत्र, द्वादशी तिथि या सप्तमी मङ्गलवार विशाखा नक्षत्र या शनिवार, श्लेषानक्षत्र, द्वितीया तिथि में जन्म हो तो स्त्री विषकन्या होती है ॥ २ ॥

त्रैलोक्यप्रकाशे—

अब आगे त्रैलोक्य प्रकाश नामक ग्रन्थ के आधार पर विष कन्या योग को बताते हैं।

प्रकारान्तर से विषकन्या योग ज्ञान—

रिपुक्षेत्रे स्थितौ द्वौ तु लग्ने यत्र शुभग्रहौ।
क्रूरश्चैकस्तदा जाता भवेत् स्त्रीविषकन्यका ॥ १ ॥

यदि स्त्रीकुण्डली में शत्रु की राशि में लग्नस्थ दो शुभ ग्रह में एक पाप ग्रह हो तो स्त्री विषकन्या होती है ॥ १ ॥

मुहुर्त गणपति में कहा है 'जनोर्लग्ने रिपुक्षेत्रे संस्थितः पापखेचरः। द्वौ सौम्यावपि योगेऽस्मिन् सञ्जाता विषकन्यका' (५ अ० ६७ श्लो० स्त्री० जा०) ॥ १ ॥

और भी जातकालङ्कार में 'लग्नस्थौ सौम्य खेटावशुभगगनगश्चैक आसीत्ततो द्वौ वैरिक्षेत्रानुयातौ यदि जनुषि तदा सा कुमारी विषाख्या' ॥ १ ॥

योगजातके—

अब आगे योगजातक के वाक्य से विषकन्या योग को बतलाते हैं।

पुनः प्रकारान्तर से विष कन्या योग ज्ञान—

लग्ने सौरी रविः पुत्रे धर्मस्थो धरणीसुतः।
अस्मिन् योगे तु जाता स्त्री सा भवेद् विषकन्यका ॥ १ ॥

यदि स्त्रीकुण्डली में लग्न में शनि, पञ्चम में सूर्य और नवम में भौम हो तो स्त्री विषकन्या होती है ॥ १ ॥

जातकालङ्कार में कहा है 'धर्मस्थो भूमिसूनुस्तनुसदनगतः सूर्यसूनुस्तदानीं मार्तण्डः सूनुयातो यदि जनिसमये सा कुमारी विषाख्या' ॥ १ ॥

एवं मुहूर्त गणपति में भी 'लग्ने शनैश्चरो यस्याः सुतेऽर्को नवमे कुजः। विषाख्या सापि नोद्वाह्या विविधा विषकन्यका' ॥ १ ॥

अस्यापवादः—

अब आगे जिस योग के रहने पर विषकन्या योग का फल नहीं होता है उसे कहते हैं।

विष कन्या योग परिहार—

लग्नाद्विधोर्वा यदि जन्मकाले शुभग्रहो वा मदनाधिपश्च।
द्यूनस्थितो हन्त्यनपत्यदोषं वैधव्यदोषञ्च विषाङ्गनाख्यम् ॥ १ ॥

यदि स्त्रीकुण्डली में लग्न या चन्द्रमा से सातवें भाव में शुभ ग्रह अथवा सप्तमेश सप्तम हो तो स्त्री को विषकन्या योग का, अनपत्यता और वैधव्यता का दोष प्राप्त नहीं होता है ॥ १ ॥

जातकालङ्कार में कहा 'लग्नादिन्दोः शुभो वा यदि मदनपतिद्यूनयायी विषाख्या, दोषं चैवानपत्यं तदनु च नियतं हन्ति वैधव्यदोषम्' ॥ १ ॥

तथा मुहूर्त गणपति में 'सावित्र्याश्च व्रतं कृत्वा वैधव्य विनिवृत्तये। अश्वत्थादि-भिरुद्बाह्या दद्यात्तां चिरजीविने' ॥ १ ॥

वन्ध्या, काकवन्ध्या योग ज्ञान—

रन्ध्रगौ सूर्यचन्द्रौ चेद् विलग्नान्निजराशिगौ।
वन्ध्याऽथ चन्द्रमासौम्यौ काकवन्ध्या तदा भवेत् ॥ २ ॥

यदि स्त्रीकुण्डली में लग्न से आठवें भाव में अपनी राशि में सूर्य या चन्द्रमा हो तो स्त्री बाँझ होती है।

यदि चन्द्रमा या बुध आठवें भाव में अपनी राशि में हो तो स्त्री काकवन्ध्या होती है ॥ २ ॥

मृत सन्तति व गर्भस्राव योग ज्ञान—

मृतापत्या च शुक्रेज्यौ सारौ गर्भस्रवा भवेत्।

यदि स्त्रीकुण्डली में आठवें भाव में शुक्र गुरु हों तो स्त्री मृत सन्तान वाली और गुरु, शुक्र, भौम आठवें भाव में हो तो स्त्री के गर्भ का असमय में पतन हो जाता है।

शौनकः—

अब आगे शौनक ऋषि के वाक्यों से स्त्री के योगों का वर्णन करते हैं।

पिता व श्वसुरकुल नाशक योग ज्ञान—

पापद्वयमध्यगते चन्द्रे लग्ने च कन्यका जाता।
निजपितृकुलं समस्तं श्वशुरकुलं हन्ति निःशेषात् ॥ १ ॥

यदि स्त्रीकुण्डली में दो पाप ग्रहों के बीच में चन्द्रमा लग्न में हो तो स्त्री अपने पिता के और श्वसुर के वंश का विनाश करने वाली होती है ।। १ ।।

रण्डायोग ज्ञान--

व्ययाष्टगे कुजे क्रूरयुते राहौ विलग्नगे ।
रण्डाऽथ लग्नगे सूर्ये भौमे वा दुर्भगा शनौ ।। २ ।।
मूर्तौ राह्वर्कभौमेषु रण्डा भवति कामिनी ।
एषु शुक्रे द्वितीयस्थे पतिमन्यं चिकीर्षति ।। ३ ।।

यदि स्त्रीकुण्डली में भौम पाप ग्रह के साथ बारहवें या आठवें हो और पाप ग्रह से युक्त राहु लग्न में हो तो स्त्री विधवा होती है ।

यदि लग्न में सूर्य व भौम हो या सूर्य शनि हों तो भी दुर्भगा अर्थात् विधवा होती है ।

यदि लग्न में राहु, सूर्य भौम हों तो विधवा स्त्री होती है ।

यदि स्त्रीकुण्डली में दूसरे भाव में राहु, सूर्य, भौम और शुक्र हों तो स्त्री अन्य पुरुष में आसक्त होती है ।। २-३ ।।

पति मार्गानुयायिनी योग ज्ञान--

लग्नेन्दू चरराशौ केन्द्रस्थौ पापिनो बलिनः ।
योषिद्ग्रहसंदृष्टौ पतियद्वर्त्म गच्छते नारी ।। ४ ।।

यदि स्त्रीकुण्डली में केन्द्रस्थ चर राशि में लग्न चन्द्रमा स्त्री ग्रह से दृष्ट हों तो स्त्री पति के मार्ग का अनुसरण करती है ।। ४ ।।

चञ्चलपति योग ज्ञान –

चन्द्रे मन्दे चन्द्रसुतेऽथ दृष्टे शुक्रेण लौलस्तु पतिस्तु तस्याः ।
चलस्वभावश्चपलो नितान्तं भ्रमेण युक्तस्तु विवेकहीनः ।। ५ ।।

यदि स्त्रीकुण्डली में चन्द्रमा, शनैश्चर व बुध एक राशि में हों तथा शुक्र से दृष्ट हों तो स्त्री का पति चञ्चल, अस्थिर प्रकृति, बड़ा चञ्चल, भ्रम से युक्त और अविवेकी होता है ।

राज्यपूज्यपति योग ज्ञान––

समराशिगते तत्र सप्तमे शुभसंयुते ।
शुभग्रहैस्तथा दृष्टे राजपूज्यः पतिः स्मृतः ।। ६ ।।

यदि स्त्रीकुण्डली में सातवें भाव में शुभ ग्रह समराशि में शुभ ग्रह से दृष्ट हों तो स्त्री का पति राजाओं से पूजनीय होता है ।। ६ ।।

सुवर्ण-सुख-गुण से युक्त स्त्री योग ज्ञान––

क्रोधान्विता सौख्यपरा सितेन्दौ लग्नस्थिते काञ्चनसंयुता च ।
बुधे कलाढया सुस्वभावयुक्ता गुणैर्युता शुक्रगुरू तथैव ।। ७ ।।

यदि स्त्रीकुण्डली में शुक्र चन्द्रमा लग्न में हों तो स्त्री क्रोध, परम सुख और सुवर्ण से युक्त होती है।

यदि लग्न में बुध हो तो स्त्री कला से युक्त और लग्न में शुक्र गुरु हों तो सुन्दर स्वभाव वाली व गुणों से युक्त होती है ॥ ७ ॥

दासी प्राप्तियोग ज्ञान—

यदा शशीशुक्रबुधा विलग्ने त्रयोऽपि ते जीवसितेन्दुज्ञः स्युः।
अनेकधा सौख्यगुणादियुक्ता नारी तु दासीभिरङ्कृता स्यात् ॥ ८ ॥

यदि स्त्रीकुण्डली में लग्न में चन्द्रमा, शुक्र, बुध अथवा गुरु, शुक्र, बुध हों तो स्त्री अनेक प्रकार से सुख व गुणों से युक्त और दासियों से सुशोभित होती है ॥ ८ ॥

पति के जीवित मृत्यु योग ज्ञान—

तथाष्टगाः क्रूरखगा विलग्नाद्द्वितीयगाः शोभनखेचरास्तु।
सा भर्तुरग्रे म्रियते च नारी गोसिंहकौर्प्येन्दुगतेऽल्पपुत्राः ॥ ९ ॥

यदि स्त्रीकुण्डली में लग्न से आठवें भाव में पाप ग्रह व दूसरे भाव में शुभ ग्रह हों तो स्त्री की मृत्यु पति से पूर्व होती है।

यदि चन्द्रमा वृष, सिंह, वृश्चिक राशि में हों तो थोड़े पुत्रवाली होती है ॥ ९ ॥

अथ कन्याजन्मनि डिम्भचक्रम्।

जयार्णवे—

अब आगे कन्या जन्म में डिम्भ चक्र के ज्ञान को जयार्णव नामक ग्रन्थ से कहते हैं।

मस्तके त्रीणि ऋणाणि सप्तमानि मुखे न्यसेत्।
स्तनद्वयेऽष्टऋक्षाणि हृदये त्रीणि भानि च ॥ १ ॥
नाभौ त्रीणि तथा गुह्ये त्रीणि सूर्यर्क्षतो न्यसेत्।
कन्या जन्मनि डिम्भाख्यं चक्रमुक्तं स्वयम्भुवा ॥ २ ॥
शीर्षे संतापयुक्ता स्यान्मुखे धान्यधनान्विता।
हृदि सौख्ययुता गुह्ये नारी स्याद्व्यभिचारिणी ॥ ३ ॥
स्तने ऋक्षे जन्मपातः पतिसौख्यविवर्धकः।
असंतुष्टा स्वामिरता नाभौ स्याज्जन्म कालिके ॥ ४ ॥

कन्या के जन्मकाल समय में सूर्य जिस नक्षत्र में हो उससे तीन ३ नक्षत्र डिम्भ (बालक) के मस्तक में, फिर ७ मुख, दोनों स्तनों में ४।४, हृदय में ३, नाभि में ३ और ३ नक्षत्र गुह्य स्थल में न्यास करने से ब्रह्मोक्त कन्या जन्म में डिम्भ चक्र होता है।

इस प्रकार नक्षत्रों का न्यास करके देखना चाहिए कि जन्म का नक्षत्र इस चक्र में डिम्भ के किस अवयव में है। जिस स्थान में हो उसके आधार पर आगे वर्णित फल जानना चाहिये।

यदि मस्तक में हो तो स्त्री सन्तान से युक्त, मुख में धनधान्य से सम्पन्न, हृदय में सुखी, गुह्यस्थल में व्यभिचारिणी, स्तनों में पति सुख की वृद्धि से युक्त और जन्म नक्षत्र नाभि में हो तो स्त्री असन्तुष्ट पति में आसक्त होती है ।। १-४ ।।

विशेष—नारी चक्र का वर्णन जातकाभरण में इस प्रकार से है—'नारी चक्रे मस्तके त्रीणि भानि वक्त्रे भानां सप्तकं स्थापनीयम् । प्रत्येकं स्युर्वेदतारा उरोजे तिस्रस्तारा हृत्प्रदेशे निवेश्या । नाभौ देयं भत्रयं त्रीणि गुह्ये भानोर्धिष्ण्याच्चन्द्रधिष्ण्यावधीत्थम् । सत्सं-तापः शीर्षभे वक्त्रसंस्थे नित्यं मिष्टान्नानि सौख्योपलब्धिः । कामं स्वामिप्रेमवृद्धिस्तनस्थे वक्षो देशावस्थितेऽत्यन्तहर्षः । पत्युश्चिन्तानन्तवृद्धिश्च नाभौ गुह्यस्थे स्यान्मन्मथाधिक्य-मुच्चैः' ।। १-४ ।।

अथ लग्नफलम् ।

अब आगे स्त्रीकुण्डली में लग्नस्थ राशियों के फल को बताते हैं ।

लग्नस्थ मेषराशि का फल—

मेषोदये सत्यपरा नृशंसा नारी भवेत् क्रोधपरा सदैव ।
श्लेष्माधिका निष्ठुरवाक्ययुक्ता सदा विरक्ता निजबन्धुवर्गे ।। १ ।।

यदि स्त्रीकुण्डली में लग्न में मेष राशि हो तो स्त्री अधिक सत्य बोलने वाली, निन्दनीय, सदा ही बड़ी क्रोधिन, अधिक कष्ट से युक्त, कठोर वाणी वाली और सदा ही अपने बान्धवों से विरक्त होती है ।। १ ।।

लग्नस्थ वृष राशि का फल—

वृषोदये सत्यरता मनोज्ञा विनीतचेष्टा पतिवल्लभा च ।
नारी भवेत् सर्वकलासु दक्षा स्ववर्णरक्ता पतिवाक्यमिष्टा ।। २ ।।

यदि स्त्रीकुण्डली में लग्न में वृष राशि हो तो स्त्री सत्य में आसक्त, सुन्दरी, विनम्र स्वरूपवाली, पति की प्यारी, समस्त कलाओं में चतुर, अपने वर्ग में आसक्त और पति की वाणी को अभीष्ट मानने वाली होती है ।। २ ।।

विशेष—स्त्री जातक में—'स्ववर्गानुरक्तद्विजदेवभक्ता' यह चौथे चरण में पाठा-न्तर है ।। २ ।।

लग्नस्थ मिथुन राशि का फल—

तृतीयलग्नेऽतिकठोरवाक्या स्त्रीकामत्यक्ता गुणवर्जिता च ।
सदा नृशंसा कफवातयुक्ता महाव्यया क्रूरविचेष्टिता च ।। ३ ।।

यदि स्त्रीकुण्डली में लग्न में मिथुन राशि हो तो स्त्री अधिक कटु बोलने वाली, काम व गुणों से हीन, सदा निन्दनीय, कफ व वायु से युक्त, अधिक खर्च करने वाली और कठोर इच्छावाली होती है ।। ३ ।।

लग्नस्थ कर्क राशि का फल—

लग्ने कुलीरे च भवेत् प्रसूता नारी सरूपार्थनयैः समेता ।
बन्धुप्रिया सा तु सुशीलदक्षा प्रभान्विता सर्वसुखैः समेता ।। ४ ।।

यदि स्त्रीकुण्डली में लग्न में कर्क राशि हो तो स्त्री रूप, धन व न्याय से युक्त, बान्धवों की प्रेमिन, सज्जनता व शीलता में चतुर, तेजस्विनी और समस्त सुखों से युक्त होती है ॥ ४ ॥

विशेष—स्त्री जातक में—'नारी प्रभूता विनयैः समेता' 'प्रजान्विता' यह पाठ है ॥ ४ ॥

लग्नस्थ सिंह राशि का फल—

सिंहे च लग्ने वनितातितीक्ष्णा भवेत्कफाढ्या कलहप्रिया वा।
इष्टैर्युता पुत्रशरीरगात्रा परोपकारे निरता सदैव ॥ ५ ॥

यदि स्त्रीकुण्डलो में लग्न में सिंह राशि हो तो स्त्री अधिक तीखी, कफ से युक्त, वाल लड़ाई की प्रेमिका, अभीष्ट से युक्त, पुत्र के जन्म से युक्त और सदा ही परोपकार में आसक्त होती है ॥ ५ ॥

विशेष—स्त्री जातक में तीसरे चरण में 'नानागदैर्युक्तशरीरगात्रा' यह पाठान्तर है ॥ ५ ॥

लग्नस्थ कन्या राशि का फल—

कन्योदये वा वनिताभिजाता सौभाग्यसौख्यैः सहिताहिता च।
भवेत् स्ववर्णे बहुधर्मरक्ता जितेन्द्रिया सर्वकलासु दक्षा ॥ ६ ॥

यदि स्त्रीकुण्डली में लग्न में कन्या राशि हो तो स्त्री सौभाग्य व सुख से युक्त, शुभ करने वाली, अपने वर्ग में अधिक धर्म में तत्पर, इन्द्रियों को जीतने वाली और समस्त कलाओं में निपुण होती है ॥ ६ ॥

लग्नस्थ तुला राशि का फल—

तुला विलग्ने चिरकालकृत्या भवेद् सुमन्दा प्रणयेन हीना।
सुगर्विता कान्तिविवर्जिता च तृष्णाधिका नीतिविवर्जिताङ्गा ॥ ७ ॥

यदि स्त्रीकुण्डली में लग्न में तुला राशि हो तो स्त्री अधिक समय में काम करने वाली, अल्पबुद्धि, नम्रता से हीन, अभिमान से युक्त, कान्ति (तेज) से रहित, अधिक तृष्णा करने वाली और न्याय से हीन होती है ॥ ७ ॥

लग्नस्थ वृश्चिक राशि का फल—

नारी भवेद् वृश्चिकलग्नजाता सुरूपगात्रा नयनाभिरामा।
सुपुण्यशीला च पतिव्रता च गुणाधिका सत्यपरा सदैव ॥ ८ ॥

यदि स्त्रीकुण्डली में लग्न में वृश्चिक राशि हो तो स्त्री सुन्दर देहवाली, आखों को सुख देने वाली, सुन्दर पुण्यात्मा, पतिव्रता, अधिक गुणवाली और सदा ही सत्य में तत्पर होती है ॥ ८ ॥

लग्नस्थ धनु राशि का फल—

चापोदये वा वनिताभिजाता सा बुद्धिशूरा पुरुषानुकारा।
सामैकसाध्या विविधा कठोरा निःस्नेहयुक्ता प्रणयेन हीना ॥ ९ ॥

यदि स्त्रीकुण्डली में लग्न में धनु राशि हो तो स्त्री वीर बुद्धिवाली, पुरुष की आकृति के समान, शान्ति में वशीभूत, क्रूर, प्रेम व विनय से हीन होती है ॥ ९ ॥

लग्नस्थ मकर राशि का फल—

मृगोदये स्त्रीसुभगा सुसत्या तीर्थानुरक्ता हतशत्रुपक्षा ।
प्रधानकृत्या प्रथिता नृलोके गुणान्विता पुत्रवती सदैव ॥ १० ॥

यदि स्त्रीकुण्डली में लग्न में मकर राशि हो तो स्त्री सुन्दर भाग्य से युक्त, सत्यात्मा, तीर्थों की भक्त, नष्ट शत्रु पक्ष वाली, मुख्य काम करने वाली, संसार में प्रसिद्ध, गुणों से युक्त और सदा ही पुत्र से युक्त होती है ॥ १० ॥

लग्नस्थ कुम्भ राशि का फल—

कुम्भे विलग्ने प्रमदाभिजाता स्त्रीजन्मदक्षा क्षतजार्दिता च ।
नित्यं गुरूणां सुविरुद्धचेष्टा व्ययाधिका पुण्यपरा कृतघ्ना ॥ ११ ॥

यदि स्त्रीकुण्डली में लग्न में कुम्भ राशि हो तो स्त्री जन्म से निपुण, भग्नता से पीडित, प्रतिदिन गुरुजनों के विपरीत इच्छा करने वाली, अधिक खर्च करने वाली, परम पुण्यात्मा और कृतघ्न होती है ॥ ११ ॥

लग्नस्थ मीन राशि का फल—

मीनोदये स्त्री बहुपुत्रपौत्रा पतिप्रिया बान्धवलोकमान्या ।
सुनेत्रकेशासुरविप्रभक्ता नयान्विता प्रीतिपरा गुरूणाम् ॥ १२ ॥

यदि स्त्रीकुण्डली में लग्न में मीन राशि हो तो स्त्री अधिक पुत्र पौत्र से युक्त, पति को प्रेमिन, बान्धवों से सम्मानित, सुन्दर आँख व बालों से युक्त, देवता व ब्राह्मण की भक्त, नीति से युक्त और गुरुजनों की परम स्नेहा होती है ॥ १२ ॥

इस प्रकार लग्नस्थ बारह राशियों का फल समाप्त हुआ ॥ १–१२ ॥

अथ चन्द्रराशिफलम् ।

वृद्धयवनः—

अब आगे वृद्धयवनाचार्य द्वारा कथित बारह राशियों में चन्द्रमा के रहने पर जातक जो फल प्राप्त करता है उसे बताते हैं :

मेष राशि में चन्द्रमा का फल—

चन्द्रे क्रियस्थे वनिता प्रगल्भा जाता भवेत् कृत्यपरा प्रधाना ।
सुरूपगात्रा पतिवल्लभा च सदा गुरूणां प्रणयानुरक्ता ॥ १ ॥

यदि स्त्रीकुण्डली में मेष राशि में चन्द्रमा हो तो स्त्री प्रतिभाशालिनी, परम कार्य करने वाली, अध्यक्षा, सुन्दर स्वरूप वाली, पति की प्रिया और सदा ही बड़ों को नमन करने में आसक्त होती है ॥ १ ॥

विशेष—स्त्रीजातक में तीसरे चरण में 'पुत्रान्विता प्रीतिरता' यह पाठान्तर है ॥ १ ॥

वृष राशि में चन्द्रमा का फल—

वृषाश्रिते शीतकरे सुशीला विद्या विवेकागमशास्त्ररक्ता ।
तीर्थप्रसक्ता बहुपुत्रपौत्रा पतिप्रिया वित्तपरिग्रहेण ॥ २ ॥

यदि स्त्रीकुण्डली में वृष राशि में चन्द्रमा हो तो स्त्री सुशीला, विद्या विवेक व आगम शास्त्र में अनुरक्त, तीर्थों की भक्ता, अधिक पुत्र पौत्र से युक्त और धन की लब्धि से पति की अभीष्टा होती है ॥ २ ॥

विशेष—स्त्रीजातक में अन्तिम पाद में 'कामकला प्रवीणा' यह पाठान्तर है ॥ २ ॥

मिथुन राशि में चन्द्रमा का फल—

नृयुक्स्थिते शीतकरे विनीता भवेत् सुकाया प्रियदर्शना च ।
नानार्थमानैः सहिता विदग्धा परोपकारप्रवणा सुनेत्रा ॥ ३ ॥

यदि स्त्रीकुण्डली में मिथुन राशि में चन्द्रमा हो तो स्त्री नम्रता से युक्त, सुन्दर शरीर वाली, सुन्दर दर्शनीय, अनेक सम्पत्ति से युक्त, चतुर, परोपकार में निपुण और सुन्दर नेत्रवाली होती है ॥ ३ ॥

विशेष—स्त्रीजातक में अन्तचरण में 'परोपकारे निरतोत्पलाक्षी' यह पाठान्तर है ॥ ३ ॥

कर्क राशि में चन्द्रमा का फल—

कर्कस्थिते शीतकरे तु जाता नारी भवेत् पूज्यतमा स्ववर्गात् ।
सुमानिनी बान्धवलोकमान्या हतारिपक्षा द्विजदेवभक्ता ॥ ४ ॥

यदि स्त्रीकुण्डली में कर्क राशि में चन्द्रमा हो तो स्त्री अपने वर्ग से उत्तम सत्कृत, अभिमानिन, बान्धवों में सम्मानित, नष्ट शत्रु पक्ष वाली और ब्राह्मण व देवताओं की भक्त होती है ॥ ४ ॥

सिंह राशि में चन्द्रमा का फल—

सिंहस्थिते चन्द्रमसि प्रधाना नारी भवेच्छौर्यसमन्विता च ।
प्रियामिषा भूषणवस्त्रभाजा उदारचेष्टा सुभगा सुरूपा ॥ ५ ॥

यदि स्त्रीकुण्डली में सिंह राशि में चन्द्रमा हो तो स्त्री प्रधान, पराक्रम से युक्त, मांस की प्रेमिन, भूषण व वस्त्र से युक्त, उदार भावना की, अच्छे भाग्य से युक्त और सुन्दर स्वरूप वाली होती है ॥ ५ ॥

विशेष—स्त्रीजातक में अन्तिम पाद में 'क्षमान्विता शौचपरा सदैव' यह पाठान्तर है ॥ ५ ॥

कन्या राशि में चन्द्रमा का फल—

कन्याश्रिते शीतकरे तु जाता नारी भवेद्वित्तचतुष्पदाढ्या ।
प्रीतिप्रधाना जितशत्रुपक्षा क्षमान्विता शौचपरा सदैव ॥ ६ ॥

यदि स्त्रीकुण्डली में कन्या राशि में चन्द्रमा हो तो स्त्री धन व पशुओं से युक्त,

प्रेम में प्रधान, शत्रु पक्ष को परास्त करने वाली, क्षमा से युक्त और सदा ही परम पवित्रा होती है ॥ ६ ॥

विशेष—स्त्रीजातक में अन्तिमचरण में 'उदार चेष्टा सुभगा सुरूपा' यह पाठान्तर है ॥ ६ ॥

तुला राशि में चन्द्रमा का फल—

तुलाधरस्थे शशिनि व्रताढ्या जाता भवेत् स्त्रीहितबन्धुवर्गा ।
पतिव्रता पुत्रवती मनोज्ञा विवर्जिता दम्भमनोभवाभ्याम् ॥ ७ ॥

यदि स्त्रीकुण्डली में तुला राशि में चन्द्रमा हो तो स्त्री व्रत करने वाली बान्धवों की शुभचिन्तक, पतिव्रता, पुत्र से युक्त, सुन्दरी, पाखण्ड और विषय (काम) से हीन होती है ॥ ७ ॥

वृश्चिक राशि में चन्द्रमा का फल—

चन्द्रेऽलिसंस्थे तु सुगुप्तपापा स्थिरस्वभावा सुविदग्धचेष्टा ।
हिता गुरूणां नियमैः समेता प्रभूतकोशा विगताभिमाना ॥ ८ ॥

यदि स्त्रीकुण्डली में वृश्चिक राशि में चन्द्रमा हो तो स्त्री छिपकर पाप करने वाली, स्थिर प्रकृति, चतुरता पूर्वक इच्छा करने वाली, गुरुजनों की शुभचिन्तक, नियमों से युक्त, अधिक धनवाली और अभिमान से रहित होती है ॥ ८ ॥

धनु राशि में चन्द्रमा का फल—

धनुर्धरस्थे शशिनि व्रताढ्या नारी भवेद्दानपरा सुरागा ।
गीतप्रिया प्राणहितानुकूला प्रियागमा स्त्रीजननी वितारिः ॥ ९ ॥

यदि स्त्रीकुण्डली में धनु राशि में चन्द्रमा हो तो स्त्री व्रतों से युक्त, अच्छे अनुराग से युक्त, गाने की प्रेमिन, जीव मात्र के कल्याण करने में अनुकूल, सुन्दरता से चलने वाली, कन्याओं को जन्म देने वाली और शत्रुओं से रहित होती है ॥ ९ ॥

विशेष—स्त्रीजातक में अन्तिम पाद में 'प्रियानना स्त्रीजननी हतारिः' यह पाठान्तर है ॥ ९ ॥

मकर राशि में चन्द्रमा का फल—

चन्द्रे मृगस्थे विकरालदंष्ट्रा नारी भवेत् स्थैर्यपरा मनोज्ञा ।
विद्याधिका सत्यपरा सुरूपा सुसंयुता नीतिपरा हतारिः ॥ १० ॥

यदि स्त्रीकुण्डली में मकर राशि में चन्द्रमा हो तो स्त्री भयङ्कर दाढ़ वाली, अधिक स्थिरता से युक्त, सुन्दरी, अधिक विद्या से युक्त, सत्यात्मा, स्वरूपवती, गठीली देहवाली, बड़ी नीतिमान् और नष्ट शत्रु पक्षवाली होती है ॥ १० ॥

विशेष—स्त्रीजातक में अन्तिम पाद में 'दयान्विता नीतिपरा विनीता' यह पाठ है ॥ १० ॥

कुम्भ राशि में चन्द्रमा का फल —

घटाश्रिते शीतकरे तु जाता नारी भवेच्चन्द्रमसानुवक्त्रा ।
सुदानशीला सुतवित्तयुक्ता शुभानुकारा प्रथिताभिमाना ॥ ११ ॥

यदि स्त्रीकुण्डली में कुम्भ राशि में चन्द्रमा हो तो स्त्री चन्द्रमा के समान मुख वाली, दान में तत्पर, पुत्र धन से युक्त, शुभ आकृति और अभिमान में प्रसिद्धि पाने वाली होती है ॥ ११ ॥

मीन राशि में चन्द्रमा का फल--

मीनाश्रितस्थे हिमगौ सुताढ्या नारी भवेद्धर्मपरा सुशीला।
जितेन्द्रिया सर्वकलासु दक्षा लज्जान्विता मानपरा मनोज्ञा ॥ १२ ॥

यदि स्त्रीकुण्डली में मीन राशि में चन्द्रमा हो तो स्त्री पुत्र से युक्त, अधिक धर्मात्मा, सुशील, इन्द्रियों को वश में करने वाली, समस्त कलाओं में निपुण, लज्जा से युक्त, अधिक अभिमानिन और सुन्दरी होती है ॥ १२ ॥

इति चन्द्रराशिगुणाः।

इस प्रकार वृद्ध यवनोक्त बारह राशियों में चन्द्रमा का फल समाप्त हुआ ॥ १२ ॥

अथ नक्षत्रफलम्—

वृद्धयवनः—

अब आगे वृद्ध यवनाचार्य द्वारा कथित २७ नक्षत्रों में जन्म लेने वाली स्त्री के फल को बताते हैं।

अश्विनी नक्षत्र में जन्म का फल--

जाताश्विनीषु प्रमदा मनोज्ञा प्रभूतकोशा प्रियदर्शना च।
प्रियंवदा सर्वसहाभिरामा बुद्ध्यन्विता देवगुरुप्रसक्ता ॥ १ ॥

यदि स्त्री का जन्म अश्विनी नक्षत्र में हो तो वह सुन्दरी, अधिक धन वाली, प्रिय दर्शनीय, मीठा बोलने वाली, सब की सहने वाली, अधिक सुन्दरी, बुद्धि से युक्त और देवता व गुरुजनों में आसक्त होती है ॥ १ ॥

ग्रन्थान्तर में कहा है कि 'कन्या बलवती चैव त्वहङ्कारवती सदा। व्यवहाररता दक्षा दस्रभे जायते हि सा' (स्त्री० जा० २० अ० १ श्लो० की टि०) ॥ १ ॥

भरणी नक्षत्र में जन्म का फल--

स्त्रीवर्गयुक्ता भरणीषु जाता भवेन्नृशंसा कलहप्रिया च।
सुदुष्टचित्ता विभवैर्विहीना हतप्रतापा सततं कुचैला ॥ २ ॥

यदि स्त्रीजन्माङ्ग में भरणी नक्षत्र का जन्म हो तो स्त्री स्त्री समुदाय से युक्त, निन्दनीय, कलह की प्रेमिन, दुष्टचित्त वाली, ऐश्वर्य से हीन, नष्ट प्रताप वाली और सदा ही मलिन वस्त्र पहनने वाली होती है ॥ २ ॥

ग्रन्थान्तर में कहा है 'अत्यन्तसुखिनी कन्या चार्वङ्गी हास्यकारिणी। मातृ-पितृ प्रशस्ता च जायते यमदैवते! ॥ २ ॥ (स्त्री० जा० १० अ० २ श्लो० टि०)

कृत्तिका नक्षत्र में जन्म का फल--

जाता भवेत् स्त्रीत्वथ कृत्तिकासु कोपाधिका युद्धपरा विरक्ता।
प्रद्वेषिणी बन्धुजनेन हीना श्लेष्माधिका क्षामतनुः सदैव ॥ ३ ॥

यदि स्त्रीजन्माऽङ्ग में कृत्तिका नक्षत्र का जन्म हो तो स्त्री अधिक क्रोध वाली, परम लड़ाई लड़ने वाली, विरक्त, द्रोह करने वाली, बान्धवों से हीन, अधिक कफ से युक्त और सदा ही दुर्बल शरीर वाली होती है ॥ ३ ॥

ग्रन्थान्तर में कहा है 'तेजस्विनी यशोयुक्ता परसक्ता तु कन्यका। ब्रह्माशनी क्रूररूपा कृत्तिकायान्तु जायते' (स्त्री० जा० १० अ० ३ श्लो० टि०) ॥ ३ ॥

रोहिणी नक्षत्र में जन्म का फल--

जाता भवेत् स्त्रीत्वथ रोहिणीषु प्रभूतगात्रा शुचिरप्रमत्ता।
पतिप्रधाना पितृमातृभक्ता सुपुत्रकन्याविभवैः समेता ॥ ४ ॥

यदि स्त्रीजन्माऽङ्ग में रोहिणी नक्षत्र का जन्म हो तो स्त्री बड़े शरीर वाली, पवित्र, पागलपन से रहित, प्रधान पति वाली, माता पिता की भक्त, सत्पुत्र कन्या और ऐश्वर्य से युक्त होती है ॥ ४ ॥

ग्रन्थान्तर में कहा है 'आयुष्मती सुतवती कन्यका कुलवर्द्धिनी। धन्या मानवती चैव रोहिण्यां जायते हि सा' (स्त्री० जा० १० अ० ४ श्लो० टि०) ॥ ४ ॥

मृगशिरा नक्षत्र में जन्म का फल--

मृगे तु मान्या वनिता सुरूपा प्रसन्नवाक्या प्रियभूषणा च।
नानार्थविच्छास्त्रपरा सुपुत्रा धर्माश्रिया शुभ्रतनुः प्रसक्ता ॥ ५ ॥

यदि स्त्रीजन्माऽङ्ग में मृगशिरा नक्षत्र का जन्म हो तो स्त्री सम्मानित, स्वरूपवती, प्रसन्नता से बोलने वाली, आभूषणों की प्रेमिन, अनेक अर्थों के जानने वाली, अधिक शास्त्रज्ञ, सुन्दर पुत्र वाली, धर्मात्मा, सफेद रंग की और प्रसिद्ध होती है ॥ ५ ॥

ग्रन्थान्तर में कहा है 'मातुः पितुः प्रशस्ता च कन्यका धनभागिनी। कृपणा चान्यसक्ता च जायते सोमदैवते' (स्त्री० जा० १० अ० ५ श्लो० टि०) ॥ ५ ॥

आर्द्रा नक्षत्र में जन्म का फल—

आर्द्रासु नारी कृतमन्युयुक्ता दुष्टस्वभावा कफपित्तभाजा।
सुरेन्द्रभावा पररन्ध्रदक्षा महाव्यया कृत्रिमपण्डिता च ॥ ६ ॥

यदि स्त्रीकुण्डली में आर्द्रा नक्षत्र में जन्म हो तो स्त्री सत्य क्रोध करने वाली, नीच प्रकृति, कफ व पित्त से युक्त, इन्द्र के समान हजारों दृष्टि से दूसरे के छिद्र देखने में चतुर, अधिक खर्च करने वाली और कृत्रिम विदुषी होतो है ॥ ६ ॥

ग्रन्थान्तर में कहा है 'पापकर्मप्रसक्ता च कुरूपा कलहप्रिया। कन्यका दृढवैरा च जायते रौद्रदैवते' (स्त्री० जा० १० अ० ६ श्लो०) ॥ ६ ॥

पुनर्वसु नक्षत्र में जन्म का फल—

पुनर्वसौ दम्भविहीनभावा श्रुत्याधिका पुण्यपरा सुभावा।
नारी भवेद्धर्मपरा मनोज्ञा सुपूजिता नाथवती सदैव ॥ ७ ॥

यदि स्त्रीकुण्डली में पुनर्वसु नक्षत्र में जन्म हो तो स्त्रो पाखण्डता से हीन, अधिक

स्मरण वाली, बड़ी पुण्यात्मा, सुन्दर भावना वाली, परम धार्मिक सुन्दरी, सम्मानित और सदा ही सौभाग्यवती होती है ॥ ७ ॥

ग्रन्थान्तर में कहा है 'क्षमाशीलप्रसक्ता च कन्यका बान्धवप्रिया। अवैरा परलोकार्था जायते रौद्रदैवते' (स्त्री० जा० १० अ० ७ श्लो० टि०) ॥ ७ ॥

पुष्य नक्षत्र में जन्म का फल—

पुष्येषु जाता वनिता सुरूपा प्रसिद्धकृत्या सुभगा सुगात्रा।
देवद्विजार्थे प्रणया सुहर्म्या सुखाधिका बान्धववल्लभा च ॥ ८ ॥

यदि स्त्रीकुण्डली में पुष्य नक्षत्र में जन्म हो तो स्त्री स्वरूपवती, प्रसिद्ध काम करने वाली, सुन्दर भाग्य व शरीर से युक्त, देवता व ब्राह्मणों को नमन करने वाली, सुन्दर घर वाली, अधिक सुखी और बान्धवों की प्रेमिन होती है ॥ ८ ॥

ग्रन्थान्तर में कहा है 'धर्मबुद्धिः सदा रूढा सर्वकार्यंकरी सदा। प्रशस्ता कन्यका चैव जायते गुरु दैवते' (स्त्री० जा० १० अ० ८ श्लो० टि०) ॥ ८ ॥

आश्लेषा नक्षत्र में जन्म का फल—

सार्प्ये कुरूपा व्यसनाभिभूता प्रिया विहीनातिकठोरवाक्या।
नारी भवेत् सत्यविहीनकृत्या दम्भान्विता सत्य(पाप)परा कृतघ्ना ॥९॥

यदि स्त्रीकुण्डली में आश्लेषा नक्षत्र में जन्म हो तो स्त्री दूषित रूपवाली, व्यसनों से पीडित, स्नेह से रहित, अत्यन्त कटु बोलने वाली, सत्यता से रहित काम को करने वाली, पाखण्डिनी, पापिन और कृतघ्न होती हैं ॥ ९ ॥

ग्रन्थान्तर में कहा है 'प्रचण्डा च कृतघ्ना च कुरूपा कलहप्रिया। कन्यका प्रेमसक्ता च जायते नागदैवते' (स्त्री० जा० १० अ० ९ श्लो० टि०) ॥ ९ ॥

मघा नक्षत्र में जन्म का फल—

मघासु मान्या बहुशत्रुपक्षा श्रियाधिका पापविवर्जिता च।
भक्ता गुरूणां प्रणता द्विजानां नारी भवेत् पार्थिवसौख्ययुक्ता ॥१०॥

यदि स्त्रीकुण्डली में मघा नक्षत्र में जन्म हो तो स्त्री सम्मानित, अधिक शत्रुओं से युक्त, बड़ी पैसे वाली, पाप से रहित, गुरुजनों की भक्त, ब्राह्मणों को नमन करने वाली और राजा के तुल्य सुख से युक्त होती है ॥ १० ॥

ग्रन्थान्तर में कहा है 'महार्हंभोजने सक्ता कन्या भोगवती तु सा। पितृदेवार्चने रक्ता जायते पितृदैवते' (स्त्री० जा० १० अ० १० श्लो० टि०) ॥ १० ॥

पूर्वाफाल्गुनी नक्षत्र में जन्म का फल—

भाग्यैर्जितारिः सुभगा सुपुत्रा नयान्विता सद्व्यवहारदक्षा।
शास्त्रानुरक्ता प्रियवादिनी च स्वप्राप्तपुण्या हि भवेत् कृतज्ञा ॥ ११ ॥

यदि स्त्रीकुण्डली में पूर्वाफाल्गुनी नक्षत्र में जन्म हो तो स्त्री शत्रुओं को जीतने

वाली, अच्छे भाग्य व पुत्र से युक्त, नीतिवती, अच्छे व्यवहार में निपुण, शास्त्रों में आसक्त, मधुरभाषिणी, पुण्यवती और कृतज्ञा होती है ॥ ११ ॥

ग्रन्थान्तर में कहा है 'त्यागशीलविहीना च लोभक्रोधविवर्द्धिनी। कन्यका दृढकामा च जायते नागदैवते' (स्त्री० जा० १० अ० ११ श्लो० टि०) ॥ ११ ॥

उत्तरा फाल्गुनी नक्षत्र में जन्म का फल—

जातार्यम्णि सुस्थिरचित्तवित्ता नयप्रधाना गृहकृत्यदक्षा।
गुणानुरक्ता व्यसनैर्वियुक्ता नारी भवेद्रोगविवर्जिता च॥ १२॥

यदि स्त्रीकुण्डली में उत्तरा फाल्गुनी नक्षत्र में जन्म हो तो स्त्री सुन्दरी, स्थिर चित्त व धन से युक्त, नीति में प्रधान, घर के कामों में निपुण, गुणों में आसक्त, व्यसनों से हीन और रोग से शून्य होती है ॥ १२ ॥

ग्रन्थान्तर में कहा है 'अर्थसञ्चयसंयुक्ता कन्यका छिद्रकारिणी। किञ्चिद् धर्मवती चैव जायते यमदैवते' (स्त्री० जा० १० अ० १२ श्लो० टि०) ॥ १२ ॥

हस्त नक्षत्र में जन्म का फल—

हस्ते तु हस्ता शुभनेत्रकर्णा क्षमान्विता शीलधना विधिज्ञा।
भवेन्नितान्तं वनिता शुभा सा महासुखैर्वर्द्धितगात्रकीर्तिः॥ १३॥

यदि स्त्रीकुण्डली में हस्त नक्षत्र में जन्म हो तो स्त्री अच्छी आँख व कानों से युक्त, क्षमावती, परम शीलवती, विधि को जानने वाली, अत्यन्त शुभ और अधिक सुखों से शरीर व कीर्ति को बढ़ाने वाली होती है ॥ १३ ॥

ग्रन्थान्तर में कहा है 'तीक्ष्णा च दृढकामा च परद्रव्यापहारिणी। स्वकर्मकुशला कन्या जायते चार्कदैवते' (स्त्री० जा० १० अ० १३ श्लो० टि०) ॥ १३ ॥

चित्रा नक्षत्र में जन्म का फल—

चित्रासु चित्राभरणा सुरूपा चतुर्दशीमेकतमां हि हित्वा।
तथा च कृष्णे विषकन्यका स्यात् शुक्ले दरिद्रा त्वथबन्धकी च॥ १४॥

यदि स्त्रीकुण्डली में चतुर्दशी तिथि के जन्म विना चित्रा नक्षत्र में जन्म हो तो स्त्री विचित्र अलङ्कार व सुन्दर स्वरूप वाली होती है।

यदि कृष्ण पक्ष की चौदस व चित्रा का योग हो तो विषयकन्या और शुक्ल पक्ष की चतुर्दशी तिथि में चित्रा का जन्म हो तो दरिद्रा व व्यभिचारिणी होती है ॥ १४ ॥

ग्रन्थान्तर में कहा है 'शुक्लाम्बरधराकन्या हास्यकामिजनप्रिया। पितृदेवार्चने सक्ता जायते त्वाष्ट्रदैवते' (स्त्री० जा० १० अ० १४ श्लो० टि०) ॥ १४ ॥

स्वाती नक्षत्र में जन्म का फल—

स्वातीषु साध्वी सततं सुताढ्या चित्राधिका सत्यधनाल्पयाना।
नारी भवेत् कीर्तिसमन्विता च प्रभूतमित्रा विजितारिपक्षा॥ १५॥

यदि स्त्रीकुण्डली में स्वाती नक्षत्र का जन्म हो तो स्त्री साध्वी, सदा पुत्र से युक्त,

अधिक चित्र वाली, सत्य व धन से युक्त, थोड़ा पान करने वाली, कीर्ति व अधिक सहेलियों से युक्त और शत्रुओं को जीतने वाली होती है ॥ १५ ॥

ग्रन्थान्तर में कहा है 'निरालस्यातिरूपा च कुत्सिता च जयान्विता। कन्यका चाप्रमादी च जायते वायुदैवते' (स्त्री० जा० १० अ० १५ श्लो० टि०) ॥ १५ ॥

विशाखा नक्षत्र में जन्म का फल—

भवेद्विशाखासु सुहृत्प्रभावा सुकोमलाङ्गी विभवैः समेता।
तीर्थानुरक्ता व्रतधर्मदक्षा रामा भवेद् बान्धववल्लभा च ॥ १६ ॥

यदि स्त्रीकुण्डली में विशाखा नक्षत्र में जन्म हो तो स्त्री सहेलियों से प्रभावित, मृदुल शरीर वाली, ऐश्वर्य से युक्त, तीर्थों की भक्त, व्रत व धर्म में निपुण और बान्धवों की प्यारी होती है ॥ १६ ॥

ग्रन्थान्तर में कहा है 'धर्ममूलविनीता च प्रज्ञा धनसमन्विता। द्विदैवते हि संजाता कन्यका सत्यवाहिनी' (स्त्री० जा० १० अ० १६ श्लो० टि०) ॥ १६ ॥

अनुराधा नक्षत्र में जन्म का फल—

मैत्रे सुमित्रा विगताभिमाना प्रसन्नमूर्तिः प्रभुता समेता।
विनीतवेषाभरणा सुमध्या भक्ता गुरूणां पतिना सदैव ॥ १७ ॥

यदि स्त्रीकुण्डली में अनुराधा नक्षत्र का जन्म हो तो स्त्री अभिमान से हीन, अच्छी सहेलियों से युक्त, प्रसन्न रूप व ऐश्वर्यता से युक्त, विनम्र वेष व भूषणों से युक्त, मध्यम, गुरुजनों की भक्त और सदा ही पति से युक्त होती है ॥ १७ ॥

ग्रन्थान्तर में कहा है 'बहुभुग्लोभसंपन्ना मद्यमांसरता सदा। कन्यका चान्यसक्ता च जायते मित्रदैवते' (स्त्री० जा० १० अ० १७ श्लो० टि०) ॥ १७ ॥

ज्येष्ठा नक्षत्र में जन्म का फल—

ज्येष्ठासु रम्या वनिता प्रगल्भा सुचारुवाक्या विनयान्विता च।
प्रभूतकोपा सुभगा सुताढ्या बन्धुप्रिया सत्यसमन्विता च ॥ १८ ॥

यदि स्त्रीकुण्डली में ज्येष्ठा नक्षत्र का जन्म हो तो स्त्री प्रतिभाशालिनी, सुन्दर बोलने वाली, नम्रता से युक्त, अधिक क्रोध करने वाली, अच्छे भाग्य व पुत्र से युक्त, बान्धवों की स्नेहा और सत्य से युक्त होती है ॥ १८ ॥

ग्रन्थान्तर में कहा है 'शस्त्रोपघातिनी चैव महाकलहकारिणी। कन्यका चातितीक्ष्णा च जायते इन्द्रदैवते' (स्त्री० जा० १० अ० १८ श्लो० टि०) ॥ १८ ॥

मूल नक्षत्र में जन्म का फल—

मूलेऽल्पसौख्या विधवा दरिद्रा रोगाभिभूता बहुशत्रुपक्षा।
नारी भवेद्बान्धवलोकहीना पराभिभूता बहुनीचवर्गा ॥ १९ ॥

यदि स्त्रीकुण्डली में मूल नक्षत्र का जन्म हो तो स्त्री अल्प सुखी, विधवा, दरिद्रा, रोग से दुःखी, अधिक शत्रुवाली, बान्धवों से हीन, दूसरों से पीड़ित और अधिक दुष्ट वर्ग से युक्त होती है ॥ १९ ॥

ग्रन्थान्तर में कहा है 'पापकर्मा प्रचण्डा च कुकार्यनिरता सदा। कुलक्षयकरी कन्या जायते मूलभे च या' (स्त्री० जा० १० अ० १९ श्लो० टि०) ॥ १९ ॥

पूर्वाषाढा नक्षत्र में जन्म का फल--

आप्येऽनुकूला कुलबन्धुमुख्या सुपूज्यकर्मातुलवीर्यसत्या।
विशालनेत्राद्भुतरूपयुक्ता नारी भवेत् कीर्तियुता सदैव ॥ २० ॥

यदि स्त्रीकुण्डली में पूर्वाषाढा नक्षत्र का जन्म हो तो स्त्री वंश के बान्धवों में प्रधान, पूजनीय कार्य करने वाली, अतुल पराक्रम व सत्य से युक्त, विस्तृत आंख वाली, अद्भुत स्वरूपवती और सदा ही कीर्ति से युक्त होती है ॥ २० ॥

ग्रन्थान्तर में कहा है 'धर्मशीला विनीता च कन्यका सत्यवाहिनी। पुण्यकर्मरता चैव जायते जलदैवते' (स्त्री० जा० १० अ० २० श्लो० टि०) ॥ २० ॥

उत्तराषाढा नक्षत्र में जन्म का फल---

वैश्वे तु जाता वनिता मनोज्ञा भवेद्द्वितीया प्रथिता नृलोके।
नानार्थभोगैः सहिता प्रधाना सन्तुष्टचित्ता पतिवल्लभा च ॥ २१ ॥

यदि स्त्रीकुण्डली में उत्तराषाढा नक्षत्र का जन्म हो तो स्त्री संसार में दूसरी सुन्दरी प्रसिद्ध होने वाली, अनेक संपत्तियों के योग से युक्त, प्रधान, प्रसन्न चित्त और पति की प्यारी होती है ॥ २१ ॥

ग्रन्थान्तर में कहा है 'सती प्रियवचाश्चैव नित्यं चातिथिसेविनी। कन्यका जायते या तु वैश्वदैवे सुतान्विता' ॥ स्त्री० जा० १० अ० २१ श्लो० टि०) ॥ २१ ॥

श्रवण नक्षत्र में जन्म का फल--

प्रभूतरूपा हरिभे सुविज्ञा शास्त्रानुरक्ता प्रचुर प्रभावा।
स्त्री सर्वदा दानरता सुसत्या परोपकारे प्रणता च नित्यम् ॥ २२ ॥

यदि स्त्रीकुण्डली में श्रवण नक्षत्र का जन्म हो तो स्त्री अधिक स्वरूपवती, अच्छी सुन्दर जानने वाली, शास्त्रों में आसक्त बड़ी प्रभावशालिनी, सदा दान करने वाली, सत्य से युक्त, दूसरे का उपकार करने वाली और नित्य विनयी होती हैं ॥ २२ ॥

ग्रन्थान्तर में कहा है 'विनीता श्रद्धधाना च कथालापप्रिया सती। कन्यका स्वकुले पूज्या जायते विष्णुदैवते' (स्त्री० जा० १० अ० २२ श्लो० टि०) ॥ २२ ॥

धनिष्ठा नक्षत्र में जन्म का फल –

भवेद् धनिष्ठासु कथानुरक्ता नारी प्रभूतान्नसुवस्त्रभाजा।
नानार्थदा प्राणिदयानिषण्णा गुणाधिका सद्गुणचेष्टिता च ॥ २३ ॥

यदि स्त्रीकुण्डली में धनिष्ठा नक्षत्र का जन्म हो तो स्त्री कथाओं में आसक्त, अधिक अन्न वस्त्र से युक्त, अनेक धनों को देनेवाली, जीव मात्र में दया दृष्टि वाली, अधिक गुणों से युक्त और अच्छे गुणों की चेष्टा करने वाली होती है ॥ २३ ॥

ग्रन्थान्तर में कहा है 'अर्थार्थिनी च लुब्धा च पुष्पमाल्याम्बरप्रिया । कन्यका ह्यन्यसक्ता च जायते वसुदैवते' (स्त्री० जा० १० अ० २३ श्लो० टि०) ॥ २३ ॥

शतभिषा नक्षत्र में जन्म का फल——

भवेत् सुदाता त्वथ वारुणेभे स्त्रीसम्मता पूज्यतमा स्ववर्गे ।
देवार्चने श्रेष्ठजनानुरक्ता सदा हिता सर्वकुतूहलानाम् ॥ २४ ॥

यदि स्त्रीकुण्डली में शतभिषा नक्षत्र का जन्म हो तो स्त्री अच्छा दान करने वाली, स्त्री से सहमत, अपने वर्ग में श्रेष्ठ पूजनीय, देवपूजा व उत्तम पुरुषों में अनुरक्त और सबको प्रसन्न करने वाली होती है ॥ २४ ॥

ग्रन्थान्तर में कहा है 'पापकर्मप्रचण्डा च नित्यमुद्वेगकारिणी । परोपकारिणी कन्या जाता वरुणदैवते' (स्त्री० जा० १० अ० २४ श्लो० टि०) ॥ २४ ॥

पूर्वाभाद्रपद नक्षत्र में जन्म का फल——

अजैकपादे वनिताभिजाता प्रभूतकोशा श्रुतलालसा च ।
सत्पात्रदा साधुसमागमोक्ता विद्यान्विता भूरिधनप्रधाना ॥ २५ ॥

यदि स्त्रीकुण्डली में पूर्वाभाद्रपद नक्षत्र का जन्म हो तो स्त्री अधिक धन वाली, शास्त्र की लालचिन, सत्पात्र को देने वाली, सज्जनों के समागम से विद्या ग्रहण करने वाली और अधिक धन वालों में प्रसिद्ध होती है ॥ २५ ॥

ग्रन्थान्तर में कहा है 'पापकर्मरता नित्यं कन्यका सर्वभक्षिणी । मायाविनी देवभक्ता जायतेऽजैकमादभे' (स्त्री० जा० १० अ० २५ श्लो० टि० ॥ २५ ॥

उत्तराभाद्रपद नक्षत्र में जन्म का फल——

उपान्तिमे स्वामिहितानुरक्ता क्षमान्विता प्रीतिकरा गुरूणाम् ।
प्रशान्तगर्वा सुतसौख्ययुक्ता विवेकिनी कृत्यपरा सदैव ॥ २६ ॥

यदि स्त्रीकुण्डली में उत्ताराभाद्र पद नक्षत्र का जन्म हो तो स्त्री पति की शुभता में तत्पर, क्षमा से युक्त, गुरुजनों को प्रसन्न करने वाली, अभिमान से शून्य, पुत्र सुख से युक्त, विवेकिनी और सदा ही परमकार्यों से युक्त होती है ॥ २६ ॥

ग्रन्थान्तर में कहा है सुबुद्धिधर्मसक्ता च गुणशीलसमन्विता । अहिर्बुध्न्यदैवते तु कन्यका जायते हि सा' (स्त्री० जा० १० अ० २६ श्लो० टि०) ॥ २६ ॥

रेवती नक्षत्र में जन्म का फल——

पौष्णे सुपुष्टा बहुमित्रपक्षा स्वभावशुद्धा व्रतचारिणी च ।
तेजोऽन्विता भूरिचतुष्पदाढ्या हतारिपक्षा प्रियदर्शना च ॥ २७ ॥

यदि स्त्रीकुण्डली में रेवती नक्षत्र का जन्म हो तो स्त्री स्थूला, ज्यादा सहेलियों से युक्त, शुद्ध प्रकृति, व्रत करने वाली, तेजस्विनी, अधिक पशुओं से युक्त, नष्ट शत्रु पक्ष-वाली और प्रिय दर्शनीया होती है ॥ २७ ॥

इति नक्षत्रफलाध्यायः ।

इस प्रकार २७ नक्षत्रों में जन्म लेने वाली स्त्री का फल समाप्त हुआ ॥ २७ ॥

अथार्कादिग्रहाणां भावफलम् ।

वृद्धयवनः—

अब आगे स्त्री कुण्डली में वृद्ध यवनाचार्य द्वारा कथित लग्नादि बारह भावों में सूर्य के फल को बताते हैं ।

लग्न में सूर्य का फल

मूर्तौ रविस्तीव्रसुखां प्रसूते नारीं तथा तीव्ररुजा समेताम् ।
दुष्टस्वभावां सुकृशां कृतघ्नां परान्नरक्तां प्रभया विहीनाम् ॥ १ ॥

यदि स्त्रीकुण्डली में लग्न में सूर्य हो तो स्त्री तीखे सुख वाली, तीव्र रोगिणी, नीच प्रकृति, दुबली, कृतघ्न, पराये अन्न में आसक्त और तेज से हीन होती है ॥ १ ॥

धन भाव में सूर्य का फल—

धनाश्रितेऽर्के धनधान्यहीनां कठोरवाक्यां गतभक्तिभावाम् ।
युद्धप्रियां द्वेषरतां खलां च नारीं प्रसूते गतसौहृदाञ्च ॥ २ ॥

यदि स्त्रीकुण्डली में दूसरे भाव में सूर्य हो तो स्त्री धनधान्य से हीन, कटुभाषिणी, भक्तिभावना से शून्य, लड़ाई की प्रेमिन, द्रोह में लीन, दुष्ट और सौहार्द से रहित होती है ॥ २ ॥

भ्रातृ भाव में सूर्य का फल—

तृतीयगस्तीक्ष्णकरः प्रसूते सौख्येन हीनां वनितां सदैव ।
नीरोगदेहां ससुरूपवक्त्रां विशालवक्षोजनतां नितान्तम् ॥ ३ ॥

यदि स्त्रीकुण्डली में तीसरे भाव में सूर्य हो तो स्त्री सदा ही सुख से रहित, रोग से शून्य, स्वरूपवती, अच्छे मुखवाली और अत्यन्त विस्तृत स्तनों के भार से विनम्रा होती हैं ॥ ३ ॥

सुख भाव में सूर्य का फल—

चतुर्थगस्तीक्ष्णकरः प्रसूते सौख्येन हीनां वनितां सदैव ।
सरोगदेहां विकरालदंष्ट्रां प्रभाविहीनां जनताविरुद्धाम् ॥ ४ ॥

यदि स्त्रीकुण्डली में चौथे भाव में सूर्य हो तो स्त्री सदा ही सुख से हीन, रोगिणी, विकराल दाँत वाली; तेज से हीन और जनमत के विपरीत होती है ॥ ४ ॥

सुत भाव में सूर्य का फल—

सुताश्रितः स्वल्पसुतां प्रसूते नारीं प्रधानां व्रतसंयुताञ्च ।
स्थूलास्यदन्तां पितृमातृभक्तां प्रियंवदां ब्राह्मणसंमताञ्च ॥ ५ ॥

यदि स्त्रीकुण्डली में पाँचवें भाव में सूर्य हो तो स्त्री अल्प पुत्र वाली, प्रधान, व्रत करने वाली, स्थूल मुख व दाँत वाली, माता-पिता की भक्त, मधुरभाषिणी और ब्राह्मणों से सहमत होती है ॥ ५ ॥

रिपु भाव में सूर्य का फल—

षष्ठे दिनेशः कुरुते प्रगल्भां हतारिपक्षां वनितां विदग्धाम् ।
प्रशान्तचर्यां प्रियधर्मकृत्यां धर्मानुरक्तां सुभगां सुरूपाम् ॥ ६ ॥

यदि स्त्रीकुण्डली में छठे भाव में सूर्य हो तो स्त्री प्रतिभाशालिनी, नष्ट शत्रु पक्ष वाली, चतुरा, प्रशान्त आचरण वाली, धार्मिक कामों की प्रेमिन, धर्मात्मा, सुन्दर भाग्य-शालिनी और स्वरूपवती होती है ॥ ६ ॥

जाया भाव में सूर्य का फल

सूर्येऽस्तसंस्थे पतिभावमुक्ता नारी तथा सर्वसुखैर्विमुक्ता ।
सदैव रौद्रा प्रणयेन हीना कफाश्रया किल्विषिणी कुरूपा ॥ ७ ॥

यदि स्त्रीकुण्डली में सातवें भाव में सूर्य हो तो स्त्री पति भावना से मुक्त, समस्त सुखों से हीन, सदा ही भयानक, अविनयी, कफात्मा, पापिन और कुरूप होती है ॥७॥

मृत्यु भाव में सूर्य का फल—

स्थानेऽष्टमे वासरपः प्रसूते दारिद्रदुःखान्वितबन्धुगोत्राम् ।
नारीं कुधर्मान्वितसर्वकृत्यां विषादयुक्तां क्षतजार्दिताङ्गीम् ॥ ८ ॥

यदि स्त्रीकुण्डली में आठवें भाव में सूर्य हो तो स्त्री दरिद्रता व दुःख से युक्त बान्धवों वाली, दूषित धर्म वाली, खोटे काम करने वाली, विषाद से युक्त और भग्नता से पीडित शरीर वाली होती है ॥ ८ ॥

भाग्य भाव में सूर्य का फल —

धर्मस्थितो वासरपः प्रसूते नारीं कुधर्मां प्रियसाहसाञ्च ।
भाग्यैर्विहीनां बहुशत्रुपक्षां प्रभूतरोगां विभवैर्विहीनाम् ॥ ९ ॥

यदि स्त्रीकुण्डली में नवें भाव में सूर्य हो तो स्त्री दूषित धर्म वाली, साहस की प्रेमिन, भाग्य से हीन, अधिक शत्रु पक्ष वाली, बड़ी रोगिन और ऐश्वर्य से हीन होती है ॥ ९ ॥

कर्म भाव में सूर्य का फल—

कर्माश्रितो वासरपः प्रसूते कुकर्मरक्तां वनितां सदैव ।
प्रभाविहीनां शिथिलां स्वकृत्ये स्वभावकृच्छ्राभ्यधिकां नितान्तम् ॥१०॥

यदि स्त्रीकुण्डली में दसवें भाव में सूर्य हो तो स्त्री सदा ही कुत्सित कामों में आसक्त, तेज से रहित, अपने कामों में आलसिन और स्वभाव से दुष्ट अधिक होती है ॥ १० ॥

लाभ भाव में सूर्य का फल—

लाभाश्रितो संकुरुते दिनेशो नारीं सलाभां बहुपुत्रपौत्राम् ।
जितेन्द्रियां सर्वकलासु दक्षां क्षमान्वितां बान्धवपूजिताञ्च ॥ ११ ॥

यदि स्त्रीकुण्डली में ग्यारहवें भाव में सूर्य हो तो स्त्री लाभ से युक्त, अधिक पुत्र

पौत्र वाली, जितेन्द्रिया, समस्त कलाओं में चतुर, क्षमा से युक्त और बन्धुओं से पूजित होती है ॥ ११ ॥

व्यय भाव में सूर्य का फल—

असद्व्ययां द्वादशगो दिनेशो नारीं प्रसूते विनयेन हीनाम् ।
बहुव्ययां पानपरां नृशंसां सर्वाशयां शौचविवर्जिताञ्च ॥ १२ ॥

यदि स्त्रीकुण्डली में बारहवें भाव में सूर्य हो तो स्त्री दूषित खर्च करने वाली, विनय से हीन, अधिक खर्चीली, शराब पीने वाली, निन्दनीय, समस्त आशय वाली और पवित्रता से हीन होती है ॥ १२ ॥

इति रविफलम् ।

इस प्रकार बारह भावों में सूर्य का फल समाप्त हुआ ॥ १–१२ ॥

अथ चन्द्रफलम् ।

अब आगे बारह भावों में चन्द्रमा के फल को बताते हैं ।

प्रथम भाव में चन्द्रमा का फल—

चन्द्रो विलग्ने यदि शुक्लपक्षे नारीं प्रसूतेऽतिसुरूपगात्राम् ।
कृष्णे कृशां दीनतरां सुरोगां विवादशीलां सततं कुचैलाम् ॥ १ ॥

यदि शुक्ल पक्षीय स्त्रीकुण्डली में लग्न में चन्द्रमा हो तो स्त्री अधिक रूप से युत देहवाली, यदि कृष्ण पक्षीय चन्द्रमा हो तो दुबली पतली, बड़ी दीन, रोगिणी, विवादिनी और सदा मलिन वस्त्र पहनने वाली होती है ॥ १ ॥

दूसरे भाव में चन्द्रमा का फल—

धनाश्रितः शीतकरः प्रसूते प्रभूतवित्तां प्रणयप्रधानाम् ।
धर्मानुकूलां पतिकृत्यदक्षां नयाधिकां ब्राह्मणसम्मतां च ॥ २ ॥

यदि स्त्रीकुण्डली में दूसरे भाव में चन्द्रमा हो तो स्त्री अधिक धनवाली, विनय में मुख्य, धर्म के अनुकूल, पति के काम में निपुण, अधिक न्याय वाली और ब्राह्मणों से सहमत होती है ॥ २ ॥

विशेष—प्रकाशित स्त्री जातक में—'ब्राह्मणदेवभक्ताम्' यह पाठान्तर है ॥ २ ॥

तीसरे भाव में चन्द्रमा का फल—

चन्द्रस्तृतीये कफवातसारां नारीं प्रसूतेऽतिकठोरवाक्याम् ।
कुसंस्थितां नीतिविवर्जितां च स्वभावदुष्टां कृपणां कृतघ्नाम् ॥ ३ ॥

यदि स्त्रीकुण्डली में तीसरे भाव में चन्द्रमा हो तो स्त्री कफ वात से युक्त, अधिक कटु भाषिणी, दूषित रहने वाली, न्याय से हीन, दुष्ट प्रकृति, लोभिन और कृतघ्न होती है ॥ ३ ॥

चौथे भाव में चन्द्रमा का फल—

चन्द्रः सुखस्थो बहुसौख्ययुक्तां नारीं प्रसूतेऽद्भुतभूषणाञ्च ।
स्थिरस्वभावां श्रुतधर्मकृत्यां भोगाधिकां देवगुरुप्रसक्ताम् ॥ ४ ॥

यदि स्त्रीकुण्डली में चौथे भाव में चन्द्रमा हो तो स्त्री अधिक सुखों से युक्त, अद्भुत अलङ्कार वाली, स्थिर प्रकृति, शास्त्रीय धार्मिक काम करने वाली, अधिक भोगिन, देवता और गुरु की भक्ता होती हैं ॥ ४ ॥

पाँचवें भाव में चन्द्रमा का फल—

सुताश्रितः शीतकरः सुपुत्रां करोति नारीं गुणगौरवाढ्याम् ।
प्रभूतभृत्यां सुतसौख्ययुक्तां सुसंमतां भर्तृपरां सुरूपाम् ॥ ५ ॥

यदि स्त्रीकुण्डली में पाँचवें भाव में चन्द्रमा हो तो स्त्री सुन्दर पुत्र वाली, गुण व महत्ता से युक्त, अधिक नौकर वाली, पुत्र के सुख से युक्त, जनमत पाने वाली, पति की भक्ता और स्वरूपवती होती है ॥ ५ ॥

छठे भाव में चन्द्रमा का फल—

चन्द्रोऽरिसंस्थः कुरुतेऽल्पवृत्तां प्रभूतवैरां विनयेन हीनाम् ।
चलस्वभावां क्षतसर्वगात्रां सङ्गाभिभूतां तनुता समेताम् ॥ ६ ॥

यदि स्त्रीकुण्डली में छठे भाव में चन्द्रमा हो तो स्त्री अल्प चरित्रवाली, बड़ी द्रोह करने वाली, विनय से हीन, चञ्चल प्रकृति, भग्न समस्त शरीर वाली, सङ्गति से पीडित और दुबली पतली होती है ॥ ६ ॥

विशेष—प्रकाशित स्त्री० जा० में अन्तिम चरण में—'पतिप्रयुक्तामनिशं सुरूपाम्' यह पाठान्तर है ॥ ६ ॥

सातवें भाव में चन्द्रमा का फल—

चन्द्रोऽस्तसंस्थः कुरुते विदग्धां पतिप्रियां धर्मविवेकयुक्ताम् ।
सुचारुवाचां विभवैः समेतां तेजोऽन्वितां शौचसमन्विताञ्च ॥ ७ ॥

यदि स्त्रीकुण्डली में सातवें भाव में चन्द्रमा हो तो स्त्री चतुर, पति की प्यारी, धर्म व विवेक से युक्त, सुन्दर भाषिणी, ऐश्वर्य से युक्त, तेजस्विनी और पवित्रता से युक्त होती है ॥ ७ ॥

विशेष—प्रकाशित स्त्री० जा० में अन्तिम पाद में 'पुण्यपरा सुसत्याम्' यह पाठान्तर है ॥ ७ ॥

आठवें भाव में चन्द्रमा का फल—

चन्द्रोऽष्टमस्थः कुरुते नृशंसां नारीं कुनेत्रां कुकुचां भगां च ।
विहीनवेषाभरणां सरोगां नितान्तमत्यद्भुतगर्हणाञ्च ॥ ८ ॥

यदि स्त्रीकुण्डली में आठवें भाव में चन्द्रमा हो तो स्त्री निंदनीया, कुत्सित आँख, स्तन व योनि वाली, स्वरूप व अलङ्कारों से हीन, रोगिणी, अत्यन्त अद्भुत निन्दित काम करने वाली होती है ॥ ८ ॥

नवें भाव में चन्द्रमा का फल—

धर्माश्रितः शीतकरः प्रसूते प्रभूतधर्मां वनितां सुमध्याम् ।
भाग्याधिकां कल्पतमां मनोज्ञां सुभृत्यपुत्रां च सुभूरिसौख्याम् ॥ ९ ॥

यदि स्त्रीकुण्डली में नवें भाव में चन्द्रमा हो तो स्त्री अधिक धर्मात्मा, मध्यम रूप वाली, बड़ी भाग्यशालिन, कल्प वृक्ष के तुल्य, सुन्दरी, सुन्दर नौकर व पुत्र वाली और अधिक सुख से युक्त होती है ॥ ९ ॥

दसवें भाव में चन्द्रमा का फल—

कर्माश्रितः शीतकरः प्रसूते प्रभूतहेमद्रविणां प्रसिद्धाम् ।
नारीं निरीहां कुलसर्वमुख्यां त्यागान्वितां पुण्यपरां सुसत्याम् ॥ १० ॥

यदि स्त्रीकुण्डली में दसवें भाव में चन्द्रमा हो तो स्त्री अधिक धन व सुवर्ण से युक्त, विख्यात, निरीह, वंश में सबसे प्रधान, त्याग से युक्त, बड़ी पुण्यात्मा और सत्य से युक्त होती है ॥ १० ॥

ग्यारहवें भाव में चन्द्रमा का फल—

लाभाश्रितः शीतकरः सलाभां भव्यां विधिज्ञां कुरुते सुदान्ताम् ।
नारीं प्रसन्नां प्रणयेन युक्तां दानान्वितां व्याधिविवर्जिताङ्गीम् ॥ ११ ॥

यदि स्त्रीकुण्डली में ग्यारहवें भाव में चन्द्रमा हो तो स्त्री लाभ से युक्त, सुन्दरी, विधि को जानने वाली, तप में क्लेश सहने वाली, प्रसन्न मुख, नम्रता से युक्त, दान करने वाली और रोग से हीन होती है ॥ ११ ॥

बारहवें भाव में चन्द्रमा का फल—

करोति चन्द्रो व्ययगो व्ययाढ्यां गतप्रभावां वनितां सुतीव्राम् ।
दीनां नतां नीतिविवर्जितां च क्षमाविहीनां निधनां नितान्ताम् ॥१२॥

यदि स्त्रीकुण्डली में बारहवें भाव में चन्द्रमा हो तो स्त्री खर्च से युक्त, प्रभाव से हीन, तीखी, दीन, विनय से युक्त, न्याय व क्षमा से हीन और अधिक धन से हीन होती है ॥ १२ ॥

इति चन्द्रफलम् ।

इस प्रकार लग्नादि बारह भावों में चन्द्रमा का फल समाप्त हुआ ॥ १–१२ ॥

अथ भौमफलम् ।

अब आगे स्त्रीकुण्डलीस्थ बारह भावों में भौम के फल को बताते हैं ।

पहिले भाव में भौम का फल—

लग्नाश्रितो भूतनयः प्रसूते नारीं महारक्तसुदुःखिताङ्गीम् ।
गतप्रभावां पतिना निरस्तां सुदुर्भगां गर्वसमन्विताञ्च ॥ १ ॥

यदि स्त्रीजन्मपत्री में पहिले भाव में भौम हो तो स्त्री अधिकतर खून की बीमारी से पीडित शरीर वाली, प्रभाव से हीन, पति से त्यक्ता, भाग्यहीन और अभिमानिन होती है ॥ १ ॥

दूसरे भाव में भौम का फल—

धनाश्रितो भूतनयो विशालां धनेन हीनां कुरुते कुकान्ताम् ।
दयाधिकां कामपरां सरोगां रोगाधिकां केशविवर्जिताञ्च ॥ २ ॥

यदि स्त्रीजन्मपत्री में दूसरे भाव में भौम हो तो स्त्री विशाल भावना की, धन से हीन, कुत्सित, बड़ी उत्तमा, अधिक विषयों में आसक्त, रोगिणी, अधिक क्लेश वाली और केशहीन होती है ॥ २ ॥

विशेष—प्रकाशित स्त्री० जा० में उत्तरार्द्ध—'पराधिकां कामपरां सरोगां क्लेशान्वितां केश' ऐसा है।

तीसरे भाव में भौम का फल—

तृतीयसंस्थः कुरुते महीजो नारीं नितान्तं सुभगां सुशीलाम्।
बन्धुप्रियां साधुरतां प्रशस्तां विहीनरोगां प्रथितप्रभावाम् ॥ ३ ॥

यदि स्त्रीजन्मपत्री में तीसरे भाव में भौम हो तो स्त्री सुन्दर भाग्यवाली, अधिक सुशीला, बान्धवों की प्यारी, सज्जनों में आसक्त, प्रसिद्धा, रोगहीन और विख्यात प्रभाव वाली होती है ॥ ३ ॥

चौथे भाव में भौम का फल—

चतुर्थगो भूतनयः प्रसूते नारीं हताशां हृतकर्मकृत्याम्।
सौख्येन हीनां विधनां विशीलां जनैर्निरस्तां सततं सरोषाम् ॥ ४ ॥

यदि स्त्रीजन्मपत्री में चौथे भाव में भौम हो तो स्त्री आशा से हीन, चोरी के काम करने वाली, धन व सुख से हीन, विशीला, मनुष्यों से त्यक्ता और सदा क्रोध करने वाली होती है ॥ ४ ॥

पाँचवें भाव में भौम का फल—

सुताश्रितो भूतनयः प्रसूते नारीं कुपुत्रां त्रपया विहीनाम्।
कुसम्मतां पापविधानरक्तां श्रुतेन हीनां हृतबन्धुवर्गाम् ॥ ५ ॥

यदि स्त्रीजन्मपत्री में पांचवें भाव में भौम हो तो स्त्री दूषित पुत्रवाली, लज्जा से रहित, दुष्टों से सहमत, पाप के विधान में लीन, शास्त्र से हीन और नष्ट बान्धव वाली होती है ॥ ५ ॥

छठे भाव में भौम का फल—

रिपुस्थितो भूतनयः प्रसूते नारीं सनाथां हतशत्रुपक्षाम्।
प्रभूतकेशां सुजनानुरक्तां विद्याधिकां रोगविवर्जिताञ्च ॥ ६ ॥

यदि स्त्रीजन्मपत्री में छठे भाव में भौम हो तो स्त्री पति से युक्त, नष्ट शत्रु पक्ष वाली, अधिक वालों से युक्त, सज्जनों में आसक्त, बड़ी विदुषी और रोगहीन होती है ॥ ६ ॥

सातवें भाव में भौम का फल—

अस्ते स्थितो वै धरणीसुतस्तु बाल्ये प्रसूते विधवां च नारीम्।
दुष्टस्वभावां विभवेन हीनां सुकुत्सिताङ्गीं गुणवर्जिताञ्च ॥ ७ ॥

यदि स्त्रीजन्मपत्री में सातवें भाव में भौम हो तो स्त्री विधवा, नीच प्रकृति, ऐश्वर्य से हीन, दूषित शरीर वाली और गुणों से रहित होती है ॥ ७ ॥

आठवें भाव में भौम का फल—

मृत्युस्थितो भूमिसुतः प्रसूते प्रभूतरोगां सुकृषां विनाथाम् ।
दारिद्रदुःखां कृतशोकभाजां हिंसाधिकां कान्तिविवर्जिताञ्च ॥ ८ ॥

यदि स्त्रीजन्मपत्री में आठवें भाव में भौम हो तो स्त्री अधिक रोगिणी, दुबली, पति से हीन, दरिद्रता से दुःखी होकर शोक से युक्त होने वाली, अधिक हिंसा करने वाली और तेज से शून्य होती है ॥ ८ ॥

नवें भाव में भौम का फल—

धर्माश्रितो भूतनयो विधर्मां करोति नारीं सुमुखां सरोगाम् ।
भाग्यैर्विहीनां स्वजनैर्निरस्तां प्रियामिषां पानपरां सदैव ॥ ९ ॥

यदि स्त्रीजन्मपत्री में नवें भाव में भौम हो तो स्त्री धर्म से हीन, सुन्दर मुखवाली, रोगिणी, भाग्य से रहित, अपने मनुष्यों से त्यक्त, मांस की प्रेमिन और सदा ही शराब पीने वाली होती है ॥ ९ ॥

दसवें भाव में भौम का फल—

कर्माश्रितो भूतनयः प्रसूते नारीं कुकर्मश्रवणां कुभावाम् ।
शीलेन हीनां निरतां विधर्मां लज्जाविहीनां मतिवर्जिताञ्च ॥ १० ॥

यदि स्त्रीजन्मपत्री में दसवें भाव में भौम हो तो स्त्री दुष्कर्म को सुनने वाली, दूषित प्रकृति, शीलता से हीन, कुत्सित धर्म में आसक्त, लज्जा और बुद्धि से रहित होती है ॥ १० ॥

ग्यारहवें भाव में भौम का फल—

लाभाश्रयस्थः कुरुते महीजः प्रभूतलाभां वनितां निरीहाम् ।
शुभस्वभावां विविधोपचारां जापे रतां प्रीतिपरां सुधर्मे ॥ ११ ॥

यदि स्त्रीजन्मपत्री में ग्यारहवें भाव में भौम हो तो स्त्री अधिक लाभ से युक्त, निरीह, अच्छे स्वभाववाली, अनेक उपचार करने वाली, जप में आसक्त और अच्छे धर्म में अधिक प्रीति करने वाली होती है ॥ ११ ॥

बारहवें भाव में भौम का फल—

व्ययस्थितो भूतनयः प्रसूते नारीं कृतघ्नां गुणवर्जिताङ्गीम् ।
असद्व्ययां पानपरां नृशंसां सदातुरां प्रीतिविवर्जिताञ्च ॥ १२ ॥

यदि स्त्रीजन्मपत्री में बारहवें भाव में भौम हो तो स्त्री कृतघ्ना, गुणों से हीन, बुरे काम में खर्च करने वाली, अधिक शराब पीने वाली, घृणित, सदा रोगिणी और स्नेह से रहित होती है ॥ १२ ॥

इति भौमफलम् ।

इस प्रकार बारह भावों में भौम का फल समाप्त हुआ ॥ १-१२ ॥

अथ बुधफलम् ।

अब आगे बारह भावों में बुध के फल को बताते हैं ।

लग्न में बुध का फल—

करोति सौम्यस्तनुगः सुरूपां प्रीतिप्रधानां नयधर्मयुक्ताम् ।
विशालनेत्रां प्रचुरान्नपानां प्रियंवदां सत्यसमन्विताञ्च ॥ १ ॥

यदि स्त्री जन्माङ्ग में लग्न में बुध हो तो स्त्री स्वरूपवती, स्नेह में मुख्य, नीति व धर्म से युक्त, विस्तृत आँख वाली, अधिक अन्न व पान से युक्त, मधुर भाषिणी और सत्य से युक्त होती है ॥ १ ॥

धन भाव में बुध का फल—

धनस्थितः सोमसुतः प्रसूते धनान्वितां शुद्धियुतां सुरूपाम् ।
नारीं द्विजाराधनतत्परां च क्रतुप्रियां श्रीसहितां गुणाढ्याम् ॥ २ ॥

यदि स्त्री जन्माङ्ग में धन भाव में बुध हो तो स्त्री धन से युक्त, पवित्र, रूपवती, ब्राह्मणों की भक्त, यज्ञ में प्रीति रखने वाली, धन से युक्त और गुणों से युत होती है ॥ २ ॥

पराक्रम में बुध का फल—

तृतीयगः सोमसुतो धनाढ्यां नारीं प्रसूते सुतमानभाजाम् ।
जनानुकूलां प्रभुता समेतां बन्धुप्रियां त्राणयुतां सुभासम् ॥ ३ ॥

यदि स्त्री जन्माङ्ग में पराक्रम में बुध हो तो स्त्री धन से युक्त, पुत्र व सम्मान से संयुक्त, समुदाय के अनुकूल, सामर्थ्य से युत, बान्धवों की प्यारी, रक्षा से युक्त और शोभायमान होती है ॥ ३ ॥

सुख भाव में बुध का फल—

सौम्यः सुखस्थो सुसुखां प्रसूते नतां प्रभूतैः सुजनैः सुभृत्यैः ।
देवद्विजाराधनतत्परां च प्रख्यातवंशां प्रियधर्मवर्णाम् ॥ ४ ॥

यदि स्त्री जन्माङ्ग में सुख भाव में बुध हो तो स्त्री अच्छे सुखों से युक्त, अधिक विनम्र, सज्जन व अच्छे नौकरों के साथ देवता व ब्राह्मणों की पूजा में आसक्ति वाली, विख्यात कुल में जन्म लेने वाली और धर्म में प्रीति करने वाली होती है ॥ ४ ॥

पुत्र भाव में बुध का फल—

सुतस्थितः सोमसुतोऽल्पपुत्रां स्वल्पान्नवित्तां कलहप्रियाञ्च ।
वृथाटनां गर्हितसर्वकृत्यां लक्ष्म्या विहीनां हतसाधुपक्षाम् ॥ ५ ॥

यदि स्त्री जन्माङ्ग में पुत्र भाव में बुध हो तो स्त्री अल्प पुत्र, अन्न व धन वाली, लड़ाई की भक्त, फिजूल घूमने वाली, निन्दनीय समस्त काम करने वाली, धन से हीन और नष्ट सज्जन पक्ष वाली होती है ॥ ५ ॥

छठें भाव में बुध का फल—

सौम्यो रिपुस्थो हतशत्रुपक्षां नारीं प्रभूतैर्विभवैः समेताम् ।
गतायुषां तीव्रकरां सुकामां परोपकारव्यसनाभिभूताम् ॥ ६ ॥

यदि स्त्री जन्माङ्ग में छठें भाव में बुध हो तो स्त्री नष्ट शत्रु पक्ष वाली, अधिक ऐश्वर्य से युक्त, आयु से हीन, ताखे हाथ वाली, विषयों में आसक्त और दूसरों के उपकार रूपी व्यसन से दुःखी होती है ॥ ६ ॥

सातवें भाव में बुध का फल—

सौम्यः कलत्रे प्रवरां विदग्धां शास्त्रानुरक्तां शुभभर्तृकाञ्च ।
करोति नारीं नियमैरुपेतां शुभप्रभावां प्रणयान्विताञ्च ॥ ७ ॥

यदि स्त्री जन्माङ्ग में सातवें भाव में बुध हो तो स्त्री श्रेष्ठ चतुर, शास्त्रों में आसक्त, सुन्दर पति वाली, नियमों से युक्त, शुभ प्रभाव वाली और विनय से युक्त होती है ॥ ७ ॥

आठवें भाव में बुध का फल—

मृत्युस्थितः सोमसुतः कृतघ्नां नारीं प्रसूते विगताभिमानाम् ।
निरस्तधर्मां जनसंविरुद्धां सदातुरां भीतिसमन्वितां च ॥ ८ ॥

यदि स्त्री जन्माङ्ग में आठवें भाव में बुध हो तो स्त्री कृतघ्न, निरभिमानिन, धर्म से हीन, जनमत के विपरीत, सदा रोगिणी और भय से युक्त होती है ॥ ८ ॥

नवें भाव में बुध का फल—

धर्माश्रितः सोमसुतः सुधर्मां धन्यां प्रसूते वनितां विनीताम् ।
भाग्याधिकां कीर्तिपरां सुदक्षां क्षमाधिकां सत्यसमन्वितां च ॥ ९ ॥

यदि स्त्री जन्माङ्ग में नवें भाव में बुध हो तो स्त्री अच्छी धर्मात्मा, प्रशंसनीय, विनम्रा, बड़ी भाग्यशालिनी, अधिक कीर्ति से युक्त, चतुर, बड़ी क्षमावान् और सत्य से युक्त होती है ॥ ९ ॥

दसवें भाव में बुध का फल—

कर्माश्रितः सोमसुतः सुकर्मां पतिप्रधानां वनितां प्रसूते ।
प्रभूतकोशां विनयप्रधानां सुवर्णभाजां विनयैः समेताम् ॥ १० ॥

यदि स्त्री जन्माङ्ग में दसवें भाव में बुध हो तो स्त्री सुन्दर काम करने वाली, मुख्य पति वाली, अधिक धन वाली, नम्रता में मुख्य, सुवर्ण से युक्त और विनयी जनों से युक्त होती है ॥ १० ॥

ग्यारहवें भाव में बुध का फल—

लाभाश्रितः सोमसुतः प्रसूते नारीं प्रभूतप्रियपुष्टवित्ताम् ।
सुलाभयुक्तां शुभशीलभाजां पतिव्रतां बान्धवसम्मताञ्च ॥ ११ ॥

यदि स्त्री जन्माङ्ग में ग्यारहवें भाव में बुध हो तो स्त्री अधिक प्रीति वाली, पुष्कल धन वाली, सुन्दर लाभ से युक्त, शीलवती, पतिव्रता और बन्धु प्रिया होती है ॥ ११ ॥

बारहवें भाव में बुध का फल—

व्ययाश्रितः सोमसुतः प्रसूते नारीं विलक्ष्मीं विगतः प्रतापाम् ।
विवादशीलां विकलां कृशाङ्गीं गुरोर्वियुक्तां सुजनैर्निरस्ताम् ॥ १२ ॥

यदि स्त्री जन्माङ्ग में बारहवें भाव में बुध हो तो स्त्री धन व प्रताप से हीन, विषादिन, अशान्त, दुबली, गुरुजनों से पृथक् और सज्जनों से त्यक्ता होती है ।: १२ ॥

इति बुधफलम् ।

इस प्रकार लग्नादि बारह भावों में बुध का फल समाप्त हुआ ॥ १–१२ ॥

अथ गुरुफलम् ।

अब आगे लग्नादि बारह भावों में गुरु के फल को बताते हैं ।

लग्न में गुरु का फल—

लग्नाश्रितो देवगुरुः प्रसूते सुसत्ययुक्तां सुमनोज्ञभोगाम् ।
गम्भीरवाक्यां प्रियसाधुपक्षां सुरूपगात्रां प्रमदोत्तमां च ॥ १ ॥

यदि स्त्रीकुण्डली में लग्न में गुरु हो तो स्त्री सत्य से युक्त, अच्छे-अच्छे भोग पदार्थों से युत, गम्भीर वाणी वाली, सज्जनों में प्रीति रखने वाली, स्वरूपवती और स्त्रियों में श्रेष्ठ होती है ॥ १ ॥

धन में गुरु का फल—

धनस्थितो देवगुरुः प्रसूते प्रभूतवित्तां सुभगां मनोज्ञाम् ।
सुधर्मिणीं नीतिपरां प्रधानां गतस्पृहां हानिविवर्जिताञ्च ॥ २ ॥

यदि स्त्रीकुण्डली में धन में गुरु हो तो स्त्री अधिक धन वाली, अच्छे भाग्य वाली, सुन्दरी, धर्मात्मा, अधिक न्याय वाली, मुख्य, इच्छा से हीन और हानि से रहित होती है ॥ २ ॥

सहज में गुरु का फल—

तृतीयसंस्थः कुरुते सुरेज्यो नारीं नितान्तं विहतप्रभावाम् ।
सुदोषयुक्तां गुरुताविहीनां विवर्जिताङ्गीं विधनैः सदैव ॥ ३ ॥

यदि स्त्रीकुण्डली में सहज में गुरु हो तो स्त्री अधिक नष्ट प्रभाव वाली, दोष से युक्त, गुरुता से हीन और सदा ही धन से रहित होती है ॥ ३ ॥

सुख में गुरु का फल—

चतुर्थसंस्थः कुरुते सुरेज्यो नारीं सुखज्ञां बहुचान्नपानाम् ।
प्रभूतविद्याभरणां प्रसिद्धां सुपूजिताङ्गीं गुणगौरवां च ॥ ४ ॥

यदि स्त्रीकुण्डली में सुख में गुरु हो तो स्त्री अधिक अन्न पान से सुखी, बड़ी विदुषी व भूषणों से युक्त, विख्यात, गुण व गौरव से युक्त और सत्कार पाने वाली होती है ॥ ४ ॥

पुत्र में गुरु का फल—

सुतस्थितो देवगुरुः सुपुत्रां नारीं प्रसूते हृतपापकृत्याम् ।
सदानुकूलां व्रतधर्मदक्षां सत्यात्मकतां रम्यसभासु भव्याम् ॥ ५ ॥

यदि स्त्रीकुण्डली में पुत्र में गुरु हो तो स्त्री अच्छे पुत्र वाली, नष्ट पाप कर्म वाली, सदा अनुकूल, व्रत व धर्म में चतुर, सत्यात्मा और अच्छी सभा में सुशोभित होती है ॥ ५ ॥

शत्रु में गुरु का फल—

जीवोऽरिसंस्थो बहुशत्रुपक्षां नारीं सुधत्ते नयसंयुताञ्च ।
बह्वापदं त्राससमन्विताङ्गीं प्रधानदर्पां कृतकोपबाणाम् ॥ ६ ॥

यदि स्त्रीकुण्डली में शत्रु भाव में गुरु हो तो स्त्री अधिक शत्रु पक्ष वाली, नीति से युक्त, अधिक विपत्ति वाली, कष्ट से युक्त, मुख्य अभिमानिन और क्रोधिन होती है ॥ ६ ॥

जाया में गुरु का फल—

कलत्रगो देवगुरुः प्रसूते सुभावयुक्तां प्रमदां सुपुण्याम् ।
जनानुरक्तां बहुशत्रुभाजां पतिप्रियां कीर्तिसमन्विताञ्च ॥ ७ ॥

यदि स्त्रीकुण्डली में जाया भाव में गुरु हो तो स्त्री अच्छी भावना वाली, पुण्य करने वाली, मनुष्यों में आसक्त, अधिक शत्रु वाली, पति की प्यारी और कीर्ति से युक्त होती है ॥ ७ ॥

मृत्यु में गुरु का फल—

जीवोऽष्टमस्थः कुरुतेऽल्पसत्यां नारीं विशीलां पतिना विमुक्ताम् ।
स्थूलाङ्घ्रिहस्तां व्यसनप्रधानां बह्वाशनां रोगसमन्वितां च ॥ ८ ॥

यदि स्त्रीकुण्डली में जाया में गुरु हो तो स्त्री थोड़ा सत्य बोलने वाली, शीलता से हीन, पति से त्यक्ता, मोटे हाथ व पैर वाली, व्यसनों में मुख्य, अधिक खाने वाली और रोगिणी होती है ॥ ८ ॥

भाग्य में गुरु का फल—

जीवो तपस्थोऽमररूपयुक्तां तडागवृक्षोच्चयकृत्यतुष्टाम् ।
रम्यां प्रशस्तां द्विजभक्तियुक्तां महाधनां नीचजनां कृतज्ञाम् ॥ ९ ॥

यदि स्त्रीकुण्डली में भाग्य में गुरु हो तो स्त्री देवताओं के सदृश स्वरूप वाली, तालाब व ऊँचे-ऊँचे वृक्षों को लगवाने वाली, धार्मिक आयोजन करने वाली, सुन्दरी, प्रसिद्धि पाने वाली, ब्राह्मणों की भक्ता, बड़ी पैसे वाली, दुष्टों से युक्त और कृतज्ञ होती है ॥ ९ ॥

कर्म में गुरु का फल—

कर्माश्रितो देवगुरुः प्रसूते प्रख्यातकर्माप्तगुणां गुणज्ञाम् ।
प्रभूतदासीं विनयप्रगल्भां नारीं प्रसूतेऽद्भुतचेष्टितां च ॥ १० ॥

यदि स्त्रीकुण्डली में कर्म भाव में गुरु हो तो स्त्री प्रसिद्ध कार्य वाली, गुणों से युक्त, बड़ी नौकरानी से युक्त, विनय में प्रतिभाशाली और अद्भुत इच्छा वाली होती है ॥ १० ॥

लाभ में गुरु का फल—

लाभाश्रितो देवगुरुः प्रसूते नारीं सुदान्तां बहुकीर्तियुक्ताम् ।
श्रेयोऽन्वितां शिल्पपरां सुसत्यां सदानुरक्तां गुणकीर्तनेन ॥ ११ ॥

यदि स्त्रीकुण्डली में लाभ भाव में गुरु हो तो स्त्री तपस्या में कष्ट सहने वाली, अधिक कीर्ति से युक्त, कल्याण से युत, अधिक कारीगरी का काम जानने वाली, सत्यभाषिणी और गुण कथन से सदा अनुरक्त होती है ॥ ११ ॥

व्यय में गुरु का फल—

व्ययस्थितो देवगुरुः प्रसूते साधुव्ययां रोगसमन्विताङ्गीम् ।
लाभाभिभूतां कुलधर्महीनां निसर्गदुष्टां परधर्मपक्षाम् ॥ १२ ॥

यदि स्त्रीकुण्डली में व्यय भाव में गुरु हो तो स्त्री अच्छे काम में खर्च करने वाली, रोगिणी, लाभ से पीडित, कुल धर्म से रहित, जन्म से दुष्टा और दूसरे धर्म को ग्रहण करने वाली होती है ॥ १२ ॥

इति गुरुफलम् ।

इस प्रकार बारह भावों में गुरु का फल समाप्त हुआ ॥ १–१२ ॥

अथ शुक्रफलम् ।

अब आगे बारह भावों में शुक्र के फल को बताते हैं ।

प्रथम भाव में शुक्र का फल—

लग्नाश्रितो दैत्यगुरुः प्रसूते नारीं सुकान्तां सुभगां विदग्धाम् ।
वित्ताधिकां दोषविवर्जिताङ्गीं हतारिपक्षां सततं सुशीलाम् ॥ १ ॥

यदि स्त्री जन्मपत्री में लग्न में शुक्र हो तो स्त्री सुन्दरी, अच्छे भाग्य वाली, चतुर, बड़ी पैसे वाली, दोष से हीन, नष्ट शत्रु वाली और निरन्तर सुशीला होती है ॥ १ ॥

धन भाव में शुक्र का फल—

शुक्रो धनस्थः सधनां प्रसूते विदग्धचेष्टां प्रमदां सुरूपाम् ।
धर्मध्वजां धर्मपरां सधन्यां विख्यातकर्मां मृदुभाषिणीञ्च ॥ २ ॥

यदि स्त्री जन्मपत्री में धन भाव में शुक्र हो तो स्त्री धन से युक्त, चतुर इच्छा वाली, स्वरूपवती, धर्म की ध्वजा, बड़ी धर्मात्मा, प्रशंसनीय, प्रसिद्ध कार्य करने वाली और सरल वाणी की होती है ॥ २ ॥

पराक्रम भाव में शुक्र का फल—

तृतीयगो दैत्यगुरुः प्रसूते नारीं सुकर्मां विनयैः समेताम् ।
युक्तामनेकैः सुसहोदरैश्च तथा सुपुष्टाभिः सहोदरीभिः ॥ ३ ॥

यदि स्त्री जन्मपत्री में तीसरे भाव में शुक्र हो तो स्त्री अच्छा काम करने वाली, नम्रता से युक्त, अनेक भाई और मोटी बहिनों से युक्त होती है।

सुख भाव में शुक्र का फल—

चतुर्थगो दैत्यगुरुः प्रसूते प्रभूतसौख्यां वनितां धनाढ्याम्।
विलासशीलां परधर्मकृत्यां जितेन्द्रियां वंशविभूषणाञ्च ॥ ४ ॥

यदि स्त्री जन्मपत्री में सुख भाव में शुक्र हो तो स्त्री अधिक सुखों से युक्त, धन से संयुत, विलासिनी, दूसरे के धार्मिक कार्यों को करने वाली, इन्द्रियों को जीतने वाली और कुल में शोभायमान होती है ॥ ४ ॥

पुत्र भाव में शुक्र का फल—

करोति शुक्रः खलु पञ्चमस्थो नारीं समृद्धां बहुकन्यकाढ्याम्।
रम्यानुकारां खलु सङ्गहीनां नित्यप्रधानां निजवंशमध्ये ॥ ५ ॥

यदि स्त्री जन्मपत्री में पुत्र भाव में शुक्र हो तो स्त्री सम्पन्न, अधिक कन्याओं से युक्त, सुन्दर आकार वाली, दुष्ट संगति से हीन और अपने वंश में सदा मुख्य होती है ॥ ५ ॥

शत्रु भाव में शुक्र का फल—

शुक्रोऽरिसंस्थः प्रकरोति नारीं ईर्ष्याप्रधानां बहुकोपयुक्ताम्।
तीव्रस्वभावां विजितारिपक्षां सदा निरस्तां पतिपुत्रवर्गैः ॥ ६ ॥

यदि स्त्री जन्मपत्री में शत्रु भाव में शुक्र हो तो स्त्री ईर्ष्या में मुख्य, बड़ी क्रोधिन, तीखी प्रकृति वाली, शत्रुओं को जीतने वाली और सदा पति व पुत्र से त्यक्त होती है ॥ ६ ॥

जाया भाव में शुक्र का फल—

कलत्रगो दैत्यगुरुः प्रसूते नारीं प्रभूतां द्रविणप्रभावाम्।
यतिप्रियां शास्त्ररतां प्रगल्भां हितां द्विजानां जनवल्लभाञ्च ॥ ७ ॥

यदि स्त्री जन्मपत्री में स्त्री भाव में शुक्र हो तो स्त्री अधिक धन व प्रभाव वाली, पति की प्यारी, शास्त्र में आसक्त, प्रतिभा शालिनी, ब्राह्मणों की शुभेच्छु और जन समुदाय की प्यारी होती है ॥ ७ ॥

मृत्यु भाव में शुक्र का फल—

शुक्रोऽष्टमस्थः कुरुते प्रमत्तां विषादभाजां विभवैर्वियुक्ताम्।
दयाविहीनां परवञ्चनार्तां कुचैलिनीं धर्मविवर्जिताञ्च ॥ ८ ॥

यदि स्त्री जन्मपत्री में मृत्यु भाव में शुक्र हो तो स्त्री विषाद से युक्त, ऐश्वर्य व दया से हीन, दूसरे के ठगने पर पीडित, दूषित वस्त्र पहिनने वाली और धर्म से हीन होती है ॥ ८ ॥

धर्म भाव में शुक्र का फल—

धर्माश्रितो धर्मपरां प्रसूते शुक्रो समुख्यां वनितां च लोके ।
नानार्थवस्त्राश्रयभोजनाढ्यां सुपुष्टचित्तां पुरुषानुकाराम् ॥ ९ ॥

यदि स्त्री जन्मपत्री में धर्म भाव में शुक्र हो तो स्त्री बड़ी धर्मात्मा, संसार में मुख्य, अनेक धन, वस्त्र, आश्रय व भोजन से युक्त, परिपुष्ट चित्त वाली और मनुष्याकृति की होती है ॥ ९ ॥

कर्म भाव में शुक्र का फल—

कर्माश्रितो दैत्यगुरुः प्रसूते नारीं यशस्यां सुधनैः समेताम् ।
प्रसिद्धकर्मप्रतिपूजिताङ्गीं प्रज्ञाधिकां कल्पतरां सुसत्याम् ॥ १० ॥

यदि स्त्री जन्मपत्री में कर्म भाव में शुक्र हो तो स्त्री यशस्विनी, अच्छे धन से युक्त, प्रसिद्ध कामों से सत्कार पाने वाली, बड़ी बुद्धिमती, कल्प वृक्ष के तुल्य और सत्यभाषिणी होती है ॥ १० ॥

लाभ भाव में शुक्र का फल—

लाभाश्रितो दैत्यगुरुः प्रसूते प्रभूतलाभां वनितां सदैव ।
विमुक्तदोषां बहुशास्त्ररक्तां महाप्रभावां विविधाश्रयां च ॥ ११ ॥

यदि स्त्री जन्मपत्री में लाभ भाव में शुक्र हो तो स्त्री सदा ही अधिक लाभ से युक्त. दोष से हीन, अधिक शास्त्रों में आसक्त, बड़ी प्रभावशालिन और अधिक आश्रयों से युक्त होती है ॥ ११ ॥

व्यय भाव में शुक्र का फल—

व्ययाश्रितो सद्व्ययदुःखभाजां नारीं प्रसूते भृगुजः सभायाम् ।
मायाधिकां कृत्रिमवाक्यरक्तां रोगाभिभूतां मतिवर्जिताञ्च ॥ १२ ॥

यदि स्त्री जन्मपत्री में व्यय भाव में शुक्र हो तो स्त्री अच्छे कामों में खर्च करने वाली, दुःख से युक्त, बड़ी मायाविन, कृत्रिम वाक्य में लीन, रोग से पीडित और बुद्धि से हीन होती है ॥ १२ ॥

इति शुक्रफलम् ।

इस प्रकार बारह भावों में शुक्र का फल समाप्त हुआ ॥ १–१२ ॥

अथ शनिफलम् ।

अब आगे बारह भावों में शनि के फल को बताते हैं ।

प्रथम भाव में श० का फल—

करोति सौरः खलु लग्नसंस्थो विरूपदेहां वनितां नितान्तम् ।
आमाधिकां कीर्तिविवर्जिताङ्गीं स्थूलास्थिदन्तां नयनैर्विहीनाम् ॥ १ ॥

यदि स्त्रीकुण्डली में पहिले भाव में शनि हो तो स्त्री अधिक कुरूप शरीर वाली, आँव की प्रचुरता से युक्त, यश से हीन, मोटी हड्डी व दाँत वाली और आँखों से शून्य होती है ॥ १ ॥

दूसरे भाव में श० का फल –

धनाश्रितः सूर्यसुतः प्रसूते धनेन हीनां वनितां निरस्ताम् ।
सदाभिभूतां प्रणयेन हीनां नृशंसभावां नयसङ्कुलाञ्च ।। २ ।।

यदि स्त्रीकुण्डली में दूसरे भाव में शनि हो तो स्त्री धनहीन, त्यक्त, सदा पीड़ित, विनय से रहित, निन्दनीय भावना वाली और न्याय से युक्त होती है ।। २ ।।

तीसरे भाव में श० का फल––

तृतीसंस्थो रविजः प्रसूते दक्षां प्रधानां वनितां सुधन्याम् ।
बहुप्रजां त्राणविधानसक्तां प्रशंसितां साधुजनेन नित्यम् ।। ३ ।।

यदि स्त्रीकुण्डली में तीसरे भाव में शनि हो तो स्त्री मुख्य चतुर, प्रशंसनीय, अधिक सन्तान वाली, कल्याण के विधान में आसक्त और प्रतिदिन सज्जनों से प्रशंसा पाने वाली होती है ।। ३ ।।

चौथे भाव में श० का फल––

करोति मन्दः सुखगोऽल्पसौख्यां मतिप्रहीनां वनितां कृतघ्नाम् ।
चलस्वभावां विभवैर्विहीनां सदा हितां नीचसमागमाञ्च ।। ४ ।।

यदि स्त्रीकुण्डली में चौथे भाव में शनि हो तो स्त्री अल्प सुख वाली, बुद्धि से हीन, कृतघ्न, चञ्चल प्रकृति वाली, ऐश्वर्य से हीन, दुष्टों का कल्याण और नीच सङ्गति करने वाली होती है ।। ४ ।।

पाँचवें भाव में श० का फल––

सुताश्रितो भास्करजो विपुत्रां नारीं प्रसूते घृणया विहीनाम् ।
प्रभूतदर्पां गणिकानुकारां विवर्जितां साधुसमागमेन ।। ५ ।।

यदि स्त्रीकुण्डली में पाँचवें भाव में शनि हो तो स्त्री पुत्र व घृणा से हीन, अधिक अभिमान करने वाली, वैश्या के आकार की और सज्जनों के समागम से रहित होती है ।। ५ ।।

छठे भाव में श० का फल––

मन्दोऽरिसंस्थः कुरुते विमन्दां नारीं प्रधानां तनयैः समेताम् ।
प्रभूतवस्त्राभरणैः समेतां गुणानुरक्तां सुतवल्लभाञ्च ।। ६ ।।

यदि स्त्रीकुण्डली में छठे भाव में शनि हो तो स्त्री अधिक मन्द, मुख्य पुत्र से युक्त, अधिक वस्त्र व अलङ्कारों से युक्त, गुणों में आसक्त और पुत्र की प्यारी होती है ।। ६ ।।

सातवें भाव में श० का फल––

सौरोऽस्तसंस्थो विधवां प्रसूते विवर्जितां वा पतिना सदैव ।
रोगाधिकां पानपरां कुमित्रां प्रभूतदोषां बहुपापभाजाम् ।। ७ ।।

यदि स्त्रीकुण्डली में सातवें भाव में शनि हो तो स्त्री विधवा अथवा सदा ही पति से हीन, बड़ी रोगिन, शराब पीने वाली, दूषित सहेलियों वाली, बड़ी दोषिन और अधिक पाप से युक्त होती है ।। ७ ।।

आठवें भाव में श० का फल--

स्थानेऽष्टमे सूर्यसुतः प्रसूते नारीं च स्निग्धां निजकर्मदोषाम् ।
दुष्टस्वभावां गतकर्मसत्यां मलिम्लुचां वञ्चनतत्परां च ॥ ८॥

यदि स्त्रीकुण्डली में आठवें भाव में शनि हो तो स्त्री चीकिनी, अपने कामों से दोषिन, नीच प्रकृति, कार्यों में असद्व्यवहार करने वाली, मलिना और ठगने में आसक्त होती है ॥ ८ ॥

नवें भाव में श० का फल —

धर्माश्रितः सूर्यसुतः प्रसूते कुकर्मरक्तां वनितां सदैव ।
व्ययाधिकां लुब्धसुहृत्समेतां विद्याविहीनां न नतां कदाचित् ॥ ९ ॥

यदि स्त्रीकुण्डली में नवें भाव में शनि हो तो स्त्री सदा ही दूषित कार्यों में आसक्त, अधिक खर्च करने वाली, लोभिन, सहेलियों से युक्त, विद्या से हीन और कभी भी विनम्र न होने वाली होती है ॥ ९ ॥

दसवें भाव में श० का फल—

कर्माश्रितः सूर्यसुतः प्रसूते कुकर्मरक्तां विकृतानुकाराम् ।
कुशास्त्रसङ्गव्यसनाभिभूतां निसर्गदुष्टां धनवर्जितां च ॥ १० ॥

यदि स्त्रीकुण्डली में दसवें भाव में शनि हो तो स्त्री बुरे कार्यों में आसक्त, विकार-युक्त आकार वाली, दूषित शास्त्र की सङ्गतिरूपी व्यसन से पीडित, स्वभाव से दुष्टा व धनहीन होती है ॥ १० ॥

ग्यारहवें भाव में श० का फल —

लाभाश्रितो भास्करजः प्रसूते रक्ताधिकां वातकफप्रगल्भाम् ।
विवेकहीनां कुटिलस्वभावां सदा निरस्तां व्यसनाकुलां च ॥ ११ ॥

यदि स्त्रीकुण्डली में ग्यारहवें भाव में शनि हो तो स्त्री अधिक लालिमा से युत, वात व कफ से पीडित, विवेकहीन, टेढे स्वभाव की, त्यक्त और व्यसनों से अशान्त होती है ॥ ११ ॥

बारहवें भाव में श० का फल —

व्ययाश्रितो भास्करजः प्रसूते व्ययेन युक्तां कृपणस्वभावाम् ।
असद्व्ययां पापरतां निरस्तां निसर्गदुष्टां धनवर्जिताञ्च ॥ १२ ॥

यदि स्त्रीकुण्डली में बारहवें भाव में शनि हो तो स्त्री खर्च से युक्त, लोभिन प्रकृति, दूषित कामों में खर्च करने वाली, पापिन, त्यक्त, जन्म से दुष्ट और धनहीन होती है ॥ १२ ॥

इति शनिफलम् ।

इस प्रकार वृद्ध यवनोक्त बारह भावों में सूर्यादि सात ग्रहों का फल समाप्त हुआ ॥ १-१२ ॥

एतत् फलं स्त्रीषु विशेषतश्च प्रोक्तं स्वभावे फलदं सदैव।
शेषं नराणां विधिना प्रवाच्यं हित्वा तु योगान् नृपसंभवाश्च ॥ १ ॥

इति वृद्धयवने स्त्रीजातके स्वस्थानफलाध्यायः।

अथ राजयोगाः।

वृद्धयवनः—

अब आगे स्त्री जन्मपत्री में कुछ राजयोगों का वर्णन करके ग्रन्थ समाप्ति ग्रन्थकार करते हैं।

प्रथम राजयोग ज्ञान—

मूर्तौ सुरेज्योऽस्तगतः शशाङ्कोऽथवा स्ववर्गे गगने च शुक्रः।
जातान्त्यजानामपि जातिरत्र योगे भवेत् पार्थिववल्लभा च ॥ १ ॥

यदि स्त्री के जन्मकाल में लग्न में गुरु व सप्तम में चन्द्रमा अथवा दशम भाव में अपने वर्ग में शुक्र हो तो अन्त्यज जाति में जन्म लेकर भी स्त्री राजा की प्यारी होती है ॥ १ ॥

दूसरे राजयोग का ज्ञान—

केन्द्रेषु सौम्या यदि वृद्धिभाजः पापाः कलत्रे च मनुष्यराशिः।
राज्ञी भवेत् स्त्रीबहुशोकयुक्ता नित्यं प्रशान्तारिसुखेन पुष्टा ॥ २ ॥

यदि स्त्री के जन्मकाल में केन्द्र में १।४।७।१० शुभग्रह और ३।६।११ भाव में पापग्रह तथा सप्तम भाव में मनुष्य राशि हो तो स्त्री अधिक शोक से युक्त, प्रतिदिन शान्त और शत्रु सुख से पुष्ट होती है ॥ २ ॥

विशेष—स्त्री जा० में 'केन्द्रेषु सौम्या अरिबन्धु लाभे' 'बहुकोश युक्ता नित्यं-प्रशान्ता च सुपुत्रिणी स्यात्' यह पाठान्तर है ॥ २ ॥

तीसरे राजयोग का ज्ञान—

एकोऽपि जीवो रसवर्गशुद्धः केन्द्रे यदा चन्द्रनिरीक्षितश्च।
राज्ञी भवेत् स्त्रीसधनाऽत्र जाता वरेभदानार्द्रनितम्बदेशा ॥ ३ ॥

यदि स्त्री के जन्मकाल में एक भी गुरु अपने षड्वर्ग से शुद्ध होकर केन्द्र में चन्द्रमा से दृष्ट हो तो स्त्री धन से युक्त और श्रेष्ठ हाथियों के मद से नितम्ब को आर्द्र करने वाली होती है ॥ ३ ॥

चौथे राजयोग का ज्ञान—

लाभाश्रितः शीतकरो भृगुश्च कलत्रगः सोमसुतेन युक्तः।
जीवेन दृष्टः कुरुतेऽत्र राज्ञीं लोके स्तुतां वन्दिवरैः सदैव ॥ ४ ॥

स्पष्टार्थं चक्र

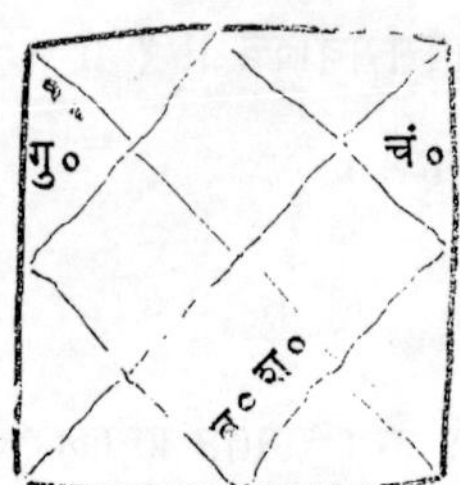

यदि स्त्री के जन्मकाल में ग्यारहवें भाव में चन्द्रमा तथा सातवें भाव में शुक्र, बुध से युक्त और गुरु से दृष्ट हो तो स्त्री संसार में श्रेष्ठ वन्दिजनों से संस्तुत रानी होती है ॥ ४ ॥

पाँचवें राजयोग का ज्ञान—

बुधे विलग्ने यदि तुङ्गसंस्थे लाभाश्रितो देवपुरोहितश्च ।
नरेन्द्रपत्नी वनिताऽत्र योगे भवेत् प्रसिद्धा धरणीतलेऽस्मिन् ॥ ५ ॥

स्पष्टार्थं चक्र

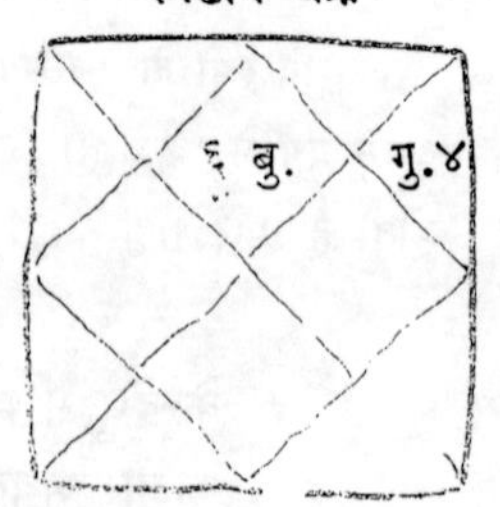

यदि स्त्री के जन्मकाल में उच्चस्थ बुध लग्न में और ग्यारहवें भाव में गुरु हो तो स्त्री इस भूमि में प्रसिद्ध रानी होती है ॥ ५ ॥

छठें राजयोग का ज्ञान—

तृतीयगः सोमसुतोऽम्बुसंस्थः षड्वर्गशुद्धो यदि देवमन्त्री ।
सूतौ भृगुः पार्थिवसम्मतां च करोति नारीं बहुवाजिवृन्दाम् ॥ ६ ॥

स्पष्टार्थं चक्र

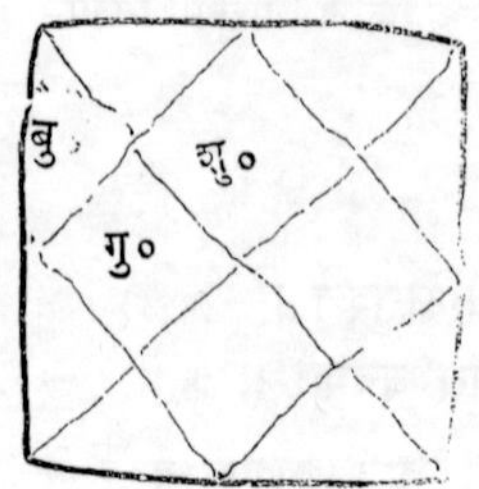

यदि स्त्री के जन्मकाल में तीसरे भाव में बुध हो और षड्वर्ग से शुद्ध गुरु चौथे भाव में व लग्न में शुक्र हो तो स्त्री राजा से सहमत व अधिक घोड़ाओं से युक्त होती है ।

सातवें राजयोग का ज्ञान—

कर्कोदये सप्तमगे शशाङ्के चतुष्टयं पापविवर्जितञ्च ।
राज्ञी भवेद्भूरिगजाश्वयुक्ता पतिप्रधानविजितारिपक्षा ॥ ७ ॥

यदि स्त्री के जन्मकाल में लग्न में कर्क राशि व सप्तम में चन्द्रमा और केन्द्र में पाप ग्रहों का अभाव हो तो स्त्री अधिक हाथी घोड़ाओं से युक्त, मुख्य पति वाली और शत्रुओं को जीतने वाली रानी होती है ॥ ७ ॥

आठवें राजयोग का ज्ञान—

षड्वर्गशुद्धैस्त्रिभिरेव राज्ञी चतुर्भिरीशस्य तथैव पत्नी।
पञ्चादिभिर्देवविमानभाजा त्रैलोक्यनाथा प्रमदा तदा स्यात् ॥ ८ ॥

यदि स्त्री के जन्मकाल में षड्वर्ग से शुद्ध तीन ग्रह हों तो रानी, चार हों तो भी राजा की पत्नी, पाँच हों तो महाराजा की और ६, ७ ग्रह षड्वर्ग से शुद्ध हों तो तीन लोक के नाथ की स्त्री होती है ॥ ८ ॥

नवें राजयोग का ज्ञान—

वाचस्पतौ नवमपञ्चमकण्टकस्थे जाताङ्गना भवति पूर्णविभूतियुक्ता।
साध्वी सुपुत्रजननी सुगुणासुरूपा नूनं कुलद्वयमहोन्नतकारिणी च ॥९॥

यदि स्त्री के जन्मकाल में १।४।५।७।९।१० भाव में गुरु हो तो स्त्री समस्त ऐश्वर्य से युक्त, साध्वी, सुन्दर पुत्रों की माता, अच्छे गुणों से युक्त, स्वरूपवती और अवश्य ही पिता व श्वसुर के वंश की बड़ी उन्नति करने वाली होती है ॥ ९ ॥

दसवें राजयोग का ज्ञान—

तुङ्गाश्रिते शीतकरे सुखस्थे जीवेन दृष्टे परिपूर्णदेहे।
विद्याधरी वात्र भवेत् प्रधाना राज्ञी जितारिर्बहुपुत्रपौत्रा ॥ १० ॥

यदि स्त्री के जन्मकाल में परिपूर्ण चन्द्रमा अपनी उच्च राशि में चौथे भाव में गुरु से दृष्ट हो तो स्त्री विद्याधरी वा अधिक पुत्र-पौत्रों से युक्त, शत्रु को परास्त करने वाली रानी होती है ॥ १० ॥

ग्यारहवें राजयोग का ज्ञान—

स्वक्षेत्रगः सोमसुतोऽम्बुसंस्थः षड्वर्गशुद्धः सुरराजमन्त्री।
शुक्रेण दृष्टः प्रमदां प्रसूते राज्ञीं महाशब्दसमन्वितां च ॥ ११ ॥

यदि स्त्री के जन्मकाल में चौथे भाव में अपनी राशि में बुध, षड्वर्ग से शुद्ध गुरु से युक्त और शुक्र से दृष्ट हो तो स्त्री अधिक शब्द वाली अर्थात् डंका नगाड़ों से युक्त रानी होती है ॥ ११ ॥

बारहवें राजयोग का ज्ञान—

वक्रस्तृतीये रिपुसंस्थितो वा षड्वर्गशुद्धो रविजश्च लाभे।
स्थिरे विलग्ने गुरुणा च युक्ते राज्ञी भवेत् स्त्रीपतिवल्लभा च ॥ १२ ॥

यदि स्त्री के जन्मकाल में भौम तीसरे भाव में या छठें भाव में व षड्वर्ग से शुद्ध ग्यारहवें भाव में हो और स्थिर लग्न में गुरु हो तो स्त्री पति की प्यारी रानी होती है ॥ १२ ॥

तेरहवें राजयोग का ज्ञान—

आयस्थितस्तीक्ष्णकरः स्वतुङ्गे मूर्तौशशाङ्कः परिपूर्णदेहः।
सौम्योऽम्बरस्थः कुरुते च राज्ञीं पतिप्रधानां बहुपुत्रपौत्राम् ॥ १३ ॥

यदि स्त्री के जन्मकाल में अपनी उच्च राशि में सूर्य ग्यारहवें भाव में व लग्न में

पूर्ण चन्द्रमा और बुध चौथे भाव में हो तो स्त्री पति को मुख्य मानने वाली, अधिक पुत्र पौत्रों से युक्त रानी होती है ॥ १३ ॥

चौदहवें राजयोग का ज्ञान--

षड्वर्गशुद्धे दिवसाधिनाथे तृतीयगे सूर्यसुते रिपुस्थे ।
भवेन्नृजाता प्रमदा सुराज्ञी धर्मप्रधाना पतिवल्लभा च ॥ १४ ॥

यदि स्त्री के जन्मकाल में षड्वर्ग से शुद्ध सूर्य तीसरे भाव में व छठे भाव में शनि हो तो स्त्री मुख्य धर्मात्मा, पति की प्यारी रानी होती है ॥ १४ ॥

पन्द्रहवें राजयोग का ज्ञान--

स्थिरे विलग्ने रसवर्गशुद्धे सौम्येन युक्ते त्वथ वीक्षिते वा ।
तुङ्गाश्रिते चैकतमे च राज्ञी वरेभवृन्दानुगता यदा स्यात् ॥ १५ ॥

यदि स्त्री के जन्मकाल में षड्वर्ग से शुद्ध स्थिर लग्न बुध से दृष्ट या युक्त और एक ग्रह उच्च राशि में हो तो स्त्री श्रेष्ठ हाथियों की सी गति वाली रानी होती है ॥ १५ ॥

इति स्त्रीजातकविचारः ।

इस प्रकार स्त्री जातक का विचार समाप्त हुआ ॥ १-१५ ॥

वसिष्ठगर्गादिमुनिप्रणीतान् वराहकल्याणकृतान्निरीक्ष्य ।
सज्जातकाज्जन्मफलक्रमार्थं सुसंप्रदायादूरचितं मयेदम् ॥ १ ॥

वसिष्ठ गर्ग आदि ज्योतिर्विद्या के प्रवर्तक मुनियों द्वारा रचित ग्रन्थों का अध्ययन कर तथा वराहमिहिर एवं कल्याण वर्मा कृत ग्रन्थों (बृहज्जातक, सारावली आदि) को देखकर तथा ज्योतिर्विदों की परम्परा में प्रचलित नियमों के अनुसार मैंने जातकों के जन्मकालीन ग्रहों के फल लिखे हैं ॥ १ ॥

औदार्यगाम्भीरविराजमानः स्वतेजसारातिहृताभिमानः ।
बलान्वितः सद्गुणताभिमानः पृथ्वीपतिः शाहसुजाभिधानः ॥ २ ॥

जो उदारता एवं गम्भीरता की प्रतिमूर्ति हैं, अपने तेज से जिन्होंने शत्रुओं के अभिमान को हर लिया है, बलशाली और सद्गुणों का जिन्हें अभिमान है ऐसे 'शाह-सुजा' इस पृथ्वी पर शासन कर रहे हैं ॥ २ ॥

तदन्तिकस्थेन कृतं मयेतत् खचन्द्रसप्तेन्दुमितेऽब्दकाले ।
मधौ चतुर्थ्यां सितपक्षजायां विमत्सराणां कृतिनां सुखाय ॥ ३ ॥

उन्हीं के समीप में रहकर मैंने १७१० संख्यक वर्ष की चैत्र शुक्ल चतुर्थी को, मात्सर्य रहित हुए सज्जनों के आनन्द के लिये, इस ग्रन्थ को समाप्त किया ॥ ३ ॥

इति श्रीमद्दैवज्ञवर्यपण्डितदामोदरात्मजबलभद्रविरचिते
होरारत्ने स्त्रीजातकाध्यायः ॥ १० ॥

इति श्रीमथुरावास्तव्य श्रीमद्भागवताभिनवशुक पं० केशवदेवात्मज मुरलीधरचतुर्वेद-कृतेन्दुमती हिन्दी व्याख्या होरारत्नस्य विश्वेशकृपया परिपूर्णा ॥ १० ॥

होरारत्नप्रथमभागोद्धृतानां ग्रन्थानां ग्रन्थकाराणाञ्च सङ्केतः—

—:*:—

होरारत्नद्वितीयभागोद्धृतानां ग्रन्थानां ग्रन्थकाराणञ्च सूची